诗经诗解

许总 著

厦门大学出版社
XIAMEN UNIVERSITY PRESS

国家一级出版社
全国百佳图书出版单位

图书在版编目（CIP）数据

诗经诗解 / 许总著. -- 厦门：厦门大学出版社，
2023.1
　ISBN 978-7-5615-8723-2

　Ⅰ．①诗… Ⅱ．①许… Ⅲ．①《诗经》－诗歌研究
Ⅳ．①I207.222

中国版本图书馆CIP数据核字(2022)第160855号

出 版 人	郑文礼
责任编辑	王鹭鹏
特约编辑	欧光江

出版发行 厦门大学出版社

社　　址	厦门市软件园二期望海路 39 号
邮政编码	361008
总　　机	0592-2181111　0592-2181406(传真)
营销中心	0592-2184458　0592-2181365
网　　址	http://www.xmupress.com
邮　　箱	xmup@xmupress.com
印　　刷	厦门集大印刷有限公司

开本	720 mm×1 000 mm　1/16
印张	41.5
插页	2
字数	633 千字
版次	2023 年 1 月第 1 版
印次	2023 年 1 月第 1 次印刷
定价	168.00 元

厦门大学出版社　　　厦门大学出版社
微信二维码　　　　**微博二维码**

　　许总，自号抱一，祖籍安徽桐城，出生于江苏南京。现任福建省文史研究馆馆员、华侨大学文学院教授、仰恩大学校长，厦门大学、东南大学、西北大学兼职教授。长期从事中国古代文学与传统文化的研究和教学工作，主要研究古代文艺理论、诗学发展史、文学史学、唐宋文学、中国思想史与文学史。在国内最早从事"杜诗学"研究，在文学史研究及唐宋文学研究方面有多项开拓性贡献。至今已在国内外正式出版个人学术专著二十种，在国内外公开发表学术论文二百多篇，总计近千万字。主持完成多项国家社科基金、省社科基金项目。多次获省部级社会科学优秀成果奖。曾首批入选省级跨世纪学术带头人、省优秀哲学社会科学工作者。

内 容 简 介

本书意图以诗的形式解读《诗经》，开创一种解读《诗经》的全新方式。

全书体例：先诗经原文，次注释，再次解诗绝句一首，最后缀以必要诠释及意蕴阐发。综合前人的主要观点，评骘其得失，辨析历代诗解之误谬，或择善而从，或自立新说。注重诗辞之本义，结合诗之比兴喻涵，证之历史典籍，作出读解，以图尽最大可能恢复《诗经》之本来面目。

本书创新体例，在于以诗论诗。引入中国诗论史上论诗绝句的传统，按照诗三百零五篇，逐篇作解诗绝句一首。依据诗辞之原义，结合历代诸家传训，摆脱繁琐之考证及今人以今度古之新说，以诗的语言、诗的形式作出评断。三百零五篇解诗绝句，大体以释义、论评为主，兼于《诗经》原文所述史事发咏史之慨。全书宗旨，在代序之论《诗》十绝中阐明。

论《诗》十绝（代序）

诗　源

地天混沌待谁分？吐曜含章显道文。
唯有三才参化育，心生言立展氤氲。

诗　心

无邪之思究何如？变俗正君莫忘初。
礼乐周行缘德化，忍将王道说纷拏？

诗　志

在心为志发言诗，足蹈喉歌莫自持。
岂意代绳文字炳，抒怀纪事两相离？

诗　情

乐得不淫哀不伤，变风变雅发衷肠。
匡时达事怀王泽，谁把私情柄凿将？

诗　乐

律吕原同天地生，人心感物动音声。
闾阎男女多淫巧，莫忘何由冶性成。

1

诗 义

六诗六义费疑猜,体用还须经纬裁。

不意断章多聘问,偏教逆志论兼该。

诗 用

邦国乡人赖以和,兴观群怨适情多。

岂期风始洪荒力,化作雕虫复切磋?

诗 教

多识对专诵学先,事君事父是真诠。

奈何谲谏温柔说,赢得尔曹挞伐鞭!

诗 论

汉唐疏传费辞繁,两宋遥开近世源。

释义论评兼咏史,曷胜三百五新翻?

诗 解

鲁鱼亥豕辨难谐,义理辞章旨更乖。

太息千年纷异说,为君诗语解诗霾!

目 录

小 雅

国风

周 南

关 雎

关关雎鸠①,在河之洲。窈窕淑女②,君子好逑③。

参差荇菜④,左右流之⑤。窈窕淑女,寤寐求之。

求之不得,寤寐思服⑥。优哉游哉,辗转反侧。

参差荇菜,左右采之。窈窕淑女,琴瑟友之。

参差荇菜,左右芼之⑦。窈窕淑女,钟鼓乐之⑧。

①关关:水鸟和鸣之声。雎(jū)鸠:一种水鸟。《尔雅·释鸟》:"雎鸠,王雎。"郭璞注:"雕类,今江东呼之为鹗,好在江渚山边食鱼。"《毛传》:"雎鸠,王雎也。鸟挚而有别。"按,鸠在国风中出现多次,皆喻女性,据说此鸟雌雄情意专一,与常鸟不同。　②窈窕(yǎo tiǎo):深邃,幽美。《说文》:"窈,深远也。窕,深肆极也。"班固《西都赋》:"步甬道以萦纡,又窈窕而不见阳。"淑:善,好。　③君子:当时贵族男子之通称。逑:通仇,配偶。　④荇(xìng)菜:水生植物。形似莼菜,可食。李时珍《本草纲目》:"叶径一二寸,有一缺口而形圆如马蹄者,莼也。叶似莼而稍锐长者,荇也。"古时用于宗庙祭祀之物,《毛传》:"共荇菜,备庶物,以事宗庙也。"　⑤流:取。朱熹《诗集传》:"顺水之流而取之。"　⑥思服:思念。胡承珙《毛诗后笺》:"《康诰》曰'要囚,服念五六日',服念连文,服即念也,念即思也。"⑦芼(mào):择。　⑧乐:娱悦。

关雎诗始本人伦,易道乾坤万物循。

毛氏德妃三氏刺,笺时乐正理同臻。

诗分风、雅、颂，国风居首。国者，诸侯所封之域，风者，以其被上之化以有言，其言又足以感人，如物因风之动以有声，而其声又足以动物。十五国风共一百六十篇。旧说二南为正风，周南十一篇，召南十四篇，计二十五篇，所以用之闺门、乡党、邦国，而化天下。十三国为变风，亦领在乐官，以时存肄，备观省而垂鉴戒。《关雎》为诗之首篇，《毛诗序》所谓"风之始也，所以风天下而正夫妇也。故用之乡人焉，用之邦国焉"，作为风始之篇，向极为人所重。然于诗旨及作者，则多异说。《毛诗序》曰"《关雎》，后妃之德也"，以诗旨为美后妃之德，并据《论语·八佾》"子曰：《关雎》乐而不淫，哀而不伤"之言进而阐发："是以《关雎》乐得淑女以配君子，忧在进贤不淫其色，哀窈窕，思贤才，而无伤善之心焉。是《关雎》之义也。"郑笺继之曰"言后妃觉寤则常求此贤女，欲与之共己职也"，孔疏亦言"此诗之作，主美后妃进贤。思贤才，谓思贤才之善女"，是以此中正和平之音系之后妃之德，而其德乃在于"乐得淑女以配君子"。以此，则淑女指妾媵，而诗之作则后妃自咏。至宋儒说此诗而与序、笺之说异。朱熹以理学家"性情之正"说以为言，故于《诗集传》释之曰"为此诗者，得其性情之正，声气之和也。盖德如雎鸠，挚而有别，则后妃性情之正，固可以见其一端矣"，又言"周之文王，生有圣德，又得圣女姒氏以为之配，宫中之人于其始至，见其有幽闲贞静之德，故作是诗"。以此，淑女则指后妃太姒，其德则在"幽闲贞静"为文王配，而诗之作乃文王宫中之人。序、笺之说与朱传之释所指德之内涵及诗之所作已有不同，而以诗美后妃之德且诗作文王之世则二者无异。然齐、鲁、韩三家诗皆以《关雎》为刺诗，且以诗作康王以后，汉以后诸儒颇有从之者。司马迁《史记·十二诸侯年表》："周道缺，诗人本之衽席，《关雎》作。"范晔《后汉书·皇后纪序》："康王晚朝，《关雎》作讽。"至若近世，则以《关雎》为民间青年男女之恋歌，闻一多《风诗类钞》"《关雎》，女子采荇于河滨，君子见而悦之"，颇具代表性。然则，《关雎》乃风之始，所谓用之乡人，用之邦国，于其时社会治理极具要义。按《仪礼》，《关雎》为房中乐，本夫妇之事。故《史记·外戚世家》有云："《易》基乾坤，《诗》始《关雎》，《书》美釐降，《春秋》讥不亲迎。夫妇之际，人道之大伦也。"《汉书·匡衡传》引匡衡之疏曰："妃匹之际，生民之始，万福之原。婚姻之礼正，然后品物遂而天命全。孔子论诗，以《关雎》为始，言太上者民之父母，后夫人之行不侔乎天地，则无以奉神灵之统而理万物之宜。故诗曰'窈窕淑女，君子好仇'，言能致其贞淑不贰其操，情欲之感无介乎容仪，宴私之意不形乎动静，夫然后可以配至尊而为宗庙主。此纲纪之首，王教之端也。"说《关雎》义甚详，不独明妃匹之要，似亦为后妃之德说之所据。考孔子删诗存三百之说，固不足信，然据《论语·子罕》"子曰：吾自卫返鲁，然后乐正，雅颂各得其所"，孔子正乐编诗，当为釐正各篇次序，故置风始之篇必非无义。且观《论语》书中孔子言《诗》者颇多，于具体篇章则仅《关雎》而已，由"乐而不淫，哀而不伤"之言观之，岂非"中庸之德"乎？上博简《孔子诗论》亦有言"《关雎》以色喻于礼"，是以所述者夫妇之事，所喻者乃人伦之礼。观诗所言"琴瑟友之""钟鼓乐之"，郑笺"琴瑟在堂，钟鼓在庭，言共荇菜之时，上下之乐皆作，盛其礼也"。按《春秋公羊传·隐公五年》何休注"是以古者天子诸侯雅乐钟磬未曾离于庭，卿大夫御琴瑟未曾离于前，所以养仁义而除淫辟也"，故此琴瑟钟鼓之述，实亦贵族之礼仪。故孔疏释此诗有言"琴瑟钟鼓并有"，"琴瑟，乐之细者。先言之，是其和亲。钟鼓，乐之大者。故卒章言之，显其德盛"，是诗之所述，实亦循礼仪之序。然则，自"风者，民俗歌谣"之论兴，乃致异说纷起。观清人方玉润《诗经原始》亦持"采自民间"说，然却以为"非文王、太姒之德之盛，有以化民成俗，使之咸归于正，则民间歌谣亦何从得此中正和平之音耶？圣人取之，以冠三百篇首，非独以其为夫妇之始，可以风天下而厚人伦也，盖将见周家发祥之兆，未尝不自宫闱始耳"，其意似欲贯诸说而为一，或较通达乎？要之，《关雎》为《诗》之始，乾坤为《易》之基，皆本人伦之道。因而，按毛说作于文王之世义在德妃，按齐、鲁、韩三家说作于康王之世衰作讽，其崇正之理一也。至若近世以《关雎》纯为民间恋歌，则岂知"窈窕"状宫室之幽深，"君子""淑女"于《诗》中亦非庶民之谓欤？且琴瑟钟鼓之礼仪，又岂属民间之所用者乎？故其说实以今度古，盖不足辩也。

葛 覃

葛之覃兮①，施于中谷②，维叶萋萋。黄鸟于飞，集于灌木，其鸣喈喈。

葛之覃兮，施于中谷，维叶莫莫③。是刈是濩④，为絺为绤⑤，服之无斁⑥。

言告师氏⑦，言告言归。薄污我私，薄澣我衣⑧。害澣害否⑨？归宁父母。

①覃(tán)：延长。　②施(yì)：蔓延。　③莫莫：茂盛貌。　④刈(yì)：割。濩(huò)：煮。　⑤绤(chī)：细葛布。绤(xì)：粗葛布。　⑥斁(yì)：厌倦。　⑦师氏：女师。《毛传》："师，女师也。古者女师教以妇德、妇言、妇容、妇功。"　⑧澣(huàn)：同浣，洗。　⑨害(hé)：通曷，何。

　　　　　　葛覃中谷刈为绤，燕服初成濯澣之。

　　　　　　言告归宁明妇本，后妃民女自相宜。

　　此诗以葛覃、鸟飞起兴，以言女子澣衣备装以归宁父母，语义甚明。然其所属主体，却颇多异议。《毛诗序》曰："《葛覃》，后妃之本也。后妃在父母家，则志在于女功之事，躬俭节用，服澣濯之衣，尊敬师傅，则可以归安父母，化天下以妇道也。"承前篇言后妃之德，此则言后妃之本，且详述其女功妇道之事。郑笺"躬俭节用，由于师傅之教。而后言尊敬师傅者，欲见其性亦自然。可以归安父母，言嫁而得意，犹不忘孝"，则释序所言躬俭节用之义，以其女德妇道乃在尊师尽孝。孔疏申之曰"作《葛覃》诗者，言后妃之本性也。谓贞专节俭，自有性也。序又申说之，后妃先在父母之家，则已专志于女功之事。复能身自俭约，谨节财用，服此浣濯之衣而尊敬师傅。在家本有此性，出嫁修而不改，妇礼无愆。当于夫氏，则可以归问安否于父母，化天下以为妇之道也"，以为诗人借归宁之事，美后妃明妇道之本，则以诗非后妃所自作。朱子所说则稍异。《诗集传》以为"此诗后妃所自作，故无赞美之词。然于此可以见其已贵而能勤，已富而能俭，已长而敬不弛于师傅，已嫁而孝不衰于父母，是皆德之厚，而人所难也。小序以为后妃之本，庶几近之"，以诗旨明妇道之本，当承序说之义，然却以诗为后妃所自作。于此说，后世或因诗中有言"是刈是濩""薄澣我衣"，而疑非为后妃之所宜。清人方玉润《诗经原始》即疑之曰"愚谓后纵勤劳，岂必亲手'是刈是濩'，后即节俭，亦不至归宁尚服澣衣。纵或有之，亦属矫强，非情之正，岂得为一国母仪乎"，遂以为"此亦采之民间，与《关雎》同为房中乐，前咏初婚，此咏归宁耳。因归宁而澣衣，因澣衣而念絺绤，因絺绤而想葛之初生，至于刈濩，以见一物之成亦非易易，而服之者敢有厌心哉？纵至归宁以见父母，所服私衣，亦不过澣濯旧物而已。可见周家王业，勤俭为本，以故民间妇道亦观感成风。圣人取之以次《关雎》，亦欲为万世妇德立之范耳"，说同前篇，以此归宁者为民间女子，然其得妇道之本乃由周家王业观感成风。今人说此诗，亦以之为民间歌谣，程俊英《诗经译注》以为"这是一首描写女子准备回家探望爹娘的诗。诗人叙述在采葛制衣的时候，看见黄雀聚鸣，引起了她和父母团聚的希望。她得到公婆、丈夫的应允，就告诉了家里的保姆，开始洗衣，整理行装，准备回娘家"，尤为泛言民女探家，且以诗中情景皆为实述其事。然则，诗多比兴，风诗尤然，孔疏引王肃之言"葛生于此，延蔓于彼，犹女之当外成也"，焦循《毛诗补疏》"鸟集于灌木，其鸣喈喈，兴女嫁于夫家而和声远闻也"，是葛之覃、鸟之鸣皆兴女嫁，非为实景实事。以此，诗末明言"归宁父母"方有本，否则，葛覃、鸟鸣与归宁何所涉？且诗言"师氏"，毛传"师，女师也"，今人闻一多《诗经通义》"姆，即师氏"，"论其性质，直今佣妇之事耳"，无论女师抑或佣妇，似皆非民女之所宜有。以此观之，则似仍以旧说为当。退而言之，诸说以归宁者为何，诗作者为何，其说不一，然以诗旨在明勤俭为立业之本则无二致。故若属后妃，则为妇德立范，若属民女，则见风俗淳朴，不亦各自相宜乎？又岂必拘执其究何所属焉？

卷 耳

采采卷耳①，不盈顷筐。嗟我怀人，寘彼周行②。
陟彼崔嵬③，我马虺隤④。我姑酌彼金罍⑤，维以不永怀。
陟彼高冈，我马玄黄⑥。我姑酌彼兕觥⑦，维以不永伤。
陟彼砠矣⑧，我马瘏矣⑨，我仆痡矣⑩，云何吁矣！

①卷耳：野菜名，今名苍耳，嫩苗可食，子可入药。　②寘（zhì）：同置，放。周行（háng）：大道。一说周朝官员之行列。　③陟（zhì）：登。崔嵬：高而不平之土石山。　④虺隤（huī tuí）：病之通称。虺为瘣之假借；隤通颓。　⑤罍（léi）：

酒器。　⑥玄黄:马病貌。　⑦兕觥(sì gōng):犀牛角制酒器。　⑧砠(jū):多石土山。　⑨瘏(tú):《孔疏》:"瘏,马疲不能前进之病。"　⑩痡(pū):人疲不能前行。

> 进贤之志至勤忧,马陟高冈义不侔。
> 德淑情专抒远念,晦翁一语旧言休。

　　此诗首述采卷耳而不盈筐,以兴怀远人之忧思,其下历叙所怀之人历经险阻、备极辛劳之情状。然于怀人者谁,所怀何人,诗旨何寄,则多异说。《毛诗序》曰:"《卷耳》,后妃之志也。又当辅佐君子求贤审官,知臣下之勤劳,内有进贤之志,而无险诐私谒之心,朝夕思念,至于忧勤也。"毛序承前篇所言后妃之本,于此以后妃之志以为说,则怀人者后妃,所怀者辅佐君子之贤者,诗之所寓者忧心进贤之志。故于"采采卷耳,不盈顷筐",郑笺"器之易盈而不盈者,志在辅佐君子忧思深也",于"嗟我怀人,寘彼周行",毛传"思君子官贤人,置周之列位"。又王先谦《诗三家义集疏》引"鲁说曰:思古君子官贤人,置之列位也",以"嗟我怀人"为怀古君子,以"寘彼周行"为置贤人于周朝官员之行列。毛、鲁二说,或皆与《左传》引此诗有关。查《左传·襄公十五年》有言"君子谓:楚于是乎能官人。官人,国之急也。能官人,则民无觎心。《诗》云'嗟我怀人,寘彼周行',能官人也。王及公、侯、伯、子、男、甸、采、卫大夫,各居其列,所谓周行也",即释"周行"为官人各居其列。然《左传》引诗,多断章取义,视特定情境,于言外别有会心,多非诗之原义。故宋儒多不信其说,欧阳修《诗本义》即以为"妇人无外事,求贤审官,非后妃责",可谓驳之甚切。观诗辞,二至四章皆言马陟"崔嵬""高冈",于怀古人、忧进贤之义尤为不侔。朱熹《诗集传》因以为:"此亦后妃所自作,可以见其贞静专一之至矣。岂当文王朝会征伐之时,羑里拘幽之日而作欤?"是以所谓后妃之志乃在此"贞静专一之至"。又云:"后妃以君子不在而思念之,故赋此诗。托言方采卷耳,未满顷筐,而心适念君子,故不能复采,而寘之大道之旁也。"释"周行"为大道,一扫旧说,似可得诗义真诠。然二章以下,述骑马携仆,陟冈饮酒,显与妇人思夫不类。以此,今人高亨《诗经今注》以为"作者似乎是个在外服役的小官吏,叙写他坐着车子,走着艰阻的山路,怀念着家中的妻子",即以之为征夫怀念妻子之作。然果若如此,则首章之言则显与此义不契,是以复有《卷耳》之诗乃由两篇残简误合为一之说。实则,明人杨慎《升庵诗话》已言"原诗人之旨,以后妃思文王之行役而言。陟冈者,文王陟之,玄黄者,文王之马,痡者,文王之仆,金罍兕觥,文王酌以消忧也。盖身在闺门而思在道路,若后世诗词所谓'计程应说到凉州'意耳",清人胡承珙《毛诗后笺》亦以为"凡诗中'我'字,有其人自我者,有代人言我者,一篇之中,不妨并见",方玉润《诗经原始》更明言"下三章皆从对面着笔,历想其劳苦之状,强自宽而愈不能宽。末乃极意摹写,有急管繁弦之意。后世杜甫'今夜鄜州月'一首,脱胎于此",可谓深于诗艺之言,抑钱钟书氏《管锥编·毛诗正义》博引历代名篇以论诗艺"话分两头"之所本欤?

樛 木

南有樛木①,葛藟累之②。乐只君子③,福履绥之④。

南有樛木,葛藟荒之⑤。乐只君子,福履将之⑥。

南有樛木,葛藟萦之。乐只君子,福履成之⑦。

①樛(jiū):向下弯曲之树。　②葛藟(lěi):野葡萄,蔓生植物,枝形似葛。累:缠,挂。　③只:语助词。　④履:《尔雅·释诂》:"履,福也。"绥:《毛传》:"绥,安也。"　⑤荒:《说文》:"荒,草掩地也。"　⑥将:《郑笺》:"将,犹扶助也。"　⑦成:成就。

樛枝逮下葛藤萦,绿映扶苏共盛荣。
君子礼贤妃不妒,士夫妾众岂须争?

此诗以樛木下曲、葛藟萦蔓作比兴之辞,以言君子得安福禄。然于其寓义,则颇多异说。《毛诗序》曰:"《樛木》,后妃逮下也。言能逮下而无嫉妒之心焉。"以诗美后妃逮下,且无嫉妒之心。郑笺"后妃能谐众妾,不嫉妒。其容貌恒以善,言逮下而安之"，释序所言逮下及不嫉妒乃在能谐众妾，是以下曲之木及葛藟萦蔓"喻后妃能以意下逮众妾，使得其次序，则众妾上附事之，而礼义亦俱盛"。孔疏申之"后妃能以恩义接及其下众妾，使俱以进御于王也。后妃所以能恩意逮下者，而无嫉妒之心焉"，"逮下者，三章章首二句是也。既能逮下，则乐其君子安之福禄，是由于逮下故也"，释序、笺之说，当合其义。朱熹《诗集传》因之，谓"后妃能逮下而无嫉妒之心，故众妾乐其德而称愿之曰：南有樛木，则葛藟累之矣。乐只君子，则福履绥之矣"，释"君子，自众妾而指后妃，犹言小君内子也"。此说似与《关雎》之义相接，《关雎》思贤才，求淑女，此则众妾至而能谐安之，"使俱以进御于王"，是亦由"后妃之德"推衍而为说。然王先谦《诗三家义集疏》："《文选》班孟坚《幽通赋》：'葛绵绵于樛木兮，咏南风以为绥。'李注引曹大家曰：'《诗·周南·国风》曰：南有樛木，葛藟累之。乐只君子，福履绥之。此是安乐之象也。'"则以安乐之象以为说，不及后妃逮下义，君子亦不指后妃。后之论者亦有衍此而为说者。吴闿生《诗义会通》以为"此诗但言君子盛德福履之厚，本与后妃无涉。'南有樛木，葛藟累之'者，言木下曲，则葛藟缘之以致其高。君子作人，则士依之以成其德。诗意止此。序所谓'后妃逮下，无嫉妒之心'，乃拘牵傅会之词，不足置信"，即不信序之说，明言不涉后妃，以葛藟萦木比士依君子，似以君臣际遇为寓涵。今人则以此诗为祝福之辞，所用之场合，或为新婚之礼，或为新生儿之诞，又生异解，然亦似与所谓"安乐之象"相承。由是观之，此诗语简而兴象可释空间广，故多异说，迄难定谳。鉴于此，方玉润《诗经原始》以为"观累、荒、萦等字有缠绵依附之意，如茑萝之施松柏，似于夫妇为近。而伪传又云：'南国诸侯慕文王之化，而归心于周。'其说亦是。总之，君臣夫妇，义本相通，诗人亦不过藉夫妇情以喻君臣义"，欲综融诸说而为言，似较通达。本来，诗多比兴，旨本非一。且就旧时君臣、夫妇而言，其关涉似觉尤为相类。试以士夫、妾众比之，其各附其主，而婢骨媚态又岂有异乎？

樛 斯

樛斯羽[①]，诜诜兮[②]。宜尔子孙，振振兮[③]。

樛斯羽，薨薨兮[④]。宜尔子孙，绳绳兮[⑤]。

樛斯羽，揖揖兮[⑥]。宜尔子孙，蛰蛰兮[⑦]。

①螽(zhōng)斯:蝗类昆虫,或名斯螽、松蟏。斯,一说为语词,亦通。　②诜(shēn)诜:众多貌。《毛传》:"诜诜,众多也。"一说振翅之声响。　③振振:仁厚貌。《毛传》:"振振,仁厚也。"一说繁盛振奋貌。　④薨(hōng)薨:昆虫群飞之声。⑤绳(mǐn)绳:戒慎貌。一说不绝貌。　⑥揖揖:音义同集,群聚貌。　⑦蛰蛰:和集貌。

妃嫔俱进子孙多,福履原由众妾和。

族盛人兴基业厚,春生秋灭奈蝗何?

此诗以螽斯多子为比,言人之子孙众多。然所美何人,诗旨何寄,则其说不一。《毛诗序》曰:"《螽斯》,后妃子孙众多也。言若螽斯不妒忌,则子孙众多也。"序以为所美者后妃,美其不妒忌而子孙众多,是亦承前篇之说而为言。观诗语甚简略,仅以螽斯为比,郑笺"凡物有阴阳情欲者,无不妒忌,维松蟏不耳。各得受气而生子,故能诜诜然众多。后妃之德能如是,则宜然","后妃之德宽容不嫉妒,则宜女之子孙使其无不仁厚",孔疏"此不妒忌得子孙众多者,以其不妒忌则嫔妾俱进,所生亦后妃之子孙,故得众多也","三章皆言后妃不妒忌,子孙众多,既言其多,因说其美,言仁厚戒慎和集耳",比照诗之辞章,申序说之义,以由不妒忌而多子孙,归美后妃之德。于序之说,朱子稍疑之,《诗序辨说》以为"螽斯聚处和一,而卵育蕃多,故以为不妒忌则子孙众多之比。此序者不达此诗之体,故遂以不妒忌者归之螽斯,其亦误矣",辨序说"螽斯不妒忌"之失,《诗集传》遂释之曰"后妃不妒忌而子孙众多,故众妾以螽斯之群处和集而子孙众多比之,言其有是德而宜有是福也",直以不妒忌属后妃,大旨实与序说无异,然却似以诗为众妾所作。于此,清人方玉润《诗经原始》驳之曰"且谓此诗为众妾所作,则尤武断无稽",并以为"当是之时,子孙众多,莫若文王,诗人美之固宜,但其措词亦仅借螽斯为比,未尝显颂君妃,亦不可泥而求之也",以诗美文王多子,却不必专属后妃之德,似亦可成一说。今人则以为此诗乃婚礼上祝愿新人多子多孙之祝福曲,程俊英《诗经译注》以为"这是一首祝人多子多孙的诗。诗人用蝗虫多子,比人的多子,表示对多子者的祝贺",则似以为民间泛用之辞。然则,诗以螽斯为比,却与文王之事似有相合。孔疏"《思齐》云'太姒嗣徽音,则百斯男',传云'太姒十子,众妾则宜百子',是也",引大雅《思齐》之语及毛传之释,是文王有百子之说。朱熹《诗集传》言螽斯"一生九十九子",方玉润《诗经原始》亦言"苏氏谓螽斯一生八十一子,朱氏谓一生九十九子,今俗谓蝗一生百子",是蝗亦百子。诗人以此为比,岂偶然哉?且民间固贺多子,然岂有奢望百子?故序言后妃,方玉润氏言文王,义实归一,其或然欤?唯借螽斯为比,美子孙众多,则尤有可堪玩味者。螽乃蝗属,繁殖力极强,一年多达二至四代,以之比子孙众多,固其宜也。然蝗之寿命暂促,一般二至三月,至多不过半载。观历代帝王贵胄,纵一时族盛人兴,权势烜赫,终不免过眼烟云,旧时王谢,不亦正同蝗之春生秋灭,徒唤奈何?

桃 夭

桃之夭夭①,灼灼其华②。之子于归③,宜其室家。

桃之夭夭,有蕡其实④。之子于归,宜其家室。

桃之夭夭,其叶蓁蓁⑤。之子于归,宜其家人。

①夭夭:茂盛貌。　②灼灼:鲜艳貌。华:同花。　③之子:此女。于归:出嫁。　④蕡(fén):肥大。　⑤蓁(zhēn)蓁:枝叶繁密貌。

仲春之会艳如花,婚嫁宜时应室家。

谁谓太王真好色,能令怨旷国中遐?

此诗以桃夭起兴,美女子出嫁,室家和顺。诗之语义甚明,然于诗旨却有多说。《毛诗序》曰:"《桃夭》,后妃之所致也。不妒忌,则男女以正,婚姻以时,国无鳏民也。"序以婚嫁宜时归诸后妃不妒忌之德,连合上数篇之言以申说。故于桃夭、之子之辞,郑笺以为"兴者,喻时妇人皆得以年盛时行也",毛传以为"宜以有室家,无逾时者"。然则,国中妇人婚姻以时,与后妃不妒忌何与?孔疏"由后妃不妒忌,则令天下男女以正年不过限。昏姻以时,行不踰月。故周南之国皆无鳏独之民焉,皆后妃之所致也。此虽文王化使之然,亦由后妃内赞之致,故因上《螽斯》后妃不妬忌后,言其所致也。且言致,从家至国,亦自近致远之辞也。男女以正,三章上二句是也。昏姻以时,下二句是也。国无鳏民焉,申述所致之美,于经无所当也",以诗辞比照序说,述其言外之意及所谓不妬忌之由,终觉牵强。因于此说,后人多有疑之者。朱熹《诗序辨说》以为"序者失之,皆以为后妃之所致,既非所以正男女之位,而于此诗又专以为不妬忌之功,则其意愈狭而说愈疏矣",方玉润《诗经原始》亦诘之曰"然必谓'不妬忌'者何哉?夫后妃不妬忌,岂待人言,亦岂待烦言而后信哉?即使妬忌,亦与小民婚姻何涉?此皆迂论难通,不足以发诗意也",可谓切中其弊。故朱熹《诗集传》以为"文王之化,自家而国,男女以正,婚姻以时。故诗人因所见以起兴,而叹其女子之贤,知其必有以宜其室家也",仅言文王之化,自家而国,而不及后妃不妬忌之意。至今人说此诗,则泛以为民间贺女子出嫁之辞。然则,诗以桃夭兴女子出嫁,却似与周之礼制有关。《周礼·地官·媒氏》:"仲春之月,令会男女。于是时也,相奔不禁。若无故而不用令者,罚之。司男女之无夫家者而会之。"《易林》曰:"春桃生花,季女宜家。"朱熹《诗集传》亦云:"然则桃之有华,正婚姻之时也。"是春桃生花正婚嫁之时,而本于周礼之仲春之会,因言文王之化,似亦并非全然无据。而此文王之化,于周实亦渊源有自。《孟子·梁惠王下》载孟子答齐宣王"寡人有疾,寡人好色"之言曰:"昔者,太王好色,爱厥妃。《诗》云:'古公亶父,来朝走马,率西水浒,至于岐下。爰及姜女,聿来胥宇。'当是时也,内无怨女,外无旷夫。王如好色,与百姓同之,于王何有?"所引之诗出大雅《绵》,追溯周德之所以兴,是为周之史诗之一。诗述太王古公亶父率族人由豳迁岐,营周原之地,"复修后稷、公刘之业",是周氏族上承后稷、公刘之伟业,下启文王、武王之盛世之关键人物。其"爰及姜女,聿来胥宇",爱厥妃之举必为周人所仿效,故其好色之性亦必与周之礼制形成有重要关联。因就此诗言之,桃之夭夭,既为兴象,亦写史实,而太王好色之性居然令国无鳏寡,不亦异乎?序之言"国无鳏民"者,或即溯此渊源之谓欤?

兔罝

肃肃兔罝①,椓之丁丁②。赳赳武夫,公侯干城③。

肃肃兔罝，施于中逵④。赳赳武夫，公侯好仇⑤。

肃肃兔罝，施于中林⑥。赳赳武夫，公侯腹心⑦。

①肃肃：整密貌。兔：同虪(tú)，即虎。《说文》："楚人谓虎为乌虪。"《左传·宣公四年》作"於菟"。《郑笺》："菟，又作兔。"罝(jū)：捕兽之网。　②椓(zhuó)：《说文》："椓，击也。"丁(zhēng)丁：伐木之声。　③干：《毛传》："干，扞也。"扞即捍，捍卫。一说盾。城：城池。干城，指捍卫城池。　④逵(kuí)：同馗。《说文》："馗，九达道也。"中逵，即逵中，四通八达之路口。　⑤仇：同逑，匹偶。此喻帮手。　⑥林：马瑞辰《毛诗传笺通释》："林，犹野也。"中林，即林中。　⑦腹心：此指策谋之臣。

椓杙丁丁施道诸，干城卫邑腹心居。

文王授政吕闳泰，岂独武夫入兔罝？

此诗所述，既构结兔罝，又言武夫气势，且为公侯干城卫邑，当为武士之事。然诗旨为何，古今之说颇异。《毛诗序》曰："《兔罝》，后妃之化也。《关雎》之化行，则莫不好德，贤人众多也。"序以诗言贤人众多，且归美后妃德化之所致。然武夫干城，何以见贤人众多，且由后妃之化？郑笺以为"罝兔之人，鄙贱之事，犹能恭敬，则是贤人众多也"，孔疏以之为"是举微以见著"，又言"由后妃《关雎》之化行，则天下之人莫不好德，是故贤人众多。由贤人多，故兔罝之人犹能恭敬，是后妃之化行也"，意谓经后妃之化，虽罝兔鄙贱之人，亦堪入贤者之列。朱子稍疑之，《诗序辨说》以为"此序首句非是，而所谓莫不好德，贤人众多者得之"，因于《诗集传》释为"化行俗美，贤才众多。虽罝兔之野人，而其才之可用犹如此，故诗人因其所事以起兴而美之。而文王德化之盛，因可见矣"，同于《桃夭》之说，以其时贤人众多由文王德化之盛所致，与后妃无与。今之人论此诗，因诗出民间之预设，且多缘词敷义，以诗言罝兔，遂以为赞美猎人勇武之辞。然诗已明言"公侯干城"，郑笺以为"罝兔之人，贤者也。有武力可任为将帅之德，诸侯可任以国守，扞城其民，折冲御难于未然"，已见及其用之大，显非一般猎人罝兔之事。且诗言"施于中逵"，若果为猎人罝兔之实事,则罝兔本当施于山林,何以施于四通八达之大道?其说实多难以通者。按《墨子·尚贤》曰:"文王举闳夭、泰颠于罝网之中,授之政,西土服。"王先谦《诗三家义集疏》亦载:"韩说曰:殷纣之贤人退处山林,网禽兽而食之。文王举闳夭、泰颠于罝网之中。"后儒解此篇,颇有以之为说者。清人方玉润《诗经原始》辨之曰"诵此篇之义,必有人焉当之,如文王狩猎而得吕望之类。姚氏亦以为然。然则吕望、闳夭、泰颠诸公,亦可谓之'赳赳武夫'耶?夫拟人必于其伦,吕望诸贤纵极野处,亦断不至与罝兔野人同秉赳赳之气。窃意此必羽林卫士,扈跸游猎,英姿伟抱,奇杰魁梧,遥而望之,无非公侯妙选",意者面武夫之众,亟欲一览而收之。细味诗辞,其辨思细密而展拓,抑诗旨真义之所蕴乎?然则,王者固欲选武夫以"干城",而授政复可缺吕望、闳夭、泰颠之辈欤?似此兔罝,事或罝兔,义亦罝人,故诗以武夫干城为说,实亦含尽网贤才为己所用之意。盖历代帝王,网罗己欲所用之才,无论文武,皆不遗余力,以之为腹心爪牙,固其国祚,乃其本心,概莫能外。王定保《唐摭言》载唐太宗李世民"私幸端门,见新进士缀行而出,喜曰:天下英雄入吾彀中矣",其深心所系,可谓尽显无遗。

芣苢

采采芣苢①,薄言采之②。采采芣苢,薄言有之。

采采芣苢,薄言掇之③。采采芣苢,薄言捋之④。

采采芣苢,薄言袺之⑤。采采芣苢,薄言襭之⑥。

①采采:茂盛、众多貌。《蒹葭》:"蒹葭采采。"《毛传》:"采采,犹萋萋也。"芣苢(fú yǐ):车前草,子可入药。　②薄言:发语词。　③掇:拾取。胡承珙《毛诗后笺》:"掇是拾其子之既落者。"　④捋:捋取。胡承珙《毛诗后笺》:"捋是捋其子之未落者。"　⑤袺(jié):用手捏着衣襟。《说文》:"执衽谓之袺。"⑥襭(xié):用衣襟兜起来。朱骏声《说文通训定声》:"兜而扱于带间曰襭。"

道旁芣苢展青缣,掇采盈怀夕露霑。

朱子不知何所用,疗夫乐子可相兼。

　　此诗为妇人采掇芣苢之歌,然寓义却多异说。《毛诗序》曰:"《芣苢》,后妃之美也。和平则妇人乐有子矣。"是以诗言和平之时妇人乐有子,而其为后妃之所美者。郑笺"天下和,政教平也",释序之所言和平之义。孔疏申之曰"若天下乱离,兵役不息,则我躬不阅,于此之时岂思子也? 今天下和平,于是妇人始乐有子矣",以和平时盛,民人安乐,妇人始乐有子,是乐有子之说。然诗言采掇芣苢,何以见乐有子之义? 毛传"芣苢,马舄。马舄,车前也,宜怀妊焉",以其宜怀妊故乐有子欤? 又,《文选·辩命论》李善注引:"韩诗曰:采苢,伤夫有恶疾也。诗曰:'采采芣苢,薄言采之。'薛君曰:芣苢,臭恶之菜,诗人伤其君子有恶疾,人道不通,求已不得,发愤而作,以事兴芣苢,虽臭恶乎,我犹采采而不已者,以兴君子虽有恶疾,我犹守而不离去也。"王先谦《诗三家义集疏》引:"鲁说曰:蔡人之妻者,宋人之女也。既嫁于蔡而夫有恶疾,其母将改嫁之。女曰:夫不幸,乃妾之不幸也,奈何去之? 适人之道,壹与之醮终身不改。不幸遇恶疾,不改其意。且夫采采芣苢之草,虽其臭恶,犹将始于捋采之,终于怀撷之,浸以益亲,况于夫妇之道乎? 彼无大故,又不遣妾,何以得去! 终不听其母,乃作《芣苢》之诗。君子曰:宋女之意,甚贞而壹也。"是韩诗、鲁诗与毛说异,皆持伤夫有恶疾之说。于此二说,后世皆有疑之者。朱熹《诗集传》以为"化行俗美,家室和平,妇人无事,相与采此芣苢,而赋其事以相乐也",承序、笺"天下和"义而不言"乐有子",复又疑"采之未详何用"。郑樵《诗辨妄》则以为"《芣苢》之作,兴采之也,如后人之采菱则为采菱之诗,采藕则为采藕之诗,以述一时所采之兴尔,何它义哉",清人方玉润《诗经原始》亦言"此诗之妙,正在其无所指实而愈佳也。夫佳诗不必尽皆征实,自鸣天籁,一片好音,尤足令人低回无限。若实而按之,兴会索然矣。读者试平心静气涵泳此诗,恍听田家妇女三三五五于平原绣野、风和日丽中,同歌互答,余音袅袅,若远若近,忽断忽续,不知其情之何以移而神之何以旷,则此诗可不必细绎而自得其妙焉……今世南方妇女登山采茶,结伴讴歌,犹有此遗风云",皆不信旧说,以之纯为采摘之歌。因其所言颇近民歌之说,故今人多衍其说而为言,以此诗为"一群妇女采集车前子时随口唱的短歌"。然则，若纯以民间采摘之歌论之，则何必芣苢哉？果若如此，则《诗》中篇章多可作同一解矣！民间采摘，采菱采茶多有，而芣苢乃药物，采之必有所用，实与采菱采茶不类。而由鲁说所言宋女"怀撷之，浸以益亲"，似以芣苢具疗夫疾之用。故清人吴闿生《诗义会通》即以为"夫有恶疾而求药以疗之"。按，芣苢即车前草，其子可入药。《本草经疏》"入肾、肝、膀胱三经"，《日华子本草》"通小便淋涩，壮阳。治脱精，心烦。下气"，《雷公炮制药性解》"主淋沥癃闭，阴茎肿痛，湿疮，泄泻，亦白带浊，血闭难产"，是芣苢既治男子阴茎肿痛、泄泻，有壮阳之功，又可治妇人白带混浊、血闭难产。故毛诗"乐有子"说，韩、鲁诗"疗夫疾"说，岂非语异而义实相通乎？

汉 广

南有乔木，不可休思[①]。汉有游女，不可求思。汉之广矣，不可泳思。江之永矣，不可方思[②]。

翘翘错薪[③]，言刈其楚[④]。之子于归，言秣其马[⑤]。汉之广矣，不可泳思。江之永矣，不可方思。

翘翘错薪，言刈其蒌[⑥]。之子于归，言秣其驹。汉之广矣，不可泳思。江之永矣，不可方思。

①思：语助词。朱熹《诗集传》："吴氏曰：《韩诗》作'思'。"按《毛诗》原作"息"。《孔疏》曰："疑经'休息'之字作'休思'也。何则？《诗》之大体，韵在辞上。疑'休'、'求'字为韵，二字俱作'思'。"　②方：同舫，用竹、木编成之筏，此作动词。　③翘翘：本指鸟尾长羽，此杂草丛生貌。错：杂乱。　④楚：一种灌木，又名牡荆。魏源《诗古微》："《三百篇》言取妻者，皆以析薪取兴。"　⑤秣：用草料喂马。　⑥蒌：一种水草，今名蒌蒿，亦名白蒿，嫩时可食，老则为薪。

汉广江长游女悠，端庄静一不堪求。

敬深悦至空遥望，若此何时作好逑？

此诗所述,明言江汉之地,求游女而不可得。然于诗旨所寄,说者不一。《毛诗序》曰:"《汉广》,德广所及也。文王之道被于南国,美化行乎江汉之域,无思犯礼,求而不可得也。"序以诗美文王德化广被江汉之间,民风遵礼。然何以专美文王之化行于江汉之域? 郑笺以为"纣时淫风遍于天下,维江汉之域先受文王之教化",孔疏亦曰"言南国,则六州。犹《羔羊》序云'召南之国'也。彼言召南,此不言周南者,以天子事广,故直言南",是以南国乃纣之旧地,因文王德化而遵礼,诗人美之,正所谓用之乡人用之邦国之周南之义。按周南之诗于此篇之前,序、笺皆言后妃之德,此则初言文王之化。孔疏释之曰:"言文王之道,初致《桃夭》《芣苢》之化,今被于南国,美化行于江汉之域,故男无思犯礼,女求而不可得,此由德广所及然也。此与《桃夭》皆文王之化,后妃所赞。于此言文王者,因经陈江汉,指言其处为远,辞遂变后妃而言文王,为远近积渐之义叙于此。"所言当合序诗之旨。是文王、后妃本为一体,前此后妃之德亦皆文王之化,此后文王之化亦含后妃之德,远近之变抑或犹女内而男外之谓欤? 朱子承其说,《诗集传》曰:"文王之化,自近而远,先及于江汉之间,而有以变其淫乱之俗。故其出游之女,人望见之而知其端庄静一,非复前日之可求矣。"然于此说之外,多有异说。《韩诗外传》载"孔子南游适楚,至于阿谷之隧,有处子佩瑱而浣者。孔子曰:'彼妇人其可与言矣乎?'抽觞以授子贡曰:'善为之辞,以观其语。'子贡曰:'吾北鄙之人也,将南之楚。逢天之暑,思心潭潭,愿乞一饮,以表我心。'妇人对曰:'阿谷之隧,隐曲之汜,其水载清载浊,流而趋海,欲饮则饮,何问于婢子?'……《诗》曰:'南有乔木,不可休思。汉有游女,不可求思。'此之谓也",刘向《列仙传》复有"江妃二女者,不知何所人也。出游于江汉之湄,逢郑交甫。见而悦之,不知其神人也"之说。观其说,或引诗证事,或曲意附会,实皆不足以为据。又,清人方玉润《诗经原始》以为"愚意此诗,亦必当时诗人歌以付樵。故首章先言乔木起兴,为采樵地。次即言刈楚,为题正面。三兼言刈蒌,乃采薪余事。中间带言游女,则不过借以抒怀,聊写幽思,自适其意云耳",断之为"江干樵唱"。今之人则衍其樵唱之言,进而以之为"一位男子爱慕女子不能如愿以偿的民间情歌"。按此,则诗中"错薪""刈楚"皆为实事。实则,诗多比兴,风诗尤然。观此诗之辞意,乔木之不可休,乃兴游女之不可求,错薪刈楚,亦以兴之子于归,是以乔木错薪显非采薪之实赋。魏源《诗古微》已言"《三百篇》言取妻者,皆以析薪取兴",故诗有"之子于归"之辞,是必兴婚娶之事。且观此诗之辞多言"不可",刘克《诗说》已言"一诗之句凡二十有四,言'不可'者八焉",是"不可"显具戒勉义,岂樵唱乃至爱女子不能如愿之所宜言焉? 岂非正合序言"无思犯礼"之义欤? 唯诗美遵礼,不亦应有度乎? 若此女之高不可攀,远不可求,则如何行"仲春之月,令会男女"之礼? 又如何得配好逑,以成人道之大伦耶?

汝 坟

遵彼汝坟①,伐其条枚②。未见君子,惄如调饥③。
遵彼汝坟,伐其条肄④。既见君子,不我遐弃⑤。
鲂鱼赪尾⑥,王室如燬⑦。虽则如燬,父母孔迩⑧。

①遵:循,沿。汝:水名,源出河南天息山,东南入淮。坟:濆之假借,堤岸。《说文》:"濆,水厓也。"　②条枚:《毛传》:"枝曰条,干曰枚。"　③惄(nì):《韩诗》作愵,《说文》:"愵,忧貌。"调(zhōu):又作輖,《说文》:"輖,重也。"调饥即大饥,喻男女情欲未得满足。　④肄(yì):砍后复生小枝。　⑤遐弃:疏远遗弃。⑥鲂(fáng)鱼:鳊鱼。赪(chēng):红。《孔疏》:"鲂鱼之尾不赤,故知劳则尾赤。"此喻行役者之劳。　⑦燬:烈火,喻王政暴虐。　⑧孔迩:甚近。马瑞辰《毛诗传笺通释》:"言虽畏王室而远从行役,独不念父母之甚迩乎?"

夫君行役妇调饥,不弃经年体敝衣。

政酷人劳何所怨? 王恩如母已瞻晞。

此诗所述,似为妇人思夫,然诗旨为何,颇多异说。《毛诗序》曰:"《汝坟》,道化行也。文王之化行乎汝坟之国,妇人能闵其君子,犹勉之以正也。"序以汝坟之国受文王之化,妇人既闵其君子之劳,复勉其勤于王事。郑笺"言此妇人被文王之化,厚事其君子",孔疏"闵者,情所忧念,勉者,劝之尽诚。欲见情虽忧念犹能劝勉,故先闵而后勉也。臣奉君命不敢惮劳,虽则勤苦无所逃避,是臣之正道,故曰勉之以正也。闵其君子,首章二章是也。勉之以正,卒章是也",释序之义甚为详切。朱熹《诗集传》亦承其说曰:"汝旁之国,亦先被文王之化者。故妇人喜其君子行役而归,因记其未归之时思望之情如此,而追赋之也。"朱熹以诗出妇人之手,追赋思望之情。然则,妇人闵其君子、喜夫归,与文王之化何与?且被文王之化则闵其君子,岂无文王之化即不思其夫?其说颇致疑者。王先谦《诗三家义集疏》引鲁说:"周南之妻者,周南大夫之妻也。大夫受命,平治水土。过时不来,妻恐其懈于王事,盖与其邻人陈素所与大夫言。国家多难,惟勉强之,无有谴怒,遗父母忧。昔舜耕于历山,渔于雷泽,陶于河滨。非舜之事,而舜为之者,为养父母也。家贫亲老,不择官而仕。亲操井臼,不择妻而娶。故父母在,当与时小同,无亏大义,不罹患害而已。夫凤凰不离于蔚罗,麒麟不入于陷阱,蛟龙不及于枯泽。鸟兽之智,犹知避害,而况于人乎?生于乱世,不得道理,而迫于暴虐,不得行义,然而仕者,为父母在故也。乃作诗曰:'鲂鱼赪尾,王室如燬,虽则如燬,父母孔迩。'盖不得已也。君子以是知周南之妻而能匡夫也。"韩诗亦同此说,皆与序、笺之说异,以为妇人勉其夫为养父母不择官而仕。今人解此诗,则以之纯为民间思妇之辞。然则,若妇人勉其夫不择官而仕,或妇人思夫,则诗何以言"鲂鱼赪尾,王室如燬"?观郑笺已言"君子仕于乱世,其颜色瘦病,如鱼劳则尾赤。所以然者,畏王室之酷烈,是时纣存",以是时在商纣之世。《诗集传》复以为"是时文王三分天下有其二,而率商之叛国以事纣。故汝坟之人,犹以文王之命供纣之役。其家人见其勤苦,而劳之曰:汝之劳既如此,而王室之政方酷烈而未已。虽其酷烈而未已,然文王之德如父母然,望之甚近,亦可以忘其劳矣。此序所谓'妇人能闵其君子,犹勉之以正'者。盖曰,虽其别离之久,思念之深,而其所以相告语者,犹有尊君亲上之意,而无情爱狎昵之私,则其德风之深,风化之美,皆可见矣",其说甚详。是商政虽虐,天命未改,故供纣之役,犹勉之以正。以"父母"属文王,则文王之德化汝坟之人心已深,故妇人闵君子、勉以正无不缘文王之化以行,而"王室如燬"之谓亦有自来矣。清人何楷《诗经世本古义》有言"时盖文王以修职贡之故,往来于商,汝坟之人得见而喜之",方玉润《诗经原始》亦言"父老苦商久矣,王室其如燬乎?嗟我劳人,赪如鲂尾,然亦将有所归也。何也?以西伯近在咫尺,不啻如赤子之依父母耳",释义发微,差近诗旨。是以此篇深蕴家国之情怀,且寓商周之际宏大叙事于短章,岂可忽焉? 而鲁诗、韩诗为养父母不择官而仕之说,实已退为人伦之常。至若今人复皆以此诗纯为思妇之辞,则不唯"不我遐弃""父母孔迩"语涉不词,且诗之所蕴尤沦为儿女私情矣!

麟之趾

麟之趾[①],振振公子[②]。于嗟麟兮[③]!

麟之定[④],振振公姓[⑤]。于嗟麟兮!

麟之角,振振公族[⑥]。于嗟麟兮!

①麟:麒麟,古代传说之仁兽,麇身,牛尾,马蹄,头一角。《广雅·释兽》:"麒麟步行中规,折还中矩,不履生虫,不折生草。"　②振(zhēn)振:仁厚貌。公子:诸侯之子。　③于(xū):通吁,叹词。于嗟:叹美声。　④定:通颋(dìng),即额头。严粲《诗缉》:"有足者宜踶,唯麟之足,可以踶而不踶。有额者宜抵,唯麟之额,可以抵而不抵。有角者宜触,唯麟之角,可以触而不触。"　⑤公姓:诸侯之孙。　⑥公族:诸侯曾孙以下称公族。

麟趾厚仁不践生,宗孙承化德风盈。

麇身牛尾关雎应,了却人伦一段情。

麟为古之仁兽,据刘向《说苑》称"麒麟,麇身牛尾,圜头一角,含信怀义,音中律吕,步中规矩,择土而践,彬彬然动则有容仪",《荀子·哀公》引孔子之言曰"古之王者,有务而拘领者矣,其政好生而恶杀焉,是以凤在列树,麟在郊野",是以麟出乃盛世之兆。《春秋》鲁哀公十四年春"西狩获麟",杜预注"仲尼伤周道之不兴,感嘉瑞之无应,故因《鲁春秋》而修中兴之教。绝笔于'获麟'之一句,所感而作,固所以为终也",是时春秋乱世,孔子为鲁哀公获麟而泣,以为麟出非时,故《春秋》于此绝笔。是以此诗以麟起兴，必为极庄重之事。《毛诗序》曰："《麟之趾》，《关雎》之应也。《关雎》之化行，则天下无犯非礼，虽衰世之公子，皆信厚如麟趾之时也。"以麟兴盛时，周室子孙皆信厚若麟。王先谦《诗三家义集疏》引韩诗之言"《麟趾》，美公族之盛也"，亦同其说。观诗以麟趾起兴，毛传"趾，足也，麟信而应礼，以足至者也。振振，信厚也"，郑笺"兴者喻今公子亦信厚与礼相应，有似麟者"，是诗之义甚明。然则，何以言麟之趾？后世颇有疑者。毛传已言"以足至者也"，孔疏"言趾者，以麟是行兽，以足而至，故言麟之趾也"，实即所谓麟至之义。以诗借麟之厚仁，美周室子孙信厚繁盛，诸家几无异辞。然所美何时何人，则颇难判明。据朱熹《诗集传》"文王后妃德修于身，而子孙宗族皆化于善，故诗人以'麟之趾'兴公之子"，似指文王子孙而言。然序、笺有"衰世之公子""后世虽衰"之言，似距文王甚远。实则，诗言公子、公姓、公族，当为周家子孙宗族之泛指。清人姚际恒《诗经通论》以为"盖麟为神兽，世不常出，王之子孙亦各非常人，所以兴比而叹美之耳"，方玉润《诗经原始》引唐人杜甫诗"高帝子孙尽隆准，龙种自与常人殊"，以为"可为此诗下一注脚"，此龙种之论固难以为今人所接纳，然仅以西周至唐观之，其意识之恒固岂可以今之观念衡之耶？盖今之荒诞，或古之共识，是以今之释古，于古人可不以同情之理解乎？又，序以为《麟之趾》乃"《关雎》之应"，然何以为"《关雎》之应"？则未详其由。朱熹《诗集传》以为，周南十一篇，"首五诗皆言后妃之德。《关雎》举全体而言也，《葛覃》《卷耳》言其志行之在己，《樛木》《螽斯》美其德惠之及人，皆指其一事而言也。其词虽主于后妃，然其实则皆所以著明文王身修家齐之效也。至于《桃夭》《兔罝》《芣苢》，则家齐而国治之效。《汉广》《汝坟》，则以南国之诗附焉，而见天下已有可平之渐矣。若《麟之趾》，则又王者之瑞，有非人力所致而自至者，故复以是终焉，而序者以为'《关雎》之应'也"。依此，周南十一篇诗乃一结构完整、逻辑严密之整体，其间贯穿君子修身齐家治国平天下之理，无怪《论语·阳货》载孔子谓伯鱼之言曰"女为周南、召南矣乎？人而不为周南、召南，其犹正墙面而立也与"，而诗序则以为"风之始也，所以风天下而正夫妇也。故用之乡人焉，用之邦国焉"，绝非"多出于里巷歌谣之作"所可比。固然，上古民间必有歌谣，亦或果有采诗以观民风之举，然彼上古民间之歌谣何能即为此三百篇中之诗辞乎？上古民间必多乐歌，然士人以彼乐歌以己意为辞者，则二者显然绝难混而为一矣！盖风之始，乃中华文明进程之重大推力，关乎夫妇之道，生民之本，王政所重。且其时《诗》《书》《礼》《易》并用，皆同为文明发端期之圣人制作，亦类同所谓轴心时代世界各大文明非凡文化人物之重大创获。若必以《诗》出民间，敢问《书》《礼》《易》可谓出自民间乎？

召 南

鹊 巢

维鹊有巢^①，维鸠居之^②。之子于归，百两御之^③。
维鹊有巢，维鸠方之^④。之子于归，百两将之^⑤。
维鹊有巢，维鸠盈之。之子于归，百两成之^⑥。

①维：发语词。　②鸠：鸤鸠，今名八哥。李时珍《本草纲目》："八哥居鹊巢。"　③两：同辆，一辆车。御（yà）：同迓，迎接。　④方：占有。《毛传》："方，有之也。"　⑤将（jiāng）：护卫。马瑞辰《毛诗传笺通释》："诗百两皆指迎者而言，将者，奉也，卫也。"　⑥成：此指婚礼成。

鹊巢鸠入起和鸣，百两迎亲岂庶氓？
众媵盈居何济济，诸侯蒙化此先行！

　　按诗序，周南为"王者之风，故系之周公"，召南则为"诸侯之风"，"故系之召公"，皆为"正始之道，王化之基"。因而二南所述意旨颇为相似，所不同者，一为文王事，一为诸侯事。此诗为召南首篇，述婚嫁之事，与周南《关雎》颇为相类。然婚嫁者何人，却多异说。《毛诗序》曰：《鹊巢》，夫人之德也。国君积行累功，以致爵位。夫人起家而居有之，德如鸤鸠，乃可以配焉。"以为国君婚嫁事，诗美夫人之德。郑笺"起家而居有之，谓嫁于诸侯也。夫人有均壹之德如鸤鸠然，而后可配国君"，释序说之义，明以为诸侯之事，且以鸤鸠之比乃在均壹之德。以诗美诸侯婚嫁，后人多从其说。朱熹《诗序辨说》以为"文王之时，《关雎》之化行于闺门之内，而诸侯蒙化以成德者，其道亦始于家人。故其夫人之德如是，而诗人美之也"，《诗集传》释之曰："南国诸侯被文王之化，能正心修身以齐其家。其女子亦被后妃之化，而有专静纯一之德。故嫁于诸侯，而其家人美之曰：维鹊有巢，则鸠来居之。是以之子于归，而百两迎之也。此诗之意，犹周南之有《关雎》也。"然诸侯婚嫁何以鹊鸠兴比，颇多疑者，遂有新说。清人姚际恒《诗经通论》曰："嗟乎，一鸠耳，有何德，而且以知其为均壹哉？"驳鸤鸠比德之说。方玉润《诗经原始》则以为"然则何以为鹊鸠辨？窃意鹊巢自喻他人成室耳，鸠乃取譬新婚人也。盖新婚者必治室，所谓鸟革翚飞，蝉联鹊起，无不极意辉煌以为美观。又况鹊善营巢，故以为比，鸠则性慈而多子。《曹》之诗曰：'鸤鸠在桑，其子七兮。'凡娶妇者，未有不祝其多男，而又冀其肯堂肯构也……诗人既美其宫室之富，又颂其子妇之贤，亦未可知。然细咏诗词，与《关雎》虽同赋初婚，而义旨迥别。《关雎》似后世催妆、花烛等诗，此则语近祝词"，似以此篇为初婚祝颂之乐章。今人则或以为泛咏婚嫁之事，若程俊英《诗经译注》"这是一首颂新娘的诗。诗人看见鸠居鹊巢，联想到女子出嫁，住进男家，就拿来作比"。或以鸠占鹊巢喻新人替旧人之位，乃弃妇之辞，若高亨《诗经今注》"诗以鸠侵占鹊巢比喻新夫人夺去原配夫人的宫室"，并以之为"召南的一个国君废了原配夫人，另娶一个新夫人，作者写这首诗叙其事，有讽刺的意味"。观诸新说，皆或望文生义，或臆测之辞，且言涉浮泛，难堪深究。盖诗以鸤鸠起兴，陆德明《经典释文》已言"鸤鸠有均一之德，饲其子，旦从上而下，暮从下而上，平均如一"，郑笺以为"鸤鸠因鹊成巢而居有之，而有均壹之德，犹国君夫人来嫁，居君子之室，德亦然"，故后接"之子于归，百两御之"始有自来。而何以迎亲以"百两"？毛传"百两，百乘也。诸侯之子嫁于诸侯，送御皆百乘"，所言明切，无可疑者。若以之为民间婚嫁，则何以与此情相合？若以之为娶新弃旧，则何以见弃妇之怨？实则，此诗为召南首篇，岂非正与"诸侯之风"合？送嫁迎娶皆以百乘之车，且营鹊巢而待鸠入者，由"居"而"方"而"盈"，尤见其盛。以此观之，不唯此诗洵为诸侯婚娶之事，且可见诸侯蒙文王之化，自乐于由娶妻礼制始。据《周礼》，周天子一后、三夫人、九嫔、二十七世妇、八十一御妻，凡一百二十一人。诸侯则"一娶九女"，虽不及天子之十一，然亦足如鸠"盈"鹊巢矣。若今人泛论此诗为民间婚嫁，则其时何处民间可以百辆车队迎亲？又何能妾媵盈居哉？

采 蘩

于以采蘩①，于沼于沚②。于以用之，公侯之事。

于以采蘩，于涧之中。于以用之，公侯之宫。

被之僮僮③，夙夜在公④。被之祁祁⑤，薄言还归⑥。

①于以：问词，犹言于何。一说语助。蘩(fán)：白蒿。生泽中，叶似嫩艾，茎或赤或白，根茎可食，古代常用以祭祀。　②沼：沼泽。沚：小洲。《说文》："小渚曰沚。"　③被(bì)：同髲，首饰。僮僮：盛貌。　④夙：早。公：公庙。　⑤祁祁：盛貌。马瑞辰《毛诗传笺通释》：僮僮、祁祁，皆状首饰之盛。　⑥薄：此用为减少之意。归：归寝。

采蘩沼沚事公侯，于涧用宫去欲留。

夙夜僮僮时日逝，亲蚕奉祀亦风流？

　　此诗述采蘩用于公侯之事，语意甚明，然用于何事，则说者稍异。《毛诗序》曰："《采蘩》，夫人不失职也。夫人可以奉祭祀，则不失职矣。"是以诗美诸侯夫人奉祭祀，勤于公侯之事，是采蘩乃供祭祀之用。毛传释之曰"公侯夫人执蘩菜以助祭，神飨德与信，不求备焉"，郑笺以为"奉祭祀者，采蘩之事也。不失职者，夙夜在公也"，孔疏亦言"夫人往何处采此蘩菜乎？于沼池于诸沚之傍采之也。既采之为菹，夫人往何处用之乎？于公侯之宫祭事，夫人当荐之也。此章言其采取，故卒章论其祭事"，是传、笺、疏皆主祭祀而为言。朱熹《诗集传》既从序、笺义，以为"南国被文王之化,诸侯夫人能尽诚敬以奉祭祀,而其家人叙其事以美之也",复有疑之,"或曰:蘩所以生蚕。盖古者后夫人有亲蚕之礼。此诗亦犹周南之有《葛覃》也",是以奉祀之外,或又有亲蚕义。按宋人陆佃《埤雅》释"蘩"曰:"蒿青而高,蘩白而繁。《尔雅》曰:蘩,皤蒿。白蒿也……《七月》之诗曰:春日迟迟,采蘩祁祁。传曰:采蘩所以生蚕也。盖农功有早晚,蚕事有先后,故言求桑于前,以著蚕之早者,采蘩于后,以著蚕之晚者。今覆蚕种尚用蒿云。"是采蘩确可用之于蚕事。又,《礼记·祭义》曰:"古者天子诸侯必有公桑蚕室,近川而为之,筑宫仞有三尺,棘墙而外闭之。及大昕之朝,君皮弁素积,卜三宫之夫人、世妇之吉者,使人蚕于蚕室,奉种浴于川,桑于公桑,风戾以食之。岁既单矣,世妇卒蚕,奉茧以示于君,遂献茧于夫人,夫人曰:'此所以为君服与?'遂副袆而受之,因少牢以礼之。古之献茧者,其率用此与。及良日,夫人缫,三盆手,遂布于三宫夫人、世妇之吉者,使缫。遂朱绿之,玄黄之,以为黼黻文章。服既成,君服以祀先王先公,敬之至也。"言蚕事之礼甚详。试以此诗所述与之对照,采蘩者,生蚕也,于沼于涧,近川也,事者,蚕事也,宫者,蚕室也,公者,公桑也,夙夜者,朝夕以供蚕事,被者,首饰也,僮僮、祁祁,夫人、世妇众多也,似觉一一恰相契合。清人方玉润《诗经原始》析之曰:"盖蚕事方兴之始,三宫夫人、世妇皆入于室,其仆妇众多,蚕妇尤甚,僮僮然朝夕往来以供蚕事,不辨其人,但见首饰之招摇往还而已。蚕事既卒而后,三宫夫人、世妇又皆各言还归,其仆妇众多,蚕妇亦盛,祁祁然舒容缓步,徐徐而归。亦不辨其人,但见首饰之簇拥如云而已。此蚕事始终景象如是。"所述具体而生动,当日情境,如在目前。由是观之,诗美夫人奉祀亲蚕,极见诚敬,不仅夙夜在公,且于仪式一丝不苟。《诗集传》曰:"祁祁,舒迟貌,去事有仪也。《祭义》曰:'及祭之后,陶陶遂遂,如将复入然。'不欲遽去,爱敬之无已也。"如此尽职,固为可贵,诗人美之,亦为无过。然抑或有疑者,闺中之人,岂无他责?青春韶华尽在此中日夜流逝,即使平民百姓亦难堪忍受,况公侯乎?

草 虫

喓喓草虫①,趯趯阜螽②。未见君子,忧心忡忡③。亦既见止,亦既觏止④,我心则降⑤。

陟彼南山,言采其蕨⑥。未见君子,忧心惙惙⑦。亦既见止,亦既觏止,我心则说⑧。

陟彼南山,言采其薇。未见君子,我心伤悲。亦既见止,亦既觏止,我心则夷⑨。

①喓(yāo)喓:虫鸣声。　②趯(tì)趯:昆虫跳跃之状。阜螽:即蚱蜢。
③忡(chōng)忡:犹冲冲,形容心绪不宁。　④觏(gòu):遇见。止:语尾助词。
⑤降:放下。　⑥蕨:野菜名,初生可食。　⑦惙(chuò)惙:忧,愁苦的样子,心
慌气短貌。《一切经音义》:"惙,短气貌也。"　⑧说:同悦。　⑨夷:平,此指
心安。

草虫趯趯复喓喓,时物迁延别意遥。
陟彼南山人不见,何当西牖共寒宵?

此诗以草虫鸣、阜螽跃起兴,以言未见君子之忧,既见之悦,语意似为思妇之
辞。然于诗旨何所托,说者颇多歧异。《毛诗序》曰:"《草虫》,大夫妻能以礼自防
也。"是以为诗美大夫妻以礼自防,乃承前篇夫人之德、之职而为言。由孔疏所言
"作《草虫》诗者,言大夫妻能以礼自防也。经言在室则夫唱乃随,既嫁则忧不当其
礼,皆是以礼自防之事",申序所言以礼自防义,以之为诗人美大夫妻之作。按诗
之草、阜螽之兴,郑笺"草虫鸣,阜螽跃而从之,异种同类,犹男女嘉时以礼相求
呼"。于未见之辞,则言"未见君子者,谓在塗时也。在塗而忧,忧不当君子,无以
宁父母,故心冲冲然"。于既见既觏,复言"既见,谓已同牢而食也。既觏,谓已昏
也。始者忧于不当,今君子待己以礼,庶自此可宁父母,故心下也"。释诗之义甚
详,然却无以信为大夫之妻,故三家诗所说不同。王先谦《诗三家义集疏》引"鲁说
曰:孔子对鲁哀公曰:恶恶道不能甚,则其好善道亦不能甚;好善道不能甚,则百姓
亲之也亦不能甚。《诗》云:'未见君子,忧心惙惙。亦既见止,亦既觏止,我心则
说。'诗人之好善也如此。"是以恶恶好善以为说,无关夫妇事。朱子亦疑序说,《诗

序辨说》以为"此恐亦是夫人之诗,而未见以礼自防之意",以为无关以礼自防,而诗乃夫人自咏。清人方玉润《诗经原始》就诗辞言,以为"始因秋虫以寄托,继历春景而忧思。既未能见,则更设为既见情形,以自慰其幽思无已之心。此善言情作也。然皆虚想,非真实觏",味诗艺颇细密,然就诗旨所托,却以为"此盖诗人托男女情以写君臣念耳","夫臣子思君,未可显言,故每假思妇情以寓忠君爱国意,使读者自得其意于言外",全然以臣子忠君之念以为言,于其自言"善言情作"者,岂非大煞风景哉?按牛运震《诗志》尝言"小雅《出车》篇有此'喓喓草虫'六句,为室家念南仲行役意,亦合。三百篇中多有重辞,未知孰先孰后,不必执泥以求也",查《出车》"喓喓草虫"六句,与此诗首章七句几重出,以此诗首章后三句"亦既见止,亦既觏止,我心则降"合为"既见君子,我心则降"二句,故谓六句。而《出车》所言明为征人室家之念,似可反证此篇诗旨。且《出车》所言出征玁狁之南仲,正周之大夫,抑或可为序所言"大夫妻"之一证乎?是以朱熹《诗集传》以为"诸侯大夫行役在外,其妻独居,感时物之变,而思其君子如此。亦若周南之《卷耳》也",似近诗旨。然则,大夫行役在外,其妻独居,感时物之变而思其君子,岂不自亦可含"以礼自防"之义?似此,释诗固不必强执一端也。味此诗述思妇之情,颇为细腻,未见是实,既见则虚想之辞,犹唐人李义山《夜雨寄北》"何当共剪西窗烛,却话巴山夜雨时"之意,涵泳反复,自可得之。

采 蘋

于以采蘋①,南涧之滨。于以采藻②,于彼行潦③。
于以盛之,维筐及筥④。于以湘之⑤,维锜及釜⑥。
于以奠之⑦,宗室牖下⑧。谁其尸之⑨,有齐季女⑩。

①蘋:又称四叶菜、田字草,生于浅水,可食。　②藻:聚藻,生水底,叶似蒿,可食。　③行(xíng):沂之假借字,沟水。潦(lǎo):雨后积水。马瑞辰《毛诗传笺通释》:"沟水之流曰沂,雨水之大曰潦。"　④筥(jǔ):竹器。方者为筐,圆者为筥。　⑤湘:䰙(shāng)之假借字,煮。韩诗作䰙。　⑥锜(qí):三足锅。

釜：无足锅。　　⑦奠：置，放。此指置放祭物。　　⑧宗室：宗庙，祠堂。《毛传》："大宗之庙也。"大宗，即大夫之始祖。牖：窗。　　⑨尸：古时祭祀用人充当神，称尸。　　⑩齐：同斋。《毛传》："齐，敬。"季女：少女。《毛传》："季，少也。"

采藻盈怀南涧滨，筐盛釜熟祭祠陈。

女持祀礼蘩蘋次，当越草虫义始真。

　　此诗与《采蘩》辞、义皆相类，所述者采蘋采藻以备祭祀之用，语义甚明。然于主祭者何人，说者不一。《毛诗序》曰："《采蘋》，大夫妻能循法度也。能循法度，则可以承先祖，共祭祀矣。"以《采蘩》为诸侯夫人不失职主祭祀，此则为大夫妻循法度共祭祀。朱子亦承其说，《诗集传》径言"南国被文王之化，大夫妻能奉祭祀，而其家人叙其事以美之也"，几与《采蘩》之说全然相同，唯将"诸侯夫人"换作"大夫妻"。然则诗中明言"有齐季女"，既谓"季女"，则明为未嫁少女，是以若为"大夫妻"，则何言"季女"？按《礼记·昏义》有云："古者妇人先嫁三月，祖庙未毁，教于公宫，祖庙既毁，教于宗室。教以妇德、妇言、妇容、妇功。教成之祭，牲用鱼，芼之以蘋藻，所以成妇顺也。"以此，似诗之所述，乃未为人妻之前所习女事。故诗言"谁其尸之，有齐季女"，毛传"古之将嫁女者，必先礼之于宗室，牲用鱼，芼之以蘋藻"，释诗之义，亦与《礼记》之言合。又，郑笺亦言"女子十年，不出姆教，婉娩听从，执麻枲，治丝茧，织纴组纴，学女事以供衣服。观于祭祀，纳酒浆、笾豆、菹醢，礼相助奠。十有五而笄，二十而嫁。此言能循法度者，今既嫁为大夫妻，能循其为女之时所学所观之事，以为法度"，释能循法度之义甚详。是以"季女"所为，乃成人妻之前所习女事，待既嫁之后，能循其未嫁时之所学，以为法度。由是观之，诗述采蘋采藻，又言季女，实未嫁女备祭事。全诗三章，每章四句，皆两问两答。首章言采蘋、采藻之地，次章言盛放、烹煮祭品之器，末章言祭之处所及主祭之人。诗义本明晰，由备祭而主祭过程完整，情节生动。清人吴闿生《诗义会通》以为"五用'于以'字，有'群山万壑赴荆门'之势"，近人扬之水《诗经别裁》亦言"《采蘋》之叙事，不假修饰，乃至通篇不用一个形容之词，却是于平浅谐美中写出了烛照女子生命的一点精神之微光"，皆极见此诗意韵之妙。是以普通之祭品，繁琐之礼仪，却可见其间庄重虔诚之蕴思。正若《左传·隐公三年》之言"苟有明信，涧溪沼沚之毛，蘋蘩蕰藻之菜，筐筥锜釜之器，潢污行潦之水，可荐于鬼神，可羞于王公"，是以看似细琐之事物，实多时人之理念及风习之蕴涵。唯嫁之前学女事观祭祀，自当为贵族之事，此其旧说谓为"大夫妻"似亦未为无据耶？诗之"季女"，或正为待嫁与大夫为妻者哉？然则，召南之国甚夥，此待嫁之大夫妻或有所指焉？按《左传·襄公二十八年》载"济泽之阿，行潦之蘋藻，寘诸宗室，季兰尸之，敬也"，说诗者或以此诗之"季女"即"季兰"，翁方纲《诗附记》以为"此季兰必是当时实有其人"，而马瑞辰《毛诗传笺通释》则以为"季兰盖当时女子之美称，犹云季姜、季姬，非实有所指"，终难定说，似亦难以指实。又，此诗辞、义皆与《采蘩》类，然却居《草虫》后，显于义序不合。观《诗谱序》孔疏尝言"《仪礼》歌召南三篇，越《草虫》而取《采蘋》，盖《采蘋》旧在《草虫》之前"，并以为系"孔子以后，简札始倒"所致误。《左传·隐公三年》亦有"风有《采蘩》《采蘋》……昭忠信也"之语，不亦可见二诗本相次为序焉？以此，则此篇当在《草虫》之前，紧接《采蘩》，义序乃顺。

甘 棠

蔽芾甘棠①，勿翦勿伐，召伯所茇②。

蔽芾甘棠，勿翦勿败③，召伯所憩。

蔽芾甘棠，勿翦勿拜④，召伯所说⑤。

①蔽芾(fèi)：《毛传》："蔽芾，小貌。"一说茂密貌。韩诗作蔽茀，王先谦《诗三家义集疏》："其本字当作蔽茀，借作蔽芾，茀之为言蔽也。"甘棠：棠梨，杜梨，落叶乔木，果实圆而小，可食。　②召(shào)伯：即召公。召公为诸侯长，故称伯。茇(bá)：草舍，此处用为动词，居住。　③败：毁坏。《说文》："败，毁也。"④拜：扒之假借字，《广韵》引《诗》作"勿翦勿扒"。《郑笺》："拜之言拔也。"⑤说(shuì)：音义同税，止息。王质《诗总闻》："说或为税，止。"

草舍为居棠杜甘，召公布政德行南。

岂知治国成刀俎，不若豺狼即巨贪！

此诗明著召伯，以美护甘棠之思，表达对召伯之赞美怀念。全诗纯用赋体铺陈排衍，物象简要，语亦明晰。《毛诗序》曰：“《甘棠》，美召伯也。召伯之教，明于南国。”是以其教明于南国，是此所言召伯当指武王时之召康公奭。然召公何以言召伯？故后世或有以为宣王时之召伯虎之疑。于此，郑笺曰“召伯，姬姓，名奭，食采于召，作上公，为二伯，后封于燕。此美其为伯之功，故言伯云”，释序所以言召伯之所由。然既美召公为伯之功，却与诗言“甘棠”何与？据《史记·燕召公世家》“召公之治西方，甚得兆民和。召公巡行乡邑，有棠树，决狱政事其下，自侯伯至庶人，各得其所，无失职者。召公卒，而民人思召公之政，怀棠树，不敢伐，歌咏之，作《甘棠》之诗”，记其事甚详。王先谦《诗三家义集疏》引鲁说，亦与此说同。是以召伯决狱听政棠树之下，与诗言“召伯所茇”合。然则，既决狱听政，何以于棠树之下？郑笺“茇，草舍也。召伯听男女之讼，不重烦劳百姓，止舍小棠之下而听断焉。国人被其德，说其化，思其人，敬其树”，是以召公南巡听政，止于小棠树下结草舍以居，不扰民而为民排忧释纷。若此，民安有不怀而敬之？故孔疏释之云“武王之时，召公为西伯，行政于南土，决讼于小棠之下，其教著明于南国，爱结于民心，故作是诗以美之。经三章皆言国人爱召伯而敬其树，是为美之也”，朱熹《诗集传》亦承其意而为言“伯，方伯也。茇，草舍也。召伯循行南国以布文王之政，或舍甘棠之下。其后人思其德，故爱其树，而不忍伤也”，庶几可合诗之旨。故后世论者多从之，几无异辞。观诗之言虽简略，然由睹物而思人，由思人而爱物，以小见大，运实于虚，其缠绵笃挚之情，沛然溢于言表。顾广誉《学诗详说》所言“不言爱其人，而言爱其所茇之树，则其感戴者益深。不言当时之爱，而言事后之爱，则怀其思者尤远”，此亦《尚书大传·牧誓》“爱人者兼其屋上之乌，不爱人者及其胥余”之谓欤？观《汉书·何武传》所载，何武“欲除吏，先为科例以防请托，其所居亦无赫赫名，去后常见思”，后人遂以之为“去思”即地方士民对离职官吏怀念之典出，然若与《甘棠》相较，则孰为“去思”之祖耶？清人吴闿生《诗义会通》即以此《甘棠》之诗为“千古去思之祖”，洵为知言。又，召公布政，堪称儒家仁政典范，盖仁政当自行政者始,《论语·颜渊》:"季康子问政于孔子,孔子对曰:政者,正也。子帅以正,孰敢不正?"正此之谓欤?惜后世奉儒家之教者,却以国事为己私,以权柄为刀俎,竞相鱼肉百姓,则情何以堪哉?

行 露

厌浥行露①,岂不夙夜?谓行多露②。

谁谓雀无角③,何以穿我屋?谁谓女无家④,何以速我狱⑤?虽速我狱,室家不足⑥!

谁谓鼠无牙,何以穿我墉⑦?谁谓女无家,何以速我讼?虽速我讼,亦不女从⑧!

①厌:浥(qì)之假借,《韩诗》作"浥"。厌浥:露水潮湿貌。《广雅》:"浥浥,湿也。" ②谓:畏之假借,马瑞辰《毛诗传笺通释》:"谓,疑畏之假借。"行:道路。 ③角:鸟喙。 ④女:同汝。无家:未婚娶。 ⑤速:招,致。狱:狱讼。速我狱:犹言使我被讼。 ⑥室家:有妻曰室,有夫曰家,混言室家,意指嫁娶。不足:此指嫁娶理由不足。 ⑦墉(yōng):墙。 ⑧女从:即从汝。

　　夙夜不行草露浓,闺门风化礼先从。
　　胡为媒聘犹难足,空使时光损玉容?

此诗所述,似男女因婚嫁而诉诸讼狱事。然究其事主事由及诗旨何寄,则向多异说。《毛诗序》曰:"《行露》,召伯听讼也。衰乱之俗微,贞信之教兴,强暴之男,不能侵陵贞女也。"承上篇《甘棠》召公决狱听政之意而为言,以诗旨赞美南国女子不畏强暴而欲婚嫁遵礼。而郑氏笺曰:"衰乱之俗微,贞信之教兴者,此殷之末世,周之盛德,当文王与纣之时。"是则断其事当商纣之末文王初兴之时。似与序说有异。故孔疏曰"言召伯听断男女室家之讼也,由文王之时被化日久,衰乱之俗已微，贞信之教乃兴，是故强暴之男不能侵陵贞女也"，似欲调和二说。盖召公分治陕之西当在武王后成王时，是召公既听政断讼必不在文王之时，故孔疏释之为文王之化久而衰乱之俗微。朱子从其说，《诗集传》释之曰："南国之人，遵召伯之教，服文王之化，有以革其前日淫乱之俗，故女子有能以礼自守，而不为强暴所污者，自述己志，作此诗以绝其人。"然则，何以革淫乱之俗？何为以礼自守？并皆语焉不详。查刘向《列女传·贞顺》载："申女许嫁于酆，夫家礼不备，女以为轻礼违制，不可以行，而致于讼。女终持义不往，君子以为得妇道之仪，举而扬之。"既坐实事主，且揭其持义不往缘由之所在。然于此说，明清论家复多有疑之者。朱谋㙔《诗故》以为寡妇执节不贰之词，方玉润《诗经原始》以为贫士却婚以远嫌之作。今人尤多新说，高亨《诗经今注》以为一个女子嫌弃夫家贫穷，不肯回家，被丈夫讼于官府；余冠英《诗经选》以为一个已有夫家女子之家长回家企图以打官司逼娶其女之强横男子；陈子展《诗经直解》则以为是一个女子拒绝与一个已有妻室之男重婚。纷纭异说，不一而足。观诸说，寡妇执节及贫士却婚，于事无徵，今人新解，似皆臆测。尤以事主为有夫家之女，显为谬解"谁谓女无家"所致，查此句之"女"，《韩诗》作"尔"，是此"女"乃"汝"，非为女子自谓，实为指男而言。故以诗乃贞女以礼自守绝强暴之人，似或近之。然则，诗言"室家不足"，夫家究竟何者不足，何礼不备，以致此女坚拒？按毛传"婚礼紝帛不过五两"，似无难备之理。故郑笺以为"币可备也。'室家不足'谓媒妁之言不和六礼之来，强委之"，以此，似可见此女重在以礼自守之义涵。又，《韩诗外传》谓："夫《行露》之人许嫁矣，然而未往也。见一物不具，一礼不备，守节贞理，守死不往。"朱熹《诗集传》亦称："汝于我尝有求为室家之礼，故能致我于狱。"由是观之，夫家"求为室家之礼"大体已备，只因"一物不具，一礼不备"，即被女方坚拒不往，以致夫家欲致狱讼，足见夫家并无大错。反观女方，遵礼固为美德，然在此案中显然过于拘执于繁缛之枝节，以致公堂对簿。而于此案，果若召伯听讼，则未知何所判焉？若此拘礼过甚，与周南《汉广》相似而又有过之。果如此，不独有损对方权益，且自身年华复能经几番时光之刃乎？

羔 羊

羔羊之皮，素丝五紽①。退食自公②，委蛇委蛇③。

羔羊之革④,素丝五緎⑤。委蛇委蛇,自公退食。

羔羊之缝⑥,素丝五总⑦。委蛇委蛇,退食自公。

①紽(tuó):缝制。严粲《诗缉》:"紽,缝也。"　　②公:公之门。退食自公,犹言退朝而就公膳。《左传·襄公二十八年》:"公膳,日双鸡。"杜预注:"谓公家供卿大夫之常膳。"　　③委蛇(wěi yí):音义并同逶迤,悠闲自得貌。《郑笺》:"委蛇,委曲自得之貌。"　　④革:裘里。马瑞辰《毛诗传笺通释》:"古者裘皆表其毛而为之里以附于革。"　　⑤緎(yù):缝。　　⑥缝:皮裘,一说缝合之处。　　⑦总:缝。

召南之国化文王,勤俭士夫革作裳。
退食公门犹自得,岂徒衣着似羔羊?

　　此诗所述,乃在位者着羔裘就公膳之情形,然究其诗旨,或美或刺,其说不一。《毛诗序》曰:"《羔羊》,《鹊巢》之功致也。召南之国,化文王之政,在位皆节俭正直,德如羔羊也。"是以诗美召南之国在位者受文王之化,勤俭克己,忠于职事。然何以谓"《鹊巢》之功致"?郑笺"《鹊巢》之君积行累功,以致此《羔羊》之化。在位卿大夫竞相切化,皆如此《羔羊》之人",孔疏"言《鹊巢》之功所致也,召南之国化文王之政,故在位之卿大夫皆居身节俭,为行正直,德如羔羊。然大夫有德,由君之功,是《鹊巢》之功所致也",释"《鹊巢》之功致"甚详切,当合序义。后世论家多从其说。薛汉《韩诗薛君章句》以为"诗人贤仕为大夫者,言其德能称,有洁白之性,屈柔之行,进退有度数也",朱熹《诗序辨说》以为"此序得之",于《诗集传》释为"南国化文王之政,在位皆节俭正直,故诗人美衣服有常,而从容自得如此也",谓诗之所美,或以为纯正之德,或以为节俭正直,实皆取序之一端而为言。然羔裘本为诸侯视朝之服,大夫朝服亦用之,凡在位者皆着羔裘,未足为异,则何以而见其德?是亦有疑之者。清人方玉润《诗经原始》即指:"服羔羊则'德如羔羊',服狐貉不将如狐貉乎?且羔羊亦何'节俭正直'之有?"颇切其要。故论者或以诗非美大夫之作。牟庭《诗切》"《羔羊》,刺饩廪俭薄也",倡为刺诗之说,以为大夫见膳食待遇俭薄,而以诗刺之。今人亦多以之为刺诗,程俊英《诗经译注》以为"统治阶级的官吏们过着衣裘公食，吸吮人民血汗的奢侈生活，诗人写了此诗予以讽刺"，贯之以现代阶级观念，故同为刺之说，却与牟氏所言刺之事恰相反。观诗之所述，着羔裘即指在位者，并无俭奢之别，然所言"五紽""五緎""五总"则其指甚明，不宜忽之。郝敬《毛诗原解》"织素丝为组，擘其缝际曰紽"，毛传"緎，缝也"，胡一桂《朱子诗传附录纂疏》"合二为一谓之总"，是"紽""緎""总"皆缝制义，观诗中"五紽""五緎""五总"之言，是一裘而五缝之仍不忍弃，岂非"节俭"之意乎？犹《礼记·檀弓下》以"一狐裘三十年"称晏子俭德之谓欤？一裘五缝仍不忍弃，已为俭德，而诗之重心尤在以大夫"退食自公"时之"委蛇"之态美其柔顺之德。毛传释"委蛇，行可从迹也"，郑笺以为"退食，谓减膳也。自，从也。从于公，谓正直顺于事也。委蛇，委曲自得之貌。节俭而顺心志定，故可自得也"。三家诗所释略同，王先谦《诗三家义集疏》引齐说"羔羊皮革，君子朝服。辅政扶德，以合万国"，又引韩说"有絜白之性，屈柔之行"。后世论家多从之。姚际恒《诗经通论》谓"此篇美大夫之诗，诗人适见其服羔裘而退食，即其服饰步履之间以叹美之。而大夫之贤不益一字，自可于言外想见，此风人之妙致也"，是其"委蛇"自得之貌，即诗序所谓"德如羔羊"内蕴之外显乎？然按诸史迹，在位之人，唯君王所用。观历代君王用士，莫不以驯顺为要。而承恩在位者，则对上如羔羊，对下若虎狼矣！观《羔羊》之诗，岂非渊源有自乎？

殷其靁

殷其靁①，在南山之阳。何斯违斯②？莫敢或遑③。振振君子④，归哉归哉！

殷其靁，在南山之侧。何斯违斯？莫敢遑息⑤。振振君子，归哉归哉！

殷其靁，在南山之下。何斯违斯？莫或遑处⑥。振振君子，归哉归哉！

①殷(yǐn)：拟声词，形容雷声轰鸣。靁：古同雷。　　②斯：此。何斯违斯：上斯指时，下斯指地。或曰上斯指人。违：离去。　　③或：有。《广雅·释诂》："或，有也。"遑(huáng)：闲暇。　　④振振：勤奋貌。《毛传》释为"信厚"，亦通。⑤息：喘息。《说文》："息，喘也。"　　⑥处：居，停留。

雷声殷殷越山阳，君子远行莫敢遑。
岂意闺中孤影盼，忍教明月照流黄？

此诗以南山之雷声起兴，以言君子远行无暇安处，似为妇人思夫盼归之辞。然于诗之旨，则多异说。《毛诗序》曰："《殷其靁》，劝以义也。召南之大夫远行从政，不遑宁处，其室家能闵其勤劳，劝以义也。"以为召南之国大夫远行从政，其妻思夫，闵其劳而劝以义。郑笺释之曰"靁以喻号令于南山之阳，又喻其在外也。召南大夫以王命施号令于四方，犹靁殷殷然发声于山之阳"，以雷之声喻号令，以兴召南大夫施号令于四方，又曰"大夫信厚之君子，为君使，功未成，归哉归哉，劝以为臣之义，未得归也"，是所谓既闵其无闲暇之勤劳，复劝之以为臣之义。于此，三家诗几无异辞，后世论家亦多有从其说者。然就诗辞观之，妇人思夫情境颇为真切，何以言"劝以义"？是亦有疑之者。朱熹《诗序辨说》以为"按此诗无'劝以义'之意"，姚际恒《诗经通论》亦言"按诗'归哉归哉'，是望其归之辞，绝不见有'劝以义'之意。且冀其可归也，何必美其德耶？二义难以合并，其为支离饰说无疑"，又言"振为振起、振兴意，亦为众盛意。若众盛，则妇人无思众盛之夫之理"，是以诗意望归，无有劝以义之意，且以"振振"为众盛意，则妇人思夫亦无可从矣。故方玉润《诗经原始》有言"尝读《孟子》曰：伯夷避纣，居北海之滨，闻文王作，兴曰：'盍归乎来？吾闻西伯善养老者。'太公避纣，居东海之滨，闻文王作，兴曰：'盍归乎来？吾闻西伯善养老者。'所谓'盍归乎来'者，非'何斯违斯，莫敢或遑'意乎？所谓'振振君子'者，非闻文王作，群起而振奋之士乎？曰'归哉归哉'者，则相招而来归者之辞也"，以为"当时文王政令方新，天下闻声向慕，有似靁发殷殷，群蛰启户。故诗人借以起兴，而其振奋起舞之意，则有不胜其来归恐后之心焉"，以诗述纣末之世，贤者归心文王之事。然则，味诗之辞义，方氏以伯夷、太公所谓"盍归乎来"即此诗所言"何斯违斯,莫敢或遑"意,终觉扞格。按"何斯违斯,莫敢或遑",孔疏已言"远行从政","不得遑暇而安处",其意甚明,正以此,其后"归哉归哉"之盼归之思方有据。严粲《诗缉》即以为"言殷然之雷声,在彼南山之南,何为此时速去此所乎",是以真实情境解雷作之地,始觉与上下文义始为契合自然。较之郑笺,以雷声喻号令,实无所依稽,且归哉归哉之盼归之思,却释为未得归而牵合劝以义之旨,尤见穿凿。朱熹《诗集传》亦言"南国被文王之化,妇人以其君子从役在外而思念之,故作此诗。言殷殷然雷声则在南山之阳矣,何此君子独去此,而不敢少遑乎?于是又美其德,且冀其早毕事而还归也",既美其德,复冀其早毕事而还归,庶几符辞义而合人情。又,吕祖谦《吕氏家塾读诗记》尝引朱子旧说"闵之深而无怨辞,所谓劝以义也",是以序所言"劝以义"可由闵深之情中味得,此篇乃寓义于情,涵蕴深至,未得其三昧,实难窥阃奥。盖妇人思夫,若周南之《卷耳》,召南之《草虫》,皆属此类,何独此篇以义为先?是欲以见召南之国从化之深欤?然则,按周礼以夫妇之道为生民之本,大夫远行从政,固以国事为重,然闺中之思,于"丹凤城南秋夜长""更教明月照流黄"之际,仍断然杜绝缱绻哀怨而劝之以义,岂不有违人伦之情乎?

摽有梅

摽有梅①,其实七兮②。求我庶士③,迨其吉兮④。
摽有梅,其实三兮。求我庶士,迨其今兮⑤。
摽有梅,顷筐塈之⑥。求我庶士,迨其谓之⑦。

①摽(biào):坠落。《毛传》:"摽,落也。"有:语助词。　②实:梅之果实。七:七成。二章之"三"义同此。　③庶:众。士:此指未婚男子。《荀子·非相》:"处女莫不愿得以为士。"杨注:"士者,未娶妻之称。"　④迨:趁。吉:吉日。⑤今:现在。《毛传》:"今,急辞也。"　⑥顷筐:畚箕。塈(xì):摡之借字,取。《玉篇》引此作"顷筐摡之"。　⑦谓:会之借字。《周礼·地官·媒氏》:"仲春之月,令会男女。"

梅落存三夏已阑，年华逝去粉妆残。

始知求嫁人伦亟，剩女如今为那般？

　　此诗以梅落起兴，言求我之庶士当趁其时。然所述何事，诗旨为何，其说不一。《毛诗序》曰："《摽有梅》，男女及时也。召南之国，被文王之化，男女得以及时也。"仍以召南之国被文王之化以为说，言男女婚嫁得以及时。然男女婚嫁及时本常事，与文王之化何与？孔疏以为"谓纣时俗衰政乱，男女丧其配耦，嫁娶多不以时。今被文王之化，故男女皆得以及时"，以纣末之世俗衰政乱，文王化之以正婚嫁方得及时，申序说未及之蕴。后人多承其说。朱熹《诗集传》亦曰："南国被文王之化，女子知以贞信自守，惧其嫁不及时，而有强暴之辱也。故言梅落而在树者少，以见时过而太晚矣。求我之众士，其必有及此吉日而来者乎？"既承序说，复以诗出女子之口，表达少女恐年华将逝，热切求嫁之心理。然以诗言少女热切求嫁，却颇致疑者。清人方玉润《诗经原始》以为"尝细玩此诗，不类男女词者有三：咏昏姻不曰桃而曰梅，不曰华而曰实，比兴殊多不伦，一也。求婿不曰'吉士'，而曰'我庶士'，加我字于庶士之上，尤为亲暱可丑，二也。亟亟难待，至于先通媒妁以自荐，情近私奔，三也"，并引明人章潢《诗经原体》之言"诗人伤贤哲之凋谢，故寓言摽梅，使求贤者及时延访之耳"，清人姚际恒《诗经通论》之言"此篇乃卿大夫为君求庶士之诗"，释此诗为求贤之作。然则，细味诗意，此说似嫌穿凿。盖诗以梅起兴，接以庶士之求，义本明晰。陈奂《诗毛氏传疏》谓"梅由盛而衰，犹男女之年齿也。梅、媒声同，故诗人见梅而起兴"，是以梅之兴正合婚嫁之事，非必桃也。观诗辞所述，从梅落存七到存三再到顷筐取之，层层递进，时间意识极为强烈，正如《左传·襄公八年》杜注所云"梅盛极则落，诗人以兴女色盛则有衰"，与之相对应者则是"众士求之，宜及其时"，希企求我庶士由"迨其吉"到"迨其今"再到"迨其谓"，求嫁心理尤见急切。观唐人《金缕衣》所言"花开堪折直须折，莫待无花空折枝"，岂非正得此篇之遗意乎？按《周礼·地官·媒氏》，女子十五岁成年，待嫁闺中，若二十仍未嫁，则不必拘于六礼，于仲春之月男女之会即可成其家室。而召南乃召公治化之地，女子唯恐婚嫁失时有违礼制，故求及时而遵礼。清人龚橙《诗本义》以为"《摽有梅》，急婚也"，一个"急"字，突显此篇情感基调之所在。吴闿生《诗义会通》益之曰:"盖婚嫁失时,则易有非礼之行,故王者之化以此为亟。"若此,女急求嫁,以避非礼之行,不亦正与序之言文王之化义相融通乎? 本来,男女婚嫁及时,乃人伦之常,亦自然之道,诗中多有,正可见周人制礼作乐遵人伦之本根与内蕴。然时过境迁,风化丕变,当今华夏已成单身大国,据《2021 年中国当代不婚主义白皮书》,全国单身人口已达 3 亿,且单身女性超过 29% 选择不婚,大龄不婚已成普遍现象乃至严重问题。回望人伦传统,面对民族未来,如之奈何? 如之奈何?

小 星

嘒彼小星①,三五在东②。肃肃宵征③,夙夜在公,寔命不同④。

嘒彼小星,维参与昴⑤。肃肃宵征,抱衾与裯⑥,寔命不犹⑦。

①嘒(huì):光亮微弱貌。 ②三五:形容星稀。一说参三星,昴五星,指参昴。 ③肃肃:急忙赶路貌。《尔雅·释诂》:"肃,疾也。"宵:夜。征:行。 ④寔(shí):实之异体字。是,此。《韩诗》作"实"。 ⑤参(shēn):星名,二十八宿之一。昴(mǎo):星名,二十八宿之一,即柳星。王引之《经义述闻》:"三五,举其数也。参昴,著其名也。" ⑥衾(qīn):被。裯(chóu):床帐。《郑笺》:"裯,床帐也。" ⑦犹:如。

嘒彼小星傍昴昇,抱衾依序喜宵微。

后宫自是和谐甚,争奈君王力不胜?

此诗言宵征而在公,复慨命之不同,所述者乃夜行之事。然夜行何事及诗旨何寄,则向有夫人惠下及小臣行役二说。《毛诗序》曰"《小星》,惠及下也。夫人无妒忌之行,惠及贱妾,进御于君,知其命有贵贱,能尽其心矣",以为诗美诸侯夫人惠及贱妾,使之进御于君,是为夫人惠下之说。孔疏申之曰"言夫人惠及贱妾,使进御于君,经二章上二句是也。众妾自知卑贱,故抱衾而往,御不当夕,下三句是也",比照诗之辞以释序之义。按此说,则小星喻贱妾,而宵征者贱妾御于君所。

郑笺"众无名之星随心嚼在天,犹诸妾随夫人以次序进御于君也"。其说后儒多有从之者。朱熹《诗集传》曰:"南国夫人承后妃之化,能不妒忌以惠其下,故其众妾美之如此。盖众妾进御于君,不敢当夕,见星而往,见星而还,故因所见以起兴。其于义无所取,特取'在东'、'在公'两字之相应耳。遂言其所以如此者,由其所赋之分不同于贵者,是以深以得御于君为夫人之惠,而不敢致怨于来往之勤也。"吕祖谦《吕氏家塾读诗记》亦云"夫人无妒忌之行,而贱妾安于其命。所谓上好仁,而下必好义者也",显皆衍序说而为言。然三家诗说此篇与毛诗异。《韩诗外传》以"曾子仕于莒"为说,其云"任重道远者,不择地而息,家贫亲老者,不择官而仕……不逢时而仕,任事而敦其虑,为之使而不入其谋,贫焉故也。诗曰:夙夜在公,寔命不同",《诗三家义集疏》引"齐说曰:旁多小星,三五在东。早夜晨行,劳苦无功"。其后,唐人白居易《白氏六帖》引"肃肃宵征,夙夜在公"入"奉使类",宋人洪迈《容斋三笔》即以此诗"咏使者远适,夙夜征行,不敢慢君命",并对郑笺所言"诸妾夜行,抱衾与床帐,待进御之,次序不若,亦言尊卑异也",驳之曰:"且诸侯有一国,其宫中嫔妾虽云至下,固非闾阎贱微之比,何至于抱衾而行?况于床帐,势非一己之力所能致者,其说可谓陋矣。"由此,清人姚际恒《诗经通论》断为"小臣行役之作"。现代学者多从此说,一般以为此诗是一位下层小吏日夜当差、疲于奔命而自伤劳苦、自叹命薄之辞。然则,韩诗所说,乃引诗证其事,实与诗之本义无与,故后人据以广而之说,岂非犹无根之木欤?至若洪迈"抱衾"之疑,则似以己之时以度古,乃未解上古礼制之所致。《礼记·内则》"妾虽老,年未满五十,必与五日之御",郑注"五日一御,诸侯制也。诸侯取九女,姪、娣两两而御,则三日也。次两媵,则四日也。次夫人专夜,则五日也",孔疏"是五日之中,一夜夫人,四夜媵妾。夫人御后之夜,则次御者抱衾而往。其后三夜,御者因之,不复抱也。四夜既满,其来者又抱之而还,以后夜夫人所专,不须帐也。所施帐者,为二人共侍于君,有须在帐者。妾往必二人俱往,不然不须帐。故天子九嫔以下,九人一夜,明九人更迭而往来矣。其御,望前先卑,望后先尊,宜二媵下姪娣毕,次二媵,次夫人。下姪娣次夫人。望后乃反之。则望前最贱,妾抱帐往,贵者抱之还。望后,贵者抱之往,贱者抱之还。帐为诸妾而有,异于夫人也",可谓释之甚详,参诸先秦典籍,似无可疑者。又,方玉润《诗经原始》既推"小臣行役"之说曰"夫'肃肃宵征'者,远行不逮,继之以夜也。'夙夜在公'者,勤劳王事也。'寔命不同',则大小臣工之不一,而朝野劳逸之悬殊也",又以"诗中词意唯衾裯句近闺词,余皆不类"驳毛序、朱传。盖诗多比兴,词意本多含混,有此明确"近闺词"者,已堪为实据,方氏何以偏以实据为反证耶?且若小臣行役,不携行囊,却仅抱卧具?"夙夜在公"者,明犹《采蘩》之"夙夜在公"、《羔羊》之"退食自公"之谓,皆指公侯之所,若勤劳王事,则曰"王事靡盬"矣!

江有汜

江有汜[①],之子归,不我以[②]。不我以,其后也悔。

江有渚[③],之子归,不我与。不我与,其后也处[④]。

江有沱[⑤],之子归,不我过。不我过,其啸也歌[⑥]。

①汜(sì):由主流分出而复汇合之河流。　②以:用。不我以,倒文,即不用我。　③渚:水中小洲。王先谦《诗三家义集疏》:"水中小洲曰渚,洲旁小水亦称渚。"　④处:忧。朱骏声《说文通训定声》:"处,假借为瘋,实为鼠。"小雅《雨无正》:"鼠思泣血。"鼠思,忧思。　⑤沱(tuó):江之支流。或以为与汜义同。⑥啸、歌:号哭。闻一多《诗经通义》:"啸歌者,即号哭。谓哭而有言,其言又有节调也。"

江水汤汤汜水微,夫人裯结媵难归。

料知德化能融妬,空待年华莫怨诽?

此诗以江水分流起兴,以言己不得与之子归,然所指何事,诗旨何寄,则说者不一。《毛诗序》曰"《江有汜》,美媵也。勤而无怨,嫡能悔过也。文王之时,江沱之间,有嫡不以其媵备数,媵遇劳而无怨,嫡亦自悔也",以为诗美媵有贤行,终使嫡自悔其过。郑笺"勤者以己宜媵而不得,心望之",释序之所言勤而无怨义。孔疏"媵之行否,所由嫡者。嫡尊专妬,抑之而不得行,后思之而悔也。勤、劳一也,勤者心企望之,望之而不得,所以成劳,故云遇劳也。不以其媵备数,经三章次二句是也。嫡亦自悔,皆卒句是也",申序、笺之说,当合其义。是以嫡先不以媵备数,而媵劳而无怨,终致嫡亦自悔。然所谓劳而无怨,诗辞未有,故颇致后人之疑。宋儒即多以为"非遇勤劳也",朱熹《诗序辨说》明言"诗中未见勤劳无怨之意",《诗集传》遂释之曰"是时汜水之旁,媵有待年于国,而嫡不与之偕行者。其后嫡被后妃夫人之化,乃能自悔而迎之",似由序言"文王之时"而发,由此美之者似已非媵,而为嫡被后妃夫人之化,故与序异。然观诗辞本述"不我以"而不怨,故孔疏有言"此本为美媵之不怨,因言嫡之能自悔,故美媵而后兼嫡也",宋人戴溪《续吕氏家塾读诗记》释之甚详:"《江有汜》,媵作也。夫水有大,必有细,同一源也。宁有嫡而无媵乎?不我以,不我与,非有勤劳之事,正所谓置之于无所与事之地,藐然而不顾之也已。而自宽释曰:今虽若是,然久当自悔,且有以处。我啸歌以俟时,不必过为戚戚也。善自宽释,无所怨尤,为媵若此,可以为美矣"。细味诗旨,似以美嫡不若美媵为宜,且前篇《小星》美夫人惠及贱妾,此则美妾媵劳而无怨,或序诗之意欤?按此二说,诗中"之子"乃指嫡而言,"归"亦必释为于归。于此,清人方玉润《诗经原始》疑之曰"殊知妾妇称夫,亦曰'之子',如《有狐》诗云'之子无裳'、'之子无带'之类,不必定妇人而后称之。然则归也者,还归之归,非于归之归也,又明矣。此必江汉商人远归梓里,而弃其妾不以相从。始则不以备数,继则不与偕行,终且望其庐舍而不之过。妾乃作此诗以自叹而自解耳",则以诗乃商人之妇为夫所弃而自叹自解。本乎此,今人即多以此诗为弃妇哀怨自慰之辞,甚或解为男士失恋自伤之作。然则,弃妇或失恋何以必料对方"其后也悔"?且周人以农业立国,商业商人诗中罕见,所谓"商人重利轻别离"乃后世之事,况召南乃诗中正风,以闺中德化为重,而弃妇失恋之类多出变风。明乎此,则庶几不至差之毫厘、谬以千里也。盖此诗正解,不可离当时婚制之情境。《周易·归妹》多有"帝乙归妹""归妹以娣""归妹以嫢"之语,归妹即出嫁之女,娣、嫢即媵。《春秋公羊传·庄公十九年》亦有言"媵者何?诸侯娶一国,则二国往媵之嫢,以姪娣从。姪者何?兄之子也。娣者何?弟也。诸侯壹娶九女,诸侯不再娶"。其实不独天子、诸侯,士人亦然,《仪礼·士昏礼》"媵,送也。谓女从者也",郑玄注"古嫁女必姪娣从,谓之媵。姪,兄之子,娣,女弟也"。是殷周时期媵婚制之普遍而长久,实无可疑者。而在此婚制之下,嫡、媵娣媔之事,似亦无可免者。《春秋》载"叔姬归于纪",《公羊传·隐公七年》何休解诂曰:"叔姬者,伯姬之媵也。至是乃归者,待年父母国也。妇人八岁备数,十五从嫡,二十承事君子。媵贱书者,后为嫡,终有贤行。纪侯为齐所灭,纪季以酅入于齐,叔姬归之,能处隐约,全竟妇道,故重录之。"以是观之,则此诗之所述,当亦必有其事,故序之言或自有其据欤?清人陈奂《诗毛氏传疏》以为"诗录《江有汜》,其犹《春秋》美纪叔姬与嫡",可谓会心之言。

野有死麕

野有死麕①,白茅包之。有女怀春,吉士诱之②。

林有朴樕③,野有死鹿。白茅纯束④,有女如玉。

舒而脱脱兮⑤,无感我帨兮⑥,无使尨也吠⑦!

①麕(jūn):同麇,獐子。《说文》:"麕,麞也。"　②吉士:男子之美称。③朴樕(sù):小木,灌木。　④纯(tún):同屯。纯束:捆绑。马瑞辰《毛诗传笺通释》:"纯、屯古通用……纯屯皆稛之假借。"稛同捆。　⑤脱(duì)脱:动作舒缓貌。《毛传》:"脱脱,舒迟也。"　⑥感(hàn):通撼,动。帨(shuì):佩巾,系在女子腹前,犹今之围裙。　⑦尨(máng):多毛猛犬。《说文》:"尨,犬之多毛者。"《穆天子传》郭注:"尨,尨茸,谓猛狗。"

手把白茅包死麕,眼前如玉女怀春。

只因雁币无媒妁,竟使恶尨噬我身?

此诗所述显为男女之事,然寓义诸家所说不一。《毛诗序》曰"《野有死麕》,恶无礼也。天下大乱,强暴相陵,遂成淫风。被文王之化,虽当乱世,犹恶无礼也",以为乱世拒无礼之事。郑笺"无礼者,为不由媒妁,雁币不至,劫胁以成婚,谓纣之世",释序所言无礼乃婚嫁之事,并明指当商纣之世。是此仍承召南前此诸篇以为说,以时当商纣之末，政乱礼衰，由文王之化行，而有恶失礼之事者，故诗人纪而美之。其说后世论家或从或疑。朱熹《诗序辨说》以为"此序得之"，《诗集传》释之曰"南国被文王之化，女子有贞洁自守，不为强暴所污者。故诗人因所见以兴其事而美之"，此显为从序之说。然其又言"或曰：赋也。言美士以白茅包死麕，而诱怀春之女也"，以为男女诱引之辞，显与序说异。由此，后人即多有以男女之情以为说者。清人戴震《杲溪诗经补注》以为"盖获麕于野，白茅可以苞之，女子当春有怀，吉士宜若可诱之"。迨五四后，白话文学、民间文学倡导者若胡适、顾颉刚、俞平伯辈并皆以之为民间情歌。此外，王先谦《诗三家义集疏》引"韩说曰：平王东迁，诸侯侮法，男女失冠婚之礼，《野麕》之刺兴焉"，以为时当周室东迁之后，刺礼崩乐坏之诗。清人方玉润《诗经原始》以为"此必高人逸士抱璞怀贞，不肯出而用世，故托言以谢当世求才之贤也"，则释为贤而守道之士，不就当时禄仕，而托为男女之词。诸说纷纭，宜有辩者。以诗述男女之情乃至民间情歌之说，当由诗言"怀春""诱之"而发，然则二章又言"白茅纯束""有女如玉"，皆比德无瑕意，宋人范处义《诗补传》以为"女子之德洁白如玉，不可犯以非礼。'白茅纯束'，亦以比德，与'生刍一束，其人如玉'同意"，若此，则既怀诱若淫，复坚拒非礼，是诗究何说焉？刺东迁后礼崩乐坏之说，亦同此病。至若贤士拒招隐之说，尤为臆测而无稽。结合召南主调，则似当以毛序、郑笺为是。若是，则"怀春""诱之"何所解？毛传"怀，思也。春，不暇待秋也。诱，导也"，《尔雅·释诂》"诱，进也"，《广韵》"诱，导也"，《礼记·曲礼》郑注"进客谓导之"，是诱训进、导，其义一也。故郑笺言"有贞女思仲春以礼与男会，吉士使媒人导成之，疾时无礼而言然"，孔疏亦谓"言吉士诱之，女思媒氏导之，故知不由媒妁也。思其麕肉为礼，故知雁币不至也。欲令舒而脱脱兮，故知劫胁以成婚也"，故诗之所述非为实情实境，所言实皆思礼之辞，言之外皆恶无礼之义。由此解之，岂非义绪贯然，且思、恶之情态犹在眉睫之前耶？然则，是诗所述，亦属拘礼过甚之例，类同《汉广》《行露》，果如是，则《桃夭》《摽有梅》之婚嫁如何得以及时焉？

何彼襛矣

何彼襛矣①？唐棣之华②。曷不肃雝③？王姬之车④。

何彼襛矣？华如桃李。平王之孙⑤，齐侯之子⑥。
其钓维何⑦？维丝伊缗⑧。齐侯之子，平王之孙。

①襛(nóng)：盛。《毛传》："襛，犹戎戎也。"朱熹《诗集传》："襛，盛也。"一说盛服。《说文》："襛，衣厚貌。"　②唐棣(dì)：木名，又作棠棣、常棣。华：即花。③曷(hé)：何。肃雝(yōng)：庄严雍和。　④王姬：周王姬姓，其女或孙女皆称王姬。　⑤平王之孙：此指平王之孙女。　⑥齐侯之子：齐国国君之公子。一说"齐侯之子"与"平王之孙"指同一人，即齐侯之女，平王之外孙女。　⑦钓：此指钓鱼工具。维：古通惟，《玉篇》："惟，为也。"　⑧维：语助词。伊：同维。缗(mín)：亦称纶，多条丝拧成丝绳，喻男女合婚。

唐棣之华艳若桃，雝容车服态无骄。
王姬不下将何适？莫羡齐侯钓术高！

此诗以唐棣、桃李花之盛艳起兴，以言王姬车之肃雝、颜色之盛。观诗中明言"平王之孙""齐侯之子"等语，故旧说诗美王姬下嫁，味诗之辞，当大体不谬。《毛诗序》曰：《何彼襛矣》，美王姬也。虽则王姬，亦下嫁于诸侯。车服不系其夫，下王后一等，犹执妇道，以成肃雝之德也"，即以为王姬下嫁诸侯，犹执妇道，故诗人美之。孔疏"其尊如是，犹能执持妇道，以成肃敬雝和之德，不以己尊而慢人，此王姬之美，即经云'曷不肃雝？王姬之车'是也"，比照诗辞释序之所言。于此说，后人多有从之者。朱熹《诗集传》曰："王姬下嫁于诸侯，车服之盛如此，而不敢挟贵以骄其夫家。故见其车者，知其能敬且和以执妇道，于是作诗以美之。"然"王姬"为谁？其说不一。诗言"平王之孙"，毛传以为"武王女，文王孙"，陆德明《经典释文》亦言"王姬，武王女，姬，周姓也"，以王姬为武王之女，故"平王之孙"之"平王"，自当指文王。文王何以称平王？毛传曰"平，正也，武王女，文王孙，适齐侯之子"，说者或以《国语》"十五王而文始平之"为证，是文王可称平王。然于其说，后世多有疑者。明人章潢《诗经原体》有言："若必指为文王时，非特不当作正义，而太公尚未封齐，则齐将谁指乎？"又谓："武王女，文王孙，不知邑姜乃武王元妃，果以姜女而下嫁于太公之子乎?"故后儒或以为东周以后诗。《诗集传》有言"或曰:平王即平王宜臼,齐侯即襄公诸兒,事见《春秋》",清人牛运震《诗志》亦言"此东迁以后诗也,平王之诗显然可证"。若依此,则此诗为东周平王之后事。按《春秋》庄公十一年,有"王姬归于齐"之记,《左传》则曰"冬,齐侯来迎共姬",据此似觉于史可徵。然则,齐襄公诸兒于鲁庄公八年被公孙无知所杀,九年公子小白回国即位,是为齐桓公。由此,《春秋》庄公十一年事,不当为齐襄公,杜预即注"齐桓公也"。是此说亦多有难以徵实处。且东周后诗,何以得入正风召南? 方玉润《诗经原始》以为"为诗之时,则东周也。采诗之地,则召南也","此时召南,亦非其旧,乃新迁之召南耳。故名虽如故,而地有变迁,风之淳漓,亦因之",又言"美中含刺,其为春秋之世也无疑",既臆说而无据,且自相扞格难合。故朱子所言"不可的知其何王之世。然文王、太姒之教,久而不衰,亦可见矣",似较通达,可备参酌。要之,王姬下嫁诸侯,事无疑矣。诗言"其钓维何? 维丝伊缗",毛传"伊,维。缗,纶也",是以丝之合而为纶,乃男女之合而为婚之喻始,郑笺"钓者以此有求于彼,何以为之乎? 以丝之为纶,则是善钓也。以言王姬与齐侯之子以善道相求",其释可谓详备。观近世俗语以钓术喻男女媾合,岂不渊源有自? 且王姬归于齐,固显齐侯钓术,然王室止一,诸侯过百,则王姬不适诸侯,更待何适? 故无以论高攀及下嫁矣!

驺 虞

　　彼茁者葭[①],壹发五豝[②]。于嗟乎驺虞[③]!
　　彼茁者蓬[④],壹发五豵[⑤]。于嗟乎驺虞!

①茁:草初生貌。葭(jiā):芦苇。　②壹:发语词,一说同一。发:发矢。五:虚数,表示数目多。豝(bā):牝猪。《说文》:"豝,牝豕也。一曰二岁。"③于:同吁。于嗟乎:赞美叹词。驺(zōu)虞:传说中仁兽。《毛传》:"驺虞,义兽也,白虎黑文,不食生物,有至信之德。"一说兽官名。　④蓬:蓬草,又称蓬蒿。⑤豵(zōng):小猪。《广雅·释兽》:"兽一岁为豵,二岁为豝,三岁为肩,四岁为特。"

国泰民安庶类华，春田跃马茁蓬葭。

仁心果若驺虞似，壹发五豝岂足夸？

　　此诗赞美驺虞，诗辞甚明。然驺虞何所指乃至所寓何义，则多异说。《毛诗序》曰"《驺虞》，《鹊巢》之应也。《鹊巢》之化行，人伦既正，朝廷既治，天下纯被文王之化，则庶类蕃殖，蒐田以时。仁如驺虞，则王道成也"，以文王之化以为说。然文王之化，何以仁如驺虞？郑笺"君射一发而翼五豵者，战禽兽之命，必战之者，仁心之至"，以诗言"壹发五豝"释仁心及于庶类。孔疏"以《驺虞》处末者，见《鹊巢》之应也。言《鹊巢》之化行，则人伦夫妇既已得正，朝廷既治，天下纯被文王之化，则庶类皆蕃息而殖长。故国君蒐田以时，其仁恩之心，不忍尽杀，如驺虞然，则王道成矣"，"庶类蕃殖，即豝豵是也。国君蒐田以时，即章首一句是也。仁如驺虞，下二句是也"，释序之说甚详切，并以诗之辞比照以证其义。于其说，后儒多从之者。朱熹《诗集传》即发挥其义曰："南国诸侯，承文王之化，修身齐家以治其国，而其仁民之余恩，又有以及于庶类。故其春田之际，草木之茂，禽兽之多，至于如此。而诗人述其事以美之，且叹之曰：此其仁心自然，不由勉强，是即真所谓驺虞矣。"是以诗美驺虞，而旨在赞赏召南诸国猎不尽杀，仁民及物，受文王之化而王道成。按毛传释"驺虞"，"义兽也，白虎黑文，不食生物，有至信之德"，是以驺虞乃义兽，可拟君之德。然韩、鲁诗说"驺虞，天子掌鸟兽之官"，欧阳修《诗本义》以驺为驺圉，虞为虞官。由此，今人即或以此诗为赞美虞官称职，或以为描述田猎盛况之作。然则，此诗乃召南末篇，其旨要在于"《鹊巢》之应"，即如同周南《麟之趾》为"《关雎》之应"。朱熹《诗集传》曰："文王之化，始于《关雎》而至于《麟趾》，则其化之入人者深矣。形于《鹊巢》而及于《驺虞》，则其泽之及物者广矣。盖意诚、心正之功，不息而久，则其熏烝透彻，融液周遍，自有不能已者，非智力之私所能及也。故序以《驺虞》为《鹊巢》之应，而见王道之成，其必有所传矣。"又引程子之言曰："天下之治，正家为先。天下之家正，则天下治矣。二南，正家之道也。陈后妃、夫人、大夫妻之德，推之士庶之家，一也。故使邦国至于乡党皆用之，自朝廷至于委巷，莫不讴吟讽诵，所以风化天下。"是作为召南之末，《鹊巢》之应，当具用之乡人、用之邦国之要义，而绝非仅为泛咏虞官田猎所可比。由是观之，则其蕴涵至深，所谓仁民之

47

余恩及于庶类，岂非宋儒所谓"民胞物与"之渊源所自？然则，诗中仁民及物之义乃在"壹发五豝"，毛传曰"虞人翼五豝以待公之发"，欧阳修《诗本义》亦曰"兽虽五豝，矢唯一发，以见君心之仁爱及物，不忍尽杀"，又不免令人生疑。面五豝而仅一发，固可见君心仁爱及物，不忍尽杀，然虽仅一发，亦必致命，果若不食生物之驺虞，仁民及物，则仁心安在哉？

邶　风

柏　舟

汎彼柏舟①，亦汎其流。耿耿不寐②，如有隐忧。微我无酒③，以敖以游④。

我心匪鉴⑤，不可以茹⑥。亦有兄弟，不可以据⑦。薄言往愬⑧，逢彼之怒。

我心匪石，不可转也。我心匪席，不可卷也。威仪棣棣⑨，不可选也⑩。

忧心悄悄，愠于群小⑪。觏闵既多⑫，受侮不少。静言思之，寤辟有摽⑬。

日居月诸⑭，胡迭而微⑮？心之忧矣，如匪澣衣。静言思之，不能奋飞。

① 汎：同泛。柏舟：柏木之舟。　② 耿耿：焦灼不安貌。　③ 微：非，不是。④ 敖：俗作遨。《说文》："敖，出游也。"　⑤ 匪：同非。鉴：铜镜。　⑥ 茹：度，猜测。　⑦ 据：倚靠。　⑧ 愬：同诉。王夫之《诗经稗疏》："薄言往愬者，心知其不可据而勉往也。"　⑨ 威仪：仪容。棣棣：安和貌。　⑩ 选（xùn）：同巽，退

让。　　⑪愠：《说文》："愠，怨也。"群小：众小人。《郑笺》："群小，众小人在君侧者。"一说众妾。朱熹《诗集传》："群小，众妾也。"　　⑫觏：同遘，遇，碰到。闵：愍之借字，指中伤陷害之事。　　⑬寤辟：醒来以手拍胸。辟，通擗。摽：捶，击。⑭居、诸：皆语助词。　　⑮迭：更迭，轮流。微：昏暗不明。

　　　　柏舟既汎弃中流，群小争妍媚不休。
　　　　朱子闺情毛不遇，从来士女境相犹！

　　邶、鄘、卫本三国名，后邶、鄘并入卫，其诗皆为卫事。清人陈奂《诗毛氏传疏》曰："考之《左传》，三国本不分编，后人因其篇什繁多，遂别题之耳。"旧说以此下十三国皆为"变风"，故多怨刺之作。《柏舟》乃邶风首篇，以柏舟汎流兴心之忧思，然何人所忧，所忧何事，说者不一。《毛诗序》曰"《柏舟》，言仁而不遇也。卫顷公之时，仁人不遇，小人在侧"，以为仁人不遇之辞。郑笺"舟载渡物者，今不用而与众物汎汎然俱流水中，兴者喻仁人之不见用，而与群小人并列，亦犹是也"，又曰"'不遇'者，君不受己之志也。君近小人，则贤者见侵害"，以舟不载物喻仁人不见用，当合序义。然韩、鲁诗则言"贞女不二心以数变，故有匪石之诗"，所谓"匪石"即此篇中"我心匪石"之语，是以之为贞女之辞。刘向《列女传·贞顺》"夫人者，齐侯之女也。嫁于卫，至城门而卫君死。保母曰：'可以还矣。'女不听，遂入，持三年之丧，毕，弟立，请曰：'卫小国也，不容二庖，愿请同庖。'夫人曰：'唯夫妇同庖。'终不听。卫君使人愬于齐兄弟，齐兄弟皆欲与后君，使人告女，女终不听，乃作诗曰：'我心匪石，不可转也。我心匪席，不可卷也。'厄穷而不闵，劳辱而不苟，然后能自致也。言不失也，然后可以济难矣。诗曰：'威仪棣棣，不可选也。'言其左右无贤臣皆顺其君之意也。君子美其贞壹，故举而列之于诗也"，以之为卫之寡夫人之诗，叙本事甚详，然却未知何君之夫人。朱子则既从刘向之说，《诗集传》言"《列女传》以此为妇人之诗"，复以之"辞气卑顺柔弱，且居变风之首，而与下篇相类"而疑其"岂亦庄姜之诗也欤"，故《朱子语类》有言"读诗须看诗人之意，如妇不得于夫，宜其怨之深矣，而曰'我思古人，实获我心'，又曰'静言思之，不能奋飞'"，即以此诗与下篇《绿衣》作一体观，以为庄姜不见答而自伤之辞。由庄姜自伤，复衍出弃妇之怨,今人程俊英《诗经译注》即以为"这是一位妇女自伤不得于夫,见侮于众妾的诗。诗中表露了无可告诉的委曲忧伤,也反映了她坚贞不屈的性格"。然于贞女、弃妇之说,明清论家若何楷、陈启源、姚际恒、方玉润等皆多有驳之者。方玉润《诗经原始》即明言"观诗词固非妇人语",而断之为"不过贤臣忧谗悯乱而莫能自远之辞"。今味诗之辞义,实有与妇人语难相合者。若"微我无酒,以敖以游""静言思之,不能奋飞",岂类贞女之辞? 若"我心匪石,不可转也""威仪棣棣,不可选也",又岂合弃妇之怨? 而"日居月诸,胡迭而微",诚若姚际恒《诗经通论》所言"喻君臣皆昏而不明之意",合观"忧心悄悄,愠于群小"等语,岂非尤宜喻指国事? 故此,今人论此诗,仍多两从,迄难定说。实则,观千年史迹,士人不遇与弃妇之境本极相类,且不遇之叹往往借弃妇之怨而出,故二者实情相通、境相犹,是此二说至今仍并存之由乎?

绿 衣

绿兮衣兮①,绿衣黄里②。心之忧矣,曷维其已③。

绿兮衣兮,绿衣黄裳④。心之忧矣,曷维其亡⑤。

绿兮丝兮,女所治兮⑥。我思古人,俾无訧兮⑦。

絺兮綌兮,凄其以风⑧。我思古人,实获我心。

①绿:当为褖(tuàn)。《郑笺》:"诸侯夫人祭服之下,鞠衣为上,展衣次之,褖衣次之。次之者,众妾亦以贵贱之等服之。"一说绿色。《毛传》:"绿,间色。黄,正色。" ②里:衣之衬里。绿衣黄里,即褖衣黄里。《郑笺》:"鞠衣黄,展衣白,褖衣黑,皆以素纱为里。今褖衣反以黄为里,非其礼制也。"一说谓间色之绿不当为衣,正色之黄不当为里。 ③曷:何。已:止息,停止。 ④裳(cháng):下衣,类今之裙。 ⑤亡:同忘,忘记。 ⑥女(rǔ):同汝。治:纺织。 ⑦俾(bǐ):使。訧(yóu):古同尤,过失,罪过。 ⑧凄:凉,寒。以:因。

绿衣黄里惹心忧，絺绤当寒用已休。

妾贵嫡微何足怪？长门金屋一浮沤！

　　此诗以衣之绿黄之色起兴，以言心忧无已。然于何人心忧，所忧何事，历来颇多异说。《毛诗序》曰"《绿衣》，卫庄姜伤己也。妾上僭，夫人失位而作是诗也"，以为诗言卫庄姜不见答于庄公之事，且似以诗乃庄姜自伤之辞。郑笺"庄姜，庄公夫人，齐女，姓姜氏。妾上僭者，谓公子州吁之母，母嬖而州吁骄"，释序所言庄姜其人，及所谓妾之上僭者。按庄姜事见《左传·隐公三年》"卫庄公娶于齐东宫得臣之妹，曰庄姜，美而无子"，不见答于庄公，《诗》中多有其失位而怨伤之作。于此诗，孔疏有言"作《绿衣》诗者，言卫庄姜伤己也。由贱妾为君所嬖而上僭，夫人失位而幽微伤己不被宠遇，是故而作是诗也。四章皆伤辞，此言而作是诗及故作是诗，皆序作诗之由，不必即其人自作也"，"若《新台》云：国人恶之，而作是诗。《硕人》云：国人忧之，而作是诗。即是国人作之"，析之甚详，以为卫人见庄姜之事，感而作诗，非为庄姜所自作。朱熹《诗集传》既从序之说曰"庄公惑于嬖妾，夫人庄姜贤而失位，故作此诗"，复言"庄姜事见《春秋传》，此诗无所考，姑从序说，下三篇同"，似又疑之。今人尤不信序说，多以此诗为男子悼亡之作，言丈夫目睹亡妻遗物，由其衣而联想到其治丝之能及贤良之德，甚而以之为最早之悼亡诗。然观此说，实皆由衣之字面而作浮泛之解读，而未深究其所蕴，故所说存疑甚多。若是悼亡，则仅心忧而已？且诗言"我思古人，俾无訧兮""我思古人，实获我心"，复与悼亡何与？观此诗之绿衣黄里，治丝之理，絺绤之喻，皆涵深义，非浮泛读解而可得。郑笺以"绿，当为褖"，褖衣乃诸侯夫人祭服而等次为下者，故"褖衣反以黄为里，非其礼制也，故以喻妾上僭"，孔疏则据毛传之义曰"间色之绿不当为衣，犹不正之妾不宜嬖宠"，"间色之绿今为衣，而见正色之黄反为里"，"不正之妾今蒙宠，而显正嫡夫人反见疏而微。绿衣以邪干正，犹妾以贱陵贵。夫人既见疏远，故心之忧矣，何时其可以止也"，释"绿衣黄里"之义，可谓详切。按毛、郑于绿衣之解固有不同，然所喻指皆一。诗言"绿兮丝兮，女所治兮"，毛传"绿，末也。丝，本也"，犹言此绿者，本丝也，前此素洁，汝之所治，何为而染成此绿也？观《墨子·所染》"子墨子言见染丝者而叹曰：染于苍则苍，染于黄则黄。所入者变，其色亦变。五入必而已则为五色矣。故染不可不慎也"，是治丝之理必非泛言。又，严粲《诗缉》"絺绤暑服，今当凄然寒风之时，喻不适时而见弃。犹班婕妤秋扇捐箧之意也。'我思古人'，能处嫡妾，实得我心，言当于人心也"，是絺綌当寒，必为不适时之喻无疑。由此，清人姚际恒《诗经通论》即以为此诗及以下数篇"皆妇人语气，又皆怨而不怒，是为贤妇，则以为庄姜作宜也"，固不必定庄姜自作，然为庄姜事而作，则似当不必疑者。庄姜素称贤德，因失位而多怨，若此诗之辞虽含蓄委婉，而味其内蕴伤怨之烈，实撼人心魄。然则，妻妾争风，本为常事，况君侯之门佳丽麇集，宠失相替，代无例外，即如金屋藏娇，不亦终致长门幽闭？何苦自伤若是耶？

燕 燕

　　燕燕于飞，差池其羽①。之子于归，远送于野。瞻望弗及②，泣涕如雨。

　　燕燕于飞，颉之颃之③。之子于归，远于将之④。瞻望弗及，伫立以泣。

　　燕燕于飞，下上其音。之子于归，远送于南。瞻望弗及，实劳我心。

　　仲氏任只⑤，其心塞渊⑥。终温且惠⑦，淑慎其身。先君之思⑧，以勖寡人⑨。

①差(cī)池：义同参差。　②弗：不能。　③颉(xié)：上飞。颃(háng)：下飞。　④将：送。　⑤仲：古以伯、仲、叔、季作兄弟姊妹行次，仲为次。任：信任。只：语助词。　⑥塞：寒(sè)之假借字，诚实。《说文》："寒，实也。"渊：深。《孔疏》："其心诚实而深渊也。"　⑦终：既。王引之《经义述闻》："终，犹既也。"⑧先君：已故国君。　⑨勖(xù)：勉励。寡人：庄姜自谓。

　　　　双飞妻妾燕呢喃，子弑母归远送南。

　　　　纵使齐人庭院泣，断无满目血光涵！

此诗述送别情事,辞义甚明,清人王士禛《带经堂诗话》即称之为"万古送别之祖"。然何人所送及所送何人,说者不一。《毛诗序》曰"《燕燕》,卫庄姜送归妾也",似顾前后篇而为言,亦以之为庄姜事。郑笺"庄姜无子,陈女戴妫生子名完,庄姜以为己子。庄公薨,完立而州吁杀之,戴妫于是大归。庄姜远送之于野,作诗见己志",则明著所送之人为陈女戴妫,且释庄姜送戴妫之所由。据《左传》隐公三年及四年事,卫庄公夫人庄姜美而无子,以庄公妾陈女戴妫之子完为己子。庄公卒,完即位,是为桓公,被庄公另一嬖妾之子州吁所杀,州吁自立,史称卫前废公。戴妫以子被杀归陈,此是大归,即归而不再返卫。庄姜因养其子,与之相善,同伤桓公之死,故泣涕而送之。序、笺之说,显皆本此而为言。后世论者多有从其说者。朱熹《诗序辨说》以为"'远送于南'一句,可为送戴妫之验",《诗集传》复引"杨氏曰:州吁之暴,桓公之死,戴妫之去,皆夫人失位,不见答于先君所致也。而戴妫犹以先君之思勉其夫人,真可谓温且惠矣"。然庄姜与戴妫之史实,是否即此诗之本事,后人或有疑之者。清人崔述《读风偶识》:"此篇之文,但有惜别之意,绝无感时悲遇之情。而诗称'之子于归'者,皆指女子嫁者言之,未闻有称'大归'为'于归'者。恐系卫女嫁于南国,而其兄送之之诗,绝不类庄姜、戴妫事也。"今人解此篇,尤多异说。或以为卫君送女远嫁,或以为卫君之恋人出嫁旁人,或以为薛君送妹远嫁卫国,甚或以为民间男子失恋之辞。综观诸说,若兄送妹、君送女出嫁,何以凄戚若是耶?民间男子失恋,则诗中"先君"之语何解?至若君之恋人嫁旁人,则岂非尤似一厢之呓语?观诗之所述,词旨恳挚,涵蕴深远,既不类男女之情,亦不似寻常妻妾之间事。且诗中明著"仲氏",毛传"仲,戴妫字",岂可他易?吴闿生《诗义会通》引顾梦麟、钱澄之之言曰"戴妫既归,未几石碏令其子从州吁朝陈,因使人涖杀州吁。盖妫归陈,而碏之计始定。庄姜称叹不已,其同仇报国之意,隐然言外",岂卫大臣石碏用计联合陈桓公杀州吁,乃仗戴妫归陈而后成?又,孔疏以为"经所陈,皆诀别之后,述其送之之事也",若此,乃诗人感其事,于事后述之,故涵蕴尤为广大。诗伤州吁之暴、桓公之死、戴妫之去,亦含夫人失位之自伤。证之史传,无不相合,是此伤怨之作实录乱世之史。盖州吁杀桓公自立,乃春秋时代首例弑君篡位,其后乱臣贼子继踵而出,血雨腥风不绝于公侯之门。故此,生于侯门,福兮祸兮?幸焉非焉?而即若贫贱卑小如齐人,虽致妻妾哀怨相泣于中庭,不亦绝无血光之灾、杀身之祸乎?

日 月

日居月诸,照临下土。乃如之人兮①,逝不古处②。胡能有定③?宁不我顾④。

日居月诸,下土是冒⑤。乃如之人兮,逝不相好。胡能有定? 宁不我报⑥。

日居月诸,出自东方。乃如之人兮,德音无良⑦。胡能有定? 俾也可忘。

日居月诸,东方自出。父兮母兮,畜我不卒⑧。胡能有定? 报我不述⑨。

①乃:竟。如:像。 ②逝:及。《毛传》:"逝,逮。"逝不,倒文,即不逝。一说逝为发语词。古处:即故处。《毛传》:"古,故也。"《郑笺》:"其所以接及我者,不以故处,甚违其初时。"一说以古道相处。 ③胡:何。定:正。马瑞辰《毛诗传笺通释》:"窃谓此诗'胡能有定',即胡能有正也……夫妇有定份,嫡妾有定位,皆正也。" ④宁:乃。顾:念。《郑笺》:"顾,念也。"我顾,倒文,即顾我。⑤冒:覆盖。此亦照临意。 ⑥报:答。我报,倒文,即报我。 ⑦德音:名誉。无良:不好。 ⑧畜:同慉,爱。《孟子·梁惠王下》:"畜君者,好君也。"卒:终。⑨述:《毛传》:"述,循也。"《郑笺》:"不循,不循礼也。"

日照月临西复东,颜衰恩断怨难终。

民间亦有新缣叹,何况君王艳满宫!

此诗所述,显为伤怨之辞,然伤怨者何人,所伤何事,颇多异说。《毛诗序》曰:"《日月》,卫庄姜伤己也。遭州吁之难,伤己不见答于先君,以至困穷之诗也。"以为庄姜伤己不见答于庄公之辞。然诗先言日月之行,接以对"乃如之人"之怨,何以为庄姜自伤?郑笺以为"日月喻国君与夫人也,当同德齐意以治国者,常道也",

而"其所以接及我者，不以故处，甚违其初时"，"君之行如是，何能有所定乎？曾不顾念我之言，是其所以不能定完也"，释诗之辞，以合序之义。而《鲁诗》则认为乃卫宣公夫人宣姜为使其子姬寿继位而欲杀太子伋，姬寿为救太子伋，亦死，后人伤之，为作此诗。或有以此诗为殷遗怀旧之歌谣。今人则多以之为弃妇因丈夫变心而申诉怨愤之辞。观诸说，伋、寿之死，《二子乘舟》是其事，此篇语义显与其事不合。殷遗怀旧，颂诗多有，似亦不当录于邶风。至若今人以为弃妇之辞，虽未为谬，终嫌空泛，观诗之言"逝不古处""德音无良"，皆似有所指，故序之说归于庄姜，恐非无据。唯序之所言"遭州吁之难"，又言"不见答于先君"，是以事在庄公身后。郑笺遂释"胡能有定"为不能定完，盖完乃戴妫所生，庄姜以为己子，即位为桓公，后为州吁所杀，是以此篇为州吁弑桓公自立之后诗。于此，后人颇有疑之者。朱熹《诗序辨说》即以为"此诗序以为庄姜之作，今未有以见其不然。但谓遭州吁之难而作，则未然耳。盖诗言'宁不我顾'，犹有望之之意。又言'德音无良'，亦非所宜施于前人者。明是庄公在时所作，其篇次亦当在《燕燕》之前也"，极辩诗当作于庄公在世之时。《诗集传》释之曰："庄姜不见答于庄公，故呼日月而诉之。言日月之照临下土久矣，今乃有如是之人，而不以古道相处，是其心志回惑，亦何能有定哉？而何为其独不我顾也？见弃如此，而犹有望之之意焉。此诗之所以为厚也。"按诸诗辞，既有为人遗弃之幽愤，斥其人无遵礼正行，复冀望其回心转意，顾报以终。见弃与有望并存之矛盾心理，恰是弃妇真实情感之流露。若情为不见答于先君，事在庄公身后，则诗辞必不可怨詈若此，故当以朱说为是。唯庄姜以贤德而见弃，犹有望之之意，固虽温厚之旨，然内蕴之弃妇之怨，仍不妨激切。清人方玉润《诗经原始》既言"君虽报我以无礼，我不敢以无礼咎君，我唯以古夫妇之道相处而已。若庄姜者，可谓善处人伦之变，而不失为性情之正者也"，复言"一诉不已，乃再诉之，再诉不已，更三诉之，三诉不听，则唯有自呼父母而叹其生我之不辰。盖情极则呼天，疾痛则呼父母，如舜之号泣于旻天、于父母耳。此怨极也"，可谓深得诗旨之言。然则，夫妇之间，喜新弃旧，世所常见，即如民间，亦多新缣之叹，况君王后宫乎！且弃旧之意绝，纵怨极伤身亦于事无补，何不别图宽解耶？

终 风

终风且暴①，顾我则笑。谑浪笑敖②，中心是悼③。

终风且霾④，惠然肯来。莫往莫来⑤，悠悠我思。

终风且曀⑥，不日有曀⑦。寤言不寐，愿言则嚏⑧。

曀曀其阴，虺虺其靁⑨。寤言不寐，愿言则怀⑩。

①终：既。暴：猛烈。　②谑：戏谑。浪：放荡。敖：放纵。王先谦《诗三家义集疏》："谑浪，谑之貌。笑敖，笑之貌。"　③中心：即心中。悼：伤心。　④霾：阴霾。　⑤莫：不。　⑥曀（yì）：阴云密布。　⑦不日：不到一天。有：同又。　⑧嚏：打喷嚏。民间有"打喷嚏，有人想"之谚语。　⑨虺（huǐ）虺：雷声。　⑩怀：思念。严粲《诗缉》："愿汝思怀我而悔悟也。"

> 终风虽暴惠然来，贞静如霜旋复回。
> 床笫亦难通谑浪，教他何处寄情偎？

此诗以终风之暴起兴，以言遇人嘲谑侮慢，而抒怨伤之怀。然于其本事及诗旨，向多异说。《毛诗序》曰："《终风》，卫庄姜伤己也。遭州吁之暴，见侮慢而不能正也。"郑笺释"正，犹止也"。是序以为此诗乃庄姜遭州吁侮慢，而伤己之作，显系连上篇而言之。盖上篇言"遭州吁之难"，此篇言"遭州吁之暴"，孔疏申之曰"'暴'与'难'一也。遭困穷是厄难之事，故上篇言'难'。见侮慢是暴戾之事，故此篇言'暴'。此经皆是暴戾见侮慢之事"，释序之义甚详切。然按诗之所言，似以女子之口述其被丈夫弃之不顾，以狂风大作与雷雨阴晦，喻其夫脾气之狂荡暴戾、喜怒无常，表露出既恨又爱之复杂心理。故此，后人有疑序之所说者，或亦以之为弃妇之辞。今人论此诗，即多以为写一位妇女被丈夫玩弄嘲笑后复遭遗弃之情事，当出自民间歌谣，与庄姜之事无与。今细味诗之辞义，虽指其人喜怒无常，然所言"终风且暴，顾我则笑。谑浪笑敖"诸语，却极见个性，显与所谓民间歌谣之弃妇之辞不类,似其言确有实指之人在。按史载庄姜不见答于庄公,则似与此情有相合处,是旧说以之为庄姜事,或亦自有其据。方玉润《诗经原始》以为"庄公为人狂荡暴疾之象,殊非可以礼貌处。其言笑也无常,每顾人也则必笑,而笑又不出于正,徒见其'谑浪笑敖',有似狂风终日疾暴而已",所言似与庄公其人及与庄姜之事颇为相合。唯序以为此诗乃庄公身后,庄姜遭州吁侮慢之事,则似与诗之语义未谐,后人已多疑之。庄姜与州吁乃母子关系,就诗辞观之,朱熹《诗序辨说》有言"详味此诗,有夫妇之情,无母子之意。若果庄姜之诗,则亦当在庄公之世,而列于《燕燕》之前,序说误矣",是以此诗亦为庄公在世之时,庄姜不见答,而伤己之作。方玉润《诗经原始》亦言"若依序言,则'顾我则笑'、'惠然肯来'等语,岂子所宜加于母哉? 州吁纵暴,当不至此,况非贤母所能出诸其口者",所言颇切人之常情。故于此诗,似当从朱说为是,乃庄公在世之时庄姜自伤之辞。《诗集传》释之曰"庄公之为人,狂荡暴疾。庄姜盖不忍斥言之,故但以'终风且暴'为比。言虽其狂暴如此,然亦有顾我而笑之时。但皆出于戏慢之意,而无爱敬之诚,则又使我不敢言,而心独伤之耳。盖庄公暴慢无常,而庄姜正静自守,所以忤其意而不见答也",体察甚密,似与诗义颇为相合。然观诗之所述,庄公虽狂惑若"终风且霾",却复"惠然肯来",《诗集传》又曰"虽云狂惑,然亦或惠然而肯来,但又有莫往莫来之时,则使我悠悠而思之"。依此,则庄姜怨庄公,似或有可献疑者。庄公为人,虽暴慢无常,亦仅谑浪笑敖而已,且时或惠然而来,然庄姜则正静自守而忤其意,则莫往莫来矣! 试思之,庄公惠然而来,庄姜却正静自守,冷若冰霜,岂不拘礼过甚? 且一国之君,寻床笫之欢而不可得,教他情何以堪? 再思之,庄姜无子、见弃,孰因焉? 孰果焉? 不亦又有疑之者哉?

击 鼓

击鼓其镗①,踊跃用兵。土国城漕②,我独南行。

从孙子仲③,平陈与宋④。不我以归⑤,忧心有忡⑥。

爰居爰处⑦,爰丧其马⑧。于以求之⑨,于林之下。

死生契阔⑩,与子成说⑪。执子之手,与子偕老。

于嗟阔兮⑫,不我活兮⑬。于嗟洵兮⑭,不我信兮⑮。

①镗(tāng)：鼓声。其镗，即镗镗。　　②土：土役。国：指都城。城：筑城。漕：卫邑名。此土、城皆动词。　　③孙子仲：即公孙文仲，字子仲，卫国将领。④平陈与宋：调解陈国与宋国之不睦。《左传·隐公六年》杜注："和而不盟曰平。"⑤不我以归：即不使我归，我以倒文。　　⑥有忡：即忡忡，忧虑不安貌。　　⑦爰：与于何、于以同义。　　⑧丧：读去声，失，丢。　　⑨以：何。　　⑩契：合。阔：离。契阔，即聚散、离合。　　⑪子：此指内子。成说：定约，结誓。　　⑫阔：路途遥远。　　⑬活：借为佸，相会。马瑞辰《毛诗传笺通释》："活，当读为'曷其有佸'之佸。毛传：'佸，会也。'佸为会至之会，又为聚会之会，承上'阔兮'为言，故云不我会耳。"　　⑭洵：夐(xiòng)之假借字，久远。《韩诗》作"夐"。　　⑮信：守约。

僭位弑君乱用兵，城漕土国更南征。
阻兵安忍何由信？众叛亲离一夕倾！

此诗述卫戍卒思归不得而发怨伤之辞，然所戍何时何役，则说者不一。《毛诗序》曰"《击鼓》，怨州吁也。卫州吁用兵暴乱，使公孙文仲将而平陈与宋，国人怨其勇而无礼也"，亦以之为州吁之事，且据诗中"从孙子仲，平陈与宋"之语，而断之为命公孙文仲率兵征伐。郑笺"将者，将兵以伐郑也。平，成也，将伐郑，先告陈与宋，以成其伐事"，释序之言平陈与宋为何役。观其说，序、笺实以《春秋》史事为据，以此诗为怨刺州吁伐郑事。按州吁伐郑在鲁隐公四年，《左传·隐公四年》"宋殇公之即位也，公子冯出奔郑，郑人欲纳之。及卫州吁立，将修先君之怨于郑，而求宠于诸侯以和其民。使告于宋曰：'君若伐郑以除君害，君为主，敝邑以赋与陈、蔡从，则卫国之愿也。'宋人许之。于是，陈、蔡方睦于卫，故宋公、陈侯、蔡人、卫人伐郑"，纪其事甚详。然其事是否即此诗之戍役，后世颇多异说。朱熹《诗集传》有言"旧说以此为春秋隐公四年，州吁自立之时，宋、卫、陈、蔡伐郑之事，恐或然也"，似未敢遽定其事，故释诗义仅言"卫人从军者自言其所为。因言卫国之民，或役土功于国，或筑城于漕，而我独南行，有锋镝死亡之忧，危苦尤甚也"。至清人姚际恒《诗经通论》进而驳序之说"与经不合"，而以为"此乃卫穆公背清丘之盟救陈，为宋所伐，平陈、宋之难，数兴军旅，其下怨之而作此诗也"，以诗之本事为《春秋》宣公十二年"宋师伐陈,卫人救陈"而被晋所伐之事。今人或从此说,余冠英《诗经选》即以为"据《左传》,鲁宣公十二年,宋伐陈,卫穆公出兵救陈。十三年,晋国不满意卫国援陈,出师讨卫。卫国屈服。本诗可能和这段史事有关"。然就诗辞观之,与姚氏之说似无可相合者,实亦难以为人所信从。故方玉润《诗经原始》已言"此戍卒思归不得诗也,又何必沾沾据一时一事以实之哉",似由朱说申而言之。按诗之所言,固多戍卒思归怨伤之情,然所言"踊跃用兵""平陈与宋",必有所指。且诗言"从孙子仲",毛传"孙子仲,谓公孙文仲也",郑笺"子仲,字也",明著"平陈与宋"卫将之名。稽诸史事,比照诗辞,实难以见卫为晋所伐之事,而据郑笺"平,成也,将伐郑,先告陈与宋,以成其伐事",与州吁用兵暴乱,且联陈、宋伐郑事较合。许政伯《诗探》以为,同年秋,卫国再度伐郑,抢夺郑国庄稼,而此两次战争间有兵士在陈、宋戍守,故有"不我以归"之怨叹。若此,则似仍当从序说为是。按《左传·隐公四年》载众仲之言曰:"夫州吁,阻兵而安忍。阻兵无众,安忍无亲,众叛亲离,难以济矣。"州吁隐公四年春杀桓公自立,同年九月,即被卫国大臣石碏联合陈桓公所杀。正所谓众叛亲离,难以济矣!而诗之深以怨刺,不亦宜乎?

凯 风

凯风自南①,吹彼棘心②。棘心夭夭③,母氏劬劳④。
凯风自南,吹彼棘薪⑤。母氏圣善⑥,我无令人⑦。
爰有寒泉⑧,在浚之下⑨。有子七人,母氏劳苦。
睍睆黄鸟⑩,载好其音。有子七人,莫慰母心。

①凯风:南风。《孔疏》引李巡曰:"南风长养万物,万物喜乐,故曰凯风。凯,乐也。"　②棘:酸枣树。棘心,谓酸枣树初发之芽。　③夭夭:树木嫩壮貌。④劬(qú):辛苦。劬劳,即操劳。　⑤棘薪:酸枣树已长大。⑥圣善:明理而有美德。　⑦令:善,好。　⑧爰:发语词。寒泉:水名,在卫地浚邑,冬夏常冷,故名寒泉。　⑨浚:卫邑名,在卫楚丘东。　⑩睍(xiàn)睆(huǎn):犹间关,鸟鸣声。一说美丽,好看。朱熹《诗集传》:"言黄鸟犹能好其音以悦人,而我七子,独不能慰悦母心哉。"

七子怀恩兴凯风，劬劳母氏苦心穷。

寒泉果欲思纯孝，何若平情察寸衷？

　　此诗借凯风、棘树、寒泉、黄鸟等兴象，以反复言说母氏抚育之恩。设喻贴切，用字工稳，旧说多以为孝子之辞。然于缘何而发，诗旨为何，却多异说。《毛诗序》曰："《凯风》，美孝子也。卫之淫风流行，虽有七子之母，犹不能安其室，故美七子能尽其孝道，以慰其母心而成其志尔。"以为七子之母不安其室，而七子能尽孝道以慰母心，故诗旨乃美孝子，则诗似为诗人观其事而作。郑笺"不安其室，欲去嫁也。成其志者，成言孝子自责之意"，释序之所言不安其室及七子成其志之义。孔疏申之曰"虽有七子之母，犹不能安其室，则无子者不能安室可知也"，以此"故美七子能自尽其孝顺之道，以安慰其母之心，作此诗而成其孝子自责之志也"，是以七子之母不安其室，乃因卫之淫风所致，而七子自责以慰母心，乃尽其孝顺之道。于其说，后世或从或疑。朱熹《诗集传》以为"母以淫风流行，不能自守，而诸子自责，但以不能事母，使母劳苦为词。婉词几谏，不显其亲之恶，可谓孝矣"，承序之说而为言。然于《诗序辨说》复言"以《孟子》之说证之，序说亦是。但此乃七子自责之辞，非美七子之作也"，则以诗乃七子自责之作，非诗人美之之辞。似于诗义初无定说，于序说亦似有疑者。其后论家尤多不信序说，遂致异说迭见。清人魏源、皮锡瑞、王先谦承三家诗说，以为七子孝思继母之诗。今人或以为"名为慰母，实为谏父"，或以为悼念亡母，或泛言子颂母恩并引以自责。综观诸说，或过于穿凿，或过于泛言，并皆无据。按《孟子·告子下》记孟子与公孙丑答问之言："曰：'《凯风》何以不怨？'曰：'《凯风》，亲之过小者也。《小弁》，亲之过大者也。亲之过大而不怨，是愈疏也。亲之过小而怨，是不可矶也。愈疏，不孝也，不可矶，亦不孝也。孔子曰：舜其至孝矣，五十而慕。'"其论旨重心显在孝义，且明言《凯风》乃亲之过小者。故就此诗而论，七子固言孝思，而母氏亦必有过。观孔疏"以序云不安其室，不言已嫁，则仍在室，但心不安耳"，是知仅有嫁之念而实未嫁，故言亲之过小，而"孝子自责己无令人，不得安母之心，母遂不嫁"，是知孝子自责终安母心且成其志，是显孝之义。况孟子之时，距诗未远，其所言诗，岂可忽焉？实则，汉以后《凯风》已成孝思之典。《东观汉记·东平宪王苍传》引汉章帝赐东平、琅琊二王诏云："今以光烈皇后假髻帛巾各一衣一箧遗王，可时瞻视，以慰《凯风》寒泉之思。"《三国志·蜀志·先主甘后传》："今皇思夫人宜有尊号，以慰寒泉之思。"古乐府《长歌行》"远游使心思，游子恋所生。凯风吹长棘，夭夭枝叶倾。黄鸟鸣相追，咬咬弄好音。伫立望西河，泣下沾罗缨"，为游子颂母之作，而其命意遣辞全出于《凯风》。唐人孟郊《游子吟》之"谁言寸草心，报得三春晖"，实亦脱胎于"棘心夭夭，母氏劬劳"之语义。故今人蒋立甫《诗经选注》有言"六朝以前的人替妇女作的挽词、诔文，甚至皇帝下的诏书，都常用'凯风''寒泉'这个典故来代表母爱，直到宋代苏轼在《为胡完夫母周夫人挽词》中，还有'凯风吹尽棘有薪'的句子"，颇合其实。是以孝子慰母、诗人美孝之旨，实已成为历代接受之共识。然则，就其事言之，或复有疑者。盖汉以前妇人改嫁原属常事，且孟子已断之为"亲之过小"，故七子尽孝道、思母恩则可，而微指其不安室欲去嫁之事且欲阻之，岂不有违母心且暴扬亲过？果若思纯孝慰母心，岂不当察其衷顺其意而成其事乎？

雄 雉

雄雉于飞[①]，泄泄其羽[②]。我之怀矣，自诒伊阻[③]。

雄雉于飞，下上其音。展矣君子[④]，实劳我心。

瞻彼日月[⑤]，悠悠我思。道之云远[⑥]，曷云能来？

百尔君子[⑦]，不知德行。不忮不求[⑧]，何用不臧[⑨]？

①雉（zhì）：野鸡。一说雉为耿介之鸟，交有时，别有伦。　②泄（yì）泄：同洩洩，鼓羽畅飞貌。《左传·隐公元年》："其乐也洩洩。"杜注："洩洩，舒散也。"③诒：通贻，遗留。自诒，自取意。阻：忧。《玉篇》："阻，忧也。"　④展：诚，确实。　⑤日月：此指岁月。马瑞辰《毛诗传笺通释》："以日月之迭往迭来，兴君子之久役不来。"　⑥云：语助词。下同。　⑦百：凡，所有。尔：你们。君子：此指在位者。　⑧忮（zhì）：忌恨。求：贪求。　⑨臧（zāng）：善，好。王先谦《诗三家义集疏》："何用不臧，犹言无往而不利。"

雄雉于飞雌雉怀，日悠道远苦形骸。

不求不忮诚身善，岂得回天势运乖！

　　此诗以雄雉起兴，以言忧劳之思，由"展矣君子""道之云远"云云，则似为系念远人之辞。然于诗旨，历代解读颇多歧义。《毛诗序》曰："《雄雉》，刺卫宣公也。淫乱不恤国事，军旅数起，大夫久役，男女怨旷，国人患之而作是诗。"序以为卫宣公时政乱而致大夫久役，故男女怨旷，是诗之旨乃刺卫宣公。郑笺"淫乱者，荒放于妻妾，烝于夷姜之等。国人久处军役之事，故男多旷，女多怨也。男旷而苦其事，女怨而望其君子"，释序之所言卫宣公淫乱及男女怨旷之义。是毛序、郑笺皆以为卫宣公时，政乱民劳而致怨旷，卫人忧之而作。孔疏以为"男既从役于外，女则在家思之。故云'男女怨旷'。上二章男旷之辞，下二章女怨之辞"，以诗辞比照申说，当合序、笺之意。然于此说，朱子疑之，《诗序辨说》以为"未有以见其为宣公之时与淫乱不恤国事之意耳。兼此诗亦妇人作，非国人之所为也"，因于《诗集传》仅言"妇人以其君子从役于外，故言雄雉之飞，舒缓自得如此，而我之所思者，乃从役于外，而自遗阻隔也"，释为丈夫久役，妇人思夫之作。然观诗辞，若仅泛言妇人思夫，则所谓"百尔君子""不忮不求"诸语实难以通，清人姚际恒《诗经通论》即以为"上三章可通，末章难通，不敢强说"，方玉润《诗经原始》遂以之为"友朋相望而相勉之词"，吴闿生《诗义会通》复以为"当是征士思归，以道自慰之词"。然细味诗意，若友朋相勉、征士思归，亦显与"我之怀矣""悠悠我思"诸语不类。观诗之所述，前二章皆以雄雉起兴，抒怀远之情，三章实赋悠长之思，极见瞻望、思念以及无奈之情态。四章则在前三章基础上生发出对"百尔君子，不知德行"之批判与谴责，并结之以君子当作何为。故今人即多以此诗为丈夫久役远方，妻子深情思念，并大胆谴责统治者不知德行。由是观之，则卫之政乱民劳之背景不可忽，而姚氏末章难通之疑亦可释。盖卫于武公时一度强盛，进入东周后内乱频仍，庄公惑于嬖姜，宣公恣意淫佚，间有州吁之乱，卫之国势遂日趋衰落。是以此诗妇人思夫者，当于"国人久处军役之事，故男多旷，女多怨"之背景观之，故既"自诒伊阻"而"实劳我心"，又告勉于"百尔君子，不知德行"中务须"不忮不求"以自善。顾广誉《学诗详说》有言"持身涉世之病，皆从忮求生。根于气质之近，而伏于念虑之微，一任其滋长,将败莫大之德,召无穷之患。能自省而自克焉,则不为嗜欲所胜,而守身也慎。不事利害之攻,而处世也安。孔门克己之术,求仁之方也",非深思有得,岂能诠释至此? 亦岂非《孟子·尽心上》"穷则独善其身"之谓欤?

匏有苦叶

匏有苦叶①,济有深涉②。深则厉③,浅则揭④。
有弥济盈⑤,有鷕雉鸣⑥。济盈不濡轨⑦,雉鸣求其牡⑧。
雝雝鸣雁⑨,旭日始旦。士如归妻,迨冰未泮⑩。
招招舟子⑪,人涉卬否⑫。人涉卬否,卬须我友。

①匏(páo):葫芦。苦:味苦。一说通枯。匏为古人渡水用具。《国语·鲁语下》:"夫苦匏不材于人,共济而已。"韦昭注:"佩匏可以渡水也。"　②济:水名。涉:渡河。一说渡口。　③厉:衣带,此指连衣渡水。或曰佩匏泅渡。　④揭(qì):提起下衣涉水。　⑤弥:大水茫茫。盈:满。　⑥鷕(yǎo):雌雉鸣声。　⑦濡:沾湿。轨:车轴头。　⑧牡:此指雄雉。　⑨雝(yōng):雝:大雁和鸣声。　⑩迨:及,趁。泮(pàn):分,此指融化。古人婚嫁多在秋冬。《荀子·大略》:"霜降迎女,冰泮杀止。"　⑪招招:招唤貌。舟子:摆渡船夫。　⑫卬(áng):我。否:不。卬否,即我不渡河之意。

不食苦匏可济津,浅深厉揭步逡逡。
归妻出处原同理,人涉卬从构祸因。

此诗旧说今解差异颇大。近世学者多以之为民间情歌,且是一位女子在济水岸边等待未婚夫时所唱。余冠英《诗经选》以为"这诗所写的是:一个秋天的早晨,红通通的太阳升上地平线,照在济水上。一个女子正在岸边徘徊,她惦着住在河那边的未婚夫,心想:他如果没忘了结婚的事,该趁着河里还不曾结冰,赶快过来迎娶才是。再迟怕来不及了。现在这济水虽然涨高，也不过半车轮子深浅，那迎亲的车子该不难渡过吧？这时耳边传来野鸡和雁鹅叫唤的声音，更触动她的心事"，描述细致，且以诗之所述全然为实情实事。然则，诗以比兴，多有所寓。诗言"深则厉，浅则揭"，毛传"遭时制宜，如遇水深则厉，浅则揭矣"，是之深厉浅揭乃寓时机判断之义涵。故若为民间情歌，当轻松自然，若此时机判断岂不过于理智而严肃？济盈而不濡轨，雉鸣反求其牡，皆违常理之象，于此何解？且既待情郎，复何以最终又言"人涉卬否"，皆无可通者。故涵泳诗味，于民间情歌之说，颇觉乖离。按旧说不然。《毛诗序》以为"《匏有苦叶》，刺卫宣公也。公与夫人并为淫乱"，是以诗刺卫宣公夫妇淫乱。然夫妇何以淫乱？郑笺"夫人，谓夷姜"，明以夫人为夷姜。《左传·桓公十六年》载"初，卫宣公烝于夷姜，生急子"，夷姜本庄公之妾，庄公死后，与尚未即位之宣公有私情，宣公即位，立为夫人。是宣公烝娶其父之妾，故言淫乱。孔疏曰"知非宣姜者，以宣姜本适伋子，但为公所要，故有'鱼网'、'离鸿'之刺。此责夫人云'雉鸣求其牡'，非宣姜之所为，明是夷姜求宣公，故云并为淫乱"，释此诗所刺当为夷姜而非宣姜之由，颇合诗义及史事。然于此说，亦有疑者。朱熹《诗序辩说》以为"未有以见其为刺宣公夫人之诗"，故《诗集传》但泛指为刺淫乱之人，并释之曰："言匏未可用而渡处方深，行者当量其深浅，而后可渡，以比男女之际，亦当度量礼义而行也。"是序以实指，朱以泛言，然以卫之男女淫乱不以礼为说，则无有异者。观诗中所言归妻以时，正所谓婚姻当节之以礼。而卫之宣公、夷姜乃母子烝合，淫乱失伦，岂独违礼？卫人以此为刺，固其宜也。然则，此诗之用，尝见诸《论语·宪问》："子击磬于卫，有荷蒉而过孔氏门者，曰：有心哉，击磬乎！既而曰：鄙哉！硁硁乎！莫己知也，斯己而已矣。深则厉，浅则揭。子曰：果哉！末之难矣。"引"深则厉，浅则揭"表明"当随时仕己之义"。《后汉书·张衡传》云"深厉浅揭，随时为义"，又云"捷径邪至，我不忍以投步，干进苟容，我不忍以歙肩，虽有犀舟劲楫，犹人涉卬否，有须者也"，可见前哲多以士人出处喻其义。故后人释此诗者，复出歧义。清人王先谦《诗三家义集疏》解为"贤者不遇时而作"，吴闿生《诗义会通》亦云"味其词，盖隐君子所作"，"此士之审于自处，而讽进不以道者"，皆由此而为言。综诸说而观之，本来，归妻以礼，仕己以时，其理一也。故深味诗之语，事固难确证，而理似可相通。

谷 风

习习谷风①,以阴以雨。黾勉同心②,不宜有怒。采葑采菲③,无以下体④。德音莫违⑤,及尔同死。

行道迟迟,中心有违⑥。不远伊迩⑦,薄送我畿⑧。谁谓荼苦⑨,其甘如荠。宴尔新昏⑩,如兄如弟。

泾以渭浊⑪,湜湜其沚⑫。宴尔新昏,不我屑以⑬。毋逝我梁⑭,毋发我笱⑮。我躬不阅⑯,遑恤我后⑰。

就其深矣,方之舟之⑱。就其浅矣,泳之游之。何有何亡⑲,黾勉求之。凡民有丧⑳,匍匐救之㉑。

不我能慉㉒,反以我为雠㉓。既阻我德㉔,贾用不售㉕。昔育恐育鞫㉖,及尔颠覆㉗。既生既育,比予于毒。

我有旨蓄㉘,亦以御冬。宴尔新昏,以我御穷㉙。有洸有溃㉚,既诒我肆㉛。不念昔者,伊余来墍㉜。

①习习:风声。谷风:来自山谷之风。　②黾(mǐn)勉:勤勉,努力。　③葑(fēng):蔓菁,今名大头菜。菲:萝卜之类。　④以:用。下体:此指根。无以下体,喻恋新人而弃旧人。　⑤德音:本义为善闻令名。此指许愿或好话。　⑥中心:即心中。有违:行动和心意相违背。一说违为怨,亦通。　⑦伊:是。迩:近。　⑧畿:指门槛。　⑨荼:苦菜。　⑩宴:快乐。昏:即婚。　⑪泾、渭:皆水名。源出甘肃,于陕西高陵合流。　⑫湜(shí)湜:水清貌。《说文》:"湜,水清见底也。"沚:即底。马瑞辰《毛诗传笺通释》:"《说文》沚,下基也。湜湜即状水止之貌,故以为清可见底。"　⑬屑:顾惜,介意。一说洁。　⑭逝:往,去。梁:捕鱼水坝。　⑮发:拨之假借字,搞乱。一说打开。笱(gǒu):捕鱼竹篓。　⑯躬:自身。阅:容纳。　⑰遑:暇,来不及。恤(xù):忧,顾及。后:指其后之事。　⑱方:筏。此处方、舟皆用作动词。　⑲亡:同无。　⑳丧:此指凶祸。　㉑匍匐:手足伏地而行,此指尽力。　㉒慉(xù):爱惜。　㉓雠(chóu):同仇,

仇人。　㉔阻：拒绝。　㉕贾(gǔ)：卖。用：指货物。不售：卖不出。　㉖育恐：生于恐惧。鞠(jū)：穷。育鞠：生于困穷。　㉗颠覆：此指患难。　㉘旨：甘美。蓄：聚集。旨蓄，蓄以美食。　㉙御：抵挡。穷：窘困。　㉚有洸(guāng)有溃(kuì)：即洸洸溃溃，水流湍急貌，此借喻人动怒。《毛传》："洸洸，武也。溃溃，怒也。"　㉛既：尽。诒(yí)：遗，留给。肆(yì)：劳苦工作。　㉜伊：惟。余：我。来：语助词，一说是。墍(jì)：忥之假借，即爱。马瑞辰《毛诗传笺通释》："爱，正字作忥。《说文》：'忥，惠也。'……伊余来墍，犹言维予是爱也，仍承昔者言之。"一说息。《毛传》："墍，息也。"《郑笺》："君子忘旧，不念往昔年稚我始来之时，安息我。"王引之《经义述闻》："盖言不念昔者之劳，曾仰我以休息也。"

阴阳和合勉同心，岂料颜衰弃德音。

尝恨世风长不古，古时美色亦难禁！

　　此诗论者多以为弃妇怨夫之辞，然于诗之背景及诗之所作，则说者不一。《毛诗序》曰："《谷风》，刺夫妇失道也。卫人化其上，淫于新昏而弃其旧室，夫妇离绝，国俗伤败焉。"意谓卫由公室淫乱，上行下效，致夫妇失道，故诗以刺之。孔疏亦以为"作《谷风》诗者，刺夫妇失其相与之道，以至于离绝。言卫人由化效其上，故淫于新昏，而弃其旧室。是夫妇离绝，致令国俗伤败焉"，释序之所言夫妇失道之所由。然复言"此指刺夫接其妇不以礼，是夫妇失道，非谓夫妇并刺也。其妇既与夫绝，乃陈夫之弃己，见遇非道，淫于新昏之事，六章皆是"，是以诗旨刺夫，而情事乃弃妇所自陈，则隐然已指之为弃妇之辞，是与序义有异。朱子初亦从序说，吕祖谦《吕氏家塾读诗记》引朱子旧说"皆述逐妇之辞也。宣姜有宠而夷姜缢，是以其民化之，而《谷风》之诗作"，然其后定本《诗序辨说》却以为"未有以见化其上之意"，于是《诗集传》遂以"妇人为夫所弃，故作此诗，以叙其悲怨之情。言阴阳和而后雨泽降，如夫妇和而后家道成。故为夫妇者，当黾勉以同心，而不宜至于有怨。又言采葑菲者，不可以其根之恶，而弃其茎之美，如为夫妇者，不可以其颜色之衰，而弃其德音之善。但德音之不违，则可以与尔同死矣"训之，仅泛言弃妇之怨。今人多从其说，若陈子展《诗经直解》以为"邶风《谷风》，弃妇之词。或疑小雅《谷风》亦为弃妇之词。母题同,内容往往同,此歌谣常例",即颇具代表性。唯清人别出新解,以为逐臣自伤。方玉润《诗经原始》以为"此诗通篇皆弃妇辞,自无异议。然'凡民有丧,匍匐救之',非急公向义、胞与为怀之士,未可与言,而岂一妇人所能言哉? 又'昔育恐育鞠,及尔颠覆',亦非有扶危济倾、患难相恤之人,未能自任,而岂一弃妇所能任哉? 是语虽巾帼,而志则丈夫。故知其为托词耳。大凡忠臣义士不见谅于其君,或遭谗间远逐殊方,必有一番冤抑难于显诉,不得不托为夫妇词,以写其无罪见逐之状",吴闿生《诗义会通》亦言"此人臣不得志于君,而托为弃妇之词以自伤,未必果妇人之作也"。盖士不遇之叹借弃妇之怨而出,自古而然,故其说可存,犹《柏舟》之二说并存。然就此诗辞义言,实皆为弃妇语,从首章"黾勉同心,不宜有怒""德音莫违,及尔同死",到二章"行道迟迟,中心有违",三章"毋逝我梁,毋发我笱",到四、五章前后对比,再到六章"不念昔者,伊余来墍",述说之具体,思虑之细密,似非亲历者不能言。而此一情事置之淫风流行之卫地,自亦不必生疑。由是观之,今人多以喜新厌旧、夫妇断离叹世风之不古,则岂知古人亦早已如是哉?

式 微

式微式微①,胡不归? 微君之故②,胡为乎中露③?
式微式微,胡不归? 微君之躬④,胡为乎泥中⑤?

①式:发语词。微:幽暗。此有卑微意。郝懿行《尔雅义疏·释诂》:"微,有幽隐蓑昧之意。" ②微:非。故:事。 ③中露:即露中。露,一作路。一说卫邑名。 ④躬:身体。 ⑤泥中:犹言泥涂。一说卫邑名。《毛传》:"中露、泥中,卫邑也。"

九黎盛势已衰微,赤狄兵兴国祚非。
臣尽忠忱君不悟,苟安卫邑曷能归?

此诗语甚简略,仅以胡不归发问,以微君之故应之,似劝归之辞。然于诗之本事及诗旨为何,则古今颇多异说。《毛诗序》曰:"《式微》,黎侯寓于卫,其臣劝以归也。"序以为黎之臣劝君归国之辞。黎君臣何以寓卫而不归?郑笺"黎侯为狄人所逐,弃其国而寄于卫,卫处之以二邑,因安之。可以归而不归,故其臣劝之",释黎侯寓卫之由。孔疏"此经二章皆臣劝以归之辞,此及《旄丘》皆陈黎臣之辞。而在邶风者,盖邶人述其意而作,亦所以刺卫君也",则以为黎臣劝君之辞,由邶人述其意而作,亦所以刺卫君,故列为邶之风。然于此诗本事,向有异说。刘向《列女传·贞顺》即以之为卫侯之女嫁黎国庄公,却不为其所纳,有人劝以归,其则"终执贞一,不违妇道,以俟君命",赋此诗以明志。朱子于序说以黎国君臣实其事,亦尝有疑者。《诗序辨说》"诗中无黎侯字,未详是否",然又以为"此无所考,姑从序说",《诗集传》因释之曰:"旧说以为黎侯失国而寓于卫,其臣劝之曰:衰微甚矣,何不归哉?我若非以君之故,则亦胡为而辱于此哉?"复于序、笺所谓黎臣劝君之意,比照诗之辞而申说。然因诗语极简且若朱子所言"诗中无黎侯字",后人仍多疑之者。今人即或以之为苦于劳役对国君所发之怨词,或以之为情人幽会相互戏谑之情歌。若此,则不独臆测之嫌,且于诗之辞,似尤不可通。试想,若苦于劳役或情人幽会,何以重言"式微"?郑笺"式微式微者,微乎微者也",孔疏引"释训文郭璞曰:言至微也,以君被逐既微,又见卑贱,是至微也",故"自言己劳,以劝君归,是极谏之辞",似寄忠臣忧国之大义。且序、笺之所言凿凿,举其事亦明而曌,是以清人方玉润《诗经原始》以为"必有所据,故可从"。据《路史》《风俗通义》《元和姓纂》等载,上古九黎部落势力极盛,相传伏羲、女娲、神农皆从东夷九黎出,后羿、帝俊、羲和等神话体系亦出自东夷九黎。西周时,黎国已成小国,位于今山西黎城县东北之黎侯城,距离赤狄潞子国不远。周宣王十五年(公元前812年),晋国灭黎侯国,随即又复其国。周惠王十四年(公元前663年),潞子国攻灭黎侯国。黎侯寓于卫,或在其时。今味诗之辞义,正若方玉润《诗经原始》所云"此必黎侯被逐后,不久狄亦自退,故可归不归,其臣因以劝也",而"黎侯平素必优游顽懦以致被逐,徒望人怜而人又不我怜。其臣忧之,故作此以劝其归。其一片忧国爱君之心溢于言表,至今犹闻其声也"。至若因毛序解此诗为劝归,后世遂使"式微"衍为"归隐",若王维《渭川田家》"即此羡闲逸,怅然吟式微",孟浩然《都下送辛大夫之鄂》"因君故乡去,遥寄式微吟",贯休《别杜将军》"东风来兮歌式微,深云道人召来归"等,皆由此而出,隐逸文学遂蔚为大宗,则可谓旁生萌蘖而为后皇嘉树矣!

旄丘

旄丘之葛兮①,何诞之节兮②? 叔兮伯兮③,何多日也?

何其处也④? 必有与也⑤。何其久也? 必有以也⑥。

狐裘蒙戎⑦,匪车不东。叔兮伯兮,靡所与同⑧。

琐兮尾兮⑨,流离之子。叔兮伯兮,褎如充耳⑩。

①旄丘:卫国地名,在澶州临河东。一说前高后低之土山。　②诞:同覃,延长。节:指葛藤枝节。　③叔、伯:本为兄弟间排行。此指卫国君臣。　④处:安居,留居,指安居不动。　⑤与:指同伴或盟国。　⑥以:原因。　⑦蒙戎:亦作龙茸,毛蓬松貌。　⑧靡:无。同:同心。朱熹《诗集传》:"不与我同心。"　⑨琐:细小。尾:通微,低微,卑下。　⑩褎(yòu):盛服。褎如,即褎然,态度傲慢貌。充耳:《郑笺》:"充耳,塞耳也。"即充耳不闻意。充耳又为古代一种挂饰,用丝带下垂到耳门旁。此有双关意。

> 失国寄居岁月长,心忧卫伯弃连防。
>
> 黍离哀怨诚堪悯,未若翻思不自强!

此诗以旄丘之葛延蔓起兴,以言叔伯时久而不顾,当有所指之事在。然究其本事及诗之旨,则多异说。《毛诗序》曰:"《旄丘》,责卫伯也。狄人迫逐黎侯,黎侯寓于卫,卫不能修方伯连率之职,黎之臣子以责于卫伯也。"以为寓于卫之黎臣责卫君之作。郑笺"卫康叔之封爵称侯,今曰伯者,时为州伯也。周之制,使伯佐牧。《春秋传》曰:五侯九伯。侯为牧也",释序之言卫伯即卫君之所由。是序、笺以此诗本事与前篇同,作者皆为寓卫之黎臣,前篇劝黎侯,此篇则责卫君。后之论者于其说或从或疑。朱熹《诗序辨说》既疑之曰"序见诗有伯兮二字,而以为责卫伯之词,误矣",然于《诗集传》复从之曰:"黎之臣子自言久寓于卫,时物变矣,故登旄丘之上,见其葛长大,而节疏阔,因托以起兴曰:旄丘之葛,何其节之阔也? 卫之诸臣,何其多日而不见救也？此诗本责卫君，而但斥其臣，可见其优柔而不迫矣。"可谓全按序义而为言，且释所以责卫伯之意甚为详切。今人解此诗，则多新说。或以为兵士登高怀乡，或以为女子思念情人，甚或以为弃妇之辞。然则，味诗之辞义，若按今人新说，则伯叔何指？且自言"流离之子"，既忧时日之久，又言伯叔"褎如充耳"，复作何解？实则，此诗结构完密，递进有序，元人朱公迁《诗经疏义会通》释此篇"一章怪之，二章疑之，三章微讽之，四章直责之"，足见脉络清晰，义绪贯然。且《左传·宣公十五年》载晋君臣议伐狄事，"伯宗曰：必伐之。狄有五罪，俊才虽多，何补焉？不祀，一也。耆酒，二也。弃仲章而夺黎氏地，三也"，是赤狄潞子国确曾夺黎地，逐黎侯。于此，孔疏有言"宣十五年，《左传》伯宗数赤狄路氏之罪云：'夺黎氏地，三也。'服虔曰：'黎侯之国，此诗之作，责卫宣公。'宣公以鲁桓二年卒，至鲁宣十五年，百有余岁，即此时虽为狄所逐，后更复其国。至宣公之世，乃赤狄夺其地耳，与此不同。彼夺地是赤狄，此唯言狄人迫逐，不必是赤狄也"，析史事甚详。是狄人扰黎，百有余年，其间或复其国，故有黎君寓卫而臣劝其归之事。方玉润《诗经原始》以为"己不自振，人又何咎？但望救之心至无可望，不能不以此劝君早归耳……我之不敢东向以求人者，正为卫之诸臣无与同心故耳。我之流离尾琐甚矣，而人方且褎然盛服，袖手旁观，置若罔闻，是真绝意于我也。人既若此，我复何望？不如谋归故国之为愈矣。词若责人，意实劝君。与前篇同一忧国爱君之心。若作责人观，则忠臣之意泯矣"，即以此诗与前篇《式微》均是黎臣劝君归国之作。以是观之，序于此二篇史事，言之凿凿，恐其自有所据。唯黎之失国，责究何属？观其臣先劝归黎侯而不得，复又责卫之君臣不相救，岂不令人哀其不幸怒其不争乎？

简 兮

简兮简兮①，方将万舞②。日之方中，在前上处。
硕人俣俣③，公庭万舞④。有力如虎，执辔如组⑤。
左手执籥⑥，右手秉翟⑦。赫如渥赭⑧，公言锡爵⑨。
山有榛⑩，隰有苓⑪。云谁之思？西方美人⑫。彼美人兮，西方之人兮。

①简:大。《毛传》:"简,大也。"一说舞师之貌。朱熹《诗集传》:"简,简易不恭之意。" ②方将:将要。马瑞辰《毛诗传笺通释》:"方将二字连文,方,犹云将也。将,且也。"万舞:舞名。合文舞与武舞为万舞。朱熹《诗集传》:"万者,舞之总名。武用干戚,文用羽籥也。" ③硕人:身材高大之人。俣(yǔ)俣:魁梧健美貌。 ④公庭:庙堂庭前。《孔疏》:"于祭祀之时,亲在宗庙公庭而万舞。" ⑤辔:马缰绳。组:丝带。 ⑥籥(yuè):同龠,古乐器。《礼记》郑注:"龠,如笛,三孔。舞者所吹也。" ⑦翟(dí):野鸡尾羽。 ⑧赫:红色。渥(wò):厚。赭(zhě):赤褐色,赭石。 ⑨锡:赐。爵:青铜制酒器,用以温酒和盛酒。 ⑩榛:树名,结实似栗而小。 ⑪隰(xí):低下湿地。苓(líng):甘草。一说苍耳,一说地黄。 ⑫西方:指周地。周在卫西。美人:指西周盛王。

日中万舞杂俳优,廊庙良材孰宴游?
莫叹汉文寻贾傅,西方真美古难求!

　　此诗描述卫国公庭之盛大舞蹈场景,突显舞师既雄壮勇猛复雍容优雅之舞姿。然以卒章喻比隐微,意象朦胧,致使诗之义要眇难测,故于诗旨何寄、何人所作,向多异说。《毛诗序》曰:"《简兮》,刺不用贤也。卫之贤者,仕于伶官,皆可以承事王者也。"是以贤者可为王臣,而仅仕于伶官之列,是以卫君不能任用贤能,诗人见此而刺之。孔疏申之曰"时周室卑微,非能用贤。而言可以承事王者,见硕人德大堪为王臣,而卫不用,非要周室所能任也。仕于伶官,首章是也。二章言多才多艺,卒章言宜为王臣,是可以承事王者之事也",释序之所言仕于伶官及不用贤之义。故于诗言"有力如虎,执辔如组",郑笺"硕人有御乱御众之德,可任为王臣",于诗言"左手执籥,右手秉翟",郑笺"硕人多才多艺,又能籥舞,言文武道备",以诗述硕人舞姿为文武道备之象。然于其说,后世或有疑者。孔疏复尝言"《礼记》云:'翟者,乐吏之贱者也。'则此贤者身在舞位,在贱吏之列",则以贤者处贱吏之列,故舞姿似不得谓为文武道备之象。欧阳修《诗本义》以为"惜此贤者才力皆可任用,而反使执籥秉翟为伶官也。止惜其非所宜为耳,岂以为难哉。郑以为'文武道备'者,非然",朱熹《诗序辨说》以为"此序略得诗意,而词不足以达之",《诗集传》释之曰"贤者不得志而仕于伶官,有轻世肆志之心焉,故其言如此,若自誉而实自嘲也",皆以硕人处伶官贱吏之位,舞姿乃轻世肆志之态,且诗为贤者之自作。然按《吕氏春秋·先己》载:"诗曰:'执辔如组。'孔子曰:'审此言也可以为天子。'子贡曰:'何其躁也?'孔子曰:'非谓其躁也,谓其为之于此,而成文于彼,圣人组修其身,而成文于天下矣。'故子华子曰:'丘陵成而穴者安,大水深渊成而鱼鳖安矣,松柏成而涂之人已荫矣。'"可见孔子论此诗正着眼治理天下义,而郑笺或本于此,似亦未可厚非。至若近世论者着意废序,纷出新解,或以为述舞女辛酸,或以为讽卫君沉湎声色,或以为有关男女情思。余冠英《诗经选》据诗中"方将万舞""公庭万舞"释之曰:"这诗写卫国公庭的一场《万舞》。着重在赞美那高大雄壮的舞师。这些赞美似出于一位热爱那舞师的女性。"颇具代表性,今人多从之。然细味诗意,若依此说,则"云谁之思? 西方美人。彼美人兮,西方之人兮"何解? 郑笺"我谁思乎? 思周室之贤者,以其宜荐硕人与在王位",孔疏"思西方周室之美人,若得彼美,当荐此硕人使在王朝也。彼美好之硕人兮,乃宜在王朝为西方之人兮,但无人荐之耳",《诗集传》亦言"西方美人,托言以指西周之盛王,如《离骚》亦以美人目其君也。又曰西方之人者,叹其远而不得见之辞也",释之甚详切。且诗言"山有榛,隰有苓",孔疏"山之有榛木,隰之有苓草,各得其所。以兴卫之有硕人而在贱职,可谓处非其位,乃榛苓之不如",亦显为贤人失位之喻。若诗非寓此义,男女爱慕何以作榛苓之兴喻? 公庭舞师又何以必为"西方"美人? 叹今人解诗,基于诗出民间之预设,多着眼言词浮表,全不得言外之意及先哲真诠,令诗之深义尽失,岂不惜哉!

泉 水

毖彼泉水①,亦流于淇②。有怀于卫,靡日不思。娈彼诸姬③,聊与之谋。

出宿于泲④,饮饯于祢⑤。女子有行⑥,远父母兄弟。问我诸姑⑦,遂及伯姊。

出宿于干⑧,饮饯于言。载脂载舝⑨,还车言迈⑩。遄臻于卫⑪,不瑕有害⑫?

我思肥泉⑬,兹之永叹⑭。思须与漕⑮,我心悠悠。驾言出游,以写我忧⑯。

①毖:泌之假借字。《说文》:"泌,侠流也。"侠流即涌流意。泉水:卫地水名。
②淇:卫地水名。马瑞辰《毛诗传笺通释》:"诗意以泉水之得流于淇,兴己之欲归于卫。"　③娈:美好貌。诸姬:《毛传》:"诸姬,同姓之女。"指卫国同姓之女。卫君姬姓,卫女出嫁,以同姓之女陪嫁。　④沸(jǐ):卫国地名。一说即济水。
⑤祢(nǐ):卫国地名。　⑥行:嫁。《左传·桓公九年》:"凡诸侯之女行。"杜预注:"行,嫁也。"　⑦问:告别。　⑧干:干及下句之言,皆卫女所居国地名。
⑨载:发语词。脂:涂车轴之油脂。舝(xiá):同辖,车轴两头金属键。此处脂、舝皆用作动词。　⑩还:音义同旋。《郑笺》:"还车者,嫁时乘来,今思乘以归。"迈:远行。　⑪遄(chuán):疾速。臻:至。　⑫瑕:通遐。马瑞辰《毛诗传笺通释》:"瑕、遐古通用。遐之言胡,胡、无一声之转……不遐犹言不无,疑之之词也。"
⑬肥泉:即首章之泉水。　⑭兹:通滋,益,更加。　⑮须、漕:均为卫国地名。
⑯写(xiè):通泻,宣泄,消除。《毛传》:"写,除也。"

卫女风光嫁许公,岂知不得送亲终。
还车出宿情何以? 沸祢须漕在梦中!

此诗述卫国女子嫁与别国而思念母邦,细拟归国之途径,为此询问姑姊。诗中所言之卫地,皆想像之辞,故其以幻写真之法,尤见其情之急切。是此诗卫女思归之义甚明,然于其本事及何人所作,则向多异说。《毛诗序》曰:"《泉水》,卫女思归也。嫁于诸侯,父母终,思归宁而不得,故作是诗以自见也。"以诗述卫女思归,且以其嫁于诸侯,因父母终不得归而作,是以诗乃卫女自作,然不言卫女为何人。郑笺"以自见者,见己之志也。国君夫人父母在,则归宁,没则使大夫宁于兄弟。卫女之思归虽非礼,思之至也",释序所言自见乃见己之志。孔疏申之曰"此诗宣公之世,宣父庄、兄桓,此言父母已终,未知何君之女也。言嫁于诸侯,必为夫人,亦不知所适何国。盖时简札不记,故序不斥言也。四章皆思归宁之事",释序仅泛言卫女而不言究为何人之由。于其说，后世多有从之者。朱熹《诗集传》"卫女嫁于诸侯，父母终，思归宁而不得，故作此诗"，全然衍序说而为言。然既为嫁于诸侯者，则简札虽未记，却必有其人。据明人何楷《诗经世本古义》、清人魏源《诗古微》考证，此篇与卫风之《竹竿》皆为鄘风《载驰》作者许穆夫人之作。按刘向《列女传·仁智》载，许穆夫人乃公子顽与后母宣姜私通所生之女，幼时即闻名诸侯，许穆公与齐桓公皆向卫求婚，女愿嫁齐，而卫侯不允，终嫁于许。对于此说，姚际恒《诗经通论》、方玉润《诗经原始》以为证据不足，然又以诗中所述与《载驰》颇多互应吻合，遂或疑为许穆夫人媵妾之词，方氏复疑此篇与《载驰》乃许穆夫人嫡媵唱和，列举"《载驰》云'载驰载驱，归唁卫侯'，此则云'饮饯于祢'，'饮饯于言'。《载驰》云'驰马悠悠，言至于漕'，此则云'思须与漕，我心悠悠'。《载驰》云'控于大邦，谁因谁极'，此则云'娈彼诸姬，聊与之谋'。《载驰》云'大夫君子，无我有尤'，此则云'问我诸姑，遂及伯姊'"，以为"词锋相对，语无虚设，非唱和而何……盖媵亦卫女，故同关心，亦人情之常耳"。然则，细察其所列举，似未见其确为相对唱和之意，故其说实多臆测之词。且许穆自幼聪颖，信可为诗，而媵亦为诗，何以为据？即若如是，则仍为许穆之事无疑。况序、笺所言"嫁于诸侯""国君夫人"云云，则其时卫女嫁于诸侯且有据可查者，非许穆而谁？观诗言"靡日不思""兹之永叹"，怀归情切，"出宿"云云，虚想之词，"驾言出游""以写我忧"，暂纾郁结而已，情文斐亹，义深语妙。清人陈震《读诗识小录》以为"全诗皆以冥想幻出奇文，谋与问皆非实有其事"，陈继揆《读诗臆补》亦以为"全诗皆虚景也。因想成幻，构出许多问答，许多路途，又想到出游写忧，其实未出中门半步也。东野《征妇怨》'渔阳千里道，近如中门限。中门逾有时，渔阳常在眼'，即此意。犹杜工部所谓'即从巴峡穿巫峡，便下襄阳向洛阳'也"，深得诗艺之妙旨。由是观之，此诗绝非出自凡手。朱熹《诗集传》引"杨氏曰：卫女思归，发乎情也。其卒也不归，止乎礼义也。圣人著之于经，以示后世，使知适异国者，父母终，无归宁之义，则能自克者，知所处矣"，深获卫女怀归之心，复得圣人编诗之旨。

北　门

出自北门，忧心殷殷①。终窭且贫②，莫知我艰。已焉哉！天实为之，谓之何哉③！

王事适我④，政事一埤益我⑤。我入自外，室人交徧谪我⑥。已焉哉！天实为之，谓之何哉！

王事敦我⑦，政事一埤遗我⑧。我入自外，室人交徧摧我⑨。已焉哉！天实为之，谓之何哉！

①殷殷：亦作慇慇、隐隐，忧愁深重貌。　②终：王引之《经义述闻》引王念孙云："终，犹既也。"窭(jù)：陆德明《经典释文》："窭，谓贫无以为礼。"　③谓：马瑞辰《毛诗传笺通释》："按谓犹奈也。谓之何哉，犹云奈之何哉。"　④王事：朱熹《诗集传》："王命使为之事。"适(zhì)：同擿，即掷。适我，扔给我。　⑤政事：朱熹《诗集传》："其国之政事。"一：皆。埤(pí)益：增加。　⑥室人：家人。徧：同遍。谪(zhé)：谴责，责难。《毛传》："谪，责也。"　⑦敦：逼迫。　⑧埤遗：犹埤益。《毛传》："遗，加也。"　⑨摧：挫，讥刺。《郑笺》："摧者，刺讥之言。"

王事为之政事多，徧教贫窭惹讥诃。

当时劳困何须怨？宦海千秋仰伟峨！

此诗所述，劳于役事，困于生计，发不得其志之忧思。然忧者何人，诗旨何寄，说者不一。《毛诗序》曰："《北门》，刺仕不得志也。言卫之忠臣不得其志尔。"是以忠臣贤士不得其志，故所刺者必为时衰政乱。郑笺"不得其志者，君不知己志而遇困苦"，孔疏"谓卫君之闇，不知士有才能，不与厚禄，使之困苦，不得其志，故刺之也。经三章，皆不得志之事也"，释序之所谓不得其志，并明以所刺乃昏聩之卫君。朱子之说稍异，《诗集传》释之曰："卫之贤者处乱世，事暗君，不得其志，故因出北门，而赋以自比。又叹其贫窭，人莫知之，而归之于天也。"是以为贤者贫窭而自叹之辞，则非为刺君。所言诗旨，大体若是，然皆未及诗之背景及本事。明人何楷《诗经世本古义》据邶风《柏舟》序之言"卫顷公之时，仁人不遇"而推断此诗作于卫顷公之时，清人姜炳璋《诗序补义》则以此诗作于"西周之世夷厉之时，卫未并邶之日”，然其说实多臆测而无据，与史实、诗事未见契合者。今人则多以为乃卫之小官吏不堪其苦，而诉怨之辞。如余冠英《诗经选》、高亨《诗经今注》、程俊英《诗经译注》皆持此说。然则，就诗辞而言，王事、政事皆委之一人，岂小官吏之职责？其说之谬似亦不言而自明。清人方玉润《诗经原始》已言“观其王事之重，政务之烦，而能以一身肩之，则其才可想矣。而卫之君上乃不能体恤周至，使其‘终窭且贫’，内不足以畜妻子而有交谪之忧，外不足以谢勤劳而有敦迫之苦。重禄劝士之谓何，而卫乃置若罔闻焉。此诗之所以作也”，析诗之义甚为详切。观诗以“北门”起兴，毛传“北门，背明向阴”，郑笺“兴者喻己仕于闇君，犹行而出北门，心为之忧殷殷然”，正是时衰政乱之象。又，诗中八言“我”字，以见身感之切，清人邓翔《诗经绎参》尝言“三章共八‘我’字，无所控诉，一腔热血”，牛运震《诗志》亦言“连用数‘我’字，气馁而声蹙”，见得诗语意绪表达之激烈。盖为此诗者乃卫之士大夫，因卫之时衰政乱而刺之，殆无可疑者。故于诗旨，似仍当以序之说为宜。朱熹《诗集传》复引“杨氏曰：忠信重禄，所以劝士也。卫之忠臣，至于窭贫，而莫知其艰，则无劝士之道矣。仕之所以不得志也。先王视臣如手足，岂有以事投遗之而不知其艰哉？然不择事而安之，无怼憾之辞，知其无可奈何，而归之于天，所以为忠臣也”，则着眼于国之无道，而臣仍忠信，似亦可得言外之意及风教之旨。然就诗之所述及怨刺之所发，似或仍有可疑之者。诗人“忧心殷殷”者，似仅在于“终窭且贫”且“人莫知之”，而王事、政事皆得以一身而肩之，则似不得谓为“不得其志”。观历代用士之道，固以“忠信重禄，所以劝士也”，然就士而言，无重禄仍勤于王事、政事，岂不正由此于千秋宦海树一伟峨形象乎？故失之于彼，却得之于此，天道于斯，未为枉也。

北 风

北风其凉，雨雪其雱①。惠而好我，携手同行②。其虚其邪③？既亟只且④！

北风其喈⑤，雨雪其霏⑥。惠而好我，携手同归⑦。其虚其邪？既亟只且！

莫赤匪狐，莫黑匪乌⑧。惠而好我，携手同车。其虚其邪？既亟只且！

①雨(yù)雪：下雪。雨，作动词。其雱(páng)：即"雱雱"，雪盛貌。　　②同行(háng)：同道。《郑笺》："与我相携持同道而去，疾时政也。"　　③虚：舒之假借字。邪：徐之假借字。其虚其邪，徐缓不决貌。　　④既：已经。亟(jí)：急。既亟，事已紧急。只且(jū)：语尾助词，犹也哉。　　⑤喈(jiē)：风声。朱熹《诗集传》："喈，疾声也。"　　⑥其霏：即霏霏。《列女传》引此诗作"雨雪霏霏"。霏霏即纷纷。　　⑦归：到好地方去。《毛传》："归有德也。"　　⑧莫：无。匪：非。莫匪连用，即无非。狐乃妖兽，乌啼不祥，此喻妖异不祥。

朔漠风来雨雪雱，黑乌赤狸国苍黄。

不堪黎庶离乡井，岂料河清亦出将？

诗述卫人忧乱相携去国之情状，古今论者几无异辞。然于诗旨为何，相携去国之人为何，却多异说。《毛诗序》曰："《北风》，刺虐也。卫国并为威虐，百姓不亲，莫不相携持而去焉。"序以为诗旨刺卫之虐政，而相携去国者乃卫之百姓。孔疏申之曰"言卫国君臣并为威虐，使国民百姓不亲附之，莫不相携持而去之，归于有道也。此主刺君虐，故首章、二章上二句皆独言君政酷暴，卒章上二句乃君臣并言也，三章次二句皆言携持去之，下二句言去之意也"，释序之所言并为威虐之义，并比照诗之辞章，以见所刺君臣之意及百姓相携而去之事。然于序说卫国君臣并为威虐，朱子或疑之，《诗序辨说》以为"卫以淫乱亡国，未闻其有威虐之政如序所云者，此恐非是"，然《诗集传》释之曰"言北风雨雪，以比国家危乱将至，而气象愁惨也。故欲与其相好之人去而避之，且曰：是尚可以宽徐乎？彼其祸乱之迫已甚，而去不可不速矣"，则似又从序之义。对于序说卫国百姓相携去国，清人复疑之，姚际恒《诗经通论》有言"此篇自是贤者见几之作，不必说及百姓"，方玉润《诗经原始》以为"盖见几唯贤者乃早，百姓岂能及也"，王先谦《诗三家义集疏》亦以为诗乃"贤者相约避地之词"，皆明以去国者为卫国之贤者，与百姓无与。今人则据诗中有"同车"之言,多以为诗写卫国贵族当国家危乱之际,纷纷出逃之情景。然则,所谓"覆巢之下,岂有完卵",国之危乱,岂可独完,故以去国者仅为某类人,实难契人之常情。按,朱熹《诗集传》有言"'同行'、'同归',犹贱者也。'同车',则贵者亦去矣",是以国之危乱,百姓、贤者、贵族皆不可免,既于诗中之言为有据,尤于国危世乱之情境为相切。观千年史迹,国人忧乱以致离乡背井,甚至国无宁处而不得不逃离故国,非困厄至极不为也。究其因,内则政酷民劳,外则强敌侵陵,或则水旱瘟疫,不外天灾人祸所致。然观今日,以史为鉴,复有疑者。华夏大地正海晏河清,民族复兴加速推进,却出现蔚为壮观之海外移民潮。据国务院侨务办公室《华侨华人研究报告2011》显示,改革开放以来,中国海外移民人数超过四百五十万,且逾一百六十万海外留学大军中约三分之二选择不归国。另据有关数据显示,截至2019 年末,中国移居海外人口数量已达一千多万。面对国家综合国力不断提升之际,何以富豪人群竟相成为"富跑跑",带走数千亿美元资产离开中国,个中缘由,岂不令人疑之异之?

静 女

静女其姝[①],俟我于城隅。爱而不见[②],搔首踟蹰。
静女其娈[③],贻我彤管[④]。彤管有炜[⑤],说怿女美[⑥]。
自牧归荑[⑦],洵美且异。匪女之为美[⑧],美人之贻。

78

①静:靖之假借字,善。马瑞辰《毛诗传笺通释》:"郑诗'莫不静好',大雅'笾豆静嘉',皆以静为靖之假借。此诗静女亦当读靖,谓善女。"姝:美丽貌。②爱:薆、僾之省借,隐蔽,躲藏。而:同然。陈乔枞《三家诗遗说考》:"《离骚》'众薆然而蔽之',薆而,犹薆然也。" ③娈(luán):美好貌。 ④贻:赠。彤管:赤管笔。 ⑤炜(wěi):盛明貌。 ⑥说:同悦。说怿,喜爱。女:同汝,指彤管。 ⑦牧:野外。归:借作馈,赠。荑(tí):始生之白茅。 ⑧匪:非。女:同汝,指荑草。

城隅静女喻明时，彤管贻君记诲规。
堪叹千年淫爱说，尘埋其骨得其皮！

　　此诗之辞，述俟静女于城隅之情事，似为男女之约。复有贻彤管之言，则又似有所寓托者。故究其旨，向多异说。《毛诗序》曰："《静女》，刺时也。卫君无道，夫人无德。"是以为诗乃刺时之作，所刺者卫君无道，夫人无德。郑笺"以君及夫人无道德，故陈静女贻我以彤管之法，德如是，可以易之，为人君之配"，释序之所言无道德之义，以诗人思美德如静女者易无德之夫人，而为人君之配。似此，则此静女之义似犹《关雎》之淑女。故孔疏有言"道、德一也，异其文耳。经三章皆是陈静女之美，欲以易今夫人也。庶辅赞于君，使之有道也。此直思得静女以易夫人，非谓陈古也"，申序、笺之义甚切。至宋儒疑经，欧阳修《诗本义》首倡"《静女》一诗，本是情诗"，"此乃述卫风俗男女淫奔之诗"，朱熹《诗序辨说》亦以为"此序全然不似诗意"，《诗集传》遂断为"此淫奔期会之诗也"，自此影响深远。元人许谦《诗集传名物钞》继之以为"首言城隅，末言自牧，盖不特俟于城隅，抑且相逐于野矣"，不独私相期会，且相逐于野，尤极言其淫荡。基于此男女之事，今人即多释之为爱情诗，以为写男女幽会过程，表达男子对恋人之深情与赞美，体现年轻男女之间爱情之纯美。然于宋儒之说，清人已多置疑。何楷《诗经世本古义》以为"国人不欲斥言君恶，故托言思静女以为刺，亦犹《车牵》之思淑女也"，顾广誉《学诗详说》直言"欧、朱以为淫奔，大义既不逮《序》说，就经训求之，又有难通者。静女不可以为淫，一也。彤管非男女私赠之物，二也。《左传》'《静女》之三章，取彤管焉'，杜注'彤管，赤管笔，女史记事规诲之所执'，董仲舒、刘向之说并同，若如欧说，将何以解之，三也"，所言既有据，且驳欧、朱之失尤切。盖若欲正解此诗，"彤管"乃关捩之所在。《左传·定公九年》"郑驷歂杀邓析，而用其竹刑。君子谓：子然于是不忠，苟有可以加于国家者，弃其邪可也。《静女》之三章，取彤管焉"，邓析乃郑大夫，改郑所铸旧制而为新法，书之于竹，故称竹刑，此以《静女》之"彤管"为比，显在义取法制。杜预注"诗邶风也，言《静女》三章之诗，虽说美女，义在彤管。彤管，赤管笔，女史记事规诲之所执"，尤明其义。又，崔豹《古今注》载董仲舒答牛亨问彤管云："彤者赤漆耳。史官载事，故以彤管，用赤心记事也。"是彤管实为法度之器，故毛传有云:"古者后夫人必有女史彤管之法,史不记过,其罪杀之。后妃群妾以礼御于君所,女史书其日月,授之以环以进退之。生子月辰,则以金环退之。当御者,以银环进之,著于左手。既御,著于右手。事无大小,记以成法。"叙彤管之法详密而具体,绝非凭空杜撰而可言者。由是观之,彤管不独乃法之鉴戒,更为后宫礼之规范。因之,就诗辞而言,静女虽俟于城隅,却隐藏无踪,实喻明时有德遵礼之人,借以刺当世之失德违礼,故诗义当从序、笺之说。朱熹《诗集传》有言"彤管,未详何物",盖宋儒因未知彤管,以致此篇误读欤?而后人因之,复致差之毫厘谬以千里乎?观苏轼尝有诗云"天下几人学杜甫,谁得其皮与其骨",不亦此之谓欤?

新 台

新台有泚①,河水瀰瀰②。燕婉之求③,籧篨不鲜④。

新台有洒⑤,河水浼浼⑥。燕婉之求,籧篨不殄⑦。

鱼网之设,鸿则离之⑧。燕婉之求,得此戚施⑨。

①新台:台名,卫宣公为纳宣姜所筑。泚(cǐ):玼之假借字。《说文》:"玼,玉色鲜也。"《段注》:"玉上当有新字,玼本新玉色。"有泚,即玼玼,鲜明貌。 ②瀰瀰:水盛大貌。 ③燕婉:亦作宴婉或嬿婉,安和美好貌。 ④籧篨(qú chú):《毛传》:"籧篨,不能俯者。"喻丑疾之貌。一说癞蛤蟆。鲜:《尔雅·释诂》:"鲜,善也。"《郑笺》:"伋之妻齐女来嫁于卫,其心本求燕婉之人,谓伋也。反得籧篨不善,谓宣公也。" ⑤洒(cuǐ):亦作漼,高峻貌。 ⑥浼(měi)浼:水盛貌。 ⑦殄(tiǎn):通腆,善。《郑笺》:"殄,当作腆,腆,善也。" ⑧鸿:大雁。一说癞蛤蟆。离:通罹,附着,获得。《郑笺》:"设鱼网者,宜得鱼,鸿乃鸟也,反离焉。犹齐女以礼来求世子,而得宣公。" ⑨戚施(yì):《毛传》:"戚施,不能仰者。"喻丑疾之貌。一说癞蛤蟆,四足据地,不能仰视,喻貌丑驼背之人。

瀰瀰河水涤新台,燕婉之求恶疾来。

莫把宣姜鹑鹊喻,子妻公占孰淫媒?

此诗述新台之地，求非所愿，似为婚姻之事。然究其本事，古今之说颇异。《毛诗序》曰："《新台》，刺卫宣公也。纳伋之妻，筑新台于河上而要之。国人恶之，而作是诗也。"以为诗刺卫宣公劫娶儿媳事。郑笺"伋，宣公之世子"，释序所言伋其人。公子伋乃宣公淫烝其父庄公之妾夷姜所生，又称急子。后为伋聘娶齐僖公长女，因齐女貌美，宣公于是劫为己有，即宣姜。此事史有明载。《左传·桓公十六年》载："初，卫宣公烝于夷姜，生急子，属诸右公子。为之取于齐，而美，公取之。"《史记·卫康叔世家》亦载："初，宣公爱夫人夷姜，夷姜生子伋，以为太子，而令右公子傅之。右公子为太子取齐女，未入室而宣公见所欲为太子妇者好，说而自取之，更为太子取他女。"然则，此《新台》之诗是否即此史所载之事？朱熹《诗集传》有言"凡宣姜事，首末见《春秋传》。然于诗，则皆未有考也"，是抑或有疑者。由此，今人即或以为此诗所述者，乃一位妇女遭媒婆欺骗所嫁非人而抒怨恨之情，或以为妇女在婚姻上上当受骗后发谴怨愤懑之辞。今观诗辞，本求"燕婉"，所得"籧篨"，对比强烈，若为泛言女叹所嫁非人，岂非怨恶过于激切？"鱼网之设，鸿则离之"，喻比之辞，毛传"言所得非所求也"，自当有所指。故郑笺言"设鱼网者，宜得鱼。鸿乃鸟也，反离焉。犹齐女以礼来求世子，而得宣公"，味诗之辞义，以此指实似胜泛言。且专此修筑新台，亦显非一般人家所可为。按孔疏有言"此诗伋妻盖自齐始来，未至于卫，而公闻其美，恐不从己，故使人于河上为新台，待其至于河而因台所以要之耳。若已至国，则不须河上要之矣"，果若如是，则史之事与诗之境岂非契合而无间焉？故朱熹《诗集传》复释之为"卫宣公为其子伋娶于齐，而闻其美，欲自娶之，乃作新台于河上而要之。国人恶之，而作此诗以刺之。言齐女本求与伋为燕婉之好，而反得宣公丑恶之人也"，是亦终从序、笺之说欤？盖《诗》中有关宣姜之事，除此篇外，尚有《墙有茨》《君子偕老》《鹑之奔奔》等篇，因宣姜于卫宣公去世后复与宣公之子公子顽同居，卫人刺其既淫荡且乱伦，尤以《鹑之奔奔》斥之为"鹑鹊之不若"为甚，遂使宣姜成为史上最著名之荡妇。然若究其实，似犹有可为宣姜辨之者。盖宣姜与公子顽同居，固为不伦，然其当初以少女身归卫，本嫁太子伋，却为宣公强占，本欲"燕婉之求"，却"得此戚施"，清白之身，人伦之礼，皆一旦被毁，岂其一生淫荡之始因乎？

二子乘舟

二子乘舟,汎汎其景①。愿言思子②,中心养养③。
二子乘舟,汎汎其逝④。愿言思子,不瑕有害⑤?

①汎汎:即泛泛,飘浮貌。景:古与憬通,远行。王引之《经义述闻》:"憬,远行貌。" ②愿:每。《毛传》:"愿,每也。"一说念。《郑笺》:"愿,念也。" ③中心:即心中。养养:恙恙之借字,忧思不宁貌。 ④逝:往。 ⑤瑕:通遐,远。《毛传》:"言二子之不远害。"

> 二子乘舟竟赴齐,无边风雨影凄迷。
> 宫闱自古多凶险,何若投生作庶黎?

此诗述二子乘舟远逝,而寄忧念之思。因语极简略,故于其本事及诗旨,古今所说颇异。《毛诗序》曰:"《二子乘舟》,思伋、寿也。卫宣公之二子,争相为死,国人伤而思之,作是诗也。"序以为诗述卫宣公之二公子伋、寿争死之事,卫人伤其事而作此诗。孔疏"二子争相为死,即首章二句是也。国人伤而思之,下二句是也",比照诗辞,释序所言二子争相为死及国人伤而思之之义。盖公子伋乃宣公烝夷姜所生,公子寿乃宣公纳伋之妻宣姜所生,二子争死事,史有明载。《左传·桓公十六年》"初,卫宣公烝于夷姜,生急子,属诸右公子。为之取于齐,而美,公取之,生寿及朔,属寿于左公子。夷姜缢。宣姜与公子朔构急子。公使诸齐,使盗待诸莘,将杀之。寿子告之,使行。不可,曰:'弃父之命,恶用子矣!有无父之国则可也。'及行,饮以酒,寿子载其旌以先,盗杀之。急子至,曰:'我之求也,此何罪?请杀我乎!'又杀之,二公子故怨惠公。十一月,左公子泄、右公子职立公子黔牟,惠公奔齐",纪其事甚详。朱熹《诗集传》即据此以为说:"宣公纳伋之妻,是为宣姜,生寿及朔。朔与宣姜愬伋于公,公令伋之齐,使贼先待于隘而杀之。寿知之,以告伋。伋曰:君命也,不可以逃。寿窃其节而先往,贼杀之。伋至曰:君命杀我,寿有何罪?贼又杀之。国人伤之,而作是诗也。"虽后世论家多从其说,然亦有疑之者。清人姚际恒《诗经通论》以为:"夫杀二子于莘,当乘车往,不当乘舟。且寿先行,伋后至,二子亦未尝并行。卫未渡河,莘为卫地。皆不相合。"今人亦多不从序说,闻一多《风诗类钞》以为"似母念子之词"。另或有以为父送二子、妻子送夫、朋友相送之作。然果若亲友相送,则诗言"不瑕有害"实难以解。且于姚际恒氏之疑,方玉润《诗经原始》尝言:"此诗舍却二子,亦无他解……诗非赋二子死事也,乃讽二子以行耳。意以为孝子事亲,当先揆理,苟有当于理,虽违亲命,亦于天理人情无伤,若沾沾固守小节,不达权变,非徒有害于身,亦且陷亲不义,其于理又何当哉? 夫古之人有行之者,舜是也。焚廪浚井,非不极人伦之变,而卒能保身以格亲心,所以为孝之大。使二子能见及此,必乘舟同往,汎然远逝,共适他邦以避祸患。盗贼虽凶,亦无从要而杀之。奈何徒拘小节,同殉一死,与晋世子申生先后如出一辙,岂不痛哉?"既辨其本事当为二子争死之事,于诗人之旨则复别出新解,洵为有得。然果若诗人讽其拘执,劝其远行,其深义岂非仍在伤其死而深惜之? 与序说似殊解而同归矣。观《史记·卫康叔世家》:"太史公曰:余读世家言,至于宣公之太子以妇见诛,弟寿争死以相让,此与晋太子申生不敢明骊姬之过同,俱恶伤父之志。然卒死亡,何其悲也? 或父子相杀,兄弟相灭,亦独何哉?"方氏之言,或由此肇其源而发挥之? 盖究其事,自令人拊膺而痛惜,然究其因,则宫闱淫乱,权位倾轧,实为祸源。观民人皆羡权豪之门,岂知威权之重,祸亦随之,以至父子相杀,兄弟互戮,廉耻尽失,信义全泯,人性之恶,于斯为极!

83

鄘 风

柏 舟

汎彼柏舟,在彼中河①。髧彼两髦②,实维我仪③。之死矢靡它④! 母也天只⑤,不谅人只⑥!

汎彼柏舟，在彼河侧。髧彼两髦，实维我特⑦。之死矢靡慝⑧！母也天只，不谅人只！

①中河：即河中。　②髧（dàn）：头发下垂状。两髦（máo）：男子未行冠礼前，头发齐眉，分向两边状。　③仪：配偶。　④之：到。矢：通誓，发誓。它（tuō）：古佗字。《正字通》："与佗、他同。"靡它，无他心。　⑤也、只：皆语气词。　⑥谅：相信。　⑦特：匹偶。马瑞辰《毛诗传笺通释》："《方言》：'物无偶曰特。'《广雅》：'特，独也。'皆训特为独……匹为一，又为双为偶，皆以相反为义也。"　⑧慝（tè）：通忒，变更。一说邪恶，恶念，引申为变心。

　　　女适蕖砧舟泛河，两髦宛在矢靡它。
　　　岂唯高节当时鲜？尤叹诸姜异怎多！

　　此诗乃鄘风首篇，篇名与邶风首篇同，说者或以为义亦相类。诗以柏舟泛河起兴，以言心系两髦之子，誓言不易其情。所述者当为男女之事，然究其本事及何人所作，则多异说。《毛诗序》曰："《柏舟》，共姜自誓也。卫世子共伯蚤死，其妻守义，父母欲夺而嫁之，誓而弗许，故作是诗以绝之。"是以为诗述共姜以共伯蚤死而守义自誓之事，是以诗乃共姜所作。郑笺"共伯，僖侯之世子"，释序之所言共伯其人。孔疏"《礼记》云'一与之齐，终身不改'，故夫死不嫁，是夫妻之义也。此叙其自誓之由也。自誓，即下云'之死矢靡它'是也。但上四句见己所以不嫁之由，下二句乃追恨父母夺己之意"，比照诗之辞，以释序所言自誓之所由。后世学者多有从其说者。朱熹《诗序辨说》以为"此事无所见于他书，序者或有所传，今姑从之"，《诗集传》亦曰："旧说以为，卫世子共伯蚤死，其妻共姜守义，父母欲夺而嫁之，故共姜作此以自誓。言柏舟则在彼中河，两髦则实我之匹。虽至于死，誓无他心。母之于我，覆育之恩如天罔极，而何其不谅我之心乎？"然亦有疑之者。清人姚际恒《诗经通论》据《史记》共伯为武公袭攻自杀，年较武公为长，已四十余，不得谓为早死，因以序说为不可信。按《史记·卫康叔世家》载："周宣王立，四十二年，釐侯卒，太子共伯余立为君。共伯弟和有宠于釐侯，多予之赂，和以其赂赂士，以袭攻共

84

伯于墓上,共伯入釐羡自杀。卫人因葬之釐侯旁,谥曰共伯,而立和为卫侯,是为武公。"若据此,共伯为武公所杀,亦可谓为早死,故三家诗以为共伯被弑,共姜不嫁自誓而作此诗,即与《史记》所载相合。然则,史迁之言,论家多有疑者,司马贞索引以为"和杀共伯代立,此说非也。按季札美康叔、武公之德,又《国语》称武公年九十五矣,犹箴戒于国,恭恪于朝,作《抑》自儆,至于没身谓之叡圣。又《诗》著卫世子共伯早卒,不云被杀,若武公杀兄而代立,岂可以为训而形之于国史乎?盖太史公采杂说而为此记耳",吕祖谦《吕氏家塾读诗记》亦以为"按武公在位五十五年,《国语》又称武公年九十有五犹箴儆于国,计其初即位其齿盖已四十余矣。使果弑共伯而篡立,则共伯见弑之时其齿又加长于武公,安得谓之蚤死乎……是共伯未尝有见弑之事,武公未尝有篡弑之恶也",皆以史迁所载不可信。鉴于此,则此诗究将何属?姚际恒氏以为"此诗不可以事实之。当是贞妇有夫蚤死,其母欲嫁之,而誓死不愿之作",似亦可取。方玉润《诗经原始》则以邶风、鄘风开篇皆为《柏舟》,"一为贤臣忧谗悯乱之作,一为烈妇守贞不二之词,皆可以为后世法,又皆冠于二风之首",可作补说。今人则以少女要求婚姻自由,违抗父母之命以为说,既见现代意识,亦似或由姚氏之说而衍发。然则,此诗义涵无论烈妇守贞抑或共姜自誓,属者皆为卫国之女无疑,而观其极贞烈之典范若此,复又有其他诸姜如夷姜、宣姜则极淫荡之行止若彼,何卫女之差异若此之巨焉?

墙有茨

墙有茨①,不可埽也②。中冓之言③,不可道也④。所可道也,言之丑也。

墙有茨,不可襄也⑤。中冓之言,不可详也⑥。所可详也,言之长也。

墙有茨,不可束也⑦。中冓之言,不可读也⑧。所可读也,言之辱也。

①茨（cí）：蒺藜。　　②埽：同扫。　　③中冓（gòu）：内室。此指宫闱，宫廷内。《韩诗》训"中夜"，亦通。　　④道：说。　　⑤襄：通攘，除去。　　⑥详：细说。朱熹《诗集传》："详，详言之也。"　　⑦束：捆走。即打扫干净。　　⑧读：《毛传》："读，抽也。"《郑笺》："抽，出也。"引申为宣扬之意。

墙茨难扫口难言，中冓淫烝礼序浑。

莫讶汉唐多任性，卫君齐女最销魂！

　　此诗以墙茨不可扫，兴中冓之言不可道，论者皆以卫宫室淫乱，国人疾其事，故诗以刺之。《毛诗序》曰："《墙有茨》，卫人刺其上也。公子顽通乎君母，国人疾之，而不可道也。"序以此诗所言系于公子顽淫烝于惠公之母宣姜之事，以为卫人疾其事而刺之之作。郑笺"宣公卒，惠公幼，其庶兄顽烝于惠公之母，生子五人：齐子、戴公、文公、宋桓夫人、许穆夫人"，则详释序之所言公子顽通乎君母之事。按《左传·闵公二年》载"初，惠公之即位也少，齐人使昭伯烝于宣姜，不可，强之。生齐子、戴公、文公、宋桓夫人、许穆夫人"，服虔曰"昭伯，卫宣公之长庶，伋之兄。宣姜，宣公夫人，惠公之母。是其事也"，是其事史载甚明，序、笺皆因以为言，后世论家多从其说。朱熹《诗集传》即以为"旧说以为，宣公卒，惠公幼，其庶兄顽烝于宣姜，故诗人作此诗以刺之，言其闺中之事皆丑恶而不可言，理或然也"，清人方玉润《诗经原始》亦以为"刺卫宫淫乱无检也"。今人论诗，每作新解，然于此篇，全同旧说，固亦可见此诗意之自明也。盖卫之宫室淫乱，其事甚多，《诗》中多有涉其事者，而各篇所刺之重点不一。孔疏以为"此主刺君，故以宣姜系于君，谓之君母。《鹑之奔奔》则主刺宣姜与顽，亦所以恶公之不防闲。诗人主意异也"，既申序所言此诗乃刺君之义，并比照《鹑之奔奔》，以见诗之所述本事同而主意异者，可谓为序者之知言。然则，宫闱淫乱之事本不可说，而卫之诗何以多将之著而明之？《诗集传》引杨时之言曰："公子顽通乎君母，闺中之言至不可读，其污甚矣。圣人何取焉，而著之于经也？盖自古淫乱之君，自以谓密于闺门之中，世无得而知者，故自肆而不反。圣人所以著之于经，使后世为恶者，知虽闺中之言，亦无隐而不彰也。其为训戒深矣。"实则，杨氏之言不独为此发，凡淫乱之诗均可作如是观。观卫宫淫乱之事固夥,而宣姜所历为尤甚。先为公子伋之妻而为伋之父宣公所强占,后复为宣公之子公子顽所烝淫,而宣公本人亦先淫烝其父庄公之妾夷姜,后复占其子伋之妻宣姜为己有,是其行复有限乎?后世但知汉、唐宫廷多有乱伦之淫行,尤以唐世为甚。若武则天本为太宗李世民之才人,后却为太宗之子高宗李治之皇后。又若杨玉环本为寿王李瑁之妃,后却为李瑁之父玄宗李隆基之贵妃。然若与卫宫相较,则武氏之为子所纳及杨氏之为父所占,岂非皆集于宣姜一人之身?而李治之淫烝父之才人及李隆基之淫占子之妃,亦岂非皆集于宣公一人之身?是唐室与卫宫相较,又岂非望其后尘而不及耶?

君子偕老

君子偕老,副笄六珈①。委委佗佗②,如山如河③,象服是宜④。子之不淑,云如之何?

玼兮玼兮⑤,其之翟也⑥。鬒发如云⑦,不屑髢也⑧。玉之瑱也⑨,象之揥也⑩,扬且之皙也⑪。胡然而天也⑫?胡然而帝也⑬?

瑳兮瑳兮⑭,其之展也⑮。蒙彼绉絺⑯,是绁袢也⑰。子之清扬⑱,扬且之颜也⑲。展如之人兮⑳,邦之媛也㉑?

①副:古代首饰名。《毛传》:"副者,后夫人之首饰,编发为之。"《释名》:"王后首饰曰副。副,覆也,以覆首也。"笄(jī):首饰名。《说文》:"笄,簪也。"六珈(jiā):笄饰。加在笄下,垂以玉珠,走时会摇动,称为"步摇",其数有六,故称六珈。 ②委委佗(tuó)佗:步行庄重优美貌。《孔疏》:"《释训》:'委委佗佗,美也。'李巡曰:'宽容之美也。'孙炎曰:'委委,行之美。佗佗,长之美。'郭璞曰:'皆佳丽美艳之貌。'谓宣姜自佳丽美艳,行步有仪,长大而美。" ③如山如河:王先谦《诗三家义集疏》:"如山凝然而重,如河渊然而深,皆以状德容之美。言夫人必有委委佗佗,如山如河之德容,乃于象服是宜也。反言以明宣姜之不宜,与末句相应。" ④象服:亦名袆衣。《说文》袆字注引《周礼》:"王后之服。"《孔疏》:"象

鸟羽而画之，故谓之象服也。"　　⑤玼(cǐ)：玉色鲜明貌。此指衣色鲜艳。⑥翟(dí)：翟衣。朱熹《诗集传》："翟衣，祭服。刻绘为翟雉之形而彩画之以为饰也。"　　⑦鬒(zhěn)：黑发。　　⑧髢(dí)：假发。　　⑨瑱(tiàn)：冠冕上垂在两侧之玉。　　⑩象：象牙。揥(tì)：簪、钗一类首饰。《毛传》："揥，所以摘发也。"⑪扬：眉上广。且：助词。皙：白净。　　⑫胡：何。然：这样。而：用作如。天：意谓天仙。　　⑬帝：意谓天帝之子。　　⑭瑳(cuō)：与玼通。　　⑮展：古代后妃或命妇之礼服。一说白纱制夏衣。　　⑯绉(zhòu)：丝织物，质地较薄，表面呈绉缩状。絺(chī)：细葛布。　　⑰绁袢(xiè fán)：亦称亵衣、内衣。　　⑱清扬：犹言眉目清秀。　　⑲颜：额。引申为面容、脸色。　　⑳展：乃，可是。王先谦《诗三家义集疏》："展，是语之转也。"《毛传》训"诚"，亦通。　　㉑邦：国。媛：美女。姚际恒《诗经通论》："邦之媛，犹后世言国色。"一说通援，援助。《韩诗》作援。《郑笺》："媛者，邦人所依倚以为媛助也。"

　　副笄象服自雍容，颜满喉娇得附龙。

　　岂独宣姜徒有貌？从来国母露华浓！

　　此诗极写贵妇服饰之盛，容貌之美，仪态之雍容华贵，旧说多以为刺卫夫人宣姜。然于诗辞所指，则所说不一。《毛诗序》曰："《君子偕老》，刺卫夫人也。夫人淫乱，失事君子之道，故陈人君之德，服饰之盛，宜与君子偕老也。"序以为诗刺卫夫人淫乱之事，并以诗之所述服饰仪容之美者，乃诗人所陈，为理想之"小君"即国君夫人，以之与现实者相形为刺。郑笺"夫人，宣公夫人，惠公之母也。人君，小君也，或者'小'字误作'人'耳"，释序之所言夫人者，则明指所刺之夫人即宣姜。孔疏曰"以上篇公子顽通乎君母，母是宣姜，故知此亦为宣公夫人，惠公之母也。以言刺夫人，故知人君为小君"，又曰"毛以为由夫人失事君子之道，故陈别有小君内有贞顺之德，外有服饰之盛，德称其服，宜与君子偕老者，刺今夫人有淫佚之行，不能与君子偕老"，可谓释序、笺之义甚为明畅而详切。然则，是诗之所述，是否确为宣姜之事，于诗之辞实难以见其明实之徵，故后之人亦或有疑之者。朱熹《诗序辨说》即以为"公子顽事见《春秋传》，但此诗所以作，亦未可考"，似于序之言有所疑之。然《诗集传》复以为"言夫人当与君子偕老,故其服饰之盛如此,而雍容自得,安重宽广,又有以宜其象服。今宣姜之不善乃如此,虽有是服,亦将如之何哉?言不称也",又曰"见其徒有美色,而无人君之德也",似又从序之说。唯以诗之所述盛服雍容者,即为宣姜本人,是与序之所指乃理想中之国君夫人不同。故其以诗极写服饰仪容之美,乃是反衬人品行为之丑。今之学者即多从朱熹之说。若程俊英《诗经译注》"这是卫国人民讽刺宣姜的诗。诗中极力渲染她的服饰、尊严、美丽,衬托出她'国母'的地位,目的是讥刺她的地位和丑陋的行为很不相称,这是用丽辞写丑行的艺术手法",即围绕仪容与行为之不称而为言。今观诗之所述,皆极写服饰姿色华美雍容,故发端以"君子偕老"明其宜者,而其后忽接以"子之不淑,云如之何",实已明揭刺挞之意,深蕴"不称"之叹,从而使雍容象服与不称丑行形成对比,是以丽辞写丑行,手法极为高妙。故诗辞所指,似当以朱说为是。吕祖谦《吕氏家塾读诗记》亦以为"首章之末云:'子之不淑,云如之何?'责之也。二章之末云:'胡然而天也?胡然而帝也?'问之也。三章之末云:'展如之人兮,邦之媛也?'惜之也。辞益婉而意益深矣",可谓解析精密,体悟深至。然则,国君夫人失德岂独宣姜?细按史迹,但凭颜满喉娇得"国母"之尊者,代不乏例,君不见"云想衣裳花想容,春风拂槛露华浓",于国于民云何益耶?自身结局又何若耶?

桑 中

爱采唐矣[①]?沬之乡矣[②]。云谁之思?美孟姜矣[③]。期我乎桑中[④],要我乎上宫[⑤],送我乎淇之上矣。

爱采麦矣?沬之北矣[⑥]。云谁之思?美孟弋矣。期我乎桑中,要我乎上宫,送我乎淇之上矣。

爱采葑矣[⑦]?沬之东矣[⑧]。云谁之思?美孟庸矣。期我乎桑中,要我乎上宫,送我乎淇之上矣。

①爱:于何,在哪里。唐:即女萝,俗称菟丝子,蔓生植物。一说唐通棠,结实名

沙棠,亦通。　　②沫(mèi):卫都朝歌。商代称妹邦、牧野,在今河南淇县。乡:郊外。　　③孟:排行居长。孟姜:姜姓长女。此处姜及下二章之弋、庸,皆贵族姓氏。　　④期:约会。桑中:卫地名,亦名桑间,在今河南滑县东北。一说指桑树林中。⑤要:通邀。上宫:楼。此指官室。　　⑥沫北:即邶地旧址。　　⑦葑(fēng):芜菁,即蔓菁菜。　　⑧沫东:即古鄘地。鄘在沫东。

要我上宫送我淇,沫乡仕女绰风姿。

国亡政乱源何自? 却把桑音作祸基!

此诗以采物起兴,以言男女相期相约之事。然于诗旨,古今之说差异颇大,或以为刺卫俗淫乱,或以为男女相悦之辞。《毛诗序》曰:"《桑中》,刺奔也。卫之公室淫乱,男女相奔,至于世族在位,相窃妻妾,期于幽远,政散民流,而不可止。"序以为其时公室淫乱,至于世族相窃妻妾,诗人作此以刺之。郑笺"卫之公室淫乱,谓宣、惠之世。男女相奔,不待媒氏以礼会之也。世族在位,取姜氏、弋氏、庸氏者也。窃,盗也。幽远,谓桑中之野",以序之所言公室淫乱在宣、惠之世,并比照诗之所述释世族在位、期于幽远之意。按《礼记·乐记》有言:"郑卫之音,乱世之音也,比于慢矣。桑间濮上之音,亡国之音也,其政散,其民流,诬上行私而不可止也。"所谓"桑间",即指此篇。是以序、笺之说,显与《乐记》之言相承,以为诗人忧卫俗淫乱致政散民流而刺之。后世于此说,则或从或疑。朱熹《诗集传》有言"卫俗淫乱,世族在位,相窃妻妾",显从序之说。又曰"故此人自言将采唐于沫,而与其所思之人,相期会迎送如此也",则以诗乃淫奔者所自作。然则,既刺淫乱之俗,复以诗为淫奔者所自作,岂非自陷其身于所刺?且诗言沫之乡、沫之北、沫之东,显非一地,复言孟姜、孟弋、孟庸,更非一人。故知必诗人观其事而可言,非为淫奔者所自言。今人则由朱子淫奔者自作说,复掺入风出民间之理念,以此诗为青年男女期会相悦之辞。郭沫若《甲骨文研究》有言"桑中即桑林所在之地,上宫即祀桑之祠,士女于此合欢",又言"其祀桑林时事,余以为《鄘风》中之《桑中》所咏者,是也",钱钟书《管锥编》亦言"桑中、上宫,幽会之所也;孟姜、孟弋、孟庸,幽期之人也;'期''要''送',幽欢之颠末也",皆以为诗述男女相会之实人实境实事。然则,今人解诗往往纯由语词之义,而不顾历史情境及先哲之见。若此诗,明指姜、弋、庸三姓,皆言贵族。姜姓周时与姬姓联姻频繁,陈风《衡门》有言"岂其娶妻,必齐之姜",是平民娶姜女乃遥不可及之奢想。弋姓《春秋》或作姒,乃杞女,夏后氏之后,亦贵族。庸姓据王应麟《诗地理考》"鄘城,即鄘国","本庸姓之国",鄘为卫所灭,故其后有仕于卫者,亦卫之贵族。序因先言公室淫乱,至于世族在位相窃妻妾,再至于政散民流而不可止,以见上行下效而成一国之淫风。孔疏有言"序言相窃妻妾,经陈相思之辞,则孟姜之辈与世族为妻也。故知世族在位,取姜氏弋氏庸氏矣",因以"见卫之淫风,公室所化",终致"上下淫乱,有同亡国",是以见诗人所以刺之由。故诗旨所寄,仍似当以此为近。唯以桑间濮上为亡国之音,固有疑者。盖卫俗淫乱,多有其事,诗亦多有刺之者。然则,即如"宣、惠之世,男女相奔,不待媒氏以礼会之也",不亦源自"仲春之月,令会男女。于是时也,相奔不禁"之周礼?《汉书·地理志》所谓"卫地有桑间濮上之阻,男女亦亟聚会,声色生焉",因淫风所化,遂成一地风俗,又何致"有同亡国"?而亡国之由,又何可皆归诸桑间濮上之音?稽诸史实,卫之亡国,种因于庄公之后迭世权位倾轧,君主暴虐昏聩。至懿公当道,荒腐尤甚,甚至因好鹤而给鹤食俸乘车,民心离散。狄人攻卫,卫人皆无斗志,于是懿公死,卫亡。史迹历历,岂容一篇桑音即可替罪焉?

鹑之奔奔

鹑之奔奔[1],鹊之彊彊[2]。人之无良[3],我以为兄[4]。
鹊之彊彊,鹑之奔奔。人之无良[5],我以为君[6]。

①鹑:鸟名,即鹌鹑。奔奔:《左传》引作"贲贲",同音通假。《郑笺》:"言其居有常匹,飞则相随之貌。" ②彊彊:《礼记》引作"姜姜"。义同奔奔。 ③人:朱熹《诗集传》:"人,谓公子顽。"无良:不善。 ④我:一说何之借字,古音我、何相通。兄:《毛传》:"兄,谓君之兄。"《郑笺》:"人之行无一善者,我君反以为兄。君谓惠公。" ⑤人:朱熹《诗集传》:"人,谓宣姜。" ⑥君:《毛传》:"君,国小君。"《郑笺》:"小君,谓宣姜。"

子顽烝母耦宣姜,鹑鹊相从刺意长。
莫忘当年鱼网设,鸿离弱女欲何将?

此诗以鹑鹊起兴,以言人之无良,不若鹑鹊,显为刺斥之辞。然何人所作,所刺何人,向多异说。《毛诗序》曰:"《鹑之奔奔》,刺卫宣姜也。卫人以为宣姜鹑鹊之不若也。"序以为卫宣姜多有淫行,卫人以其失夫人之德,而作此诗以刺之。观诗以鹑鹊起兴,郑笺释为"奔奔彊彊,言其居有常匹,飞则相随之貌。刺宣姜与顽非匹偶",又释序之言曰:"刺宣姜者,刺其与公子顽为淫乱行,不如禽鸟"。明以诗之所述,系于宣姜与公子顽乱伦淫通之事。后之人多从其说。朱熹《诗集传》以为"卫人刺宣姜与顽非匹耦而相从也,故为惠公之言以刺之曰:人之无良,鹑鹊之不若,而我反以为兄,何哉",大旨从序、笺之言,然因诗有"我以为兄"之语而以诗为惠公之言以刺。若以此,则所刺岂非公子顽而非宣姜?且由惠公言之,以兄为顽,则君无所指,若以君为惠,则为诗者复将谁属? 实则,孔疏尝言"二章皆上二句刺宣姜,下二句责公不防闲也。顽与宣姜共为此恶,而独为刺宣姜者,以宣姜卫之小君,当母仪一国,而与子淫,尤为不可,故作者意有所主,非谓顽不当刺也。今'人之无良,我以为兄',亦是恶顽之辞",释诗之义甚为详切,是不必以为惠公之言,仍当以诗人之言为宜。至清人不信序说,魏源《诗古微》、方玉润《诗经原始》、王先谦《诗三家义集疏》皆以诗中"兄"与"君"均指卫宣公,以作诗者为卫宣公庶弟左公子泄、右公子职,据《史记·卫康叔世家》,以诗刺卫宣公纳太子伋聘妻为妇,又听信谗言杀伋与伋之庶弟寿之事。然按《左传·襄公二十七年》载:"郑七卿享赵孟,伯有赋《鹑之奔奔》,赵孟曰:床笫之言不逾阈,况在野乎? 非使人之所得闻也。"杜注:"卫人刺其君淫乱,鹑鹊之不若,义取'人之无良,我以为兄'、'我以为君'也。"以床笫之言不逾阈,犹中冓之言不可道,宜与淫烝乱伦之事合,而难与杀伋、寿之情契。若今人之新解,或以为女子对坏男人之斥责,或以为对旧婚姻制度之控诉,并皆以今度古,且为兄、为君何解,尤难妥帖。观《诗集传》引范氏之言曰"宣姜之恶,不可胜道也。国人疾而刺之,或远言焉,或切言焉。远言之者,《君子偕老》是也。切言之者,《鹑之奔奔》是也。卫诗至此,而人道尽,天理灭矣。中国无以异于夷狄,人类无以异于禽兽,而国随以亡矣",又引胡氏之言曰"杨时有言,《诗》载此篇,以见卫为狄所灭之因也,故在《定之方中》之前。因以是说考于历代,凡淫乱者,未有不至于杀身败国而亡其家者。然后知古诗垂戒之大",诸家所言,皆立足国家兴亡,溯源卫灭之因。然则,平情而论,卫灭之因,史迹俱在,岂宜一宣姜所可致?况宣姜之淫,实为身不由己,《新台》有云"鱼网之设,鸿则离之。燕婉之求,得此戚施",极见受害之烈,而不有新台之始,岂有鹑鹊之终焉?

定之方中

定之方中①,作于楚宫②。揆之以日③,作于楚室④。树之榛栗⑤,椅桐梓漆⑥,爰伐琴瑟⑦。

升彼虚矣⑧,以望楚矣。望楚与堂⑨,景山与京⑩。降观于桑⑪,卜云其吉⑫,终然允臧⑬。

灵雨既零⑭,命彼倌人⑮。星言夙驾⑯,说于桑田⑰。匪直也人⑱,秉心塞渊⑲,騋牝三千⑳。

①定:定星,亦名营室。十月之交,定星昏中而正,宜定方位,造宫室。　②楚宫:楚丘宫庙。楚丘,卫地名。《郑笺》:"楚宫,谓宗庙也。"　③揆(kuí):测度。日:日影。《孔疏》:"度日,谓度日影。"　④楚室:楚丘房屋。《郑笺》:"楚室,居室也。"　⑤树:种植。榛、栗:皆树名,果实可供祭祀。　⑥椅桐梓漆:四种木名,皆制琴瑟之原材料。　⑦爰:于是。　⑧升:登。虚:同墟,墟丘。　⑨堂:卫地名,楚丘之旁邑。　⑩景:同憬,远。此用作动词。京:高丘。　⑪降:自高处下来。观:考察。桑:桑田。　⑫卜:占卜。《毛传》:"建国必卜之。"　⑬终然:《唐石经》及古书引《诗》皆作终然。《毛诗》作终焉,误。允:确实。臧:好,善。　⑭灵:善。零:落。　⑮倌人:《毛传》:"倌人,主驾者。"　⑯星:亦作晴,晴。王先谦《诗三家义集疏》:"韩说曰:'星,精也。'精与晴同。"夙:早。　⑰说:通税,歇息。　⑱匪直:不仅。王先谦《诗三家义集疏》:"匪,非。直,特也。"　⑲秉心:操心,用心。塞渊:踏实深远。　⑳騋(lái):七尺以上大马。牝:母马。三千:约数,表示众多。

定宿方中作楚宫，桑田琴瑟积勤功。

卫文兴国诚堪庆，力挽危亡赖宋公。

　　此诗所述者，于楚丘营宫室，按卫之史，当为卫文公徙楚丘营宫室复国之事，历代说者几无异辞。《毛诗序》曰："《定之方中》，美卫文公也。卫为狄所灭，东徙渡河，野处漕邑。齐桓公攘戎狄而封之。文公徙居楚丘，始建城市而营宫室，得其时制，百姓说之，国家殷富焉。"序以文公于卫为狄所灭之后，率卫人建城市营宫室而复国，故诗人以诗美之。孔疏申之曰"言徙居楚丘，即二章升墟望楚，卜吉终臧是也。而营宫室者，首章作于楚宫、作于楚室是营宫室也。建城市，经无其事，因徙居而始筑城立市，故连言之"，又曰"说于桑田，故百姓说之。匪直也人，秉心塞渊，是悦之辞。国家殷富，则騋牝三千是也。序先言徙居楚丘者，先言所徙之处，乃于其处而营宫室，为事之次。而经主美宫室得其时制，乃追本将徙观望之事，故与序倒也"，比照诗之辞，以释序之说，可谓详切。观诗辞，首章言于楚丘营造宫室，二章纪规划卜筑之过程，三章则国既定而劝农桑，叙其事甚完整，诗当作于文公之末或其身后，故具卫之史诗性质，与大雅《公刘》叙周人先祖公刘率周民由邰迁豳时相地形、建京邑、治田地等颇为相类。因与史载卫文公事合，故后人多从序说。朱熹《诗集传》以为"卫为狄所灭，文公徙居楚丘，营立宫室。国人悦之，而作是诗以美之"，即全然以序说而为言。文公复国，固多外力之助，然文公自身之励精图治，尤不可忽。诗言"匪直也人，秉心塞渊"，被后世论家称为一篇主脑，《诗集传》释之曰"然非独此人所以操其心者诚实而渊深也，盖其所畜之马，七尺而牝者，亦已至于三千之众矣。盖人操心诚实而渊深，则无所为而不成，其致此富盛宜矣。《记》曰'问国君之富，数马以对'，今言騋牝之众如此，则生息之蕃可见，而卫国之富亦可知矣"。以此，尤可见"百姓说之""国人悦之"并作诗美之之所由。然则，序以迎卫遗民渡河、立戴公庐于漕、城楚丘而封卫诸事，皆归功齐桓公，却与史实不尽相符。据《左传·闵公二年》载，"冬十二月，狄人伐卫。卫懿公好鹤，鹤有乘轩者。将战，国人受甲者皆曰：使鹤，鹤实有禄位，余焉能战"，"及狄人战于荥泽，卫师败绩，遂灭卫"，"文公为卫之多患也，先适齐。及败，宋桓公逆诸河，宵济。卫之遗民男女七百有三十人,益之以共、滕之民为五千人,立戴公以庐于漕","僖之元年,齐桓公迁邢于夷仪。二年,封卫于楚丘。邢迁如归,卫国忘亡"。可见,封卫于楚丘,助文公复国,实赖齐桓公之力。然当懿公惨败,卫灭之初,迎卫之遗民连夜渡河,立戴公庐于漕,却是宋桓公所为。按郑笺已言"《春秋》闵公二年冬,狄人入卫,卫懿公及狄人战于荧泽而败,宋桓公迎卫之遗民渡河,立戴公,以庐于漕。戴公立一年而卒。鲁僖公二年,齐桓公城楚丘而封卫,于是文公立而建国焉",所述史实,与《左传》尤合,故较序仅言齐桓之功为妥。盖宋桓公固为卫女之婿,然力保卫人之一脉于危亡之首功,于史于卫皆不应掩忽也。

蝃 蝀

蝃蝀在东①,莫之敢指②。女子有行③,远父母兄弟。

朝隮于西④,崇朝其雨⑤。女子有行,远兄弟父母。

乃如之人也,怀昏姻也⑥。大无信也⑦,不知命也⑧。

①蝃蝀(dì dōng):即彩虹。《释名》:"虹又曰美人,阴阳不和,昏姻错乱,淫风流行,男美于女,女美于男,互相奔随之时,则此气盛。"在东:暮虹。　②指:指点。《毛传》:"夫妇过礼则虹气盛,君子见戒而惧,讳之莫之敢指。"　③有行:出嫁。按"女子有行"二句亦见《泉水》《竹竿》等篇,钱澄之《田间诗学》:"女子有行二句,似是当时陈语,故多引用之。"　④隮(jī):即虹。陈启源《毛诗稽古编》:"蝃蝀在东,暮虹也。朝隮于西,朝虹也。"　⑤崇:终之假借字。崇朝,整个早晨。　⑥怀:坏之借字。败坏,破坏。王先谦《诗三家义集疏》:"怀盖坏之借字。怀、坏并从怀声,故字得相通。《左》襄十四年《传》:'王室之不坏。'《释文》:'坏本作怀。'"一说思。　⑦大:太。信:贞信。　⑧命:父母之命。《郑笺》:"不知昏姻当待父母之命。"

蝃蝀晨昏东复西，卫公治国指虹霓？

岂知乱俗何由止？衣食丰余礼自齐！

此诗以蝃蝀兴比，以言女子有行，显为男女婚姻之事。然于诗作何时，其义何指，说者不一。《毛诗序》曰："《蝃蝀》，止奔也。卫文公能以道化其民，淫奔之耻，国人不齿也。"序以为诗作卫文公之时，卫人受文公之道化而知礼法，以淫奔为耻，故以诗刺淫奔之事。三家诗之说略同，《后汉书·杨赐传》李贤注引《韩诗序》即有"《蝃蝀》，刺奔女也"之言，然未言何时之作。序以《定之方中》乃卫文公事，故以其下此篇及《相鼠》《干旄》皆卫文公时诗。于其说，朱熹《诗序辨说》以为"《定之方中》一篇，经文明白，故序得以不误。《蝃蝀》以下，亦因其在此，而以为文公之诗耳。他未有考也"，似疑序说未有详据。然《诗集传》释此篇曰："此刺淫奔之诗。言蝃蝀在东，而人不敢指，以比淫奔之恶，人不可道。况女子有行，当远其父母兄弟，岂可不顾此而冒行乎？"似又终从序之说。清人吴闿生《诗义会通》尝就朱子之疑曰："朱子疑其未有所考，唯察诗意，与召南《野有死麕》《行露》相同，视《桑中》贞淫判矣。则序以为文公之化，其说自善也。"按，明清论家仍或有疑此说者。何楷《诗经世本古义》以此诗为刺卫宣公夺公子伋之妻即宣姜之事。然宣公夺伋妻事，邶风已有《新台》，此不当复纪其事，姚际恒《诗经通论》已驳其说之无稽。方玉润《诗经原始》则以为"此诗舍却宣姜，别无他解。盖与《新台》相为唱答耳"，"《新台》以刺宣姜，故诗人又设为宣姜之意代答《新台》，互相解嘲，亦讽刺中之一体也"，别创新说，然亦显多臆测，故其复自言"特无实证，未敢遽定"，似难以为人所信从。今观诗辞，以"蝃蝀在东，莫之敢指"起兴，紧接"女子有行，远父母兄弟"，义涉女子婚姻之事无疑。盖蝃蝀所指，毛传有言"蝃蝀，虹也。夫妇过礼则虹气盛，君子见戒而惧讳之，莫之敢指"，刘熙《释名》亦言"淫风流行，男美于女，女美于男，互相奔随之时，则此气盛"，其寓指显然。且诗之首章言暮虹，次章言朝虹，足见其气之盛，亦似非指某一人一事而言。至三章则以"怀昏姻也。大无信也，不知命也"直斥之，郑笺以为"淫奔之女大无贞絜之信，又不知昏姻当待父母之命，恶之也"，义尤显明。然则，综此诗及《墙有茨》《鹑之奔奔》等篇观之，盖诸儒所论，皆以淫乱致杀身灭国而为言，多危言耸听，作警世垂戒，却无视民俗之乱由何而生。

《管子·牧民》有云"仓廪实而知礼节,衣食足而知荣辱",可谓的论。就文公中兴卫国而言,亦实如《左传·闵公二年》所载"卫文公大布之衣,大帛之冠,务材训农,通商惠工,敬教劝学,授方任能。元年革车三十乘,季年乃三百乘",杜预注"卫文公以此年冬立,齐桓公始平鲁乱,故传因言齐之所以霸,卫之所由兴。革车,兵车。季年在僖二十五年,盖招怀迸散,故能致十倍之众"。由史载可知,卫文公在位二十五年,革车由三十而至三百,国力增强十倍。而由其"大布之衣,大帛之冠,务材训农,通商惠工,敬教劝学,授方任能"之举,显见文公兴国,重在教导农耕,发展生产,任贤用能,积累财富。若重在止奔耻淫,岂不南辕北辙?

相 鼠

相鼠有皮①,人而无仪②。人而无仪,不死何为③?

相鼠有齿,人而无止④。人而无止,不死何俟⑤?

相鼠有体⑥,人而无礼。人而无礼,胡不遄死⑦?

①相:视,看。　②仪:威仪。一说礼仪,亦通。　③何为:为何之倒文。④止:假借为耻。《郑笺》释为容止,亦通。　⑤俟(sì):等待。　⑥体:《广雅·释诂》:"体,身也。"　⑦遄(chuán):速,快。

国势兴衰关礼仪?千秋史鉴事多疑。

却看衮衮登台省,遍地何如鼠有皮?

此诗刺无礼,殆无疑义。然何时之作及何所以作,则历来所说不一。《毛诗序》曰:"《相鼠》,刺无礼也。卫文公能正其群臣,而刺在位,承先君之化,无礼仪也。"以之为文公时诗。然则,何以既正其群臣,复又刺其在位?孔疏释之曰:"文公能正其群臣使有礼仪,故刺其在位有承先君之化无礼仪者,由文公能化之使有礼而刺其无礼者,所以美文公也。《凯风》美孝子而反以刺君,此刺无礼而反以美君,作者之本意然也。在位无礼仪,文公不黜之者,以其承先君之化,弊风未革,身无大罪,不可废之故也。"后世诸家多有从其说者。唯朱熹《诗集传》释之曰:"言视彼鼠,而犹必有皮,可以人而无仪乎?人而无仪,则其不死亦何为哉!"虽亦以刺无礼而为言,然却未以为文公时诗,而似以之为泛刺无礼之作。清人吴闿生《诗义会通》以为"此无以见其必为卫文之诗,序特以篇章次第推而言之",亦同朱说之意。今人释此诗,即多衍泛刺之说,以为人民斥责卫国统治者偷食苟得、暗昧无耻,并对其以虚伪礼节以欺骗人民,予以辛辣讽刺。唯其以现代阶级意识观上古之诗,恐其时之人并无此等意识也。又,班固《白虎通义·谏诤》则从鲁诗之说,以此篇为"妻谏夫之诗",明清及近世亦有承其说而阐发之者。然观诗之辞义,其于无礼仪之深恶痛绝,实与夫妻之谏不合,故说诗者多不取。盖作为刺诗,此诗在三百篇中可为极狠之典例。清人张谦宜《絸斋诗谈》云:"人多谓诗贵和平,只要不伤触人。其实三百篇中有骂人极狠者,如'胡不遄死'、'豺虎不食'等句,谓之乖戾可乎?盖骂其所当骂,如敲扑加诸盗贼,正是人情中节处。"诗中所言,实由刺至于骂再至于咒。读诗至此,始信袁枚《随园诗话》所言"孔子论诗,可信者,兴观群怨也。不可信者,温柔敦厚也"。然《相鼠》何为咒无礼如此之狠?宋人吕祖谦《吕氏家塾读诗记》有云"《相鼠》之恶无礼,何其如是之甚?盖溺于淫乱之俗,不如是不足以自拔也。疾恶不深,则迁善不力",朱熹《诗集传》亦尝言"卫本以淫乱无礼、不乐善道而亡其国",作为道学家言,自有其理路。然则,礼仪与国势盛衰果有如此密切之关系?揆诸史鉴,实不尽然。据《史记·郦生陆贾列传》:"沛公不好儒,诸客冠儒冠来者,沛公辄解其冠,溲溺其中。与人言,常大骂。未可以儒生说也。"刘邦以儒冠便溺,却开创四百余年炎汉江山。杜工部尝有诗言"诸公衮衮登台省",尸位者充盈廊庙,"广文先生官独冷",贤如郑虔者落寞潦倒,工部自身亦"朝扣富儿门,暮随肥马尘,残羹与冷炙,到处潜悲辛",而其时正值开天盛世!历观盛世,衮衮诸公尤众,脑满肠肥,皆民脂民膏,权位愈高,贪暴愈烈,甚而有小官而巨贪者。世风若此,廉耻尽失,遑论礼仪!

干旄

子子干旄①,在浚之郊②。素丝纰之③,良马四之④。彼姝者子⑤,何以畀之⑥?

孑孑干旟⑦，在浚之都⑧。素丝组之，良马五之。彼姝者子，何以予之？

孑孑干旌⑨，在浚之城。素丝祝之，良马六之。彼姝者子，何以告之⑩？

①孑孑：旗帜高举貌。干：通竿、杆，旗杆。旄：同牦，以牦牛尾为饰之旗。干旄用以招致贤士。　②浚：卫邑名。郦道元《水经注》："浚城距楚丘只二十里。"　③纰(pí)：连缀，缝饰。《孔疏》："谓以缕缝之，使相连或以维持之者。"下二章之组、祝义同。闻一多《诗经新义》："纰、组、祝，皆束丝之法。"　④良马四之：指以好马赠贤士。王念孙《广雅疏证》："四马，大夫以备赠遗者。下文或五或六，随所见言之，不专是自乘。左昭十六年传：'郑六卿饯韩宣子于郊，宣子皆献马焉。'是以马赠遗，古有是礼。"　⑤姝：《毛传》："姝，顺貌。"子：此指贤者。　⑥畀(bì)：给，予。　⑦旟(yú)：绘有鹰雕纹饰之旗。　⑧都：《毛传》："下邑曰都。"下邑，近城。　⑨旌(jīng)：以五彩鸟羽为饰之旗。　⑩告(gǔ)：忠言。此用作名词。

孑孑干旄五马车，城郊遍访隐贤家。

国亡始悟人为本，差胜坑灰血影加！

此诗所述者，车驾旄旄驰骋于浚邑之地，所属意者乃"彼姝者子"。然以诗语简略，故于所为何事，姝者何指，其说不一。《毛诗序》曰："《干旄》，美好善也。卫文公臣子多好善贤者，乐告以善道也。"是以为赞美卫文公之臣好善礼贤，故车驾者乃文公之臣，而姝者则为贤者。郑笺"贤者，时处士也"，释序之所言贤者之所指。序以诗美卫文公之臣子好善贤者，乃承前此诸篇卫文公"能以道化其民""能正其群臣"而为言。然诗之所述，多干旄车马，与臣子好善何与？孔疏衍郑笺之意"三章皆上四句言文公臣子建旌乘马，数往见贤者于浚邑，是好善，见其好善。下二句言贤者乐告以善道也"，是以诗之所述乃臣子访贤之事，因贤者乃隐处之士，故见以寻访。朱熹《诗集传》以为"此上三篇，小序皆以为文公时诗，盖见其列于

《定中》《载驰》之间故尔,他无所考也。然卫本以淫乱无礼、不乐善道而亡其国,今破灭之余,人心危惧,正其有以惩创往事,而兴起善端之时也,故其为诗如此。盖所谓'生于忧患,死于安乐'者。小序之言,疑亦有所本云",是于序说先疑之,复信之,故释诗之义:"言卫大夫乘此车马,建此旌旄,以见贤者。彼其所见之贤者,将何以畀之,而答其礼意之勤乎?"即以郑笺、孔疏之义以为说,后世论者多从之。然以诗辞所言"彼姝者子",而致此说或有疑者。姚际恒《诗经通论》即以为"《邶风》'静女其姝'、《郑风》'彼姝者子',皆称女子,今称贤者以姝,似觉未安",言外似以为男女之辞。然于此,方玉润《诗经原始》辨之曰"'西方美人',亦称圣王,则称贤以姝,亦无所疑",指其疵甚切。唯今人论诗,恰由此已为人所指疵之男女义,进而衍为情诗之说,多以此篇所述,乃一男性贵族青年乘车赶马去见其情人。然则,观诗辞所述,诗中车马驰驱,旌旗飘举,岂若男女相会之情境?且情人相会,岂必由之郊而之都再之城?又期其畀之、予之、告之以何?按诸诗之辞义,其说之谬谬,实不辨而自明。按马瑞辰《毛诗传笺通释》稽考文献,指出"古者聘贤招士多以弓旌车乘。此诗干旄、干旟、干旌,皆历举召贤者之所建",观诗之所述,"在浚之郊""在浚之都""在浚之城",由远而近,"良马四之""良马五之""良马六之",由少而多,而"何以畀之""何以予之""何以告之",逐步深入,极见访贤大夫求贤若渴之行迹与心理。就诗辞言之,自当是大夫好善礼贤之义,唯难以确定为文公时诗。吴闿生《诗义会通》以为,此诗辞气与《定之方中》"星言夙驾"相类,亦与史称文公"敬教劝学,授方任能"相合,故序以为文公时诗或亦并非无据。盖文公徙楚丘,营宫室,励精图治,致卫祚得以恢复。究其因,端赖"敬教劝学,授方任能"治国方略之确立,与《简兮》之贤者自伤失位、《北风》之卫人相携去国相较,不啻天壤。其事固于国亡之后,然虽已亡羊,而有效补牢,亦未为晚也。

载 驰

载驰载驱,归唁卫侯①。驱马悠悠,言至于漕②。大夫跋涉③,我心则忧。

既不我嘉④,不能旋反⑤。视尔不臧⑥,我思不远⑦。既不我嘉,不能旋济⑧。视尔不臧,我思不閟⑨。

陟彼阿丘,言采其蝱⑩。女子善怀⑪,亦各有行⑫。许人尤之⑬,众稚且狂⑭。

我行其野,芃芃其麦⑮。控于大邦⑯,谁因谁极⑰?大夫君子⑱,无我有尤⑲。百尔所思⑳,不如我所之㉑。

①唁:吊唁。王先谦《诗三家义集疏》:"韩说曰:吊生曰唁,吊失国亦曰唁。"卫侯:卫戴公。一说卫文公。　②漕:地名,《毛传》:"漕,卫东邑。"　③大夫:此指远道追来阻其赴卫之许国诸臣。　④既:尽,都。嘉:善,赞同。我嘉,即嘉我。⑤反:同返。　⑥尔:汝。指许国大夫。臧:善。　⑦思:忧思。远:摆脱。⑧济:止。　⑨閟(bì):同闭,闭塞不通。　⑩蝱(méng):贝母草。采蝱治病,喻设法救国。　⑪善怀:《郑笺》:"善,犹多也。怀,思也。"　⑫行:道理,准则。一说道路。　⑬许人:指许国诸臣。尤:责怪,反对。　⑭众:通终。一说众人,指许人,亦通。稚(zhì):同稚,幼稚。　⑮芃(péng)芃:草茂盛貌。⑯控:往告,赴告。马瑞辰《毛诗传笺通释》引《韩诗》:"控,赴也。"大邦:指齐国。⑰因:依靠。极:至,指来援者到达。　⑱大夫君子:指许国诸臣。　⑲无我有尤:意谓不要责怪我有过错。　⑳百尔所思:即尔百所思,指主意众多。㉑之:往。一说训为思,亦通。

　　　　国覆君亡寄邑漕,徒令许穆苦心劳。

　　　　驰驱归唁虽无果,首屈骚坛一女豪!

此篇为卫女许穆夫人所作之诗,史有明载。《左传·闵公二年》:"初,惠公之即位也少,齐人使昭伯烝于宣姜,不可,强之。生齐子、戴公、文公、宋桓夫人、许穆夫人。文公为卫之多患也,先适齐。及败,宋桓公逆诸河,宵济。卫之遗民男女七百有三十人,益之以共、滕之民为五千人,立戴公以庐于漕。许穆夫人赋《载驰》。"杜预注"《载驰》诗,卫风也。许穆夫人痛卫之亡,思归唁之不可,故作诗以言志",是以伤卫亡而不能救之作。《毛诗序》曰:"《载驰》,许穆夫人作也。闵其宗国颠覆,自伤不能救也。卫懿公为狄人所灭,国人分散,露于漕邑。许穆夫人闵卫之亡,伤许之小,力不能救,思归唁其兄,又义不得,故赋是诗也。"即以史载之事以为说。郑笺"灭者,懿公死也,君死于位曰灭。露于漕邑者,谓戴公也。懿公死,国人分散,宋桓公迎卫之遗民渡河,处之于漕邑,而立戴公焉。戴公与许穆夫人俱公子顽烝于宣姜所生也",释序之所言甚详切。故诗之本事及诗之旨当如是,后人皆从之。许穆夫人乃公子顽与后母宣姜私通所生之女,幼时即闻名诸侯,许穆公与齐桓公皆向卫求婚。据刘向《列女传·仁智》载:"初,许求之,齐亦求之。懿公将与许,女因其傅母而言曰:……今者许小而远,齐大而近,若今之世,强者为雄。如使边境有寇戎之事,唯是四方之故,赴告大国,妾在,不犹愈乎……卫侯不听,而嫁之于许。"可见其于择嫁之时即已考虑将来如何报效祖国。当其嫁许十年,卫国果然被狄人所灭,懿公死。宋桓公迎卫遗民渡河立戴公于漕邑,而戴公立一年而卒。此诗即当作于其时,既实录卫亡之史事,复深蕴忧国之情怀。朱熹《诗集传》释之曰"宣姜之女为许穆夫人,闵卫之亡,驰驱而归,将以唁卫侯于漕邑。未至,而许之大夫有奔走跋涉而来者。夫人知其必将以不可归之义来告,故心以为忧。既而终不果归,乃作此诗,以自言其意尔",又引范氏之言曰"先王制礼,父母没则不得归宁者,义也。虽国灭君死,不得往赴焉,义重于亡故也",按诸史事,比照诗辞,当合其时情境。观诗之所述,首章言本事,驰驱欲归唁卫侯而不能。次章叙内心矛盾冲突,许大夫不以我为善,然我之思终不能自已。三章复言被阻不能适卫,心忧重重,或陟丘以舒忧,或采蝱以疗郁,抒写委婉深沉,曲折有致。末言归途所思,既欲控于大邦,复无

从而至,许之大夫以我为尤,实则非稚即惷,其百尔所思终不如吾一女子之所思。全诗至此戛然而止,却言尽而意不尽,令人回味无穷。正如方玉润《诗经原始》所言"其后齐桓果复卫而成霸,然后叹夫人之所见者远也",足见许穆夫人之远见卓识,虽处巾帼,实胜丈夫。仅就诗而言,亦正因故国情怀之厚,遇国亡无以为救,且欲归唁复因礼义而不得,终而激发忧愤激切、深婉英迈之辞,成就千秋第一巾帼诗豪,岂非家国之殇化为骚坛之幸耶? 抑或如赵瓯北所言"国家不幸诗家幸,赋到沧桑句便工"之最早实例耶?

淇 奥

瞻彼淇奥①，绿竹猗猗②。有匪君子③，如切如磋，如琢如磨④。瑟兮僩兮⑤，赫兮咺兮⑥。有匪君子，终不可谖兮⑦。

瞻彼淇奥，绿竹青青。有匪君子，充耳琇莹⑧，会弁如星⑨。瑟兮僩兮，赫兮咺兮。有匪君子，终不可谖兮。

瞻彼淇奥，绿竹如箦⑩。有匪君子，如金如锡，如圭如璧⑪。宽兮绰兮⑫，猗重较兮⑬。善戏谑兮⑭，不为虐兮⑮。

①淇：卫地水名。奥(yù)：澳或隩之借字，水岸深曲处。 ②绿：《礼记·大学》引作菉。《尔雅·释草》："菉，王刍。"注："菉，蓐也。今呼鸱脚莎。"亦名荩草。一年生细柔草本植物，作牧草，茎叶可作药用，汁液可作黄色染料。陆玑《毛诗草木鸟兽虫鱼疏》："菉似竹，高五六尺，淇水侧人谓之菉竹。"猗猗：美盛貌。陈奂《诗毛氏传疏》："诗以绿竹之美盛，喻武公之质美德盛。" ③匪：斐之借字，《礼记》《尔雅》引此句皆作斐。有斐，即斐斐，富有才华。 ④切、磋、琢、磨：《尔雅·释器》："骨谓之切，象谓之磋，玉谓之琢，石谓之磨。"皆治玉石骨器工艺，喻于学问道德钻研深究。 ⑤瑟：仪容庄重。僩(xiàn)：神态威严。 ⑥赫：光明貌。咺(xuān)：宣之假借字，宣著貌。 ⑦谖(xuān)：蕿、薉、萱之假借字，忘记。马瑞辰《毛诗传笺通释》："《说文》：'蕿，令人忘忧之草也。'或从煖作薉，或从宣作萱。引《诗》'安得蕿草'，今《毛诗》作'谖草'，谖即蕿及薉、萱之假借。是知凡诗作'谖'训'忘'者，皆当为蕿及薉、萱之假借。若'谖'之本义，自为'诈'耳。" ⑧充耳：挂于冠冕两侧之玉饰。琇：宝石。莹：玉色光润貌。 ⑨会(kuài)：亦作䯤，皮帽两缝相合处。弁(biàn)：皮帽。如星：指所缀宝石如星般光亮。 ⑩箦(jī)：襀之假借字，音义同积。《毛传》："箦，积也。"茂盛貌。 ⑪金、锡、圭、

103

璧:《孔疏》:"武公器德已百练成精如金锡,道业既就,琢磨如圭璧。" ⑫宽:宽宏。绰:亦作婥,柔和貌。 ⑬猗:倚之假借字。较:车上横木,供人扶靠。重(chóng)较,马瑞辰《毛诗传笺通释》:"较上更饰以曲钩,若重起者然,是为重较。" ⑭戏谑:开玩笑,言谈风趣。 ⑮虐:刻薄伤人。一说粗暴。

> 磨琢切磋志节坚,襄周治卫德功全。
> 年逾耄耋犹箴儆,岂料儿孙不像贤?

　　此诗卫风首篇,以绿竹美盛起兴,以言君子道德文章之斐然。以此篇之作多有典籍可徵,旧说以为赞美卫武公之辞,历代论家多无异辞。《毛诗序》曰:"《淇奥》,美武公之德也。有文章,又能听其规谏,以礼自防,故能入相于周,美而作是诗也。"是以武公既有道德文章之盛,复箴儆治国,入周为相,卫人因作此诗以美之。据《史记·卫康叔世家》"武公即位,修康叔之政,百姓和集。四十二年,犬戎杀周幽王,武公将兵往佐周平戎,甚有功。周平王命武公为公",是武公于幽王末平犬戎之乱及护送平王东迁有大功,晋级公爵并被命为周之卿相,即所谓"入相于周"。卫武公之道德文章,亦广为人所称誉。《国语·楚语》载左史倚相对申公子睿曰:"昔卫武公年数九十有五矣,犹箴儆于国,曰:'自卿以下至于师长士,苟在朝者,无谓我老耄而舍我,必恭恪于朝,朝夕以交戒我。闻一二之言,必诵志而纳之,以训道我。'在舆有旅贲之规,位宁有官师之典,倚几有诵训之谏,居寝有亵御之箴,临事有瞽史之道,宴居有师工之诵。史不失书,蒙不失诵,以训御之,于是乎作《懿》戒以自儆也。及其没也,谓之睿圣武公。"韦昭注:"昭谓《懿》诗,大雅《抑》之篇也。懿读曰抑。"徐幹《中论·虚道》亦言:"昔卫武公年过九十,犹夙夜不怠,思闻训道,命其群臣曰:'无谓我老耋而舍我,必朝夕交戒。'又作《抑》诗以自儆也。卫人思其德,为赋《淇奥》,且曰睿圣。"由此观之,可见武公生平修德之勤及卫人赋此篇之所由。朱熹《诗集传》即据之而为说:"按《国语》,武公年九十有五,犹箴儆于国曰:自卿以下,至于师长士,苟在朝者,无谓我老耄而舍我,必恪恭于朝,以交戒我。遂作《懿》戒之诗以自警。而《宾之初筵》,亦武公悔过之作,则其有文章,而能听规谏,以礼自防也,可知矣。卫之他君,盖无足以及此者。故《序》以此诗为美武公,而今从之也。"以此，是小雅之《宾之初筵》、大雅之《抑》，乃武公自儆之作，而此篇《淇奥》则为卫人美武公之作。《左传·昭公二年》载晋韩宣子"自齐聘于卫，卫侯享之。北宫文子赋《淇奥》，宣子赋《木瓜》"，杜预注"《淇奥》，美武公也"，由北宫文子与韩宣子互为赋答之意观之，用《淇奥》之誉美义无疑。《礼记·大学》释此篇"如切如磋者，道学也。如琢如磨者，自修也。瑟兮僩兮者，恂栗也。赫兮喧兮者，威仪也。有斐君子，终不可諠兮者，道盛德至善，民之不能忘也"，《朱子语类》评此篇"一章切磋琢磨，言自修之精密。二章言威仪服饰之盛，有诸中而形诸外也。三章金锡圭璧，则锻炼已精，温纯深粹，而德器成矣。前二章皆有瑟僩赫喧之辞，三章但言宽绰戏谑，见不事矜持，而动容周旋中礼之意。盛德之至也"，析其誉美之义甚详。观诗之三章，由学问之切磋磨琢，而威仪之充中形外，终达道德之纯深盛至，武公一生精进之路由此而涵括无遗。按之史实及风雅有关篇什，卫武公道德文章，箴儆于国，勤王平戎，入周为相，堪称完美。然自其子庄公即位，惑于嬖妾，暴虐无常，贤者失位，百姓去国，肇卫迭世之乱端，终致灭国之祸。贤若武公，曷有料焉？何所种因，岂不令人疑之惑之？

考 槃

考槃在涧①，硕人之宽②。独寐寤言③，永矢弗谖④。
考槃在阿⑤，硕人之薖⑥。独寐寤歌，永矢弗过⑦。
考槃在陆⑧，硕人之轴⑨。独寐寤宿，永矢弗告⑩。

105

①考，筑成，建成。槃，架木为屋。一说考乃扣之假借字，槃通盘，考槃即扣盘而歌。又，《毛传》训考槃为成乐，亦通。　②硕人：贤人，此指隐者。宽：心宽。③独寐寤言：独睡，独醒，独自言语。严粲《诗缉》："既寐而寤，既寤而言，皆独自耳。"　④矢：誓。弗谖：不忘。　⑤阿(ē)：山阿，大陵，山之曲隅。一说山坡。⑥薖(kē)：窠之假借字，《说文》："窠，空也。"引申为心胸宽大。　⑦永矢弗过：永远不复入君之朝。一说永不过问世事。过，过从，过往。　⑧陆：高平之地。⑨轴：本义车轴，引申为盘旋，进展。刘向《列女传·母仪》："服重任，行远道，正直而固者，轴也。"　⑩弗告：朱熹《诗集传》："不以此乐告人也。"

底事俊贤在涧阿，鼓盆拊缶独长歌？

卫庄不继先公业，国势从兹逐逝波！

　　此诗述贤者隐处山林，辞意甚明，然于诗旨，诸家之说不一。《毛诗序》曰：
"《考槃》，刺庄公也。不能继先公之业，使贤者退而穷处。"以诗述贤者隐处，实刺
庄公不能用贤。盖序之言推源当时朝政，以见治乱大端，贤者退处深藏，则时君之
无道可知。庄公惑于嬖妾，暴虐无常，固令朝政日乱，然其所继者乃功显德盛之武
公，对比尤为强烈，故特言其不能继先公之业。孔疏释之曰："言先君者，虽今君之
先以通于远，要则不承继者，皆指其父。故《晨风》云'忘穆公之业'，又曰'弃先君
之旧臣'，先君谓穆公也。此刺不能继先君之业，谓武公也。"是以秦风《晨风》谓秦
康公弃先君之业乃指穆公而言为例，证此篇庄公不能继者确指武公，而非泛指先
君。正因庄公与所继者武公反差若此之大，方使贤者退而终处，亦可由人情之常推
之。然则，《孔丛子·记义》载："孔子读诗及小雅，喟然而叹曰：吾于周南、召南，见
周道之所以盛也……于《考槃》，见遁世之士而不闷也。"似以此诗发贤士隐居避世
之高蹈情怀。朱子承其意，《诗序辨说》以为"此为美贤者穷处而能安其乐之诗"，
《诗集传》释之曰"诗人美贤者隐处涧谷之间，而硕大宽广，无戚戚之意。虽独寐而
寤言，犹自誓其不忘此乐也"，以诗无见弃于君之意，与刺庄公无涉。今人即多承
其说而发挥之，以此诗为隐逸文学之滥觞。程俊英《诗经注析》以为"隐逸诗自六
朝始盛，至渊明始大，然推其始，则在《考槃》。这首诗创造了一个清淡闲适的意
境，文字省净，词兴婉惬，趣味幽洁，读之觉山月窥人，涧芳袭袂，一种怡然自得之
趣，流于行间。末句'独寐寤宿，永矢弗告'，意隽韵远"，颇具代表性。然则，观诗
之辞，果若纯抒隐居之乐，何以屡作"永矢弗谖""永矢弗过""永矢弗告"之誓言？
其所指，郑笺以为"长自誓以不忘君之恶"，"弗过者，不复入君之朝也"，"不复告君
以善道"，皆为与时君之决绝之辞。即若毛传意谓"独言先王之道，长自誓不敢忘
也"，显亦缘于治乱之思。盖吾国所谓隐居避世，必有其由。庄子鼓盆而歌，乃抒
丧妻之痛。陶渊明归去来兮，乃发为五斗米折腰之愤。六朝后隐逸诗盛，而隐者实
多待时以出，孟襄阳之"欲济无舟楫，端居耻圣明。坐看垂钓者，徒有羡鱼情"，胸
臆之所蕴，不已显露无遗？故此诗所述者，贤人隐处涧谷，而贤人何以避世，则无疑

源自世乱,是刺世、隐逸二义实可兼通。清人吴闿生《诗义会通》以为"序谓刺君上之失贤,朱谓美隐居之得所,美在此则刺在彼矣,二说本一致也",可谓平情之论。

硕 人

硕人其颀①,衣锦褧衣②。齐侯之子,卫侯之妻。东宫之妹③,邢侯之姨,谭公维私④。

手如柔荑⑤,肤如凝脂。领如蝤蛴⑥,齿如瓠犀⑦,螓首蛾眉⑧。巧笑倩兮,美目盼兮⑨。

硕人敖敖⑩,说于农郊⑪。四牡有骄,朱幩镳镳⑫,翟茀以朝⑬。大夫夙退,无使君劳。

河水洋洋,北流活活⑭。施罛濊濊⑮,鳣鲔发发⑯,葭菼揭揭⑰。庶姜孽孽⑱,庶士有朅⑲。

①硕:高大。硕人,谓高大之人,其时以高大为美。颀(qí):修长貌。②褧(jiǒng):亦作絅,罩衫。女子出嫁途中所穿,以御风尘。 ③东宫:太子居处,此指齐太子得臣。 ④私:女子称姊妹之夫为私。 ⑤荑(tí):白茅之芽。⑥领:颈。蝤蛴(qiú qí):天牛幼虫,色白身长。 ⑦瓠犀:瓠瓜之子,色白,排列整齐。 ⑧螓(qín):似蝉而小,《孔疏》:"此虫额广而且方。"螓首,形容前额丰满开阔。蛾:蚕蛾,其触须细长而弯。蛾眉,形容眉毛细长弯曲。 ⑨盼:《毛传》:"盼,黑白分。" ⑩敖:颣之省字。《说文》:"颣,颣,高也。"敖敖,身材高大貌。 ⑪说(shuì):通税,止息。 ⑫朱幩(fén):用红绸布缠饰之马嚼。镳(biāo)镳:盛美貌。 ⑬翟(dí):山鸡。茀(fú):三家诗作蔽,遮蔽车之围席,即车篷。翟茀,以雉羽为饰之车篷。 ⑭活(guō)活:水流声。 ⑮施:张,设。罛(gū):渔网。濊(huò)濊:撒网入水声。 ⑯鳣(zhān):鳇鱼。一说赤鲤。鲔(wěi):鲟鱼。一说鲤属。发(bō)发:亦作泼泼,鱼尾击水声。 ⑰葭:芦苇。菼(tǎn):荻。揭揭:长貌。 ⑱庶:众。庶姜,随嫁姜姓众女。齐国姜姓,庄姜陪

嫁之女皆姜姓,古称姪、娣。孽孽:高大貌,或曰盛饰貌。　　⑲士:指从嫁诸臣,古称媵臣。有揭(qiè):即揭揭,勇武貌。

　　　　族贵德贤意态娇,物丰礼备却心焦。
　　　　宫中嬖妾无穷乐,闵怨情怀又一朝。

　　此诗卫人为庄公夫人庄姜而作,史有明载。《左传·隐公三年》"卫庄公娶于齐东宫得臣之妹,曰庄姜,美而无子,卫人所为赋《硕人》也",即谓此诗。然于诗旨,却有闵、美二说。《毛诗序》曰:"《硕人》,闵庄姜也。庄公感于嬖妾,使骄上僭,庄姜贤而不答,终以无子,国人闵而忧之。"《左传》仅言卫人为之赋此诗,于庄姜,亦仅言美而无子。序则由此而推衍之,益之以"闵而忧之",明揭卫人闵庄姜之旨。孔疏释之曰:"嬖妾谓州吁之母,感者谓心所嬖爱使情迷惑,故夫人虽贤不被答偶。经四章皆陈庄姜宜答而君不亲幸,是为国人闵而忧之。"朱子亦承其说,《诗集传》以为"庄姜事见邶风《绿衣》等篇。《春秋传》曰:庄姜美而无子,卫人为之赋《硕人》。即谓此诗。而其首章极称其族类之贵,以见其为正嫡小君,所宜亲厚,而重叹庄公之昏惑也",显然衍《左传》及序说而为言。然观诗之所述,一章言其族贵,二章言其貌美,三章言其来嫁车马之盛,四章言其媵送礼仪之备,皆为誉美之辞。尤以多方描摹女子容貌情态之美,开后世以博喻写美人之先河,享誉极隆。清人孙联奎《诗品臆说》以为"卫风之咏硕人也,曰'手如柔荑'云云,犹是以物比物,未见其神。至曰'巧笑倩兮,美目盼兮',则传神写照,正在阿堵,直把个绝世美人,活活地请出来,在书本上滉漾。千载而下,犹亲见其笑貌",姚际恒《诗经通论》甚至称之为"千古颂美人者,无出其右,是为绝唱"。由是,论者或疑序之说,方玉润《诗经原始》即言"至不见答于庄公,皆后日事,非初来情。诗盖咏其新昏时耳,安知其不见答而为人所闵欤",遂径以此诗为"颂卫庄姜美而贤也"。今人解诗,多着眼文辞之表义,故多从美庄姜之说。然则,诗人为言,多寓义于言之外。细味此诗,果若纯为描摹美人,何以极言其族类之贵、人物之庶、礼仪之备乃至物产之丰? 岂非夸饰过甚? 若此夸饰炫富,又岂可谓为贤者? 实皆与所谓美而贤者无涉。宋人严粲《诗缉》以为"诗无一语及不见答之事,但言族类之贵,容貌之美,礼仪之备,又言齐地广饶,士女姣好,以深寓其闵惜之意。唯'大夫夙退'二句,微见其意,而辞亦深婉,风人之旨大抵皆然也",揭诗旨所蕴,可谓晓其深处。盖诗之所述,皆出自卫人极誉美之辞,故致后人有美庄姜之说。然庄姜之事,诗中多有,若邶风之《绿衣》《燕燕》《日月》《终风》等,皆极闵伤之辞。两相比照,风人之旨尤为昭揭。故此美之愈烈,则实伤之愈切,洵为此诗之本义也。是以此诗之序,尝为吴闿生《诗义会通》誉为"最得诗旨",诗之微义,岂非待序而后明耶?

氓

氓之蚩蚩①,抱布贸丝。匪来贸丝,来即我谋。送子涉淇,至于顿丘②。匪我愆期③,子无良媒。将子无怒④,秋以为期。

乘彼垝垣⑤,以望复关⑥。不见复关,泣涕涟涟。既见复关,载笑载言。尔卜尔筮,体无咎言⑦。以尔车来,以我贿迁⑧。

桑之未落,其叶沃若⑨。于嗟鸠兮,无食桑葚⑩。于嗟女兮,无与士耽⑪。士之耽兮,犹可说也⑫。女之耽兮,不可说也。

桑之落矣,其黄而陨⑬。自我徂尔⑭,三岁食贫。淇水汤汤⑮,渐车帷裳⑯。女也不爽⑰,士贰其行⑱。士也罔极⑲,二三其德。

三岁为妇,靡室劳矣⑳。夙兴夜寐,靡有朝矣㉑。言既遂矣㉒,至于暴矣。兄弟不知,咥其笑矣㉓。静言思之,躬自悼矣㉔。

及尔偕老,老使我怨。淇则有岸,隰则有泮㉕。总角之宴㉖,言笑晏晏㉗。信誓旦旦㉘,不思其反㉙。反是不思,亦已焉哉㉚!

①氓:《说文》:"氓,民也。"蚩:音义同嗤,蚩蚩,笑嘻嘻貌。　②顿丘:卫地名。　③愆(qiān):过失,过错,此指延误。　④将(qiāng):愿,请。　⑤乘:登上。垝(guǐ)垣:倒塌之墙。　⑥复关:卫国地名,此指氓所居之地。　⑦体:卦体,即占卜所示。咎:不吉利。　⑧贿:财物,此指嫁妆。　⑨沃若:犹沃然,润泽柔嫩貌。　⑩桑葚:桑树果实。《毛传》:"鸠,鹘鸠也,食桑葚过则醉,

而伤其性。" ⑪耽：通酖，迷恋，沉溺。 ⑫说：通脱，解脱。 ⑬陨：通殒。《一切经音义》引《声类》："殒，没也。" ⑭徂：往，到。徂尔，嫁到你家。 ⑮汤(shāng)汤：水势浩大貌。 ⑯渐(jiān)：浸湿。帷裳：车旁布幔。 ⑰爽：差错。 ⑱贰：貣(tè)之误字。貣同忒，偏差，与爽义同。 ⑲罔：无，没有。极：标准，准则。 ⑳靡：无。室劳：家务劳动。"靡室劳矣"，意谓所有劳作担负无余。 ㉑靡有朝矣：犹言朝朝如此。 ㉒言：助词。既：已经。遂：安，指生活安定。 ㉓咥(xì)：笑貌。 ㉔躬：自身。悼：伤心。 ㉕隰(xí)：低湿之地。泮(pàn)：通畔，涯，岸。 ㉖总角：古时男女未成年时把头发扎成丫髻，称总角。此指少年时代。宴：快乐。 ㉗晏晏：欢乐和悦貌。 ㉘旦旦：即怛怛，诚恳貌。 ㉙不思：想不到。反：违反。 ㉚已：了结，终止。焉哉：语气词连用，表示感叹。已焉哉，犹言算了罢。

女子耽情士二三，顿丘淇水锁烟岚。

岂唯卫俗多相弃，不见从来薄倖男？

此诗述女子由私订终身至于为丈夫虐待而遗弃事，抒身处困境而自悔之情。诗之所述甚明，古今论者几无异辞。然于诗为何人所作及诗旨何在，其说不一。《毛诗序》曰："《氓》，刺时也。宣公之时，礼义消亡，淫风大行，男女无别，遂相奔诱。华落色衰，复相弃背，或乃困而自悔，丧其妃耦，故序其事以风焉。美反正，刺淫泆也。"是以诗人见卫俗既相奔诱复相弃背，因序其事以刺其时。《诗三家义集疏》引齐说，则以为"弃妇自悔恨之辞"。朱子亦不从序说，《诗序辨说》以为"此非刺诗，宣公未有考，故序其以下，亦非是。其曰美反正者，尤无理"，《诗集传》因释之为"此淫妇为人所弃，而自叙其事，以道其悔恨之意也。夫既与之谋，而不遂往，又责无所以难其事，再为之约，以坚其志，此其计亦狡矣。以御蚩蚩之氓，宜其有余，而不免于见弃。盖一失其身，人所贱恶，始虽以欲而迷，后必有时而悟，是以无往而不困耳。士君子立身，一败而万事瓦裂者，何以异此？可不戒哉"，以诗为弃妇自作，且以之为士君子立身之鉴戒，显见理学家立言之所在。今人解此篇，多从弃妇自作说，以为弃妇自诉婚姻悲剧，既述其被虐待及遗弃之苦，复抒其悔恨之心情及决绝之态度,深刻反映出古代社会妇女在恋爱婚姻问题上倍受压迫和摧残之实情,尤见时代性话语及理念。然观诗之所述,着意言时风及自悔之情显见,孔疏已言"上二章说女初奔男之事,下四章言困而自悔也。'言既遂矣,至于暴矣',是其困也。'躬自悼矣'尽'亦已焉哉',是自悔也",而诗乃"言当时皆相诱,色衰乃相弃,其中或有困而自悔弃丧其妃耦者,故叙此自悔之事,以风刺其时焉",释序之义甚明,是以为诗人见其事而叙之以刺时。清人方玉润《诗经原始》即以为"此与《谷风》相似而实不同。《谷风》寓言,借弃妇以喻逐臣。此则实赋,必有所为而作。如汉乐府《羽林郎》《陌上桑》及《古诗为焦仲卿妻作》之类,皆诗人所咏,非弃妇作也",明言诗人鉴时为咏,非弃妇自作。吴闿生《诗义会通》则以为"朱子谓非刺诗,不知直陈其失以为鉴戒,即是刺矣。又云'所谓美反正者,尤无理',然悔心之萌,即是向善之机,固圣人之所与也",是以直陈其失即是刺时,困而自悔即是向善,所辨颇为有理。且此篇置之卫风,诗旨亦多相合,故以"序之所言,固得删诗之旨耳"。然则,弃妇之怨,诗中多有,卫俗淫乱,其例尤夥。若邶风之《柏舟》《谷风》,皆与此相类。唯前者尚有借弃妇以寓逐臣之说,而此诗则纯为弃妇实事。诸家所论,以直陈其失以为鉴戒,所谓刺时,乃着眼卫俗淫乱。然"以色事他人,能得几时好",遂有"新人从门入,旧人从阁去",世所常见,以是而有"蘼芜"之叹、"白头"之悲,岂独谓为卫人之专利焉?

竹 竿

籊籊竹竿[①],以钓于淇。岂不尔思[②],远莫致之[③]。
泉源在左[④],淇水在右。女子有行,远兄弟父母。
淇水在右,泉源在左。巧笑之瑳[⑤],佩玉之傩[⑥]。
淇水滺滺[⑦],桧楫松舟[⑧]。驾言出游,以写我忧[⑨]。

①籊(tì)籊:《毛传》:"籊籊,长而杀也。"陈奂《诗毛氏传疏》:"杀者,纤小之称。"　②尔:你。此指故乡淇水。尔思,思尔之倒文。　③致:达,到。
④泉源:卫水名,即百泉,在卫之西北,东南入淇水。　⑤瑳(cuō):何楷《诗经世

本古义》：“瑳，《说文》云：‘玉色鲜白也。’笑而见齿，其色似之。”　⑥傩（nuó）：通娜，婀娜。《毛传》：“傩，行有节度。”　⑦滺（yōu）：《经典释文》作浟，《玉篇》作攸，滺是借字。滺滺，水流缓缓貌。　⑧桧（guì）：木名，柏叶松身。　⑨写（xiè）：通泻，宣泄，消除。

远适异邦暑复寒，思归卫女寄情难。

人伦礼制还相触，泉水载驰又竹竿！

　　此诗述卫女远嫁思归，语义甚明。然于何故思归及卫女为何人，颇多异说。《毛诗序》曰：“《竹竿》，卫女思归也。适异国而不见答，思而能以礼者也。”然何以既言思归，复言因不见答而思能以礼？毛传以为“钓以得鱼，如妇人待礼以成为室家”，郑笺释之曰“我岂不思与君子为室家乎？君子疏远己，己无由致此道”，又言“适异国而不见答，其除此忧，维有归耳”，是以卫女远嫁异国，不能以礼而成室家，故忧而思归，似泛指卫女。于其说，后人或疑之。朱熹《诗序辨说》以为“未见不见答之意”，《诗集传》释之曰“卫女嫁于诸侯，思归宁而不可得，故作此诗。言思以竹竿钓于淇水，而远不可至也”，径以思归为言，然却益以嫁于诸侯，思归宁而不可得之意，则此卫女为诸侯夫人。据此，清人何楷《诗经世本古义》、魏源《诗古微》考证，此篇与邶风之《泉水》皆为鄘风《载驰》作者许穆夫人之作。据刘向《列女传·仁智》，许穆夫人乃公子顽与后母宣姜私通所生之女，幼时即闻名诸侯，许穆公与齐桓公皆向卫求婚，女愿嫁齐，而卫侯不允，终嫁于许。对于此说，以诗辞并无实指，亦无史籍稽徵，故论者多有不之信者。姚际恒《诗经通论》以此诗语多重复，似非出一人之手，以为媵和夫人之辞。方玉润《诗经原始》则以为“此不唯非许夫人作，亦无所谓‘不见答’意”，“不必定求其人以实之也”。然则，若按何、魏之说，细较此篇与邶风之《泉水》、鄘风之《载驰》三诗，意旨似多有相通者。尤以此篇与《泉水》语辞亦多相合，唯情怀表达或因时境之不同而有异。《泉水》因父母终思归宁而不得，因直抒怀归情切。《载驰》遇国亡无以为救，且欲归唁复因礼义而不得，故忧愤尤为激切。此篇则局度雍容，音节和畅，或为卫复国后之作，故其归思深婉悠长，而情怀抒发则不若前此之激切。味诗之辞，一、二章言思归而不得，三章忆旧时嬉游之乐,四章思何日出游向卫之道以解其忧。《毛诗李黄集解》载黄櫄之言"诗词雍容和缓,述其昔日之乐,而不言今日之恨,是为思而能以礼者",拈出述昔日之乐,不言今日之恨,实具尤为深婉之蕴思,深得此诗构篇之妙旨。尤以其中"巧笑之瑳,佩玉之傩"之句,清人牛运震《诗志》评其"只二语写出少女在家嬉游自得态韵",观其顾影自怜,从对面写照,实已遥开唐人"遥知兄弟登高处"之类无限法门,极见运思之妙。依此而言,则此篇似亦非为出自妾媵及凡女之手者。

芄 兰

芄兰之支①,童子佩觽②。虽则佩觽,能不我知③。容兮遂兮④,垂带悸兮⑤。

芄兰之叶,童子佩韘⑥。虽则佩韘,能不我甲⑦。容兮遂兮,垂带悸兮。

①芄(wán)兰:蔓生植物,亦名萝藦。支:通枝。 ②觽(xī):用兽骨制成之小锥,解结用,为成年人佩饰。沈括《梦溪笔谈》:"觽,解结锥。芄兰荚枝出于叶间,垂垂正如解结锥。" ③能:乃,而。不我知,不知我之倒文。 ④容:仪容可观。遂:遂遂,《毛传》:"佩玉遂遂然。"容、遂,皆舒缓悠闲之貌。 ⑤悸:本为心动,此指裳带下垂、摆动貌。陈奂《诗毛氏传疏》:"悸,犹悸悸也,悸悸然有节度。" ⑥韘(shè):用玉或骨制钩弦用具,著于右手拇指,射箭时用于钩弦拉弓,亦称抉拾,俗称扳指。亦成年人佩饰。沈括《梦溪笔谈》:"古人为韘之制,亦当与芄兰之叶相似。" ⑦甲(xiá):同狎,亲近。《韩诗》作狎。《毛传》:"甲,狎也。"

治国真如烹小鲜? 不知南面却深渊。
佩觽佩韘徒容尔, 力小何为九鼎肩?

诗述童子佩成人之饰，而行为却仍幼稚无知，既不知自我，又不知与他人相处，语义大略可知。然因诗辞简略，诗旨所寓向多异说。《毛诗序》曰："《芄兰》，刺惠公也。骄而无礼，大夫刺之。"以为卫大夫刺惠公之辞，则诗中所言童子乃指惠公。郑笺"惠公以幼童即位，自谓有才能，而骄慢于大臣。但习威仪，不知为政以礼"，释序之所言骄而无礼之义。按《左传·闵公二年》载："初，惠公之即位也少。"杜注："盖年十五六。"据此，则惠公即位确尚年少。故序、笺皆本此，以为刺惠公。然于其说，后世多有疑之者。朱熹《诗序辨说》以为"此诗不可考，当阙"，《诗集传》则径言"此诗不知所谓，不敢强解"。因语涉童子，故后人复有从教育着眼解此诗者。元人刘玉汝《诗缵绪》以为"愚意卫人之赋此，毋亦叹卫国小学之教不讲欤"，明人季本《诗说解颐》以为"世俗父兄不能教童子习幼仪，而躐等以骛高远也，故诗人作诗以刺之"，清人方玉润《诗经原始》进而辨之曰"惠公纵年少而无礼，臣下刺君，不应直以'童子'呼之。此诗不过刺童子之好躐等而进，诸事骄慢无礼，以见先进恂恂退让之风无复存者"，皆以为直言童子缺教养，以致诸事躐等而进，是泛刺民间无礼。然诗多比兴，义必有所寓，毛传言此诗"兴也，芄兰草也，君子之德当柔润温良"，若此直以童子解之，似失兴义之所寓。且方氏所言臣下刺君，不应直以"童子"呼之，似亦不确。查箕子《麦秀》之歌，即言"彼狡童兮，不与我好兮"，所言狡童，即指纣而言。是臣下刺君，非必不可以童子呼之。迨及近世，新说尤多。高亨《诗经今注》以为"周代统治阶级有男子早婚的习惯。这是一个成年的女子嫁给一个约十二三岁的儿童，因作此诗表示不满"，程俊英《诗经注析》则以为"这是一首讽刺贵族少年的诗"，朱东润《诗三百篇探故》又以为"以次章'能不我甲'之句推之，疑为女子戏所欢之词"，显皆揣测之言，略无稽考，尤不足为信。观诗之所言佩觿佩韘，乃解其寓旨之关捩。毛传有言"觿所以解结，成人之佩也，人君治成人之事"，刘向《说苑·修文》亦言"能治烦决乱者，佩觿。能射御者，佩韘。觿所以解结，以象智也，智不足，则虚佩觿矣。韘所以发矢，以象武也，武不足，则虚佩韘矣"，诠解至为精当。是觿所以解结，韘所以射御，皆成人之佩，非童子之饰，且象智、象武，用以指人君治成人之事。故诗之所刺，必当为治国之人，非为泛刺童子。是以此诗之解，似当从序说为宜。

河 广

谁谓河广？一苇杭之①。谁谓宋远？跂予望之②。
谁谓河广？曾不容刀③。谁谓宋远？曾不崇朝④。

①苇：芦苇编成之筏。杭：通航。　②跂(qǐ)：古通企，踮脚。《说文》："企，举踵也。"予：而。一说我。　③曾：乃，竟。刀：通舠，小船。曾不容刀，极言河窄易渡。　④崇朝(zhāo)：终朝，一个早上。极言时短。

河广谁言一苇航？宋襄望母岁时长。
心牵卫祚虽如愿，骨肉分离更断肠！

此诗就语义观，所述当为居卫之宋人思归而不得。然究其思归者何人及其本事，则古今人所说迥然不同。《毛诗序》曰："《河广》，宋襄公母归于卫，思而不止，故作是诗也。"以宋襄公之母宋桓公夫人归卫而思宋为此诗之本事，而诗乃宋桓夫人之作。郑笺"宋桓公夫人，卫文公之妹，生襄而出。襄公即位，夫人思宋，义不可往，故作诗以自止"，明指襄公之母其人及作此诗之所由。按《左传·闵公二年》有"初，惠公之即位也少，齐人使昭伯烝于宣姜，不可，强之。生齐子、戴公、文公、宋桓夫人、许穆夫人"之载，宋桓夫人乃卫公子顽与宣姜所生之女，戴公、文公之妹，许穆夫人之姊。嫁于宋桓公，生襄公后被弃而归卫。序、笺以此为说，以其思子而不得返宋，因有此诗。后世于其说多有从之者。朱熹《诗集传》亦言"宣姜之女为宋桓公夫人，生襄公而出归于卫。襄公即位，夫人思之，而义不可往。盖嗣君承父之重，与祖为体，母出，与庙绝，不可以私反，故作此诗"，大抵承序、笺之言以为说。今之论者则多不从此说，由风为民间歌谣之立场，仅泛言此诗为客旅在卫之宋人，急于归返之思乡之作。然则，细味之，此诗设问奇兀，笔势空灵，语极简而蕴义极深，显非一般思乡之辞。《诗集传》已言"言谁谓河广乎？但以一苇加之，则可以渡矣。谁谓宋国远乎？但一跂足而望，则可以见矣。明非宋远而不可至也，乃义不可而不得往耳"，体味诗义，可谓知言。盖极言宋之近，岂旅人思乡之常情？若此，则一苇而渡，一跂足而至，又岂劳思乡之苦？以诗情揆诸史实，当以序说为是。然诗作何时，犹有辨者。宋人严粲《诗缉》以为"诗作于卫未迁之前。时宋桓犹在，襄公方为世子。若文公时，卫已在河南，自宋适卫不渡河矣"，清人陈奂《诗毛氏传疏》亦以为"当时卫有狄人之难，夫人在卫，见其宗国颠覆，望宋来救。未几而宋桓公逆诸河，立戴公以处漕，则此诗之作，自在逆河之前。《载驰》《河广》二夫人于其宗国皆有存亡继绝之思，故录之"，以诗作卫迁之前，非襄公即位之后。此段史实俱见《左传·闵公二年》，故此未为虚说。且陈氏以宋桓夫人之《河广》与许穆夫人之《载驰》同旨，揭示诗中所蕴宗国存亡之宏大历史，实具卓识。盖夫人思子，固为情切，而襄公尤为仁孝，据清光绪十八年《睢州志》载"襄台在旧城东北隅，为宋襄公所筑，或曰为望母而筑，即《诗》所谓赋《河广》者也"，方玉润《诗经原始》尝言"观襄公之为太子，请于桓公曰：'请使目夷立。'公曰：'何故？'对曰：'臣之舅在卫，爱臣，若终立，则不可以往。'子之念母，虽千乘而不顾，母之念子，从一苇而难杭。襄公之心，安知非此诗有以动之耶"，亦为会心之言。故以此诗兼有宗国存亡之思、母子相望之情，岂不旨愈永而味愈厚乎？

伯兮

伯兮朅兮[①]，邦之桀兮[②]。伯也执殳[③]，为王前驱。

自伯之东，首如飞蓬。岂无膏沐[④]，谁适为容[⑤]？

其雨其雨[⑥]，杲杲出日[⑦]。愿言思伯，甘心首疾[⑧]。

焉得谖草[⑨]？言树之背[⑩]。愿言思伯，使我心痗[⑪]。

①伯：本为兄弟姊妹排序之长者，此系女子称其夫。朅(qiè)：偈之假借字，《玉篇》引作偈，英武壮健貌。　②邦：国。桀：同杰。　③殳(shū)：古兵器，杖类，长丈二无刃。　④膏沐：润发油。　⑤适(dí)：悦。容：修饰容貌。　⑥其：语助语，此处含有祈愿语气。　⑦杲(gǎo)杲：光亮貌。　⑧首疾：头痛。　⑨焉：何。谖草：萱草，忘忧草。　⑩树：种植。背：姚际恒《诗经通论》："背，堂背也。堂面向南，堂背向北，故背为北堂。"　⑪痗(mèi)：忧思成病。

伯氏东征却为谁？闺中蓬首望无期。

兴邦本是凡夫志，向背民心治乱时。

　　此诗所述，乃思妇寄征夫之辞，然于诗旨及其本事，其说不一。《毛诗序》曰：
"《伯兮》，刺时也。言君子行役，为王前驱，过时而不反焉。"古者征役有时，故此以
过时而不返为刺时。郑笺则以之为"卫宣公之时，蔡人、卫人、陈人从王伐郑伯也。
为王前驱久，故家人思之"，以诗有"为王前驱"之语，故以卫人从王伐郑事实之。
按《春秋》有"蔡人、卫人、陈人，从王伐郑"之纪，《左传·桓公五年》"秋，王以诸侯
伐郑，郑伯御之。王为中军，虢公林父将右军，蔡人、卫人属焉。周公黑肩将左军，
陈人属焉"，述其事甚详。然于序、笺之说，朱子疑之，《诗序辨说》以为"旧说以诗
有'为王前驱'之文，遂以此为《春秋》所书'从王伐郑'之事。然诗又言'自伯之
东'，则郑在卫西，不得为此行矣。序言'为王前驱'，盖用诗文，然似未识其文意
也"，《诗集传》因释之曰"妇人以夫久从征役，而作是诗。言其君子之才美如是，今
方执殳，而为王前驱也"，即泛言妇人思夫之作。然于朱说，清人复疑之。方玉润
《诗经原始》以为"曰'自伯之东'，郑在王国之东，非卫东也"，故诗云"为王前驱"，
又云"自伯之东"，是以郑在王国之东，非为卫之东也。吴闿生《诗义会通》复言"或
又谓，从王伐郑，于义甚正，诗人何故兴刺？《春秋》事左氏不载者甚多，何必定指
一事为证。要之，诗义重在征役之困，见在上者之不恤民，义不系乎从王"，辨诗旨
蕴义甚切。是以纵然从王出征，而不恤其民致征役之困，亦不妨兴刺。孔疏有言
"此言过时者，谓三月一时，《谷梁传》'伐不踰时'，故《何草不黄》笺云'古者师出
不踰时，所以厚民之性'，是也。此叙妇人所思之由，经陈所思之辞，皆由行役过时
之所致"，《诗集传》复引范氏之言曰"居而相离则思，期而不至则忧，此人之情也。
文王之遣戍役，周公之劳归士，皆叙其室家之情、男女之思以闵之，故其民悦而忘
死。圣人能通天下之志，是以能成天下之务。兵者，毒民于死者也，孤人之子，寡人
之妻，伤天地之和，召水旱之灾，故圣王重之。如不得已而行，则告以归期，念其勤
劳，哀伤惨怛，不啻在己。是以治世之诗，则言其君上闵恤之情，乱世之诗，则录其
室家怨思之苦，以为人情不出乎此也"，皆可见所谓刺时之所由。按诸此诗，其中
室家怨思可谓深且切矣。始则"首如飞蓬"，尚乱形在外，继则"甘心首疾"，见病痛

117

入体,终至"使我心痗",则忧苦彻心。层层递进,极写怨思,若非为王出征,当不至若此。既已为王出征,而困伤怨思若此,则时势之治乱可知。

有 狐

有狐绥绥①,在彼淇梁②。心之忧矣,之子无裳③。

有狐绥绥,在彼淇厉④。心之忧矣,之子无带⑤。

有狐绥绥,在彼淇侧。心之忧矣,之子无服。

①狐:一说狐喻男性。绥绥:慢行貌。一说独行貌。 ②梁:河梁。河中垒石而成,可以过人,亦可用于拦鱼。 ③之子:这个人,那个人。裳(cháng):下衣。 ④厉:水深及腰,可以涉过之处。一说濑之借字,指水边有沙石之浅滩。⑤带:束衣带,实指衣服。

绥绥狐步在淇梁,之子形单体未裳。

堪叹民流多失耦,怨忧尤寄国仓皇。

此诗以狐行起兴,以言心忧之子,似为男女之事。然于所忧何事,诗旨若何,古今异说甚多。《毛诗序》曰:"《有狐》,刺时也。卫之男女失时,丧其妃耦焉。古者国有凶荒,则杀礼而多婚,会男女之无夫家者,所以育人民也。"是以诗刺卫君不能用古时国有凶荒之礼,而致男女失时,不得成其室家。然于其说,后世论者多不之信,以致异说纷起。大体观之,尚有"悯伤孤贫""齐桓公思恤卫""忧念征夫无衣""伤逃散之卫遗民"等说,纷纭不一。以诗之语甚简略,且众说亦无所稽徵,故多臆测之嫌。至朱子,则于序之说似既从复疑。《诗集传》以为诗言"国乱民散,丧其妃耦",又益之曰"有寡妇见鳏夫,而欲嫁之,故托言有狐独行,而忧其无裳也",则似又以之牵入男女私情义。今人因诗出民间之理念,即多承朱说而发挥之,以此诗为女恋男之作,又或以为乃妻子担忧丈夫在外没有御寒衣物而作。然则,朱子寡妇恋鳏夫之说,已为清人所质疑。方玉润《诗经原始》以为"不知何以见其为寡妇,何以见其为鳏夫,更何以见其为'而欲嫁之'",辨朱子臆测之弊颇切。以是,今人之发挥则尤为无本之木矣。观诗之辞,以狐之独行兴之子无裳,郑笺"之子是子也,时妇人丧其妃耦,寡而忧是子无裳,无为作裳者",古以制衣为女子事,男子独行而无裳,则必为丧其妃耦者,义实甚明。而世乱则男女失时,多鳏寡,故序言刺时。所谓凶荒之礼,据《周礼·地官·大司徒》"以荒政十有二聚万民。一曰散得,二曰薄征,三曰缓刑,四曰弛力,五曰舍禁,六曰去几,七曰眚礼,八曰杀哀,九曰蕃乐,十曰多昏,十有一曰索鬼神,十有二曰除盗贼",其十为"多昏",郑注"荒凶年也,多昏不备礼而娶,昏者多也"。孔疏以为"是凶荒多昏之礼也,序意言古者有此礼,故刺卫不为之,而使男女失时",又曰"以古者国有凶荒,则减杀其礼,随时而多昏,会男女之无夫家者,使为夫妇,所以蕃育人民,刺今不然。男女失时,谓失男女年盛之时,不得早为室家,至令人而无匹,是丧其妃耦。非先为妃而相弃也,与《氓》序文同而义异",释之甚为详切,似此则序说并非无据。故清人顾广誉《学诗详说》推扬毛序曰:"此《序》能见其大,诗所状者匹夫匹妇之失所,而所刺者君若相,志不存乎富庶其民也。"以男女失时、丧其妃耦为乱世之象,而乱世之源在君在相,发明诗旨,正合刺时之说。盖诗语多简略,往往仅及一事一象,然事象自多所蕴,正若明人顾起元《竹浪斋诗序》所言"欲如古之所谓'兴观群怨'、'多识'者,杳然不可复得于篇什内矣"。惜今之人之说诗,恰恰多局于诗辞之内以为据,仅及事象而失其内蕴,故于诗之阃奥何所得焉?

木 瓜

投我以木瓜[①],报之以琼琚[②]。匪报也,永以为好也。
投我以木桃[③],报之以琼瑶[④]。匪报也,永以为好也。
投我以木李[⑤],报之以琼玖[⑥]。匪报也,永以为好也。

[①]投:赠。木瓜:植物名,落叶灌木,果实形似黄金瓜,亦可供赏玩。　[②]报:报答,回礼。琼:本义为赤玉,后泛指玉美。琚:古时贵族男女衣带上以玉石为佩,

琚为一种玉名。　　③木桃:蔷薇科木瓜属,落叶小乔木,果实圆或卵形,具芳香。④瑶:《说文》:"瑶,玉之美者。"　　⑤木李:落叶灌木,即榠楂(míng zhā),又名木梨,果实圆或洋梨形。　　⑥玖:《说文》:"玖,石之次玉,黑色。"此泛指宝石。

　　木瓜相赠报瑶琼,国事私情辨未清。

　　不见文宣观礼说? 苞苴竿牍贿风行。

　　此诗以木瓜琼琚相投报,以言修好之意,诗语甚明。然所言何事及诗旨何寄,则多异说。《毛诗序》曰:"《木瓜》,美齐桓公也。卫国有狄人之败,出处于漕,齐桓公救而封之,遗之车马器服焉。卫人思之,欲厚报之而作是诗也。"以为卫人感恩齐桓公救卫,而欲图厚报之意。于其说,后世多有从之者。至朱子而疑序说,《诗集传》以为"言人有赠我以微物,我当报之以重宝,而犹未足以为报也,但欲其长以为好而不忘耳。疑亦男女相赠答之词,如《静女》之类",易之为男女邀好赠答之辞。然于其说,清人已有疑之者。姚际恒《诗经通论》即以为"以为朋友相赠答亦奚不可,何必定是男女耶",方玉润《诗经原始》亦言"篇中并无男女情,安知其如《静女》类?《集传》于诗词稍涉男女字,即以为淫奔之诗,说诗如此,未免有伤忠厚,恐非诗人意也"。迄现代,学者论诗多依民间歌谣之先入之见,遂从《诗集传》以此诗为男女互相赠答之定情诗,于诗旨实不作深究,并置疑之者于不顾。按,考朱子论诗,其实初亦从序说,《朱文公集》卷七十三《读余隐之李公常语辨》尝云:"《诗》录《木瓜》,春秋序绩之意,亦以善卫人之情也。"顾广誉《学诗详说》因以辨之曰:"齐桓之于卫,德至厚也。至厚者无可言,借施之薄者言之。谓人有薄施于我,虽厚以为报,犹若不足为报,而愿永以为好,而况德之至厚者乎? 虽不及感恩一语,而感恩无已之意,毕见于言下。此诗之善言情也。"于卫人感恩之说,可谓善发其义。然则,毛传有云:"孔子曰:吾于《木瓜》见苞苴之礼行。"孔子此言,见《孔丛子·记义》"孔子读诗及小雅,喟然而叹曰:吾于周南、召南,见周道之所以盛也。于《柏舟》,见匹妇执志之不可易也。于《淇澳》,见学之可以为君子也。于《考槃》,见遁世之士而不闷也。于《木瓜》,见苞苴之礼行也",由其自言读《诗》所得,可见其时礼俗风情。郑笺即言"以果实相遗者,必苞苴之"。《礼记·曲礼上》"凡以弓剑、苞苴、箪笥问人者,操以受命,如使之容",孔疏"苞者以草包裹鱼肉之属也,苴者亦以草藉器而贮物也"。《庄子·列御寇》"小夫之知,不离苞苴竿牍",陆德明《经典释文》引司马彪注云"竿牍,谓竹简为书,以相问遗,修意气也"。可见,春秋时苞苴竿牍已成民间常礼。又,贾谊《新书·礼》"诗曰:'投我以木瓜,报之以琼琚。匪报也,永以为好也。'上少投之,则下以躯偿矣。弗敢谓报,愿长以为好。古之蓄其下者,其施报如此",似此,《木瓜》乃述居高位者与下属之交往,上行小惠,下必厚报,如此官场施礼,实近行贿。据清人陈寿祺、陈乔枞《三家诗遗说考》考证,鲁诗"以此篇为臣下思报礼而作",三家诗之说略同。查《诗》中言赠报,若大雅《抑》"投我以桃,报之以李",是赠报相当,未若《木瓜》之施簿而报厚。故上博简《孔子诗论》有言"因《木瓜》之报,以喻其怨者也",是以《木瓜》之报,非心所愿,实多怨思。又《荀子·大略》述商汤因遭大旱祈雨之言"苞苴行与?谗夫兴与?何以不雨而至斯极也",以"苞苴行"与"谗夫兴"并列,且以之为致灾之源,刺斥之义显然,是《木瓜》之义欤?故清人牟庭《诗切》有言"卫之执政者好贿,属官承望风旨,皆薄来而厚往,唯欲得其悦好之意,而不敢计报施之称。故《孔丛》引孔子曰:于《木瓜》见苞苴之礼行。盖礼文之敝,虽馈问之常,而亦为纳贿之路。此诗人所为刺也",可谓深义揭橥无遗。似此,则此诗之旨,自当由序说之美一转而为刺。唯官场贪腐,痼疾难移,历代不绝,观此诗,岂其渊源有自乎?且《木瓜》之诗,宜为反腐文学之肇源乎?

121

王 风

黍 离

彼黍离离①,彼稷之苗②。行迈靡靡③,中心摇摇④。知我者,谓我心忧。不知我者,谓我何求。悠悠苍天,此何人哉!

彼黍离离,彼稷之穗。行迈靡靡,中心如醉。知我者,谓我心忧。不知我者,谓我何求。悠悠苍天,此何人哉!

彼黍离离,彼稷之实。行迈靡靡,中心如噎⑤。知我者,谓我心忧。不知我者,谓我何求。悠悠苍天,此何人哉!

①黍:穄,其实称小米。离离:茂盛貌。　②稷:高粱。马瑞辰《毛诗传笺通释》:"按诸家说黍稷者不一。程瑶田《九谷考》谓黍今之黄米,稷今之高粱。其说是也。"　③行迈:远行。靡靡:行步迟缓貌。　④摇摇:同愮愮。《尔雅》:"愮愮,忧无告也。"　⑤噎(yē):食物塞住咽喉。此喻忧深气逆难以呼吸。

禾黍离离漫四陇,宗周宫室瞬间移。

可怜文武千秋业,不敌幽王一宠姬!

周室之初,文王居丰,武王居镐,至成王时,周公始营洛邑。自是谓丰镐为西都,洛邑为东都。至幽王嬖褒姒生伯服,废申后及太子宜臼,宜臼奔申。申侯怒,与犬戎攻宗周,弑幽王于戏。晋文公、郑武公迎宜臼而立之,是为平王,徙居东都王城。于是王室遂卑,与诸侯无异。王风十篇皆东迁后诗,故多闵宗周之作。此诗为王风首篇,以黍稷之苗兴比行靡心摇,明言心之忧无人知无可解。然何人所作,所忧何事,向多异说。《毛诗序》曰:"《黍离》,闵宗周也。周大夫行役,至于宗周,过故宗庙宫室,尽为禾黍,闵周室之颠覆,彷徨不忍去,而作是诗也。"是以为宗周颠覆,宫室尽为禾黍,周大夫过其地,而发闵忧之辞。后儒多有从之者。然考汉儒论此篇,实则初无定说。三家诗中韩、鲁遗说皆与毛说异。韩诗以为诗乃尹吉甫之子伯奇之弟伯封作,曹植《贪恶鸟论》亦言"昔尹吉甫信后妻之谗而杀孝子伯奇,其弟伯封求而不得,作《黍离》之诗"。刘向《新序》又以为,诗乃卫宣公子寿闵其兄伋之见害而作。宋以后,异说尤多。程颐更有以"彼稷之苗"为彼后稷之苗之说。近人论诗,新说迭出,较有代表性者,郭沫若《中国古代社会研究》将其定为旧家贵族悲伤自己破产而作,余冠英《诗经选》以为当是流浪者诉忧思之辞,程俊英《诗经译注》以为作者抒发难舍家园之情,蓝菊荪《诗经国风今译》则以之为爱国志士忧国怨战。观诸说纷纭,不一而足,因诗无实指,故难定谳。然则,细味诗辞,其所蕴含因时世变迁而引发深重忧思,仅就诗之本文固无从确见其具体背景,然其所溢显之浓重沧桑之感则人心皆可同感,且诗列王风之首,就王风主调而言,编诗者必非无意。郑笺有言"宗周,镐京也,谓之西周。周王城也,谓之东周。幽王之乱而宗周灭,平王东迁,政遂微弱,下列于诸侯,其诗不能复《雅》,而同于《国风》焉",明揭王风所具地理及政治双重涵义,而王政遂弱,同于诸侯,诗亦不能复雅,同于诸侯之国风,宜为宗周大夫闵忧之所出。朱熹《诗集传》以为"闵周室之颠覆,彷徨不忍去,故赋其所见黍之离离,与稷之苗,以兴行之靡靡,心之摇摇,既叹时人莫识己意,又伤所以致此者,果何人哉?追怨之深也",体悟颇切其旨。观诗辞所述,由稷之苗而穗而实,见时日迁延,中心由摇摇而如醉而如噎,则见忧之益深,《诗集传》复引刘安世之言"常人之情,于忧乐之事,初遇之则其心变焉,次遇之则其变少衰,三遇之则其心如常矣。至于君子忠厚之情则不然。其行役往来,固非一见也。初见稷之苗矣,又见稷之穗矣,又见稷之实矣,而所感之心始终如一,不少变而愈深,此则诗人之意也",以常情测之,故此诗必非由乎常情。明人朱善《诗解颐》亦言"周之王业,公刘开拓之于豳,太王创造之于岐,文王光大之于丰,武王成就之于镐,皆在西都八百里之内。其土地,则先王之土地,其人民,则先王之人民也。为子孙者,正当守之而不去,今乃举旧都弃之,而即安于东。行役之大夫既已见而忧之,且追怨之",面文武之千秋盛业一旦弃灭,而发其无已之忧,可谓深切其情。盖王风东迁后诗,正如清人崔述《读风偶识》所言"幽王昏暴,戎狄侵陵,平王播迁,家室飘荡",故多家国之思,悲凉之气,实乃饱蕴周室东迁之宏大历史叙事。若此篇之呼天上诉,一咏不已,再三反复,则其忧之深重可知,岂一己之私情所可致?故说诗当识其大,以免一叶障目不见泰山也。

123

君子于役

君子于役,不知其期。曷至哉[①]?鸡栖于埘[②]。日之夕矣,羊牛下来。君子于役,如之何勿思?

君子于役，不日不月③。曷其有佸④？鸡栖于桀⑤。日之夕矣，羊牛下括⑥。君子于役，苟无饥渴⑦？

①曷（hé）：通何，何时。至：此指归家，到家。　②埘（shí）：凿墙而成鸡窝。《毛传》："凿墙而栖曰埘。"　③不日不月：意指未有归期。　④佸（huó）：聚会，相会。　⑤桀：亦作榤、撅，鸡窝中木架。　⑥括：通佸。《释文》："括，本亦作佸。"陈寿祺、陈乔枞《三家诗遗说考》："佸、括，会。古声义并同。"此指牛羊放牧回来关在一起。　⑦苟：大概，或许，希望之词。

周公营洛震戎夷，岂料申甥国祚移。
王室卑微何所虑？夫君行役底无期？

此诗言君子久役，抒室家之思，辞意甚明。然于诗旨，却有托讽、寄思二说。《毛诗序》曰："《君子于役》，刺平王也。君子行役无期度，大夫思其危难以风焉。"以诗出大夫，见君子行役无期度，而托讽以刺平王。郑笺"鸡之将栖，日则夕矣，羊牛从下牧地而来，言畜产出入尚使有期节，至于行役者，乃反不也"，孔疏"大夫思其危难，谓在家之大夫思君子僚友在外之危难。君子行役无期度，二章上六句是也。思其危难，下二句是也"，比照诗之辞章，以释序之所言行役无期度及思其危难之义。然朱子不信序说，《诗序辨说》以为"此国人行役，而室家念之之辞，序说误矣。其曰刺平王，亦未有考"，因于《诗集传》释为"大夫久役于外，其室家思而赋之曰：君子行役，不知其还反之期，且今亦何所至哉？鸡则栖于埘矣，日则夕矣，羊牛则下来矣。是则畜产出入，尚有且暮之节。而行役之君子，乃无休息之时，使我如何而不思也哉"，是以仅言室家之思，而与讽刺无与。后人多有从之者。清人王先谦于《诗三家义集疏》以为"按据诗文'鸡栖'、'日夕'、'羊牛下来'，乃室家相思之情，无僚友托讽之谊，所称'君子'，妻谓其夫，序说误也"，据诗中实写景物，以朱说为是，以序说为非。姚际恒《诗经通论》亦言"日落怀人，真情实境"。许瑶光有《再读〈诗经〉》诗"鸡栖于桀下牛羊，饥渴萦怀对夕阳。已启唐人闺怨句，最难消遣是昏黄"，甚至以之为后世闺怨之肇启。由于此说据实景而为言，以室家之思而为说,颇合近人言诗旨趣,故近现代学者皆以此诗为妻子怀念远役丈夫之作。然则,此诗固述远役事,亦有室家思,而其关捩乃在"不知其期""不日不月",实即序之所言"行役无期度"。按,桓宽《盐铁论·徭役》有言"古者无过年之徭,无踰时之役",是盛时行役有期,无踰时之役,而即今行役无期度,则时衰政乱可知。且寄思说以诗实出思妇之手,显亦可疑。吴闿生《诗义会通》引马其昶之言"于役,或是申、甫之戍,大夫作此诗以刺王。其词托为室家之忧念,非室家所自为也",以其役或为申、甫之戍,按之同为王风之《扬之水》,已明言戍申、戍甫之事,故此诗或即大夫复托为室家之念以见时衰政乱,而诗实非室家所自为,则尤具识见。即若后世之闺怨,岂非皆诗人之代言耶? 故诗所述者室家之念,所寄意者时衰政乱,而时衰政乱之源,乃在王室遂卑而下列于诸侯。因于平王则刺之,于周室则闵伤之,是此诗之义欤?

君子阳阳

君子阳阳①,左执簧,右招我由房②。其乐只且③!
君子陶陶④,左执翿⑤,右招我由敖⑥。其乐只且!

①阳:扬之假借字。阳阳,即洋洋,快乐得意貌。　②由房:胡承珙《毛诗后笺》:"由房者,房中,对庙朝言之。人君燕息时所奏之乐,非庙朝之乐,故曰房中。"一说由同游,房同放,由房即游乐。　③其乐只且(jū):只,《韩诗》作旨。王先谦《诗三家义集疏》:"盖以旨本训美,乐旨,犹言乐之美者,意谓乐甚。"一说只且,语气词,无实义。　④陶陶:和乐舒畅貌。　⑤翿(dào):用五彩野鸡羽毛做成之扇形舞具,亦名翳。　⑥敖:舞曲名,疑即骜夏。马瑞辰《毛诗传笺通释》:"敖,疑当读为骜夏之骜,《周官·钟师》:奏九夏,其九为骜夏。"一说由敖,即游遨。

君子阳阳杂伶班,执簧应召却安闲。

诚知世乱难行道,孰教奴颜俯仰间!

此诗述奏乐歌舞之事,当无疑议。然何人所舞? 寓旨为何? 却多异说。《毛诗序》曰:"《君子阳阳》,闵周也。君子遭乱,相招为禄仕,全身远害而已。"于王政衰乱之背景,以诗旨闵伤周之君子贤人禄仕于朝,不得其用。郑笺"禄仕者,可得禄而已,不求道行","君子禄仕在乐官,左手持笙,右手招我,欲使我从之于房中,俱在乐官也。我者,君子之友自谓也,时在位有官职也",孔疏"君子仕于朝廷,欲求行己之道,非为禄食而仕。今言禄仕,则是止为求禄。故知是苟得禄而已,不求道行也",申序之所言禄仕之义,以其苟得禄而不求道行,足见贤人遭乱世无以为用。至朱子不信序说,其于《诗集传》以为"此诗疑亦前篇妇人所作,盖其夫既归,不以行役为劳,而安于贫贱以自乐,其家人又识其意,而深叹美之",连属上篇以为说,以上篇妇人忧念丈夫行役不归,今既归,则夫唱妇随,共舞而乐之。于此二说,清人或疑之。姚际恒《诗经通论》以为"《大序》谓'君子遭乱,相招为禄仕',此据'招'之一字为说,臆测也。《集传》谓'疑亦前篇妇人所作',此据'房'之一字为说,更鄙而稚",方玉润《诗经原始》则进而以为"盖三代贤人君子,多隐仕于伶官,以其得节礼乐,可以陶性情而收和乐之功。故或处一房之中,或侍遨游之际,无不扬扬自得,陶陶斯咏,有以自乐",复倡自乐之说。然据吴闿生《诗义会通》考朱子旧说"君子当衰乱,知道之不行,为贫而仕,免死而已。是以相招禄仕,虽役于伶官之贱,而阳阳自得,若有乐乎此,其所以全身远害之计深矣",是知朱子初时亦从序说。又,《程子遗书》有言"阳阳,自得。陶陶,自乐之状。皆不任忧责,全身自乐而已",就诗辞观,固述自得自乐之状,然其中所蕴之"忧责"及"全身"义,当涵泳反复以悟得。以此观诸家异说,置之王风之背景氛围,似仍以序说为当。《诗集传》以之接续前篇,义颇不伦,且夫妇以歌舞为乐,诗三百中罕有,盖其时歌舞多行于礼制之所,非为平民自娱之事。方氏之说纯为和乐,则与时风主调相乖戾。至于今之论者,多以此诗乃描写舞师与乐工共同歌舞之场面,则纯由诗辞而为言,尤不足辩。盖此篇执簧、执翿,与邶风《简兮》执籥、秉翟同,意旨当亦相类,当衰乱之世,道之不行,仕于伶官,实属无奈。然则,若于应招之际乐此奴颜而自得,则固不免诗人闵之刺之矣! 故诗辞和乐之甚,实诗义闵刺之深。

扬之水

扬之水①，不流束薪②。彼其之子③，不与我戍申④。怀哉怀哉，曷月予还归哉？

扬之水，不流束楚⑤。彼其之子，不与我戍甫⑥。怀哉怀哉，曷月予还归哉？

扬之水，不流束蒲⑦。彼其之子，不与我戍许⑧。怀哉怀哉，曷月予还归哉？

①扬：悠扬。扬之水，水流缓慢无力貌。 ②束：捆。薪：柴薪。 ③其：一作己，即自己意。一说语助词。 ④戍：守。申：古诸侯国名，在今河南唐河南。 ⑤楚：荆条。 ⑥甫：亦作吕，古诸侯国名，在今河南南阳西。 ⑦蒲：蒲柳。 ⑧许：古诸侯国名，在今河南许昌东。

> 宜臼回归申甫恩，远教周子戍侯门。
> 独嗟杀父仇忘却？卖国求荣可罄言？

此诗述戍卒怀归之怨，辞义甚明，且由诗言"戍申"看，必与平王母家申侯有关。《毛诗序》曰："《扬之水》，刺平王也。不抚其民而远屯戍于母家，周人怨思焉。"以平王令周人远戍其母家，故发怨刺之辞。郑笺"怨平王恩泽不行于民，而久令屯戍不得归。思其乡里之处者，言周人者，时诸侯亦有使人戍焉。平王母家申国，在陈、郑之南，迫近强楚，王室微弱而数见侵伐，王以是戍之"，释序之所言刺平王及怨思之所由，以诗为戍卒发久戍不归之怨，且以周人而戍申，又非其职，因以刺平王。然则，平王母家在申，而诗中除"戍申"外，尚有"戍甫""戍许"，因以致疑之议作。孔疏以为"平王母家申国，所戍唯应戍申，不戍甫、许也。言甫、许者，以其同出四岳，俱为姜姓，既重章以变文，因借甫、许以言申，其实不戍甫、许也"，以诗言戍甫、戍许，仅因重章而变文，而实则未戍甫、许。于此，明清论家多有驳之者。何

127

楷《诗经世本古义》引邹忠胤之言"甫、许与申接壤,当时楚人因伐申,而并侵甫及许容有之。即不然,而二国惕于震邻,或邀王灵,并为之戍,亦非必待其见侵也。《国语》史伯曰:'王欲杀太子以成伯服,必求之申,申、吕方强,其隩爱太子亦必可知也。'《竹书纪年》:'幽王十一年,为犬戎所弒,申侯、鲁侯、许男、郑子立故太子宜咎于申。'然则平王戍此三国,皆以其助己而德之耳",范家相《诗瀋》以为"戍申、戍甫、戍许不一戍,而序专言母家者,甫、许之戍,因戍申而连及之也",于申、甫、许并戍之由,辨之甚明。近人黄焯《诗疏平议》亦言"甫即吕国,《括地志》云:'故申城在邓州南阳县北三十里,故吕城在邓州南阳县西四十里。'是则二国相距甚近。许即今河南许昌,亦去南阳不远。三国同为姜姓,其地为南北门户,而互为唇齿,故戍申即兼戍甫、许。《正义》以诗言甫、许,为重章变文,非也",即明言孔疏所言非是。盖三国之戍,以申为主,因幽王废申后及太子宜臼,申侯怒弒幽王,宜臼方得以登位东迁为平王,故序仅言屯戍于母家,亦于史有据。然以周王之民为诸侯戍,已为政衰之徵。朱熹《诗集传》有言"况先王之制,诸侯有故,则方伯连帅以诸侯之师讨之。王室有故,则方伯连帅以诸侯之师救之。天子乡遂之民,供贡赋、卫王室而已。今平王不能行其威令于天下,无以保其母家,乃劳天子之民,远为诸侯戍守。故周人之戍申者,又以非其职而怨思焉。则其衰懦微弱而得罪于民,又可见矣",见其政衰威弱,足令周人怨而刺之也。况申侯助平王登位固为有功,然所弒者乃平王之父,此宜平王以其助己而德之乎? 故《诗集传》又言"申侯与犬戎攻宗周而弒幽王,则申侯者,王法必诛不赦之贼,而平王与其臣庶不共戴天之仇也。今平王知有母而不知有父,知其立己为有德,而不知其弒父为可怨,至使复仇讨贼之师,反为报施酬恩之举,则其忘亲逆理,而得罪于天已甚矣",揭其情实之真相,发忘仇逆理之论,擘肌分理,可谓深切平王之失。然则,平王以王位而不顾杀父之仇,毕竟尚有母恩所系,而历观千年史乘,仅为一己之私欲而卖国求荣者,又岂易罄言焉?

中谷有蓷

中谷有蓷①,暵其干矣②。有女仳离③,嘅其叹矣④。嘅其叹矣,遇人之艰难矣!

中谷有蓷,暵其脩矣⑤。有女仳离,条其歗矣⑥。条其歗矣,遇人之不淑矣!

中谷有蓷,暵其湿矣⑦。有女仳离,啜其泣矣⑧。啜其泣矣,何嗟及矣⑨!

①中谷:即谷中。蓷(tuī):益母草。《尔雅·释草》:"萑,蓷。"郭璞注:"今茺蔚也。叶似荏,方茎,白华,华在节间,又名益母。" ②暵(hàn):晒干。暵其,即暵暵,干枯、枯萎貌。 ③仳(pǐ):别,分别。仳离,妇女被夫家弃逐,犹后世言离婚。 ④嘅(kǎi):同慨。嘅其,即嘅嘅,叹息貌。 ⑤脩:本义为干肉,引申为干枯。 ⑥条:长。条其,即条条,陈奂《诗毛氏传疏》:"条条然者,歗声也。"歗:同啸,长嘘出声,此指长叹。 ⑦湿:晞(qī)之假借字,晒干。《广雅》:"晞,曝也。" ⑧啜:哽喧抽泣貌。 ⑨何嗟及矣:同嗟何及矣。何及,言无济于事。及,与。《郑笺》:"及,与也。泣者,伤其君子弃己。嗟乎,将复何与为室家乎?"

陆草谷中却暵干,仳离弱女遇人难。
室家纵不遭相弃,世乱民荒哪得安?

此诗以蓷草生于中谷,非其所处之地,以言有女不得遇其人,乃弃妇悲伤无告之怨思,古今论者所说大略无异,诗旨或为诗三百中历来争议最少之篇章之一。然诗为何人所作,或仍有异见。《毛诗序》曰:"《中谷有蓷》,闵周也。夫妇日以衰薄,凶年饥馑,室家相弃尔。"序似以诗人见夫妇情薄致室家相弃事,因以闵周之风俗衰败。孔疏申之曰"平王之时,民人夫妇之恩日日益以衰薄。虽薄,未至弃绝。遭遇凶年饥馑,遂室家相离弃耳。夫妇之重逢,遇凶年薄而相弃,是其风俗衰败,故作此诗以闵之。夫妇日以衰薄,三章章首二句是也。凶年饥馑,室家相弃,下四句是也",释序之所言闵周之所由,并比照诗之辞章,以见夫妇日以衰薄、室家相弃之事。然郑笺却言"有女遇凶年而见弃,与其君子别离,嘅然而叹,伤己见弃,其恩薄","所以嘅然而叹者,自伤遇君子之穷厄",则似以诗乃弃妇自伤自叹之辞。朱子承郑说，《诗集传》即言"凶年饥馑，室家相弃，妇人览物起兴，而自述其悲叹之词也"，明以为妇人所自作。今人多从之，皆以之为被离弃妇女自哀自悼之怨歌。然朱子妇人自述悲叹之说，已致清人讥评。姚际恒《诗经通论》以为"此诗闵妇人遭饥馑而作，故云'有女'。《集传》谓'妇人自作'，绝不类。'佌离'，'佌'字未详，合来恐只是'流离失所'之义。毛传训为'别'，按'别离'以后人语，未可以'佌'之音近'别'而遂为别也。孔氏曰：'以佌与离共文，故知当为别义。'如此说，其无确义可知。因以'佌离'为'别离'，故以为夫弃其妻，其实不然。愚意，此或闵嫠妇之诗，犹杜诗所谓'无食无儿一妇人'也。先言'艰难'，夫贫也。再言'不淑'，夫死也，《礼》'问死曰如何不淑'。末更无可言，故变文曰'何嗟及矣'"，细析辞意，以为诗人闵嫠妇之辞。方玉润《诗经原始》则言"闺阁娴吟咏固有人，而此云'有女'者，则非其自咏可知矣。杜诗此类甚多，何必定指为自作"，以诗云"有女"显系旁观之言而非此女之自言，所谓闵之义亦方可立，颇有理据。然则，一弃妇或嫠妇之遇何以径言"闵周"？或又疑者。方玉润氏即言"《小序》谓为'闵周'，未免小题大作"。盖以序之言过于简略，故致疑斥。观范处义《诗补传》有云："世治则室家相保者，上之所养也。世乱则室家相弃者，上之所残也。其使之也勤，其取之也厚，则夫妇日以衰薄，而凶年不免于离散矣。伊尹曰：'匹夫匹妇，不获自尽，民主罔与成厥功。'故读《诗》者，于一物失所，而知王政之恶。一女见弃，而知人民之困。周之政荒民散，而将无以为国，于此亦可见矣。"析诗义至此，可谓知言，亦可为诗序作一补说。

兔 爰

　　有兔爰爰[①]，雉离于罗[②]。我生之初，尚无为[③]。我生之后，逢此百罹[④]。尚寐无吪[⑤]！

　　有兔爰爰，雉离于罦[⑥]。我生之初，尚无造[⑦]。我生之后，逢此百忧。尚寐无觉[⑧]！

　　有兔爰爰，雉离于罿[⑨]。我生之初，尚无庸[⑩]。我生之后，逢此百凶。尚寐无聪[⑪]！

①爰爰：自由自在貌。　②离：同罹，陷，遭难。罗：罗网。　③尚：犹，还。为：指徭役。《郑笺》："为，谓军役之事也。"　④罹：忧。　⑤尚：庶几，有希望意。寐：睡。无吪（é）：不说话。　⑥罦（fú）：一种装设机关之网，能自动掩捕鸟兽，又叫覆车网。　⑦造：《尔雅·释言》："作，造，为也。"此亦指劳役。⑧觉：清醒。　⑨罿（chōng）：即罦，捕鸟兽之网。　⑩庸：用，此指劳役。《郑笺》："庸，劳也。"　⑪聪：《毛传》："聪，闻也。"

爰爰狡兔雉离罗，君子忧生怨虑多。
莫羡西周全盛日，东征管蔡血成河！

此诗感时伤事，发乱世忧生之叹，论者几无异辞。然于诗之本事，其说不同。《毛诗序》曰："《兔爰》，闵周也。桓王失信，诸侯皆叛，构怨连祸，王师伤败，君子不乐其生焉。"序指桓王，复言王师伤败，盖据《左传·桓公五年》所载"王夺郑伯政，郑伯不朝。秋，王以诸侯伐郑，郑伯御之……王卒乱，郑师合以攻之，王卒大败，祝聃射王中肩"，以之为此诗之本事。然观诗之所述，仅就"我生之初""我生之后"王政变迁而为言，当着眼其时局之大势，并无具体本事可稽，故序之说颇有牵合附会之嫌，后儒已多驳之。朱熹《诗序辨说》以为"君子不乐其生一句得之，余皆衍说。其指桓王，盖据《春秋传》郑伯不朝，王以诸侯伐郑，郑伯御之，王卒大败，祝聃射王中肩之事。然未有以见此诗之为是而作也"，因于《诗集传》释之曰"周室衰微，诸侯背叛，君子不乐其生，而作此诗。言张罗本以取兔，今兔狡得脱，而雉以耿介，反离于罗。以比小人致乱，而以巧计幸免。君子无辜，而以忠直受祸也。为此诗者，盖犹及见西周之盛。故曰：方我生之初，天下尚无事，及我生之后，而逢时之多难如此，然既无如之何，则但庶几寐而不动以死耳"，释诗之义庶几近之。然其由序言"不乐其生"而将"尚寐无吪""尚寐无觉""尚寐无聪"皆释为"庶几寐而不动以死"，复亦遭人所诟病。姚际恒《诗经通论》以为"'无吪'，不言之意，'无觉'，不见之意，'无聪'，不闻之意。凡人寤则忧，寐则不知，故愿熟寐以无闻见。奇想奇语，较《苕之华》'不如无生'自胜多矣。《集传》句句增出'死'字，大失诗旨，绝不成语。此诗不欲为'不如无生'之直率，而《集传》偏以'不如无生'意解之，是可笑也",方玉润《诗经原始》亦言"夫逢时多难,纵欲无生,何至求死? 所谓无吪、无觉、无聪者,亦不过不欲言,不欲见,不欲闻已耳",细味诗辞之义,其所驳朱说之失颇切。实则,逢乱世不欲闻见,古人发其义其夥,若宋人王中《干戈》诗云"安得山中千日酒,酩然直到太平时",庶亦与此同旨而异辞。清人崔述《读风偶识》尝言"其人当生于宣王之末年,王室未骚,是以谓之'无为'。既而幽王昏暴,戎狄侵陵,平王播迁,家室飘荡,是以谓之'逢此百罹'。故朱子云:'为此诗者,盖犹及见西周之盛。'可谓得其旨矣。若以为在桓王之时,则其人当生于平王之世,仳离迁徙之余,岂得反谓之为'无为'? 而诸侯之不朝,亦不始于桓王,惟郑于桓王世始不朝耳。其于王室初无所大加损,岂得遂谓之为'百罹''百凶'也哉? 窃谓此三篇者皆迁洛者所作",析诗之背景,大体合理可信,并以"此三篇"为一时之作,以此篇与其前篇《中谷有蓷》及其后篇《葛藟》一体观之,顾及王风主调以为说,尤可谓能识其大者。唯诗人之意何所寄,似仍有疑者。盖宣王之世,已处厉、幽之间,纵有短暂中兴,似已不得谓为西周之盛。即若文、武之后,周公制礼作乐,可谓全盛乎? 然一涉权柄,不亦东征管蔡,血流成河,何所羡乎?

葛 藟

绵绵葛藟①,在河之浒②。终远兄弟,谓他人父。谓他人父,亦莫我顾③。

绵绵葛藟,在河之涘④。终远兄弟,谓他人母。谓他人母,亦莫我有⑤。

绵绵葛藟,在河之漘⑥。终远兄弟,谓他人昆⑦。谓他人昆,亦莫我闻⑧。

①葛藟(lěi):藤类蔓生植物,即野葡萄。　②浒:水边。　③顾:眷顾。莫我顾,即莫顾我之倒文。　④涘(sì):水边。　⑤有:通友。陈奂《诗毛氏传疏》:"有,犹友也。"　⑥漘(chún):河岸,水边。　⑦昆:《毛传》:"昆,兄也。"

⑧闻(wèn):通问,亦有爱之意。王引之《经义述闻》:"闻,犹问也,谓相恤问也。古字闻与问通。"

葛藟犹能庇本根,衰微周室弃宗门。

诚知枝叶还相顾,世异时迁岂易翻?

此诗以葛藟緜延起兴,以言人之弃离兄弟,辞意甚明。然究诗之旨,则多异说。《毛诗序》曰:"《葛藟》,王族刺平王也。周室道衰,弃其九族焉。"序以此诗乃东周初年姬姓贵族所作,旨在讥刺平王弃宗族而不顾。郑笺"九族者,据己上至高祖,下及玄孙之亲",释序之所言九族之义。孔疏以为"弃其九族者,不复以族食族燕之礼叙而亲睦之,故王之族人作此诗以刺王也。此叙其刺王之由,经皆陈族人怨王之辞",申族人何以刺王之事,并比照诗之辞,以诗之言乃族人怨王之辞,序之言乃族人刺王之由。后世多有从之者。然朱子不从序说,《诗序辨说》断言"序说未有据,诗意亦不类",于《诗集传》则释为"世衰民散,有去其乡里家族而流离失所者,作此诗以自叹。言绵绵葛藟,则在河之浒矣,今乃终远兄弟,而谓他人为己父。己虽谓彼为父,而彼亦不我顾,则其穷也甚矣",不采序说,纯以民穷流散为言。盖春秋时期,战乱频仍,人民流离失所之情事必多,朱说颇能体现特定时代之社会背景,故今人善取之,即多以此诗乃流浪者求助不得之怨歌。然则,《左传·文公七年》有宋国大夫乐豫与宋昭公对言事,"昭公将去群公子,乐豫曰:'不可。公族,公室之枝叶也,若去之则本根无所庇荫矣。葛藟犹能庇其本根,故君子以为比,况国君乎'",乐豫所谏,就公族与公室关系为言,正以葛藟庇其本根为比。按葛藟之象,此篇之外,周南《樛木》亦有"葛藟荒之""葛藟萦之"之语,似亦有藤蔓庇根之意。是葛藟之喻,或为当时人所习用。以此,似亦可见此诗本义之所存。故清人顾广誉《学诗详说》谓"葛藟,犹王室也。其本根以喻王,而枝叶以喻宗族。枝叶之茂,即本根茂之,而还以自庇其本根。王能敦厚其宗族,而王亦藉以安固。亦犹是尔",可谓诠义甚切。按平王东迁,周室衰卑已与诸侯无异,故民穷流散固其然也,清人方玉润《诗经原始》以为"民情如此,世道可知。谁则使之然哉?当必有任其咎者,即谓平王之弃其九族,而民因无九族之亲者,亦奚不可",是即以民穷流散解之,当亦与平王东迁弃族不脱干系。而若纯以此诗泛言民穷流散,则不独事离其时,且诗之言"谓他人父"无以解。盖究平王之登位,弃其宗室本亦势使之然,诗中所言"谓他人父",岂非于平王忘杀父之仇而依申侯以之为父之隐刺耶? 明人何楷《诗经世本古义》卷十九下引邹肇敏《诗传阐》云:"平王依申侯为果嬴,其弃诸姬亦可知已。周之盛也,华鄂辉于常棣,苞体茂于行苇。逮葛藟之刺兴,而维翰之势衰矣。"揭其依申侯之始,弃诸姬之必然,致维翰之势失,而周之盛终不可回,可谓深得时势诗旨之言。唯就平王论,东迁洛邑,本为周鼎之所在,岂不欲藉宗族以固本根? 然一以依申之故,二以王室衰卑,即有心亦无力矣! 时势变迁,岂可逆乎?

采 葛

彼采葛兮[①],一日不见,如三月兮。

彼采萧兮[②],一日不见,如三秋兮[③]。

彼采艾兮[④],一日不见,如三岁兮。

①葛:葛藤,块根可食,茎皮可制纤维。　②萧:蒿的一种,有香气,古时用于祭祀。《毛传》:"萧所以供祭祀。"　③三秋:三个秋季。通常一秋为一年,后有专指秋三月用法。此三秋长于三月,短于三年,义同三季。　④艾:植物名,叶可供药用及针灸用。朱熹《诗集传》:"艾,蒿属,干之可灸,故采之。"

采葛采萧意孰求? 睽违一日隔三秋。

惧谗怀远淫奔说,纷若千年未易休!

此诗以采葛起兴,以言所系念者深切。然以语极简略,故于系念者何,异说颇多。《毛诗序》曰:"《采葛》,惧谗也。"序以为诗旨乃发惧谗之思。然采葛之兴何以旨归惧谗? 毛传有言"葛所以为絺綌也,事虽小,一日不见于君,忧惧于谗矣",郑笺亦言"以采葛喻臣,以小事使出",又言"桓王之时,政事不明,臣无大小,使出者则为逸人所毁,故惧之",既申序说,复指实桓王之世。至朱子而不信序之说,《诗序辨说》以为"此淫奔之诗。其篇与《大车》相属,其事与采唐、采葑、采麦相似,其词与郑《子衿》正同,序说误矣",因于《诗集传》释之为"采葛,所以为絺绤,盖淫奔者托以行也。故因以指其人,而言思念之深,未久而似久也",是以诗所述者乃淫奔之事。今人因以诗为民间歌谣,多男女情歌,故多承朱说,而以此篇为男女相思之情诗。闻一多《风诗类钞》以为"采集皆女子事,此所怀者女,则怀之者男",程俊英《诗经译注》亦以为"这是一首思念情人的诗。一个男子,对采葛织夏布、采萧供祭祀、采艾治病的勤劳的姑娘无限爱慕,就唱出这首诗,表达了他的深情",虽由淫奔变为纯情,然以之为男女事则一。然则,对于朱说,清人已多疑之。方玉润《诗经原始》指出"自《集传》以为淫奔者所托,遂使天下后世士夫君子皆不敢有寄怀作也。不知此老何以好为刻薄之言若是",遂以此诗为"夫良友情亲,如同夫妇,一朝远别,不胜相思,此正交情浓厚处,故有三月、三秋、三岁之感也",吴闿生《诗义会通》亦谓"宜但据其词以为忆远之作耳",皆以此诗为怀念远方友人之作。按诗辞甚简略,诸说皆无实据。以情测之,怀念友人竟若"一日三秋",似有违常情。男女相思至于深处,自当"未久而似久也",合于"一日三秋"之感。忧政惧谗,以今观之,似于诗辞之意难合,然按《战国策·魏策》尝载庞葱与魏太子质于邯郸而语王市虎之事,"庞葱与太子质于邯郸,谓魏王曰:'今一人言市有虎,王信之乎?'王曰:'否。''二人言市有虎,王信之乎?'王曰:'寡人疑之矣。''三人言市有虎,王信之乎?'王曰:'寡人信之矣。'庞葱曰:'夫市之无虎明矣,然而三人言而成虎。今邯郸去大梁也远于市,而议臣者过于三人矣。愿王察之矣。'王曰:'寡人自为知。'于是辞行,而谗言先至。后太子罢质,果不得见",由是可知当日人臣事君,诚有此情,忧至深切,亦自有未久而似久之思。是以,据诗辞,则男女相思似较佳,若通观王风闵周基调,则忧政惧谗似为胜。此其异说千年,至今未可遽定焉?

大 车

大车槛槛①,毳衣如菼②。岂不尔思?畏子不敢。

大车啍啍③,毳衣如璊④。岂不尔思?畏子不奔。

榖则异室⑤,死则同穴。谓予不信,有如皦日⑥。

①槛（kǎn）槛：车行声。　②毳（cuì）衣：兽毛织成之衣。《毛传》："毳衣，大夫之服。"一说毡子，指车上帐篷。菼（tǎn）：初生芦苇，也称荻。　③啍（tūn）啍：重滞徐缓貌。《毛传》："啍啍，重迟貌。"　④璊（mén）：赤色玉。此喻毳衣之色。⑤穀（gǔ）：生，活着。异室：两地分居。　⑥如，此。皦：同皎，光明，明亮。

大车岂必大夫车？礼义陵迟孰讼衙？
同穴与君生死誓，息妫情愫实堪嗟！

此诗所述者，既言大车之人之情状，又言所思而不敢，末章复发生死异同之誓。然于大车之人、所思之事及生死之誓之间何所涉，语颇简而混，故致论者多异说。《毛诗序》曰："《大车》，刺周大夫也。礼义陵迟，男女淫奔，故陈古以刺今，大夫不能听男女之讼焉。"是以诗刺大夫于礼义陵迟之世，不能听男女之讼。孔疏申之曰"经三章皆陈古者大夫善于听讼之事也。陵迟，犹陂陁，言礼义废坏之意也。男女淫奔，谓男淫而女奔之也。《檀弓》曰'合葬非古也，自周公以来，未之有改'，然则周法始合葬也。经称死则同穴，则所陈古者，陈周公以来贤大夫"，比照诗之辞章以释序之所言陈古刺时之事，并引《礼记》之言以明诗所言"死则同穴"之礼法依据。然至朱子不信其说，《诗序辨说》明言"非刺大夫之诗，乃畏大夫之诗"，《诗集传》释为"周衰，大夫犹有能以刑政治其私邑者，故淫奔者畏而歌之如此。然其去二南之化则远矣。此可以观世变也"，又曰"民之欲相奔者，畏其大夫，自以终身不得如其志。故曰：生不得相奔以同室，庶几死得合葬以同穴而已。'谓予不信，有如皦日'，约誓之辞也"，则以大夫乃现时事，非为陈古者。是毛说以为刺大夫，朱说以为畏大夫，正相扞格。而由朱子所谓淫奔者畏而歌之，遂肇启今人爱情诗之说。现代学者一般认为这是一首爱情诗，写主人公想争取婚姻自由，与心上人一同逃跑，但又担心对方不敢私奔，所以发誓即使生不能同室，死也要同穴，表示爱情之忠贞。所言正同朱熹所谓"约誓之辞"义。然则，细按毛序、朱传二说，本皆多有疑者。吴闿生《诗义会通》引钱澄之语云："男淫女奔，俗亦不古矣，安见东都必无能吏乎？"顾栋高《毛诗类释》亦言："诗意明指现大夫为说，何云陈古刺今？至末章郑氏又云，非但使民不敢淫奔，乃使夫妇之礼有别。又云今之大夫不能然，反谓我言不信,因设誓以明之。迁避已甚,文理亦不贯串。"驳序说之臆测及郑笺之迁避,可谓切其要害。且若孔疏所释"言古之大夫听政也,非徒不敢淫奔,又令室家有礼,使夫之与妇生则异室而居,死则同穴而葬,男女之别如此",以古礼男女之别,使夫妇生则异室而居,似尤为荒谬而无稽。然若依朱传作淫奔者所歌,则淫奔者乃诗人之所刺,于所刺之对象代其发为"死则同穴""有如皦日"之忠贞痛切之誓,以礼义衡之,岂非过于不伦乎?查王先谦《诗三家义集疏》引"鲁说曰:楚伐息,破之,虏其君,使守门,将妻其夫人而纳之于宫。楚王出游,夫人遂出见息君,谓之曰:人生要一死而已,何至自苦?妾无须臾而忘君也,终不以身更贰醮,生离于地上,何如死归于地下乎?乃作诗曰:'縠则异室,死则同穴。谓予不信,有如皦日。'息君止之,夫人不听,遂自杀。息君亦自杀,同日俱死。楚王贤其夫人守节有义,乃以诸侯之礼合葬之。君子谓夫人说于行善,故序之于《诗》。夫义动君子,利动小人,息君夫人不为利动矣。"息夫人为陈庄公之女,妫姓,因嫁息国国君,故称息妫。息国被楚国所灭,楚文王纳息妫,史有明载,《左传·庄公十四年》:"楚子如息,以食入享,遂灭息。以息妫归,生堵敖及成王焉。"息妫为楚王生二子,却居楚宫三年不发一言,故王维《息夫人》诗云:"莫以今时宠,难忘旧日恩。看花满眼泪,不共楚王言。"至若息妫结局,向有多种版本。一说楚亡息国,息夫人欲投井自尽,但遭斗丹劝阻,为保全息侯性命无奈嫁给楚王。生二子后某日,趁楚王出城狩猎之机与守城之息君相会,双双自杀。息妫于国之大局而忍辱负重,于君之情愫而忠贞节烈,千载之下,犹令人唏嘘不已。若此篇以之为本事,则生则异室之境及死则同穴之誓,不亦始觉若笙磬之合乎?

丘中有麻

丘中有麻,彼留子嗟[①]。彼留子嗟,将其来施施[②]。

丘中有麦,彼留子国[③]。彼留子国,将其来食。

丘中有李,彼留之子[④]。彼留之子,贻我佩玖[⑤]。

---

①留:古与刘通。马瑞辰《毛诗传笺通释》:"留、刘古通用,薛尚功《钟鼎款识》

有刘公簠,《积古斋钟鼎款识》作留公簠。"一说停留、留住之留。一说㽞之借字,美好之意。子嗟:人名。 ②将(qiāng):请,愿。施施:施予,帮助,有恩惠、惠予之意。一说慢行貌,一说高兴貌。 ③子国:人名。一说子国为子嗟之父。一说嗟、国皆为语气助词。 ④之子:这个人。一说指子嗟。一说子嗟、子国、之子与鄘风《桑中》之所言孟姜、孟弋、孟庸同一手法,乃刘氏一人数名。 ⑤贻:赠。佩玖:佩玉。

> 丘中麻麦子嗟施,继世贤才逐野麋。
>
> 居北从来如一辙,风人莫讶怨长随!

此诗于丘中麻麦之地,以言属意子嗟、子国者,然于子嗟、子国者何人,诗之旨何所寄,向多异说。《毛诗序》曰:"《丘中有麻》,思贤也。庄王不明,贤人放逐,国人思之而作是诗也。"是以为诗作庄王之世,国人以时衰政乱而思贤者,即诗之所言子嗟、子国者。郑笺"思之者,思其来,已得见之",释序之所言思贤之义。然于此之贤者何所处之,则毛、郑所说稍异。毛传"留,大夫氏,子嗟,字也。丘中墝埆之处,尽有麻麦草木,乃彼子嗟之所治",郑笺"子嗟放逐于朝,去治卑贱之职,而有功所在,则治理所以为贤",是毛以麻麦之地喻贤者之所治,郑则以麻麦之地喻贤者处卑贱之职。孔疏平亭二说"毛以为放逐者本在位有功,今去而思之。郑以为去治贱事,所在有功,故思之。意虽小异,三章惧是思贤之事",存其异而求其同,以诗旨思贤无异。三家诗之说亦同此。至宋儒说诗,则生异说。欧阳修《诗本义》以"留"非大夫氏,为滞留之意。朱子遂演为淫奔之说,《诗序辨说》明言"此亦淫奔者之词,其篇上属《大车》,而语意不庄,非望贤之意,《序》亦误矣",《诗集传》则释之曰:"妇人望其所与私者而不来,故疑丘中有麻之处,复有与之私而留之者,今安得其施施然而来乎?"基于此,今人即自然以情诗以为说。且据诗中"将其来施""将其来食""贻我佩玖",以作此男女情事之过程,先之以女请男助其种麻,继之以请男之父就食,迨来年李熟时,男赠女佩玉定情。闻一多《风诗类钞》所言"合欢以后,男赠女以佩玉,反映了这一诗歌的原始性",以之为原始民族婚配形式之体现。程俊英《诗经译注》径以之为"这是一位女子叙述她和情人定情过程的诗"。然则,朱子淫奔之说,早为后人所诟病,清人方玉润《诗经原始》所言"小序谓'思贤',毛、郑因之,且以子嗟、子国为父子二人。唯《集传》反其所言,以为'妇人望其所与私者'之词,殊觉可异。子嗟、子国既为父子,《集传》且从其名矣,则一妇人何以私其父子二人耶?此真逆理悖言,不图先贤亦为是论,能无慨然?"可谓最切其弊。至若今人情诗之说,则尤为拘执诗辞之表义,盖诗之重章,多互文以足意,岂可径以之为男女情事之一完整过程之纪实?按毛传,子嗟实有其人,且言"子国,子嗟父",孔疏以为"毛时书籍犹多,或有所据。未详毛氏何以知之",近人黄焯《诗疏平议》则以为"诗于次章言子国,卒章言之子者,乃互文以足其意。盖于次章子国下省去之子之语,卒章之子上续承子国为辞,合言之,则为彼留子国之子,而为子嗟之变文耳。诗中类此者甚多。毛氏以子国为子嗟父,即征之本诗而知之,无庸别有所据也",以为诗本文即可证毛说之不诬。既以子嗟实有其人,则显非淫奔者所自言。故后儒多不从朱说,以为序说或有所据。吴闿生《诗义会通》以为"此篇留氏之子,毛传既实指其人,且谓子国为子嗟父,必有所据而言,岂能凿空造作以欺后世",又引管世铭之言"子嗟、子国,自是贤者之名,将其来施,将其来食,与《杕杜》之饮食、《白驹》之絷维正同,小序思贤之说,不可废也",可谓知言。盖王风闵周室衰卑,贤人放逐,国人思贤,自合其理。然贤人不遇,乃亘古之题,岂衰卑王室之独有耶?

郑 风

缁 衣

缁衣之宜兮[①],敝予又改为兮[②]。适子之馆兮[③],还予授子之粲兮[④]。

缁衣之好兮,敝予又改造兮。适子之馆兮,还予授子之粲兮。

缁衣之蓆兮[⑤],敝予又改作兮。适子之馆兮,还予授子之粲兮。

①缁(zī)衣:黑色衣,卿大夫到官署所穿。《孔疏》:"卿士旦朝于王,服皮弁,不服缁衣……退适治事之馆,释皮弁而服,以听其所朝之政也。" ②敝:破旧。为:制。下二章造、作,同此义。 ③适:往。馆:官舍。 ④还:音义同旋,回来。授:给予。粲:餐之假借字。《毛传》:"粲,餐也。诸侯入为天子卿士受采禄。"一说鲜亮貌,指新衣。闻一多《风诗类钞》:"粲,新也,谓新衣。" ⑤蓆:宽,大。

服敝新翻还受餐,国中才俊庆弹冠。

好贤无过缁衣曲,孰谓郑声即佞奸?

　　郑国初在西周畿内咸林之地,宣王封其弟姬友为采地,后为幽王司徒,死于犬戎之难,是为桓公。其子武公掘突助平王东迁,亦为司徒,又得虢、桧地,乃徙封于新邑,是为新郑。因密迩东周,故次于王风。此诗乃郑风首篇,赞缁衣之宜者,以言心之所系念之人。然所言何事,所系念者何人,何人所作,却多异说。《毛诗序》曰:"《缁衣》,美武公也。父子并为周司徒,善于其职,国人宜之,故美其德,以明有国善善之功焉。"序以为郑武公父子为周司徒有善政,故郑人作此诗而美之。郑笺"父谓武公父桓公也。司徒之职掌十二教,'善善'者,治之有功也。郑国之人皆谓桓公、武公居司徒之官,正得其宜",释序之所言武公父子其人,及郑人之所以美之之所由。孔疏申之曰"武公作卿士,服缁衣,国人美之。言武公于此缁衣之宜服之兮,言其德称其服也。此衣若敝,我愿王家又复改而为之兮,愿其常居此位,常服此服也",是以缁衣为喻,颂武公德称其位。于此说,朱子稍疑之,《诗序辨说》以为"此未有据,今姑从之",《诗集传》遂曰"旧说郑桓公、武公相继为周司徒,善于其职,周人爱之,故作是诗。言子之服缁衣也甚宜,敝则我将为子更为之,且将适子之馆,既还而又授子以粲。言好之无已也",虽大旨从序说,却以作诗者为周人而非郑人。范处义《诗补传》以为"周之国人以郑武公父子善于其职,宜在此位,故作此诗以美之",亦同朱说。清人俞樾《毛诗平议》又言"《缁衣》之诗固美武公,而亦见周天子之能善善。正义曰'此乃有国者善中之善',则大谬矣。玩诗通篇,皆设为周天子之辞。《仪礼·觐礼》'天子赐侯氏以车服',此即所谓'敝予又改为'也。其云'适子之馆'者,《觐礼》'天子赐舍'是也。其云'还予授子之粲'者,《觐礼》'飧礼乃归'是也"，据《仪礼》比照诗所言改衣、适馆、授粲，以为皆设为周天子之辞，则善善者乃周天子善待郑武公。至今人，则多不信旧说，不少学者以为是一首赠衣诗，诗中之"予"，乃着缁衣者之妻妾，她再三表示此服敝旧，将重作新衣，并反复叮嘱君自官署回来，即可试穿新衣，体现无微不至之体贴及一往情深之亲情。然则，缁衣乃卿士朝服，孔疏据《仪礼·士冠礼》"主人玄冠朝服，缁带素韠"，以"诸侯与其臣服之，以日视朝，故《礼》通谓此服为朝服"，故缁衣乃卿士位之喻，显非民间夫妇赠衣作衣之实。至若作诗者为郑人、周人抑或设为天子之辞，亦皆尝有疑之者。方玉润《诗经原始》以为"改衣、适馆、授粲，此岂臣下施于君上哉？无论郑人不宜为此言，即周人亦不当出此词"，吴闿生《诗义会通》又言"若托为天子之言，尤无此理。且卿士服敝，天子必为之改为，亦不胜其劳矣"，指疵诸说，颇切其失。按，此诗于古代载籍多有涉及。《礼记·缁衣》有云"子曰：好贤如《缁衣》，恶恶如《巷伯》，则爵不渎而民作愿，刑不试而民咸服"，又曰"于《缁衣》见好贤之至"，揭此篇好贤之旨，而其所载孔子之言，必非无据。明人朱善作《诗解颐》，更申其旨曰："《缁衣》所以为好贤之至者，以其始终之如一也。始之厚者，不能保其终之不薄；始之勤者，不能保其终之不怠。惟《缁衣》之好贤不然，其改造、改作既始终之无间，而适馆、授粲复前后之如一。衣欲其常新，粲欲其常继，仪刑欲其常接乎目，议论欲其常接乎耳，殷勤缱绻，久而不厌，所以为好贤之至尔。"诗旨既好贤，则好贤者为谁？明人季本《诗说解颐》以为"美武公好贤之诗"，吴闿生氏亦以为"味诗旨，自是武公好贤之诚"，姚际恒、方玉润皆从此说。由是，则改衣、适馆、授粲皆武公礼贤之举，而序之言"明有国善善之功"者，有国，乃谓武公，善善，即好贤之义，则序说与诗义可通。唯郑诗向承恶谥，《论语·卫灵公》有云："颜渊问为邦。子曰：行夏之时，乘殷之辂，服周之冕，乐则韶舞。放郑声，远佞人，郑声淫，佞人殆。"而于此淫声之中如何出此好贤之篇什？清人崔述《读风偶识》以为"大抵国家初造，莫不以好贤为务。虽以郑之不振，而其立国之初犹且如是……惟郑建国于平王之世，是以此诗尚存，学者所当以三隅反也"，颇为知言。是孔子论学亦有以偏概全之弊耶？

将仲子

将仲子兮[1]，无逾我里[2]，无折我树杞[3]。岂敢爱之[4]？畏我父母。仲可怀也，父母之言，亦可畏也。

将仲子兮，无踰我墙，无折我树桑⑤。岂敢爱之？畏我诸兄。仲可怀也，诸兄之言，亦可畏也。

将仲子兮，无踰我园，无折我树檀。岂敢爱之？畏人之多言。仲可怀也，人之多言，亦可畏也。

①将（qiāng）：愿，请。一说发语词。仲子：兄弟排行第二者称仲。　②踰：翻越。里：居。五家为邻，五邻为里，里外有墙，此指里墙。　③树：种植。杞（qǐ）：木名，即杞柳，又名櫸。落叶乔木，树如柳叶，木质坚实。一说树杞及下二章之树桑、树檀，即杞树、桑树、檀树，倒文以协韵。　④爱：吝惜，舍不得。⑤树桑：马瑞辰《毛诗传笺通释》："古者桑种于墙，檀树于园。《孟子》'树墙下以桑'，《鹤鸣》诗'乐彼之园，爰有树檀'，是也。"

仲子踰墙折我桑，春心摇荡畏高堂。

刺庄拒谏诚无据，径目淫奔亦可商。

此诗既言仲子欲踰墙折桑，复言畏父母之言，所述当有其事，然意蕴深婉隐晦，故于其本事及诗旨，向多异说。《毛诗序》曰："《将仲子》，刺庄公也。不胜其母以害其弟，弟叔失道而公弗制，祭仲谏而弗听，小不忍以致大乱焉。"序以为诗刺郑庄公拒祭仲之谏，是以仲子为郑大夫祭仲。祭仲因叔段失道谏于庄公，事见《左传·隐公元年》："初，郑武公娶于申，曰武姜。生庄公及共叔段。庄公寤生，惊姜氏，故名曰寤生，遂恶之。爱共叔段，欲立之。亟请于武公，公弗许。及庄公即位，为之请制。公曰：'制，岩邑也，虢叔死焉，佗邑唯命。'请京，使居之，谓之京城大叔。祭仲曰：'都城过百雉，国之害也。先王之制：大都不过叁国之一，中五之一，小九之一。今京不度，非制也，君将不堪。'公曰：'姜氏欲之，焉辟害？'对曰：'姜氏何厌之有？不如早为之所，无使滋蔓。蔓，难图也。蔓草犹不可除，况君之宠弟乎？'公曰：'多行不义，必自毙，子姑待之。'"序以此为诗之本事，故郑笺因之曰"祭仲骤谏，庄公不能用其言，故言请固距之。无踰我里，喻言无干我亲戚也。无折我树杞，喻言无伤害我兄弟也"，孔疏亦言"此叔于未乱之前，失为弟之道，而公不禁制，令之奢僭。有臣祭仲者谏公，令早为之所，而公不听用，于事之小不忍治之，以致大乱国焉，故刺之。经三章，皆陈拒谏之辞。岂敢爱之，畏我父母，是小不忍也。后乃兴师伐之，是致大乱也"，以诗辞全然牵合其事。按诗辞，仲子本为踰里踰墙之人，按笺、疏义，仲子为祭仲，则踰里踰墙为进谏之言，其后则为庄公拒谏之辞。若此解，实多穿凿难通，至宋儒说诗，即不信其说。朱熹《诗序辨说》以序所说"事见《春秋传》"，然又以"莆田郑氏谓此实淫奔之诗，无与于庄公、叔段之事，序盖失之。而说者又从而巧为之说，以实其事，误益甚矣。今从其说"，从郑樵《诗辨妄》之说，目此诗为淫奔者之辞。然则，按此诗辞意，实乃拒逾越之词，因不得径目为淫奔。主淫奔说者又解之曰：语语是拒，实语语是招。对此，清人吴闿生《诗义会通》辨之云："词旨与《野有死麕》略同，特彼辞犹峻，而此弥和婉。必谓阳拒而实招，亦过也。"方玉润《诗经原始》则以为"《左传》子展如晋赋此诗，而卫侯得归。使其为本国淫诗，岂尚举以自赋，而复见许于他国欤？此非淫词，断可知已"，所言子展如晋赋此诗，事见《左传·襄公二十六年》："秋七月，齐侯、郑伯为卫侯故，如晋，晋侯兼享之。晋侯赋《嘉乐》，国景子相齐侯，赋《蓼萧》，子展相郑伯，赋《缁衣》。叔向命晋侯拜二君曰：'寡君敢拜齐君之安我先君之宗祧也，敢拜郑君之不贰也。'国子使晏平仲私于叔向曰：'晋君宣其明德于诸侯，恤其患而补其阙，正其违而治其烦，所以为盟主也。今为臣执君，若之何？'叔向告赵文子，文子以告晋侯。晋侯言卫君之罪，使叔向告二君。国子赋《辔之柔矣》，子展赋《将仲子兮》，晋侯乃许归卫侯。叔向曰：'郑七穆，罕氏其后亡者也，子展俭而壹。'"子展所赋，显即此篇，而赋此篇以明志，则使被晋人羁押之卫君得以归国，则诗岂可为淫诗？且叔向由子展所赋而得观其"俭而壹"之志，不亦当与诗旨相通乎？鉴于此，方玉润氏复以为"此诗难保非采自民间闾巷，鄙夫妇相爱慕之辞，然其义有合于圣贤守身大道，故太史录之，以为涉世法。夫使人心无所畏，则富贵功名孰非可怀而可爱？唯业以理制其心，斯能以礼慎其守。故或非义之当前，心虽不能无所动，而惕以人言可畏，即父母兄弟有所不敢欺，则欲念顿消，而天理自在，是善于守身法也"，似可备一说。盖周之初固有"仲春之月，令会男女，于是时也，奔者不禁"之礼，然至春秋，男女之防趋严，《孟子·滕文公下》即有"不待父母之命，媒妁之言，钻穴隙相窥，逾墙相从，则父母、国人皆贱之"之言,似亦与此诗情境相若。故今人多以之为情诗,表达热恋少女既恋之复拒之之复杂矛盾之心境,或于诗之本义为近欤?

叔于田

叔于田[①],巷无居人[②]。岂无居人?不如叔也,洵美且仁[③]。

叔于狩[④],巷无饮酒。岂无饮酒?不如叔也,洵美且好。

叔适野[⑤],巷无服马[⑥]。岂无服马?不如叔也,洵美且武[⑦]。

①叔:古代兄弟排行以伯、仲、叔、季为序,次仲为叔。于:去,往。田:同畋,打猎。　②巷:王先谦《诗三家义集疏》:"古者居必同里,里门之内,家门之外,则巷道也。"犹今之里弄。　③洵:真正,的确。仁:此指温厚,慈爱。　④狩:《毛传》:"冬猎曰狩。"　⑤适:往。野:郊外。　⑥服马:《毛传》:"服马,乘马也。"　⑦武:此指勇敢英武。

叔段居京缮甲兵,美仁孔武国人倾。

奈何兄弟阋墙内,郑伯军兴即溃营。

此诗及下篇《大叔于田》,所述主人公皆为叔,而于此叔是否为特指之人,则致解诗之异说。《毛诗序》曰:"《叔于田》,刺庄公也。叔处于京,缮甲治兵,以出于田,国人说而归之。"是以叔为郑庄公之弟共叔段,因以此诗及下篇皆为郑庄公及其弟叔段之事。《左传·隐公元年》载:"既而大叔命西鄙北鄙贰于己。公子吕曰:'国不堪贰,君将若之何?欲与大叔,臣请事之,若弗与,则请除之,无生民心。'公曰:'无庸,将自及。'大叔又收贰以为己邑,至于廪延。子封曰:'可矣,厚将得众。'公曰:'不义不昵,厚将崩。'大叔完聚,缮甲兵,具卒乘,将袭郑,夫人将启之。公闻其期,曰:'可矣。'命子封帅车二百乘以伐京。京叛大叔段,段入于鄢。公伐诸鄢,五月辛丑,大叔出奔共……遂寘姜氏于城颍,而誓之曰:'不及黄泉,无相见也。'"

序之言当本于此。然诗述叔段善治甲兵，国人悦而归之，又何以为刺庄公？孔疏有言"时人言叔之往田猎也，里巷之内全似无复居人，岂可实无居人乎？有居人矣，但不如叔也，信美好而且有仁德，国人注心于叔，悦之若此。而公不知禁，故刺之"，以国不堪贰为刺庄公之由。然观诗语，皆赞美之辞，故宋儒有纯美之说。欧阳修《诗本义》以为"诗人言大叔得众，国人爱之"，朱熹《诗序辨说》亦以为"国人之心贰于叔，而歌其田狩适野之事，初非以刺庄公，亦非说其出于田而后归之也"。盖叔段谋逆，诗人何以美之？清人吴闿生《诗义会通》引王渔洋之言"此诗当是叔段党羽造作"，或契其情。然朱子既以为叔段事，复又疑之曰"或曰，段以国君贵弟，受封大邑，有人民兵甲之众，不得出居闾巷，下杂民伍。此诗恐其民间男女相说之词耳"，则又似以此叔非为共叔段之特指矣。今人即多以"叔"为泛指，认为是一篇赞美猎人之作。陈子展《诗经直解》"《叔于田》，赞美猎人之歌"，程俊英《诗经译注》"这是一首赞美猎人的诗"，皆以为"叔"指青年猎手。然则，细察民间男女相悦及赞美猎人二说，并皆依诗语表面义而为言。观诗辞"巷无居人"属极度夸张，对后世影响甚深。钱钟书《管锥编》指出，唐韩愈《送温处士赴河阳军序》"伯乐一过冀北之野而马群遂空，非无马也，无良马也"，句法正出于此。若于民间男女相悦或一般猎人举止，夸赞岂非过甚而用之不伦乎？而按之郑庄公及弟叔段之事，则其情或可相合。严粲《诗缉》以为"诗人之意，谓段之不令，而群小相与纵臾如此，必为厉阶以自祸，庄公奈何不制止之"，方玉润《诗经原始》亦以为"此诗的刺庄公无疑。叔之恃宠而骄，多行不义，谁则使之？庄公实使之也。诗人不必明斥公非，但极力摹写叔之游猎无度，则其平日之远君子而狎伍小人也可知。即叔之骄纵无忌，实庄公故纵其恶之意亦可见"，以此诗辞之夸张，用于恃宠而骄、游猎无度之叔段，岂不合若符契？而庄公欲擒故纵之计，所用对象乃同胞弟兄，甚而导致母恩几至断绝，又岂不令人唏嘘无已？

大叔于田

叔于田，乘乘马[①]。执辔如组[②]，两骖如舞[③]。叔在薮[④]，火烈具举[⑤]。襢裼暴虎[⑥]，献于公所。将叔无狃[⑦]，戒其伤女[⑧]。

　　叔于田，乘乘黄⑨。两服上襄⑩，两骖雁行。叔在薮，火烈具扬。叔善射忌⑪，又良御忌。抑磬控忌⑫，抑纵送忌⑬。

　　叔于田，乘乘鸨⑭。两服齐首，两骖如手。叔在薮，火烈具阜⑮。叔马慢忌，叔发罕忌⑯。抑释掤忌⑰，抑鬯弓忌⑱。

①乘（chéng）乘（shèng）：前乘为动词，后乘为名词。古时一车四马称一乘。②组：丝织之带或绳。　③骖（cān）：一车四马中之外侧两匹。　④薮（sǒu）：低湿多草木之地。　⑤烈：迾之假借字，遮。火迾，打猎时放火烧草，遮断野兽逃路。具：同俱。举：起。　⑥襢裼（tǎn tì）：脱衣袒身。暴：通搏，搏斗。　⑦狃（niǔ）：习，习以为常。　⑧戒：警惕。女：汝，此指叔。　⑨黄：黄马。　⑩服：一车四马之中间两匹。《孔疏》："中央夹辕者名服马。"襄：同骧，奔马昂起头。　⑪忌：语尾助词。　⑫抑：发语词。磬（qìng）控：弯腰如磬，勒马使缓行或停步。　⑬纵送：放马奔跑。　⑭鸨（bǎo）：黑白杂毛之马，其色如鸨，故以鸟名马。　⑮阜：旺盛　⑯发：发箭。罕：稀少。　⑰释：打开。掤（bīng）：箭筒盖。释掤，打开箭筒盖，准备收箭。　⑱鬯（chàng）：韔之假借字，弓袋。此处用做动词。鬯弓，将弓收进袋。

田猎乘黄服上襄，袒胸搏虎献公旁。
多才好勇孚人望，六字春秋语义长。

　　此诗辞义皆类上篇，唯题多一字。苏辙《诗集传》曰："二诗皆曰'叔于田'，故加'大'以别之。非谓段为大叔也。然不知者乃以段有'大叔'之号，而读曰泰，又加'大'于首章，失之矣。"严粲《诗缉》则曰："短篇者止曰叔于田，长篇者加大为别。"旧说诗旨亦与上篇类同。《毛诗序》曰："《大叔于田》，刺庄公也。叔多才而好勇，不义而得众也。"是仍以刺庄公而为言。孔疏以为"叔负才恃众，必为乱阶，而公不知禁，故刺。经陈其善射御之等，是多才也。襢裼暴虎，是好勇也。火烈具举，是得众也"，申序义颇为详切。至朱子说此诗，亦与上篇相类，不从序之言。

《诗序辨说》以为"此诗与上篇意同,非刺庄公也",《诗集传》遂释为"国人戒之曰:请叔无习此事,恐其或伤女也。盖叔多材好勇,而郑人爱之如此",仍以郑人爱美叔段而为言。后人亦颇有从之者,清人吴懋清《毛诗复古录》即以为"叔段长于射御,力能暴虎,为国人所叹赏,宣扬传颂"。今人说此诗亦同前篇,以叔为泛指,多认为乃赞美猎手之作。然则,细味诗辞,此篇背景固与前篇相似,而构篇则异。前篇虚写,此篇实赋,词气尤为工妙。姚际恒《诗经通论》谓"描摹工艳,铺张亦复淋漓尽致,便为《长杨》《羽猎》之祖",实非虚誉。观诗之言射御之事,极尽勇武之能,已显非一般赞美猎手之辞。而其曰"襢裼暴虎,献于公所",毛传"襢裼,肉袒也。暴虎,空手以搏之",郑笺"献于公所,进于君也",既明以为公侯之事,而于公所肉袒搏虎,岂礼之所宜?显又寓有深义,亦绝非仅为爱美之辞。吴闿生《诗义会通》以为"此诗意旨与上篇有别,上篇夸其田狩饮酒,辞近讽刺。此则极表其田猎射御之能,而无讥刺之意。且'将叔无狃'二语,乃知公之将有异图,不敢明言,而微词以感寤太叔者,殆亲爱太叔者之所为也。渔洋以为叔段党羽造作,于此篇尤信。特编诗者之存此二诗,自是刺庄之旨,故序皆以为刺庄公耳",析公侯之异图,可谓擘肌分理,使人顿然有悟,或可近诗旨序义之深涵耶?方玉润《诗经原始》又言"暴虎危事,太叔至亲,而叔以此骄其兄,则恃勇无君之心已可概见。庄公时不唯不怒其无礼,而且劳而慰之曰:'将叔无狃,戒其伤女。'岂真爱之耶?实纵之以蹈于危耳!诗人窥破此隐,故特咏之,以为诛心之论。如《春秋》书法,微意所在也",揭其所具《春秋》之微意,尤显史家诗人之锐见。盖《春秋》笔法,向为人所称扬。所记庄公、叔段之事见于《隐公元年》"夏五月,郑伯克段于鄢",尤为典例。《左传·隐公元年》有云:"书曰:'郑伯克段于鄢。'段不弟,故不言弟。如二君,故曰克。称郑伯,讥失教也。谓之郑志,不言出奔,难之也。"是以六字皆含深意,无一虚语。而同为纪其事之诗,已用微言之法,故《春秋》笔法或可于此窥其一源乎?

清 人

清人在彭①,驷介旁旁②。二矛重英③,河上乎翱翔。
清人在消④,驷介麃麃⑤。二矛重乔⑥,河上乎逍遥。
清人在轴⑦,驷介陶陶⑧。左旋右抽⑨,中军作好⑩。

①清：郑国地名。郦道元《水经注》："清池水出清阳亭西南平地，东北流经清阳亭，东南流即清人城也。诗所谓'清人在彭'。"清人，即清邑之人。此指郑将高克及其所率兵士。王先谦《诗三家义集疏》："据《易林》'清人高子'，知克亦清邑之人，故率其同邑之众，屯于卫邑彭地。"彭：卫邑名。《毛传》："彭，卫之河上，郑之郊也。"《孔疏》："卫在河北，郑在河南，恐狄渡河侵郑，故使高克将兵于河上御之。"
②驷：一车驾四马。介：甲。旁旁：同彭彭，强壮有力貌。　③二矛：酋矛、夷矛，插车两边。重：重叠。英：矛上缨饰。　④消：黄河边上郑国地名。
⑤镳(biāo)镳：英勇威武貌。　⑥乔：借为鷮，长尾野鸡，此指以鷮羽为矛之饰。
⑦轴：黄河边上郑国地名。　⑧陶陶：和乐貌。一说马疾驰貌。　⑨抽：《说文》："抽，拔兵刃以习击刺也。《诗》曰'左旋右抽'。"　⑩中军：即军中。一说指古三军之中军主帅。作好：容好，指武艺高强。一说做好表面工作，指装样子，不是真要抗拒敌人。

底事无端久御边？逍遥兵众散如烟。

郑君果若除心患，堪笑弃师费月年！

　　此诗所述者，清人拥强兵壮马，却于河之上逍遥嬉戏，其事必有所指。然于清人者何，所指何事及何人所作，古今之说不一。《毛诗序》曰："《清人》，刺文公也。高克好利而不顾其君，文公恶而欲远之，不能，使高克将兵而御狄于竟。陈其师旅，翱翔河上，久而不召，众散而归，高克奔陈。公子素恶高克进之不以礼，文公退之不以道，危国亡师之本，故作是诗也。"序以郑文公恶高克，故使其陈师御边久而不召，终致其师众亡散，公子素见其事而以诗刺之。诗言"清人"，毛传"清，邑也"，王先谦《诗三家义集疏》"据《易林》'清人高子'，知克亦清邑之人，故率其同邑之众，屯于卫邑彭地"，故谓高克所率之师为"清人"。郑笺"好利不顾其君，注心于利也。御狄于竟，时狄侵卫"，释序之所言高克好利而不顾其君之义及文公使高克御狄于竟之事。孔疏"高克若拥兵作乱，则是危国。若将众出奔，则是亡师。公子素谓文公为此，乃是危国亡师之本，故作是《清人》之诗以刺之。经三章唯言'陈其师旅，翱翔河上'之事耳，序则具说翱翔所由作诗之意。二句以外，皆于经无所当也"，则申说何以为危国亡师之本,并比照诗辞,以为诗仅述其事,而序乃究其事之所由。又,序以此诗作者为公子素,据《汉书·古今人表》,于郑文公世,与高克并列者有公孙素,或即其人欤?以此说多有与史事相合者,故后世论者多从之。朱熹《诗集传》以为"郑公恶高克,使将清邑之兵,御狄于河上,久而不召,师散而归。郑人为之赋此诗,言其出师之久,无事不得归,但相与游戏如此,其势必至于溃散而后已尔",大旨皆依序说而为言,唯于作者不言公子素,泛言郑人。至今人说诗,复创新说。闻一多《诗经通义》既引《焦氏易林》"清人高子,久屯外野,逍遥不归,思我慈母",似以为久役思亲之辞,复云"清人犹静女,亦犹美人",似又以为男女之辞。按《春秋》闵公二年:"冬,十有二月,狄入卫,郑弃其师。"《左传》:"郑人恶高克,使帅师次于河上,久而弗召,师溃而归,高克奔陈。郑人为之赋《清人》。"是以此篇诗之所作及其本事,《左传》所载甚明,唯言诗乃郑人作,不言公子素,抑朱说之所本欤?盖诗之本事,多有与《左传》可以互证者。日人竹添光鸿《左传会笺》言及此诗,以为"作诗在师未溃之前。清,郑邑,克所帅皆清邑之人也。即以诗断罪,隽甚。不特此也,卫人所为赋《硕人》也,许穆夫人赋《载驰》,左氏叙事,往往纬之以诗,别具风格。诗序之不可废,亦赖《左传》为之明辅",是以诗序本《左传》以为言,似亦无可疑者。然就史事本身而言,却多可议。胡安国《春秋胡氏传》曰:"人君擅一国之名宠,生杀予夺,唯我所制尔。使高克不臣之罪已著,按而诛之可也。情状未明,黜而退之可也。爱惜其才,以礼驭之,亦可也。乌可假以兵权,委诸竟上,坐视其离散,而莫之恤乎?《春秋》书曰:'郑弃其师。'其责之深矣。"盖郑君为君之道,失之多端,此说可谓鞭辟入里,亦可为毛序"刺文公"说作一补辨。方玉润《诗经原始》谓:"唯郑文公恶高克,而使之拥兵在外,此召乱之本也。幸而师散将逃,国得无恙。使其反戈相向,何以御之?由斯以观,高克亦无能辈耳,何以见恶于文公耶?诗曰'翱翔',曰'逍遥',曰'左旋右抽,中军作好',所谓霸上诸军直同儿戏,即使作乱亦易制服。诗人固早有以知其必不然也。若文公者则不能无所议焉,故刺之。"揭文公之失道,高克之无能,尤觉思理尖利,刺乱世庸政可谓入木三分。唯诗之笔意高妙,本刺责君臣之失道无能,却极力渲染战马之强壮及武器之精美,并状之以"翱翔""逍遥"诸语,寓讽深婉。与《春秋》径以"郑弃其师"之峻责,恰成鲜明对照。清人顾广誉《学诗详说》称"《春秋》书弃师,史之法直而严。郑诗陈将溃,风之意微而婉",体味诗、史之职,得其旨趣。

149

羔裘

羔裘如濡①,洵直且侯②。彼其之子,舍命不渝③。

羔裘豹饰④,孔武有力。彼其之子,邦之司直⑤。

羔裘晏兮⑥,三英粲兮⑦。彼其之子,邦之彦兮⑧。

①濡:柔而有光泽。　②洵:信,诚然。侯:美。　③渝:改变。　④豹饰:用豹皮装饰皮袄袖口。《管子·揆度》:"卿大夫豹饰。"　⑤司直:马瑞辰《毛诗传笺通释》:"司,主也。直,正也。正其过阙也。"　⑥晏:鲜艳。　⑦三英:《毛传》:"三英,三德也。"《郑笺》:"三德,刚克、柔克、正直也。"粲:《郑笺》:"粲,众意。"此谓具三德之朝臣众多。一说三英为裘饰,粲为鲜明意。黄焯《诗疏平议》:"此诗每章首二句皆言德美,故传知三英非英饰,而以三德解之。"　⑧彦:美士,指贤能之人。

羔裘豹饰粲三英,舍命兴邦直道行。

可惜前贤今不见,满朝狡狯复相倾!

此诗述羔裘之美,以言其人之俊美而有善德。然究诗之旨,却向有刺、美二说。《毛诗序》曰:"《羔裘》,刺朝也。言古之君子以风其朝焉。"是以为诗人借古以喻时,赞美古代君子以刺当世朝无贤臣。郑笺"言,犹道也。郑自庄公而贤者陵迟,朝无忠正之臣,故刺之",释序之所言刺朝之义,且以诗作庄公世。孔疏"以庄公之朝无正直之臣,故作此诗道古之在朝君子有德有力,故以风刺其今朝廷之人焉。经之所陈,皆古之君子之事也。此主刺朝廷之臣,朝无贤臣是君之不明,亦所以刺君也",以诗之所述皆古君子之事,复明指刺朝即刺君,可谓申序、笺之意甚详。至宋儒释诗不信序说,朱熹《诗序辨说》以为《序》以变风不应有美,故以此为言古以刺今之诗。今详诗意,恐未必然。且当时郑之大夫如子皮、子产之徒,岂无可以当此诗者?但今不可考耳",《诗集传》即释之为"盖美其大夫之词",以为诗所述者皆为赞美其大夫之辞。后人亦多有从之者。姚际恒《诗经通论》径以"此郑人美其大夫之诗",全同朱说,方玉润《诗经原始》尤广其义曰"愚谓此诗非专美一人,必当时盈廷硕彦济美一时,或则顺命以持躬,或则忠鲠而事上,或则儒雅以声称,皆能正己以正人,不愧朝服以章身。故诗人即其服饰之盛,以想其德谊经济文章之美,而咏叹之如此",堪为美之说代表者。今人释诗,多着眼诗辞表面,故亦多持美之说。然则,朱子所言,疵谬显见。以为诗人所誉美者乃子皮、子产之徒,则子皮、子产几与孔子同时,郑风之作,岂可及此?据《左传·昭公十六年》:"夏四月,郑六卿饯宣子于郊……子产赋郑之《羔裘》,宣子曰:'起不堪也。'"按鲁昭公十六年,当公元前526年,其时孔子年已二十有五。由《左传》所载,尤可见此篇当时已流行郑国,为人所熟知,果若美子产辈,则子产本人如何以之而引诗言志焉?且诗辞所言,"洵直且侯""舍命不渝"诸语,皆极美之辞,尤以"三英粲兮"之"三英"乃指《洪范》三德,孔疏引《尚书·洪范》"三德,一曰正直,二曰刚克,三曰柔克",以为"刚能柔能,谓宽猛相济以成治立功","正直者,谓不刚不柔,每事得中也。刚克者,虽刚而能以柔济之。柔克者,虽柔而能以刚济之。故三者各为一德",所谓三德,就"成治立功"言,显非一般大夫所可当者。故子产赋此诗,宣子辞曰不堪,岂非正因其诗所言乃古君子立朝之义焉?且就郑诗之编次,此篇处庄公后,正当郑之乱世,朝中岂有众多兼备此三德之臣焉?故此,细较刺、美二说,按诸诗意,似仍以言古刺时为长。故清人吴闿生《诗义会通》以为"通篇止思古,意在言外",颇得诗艺之旨趣。顾广誉《学诗详说》以为"庄公以枭雄御下,一时用事之臣,大率狡猾而多诈,桀骜而不驯,与诗所谓正相反。朝鲜忠良,酿篡夺之祸者二十余年,诗其有先几之见矣",则以庄公朝臣之实际状况衡之,析诗之内蕴时局及先几之见,又岂非引古刺时说之补辨焉?

遵大路

遵大路兮①,掺执子之祛兮②。无我恶兮③,不寁故也④。
遵大路兮,掺执子之手兮。无我魗兮⑤,不寁好也⑥。

①遵：循，沿。　　②掺(shǎn)：执，拉住。袪(qū)：衣袖，袖口。　　③恶：厌恶。无我恶，即无恶我之倒文。一说恶，丑恶意，无我恶，即不要以我为丑恶。④寁(zǎn)：《毛传》："寁，速也。"朱熹《诗集传》："寁，速。故，旧也。"故：故旧。寁故，速离故旧。　　⑤魗(chǒu)：同丑。　　⑥好：情好。

遵道寻踪揽子袪，无为恶我弃园庐。

惜贤义洽庄公世，淫妇留夫说尚疏。

此诗所述者，仅为于大路揽执子之衣袖，苦苦哀求其留下之小镜头，生动而逼真，然以诗语简略，所留者何人何事，难以徵实，故向多异说。《毛诗序》曰："《遵大路》，思君子也。庄公失道，君子去之，国人思望焉。"序以为诗作庄公之世，因庄公失道，贤人出走，诗人因作思望之辞。故于大路掺袪之举，郑笺"思望君子，于道中见之，则欲揽持其袂而留之"，孔疏"国人思望君子，假说得见之状，言己循彼大路之上兮，若见此君子之人，我则揽执君子之衣袪兮，君子若忿我留之，我则谓之云：无得于我之处，怨恶我留兮，我乃以庄公不速于先君之道故也。言庄公之意，不速于先君之道，不爱君子，令子去之，我以此固留子"，释序之言思望之义，详解诗辞之所述，皆假设之情境，以极见诗人欲留君子之意。至朱子而不信其说，《诗序辨说》径斥之为"此亦淫乱之诗，序说误矣"，遂于《诗集传》释为"淫妇为人所弃，故于其去也，揽其袪而留之曰：子无恶我而不留，故旧不可以遽绝也。宋玉赋有'遵大路兮揽子袪'之句，亦男女相说之词也"，以为淫妇人留情夫之辞，遂开异说之端。清人姚际恒《诗经通论》以为"故旧于道左言情，相和之辞"，郝懿行《诗问》复以为"民间夫妇反目，夫怒欲去，妇惧而挽之"，似皆由揽袂相留之辞而揣其情。今人则多主弃妇之说，若程俊英《诗经译注》所言"这是一首弃妇的诗。这一对男女，可能不是正式的夫妻，但同居的时间比较长，而男子终于喜新厌旧，遗弃了女方"，显亦由朱说而衍发。然究诸说，并无所据，似皆臆测之辞，均无以坐实者。若纯以故旧难舍，至于道左，何以出"无我恶兮""无我魗兮"之言？既相和言情，复何以揽袪执手，不欲速离？若为淫妇之事，则何能于光天化日之大路硬扯淫夫之衣袖？显于情理未洽。至若夫妇反目，弃妇之怨，似尤无以有揽袪扯袖之举。盖此诗语本简略，固难以覈其本事,然察于郑之时世以探其所涵蕴,则说诗者当不可少。故与朱子同时之吕祖谦《吕氏家塾读诗记》以为"武公之朝,盖多君子矣。至于庄公,尚权谋,专武力,气象一变,左右前后无非祭仲、高渠弥、祝聃之徒也。君子安得不去乎?'不寁故也','不寁好也',诗人岂徒勉君子迟迟其行也,感于事而怀其旧者亦深矣",严粲《诗缉》亦以为"不言其恶庄公,而以为恶我,婉词也。言故旧者,以先君之义讽之,冀其或留也。此诗止惜贤者之去,而庄公之无道为君子所弃可见矣",结合武公、庄公两朝时世以为说,不为无识。此论虽亦无所实据,然揆度庄公之世情,却不为无理。盖庄公绝母逐弟,射王中肩,不唯失忠孝之道,实乃春秋罪人,其时贤人君子离而去之,不亦宜乎? 唯以此,于大路道左揽袂执手,则可见君子贤士已出走在途,故怀旧思贤之情始迫,而思君子留故旧之义尤切。

女曰鸡鸣

女曰鸡鸣,士曰昧旦[1]。子兴视夜,明星有烂[2]。将翱将翔,弋凫与雁。

弋言加之[3],与子宜之[4]。宜言饮酒,与子偕老。琴瑟在御[5],莫不静好。

知子之来之[6],杂佩以赠之。知子之顺之[7],杂佩以问之[8]。知子之好之[9],杂佩以报之。

[1]昧:黑。旦:亮。昧旦,谓天将亮未亮时。　[2]明星:指启明星。烂:明亮。[3]言:语助词,下同。加:射中。　[4]与:为。宜:用适当方法烹调菜肴。[5]御:用。此指弹奏。古人多以琴瑟合奏喻夫妇和合。　[6]来(lài):借为赉,慰劳,关怀。　[7]顺:柔顺。　[8]问:馈赠。《毛传》:"问,遗也。"[9]好(hào):爱恋。

女曰鸡鸣士夙兴,弋凫宜酒瑟琴应。

不教床第多缠绻,好德真如好色能?

此诗所述,乃夫妇相警戒以勤生,相勉励以成德事。然于诗旨,则多异说。《毛诗序》曰:"《女曰鸡鸣》,刺不说德也。陈古义以刺今,不说德而好色也。"是以为诗所述乃陈古义,诗旨在刺时之失德。郑笺"德谓士大夫宾客有德者",孔疏"以庄公之时,朝廷之士不悦有德之君子,故作此诗陈古之贤士好德不好色之义,以刺今之朝廷之人有不悦宾客有德而爱好美色者。经之所陈,皆是古士之义,好德不好色之事",释序之所言不说德之义,并明以为庄公时诗。于诗所言鸡鸣昧且之情事,郑笺谓"此夫妇相警觉以夙兴,言不留色也",即就诗所述古义而言,孔疏"言古之贤士不留于色。夫妇同寝,相戒夙兴。其女曰鸡鸣矣,而妻起,士曰已昧且矣,而夫起,即子兴也。此子于是同兴而视夜之早晚,明星尚有烂然,早于别色之时……古士好德不好色如此。而今人不好有德,唯悦美色,故刺之",则就诗旨陈古义以刺今而言。然于此说,后儒或从或疑。欧阳修《诗本义》以为"此诗陈古贤夫妇相警励以勤生之语",是从序之说。朱熹《诗序辨说》则以为"此亦未有以见其陈古刺今之意",是疑序之说,《诗集传》释为"此诗人述贤夫妇相警戒之词。言女曰鸡鸣,以警其夫,而士曰昧且,则不止于鸡鸣矣。妇人又语其夫曰:若是,则子可以起而视夜之如何,意者明星已出而烂然,则当翱翔而往,弋取凫雁而归矣。其相与警戒之言如此,则不留于宴昵之私,可知矣",以诗之所述,为实述当时事。清人方玉润《诗经原始》亦以为"此诗人述贤夫妇相警戒之辞",而"贤妇警夫以成德也",全然承朱说以为言。而由实述当时事言,则可与诗出民间之背景合,故今之论者多从之。闻一多《风诗类钞》以为"《女曰鸡鸣》,乐新婚也",程俊英《诗经译注》以为"这是一首新婚夫妇的联句诗",皆以诗以联句对话形式表现一对新婚夫妇和睦美好之生活、温柔缱绻之情感。然则,就诗之所述,乃鸡鸣晨催,若新婚夫妇,正春宵一刻值千金,何至昧且之际竟催早起?果若此,岂非悖乎常情?观诗之三章,首章勉夫以勤,次章宜家以和,卒章复言尊贤友善,此岂新婚夫妇事?即一般民间夫妇,又何须于鸡鸣昧且之际而思虑及此?且诗之言极见中正和乐,方玉润氏以为"《关雎》新婚,《葛覃》归宁,此则相夫以成内助之贤……堪与《关雎》《葛覃》为配",牛运震《诗志》亦言"庄正和雅,《周南》风调复见于此",故诗所述之事细而微,而所蕴之义则庄而大。正若吴闿生《诗义会通》所言"若非陈古刺今,则其词当谁为之?夫妇自为之,固不相似,友朋代为之,或同时之人取而咏歌之,皆有所未洽也"。故而按之郑风,于昏乱之世情,陈古之贤夫妇相警之意以讽当时,岂非于诗之蕴义始近? 是序之说自有其理据。然则,无论寓讽与否,于诗辞观之即贤夫妇相警固无疑也。而贤夫妇何以为贤? 尤其何以为好德成德? 似仍有可辩者。《论语·子罕》:"子曰:吾未见好德如好色者也。"男女之互为好色,本人性之源,亦如《孟子·告子上》所言"食、色,性也"。若果如诗之所述,弃千金一刻之床笫缠绻,仅相警励而夙兴,即可成其好德之范? 似亦未所闻也。

有女同车

有女同车,颜如舜华①。将翱将翔②,佩玉琼琚。彼美孟姜③,洵美且都④。

有女同行,颜如舜英。将翱将翔,佩玉将将⑤。彼美孟姜,德音不忘⑥。

①舜:木槿,落叶灌木,开紫红或白色花。华:同花。　②将翱将翔:鸟飞貌。此喻女子步态轻盈。　③孟姜:姜姓长女。《毛传》:"齐之长女。"　④都:闲雅。　⑤将(qiāng)将:同锵锵,象声词,此指玉石相互碰击摩擦之声。　⑥德音:品德声誉美好。不忘:不尽。

齐女文姜颜赛花,辞婚太子惹人嗟。

终无大国来相助,未若鲁君乱似麻!

此诗言有女同车,当述亲迎之事。然亲迎者何人,及诗旨为何,则多异说。《毛诗序》曰:"《有女同车》,刺忽也。郑人刺忽之不婚于齐。太子忽尝有功于齐,齐侯请妻之。齐女贤而不取。卒以无大国之助,至于见逐,故国人刺之。"诗序以为郑太子姬忽拒娶齐女,终致无大国之助而被逐,故郑人作此以刺之。然观诗之辞,仅言有女同车,容颜佩饰俱美盛,何以见刺忽之义? 郑笺"郑人刺忽不取齐女,亲迎与之同车，故称同车之礼，齐女之美"，孔疏"经二章皆假言郑忽实娶齐女，与之同车之事，以刺之"，皆以诗之所述乃假言其事，而其实则刺其不为。至朱子而不信序之说，其于《诗序辨说》以为"以今考之，此诗未必为忽而作。序者但见孟姜二字，遂指为齐女，而附之于忽耳。假如其说，则忽之辞婚，未为不正而可刺。至其失国，则又特以势孤援寡而不能自定，亦未有可刺之罪也"，因于《诗集传》径言"此疑亦淫奔之诗"，以诗之所述乃淫奔之事。今人释诗则尤多以诗辞表面之意以为言，故皆以此诗为一首贵族男女之恋歌。然则，淫奔之说已多遭后人辩驳，方玉润《诗经原始》以为"夫曰'同车'，则有御轮之礼。曰'佩玉'，则有矩步之节。曰'孟姜'，则本齐族之贵。淫奔而越国，有若是之威仪盛饰昭彰耳目乎？前人驳之，固已甚详。且曰'德音不忘'，是岂淫奔之谓？又不待辩而自明矣"，可谓驳朱说深切其弊。而若为一般贵族男女之恋歌，则何必定为姜女？盖诗为郑风，人乃姜女，是其必有所指。而郑太子姬忽与齐女文姜事，史有明载。《左传·桓公六年》"北戎伐齐，齐侯使乞师于郑。郑太子忽帅师救齐。六月，大败戎师，获其二帅大良、少良，甲首三百，以献于齐"，又言"公之未昏于齐也，齐侯欲以文姜妻郑太子忽。太子忽辞，人问其故，太子曰：'人各有耦，齐大，非吾耦也。《诗》云：自求多福。在我而已，大国何为？'君子曰：'善自为谋。'及其败戎师也，齐侯又请妻之，固辞。人问其故，太子曰：'无事于齐，吾犹不敢。今以君命奔齐之急，而受室以归，是以师昏也。民其谓我何？'遂辞诸郑伯"，姬忽为郑庄公之子，曾领兵助齐，齐僖公欲以女文姜嫁之，郑大臣祭仲以为娶齐女可得大国相助，但姬忽却以"齐大非耦"为由婉拒，而终娶陈女。是以诗序以此为言，似亦未为无据。盖文姜乃宣姜之妹，既同以绝色著时，亦同以荡行名世。《东周列国志》有言"齐僖公二女，长宣姜，次文姜，宣姜淫于舅，文姜淫于兄，人伦天理，至此灭绝矣"，千载之下，仍为人所不齿。故以此衡之，诗之言似犹有疑者。文姜既为次女，行复若此，诗何以称为孟姜且以其为美而贤？《郑志》"张逸问曰：'此序云齐女贤，经云德音不忘，文姜内淫适人杀夫，几亡鲁国，故齐有雄狐之刺，鲁有敝笱之赋，何德音之有乎？'答曰：'当时佳耳，后乃有过。或者早嫁不至于此。作者据时而言，故序达经意。'"是以文姜淫行当为后事。孔疏亦言"谓之孟姜者，诗人以忽不娶，言其身有贤行，大国长女，刺忽应娶不娶，何必实贤实长也？《桑中》刺奔相窃妻姜，言孟姜、孟庸、孟弋，责其大国长女为此奸淫，其行可耻恶耳，何必三姓之女皆处长也"，是以诗之言，未可全以实事实人拘执之，且诗人所言乃当时义，似或然耶？唯稽诸史事，复观郑人刺忽不婚于齐，则犹有可议者。文姜后嫁鲁桓公，终以其行致桓公丧命。《史记·齐太公世家》载："四年，鲁桓公与夫人如齐。齐襄公故尝私通鲁夫人。鲁夫人者，襄公女弟也，自釐公时嫁为鲁桓公妇，及桓公来而襄公复通焉。鲁桓公知之，怒夫人，夫人以告齐襄公。齐襄公与鲁君饮，醉之，使力士彭生抱上鲁君车，因拉杀鲁桓公，桓公下车则死矣。鲁人以为让，而齐襄公杀彭生以谢鲁。"鲁桓公死，鲁庄公即位，齐风仍有《猗嗟》一篇刺庄公未能以礼防闲其母。由是观之，此诗自当作于郑太子忽辞婚之际，诗人若知后事，岂不终以姬忽辞婚之先见而为其幸焉？而又何刺乎？至若文姜之淫行与淫奔说之淫行，则显非一事矣！

山有扶苏

山有扶苏①，隰有荷华。不见子都②，乃见狂且③。
山有桥松④，隰有游龙⑤。不见子充⑥，乃见狡童。

①扶苏：树木名。一说桑树。　②子都：古代美男子。《孟子·告子上》："至于子都，天下莫不知其姣者也。"此代指美男子。　③狂且(jū)：行动轻狂之人。马瑞辰《毛诗传笺通释》："且，当为伹字之省借……狂且，谓狂行拙钝之人。"一说且为语词。　④桥：通乔，高大。　⑤游龙：水草名。即荭草、水荭、红蓼。⑥子充：古代人名，不可考。《毛传》："子充，良人也。"此代指好人。

山有扶苏隰有荷，子都不见狡童多。
从来善恶何由辨？纸上烟云逐逝波！

此诗以子都、子充与狂且、狡童作美丑之比，似无疑义，然诗旨所寄，其说不一。《毛诗序》曰："《山有扶苏》，刺忽也。所美非美然。"诗序以此诗亦为郑昭公姬忽而作，刺其妍媸莫辨，所美非美。郑笺释之曰："人之好美色，不往觊子都，乃反往觊狂丑之人。以兴忽好善,不任用贤者,反任用小人。"以诗之所兴乃为政用贤之事,当合序义。就诗辞言,毛、郑之说稍异。毛传以为"木生于山,草生于隰,高下得其宜,以喻君子在上,小人在下,亦是其宜。今忽置小人于上位,置君子于下位,是山隰之不如也",又曰"忽之所爱,皆是小人。我适忽之朝上,观其君臣,不见有美好之子充实忠良者,乃唯见此壮狡童昏之昭公。言臣无忠良,君又昏愚,故刺之"。郑笺以为"扶胥之木生于山,喻忽置不正之人于上位也。荷华生于隰,喻忽置有美德者于下位。此言其用臣颠倒,失其所也",又曰"人之好忠良之人,不往觌子充,乃反往觌狡童,狡童有貌而无实"。是于木草所生之地宜否,及狡童实指昭公与否,所释不一,孔疏以为"笺、传意虽小异,皆是所美非美人之事",似可存异而求同。然于此说,朱子疑之。《诗序辨说》以为"此下四诗及《扬之水》,皆男女戏谑之词。序之者不得其说,而例以为刺忽,殊无情理",《诗集传》遂衍其义曰:"淫女戏其所私者曰:山则有扶苏矣,隰则有荷华矣,今乃不见子都,而见此狂人,何哉?"倡为淫女戏谑之词说,却为今人多所取。余冠英《诗经选》"这诗写一个女子对爱人的俏骂",袁梅《诗经译注》"这是一位女子与爱人欢会时,向对方唱出的戏谑嘲笑的短歌",皆显由朱说衍出。然朱子之说,似泥于"郑风淫"之先人之见,因于郑风多有淫奔之判。观郑诗所系,郑君固多失道,郑俗固多淫泆,然诗人之作,则多为刺辞,非实录淫猥之语以为宣扬,明眼不难察也。即就此诗之辞观之,以山木隰草起兴,以言美丑之别,固无以见所谓淫女戏谑之意味。故后人多有訾议朱说者,吴闿生《诗义会通》引"马端临谓'闾巷媟亵之事,圣人何取而著之于经'",方玉润《诗经原始》更以"淫女戏其所私者"说为"猥亵不堪"之言,皆切中其说偏失之弊。至若刺忽之说,后世亦有疑之者。崔述《读风偶识》以为"昭公为君,未闻有大失道之事。君弱臣强,权臣擅命,虽诚有之,然皆用自庄公之世权重难移,非己之过。厉公欲去祭仲,遂为所逐。文公欲去高克而不能,乃使将兵于河上而不召。为昭公者,岂能一旦而易置之?此固不得以为昭公罪也。如果郑人妄加毁刺,至目君为狡童,悖礼伤教,莫斯为甚",以郑世庄公后君弱臣强,权重难移,非为昭公过,故诗亦非为刺昭公。方玉润氏亦言"序谓'所美非美然',庶几近之,然不必定指忽也。夫天下妍媸莫辨,是非颠倒,以至覆家亡国而自杀其身者,亦岂尟哉?诗人不过泛言流弊,举以为戒",按之诗辞之木草之喻、美丑之比,以诗人泛言郑世之流弊,不亦宜乎?且诗之言美丑,实为兴贤否、喻善恶,以是观之,其鉴戒之意岂非尤为深远广大?而是非颠倒则妍媸莫辨,又岂郑君之世所独有哉?

萚兮

萚兮萚兮①,风其吹女②。叔兮伯兮,倡予和女③。
萚兮萚兮,风其漂女④。叔兮伯兮,倡予要女⑤。

①萚(tuò):树木脱落之皮叶。 ②女:同汝。此指萚。 ③倡:同唱。
和(hè):伴唱。女:同汝,此指叔、伯。倡予和女,乃予倡女和之倒文。 ④漂:
同飘。陆德明《经典释文》:"漂,本亦作飘。" ⑤要(yāo):《毛传》:"要,成也。"
凡乐节一终为一成,故要亦和。

坐看槁枝待急风,岂知完卵覆巢中?
弱君不得强臣助,未必苍黄运祚终。

此诗篇章短小,词语简略,仅兴之以风吹槁叶,复期叔伯相与唱和,何所寄意,
论者所说不一。《毛诗序》曰:"《萚兮》,刺忽也。君弱臣强,不倡而和也。"是仍以
诗刺郑昭公姬忽,以其世君弱臣强,谓群臣无视君而自行,因刺臣自专而君无能。
郑笺"不倡而和,君臣各失其礼,不相唱和",释序之所言不倡而和之义。于此篇,
朱子亦不从序之说,《诗集传》释之为"此淫女之词。言萚兮萚兮,则风将吹女矣。
叔兮伯兮,则盍倡予,而予将和女矣",仍以淫女之词释其义。今人则不加深究,多
承朱说衍之而为男女同歌,或一群男女欢乐歌舞。余冠英《诗经选》"这是写女子
要求爱人同歌",程俊英《诗经译注》"这是一首民间集体歌舞诗,描写一群男女歌
舞的场面,女子先带头唱起来,男子接着参加合唱",仅就诗中有倡和之语而以为
说,似尤为浅率。实则,朱说已为后人所诟病,清人方玉润《诗经原始》辨之曰:"天
下行淫之女,岂有呼叔而又呼伯者?且叔伯何所倡,而女又何所和?言之不徒污人
齿颊,讵可以之释经?"可谓驳其谬最为详切。至若今人所言男女同歌或集体歌
舞,则首二句风吹槁叶所兴何意?男女歌舞何以必为叔伯?显皆略无理据。然序
说刺忽,于诗义似亦未能尽洽。盖究昭公之为人,似亦近贤,唯力弱而臣强,故其世
权臣专擅,君威微弱,诗人鉴于此而有危亡之惧,而期群臣共扶危局,初心似未为刺

忽。盖诗言"叔伯",孔疏综毛、郑之言曰"叔伯言群臣长幼也,谓总呼群臣为叔伯也。言君倡臣和解经倡予和汝,言倡者当是我君,和者当是汝臣",是以其时群臣不与君和,故诗人托为君言,望其同心相助。吕祖谦《吕氏家塾读诗记》以为"国势如槁叶之待冲风,而群臣相与谋其难",严粲《诗缉》复以为"此小臣有忧国之心,呼诸大夫而告之。言槁叶风吹不能久矣,岂可坐视,以为无与于己而不相与扶持之乎? 叔伯诸大夫其亟图之。患无其倡,不患无和之者",以风吹槁叶兴国势之危,始与以叔伯相和吁群臣相与谋其难之意绪相合。方玉润氏亦以为"诗言'叔兮伯兮',是以倡予者望诸叔伯大夫矣,而何以谓之为忽耶"然"忽之世,权臣专擅,国君微弱,苟一煽动,如风吹残箨,何能久存? 然箨去而附诸箨以为命者亦难自立,故不如早为之备,先发以制人也。惜乎,小臣有是心而无是力,则不得不呼诸叔伯大夫而告之矣。故以是诗而属忽世,其亦可矣",是以诗之本意似为望强臣助君,诗旨初非刺忽,而诗属忽之世则当无疑。然则,究诸史鉴,就君位而言,得强臣之助,益也弊焉? 幸焉祸焉? 何可遽定? 由史事鉴之,忽之弱君,无强臣之助,岂非一大智慧者焉?

狡 童

彼狡童兮[①],不与我言兮。维子之故[②],使我不能餐兮。
彼狡童兮,不与我食兮。维子之故,使我不能息兮[③]。

①狡童:美貌少年。狡,同姣,美好。一说狡为狡猾,犹谓滑头之类,是戏谑之语。 ②维:为,因为。 ③息:安稳入睡。

狡童治国惹人嗟,奸佞横行直道遮。
惧不遑餐忧不息,黍离麦秀鉴前车。

此诗述狡童不与之言,以致忧不能餐,虑不能息,然狡童何指,所忧何事,向之歧解亦与前二篇似。《毛诗序》曰:"《狡童》,刺忽也。不能与贤人图事,权臣擅命也。"意谓昭公面权臣擅命，不与贤人谋，故以狡童刺之。毛传"昭公有壮狡之志"，是以狡童指郑昭公姬忽。郑笺"权臣擅命，祭仲专也"，则指序之所言权臣乃祭仲。孔疏以为"忽之臣，有如此者，唯祭仲耳。桓十一年《左传》称祭仲为公娶邓曼，生昭公，故祭仲立之，是忽之前立，祭仲专政也。其年宋人诱祭仲而执之，使立突，祭仲逐忽立突，又专突之政，故十五年《传》称祭仲专。郑伯患之，使其婿雍纠杀之。祭仲杀雍纠，厉公奔蔡。祭仲又迎昭公而复立，是忽之复立，祭仲又专。此当是忽复立时事也"，援据《左传》所载，叙祭仲专权事甚详，此当亦序说之所本。然于其说，后世多有疑之者。朱熹《诗序辨说》辨之曰："昭公尝为郑国之君，而不幸失国，非有大恶，使其民疾之如寇仇也，况方刺其不能与贤人图事，权臣擅命，则是公犹在位也，岂可忘其君臣之分，而遽以狡童目之邪？且昭公之为人，柔懦疏阔，不可谓狡，即位之时，年已壮大，不可谓童，以是名之，殊不相似。"朱熹以狡童目昭公殊不相似。后之人或谓狡童指祭仲，或谓昭公所用之人，甚或又谓指宋庄公，异说纷纭，迄难定谳。于诗述何事，朱子亦不从序说，《诗集传》释之曰："此亦淫女见绝，而戏其人之词。言悦己者众，子虽见绝，未至于使我不能餐也。"《朱子语类》又曰："当是男女相怨之诗。"既言淫女戏谑，复以男女相怨。今人说此诗，承朱子之说，多以为情歌或女子失恋之诗。然则，朱子之说，已遭后人指斥，方玉润《诗经原始》针对《诗集传》曰："则不唯'未至'之义，诗无其文，即悦己之众，诗亦并无其意，不知何以见为淫女反言以戏其人也？"吴闿生《诗义会通》则针对《诗序辨说》曰："案箕子《麦秀》之歌，亦曰'彼狡童兮，不与我好兮'，是古人盖有此称，此诗之所本也。"据《史记·宋微子世家》："箕子朝周，过故殷墟，感宫室毁坏，生禾黍。箕子伤之，欲哭则不可，欲泣为其近妇人，乃作《麦秀》之诗以歌咏之。其诗曰：'麦秀渐渐兮，禾黍油油。彼狡僮兮，不与我好兮！'所谓狡童者，纣也。殷民闻之，皆为流涕。"按箕子《麦秀》之歌，抒亡国之痛，后人多以之与王风《黍离》作比。味其文辞语意，则此篇《狡童》显然与之尤多相合，且其"狡童"之喻，实为此篇之前例。故此诗当郑忽、突衰乱之世，诗人怀社稷之忧，效《麦秀》之辞，抒《黍离》之思，不亦宜乎？

褰　裳

子惠思我[①]，褰裳涉溱[②]。子不我思[③]，岂无他人？狂童之狂也且[④]！

子惠思我，褰裳涉洧⑤。子不我思，岂无他士⑥？狂童之狂也且！

①惠：见爱。　②褰（qiān）：提起。溱（zhēn）：郑国水名，发源于今河南密县东北。　③不我思：即不思我倒文。　④童：愚昧狂妄。贾谊《新书·道术》："反慧为童。"陈奂《诗毛氏传疏》："童即狂也，童昏即狂行之状……单言狂，累言狂童，无二义也……以童为幼童解之者，皆延其误。"也且：语气词。　⑤洧（wěi）：郑国水名，发源于今河南登封东阳城山，即今双洎河。溱、洧二水汇于密县。⑥士：青年男子。朱熹《诗集传》："士，未娶者之称。"

狂童恣肆两情乖，自有他人入我怀。

谁谓三从闺阁甚？请看郑女脱形骸！

此诗以女子独白方式铺陈其事，所叙之事似涉男女，所达之情微妙而泼辣。然于诗旨所寄，向有思见正及男女情二说。《毛诗序》曰："《褰裳》，思见正也。狂童恣行，国人思大国之正己也。"是以郑之政乱世衰，国人忧而思大国以正其乱，是为思见正之说。郑笺"狂童恣行，谓突与忽争国，更出更入，而无大国正之"，则以郑之乱系于忽、突争国之事。孔疏"忽是庄公世子，于礼宜立，非诗人所当疾，故知狂童恣行谓突也。忽以桓十一年继世而立，其年九月，经书突归于郑，忽出奔卫，是突入而忽出也。桓十五年，经书郑伯突出奔蔡，郑世子忽复于郑，是忽入而突出也。故云与忽更出更入。于时诸侯信其争竞而无大国之正者，故思之也。此笺言更出更入而无大国正之，则是忽复立之时思大国也。忽之复立，突已出奔，仍思大国正己者，突以桓十五年奔蔡，其年九月，郑伯突入于栎，栎是郑之大都，突入据之与忽争国，忽以微弱，不能诛逐去突，诸侯又无助忽者，故国人思大国之正己也"，据春秋史事，以狂童指突，并释序、笺所言思大国正己之意涵，可谓详而实。至朱子而疑序之说，《诗序辨说》以为"此序之失，盖本于子大叔、韩宣子之言，而不察其断章取义之意耳"，《诗集传》遂释为"淫女语其所私者曰：子惠然而思我，则将褰裳而涉溱以从子，子不我思，则岂无他人之可从，而必于子哉！'狂童之狂也且'，亦谑之之辞"，是以诗言男女之情以为说。观诗之义固多有所兴寄，然就此诗而言，若以之为女语其所私者，则似无可疑者。若依序、笺系之忽、突争国，国人思大国正己之乱，而其时既无大国相助，则何以出"岂无他人"之言？复以紧接之"狂童之狂也且"谓突之恣行，尤于语义难通。然朱子以序之失在本于子大叔、韩宣子之言，则或有可议者。《左传·昭公十六年》："夏四月，郑六卿饯宣子于郊……子大叔赋《褰裳》，宣子曰：'起在此，敢勤子至于他人乎？'"杜预注"《褰裳》诗曰'子惠思我，褰裳涉溱。子不我思，岂无他人'，言宣子思己，将有褰裳之志。如不我思，亦岂无他人"，又曰"言己今崇好在此，不复令子适他人"。盖此赋诗言志，正取惠我思我义，宣子亦自以惠郑者，故言不必至于他人。因其断章，故不及狂童恣行之义，且郑人其时亦断无思大国正己乱之由。是此赋诗言志，实与思见正之说无与。今之论者衍朱子之说，亦多以之为女子戏谑情人之情诗，或指斥情人变心之责辞。由是观之，似或于诗义为近。而观诗之语，尤可见时之俗。《仪礼·丧服》子夏传"妇人有三从之义，无专用之道。故未嫁从父，既嫁从夫，夫死从子。故父者子之天也，夫者妻之天也。妇人不贰斩者，犹曰不贰天也"，是周人制礼于女子规约甚严。然此诗所述，则女子于男女情事之略无羁束，放浪形骸，实可谓惊世骇俗，足见春秋之世礼俗之变。无怪朱熹《诗集传》论郑诗曰："郑、卫之乐，皆为淫声。然以诗考之，卫诗三十有九，而淫奔之诗才四之一。郑诗二十有一，而淫奔之诗已不翅七之五。卫犹为男悦女之词，而郑皆为女惑男之语。卫人犹多刺讥惩创之意，而郑人几于荡然无复羞愧悔悟之萌。是则郑声之淫，有甚于卫矣。故夫子论为邦，独以郑声为戒，而不及卫，盖举重而言，固自有次第也。诗可以观，岂不信哉！"郑风淫奔诗之数，固不必如朱子所定，然其郑、卫之较，辨擘深至，是读诗观风之有得，良有以也。

163

丰

子之丰兮①，俟我乎巷兮。悔予不送兮②！
子之昌兮③，俟我乎堂兮。悔予不将兮④！
衣锦褧衣⑤，裳锦褧裳。叔兮伯兮⑥，驾予与行。
裳锦褧裳，衣锦褧衣。叔兮伯兮，驾予与归。

①丰:容颜丰满美好。 ②送:送女出嫁。致女曰送,亲迎曰逆。 ③昌:体魄健壮貌。 ④将:同行。 ⑤褧(jiǒng):妇女出嫁途中所穿罩衫,以御风尘。 ⑥叔、伯:此指男方来迎亲之人。《毛传》:"叔、伯,迎己者。"陈奂《诗毛氏传疏》:"谓婿之从者也。"

<blockquote>
之子俟堂女不应,悔心旋复翠眉凝。

于归不得空嗟叹,何必初时故作矜?
</blockquote>

　　此诗所述,似为女子初不从迎亲之人,复又悔之,亟盼将其迎归。然诗旨为何,旧说不一。《毛诗序》曰:"《丰》,刺乱也。婚姻之道缺,阳倡而阴不和,男行而女不随。"是以诗刺郑俗婚姻失道,嫁娶不遵礼。郑笺"婚姻之道,谓嫁取之礼",释序之所言婚姻之道义。孔疏"阳倡阴和,男行女随,一事耳。以夫妇之道,是阴阳之义,故相配言之。经陈女悔之辞,上二章悔己前不送男,下二章欲其更来迎己,皆是男行女不随之事也",以序之说按诸诗之辞,可谓大体可合。然则,既悔之,又望之,何以谓失道?于诗言"悔予不送兮",郑笺"悔乎我不送是子而去也,时不送则为异人之色,后不得耦而思之"。于诗言"叔兮伯兮,驾予与行",郑笺"言此者,以前之悔,今则叔也伯也来迎己者从之,志又易也"。由诗之所述"俟我乎巷兮"及"俟我乎堂兮",可见由俟巷而至堂,则亲迎之礼将成,而女以异人之色而不送,后以不得耦而思复从之,是女之志屡易,显为失道不遵礼之举,故刺之。若此,则诗之义本明畅。至朱子而不信其说,《诗序辨说》断为"此淫奔之诗,序说误矣",亦以此诗之所述,为淫奔之事。然《诗集传》释为"妇人所期之男子已俟乎巷,而妇人以有异志不从,既则悔之,而作是诗也",复言"妇人既悔其始之不送,而失此人也,则曰:我之服饰既盛备矣,岂无驾车以迎我而偕行者乎",似又从序、笺之说。实则,淫奔之说为后人所诟者甚多,吴闿生《诗义会通》以为"案诗旨,但初未从行,后悔而欲往,未见淫奔之意",又引姜炳璋之语"天下无有淫奔而俟于堂者,亦无衣锦褧衣驾车而行者",方玉润《诗经原始》亦言"此诗断非淫诗也。何则?以男之俟女也,则至乎堂上矣,女之归男也,则与伯叔偕行矣。堂上非行淫地,叔伯岂送淫人耶?又况车马礼服具备,则更非淫奔之际可知",皆深切淫奔说之失。然则,女子何以于婚嫁

之事屡变其志？王先谦《诗三家义集疏》引戴震之言"时俗衰薄，婚姻而卒有变志，非男女之情，乃其父母之感也，故托为女子自怨之词以刺之"，以时俗之背景观之，其事或不足怪，尤可得诗可以观之义。近人陈子展《诗经直解》以为"盖男亲迎而女不得行，父母变志，女自悔恨之诗"，亦同此说。盖由此究女子悔婚变志之缘由，时至今日，似仍颇切世之情，是古今人性之相通乎？且古之观风俗之盛衰亦犹今之社会背景分析之谓欤？

东门之墠

东门之墠[①]，茹藘在阪[②]。其室则迩[③]，其人甚远。
东门之栗，有践家室[④]。岂不尔思[⑤]？子不我即[⑥]。

①墠(shàn)：经过整治之郊野平地。《毛传》："除地町町者。"《韩诗》："墠，犹坦也。"本作坛，坛、墠通用。　②茹藘(rú lú)：草名。《毛传》："茹藘，茅蒐也。"亦名茜，蒨。其根可作红色染料。阪：土坡。　③迩：近。　④践：《毛传》："践，浅也。"此二句意谓，栗生于路上，其欲取之则为易，虽在浅陋之室，有主守之，其欲取之则为难。一说践，善。王先谦《诗三家义集疏》："践作靖，善也……有靖家室，犹今谚云'好好人家'也。"一说践，成行列。朱熹《诗集传》："践，行列貌。"⑤尔思：思尔之倒文。　⑥即：往就，接近。我即，即我之倒文。

东门墠阪蒨茅生，室迩人遐雁影横。
遵礼果如从易事，胡为大道总难行？

以此诗所述乃男女事，古今论者大抵相同，然以诗为淫奔者之辞抑或刺淫奔者之行，则其说不一。《毛诗序》曰："《东门之墠》，刺乱也。男女有不待礼而相奔者也。"以郑之时俗淫乱，男女不待礼而相奔，故诗人刺之。观诗以"东门之墠，茹藘在阪"起兴，以言室迩人远之事，毛传"男女之际，近而易则如东门之墠，远而难则茹藘在阪"，意谓"婚姻之际，非礼不可。若得礼，其室则近，人得相从，易可为婚姻。若不得礼,则室虽相近,其人甚远,不可为婚矣。是男女之交不可无礼。今郑国之女,有不待礼而奔男者,故举之以刺当时之淫乱也",以诗出贞女,以刺淫奔之行。郑笺则以"其室则近,谓所欲奔男之家,望其来迎己,而不来则为远",因以之为"女欲奔男之辞","言己所欲奔之男,其室去此则近,为不来迎己,虽近难见,其人甚远,不可得从也。欲使此男迎己,己则从之,是不待礼而相奔,故刺之"。孔疏亦以为"经二章皆女奔男之事也。上篇以礼亲迎,女尚违而不至,此复得有不待而相奔者。私自奸通,则越礼相就,志留他色,则依礼不行。二者俱是淫风,故名曰为刺也",即申郑笺以为说,并比照上篇,以见皆违礼而事不同。是以毛、郑不同,已开后世异说之端。朱熹《诗序辨说》以为"此序得之",《诗集传》释之曰"门之旁有墠,墠之外有阪,阪之上有草,识其所与淫者之居也。室迩人远者,思之而未得见之词也",实衍郑笺之义以为说。故顾广誉《学诗详说》引翁方纲《诗附记》语云"朱子以郑诗多属淫奔,故于《东门之墠》序取其得解。乃今详绎诸家之说,知序意亦不如此也",既指切朱子去取序说之偏弊,复明言序义本不如此,是朱子似有误读之嫌。盖序明以此诗为"刺乱",而所刺乃"男女有不待礼而相奔者",显非自言淫奔事,故毛、郑之异,当以毛传于序义为近。至若今人,则多以此诗为民间恋歌,程俊英《诗经译注》甚至以之为"男女相唱和","上章男唱,下章女唱。这是民间对歌的一种形式",似觉尤为无稽。盖民间恋歌多感性之语,而此则以东门之墠、栗为喻,以明室迩人远之理,甚觉思辨而理性,民间恋歌岂有若此互为以理而诚告者耶? 吴闿生《诗义会通》曰:"'东门之墠',言地之易行也。'其室则迩,其人甚远',不以礼,则易行之中有难行者焉。'东门之栗',言物之易取也。'岂不尔思? 子不我即',不以礼,则易取之中有难取者焉。以见男女之皆当待礼耳。"是以为针对时俗衰乱借东门以起兴,实就行之难易以为言,甚或不必囿于婚姻之事,洵可谓深思而有得。对照毛传之言"得礼则近,不得礼则远"以及旧题西汉焦赣《易林》之言"东门之墠,茹藘在阪,礼义不行,与我心反",岂不正若笙磬之合? 惜哉此言何故为人忽略千载耶? 然则,就世人之行实言之,尤有感者。礼义之行,果若事之取易,则胡为大道总难行耶? 孔子之时,已作道不行而欲浮海之叹,更遑论后世哉?

风 雨

风雨凄凄,鸡鸣喈喈①。既见君子,云胡不夷②?

风雨潇潇，鸡鸣胶胶③。既见君子，云胡不瘳④？
风雨如晦⑤，鸡鸣不已。既见君子，云胡不喜？

①喈（jiē）喈：鸡鸣声。　②云：语助词。胡：何，怎么，为什么。夷：平。此指心情从焦虑到平静。　③胶胶：三家诗作嘐嘐，鸡鸣声。　④瘳（chōu）：病愈，此指愁思萦怀之心病消除。　⑤如：而。晦：昏暗。

风雨凄凄听晓鸡，系心君子见贤齐。
咸林旧地何由治？绝壑重崖雾满谿。

此诗述风雨鸡鸣，以言喜见君子，诗语甚明，然于诗旨何寄，却多异说。《毛诗序》曰："《风雨》，思君子也。乱世则思君子，不改其度焉。"是以风雨喻乱世，鸡鸣喻君子，诗乃郑人思君子之作。朱子不信序说，《诗序辨说》以为"序意甚美，然考诗之词轻佻狎昵，非思贤之意也"，《诗集传》释为"风雨冥晦，盖淫奔之时。君子，指所期之男子也"，遂以为"淫奔之女言当此之时，见其所期之人，而心悦也"，径指之为淫诗。由此男女相期相悦之义，今人复衍出夫妇久别重逢之说。余冠英《诗经选》"这诗所写的是：在风雨交加，天色昏暗，群鸡乱叫的时候，一个女子正想念她的'君子'，如饥如渴，像久病望愈似的。就在这时候，她所盼的人来到了。这怎能不高兴呢"。然于朱说，后人已多斥之。男女相期淫奔，何必定于风雨冥晦之时？夫妇久别重逢，亦同此理。且今人之解，以诗之所述全为实境，因之而敷词衍义。然则，诗多比兴，风诗尤夥。观此诗之所言，鸡鸣不已何以于风雨如晦之时？盖风雨与鸡鸣本无关联，况一面如晦而一面复无已乎？诗之言"既见君子，云胡不喜"，乃设问之辞，果若所盼之人来到之实赋，则何以发"云胡"之问？显与其情难契。是知此诗必有其所兴之意涵。毛传"兴也，风且雨凄凄然，鸡犹守时而鸣喈喈然"，郑笺"兴者，喻君子虽居乱世，不变改其节度"，释风雨如晦之蕴义甚详切。且该篇春秋时即为人所熟知，燕享之会，甚而以之赋诗言志。《左传·昭公十六年》载："夏四月，郑六卿饯宣子于郊……子游赋《风雨》，子旗赋《有女同车》，子柳赋《蘀兮》。宣子喜，曰：郑其庶乎！二三君子以君命贶起，赋不出郑志，皆昵燕好也。

二三君子,数世之主也,可以无惧矣。"盖赋诗言志,固有断章取义之用,然辞义似亦必有相通者,若纯为淫奔之作,岂可得宣子之喜纳? 实则,此诗已成后世君子处"风雨如晦"之境仍"鸡鸣不已"之自励。梁简文帝萧纲《幽絷题壁自序》:"梁正士兰陵萧纲,立身行己,终始如一。风雨如晦,鸡鸣不已。"剖白心迹,正由此而来。观此诗作于忽、突乱世,故诗人情怀恰如孔疏所云"此鸡虽逢风雨,不变其鸣,喻君子虽居乱世,不改其节。今日时世无复有此人,若既得见此不改其度之君子,云何而得不悦? 言其必大悦也",得序、笺之意,可作正解。盖郑初由宣王封其弟,在西周畿内咸林之地,桓公、武公父子相继为周司徒,极一时之盛。且武公好贤,郑即大治,至庄公时郑国俨然已成春秋初第一诸侯大国。然庄公之后,忽、突争位,权臣乱政,一发而不可止。面周边列强纷纷而起,郑之国势遂一蹶而不振,终至为韩所灭。由是观之,诗人思君子治世之心岂不亟乎? 顾广誉《学诗详说》有言"居乱思治,欲得贤才以移易之,嗟叹再三,为此诗者亦君子也",可谓会心之言。然则,国之治乱,何由致之? 郑之咸林旧治,仅以贤才而得? 而忽、突之世,又岂无贤才? 为此诗者不亦君子乎? 奈何处颓波之势,其可一力挽之乎?

子 衿

青青子衿①,悠悠我心②。纵我不往,子宁不嗣音③?

青青子佩④,悠悠我思。纵我不往,子宁不来?

挑兮达兮⑤,在城阙兮⑥。一日不见,如三月兮!

①衿:即襟,衣领。《颜氏家训》:"古有斜领,下连于襟,故谓领为衿也。"青衿,周代学子之服,此代指学子。 ②悠悠:朱熹《诗集传》:"悠悠,思之长也。" ③宁不:犹何不。嗣:《释文》引《韩诗》作诒,意为寄。嗣音,即寄音讯。 ④佩:指佩玉之带。 ⑤挑、达:亦作佻、健。独自来回走动貌。 ⑥城阙:城门两边观楼,今名城门楼。

青衿学子寄情长，挑达城楼忘序庠。

若问盛时兴教业，岂知贤者不心伤？

　　此诗之语，系念青青子衿之人，然于诗之背景及旨趣，则说者不一。《毛诗序》曰："《子衿》，刺学校废也。乱世则学校不修焉。"序以郑之世乱废学，故诗人刺之。郑笺"学子而俱在学校之中，己留彼去，故随而思之耳"，孔疏"郑国衰乱不修学校，学者分散，或去或留，故陈其留者恨责去者之辞，以刺学校之废也。经三章皆陈留者责去者之辞也"，皆以诗乃留者责去者之辞。此说影响甚大，历代释诗者多从其说，几无异辞。唯朱子不信其说，《诗序辨说》以为"疑同上篇，盖其辞意儇薄，施之学校，尤不相似也"，《诗集传》遂径以之为"此亦淫奔之诗"。由此，忧学之旨遂变为男女之事。而男女之事复与今人以风为民歌之见合，故今人多以此诗为女子思念情人之作。以其相约城楼，然久等不至，于是思之怨之，终以"一日不见，如三月兮"之词以寄无限情思。然考朱熹《白鹿洞赋》有云"广青衿之疑问"，是其显用诗序之义，可见朱子于此诗似亦初无定见。按诗之语，"一日不见，如三月兮"，确似男女热恋之思，然若果为淫奔之诗或女子思念情人之作，则诗何以复有"纵我不往"之语？且相约并往复于城楼之上，此岂宜幽会之地？是知三月之思必另有所寄。按郑笺有言"汝曾不传声问我以恩，责其忘己"，似以去者为学子，留而责之者为师。故程颐《伊川经说》以为"世乱学校不修，学者弃业，贤者念之而悲伤，故曰悠悠我心"，顾广誉《学诗详说》亦云"疏曰：言学校废者，谓国人废于学问，非谓废毁学宫。良是。学设而不讲，犹不设也。是时犹承先王教士之遗法，为之师者，见废学即引为忧"，皆以为师儒念学子之辞。由此，"纵我不往"方可解。盖学子弃学，为师者纵念之，岂可一一往彼处以见学子？而学子竟无一来者且略无音问相通，则为师者岂可无忧？况弃学者终日挑达于城阙，以游观为乐哉？正以此，郑笺又言"君子之学，以文会友，以友辅仁，独学而无友，则孤陋而寡闻"，故"一日不与汝相见，如三月不见兮，言己思之甚也"，是忧念学子之心切，而三月之思亦可通。至若近人钱钟书《管锥编》有言"《子衿》云：'纵我不往，子宁不嗣音？''子宁不来？'薄责己而厚望于人也。已开后世小说言情心理描绘矣"，以薄责己而厚望于人之言情心理为说，则似精而实陋。盖《论语·卫灵公》有言"躬自厚而薄责于人，则远怨矣",是君子修身之道与钱氏所言恰相反,故其说以今而度古,犹无根之木矣。且"子衿"已成后世学子之典,晋葛洪《抱朴子·勖学》云"汲汲于进趋,悒闷于否滞者,岂能舍至易速达之通途,而守其难必穷之塞路乎!此川上所以无人,《子衿》之所为作,愍俗者所以痛心而长慨,忧道者所以含悲而颓思也",梁任昉《天监三年策秀才文》之二云"鸣鸟蔑闻,《子衿》不作",显亦可视作《子衿》诗旨之诠解。今观乱世弃学,固堪忧叹,而盛时兴学,岂必无虑?盖学自有道,教亦有方,世风习染,悲思尤长!

扬之水

扬之水①,不流束楚②。终鲜兄弟③,维予与女④。无信人之言,人实迋女⑤。

扬之水,不流束薪。终鲜兄弟,维予二人。无信人之言,人实不信⑥。

①扬:悠扬。　②束:捆。楚:荆条。　③终:既,已。鲜(xiǎn):少。
④女:汝。　⑤迋(kuáng):通诳,欺骗。　⑥信:诚信,可靠。

扬水难流一束薪,信存不敌语纷纭。

始知宦海风涛险,五柳绵山接踵频。

此诗以扬水不流束楚起兴,以作二人相互告诫之辞,然所诫为何,所言何事,歧解甚多。《毛诗序》曰:"《扬之水》,闵无臣也。君子闵忽之无忠臣良士,终以死亡,而作是诗也。"以郑昭公姬忽朝无忠良之士,而致败亡,故诗人作此诗以闵忧之,与序《萚兮》之言相似。孔疏以为"经二章皆闵忽无臣之辞。忠臣、良士一也,言其事君,则为忠臣,指其德行,则为良士,所从言之异耳。终以死亡,谓忽为其臣高渠弥所弑也。作诗之时,忽实未死,序以由无忠臣意以此死,故闵之",申序之所言无忠臣良士而致败亡之义。然其既以郑之史事实之，又言序揭诗人未及见之结局，实多穿凿而难通。按序于郑风，多有指为刺忽者，已为后人所讥。吴闿生《诗义会通》以为"今以词义考之，唯《有女同车》一篇，较为可据。《扶苏》《萚兮》《狡童》《褰裳》各篇，虽皆为君臣之词，而不能定其为刺忽。此篇尤不相似"。就此诗而言，所称"终鲜兄弟，维予二人"，显与忽之事不合。宋人曹粹中《放斋诗说》已言"《左》庄十四年，忽与子仪、子亹皆已死，而原繁谓厉公曰'庄公之子犹有八人'，不得为鲜。然则非闵忽诗明矣"，后人亦多以忽兄弟甚多，何以云"终鲜兄弟""维予与女"，以讥序说之失。朱熹《诗序辨说》既讥"序说误矣"，复以此诗为"男女要结之词"，《诗集传》释之曰"淫者相谓，言扬之水，则不流束楚矣，终鲜兄弟，则维予与女矣。岂可以他人离间之言而疑之哉？彼人之言，特诳女耳"，径目之为淫奔者之辞。然若依此说，诗既为淫女相谓其所私者之言，则何以重言兄弟二人？于情于理皆不可通，后人亦多所辩斥。今人既不作刺忽，亦不从淫语，而以之为夫妇之言。闻一多《风诗类钞》"将与妻别，临行劝勉之词"，即多有从之者，或亦有以为妻子对丈夫真情告白之言。然则，既为夫妻之词，何以特申"终鲜兄弟""维予二人"？尤觉语涉不伦，盖其弊亦同朱说之失。清人方玉润《诗经原始》以为"此诗不过兄弟相疑，始因谗间，继乃悔悟，不觉愈加亲爱，遂相劝勉"，"'终鲜兄弟，维予与女'，是兄弟二人自相告诫之辞"，刘沅《诗经恒解》亦以为"兄弟相规"，若此剥去浮言，径以诗所明言"兄弟"以为说，岂不觉反于诗旨为近焉？然按诗意，兄弟相规重心在于"无信人之言"，且除"维予二人"之外，皆"人实迋女""人实不信"，足见世情败坏已极。故若使"兄弟相规"之意旨置于"无忠臣良士"之乱世，岂不意涵始为深广？盖兄弟本欲匡世济民，无奈朝中略无信存之人，只得相规相戒独善其身而已。由是观千秋史迹，绵山、五柳之举，代不乏人，岂不尤令良士叹恨不已？

171

出其东门

出其东门^①，有女如云^②。虽则如云，匪我思存^③。缟衣綦巾^④，聊乐我员^⑤。

出其闉阇^⑥，有女如荼^⑦。虽则如荼，匪我思且^⑧。缟衣茹藘^⑨，聊可与娱。

①东门：王先谦《诗三家义集疏》："郑城西南门为溱洧二水所经，故以东门为游人所集。"　②如云：喻众多。　③匪：非。存：念。　④缟（gǎo）：白色。綦（qí）：淡绿色。缟衣綦巾，指当时女子俭朴服饰。　⑤聊：且，愿。员（yún）：友，亲爱。一说语助词。　⑥闉阇（yīn dū）：城门外护门小城，即瓮城门。⑦茶：白茅花。一说如茶亦言众多。　⑧且（jū）：往，徂之假借字。一说语助词，亦通。　⑨茹藘（rú lú）：茜草，其根可制绛红色染料，此指绛红色蔽膝。缟衣、綦巾、茹藘之服，均指俭朴。

> 有女如云匪我思，缟衣陋室自相宜。
> 谁言丧乱淫风盛，濮上桑间却忍饥？

此诗所述东门女集，诗人不为所扰，然其背景及诗旨所寄，却多异说。《毛诗序》曰："《出其东门》，闵乱也。公子五争，兵革不息，男女相弃，民人思保其室家焉。"以为忽、突相争之世，民逢丧乱而思保家室。郑笺"公子五争者，谓突再也，忽子亹、子仪各一也"，孔疏"桓十一年《左传》云：祭仲为公娶邓曼生昭公，故祭仲立之。宋雍氏女于郑庄公生厉公，故宋人诱祭仲而执之曰'不立突，将死'，祭仲与宋人盟，以厉公归而立之。秋九月，昭公奔卫，己亥，厉公立。是一争也。十五年《传》曰：祭仲专，郑伯患之，使其婿雍纠杀之。雍姬知之，以告祭仲，祭仲杀雍纠，厉公出奔蔡。六月乙亥，郑世子忽复归于郑。是二争也。十七年《传》曰：初，郑伯将以高渠弥为卿，昭公恶之，固谏不听。昭公立，惧其杀己也，弑昭公而立公子亹。是三争也。十八年《传》曰：齐侯师于首止，子亹会之，高渠弥相。七月，齐人杀子亹而轘高渠弥。祭仲逆郑子于陈而立之。服虔云，郑子，昭公弟子仪也。是四争也。庄十四年《传》曰：郑厉公自栎侵郑，及大陵，获傅瑕。傅瑕曰，苟舍我，吾请纳君。与之盟而舍之。六月，傅瑕杀郑子而纳厉公。是五争也"，以《左传》史事为据，述郑公子五争之乱甚详。然以五争之乱为此诗之背景，却多疑者。盖五争之乱逾二十年，而诗之所述仅东门女集，以时观事，岂非大小过于不伦乎？且诗之言女之众及我之思，亦无可见兵乱民流之象。吴闿生《诗义会通》引刘辰翁之言"'聊乐我员'，'聊可与娱'，非兵戈不息、男女相弃时语"，王鸿绪《诗经传说汇纂》亦言

"经文词意从容,无干戈扰攘、男女奔窜景象",可谓知言。于序说之误,吴闿生氏以为"说者谓闵乱者,闵时俗之淫乱而作。与前后诸序之言刺乱正同。衍序者误以为丧乱,续以公子五争云云,失其本义,遂不可通",揭衍序者误说之由,颇具识见。朱子亦不从序说,《诗序辨说》以为"五争事见《春秋传》,然非此之谓也。此乃恶淫奔者之词",《诗集传》释为"人见淫奔之女,而作此诗。以为此女虽美且众,而非我思之所存。不如己之室家,虽贫且陋,而聊可以自乐也。是时淫风大行,而其间乃有如此之人,亦可谓能自好,而不为习俗所移矣",以为诗人以室家为念,不为淫风所扰。然其以如云之女皆为淫奔者,则又多为人所诟斥。姚际恒《诗经通论》"按郑国春月,士女出游,士人见之,自言无所系思,而室家聊足娱乐也。男固贞矣,女不必淫。以'如云'、'如荼'之女而皆谓之淫,罪过罪过! 人孰无母、妻、女哉",方玉润《诗经原始》"是以'如云'、'如荼'之女尽属淫奔,亦岂可哉? 晦翁释诗,随口而道,并未暇思,于此可见",皆深切朱子好言淫奔之误。唯以室家为说,亦有疑焉。马瑞辰《毛诗传笺通释》引《大戴礼·夏小正》传谓"今按毛传以缟衣为男服,于经义未协,缟衣亦未嫁女所服也",钱谦益《嫁女词》之四亦有"缟衣与綦巾,理我嫁时衣"之语,是缟衣綦巾本未嫁女所服。若此,则此诗似以释为男子于爱恋对象之专一为宜。然则,爱恋专一,乃人伦之常,本未足奇,故必置之郑俗淫乱之背景,方显其贵。以此观小序原谓"闵乱",不亦自有其内在理据乎?

野有蔓草

野有蔓草①,零露漙兮②。有美一人,清扬婉兮③。邂逅相遇④,适我愿兮。

野有蔓草,零露瀼瀼⑤。有美一人,婉如清扬。邂逅相遇,与子偕臧⑥。

①蔓:蔓延。一说茂盛。　②零:降落。漙(tuán):露多貌。　③清扬:目以清明为美,扬亦明也,此指眉目清秀。婉:美好貌。　④邂逅:不期而遇。⑤瀼(ráng)瀼:露浓貌。　⑥臧:善,好。偕臧,都满意。朱熹《诗集传》:"偕臧,言各得其所欲也。"

蔓草离离露未干，美人邂逅适心欢。

喻时屡被淫风误，纵有郑笺解亦难！

此诗以蔓草零露起兴，以言愿与美人邂逅，语意甚明，然于诗旨所寄，则向有思遇时及男女邂逅私合二说。《毛诗序》曰："《野有蔓草》，思遇时也。君之泽不下流，民穷于兵革，男女失时，思不期而会焉。"是以既言遇时之喻，复言男女思不期而会，遂开异说之端。郑氏笺曰："蔓草而有露，谓仲春之月，草始生，霜为露也。"则将男女之会，以《周礼》"仲春之月，令会男女"为说。孔疏申之为"言思得逢遇男女合会之时。由君之恩德润泽不流及于下，又征伐不休，国内之民皆穷困于兵革之事，男女失其时节，不得早相配耦，思得不与期约而相会遇焉"，则明以序言思遇时为男女思得相会之时。宋儒即承此而申说，欧阳修《诗本义》以为"男女昏聚失时，邂逅相遇于野草之间"，朱熹《诗集传》以为"男女相遇于野田草露之间，故赋其所在以起兴。言野有蔓草，则零露溥矣，有美一人，则清扬婉矣，邂逅相遇，则得以适我愿矣"，遂成男女邂逅私相苟合以适己愿之说。其说于后世影响甚广，明人季本《诗说解颐》亦言"男子遇女子野田草露之间，乐而赋此诗也"，今人尤多从之，余冠英《诗经选》"这首诗写的大清早上，草露未干，田野间一对情人相遇，欢喜之情，发于歌唱"，程俊英《诗经译注》"写一对男女邂逅相遇于田野间自由结合的情景"，虽以之为情诗恋歌，显亦认同私相苟合之意。然则，若为"仲春之月，令会男女"，则男女何以相遇于草露之间？若为男女私相苟合，则何由邂逅一见而得行，且匆忙于野田草露之间？而诗云"与子偕臧"，又岂宜苟合者所能言？按苏辙《诗集传》曰："郑人困于乱政，感蔓草之得零露以生，而自伤不及也。故思得君子以被其膏泽，思之而不可得，故深思之曰：苟有是人也，必婉然清扬美人也，郑无是人矣，然犹庶几邂逅而见之以适其愿。"是以思君子以为言，则序所言思遇时者，乃君子遇时之谓，而非男女思得相会。吴闿生《诗义会通》以为"此序亦仅首句为当。以下衍说，皆失其义。泽不下流，乃因零露之语而附会之。民穷于兵革，误解前后各章刺乱之语而牵合之。男女失时，亦牵合前后男女相弃之说。思不期而会，又误解首句之意也"，细绎衍序所说之误，可谓深切而有识。以此，小序思遇时之说本无不当，乃由衍序之失而致后世误读。实则，前贤于此义多有心悟。考《左传·襄公二十七年》

载:"郑伯享赵孟于垂陇……子大叔赋《野有蔓草》,赵孟曰'吾子之惠也'。"《左传·昭公十六年》载:"郑六卿饯宣子于郊……子齹赋《野有蔓草》,宣子曰'孺子善哉,吾有望矣'。"是诗两见于《左传》赋诗,皆作思君子之比。据《韩诗外传》,孔子遭程木子于郯,倾盖而语,顾子路束帛以赠,子路对曰"士不中道相见",孔子乃咏此诗以晓之。是亦取士君子邂逅以为义。又,刘向《说苑》尝引此诗,以"有美一人"为天下之贤,显亦见其心解之所在。金人元好问《论诗》尝言"诗家总爱西昆好,独恨无人作郑笺",以后世解诗无郑笺为憾,又岂知郑笺解诗本亦多有所失耶?

溱 洧

溱与洧①,方涣涣兮②。士与女,方秉蕳兮③。女曰观乎?士曰既且④,且往观乎⑤?洧之外,洵訏且乐⑥。维士与女,伊其相谑⑦,赠之以勺药⑧。

溱与洧,浏其清矣⑨。士与女,殷其盈矣⑩。女曰观乎?士曰既且,且往观乎?洧之外,洵訏且乐。维士与女,伊其将谑⑪,赠之以勺药。

①溱、洧:皆郑国水名。　②涣涣:水流盛大貌。　③蕳(jiān):菊科香草名,亦名兰。古人采兰于山,以被除不祥。　④既:已经。且:徂之假借,去,往。⑤且:再。　⑥訏(xū):大,广阔。　⑦相谑:相互调笑。　⑧勺药:即芍药。此指草芍药,亦名江蓠。情人于离别时互赠。王先谦《诗三家义集疏》:"韩说:勺药,蓠草也。言将别离赠此草也。"又,《郑笺》:"其别则送女以勺药,结恩情也。"马瑞辰《毛诗传笺通释》:"又云'结恩情'者,以勺与约同声,故假借为结约也。"　⑨浏其:即浏浏,水清貌。　⑩殷:众多。殷其,即殷殷。盈:满。　⑪将谑:即相谑。

涣涣清流溱洧滨,良辰修禊复游春。

长年只此初弛禁,却被淫邪诅斥频!

　　此诗所述者,士与女相会溱洧之畔,诗之语意甚明。然诗旨为刺淫或淫奔者自言,则说者不一。《毛诗序》曰:"《溱洧》,刺乱也。兵革不息,男女相弃,淫风大行,莫之能救焉。"序之说亦同前此诸篇,以时乱而致淫风大行不能止,故诗人刺之。然序之失亦同前此诸篇,吴闿生《诗义会通》已指"此序亦止首句为当。兵革以下,皆附会误解。盖其诗乃优游暇豫之时,无困顿流离之象也",方玉润《诗经原始》亦言"此诗及《出其东门》正叙郑俗游览之盛,何以刺乱? 使兵革不息,男女相弃,岂尚有采兰赠勺事耶",可得其实。故观郑笺"男女相弃,各无匹偶,感春气并出,托采芬香之草而为淫泆之行",孔疏"士与女因即其相与戏谑,行夫妇之事。及其别也,士爱此女,赠送之以勺药之草,结其恩情以为信约。男女当以礼相配,今淫泆如是,故陈之以刺乱",皆以刺男女淫乱而为言,是未取兵乱之义。朱熹《诗序辨说》亦以为"郑俗淫乱,乃其风声气习流传已久,不为兵革不息男女相弃而后然也",于《诗集传》以之为"此诗淫奔者自叙之词",虽则指疵衍序所谓兵革不息男女相弃之误说,然却以诗语乃淫奔者自叙之词,遂倡为淫诗之说。然则,味诗辞之义蕴,既不觉兵乱流离之况,亦不得淫奔者自叙之情。清人姚际恒《诗经通论》即以为"篇中'士'、'女'字甚多,非士与女所自作明矣",以此断为非自叙,颇切其要。观诗之辞、士与女之问答反复,由游观而赠物过程完整,俨为旁观叙事之言。据《后汉书·袁绍传》注引韩诗薛君注:"郑国之俗,三月上巳之日,此两水之上,招魂续魄,拂除不祥。"朱熹《诗集传》于此诗亦尝承此而为言:"郑国之俗,三月上巳之辰,采兰水上,以祓除不祥。故其女问于士曰:盍往观乎? 士曰:吾既往矣。女复要之曰:且往观乎? 盖洧水之外,其地信宽大而可乐也。于是士女相与戏谑,且以勺药相赠,而结恩情之厚也。"盖上巳祓除修禊,自多男女相聚冶游,亦即《周礼》所谓"仲春之会"。是以此日游春之会,证之郑俗、周礼,足见源远流长。今人释此诗,即据此以之为三月上巳游春之会,所述者男女欢乐聚会之盛况。唯诗之所言者,诗人既旁叙其事,复言其"相谑""将谑",似或有言外之意欤? 以此,则郑之诗人纪其盛景之际,于此祓除仪式中见男女私相亲暱之举而以微言寓讽,不亦宜乎? 吴闿生《诗义会通》引管世铭之言曰"《溱洧》之旨,与《桑中》大约相同。《桑中》期我要我,《集传》因以为自言,此诗则显然转述之辞,隐然喷饭之道矣。特未为《蝃蝀》之大声疾呼、《出其东门》之正色直辞耳。而其心之耻而不为,何以异哉。郑、卫之俗自淫,郑、卫之诗自正,此圣人所以录之以为无邪之教也",方玉润《诗经原始》亦言"郑风古目之为淫,今观之,大抵皆君臣朋友、师弟夫妇互相思慕之词。其类淫诗者,仅《将仲子》及《溱洧》二篇而已。然《将仲子》乃寓言,非真情也。即使其真,亦贞女谢男之词。《溱洧》则刺淫,非淫者所自作,何得谓为淫耶",既发《溱洧》篇之旨,更作"郑声淫"之辨,是或然焉?

齐 风

鸡 鸣

鸡既鸣矣,朝既盈矣①。匪鸡则鸣②,苍蝇之声。

东方明矣,朝既昌矣③。匪东方则明,月出之光。

虫飞薨薨④,甘与子同梦⑤。会且归矣⑥,无庶予子憎⑦。

①朝:朝堂。盈:满。此指上朝之人已到齐。　②则:之。下章之则亦同此。③昌:盛。此指人多。　④薨(hōng)薨:飞虫振翅群飞声。　⑤甘:乐,愿。同梦:同睡。　⑥会:朝会。　⑦庶:庶几,带有希望意。无庶,庶无之倒文。予:我。子:你。憎:憎恶,讨厌。无庶予子憎,意谓庶几不要因我而憎恶你。

夙兴国事逸难稽,错把蝇声当晓鸡。

日日君王惊好梦,不知何计活烝黎?

齐本少昊时爽鸠所居之地,在禹贡为青州之域,周武王以封太公望。太公,姜姓,本四岳之后,既封于齐,通工商之业,便鱼盐之利,民多归之,遂为东方大国。唯郑为畿内地,而齐为霸首,故编诗次郑以齐。此诗为齐风首篇,所述者,妇人夙夜警戒夫君之辞，然于诗言何事，诗旨何寄，却多异解。《毛诗序》曰："《鸡鸣》，思贤妃也。哀公荒淫怠慢，故陈贤妃贞女，夙夜警戒相成之道焉。"是以为诗作齐哀公之时，以哀公荒怠，诗人遂虚写贤妃以刺时。然哀公荒怠，何以思贤妃？孔疏"所以思之者，以哀公荒淫女色，怠慢朝政，此由内无贤妃以相警戒故也。君子见其如此，故作此诗陈古之贤妃贞女，夙夜警戒于夫，以相成益之道焉"，释序之义甚明。于此说，后世论家或从或疑。朱熹《诗序辨说》以为"此序得之"，是大旨从序说，然又以为"但哀公未有所考"。《诗集传》释之曰："言古之贤妃御于君所，至于将旦之时必告君曰：鸡既鸣矣，会朝之臣既已盈矣。欲令君早起而视朝也。然其实非鸡之鸣也，乃苍蝇之声也。盖贤妃当夙兴之时，心常恐晚，故闻其似者而以为真。非其心存警畏而不留逸欲，何以能此？故诗人叙其事而美之也。"即未言指哀公，而以之为泛美贤妃之辞。他如严粲《诗缉》以为"刺荒淫"，崔述《读风偶识》以为"美勤政"，历代论家述其事大抵相同，论其旨则或刺或美，始终存异。按此诗之辞，乃夫妇答问之语，似与郑风《女曰鸡鸣》相类。然三章诗语何所系，则说者不一。按孔疏，"二章章首上二句，陈夫妇可起之礼。下二句，述诸侯夫人之言。卒章皆陈夫人之辞"，是以为全诗皆夫人之语，间以诗人述解之言。方玉润《诗经原始》以为前二章上二句为夫人言，下二句为夫君言，末章全为夫人言。今人程俊英《诗经译注》则以为前二章上二句为夫人言，下二句为丈夫言，末章上二句为丈夫言，下二句复为夫人言。细玩诗味，似以此说最佳。盖全诗皆夫妇对话，若一场话剧般展开，语言质朴而幽默，有无理见趣之妙。古制，国君鸡鸣即起视朝，卿大夫则提前入朝侍君，《左传·宣公二年》载赵盾"盛服将朝，尚早，坐而假寐"即是。此诗开篇"鸡既鸣矣，朝既盈矣"，乃妻警夫之言，"匪鸡则鸣，苍蝇之声"，乃夫复妻之言，把鸡鸣说成蝇声，固为无理，然若就贪恋床衾之情境言，则显为丈夫之掩逗之语，极见生活情趣。姚际恒《诗经通论》以为"愚谓此诗妙处须于句外求之"，悟得个中妙旨。钱钟书《管锥编》以"作男女对答之词"而"饶情致"，"莎士比亚剧中写情人欢会，女曰：'天尚未明，此夜莺啼，非云雀鸣也。'男曰：'云雀报曙，东方云开透日矣。'女曰：'此非晨光，乃流星耳。'可以比勘"，揭示中西文学经典之心理及手法之相通。姚际恒氏复以为"总之，警其夫欲令早起，故终夜关心，乍寐乍觉，误以蝇声为鸡声，以月光为东方明，真情实境，写来活现"，故以为贤妃作也可，即大夫妻作也无不可。方玉润《诗经原始》则以为不必君妃之事，"此正士夫之家鸡鸣待旦，贤妇关心，常恐早朝迟误有累慎德，不唯人憎夫子，且及其妇，故尤为关心，时存警畏，不敢留于逸欲也"。盖无论君王视朝，抑或士夫会朝，皆系于政事无疑。为政者，自当以经邦济民为首要。若此日日未明而惊梦，岂唯不留逸欲，尤难正常休憩，由此可得经世方略之所由自焉？

还

　　子之还兮[①]，遭我乎猋之间兮[②]。并驱从两肩兮[③]，揖我谓我儇兮[④]。

　　子之茂兮[⑤]，遭我乎猋之道兮。并驱从两牡兮[⑥]，揖我谓我好兮。

　　子之昌兮[⑦]，遭我乎猋之阳兮[⑧]。并驱从两狼兮，揖我谓我臧兮[⑨]。

①还（xuán）：通旋，轻捷貌。　②猋（náo）：齐国山名，在今山东淄博东。③从：逐。肩：借为豣（jiān），大兽。《毛传》："兽三岁为肩，四岁为特。"④儇（xuān）：轻快便捷。　⑤茂：美，此指善猎。　⑥牡：雄兽。　⑦昌：壮盛。《郑笺》："昌，佼好貌。"亦通。　⑧阳：山之南。　⑨臧：善，好。

179

　　逐豕猎狼旋复驱，相逢间道竞扬揄。

　　而今身手何由试？岂奈崇山兽迹无！

　　此诗所述者，猎者互为赞美之辞，显为狩猎之事，然于其本事及诗旨，说者不一。《毛诗序》曰："《还》，刺荒也。哀公好田猎，从禽兽而无厌，国人化之，遂成风俗。习于田猎谓之贤，闲于驰逐谓之好焉。"以为哀公好猎而成一国风俗，故齐人借好猎以刺时。然好猎何以为刺？郑笺"荒谓政事废乱"，释序所言刺荒，是以哀公好田猎，致政事废乱，故诗人刺之。然则，田猎本周王及诸侯常礼，何以荒政，以致诗人刺之？孔疏以为"所以刺之者，以哀公好田猎，从逐禽兽而无厌，是在上既好，下亦化之，遂成其国之风俗。其有惯习于田猎之事者，则谓之为贤，闲于驰逐之事者，则谓之为好。君上以善田猎为贤好，则下民皆慕之。政事荒废，化之使然。故作此诗以刺之"，以不独哀公好猎，且使猎事为人之贤否之标准，于是民皆慕逐，政遂荒怠，故诗人陈其事而刺之。后之论者，多采其齐俗好猎之说，而以刺哀公为无据。朱熹《诗集传》释之曰："猎者交错于道路，且以便捷轻利相称誉如此，而不自知其非也。则其俗之不美可见，而其来亦必有所自矣。"方玉润《诗经原始》则明言："序谓'刺哀公'，然诗无'君'、'公'字，胡以知其然耶？此不过猎者互相称誉，诗人从旁微哂，因直述其词，不加一语，自成篇章。而齐俗急功利、喜夸诈之风，自在言外，亦不刺之刺也。"皆以为由诗之言可见齐之俗，言述称誉，义实刺时。今观诗辞，实皆为猎者互为称誉之言，郑笺以为"谓我儇，誉之也。誉之者，以报前言还也"，"誉之言好者，以报前言茂也"，明人章潢《诗经原体》亦谓"'子之还兮'，己誉人也。'谓我儇兮'，人誉己也。'并驱'，则人、己皆与有能也"，是通篇对答之辞，皆互誉之言。正以此，今人多不从旧说，仅以之为猎人互相赞美对方之辞。然则，田猎本为与祭祀有关之重要活动，殷商甲骨文中即有大量田猎记录，周礼则形成天子四时田猎制度。齐地多山，加之上行下效，民间自易习成好猎之风。《史记·齐太公世家》司马贞索隐引宋忠之言"哀公荒淫田游，国史作《还》诗以刺之"，即明以此诗为刺哀公之作，似亦可为序之说作一补证。然就事而言，揆诸情理，无论君王抑或民众，田猎自有炫耀身手威仪之义，古今皆不可免，故好猎之风习成自有其由。唯彼时人兽共生，有猎必有获，而时过境迁，人占兽地，生物正加速灭绝，纵有非凡身手，何由一试？以致陕西镇坪之周正龙氏以年画之虎伪作华南真虎拍摄示人，竟然入狱，岂不哀哉！

著

俟我于著乎而[①]，充耳以素乎而[②]，尚之以琼华乎而[③]。

俟我于庭乎而[④]，充耳以青乎而，尚之以琼莹乎而。

俟我于堂乎而[⑤]，充耳以黄乎而，尚之以琼英乎而。

①著:通宁(zhù)。《尔雅·释宫》:"门屏之间谓之宁。"古代婚娶于其处亲迎。乎而:语尾助词。　②充耳:古代男子饰物,悬在冠之两侧。《毛传》:"充耳谓之瑱。"充耳挂于冠上之丝线谓紞,丝线上挂圆结谓纩,圆结上挂玉谓瑱。素:白色,此指紞之色。　③尚:加上。琼:赤玉,此指瑱。华与下文莹、英均瑱之光彩,因协韵而换字。　④庭:中庭。在大门之内,室门之外。　⑤堂:室内厅堂。

俟我庭堂充耳莹,堪嗟齐俗不亲迎。

却看竞入豪门去,何用繁文误此生?

此诗所述,当为婚礼亲迎之事。然具体场景及诗旨为何,则多异说。《毛诗序》曰:"《著》,刺时也。时不亲迎也。"明以为刺诗,且所刺者为齐人婚娶废亲迎之礼。然诗之辞皆亲迎之事,何以谓时不亲迎? 郑笺"时不亲迎,故陈亲迎之礼以刺之",释序之言时不亲迎,以为齐俗婚娶不亲迎,故诗人陈古之亲迎之礼以刺之,则此诗中所述场景乃虚写。毛传以为诗三章所描绘者分别为士、卿大夫、人君之服,故诗之所述乃三者亲迎之事,与郑说稍异。对此,孔疏以为"毛以首章言士亲迎,二章言卿大夫亲迎,卒章言人君亲迎,俱是受女于堂,出而至庭至著,各举其一以相互见。郑以为三章共述人臣亲迎之礼。虽所据有异,俱是陈亲迎之礼以刺今之不亲迎也",是以为毛、郑说诗之境异,而不妨其说诗之旨同。然于其以诗辞皆虚写古之亲迎之礼以刺时不亲迎之说,后世或疑之。宋人吕祖谦《吕氏家塾读诗记》以为"婚礼,婿往妇家亲迎,既奠雁,御轮而先归,俟于门外。妇至,则揖以入。时齐俗不亲迎,故女至婿门,始见其俟己也",以为诗之所述具体场景皆实事,且为婿家之情境。按亲迎当至女家,故此以为不亲迎。朱熹《诗集传》采之,亦以诗之所述乃实景,且在婿家,故言不亲迎。然于实写不亲迎抑或虚写亲迎之礼二说,后之人复有疑之者。姚际恒《诗经通论》以为"此本言亲迎,必欲反之以为刺,何居",又谓"更可异者,吕氏祖谦'刺不亲迎'之说,以为'女至婿门,始见其俟己',安见此著与庭堂为婿家而非女家乎",并以郑风《丰》亦有"俟我乎堂"为例,"解者皆以为女家,又何居",故以之为"此女子于归见婿亲迎之诗",乃实述婚嫁亲迎之事。今人解此诗,与姚说相似,多以为诗乃新郎迎亲场景之实录。并以诗人选取新娘出嫁时偷眼观看新郎之细节,表现其微妙心理,极具民俗风情与生活气息。然则,姚说复为方玉润《诗经原始》所辩驳:"愚窃谓为不然,著、庭、堂,女家固有,但观其三俟我于著、于庭、于堂,以次而渐进,至于内室,则其为婿家之著、庭、堂,非女家之著、庭、堂可知矣。至《丰》诗之'俟堂'又当别论,不可以此章例也。礼贵亲迎而齐俗反之,故可刺。否则此诗直当删也,又何存耶?"所说似亦有理。按《仪礼·士昏礼》"昏有六礼,纳采、问名、纳吉、纳徵、请期、亲迎",是六礼确立于周。周礼以人伦为本,故特重婚仪,而历代沿承则渐趋弛废。至近世功利风兴,婚嫁看似自由,深层实已演为利益驱动,竞入豪门,甚而不顾廉耻,更遑论繁文缛节乎? 以人伦观之,六礼之隆乃人之自重,六礼之废实人之自鄙,岂不悲夫!

东方之日

东方之日兮,彼姝者子①,在我室兮。在我室兮,履我即兮②。
东方之月兮,彼姝者子,在我闼兮③。在我闼兮,履我发兮④。

①姝:美。　②履:踏,践。一说同蹑,放轻脚步。即:膝之假借字,古人席地而坐,安坐则膝在身前,故可踩到膝。朱熹《诗集传》:"履,蹑。即,就也。言此女蹑我之迹而相就也。"意亦可通。　③闼(tà):门内。王先谦《诗三家义集疏》:"切言之,则闼为小门。浑言之,则门以内皆为闼。故《毛传》但云'闼,门内也'。"④发:走去,指蹑步相随。一说脚迹。

彼姝依礼就相随,隐刺政乖世事衰。
岂料后儒淫宿解? 风人厚义一时亏!

此诗语甚简,仅述彼姝之子在我室而相随,似为男女之事,然所指何事,所蕴何义,历代说者不一。《毛诗序》曰:"《东方之日》,刺衰也。君臣失道,男女淫奔,不能以礼化也。"序以诗旨刺衰,而未言诗作何时。孔疏"哀公君臣失道,至使男女淫奔,谓男女不待以礼配合,君臣皆失其道,不能以礼化之,是其时政之衰,故刺之也"，亦以之为哀公时诗。又，序言所刺之衰，仅概言君臣失道，男女淫奔，而未及诗之所述为何事，故致异说。毛传以为"日出东方，人君明盛，无不照察"，"月盛于东方，君明于上若日也，臣察于下若月也"，以日月喻古之君臣明察，而"姝者，初昏之貌"，"履，礼也"，是以诗之所述乃盛时婚姻之正礼，诗人乃陈古以刺时。郑笺以为"言东方之日者，诉之乎耳。有姝，姝美好之子，来在我室，欲与我为室家，我无如之何也"，以诗实述世风淫乱，男子不以礼人女室，女拒男而不得。孔疏辨之曰"毛以为陈君臣盛明，化民以礼之事，以刺当时之衰"，"郑以为当时男女淫奔，假为女拒男之辞，以刺时之衰乱"，两者虽皆以诗为刺时之衰乱，然于诗辞所述之情事，则毛、郑之说正相左。宋儒则多承郑笺以为言，以之为实述淫奔。欧阳修《诗本义》以为"述男女淫风"，朱熹《诗序辨说》承之曰"此男女淫奔者所自作，非有刺也"，以序"曰君臣失道，尤无所谓"，《诗集传》释诗辞"言此女蹑我之迹而相就也"，则易郑说男人女室而为女人男室，以此，淫奔之苟合复演为公然之淫宿矣。今人或以为述婚嫁之事，或以为男女忆往日幽会之作。然于郑笺之言，后人已多辩驳。清人胡承珙《毛诗后笺》曰："若《笺》以'彼姝者子'为男子，来在女室，则是强暴矣。天下有遇强暴而尚以美好称之者哉？下又云'在我室者，以礼来，我则就之'，天下有强暴在室而尚望以礼来者哉？"驳郑笺之失甚切。观诗之所言，郑说既与辞义难合，复与人情相乖，固不足信也。而欧、朱乃至今人之说，则囿于风出民间之见，亦似流于浮浅。而味诗辞，开篇即兴之以日与月，固不必若毛传拘执于比君与臣，然其喻盛明之象，当无疑也，岂可若郑氏所言，于日则诉之于日，于月则言其不明焉？故其后姝者我者，必皆盛明时事。毛传释姝为"初昏之貌"，则"彼姝者子"为初婚之女。又训履为礼，尤觉精审。《说文》"履，足所依也"，《尔雅·释言》"履，礼也"，《礼记·表记》"处其位而不履其事，则乱也"。故孔疏引王肃语云"言古婚姻之正礼，刺今之淫奔"，可明序说概言之实。若此，则彼姝之子所以在我室者，由我以礼聘，始来就我为婚。履我即者，依礼而相就。履我发者，依礼而来行。总之，言依礼而行，则刺淫之意自在言外。盖序说君臣失道，不能以礼化，乃推广而言。明乎此，风人厚义岂非不致若此尘埋千载焉？

东方未明

东方未明,颠倒衣裳。颠之倒之,自公召之^①。

东方未晞^②,颠倒裳衣。倒之颠之,自公令之。

折柳樊圃^③,狂夫瞿瞿^④。不能辰夜^⑤,不夙则莫^⑥。

①公:公家,公所。　②晞:昕之假借字。《说文》:"昕,且明,日将出也。"
③樊:即藩,篱笆。此用作动词。圃:菜园。　④瞿(jù)瞿:《毛传》:"瞿瞿,无守之貌。"一说瞪视。《荀子·非十二子》"瞿瞿然",杨倞注:"瞿瞿,瞪视之貌。"
⑤辰:同时,此用作动词。辰夜,犹言守夜。　⑥夙:早。莫:同暮,晚。

兴居无节柳枝樊,号令不时夙暮浑。

岂料纪侯谗谮进? 竟教镬里断君魂!

此诗所述者,天未明而着衣乱,似言失时而事乱,末章复责狂夫,尤似有所指。然于所言何事,所责何人,古今之说颇异。《毛诗序》曰:"《东方未明》,刺无节也。朝廷兴居无节,号令不时,挈壶氏不能掌其职焉。"是以为诗刺朝政混乱,兴居无节,而所责者乃挈壶氏。郑笺"号令,犹召呼也。挈壶氏,掌漏刻者",释序之所言号令及挈壶氏其人。孔疏申之曰"人君置挈壶氏之官,使主掌漏刻以昏明告君。今朝廷无节,由挈壶氏不能掌其职事焉。故刺君之无节,且言置挈壶氏之官不得其人也",又言"由起居无节,故号令不时,即经上二章是也。挈壶氏不能掌其职,卒章是也",既申朝廷无节何以责挈壶氏之由,复以序说比照诗辞,以前二章言朝廷兴居无节,号令不时,末章则讥挈壶氏之失职。然于此说,后儒多有疑之者。苏辙《诗集传》以为"虽衰乱之世,蚤莫不易,挈壶虽或失职,何至未明而颠倒衣裳哉",又曰"为政必有节,及其节而为之,则用力少而事举。苟为无节,缓急皆所以害政也",朱熹《诗序辨说》亦言"漏刻不明,固可以见其无政,然所以兴居无节,号令不时,未必皆挈壶氏之罪也",因于《诗集传》释为"此诗人刺其君兴居无节,号令不时。言东方未明而颠倒其衣裳，则既早矣，而又已有从君所而来召之者焉，盖犹以为晚也"，皆疑序说对挈壶氏失职之讥，而仅以为刺朝廷为政无节。今人则不信旧说，或以为劳动者对繁重劳役之怨愤，或以为妇人怨夫之辞。闻一多《风诗类钞》以为"夫之在家，从不能守夜之正时，非出太早，即归太晚。妇人称夫曰狂夫。折柳枝以为园圃之藩篱，所以防闲其妻者也。临去复于篱间瞿瞿然窥视，盖有不放心之意"，在今之论者中颇具代表性，多有从其说者。然则，若仅以刺朝廷，则诗之卒章"折柳""狂夫"云云何以解？尤以"不能辰夜"已明指不能掌时刻之事，不谓挈壶氏而何？毛传以"瞿瞿，无守之貌"，郑笺"柳木之不可以为藩，犹是狂夫不任挈壶氏之事"，毛传以"辰，时。夙，早。莫，晚也"，郑笺"此言不任其事者，恒失节数也"，释卒章之义甚为明畅。至若今人以为劳动者之怨，则"东方未明"为早急，似犹可怨，然"不夙则莫"，亦有缓晚之时，则何以怨？若以妇人怨夫，似尤有望文生义之嫌。盖"自公召之""自公令之"，夫既为公家尽力，何以呼为狂夫？又何以怨之？而防闲其妻，不禁门户，却樊菜园？皆于情理多有难通者。观孔疏有言"作《东方未明》诗者，刺无节也。所以刺之者，哀公之时，朝廷起居或早或晚，而无常节度，号令召呼不以其时"，则明以此诗刺哀公。究诸史实，哀公为政荒怠，史有明载，其兴居无节，号令不时，理或然焉？宋人严粲《诗缉》以为"哀公兴居无节，诗人归咎于司漏者以讽之……然非专挈壶氏之罪也，所以使之至此者谁欤"，明人郝敬《毛诗原解》亦以为诗人不敢斥君，而求诸挈壶氏。是皆以诗主刺哀公，责司漏者乃微言以讽。此解似可得之。据《史记·齐太公世家》"哀公时，纪侯谮之周，周烹哀公，而立其弟静"，是以纪侯之谮，哀公竟为周夷王所烹杀。然则，为政荒怠，兴居无节，显皆其国内事，而以一国之君，竟因之入大镬而烹之，岂不冤哉？

南　山

南山崔崔[①]，雄狐绥绥[②]。鲁道有荡[③]，齐子由归[④]。既曰归止，曷又怀止[⑤]？

葛屦五两[⑥]，冠緌双止[⑦]。鲁道有荡，齐子庸止[⑧]。既曰庸止，曷又从止[⑨]？

艺麻如之何⑩？衡从其亩⑪。取妻如之何⑫？必告父母。既曰告止,曷又鞠止⑬？

析薪如之何⑭？匪斧不克⑮。取妻如之何？匪媒不得。既曰得止,曷又极止⑯？

①南山:齐国山名,亦名牛山。崔崔:高峻貌。　②绥绥:《玉篇》:"绥,行迟貌。"陈奂《诗毛氏传疏》:"绥绥然相随之貌,以喻襄公之随文姜。"　③有荡:即荡荡,平坦状。　④齐子:齐国女子,此指齐襄公同父异母妹文姜。归:于归,出嫁。由归,从此处去出嫁。　⑤怀:怀思。止:语尾助词。　⑥葛屦(jù):麻鞋。《毛传》:"葛屦,服之贱者。"五:通伍,并列。两:緉之借省,一双。　⑦绥(ruí):帽带下垂部分。《毛传》:"冠绥,服之尊者。"　⑧庸:用。《郑笺》:"此言文姜既用此道嫁于鲁侯,襄公何复送而从之,为淫佚之行。"　⑨从:跟从。　⑩艺(yì):即艺,种植。　⑪衡从:即横纵。东西曰横,南北曰纵。　⑫取:通娶。　⑬鞠(jú):穷,放任无束。　⑭析薪:砍柴。　⑮匪:非。克:能,成功。　⑯极:《毛传》:"极,至也。"一说恣极,放纵无束。

齐襄高位恣邪为,归去文姜祸却随。

底事无端泺水会?鲁桓失志更堪悲!

此诗以雄狐起兴,继言齐子归鲁,何以复思而从之? 后二章以艺麻、析薪喻娶妻既以礼,何以复纵任而无束? 究其脉络,似与文姜嫁鲁桓公,齐襄公复与文姜淫乱之事合,故论者多以此而为说。按,《春秋》桓公十八年纪"公与夫人姜氏遂如齐。夏四月,丙子,公薨于齐",《左传》曰:"春,公将有行,遂与姜氏如齐。申繻曰:'女有家,男有室,无相渎也,谓之有礼。易此必败。'公会齐侯于泺,遂及文姜如齐,齐侯通焉。公谪之,以告。夏四月,丙子,享公。使公子彭生乘公,公薨于车。"纪其事甚详。是以齐襄公诸儿与文姜乃同父异母兄妹,襄公为太子时,二人即私通乱伦。文姜嫁鲁桓公后,乘桓公与文姜赴齐之机,襄公复与之私通。桓公责之,文姜诉之襄公,襄公遂使人杀桓公。说者皆以此为诗之本事,古今论家几无异辞。然诗四章所指究为何人,则其说不一。《毛诗序》曰:"《南山》,刺襄公也。鸟兽之行,淫乎其妹。大夫遇是恶,作诗而去之。"以为诗刺齐襄公,诗乃齐大夫所作。郑氏笺曰"襄公之妹,鲁桓公夫人文姜也,襄公素与淫通。及嫁公,谪之。公与夫人如齐,夫人诉之襄公,襄公使公子彭生乘公而搤杀之。夫人久留于齐,庄公即位后乃来。犹复会齐侯于禚,于祝丘,又如齐师。齐大夫见襄公行恶如是,作诗以刺之,又非鲁桓公不能禁制夫人而去之",于其事依《春秋》经传以为言,而于诗之旨则以为既刺齐襄公淫行,复亦非鲁桓公之无能。朱子承郑笺意,《诗集传》释前二章"言南山有狐,以比襄公居高位而行邪行。且文姜既从此道归于鲁矣,襄公何为而复思之乎",释后二章"欲树麻者,必先纵横耕治其田亩。欲取妻者,必先告其父母。今鲁桓公既告父母而取妻矣,又曷为使之得穷其欲而至此哉",即以诗之四章分刺二人。然一诗而刺二人,复引人疑者,姚际恒《诗经通论》即言"未免割裂,辞意不贯"。故又有不从其说,另作新解者。严粲《诗缉》以为"通篇刺鲁桓",季本《诗说解颐》则以为"通篇刺文姜",尤莫衷一是。然则,究其事,起于乱伦,复遭无志,终酿祸患,历时既久,岂一人之责焉? 方玉润《诗经原始》以为"鲁桓、文姜、齐襄三人者,皆千古无耻人也。使其有一知耻,则其淫断断不至于此极。故此诗不可谓专刺一人也。首章言襄公纵淫,不当自淫其妹。妹既归人而有夫矣,则亦可以已矣,而又曷返齐而从兄乎? 后二章言鲁桓以父母命,凭媒妁言,而成此昏配,非苟合者比,岂不有闻其兄妹事乎? 既取而得之,则当礼以闲之,俾勿归齐,则亦可以已矣。而又曷从其入齐,至令得穷所欲而无止极,自取杀身祸乎",辨其事其情其理,可谓深思有得,而以诗之辞义衡之,尤似觉无不相合。言襄公之淫,以"雄狐"起兴,言文姜归鲁而又乱,以冠履之双为兴,言鲁桓公正娶而被祸,以"蓺麻""析薪"兴告父母与通媒妁之慎,则世上竟有如此之懦而失志者何哉? 大抵首章刺齐襄,二章刺文姜,后二章刺鲁桓,诗人之意,可谓寄之深而发以婉,刺之切而出以柔。

甫 田

无田甫田[①],维莠骄骄[②]。无思远人,劳心忉忉[③]。

无田甫田,维莠桀桀④。无思远人,劳心怛怛⑤。

婉兮娈兮⑥,总角丱兮⑦。未几见兮⑧,突而弁兮⑨。

①无田(diàn):不要耕种。田,治理,耕治田地。甫田:大块田地。
②莠(yǒu):杂草,狗尾草。骄骄:《韩诗》作"乔乔",高大貌。　③忉(dāo)忉:心有所失貌。一说忧劳貌。　④桀(jié)桀:高高挺立,茂盛貌。　⑤怛(dá)怛:悲伤貌。　⑥婉、娈:《毛传》:"婉娈,少好貌。"　⑦总角:古代男孩将头发梳成两个髻。丱(guàn):形容总角翘起之状。　⑧未几:不久。　⑨突而:突然。弁(biàn):成人之帽。古代男子二十而冠,此指成年。

甫田无力莠骄骄,弃迹图遐影寂寥。

一笑亩畴逾十万,浮华急进有前祧?

此诗语词极为明畅,然蕴义却甚为隐晦,以致多有异说。《毛诗序》曰:"《甫田》,大夫刺襄公也。无礼义而求大功,不修德而求诸侯,志大心劳,所以求者非其道也。"以诗为刺齐襄公之作。孔疏释为"上二章刺其求大功,卒章刺其不能修德,皆言其所求非道之事。劳心忉忉,是志大心劳",衍序之所言求大功、不修德、志大心劳之义,且以诗三章辞义比勘。然其所言似多拟议推测之语,与诗之辞意难相契合,故后之人多有疑之者。朱熹《诗序辨说》即以为"未见其为襄公之作"。故于此诗,后世颇多异说。明人丰坊《诗说》"齐景公急于图霸,大夫讽之",以为刺齐景公。何楷《诗经世本古义》"庄公生而蒙非种之讥,及已即位,而有不能防闲其母之消,且与其母更道入于齐国……诗人代为之愧",则以为刺鲁庄公。清人牟庭《诗切》"诗人有所识童子美质者,已而离远不相见,常思念之……及长而复见之,则庸人矣,故悔思之也",又以为刺奇童无成,类似王安石伤仲永者。按诸说,实皆臆测之辞,并无所据。今人据诗辞,多以之为实思远人之作。程俊英《诗经译注》以为"大概是一个流亡的农民,想起以前种领主大田的辛苦,现在虽然离开了它,却不免思念那里的一个可爱的孩子。多时不见,他该长大了吧",显为据诗辞之大田、远人、总角诸语而推衍之,若此,则诗之义既浅率,而诗之辞尤牵合。盖诗多比兴,往往意在言外,非仅顺文敷义而可得。观此诗之"田甫田"则若何,"思远人"则若何,显为比譬之言,且前二章与后一章词气不类,必有所指。朱熹《诗集传》释前二章"言无田甫田也,田甫田而力不给,则草盛矣。无思远人也,思远人而人不至,则心劳矣。以戒时人厌小而务大,忽近而图远,将徒劳而无功也",释后一章"言总角之童,见之未久,而忽然戴弁以出者,非其躐等而强求之也,盖循其序而势有必至耳。此又以明小之可大,迩之可远,能循其序而修之,则可以忽然而至其极。若躐等而欲速,则反有所不达矣",以为刺时俗之人厌小而务大,好高而骛远,躐等而强求之弊。清人刘沅《诗经恒解》亦以为"盖当时有少年,志大躐等求功,不知循序渐进者,故诗人戒之",显然承朱说以为言。若按此说,则始觉与诗辞所寄之意似相合,前二章与后一章义亦可贯。又,朱说之"戒时人厌小而务大""将徒劳而无功",与序说"无礼义而求大功""求者非其道"相较,蕴义实可贯通,联系齐襄时事,谓为"刺襄公"似亦未为不可。查《论语·宪问》有云:"阙党童子将命,或问之曰:'益者与?'子曰:'吾其居于位也,见其与先生并行也,非求益者也,欲速成者也。'"孔子谓阙党童子"欲速成者",正同此诗所刺之"厌小而务大",春秋时齐鲁之地风气或即如是欤?反观千载而下,浮华急进之风几度席卷神州,不唯令人瞠乎耳目,尤使有识者深刻反思。溯其渊源,岂非此风早有前祧乎?

卢 令

卢令令①,其人美且仁②。
卢重环③,其人美且鬈④。
卢重鋂⑤,其人美且偲⑥。

①卢:黑毛猎犬。令令:即铃铃,猎犬颈下套环发出之响声。　②其人:指猎人。仁:仁慈和善。　③重环:大环套小环,又称子母环。　④鬈(quán):勇壮。《郑笺》:"鬈,当读为权,权,勇壮也。"　⑤重鋂(méi):一个大环套两个小环。　⑥偲(cāi):多才。《毛传》:"偲,才也。"《郑笺》:"才,多才也。"

毕弋应时意未阑，人君仁勇庶黎欢。

岂知腐鼠充梁栋，国事民生烂一摊！

此诗文字简略，乃风诗中最短者，每章二句，三章复叠，仅述一猎人携犬出猎。故于诗旨所寄，多有异说。《毛诗序》曰："《卢令》，刺荒也。襄公好田猎毕弋，而不修民事，百姓苦之，故陈古以风焉。"以襄公好猎而荒政事，诗人于是陈古义以刺之。毛传"言人君能有美德，尽其仁爱，百姓欣而奉之，爱而乐之。顺时游田，与百姓共其乐，同其获。故百姓闻而说之"，是以为诗之所述者，仁爱之人君顺时游田且与百姓共其乐之事，亦即序之所言陈古之义。孔疏"襄公性好田猎，用毕以掩兔，用弋以射雁，好此游田逐禽，而不修治民之事。国内百姓皆患苦之，故作是诗陈古者田猎之事，以风刺襄公焉。经三章，皆言有德之君顺时田猎，与百姓共乐之事"，释序说之义，并比照诗辞三章，以为皆诗人所陈古以风之者。朱子则不从序说，《诗集传》以为"此诗大意与《还》略同"，按于《还》诗所述，朱子以为猎者"相称誉"，而此诗辞亦似美猎者，故有此说。后世多有从其说者。方玉润《诗经原始》以为"此诗与公无涉，亦无所谓'陈古以风'意。盖游猎自是齐俗所尚，诗人即所见以咏之，词若叹美意实讽刺，与《还》略同。当以《集传》为是。但彼以驰逐为能事，此以声容为美观，作法又各不同耳"，即承衍朱说，以诗述齐俗好猎之事，意实寄讽。今人释此诗，亦大抵与释《还》诗略同，多以为诗语实述，乃赞美猎人之辞。按朱、方之说，以诗词叹美而意实讽刺，则诗之辞乃实述当时好猎之情状，今人所释与之相同，唯不言寓讽。然则，观诗辞三章，美其人"仁""鬈""偲"，乃仁德、勇壮、才华兼具，岂美一猎者之所宜？即使以诗刺齐俗，与襄公无涉，然齐俗好猎之风行，当与上行下效有关，故称刺襄似亦未为不可。明人何楷《诗经世本古义》以为，据《国语》及《管子》，皆称襄公田狩毕弋，不听国政，正与序言合。盖好猎固为齐之风俗，哀公亦荒于田游，然襄公之好猎致荒政，则似尤有过之。《春秋》庄公八年"冬，十有一月，癸未，齐无知弑其君诸儿"，《左传》载"齐侯游于姑棼，遂田于贝丘。见大豕，从者曰：公子彭生也。公怒曰：彭生敢见？射之。豕人立而啼，公惧，坠于车，伤足丧履。返，诛履于徒人费。弗得，鞭之见血。走出，遇贼于门，劫而束之。费曰：我奚御哉？袒而示之背，信之。费请先入，伏公而出斗，死于

190

门中,石之纷如死于阶下。遂入,杀孟阳于床,曰:非君也,不类。见公之足于户下,遂弑之,而立无知",纪其由田猎受惊吓,继而为叛人所杀之事甚详,是襄公正是因好猎而死于猎者。故诗人陈古之有德之君,顺时田猎,与民同乐之事以刺之,不亦宜乎? 联系《孟子·梁惠王下》孟子与齐宣王言"独乐乐"及"与民同乐"之辨,则序说"陈古以风"亦不为无据。盖"与民同乐"固近乎王道,而"独乐乐"则难避腐鼠充梁、国荒民怨矣!

敝 笱

敝笱在梁^①,其鱼鲂鳏^②。齐子归止^③,其从如云^④。

敝笱在梁,其鱼鲂鱮^⑤。齐子归止,其从如雨。

敝笱在梁,其鱼唯唯^⑥。齐子归止,其从如水。

①敝:破。笱(gǒu):竹制捕鱼笼。梁:于河中筑坝,中留空缺,嵌笱其中以捕鱼。此言敝笱,意谓不能制,隐射文姜与齐襄公之不守礼。　②鲂:鳊鱼。鳏:鲲鱼。　③齐子:此指文姜。　④其从如云:指随从之人众多。下二章之如雨、如水同此。　⑤鱮(xù):鲢鱼。　⑥唯唯:濊濊之假借,亦作遗遗,出入自如貌。陆德明《经典释文》:"唯唯,《韩诗》作遗遗,言不能制也。"

> 鲂鱮优游笱在梁,文姜归去逦周行。
> 齐人自是多情思,不见鲁君爱意长?

此诗以敝笱制鱼起兴,以言齐子归齐而从者众,所指当亦为齐襄公与其妹文姜淫乱事。唯主刺何人,则向有异说。《毛诗序》曰:"《敝笱》,刺文姜也。齐人恶鲁桓公微弱,不能防闲文姜,使至淫乱,为二国患焉。"以为齐人刺鲁桓公不能防闲文姜,致文姜淫乱而祸患齐鲁二国,故言刺文姜,实亦刺鲁桓公。郑笺"鲂也,鳏也,鱼之易制者,然而敝败之笱不能制。兴者喻鲁桓微弱,不能防闲文姜终其初时之婉顺",以敝笱不能制鱼,所喻即鲁桓微弱。孔疏"所以刺之者,文姜鲁桓夫人,齐人恶鲁桓公为夫微弱,不能防闲文姜,使至于齐与兄淫乱,为二国之患焉,故刺之也。文姜淫乱,由鲁桓微弱使然。经三章皆是恶鲁桓以刺文姜之辞",以诗辞比照史事,以明文姜淫乱乃鲁桓微弱之所致,释序说甚详。至朱子说诗,则疑诗非刺鲁桓公,《诗序辨说》曰"桓,当作庄",故《诗集传》释此诗"齐人以敝笱不能制大鱼,比鲁庄公不能防闲文姜,故归齐而从之者众也",以文姜于齐会襄公多在庄公世,故以此诗刺鲁庄公不能防闲其母之作。据《春秋》所纪,文姜于鲁庄公世归齐,多有会襄公事,元年,"夫人孙于齐",二年,"夫人姜氏会齐侯于禚",四年,"夫人姜氏享齐侯于祝丘",五年,"夫人姜氏如齐师",七年,"夫人姜氏会齐侯于防",又"会齐侯于穀",可见相会之频密。朱子当鉴此而以为诗刺此时事。然诗以敝笱不能制鱼起兴,且文姜于桓公时已如齐会齐襄,故朱说颇为后人所疑。吴闿生《诗义会通》以为"敝笱鲂鳏之喻,非子母之词也",方玉润《诗经原始》亦言"岂知不能防闲其母之罪小,不能防闲其妻之罪大。且桓公时,文姜已归齐,致公薨于齐,诗人不于此时刺桓公,岂待其子而后刺乎",以为所刺若为庄公,则诗中敝笱鲂鳏之喻,显于母子关系不合,且桓公时文姜已如齐,致桓公杀身之祸,《史记·齐太公世家》"鲁桓公与夫人如齐,齐襄公故尝私通鲁夫人。鲁夫人者,襄公女弟也,自釐公时嫁为鲁桓公妇。及桓公来,而襄公复通焉。鲁桓公知之,怒夫人,夫人以告齐襄公。齐襄公与鲁君饮,醉之,使力士彭生抱上鲁君车,因拉杀鲁桓公,桓公下车则死矣。鲁人以为让,而齐襄公杀彭生以谢鲁人",纪其事甚详。故诗人刺此事岂必待庄公即位之后?以是诗当即作于桓公偕文姜如齐之际。观诗中所言"其从如云""其从如雨""其从如水",是鲁桓公不独纵文姜归齐,且己复亲随之,而仆从之众尤极一时之盛。诗人述此,本意固在刺桓公纵溺文姜而不能制防其不伦之行,贻为天下笑。然揣其实情,或有辨者。盖文姜与其兄私通,始于襄公为太子之时,甚有郑太子忽辞婚之事,鲁桓岂不知之?知之而仍娶之,爱之深也。迨及与之如齐,不独仆从之盛,且在已知文姜如齐与襄公复通后亦仅"谪之"而已,不亦正可见桓公于文姜宠爱之深且长乎?齐人多情若是,何于此不能深察,反欲代鲁桓以防闲其至爱焉?至若鲁桓终致自戕其生,则为后事矣。

载 驱

载驱薄薄①，簟茀朱鞹②。鲁道有荡，齐子发夕③。

四骊济济④，垂辔沵沵⑤。鲁道有荡，齐子岂弟⑥。

汶水汤汤⑦，行人彭彭⑧。鲁道有荡，齐子翱翔⑨。

汶水滔滔，行人儦儦⑩。鲁道有荡，齐子游敖⑪。

①薄薄：车轮转动声。一说策马声。 ②簟（diàn）茀（fú）：竹席制车帘。朱鞹（kuò）：红漆兽皮制车盖。当时诸侯所用车饰，此种车称为路车。 ③发：旦，早。王先谦《诗三家义集疏》："韩说曰：发，旦也。齐子旦夕，犹言朝见暮见，即久处之义。" ④骊：黑色马。一车四马，故谓四骊。济济：美好貌。一说即齐齐，马行步调一致。 ⑤沵（nǐ）沵：柔软貌。 ⑥岂（kǎi）弟（tì）：开明，天亮。王先谦《诗三家义集疏》："谓齐子留连久处之后，至开明乃发行耳。" ⑦汶（wèn）水：水名，流经齐鲁两国，在今山东中部，又名大汶河。汤（shāng）汤：水势浩大貌。 ⑧彭彭：众多貌。 ⑨翱翔：犹逍遥，自由自在貌。 ⑩儦（biāo）儦：行走貌。《说文》："儦儦，行貌。" ⑪游敖：即遨游，与翱翔同义。

汶水滔滔寄梦魂，四骊鲁道发晨昏。

朱篷文簟承欢甚，车震原来有远源！

此诗明著"鲁道""齐子"，诗语与《南山》类，所述当亦为齐襄公与文姜兄妹淫乱事。唯于诗旨主刺何人，则说者不一。《毛诗序》曰："《载驱》，齐人刺襄公也。无礼义，故盛其车服，疾驱于通道大都，与文姜淫，播其恶于万民焉。"以为主刺齐襄公。郑笺以为"襄公既无礼义，乃疾驱其乘车，以入鲁境。鲁之道路平易，文姜发夕，由之往会焉。会无惭耻之色"，以诗中所写之车为诸侯之路车，襄公所乘，入鲁境而会文姜。然考《春秋》纪事，鲁桓公十八年春，"公会齐侯于泺。公与夫人姜氏遂如齐"，四月被杀。庄公元年"夫人孙于齐"，《左传》"春，不称即位，文姜出故也",杜预注"文姜与桓俱行,而桓为齐所杀,故不敢还。庄公父弑母出,故不忍行即位之礼。据文姜未还,故传称文姜出也。姜于是感公意而还。不书,不告庙",是桓公被杀,文姜留齐,庄公即位后还鲁。其后,二年,"夫人姜氏会齐侯于禚",四年,"夫人姜氏享齐侯于祝丘",五年,"夫人姜氏如齐师",七年,"夫人姜氏会齐侯于防",又"会齐侯于榖",是文姜于庄公世多次如齐会齐襄,无齐襄入鲁境会文姜事。故郑笺之说不确,后人或不从其说。朱熹《诗序辨说》即以为"此亦刺文姜之诗",《诗集传》释前二章"齐人刺文姜乘此车而来会襄公也","言无忌惮羞耻之意也",释后二章"言行人之多,亦以见其无耻也",则以为诗中所写之车为文姜所乘,故诗乃主刺文姜。方玉润《诗经原始》亦以为"此诗以专刺文姜为主,不必牵涉襄公,而襄公之恶自不可掩。夫人之疾驱夕发以如齐者,果谁为乎? 为襄公也。夫人为襄公而如齐,则刺夫人即以刺襄公,又何必如旧说'公盛车服与文姜播淫于万民'而后谓之刺乎? 且《硕人》云'翟茀以朝',是妇人之车亦可言茀,不必以前二章上二句属襄公也",味诗辞参史实,辨析颇为知言。实则,襄公、文姜淫乱,本为一事,无俟分别言之。若以载驱之车属襄公,则载纳之人即文姜,是刺襄公亦为刺文姜。若以四骊垂辔属文姜,则夕发如齐所会之人为襄公,是刺文姜亦即刺襄公。据《春秋》所记,至庄公世,文姜如齐尤为频密,故此诗或当作于其时欤? 方玉润氏又言"盖至是,而夫人之如齐肆无忌惮矣。诗曰'发夕',曰'岂弟',曰'翱翔',曰'游敖',正其时也。上章在桓公之世,其归宁也,不过言仆从之众'如云'、'如雨'、'如水'而已。此诗在庄公之年,其会兄也,竟至乐而忘返,遂翱翔远游,宣淫于通道大都,不顾行人讪笑,岂尚知人间有羞耻事哉"。比照上篇《敝笱》乃至《南山》,尚多实写归齐之景境并作说理之辞,此则翱翔游敖略无顾忌,岂不正可窥得文姜于桓、庄之世心态及行止之变乎? 遥想当日,乘朱篷文簟之车,招摇于通都大道,恰如清人陈震《读诗识小录》所云,全诗"只就车说,只就人看车说,只就车中人说",岂非今世摩登男女之车震早有远源乎?

猗 嗟

猗嗟昌兮①,颀而长兮②。抑若扬兮③,美目扬兮④。巧趋跄兮⑤,射则臧兮。

猗嗟名兮⑥，美目清兮。仪既成兮⑦，终日射侯⑧，不出正兮⑨。展我甥兮⑩。

猗嗟娈兮⑪，清扬婉兮。舞则选兮⑫，射则贯兮⑬。四矢反兮⑭，以御乱兮。

①猗嗟：赞叹之词。昌：壮盛美好貌。　②颀而：即颀然，身材高大貌。③抑：懿之假借字，美好。扬：《韩诗》作阳。皮锡瑞《经学通论》："阳者，阳明之处也。今俗呼额角之侧亦谓太阳，即同此义。然则自眉以及额角，皆得为阳也。"④扬：张目貌。《礼记·檀弓下》："扬其目而视之。"　⑤趋：急走。蹌（qiāng）：步有节奏，摇曳生姿。　⑥名：借为明。马瑞辰《毛诗传笺通释》："名、明古通用，名当读为明，明亦昌盛之义。"　⑦仪：此指射仪。　⑧侯：射布，射靶。⑨正：靶心。亦名的、鹄。　⑩展：诚，确实。　⑪娈：美好。此亦指壮美。⑫选：整齐。按射前必舞，谓兴舞。马瑞辰《毛诗传笺通释》："此诗'舞则选兮'，即兴舞耳。"　⑬贯：穿透。　⑭反：复。朱熹《诗集传》："四矢，射礼每发四矢。反，复也，中皆得其故处也。"

顷身美目婉清扬，堪叹庄公仪艺长。

虽有时人甥子议，难防鲁母会齐襄！

　　此诗三章，描绘一射手既英俊非凡复技艺高超，然于所述者何人，诗旨何寄，历代所说不一。《毛诗序》曰："《猗嗟》，刺鲁庄公也。齐人伤鲁庄公有威仪技艺，然而不能以礼防闲其母，失子之道。人以为齐侯之子焉。"仍以齐襄公与文姜淫乱事为据，以诗作庄公世，而文姜于庄公世多次如齐会齐襄，故刺庄公有威仪技艺而不能防闲其母。孔疏释之"见其母与齐淫，谓为齐侯种胤，是其可耻之甚。故齐人作此诗以刺之也。礼，妇人夫死从子，子当防母奸淫。庄公不能防禁，是失为人子之道"，申说诗人所以刺庄公之由，当合序说之义。朱熹《诗集传》从之曰："齐人极道鲁庄公威仪技艺之美如此，所以刺其不能以礼防闲其母，若曰：惜乎，其独少此耳!"又曰:"或曰:子可以制母乎?赵子曰:夫死从子,通乎其下,况国君乎?君者,人神之主,风教之本也。不能正家,如正国何?若庄公者,哀痛以思父,诚敬以事母,威刑以驭下,车马仆从莫不俟命,夫人徒往乎?夫人之往也,则公哀敬之不至,威命之不行耳。"是皆衍序说以为言。然清人方玉润不信序说,以为此诗纯为赞美"鲁庄公材艺之美",其于《诗经原始》称"愚于是诗不以为刺而以为美,非好立异,原诗人作诗本意盖如是耳",又言"意本赞美,以其母不贤,故自后人观之而以为刺耳",是以诗本赞美,只因文姜故,后人误读诗人意而以为刺。今人则或以为此诗与上述史事无关,多以为民间赞美射手之歌辞。若此,诗之义则由主刺而变为主美。然究主美之说,似多疑者。观诗言"终日射侯,不出正兮",郑笺"正所以射于侯中者。天子五正,诸侯三正,大夫二正,士一正",又言"四矢反兮,以御乱兮",郑笺"反,复也。礼射三而止,每射四矢,皆得其故处,此之谓复。射必四矢者,象其能御四方之乱也",故此射必为国君之射礼,绝非一般射手之所为。若以纯美庄公,亦尤多不合。据《史记·刺客列传》,曹沫"以勇力事鲁庄公,庄公好力",好力固合善射,然以一国之君仅以好力为长,显非美言。就诗辞言,孔疏"猗是心内不平,嗟是口之暗咀,皆伤叹之声","威仪技艺其美如此,而不能防闲其母,使之淫乱,是其可嗟伤也",是以美之愈甚,实伤之愈切。究庄公之行事,亦罕有可美者。据《春秋》,庄公四年"冬,公及齐人狩于禚",杜预注"公越境与齐微者俱狩,失礼可知",而此诗所作或即此时。又,《左传·庄公六年》"冬,齐人来归卫宝,文姜请之也",杜注"公亲与齐共伐卫,事毕而还。文姜淫于齐侯,故求其所获珍宝,使以归鲁,欲说鲁以谢惭",并皆失礼蒙羞辱之事。且诗明言"展我甥兮",郑笺"展,诚也。姊妹之子曰甥。容貌技艺如此,诚我齐之甥。言诚者,拒时人言'齐侯之子'",孔疏"以襄公虽舅,而鸟兽其行,犯亲乱类,使时人皆以为齐侯之子",是诗辞实多有言外之意。就齐人言,鲁庄本为齐襄之甥,何须如此慎重而言之?朱熹《诗集传》以为"言称其为齐之甥,而又以明非齐侯之子,此诗人之微辞也",是微言而寓深讽意。实则,襄公、文姜兄妹淫乱并致鲁桓被杀事,尽人皆知,其时已有鲁庄乃"齐侯之子"之议,齐人尚欲拒其议,而鲁庄却视之泰然?故庄公之失,不独不能防闲其母,更如顾广誉《学诗详说》所言"作诗者齐人,犹未计其忘父仇"。顾氏之言,可谓目力如炬。设若作诗者鲁人,将何以为辞?观吕祖谦《吕氏家塾读诗记》尝以为"是诗讥刺之意皆在言外,嗟叹再三,而庄公所大阙者不言可见矣",体味甚为深切。若解诗仅由字面顺文而敷义,其间曲旨微文之妙概无所见,岂不惜哉?

魏 风

葛 屦

纠纠葛屦①,可以履霜。掺掺女手②,可以缝裳。要之襋之③,好人服之④。

好人提提⑤,宛然左辟⑥,佩其象揥⑦。维是褊心⑧,是以为刺。

①纠纠:纠结交错貌。葛屦(jù):葛绳编制之鞋,夏天所穿。　②掺:音义同纤。掺掺,女子之手柔弱纤细貌。　③要(yāo):同褾,襟上所缀系衣之短带。襋(jí):衣领。要、襋此处皆用作动词,犹言提带提领。　④好人:姚际恒《诗经通论》:"好人犹美人,指夫人也。"此有讽刺意。　⑤提提:同媞媞,安详貌。《尔雅·释训》:"媞媞,安也。"郭注:"安详之容。"　⑥宛然:回转貌。辟(bì):同避。左辟,即向左避开。　⑦揥(tì):首饰,即簪。象揥,即象牙制发簪。　⑧维:因。褊(biǎn)心:心胸狭隘。

葛屦履霜纤手劳,聚沙积腋俨绅豪。

无奢宁俭如相过,迫隘心胸计入毫!

魏本舜禹故都,周初以封国姓,后为晋献公所灭,而取其地。今存魏诗皆灭国前之作,约当春秋初期。然则魏风何以编入齐、秦之间?继齐而霸、先秦而强者,晋也。魏既入晋，则为晋地，故与唐同居齐、秦之间。魏之地貌正如朱熹所云："其地狭隘，而民贫俗俭"，土地贫瘠，耕作艰辛，君主俭啬，民生苦疾，故而魏诗七篇在国风中风格最为一致，多为讽刺之作。此诗为魏风首篇，以葛屦履霜起兴，以言女手缝裳，末言"维是褊心，是以为刺"，故旧说皆以之为刺褊，然于所刺何人，何以为刺，则说者不一。《毛诗序》曰："《葛屦》，刺褊也。魏地狭隘，而民机巧趋利，其君俭啬褊急，而无德以将之。"诗序以魏俗褊隘，而归咎其君俭啬失德，故诗人刺之。郑笺"魏俗所以然者，是君心褊急，无德教使之耳，我以是刺之"，孔疏"言好人初至，容貌安详审谛提提然，至门之时，其夫揖之，不敢当夫之揖，宛然而左辟之。又佩其象骨之揥以为饰，敬慎威仪如是，何故使之缝裳"，释魏俗之所以然者，以好人即缝裳之女，谓既已富慎威仪如此仍使之利其事，则其俭啬可知。至朱子之说而稍异，《诗集传》以为"魏地狭隘，其俗俭啬而褊急，故以葛屦履霜起兴，而刺其使女缝裳，又使治其要襋，而遂服之也。此诗疑即缝裳之女所作"，既从序、笺刺魏俗俭啬义，却疑诗为缝裳女之作，所刺者为"好人"即使之缝裳之"大人"，则二者正相对立。今人说诗，即由朱说而衍发，赋之以现代阶级意识。多以此诗为缝衣女刺贵夫人之作，所述者一为受冻而劳作之缝衣女，一为华贵而褊狭之贵夫人，体现当时两个阶级地位与生活之悬殊与对立。观诗之所述，一为葛屦履霜之困迫，一为佩其象揥之安详，明以两相对照。以此解，亦可与魏风《伐檀》《硕鼠》诸篇相类。序、笺以好人即缝裳女，固可见其俭啬之甚，然失两相对照义，则与魏风主调不一，故此当从朱说。复观诗之末"维是褊心，是以为刺"，明著诗之所刺者。若今人所言，体现两个阶级地位与生活之悬殊，则何以为刺褊？朱子即曾疑之"其人如此，若无有可刺矣"。按，清人方玉润《诗经原始》以为"夫履霜以葛屦，缝裳以女手，若在士庶之家，亦何足异？唯以象揥之好人为而服之，则未免近于趋利，下与民同，其规模狭隘固不必言，而心术之鄙陋为何如哉"，是明象揥贵人所为刻薄而悭吝，意在趋利，故此刺意可成。然则，《论语·八佾》有云"与其奢也，宁俭"，是俭本为美德，何以为刺？《诗集传》又引张栻之言曰："夫子谓'与其奢也，宁俭'，则俭虽失中，本非恶德。然而俭之过，则至于吝啬迫隘，计较分毫之间，而谋利之心始急矣。《葛屦》《汾沮洳》《园有桃》三诗，皆言其急迫琐碎之意。"方玉润氏亦言"俭之过则必至于啬，啬之过则必至于褊，今不唯啬而又褊矣，故可刺"，是俭过则啬，啬过则褊，尤以象揥之人已居富贵,却仍刻薄吝啬若此,其狭隘趋利之生性固不待言,而其鄙陋猥琐之心术亦可揣见。观诗述象揥之人,"提提""宛然"云云,乃富贵安详之貌,或即魏君夫人乎?若此,则序说刺君俭啬褊急之义始可显。扩而言之,此俭啬之形象极具典型性。观世界文学史上之夏洛克、阿巴贡、葛朗台、泼留希金,其鲜明个性固各有异,而视财如命、悭吝成癖则如出一揆。相较魏之象揥贵人,岂不正若跨越东西古今人性隐奥之发微烛照乎?

汾沮洳

彼汾沮洳①,言采其莫②。彼其之子③,美无度④。美无度,殊异乎公路⑤。

彼汾一方,言采其桑。彼其之子,美如英⑥。美如英,殊异乎公行。

彼汾一曲⑦,言采其藚⑧。彼其之子,美如玉。美如玉,殊异乎公族。

①汾:汾水,在今山西中部,西南汇入黄河。沮洳(jù rù):水边低湿之地。②莫:野菜名。《孔疏》:"始生,可以为羹,又可生食。" ③之子:王先谦《诗三家义集疏》:"之子,指采菜之贤者。" ④度:衡量。美无度,极言其美无比。⑤公路:掌管王公宾祀车驾之官吏。二章之公行,为掌管王公兵车之官吏。皆由贵族子弟充任。三章之公族,谓公侯家族之人,亦指贵族子弟。 ⑥英:花。俞樾《群经平议》:"英,读如'颜如舜英'之英。" ⑦曲:水流曲处。 ⑧藚(xù):药用植物,即泽泻。多年生沼生草本,具地下球茎,亦可作蔬菜。

采莫采桑汾水干,舜都君子善心宽。

常嗟草泽英华异,公族原来只素餐!

此诗以采莫采桑起兴,称誉彼其之子之美,复又以其异于公侯贵族。然于所称者何人,诗旨为何,说者不一。《毛诗序》曰:"《汾沮洳》,刺俭也。其君俭以能勤,刺不得礼也。"序以为魏君虽俭以能勤,却不得其礼,故刺之。然观诗之辞,极言采莫之子美而无度,则何以刺?郑笺"是子之德美信无度矣,虽然其采莫之士则非公路之礼也",以其德固美,而其事则不得礼。孔疏"由魏君俭以能勤,于彼汾水渐沮之中,我魏君亲往采其莫以为菜,是俭而能勤。彼其采莫之子,能勤俭如是,其美信无限度矣,非尺寸可量也。美虽无度,其采莫之士,殊异于公路,贱官尚不为之,君何故亲采莫乎?刺其不得礼也",释所以刺君之所由。然以所刺采莫之人为魏君,却有疑者。孔疏复尝引"王肃、孙毓皆以为大夫采菜。其集注序云:君子俭以能勤",是以序之所言"其君",当为"其君子"之误欤?方玉润《诗经原始》尝言"魏君纵勤与俭,断不至亲手采莫,以失其度",所言极是。故朱熹《诗序辨说》即已以为"此未必为其君而作",于《诗集传》释之曰:"此亦刺俭不中礼之诗。言若此人者,美则美矣,然其俭啬褊急之态,殊不似贵人也。"承序之言刺俭不中礼义,却明以非为刺君,似以为刺魏之时俗。然即使以其人为大夫之属,则其人之德美无度,其事却不得礼,是德与礼岂相悖乎?《论语·里仁》"德不孤,必有邻",《礼记·乐记》"礼乐皆得谓之有德,德者得也",是得礼即有德,故序、笺之说殊为无理。若按朱说,斯人美则美矣,却又俭啬褊急,然既俭啬褊急,又何以云美?是方美之而又刺之,语义亦显不伦。按诸诗之辞义,二说皆显扞格难合。故后世论家既疑而不从,复竞为新说。何楷《诗经世本古义》以为"晋人刺其大夫",傅恒等《诗义折中》以为"刺遗贤",姚际恒《诗经通论》以为"诗人赞其公族大夫之诗",郝懿行《诗问》以为"美勤俭",或以为刺或以为美,不一而足。今人则又倡为情诗之说,闻一多《风诗类钞》以为"这是女子思慕男子的诗",亦有从其说者。于此诸说试析之,美、刺之说,并皆望文生义且据一端而为言。若为情诗,则何须重言其所思慕者异于公路、公行、公族哉?盖就诗辞观之,其人既异于公路、公行、公族,且德美无度,复于汾水沮洳之间,采莫、采桑、采薹以自给,则似必有所指。王先谦《诗三家义集疏》引《韩诗外传》曰:"君子有主善之心,而无胜人之色,德足以君天下而无骄肆之容,行足以及后世而不以一言非人之不善。故曰:君子盛德而卑,虚己以受人,旁行不流,应物而不穷,虽在下位,民愿戴之,虽欲无尊,得乎哉!诗曰:彼其之子,美如英。美如英,殊异乎公行。"以此诗所美者盛德而卑,处下位而民愿戴之,则似为隐居贤者。清人魏源《诗古微》释此诗,即谓为"叹草泽之贤高于在位"。比照诗辞而涵泳之,此解似于诗旨为近。草泽之贤高于在位,则谓其刺时亦未尝不可。以此,前诗刺贵人俭啬褊急,此篇则美草泽之贤,二诗互证,意旨分明。且魏风内蕴多一致,如《伐檀》《硕鼠》之刺在位者贪鄙素餐,此诗作此解,义始一贯。

园有桃

园有桃,其实之殽①。心之忧矣,我歌且谣②。不知我者,谓我士也骄。彼人是哉③,子曰何其④?心之忧矣,其谁知之? 其谁知之,盖亦勿思⑤?

园有棘⑥,其实之食。心之忧矣,聊以行国⑦。不知我者,谓我士也罔极⑧。彼是人哉,子曰何其? 心之忧矣,其谁知之? 其谁知之,盖亦勿思?

①殽:同肴,菜肴。此用作动词。朱熹《诗集传》:"殽,食也。"其实之殽,即殽其实。 ②歌、谣:《毛传》:"曲合乐曰歌,徒歌曰谣。"此皆用作动词。 ③彼人:那人。此指执政者。是:对,正确。 ④子:你,此即作者。何其:为什么。其,语助词。 ⑤盖:通盍、曷。何不。 ⑥棘:酸枣树。 ⑦行国:离开城邑,周游国中。国与野相对,指城邑。 ⑧罔极:无极,无常,没有准则。

园中桃棘可为肴,行国长歌惹哂嘲。
却看众氓争聚蚁,岂知危卵更风飚!

此诗二章仅首二句以桃棘之实起兴,以下十句皆反复言心之忧,是其必为忧之深者。然其所忧何事,乃至桃棘之兴义为何,论家颇多异说。《毛诗序》曰:"《园有桃》,刺时也。大夫忧其君,国小而迫,而俭以啬。不能用其民,而无德教,日以侵削。故作是诗也。"序以魏君俭啬，不能用其民，而致国势迫削危殆，故诗人刺之。然郑笺以为"魏君薄公税省国用，不取于民，食园桃而已。不施德教，民无以战，其侵削之由由此也"，以园桃之殽为实赋其事，则魏君不取于民，仅食园桃而已，岂非美德？何以又不施德教，以致侵削？似语涉不伦且与序义不合。朱熹《诗序辨说》则以为序说"国小而迫，日以侵削者，得之，余非是"，故于《诗集传》释之为"诗人忧其国小而无政，故作是诗。言园有桃，则其实之殽矣，心有忧，则我歌且谣矣。然不知我之心者，见其歌谣，而反以为骄，且曰彼之所为已是矣，而子之言独何为哉？盖举国之人莫觉其非，而反以忧之者为骄也。于是忧者重嗟叹之，以为此之可忧，初不难知，彼之非我，特未之思耳。诚思之，则将不暇非我，而自忧矣"，既欲非序，而实又承序说以为言，虽以园桃为兴，却敷语而过，实不谙所兴为何，故其说顺文敷义而已。其后论者，异说尤夥。何楷《诗经世本古义》以为"晋人忧献公宠二骊姬之子，将黜太子申生"，丰坊《诗说》以为"忧国而叹之"，季本《诗说解颐》以为"贤人怀才而不得用"，牟庭《诗切》以为"刺没入人田宅也"。今人或以为"伤家室之无乐"，或以为"叹息知己的难得"，或以为"没落贵族忧贫畏饥"，或以为"自悼身世飘零"。纷纭众说，不一而足。今观诗之辞，首二句起兴，后十句皆直赋心忧，故欲得全诗蕴义，则桃棘之兴颇为关键。毛传尝言"园有桃，其实之殽。国有民，得其力"，是以园有桃为殽，兴国有民可用。清人方玉润《诗经原始》申之曰"园必有桃而后可以为殽，国必有民而后可以为治。今务为刻啬，剥削及民，民且避硕鼠而远适乐国，君虽有土，谁与兴利？旁观深以为忧，而当局乃不以为过，此诗之所以作也"，若此，则桃之兴与心之忧贯而为一，且与序之义亦相合，可谓胜前此诸说多矣。又，孔疏有言"俭啬不用其民，章首二句是也。大夫忧之，下十句是也。由无德教，数被攻伐，故连言国小而迫，日以侵削。于经无所当也"，以诗辞之上二句及下十句比照序之说以为言，似可解朱子疑序所言"余非是"之惑，且其义"于经无所当也"，必于诗辞之外，涵泳而可得。是以此诗忧国政之日非，深挚痛切，不唯当政者浑然无觉，且国中更无人知其所忧，吞吐含蕴，长歌当哭，与王风之《黍离》《兔爰》似出一辙。然彼黍离之悲乃在失国之后，而此园桃之虑则在失国之前，岂非魏之贤者忧国尤有前瞻焉？

陟岵

陟彼岵兮①,瞻望父兮。父曰嗟予子,行役夙夜无已。上慎旃哉②,犹来无止③。

陟彼屺兮④,瞻望母兮。母曰嗟予季⑤,行役夙夜无寐。上慎旃哉,犹来无弃。

陟彼冈兮,瞻望兄兮。兄曰嗟予弟,行役夙夜必偕⑥。上慎旃哉,犹来无死⑦。

①岵(hù):多草木之山。 ②上:通尚,《鲁诗》作尚,希望。慎:谨慎,此有保重意。旃(zhān):之、焉合声,语助词。 ③犹:可。来:此指回来。无:同毋,不要。止:停留。 ④屺(qǐ):无草木之山。 ⑤季:此指小儿子。 ⑥偕:俱。此指一样。 ⑦无死:此指不要死在异乡。

陟彼岵冈急望乡,父兄念我苦心伤。

始知摩诘登高句,不及魏风语义长。

此诗所述,乃行役之人思念父母兄长之情,然于诗之背景及诗旨所寄,历代颇多异说。《毛诗序》曰:"《陟岵》,孝子之行役,思念父母也。国迫而数侵削,役乎大国,父母兄弟离散,而作是诗也。"既言孝子行役思念父母,复言国势迫削役乎大国而有此行役,是欲明其行役且父兄离散之由。郑笺曰"役乎大国者,为大国所征发",以魏国迫势弱,故以序言役乎大国者,乃为大国所征发。孔疏申之"笺以文承数见侵削,嫌为从役以拒大国,故辨之云:为大国所征发也",以魏国势弱,虽见侵削,而无力拒大国,反为大国所役,辨序、笺之义,差可得之。然观诗之辞,仅为行役思亲,序、笺之说,当以诗为魏风则必刺时刺君,而推测言之,似或未得其情事之实。故后之论者于此诗,多着眼行役思亲义而不及国事。今人亦多以为征人望乡或征人思家之辞。盖此诗所述征人思乡心理挚切而深婉,故于其构思方式及特点,解者所说不一。诗三章,分叙"父曰""母曰""兄曰",孔疏以为"孝子在役之时,以亲戚离散而思念之。言己登彼岵山之上兮,瞻望我父所在之处兮。我本欲行之时,而父教戒我曰:嗟! 汝我子也,汝从军行役在道之时,当早起夜寐,无得已止。又言若至军中,在部列之上,当慎之哉",以之为征人望乡时忆及当年临别时亲人之叮嘱,乃追忆当初之辞。朱熹《诗集传》则以为"孝子行役,不忘其亲,故登山以望其父之所在。因想像其父念己之言曰:嗟乎! 我之子行役,夙夜勤劳,不得止息。又祝之曰:庶几慎之哉,犹可以来归,无止于彼而不来也! 盖生则必归,死则止而不来矣",以之为征人望乡时想像父兄念己之言,乃虚想当下之辞。对此,今人钱钟书《管锥编》以为"窃意面语当曰'嗟女行役',今乃曰'嗟予子(季、弟)行役',词气不类临歧分手之嘱,而似远役者思亲,因想亲亦方思己之口吻尔"。其例以乐府《西洲曲》写男"下西洲",拟想女在"江北"之念己望己:"单衫杏子黄""垂手明如玉"者,男心目中女之容饰;"君愁我亦愁""吹梦到西洲"者,男意计中女之情思。因以此种"据实构虚,以想像与怀忆融会而造诗境,无异乎《陟岵》焉"。钱氏此言,可谓衍朱说而又别具赏心。此种想像与怀忆融会而造诗境,于历代思乡诗不断承衍而光大,故清人乔亿《剑溪说诗又编》以此《陟岵》之篇乃"千古羁旅行役诗之祖",实非虚誉。细味之,诗三章"父曰""母曰""兄曰"之亲人念己之词,尤显人物个性。毛传于各章依次评为"父尚义""母尚恩""兄尚亲",虽仅略言,似觉已得其阃奥。盖父之"犹来无止",嘱其无滞他乡,既立足于子而又不失父之旷达。母之"犹来无弃",嘱其无弃娘亲,则立足于母而见母子之情难以割舍,以及娘怜季子之深情。兄之"犹来无死",直言不可埋骨他乡,极见手足情深,且寄以兄弟同承家业为重之思。用语既具个性,妙从对面设想,思亲所以念己之心,开后世思亲诗无数法门。若唐人王维《九月九日忆山东兄弟》"遥知兄弟登高处,遍插茱萸少一人"堪称思亲诗经典,然与此篇相较,从对面着笔之法显由此出,而以简古之辞绘就人物群像、曲折之笔铺写多重亲情、幻拟之思造出逼真妙境论之,其差之岂止毫厘耶?

十亩之间

十亩之间兮①,桑者闲闲兮②,行与子还兮③。
十亩之外兮,桑者泄泄兮④,行与子逝兮⑤。

①十亩:举成数。指场圃之地。之间:古时种桑多在房舍墙边。《孟子·尽心上》:"五亩之宅,树墙下以桑。"　②桑者:采桑之人。闲闲:宽闲,从容貌。③行:走。一说且,将要。　④泄(yì)泄:人多貌。《毛传》:"泄泄,多人之貌。"一说和乐貌。　⑤逝:往,回去。

> 十亩之间桑李萦,国危同道伴君行。
>
> 回看五柳风摇曳,归去来辞自此生。

此诗语甚简,所述场景仅为园圃之间,采桑者往还之神貌。然于诗旨及背景,颇多异说。《毛诗序》曰:"《十亩之间》,刺时也。言其国削小,民无所居焉。"序以诗刺国小民无所居。然诗言采桑者行貌,何以见国小民无所居? 毛传"闲闲然,男女无别,往来之貌",郑笺"古者一夫百亩,今十亩之间,往来者闲闲然,削小之甚",孔疏申之曰"《王制》云:制农田百亩。《地官·遂人》云:夫一廛田百亩。司马法曰:亩百为夫,是一夫百亩也",又曰"魏地狭隘,一夫不能百亩,今才在十亩之间。采桑者闲闲然,或男或女,共在其间往来无别也。又叙其往者之辞,乃相谓曰:行与子俱回还兮。虽则异家,得往来俱行,是其削小之甚也",引《礼记·王制》及《周礼·地官》一夫百亩之制,释序、笺之说,是以古者一夫百亩,今才十亩,故言国土狭隘削小,甚而男女于其间往来无别。以此,则诗中所言"行与子还"者即"桑者"。然按诗之辞义,此说实多穿凿而难通,后人已多驳之。朱熹《诗序辨说》以为"国削则民随之,序文殊无理",《诗集传》释为"政乱国危,贤者不乐仕于其朝,而思与其友归于农圃,故其词如此",以为诗述贤者鉴于政衰国危,而欲偕友归隐。以此,则诗中所言"行与子还"者乃贤者与其友,而非"桑者"。然于朱说,清人姚际恒复疑之,《诗经通论》以为"古称采桑皆妇人,无称男子者。若为君子思隐,则何为及于妇人耶","古西北地多植桑,故指男女之私者必曰'桑中'也",则以此语桑者涉男女事,遂以为"类刺淫之诗"。此刺淫之说固为后人所讥斥,然由其所言"男女之私"义,则又衍出"夫妇偕隐"乃至"情诗恋歌"之说。今人解此诗,则又着眼诗中"桑者"而为言,余冠英《诗经选》"这是采桑者劳动将结束时呼伴同归的歌唱",以为实写采桑之事,即多为人所信从。是此诗之众说纷纭,迄难定论。今重观之,十亩之间桑者闲闲者,显为旁述之言,既欲行与子还,似不当自称桑者。是前二句写所见之境,后一句抒己所欲之心。故序、笺之说固谬,而后世目之为男女之私者乃至今人之采桑者呼伴同归之说,实同其病,皆混二者而为一。故此,似当以朱子所言贤人思欲归隐之说,最切诗旨。按《孟子·尽心上》有言"五亩之宅,树墙下以桑",树桑者,宅地也,本非一夫百亩之耕地,是序、笺以百亩十亩之辨以见其地狭隘,民无所居,似尤与诗义悖。盖一宅五亩,此诗所言者十亩,当合二宅而言,岂非正合朱子所言"思与其友归于农圃"即偕友归隐耶?以是,此归隐必为招朋而非偕妻,亦非男女情恋或私合,更非采桑女呼伴同归。唯贤人归隐多当国危政乱,故序说"刺时"亦未尝不可。而于诗辞,似尤可多有涵味者。其语极简而意极丰,且田亩之间桑影蓊蓊,田园逸趣隐然可见,观陶潜《归田园居》"方宅十余亩,草屋八九间。榆柳荫后檐,桃李罗堂前。暖暖远人村,依依墟里烟。狗吠深巷中,鸡鸣桑树颠",岂非由此衍出焉?清人陈继揆《读风臆补》即以为"雅淡似陶",识得此中意趣。

伐 檀

坎坎伐檀兮①,寘之河之干兮②,河水清且涟猗③。不稼不穑,胡取禾三百廛兮④?不狩不猎,胡瞻尔庭有县貆兮⑤?彼君子兮,不素餐兮!

坎坎伐辐兮⑥,寘之河之侧兮,河水清且直猗⑦。不稼不穑,胡取禾三百亿兮⑧?不狩不猎,胡瞻尔庭有县特兮⑨?彼君子兮,不素食兮!

坎坎伐轮兮,寘之河之漘兮⑩,河水清且沦猗⑪。不稼不穑,胡取禾三百囷兮⑫?不狩不猎,胡瞻尔庭有县鹑兮?彼君子兮,不素飧兮!

①坎坎:象声词,此指伐木之声。　②寘:同置,放置。干:岸。　③涟:即澜,水波。《尔雅》引《诗》作澜。猗(yī):同兮,语气词。猗、兮古通用,《大学》引

《诗》作亏。　　④廛（chán）：农民住房。《周礼·地官》："夫一廛，田百亩。"郑注："廛，居也。"孙诒让《周礼正义》："《诗》所云'三百廛兮'者，自是三百家之税。"⑤县（xuán）：通悬，悬挂。貆（huán）：猪獾。　　⑥辐：车轮上凑集于中心毂上之直木。　　⑦直：《毛传》："直，直波也。"　　⑧亿：周代以十万为亿。《郑笺》："禾秉之数。"　　⑨特：大兽。　　⑩漘（chún）：水边。　　⑪沦：波纹。　　⑫囷（qūn）：圆形谷仓，亦名囤。

伐檀为辐水泱泱，满目素餐叹不遑。
岂意变风千载后，域中尸位更贪赃！

　　此诗以伐檀之事起，忽作不劳而获之责问，再发君子素餐之慨。然所述何事，诗旨何寓，颇多异说，大要则有刺、美二端。《毛诗序》曰："《伐檀》，刺贪也。在位贪鄙，无功而受禄，君子不得进仕尔。"是以诗刺在位贪鄙之人。然既刺贪，何复言君子不得进仕？后世释者不一。郑笺释前三句"是谓君子之人不得进仕也"，释中四句"是谓在位贪鄙无功而受禄也"，释后二句"彼君子者，斥伐檀之人仕有功乃肯受禄"，孔疏申之"此伐檀之人既不见用，必待明君乃仕者，若得河水澄清且有波涟猗然也。君子不进，由在位贪鄙，故责在位之人……汝何为无功而妄受此乎？彼伐檀之君子，终不肯而空餐兮，汝何为无功而受禄，使贤者不进也"，以君子不见用而于河干伐檀，是以伐檀为实赋之事。盖郑笺、孔疏之言，显以诗辞附序说，以致多有疑者。然以伐檀为实赋之事，却为今人发扬光大。程俊英《诗经译注》即以为"一群工匠，在河边伐木，给剥削者造车。这时，唱起了这首劳动即兴诗歌。他们尖锐地揭露剥削制度的不合理现象：一些人服劳役，一些人不劳而获。表达了对剥削、寄生的奴隶主的憎恨和反抗的精神"，今之论者皆视为劳动者之歌，以之为《诗经》中最具斗争精神之现实主义诗篇。释诗话语及理念固与古异，然究其诗旨本质则与序说相类，实可谓刺在位贪鄙说之完美现代版。然则，序、笺之说，刺贪与不得进仕，本各自为义，与诗辞分段牵合，语义实多牵强而难通者。尤以伐檀为实赋之事，后世颇多疑者。盖诗多比兴，实不可一一与真实之事相牵合。苏辙《诗集传》即以为"伐檀宜为车，今河非用车之处"，是以伐檀为无所用之比，非为实赋其事，况若实赋其事，檀木本不生水边，则何以于此而实有劳动者之歌？朱熹《诗集传》亦以为"诗人言有人于此用力伐檀，将以为车而行陆也，今乃真之河干，则河水清涟，而无所用。虽欲自食其力，而不可得矣。然其志则自以为不耕则不可以得禾，不猎则不可以得兽，是以甘心穷饿而不悔也。诗人述其事而叹之，以为是真能不空食者。后世若徐稚之流，非其力不食，其厉志盖如此"，是以前三句为君子之处境，以下皆君子自述其志之言，欲以专美君子之义一以贯之。《诗序辨说》即断之为"此诗专美君子不素餐，序言刺贪，失其旨矣"。若此，诗旨即由主刺而转为专美。按《孟子·尽心上》有言："公孙丑曰：诗曰'不素餐兮'，君子之不耕而食，何也？孟子曰：君子居是国也，其君用之，则安富尊荣，其子弟从之，则孝悌忠信。'不素餐兮'，孰大于是？"宋玉《九辩》亦有"窃慕诗人之遗风兮，愿托志乎素餐"之句。是以此诗为美君子之说，亦非为无据。且由此观之，君子之不素餐显非实指自食其力之劳力者，故以此诗为实赋伐木者之歌其谬尤显。然就诗辞观之，中四句不稼穑而取禾，不狩猎而得兽，"胡取""胡瞻"之问，当就人及事而言，是其必有所指。后二句"彼君子兮"，显为针对不稼穑而取禾、不狩猎而得兽者之拟想之辞，君子不素餐，则当有素餐之人。是美君子之中实含刺贪鄙之事，故刺、美两义实可相通。宋人范处义《诗补传》尝言"檀，木之良者，今乃伐而真之无用之地，犹君子不得仕进也。而一时在位皆贪鄙之人，无功而受禄，如未尝稼穑而取禾，不知愧耻，君子所以重自进也"，清人戴震《毛诗补传》亦言"讥在位者无功倖禄，居于污浊，盈廪充庖，非由己稼穑田猎而得者也。食民之食，而无功德于民，是谓素餐也。首二言，叹君子之不用，中五言，讥小人之倖禄，末二言，以为苟用君子，必不如斯。互文以见意"，是以不独伐木为比，即稼穑而取禾、狩猎而取兽亦皆比譬之言，若此，诗之义旨岂非畅然而贯通乎？故《伐檀》之诗，乃美刺相形以见意，正若姚际恒《诗经通论》所言"借小人以形君子，亦借君子以骂小人。乃反衬不素餐之义"。是以君子愈美，则在位者愈鄙，故刺贪鄙之说亦不可废。就刺之用而言，魏风多刺，尤以《伐檀》刺之为烈，诗序所谓"至于王道衰，礼义废，政教失，国异政，家殊俗，而变风变雅作矣。国史明乎得失之迹，伤人伦之废，哀刑政之苛，吟咏情性，以风其上，达于事变而怀其旧俗也。故变风发乎情，止乎礼义。发乎情，民之性也；止乎礼义，先王之泽也"，论者向以魏风七篇作于姬魏行将为晋献公灭国之时，是诗人于政衰国危之际以变风

"讽其上"而期以"明得失",则岂有补乎？唐人白居易《议文章碑碣辞赋》亦言"古之为文者,上以纫王教,系国风,下以存炯戒,通讽谕,故惩劝善恶之柄,执于文士褒贬之际焉。补察得失之端,操于诗人美刺之间焉",是风诗之美刺惩劝善恶,通当时之讽谕,存后世之鉴戒,复可得焉？历观千年史事,在位者不独素餐,贪赃枉法之众,又岂可尽数乎？

硕 鼠

　　硕鼠硕鼠①,无食我黍。三岁贯女②,莫我肯顾③。逝将去女④,适彼乐土。乐土乐土,爰得我所⑤？

　　硕鼠硕鼠,无食我麦。三岁贯女,莫我肯德⑥。逝将去女,适彼乐国。乐国乐国,爰得我直⑦？

　　硕鼠硕鼠,无食我苗。三岁贯女,莫我肯劳⑧。逝将去女,适彼乐郊。乐郊乐郊,谁之永号⑨？

①硕鼠:大老鼠。一说硕鼠即鼢鼠,是一种专吃谷物之田鼠。　②三岁:泛指多年。贯:宦之假借。《鲁诗》作宦,侍奉,即养活意。女:通汝。　③莫:不。顾:顾恤。莫我肯顾,为莫肯顾我之倒文。下二章"莫我肯德""莫我肯劳"同此。④逝:往。去:离开。《郑笺》:"逝,往也。往矣将去女,与之诀别之辞。"一说逝通誓,亦可通。　⑤爰:乃,于是。所:处所。　⑥德:加恩,施惠。　⑦直:王引之《经义述闻》:"当读为职,职亦所也。"一说同值,报酬。　⑧劳:慰劳。　⑨之:往,向。永号:长叹。

　　　　　　硕鼠齧苗垄亩荒,三年事汝剩饥肠。

　　　　　　诚知乐土何曾有,总把桃源筑梦乡。

此诗当为魏人刺重敛之作,古今所说略同,唯于所刺对象,颇有异辞。《毛诗序》曰:"《硕鼠》,刺重敛也。国人刺其君重敛蚕食于民,不修其政,贪而畏人,若大鼠也。"是以为魏国之人苦于重敛,而比其君若大鼠而刺之。郑笺"大鼠者,斥其君也。女无复食我黍,疾其税敛之多也。我事女三岁矣,曾无教令恩德来顾眷我,又疾其不修政也",衍序说以为言。孔疏"本以硕鼠为喻之意,取其贪且畏人,故序因倒叙其事。经三章皆上二句言重敛,次二句言不修其政,由君重敛不修其政,故下四句言将弃君而去也",则比照诗辞以释序之义。朱熹《诗集传》以为"民困于贪残之政,故托言大鼠害己而去之也",承刺重敛之说,然于刺君之说则疑之,《诗序辨说》以为"此亦托于硕鼠以刺其有司之词,未必直以硕鼠比其君也",是以国人不当以大鼠直比其君,因以此诗为刺有司。至今人论诗,则多以阶级观,故不言其君或有司,余冠英《诗经选》"这篇诗表现农民对统治者沉重剥削的怨恨与控诉。诗人骂剥削者为田鼠,指出他们受农民供养,贪得无厌。农民年年为剥削者劳动,得不到他们丝毫的恩惠,只得远寻'乐土',另觅生路。所谓'乐土'在当时只是空想罢了",时代性话语颇为典型,然究其实质与旧说并无不同,只是将所刺对象之君主与有司合为一个阶级而已。然就诗人所刺而言,其君与有司本大不同,宜有辨者。顾郑笺释"三岁贯女"有云"古者,三年大比,民或于是徙",孔疏"《地官》小司徒及卿大夫职皆云:三年则大比。言比者,谓大校比其民之数,而定其版籍,明于此时民或得徙。《地官》比长职曰:徙于国中及郊,则从而授之。注云:徙谓不便其居也。或国中之民出徙郊,或郊民入徙国中,皆从而付所处之吏。是大比之际,民得徙矣",援《周礼·地官》之制,释三年大比之义甚详。是古者人籍管理三年一校比,而无论徙入徙出皆付所处之吏,民之所属管者明为有司,故刺施于重敛者亦当为有司。以此,则诗所刺者当从朱说。然则,直接征税于民者为有司,而有司征税之依据乃在其君,故二说实亦可以并存。又,何以谓为重敛?据王先谦《诗三家义集疏》考证,王符《潜夫论·班禄》有言"履亩税而《硕鼠》作",桓宽《盐铁论·取下》亦言"周之末涂,德惠塞而耆欲众,君奢侈而上求多,民困于下,怠于公事,是以有履亩之税,《硕鼠》之诗是也",分别为鲁诗、齐诗所引,是可见本诗所述所刺之所由。所谓"履亩税",据《左传·宣公十五年》杜预注"初税亩"之言曰:"公田之法,十取其一,今又履其余亩复十收其一。"孔颖达疏:"旧法既已十亩取一,今又履其余亩复十收其一,乃是十取其二……谓十内税二,犹尚不足,则从此之后遂以十二为常。"由是观之,正以此税制,致民困于重敛,遂离而去之。盖古者民为邦之本,民丧则国亡,殷商卜辞中已有"丧众""丧其众"之记。西周末至春秋时代,民流甚而至于聚乱,《左传·昭公二十年》即载"郑国多盗,取人于萑苻之泽"。此诗作于姬魏行将灭国之际,民欲离徙之心理可以想见。然税制实施,已成天下通则,民欲去之又将何去? 元人朱公迁《诗经疏义会通》引许衡之言曰:"乐土乐国,犹有其所欲去之地,至邑外之郊,亦姑往之,唯欲出此境也。然乐郊乐郊,又将长号于谁使之拯我乎? 可见其民穷蹙之甚,进退无据,不聊其生,国其可久存哉?"洞隐烛微,前人未有见及者。故其所谓乐土乐国,岂非后世桃花源之类幻境之所由耶?

唐 风

蟋 蟀

蟋蟀在堂①,岁聿其莫②。今我不乐,日月其除③。无已大康④,职思其居⑤。好乐无荒,良士瞿瞿⑥。

蟋蟀在堂,岁聿其逝⑦。今我不乐,日月其迈⑧。无已大康,职思其外⑨。好乐无荒,良士蹶蹶⑩。

蟋蟀在堂,役车其休⑪。今我不乐,日月其慆⑫。无已大康,职思其忧⑬。好乐无荒,良士休休⑭。

①在堂:蟋蟀本在野,在堂谓天寒岁暮。　②聿(yù):语助词,有遂意。莫:古暮字。　③日月:此指光阴。除:去。　④无:勿。已:甚,过度。大:同泰。泰康,安乐。　⑤职:尚,还要。马瑞辰《毛诗传笺通释》:"《尔雅·释诂》:'职,常也。'常从尚声,故职又通作尚。"居:处。此指所处职位。　⑥瞿(jù)瞿:有所顾忌貌。　⑦逝:去。　⑧迈:去,流逝。　⑨外:此指本职之外事。苏辙《诗

集传》:"既思其职,又思其职之外。"　　⑩蹶蹶:《毛传》:"蹶蹶,动而敏于事。"
⑪役车:服役之车。其休:将要休息,此指行役者当还。　　⑫慆(tāo):逝去。
⑬忧:《郑笺》:"忧者,谓邻国侵伐之忧。"　　⑭休休:安闲貌。此指盼望和平
之心。

蟋蟀在堂日似梭,岁阑逸乐戒相过。

尝疑尼父哀王道,累累丧家叹逝波。

　　唐本帝尧旧都,周成王以封弟叔虞为唐侯。南有晋水,至子燮乃改国号曰晋。
后徙曲沃,又徙居绛。其地土瘠民贫,勤俭质朴,忧深思远,有尧之遗风。其诗不谓
之晋而谓之唐,郑玄《诗谱》以为"仍其始封之旧号",宋人范处义《诗补传》以为
"存唐之名,示不忘尧也",元人刘瑾《诗传通释》则以为"叔虞封唐,燮侯号晋,十七
传至晋侯缗,为曲沃武公所并。然武公能灭晋之宗而不能灭唐之号,能冒晋之号而
不继唐之统。君子欲绝武公于晋而不可,故总名其诗为唐,以寓意焉",清人方玉
润《诗经原始》亦以为"唐诗多作于曲沃并晋之世,两晋相吞,一兴一亡,其名无所
专系,故黜晋号而系之以唐,恶之深故绝之甚也。国有无诗而名存,圣人悯其君之
无罪见灭,存之所以寓兴亡继绝之心者,邶、鄘是也。亦有有诗而名灭,圣人恶其君
之得国不正,黜之所以见并族灭宗之罪者,晋是也。然则诗虽咏事,《春秋》之法寓
焉矣"。阐晋诗唐名之所由,寓兴亡褒贬之义,启读诗者治乱兴亡之思。此诗为唐
风首篇,所述者感物伤时,复以勤勉相劝诫,亦似有及时行乐之意寓其间,故究其
旨,或以忧刺,或以劝诫,说者不一。《毛诗序》曰:"《蟋蟀》,刺晋僖公也。俭不中
礼,故作是诗以闵之,欲其及时以礼自虞乐也。此晋也,而谓之唐,本其风俗,忧深
思远,俭而用礼,乃有尧之遗风焉。"既以诗刺晋僖公俭不中礼,复言晋诗谓唐之
由,且以其风俗本俭而用礼,似觉自相扦格。宋人即疑序说,朱熹《诗序辨说》以为
"所谓欲其及时以礼自娱乐者,又与诗意正相反耳。况古今风俗之变,常必由俭以
入奢,而其变之渐,又必由上以及下。今谓君之俭,反过于初,而民之俗犹知用礼,
则尤恐其无是理也",《诗集传》遂释为"唐俗勤俭,故其民间终岁劳苦,不敢少休。
及其岁晚务闲之时,乃敢相与燕饮为乐。而言今蟋蟀在堂,而岁忽已晚矣。当此之

212

时而不为乐,则日月将舍我而去矣。然其忧深而思远也,故方燕乐而又遽相戒曰:今虽不可以不为乐,然不已过于乐乎?盍亦顾念其职之所居者,使其虽好乐而无荒,若彼良士之长虑却顾焉,则可以不至于危亡也",指序说之非,而以诗乃民间相与劝戒之辞。然则,诗言"思其居""思其外""思其忧",郑笺"所居之事,谓国中政令","外谓国外至四境","忧者,谓邻国侵伐之忧",且诗人以"无荒"以自警,以"良士"以自勉,显非民间之所虑及者。观宋人王质《诗总闻》已言"此大夫相警戒者也",而所警戒者"为乐无害,而不已则过甚。勿至太康,常思其职所主。勿至于荒,常有良士之态,然后为善也",清人姚际恒《诗经通论》亦言"观诗中'良士'二字,既非君上,亦不必尽是细民,乃士大夫之诗也",以士大夫自相警勉为说,诗之义始畅。今之论者亦多承此说,以为士子自勉之辞。今循此义,犹有辨者。盖良士既自勉若此,则朝政士风似可想见,故序言刺时,似亦非为略无所据。观方玉润《诗经原始》有言"序以为'刺晋僖公俭不中礼',今观诗意,无所谓'刺',亦无所谓'俭不中礼',安见其必为僖公发哉?序好附会,而又无理,往往如是,断不可从",又言"此亦谨守见道之人所作,圣人取之冠于唐风之首,以为唐尧旧俗固如是也",既斥序说刺僖公之附会无理,却承扬其"有尧之遗风"意,以明良士自勉"忧深思远""好乐无荒"渊源之所自,是以综融两义,颇中肯綮。唯唐风果若多作于曲沃并晋之际,则已属礼崩乐坏之春秋时代,不意晋地尚有谨守见道之人有尧之遗风若是,尼父当日岂不知之乎?若知此,仍作"道不行,乘桴浮于海"之叹并周游列国"累累若丧家之狗"乎?

山有枢

213

山有枢[①],隰有榆。子有衣裳,弗曳弗娄[②]。子有车马,弗驰弗驱。宛其死矣[③],他人是愉[④]。

山有栲[⑤],隰有杻[⑥]。子有廷内[⑦],弗洒弗埽[⑧]。子有钟鼓,弗鼓弗考[⑨]。宛其死矣,他人是保[⑩]。

山有漆[⑪],隰有栗。子有酒食,何不日鼓瑟?且以喜乐,且以永日[⑫]。宛其死矣,他人入室。

①枢(ōu):《鲁诗》作蓲,皆为櫙之假借,刺榆。《山海经》:"其木苦蓲。"注:"刺榆也。" ②曳:拖。娄:《鲁诗》《韩诗》均作搂,牵。《孔疏》:"曳娄俱是着衣之事。" ③宛:苑之假借字,枯萎。《淮南子·俶真训》:"形苑而神壮。"高诱注:"苑,枯病也。" ④愉:乐,享受。 ⑤栲(kǎo):树名。《毛传》:"栲,山樗。" ⑥杻(niǔ):亦名檍,梓一类树。 ⑦廷:通庭,庭院。内:此指堂室。 ⑧埽:同扫。 ⑨考:敲击。 ⑩保:占有。 ⑪漆:漆树。 ⑫永:延长。日:岁月。朱熹《诗集传》:"饮食作乐,可以永长此日也。"

　　隰有枌榆山有蓲,政荒民散几人忧?
　　今朝酒食今朝尽,何若连宵秉烛游?

　　此诗所述,乃有物不能用,然诗旨为何,则多异说。《毛诗序》曰:"《山有枢》,刺晋昭公也。不能修道以正其国,有财不能用,有钟鼓不能以自乐,有朝廷不能洒埽,政荒民散,将以危亡,四邻谋取其国家而不知,国人作诗以刺之也。"是以诗刺晋昭公有财不能用,以致政荒国危,似亦以俭啬而为言者。孔疏释之曰"有财不能用者,三章章首二句是也。此二句总言昭公不能用财耳。其经之所陈言,昭公有衣裳、车马、钟鼓、酒食不用之,是分别说其不能用财之事也","四邻谋取其国家者,三章下二句是也。四邻,即桓叔谋伐晋是也,故下篇刺昭公皆言沃所并。沃虽一国,即四邻之一,故以四邻言之",按诗辞以附序说,是以诗之首二句为兴,余皆实赋其事。然以国君之事观之,其自身有财不能用,何以致政荒民散?且所言之衣食车马,皆日常之用,即常人安能不用?况国君乎?故其说多有疑者。朱熹《诗序辨说》以此诗"非臣子所得施于君父者,序说大误",因于《诗集传》释之曰"此诗盖以答前篇之意,而解其忧。故言山则有枢矣,隰则有榆矣,子有衣裳车马,而不服不乘,则一旦宛然以死,而他人取之以为己乐矣。盖言不可不及时行乐,然其忧愈深,而意愈蹙矣",以之为前篇之答,意谓以及时行乐意解前篇之忧。然按朱说,《蟋蟀》之诗乃民间以好乐无荒相与警戒,似无有所言之忧者。方玉润《诗经原始》已言"或以为'刺昭公',或以为'答前篇之意而解其忧',又或以为'刺时君之败亡者',何异梦中说梦!时君将亡,必望其急早修政,以收拾人心为主,岂有劝其及时行乐,自速灭亡乎? 至前诗之忧,亦无烦待人解者",驳前此诸说甚切,是以朱说之失亦同序说无据之弊。故明人季本《诗说解颐》以为"刺俭而不中礼",清人郝懿行《诗问》以为"讽吝啬也",今人亦多以为对贵族守财奴之讥刺与嘲讽,似与诗之本义为近。惜其说浮泛而简略,未能深探而有得。盖吝啬成一国之风,必非偶然,且此诗"宛其死矣,他人入室",乃极忧痛之思,必与国政时势相关。吴闿生《诗义会通》以为"案诗词有危亡之惧,而欲荡佚以娱忧,乃无聊之极思。情词迫切,与《蟋蟀》篇之和平中正迥不相侔",可谓识见精卓。以此,则序说刺昭公非,而政荒民散将以危亡则是,朱说答《蟋蟀》意非,而其忧愈深而意愈蹙则是。如此,岂非"各去其短,合其两长"之论耶? 观古之忧者形诸文墨,当末世乱象,方有"人生忽如寄"之悟,始生"行乐当及时"甚或"何不秉烛游"之思,岂此诗为之滥觞乎? 李太白《春夜宴从弟桃李园序》所言"古人秉烛夜游,良有以也",信哉斯言。

扬之水

扬之水①,白石凿凿②。素衣朱襮③,从子于沃④。既见君子⑤,云何不乐?

扬之水,白石皓皓⑥。素衣朱绣,从子于鹄⑦。既见君子,云何其忧?

扬之水,白石粼粼⑧。我闻有命,不敢以告人⑨!

①扬:激扬。 ②凿凿:鲜明貌。 ③襮(bó):绣有黼文之衣领。诸侯服饰。 ④子:此指潘父。于:往,到。沃:曲沃,在今山西闻喜东,是桓叔封地。 ⑤君子:此指桓叔。 ⑥皓皓:洁白貌。 ⑦鹄:同皋,即曲沃。马瑞辰《毛诗传笺通释》:"鹄,古通作皋,泽也,皋也,沃也,盖析言则异,散言则通。三家诗从本字作皋,毛诗假借作鹄。非曲沃之旁别有邑名鹄也。" ⑧粼粼:清澈貌。形容水清石净。 ⑨不敢以告人:严粲《诗缉》:"言不敢告人者,乃所以告昭公。"

白石巉岩水势迟，盛强曲沃晋将衰。

昭公底事无知觉？一梦醒来国祚移！

此诗以水石起兴，以言着诸侯服饰之人，复明著欲从其至沃，且既有命又不敢告人，其情似紧张而神秘，故旧说皆以之为讽曲沃谋篡晋事。据《左传·桓公二年》，鲁惠公"二十四年，晋始乱，故封桓叔于曲沃"，"惠之三十年，晋潘父弑昭侯而立桓叔，不克"，《史记·晋世家》"昭侯元年，封文侯弟成师于曲沃。曲沃邑大于翼，翼，晋君都邑也。成师封曲沃，号为桓叔"，"好德，晋国之众皆附焉。君子曰：晋之乱其在曲沃矣。末大于本而得民心，不乱何待？七年，晋大臣潘父弑其君昭侯，而迎曲沃桓叔。桓叔欲入晋，晋人发兵攻桓叔，桓叔败还归曲沃"，盖曲沃谋篡晋，历桓叔、庄伯、武公三世数十年始成，此当桓叔世，乃初谋其事。观诗言"从子于沃"，指其事甚明，又言"我闻有命，不敢以告人"，似指晋大臣潘父与曲沃桓叔之密谋。故此作者为知情者，诗当作于昭公被杀之前。以此为诗之本事，古今论者几无异辞，然于诗旨所寄，则其说不一。《毛诗序》曰："《扬之水》，刺晋昭公也。昭公分国以封沃，沃盛强，昭公微弱，国人将叛而归沃焉。"是以诗刺昭公分国封沃之举，以致沃盛己弱。郑笺释前二句"喻桓叔盛强，除民所恶，民得以有礼义也"，释中二句"国人欲进此服去从桓叔"，释后二句"君子，谓桓叔"，孔疏亦言"桓叔有德，沃是大都，沃国日以盛强，昭公国既削小，身又无德，其国日以微弱，故晋国之人皆将叛而归于沃国焉"，皆以桓叔有德民乐归之而为言。然序仅言刺昭公，若依笺、疏，则当为美桓叔而恶昭公，是笺、疏已与序异。朱子不察，以序说不误，却实承笺、疏义而为言。《诗集传》释之曰"晋昭侯封其叔父成师于曲沃，是为桓叔。其后沃盛强而晋微弱，国人将叛而归之，故作此诗。言水缓弱而石巉岩，以比晋衰而沃盛。故欲以诸侯之服，从桓叔于曲沃，且自喜其见君子而无不乐也"，又曰"闻其命而不敢告人者，为之隐也。桓叔将以倾晋，而民为之隐，盖欲其成矣"，是以为诗述国人愿归桓叔，而乐观其倾晋事成。然则，其时当曲沃谋篡之初，且事在密谋，岂有国人皆乐于附逆之理？故多有疑者。方玉润《诗经原始》以为："此诗发人隐谋，有关君国祸福，岂敢直言，自取灭亡？《小序》不知，以为'国人将叛归沃'之词。《集传》更谓不敢告人者，'民为之隐'，而欲其事之成也。既形诸歌咏，遍传国中矣，而犹谓

'为之隐'哉?"指旧说之失,甚切其弊。按宋人严粲《诗缉》已言:"时沃有篡宗国之谋,而潘父阴主之,将为内应,而昭公不知。此诗正发潘父之谋,其忠告昭公者,可谓切至。若真欲从沃,则是潘父之党,必不作此诗以泄漏其事也。"与前此诸说正相反,以诗人意在发篡逆之密谋,而忠告昭公。若此,则始觉与"不敢以告人"之意合,揣之密谋之事,亦方合其理。于此,方玉润氏又言"从严氏说,则此诗为忠告,从《集传》说,则此诗为叛党。是非不言而自见。读者可以识删存微意矣",可谓辨擘深至。惜今人犹不悟此理,仍多有从笺、疏及朱子之说者,蒋立甫《诗经选注》即以为诗人"由衷地希望桓叔真正成为诸侯"。盖历代兴亡,固成王败寇,然有时势之异。以曲沃篡晋言之,若在武公将欲事成之际,势已成而民心归,自有其理。若于谋篡之初,则断无国人皆乐于附逆之理。观史迁所言"晋国之众皆附焉",诗序所言"国人将叛而归沃焉",实皆后世人而言当时事,固不免以后果测前因者。且就诗辞细味之,亦正如顾广誉《学诗详说》所言"'素衣朱襮,从子于沃',见显移国祚而无难。'我闻有命,不敢以告人',见阴行弑逆而莫禁。忧之深故言之切",又云"诗人述民情如此,非诗人自我,亦非作诗之人即'从子于沃'之人也",可谓诠诗意尤胜。是诗乃巧于告密者之所为,然昭公终不悟,如之奈何!

椒 聊

椒聊之实[①],蕃衍盈升[②]。彼其之子,硕大无朋[③]。椒聊且[④],远条且[⑤]。

椒聊之实,蕃衍盈匊[⑥]。彼其之子,硕大且笃[⑦]。椒聊且,远条且。

①椒:花椒,又名山椒。聊:同菜,亦作梂、梂,草木多子成串。　②蕃衍:生长众多。盈:满。升:量器名。　③无朋:无比。　④且(jū):语助词。下文同此。　⑤远条:条古与修通用,古本《诗经》作"远修且"。修,长,谓香气传之远。一说长长枝条。　⑥匊(jū):古掬字,两手合捧。又《周礼·考工记·陶人》疏引《小尔雅》:"匊,二升。"亦通。　⑦笃:厚,厚实。

椒聊蕃衍实盈升，曲沃盛强晋莫朋。

勿道鼎移逾五世，从来成败有先徵！

　　此诗仅以椒聊起兴，以言其子之大，语简而意隐，故于诗之背景及所指，向多异说。《毛诗序》曰：《椒聊》，刺晋昭公也。君子见沃之盛强，能修其政，知其蕃衍盛大，子孙将有晋国焉。"所说与前篇相似，以沃盛晋弱而昭公不察，故刺之。郑笺以为，诗喻桓叔"今其子孙众多，将日以盛也"，"椒之气日益远长，似桓叔之德弥广博"，孔疏亦曰"君子之人见沃国之盛强，桓叔能修其政教，知其后世稍复蕃衍盛大，子孙将并有晋国焉。昭公不知，故刺之"，"经二章皆陈桓叔有美德，子孙蕃衍之事"，亦同前篇以诗人美桓叔而为言。然观诗辞，仅兴之以椒聊之实，所言"彼其之子"亦似难指实，故于序、笺之言，后人多有疑之者。朱熹《诗集传》曰"椒之蕃盛，则采之盈升矣。彼其之子，则硕大无朋矣。'椒聊且，远条且'，叹其枝远而实益蕃也"，仅衍诗辞而后，终以为"此不知其所指"，对于"序亦以为沃也"，《诗序辨说》即明言"此诗未见其必为沃而作也"。然其弟子辅广作《诗童子问》谓"当时民情弃旧君而乐桓叔，以见其俗之薄"，则又类同朱子论前篇《扬之水》"桓叔将以倾晋，而民为之隐，盖欲其成"之意，辅氏本受业于朱子，每闻朱子论《诗》，遂将之搜罗成帙，并为之发挥阐述，故名曰"童子问"，由此观之，朱子或亦曾以此诗与桓叔倾晋有关焉？今人解此诗，尤乐以民间歌谣目之，不必究其史而考其本事，因就诗之辞义而宽泛为说。或以为颂扬男子生殖力强健多子，或以为赞美妇人硕大丰腴健康多子。闻一多《风诗类钞》以为"椒聊喻多子，欣妇人之宜子也"，即多为人所从。其说固以椒聊喻多子为前提，然椒聊之实，并非直喻多子，郑笺"椒之性芬香而少实，今一捄之实，蕃衍满升，非其常也"，是以椒固多子，然一串即盈升岂其常焉？故以"喻桓叔晋君之支别耳"，不亦宜乎？又，以"彼其之子，硕大无朋"美妇人硕大丰腴，尤觉语涉不伦，观卫风《硕人》美妇人，有是言乎？其硕而大，且世间无有可比者，岂宜状一妇人耶？即指男子，亦断无是理。再者，若以此意推之，则"远条"何解？故郑笺"硕谓壮，貌佼好也。大谓德美广博也"，与"远条"之意始相贯。通观诸说，笺、疏之以美桓叔，固已有违序义，今人所解，复皆流于浅率，盖诗多比兴，且真义往往深蕴，非于事与辞涵泳反复不可得。以是观之，清人方玉润《诗经原始》曰:"案《春秋》惠二十四年,昭公封成师于曲沃,至庄十六年,曲沃伯始为晋侯,中间几七十年。此诗之作,亦远在三四十年之间。事未至而虑已周,非见微知著之君子不足以为此。其所以忠于昭公者何如乎?圣人存之,正以见其识之远而虑之深耳。"盖曲沃倾晋,于曲沃言,历桓叔、庄伯、武公三世,于晋言,历昭公、孝侯、鄂侯、哀侯、小子侯、晋侯缗六世,凡六十七年,然其间乃至其初,岂无徵乎?是为政者岂可忽焉?方氏此言,可谓洞见其微,由此似亦可释比兴之弦外之音。吴闿生《诗义会通》以为"案此诗刺昭,绝无可疑。序末三语,尤能阐发诗人言外之意",更为序说张目,颇有会心。

绸 缪

绸缪束薪①,三星在天②。今夕何夕,见此良人③?子兮子兮,如此良人何?

绸缪束刍④,三星在隅⑤。今夕何夕,见此邂逅?子兮子兮,如此邂逅何?

绸缪束楚,三星在户⑥。今夕何夕,见此粲者⑦?子兮子兮,如此粲者何?

①绸(chóu)缪(móu):缠绕,捆束。犹缠绵也。束薪,及下文之束刍、束楚,皆作婚姻之喻。　②三星:即参星。三星在天,时指十月,非婚时。　③良人:此指丈夫。《仪礼·士昏礼》:"腰衽良席在东。"郑注:"妇人称夫曰良。"《孟子·离娄》:"良人者,所仰望而终身也。"　④刍:草。　⑤隅:指天之东南角。三星在隅,时指十一月、十二月,非婚时。　⑥户:室户。三星在户,时指一月,非婚时。　⑦粲者:美人。

在户三星非仲春,绸缪今夕见良人。

民贫国乱何须礼?追忆前贤事已陈。

此诗以束薪起兴,以言见此良人,所述当与婚姻有关,然其复有今夕何夕及如之何之疑,则似有隐情,故于诗之旨,古今之说不同。《毛诗序》曰:"《绸缪》,刺晋乱也。国乱则婚姻不得其时焉。"序以诗之所述,乃因国乱而婚姻不得其时,故诗以刺之。郑笺以为"不得其时,谓不及仲春之月",释序之所言婚姻不得其时之义。然于诗辞观之,何以见其刺不得其时?毛传以为"三星者,参也",在天谓十月,在隅谓十一月十二月间,在户谓正月中,故诗之所述者皆婚姻之正时,是以诗之所述皆礼之正时,而以刺当时之失时,乃陈古以刺时。郑笺则以为"三星者,心也,一名火星",在天谓三月之末四月之中,在隅谓四月之末五月之中,在户谓五月之末六月之中,故诗之所述乃当时实情,皆婚姻失时之事,是以刺之。孔疏概之曰"毛以为婚之月,自季秋尽于孟春,皆可以成婚",故"此三章者,皆婚姻之正时。晋国婚姻失此三者之时。故三章各举一时以刺之",而"郑以为婚姻之礼必在仲春,过涉后月则为不可。今晋国之乱,婚姻皆后于仲春之月。贤者见其失时,指天候以责娶者",辨毛、郑之异说甚明。按毛、郑之说,固有陈古之婚姻正时以刺时及直刺当时婚姻失时之不同,然遵序说以诗旨借"婚姻不得其时"以"刺晋乱"之解则无异。于此说,朱熹《诗序辨说》疑之,以为"此但为婚姻者相得而喜之词,未必为刺晋国之乱也",然又于《诗集传》中云"国乱民贫,男女有失其时,而后得遂其婚姻之礼者",似于毛、郑之说依违未定,以致自相扞格。至清人姚际恒《诗经通论》脱开序说,以为"是诗人见人成婚而作",方玉润《诗经原始》则以为"此贺新婚诗耳",今人即多宗其说。余冠英《诗经选》以为"这是乐新婚的诗。诗人觉得他的新娘子美不可言,那夜晚也是美不可言,喜不自胜,简直不晓该怎么办才好",程俊英《诗经译注》以为"这是一首祝贺新婚的诗。它和一般贺婚诗有些不同,带有戏谑、开玩笑的味道,大约是民间闹新房的口头歌唱",似大同而小异。按诗中所谓"绸缪",乃"媾合"之隐语,"束薪"亦为"状缠绵媾合之貌",显为夫妇婚姻之喻无疑。然则,此诗果若实述婚姻而贺之,则时日已定,何以有"今夕何夕"之问?且"邂逅"何解?末言"子兮子兮",毛传"子兮者,嗟兹也",郑笺"子兮子兮者,斥嫁取者,子取后阴阳交会之月,当如此良人何",孔疏申毛传"兹,此也。嗟叹此身不得见良人"。以此,邂逅似寓不得其时之义,故诗旨似依郑笺为当。又,邂逅本亦作解觏,韩诗"解觏,不固之貌",毛传"邂逅,解悦之貌",故吴闿生《诗义会通》以为"今案文为婚姻相得之词,序云刺乱者,探文外之意言之。婚姻人事之常,今以乱离难遇,故言之若有幸焉,录诗者所以伤世变也",复为毛传之说张目。盖陈古义以刺时,三百篇多有,此亦其一欤?

杕 杜

有杕之杜[①],其叶湑湑[②]。独行踽踽[③]。岂无他人? 不如我同父[④]。嗟行之人,胡不比焉[⑤]? 人无兄弟,胡不佽焉[⑥]?

有杕之杜,其叶菁菁[⑦]。独行睘睘[⑧]。岂无他人? 不如我同姓[⑨]。嗟行之人,胡不比焉? 人无兄弟,胡不佽焉?

①杕(dì):孤立生长貌。杜:木名。赤棠。　②湑(xǔ)湑:树叶茂盛貌。③踽(jǔ)踽:单身独行,孤独无依貌。　④同父:同父生兄弟。朱熹《诗集传》:"兄弟也。"一说同祖父族昆弟。　⑤比:亲近。一说辅助,亦通。　⑥佽(cì):资助,帮助。　⑦菁(jīng)菁:树叶茂盛貌。　⑧睘(qióng)睘:同茕茕,孤独无依貌。　⑨同姓:同母生兄弟。马瑞辰《毛诗传笺通释》:"女生曰姓,此诗同姓,对前章同父而言,又据下文无兄弟而言。同姓,盖谓同母生者。"一说同祖昆弟称同姓。

棠杜特生自有阴,独行踽踽岂能禁?
宗亲离散诚堪虑,兄弟阋墙痛曷深?

此诗以孤生赤棠起兴,述独行之人而无兄弟之助。然于诗旨何所寄,则其说不一。《毛诗序》曰:"《杕杜》,刺时也。君不能亲其宗族,骨肉离散,独居而无兄弟,将为沃所并尔。"序以诗人见其君孤独无助,故刺君忧时。孔疏"不亲宗族者,章首二句是也。独居而无兄弟者,次三句是也。下四句戒异姓之人,令辅君为治,亦是不亲宗族之言,故序略之",比照诗辞衍其说,当合序义。然诗仅言无兄弟,似难指实晋君,尤以曲沃将并晋,序当以前后义而为言,故其说多为后人所疑。朱熹《诗序辨说》疑之曰:"此乃人无兄弟而自叹之词,未必如序之说也。况曲沃实晋之同姓,其服属又未远乎?"因于《诗集传》释为:"此无兄弟者自伤其孤特,而求助于人之词。言杕然之杜,其叶犹湑湑然,而人无兄弟,则独行踽踽,曾杜之不如矣。然岂无他人之可与同行也哉? 特以其不如我兄弟,是以不免于踽踽耳。于是嗟叹:行路之人,何不闵我之独行而见亲,怜我之无兄弟而见助乎?"以为无兄弟者自伤。吕祖谦《吕氏家塾读诗记》曰"苟以他人为可恃,则嗟彼行道之人,胡不自相亲比也",亦释之为以反语伤孤特。然观诗末所言"人无兄弟"乃设问之词,而前已有"不如我同父",似其人并非实无兄弟,故又有兄弟失好之说。清人姚际恒《诗经通论》以为"似不得兄弟而终望兄弟比助之辞。言我独行无偶,岂无他人可共行乎? 然终不如我兄弟也。使他人而苟如兄弟也,则嗟彼行道之人胡不亲比我,而人无兄弟者胡不佽助我乎?'行之人'即上'他人',以见他人莫如我兄弟也。即《常棣》'凡今之人,莫如兄弟'之意",以为失兄弟之助者自伤之辞。由此衍发,今人复以为流浪者之歌。程俊英《诗经译注》"这是一个孤独的流浪者求助不得的感伤诗。他自伤失去了兄弟,路上虽有很多和他同走的人,但谁也不愿亲近他,援助他",颇具代表性。然据人情测之,兄弟失好自有其因,或争产或阋墙,故无助时不当思兄弟来助。至若流浪者,所亟思者当为家园之庇或贵人之助,何以既无兄弟却仅望兄弟来助? 故发此论似皆不谐于人情事理者。盖诗之比兴,视之为实赋其事,可得其旨乎? 观唐风多刺君忧时之作,比兴之发,当有所指。明人郝敬《毛诗原解》有言:"晋自昭公被弑,与沃五世相攻,宗室离叛,公室孤立。诗人以杕杜特生比晋,椒聊蕃衍比沃,一盛一衰,于此可见。"以此诗作于昭公被杀之后,晋室尤乱之际,似胜郑笺以为"言昭公远其宗族,独行于国中踽踽然,此岂无异姓之臣乎? 顾恩不如同姓亲亲也"之说。而按之史事,涵泳诗辞,宗室离叛岂非正合有兄弟而无助之义? 故亦可解朱子"况曲沃实晋之同姓"之惑。由是观之,诗序之说似亦不为无据。唯无论公室,抑或常人,宗亲相持,固为辅翼,然一涉权位利益,父子相残,兄弟阋墙,又曷可胜数哉?

羔裘

羔裘豹袪①,自我人居居②。岂无他人? 维子之故③。
羔裘豹褎④,自我人究究⑤。岂无他人? 维子之好。

①祛(qū)：袖口，豹祛即以豹皮为饰之袖口。　②自：对。我人：我等人。居(jù)居：即倨倨，傲慢无礼。　③维：同惟，只。子：你。故：借作姻，爱。一说指故旧，亦通。　④袖(xiù)：同袖。　⑤究究：心怀恶意不可亲近貌，亦指态度傲慢。

> 晋君无计定邦家，豹袖羔裘酷虐加。
> 不见卫人携手去？唐风温厚实堪嗟！

　　此诗所述，似为居高位者倨傲无礼，以致怨刺。然诗何以作，所刺何人，却多异说。《毛诗序》曰："《羔裘》，刺时也。晋人刺其在位不恤其民也。"序以为诗所刺者，晋之在位者，所刺之由，乃其不恤其民。郑笺以为"羔裘豹祛，在位卿大夫之服也。其役使我之民人，其意居居然，有悖恶之心，不恤我之困苦"，孔疏亦言"刺其在位不恤其民者，谓刺朝廷卿大夫也。以在位之臣辅君为政，当助君忧民。而怀恶于民，不忧其民，不与相亲比，故刺之。经二章皆刺在位怀恶不恤下民之辞"，皆以为刺卿大夫之诗。唯此篇语短义隐，复引异议。朱熹《诗序辨说》即以序之说"诗中未见此意"，《诗集传》径以为"此诗不知所谓，不敢强解"。今人则揣词敷义，或以为官员恃权傲物，盛气凌人，引起故友不满，以致诗以刺之，或以为妇人责备丈夫或情人之辞，甚或以为贵族婢妾反抗主人之作。细味之，似并皆臆测无稽之言。观诗所言"岂无他人"，是不满此而欲适彼。若故友不满，何以出另适他人之言？若妇人责夫或婢妾抗主，仅因夫、主态度傲慢，即欲另图他适？此于人情事理不通之甚，固不待辨者。是诗何以言"岂无他人"？郑笺曰"此民，卿大夫采邑之民也，故云：岂无他人可归往乎"，是卿大夫食采邑，当以民为本，今卿大夫不恤其民，故民欲离而他适，自合情理。以此，清人方玉润《诗经原始》断言："此篇'羔裘豹祛'，指卿大夫而言也无疑。即下云'岂无他人？维子之故'，亦其民欲去而不忍去之意也，亦无疑。"然则，晋人既苦卿大夫不相顾恤，何以欲去之而又不忍去？郑笺以为"我不去者，乃念子故旧之人"，焦循《毛诗补疏》申之曰"采邑者，世禄之家，民为采邑之民，则非一世，所以有故旧之念。此时卿大夫困苦其民，是大夫之于民已不念故，而民则念故也。是大夫之于民已不念好，而民则念好也。大夫愈困苦其民，民

223

愈念故念好,故曰民之厚如此"。是以孔疏有言"《北风》刺虐,则云'携手同行',《硕鼠》刺贪,则云'适彼乐国',皆欲奋飞而去,无顾恋之心。此则念其恩好,不忍归他人之国,其情笃厚如此",将此诗之刺时与邶风《北风》刺虐及魏风《硕鼠》刺贪相较,极见晋之民情笃厚,岂不正可见出所谓"尧之遗风"泽被深广之一例焉? 然民之厚而君若何? 顾栋高《毛诗类释》有言:"曲沃相攻五世,而晋人犹守故君至六七十年而不去,晋之卿大夫宜抚循其民,无为曲沃所诱也。乃居居究究,殊无相亲之意,唯以苛察为事,故谓之曰:我岂无他人可归往乎? 特以子为故旧,而不忍去耳。不直斥其君,而第言羔裘豹袪之人,又晓之以大敌在迩,无以我为不能去而苦我也。"若此体味诗义,可谓擘肌分理,尤胜前说。是此诗以卿大夫失其职而刺之,实则寓涵晋君失德无能而致乱几七十年之宏大史事,而以民情之厚,且以大义之晓,国之君臣终不之悟,岂不尤令人嗟叹而无已?

鸨 羽

　　肃肃鸨羽①,集于苞栩②。王事靡盬③,不能艺稷黍④。父母何怙⑤?悠悠苍天,曷其有所⑥?

　　肃肃鸨翼,集于苞棘。王事靡盬,不能艺黍稷。父母何食? 悠悠苍天,曷其有极⑦?

　　肃肃鸨行⑧,集于苞桑。王事靡盬,不能艺稻粱。父母何尝⑨? 悠悠苍天,曷其有常⑩?

　　①肃肃:鸟翅扇动声。鸨(bǎo):鸟名,似雁而大,群居水草地区,脚无后趾,故不善栖木。　②苞:草木丛生。栩:栎树,一名柞树。　③靡:无,没有。盬(gǔ):休止。　④艺(yì):种植。　⑤怙(hù):依靠,凭恃。　⑥曷:何。所:住所。此言何时才能安居。　⑦极:终了,尽头。　⑧鸨行:马瑞辰《毛诗传笺通释》:"鸨行,犹雁行也。雁之飞有行列,而鸨似之。"一说行指翅根,引申为鸟翅。　⑨尝:吃。　⑩常:正常。

何来鸨羽集苞桑，征役无时曷有常？
王事靡闲君莫讶，悠悠人世本苍黄！

此诗古今之说略同，皆以为晋人忧乱世征役之苦。然诗作何时，何人苦于征役，则说者不一。《毛诗序》曰："《鸨羽》，刺时也。昭公之后，大乱五世，君子下从征役，不得养其父母而作是诗也。"序以为诗作于昭公之后，大乱五世之际。郑笺以为"大乱五世者，昭公、孝侯、鄂侯、哀侯、小子侯"，孔疏"案《左传》桓二年称：鲁惠公三十年，晋潘父弑昭侯而纳桓叔不克，晋人立孝侯。惠之四十五年，曲沃庄伯伐翼，弑孝侯，翼人立其弟鄂侯。隐五年传称曲沃庄伯伐翼，翼侯奔随。秋，王命虢公伐曲沃，而立哀侯于翼。隐六年传称翼人逆晋侯于随，纳诸鄂，晋人谓之鄂侯。桓二年传，鄂侯生哀侯。哀侯侵陉庭之田，陉庭南鄙，启曲沃伐翼。桓三年，曲沃武公伐翼，逐翼侯于汾隰，夜获之。桓七年传，冬，曲沃伯诱晋小子侯杀之。八年春灭翼。是大乱五世之事"，又言"案桓八年传云：冬，王命虢仲立晋哀侯之弟缗于晋，则小子侯之后复有缗为晋君"，以史籍为据，释大乱五世甚详切。按序义，诗言苦于征役者乃君子之人，孔疏释之"言下从征役者，君子之人当居平安之处，不有征役之劳，今乃退与无知之人共从征役，故言下也"。于此，朱熹《诗序辨说》既以"序意得之"，然又以为"其时世则未可知耳"，因于《诗集传》释之曰"民从征役，而不得养其父母，故作此诗。言鸨之性不树止，而今乃飞集于苞栩之上，如民之性本不便劳苦，今乃久从征役，而不得耕田以供子职也。悠悠苍天，何时使我得其所乎"，仅泛言民久从征役，不得养父母之苦，与序说苦于征役者乃君子之人异。今人释此诗，即多从朱子之说衍出，以为农民反抗并控诉无休止徭役之诗。然则，诗明言"王事靡盬"，对照史事，《左传·隐公五年》"秋，王命虢公伐曲沃，而立哀侯于翼"，《左传·桓公八年》"冬，王命虢仲立晋哀侯之弟缗于晋"，是曲沃倾晋期间，确多有王命兴征伐之事。对此，清人姚际恒《诗经通论》、陆奎勋《陆堂诗学》皆以为"诗云'王事靡盬'，不为无徵"，而得受王命者岂宜平民？是以序说君子之人似或有理。然诗又有"不能蓺黍稷"，何楷《诗经世本古义》即尝疑其与君子之人不类。观方玉润《诗经原始》有言"勤劳王事，讵分君子小民？不得养亲，同此呼天吁地。人不伤心，何烦泣诉？始则痛居处之无定，继则念征役之何极，终则念旧乐之难复。民情至此,咨怨极矣",似可为平亭之论。盖援诸史籍,细味诗辞,非为极乱之世,似不必反复呼天抢地,是以序所言"昭公之后,大乱五世"似不必疑。乱世征伐,所苦者岂止君子之人?故朱子乃至今人之说亦并非无理。唯不必拘执作诗者即苦于征役之人,以诗人感其事而作,既见世乱之所由,复发民情之所向,岂不辞尤达而义尤畅?

无 衣

岂曰无衣七兮①? 不如子之衣②,安且吉兮③。
岂曰无衣六兮④? 不如子之衣,安且燠兮⑤。

①七:此指七章之衣,诸侯服饰。一说虚数,非实指,谓衣之多。 ②子:此指制衣者。 ③安:舒适。吉:美,善,好。 ④六:朱熹《诗集传》:"天子之卿六命。"亦指诸侯服饰。一说虚数,非实指。 ⑤燠(yù):暖和,温暖。

武公篡晋事阑珊,王命归来始自安。
尝讶春秋诗后作,居然贼子惧儒冠!

此诗仅言无衣有衣,语甚简略,故于所指何事,诗旨何寄,致多异说。《毛诗序》曰:"《无衣》,美晋武公也。武公始并晋国,其大夫为之请命乎天子之使而作是诗也。"序以为事本曲沃武公并晋获周王命,诗人美之。武公并晋,史有明载。孔疏"案《左传》桓八年,王使立缗于晋,至庄十六年,乃云王使虢公命曲沃伯为晋侯,不言灭晋之事。《晋世家》云:哀侯二年,曲沃庄伯卒,晋侯缗立。二十八年,曲沃武公伐晋侯缗,灭之。尽以其宝器赂周僖王,僖王命曲沃武公为晋君,列为诸侯。于是尽并晋地而有之。曲沃武公已即位三十七年矣",以《左传》《史记》为据,述武公并晋事之终始。然曲沃并晋,事属谋逆,唐风涉此者,序皆言刺,何独此篇言美?孔疏"所以美之者,晋昭公封叔父成师于曲沃,号为桓叔。桓叔生庄伯,庄伯生武公,继世为曲沃之君,常与晋之正適战争不息。及今武公始灭晋而有之,其大夫为

226

之请王赐命于天子之使，而作是《无衣》之诗以美之。其大夫者，武公之下大夫也，曲沃之大夫美其能并晋国，故为之请命"，以作诗者乃曲沃大夫，故可美其事。朱子不信序说，极辨美之说之谬。《诗序辨说》以为"此诗若非武公自作，以述其赂王请命之意，则诗人所作以著其事，而阴刺之耳。序乃以为美之，失其旨矣"，《诗集传》释之曰："曲沃桓叔之孙武公伐晋，灭之，尽以其宝器赂周釐王，王以武公为晋君，列于诸侯。此诗盖述其请命之意。言我非无是七章之衣也，而必请命者，盖以不如天子之命服之为安且吉也。盖当是时周室虽衰，典刑犹在。武公既负弑君篡国之罪，则人得讨之，而无以自立于天地之间。故赂王请命，而为说如此。然其倨慢无礼，亦已甚矣。釐王贪其宝玩，而不思天理民彝之不可废，是以诛讨不加，而爵命行焉。则王纲于是乎不振，而人纪或几乎绝矣。"以史为据，体悟入微，风人之旨，于斯可见。今人论此诗，于旧说无论美刺，皆以之为"恐皆附会"，或以为答谢赠衣之诗，或以为览衣感旧伤逝之作。观其说，显由诗语之无衣有衣敷其文而衍其义，实多揣测浮泛之言。感叹"不如子之衣"，即为获赠？复何以见制衣之人乃逝去之妻室？且将诗中"七""六"解为虚言衣裳之数，尤为无据。盖古人举虚数，多言三、九、百，若此具体之数，则必有所指。而若果为民间所赠或所制之衣，则一衣何以可致"安且吉"？是亦必有家国之喻。按，毛传"侯伯之礼七命，冕服七章"，"诸侯不命于天子，则不成为君"，郑笺"我岂无是七章之衣乎？晋旧有之，非新命之服"，"武公初并晋国，心未自安，故以得命服为安"。马瑞辰《毛诗传笺通释》引《周官》典命之言"王之三公八命，其卿六命，大夫四命，及其出封，皆加一等"，故马氏以为"天子之卿六命，出使则加为七命之服，侯伯七命，入天子之国，则减为六命之服，故晋侯亦得如天子之卿，有衣七衣六之异。诗言不如者，正求其能如之也"，陈奂《诗毛氏传疏》亦以为"天子之卿，即侯伯也。天子之卿六命，出封侯伯加一等，则七命。晋为侯伯之国，实七命，其在王朝，则亦就六命之数。诗人以七、六分章，实一意"，释衣七衣六之义甚详，而一衣可致"安且吉"亦始可解。由是观之，此诗固非武公自作，亦非曲沃大夫美之之辞，实乃诗人叙其事而微言寓讽，似当以朱说为近。唯武公既弑君篡国、赂王请命，复倨慢无礼，诗人刺之，亦无改其列于诸侯。而继诗亡而作之《春秋》，则或使"乱臣贼子惧"，岂风人不企史笔乎？

有杕之杜

有杕之杜,生于道左①。彼君子兮,噬肯适我②?中心好之③,曷饮食之④?

有杕之杜,生于道周⑤。彼君子兮,噬肯来游⑥?中心好之,曷饮食之?

①道左:道路左边,古人以东为左。 ②噬(shì):通逝,语首助词。一说何,曷。适:到,往。 ③中心:心中,内心。 ④曷:同盍,何不。 ⑤周:右之假借。《韩诗》:"周,右也。"一说道路弯曲处。 ⑥游:观,看。《毛传》:"游,观也。"

黩武兼宗兵马尘,富民靖国赖良臣。

奈何寡特专权柄,纵有贤才孰可伸?

此诗以杕杜孤生起兴,以言心盼君子适我。然于诗何以作,所言何事,古今异说颇多。《毛诗序》曰:"《有杕之杜》,刺晋武也。武公寡特,兼其宗族,而不求贤以自辅焉。"序仍以曲沃并晋为本事,以武公兼宗族而不求贤,故诗人刺之。孔疏"言寡特者,言武公专任己身,不与贤人图事,孤寡特立也。兼其宗族者,昭侯以下为君于晋国者,是武公之宗族,武公兼有之也。武公初兼宗国,宜须求贤而不求贤者,故刺之",申序之义甚详。然于此说,朱子不之信,《诗序辨说》以为"此序全非诗意",遂于《诗集传》释之曰:"此人好贤,而恐不足以致之。故言此杕然之杜,生于道左,其荫不足以休息,如己之寡弱,不足恃赖,则彼君子者,亦安肯顾而适我哉?然其中心好之,则不已也。但无自而得饮食之耳。夫以好贤之心如此,则贤者安有不至,而何寡弱之足患哉?"仅以泛指人之好贤之心以为言。然观诗言君子,盼此贤者顾己,必当有所指,与序言"求贤以自辅"之义似颇相类,岂宜仅泛指人之好贤?且若朱子之言,其既言己之寡弱,贤者不肯顾而适之,复言有此好贤之心,则贤者必来而何患寡弱，尤觉语义难通且自相扞格。至今人解此篇，新说尤夥，诸如迎宾短歌、思念征夫、流浪乞食、孤独盼友、男女情歌之类，不一而足。然观诗之辞，明言"彼君子兮，噬肯适我"，若迎宾、怀远、盼友乃至流浪，孰出此问？若男女情歌，则以孤生之树为兴，岂非喻比之义正相左？细究诸说，皆由"适我""好之"语辞之表而揣其义，故多曲说臆度之言。盖三百篇以"杕杜"作比兴者颇多，并皆作孤特之喻，且此篇列《无衣》之后，序说刺武公似非无据。郑笺"喻武公初兼其宗族，不求贤者与之，在位君子不归，似乎特生之杜然"，"彼君子之人，至于此国，皆可求之。我君所君子之人，义之与比其不来者，君不求之"，"言中心诚好之，何但饮食之？当尽礼极欢以待之"，若此之释，岂非语义稍妥而可通？清人吴闿生《诗义会通》引段玉裁语云"杕者，特貌。武公寡特，故以起兴"，以为"序说盖有所受，未可厚非"，不为无理。方玉润《诗经原始》则以为"诗中具有二义，本意云，吾势虽不足以致贤，而心则诚好之，但不知如何而后能饮食致敬，聊表好贤之诚，使天下贤俊顾我而来游乎？言外见彼有势力足以致贤者，富贵而尊显之，为愿所适，无施不可，而又不肯礼贤下士，以致仁人君子居贞远遁，不肯来游，是谁过欤？天下事好者无力，而有力者不好，则亦末如之何也已矣。故序以为刺武公不求贤以自辅，虽未必遽见为然，而凡为武公者，可以反己自思矣"，析诗人之旨，发诗语之本意及言外意，既畅达诗之蕴，尤启悟人之思。是以诗不必专刺武公，却足以为"凡为武公者"戒。然则，揆诸史事，历代寡特专制之君，于仁人君子，是可识乎？复可容乎？犹有益乎？

葛 生

葛生蒙楚[①]，蔹蔓于野[②]。予美亡此[③]，谁与独处？
葛生蒙棘，蔹蔓于域[④]。予美亡此，谁与独息？
角枕粲兮[⑤]，锦衾烂兮[⑥]。予美亡此，谁与独旦[⑦]？
夏之日，冬之夜，百岁之后，归于其居[⑧]。
冬之夜，夏之日，百岁之后，归于其室。

①蒙:覆盖。楚:灌木,即牡荆。　　②蔹(liǎn):草本植物,有白蔹、赤蔹、乌蔹等。与葛藤一样皆为蔓生,须依附大树方可生存。蔓:蔓延。　　③予美:《郑笺》:"我所美之人。"朱熹《诗集传》:"妇人指其夫也。"亡此:死于此处。④域:墓地。《毛传》:"域,营域也。"马瑞辰《毛诗传笺通释》:"营域,或作茔域,古为葬地之称。《说文》'茔,墓地也'是也。"　　⑤角枕:牛角为饰之枕,死者所用。粲:同灿。　　⑥锦衾:锦缎为饰之褥,敛尸用。闻一多《风诗类钞》:"角枕、锦衾,皆敛死者所用。"烂:灿烂。　　⑦旦:天亮。朱熹《诗集传》:"独旦,独处至旦也。"⑧其居:死者墓穴。下文"其室"义同。

献公攻伐乱兵戈,角枕锦衾殓葬多。

长夜无眠同穴誓,悼亡千古孰能过?

此诗乃伤逝怨思之辞,然于诗旨及本事,则其说不一。《毛诗序》曰:"《葛生》,刺晋献公也。好攻战,则国人多丧矣。"是以诗刺晋献公好攻战,致国人多丧。郑笺"丧,弃亡也。夫从征役,弃亡不反,则其妻居家而怨思",释序之所言国人多丧义,并以诗乃丧亡者妻之怨思。据《史记·晋世家》"武公代晋二年卒","子献公诡诸立",按晋献公立于周惠王元年(前676),卒于周襄王元年(前651),凡二十六年。孔疏"案《左传》庄二十八年,传称晋伐骊戎,骊戎男女以骊姬。闵元年传曰:晋侯作二军,以灭耿灭霍灭魏。二年传云:晋侯使太子申生伐东山皋落氏。僖二年,晋师灭下阳。五年传曰:八月,晋侯围上阳,冬灭虢,又执虞公。八年传称:晋里克败狄于采桑。见于传者已如此,是其好攻战也",仅以《左传》所载,已足见献公攻战之频密,是序说晋献公好攻战之事,史有所本。盖攻战之密,必多丧亡。然于诗言"予美亡此,谁与独处",郑笺以为"予,我。亡,无也。言我所美之人无于此,谓其君子也。吾谁与居乎? 独处家耳。从军未还,未知死生,其今无于此",孔疏以为"由献公好战,令其夫亡,故妇人怨之也"。按郑说,其夫从役未还,不知死生,妇人独居而怨,似以之为闺怨之辞。按孔说,其夫战亡,妇人怨之,则近伤逝悼亡之义。是郑笺、孔疏释序已有不同。至朱子说诗不信序说,《诗序辨说》于此篇及下篇《采苓》,以为"未见此二诗之果作于其时也",《诗集传》释之曰:"妇人以其夫久从征役而不归,故言葛生而蒙于楚,蔹生而蔓于野,各有所依托。而予之所美者,独不在是,则谁与而独处于此乎?"似从郑笺之义而以之为闺怨之诗。于此,清人方玉润《诗经原始》尝言"朱子谓'未见此诗之果作于其时',然亦安知此诗之非必不出其时耶?然此等处无关诗旨紧要,可置而弗辩,但以为征妇怨可也",是于朱子之说,疑其非序言诗作之时之疑,却从其诗旨乃闺怨之说。然则,细味诗之辞,其间丧亡之意蕴极为浓重,似非闺怨之思所可及,且《周礼·天官·王府》有言"大丧,共含玉,复衣裳,角枕,角柶",郑注"角枕以枕尸",故此诗明著"角枕""锦衾",恐非若孔疏"虽有枕衾,无人服用"及方玉润氏"展其衾枕,物犹粲烂,人是孤栖,不禁伤心"之所言。观牛运震《诗志》释之曰"角枕、锦衾,殉葬之物也。极惨苦事,忽插极鲜艳语,更难堪",郝懿行《诗问》断之曰"《葛生》,悼亡也"。由是观之,葛生二句,乃兆域之景,角枕、锦衾,乃殡殓之物,后二章则誓将同穴,哀恻之至,显非恒情所可比。要之,此诗实乃千古悼亡之祖,后代潘岳、元稹悼亡,世称杰构,实则不独由此而衍出,且似尤难越出此诗之藩垣也。

采 苓

采苓采苓①,首阳之颠②。人之为言③,苟亦无信④。舍旃舍旃⑤,苟亦无然⑥。人之为言,胡得焉?

采苦采苦⑦,首阳之下。人之为言,苟亦无与⑧。舍旃舍旃,苟亦无然。人之为言,胡得焉?

采葑采葑⑨,首阳之东。人之为言,苟亦无从⑩。舍旃舍旃,苟亦无然。人之为言,胡得焉?

①苓:通蘦,一种药草,即大苦。《毛传》:"苓,大苦也。"沈括《梦溪笔谈》:"此乃黄药也。其味极苦,谓之大苦。"俞樾《群经评议》:"诗人盖托物以见意,苓之言怜也,苦之言苦也。"一说为甘草。 ②首阳:山名,在今山西永济南,亦名雷首山。与伯夷、叔齐饿隐处同名而异地。 ③为:通伪。为言,谎言。陈奂《诗毛氏

传疏》:"古为、伪、䚉三字同。《毛诗》本作为,读作伪也。为言,即谲言,所谓小行无征之言也。" ④苟:诚,确实。 ⑤舍:放弃。旃(zhān):之焉合声。舍旃,犹言放弃它吧。 ⑥然:是。无然,不正确。 ⑦苦:菜名,亦名荼。《毛传》:"苦,苦荼也。" ⑧与:许可,赞许。无与,不要理会。《毛传》:"勿用也。" ⑨葑:芜菁,即芥菜。 ⑩从:听从,跟从。

采苓采苦首阳颠,无信谗言孰舍旃?

翻愍忠奸何所定,闲看沧海变桑田。

　　此诗以采苓于首阳起兴,以言人之言未可信,旧说以为刺听谗之事。然缘何而刺,所刺何人,则多异说。《毛诗序》曰:"《采苓》,刺晋献公也。献公好听谗焉。"以为晋献公好听谗言,故诗人以此刺之。孔疏"以献公好听用谗之言,或见贬退贤者,或进用恶人,故刺之也。经三章皆上二句刺君用谗,下六句教君止谗,皆是好听谗之事",释序之所言听谗之义,并比照辞章以见其所述听谗之事。后代论家多有从其说者。至朱子而疑之,《诗序辨说》以为"献公固喜攻战,而好谗佞,然未见此二诗之果作于其时也",以此诗及前篇《葛生》皆未必刺晋献公,因于《诗集传》释为"此刺听谗之诗。言子欲采苓于首阳之巅乎?然人之为是言以告子者,未可遽以为信也。姑舍置之,而无遽以为然。徐察而审听之,则造言者无所得,而谗止矣",似以泛指听谗之事,诗人戒而刺之。今人即多从此说,程俊英《诗经译注》"这是劝人不要听信谗言的诗。旧说刺晋献公,从诗的本身看不出一定是刺晋献公的",几乎全同朱子之意。然观诗之辞,首以采苓之兴,毛传"采苓,细事也,首阳,幽辟也。细事喻小行也,幽辟喻无徵也",以下皆重在戒勿听信谗言,郑笺"为言,谓为人为善言以称荐之,欲使见进用也","舍之焉,谓诱讪人欲使见贬退也",似非常人之间谗言之可致。故孔疏以为"言献公多问小行于小人,言语无徵之人,故所以谗言兴也,因教君止谗之法"。且此为唐风之殿,当为武公并晋后诗,而就晋君言,好听谗言而致乱者则非献公莫属。故序以为"刺晋献公",并非无迹可寻。清人吴闿生《诗义会通》即以为"献公听谗之事,莫过于杀太子申生,诗必为是而发。序不言者,人所共喻,无待更言也",此一推断,于诗固无实徵,然揆诸史事,则并非无理。

据《左传》，庄公二十八年"晋伐骊戎。骊戎男，女以骊姬归，生奚齐。其娣生卓子。骊姬嬖，欲立其子，赂外嬖梁五，与东关嬖五，使言于公曰：'曲沃，君之宗也。蒲与二屈，君之疆也。不可以无主。宗邑无主则民不威，疆埸无主则启戎心。戎之生心，民慢其政，国之患也。若使太子主曲沃，而重耳、夷吾主蒲与屈，则可以威民而惧戎，且旌君伐。'使俱曰：'狄之广莫，于晋为都。晋之启土，不亦宜乎？'晋侯说之。夏，使太子居曲沃，重耳居蒲城，夷吾居屈。群公子皆鄙，唯二姬之子在绛"，僖公四年太子申生"奔新城，公杀其傅杜原款"，"十二月戊申，缢于新城"，"重耳奔蒲，夷吾奔屈"。盖晋献公听信骊姬谗言，逼太子申生自杀，重耳、夷吾二公子外逃，《左传》《国语》及《礼记》皆有详载，实所谓"人所共喻"。固然，谗谮之恶，人所共愤，似此诗辞意，本亦不妨作泛指解，然此诗为唐风晋事，既刺谗，晋之听谗有孰过于此者？方玉润《诗经原始》以为"诗意若此，所包甚广，所指亦非一端，安见其必为骊姬发哉？但骊姬则谗之尤者，晋献公则尤听谗之甚者，故足以为戒也"，体悟深入，可得言外之致。然则，稽诸历代史迹，凡涉政之权、帝之位，图谋猷划皆无不用其极，所谓谗信忠奸孰有定则？不过成败之间何如白云苍狗，王寇之名积为沧海桑田而已。

秦 风

车 邻

有车邻邻①，有马白颠②。未见君子③，寺人之令④。

阪有漆，隰有栗。既见君子，并坐鼓瑟。今者不乐，逝者其耋⑤。

阪有桑，隰有杨。既见君子，并坐鼓簧⑥。今者不乐，逝者其亡。

①邻邻：同辚辚，车行声。　②白颠：马额正中有块白毛，一种良马。也称戴

星马。　③君子:此指秦君。　④寺人:古代宫中供使令之小臣。《毛传》:"寺人,内小臣也。"　⑤逝者:将来。俞樾《群经平议》:"逝者对今者言,今者谓此日,逝者谓他日也。逝,往也,谓过此以往也。"耋(dié):八十岁,此泛指年老。　⑥簧:古乐器名,大笙。

秦仲始为周大夫,笙簧礼乐共觥觚。

岂期折戟西戎地,远肇望夷霸业途。

秦地在禹贡雍州之域。伯益佐禹治水有功赐姓嬴氏,其后中潏居西戎以保西垂,六世孙大骆生成及非子,非子事周孝王,孝王封为附庸而邑之秦。至宣王时,犬戎灭成之族,宣王遂命非子曾孙秦仲为大夫,诛西戎不克,见杀。及幽王为西戎、犬戎所杀,平王东迁,秦仲孙襄公以兵送之。王封襄公为诸侯,秦始为诸侯国。然秦诗始于秦仲世,其时仅为大夫,何以有风? 方玉润《诗经原始》以为"秦实继齐、晋而霸焉者也,故齐、晋后即继以秦",盖或然也。秦地迫近戎狄,如《汉书·地理志》所云"修习战备,高尚气力,以射猎为先。故秦诗曰'其在板屋',又曰'王于兴师,修我甲兵,与子俱行',及《车邻》《驷驖》《小戎》之篇,皆车马田猎之事",故多尚武精神,是秦风特色。此诗为秦风首篇,所述者,车马之来,未见既见君子之情形,然于君子何指,诗言何事,历来颇多异说。《毛诗序》曰:"《车邻》,美秦仲也。秦仲始大,有车马礼乐侍御之好焉。"序以为诗述秦仲为秦之开基之始,礼制初备,故诗人称美之。孔疏"言秦仲始大者,秦自非子以来,世为附庸,其国仍小,至今秦仲而国土始大矣。由国始大而得有此车马礼乐,故言始大以冠之",又引王肃之言"秦为附庸,世处西戎,秦仲修德,为宣王大夫,遂诛西戎,是以始大",申序说之义甚明。按《史记·秦本纪》载"秦嬴生秦侯,秦侯立十年卒,生公伯。公伯立三年卒,生秦仲。秦仲立三年,周厉王无道,诸侯或叛之。西戎反王室,灭犬丘大骆之族。周宣王即位,乃以秦仲为大夫,诛西戎",周宣王时秦仲始为周之大夫,是秦仲于秦氏族史上乃一关键人物,故秦风以之冠首,序之说当以此史事为本。至朱子而疑序之说,《诗序辨说》以为"未见其必为秦仲之诗。大率秦风唯《黄鸟》《渭阳》为有据,其他诸诗皆不可考",然《诗集传》复释之曰"是时秦君始有车马及此寺人之官,将

234

见者,必先使寺人通之,故国人创见而夸美之也",又似袭序之所言秦君开基之始义,唯不言事系何君。后世异说尤多。明人丰坊《诗传》以为"襄公伐戎,初命秦伯,国人荣之,赋《车邻》",清人吴懋清《毛诗复古录》以为"秦穆公燕饮宾客及群臣,依西山之土音,作歌以侑之"。今人则或以为"反映秦君腐朽生活",或以为"没落士大夫劝人及时行乐",或以为"妇人喜见征夫回还",尤为臆测无稽,纷纭不一。按诗有"寺人之令",毛传"寺人,内小臣也",孔疏"《左传》齐有寺人貂,晋有寺人披。是诸侯之官有寺人也",是诗必为诸侯之事,显非一般劝人行乐或妇人喜见征夫。味诗之辞,此君子简易近人,不饰边幅,与人并坐,相与为欢,亦宜为秦君初创基业之时。清人李光地《诗所》以为"自古创业之君,未有不略去礼文,上下交欢足以济。此亦秦所以成霸之本也",颇得此诗情境之特质。观后篇狩礼大备或为襄公始命诸侯事,此篇则似当从序说以秦仲事为宜。至于穆公,尤与初创基业无与。盖秦风皆西周后期至春秋前中期诗,当秦氏基业渐兴之际,且其性尚武,故多慷慨之气。吕祖谦《吕氏家塾读诗记》曰:"'既见君子,并坐鼓瑟',简易相亲之俗也。'今者不乐,逝者其耋',悲壮感慨之气也。秦之强以此,而止于为秦者亦以此。"既可作序说之补述,复可见于一代王朝盛衰始末之深思。唯秦之终灭六国而成望夷霸业,自以襄公始封诸侯,得西戎之地为基础,然秦仲首伐西戎,虽折戟身死,却岂非此历六百年而成霸业之初肇乎?

驷 驖

驷驖孔阜①,六辔在手②。公之媚子③,从公于狩④。
奉时辰牡⑤,辰牡孔硕。公曰左之,舍拔则获⑥。
游于北园⑦,四马既闲⑧。輶车鸾镳⑨,载猃歇骄⑩。

①驖(tiě):毛色似铁之马。孔:甚,很。阜:肥硕。 ②六辔:《孔疏》:"每马有二辔,四马当八辔矣。言六辔者,以骖马内辔纳之于觼,故在手者,唯六辔耳。"③公:指秦君。媚子:亲信宠爱之人。 ④于:往,去。狩:冬猎。 ⑤奉:供给。时:是之假借,这个。辰:通麎,母鹿。牡:公兽。此句谓兽官驱兽以供射猎。

⑥舍：发，放。拔：亦作柭，箭之尾部。舍拔，谓放开箭之尾部，即射箭。 ⑦北园：秦君狩猎之园囿。 ⑧闲：通娴，熟练。《毛传》："闲，习也。" ⑨輶（yóu）车：轻车。鸾：通銮，车铃。镳（biāo）：马口旁勒具。铃挂镳上，故曰鸾镳。《说文》："人君乘车，四马镳，八銮铃，象鸾鸟之声和则敬也。" ⑩猃（xiǎn）：长嘴猎狗。歇骄：亦作猲獢，短嘴猎狗。张衡《西京赋》："属车之篸，载猃猲獢。"张铣注："猃、猲，皆狗也，载之以车也。"朱熹《诗集传》："以车载犬，盖以休其足力也。"

　　犬戎西逐赖秦襄，周祚东迁遗旧疆。
　　始命诸侯扬六辔，狩园属意在强梁。

　　此诗明言诸侯所乘四马"六辔"，并三言"公"者，是为秦君田狩之事无疑，然系何君，说者有异。《毛诗序》曰："《驷驖》，美襄公也。始命，有田狩之事，园囿之乐焉。"是以为秦襄公事。郑笺"始命，命为诸侯也，秦始附庸也"，孔疏"秦自非子以来，世为附庸，未得王命。今襄公始受王命为诸侯，有游田狩猎之事，园囿之乐焉，故美之也。诸侯之君，乃得顺时游田，治兵习武，取禽祭庙。附庸未成诸侯，其礼则阙"，皆以襄公始受命为诸侯，故田狩之礼备，当合序义。然朱子于此诗，亦疑序之说无据，《诗集传》仅概言"此亦前篇之意也"，以为秦君田猎事，却不辨何君。今人即多承朱说，亦泛言诗述秦君田猎之盛况。然则，游田狩猎，本诸侯之常礼，而观此诗所言"公之媚子，从公于狩"，喜乐之情溢于言表，若为常礼之事，何以若此？故若依序、笺之言，始命为诸侯，初行此礼，其情岂不尤相合？盖襄公始为诸侯，史有明载。据《史记·秦本纪》："七年春，周幽王用褒姒废太子，立褒姒子为适，数欺诸侯，诸侯叛之。西戎、犬戎与申侯伐周，杀幽王骊山下。而秦襄公将兵救周，战甚力，有功。周避犬戎难，东徙洛邑。襄公以兵送周平王，平王封襄公为诸侯，赐之岐以西之地。曰：戎无道，侵夺我岐丰之地，秦能攻逐戎，即有其地。与誓，封爵之。襄公于是始国，与诸侯通使聘享之礼。"就秦氏族而言，襄公始行诸侯之礼，其事甚明。复以此诗与前篇《车邻》相较，似亦可见二者之异。前篇"既见君子，并坐鼓瑟"，称"君子"而赞其简易近人，此则"六辔在手""从公于狩"，称"公"而赞其狩礼大备。因之，前若秦仲，此必襄公。司马贞索隐述《史记·秦本纪》赞曰："非子息

236

马,厥号秦嬴。礼乐射御,西垂有声。襄公救周,始命列国。金祠白帝,龙祚水德。"是襄公助平王东迁被封为诸侯,遂有周西都畿内岐丰八百里之地,此诗即其诸侯气象之初显。清人姜炳璋《诗序广义》曰:"下篇以出兵时言,见强敌有必摧之势。此诗言平时讲武极其完备整暇,见在我为练习之师。唯其豫习平时,故临敌勇往,是《驷驖》正《小戎》之张本。序以园囿之乐与田狩并言,味甚旨矣。"是则又较后篇而为言,以见襄公伐戎之功,尤可味得诗旨隐微之所在。若就狩猎之辞观之,此诗亦具特色。盖君王狩猎,场面宏阔,后世诗文甚多,多以宏辞丽藻极尽铺排,若扬雄《长杨赋》"罗千乘于林莽,列万骑于山嵎",可见一斑。然此篇之妙却全在以简驭繁,以少胜多,三章分述将猎、正猎、猎后,十二句写尽狩猎全程,尤使人感其声威,得其韵味。吴闿生《诗义会通》以为"作文最忌平实,此篇'公之媚子'、'公曰左之'、'载猃歇骄'等句,于无情致中写出情致。《长杨》诸赋,徒觉冗长",信哉斯言。

小 戎

小戎俴收①,五楘梁辀②。游环胁驱③,阴靷鋈续④。文茵畅毂⑤,驾我骐馵⑥。言念君子,温其如玉。在其板屋⑦,乱我心曲。

四牡孔阜,六辔在手。骐骝是中⑧,騧骊是骖⑨。龙盾之合⑩,鋈以觼軜⑪。言念君子,温其在邑⑫。方何为期⑬,胡然我念之⑭?

俴驷孔群⑮,厹矛鋈錞⑯。蒙伐有苑⑰,虎韔镂膺⑱。交韔二弓⑲,竹闭绲縢⑳。言念君子,载寝载兴㉑。厌厌良人㉒,秩秩德音㉓。

①小戎:兵车。因车厢较小,故称小戎。俴(jiàn):浅。收:轸,车后四面束舆之横木。俴收,因车小,车厢亦浅。 ②楘(mù):用以加固和修饰之皮条。五楘,皮条缠为X形,五,古文写作X形。梁辀(zhōu):曲辕。 ③游环:活动环,设于辕马背上。胁驱:驾具,上系于衡,后系于轸,限制骖马内入。 ④阴靷(yìn):引车前行之皮带。鋈(wù)续:白铜制环。王夫之《诗经稗疏》:"《广雅》:'白铜谓之鋈。'鋈乃白铜之名,无沃灌之义。"严粲《诗缉》:"靷端作环相接,谓之

续。" ⑤文茵:虎皮坐垫。畅:长。毂(gǔ):车轮中心圆木,中有圆孔,用以插轴。畅毂,即长毂。 ⑥驖(zhù):蹄白之马。 ⑦板屋:西戎民俗以木板建屋,此代指西戎之地。《汉书·地理志》:"天水郡陇西,山多林木,民以板为室屋。故秦诗曰:'在其板屋。'" ⑧骝(liú):亦作駵,红黑色马。中:指驾车四马居中之服马。 ⑨䯄(guā):黑嘴黄马。骊(lí):黑马。骖:外侧二马。 ⑩龙盾:绘有龙形图案之盾牌。合:两只盾合挂于车上。 ⑪觼(jué):有舌之环。軜(nà):内侧二马辔绳。觼軜,以舌穿过皮带,使骖马内辔绳固定。 ⑫邑:此指西戎之邑。《毛传》:"在敌邑也。" ⑬方:将。 ⑭胡然:为何。 ⑮俴驷:披薄金甲之四马。孔群:群马很协调。 ⑯厹(qiú)矛:亦作仇矛或苗矛,有三棱锋刃之长矛。《释名》:"仇矛,头有三叉,言可讨仇敌之矛也。"錞(duì):亦名鐏,矛柄下端金属套。 ⑰蒙:覆盖。伐:通瞂,盾牌。苑(yūn):花纹。 ⑱虎韔(chàng):虎皮弓袋。镂膺:在弓袋正面镂饰花纹。严粲《诗缉》:"镂膺,镂饰弓室之膺。弓以后为背,则以前为膺,故弓室之前亦为膺耳。" ⑲交:互相交错。韔:此用作动词,收入弓袋。此句意谓二弓交错收入弓袋。 ⑳闭:通柲,弓檠。竹闭,竹制矫正弓弩之器具。绲(gǔn):绳。縢(téng):缠束。 ㉑载寝载兴:又寝又兴,起卧不宁。 ㉒厌(yān)厌:同懕懕,《说文》:"懕,安也。"此指安静貌。良人:丈夫。 ㉓秩秩:有次序貌,此指进退有礼节。德音:好声誉。

　　四牡轻车载盾弓,盛强兵甲讨西戎。

　　秦风自是声雄急,却把闺情寄伐功!

　　此诗三章,每章前六句极写出征车马兵器之盛,后四句则怀念征人之情,是本征伐之事无疑。然诗之何以作及作者何人,则其说不一。《毛诗序》曰:"《小戎》,美襄公也。备其兵甲以讨西戎,西戎方强,而征伐不休。国人则矜其车甲,妇人能闵其君子焉。"是以诗之本事为襄公伐西戎,前半车马之盛乃国人矜其车甲,后半征人之念乃妇人闵其君子。观诗言"在其板屋",按《汉书·地理志》:"天水郡陇西,山多林木,民以板为室屋。故秦诗曰:'在其板屋。'"西戎民俗以木板建屋,此代指西戎之地,故以诗为伐西戎事。据《史记·秦本纪》载,秦襄公"十二年,伐戎而至岐，卒"，是襄公伐西戎在公元前766年，故以诗当作于其时。究诗之旨，序则既言国人美其功，又言妇人闵其君子。郑笺释之曰"矜，夸大也。国人夸大其车甲之盛，有乐之意也。妇人闵其君子，恩义之至也。作者叙外内之志，所以美君政教之功"，孔疏申之曰"时西戎方渐强盛，而襄公征伐不休，国人应苦其劳，妇人应多怨旷。襄公能说以使之，国人忘其军旅之苦，则矜夸其车甲之盛，妇人无怨旷之志，则能闵念其君子。皆襄公使之得所，故序外内之情以美之。三章皆上六句是矜其车甲，下四句是闵其君子"，以诗辞比照序义，意谓国人自矜车甲之盛，则乐于征伐，妇人闵念其夫，则无怨旷，皆由襄公之所致，故美其功。然以一诗含国人夸功及妇人闵夫之二义，后人或疑之。方玉润《诗经原始》曰："一诗两义，中间并无递换，上下语气全不相贯，天下岂有此文义？"又引明人邹肇敏之言"凡劳诗，或代为其人言，或代为其室家言。而此诗'言念君子'，则襄公自念其臣子也"，因以为"襄公能作是诗，即宋祖之赐衮帽于全斌也。无怪其能承君命以复父雠，独雄长于西方者有由然已"，以诗为襄公闵念出征将士之辞。然则，诗既有"言念君子"，复有"厌厌良人"，良人乃妇人称夫之言，若为襄公念将士，则何出此言？按朱熹《诗集传》已云："西戎者，秦之臣子所与不共戴天之雠也。襄公上承天子之命，率其国人往而征之，故其从役者之家人，先夸车甲之盛如此，而后及其私情。盖以义兴师，则虽妇人亦知勇于赴敌，而无所怨矣。"以诗出从役者之家人，似觉语始一贯。至若一诗两义，其例甚多，杜工部《新安吏》先叙"肥男有母送，瘦男独伶俜。白水暮东流，青山犹哭声"之民间惨状，复又以"况乃王师顺，抚养甚分明。送行勿泣血，仆射如父兄"勉其为国效力，岂非两义？是此诗亦犹此义，故当从朱说。唯室家念征夫，素多闵怨，而此诗以一妇人亦知勇于赴敌，岂不尤显秦风慷慨激昂之气？且以闺情寄于征伐之功，则征夫奋勇，何所不克？故秦人岂能不雄长于诸侯焉？

蒹葭

蒹葭苍苍[①]，白露为霜。所谓伊人，在水一方[②]。溯洄从之[③]，道阻且长。溯游从之[④]，宛在水中央[⑤]。

蒹葭凄凄[⑥]，白露未晞[⑦]。所谓伊人，在水之湄[⑧]。溯洄从之，道阻且跻[⑨]。溯游从之，宛在水中坻[⑩]。

蒹葭采采⑪，白露未已⑫。所谓伊人，在水之涘⑬。溯洄从之，道阻且右⑭。溯游从之，宛在水中沚⑮。

①蒹葭：芦苇。苍苍：青苍之色。　②方：马瑞辰《毛诗传笺通释》："方、旁古通用，一方即一旁也。"　③溯洄：逆流而上。洄，弯曲水道。从：追寻。④溯游：顺流而下。游，一说指直流水道。　⑤宛：宛然，仿佛。　⑥凄凄：同萋萋，茂盛貌。　⑦晞(xī)：干。　⑧湄：水与草交接处，即岸边。　⑨跻(jī)：登，升高。　⑩坻(chí)：水中小高地。　⑪采采：众多貌。　⑫已：止。⑬涘(sì)：水边。　⑭右：向右弯曲，此指道路曲折。　⑮沚(zhǐ)：水中小块陆地。

> 蒹葭采采露为霜，仿佛伊人水一方。
>
> 知礼遗贤何处觅？空将周地作秦疆！

此诗所言，欲求其人而不可得，其情缠绵悱恻，其韵缥缈超逸，在秦风中别具一格。然其所指何人及诗旨为何，则古今论者不一。旧说刺秦襄公不能用周礼，周地贤人避世隐居。《毛诗序》曰："《蒹葭》，刺襄公也。未能用周礼，将无以固其国焉。"按序说，秦风《驷驖》《小戎》既美襄公，《蒹葭》何以又刺襄公？郑笺以为"秦处周之旧土，其人被周之德教久矣，今襄公新为诸侯，未习周之礼法，故国人未服也"，孔疏亦言"襄公新得周地，其民被周之德教日久，今襄公未能用周礼以教之。礼者，为国之本。未能用周礼，将无以固其国焉，故刺之也。经三章皆言治国须礼之事"，皆以襄公初封诸侯，新得周西都畿内岐丰八百里之地，未能用周礼，恐将无以固其国，诗人因以刺之。所释当合序之义。然诗三章皆言欲求"伊人"而不可得，何以为襄公不用周礼？按之诗辞，似难指实，故后人多疑之。朱熹《诗序辨说》即以为"此诗未详所谓，然序说之凿，则必不然矣"，《诗集传》释之为"言秋水方盛之时，所谓彼人者，乃在水之一方，上下求之而皆不可得"，是仅泛言求彼人而不可得，而所求者何人，则"不知其何所指"。然由求而不得义，却易导入男女事，故今人说诗即由此衍出，多以此篇为情诗。余冠英《诗经选》"这篇似是情诗。男或女词"，"伊人所在的地方有流水环绕，好像藏身洲岛之上，可望而不可即"，程俊英《诗经译注》"这是一首描写追求意中人而不得的诗"，显皆以所求之伊人、所望之秋水乃实赋其事，故以为男女情思之所寄。然观诗之辞义，果若男女相恋，则伊人何以必处水之一方？且其所处之地，又何以溯洄不可得，溯游则似可至？此显非实赋之情境，而皆为比譬之词。毛传"白露凝戾为霜，然后岁事成。国家待礼，然后兴"，郑笺"是知周礼之贤人，乃在大水之一边，假喻以言远"。毛传又言"逆流而上曰溯洄，逆礼则莫能以至也"，"顺流而涉曰溯游，顺礼求济，道来迎之"。由此释之，诗之意岂非豁然可通？以此，明清论家因有思贤之说。方玉润《诗经原始》："盖秦处周地，不能用周礼，周之贤臣遗老，隐处水滨，不肯出仕，诗人惜之，托为招隐，作此见志。一为贤惜，一为世望。曰'伊人'，曰'从之'，曰'宛在'，玩其词，虽若可望而不可即，味其意，实求之而不远，思之而即至者。特无心以求之，则其人偶乎远矣。"是以诗人惜隐处贤臣而托为招隐之意，而此意之生，乃因襄公不能用周礼，远贤人。以是观之，则刺襄、思贤二说实可贯通。按欧阳修《诗本义》尝言"秦襄公虽未能攻取周地，然已命为诸侯，受显服，而不能以周礼变其夷狄之俗，故诗人刺之以诗"，以襄公久处戎狄之地，未谙周礼而不能用之，故诗人忧而刺之。可谓发明序义，堪称允当。盖秦人迫近戎狄，"修习战备，高尚气力"，正如吕祖谦《吕氏家塾读诗记》评《车邻》所云"秦之强以此，而止于为秦者亦以此"，就此诗而言，则"伊人犹此理"，或近邶风"静女"之喻，则庶几可得诗人之旨。

终　南

　　终南何有①？有条有梅②。君子至止，锦衣狐裘③。颜如渥丹④，其君也哉？

　　终南何有？有纪有堂⑤。君子至止，黻衣绣裳⑥。佩玉将将⑦，寿考不亡⑧！

　　①终南：终南山，亦名南山，其主峰在今陕西西安南。　②条：树名，即山楸。一说为楠木。　③锦衣狐裘：诸侯礼服。《礼记·玉藻》："君衣狐白裘，锦衣以

裼之。" ④渥:涂。丹:赤石制颜料,今名朱砂。 ⑤纪:杞之假借字,杞柳。堂:棠之假借字,棠梨。三家诗作杞、棠。 ⑥黻(fú)衣:黑色青色花纹相间之上衣。绣裳:五彩绣成之下裳。皆贵族服饰。《毛传》:"黑与青谓之黻,五色备谓之绣。" ⑦将将:同锵锵,佩玉相击声。 ⑧寿考:长寿。亡:通忘,忘记。寿考不亡,意谓到老亦不可忘记所得从何而来。

岐丰遗老叹东迁,迎得新君衣锦鲜。

但使平王文武略,却教周土唤秦川?

　　此诗以终南起兴,复言"君子至止",旧说亦以为秦取周地为诸侯事。然究诗旨及何人所作,其说不一。《毛诗序》曰:"《终南》,戒襄公也。能取周地,始为诸侯,受显服,大夫美之。故作是诗以戒劝之。"序似以诗乃秦大夫作,以襄公始为诸侯受显服而美之,复又言以此诗戒劝之。何以既美之复戒之?孔疏曰"美之者,美以功德,受显服。戒劝之者,戒令修德无倦,劝其务立功业也。既见受得显服,恐其惰于为政,故戒之而美之。戒劝之者,章首二句是也。美之者,下四句是也",释既戒复美之义,似觉颇为穿凿而难畅。郑笺所言"问何有者,意以为名山高大,宜有茂木也。兴者喻人君有盛德,乃宜有显服,犹山之木有大小也。此之谓戒劝",尤嫌附会而无徵。故于其说,后世多有疑之者。朱熹《诗集传》以为"此秦人美其君之词,亦《车邻》《驷驖》之意也",即以之为纯美秦君之辞。清人姚际恒《诗经通论》更直言"有美无戒"。以诗旨或戒或美,固已有异,然二说皆以诗乃秦大夫所作,则无不同。至今人说诗,多有以国风为民间歌谣者,故以此诗无关秦君事,亦无所谓戒、美之旨,而是终南山女子,对进山青年男子表爱慕之心而作。然观诗言"锦衣狐裘",《礼记·玉藻》:"君衣狐白裘,锦衣以裼之。"注云:"君衣狐白毛之裘,则以素锦为衣覆之,使可裼也。"是此明为诸侯之服,故断非民间事。郑笺已言"至止者,受命服于天子而来也",当合其义。故此"终南"以喻周之旧土,"君子至止"喻秦君取其地而为诸侯,诗言其事当无可疑者。唯诗出何人之手,犹有辨者。当秦君已取其地,而诗言"其君也哉",宋人严粲《诗缉》云:"'其'者,将然之辞。'哉'者,疑而未定之意。"由此,清人方玉润《诗经原始》以为"秦臣颂君,何至作疑而未定之辞，曰'其君也哉'，此必不然之事也"，并断言"此必周之耆旧，初见秦君抚有西土，皆膺天子命以治其民，而无如何，于是作此"，"盖美中寓戒，非专颂祷"，以诗出西周遗民之手，且折中戒、美二说，识见精切。是以诗出周遗民之手，则"其君也哉"之问，疑其人可为吾之新君乎？"寿考不亡"之叹，戒其到老亦不可忘所得从何而来。由此解之，岂不始觉诗之义畅达而无碍乎？按《国语·郑语》"平王之末，秦取周土"，《史记·秦本纪》"平王封襄公为诸侯，赐之岐以西之地"，"十二年伐戎而至岐，卒。生文公。文公元年居西垂宫。三年，文公以兵七百人东猎。四年，至汧渭之会，曰：昔周邑，我先秦嬴于此，后卒获为诸侯。乃卜居之，占曰吉，即营邑之。十年，初为鄜畤，用三牢。十三年，初有史以纪事，民多化者。十六年，文公以兵伐戎，戎败走。于是文公遂收周余民有之，地至岐"，是襄公始封诸侯，而戎侵周地，襄公十二年伐戎，当年即卒于岐，至文公十六年伐戎功始成，于是尽得周旧土而收周余民。揆诸史实，是周遗民所言新君，当为文公乎？以此，则诗之所戒者岂亦文公乎？复思之，诗戒秦君，深意亦刺周王。顾终南之隆峨依旧，而西周之盛世何存？若非"平王播迁，家室飘荡"，是周土何以唤作秦川耶？

黄 鸟

交交黄鸟①，止于棘。谁从穆公②？子车奄息③。维此奄息，百夫之特④。临其穴⑤，惴惴其慄⑥。彼苍者天，歼我良人⑦！如可赎兮，人百其身⑧！

交交黄鸟，止于桑。谁从穆公？子车仲行。维此仲行，百夫之防⑨。临其穴，惴惴其慄。彼苍者天，歼我良人！如可赎兮，人百其身！

交交黄鸟，止于楚。谁从穆公？子车鍼虎。维此鍼虎，百夫之御⑩。临其穴，惴惴其慄。彼苍者天，歼我良人！如可赎兮，人百其身！

①交交：鸟鸣声。马瑞辰《毛诗传笺通释》："交交，通作'咬咬'，鸟声也。"黄

鸟：即黄雀。　　②从：从死，即殉葬。穆公：春秋时秦国国君，姓嬴，名任好，当时五霸之一。　　③子车：复姓。奄息：字奄，名息。下文子车仲行、子车鍼虎同此，三人皆当时秦国有名之贤臣。　　④特：匹敌。马瑞辰《毛诗传笺通释》："《柏舟》诗：'实维我特。'传：'特，匹也。'匹之言敌也，当也。"　　⑤穴：此指墓穴。⑥惴惴：害怕貌。慄：同栗，战栗，发抖。　　⑦良人：此指好人，善人。　　⑧人百其身：犹言以百人赎其一命。　　⑨防：比。马瑞辰《毛诗传笺通释》："按此读防如比方之方。"　　⑩御：抵挡。

交交黄鸟止荆桑，任好魂归冥路长。

百七十人同殉穴，胡为惴慄只三良？

　　此诗所言，明为秦穆公死以三良从葬事，而其事史有明载，故历代论家无异辞。《毛诗序》曰："《黄鸟》，哀三良也。国人刺穆公以人从死，而作是诗也。"以诗刺秦穆公而哀三良从死。三良乃秦之贤臣，郑笺"三良，三善臣也，谓奄息、仲行、鍼虎也。从死，自杀以从死"，故国人哀之。朱子亦从序说，《诗序辨说》以为"此序最为有据"，《诗集传》释之曰"秦穆公卒，以子车氏之三子为殉，皆秦之良。国人哀之，为之赋《黄鸟》。事见《春秋传》，即此诗也"。三良从葬，事见《左传·文公六年》："秦伯任好卒，以子车氏之三子奄息、仲行、鍼虎为殉，皆秦之良也。国人哀之，为之赋《黄鸟》。"另据《史记·秦本纪》，"二十年，武公卒，葬雍平阳。初以人从死，从死者六十六人"，"三十九年，穆公卒，葬雍。从死者百七十七人，秦之良臣子舆氏三人，名曰奄息、仲行、鍼虎，亦在从死之中。秦人哀之，为作歌《黄鸟》之诗"，张守节正义引应劭之言"秦穆公与群臣饮酒酣，公曰：生共此乐，死共此哀。于是，奄息、仲行、鍼虎许诺及公薨，皆从死。《黄鸟》诗所为作也"，又引《括地志》"三良冢在岐州雍县一里故城内"。是知秦君以生人殉葬，始自武公，至穆公而尤炽。盖生人殉葬，本上古恶制，《墨子·节葬》"天子杀殉，众者数百，寡者数十。将军大夫杀殉，众者数十，寡者数人"，然自殷商及西周，其风已渐敛。据考古资料，殷商陵墓，殉葬者多至三四百人，而西周墓殉葬者则往往只数人，可见其势。然秦之武公、穆公，已至春秋世，却仍承恶俗，故时人于其事皆深刺之而重哀之。《左传》已言

"君子曰:秦穆之不为盟主也宜哉! 死而弃民。先王违世,犹贻之法。而况夺之善人乎……今纵无法以遗后嗣,而又收其良以死,难以在上矣。君子是以知秦之不复东征也",以先王之法为训,比照秦穆死而弃民之举,断其难以久长,刺之义剀切而深长。观此诗之辞,"临其穴,惴惴其慄",郑笺"秦人哀伤此奄息之死,临视其圹,皆为之悼慄",欲以他人百死其身赎之而不得,只得呼苍天而诉之。正如刘勰《文心雕龙》所言"昔三良殉秦,百夫莫赎。事均夭枉,《黄鸟》赋哀。抑亦诗人之哀辞乎",清人陈继揆《读诗臆补》因称之为"恻怆悲号,哀辞之祖",由其痛切哀极之情辞,实已隐然可见礼乐仁德涵育中之人文觉醒。然则,穆公殉葬一百七十七人,诗人痛悼者仅为"三良",则其余一百七十四人当殉乎? 于此,朱熹《诗集传》尝言:"盖其初特出戎翟之俗,而无明王贤伯以讨其罪,于是习以为常,则虽以穆公之贤而不免。论其事者,亦徒闵三良之不幸,而叹秦之衰。至于王政不纲,诸侯擅命,杀人不忌,至于如此,则莫知其为非也。呜呼,俗之弊也久矣! 其后始皇之葬,后宫皆令从死,工匠生闭墓中,尚何怪哉!"由现象而窥本质,可谓目力如炬。唯王政兴衰,事体庞复,非唯道德之评判所可循系。观春秋以降,由政酷俗弊之久,天下莫知其为非,却使仍承恶俗之秦人日盛,终致四百年后扫六合而一统,始皇之葬令从死者尤臻其极。反观《左传》君子之言,断穆公之后嗣难以久长,岂非正相悖乎? 故其迹何以循? 其事何以鉴? 并皆何所觅乎?

晨 风

䳒彼晨风①,郁彼北林②。未见君子,忧心钦钦③。如何如何④?忘我实多!

山有苞栎⑤,隰有六驳⑥。未见君子,忧心靡乐。如何如何? 忘我实多!

山有苞棣⑦,隰有树檖⑧。未见君子,忧心如醉。如何如何? 忘我实多!

①鴥（yù）：鸟疾飞貌。晨风：《说文》作鸇风，即鹯鸟，鹞鹰一类猛禽。②郁：葱郁茂密貌。　③钦钦：朱熹《诗集传》："忧而不忘之貌。"　④如何：陈奂《诗毛氏传疏》："如，犹奈也。"如何，即奈何。　⑤苞：丛生貌。栎：树名，即柞树。　⑥六驳：驳，木名，梓榆之属，因树皮青白如驳而得名。六言其多。⑦棣：唐棣，亦称郁李，果实色红如李。　⑧树：直立貌。檖（suì）：山梨。

瞻彼晨风集北林，情怀君子杳踪音。

废廖岂止秦风俗？故素新缣怨不禁！

此诗以晨风疾飞入于北林起兴，以言未见君子之忧，辞义甚明，然君子何指，诗旨何寄，颇多异说。《毛诗序》曰："《晨风》，刺康公也。忘穆公之业，始弃其贤臣焉。"以秦康公未能继父业而弃贤臣，故诗人刺之。诗以晨风兴起，毛传"先君招贤人，贤人往之，疾如晨风之飞入北林"。二、三章之山、隰之有，郑笺"山之栎，隰之驳，皆其所宜有也，以言贤者亦国家所宜有之"。诗言"未见君子，忧心钦钦"，郑笺"言穆公始未见贤者之时，思望而忧之"，诗言"如何如何，忘我实多"，郑笺"此以穆公之意责康公，如何如何乎，女忘我之事实多"，皆以诗辞合序之所言"忘穆公之业"意。《韩诗外传》及《说苑·奉使》皆载赵仓唐见魏文侯时引及此诗，即借以表达君父忘臣子之意，亦可证汉人之解大抵若是。至朱子而疑之，《诗序辨说》以为"此妇人念其君子之辞，序说误矣"，《诗集传》释之曰"妇人以夫不在，而言鴥彼晨风，则归于郁然之北林矣。故我未见君子，而忧心钦钦也。彼君子者，如之何而忘我之多乎！此与《废廖》之歌同意，盖秦俗也"，以妇人忧念其夫，而疑被夫所弃，是以类弃妇之辞。并以《废廖》之歌为例，以证此篇情辞之相似。据《乐府诗集》引应劭《风俗通》"百里奚为秦相，堂上作乐，所赁澣妇自言知音，因援琴抚弦而歌。问之，乃其故妻，还为夫妇也，亦谓之《废廖》"，其歌曰："百里奚，五羊皮。忆别时，烹伏雌，炊废廖，今日富贵忘我为！百里奚，初娶我时五羊皮。临当别时烹乳鸡，今适富贵忘我为！百里奚，百里奚，母已死，葬南溪。坟以瓦，覆以柴，舂黄黎，搤伏鸡。西入秦，五羖皮，今日富贵捐我为！"若按之此义，则诗旨即由忘先君之业变为忘故妻之情。后世论者多有承其意者，以此诗为被弃者之辞。或以为妻见弃于夫，或以为臣见弃于君，或以为士见弃于友，众说纷纭，难以定谳。实则，就朱说而言，以秦俗证秦风，义似可取，然向者妻遭夫弃，岂独秦俗？故以《宸廖》之歌证此篇乃弃妇之辞，仍难免臆测之讥。其后之诸多异说，则尤无所据。唯考百里奚生平，却与秦穆公相关。按百里奚事见《史记·秦本纪》，秦穆公"五年，晋献公灭虞虢，虏虞君与其大夫百里奚。以璧马赂于虞故也，既虏百里奚，以为秦穆公夫人媵于秦。百里奚亡秦走宛，楚鄙人执之。穆公闻百里奚贤，欲重赎之，恐楚人不与，乃使人谓楚曰：'吾媵臣百里奚在焉，请以五羖羊皮赎之。'楚人遂许，与之。当是时，百里奚年已七十余。穆公释其囚，与语国事。谢曰：'臣亡国之臣，何足问？'穆公曰：'虞君不用子，故亡，非子罪也。'固问，语三日。穆公大说，授之国政，号曰五羖大夫"，由是观之，百里奚与穆公事，正穆公用贤之一例，岂非可作序言康公忘穆公之业而弃贤之一证乎？然却既非序者之所据，尤非朱子之本意。有鉴于此，清人方玉润《诗经原始》以为"今观诗词，以为'刺康公'者固无据，以为妇人思夫者亦未足凭。总之，男女情与君臣义原本相通，诗既不露其旨，人固难以意测"，颇为通达，可备一说。

无 衣

岂曰无衣？与子同袍①。王于兴师②，修我戈矛③，与子同仇④。

岂曰无衣？与子同泽⑤。王于兴师，修我矛戟，与子偕作⑥。

岂曰无衣？与子同裳。王于兴师，修我甲兵，与子偕行。

①袍：长袍，形似斗篷。白天行军当衣穿，夜里当被盖。同袍，表示友爱互助意。　②王：此指秦君。秦人称秦君为王。一说指周天子。于：语助词。兴师：起兵。　③修：修理，整治。　④仇：匹偶。同仇，谓同伴。一说仇，敌，同仇，共同对敌。　⑤泽：通襗，贴身内衣，犹今之汗衫。　⑥偕作：一起行动。

岐丰故地本忠和，丕变秦风尚戟戈。
与子同袍生死誓，岂徒参适塞垣歌？

此诗似军中战歌，极见慷慨之气、勇武之力。唯诗语简略，故致后世论者颇多异说。《毛诗序》曰："《无衣》，刺用兵也。秦人刺其君好攻战，亟用兵，而不与民同欲焉。"是以为诗乃秦人刺其君之辞，却未言所刺何君。郑笺以为"责康公之言也。君岂尝曰：女无衣，我与女同袍乎？言不与民同欲"，"不与我同欲，而于王兴师，则云'修我戈矛，与子同仇'，往伐之。刺其好攻战"，则指明所刺者乃秦康公。孔疏"康公以文七年立，十八年卒。案《春秋》文七年，晋人秦人战于令狐。十年，秦伯伐晋。十二年，晋人秦人战于河曲。十六年，楚人秦人灭庸。见于经传者已如是，是其好攻战也"，以《春秋》经传所载为据，以见康公之好攻战。是笺、疏分由诗辞及史事申序之义，皆以诗为刺责之辞。然王先谦《诗三家义集疏》以为"毛谓诗之篇第以世为次，此在穆公后，宜为刺康公诗。其实世次之说，出毛武断。而审度此诗词气，又非刺诗，断从齐说"，复引《汉书·赵充国辛庆忌传赞》："山西天水、陇西、安定、北地，处势迫近羌胡，民俗修习战备，高上勇力，鞍马骑射，故《秦诗》曰：'王于兴师，修我甲兵，与子偕行。'其风声气俗，自古而然。今之歌谣慷慨，风流犹存耳。"又引陈乔枞《齐诗遗说考》："据班说，知《齐诗》不以《无衣》为刺。"是以知齐诗与毛诗异，不以此诗为刺，似以之为赞美秦人勇武慷慨之辞。朱子亦不从序说，《诗序辨说》以为"序意与诗情不协"，《诗集传》释为"秦俗强悍，乐于战斗。故其人平居而相谓曰：岂以子之无衣，而与子同袍乎？盖以王于兴师，则将修我戈矛，而与子同仇也。其欢爱之心，足以相死如此"，复申之曰"秦人之俗，大抵尚气概，先勇力，忘生轻死，故其见于诗如此。然本其初而论之，岐丰之地，文王用之以兴，二南之化，如彼其忠且厚也。秦人用之未几，而一变其俗至于如此，则已悍然有招八州而朝同列之气矣。何哉？雍州土厚水深，其民厚重质直，无郑、卫骄惰浮靡之习。以善导之，则易以兴起，而笃于仁义；以猛驱之，则其强毅果敢之资，亦足以强兵力农，而成富强之业，非山东诸国所及也。呜呼！后世欲为定都立国之计者，诚不可不监于此。而凡为国者，其于导民之路，尤不可以不审其所之也"，似亦以之为赞美之辞，且对秦承周地而变其俗，探源溯流，于为国导民之策，足资鉴戒。今人释此诗，即多承朱子之说，以之为秦地军中战歌，充满慷慨激昂之气势及同仇抗敌之精神。然细思之，刺、美二说皆有未安者。若为刺者，是诗言"王于兴师"，《论语·季氏》"天下有道，礼乐征伐自天子出"，故于王兴师，即往伐之，何以可刺？若为美者，顾秦风《小戎》征讨西戎，妇人勉其君子，固堪称美，而康公之征伐，多逞私怨而为，何以可美？观清人方玉润《诗经原始》以为："夫秦地为周地，则秦人固周人。周之民苦戎久矣，逮秦始以御戎有功，其父老子弟欲修敌忾，同仇怨于戎，以报周天子者，岂待言而后见哉？而无如周王之绝意西征也。康公好战，又皆私怨，徒逞小忿而忘大仇，非民所欲。溯自公之二年与晋战于武城，报令狐役也。六年，战于河曲，报取少梁也。十年，又与楚人灭庸。连年动众，讵皆君父同仇，而为臣子者所难已哉？夫与其兴师无名，何如报复得所？故作是诗以明志。曰：朋友无衣尚可同袍，况君父乎？王诚于此而能兴师以伐戎也，我秦人愿修戈矛与子周师共伸同仇大义，岂不善哉？"若此释之，则所谓"王于兴师"乃设譬之言，故《序》所谓刺，固不独秦君，兼及周王矣"，广刺义之所指，可谓识见精卓。其又引宋人谢枋得之言"春秋二百四十余年，天下无复知有复仇志，独《无衣》一诗毅然以天下大义为己任"，由是观之，岂不复可见诗人于秦人慷慨大义之美誉？故此，刺、美二义于此篇实不可偏废，以其各有所指而各得其宜。实则，仅就诗辞观之，其慷慨激昂，同仇敌忾，极具秦风特色。据《左传·定公四年》载，吴国军队攻破楚国郢都，楚臣"申包胥如秦乞师……秦伯使辞焉，曰：'寡人闻命矣，子姑就馆，将图而告。'对曰：'寡君越在草莽，未获所伏，下臣何敢即安？'立依于庭墙而哭，日夜不绝声，勺饮不入口七日。秦哀公为之赋《无衣》，九顿首而坐，秦师乃出"，于是一举击退吴兵。足见此诗于秦军鼓舞力量之巨大，且其慷慨之气，生死之誓，皆非后世一般边塞之作所可企。吴闿生《诗义会通》称为"英壮迈往，非唐人出塞诸诗所能及"，实非虚誉之言。

渭 阳

我送舅氏，曰至渭阳①。何以赠之？路车乘黄②。
我送舅氏，悠悠我思③。何以赠之？琼瑰玉佩④。

①渭阳：渭水之北。陈奂《诗毛氏传疏》："水北曰阳，渭阳，在渭水北，送舅氏至渭阳，不渡渭也。"　②路车：即辂车，古代天子或诸侯贵族所乘之车。此指诸侯之车。朱熹《诗集传》："路车，诸侯之车也。"乘黄：四匹驾车黄马。　③悠悠：思绪长久。我思：因送舅而思母。　④琼瑰：玉一类美石。

　　舅氏乘车至渭阳，康公念母结愁肠。

　　却看秦晋多重好，不免令狐血刃光！

　　此诗送舅，所赠"路车乘黄"乃诸侯之用，与秦康公送舅氏重耳归晋之事合，故历代论家多以之为此诗之本事，以诗为秦康公作。然诗作何时，其说不一。《毛诗序》曰："《渭阳》，康公念母也。康公之母，晋献公之女也。文公遭丽姬之难，未反而秦姬卒，穆公纳文公。康公时为太子，赠送文公于渭之阳，念母之不见也。我见舅氏，如母存焉。及其即位，思而作是诗也。"是以为康公为太子时送舅，而追即位后作此诗，乃追忆之辞。孔疏"案《左传》庄二十八年，晋献公烝于齐姜生秦穆夫人及太子申生。又娶二女于戎，大戎狐姬生重耳，小戎子生夷吾。是康公之母，为文公异母姊也。僖四年，传称丽姬谮申生，申生自杀，又谮二公子曰：皆知之。重耳奔蒲，夷吾奔屈。僖五年，传称晋侯使寺人披伐蒲，重耳奔翟。是文公遭丽姬之难也。僖十五年，秦穆公获晋侯以归，尚有夫人为之请。至二十四年，穆公纳文公。然则秦姬之卒在僖十五年之后二十四年以前"，"秦姬生存之时，欲使文公反国，康公见舅得反，忆母宿心，故念母之不见，见舅如母存也"，"康公以文七年即位，文公时亦卒矣。追念送时之事，作此诗耳"，以《左传》所记为据，释序之义，既据之以为诗之本事，复申说康公念母之由。朱子是其本事之说，《诗序辨说》以为"此序得之"，而非其"及其即位，思而作是诗"之说，以为衍序者所为，"盖亦但见首句云康公，而下云时为太子，故生此说"，因于《诗集传》释为"秦康公之舅，晋公子重耳也，出亡在外，穆公召而纳之。时康公为太子，送之渭阳，而作此诗"，以为即康公为太子时送舅重耳归晋当时之作。后世论家颇多从之者。观诗之辞，"曰至渭阳"，郑笺"秦是时都雍，至渭阳者，盖东行送舅氏于咸阳之地"。所赠之物，先之以路车，后之以玉佩，顾广誉《学诗详说》"重耳公子耳，而赠以路车乘马，成其为君也，致穆之命也。琼瑰玉佩，则自致其情，先公后私也"。细味之，实并皆当时实境实情，无可见其后追忆之迹。方玉润《诗经原始》曰："盖'悠悠我思'句，情真意挚，往复读之，悱恻动人，故知其有无限情怀也。然此种深情，触景即生，稍移易焉已不能及。《大序》谓'及其即位，乃思而作'，岂真知诗情者哉？"此诚为深于诗者之言。此诗语简而情长,既见甥舅情深,复显由舅及母之念,且因其本事而涵蕴兴废存亡之大义。姚际恒《诗经通论》谓"非唯思母,兼有诸舅存亡之感",可谓识见精卓。而其略去事理,纯作怀思,尤堪称送别之杰构。陈继揆《读诗臆补》称为"后世赠言之始",方玉润氏以为"后世送别之祖",刘玉汝《诗缵绪》则以为"送行而止述其送赠怀思之情,而不及其所事者,正得送别之体。《文选》中送别诗多如此,盖古意也",足见"渭阳之情"为后世送赠怀思之作所开无限法门。盖秦晋世代联姻,此亦所谓"秦晋之好"之一例。然此类联姻,皆出于政治利益之互换,一旦利益冲突,旋即反目成仇。据《左传·文公七年》载,晋襄公卒,太子夷皋尚幼,执政大夫赵盾以晋国多难,欲立仕秦之公子雍为君,遣先蔑、士会赴秦,约秦国派兵送之归国。襄公夫人穆嬴软硬兼施,力主立太子,赵盾因此让步而立夷皋,是为晋灵公。赵盾遂率军迎击护送公子雍之秦军,趁秦军不备,于令狐(今临猗西南)击溃秦军,先蔑、士会因赵盾背约而逃亡至秦。此亦为秦康公事。可见,同为康公,同为秦晋之事,前者赠之以路车乘黄,后者则染之以血刃之光矣。

国风

权 舆

於我乎①,夏屋渠渠②,今也每食无余。于嗟乎,不承权舆③。
於我乎,每食四簋④,今也每食不饱。于嗟乎,不承权舆。

①於(wū):叹词。　②夏屋:大食器。夏,大。《毛传》:"夏,大也。"屋,通握,《尔雅》:"握,具也。"渠渠:丰盛。《广雅》:"渠渠,盛也。"　③承:继承。权舆:本指草木初发,引申为事之起始。　④簋(guǐ):古代青铜或陶制圆形食器。《毛传》:"四簋,黍稷稻粱。"朱熹《诗集传》:"四簋,礼食之盛也。"

251

夏屋渠渠贤士迎,无余每食愤难平。
岂知嬴氏全兴日,满腹诗书待一坑!

此诗以饮食之例,感叹今不如昔,辞义甚明,然诗旨为何,古今之说不同。《毛诗序》曰:"《权舆》,刺康公也。忘先君之旧臣与贤者,有始而无终也。"是以为秦康公不能以礼待旧臣,故诗人刺秦之礼贤有始而无终。郑笺释诗之前二句"言君始于我厚设礼食大具以食我,其意勤勤然",释中一句"此言君今遇我薄其食,我才足耳",以诗辞明序所言待贤者"有始而无终"义。孔疏亦言"作《权舆》诗者,刺康公也。康公遗忘其先君穆公之旧臣,不加礼饩。与贤者交接,有始而无终。初时殷勤,后则疏薄,故刺之",申序义尤为详切。齐、鲁、韩三家诗亦同此说。朱熹《诗集传》则以为"此言其君始有渠渠之夏屋以待贤者,而其后礼意寝衰,供亿寝薄,至于贤者每食而无余,于是叹之,言不能继其始也",固亦以为君待贤者事,然却未言刺何君,且以诗为贤者自叹之辞。较之序说,旨义已趋泛化。今人说此诗,尤多不从旧说,余冠英《诗经选》以为"这首诗写一个冷落的贵族嗟贫困,想当年",另或有以为"没落贵族阶级的挽歌",或有以为"奴隶主的一个旧僚,换了新主子,受到冷遇,心怀不满",若此,则诗之义尤为浮泛,且明显带有就古以从我之时代印记。而回归春秋史实言之,李斯《上书秦王》尝言"昔穆公求士,西取由余于戎,东得百里奚于宛,迎蹇叔于宋,来丕豹、公孙支于晋",可见秦穆公择人用贤,君臣相得,秦以是霸。康公之后,秦势日弱,当与其不能用贤直接相关。观诗之言,"不承权舆",显为责之之辞。毛传"承,继也。权舆,始也",此责其不能承继初始,则必有其人其事之所指。若果为一己今不如昔之嗟叹,则何以责人不承初始? 以是观之,此诗虽无以见与康公直接关联之实徵,然按诸史实,细味诗之蕴义,颇与穆公、康公之事合,故似

当以序说为是。然则,又有疑其仅言区区饮食之事,恐非贤者之志。于此,《孟子·告子下》有云:"孔子为鲁司寇,不用,从而祭,燔肉不至,不税冕而行。不知者以为为肉也,其知者以为为无礼也。"《汉书·楚元王传》亦载:"初,元王敬礼申公等,穆生不嗜酒,元王每置酒,常为穆生设醴。及王戊即位,常设,后忘设焉。穆生退曰:'可以逝矣! 醴酒不设,王之意怠,不去,楚人将钳我于市。'称疾卧。申公、白公强起之曰:'独不念先王之德与? 今王一旦失小礼,何足至此?'穆生曰:'《易》称知几其神乎? 几者,动之微,吉凶之先见者也。君子见几而作,不俟终日。先王之所以礼吾三人者,为道之存故也。今而忽之,是忘道也。忘道之人,胡可与久处焉? 岂为区区之礼哉?'遂谢病去。"此诗之作,亦犹是乎? 清人陈继揆《读风臆补》以为"秦上首功,简贤弃士。《权舆》一诗,其逐客坑儒之渐欤? 楚穆生因礼酒不设而去。

唐明皇时,薛令之为东宫诗曰:'朝日上团圆,照见先生盘。盘中何所有? 苜蓿长阑干。饭涩匙难捥,羹稀箸易宽。'遂去。两贤其得诗人《权舆》之旨者!"可谓识见深至,入木三分。唯就秦之贤者而言,冀君王用贤,国以强盛,固未为错,然当秦之全盛统一六国,却以一坑待贤,则当日之疏贤,于贤而言,幸焉? 非焉?

陈　风

宛　丘

子之汤兮[1],宛丘之上兮[2]。洵有情兮[3],而无望兮[4]。

坎其击鼓[5],宛丘之下。无冬无夏,值其鹭羽[6]。

坎其击缶[7],宛丘之道。无冬无夏,值其鹭翿[8]。

①子:此指舞者。汤:荡之借字。《离骚》注引《诗》作荡。此指舞姿摇摆貌。一说游荡,放荡。　②宛丘:陈国丘名,位于陈国都城东南。一说四周高中间平坦之土山。　③洵:确实,实在是。有情:尽情欢乐。　④望:德望。　⑤坎其:即坎坎,象击鼓或击缶之声。　⑥值:与植通,持,戴。鹭羽:用鹭羽制成之舞具。　⑦缶:瓦制打击乐器。　⑧鹭翿(dào):用鹭羽制成之伞形舞具,聚鸟羽于柄头,下垂如盖。

太皞之墟舜后留,武王元女化陈州。

奈何五世变风作,无度淫荒废政猷!

陈乃太皞伏羲氏之墟,在禹贡豫州之东。其地广平,无名山大川。西望外方,东不及孟诸。周武王时,帝舜之胄有虞阏父为周陶正,武王赖其利器用,以元女太姬妻其子满，而封之于陈，都于宛丘之侧。与黄帝、帝尧之后，共为三恪，是为胡公。太姬妇人尊贵，好乐巫觋歌舞，其民化之。故陈风十篇，多有男女歌舞之事。陈及其后之桧、曹皆小国，故居诸国之末，而陈为伏羲旧治，又帝舜后裔，故在二国前。此诗为陈风首篇，所述者终日歌舞，然舞者为谁，诗旨为何，诸说不一。《毛诗序》曰："《宛丘》，刺幽公也。淫荒昏乱，游荡无度焉。"以陈幽公荒淫好色，游荡无度，其德行一无可观，为人所恶，故诗人以诗刺之。诗言"子之汤兮"，按序义，子当指所刺之人，即幽公。然毛传"子，大夫也。汤，荡也"，以所刺此子为陈国大夫，是以与序异。郑笺则以为"子者，斥幽公也。游荡无所不为"，义与序同。孔疏辨之曰"毛以此序所言是幽公之恶，经之所陈是大夫之事，由君身为此恶化之使然，故举大夫之恶以刺君。郑以经之所陈即是幽公之恶，经序相符也"，以明毛、郑所说之异。后世论家于二说各有所承者。严粲《诗缉》从序义，以诗言"子者，斥幽公也"。亦有疑以"子"指国君恐有未安者，朱熹《诗序辨说》即以序之说"未敢信也"，《诗集传》释为"国人见此人常游荡于宛丘之上，故叙其事以刺之。言虽信有情思而可乐矣，然无威仪可瞻望也"，以诗之所刺者，为游荡于宛丘之人，不作指实而近泛言。由此，清人郝懿行《诗问》、魏源《诗古微》以为，陈之先太姬好巫觋祭祀歌舞，国民传其遗风，遂成习俗，此诗实刺陈国臣民之陋俗巫风，是以所刺尤趋泛化。至今人说诗，则以之为情诗恋歌，多以为诗人表达对一位巫女舞蹈家之爱慕。观诗之所言"洵有情兮"，似为情诗说者之所据。然则，若为爱慕舞者，何以复言"而无望兮"？郑笺"此君信有淫荒之情，其威仪无可观望而则傚"，且其终日游荡歌舞至于"无冬无夏"，显系贬义，实与爱慕恋情绝难契合。故仍以刺说为当。然所刺为何，犹有辨者。方玉润《诗经原始》以为"但乐舞非细民所宜，威望亦于庸众无关"，是以泛刺游荡之人乃至陋俗巫风，实与诗之情境不相符契。而所刺之"子"究为何指，孔疏有言"隐四年《公羊传》公子翚谓隐公曰：'百姓安，子诸侯说。'子则诸侯之臣亦呼君曰子。《山有枢》云'子有衣裳'、'子有车马'，子者，斥昭公"，是"子"非为不可指国君。故序、笺以"此子止斥幽公"，非为无据。然观诗之所述，有"坎其击鼓"者，有"值其鹭羽"者，故不必定刺幽公一人。方玉润氏又言："此必陈君与其臣下不务政治，相与游乐，君击鼓而臣舞翿，无冬无夏，威仪尽失。故过宛丘之下者，相与指而诮曰：子之游荡，洵足为乐，奈失仪何？其何以为民望乎？"可谓深得诗旨。毛传以子为大夫,郑笺以子为幽公,于此实可一体而融涵。盖周武王寻舜后裔得妫满,封之于陈,是为胡公,自胡公卒后仅五世至幽公,因耽于歌舞淫乐,竟至政荒若此,良可叹也。今之娱乐至死者,观此史鉴,岂不思之戒之?

东门之枌

东门之枌^①,宛丘之栩^②。子仲之子^③,婆娑其下^④。

穀旦于差^⑤,南方之原^⑥。不绩其麻,市也婆娑。

穀旦于逝^⑦,越以鬷迈^⑧。视尔如荍^⑨,贻我握椒^⑩。

①东门:陈国城门,地近宛丘。枌(fén):白榆树。　②栩(xǔ):柞树。
③子仲:陈国姓氏。《毛传》:"子仲,陈大夫氏。"之子:《郑笺》:"之子,男子也。"一说指女子。王先谦《诗三家义集疏》:"诗'婆娑其下'与'市也婆娑',即是一人。下章言'不绩其麻',则'子仲之子'亦犹'齐侯之子'、'蹶父之子',明是女子。"
④婆娑:此指舞蹈。　⑤穀:善。穀旦,吉日。差(chāi):选择。　⑥南方之原:《毛传》:"原,大夫氏。"《郑笺》:"南方原氏之女。"一说南方原野。于省吾《泽螺居诗经新证》:"谓南方高平之原。"　⑦逝:往。　⑧越以:发语词,犹于以。鬷(zōng):《郑笺》:"鬷,揔也。"会聚,聚集。迈:走,行。　⑨荍(qiáo):《毛传》:"荍,芘芣也。"亦名荆葵,锦葵。草本植物,夏季开紫色或白色花。　⑩贻:赠。握:一把。椒:花椒。屈原《离骚》:"巫咸将夕降兮,怀椒糈以要之。"王逸注:"椒,香物,所以降神是也。"

贻我握椒蜜意催,婆娑街市冶游回。
巫风本是太姬化,岂料祈神作乱媒?

此诗所述,舞于东门、宛丘及街市,足见陈俗巫舞之盛。然于诗旨,古今之说颇多歧异。《毛诗序》曰:"《东门之枌》,疾乱也。幽公淫荒,风化之所行,男女弃其旧业,亟会于道路,歌舞于市井尔。"同为歌舞淫荒,序以前篇主刺幽公,故言刺幽公。而此篇则鉴于上行下效,风化之所行,以致世乱,故谓之为疾乱。观诗既言"子仲之子",复言"不绩其麻",是所谓溺于其风而弃旧业。孔疏有言"男弃其业,子仲之子是也。女弃其业,不绩其麻是也。会于道路者,首章上二句是也。歌舞于市井者,婆娑是也。经先言歌舞之处,然后责其弃业。序以弃业而后敖游,故先言弃业。所以经、序倒也",按诗辞以释序义,可谓详切。至朱子说此诗,亦同上篇,以为序说不可信,其于《诗集传》释为"此男女聚会歌舞,而赋其事以相乐也","既差择善且以会于南方之原,于是弃其业以舞于市,而往会也",既不以为刺幽公,亦不以之为疾世乱,而仅以为男女聚会歌舞以为乐。今人即多由其说衍出,以为男女慕悦之辞。按诗之所述者,乃男女会舞于市井,体现陈国特殊之风俗。据《汉书·地理志》:"太姬妇人尊贵,好祭祀用巫。故俗好巫鬼,击鼓于宛丘之上,婆娑于枌树之下。有太姬歌舞遗风。"是太姬好巫舞已成陈地风俗。又据《周礼·地官·媒氏》:"仲春之月,令会男女。于是时也,奔者不禁。"《礼记·月令·仲春之月》:"玄鸟至,至之日,以大牢祠于高禖。"宋人罗泌《路史·后纪二》云:"以其载媒,是以后世有国,是祀为皋禖之神。"注引《风俗通》云:"女娲祷祠神,祈而为女媒,因置昏姻。"以此可见,好巫舞、祠高禖与会男女、置婚姻相关,本为周礼,而陈地因太姬之好,故存其遗风尤盛。然则,此制既祠高禖、置婚姻,又必会男女,故遵之则为礼,而过之则为乱。观此诗之所述,子仲氏之子婆娑于道路,原氏之女婆娑于街市,且不绩其麻,废其业而不顾。郑笺"绩麻者,妇人之事也,疾其今不为"。诗又言"穀旦于逝,越以鬷迈",郑笺"曰往矣,谓之所会处也,于是以鬷行,欲男女合行"。诗复言"视尔如荍,贻我握椒",郑笺"男女交会而相说曰:我视女之颜色美如荍芺之华然,女乃遗我一握之椒,交情好也。此本淫乱之所由"。观其所言所行,其于礼显为过。是以为男女歌舞相会赋其事以相乐乃至男女慕悦之说,显与诗辞之蕴义不合。而男女废业而淫欢,则非世乱之象而何?故诗人疾之,情见乎辞。清人姚际恒《诗经通论》引王符《潜夫论》"诗刺'不绩其麻,女也婆娑',今多不修中馈,休其蚕织,而起学巫觋,鼓舞事神,以欺诳细民",并以为"足证诗意",识见精卓,可得诗旨。观陈风多男女之情事,且如《株林》灵公因情乱而丧命,足见陈地风俗与公室淫荒密切相关,故序说可存。

衡 门

衡门之下①，可以栖迟②。泌之洋洋③，可以乐饥④。

岂其食鱼，必河之鲂⑤？岂其取妻，必齐之姜⑥？

岂其食鱼，必河之鲤？岂其取妻，必宋之子⑦？

①衡门：衡，通横。《毛传》："衡门，横木为门，言浅陋也。"此指简陋房屋。一说衡门为城门之名。王引之《经义述闻》："窃疑衡门、墓门亦是城门之名。" ②栖迟：栖息，安身。 ③泌：水名，陈国泌邱之泉水。一说泌与密同，均为男女幽约之地，故非确指。洋洋：水盛貌。 ④乐：与疗古通用。乐饥，即疗饥，充饥。《鲁诗》《韩诗》皆作"可以疗饥"。一说此为隐语，《诗经》中常将性欲望称为饥，乐饥指满足性饥渴。 ⑤鲂：鳊鱼。当时以鲂、鲤为鱼中之味美者。 ⑥姜：齐国贵族姓。齐姜，指齐国姜姓贵族女子。 ⑦子：宋国贵族姓。宋子，指宋国子姓贵族女子。

陋小衡门承曙曦，图宏志立却堪期。

可怜多少忠良士，满腹经纶付逝澌！

此诗所述，衡门栖迟之居，似贫者自乐，食鱼娶妻之言，复似义有所寓。故于诗之旨，历代论者颇多歧异。《毛诗序》曰："《衡门》，诱僖公也。愿而无立志，故作是诗以诱掖其君也。"序以为僖公无自立之志，故诗人以诗诱掖之。然据《韩诗外传》"子夏读书已毕，夫子问曰：尔亦可言于书矣。子夏对曰：书之于事也，昭昭乎若日月之光明，燎燎乎如星辰之错行，上有尧舜之道，下有三王之义，弟子所受于夫子者，志之于心不敢忘。虽居蓬户之中，弹琴以咏先王之风，有人亦乐之，无人亦乐之，亦可发愤忘食矣。诗曰：'衡门之下，可以栖迟。泌之洋洋，可以疗饥。'夫子造然变容曰：嘻！吾子可以言书已矣。"则似以此诗为贤者自乐之辞。朱子似即承此而不从序说，《诗序辨说》以为"僖者小心畏忌之名，故以为愿无立志而配以此诗，

257

不知其为贤者自乐而无求之意也",《诗集传》释为"言衡门虽浅陋,然亦可以游息。泌水虽不可饱,然亦可以玩乐而忘饥也"。后世多有从之者。清人崔述《读风偶识》即言"衡门,贫士之居。乐饥,贫士之事。食鱼、取妻,亦与人君毫不相涉,朱子之说是也",姚际恒《诗经通论》亦言"此贤者隐居甘贫而无求于外之诗。一章甘贫也,二、三章无求也。唯能甘贫,故无求。唯能无求,故甘贫",显与朱说一脉相承。至今人,则又创新说。郭沫若《中国古代社会研究》"这首诗也是一位饿饭的破落贵族作的。他食鱼本来有吃河鲂河鲤的资格,但是贫穷了,吃不起了。他娶妻本来有娶齐姜、宋子的资格,但是贫穷了,娶不起了。娶不起,吃不起,偏偏要说两句漂亮话,这正是破落贵族的根性",以为没落贵族安于贫贱自慰之辞。闻一多《诗经研究》"国风中讲到男女相约之地,或曰城隅,或曰城阙,或曰于某门,即国城的某门,衡门也还是这一类的场所。栖迟于衡门之下,和《静女》篇的'俟我城隅',《子衿》篇的'在城阙兮',也都是一类的故事。并且古代作为男女幽会之所的高禖,其所在地,必依山傍水,因为那是行秘密之事的地方",则以之为男女欢会之作。统观诸说,今人之解多望文生义,且与辞意难合。若男女欢会,却言娶妻不必齐姜、宋子? 岂不当面轻慢眼前欢爱之人? 至若没落贵族云云,尤为臆测。今观诗之辞,语似甘贫乐道,然所言衡门、泌水则似义有所蕴,郑笺"贤者不以衡门之浅陋,则不游息于其下。以喻人君不可以国小,则不兴治致政化",孔疏"泌者,泉水涓流不已,乃至广大,况人君宁不进德积小成大,乐道忘饥乎",发其蕴甚详。食鱼、娶妻尤为取譬之言,显非直赋其事,郑笺"以喻君任臣,何必圣人,亦取忠孝而已"。吴闿生《诗义会通》以为"诗为隐居自乐,词义甚明。然后二句乃譬晓之词,似有为而发者。序以为诱掖其君,疑亦近是",深思有得,颇为知言。以是,序之言与朱之说则似可合其两长而观之。鉴于陈风淫荒,故诱掖其君淡泊明志,犹如贤者自乐,则国是可图。以是揣之,似亦非为无理。

东门之池

东门之池①,可以沤麻②。彼美淑姬,可以晤歌③。

东门之池,可以沤纻④。彼美淑姬,可以晤语⑤。

东门之池,可以沤菅⑥。彼美淑姬,可以晤言。

①池：城池。马瑞辰《毛诗传笺通释》："按古者有城必有池，《孟子》'凿斯池也，筑斯城也'，是也。池皆设于城外，所以护城。"　②沤：长时间用水浸泡。③晤歌：即对唱。　④纻：同苎，麻之一种，亦名苎麻。　⑤晤语：对话，相与讨论。《毛传》："直言曰言，论难曰语。"　⑥菅（jiān）：菅草。芦荻一类多年生草本植物，其茎浸渍剥取后可以搓绳，用以编草鞋。

东门池水渍麻菅，彼美淑姬语静娴。
已觉君王无可告，岂其弱女化昏顽？

此诗以池水沤麻起兴，后仅言淑姬可晤，故诗旨为何，论者之说不一。《毛诗序》曰："《东门之池》，刺时也。疾其君之淫昏，而思贤女以配君子也。"是以诗人疾其君淫昏而思贤女以配。然既疾其君，何以言刺时？孔疏"此实刺君而云刺时者，由君所化，使时世皆淫，故言刺时以广之"，又言"经三章皆思得贤女之事，疾其君之淫昏，序其思贤女之意耳，于经无所当也"，可谓发序之义甚明。后世论家于序说或从或疑。苏辙《诗集传》"陈君荒淫无度，而国人化之，皆不可告语。故其君子思得淑女，以化于内"，即全从序之说。朱熹《诗序辨说》以为"此淫奔之诗，序说盖误"，《诗集传》则曰"此亦男女会遇之词，盖因其会遇之地，所见之物以起兴也"，则不从序说，而以之为男女淫奔期会之事。清人姚际恒《诗经通论》又以为"疑即上篇之意，取妻不必齐姜、宋子，即此淑姬，可与晤对"，以此诗承上篇之意而为辞。是以众说纷纭，莫衷一是。唯因朱子之说与民间歌谣之说类，故今人说此诗即多从朱说衍出，以为男女情歌。程俊英《诗经译注》以为"这是一首男女相会的情歌。诗以男性的口吻写他追求一位在东门城池浸麻织布的女子"，颇具代表性。通观之，诸说似皆有疑者。按姚氏之说，贤者隐居，安贫乐道，本无所求，岂睹彼淑姬，即欲与之晤对欢歌？若此，则贤者尚得为贤者乎？方玉润《诗经原始》讥之曰："前云取妻不必宋子、齐姜者，设为是词以见心不外求之意耳。讵料姚氏认以为真，竟欲取东池淑姬以配衡门隐士，岂非千秋笑柄？"可谓深切其弊。若从朱说，男女淫奔私会，岂有"淑姬"之谓？且若已淫奔私会，何以仍于池中沤麻劳作？显亦未合诗义。至若今人所倡情歌之说，则以沤麻之兴与淑姬之思混一，其谬乃以兴象为实

259

赋,故其失亦与姚氏类。诗言可以沤麻,显系设譬未然之辞,岂可径作男女相会之实境实事? 诗言彼美淑姬,显亦假设之辞,岂可真为浸麻织布之女? 观诗之所言,前有沤麻之兴,后有淑姬之思,诗之义方显。毛传"沤,柔也",郑笺"于池中柔麻,使可缉绩作衣服。兴者喻贤女能柔顺君子成其德教",故苏辙氏又言"陈君荒淫不可告语,故思得淑女以化之,庶可渐革其暴。如池之沤麻,渐渍而不自知也",可谓深得兴义之蕴,诗之义其或然焉? 然若从序之说,或亦有所疑之者。君无道,当思贤臣以佐,思淑女以配君则何益焉? 实则,按周礼极重闺门,诗中周南、召南亦多后妃、夫人之德、之化,是治化本于闺门,乃其时人之共识。且诗以沤麻作比,意谓若池之沤麻,长期浸泡,渐渍而变,正属教化之喻。唯究诗人德化之愿,按之实际,则似尤有感者。君王淫荒已至不可告语,却期以一弱女化其昏顽,岂不哀哉? 可遂愿乎?

东门之杨

东门之杨,其叶牂牂①。昏以为期②,明星煌煌③。
东门之杨,其叶肺肺④。昏以为期,明星晢晢⑤。

①牂(zāng)牂:茂盛貌。一说风吹树叶之响声。　②昏:黄昏。期:约定之时。
③明星:此指启明星。启明星于天快亮时出现于东方天空。煌煌:明亮貌。
④肺(pèi)肺:同芾芾,茂盛貌。　⑤晢(zhé)晢:明亮貌。

东门杨树叶牂牂,百辆亲迎女不将。
尝叹世风伦纪乱,孰知颓俗却源长!

此诗以东门之杨起兴,后言昏以为期而不至,构篇与前篇似,故诗旨亦多异说。《毛诗序》曰:"《东门之杨》,刺时也。婚姻失时,男女多违,亲迎女犹有不至者也。"序以为刺陈俗婚姻失时,亲迎而女不至。孔疏"经二章,皆上二句言婚姻失时,下二句言亲迎而女不至也",以序说比诗辞,故杨叶盛为婚姻失时之喻,明星出为亲迎不至之时。然婚姻之正时为何，却存异说。毛传"牂牂然，盛貌，言男女失时不逮秋冬"，是以秋冬为婚姻之正时，其时则不逮正时。郑笺"杨叶牂牂，三月中也，兴者喻时晚也，失仲春之月"，是以仲春为婚姻之正时，其时则晚于正时。是毛、郑之说不同。于此，孔疏辨之曰"毛以秋冬为昏之正时，故云男女失时，不逮秋冬也。秋冬为昏，无正文也。邶风云'士如归妻，迨冰未泮'，知迎妻之礼当在冰泮之前。荀卿书云'霜降逆女，冰泮杀止'，霜降九月也，冰泮二月也，然则荀卿之意自九月至于正月，于礼皆可为昏。荀在焚书之前，必当有所凭据。毛公亲事荀卿，故亦以为秋冬"，又曰"《地官·媒氏》云'仲春之月，令会男女，于是时也，奔者不禁'，唯谓三十之男，二十之女，所以蕃育人民，特令以仲春会耳。其男未三十，女未二十者，皆用秋冬，不得用仲春也"，以《荀子·大略》之言为据，并析《周礼》仲春之会义，是以毛说为是。朱子则不信此说，《诗集传》以为"此亦男女期会，而有负约不至者，故因其所见以起兴也"，以此篇与上篇同，亦为淫奔之诗。今人说此诗亦多由朱说衍出，以为男女情歌，所述者乃男女约会久候不至。盖此篇词语简略，诸说皆无确证。然玩诗语"昏以为期"，则当指婚姻为宜。《礼记·昏义》："昏礼者，将合二姓之好，上以事宗庙，而下以继后世也，故君子重之。"又《白虎通义》："婚者，谓黄昏时行礼，故曰婚。"若依朱说及今人之见，男女约会岂必黄昏为期？郑笺"亲迎之礼以昏时，女留他色不肯时行，乃至大星煌煌然"，孔疏"时节已晚，不复及其秋冬之时，又复淫风大行，女留他色，不从男子。亲迎者，用昏时以为期。今女不肯时行，至于明星煌煌然而夜已极深，而竟不至。礼当及时配合，女当随夫而行。至使昏姻失时，男女相违如是，故举以刺时也"，释昏以为期，庶可得诗之蕴乎？清人顾广誉《学诗详说》以为"此与《丰》皆亲迎女不至。彼陈女子追悔之情，此述男子守候之状，所从言不同，皆以极其刺。夫亲迎行而女不至，夫妇之伦败坏已极，此为民上者之责也"，联系郑风之《丰》篇，可见时俗衰薄，非唯陈地，实为春秋时代礼崩乐坏之一大表徵。以此，故刺时之说可成，亦可证序之义近是。

墓 门

墓门有棘①，斧以斯之②。夫也不良，国人知之。知而不已③，
谁昔然矣④。

墓门有梅,有鸮萃止⑤。夫也不良,歌以讯之⑥。讯予不顾⑦,颠倒思予⑧。

①墓门:陈国城门名。马瑞辰《毛诗传笺通释》:"《天问》王逸注曰:'晋大夫解居父聘吴,过陈之墓门。'墓门,盖陈之城门。"一说墓道之门。　②斯:析,劈开,砍掉。　③不已:不止,不改。　④谁昔:王先谦《诗三家义集疏》:"《释诂》云:'畴,谁也。'故谁昔犹言畴昔也。"即从前意。然:就是这样。　⑤鸮:猫头鹰,古人以为恶鸟。萃:集,栖息。止:语尾助词。　⑥讯:借作谇,斥责,告诫。⑦讯予:即予讯之倒文。顾:管,在意。　⑧颠倒:此指国家纷乱。陈奂《诗毛氏传笺》:"颠倒,乱也。"

墓门梅棘集鸮多,欲把横斤讯以歌。

自是春秋饶贼子,无良何必止陈佗?

此诗以墓门梅棘当以斧除之起兴,以言对不良之人知之而无以改。然于不良之人何指,则说者不一。旧说刺陈佗之乱。《毛诗序》曰:"《墓门》,刺陈佗也。陈佗无良师傅,以至于不义,恶加于万民焉。"以为诗刺陈佗作乱之事,而诗言不良之人,乃指陈佗之不良师傅。按陈佗之乱,史有明载。《左传·桓公五年》载:"陈侯鲍卒,再赴也。于是陈乱。文公子佗杀太子免而代之,公疾病而乱作。"陈佗为陈文公之子,文公卒,陈佗之兄桓公继位,陈佗于桓公病中杀太子免,于桓公死后复自立为君,陈国遂大乱,其后蔡国为陈国平乱,终于诛杀陈佗。序以为诗即为此而作,且以为陈佗之不义,乃由无良师傅之所致。诗言"夫也不良",毛传"夫,傅相也",郑笺"陈佗之师傅不善,群臣皆知之,言其罪恶著也","国人皆知其有罪恶而不诛退,终致祸难",孔疏申之曰"陈佗之身不明,由希睹良师之教,故有此恶。此恶既成,必得明师乃可以训道而善之,非得明师恶终不改,必至诛绝,故又戒之云:汝之师傅不善,国内之人皆知之矣,何以不退去之乎? 欲其退恶傅就良师也",皆衍序所谓"无良师傅"之言。然郑笺又言"不义者,谓弑君而自立",孔疏亦曰"陈佗身行不义,恶加万民","不义之大,莫大弑君也",是以陈佗为窃国弑君之元凶,罪莫大焉,则复何以归其咎于师傅之不良?故其说多为后人所诟病。宋人苏辙《诗集传》已指出:"桓公之世,陈人知佗之不臣矣,而桓公不去,以及于乱。是以国人追咎桓公,以为智不及其后,故以《墓门》刺焉。夫,指陈佗也。佗之不良,国人莫不知之;知之而不去,昔者谁为此乎?"以诗言"夫也不良"之"夫"即指陈佗,后世论家多从之。清人姚际恒《诗经通论》即称苏氏"可谓善说此诗矣",吴闿生《诗义会通》亦以为《毛诗序》"无良师傅云者","与诗'夫也不良'句初不相蒙,而拘者遂以'夫'为斥傅相,此陋儒之妄解","诗既刺佗,'夫也不良'自指佗言,岂有以斥师傅之理?子由正之,是矣",胡承珙《毛诗后笺》则以为"若在桓公卒后,则佗已身为大逆,而尚鳃鳃然追咎于其傅之不良,纵罪魁而诛党恶,无此断狱之法",皆析其义之大要,可正笺、疏自相扞格之意。然则,就诗之本事言,因诗语简略,究其是否陈佗之事,犹有疑者。朱熹《诗序辨说》以为"陈国君臣事无可纪,独陈佗以乱贼被讨,见书于《春秋》,故以无良之诗与之。序之作,大抵类此,不知其信然否也",《诗集传》则言"所谓不良之人,亦不知其何所指也",清人崔述《读风偶识》亦以为"以《墓门》为刺陈佗则绝不类","此必别有所刺之人,既失其传,而序遂强以佗当之耳",皆以为此诗不必泥定为刺陈佗者。今人则甚或以此诗出自民间,刺统治者品行恶劣,似以为泛刺之作。按春秋时固多乱臣贼子,弑君篡位者不一,故诗刺不良似亦可有更广之鉴戒意。然究此诗之所作,所谓"不良",且"国人知之",则其事必有所系,似不可皆作泛论。

防有鹊巢

防有鹊巢①,邛有旨苕②。谁侜予美③?心焉忉忉④。
中唐有甓⑤,邛有旨鹢⑥。谁侜予美?心焉惕惕⑦。

①防:水坝。一说堤岸。　②邛(qióng):土丘,山丘。旨:味美,鲜嫩。苕(tiáo):一种蔓生植物,生于低湿之地。　③侜(zhōu):欺诳,挑拨。予美:我之所爱者。　④忉(dāo)忉:忧愁不安貌。　⑤唐:古时朝堂前或宗庙门内大路。中唐,即中庭道路。甓(pì):砖瓦,瓦片。　⑥鹢(yì):借为虉,杂色小草,亦名绶草,一般生于阴湿处。　⑦惕惕:担心忧惧貌。

防有鹊巢邛有苕，谁俟予美惹心焦。

若知男女情多喻，间爱忧谗辩自消。

　　此诗以防之有鹊巢、邛之有旨苕起兴，以言谁人欺诳予之所美之人，以致忧惧。然于所指何人，所为何事，说者不一，概其要者，则有忧谗、间爱二说。《毛诗序》曰：“《防有鹊巢》，忧谗贼也。宣公多信谗，君子忧惧焉。”是以为陈宣公多信谗人之言，故诗人忧之而为此诗，是为忧谗之说。然鹊巢、旨苕之兴，何以寓忧谗之义？郑笺“防之有鹊巢，邛之有美苕，处势自然。兴者喻宣公信多言之人，故致此谗人”，孔疏“防多树木，故鹊鸟往巢焉。邛丘地美，故旨苕生焉。以言宣公信谗，故谗人集焉”，是以信谗，则谗人往集，故同自然之势。又，诗言“谁俟予美”之谁及予美何指？郑笺“谁，谗人也。女众谗人谁俟张诳欺我所美之人乎，使我心忉忉然？所美，谓宣公也”，孔疏申之曰“言谁俟予美者，是就众谗人之内告，问是谁为之，故云谁。谁，谗人也。臣之事君，欲君美好，不欲使谗人诳之，故谓君为所美之人”，以序言忧谗贼之义，谁者固为谗贼，而宣公多信谗，是以忧谗人欺诳宣公，故以所美之人为宣公。至朱子而疑此说，《诗序辨说》以为“此非刺其君之诗”，以序之说无据。然序以诗忧谗贼，未言刺其君，朱子似于序义有误读之嫌。《诗集传》释之曰：“此男女之有私，而忧或间之之词。故曰：防则有鹊巢矣，邛则有旨苕矣。今此何人，而俟张予之所美，使我忧之而至于忉忉乎？”是以诗述男女之私情，而忧旁人俟张其所美之人而间其爱，是为间爱之说。今人论此诗，即多从朱说，以为相爱之人害怕离间而失去爱情之作。然则，究此说之所谓间爱之事，则犹今之言第三者横刀夺爱，当事者情绪必有激烈反应，而就此诗辞味之，仅言“忉忉”“惕惕”之不安，似甚理性，岂合情仇之实？故此，清人方玉润《诗经原始》引程子之言曰“予美，心所贤者。一言下之，诳君以谗人。一言奸之，诬善以害人。皆作诗者忧患之意”，是以忧谗论之，较契此诗情境。于朱子之说，方氏则以为“朱子乃谓‘予美’指所私者，定此诗为‘男女有私，而忧其或间之之词’，岂不异哉”，以“诗人之遇晦翁，诗人之大不幸也，可嘅也”，因断“此诗忧谗无疑，惟《序》以宣公实之，则不得其确”，复以为“夫风诗托兴甚远，凡属君亲朋友，意有难宣之处，莫不假托男女夫妇词婉转以达之”，以男女事喻君臣义，诗性本如此，以此作间爱、忧谗之辨，可谓深得诗人托讽兴寄之旨。唯按其说,所谓托兴君亲朋友之间,则诗则为泛言矣,故其以序说指实宣公事为不确。然据宋人王质《诗总闻》,其尝据《史记》所载陈宣公嬖姬生子欵,欲立之,而杀其太子御寇,公子完惧祸奔齐,以为宣公信谗之证。由是观之,序说指宣公信谗,似亦非为无据。

月　出

月出皎兮,佼人僚兮①。舒窈纠兮②,劳心悄兮③。

月出皓兮,佼人懰兮④。舒懮受兮⑤,劳心慅兮⑥。

月出照兮⑦,佼人燎兮⑧。舒夭绍兮⑨,劳心惨兮⑩。

①佼:同姣,美好。僚:通嫽,娇美。　②舒:舒徐,舒缓,指从容娴雅。窈纠(yǎo jiǎo):体态优美貌。《毛传》:"舒,迟也。窈纠,舒之姿也。"　③劳心:忧心,形容思念之苦。悄:深忧貌。　④懰(liǔ):妩媚。《埤苍》作嬼。　⑤懮(yōu)受:步态婀娜貌。　⑥慅(cǎo):忧愁不安貌。　⑦照:此用作形容词,指光明。⑧燎:朱熹《诗集传》:"燎,明也。"　⑨夭绍:亦作要绍,形容女子风姿体态。胡承珙《毛诗后笺》:"《文选·西京赋》'要绍修态',注:'要绍,谓婵娟,作姿容也。'《南都赋》'要绍便娟',要绍,皆与夭绍同。"　⑩惨:与懆通,焦躁貌。《说文》:"懆,愁不安也。"朱熹《诗集传》:"当作懆。惨,忧也。"

265

月上柳梢摇万丝,佼人何处苦情思。

始知子美亲风雅,玉臂清辉不费词。

此诗描绘月光之皎洁与美人之姣好,抒发思而不得见之忧,句语缠绵拗峭,情境优美静谧,在三百篇中别具一格。然于诗旨,其说不一。《毛诗序》曰:"《月出》,刺好色也。在位不好德,而说美色焉。"是以诗辞专摹美色,故以诗旨刺好色而不好德,并系之以在位者。孔疏"言月之初出,其光皎然而白兮,以兴妇人白皙其色,亦皎然而白兮。非徒面色白皙,又是佼好之人,其形貌僚然而好兮,行止舒迟,姿容又窈纠然而美兮。思之既甚而不能见之,勤劳我心,悄然而忧闷兮。在位如是,故陈其事以刺之",又言"人于德色不得并,时好之心既好色,则不复好德,故经之所陈,唯言好色而已。序言不好德者,以见作诗之意耳,于经无所当也。经三章,皆言在位好色之事",以诗辞比照序说,辨好色、好德之义甚详。至朱子而不信序说,《诗序辨说》明言"此不得为刺诗",《诗集传》释为"此亦男女相悦而相念之辞。言月出则皎然矣,佼人则僚然矣。安得见之而舒窈纠之情乎?是以为之劳心而悄然也",以之为男女相悦相念之诗。今人即多从朱说,以为月下相思之爱情诗。余冠英《诗经选》"这诗描写一个月光下的美丽女子。每章第一句写月色,第二句写她的容色之美,第三句写行动姿态之美,末句写诗人自己因爱慕彼人而惝然心动,不能自宁的感觉"。按其说显为援辞以敷义,以诗辞为实赋之事。然风诗之旨往往深微幽远,托兴无端,含毫有意,多有所寓。清人吴闿生《诗义会通》评序说云:"案在位不好德而说色,与夏姬之事近矣。而不径傅之灵公,以此见序之不妄为臆断也。"联系下篇《株林》即明为灵公事,此篇或即为灵公而发焉?就诗辞言,形月色以皎、皓、照,形容貌以僚、懰、燎,形体态以窈纠、懮受、夭绍,形心情以悄、懆、惨,通篇一韵到底且各句皆以"兮"收结,构篇极具特色。姚际恒《诗经通论》以为"似方言之謷牙,又似乱辞之急促,尤妙在三章一韵。此真风之变体,愈出愈奇者",方玉润《诗经原始》以为"从男意虚想,活现出一月下美人。并非实有所遇,盖巫山、洛水之滥觞也。不料诸儒认以为真,岂不为诗人所哂?使充是心于君亲朋友之间,则忠臣孝子,义弟良朋,必有情难自已之处……至于用字謷牙,句句有韵,已开晋、唐幽峭一派",既拈出构篇之奇,复以不必实有所指,似亦可得托兴深微之义。然味其情境惝恍迷离,月色与佼人融为一体,却开后世月下怀人之无限法门。焦竑《焦氏笔乘》以为"《月出》见月怀人,能道意中事。太白《送祝八》'若见天涯思故人,浣溪石上窥明月',子美《梦太白》'落月满屋梁,犹疑见颜色',常建《宿王昌龄隐处》'松际露微月,清光犹为君',王昌龄《送冯六元二》'山月出华阴,开此河渚雾,清光比故人,豁然展心悟',此类甚多,大抵出自《陈风》也",姚舜牧《重订诗经疑问》亦以为"宋玉《神女赋》云'其始进也,皎若明月舒其光',正用此诗也",皆极见其渊源之所自。至若杜子美《月夜》"香雾云鬟湿,清辉玉臂寒",尤与此篇神似,不亦正见其毕生致力"别裁伪体亲风雅"之一例乎?

株 林

胡为乎株林①？从夏南②。匪适株林③，从夏南。
驾我乘马④，说于株野⑤。乘我乘驹，朝食于株⑥。

①株：陈国邑名。在今河南西华西南，夏亭镇北。乃夏姬之子夏徵舒之封邑。
林：郊外。　②从：跟，与，此指找人。夏南：夏徵舒字子南。马瑞辰《毛诗传笺通
释》："上二句诗人故设为问辞，若不知其淫于夏姬者，以为从夏南游耳。"
③匪：非，不是。适：往，去。马瑞辰《毛诗传笺通释》："下二句当连读，谓其非适株
林从夏南也，言外见其实淫于夏姬，此诗人立言之妙。"　④我：此指陈灵公，诗
人以拟代口吻言之。　⑤说（shuì）：通税，停息。　⑥朝食：吃早饭。一说性
事曰为食。

匪适株林从夏南，驰驱朝夕也心甘。
欢承君主多垂幸，岂有风情把命耽？

　　此诗刺陈灵公淫于夏姬事，史有明载，故历代论家无异辞。《毛诗序》曰："《株
林》，刺灵公也。淫乎夏姬，驱驰而往，朝夕不休息焉。"明以陈灵公淫于夏姬为此
诗之本事。郑笺"夏姬，陈大夫妻，夏徵舒之母，郑女也，徵舒字子南，夫字御叔"，
明其人物关系。孔疏"宣九年，《左传》称陈灵公与孔宁、仪行父通于夏姬。十年，
经云：陈夏徵舒弑其君平国"，"昭二十八年，《左传》叔向之母论夏姬云：是郑穆公
少妃姚子之子，子貉之妹也。子貉早死，而天钟美于是。《楚语》云：昔陈公子夏为
御叔娶于郑穆公女，生子南，子南之母乱陈而亡之。是言夏姬所出及夫、子名字"，
进而以史籍所载实其事。按史载其事甚详，《左传·宣公九年》"陈灵公与孔宁、仪
行父通于夏姬，皆衷其衵服，以戏于朝。洩冶谏曰：'公卿宣淫，民无効焉。且闻不
令，君其纳之。'公曰：'吾能改矣。'公告二子，二子请杀之。公弗禁，遂杀洩冶"，
《左传·宣公十年》"陈灵公与孔宁、仪行父饮酒于夏氏，公谓行父曰：'徵舒似女。'
对曰：'亦似君。'徵舒病之。公出，自其厩射而杀之。二子奔楚……冬十月，楚人

267

杀陈夏徵舒。丁亥,楚子入陈,纳公孙宁、仪行父于陈"。对照诗言"株林""夏南",毛传"株林,夏氏邑也。夏南,夏徵舒也",是其事当无可疑者。故于此篇序说,朱熹《诗序辨说》以为"陈风独此篇为有据",《诗集传》释之曰"灵公淫于夏徵舒之母,朝夕而往夏氏之邑,故其民相与语曰:君胡为乎株林乎? 曰:从夏南耳。然则非适株林也,特以从夏南故耳。盖淫乎夏姬,不可言也,故以从其子言之"。按诗言"胡为乎株林? 从夏南",郑笺以为"陈人责灵公",诗言"匪适株林,从夏南",郑笺以为灵公"觚拒之辞",朱子之释,全然与此相同。清人方玉润《诗经原始》亦言"盖公卿行淫,朝夕往从所私,必有从旁指而疑之者。即行淫之人亦自觉忸怩难安,故多隐约其辞,故作疑信言以答讯者,而饰其私。诗人即体此情为之写照,不必更露淫字,而宣淫无忌之情已跃然纸上,毫无遁形,可谓神化之笔",可谓发诗人隐微之意而无遗。按陈灵公被杀事在鲁宣公十年(公元前598年),故此诗当作于公元前599年之前。诗以简略之笔,幽默之语,涵纳此一宏大史事,可谓笔力千钧。正如明人朱善《诗解颐》所言"卫之乱至《墙茨》而极,于是有狄入卫之祸。陈之乱至《株林》而极,于是有楚入陈之祸。所谓以女戎亡国者也",以此诗为陈之乱极之徵,不为无识。唯就国之兴亡言之,所谓女祸之论,往往耸人听闻而未切其实。然若就国君与女色之间辨之,则似犹有疑者。稽诸史实,历代君王于女色为垂幸,女于君王则竞承欢而蒙宠。而灵公亦一国之主,于一夏姬却心甘驰驱朝夕,且终致丧命,岂不异哉! 此或陈之风俗民情尚有可救之徵乎?

泽 陂

彼泽之陂[①],有蒲与荷。有美一人,伤如之何[②]? 寤寐无为,涕泗滂沱。

彼泽之陂,有蒲与蕑[③]。有美一人,硕大且卷[④]。寤寐无为,中心悁悁[⑤]。

彼泽之陂,有蒲菡萏[⑥]。有美一人,硕大且俨[⑦]。寤寐无为,辗转伏枕。

①泽:池塘。陂(bēi):堤岸。　　②伤:阳之借字。《鲁诗》《韩诗》皆作阳。
阳与姎、卬通用,女性第一人称代词。《尔雅》:"阳,予也。"一说因思念而忧伤。
③蕳(jiān):《鲁诗》作莲,莲蓬。《郑笺》:"蕳,当作莲。莲,芙蕖实也。"一说兰草。
④卷(quán):《毛传》:"卷,好貌。"马瑞辰《毛诗传笺通释》:"卷即婘之省借。《广
雅》:'婘,好也。'"一说头发卷曲而美好貌。朱熹《诗集传》:"卷,鬐发之美也。"
⑤悁(yuān)悁:忧郁貌。　　⑥菡萏(hàn dàn):荷花。　　⑦俨:端庄矜持。《毛
传》:"俨,矜庄貌。"

彼泽之陂蒲与荷,美人不见涕滂沱。
中心若是忧廊庙,男女相娱孰怨多?

　　此诗以泽陂蒲荷起兴,以言思美人而忧伤,然于诗何以作,所思何人,则异说颇
多。《毛诗序》曰:"《泽陂》,刺时也。言灵公君臣淫于其国,男女相说,忧思感伤
也。"序似衍前篇《株林》意,谓灵公君臣淫于夏姬,导致国中淫风盛炽,故诗人刺淫
伤时。郑笺"君臣淫于国,谓与孔宁、仪行父也。感伤,谓涕泗滂沱",孔疏"男女相
悦者,章首上二句是也。感伤者,次二句是也。忧思者,下二句是也。言灵公君臣
淫于其国者,本其男女相悦之由,由化效君上,故言之耳。于经无所当也",释序之
所言君臣淫于国及男女相悦、忧思感伤之所由,并比照诗之辞章以见其义。至朱子
而不从序说,《诗集传》以为"此诗大旨与《月出》相类。言彼泽之陂,则有蒲与荷
矣。有美一人,而不可见,则虽忧伤,而如之何哉! 寤寐无为,涕泗滂沱而已矣",以
之为男女相悦相念之辞。至清人,复创新说,姚际恒《诗经通论》以为伤逝之辞,刘
沅《诗经恒解》以为忧忠臣孤立之作。今人则多从朱说,以男女情辞释此诗,或以
为水泽边女子思念一位小伙,或以为一位男子追求其心上人而不可得,于是一腔愁
闷,发而为歌。通观诸说,若男女相念之辞,则"硕大且俨"云云显于其情未谐。清
人方玉润《诗经原始》已言"曰'硕大且卷',曰'硕大且俨',岂淫女貌乎? 曰'伤之
如何',曰'涕泗滂沱',纵极相思,亦何至此",以诗语之义涵论之,可谓深切男女淫
辞说之弊。且诗于"有美一人",紧接"伤如之何",复以"寤寐无为"而显无如之何
之忧,亦与所谓伤逝或忠臣孤立之意难合。观诗言"有蒲与荷",郑笺"蒲,柔滑之

物,芙蕖之茎曰荷,生而佼大。兴者蒲以喻所说男之性,荷以喻所说女之容体也。正以陂中二物,兴者喻淫风由同姓生"。诗言"伤如之何",毛传"刺无礼也"。故清人牛运震《诗志》以为"诗中二语,有多少顿足扼腕,欲代明其冤抑而不能者,'寤寐无为,涕泗滂沱'正言无能为力也",又言"'硕大且卷'、'硕大且俨',似为贞臣正士写照,若作男女相悦之词,殊嫌不伦",方玉润《诗经原始》亦言"陈灵荒淫,国乱极矣,岂无贤人君子思治不得,假此以自鸣者? 如必见一美人字即以为淫,则天下后世之文,为美人所冤者多矣",以诗之辞合陈国君臣之事而言之,似于情理相契,而为此诗而发忧思感伤者,则当为其时思治而不得之贤人君子。是以风诗似男女之辞者,实多涵蕴深广,而陈风乃其尤者。吕祖谦《吕氏家塾读诗记》尝言:"变风终于陈灵,其间男女夫妇之诗一何多邪? 曰:有天地然后有万物,有万物然后有男女,有男女然后有夫妇,有夫妇然后有父子,有父子然后有君臣,有君臣然后有上下,有上下然后礼义有所错。男女者,三纲之本,万事之先也。正风之所以为正者,举其正者以劝之也。变风之所以为变者,举其不正者以戒之也。道之升降,时之治乱,俗之污隆,民之死生,于是乎在。录之烦悉,篇之重复,亦何疑哉!"辨正风、变风之分野同异,洵可谓识见精卓。而总陈风之主线,揭其多以男女事以讽时刺俗,不亦尤可悟得解诗之正辙焉?

桧 风

羔裘

羔裘逍遥①,狐裘以朝。岂不尔思②? 劳心忉忉③。

羔裘翱翔,狐裘在堂④。岂不尔思? 我心忧伤。

羔裘如膏⑤,日出有曜⑥。岂不尔思? 中心是悼⑦。

①羔裘:与下句之狐裘,皆贵族服饰。按礼,羔裘朝服,狐裘祭服。《郑笺》:"诸侯之朝服,缁衣羔裘。大蜡而息民,则有黄衣狐裘。今以朝服燕,祭服朝,是其好絜衣服也。"　②不尔思:不思尔之倒文。　③切切:忧愁貌。　④堂:此指朝堂。　⑤膏:油脂。如膏,像涂油般光泽。　⑥曜:照耀。　⑦悼:此指惧怕。《说文》:"悼,惧也。"

日曜羔裘恣燕游,桧君盛服惹臣忧。

始知尼父嗟膰肉,拂袖丧家十四秋!

桧乃高辛氏火正祝融之墟,在豫州外方之北,荥、波之南,居溱、洧之间。其君妘姓,祝融之后。周衰,为郑所灭。今之郑州,即其地。桧亡于周室东迁之初,国小且世次莫考。今存诗四篇,多伤时乱国衰之作。此诗为桧风首篇,诗之所述,仅一羔裘、狐裘之人,复言思而忧之甚。然于所指何人,所忧何事,古今之说颇异。《毛诗序》曰:"《羔裘》,大夫以道去其君也。国小而迫,君不用道,好絜其衣服,逍遥游燕,而不能自强于政治,故作是诗也。"是以为桧君徒好絜服而不用道,故桧之臣离去,并以诗忧刺之。郑笺"以道去其君者,三谏不从,待放于郊,得玦乃去",孔疏"诗之所陈,即谏君之意。首章、二章上二句言君变易衣服,以翱翔逍遥。卒章上二句言其裘色之美,是其好絜游宴,不强政治也。三章下二句皆言思君失道为之忧悼,是以道去君之事也",以诗之辞义释序之说,明以诗出桧臣之手。后世学者多从其说,朱熹《诗集传》亦言"桧君好洁其衣服,逍遥游宴,而不能自强于政治,故诗人忧之",全同序说。唯今人别出新解,程俊英《诗经译注》以为"一个女子欲奔男子,可是又有所顾忌而不敢,所以内心很忧伤",以之为女思男之辞。按其说,似由"岂不尔思"而望文生义,且所谓欲奔男子,又有顾忌云云,尤为悬揣无稽之词。细味诗之辞,若属男女思念,何以言"以朝""在堂"?尤以"中心是悼",显涉末世之忧,岂合私情?按诗言"羔裘逍遥""狐裘以朝",毛传"羔裘以游燕,狐裘以适朝",盖羔裘朝服,狐裘祭服,今以朝服燕,祭服朝,是以徒絜衣服而不用道。郑笺则言"先言燕,后言朝,见君之志不能自强于政治",已揭其旨。清人钱澄之《田间诗学》有言"《论语》:狐貉之厚以居。则狐裘燕服也。逍遥而以羔裘,则法服为逍遥之具矣。视朝而以狐裘,是临御为亵媟之场矣。先言逍遥,后言以朝,是以逍遥为急务,而视朝在所缓矣",是以大国之君,身处盛世,不以仪礼视朝,不以国事为务,犹为不可,更何况桧之"国小而迫",存亡危在且夕,处境若此而不自知,故"岂不尔思,劳心忉忉",极见桧臣忧之切而痛之深。方玉润《诗经原始》复言"案《国语》,郑桓公为周司徒,问于史伯,史伯对曰:'子男之国,虢、郐为大。虢叔恃势,郐仲恃险,皆有骄侈怠慢之心,加之以贪冒。君若以周难之故,寄帑与贿,不敢不许。是骄而贪,必将背君。君以成周之众,奉辞罚罪,无不克矣。'桓公从之,乃东寄帑与贿,虢、郐受焉。其后武公卒取二国地以为郑有,诗之作正其时也",比照桧君衣裘"如膏""有曜",非徒好絜,实尤贪侈,故终致贪贿而亡其国。方氏援史实以证诗,正与诗旨相合,是诗当作于郑武公灭桧之前夕欤?又,苏辙《诗集传》曰:"桧君好盛服,此非大恶也,而大夫以是去之,何哉?盖讳其大恶而以微罪行,犹孔子膰肉不至,所谓以道去其君也。"是盛服、膰肉,行之表也。违礼、政衰,事之实也。若非此,孔子何至为一膰肉而拂袖去国"累累若丧家之狗"十四载乎?

素 冠

庶见素冠兮[①],棘人栾栾兮[②],劳心慱慱兮[③]。
庶见素衣兮,我心伤悲兮,聊与子同归兮[④]。
庶见素韠兮[⑤],我心蕴结兮[⑥],聊与子如一兮[⑦]。

①庶:幸。素冠:白帽,此指丧服。下二章之素衣、素韠同此。　②棘:古瘠字,瘦。栾栾:脔脔之假借字,形容体枯肌瘦。《说文》:"脔,臞也。"引《诗》作"棘人脔脔"。　③慱(tuán)慱:忧苦不安貌。　④聊:愿。　⑤韠(bì):即蔽膝,革制,似今之围裙。　⑥蕴结:郁结。朱熹《诗集传》:"蕴结,思之不解也。"　⑦如一:如同一人。朱熹《诗集传》:"与子如一,甚于同归也。"

失道之邦见素冠,劳心岂止面栾栾。
时衰思礼何由得?终把河山送郑桓!

此诗仅言见素冠、棘人而心伤悲,因于所伤为何,诗旨何寄,历代颇多异说。《毛诗序》曰:"《素冠》,刺不能三年也。"序以诗刺礼崩乐坏,为人子者多不能守三年之丧,而诗中服素冠、素衣者则为能尽孝道、遵丧礼之人,是以能遵礼者刺时不遵礼。郑笺"丧礼,子为父,父卒为母,皆三年。时人恩薄礼废,不能行也",释序所言不能三年之义。孔疏"丧服于为父斩衰三年,父卒为母齐衰三年。此言不能三年,不言齐斩之异,故两举以充之。丧礼,诸侯为天子,父为长子,妻为夫,妾为君,皆三年。此笺独言父母者,以诗人所责当责其尊亲至极而不能从礼耳。故知主为父母,父母尚不能三年,其余亦不能三年可知矣",则以丧礼见三年之制,并释郑笺独言父母概之之所由。后世多有从此说者。朱熹《诗集传》即以为"今人皆不能行三年之丧矣,安得见此服乎? 当时贤者庶几见之,至于忧劳也",显为衍序说而为言。然于此说,清人已有异议。姚际恒《诗经通论》以为"古人多素冠、素衣,不似今人以白为丧服而忌之也。古人丧服唯以麻之升数为重轻,不关于色也",又言"棘人,其人当罪之时。《易·坎》六爻曰:'系用徽纆,置于丛棘。'是也。栾栾,拘栾之意",以"棘"为系囚之所,"棘人"即囚犯、罪人,故以诗乃痛惜贤臣遭受迫害之作。方玉润《诗经原始》以为"必其人以非罪而在缧绁之中,适所服者素服耳,而幸而见之,以至于伤悲,愿与同归如一者,非其所亲,即素所爱敬之人,故至'劳心慱慱'而不能自已也。然律以首篇之义,或桧君国破被执,拘于丛棘,其臣见之不胜悲痛,愿与同归受戮,亦未可知",进而欲以桧君遭拘实其事。今人尤多新说,高亨《诗经今注》以为"这是一首赞美孝子的诗",程俊英《诗经译注》则以为"这是一首悼亡的诗。一位妇女,丈夫死了,将入殓时,她抚尸痛哭,伤心地表示愿意和丈夫同死"。然则,一章毛传"素冠,练冠也",孔疏"《礼·三年之丧》:十三月而练。则此练冠是十三月而练服也",二章毛传"素冠故素衣",孔疏"素衣与冠同时,亦既练之衣",三章郑笺"祥祭朝服素韠者,韠从裳色",孔疏"韠是大祥祭服之韠","作者以时人皆不能行三年之丧,故从初向末而思之。有不到大祥者,故上二章思既练之人。皆不能三年,故卒章思祥祭之人。事之次也",释之甚详,是素冠、素衣、素韠并非不可为丧服。观诗之言"劳心慱慱"并欲"与子如一",显具心向往之义,而若用之失道之桧君或妇人悼亡之人,显皆于义难契。且诗三章皆冠以"庶见",毛传"庶,幸也",郑笺"丧礼既祥祭而缟冠素纰,时人皆解缓,无三年之恩于其父母,而废其丧

273

礼,故觊幸一见素冠急于哀感之人,形貌栾栾然","聊与子如一,且欲与之居处,观其行也",是庶见实设拟之辞,表希望之意,时无其人故亟思之。朱子所言"当时贤者庶几见之,至于忧劳也",亦得"庶见"之微义,是此诗之旨仍以从序之说为宜。

隰有苌楚

隰有苌楚①,猗傩其枝②。夭之沃沃③,乐子之无知④。

隰有苌楚,猗傩其华。夭之沃沃,乐子之无家⑤。

隰有苌楚,猗傩其实。夭之沃沃,乐子之无室。

①苌楚:《毛传》:"苌楚,铫弋也。"即羊桃,猕猴桃,蔓生植物,果实可食。②猗傩(ē nuó):音义同婀娜,柔美貌。 ③夭:少,此指苌楚处于茁壮生长期。沃沃:茂盛光泽貌。 ④乐:喜,此有羡慕之意。子:此指苌楚。无知:没有知觉。⑤无家:此与下章之无室皆指无家室之累。

苌楚猗傩沃沃枝,莫须家国苦忧思。

却看千载芸芸世,竟把无知作有知!

此诗以苌楚猗傩起兴,以言乐其无知无累,显有蕴义。然所蕴何义,诗旨为何,历代论家颇多异说。《毛诗序》曰:"《隰有苌楚》,疾恣也。国人疾其君之淫恣,而思无情欲者也。"是以桧人疾其君淫恣,而思若草木之无情欲者。郑笺"铫弋之性,始生正直,及其长大,则其枝猗傩而柔顺,不妄寻蔓草木。兴者喻人少而端慤,则长大无情欲",又言"知,匹也。疾君之恣,故于人年少沃沃之时,乐其无妃匹之意",孔疏亦言"此国人疾君淫恣情欲,思得无情欲之人",皆以苌楚之性释序说之义。此因所谓无情欲之意,颇得宋明人之认同。《李黄毛诗集解》载黄櫄之言"此诗言人之喜怒未萌,则思欲未动。及其私欲一炽,则天理灭矣。故思以反其初而乐其未知好色之时也",即以之牵合理学义蕴。何楷《诗经世本古义》言"《隰有苌楚》,疾恣也。桧君之夫人与郑伯通，桧君弗禁，国人疾之"，进而以之坐实史事。然至朱子则不信其说，《诗集传》以为"政烦赋重，人不堪其苦，叹其不如草木之无知而无忧也"，以桧君失道为其背景，国人于政衰时乱中发忧生之思，颇能新人耳目。后世循其说者甚众。姚际恒《诗经通论》以为"此篇为遭乱而贫窭，不能赡其妻子之诗"，方玉润《诗经原始》以为"此必桧破民逃，自公族子姓以及小民之有室有家者，莫不扶老携幼，挈妻抱子，相与号泣路歧，故有家不如无家之好，有知不如无知之安也"，衍朱说而又有所发明。今人郭沫若《中国古代社会研究》则言"做人的羡慕起草木的自由来"，"这种极端的厌世思想在当时非贵族不能有，所以这诗也是破落贵族的大作"，亦为取朱说而充之以现代阶级意识。基于此，又有以为"这是写当时劳动人民所受统治阶级的剥削和压迫的痛苦"者。除此之外，今人复有以此篇为情诗者。闻一多《风诗类钞》以为"《隰有苌楚》，幸女之未字人也"，李长之《诗经试译》以为"这是爱慕一个未婚的男子的恋歌"，高亨《诗经今注》以为"这是女子对男子表示爱情的短歌"，或以为男慕女，或以为女恋男。观此说"未字人""未婚"云云，当由诗言"无家""无室"而发。然若据此以为所恋者未婚，则首章"无知"何解？其说之谬实无须辨者。至若序、笺所谓"思无情欲"之说，尤多疑者。盖人之情欲，有邪有正，人非草木，孰能无情？且按诸礼义，"夫妇之际，人道之大伦"，"妃匹之际，生民之始，万福之原"，故郑笺之言"乐其无妃匹之意"，岂非大谬不然？实则，细味诗之辞，其间所蕴忧叹人不如草木之义甚明。上博简《孔子诗论》有云"《隰有苌楚》，得而悔之也"，陈震《读诗识小录》有云"只说乐物之无此，则苦我之有此具见，此文家隐括掩映之妙"，可谓深切其义。而后世若元结《寿翁兴》"借问多寿翁，何方自修育。唯云顺所然，忘情学草木"，姜夔《长亭怨慢》"树若有情时，不会得青青如此"，则显为"苌楚"微义之衍发。故此，此诗之旨当以朱说为是。

匪风

匪风发兮[①]，匪车偈兮[②]。顾瞻周道[③]，中心怛兮[④]。
匪风飘兮[⑤]，匪车嘌兮[⑥]。顾瞻周道，中心弔兮[⑦]。
谁能亨鱼[⑧]？溉之釜鬵[⑨]。谁将西归？怀之好音[⑩]。

①发：犹发发，风吹之声。　②偈(jié)：犹偈偈，车马疾驰貌。　③周道：此指西周盛时之道。一说大道，大路。　④怛(dá)：痛苦，悲伤。　⑤飘：飘风，旋风。此指风势疾速回旋。　⑥嘌(piāo)：轻快貌。　⑦弔：悲伤。⑧亨：通烹，煮。　⑨溉：通摡，闻一多《风诗类钞》："摡同乞，给予也。"一说洗。釜：锅。鬵(xín)：大锅。　⑩怀：遗，带给。好音：平安消息。

> 车偈风飘短景催，顾瞻周道隐氛埃。
> 堪嗟王霸千年事，烹得小鲜又几回？

　　此诗所言，非为风发，非为车偈，而瞻周道而心伤。然所伤为何，诗旨何寄，论者所说不一。《毛诗序》曰："《匪风》，思周道也。国小政乱，忧及祸难而思周道焉。"序以桧人忧国衰政乱，而思复周道。郑笺"周道，周之政令也"，孔疏"上二章言周道之灭，念之而怛伤。下章思得贤人辅周兴道。皆是思周道之事"，释序之言所谓周道，且以诗之全篇皆为思周道之事。朱子承其义，《诗集传》以为"周室衰微，贤人忧叹而作此诗。言常时风发而车偈，而中心怛然。今非风发也，非车偈也，特顾瞻周道，而思王室之陵迟，故中心为之怛然耳"，然《诗序辨说》又以为"诗言周道，但谓适周之路，如《四牡》所谓'周道逶迤'耳。序言思周道者，盖不达此意也"，则以周道为适周之路，非为周之政令，是与序、笺之说异。然观朱说，既言周道为适周之路，复言顾瞻周道而思王室之陵迟，是此适周之路实具象征周室盛时之义，故其"适周之路"与序、笺"周之政令"二说实可相通。唯毛序所言"思周道"，乃基于桧人因国小政乱，忧及祸难而言之，是其说本于桧邦"国小政乱"，奈经郑笺、孔疏全然着眼"思周道"，洵为朱子之误导，而使之以诗为纯忧周道衰微之作。盖诗义固忧周道衰微，然脱离桧邦之背景及桧风之主调，则此诗与王风之《黍离》何异？清人方玉润《诗经原始》以为"此诗诸儒皆泛作思周之作，未尝即桧时势而一论之。则是诗可以作，可以不作，采风者亦可以存，可以不存，何也？以其言中无物，则所存亦不久耳。桧当国破家亡，人民离散，转徙无常，欲住无家，欲逃何往？所谓中心惨怛，妻孥相弔时也……果谁为之咎也？非周辙之东不至此。奚以见其然耶？曰郑桓公之谋伐虢与桧也久矣，然未几而旋亡。使周辙不东，桧亦未必受迫于郑。其或王纲再振,郑必不敢加兵于桧。而今已矣,悔无及矣! 不能不顾瞻周道而自伤也",指诸儒之失,发诗人之旨,颇为知言,是以忧周之衰微不可离桧之情实。至若今人多以此诗为游子或役夫思乡之作,则尤为皮毛之见。试思之,果为游子或役夫在途,则"风""车"为其实,何谓"匪风""匪车"? 诗以"周道"应"西归",指向极明,象征之义极显。复以瞻周道而曰怛、曰弔,而欲西归则怀好音,岂徒游子或役夫之必西向而归之实述哉? 实则,"谁能""谁将",显皆设譬之辞,以周室已然陵迟,而欲王纲再振,所以作寄望之思。是此周道果为西周王道,则三章之"亨鱼"之喻尤为神妙,岂非《老子》"治大国若烹小鲜"之滥觞乎?

曹 风

蜉 蝣

蜉蝣之羽①,衣裳楚楚②。心之忧矣,於我归处③?
蜉蝣之翼,采采衣服④。心之忧矣,於我归息?
蜉蝣掘阅⑤,麻衣如雪⑥。心之忧矣,於我归说⑦?

①蜉蝣:昆虫名,亦称渠略,有翅能飞,羽极薄而有光泽,夏季阴雨时由地中出,生存期甚短,多朝生暮死。 ②楚楚:鲜明貌。 ③於(wū):通乌,何,哪里。 ④采采:犹粲粲,华丽。 ⑤掘:穿。阅:古通穴。宋玉《风赋》"空穴来风",《庄子》作"空阅来风"。掘阅,即穿穴而出。 ⑥麻衣:此指蜉蝣半透明羽翼。 ⑦说(shuì):通税,止息,居住。

蜉蝣身世在朝昏,却待风前彩羽翻。
国小竞奢无所任,欲归何处守衡门?

曹地在禹贡兖州陶丘之北,雷夏、菏泽之野,周文王嫡六子曹叔振铎分封于曹国,建都陶丘。曹地"襟带河济,扼控鲁宋",西周时为一方大国,与鲁共守王朝东土。春秋时,周室衰微,晋楚争霸,曹屡受其害,终听命于晋。迄春秋末,为宋所灭。曹风共四篇,与桧风相似,多忧国小政乱之作。此诗为曹风首篇,以蜉蝣起兴,复言心忧何所归处。似借蜉蝣况人生,颇见光阴易逝、人生暂促之感伤。然于诗喻何事,感伤何指,则多异说。《毛诗序》曰:"《蜉蝣》,刺奢也。昭公国小而迫,无法以自守,好奢而任小人,将无所依焉。"以为昭公时诗,刺曹国君臣耽奢娱而无远虑。郑笺以蜉蝣"兴者,喻昭公之朝,其群臣皆小人也。徒整饰其衣裳,不知国之将迫胁,君臣死亡无日,如渠略然",序以心忧何所归处,"言有危亡之难,将无所就往"。孔疏则以为"好奢而任小人者,三章上二句是也。将无所依,下二句是也。三章皆刺好奢,又互相见",以诗之辞章比照,释序之所言好奢将无所依之义。朱子则疑其刺昭公之说,《诗序辨说》以为"言昭公未有考",《诗集传》释之曰"此诗盖以时人有玩细娱而忘远虑者,故以蜉蝣为比而刺之。言蜉蝣之羽翼,犹衣裳之楚楚可爱也。然其朝生暮死,不能久存,故我心忧之,而欲其于我归处耳",似以为泛刺时人。于此,清人复有疑者。方玉润《诗经原始》以为"盖蜉蝣为物,其细已甚,何奢之有? 取以为比,大不相类。天下刺奢之物甚多,诗人岂独有取于掘土而出、朝生暮死之微虫耶? 即以为玩细娱而忘远虑,亦视乎其人之所关轻重为何如耳。若国君则所系匪轻,小民又何足为重? 但曰时人,诗岂必存? 曹既无徵,难以臆测",以蜉蝣细物不宜比奢,于国君、时人均或未合,是于序、笺及朱子之说并皆疑之。至今人论此诗,则多以为"是一首没落贵族叹息人生短促的诗",程俊英《诗经译注》以为"在这位感伤的诗人看来,蜉蝣的朝生暮死,与人的'生年不满百'是一样的,都逃不出死亡的规律",若此,似含生命暂促之哲理感悟,其所指则尤趋泛化。今观诗之辞,蜉蝣之兴后,即明言心忧,且发"於我归处"之问,意者国小促迫,存亡已在且夕,己之身欲归往何处焉? 吴闿生《诗义会通》即以为"'於我归处',诗人自谓之词,犹后世之言归去来耳",可谓一语中的。以是观之,是以蜉蝣之羽翼鲜丽然朝生暮死喻时人之耽于奢娱而无远虑,诗旨甚明。陈震《读诗识小录》谓"楚楚、采采、如雪,其人得意在此,傍人赞叹正在此,盖一念为朝生暮死,则其得意处,正可悼可畏处也,故曰'心忧'。'于我归'者,叹其失所归也",揭时人无远虑,诗人之所忧,庶几近之。唯所刺对象为何,实难以指实,故朱子谓"序以为刺其君,或然,而未有考也",诚然。盖曹之国小,君臣若此,则上行下效,蔚成时风,不亦情理之中乎？贤者由此深忧而作归去来之辞,不亦宜乎？然既已举国若此,则贤者意欲归去,又当何所归哉？

候 人

彼候人兮①,何戈与祋②。彼其之子,三百赤芾③。

维鹈在梁④,不濡其翼⑤。彼其之子,不称其服⑥。

维鹈在梁,不濡其咮⑦。彼其之子,不遂其媾⑧。

荟兮蔚兮⑨,南山朝隮⑩。婉兮娈兮⑪,季女斯饥⑫。

①候人:看守边境、迎送宾客及治理道路、掌管禁令之小吏。　②何:通荷,扛。《齐诗》作荷。祋(duì):亦作殳,竹制,长一丈二尺,有棱而无刃。戈、祋皆古兵器。　③三百:此指人数。赤芾(fú):红色皮制蔽膝。《毛传》:"大夫以上,赤芾乘轩。"　④鹈(tí):即鹈鹕,水禽,体型较大,喙下有囊,食鱼为生。梁:此指鱼坝。　⑤濡:沾湿。　⑥称:相称,相配。服:官服。　⑦咮(zhòu):禽鸟之喙。　⑧遂:称。媾(gòu):宠爱。朱熹《诗集传》:"遂,称。媾,宠也。遂之为称,犹今人谓遂意为称意。"　⑨荟、蔚:云雾迷漫貌。　⑩南山:曹地山名。隮:虹。一说同跻,升,登。　⑪婉、娈:柔顺美好貌。　⑫季女:少女,此指候人之幼女。

候人辛苦荷长戈,赤芾乘轩衮衮过。

荟蔚南山惊焰炽,婉娈饥女泪婆娑！

此诗以候人辛苦困厄与赤芾之子势焰盛炽作比,其意当为刺不公,发怨思。然其本事及诗旨,则说者不一。《毛诗序》曰:"《候人》,刺近小人也。共公远君子而好近小人焉。"是以诗刺曹共公远君子而近小人。诗言候人荷戈,毛传"言贤者之官不过候人",郑笺"是谓远君子也"。诗言赤芾之子,郑笺"之子,是子也,佩赤芾者三百人",是以明诗所言君子、小人之别。孔疏"首章上二句言其远君子,以下皆近小人也。此诗主刺君近小人,以君子宜用而被远,小人应疏而却近,故经先言远君子也",则总其篇而疏其义。然以诗刺曹共公事,朱子疑之,《诗序辨说》以为"此诗但以'三百赤芾'合于左氏所记晋侯入曹之事,序遂以为共公,未知然否",遂生异说。今人郭沫若《中国古代社会研究》"这当然是讥诮那暴发户才做了贵族的人。这些由奴民伸出头来的人,在旧社会的耆旧眼里看来,当然说他是不配的",极具时代色彩,显为以自身时代需要而释古史。姑不论其时有无由奴民暴发为贵族之人,即以诗辞言之,正若余冠英《诗经选》所言"是对于一位清寒劳苦的候人的同情和对于一些'不称其服'的朝贵的讥刺",实与旧贵族讥诮暴发户无与。而朱子疑序但以"三百赤芾"合于《左传》所记而以为曹共公事,却于《诗集传》又言"此刺其君远君子而近小人之词。言彼候人而何戈与祋者,宜也。彼其之子,而三百赤芾,何哉? 晋文公入曹,数其不用僖负羁,而乘轩者三百人,其谓是欤?"虽尚有疑,然已足见其初无定说,且最终倾向归宗序义。实则,诗中所言"三百赤芾",正与晋文公入曹之史事相合。按《左传·僖公二十八年》载晋文公入曹事:"三月丙午入曹,数之以其不用僖负羁,而乘轩者三百人也,且曰献状。"杜预注曰:"轩,大夫车。言其无德居位者多,故责其功状。"此言乘轩者三百,而诗言赤芾者三百,毛传"大夫以上,赤芾乘轩",是乘轩、赤芾同为大夫待遇,故"乘轩者三百",即"三百赤芾"。孔疏释诗之首章"言贤者之官不过候人,是远君子也。又亲近小人,彼曹朝上之子,三百人皆服赤芾,是其近小人也。诸侯之制,大夫五人。今有三百赤芾,爱小人过度也"。晋文入曹正值曹共公时期,故诗序以此诗因曹共公"远君子而好近小人"而讽刺之,非为无据。而晋文公责曹君不用之僖负羁,正是曹之贤者。《左传·僖公二十三年》载"僖负羁之妻曰:吾观晋公子之从者,皆足以相国。若以相,夫子必反其国。反其国,必得志于诸侯。得志于诸侯,而诛无礼,曹其首也。子盍蚤自贰焉? 乃馈盘飧寘璧焉。公受飧反璧",《史记·管蔡世家》亦载"共公十六年,初,晋公子重耳其亡过曹。曹君无礼,欲观其骈胁。僖负羁谏,不听,私善于重耳",可见僖负羁于晋公子重耳落难之时,即慧眼识人,奈何曹共公不纳其谏言,致有晋文伐曹之祸。以是观之,岂非亦与序言曹共公远君子之义合?

鸤 鸠

鸤鸠在桑①，其子七兮②。淑人君子，其仪一兮③。其仪一兮，心如结兮④。

鸤鸠在桑，其子在梅。淑人君子，其带伊丝。其带伊丝，其弁伊骐⑤。

鸤鸠在桑，其子在棘。淑人君子，其仪不忒⑥。其仪不忒，正是四国⑦。

鸤鸠在桑，其子在榛。淑人君子，正是国人⑧。正是国人，胡不万年⑨？

①鸤鸠：亦作尸鸠，今名布谷鸟。春秋时有鸤鸠养子平均之说，《左传·昭公十七年》："鸤鸠氏，司空也。"杜预注："鸤鸠平均，故为司空，平水土。"　②七：此指鸤鸠之子，乃虚数，言其多。旧说布谷鸟饲雏，早自头到尾，晚自尾到头，始终均平如一。　③仪：言行。一：始终如一。胡承珙《毛诗后笺》："《缁衣》，子曰'下之事上也，身不正，言不信，则义不一，行无类也'。其末引诗曰'淑人君子，其仪一也'。"　④结：固结。心如结，喻用心专一。朱熹《诗集传》："如物之固结而不散也。"　⑤弁：皮帽。骐：青黑色有花纹之马，此指帽饰。　⑥忒：偏差，差错。⑦正：长，指榜样。一说纠正。闻一多《风诗类钞》："正，法也，则也。正是四国，为此四国之法则。"四国：各国。　⑧国人：四国之人。　⑨胡：何。朱熹《诗集传》："胡不万年，愿其寿考之辞也。"

鸤鸠饲子识均平，岂料人间失义行。

抱一原为天下式，道儒兵法又何争？

此诗以鸤鸠饲子起兴，其后颂淑人君子言行始终如一。然究其诗旨，则向有刺、美二说。《毛诗序》曰："《鸤鸠》，刺不壹也。在位无君子，用心之不壹也。"序以诗刺曹之君臣无君子，而用心不壹。于鸤鸠之兴，毛传以为"鸤鸠之养其子，朝从上下，暮从下上，平均如一"，郑笺则言"兴者喻人君之德，当均一于下也。以刺今在位之人，不如鸤鸠"，此刺之说之所为言者。至朱子而不信序说，《诗序辨说》以为"此美诗，非刺诗"，《诗集传》遂释之为"诗人美君子之用心均平专一。故言鸤鸠在桑，则其子七矣。淑人君子，则其仪一矣。其仪一，则心如结矣"，然又曰"不知其何所指也"。后人颇多从朱说，然以诗美何人，异说甚夥。或谓"美振铎"，或谓"美公子臧"，皆无确证。何楷《诗经世本古义》复以为"曹人美晋文公之复曹伯"，仅以周王策命有"王谓叔父，敬服王命，以绥四国"之语，显亦非为实据。今味诗辞，确为纯美无刺意，然考之以曹之世次及曹风主调，其时不应有淑人君子可美之如此者，似当为陈古以刺时。观诗言淑人君子，"其带伊丝，其弁伊骐"，吴闿生《诗义会通》即以为"皆想像之词，与《都人士》正同"。诗言"正是四国""正是国人"，孔疏以为"皆谓诸侯之身能为人长，则知此云在位。无君子者，正谓在人君之位无君子之人也。在位之人既用心不壹，故经四章皆美用心均壹之人，举善以驳时恶"。诗又言"胡不万年"，欧阳修《诗本义》以为"叹其'胡不万年'在位，以刺今不然"，可谓一语中的。清人方玉润《诗经原始》亦云："诗卒章云'正是国人，胡不万年'，则明明有其人在，非虚词也。回环讽咏，非开国贤君，未足当此，故以为'美振铎'之说者，亦庶几焉。惜其编诗失次，为前后三诗所混，故启人疑。若移置本风之首，如卫之《淇奥》，郑之《缁衣》，则义自明矣。否则，后人因曹君失德而追述其先公之德之纯以刺之，故曰'胡不'者，疑而问之之辞也，以为尔能'正是国人'，胡不福尔子孙于亿万斯年？不然，颂其德矣，何云'胡不'？"辩说细密，庶几可近诗人之旨。是以诗人陈古以刺时，所陈者，正曹之开国明君，不亦宜乎？又，诗以均一为治国首务，堪称精要。其后百家蜂出，立说争鸣，然于治国之要，无不遵循此道。《老子》所言"圣人抱一为天下式"，《论语·季氏》所载"丘也闻有国有家者，不患寡而患不均"，乃至《史记·太史公自序》所云"法家不别亲疏，不殊贵贱，一断于法"，立说之基固有道、德、法内蕴之异，然于家于国之治理皆以均一衡之，则略无二致。或曰，其与诗义渊源之迹若何？盖诗乃礼乐之载体，诸子学说亦无不各承礼乐之一端而发，故其间肹蠁相通，悉心涵泳，岂未可得乎？

下 泉

冽彼下泉①,浸彼苞稂②。忾我寤叹③,念彼周京④。

冽彼下泉,浸彼苞萧⑤。忾我寤叹,念彼京周。

冽彼下泉,浸彼苞蓍⑥。忾我寤叹,念彼京师。

芃芃黍苗⑦,阴雨膏之⑧。四国有王⑨,郇伯劳之⑩。

①冽:寒冷。下泉:出自地下之泉水。 ②苞:丛生。稂(láng):一种莠一类
野草。《毛传》:"稂,童粱。非溉草,得水而病也。"一说长穗而不饱实之禾。
③忾(xì):叹息。寤:醒。 ④周京:周朝京都,天子所居,下文京周、京师同此。
⑤萧:一种蒿类野生植物,即艾蒿。 ⑥蓍(shī):草名,古人用于占筮。《说文》:
"蓍,蒿属。" ⑦芃(péng)芃:茂盛茁壮。《毛传》:"芃芃,美貌。" ⑧膏:滋
润,润泽。 ⑨有王:《郑笺》:"有王,谓朝聘于天子也。" ⑩郇(xún)伯:《毛
传》:"郇伯,郇侯也。"《郑笺》:"郇侯,文王之子,为州伯,有治诸侯之功。"

寒泉下泄浸苞稂,念彼周京寤叹长。

四国有王能再复,晋文随意踏曹疆?

诗忧国小政乱而思明王贤伯,与桧风之《匪风》似。然于诗之本事及所指,其
说不一。《毛诗序》曰:"《下泉》,思治也。曹人疾共公侵刻下民,不得其所,忧而
思明王贤伯也。"是仍以为共公时事。诗以泉浸苞稂起兴,复寤叹而念周京,郑笺
"兴者喻共公之施政教,徒困病其民","念周京者,思其先王之明者",孔疏申之
"此谓思上世明王贤伯治平之时。若有明王贤伯,则能督察诸侯,共公不敢暴虐,
故思之也。上三章皆上二句疾共公侵刻下民,下二句言思古明王。卒章思古贤
伯。上三章说共公侵刻而思古明王能纪理诸侯,使之不得侵刻。卒章言贤伯劳来
诸侯,则明王亦能劳来诸侯,互相见",比照辞章,释思明王贤伯之义甚详。由是,
则曹人忧国小政乱,复兼伤周室衰微。于此,朱熹《诗序辨说》以为"曹无他事可

考,序因《候人》而遂以为共公。然此乃天下之大势,非共公之罪也",疑序之系于共公未有所据。《诗集传》则言"王室陵夷而小国困弊,故以寒泉下流而苞稂见伤为比,遂兴其忾然以念周京也",仅以泛言国小困弊而思治。至明人何楷《诗经世本古义》据汉焦赣《易林·蛊之归妹》繇辞"下泉苞粮,十年无王。荀伯遇时,忧念周京",引《左传·昭公三十二年》"天子曰:天降祸于周,俾我兄弟并有乱心,以为伯父忧。我一二亲昵甥舅,不遑启处,于今十年",以为"自春秋昭二十二年王子朝作乱,至三十二年城成周为十年,与《易林》'十年无王'合。郇伯,即荀跞也",由此断"《下泉》,曹人美荀跞纳周敬王也"。清人王先谦《诗三家义集疏》及今人高亨《诗经今注》、程俊英《诗经译注》从其说。然则,比照史实,此说存疑处颇多。据《左传》,鲁昭公二十二年(公元前520年),周景王死,王子猛立,是为悼王,王子朝因未被立为王而起兵,周王室遂生内乱。于是晋人率师迎悼王,攻王子朝。不久悼王死,王子匄被拥立即位,是为敬王。荀跞纳周敬王事见《左传·昭公二十二年》:"冬十月丁巳,晋籍谈、荀跞帅九州之戎及焦、瑕、温、原之师,以纳王于王城。"据此,晋人帅师纳王者为籍谈、荀跞,不可归功荀跞一人。且荀跞仅为晋大夫,岂可径为"郇伯"?且晋人帅师纳王,与曹人何与?程俊英氏又云"晋文公派大夫荀跞攻子朝而立猛弟匄,是为敬王。诗当作于周敬王入成周以后,即在公元前516年后",尤多误谬。晋文公活动于周惠王、襄王之世,公元前636年至前628年在位,如何于百年之后派荀跞帅师纳王?且其断此诗作于公元前516年后,其时孔子已近四十,试问诗三百中居然有孔子生后四十年之作乎?察其致谬之源,端在"郇伯"之解。毛传云:"郇伯,郇侯也,诸侯有事,二伯述职。"郑笺亦云:"有王,谓朝聘于天子也。郇侯,文王之子,为州伯,有治诸侯之功。"据《元和姓纂》载,周文王第十七子姬葡封于郇为伯爵,史称郇伯、郇侯,建立郇国,春秋时被晋国所灭。诗中"郇伯"必此"有治诸侯之功"者,合前章"念彼周京",即所谓"明王贤伯"无疑。宋末人郑思肖《德佑二年岁旦》诗云"一心中国梦,万古下泉诗",其中《下泉》诗典,正用伤时衰而思昔盛之意涵,不亦可作解诗之一助乎?归诸曹事,国小迫促,且国君侵刻下民,而周室浸衰,无以为治,国人忧而思旧时明王贤伯,不亦宜乎?清人刘沅《诗经恒解》以为"周衰,大国侵陵,小国日削,王纲解而方伯无人,贤者伤之而作",当合诗旨。而曹之侵削无过共公之世,故方玉润《诗经原始》

有言:"夫天下有道,则礼乐征伐自天子出,天下无道,则礼乐征伐自诸侯出。今晋文入曹,执其君,分其田,以释私憾,宁能使曹人帖然心服乎? 此诗之作,所以念周衰,伤晋霸也。使周而不衰,则'四国有王',彼晋虽强,敢擅征伐?"所言晋文入曹事,仅据《左传·僖公二十八年》,即有"春,晋侯将伐曹","侵曹伐卫","晋侯围曹","三月丙午,入曹","公说,执曹伯,分曹卫之田,以畀宋人",岂非过于随意乎? 而由曹受大国侵陵以见周室衰王纲解,固亦莫此为甚矣!

豳 风

七 月

七月流火①,九月授衣②。一之日觱发③,二之日栗烈④。无衣无褐⑤,何以卒岁⑥?三之日于耜⑦,四之日举趾⑧。同我妇子,馌彼南亩⑨,田畯至喜⑩。

七月流火,九月授衣。春日载阳⑪,有鸣仓庚⑫。女执懿筐⑬,遵彼微行⑭,爰求柔桑⑮。春日迟迟,采蘩祁祁⑯。女心伤悲,殆及公子同归。

七月流火,八月萑苇⑰。蚕月条桑⑱,取彼斧斨⑲,以伐远扬⑳,猗彼女桑㉑。七月鸣鵙㉒,八月载绩㉓。载玄载黄,我朱孔阳㉔,为公子裳。

四月秀葽㉕,五月鸣蜩㉖。八月其获,十月陨萚㉗。一之日于貉㉘,取彼狐狸,为公子裘。二之日其同㉙,载缵武功㉚。言私其豵㉛,献豜于公㉜。

　　五月斯螽动股㉝，六月莎鸡振羽㉞。七月在野，八月在宇，九月在户，十月蟋蟀入我床下。穹窒熏鼠㉟，塞向墐户㊱。嗟我妇子，曰为改岁㊲，入此室处。

　　六月食郁及薁㊳，七月亨葵及菽㊴。八月剥枣㊵，十月获稻。为此春酒㊶，以介眉寿㊷。七月食瓜，八月断壶㊸，九月叔苴㊹。采荼薪樗㊺，食我农夫。

　　九月筑场圃，十月纳禾稼㊻。黍稷重穋㊼，禾麻菽麦。嗟我农夫，我稼既同㊽，上入执宫功㊾。昼尔于茅㊿，宵尔索綯[51]。亟其乘屋[52]，其始播百谷[53]。

　　二之日凿冰冲冲[54]，三之日纳于凌阴[55]。四之日其蚤[56]，献羔祭韭[57]。九月肃霜[58]，十月涤场[59]。朋酒斯飨[60]，曰杀羔羊。跻彼公堂[61]，称彼兕觥[62]，万寿无疆！

①七月：此指夏历七月。皮锡瑞《经学通论》："此诗言月者皆夏正，言一、二、三、四之日者皆周正，改其名不改其实。"流：向下行。火：星名，亦称大火，即心宿二。每当夏历五月黄昏时分，该星当正南，为一年中正中最高位置，六月后便偏西向下行，故言流火。　②授衣：马瑞辰《毛诗传笺通释》："凡言'授衣'者，皆授使为之也。此诗授衣，亦授冬衣使为之。盖九月妇功成，丝麻之事已毕，始可为衣。非谓九月冬衣已成，遂以授人也。"　③一之日：周历正月，夏历十一月。下文之二之日、三之日、四之日，以此类推为周历二月、三月、四月，夏历十二月、正月、二月。夏历三月则不言五之日，而曰"春"或"蚕月"。戴震《毛郑诗考证》："周时虽改为周正，但民间农事仍沿用夏历。"故此诗中四月至十月皆言夏历，犹今之农事仍沿农历。觱（bì）发：大风呼啸声。　④栗烈：或作溧冽，形容气寒。　⑤褐：粗布衣。　⑥卒岁：终岁。　⑦于：为，此指修理。耜（sì）：农具。于耜，即修理农具。　⑧趾：足。举趾，即举足下田，开始春耕。　⑨馌（yè）：送饭。　⑩田畯（jùn）：农官名，又称农正或田大夫。　⑪载：始。阳：温暖。　⑫仓庚：黄莺。　⑬懿：深。　⑭遵：沿。微行：小路。　⑮爰：于是。柔桑：嫩桑叶。

⑯蘩：即白蒿。古人用于祭祀，女子嫁前有"教成之祭"。一说用蘩沃蚕子，则蚕易出。祁祁：众多貌，此指采蘩者。　⑰萑（huán）苇：芦苇。此指八月收割萑苇。　⑱蚕月：指夏历三月。条：挑之借字。条桑，修剪桑树。　⑲斨（qiāng）：方孔斧。　⑳远扬：指长得太长而高扬之枝条。　㉑猗：掎之借字，牵，拉。女桑：小桑。掎桑，拉着桑枝采叶。南朝乐府《采桑度》："系条采春桑，采叶何纷纷。"似以绳系桑枝然后拉绳采叶。　㉒鵙（jú）：鸟名，即伯劳。　㉓绩：纺织。　㉔朱：此指纺布染成之色。孔：甚。阳：鲜明。　㉕秀：长穗。葽（yāo）：植物名，今名远志，可作药用。　㉖蜩（tiáo）：蝉。　㉗陨萚（tuò）：落叶。　㉘于：取。貉：似狐，亦称狗獾。《郑笺》："于貉，往博貉以自为裘也。"　㉙同：聚合，言狩猎之前聚合众人。　㉚缵（zuǎn）：继续。武功：指田猎之事。　㉛私：此指归猎者私有。豵（zòng）：一岁小猪，此代指小兽。　㉜豜（jiān）：三岁大猪，此代指大兽。公：公侯之家，此言大兽献于公家。　㉝斯螽（zhōng）：虫名，蝗类，即蚱蜢。动股：言斯螽发出鸣声，旧说斯螽以两股相切发声。　㉞莎鸡：虫名，今名纺织娘。振羽：言鼓翅发声。　㉟穹：穷尽，清除。室：此用作名词，指灰尘垃圾一类堵塞物。言将堵塞物搬空，便于熏鼠。　㊱塞：堵塞。向：北窗。墐（jìn）：用泥涂抹。古时多编柴竹为门，冬天涂泥塞缝以御寒气。　㊲改岁：更改年岁，指过年。　㊳郁：蔷薇科小灌木，果实名郁李。薁（yù）：植物名，果实大如桂圆。一说野葡萄。　㊴亨：同烹，煮。葵：一种蔬菜。菽：豆类总称。　㊵剥（pū）：通扑，打。　㊶春酒：冬天酿酒经春始成，故称春酒。　㊷介：祈求。眉寿：长寿，人老眉间生毫毛，叫秀眉，所以长寿称眉寿。　㊸壶：此指葫芦。断壶，摘下葫芦。　㊹叔：拾。苴：秋麻之籽，可以食用。　㊺荼：苦菜。薪：此用作动词，言采之为薪。樗（chū）：木名，臭椿。　㊻纳：收纳，收谷入仓。　㊼重：同穜，早种晚熟之谷。穋（lù）：同稑，晚种早熟之谷。　㊽同：此指收齐，集中。　㊾上：同尚，还得。宫功：建筑或修缮宫室之事。一说室内之事。　㊿尔：语助词。于：取。　51索：此用作动词，搓，制。绹：绳。　52亟：急。乘：覆盖。茅与绳皆盖屋所用之物。　53其始：将要开始。　54冲冲：凿冰之声。　55凌阴：藏冰地窖。　56蚤：取。一说通早，一种祭祀仪式。古时藏冰、取冰皆须祭祀。　57献羔祭韭：用羔羊与韭菜祭祖。《礼记·月令》："仲春之月……天子乃鲜羔开冰。"鲜通献，鲜

羔即献羔。四之日正仲春之时。 (58)霜:同爽。肃爽,犹言秋高气爽。 (59)涤场:清扫场地。一说即涤荡,草木摇落。 (60)朋酒:两壶酒。斯:代词,指酒。飨:以酒待客。 (61)跻:登。公堂:公众聚会场所。一说公侯之堂。 (62)称:举起。兕(sì)觥(gōng):用兽角所制酒器。

艰难王业重耕桑,后稷公刘衍脉长。
制礼竟成民族性,不知炎夏本源羌!

豳地在禹贡雍州岐山之北,原隰之野。虞、夏之际,弃为后稷封于邰。夏衰弃稷不务,弃子不窋失其官守而自窜于戎狄之间。不窋生鞠陶,鞠陶生公刘,遂复后稷之业而立国于豳之谷。十世而太王徙岐山之阳,十二世而文王始受天命,十三世武王遂为天子。武王崩,成王年幼,周公旦以冢宰摄政,乃述后稷、公刘之化,陈诗以戒成王,谓之豳风。后人又取周公所作及凡为周公而作之诗以附。此诗为豳风首篇,逐月述一年农事,且长篇铺叙,事极完备,乃国风中叙事之杰构。然于其作者及诗旨,其说不一。《毛诗序》曰:"《七月》,陈王业也。周公遭变,故陈后稷先公风化之所由,致王业之艰难也。"是以为诗出周公之手,且于遭变居东后所作,意在陈王业之艰难以戒成王。郑笺曰:"周公遭变者,管、蔡流言,辟居东都。"释序之所言周公遭变之事。后世多从其说。陈奂《诗毛氏传疏》即明言"周公遭管、蔡之变而作"。按序、笺以为周公居东后诗,盖因季札观周乐,尝谓《豳》曰"美哉!荡乎!乐而不淫,其周公之东乎",事见《左传·襄公二十九年》。然季札观乐,实就豳风全体而言,非必仅谓此《七月》一篇。故后人亦有疑序、笺之说者。朱熹《诗序辨说》引董迪《广川诗故》之言"先儒以《七月》为周公居东而作,考其诗则陈后稷、公刘所以治其国者,方风谕而成其德,故是未居东也。至于《鸱鸮》则居东而作,其在《书》可知矣",《诗集传》以为"周公以成王未知稼穑之艰难,故陈后稷、公刘风化之所由,使瞽矇朝夕讽诵以教之",以周公初辅政未居东时之作。然以之为周公之作,复有疑者。查《汉书·地理志》有云:"昔后稷封邰,公刘处豳,太王徙岐,文王作丰,武王治镐,其民有先王遗风,好稼穑,务本业,故豳诗言农桑衣食之本甚备。"就其"言农桑衣食之本甚备"言,所谓"豳诗"或即此《七月》之篇,其以"豳"名之,或为公刘处豳时之作。宋末金履祥《资治通鉴前编》卷七即已明言"《七月》之诗,豳之旧诗也,周公陈之以备工诵,使成王知先公之旧,衣食之原",清人崔述《丰镐考信录》以为"此诗当为大王以前豳之旧诗,盖周公述之以戒成王,而后世因误为周公所作耳",方玉润《诗经原始》申之曰"豳仅《七月》一篇,所言皆农桑稼穑之事,非躬亲陇亩久于其道者,不能言之亲切有味也如是。周公生长世胄,位居冢宰,岂暇为此?且公刘世远,亦难代言。此必古有其诗,自公始陈王前,俾知稼穑艰难并王业所自始,而后人遂以为公作也",是皆以《七月》本为豳地遗诗,周公为辅成王而陈之以述后稷、公刘王业之所由。至今人论此诗,则以之纯为民间农事诗,程俊英《诗经译注》所言"叙述西周农民一年到头无休止的劳动过程和他们生活情况","鲜明地反映了当时阶级的对立和社会的本质",即颇具代表性。然则,观《七月》之诗,宏篇巨制,蕴思精密,且一诗而兼风、雅、颂之三体而无或遗,似非出自凡手。朱子引王安石《诗经新义》之言"仰观星日霜露之变,俯察昆虫草木之化,以知天时,以授民事。女服事乎内,男服事乎外。上以诚爱下,下以忠利上。父父子子,夫夫妇妇,养老而慈幼,食力而助弱。其祭祀也时,其燕飨也节。此《七月》之义也",姚际恒《诗经通论》亦言"鸟语虫鸣,草荣木实,似《月令》。妇子入室,茅绹升屋,似风俗书。流火寒风,似《五行志》。养老慈幼,跻堂称觥,似庠序礼。田官染职,狩猎藏冰,祭献执功,似国典制书。其中又有似《采桑图》《田家乐图》《食谱》《谷谱》《酒经》。一诗之中,无不具备,洵天下之至文也",若此,则似非圣手而不能作。且诗言"献豜于公""凿冰冲冲""献羔祭韭""跻彼公堂,称彼兕觥",《礼记·月令》"仲春之月……天子乃鲜羔开冰,先荐寝庙",其所言者显皆非出自民间,而实为天子之事。是其诗果出周公之手乎?或本有豳地遗诗,而复经周公整饬而润饰之乎?而以之陈王业、戒成王者,尤见兹事之体大。或曰农桑稼穑之事,本周兴之所由,后稷、公刘衍脉已长,何待乎周公乃陈而戒之?实则,其事必至周公之时而方显,盖由制礼作乐之制度化运作,农事遂成立国之基、民族之性矣!然则,以民族之性言之,复有疑者。《国语·晋语》言"昔少典娶于有蟜氏,生黄帝为姬,炎帝为姜",《逸周书·王会解》有云"氐羌以鸾鸟",据顾颉刚考证,氐羌皆姜姓,同出炎帝,童书业进一步证明,"姜"即"羌","姬"即"氐",故"氐羌"即"姬姜",而氐、羌皆上古游牧民族之代表。由是,华夏族性实起于游牧,至周而确立以农立国,固由此大展华夏灿烂文明之新篇章,然亦由此,华夏民族彪悍之气尽失,以致不堪游牧民族之扰,甚而数度祚移国覆! 由是思之,福兮? 祸兮?

鸱 鸮

鸱鸮鸱鸮①,既取我子,无毁我室②。恩斯勤斯③,鬻子之闵斯④。

迨天之未阴雨⑤,彻彼桑土⑥,绸缪牖户⑦。今女下民⑧,或敢侮予?

予手拮据⑨,予所捋荼⑩,予所蓄租⑪,予口卒瘏⑫,曰予未有室家⑬。

予羽谯谯⑭,予尾翛翛⑮,予室翘翘⑯,风雨所漂摇,予维音哓哓⑰!

①鸱鸮:即猫头鹰。古人以为恶鸟,多以喻坏人。　②室:此指鸟巢。③恩:《鲁诗》作殷。《郑笺》:"殷勤于稚子。"恩勤即殷勤,辛苦意。斯:语助词。④鬻:通育,养育。闵:病困,累病。　⑤迨:趁。　⑥彻:通撤,取。土:杜之假借字,根。《韩诗》作杜。桑杜,即桑树之根。　⑦绸缪:缠缚。　⑧女:通汝,你。下民:树下之人。　⑨拮据:手病,此指鸟爪劳累。　⑩捋:成把抹取。荼:芦、茅之花。　⑪蓄:积聚。租:苴之借字,亦作苴,茅草。　⑫卒:通悴,愁病。瘏:疲劳致病。　⑬室家:此指鸟巢。　⑭谯(qiáo)谯:羽毛疏落貌。⑮翛(xiāo)翛:羽毛枯散无泽貌。　⑯翘(qiáo)翘:危而不稳貌。⑰哓(xiāo)哓:因惊恐而发出之鸣叫声。

辛勤固室痛鸱鸮,无奈流言苦口焦。

不有东征兵在握,金縢一匮虑全消?

此诗所述者,全以母鸟之口,诉说鸱鸮既取其雏,为御室毁而不辞辛勤劳瘁,处困苦危厄之境。可谓最早之禽言诗,且诗中所言,显有所托。然所托何事,古今之说不同。《毛诗序》曰："《鸱鸮》，周公救乱也。成王未知周公之志，公乃为诗以遗王，名之曰《鸱鸮》焉。"以诗为周公赠成王之作，托禽言以明志。郑笺"未知周公之志者，未知其欲摄政之意"，释序所言周公之志，乃欲摄政以成周道。孔疏申之曰"《金縢》云：武王既丧，管叔及其群弟乃流言于国曰：公将不利于孺子。周公乃告二公曰：我之弗辟，无以告我先王。周公居东二年，罪人斯得于后。公乃为诗以贻王，名之曰《鸱鸮》"，则以《金縢》所言为据，以见诗作之由。于此，朱熹《诗序辨说》以为"此序以《金縢》为文，最为有据"，《诗集传》释之曰"武王克商，使弟管叔鲜、蔡叔度监于纣子武庚之国。武王崩，成王立，周公相之。而二叔以武庚叛，且流言于国曰：'周公将不利于孺子。'故周公东征，二年，乃得管叔、武庚而诛之。而成王犹未知公之意也。公乃作此诗以贻王，托为鸟之爱巢者，呼鸱鸮而谓之曰：鸱鸮鸱鸮，尔既取我之子矣，无更毁我之室也。以我情爱之心，笃厚之意，鬻养此子，诚可怜悯。今既取之，其毒甚矣，况又毁我室乎！以比武庚既败管、蔡，不可更毁我王室也"，皆依序、笺之义为言，后世论者多从其说。清人吴闿生《诗义会通》以为"通篇哀痛迫切，俱托鸟言，长沙《鹏赋》之祖"，可谓识得构篇遣词之要。盖此诗之作，据《尚书·周书·金縢》载，武王克商后二年重疾，周公祷于太王、王季及文王，求以己代武王死，祝告文书藏于金属为束之匮中。武王死，周公摄政，管叔、蔡叔流言周公将不利于成王，成王亦疑周公。周公东征后，作《鸱鸮》欲感成王，成王仍未悟。后因天灾，成王开金縢之匮，见周公祝告，疑虑始消。是以旧说多以此为据。然据近人考证，《金縢》之篇乃伪作，故所述其事恐不足据。今人说此篇，即多疑之。程俊英《诗经译注》以为"《尚书·金縢》经近人考证，已定为伪作，司马迁《史记·鲁世家》的记载当也是以《金縢》为据的。所以周公作《鸱鸮》之说，未必可信"，余冠英《诗经选》亦言"这诗止于描写鸟的生活还是别有寄托，很难断言。旧说以为是周公贻成王的诗，不足信"。然则，考《孟子·公孙丑上》有言："《诗》云：'迨天之未阴雨，彻彼桑土，绸缪牖户。今此下民，或敢侮予？'孔子曰：'为此诗者，其知道乎！能治其国家，谁敢侮之？'"朱子集注："周公以鸟之为巢如此，比君之为国，亦当思患而预防之。孔子读而赞之，以为知道也。"所言之诗，正是此篇。由此可知，孔子即以此诗为托禽言以比治国之道，而孟子记孔子之言，又岂非无据乎？是以果若周公所作，则取子毁室之喻确与管、蔡之事合，故其所蕴似尤有深者。

《孟子·公孙丑下》复言"周公,弟也,管叔,兄也。周公之过,不亦宜乎",是于此事变,周公本亦有过。故方玉润《诗经原始》以为"周公之诛管、蔡,周公之不得已也。我知公心既伤且悔,唯有引咎自责,并望成王以戒将来。勿谓罪人斯得,遂可告无罪于先王也。盖骨肉相残,不祥孰甚,叛服无常,可虑方深。今此下民,或尚有能侮予如前日事者,予可不倍加忧惧,为未雨之绸缪耶?此《鸱鸮》之诗所由作也",以诗乃周公借禽言以悔己之过,并儆成王,可谓悟诗人之旨尤深者。然则,稽诸史实言之,周公之望,端在三年东征,威震四夷,史称"二次克商"。所以"天下归心"者,若非兵权在握,可乎?以《鸱鸮》之哀痛迫切,成王犹未悟,则金縢一匮,又何益焉?

东 山

我徂东山①,慆慆不归②。我来自东,零雨其濛。我东曰归,我心西悲。制彼裳衣③,勿士行枚④。蜎蜎者蠋⑤,烝在桑野⑥。敦彼独宿⑦,亦在车下。

我徂东山,慆慆不归。我来自东,零雨其濛。果臝之实⑧,亦施于宇⑨。伊威在室⑩,蟏蛸在户⑪。町畽鹿场⑫,熠耀宵行⑬。不可畏也,伊可怀也。

我徂东山,慆慆不归。我来自东,零雨其濛。鹳鸣于垤⑭,妇叹于室。洒埽穹窒⑮,我征聿至⑯。有敦瓜苦⑰,烝在栗薪⑱。自我不见,于今三年。

我徂东山,慆慆不归。我来自东,零雨其濛。仓庚于飞,熠耀其羽。之子于归,皇驳其马⑲。亲结其缡⑳,九十其仪㉑。其新孔嘉㉒,其旧如之何㉓?

①东山:亦名蒙山,在今山东境内,商时属奄国,周公伐奄驻军之地。②慆(tāo)慆:长久。 ③裳衣:此指平时服装。马瑞辰《毛诗传笺通释》:"盖制其归途所服之衣,非谓兵服。" ④士:通事。勿士,不要从事。行:通横。行枚,

亦作衔枚，古人行军，将枚横衔口中，以免出声。 ⑤蜎(yuān)蜎：幼虫蜷曲貌。一说虫子蠕动貌。蠋(zhú)：蜀之俗字，即野蚕。 ⑥烝：长久。 ⑦敦彼：即敦敦，身体蜷缩成团。 ⑧果臝(luǒ)：蔓生葫芦科植物，瓜蒌，一名栝楼。臝，裸之异体字。 ⑨施(yì)：蔓延。宇：屋檐。 ⑩伊威：亦作蛜蝛，虫名，今名地鳖虫，生于阴暗潮湿处。 ⑪蟏蛸(xiāo shāo)：虫名，蟢子，一种长脚蜘蛛。 ⑫町畽(tǐng tuǎn)：田舍旁空地。 ⑬熠(yì)耀：闪闪发光貌。宵行：虫名，即萤，俗称萤火虫。 ⑭垤(dié)：小土丘。 ⑮穹窒：清除脏物。 ⑯我：征人之妻自称。征：指征人。聿：语助词。 ⑰有敦：即敦敦，团团。瓜苦：犹言瓜瓠，瓠瓜，一种葫芦。古俗在婚礼上剖瓠瓜成两张瓢，夫妇各执一瓢盛酒漱口。 ⑱栗薪：犹言蓼薪，束薪。 ⑲皇：亦作騜，黄白色马。驳：红白色马。 ⑳亲：此指女方之母。缡：佩巾。结缡，将佩巾结在带子上，古代婚仪。 ㉑九十其仪：其仪有九或十，言其多。 ㉒新：指新妇。孔：很。嘉：善，美。 ㉓旧：久，久别。

东山一去孰难归？零雨其濛熠羽飞。
三载劳归哀闵怨，度人以己获心扉。

　　此诗所述，当为征人于归途中所见所思。然诗为谁人所作，诗旨何寄，则古今之说不一。《毛诗序》曰："《东山》，周公东征也。周公东征，三年而归。劳归士，大夫美之，故作是诗也。"是以周公东征为诗之本事，而诗则为大夫美之之作，历代论者多从之。至朱子而疑之，《诗序辨说》以为"此周公劳归士之词，非大夫美之而作也"，《诗集传》释为"成王既得《鸱鸮》之诗，又感风雷之变，始悟而迎周公。于是周公东征已三年矣。既归，因作此诗以劳归士"，以为诗出周公之手，诗旨则为劳归士。今人论此诗，多以之为远征士卒于解甲还乡途中抒思乡之情，则与诗出民间之论合。然则，观诗辞，辨诸说，此篇并无一语称美周公，显非大夫美之之作。而诗中明言"我徂东山""我东曰归，我心西悲""自我不见，于今三年"，显与周公东征三年而归之事合，是诗亦非为泛言士卒思乡。且诗之章法有致，思密神完，亦显非一般征人役夫之能为。诚如诗序所言："一章言其完也，二章言其思也，三章言其室家之望女也,四章乐男女之得及时也。君子之于人,序其情而闵其劳,所以说也。说以使民,民忘其死,其唯《东山》乎?"实已语涉君子体情闵劳而使民之事。郑笺复言"成王既得《金縢》之书,亲迎周公。周公归摄政。三监及淮夷叛,周公乃东伐之,三年而后归耳。分别章意者,周公于是志伸美而详之",尤以序之所以分述章意,是以明周公伸美是志,则诗其周公之作欤?诗凡四章,词旨往复细密,曲尽人情之私,以致民劳而悦,其思深旨远,似非常人所能道,是诗之作似当从朱说为宜。明人朱善《诗解颐》曰:"圣人之所以能感人者,以其以己之心度人之心,而天下之人亦乐于效力,而不患上之不我知也。《东山》之诗,述其归而未至也,则凡道途之远,岁月之久,风雨之陵犯,饥渴之困顿,裳衣之久而垢敝,室庐之久而荒废,室家之久而怨思,皆其心之所苦而不敢言者,我则有以慰劳之。及其归而既至也,则睹天时之和畅,听禽鸟之和鸣,而人情和悦,适与景会。旧有室家者,其既归而相见固可乐,未有室家者,其既归而新昏尤可乐。此皆其心之愿而不敢言者,我则有以发扬之。莫苦于归而在途之时,而上之人能与之同其忧,莫喜于归而相见之时,而上之人能与之同其乐。乐以天下,忧以天下,然而不王者,未之有也,其是之谓欤?"清人方玉润《诗经原始》亦曰:"盖公与士卒同甘苦者有年,故一旦归来,作此以慰劳之。因代述其归思之切如此,不啻出自征人肺腑,使劳者闻之,莫不泣下,则平日之能得士心而致其死力者,盖可想见。"可谓善发人之情及诗之蕴。由是观之,则周公之所以"天下归心",握兵之外,获心之法不亦邃乎?

破 斧

既破我斧,又缺我斨①。周公东征,四国是皇②。哀我人斯,亦孔之将③。

既破我斧,又缺我锜④。周公东征,四国是吪⑤。哀我人斯,亦孔之嘉。

既破我斧,又缺我銶⑥。周公东征,四国是遒⑦。哀我人斯,亦孔之休。

①缺:缺口。此用作动词。斨(qiāng):方孔斧。　②四国:周公东征平定之管、蔡、商、奄四国。一说指四方之国。皇:同惶,恐惧。《毛传》释为匡,《尔雅·释言》:"匡,正也。"　③孔:很。将:大,美。《毛传》:"将,大也。"与好同义。下文之嘉、休,皆美、善之意。　④锜(qí):凿类工具。一说是一种锯。⑤吪(é):《鲁诗》作讹,感化,教化。《毛传》:"吪,化也。"一说震惊貌。⑥銶(qiú):即锹。胡承珙《毛诗后笺》:"銶,亦舌类,盖起土之物……舌锹不殊。"⑦遒:稳定。《毛传》:"遒,固也。"一说臣服。《郑笺》:"遒,敛也。"

管蔡伏诛四国皇,东征将士庆还乡。
三年戮力成王业,血肉何堪破斧斨!

此诗所述者,周公东征之事,因诗有明言,故古今论家无异辞。然作者何人,却颇多异说。《毛诗序》曰:"《破斧》,美周公也。周大夫恶四国也。"是以周公东征,平定四国,故周大夫作此诗以美之。毛传以为"四国,管、蔡、商、奄也",是以指实四国即周公东征者。郑笺"恶四国者,恶其流言毁周公也",孔疏"三章上二句恶四国,下四句美周公。经、序倒者,经以由四国之恶而周公征之,故先言四国之恶,后言周公之德。序以此诗之作,主美周公,故先言美周公也",详言所谓美周公之所由。诗以破斧、缺斨为喻比,毛传以为"斧斨,民之用也。礼义,国家之用也",以斧斨比礼义。郑笺以为"四国流言,既破毁我周公,又损伤我成王,以此二者为大罪",则以斧斨比周公及成王。于此说,后人多所疑之。欧阳修《诗本义》以为"传以斧斨比礼义,其事不伦。郑笺尤谬",驳毛传、郑笺附会之言。朱熹《诗序辨说》以为"此归士美周公之词,非大夫恶四国之诗也。且诗所谓四国,犹言斩伐四国耳。序说以为管、蔡、商、奄,尤无理也",《诗集传》释之曰"从军之士,以前篇周公劳己之勤,故言此以答其意",则以为非周大夫恶四国之言,乃东征归士美周公之辞,且为前篇周公劳归士之答。清人方玉润《诗经原始》曰:"此四国之民望救于公,如大旱之遇云霓也。盖三叔挟殷以畔,其民陷于叛逆,莫能自拔也久矣。一旦得睹旌旗,拯民水火,非唯四国疆土有所匡固,即我小民亦保全良多……此固四国人民归美周公,形为歌咏之作。"是复以为陷于叛逆之管、蔡、商、奄四国之民望救于周公而美之。今人论此诗,则多以为随周公东征之士卒喜获生还之作。今观诗之辞,破斧缺斨,其义甚明,《诗本义》"此言四国为乱,周公征讨凡三年,至于破斧缺斨,然后克之,其难如此。然所以必往者,以哀此四国之人陷于逆乱耳",可谓训释至切。是以既破斧缺斨,复自哀辛劳,终庆成业之幸,其与周大夫或四国之民何与?是知非东征归士而不能言,故此当从朱说为宜,今人之论亦庶几近之。唯周公东征,史誉至隆,且如《诗集传》所称"公以六军之众,往而征之,使其心一有出于自私而不在于天下,则抚之虽勤,劳之虽至,而从役之士岂能不怨也哉?今观此诗,固足以见周公之心大公至正,天下信其无一毫自爱之私,抑又有以见当是之时,虽被坚执锐之人,亦皆能以周公之心为心,而不自为一身一家之计,盖亦莫非圣人之徒也",已成王业圣心之典范。然或究其成业之基,若非"以六军之众",可乎?且此六军之众,以血肉之躯历破斧缺斨之磨难,可得载籍留名乎?唐人曹松《己亥岁》诗云"凭君莫话封侯事,一将功成万骨枯",亦此之谓欤?

伐 柯

伐柯如何①?匪斧不克②。取妻如何③?匪媒不得。
伐柯伐柯,其则不远④。我觏之子⑤,笾豆有践⑥。

①柯:斧柄。伐柯,砍取做斧柄之木料。　②匪:同非。克:能。　③取:通娶。　④则:准则,榜样。不远:谓手持斧砍取制斧柄之木料,其取样即手中所握之斧柄,不必远求。　⑤觏(gòu):通遘,遇见。　⑥笾(biān):竹编礼器,用以盛果类食物。豆:木制器皿,形如豆,用以盛肉类食物。笾、豆皆古时祭祀或宴会时所用器具。有践:即践践,陈列整齐貌。《毛传》:"践,行列貌。"

媒妁聘妻斧伐柯,世间仪则始繁苛。
王迎果合周公德,制礼情堪僭礼何?

此诗仅一伐柯取妻之喻,语词甚简,故历代异解颇多。《毛诗序》曰:"《伐柯》,美周公也。周大夫刺朝廷之不知也。"以为周大夫美周公而刺成王朝廷不悟周公之志。《诗三家义集疏》引齐诗曰："《礼·中庸》引《诗》云：'伐柯伐柯，其则不远。'执柯以伐柯，睨而视之，犹以为远，故君子以人治人，改而止。"以为所喻者，乃君子治人之道。朱熹《诗序辨说》则以为此诗及下篇《九罭》"二诗东人喜周公之至而愿其留之词，序说皆非"，《诗集传》以为前章"周公居东之时，东人言此，以比平日欲见周公之难"，后章"东人言此，以比今日得见周公之易，深喜之之词也"。清人方玉润《诗经原始》鉴于诸儒之说"无一确切通畅之语"，径以为"未详，不敢强解"。今人论此诗，则多以伐柯喻娶妻，故以诗之所述，为实际迎亲娶妻之事。然则，就豳风皆与周公有关之特质言，朱子以为东人之作，固与周公有关，然以东人见周公既难又易，语颇不伦。就诗之辞义言，语简必有寄。诗以伐柯取妻为喻，不独此篇，齐风《南山》"析薪如之何？匪斧不克。取妻如之何？匪媒不得"，与此篇类同，似必当时习语。唯彼借喻意在刺齐襄、文姜淫乱违礼，此则明言"其则不远"，是此借喻意在重则。是以为实述迎亲娶妻之事，显亦缘词敷义之见。观毛传以为，"柯，斧柄也。礼义者，亦治国之柄"，又曰"媒所以用礼也，治国不能用礼，则不安"，孔疏释之曰"毛以为伐柯之法，其则不远，喻治国之法，其道亦不远"，又以为"斧喻周公，柄喻礼义。斧能伐得柯，喻周公能得礼……既能得礼，周公又能执礼以治国，以此美周公也。王肃云：能执治国家之斧柄，其唯周公乎！是喻周公能执礼也"。由是，则序说之美周公与齐诗之喻治道似可融通。故郑氏笺曰"成王既得雷雨大风之变，欲迎周公，而朝廷群臣犹惑于管、蔡之言，不知周公之圣德，疑于王迎之礼，是以刺之"，宋人苏辙《诗集传》亦言"伐柯而不用斧，取妻而不用媒，岂可得哉？今成王欲治国，弃周公而不召，亦不可得也"，后人多有从其说者。是以伐柯、取妻皆喻比之辞，所喻者欲成王以礼迎归周公。然究诗之旨与事之实，或又有所疑者。盖"得礼""执礼"本于制礼，《礼记·礼器》有云"经礼三百，曲礼三千"，郑氏注曰"经礼谓《周礼》，曲礼即《仪礼》"；《中庸》有云"礼仪三百，威仪三千"，孔氏疏曰"礼仪三百即《周礼》，威仪三千即《仪礼》"。足见周公制礼之完备细密，而此完备细密之核心，则是基于宗法制之贵贱有等、长幼有序之社会秩序及规则。由是观之，成王欲迎归周公，于情而言，是周公固有圣德，然于礼而言，则岂可用"王迎之礼"？群臣犹有疑之，不亦当乎？周公果若受之，岂非制礼之人僭越礼制？则情何以堪焉？

九罭

九罭之鱼①,鳟鲂②。我觏之子,衮衣绣裳③。

鸿飞遵渚④,公归无所,于女信处⑤。

鸿飞遵陆,公归不复⑥,于女信宿。

是以有衮衣兮⑦,无以我公归兮⑧,无使我心悲兮。

①罭(yù):渔网。九罭,捕小鱼之细网。九,虚数,言其网眼多。 ②鳟:赤眼鳟,鲤科鱼类之一种。鲂:鳊鱼。鳟、鲂皆大鱼,此谓以细网捕之不当。 ③衮衣:绣有龙形图案之上衣,君主或上公所穿之礼服。 ④遵:沿。渚:水中沙洲。 ⑤女:通汝。信:再宿。信处,犹信宿。 ⑥复:返。 ⑦有:持有。此谓留下,藏起。 ⑧以:使。

九罭鳟鲂遵渚鸿,衮衣西去念难终。
情知洛邑存周鼎,孰待平王再向东?

此诗以九罭鳟鲂起兴,以言所见之人雍容华贵,并寄不舍其归之情。然于何人所作,所言何事,其说不一。《毛诗序》曰:"《九罭》,美周公也。周大夫刺朝廷之不知也。"是亦以为诗旨美周公,诗乃周大夫所作。而因此篇说辞与上篇全同,致使清人吴闿生《诗义会通》以为"《伐柯》《九罭》当为一篇。上言'我觏之子,笾豆有践',此言'我觏之子,衮衣绣裳',文义相应。后人误分为二,于是上篇无尾,而此篇无首,其词皆割裂不完矣。毛传亦本一篇,故通以礼为言。上言礼义治国之柄,此言周公未得礼,文义亦相联贯,不以为两篇也。小序二篇同词,则后人以一序分冠于二篇耳",以二篇本为一篇。然味诗之辞,以二篇合一,意脉实难一贯。玩二诗文义固相应,而诗旨实不一,前篇在重则,此则在惜归。孔疏以为"首章言周公不宜居东,王当以衮衣礼迎之,所陈是未迎时事也。二章、三章陈往迎周公之时,告晓东人之辞。卒章陈东都之人欲留周公,是公反后之事。既反之后,朝廷无容不知。序云美周公者,则四章皆是也。其言刺朝廷之不知者,唯首章耳",是以诗四章皆迎归惜归之情事。朱熹《诗集传》亦以为"此亦周公居东之时,东人喜得见之","东人闻成王将迎周公,又自相谓而言:鸿飞则遵渚矣,公归岂无所乎? 今特于女信处而已","言周公信处信宿于此,是以东方有此服衮衣之人。又愿其且留于此,无遽迎公以归。归则将不复来,而使我心悲也",逐章释诗之义甚明畅,以为诗乃东人惜周公将归而愿其留驻之辞,故诗宜为东人所作,是以与序之言周大夫作有异。旧时论者于此诗大旨,所说略同。至今人论诗,则不信旧说。闻一多《风诗类钞》以为"这是燕饮时主人所赋留客的诗",论者多从之。意者因诗有"鳟鲂"之"鱼",复有"衮衣绣裳"之人,遂或以为宴请高级官员之作。然则,揆诸诗辞义蕴,此说误谬颇显。鳟鲂乃比之九罭之喻,以兴"我觏之子",正若《诗集传》所言"言九罭之网,则有鳟鲂之鱼矣。我觏之子,则见其衮衣绣裳之服矣",是以此鱼乃兴比之物象,岂可径为宴席之菜肴? 又,衮衣乃君王或上公之礼服,岂可谓为一般之宴客? 且"公归无所""公归不复"云云,皆与宴客无与。查宋人欧阳修《诗本义》曰:"衮衣绣裳,上公之服,诗道东都之人留公之意,东都之人犹能爱公若此,所以深刺朝廷之不知也。"所言深得序言美周公且刺朝廷不知之旨。是东人欲留周公而不得,心悲而作是诗以送之。感于周公之圣德而不为朝廷之人所知,于是慨然而发既美复刺之言。然于周公之东而复归之史事,似或犹有疑者。盖周公之东,实于东征之前,早营洛邑。据《汉书·地理志》:"洛阳,周公迁殷民,是为成周……周武王迁九鼎,周公致太平,营以为都,是为王城,至平王居之。"武王、周公既已置九鼎于洛,营以为都,却必待四百余年之后平王东迁,是早有宗周祚移之徵乎?

狼 跋

狼跋其胡①,载疐其尾②。公孙硕肤③,赤舄几几④。
狼疐其尾,载跋其胡。公孙硕肤,德音不瑕⑤。

①跋:践,踩。胡:老狼颈下之垂肉。朱熹《诗集传》:"胡,颔下悬肉也。"
②载:则,且。疐(zhì):同踬,脚踩。一说跌倒。《毛传》:"老狼有胡,进则躐其胡,

退则跲其尾,进退有难。" ③公孙:公之孙,即国君之子孙。硕肤:马瑞辰《毛诗传笺通释》:"硕肤者,心广体胖之象。"《礼记·大学》:"德润身,心广体胖,故君子必诚其意。" ④赤舄(xì):红色且以金为饰之鞋,亦名金舄,配衮衣礼服所着之鞋,与常时着履异。几几:鲜明貌。《毛传》:"几几,绚貌。"一说安闲稳重貌。朱熹《诗集传》:"几几,安重貌。" ⑤德音:此指品德名誉。朱熹《诗集传》:"德音,犹令闻也。"不瑕:无瑕疵,无过失。

> 蹇尾难行又跋胡,德音赤舄色敷腴。
>
> 惊心六百年间事,尼父梦回寄海桴。

　　此诗以狼之跋胡蹇尾起兴,以言公孙之体貌德音。诗语甚简,故于其义何指,古今之说不一。《毛诗序》曰:"《狼跋》,美周公也。周公摄政,远则四国流言,近则王不知。周大夫美其不失其圣也。"是以为美周公之作。郑笺"不失其圣者,闻流言不惑,王不知而不怨,终立其志,成周之王功,致太平,复成王之位,又为之太师,终始无愆,圣德著焉",释周公不失其圣之事,当合序义。然诗以老狼跋蹇为兴,何以为美周公? 毛传"老狼有胡,进则躐其胡,退则跲其尾,进退有难",郑笺"喻周公进则躐其胡,犹始欲摄政,四国流言,避之而居东都也。退则跲其尾,谓后复成王之位而老。成王又留之,其如是圣德无玷缺",是以远则四国流言,近则王不知,即若狼之进退有难。诗复言公孙德音,毛传"公孙,成王也,豳公之孙",以公孙为成王,郑笺"公,周公也",则以之为周公,是毛、郑所说不同。孔疏引孙毓之言曰"诗书名例,未有称天子为公孙者,成王之去豳公又已远矣。又此篇美周公,不美成王,何言成王之大美乎? 公宜为周公,笺义为长",辨之成理,当亦合序言"美周公"之义。此说自汉迄清,论者多从之,以诗中"公孙"即周公,诗以狼之"进退有难",喻周公摄政"虽遭毁谤,然所以处之不失其常"。至若今人说诗,则多创新解,以此篇为刺诗。如余冠英《诗经选》以为"这是一首讽刺诗,诗中把一位统治者(诗人称他为公孙)比作老狼,嘲笑他步态丑笨,进退困窘",颇具代表性。然此说疏谬颇显。一则若为讽刺,则诗中"赤舄几几""德音不瑕"显为赞颂之词,实与讽刺扞格难合。二则持刺诗说者皆以"狼固非喻圣人之物"为据,并以狼为人之直接喻比,如闻一多

《匡斋尺牍》所云"一只肥大的狼,走起路来,身子作跳板状,前后更迭的一起一伏,往前倾时,前脚差点踩着颈下垂着的胡,往后坐时,后脚又像要踏上拖地的尾巴——这样形容一个胖子走路时,笨重,艰难,身体摇动得厉害,而进展并未为之加速的一副模样,可谓得其神似了",即多为人所引证。然则,诗中之物多为起兴,岂可径为人事之直接喻比?对于此诗,朱熹《诗集传》释为"言狼跋其胡,则疐其尾矣。公遭流言之变,而其安肆自得乃如此",已含两相对比之义。明人朱善《诗解颐》释为"物之累于形者,其进退跋疐,无所往而不病。圣人之周于德者,其进退从容,无所往而不宜。盖临大难而不惧,处大变而不忧,断大事而不疑。非道隆德盛者,固不足以语此,非常人所能及也",意尤显明。是狼之进退不堪,公则进退从容。清人方玉润《诗经原始》以为"诗亦善于形容盛德,曰'公孙硕肤','赤舄几几',令人想见诸葛君纶巾羽扇,指挥群材,从容得意时,有此气度也",可谓善说诗者。是周公所处之境,若狼之进退有难,而周公所为,则进退从容,岂非诗序所言"不失其圣",郑笺所言"圣德无玷缺"之谓欤?是周公之圣德,固合诗人美之,然圣德之人岂易得乎?圣德之治其可久乎?时移六百年,孔子尝梦周公,意在"修成康之道,述周公之训",然又不得不叹"道不行,乘桴浮于海",思之深,则虑之切。后人之于尼父,不亦如是乎?

小雅

鹿鸣之什

鹿 鸣

呦呦鹿鸣①,食野之苹②。我有嘉宾,鼓瑟吹笙。吹笙鼓簧,承筐是将③。人之好我④,示我周行⑤。

呦呦鹿鸣,食野之蒿。我有嘉宾,德音孔昭⑥。视民不恌⑦,君子是则是傚⑧。我有旨酒,嘉宾式燕以敖⑨。

呦呦鹿鸣,食野之芩⑩。我有嘉宾,鼓瑟鼓琴。鼓瑟鼓琴,和乐且湛⑪。我有旨酒,以燕乐嘉宾之心。

①呦(yōu)呦:鹿鸣之声。朱熹《诗集传》:"呦呦,声之和也。"　②苹:藾蒿。陆玑《毛诗草木鸟兽虫鱼疏》:"藾蒿,叶青色,茎似箸而轻脆,始生香,可生食。"③承:奉上。筐:亦名筥,盛币帛之竹器。《毛传》:"筐,筥属,所以行币帛也。"将:送。④人:此指客人。好:爱。　⑤示:告。周行:大道。引申为大道理。　⑥孔:甚。昭:明。　⑦视:同示。《郑笺》:"视,古示字也。"三家诗亦作示。恌(tiāo):同佻,偷薄,刻薄。《孔疏》引《左传》鲁昭公十年引此诗,服虔云:"示民不偷薄也。"⑧则:法则,楷模。此用作动词。傚:同效,仿效。　⑨式:语助词。燕:同宴,宴会。敖:同遨,舒畅快乐。　⑩芩(qín):蒿类植物。　⑪湛(dān):深厚。《毛传》:"湛,乐之久。"

鹿鸣在野食苹蒿,我有嘉宾燕以敖。

岂意千年忠典范,朱家何似岳家遭?

雅与风皆当为乐歌名类。雅者,正也,故周王朝丰镐之地乐曲称为雅。雅有大小正变之分，然历代诸儒并无确论。苏辙《诗集传》以为"小雅言政事之得失，而大雅言道德之存亡"，严粲《诗缉》以为"雅之大小特以其体不同耳"，朱熹《诗集传》以为"正小雅，燕飨之乐也。正大雅，会朝之乐，受釐陈戒之辞也……及其变也，则事未必同，而各以其声附之"，庶几各近一端。雅、颂无国别，故以十篇为一卷而谓之什。小雅共八十篇，其中六篇笙诗无辞，实有七十四篇。此为小雅首篇，乃诗之"四始"之一，说者多以为周王宴群臣之作。《毛诗序》曰："《鹿鸣》，燕群臣嘉宾也。既饮食之，又实币帛筐篚，以将其厚意，然后忠臣嘉宾得尽其心矣。"谓西周初周王待群臣之厚，而臣则忠其心而尽其力，以见君臣相得之盛。后之论者多从其说。《后汉书·陈元传》引陈元上疏之言"臣闻师臣者帝，宾臣者霸，故武王以太公为师"，李贤注"言以臣为师，以臣为宾也"，以文、武之时待群臣如待大宾，是周之所以王者。按诗以鹿鸣起兴，以言于嘉宾鼓瑟承筐，毛传"鹿得苹呦呦然鸣而相呼，恳诚发乎中，以兴嘉乐宾客，当有恳诚相招呼以成礼也"，"簧，笙也，吹笙而鼓簧矣。筐，篚属，所以行币帛也"，孔疏"鹿既得苹草，有恳笃诚实之心发于中，相呼而共食，以兴文王既有酒食，亦有恳笃诚实之心发于中，召其臣下而共行飨燕之礼以致。王既有恳诚以召臣下，臣下被召莫不皆来。我有嘉善之宾，则为之鼓其瑟而吹其笙，吹笙之时，鼓其笙中之簧以乐之。又奉筐篚，盛币帛，于是而行与之。由此，燕食以享之，瑟琴以乐之，币帛以将之。故嘉宾皆爱好我以敬宾如是，乃输诚矣，示我以先王至美之道也"，比照诗之辞，申说序之义甚为详切。朱熹《诗序辨说》则以为"序得诗意，但未尽其用耳"，《诗集传》释之曰"盖君臣之分，以严为主。朝廷之礼，以敬为主。然一于严敬，则情或不通，而无以尽其忠告之益。故先王因其饮食聚会，而制为燕飨之礼，以通上下之情。而其乐歌又以《鹿鸣》起兴，而言其礼意之厚如此，庶乎人之好我，而示我以大道也"，揭示通过燕飨饮食聚会而打破君臣礼数等级隔阂之效，而《鹿鸣》乐歌和谐愉悦之基调，尤具沟通情感、和乐相得之用。故《鹿鸣》之乐，所用甚广。《仪礼·乡饮酒礼》有云"工歌《鹿鸣》《四牡》《皇皇者华》"，是不独君臣，乡饮酒用乐亦然。《礼记·学记》又云"大学始教，皮弁祭菜，示敬道也。宵雅肄三，官其始也"，"宵雅肄三"亦指小雅此三诗，似又为始学之乐。故朱熹《诗集传》以为"岂本为燕群臣嘉宾而作，其后乃推而用之乡人也欤"，可备一说。然《史记·十二诸侯年表序》曰"仁义陵迟，《鹿鸣》刺焉"，《潜夫论》亦曰"忽养贤而《鹿鸣》思",《文选》注引蔡邕《琴操》"《鹿鸣》者,周大臣之所作也。王道衰,大臣知贤者幽隐,故弹弦讽谏",则皆以《鹿鸣》为刺诗。查《左传·襄公二十九年》载吴公子季札观乐,"为之歌小雅,曰'美哉!思而不贰,怨而不言,其周德之衰乎?犹有先王之遗民焉'",是或小雅皆为周衰之作欤?盖《鹿鸣》为诗之"四始"之一,见王道兴衰之所由始,与《关雎》同为正风正雅无疑。而其作时之辨,亦恰与《关雎》似。故按毛说作于文、武之世则意在颂时之美,按三家诗为康王后诗则意在陈古以刺时,然就诗之辞而言,其崇先王之德则全然无异。《诗集传》引范祖禹之言曰:"食之以礼,乐之以乐,将之以实,求之以诚,此所以得其心也。贤者岂以饮食币帛为悦哉?夫婚姻不备,则贞女不行也;礼乐不备,则贤者不处也。贤者不处,则岂得乐而尽其心乎?"《鹿鸣》义涵既在先王礼贤之德及"忠臣嘉宾得尽其心",亦历代君臣际遇之极境。然则,纵览千年史迹,忠之真伪智愚一何别焉?忠之典范如唐之被赐名"全忠"之朱氏、宋之获赐书"精忠"之岳氏,其所为所历一何殊异若此焉?

四 牡

四牡騑騑[①],周道倭迟[②]。岂不怀归?王事靡盬[③],我心伤悲。

四牡騑騑,啴啴骆马[④]。岂不怀归?王事靡盬,不遑启处[⑤]。

翩翩者鵻[⑥],载飞载下,集于苞栩[⑦]。王事靡盬,不遑将父[⑧]。

翩翩者鵻,载飞载止,集于苞杞[⑨]。王事靡盬,不遑将母。

驾彼四骆,载骤骎骎[⑩]。岂不怀归?是用作歌,将母来谂[⑪]。

①騑(fēi)騑:《广雅》:"騑騑,疲也。行不止,则必疲。"　②周道:周地之道路。《毛传》:"周道,岐周之道也。"一说大路。朱熹《诗集传》:"周道,大路也。"倭迟(wēi yí):亦作逶迤,道路迂回遥远貌。　③靡:无。盬(gǔ):止息。④啴(tān)啴:喘息貌。骆:白身黑鬣马。　⑤遑:暇。不遑,没有闲暇。启:小跪。处:居,坐。方玉润《诗经原始》:"古者席地,故有跪有坐。跪即起身,居即坐也。"

启处,犹言在家安居休息。　　⑥雏(zhuī):一种短尾鸟,亦称鸉鸐,鹑鸤。
⑦苞:茂密。栩(xǔ):柞树。　　⑧将:奉养。　　⑨杞:一种灌木,即枸杞树。
⑩骎(qīn)骎:马疾行貌。　　⑪来:是。谂(shěn):念之假借字。王引之《经义述
闻》:"来,词之是也。将母来谂,言我唯养母是念。《笺》训为往来之来,非。"

> 四牡騑騑周道迟,怀归不得我心悲。
>
> 两难忠孝歌吟啜,宦海争锋孰有时?

　　此诗所述,行役之人勤于王事而不遑赡养父母,语义甚明。然于诗之本事及诗旨所寄,说者不一。《毛诗序》曰:"《四牡》,劳使臣之来也。有功而见知,则说矣。"是以为王者劳使臣之作,却未言何王。郑笺"文王为西伯之时,三分天下有其二,以服事殷。使臣以王事往来于其职,于其来也,陈其功苦以歌乐之",以文王为西伯事纣时之事。毛传亦言"文王率诸侯抚叛国而朝聘乎纣,故周公作乐以歌文王之道,为后世法",是以事本文王,而诗则出周公之手。以诗出周公,似无所据,故后世或不从其说。朱熹《诗集传》以为"夫君之使臣,臣之事君,礼也。故为臣者奔走于王事,特以尽其职分之所当为而已,何敢自以为劳哉?然君之心则不敢以是而自安也,故燕飨之际,叙其情以闵其劳。言驾此四牡而出使于外,其道路之回远如此。当是时,岂不思归乎?特以王事不可以不坚固,不敢徇私以废公,是以内顾而伤悲也。臣劳于事而不自言,君探其情而代之言",以诗乃君臣燕飨之际,王闵臣之劳而探其情代为之言,是以诗出王之手。后人多有从之者,明人何楷《诗经世本古义》即以之为"文王劳使臣之诗",吴闿生《诗义会通》引《六帖》之言"《四牡》《采薇》《出车》《杕杜》,皆君上之言也,而反托为其人之言,具道其明发之怀,仳离之恨,往来之众,思望之勤,臣下之隐衷伏虑皆达于前。真足使人截脰碎首而不悔",皆以为君上托为其人之言。今人说此诗,则以为反映其时人民不能安居之现实,多之为某个小官吏奔走于漫长征途而思念故乡、思念父母之行役诗。然则,诗辞明著"周道""王事",显与周王有关,且奔走者驾"四牡"之车,诗中多有,大雅《崧高》"王锡申伯,四牡蹻蹻",是周王赐诸侯之物,岂宜一般小官吏所可乘?且《左传·襄公四年》载穆叔如晋听乐之言"《四牡》,君所以劳使臣也,敢不重拜",杜预注"诗

言使臣乘四牡,骓骓然行不止,勤劳也。晋以叔孙来聘,故以此劳之",是春秋时人即以《四牡》为君上劳使臣之辞,序之言或亦本于此。又,按诗辞所述者,皆勤于王事而不遑养父母,末章复明言"是用作歌",则似当为使臣自咏之辞。故清人姚际恒《诗经通论》以为,"试将此诗平心读去,作使臣自咏极顺,作代使臣咏极不顺",似疑朱子以周王探臣下之情而代言之说。然《左传》所载,岂无稽乎?故姚氏又言"王者采后,或因以为劳使臣之诗",方玉润《诗经原始》亦言"是古来先有此诗,后乃采以为乐,非因劳臣而后作是诗",揣情合理,可备一说。又据《仪礼·燕礼》及《乡饮酒礼》皆歌此篇,可知此诗实亦上下通用之乐,《诗集传》以为"疑亦本为劳使臣而作,其后乃移以他用耳",是其用与《鹿鸣》同。而《鹿鸣》言君之待臣以礼,此则言臣之事君以忠,其义亦上下相应。是以忠于王事,则难养父母,遂开忠孝难全之思。王先谦《诗三家义集疏》引齐诗之言"念及父母,怀归伤悲",可谓善发诗情。唯千古歌吟,情思悲切,然宦海争锋,无所不极,是以既曰两难,却终将何择?且争锋所向,权势利禄,孝固未能,即忠又何与?

皇皇者华

皇皇者华[①],于彼原隰[②]。骓骓征夫[③],每怀靡及[④]。
我马维驹[⑤],六辔如濡[⑥]。载驰载驱,周爰咨诹[⑦]。
我马维骐[⑧],六辔如丝[⑨]。载驰载驱,周爰咨谋。
我马维骆[⑩],六辔沃若[⑪]。载驰载驱,周爰咨度。
我马维骃[⑫],六辔既均[⑬]。载驰载驱,周爰咨询。

①皇皇:同煌煌,光彩鲜明貌。华:即花。　②原隰(xí):高平之处为原,低湿之处为隰。　③骓(shēn)骓:《鲁诗》作侁侁,《韩诗》作莘莘,三字古通用,众多疾行貌。　④每:虽。《广雅》:"每,虽,词也。"马瑞辰《毛诗传笺通释》:"《常棣》诗'每有良朋',与'虽有兄弟',词异而义同。"怀:此指思虑。靡及:不及。此指未能周全。　⑤驹:陆德明《经典释文》:"驹音俱,本亦作骄。"《说文》:"马高六

尺为骄。"引诗"我马维骄"。骄：高大雄壮之马。　　⑥如濡：有光泽貌。
⑦周：《毛传》："忠信为周。"指忠信之贤人。一说遍。朱熹《诗集传》："周，遍。"
爰：于。咨：问。诹(zōu)：聚焦讨论。《说文》："诹，聚谋也。"此谓广泛征求意见。
下文之咨谋、咨度、咨询，义同此。　　⑧骐：青色而有黑纹之马。　　⑨如丝：四
马六辔调匀貌。《淮南子·修务训》高诱注："诗小雅《皇皇者华》之篇，六辔四马如
丝，言调匀也。"　　⑩骆：白身黑鬣之马。　　⑪沃：柔润。若：同然。　　⑫骃：
灰色杂毛之马。　　⑬均：均平，整齐。

春来原隰遍芳华，持命征夫不驻车。

无上君威延四海，秦皇汉武复何差？

　　此诗所述，征夫在途，载驰载驱，广为咨诹咨谋，似使臣外出访贤求策事。然诗
之所作，古今说者不一。《毛诗序》曰："《皇皇者华》，君遣使臣也。送之以礼乐，言
远而有光华也。"是以为周王遣使臣之辞，是以诗出周王之手。郑笺"言臣出使能
扬君之美，延其誉于四方，则为不辱命也"，揭臣之出使扬美延誉使命之所在。孔
疏"君遣使臣之时，送之以礼乐，教以若将不及，驱驰而行于忠信之人，咨访于五
善。言臣出使当扬君之美，使远而有光华焉。送之以礼乐，即首章下二句尽卒章是
也。此谦虚访善直为礼耳，而并言乐者，以礼乐相将，既能有礼敏达，则能心和乐
易，故兼言焉。言远而有光华，即首章上二句是也。经序倒者，经以君遣使臣，主敕
使有光华，所以得光华者，当驱驰访善，故为此次也。序以君本送之以礼乐，欲使之
远有光华，为文之势，故与经不同也"，比照诗辞释序之义甚详。唯诗述出外访贤
问策，且多言"我马"云云，似亦使臣自咏之词。故朱熹《诗集传》尝言"使臣自以每
怀靡及，故广询博访，以补其不及而尽其职也"，似以诗为使臣所自咏。今人论此
诗，即多以为使臣于途中自咏之辞。程俊英《诗经译注》即明言"这是一个使者出
外调查民间情况的诗。旧说是送征夫之词，并非诗的本意"。然据《左传·襄公四
年》载穆叔如晋听乐之言："《皇皇者华》，君教使臣曰：必咨于周。臣闻之：访问于
善为咨，咨亲为询，咨礼为度，咨事为诹，咨难为谋。臣获五善，敢不重拜？"《国
语·鲁语下》亦称："《皇皇者华》，君教使臣曰：每怀靡及，诹谋度询，必咨于周。"是

春秋时人即以之为君教使臣之诗。且观诗以皇华起兴,以言征夫驰驱,毛传"忠臣奉使,能光君命,无远无近,如华不以高下易其色",郑笺"众行夫既受君命,当速行。每人怀其私相稽留,则于事将无所及",既言能光君命,复命其当速行,岂宜使臣自谓之言?孔疏"文王之臣,非不能奉命有光华,但此圣君之诗,垂示典法,君能戒遣使臣,所以臣无辱命。主美君遣,明是君之所敕",明以之为君遣使臣之戒敕之言。故《诗集传》又言"君之使臣,固欲其宣上德而达下情。而臣之受命,亦唯恐其无以副君之意也。故先王之遣使臣也,美其行道之勤,而述其心之所怀曰:彼煌煌之华,则于彼原隰矣。此駪駪然之征夫,则其所怀思,常若有所不及矣。盖亦因以为戒",是以王亦托使臣自道之辞并以戒之。探诗之义,端在博访广询,多方求贤,亦即"君教使臣"命意之所在。故王融《永明十一年策秀才文》有云"歌《皇华》而遣使,赋膏雨而怀宾",后人诗文皆以之用作遣使之典。然则,此诗却非泛言遣使,实负"扬君之美,延其誉于四方"之重大使命,此亦历代帝王治术之要。盖驭人治术者之所施,必有德政苛政之别,藉使臣而延于四方用之黎庶,亦必有水火陵壑之殊,然就施政者言之,术焉而已,岂有异哉?

常 棣

常棣之华①,鄂不韡韡②。凡今之人,莫如兄弟。

死丧之威③,兄弟孔怀④。原隰裒矣⑤,兄弟求矣。

脊令在原⑥,兄弟急难。每有良朋⑦,况也永叹⑧。

兄弟阋于墙⑨,外御其务⑩。每有良朋,烝也无戎⑪。

丧乱既平,既安且宁。虽有兄弟,不如友生⑫。

傧尔笾豆⑬,饮酒之饫⑭。兄弟既具⑮,和乐且孺⑯。

妻子好合,如鼓瑟琴。兄弟既翕⑰,和乐且湛。

宜尔室家⑱,乐尔妻帑⑲。是究是图⑳,亶其然乎㉑?

①常棣:亦作棠棣,唐棣,即郁李,蔷薇科落叶灌木,花粉红或白色,果实比李

小,可食。　　②鄂:通萼,花萼。不:柎之本字,花蒂。《郑笺》:"承华者曰鄂,不当作柎。柎,萼足也。古音不、柎同。"韡(wěi)韡:花色鲜明貌。　　③威:畏惧。④孔:很,最。怀:关心。　　⑤裒(póu):聚集。亦有减少意。此指变化。方玉润《诗经原始》:"原隰者,陵谷也,裒为损少,即变迁之意。上言死丧,乃人事之变,下言原隰,乃山川之变。总以见势当变乱,始觉兄弟情深,起下急难、外侮。"⑥脊令(jí líng):即鹡鸰,亦名雝渠。《郑笺》:"雝渠,水鸟。而今在原,失其常处,则飞则鸣求其类,天性也。犹兄弟之于急难。"　　⑦每:虽。　　⑧况:更加。永:长。　　⑨阋(xì):争斗。墙:墙内,家庭之内。　　⑩务:通侮。《国语》《左传》所引皆作"外御其侮"。　　⑪烝:与陈通,长久。一说发语词。戎:《尔雅·释言》:"戎,相助也。"　　⑫友生:即朋友。生,语助词。马瑞辰《毛诗传笺通释》:"生,语词也。唐人诗'太瘦生',及凡诗'何似生'、'作么生'、'可怜生'之类,皆以'生'为语助词。实此诗及《伐木》诗'友生'倡之也。"　　⑬傧(bīn):陈列。笾(biān)豆:皆祭祀或燕享时用来盛食物之器具。笾用竹制,豆用木制。　　⑭之:是。饫(yù):吃饱。一说宴饮同姓之私宴。　　⑮具:通俱,聚集。　　⑯孺:相亲。⑰翕(xī):合。此指和睦融洽。　　⑱宜:安。尔:指兄弟。　　⑲帑:通孥,儿女。⑳究:深思。图:思虑。　　㉑亶:信,确实。然:如此。

相辉花萼本同根,外御内和教化敦。

管蔡魂飞零雨夜,建成元吉却衔冤?

312

　　此诗旧说宴兄弟之作,然所作者何人,则颇多异说。《毛诗序》曰:"《常棣》,燕兄弟也。闵管、蔡之失道,故作《常棣》焉。"序似以作者为周公。郑笺:"周公吊二叔之不咸,而使兄弟之恩疏。召公为作此诗,而歌之以亲之",则以作者为召公。查《左传·僖公二十四年》载富辰谏语云:"昔周公吊二叔之不咸,故封建亲戚以蕃屏周……召穆公思周德之不类,故纠合宗族于成周而作《诗》,曰:'常棣之华,鄂不韡韡。凡今之人,莫如兄弟。'其四章曰:'兄弟阋于墙,外御其侮。'如是,则兄弟虽有小忿,不废懿亲。"郑笺似本此,然富辰之言召公乃厉王时之召穆公而非周公时之召康公。又《国语·周语中》亦载富辰谏语云:"古人有言曰:'兄弟谗阋,侮人百里。'周文公之诗曰:'兄弟阋于墙,外御其侮。'"韦昭注:"文公之诗者,周公旦之所作《棠棣》之诗是也,所以闵管、蔡而亲兄弟……其后周衰,厉王无道,骨肉恩阙,亲亲礼废,宴兄弟之乐绝。故召穆公思周德之不类,而合其宗族于成周,复循《棠棣》之歌以亲之。郑、唐二君以为《棠棣》穆公所作,失之,唯贾君得之。穆公,召康公之后穆公虎也,去周公历九王矣。"以此,《左传》《国语》异说似得弥合,后人多从之。是周公作《常棣》,召穆公重歌之。观诗以常棣起兴,以言"凡今之人,莫如兄弟",郑笺"鄂足得华之光明则韡韡然盛,兴者喻弟以敬事兄,兄以荣覆弟,恩义之显亦韡韡然","如此则人之恩亲无如兄弟之最厚"。盖上古先民以血缘关系为基础,故极重兄弟之情。《颜氏家训·兄弟》"兄弟者,分形连气之人也",钱钟书《管锥编》论及《常棣》时亦言"盖初民重'血族'之遗意也。就血胤论之,兄弟天伦也,夫妇则人伦耳。是以友于骨肉之亲当过于刑于室家之好……观《小雅·常棣》,'兄弟'之先于'妻子',较然可识",是以较之良朋、妻孥,尤以兄弟为重。故此诗于兄弟亲情之颂赞,极见华夏先民之传统人伦观念。以是,今人论此诗,多不采旧说,余冠英《诗经选》"第一、二章言兄弟相亲相怀过于他人。第三、四章以危难之中朋友和兄弟的帮助相比较。第五章言在平时兄弟还不如朋友亲近,言外之意这是不应该的。第六章写兄弟宴饮的和乐。第七、八章以夫妇比衬兄弟,言丧乱的时期兄弟固然比朋友好,安宁的时候兄弟也不是不如妻子",全然以之为泛言兄弟之情。然则,诗中多有"死丧之威""兄弟阋于墙""丧乱既平"之言,言之外必有特定之人及事,绝非泛言兄弟之情之所宜。朱熹《诗集传》以为"此诗盖周公既诛管、蔡而作。故此章以下,专以死丧急难斗阋之事为言。其志切,其情哀。乃处兄弟之变,如《孟子》所谓'其兄关弓而射之,则己垂涕泣而道之'者",方玉润《诗经原始》亦言"且诗云'丧乱既平',则明是诛管、蔡后语,非周公境地则不合,断断不可移于他人兄弟上去。召穆公为周族歌之,尚可曰诵先芬以戒后哲,若他兄弟歌此,岂能切乎",语颇中的。盖此诗以"花萼"意象肇"兄弟"母题,于后世影响至远,又以出周公之手,更成典则。然若剖析其蕴,则尤有可深思者。就诗之本事言,周公既诛管、蔡,复颂兄弟情深。就史之承衍言,成王败寇,兄弟亦然。《旧唐书·太宗本纪赞》:"昌发启国,一门三圣。文定高位,友于不令。管蔡既诛,成康道正。贞观之风,到今歌咏。"唐史称建成、元吉之凶狂,历代史家已多献疑,或以其蒙冤千载。然管、蔡伏诛竟成兄弟情深之旌表,则建成、元吉岂非贞观之治之奠仪? 复何冤哉?

伐 木

伐木丁丁①,鸟鸣嘤嘤②。出自幽谷,迁于乔木。嘤其鸣矣,求其友声。相彼鸟矣③,犹求友声。矧伊人矣④,不求友生? 神之听之⑤,终和且平。

伐木许许⑥,酾酒有藇⑦。既有肥羜⑧,以速诸父⑨。宁适不来⑩? 微我弗顾⑪。於粲洒埽⑫,陈馈八簋⑬。既有肥牡⑭,以速诸舅⑮。宁适不来? 微我有咎⑯。

伐木于阪,酾酒有衍⑰。笾豆有践,兄弟无远⑱。民之失德⑲,乾餱以愆⑳。有酒湑我㉑,无酒酤我㉒。坎坎鼓我㉓,蹲蹲舞我㉔。迨我暇矣㉕,饮此湑矣㉖。

①丁(zhēng)丁:伐木声。 ②嘤嘤:鸟鸣声。 ③相:视,看。 ④矧(shěn):况且。 ⑤神:审慎。听:听从。 ⑥许(hǔ)许:朱熹《诗集传》:"许许,众人共力之声。《淮南子》曰:举大木者,呼邪许。盖举重劝力之歌也。" ⑦酾(shī):过滤。酾酒,即筛酒。藇(xù):酒味美。《玉篇》:"藇,酒之美也。" ⑧羜(zhù):小羊羔。 ⑨速:催请。诸父:此指同姓长辈。 ⑩宁:宁可。适:恰巧。 ⑪微:非。弗顾:不顾念。 ⑫粲:鲜明洁净。 ⑬陈:陈列。馈:此指食物。簋(guǐ):古时盛放食物之圆形器皿。 ⑭牡:此指雄性小羊。 ⑮诸舅:此指异姓长辈亲友。 ⑯咎:过错。 ⑰衍:水流溢。此指酒多而美貌。 ⑱远:疏远。 ⑲民:人。失德:此指失去朋友友谊。 ⑳乾餱:粗薄之食。朱熹《诗集传》:"乾餱,食之薄者也。"愆:过错,过失。 ㉑湑(xǔ):与酾同义,滤。此处湑我及下文之酤我、鼓我、舞我,皆倒文。 ㉒酤:同沽,买酒。《毛传》《说文》皆释酤为"一宿酒",即未经滤过有滓之酒,犹今之酒酿。 ㉓坎

坎：击鼓声。 ㉔蹲(cún)蹲：本作墫，舞蹈合乐之姿。 ㉕迨：及，趁。
㉖湑：此用作名词，指滤过之清酒。

鸟语嘤嘤求友声，陈肥酾酒乐盈盈。
却看幽谷迁乔木，岂有宾朋不世情？

　　此诗所述，当为宴享朋友故旧之事。然作者何人，诗旨何寄，则其说不一。
《毛诗序》曰："《伐木》，燕朋友故旧也。自天子至于庶人，未有不须友以成者。亲
亲以睦，友贤不弃，不遗故旧，则民德归厚矣。"因序言及"自天子至于庶人"，毛传
据诗辞"陈馈八簋"而曰"天子八簋"，遂以为天子之诗。诗以伐木、鸟鸣起兴，以言
人当求友之要。孔疏述毛传之意"毛以为有人伐木于山阪之中，丁丁然为声，鸟闻
之，嘤嘤然而惊惧。以兴朋友二人相切磋，设言辞以规其友，切切节节然。其友闻
之，亦自勉励，犹鸟闻伐木之声然也"，又述郑笺之意"郑以为此章远本文王幼少之
时结友之事。言文王昔日未居位之时，与友生伐木于山阪，丁丁然为声也。于时虽
处勤劳，犹以道德相切直"，以之为文王之作。三家诗所说不同。王先谦《三家诗
义集疏》引《韩序》曰：《伐木》礼废，朋友之道缺，劳者歌其事。诗人伐木，自苦其
事，故以为文"，又引"《鲁说》曰：周德始衰，伐木有鸟鸣之刺"，是韩、鲁诗皆不以此
诗为文王所作，而以为周德之衰，朋友道缺，诗以为刺。《三家诗义集疏》又言"文
王未履位之时，亲自伐木，容有其事。其志在求贤，不惮艰险，登山伐木，特其借端。
迨后身为国君，怀周行而陟崔嵬，求干城而举置网，皆出自少年物色之人。昔日之
朋友，已为今日之故旧，此所为宴饮作歌，或即此诗之本义欤"，似以诗述者文王之
事，而诗之所作则陈古以刺时。以此，后人或以此诗为厉王乱后宣王初立王族辅政
大臣为安定人心、消除隔阂从而增进亲友情谊而作，而诗之作者乃宣王大臣召伯
虎。然观诗之辞义，皆宴朋友故旧之事，稽之二说实皆难有实证。故后人复有仅以
朋友之道以为说者。吴闿生《诗义会通》引真德秀之言"玩此诗，止见为人之求友，
不见为君之求臣"，又引李光地之言曰"风首夫妇，正其本也。小雅开始而君臣父
子兄弟朋友之伦正焉。夫然，故可以反始追远，而推于祖宗，达于天地。子思言：道
造端夫妇，次及子臣弟友，以终于鬼神。其夫子序诗之志乎"，明序诗之志，探作诗

315

之旨,不为无识。是以朱熹《诗集传》已仅言"此燕朋友故旧之乐歌",方玉润《诗经原始》亦言"此诗取友义也,故曰朋友通用之乐歌。或但指为天子之诗,意未免视友道为甚狭已而,岂诗人本意欤"。今人释此诗即从其说,多以之为宴会亲友所奏之乐歌。以是观之,《伐木》之礼,当在友道,实不必拘于天子或庶人之作。然则,世间友道,果若"不遗故旧"乎?观诗之言"出自幽谷,迁于乔木",郑笺"谓向时之鸟出从深谷,今移处高木",不亦正若世情之徵乎?李太白《赠从弟南平太守之遥》诗云"前门长揖后门关,今日结交明日改",又何谓耶?

天 保

天保定尔①,亦孔之固②。俾尔单厚③,何福不除④?俾尔多益,以莫不庶⑤。

天保定尔,俾尔戬穀⑥。罄无不宜⑦,受天百禄。降尔遐福⑧,维日不足⑨。

天保定尔,以莫不兴⑩。如山如阜,如冈如陵。如川之方至⑪,以莫不增。

吉蠲为饎⑫,是用孝享⑬。禴祠烝尝⑭,于公先王⑮。君曰卜尔⑯,万寿无疆。

神之弔矣⑰,诒尔多福⑱。民之质矣⑲,日用饮食。群黎百姓⑳,遍为尔德㉑。

如月之恒㉒,如日之升。如南山之寿,不骞不崩㉓。如松柏之茂,无不尔或承㉔。

①保定:使安定。尔:此指君主。陈奂《诗毛氏传疏》:"通篇十尔字,皆指君上也。" ②孔:甚。固:稳固。 ③俾:使。单厚:亦作亶厚,马瑞辰《毛诗传笺通释》:"单、厚同义,皆为大也。" ④除:赐予。 ⑤庶:富庶。 ⑥戬(jiǎn)穀:福禄。《毛传》:"戬,福。穀,禄。" ⑦罄:尽,所有。 ⑧遐福:

远福,即久长、远大之福。　　⑨维:通唯,只。维日不足,言因福之多而广远,岁月不够多,日日享福也享受不完。　　⑩兴:盛。此指物产丰盛。　　⑪川之方至:河水涨潮。朱熹《诗集传》:"川之方至,言其盛长之未可量也。"　　⑫吉:吉日。蠲(juān):祭祀前沐浴斋戒使清洁。饎(chì):祭祀用酒食。　　⑬是:这,此指酒食。是用,即用是。享:献祭。王先谦《诗三家义集疏》:"祭先人故曰孝享。"　　⑭禴(yuè)祠烝尝:四季祭祀名称,春曰祠,夏曰禴,秋曰尝,冬曰烝。　　⑮公:朱熹《诗集传》:"公,先公也。谓后稷以下至公叔祖类也。"公叔祖类乃古公亶父之父。先王:朱熹《诗集传》:"先王,太王以下也。"太王即古公亶父,周文王之祖父。　　⑯君:此指先公先王神灵。卜:畀之假借,予,赐给。　　⑰吊(dì):至。此指祖考神灵降临。　　⑱诒:《毛传》:"诒,遗也。"　　⑲质:《毛传》:"质,成也。"《郑笺》:"成,平也。民事平以礼,饮食相燕乐而已。"　　⑳群黎:众民。百姓:百官。《尚书·尧典》:"平章百姓。"《传》:"百姓,百官。"　　㉑为:音义同讹,感化。马瑞辰《毛诗传笺通释》:"为,当读如'式讹尔心'之讹。讹,化也。"　　㉒恒:陆德明《经典释文》:"恒,本亦作緪。"《孔疏》:"言王德位日隆,有进无退,如月之上弦,稍就盈满。"緪(gēng),指月到上弦。　　㉓骞(qiān):亏损。崩:崩坏。　　㉔或承:即是承。承,继承,承受。

山陵永固寿无疆,祠禴烝尝万世长。
遥叹叔孙三不朽,皇天依旧弄玄黄!

　　此诗直言天保君位,以祭祀祈福,愿百业兴盛,福寿久长。旧说臣下祝颂君主之作,唯诗何以作,说者有异。《毛诗序》曰:"《天保》,下报上也。君能下下以成其政,臣能归美以报其上焉。"是以君能惠下成其政,而臣则报上颂其福。然此篇皆为臣颂君之辞,何以见"君能下下"? 郑笺"下下,谓《鹿鸣》至《伐木》,皆君所以下臣也。臣亦宜归美于王,以崇君之尊而福禄之,以答其歌",孔疏"谓臣下作诗,歌君之美,言天保神祐,福禄所钟君虽实,然由臣所咏,是臣下归美以报其上。序又申之,言君能下其臣下,燕飨遣劳,谓《鹿鸣》至《伐木》之歌,以成其国之政教。故臣亦宜归美于君,作《天保》之歌以报答其上焉",释序之义,以此篇为报答前此诸篇之辞，故序言君下下而臣报上。朱子亦承其说，《诗集传》以为"人君以《鹿鸣》以下五诗燕其臣，臣受赐者，歌此诗以答其君。言天之安定我君，使之获福如此也"，后世论者多从之。然则，以此诗为此前五篇之答辞，或有疑者。孔疏已言"上五篇非一人所作，又作彼者，不与此议，何相报之有"，方玉润《诗经原始》亦以为"郑氏、集传遂谓前五章皆君下臣，此章乃臣报君。殊知五章中非尽君下臣也，且臣必待君赐而后报，则所报者亦伪，岂尚有爱君之诚哉？此不过编诗次第应如是耳，不可泥以说诗也"，是以不必拘泥此篇答彼篇，则诗之意尤觉显豁。盖臣之颂君，本为常事，此篇颂君福祚之固，以"如山如阜""如冈如陵""如川之方至""如月之恒""如日之升""如南山之寿""如松柏之茂"，连用九"如"为喻，极见其忱。唯究此诗蕴义，颂君之福，终归天命，若方玉润氏所言"全诗大意，前三章皆天之福君，后三章皆神之福君"，则似与周道重德之人文觉醒相戾。《左传·襄公二十四年》载叔孙豹之言"豹闻之，'太上有立德，其次有立功，其次有立言'，虽久不废，此之谓三不朽"，唐人孔颖达正义"立德谓创制垂法，博施济众""立功谓拯厄除难，功济于时""立言谓言得其要，理足可传"。中国文明史上，自周人始超越天命鬼神，而其核心理念则在于以人力之创制济时为不朽之业。《尚书·周书》尤有宣称"皇天无亲，唯德是辅"，《左传·僖公五年》亦载宫之奇谏语"臣闻之，鬼神非人实亲，唯德是依。故周书曰'皇天无亲，唯德是辅'，又曰'黍稷非馨，明德唯馨'，又曰'民不易物，唯德系物'。如是，则非德，民不和，神不享矣。神所冯依，将在德矣"。周人之重德，于吾国政治史思想史皆影响至深。按《礼记·表记》载孔子之言曰"夏道尊命，事鬼敬神而远之……殷人尊神，率民以事神，先鬼神而后礼……周人尊礼尚施，事鬼敬神而远之"，《论语·八佾》又记孔子之言曰"周监于二代，郁郁乎文哉，吾从周"，由孔子之分辨与择从，显亦可见周道重人文之核心所在。然观此诗，崇君之尊而溯之天保神锡，是道德人文之觉醒尚在途邪？俟炎汉之天人之论及谶纬之学，及至近世听天由命思想仍大行，则此觉醒之途一何若此之漫长邪？

采　薇

采薇采薇[1]，薇亦作止[2]。曰归曰归，岁亦莫止[3]。靡室靡家[4]，玁狁之故[5]。不遑启居[6]，玁狁之故。

采薇采薇,薇亦柔止⑦。曰归曰归,心亦忧止。忧心烈烈,载饥载渴。我戍未定⑧,靡使归聘⑨。

采薇采薇,薇亦刚止⑩。曰归曰归,岁亦阳止⑪。王事靡盬,不遑启处。忧心孔疚⑫,我行不来⑬。

彼尔维何⑭?维常之华⑮。彼路斯何⑯?君子之车⑰。戎车既驾,四牡业业⑱。岂敢定居?一月三捷。

驾彼四牡,四牡骙骙⑲。君子所依⑳,小人所腓㉑。四牡翼翼㉒,象弭鱼服㉓。岂不日戒㉔?猃狁孔棘㉕。

昔我往矣,杨柳依依。今我来思,雨雪霏霏㉖。行道迟迟㉗,载渴载饥。我心伤悲,莫知我哀!

①薇:今名野豌豆苗,茎叶皆可食。　②作:生出。止:语气词。　③莫:通暮,此指年末。　④靡:无。室、家同义,皆指妻子。　⑤猃狁(xiǎn yǔn):亦作猃狁,古时西北边区少数族名。春秋时称戎或狄,秦汉时称匈奴或胡,隋唐时称突厥。　⑥遑:闲暇。不遑,没有闲暇。启居:跪、坐,此指休息。　⑦柔:柔嫩。⑧戍:守,此指戍守之地点。未定:不固定。　⑨使:此指使者。聘:探问。⑩刚:坚硬。此指薇菜茎叶渐老变硬。　⑪阳:农历十月称阳月。　⑫孔:甚,很。疚:病,苦痛。　⑬来:《郑笺》:"来,犹返也。"一说来为劳来,不来,即无人慰问。　⑭尔:三家诗作薾,花盛开貌。⑮常:通棠,棠梨树。　⑯路:此指路车,大车。　⑰君子:此指将帅。　⑱业业:高大强壮貌。　⑲骙(kuí)骙:马强壮貌。　⑳依:陈奂《诗毛氏传疏》:"依,倚也。"㉑小人:此指士兵。腓(féi):庇护,掩护。　㉒翼翼:整齐貌。谓马训练有素。　㉓象弭(mǐ):以象牙镶饰之弓。鱼服:即鱼箙,鱼皮制箭袋。　㉔日戒:日日警惕戒备。㉕棘:同亟,紧急。孔棘,很紧急。　㉖雨(yù)雪:下雪。雨,用作动词。霏(fēi)霏:雪花纷落貌。　㉗迟迟:迟缓貌。

杨柳依依行道迟，不遑启处雪霜时。

终令玁狁遥西窜，北狄频教国祚移！

　　此诗旧说遣戍役之作，从诗辞直指"玁狁"及六章依次启行、在途、至边、交战、戒备、还归之序，当为戍北方玁狁之役后还归之作。然究其作于何时何役，则颇多异说。《毛诗序》曰："《采薇》，遣戍役也。文王之时，西有昆夷之患，北有玁狁之难。以天子之命，命将率，遣戍役，以守卫中国。故歌《采薇》以遣之，《出车》以劳还，《杕杜》以勤归也。"序以为文王事殷之时，以殷王之命遣戍守边，且以此篇及以下《出车》《杕杜》皆一时之事。郑笺亦曰："西伯以殷王之命，命其属为将率，将戍役，御西戎及北狄之难，歌《采薇》以遣之。"可见毛、郑皆以为此诗乃文王时事，且诗为文王作。查《逸周书·叙》有"文王立，西距昆夷，北备玁狁"之言，朱右曾注"诗《采薇》序与此略同"。旧说《逸周书》乃孔子删定《尚书》后所剩，是为周书之逸篇，今人多以为出战国时人之手，似此则或为毛、郑说之所本欤？然三家诗与毛说不同，以之为周懿王时诗。《史记·周本纪》有言"懿王之时，王室遂衰，诗人作刺"，《汉书·匈奴传》亦言"周懿王时王室遂衰，戎狄交侵，暴虐中国，中国被其苦。诗人始作，疾而歌之曰'靡室靡家，玁狁之故'、'岂不日戒，玁狁孔棘'"，以懿王时周王室遂衰，迫于戎狄，而诗人以诗刺之。另据《史记·卫将军传》载汉武帝封卫青诏书并举《六月》《出车》，以为宣王时事，而《六月》《出车》与《采薇》皆为伐玁狁之事，明为一时之作。故王国维《鬼方昆夷玁狁考》据铜器铭文考证，即认为"《采薇》《出车》实同叙一事"，且现代出土青铜器铭文，凡记玁狁事者，皆宣王时器。据此，则《采薇》当为宣王时诗。然观诸说，实皆难以确证。懿王时说，《汉书》晚出，似据诗立说。而文王时说，清人顾栋高《毛诗类释》曰："文王果有伐玁狁事，何以书传无徵。《皇矣》之诗述伐密伐崇，而不及此，举细遗大，其谬一也。南仲为文王将，宜在元勋之列，何君奭书但举闳夭、散宜生，而不及之，二也。《汉书》人表文王之臣无南仲，而南仲与召虎、方叔同列，三也。后汉马融疏亦云：玁狁侵周，周宣王立中兴之功，是以赫赫南仲，载在周诗。未尝以南仲为二。"辨之甚切。宣王时说，似可以考古为据，惜于此篇仍无文献确证。故此，或以为泛言戍役之事以为说。朱熹《诗集传》即仅言"此遣戍役之诗"，方玉润《诗经原始》亦言"至作诗世代，或以为文王时，或以为宣王时，更或谓季历时，都不可考"，"大抵遣戍时世，难以臆断。诗中情景，不啻目前，又何必强不知以为知耶"，近人陈子展《诗经直解》则谓"玁狁患周，非止一世"。似此，既无可徵，何若阙疑？然则，究华夏之祸患，向以北地为甚，玁狁之患，虽至汉而终致西窜，然千年而下，中原国祚南移，何有竟时？何因致焉？何术御焉？

出　车

我出我车，于彼牧矣①。自天子所，谓我来矣②。召彼仆夫③，谓之载矣。王事多难④，维其棘矣⑤。

我出我车，于彼郊矣。设此旐矣⑥，建彼旄矣⑦。彼旟旐斯⑧，胡不旆旆⑨？忧心悄悄，仆夫况瘁⑩。

王命南仲⑪，往城于方⑫。出车彭彭⑬，旂旐央央⑭。天子命我，城彼朔方。赫赫南仲⑮，玁狁于襄⑯。

昔我往矣，黍稷方华。今我来思，雨雪载涂⑰。王事多难，不遑启居。岂不怀归？畏此简书⑱。

喓喓草虫⑲，趯趯阜螽⑳。未见君子，忧心忡忡。既见君子，我心则降㉑。赫赫南仲，薄伐西戎㉒。

春日迟迟，卉木萋萋。仓庚喈喈，采蘩祁祁。执讯获丑㉓，薄言还归。赫赫南仲，玁狁于夷㉔。

①于：往。牧：郊外。《尔雅》："邑外谓之郊，郊外谓之牧。"　②谓：使。马瑞辰《毛诗传笺通释》："《广雅》：'谓，使也。'谓我来，即使我来。下文'谓之载'，即使之载也。"　③仆夫：即御夫，驾车之人。　④难：此指外患。　⑤棘：紧急。　⑥设：陈列。旐（zhào）：绘有龟蛇图案之旗。　⑦建：竖起。旄：干旄，旗杆上饰有牦牛尾之旗。　⑧旟（yǔ）：绘有鹰隼图案之旗。　⑨旆（pèi）旆：《毛传》："旆旆，旒垂貌。"一说飞扬貌。　⑩况：怳之假借字。怳瘁，憔悴。陈奂

《诗毛氏传疏》:"《楚辞·九叹》云'顾仆夫之憔悴',又云'仆夫慌悴',并与诗'况瘁'同。"　　⑪南仲:周宣王时大臣,亦作南中。　　⑫城:此指筑城。方:此指朔方,北方。　　⑬彭彭:车马众多貌。　　⑭旆(qí):绘有蛟龙图案之旗。央央:鲜明貌。　　⑮赫赫:威仪显赫貌。　　⑯襄:通攘,平息,扫除。　　⑰载:充满。涂:《毛传》:"涂,冻释也。"一说即途,路。　　⑱简书:此指写于竹简上之军书。　　⑲喓(yāo)喓:虫鸣声。草虫:蝈蝈。　　⑳趯(tì)趯:跳跃貌。阜螽(zhōng):蚱蜢。　　㉑降:降下,此指心放下。　　㉒西戎:古时西北少数民族名。《国语》韦昭注:"犬戎,西戎之别名,在荒服。"　　㉓讯:马瑞辰《毛诗传笺通释》:"文十七年《左传》:'郑子家使执讯而与之书。'杜注:'执讯,通讯问之言。'则'讯'为军中通讯问之人,盖'谍者'之类。"获:馘(guó)之假借字,割耳朵。古时杀俘虏必割其左耳,以上报计数。丑:俘虏。　　㉔夷:平定。

雨雪载涂命出车,忧心悄悄畏征书。

戎夷虽远今犹患,南仲威仪孰启居?

　　此诗所述,乃讨伐玁狁、西戎凯还之事,颂美统帅南仲之赫赫战功,表现君臣一心御敌定邦之自信。全诗六章,每章八句,以受命点兵、建旗树帜、出征北伐、转战西戎、途中怀乡、得胜而归六个不同时空画面,借助情感抒发糅合贯通,展开一幅真实广阔之征战图卷,虽未直接描绘战争场面,然却极见虚实相生、以虚胜实之效。若此征战,理当实有其事,然其本事为何,却多异说。《毛诗序》曰:"《出车》,劳还率也。"序承前篇序意为言,以为一时之事,前篇命将率遣戍役,此篇则为慰劳还归将率之辞。郑笺"遣将率及戍役,同歌同时,欲其同心也。反而劳之,异歌异日,殊尊卑也。《礼记》曰'赐君子小人不同日',此其义也",以此诗及下篇《杕杜》分属劳将率及劳戍役者。孔疏"劳还帅也,谓文王所遣伐玁狁、西戎之将帅,以四年春行,五年春反。于其反也,述其行事之苦以慰劳之。六章皆劳辞也",据《鱼丽》序"文、武以《天保》以上治内,《采薇》以下治外"之义,以此诗之征战为文王治外之事。然以此诗及上篇为文王时诗,已多为人所诟。盖诗中将帅明著南仲,据《汉书·人表》有南中,在厉王之时。《史记·匈奴传》引《出车》之诗,谓宣王命将征伐獫狁。清人顾栋高《毛诗类释》亦言"《汉书》人表文王之臣无南仲,而南仲与召虎、方叔同列",又言"后汉马融疏亦云:獫狁侵周,周宣王立中兴之功,是以赫赫南仲,载在周诗",据此,是知此南仲当在厉王、宣王时。王先谦《诗三家义集疏》引鲁说曰:"周宣王命南仲、吉甫攘獫狁,威荆蛮。"即以周宣王时命南仲征獫狁,为此诗之本事。朱熹《诗集传》承其说,以为"此劳还率之诗。追言其始受命出征之时,出车于郊外,而语其人曰:我受命于天子之所而来。于是乎召御夫,使之载其车以行,而戒之曰:王事多难,是行也,不可以缓矣",吕祖谦《吕氏家塾读诗记》亦言"大将传天子之命以令军众,于是车马众盛,旍旆鲜明,威灵气焰,赫然动人矣。兵事以哀敬为本,而所尚则威。二章之戒惧,三章之奋扬,并行而不相悖也"。然则,以周王劳还率,诗出周王之手,后人复有疑者。方玉润《诗经原始》指"盖'赫赫南仲'等语,乃下颂上,非君劳臣之词。且君自称'王命',自称'天子',亦于语气不合",由此推断"大略此诗作于当时征夫,后世王者采以入乐,用劳还率以酬其庸,盖将以南仲勋业望之而已",颇具识见。今人释此诗,多以为出征武士凯还所赋之辞,是亦与方氏之说近。盖小雅乐歌,多有采诗以作他用之例,此篇或亦然欤?诗以征夫所历,自衔命出征至献俘凯还,尤以南仲之声威远略极见将率勤王,实乃獫狁平定之关捩。其后以之为劳还率之乐歌,不亦宜乎?观后世獫狁虽灭,然东西之患无日或宁,而将率如南仲之"不遑启居"者复有几人乎?

杕 杜

有杕之杜①,有睆其实②。王事靡盬,继嗣我日③。日月阳止④,女心伤止,征夫遑止⑤?

有杕之杜,其叶萋萋。王事靡盬,我心伤悲。卉木萋止,女心悲止,征夫归止?

陟彼北山,言采其杞。王事靡盬,忧我父母。檀车幝幝⑥,四牡痯痯⑦,征夫不远。

匪载匪来,忧心孔疚。期逝不至⑧,而多为恤⑨。卜筮偕止⑩,会言近止⑪,征夫迩止⑫。

①杕（dì）：树木孤独貌。杜：棠梨树。　②晥（huǎn）：颜色鲜明或果实圆浑貌。实：果实。　③嗣：延长、延续。　④阳：此指农历十月。止：语气词。⑤遑：闲暇。　⑥檀车：役车。檀木坚，古人用以制轮，故称檀车。幝（chǎn）幝：破旧貌。　⑦瘏（guǎn）瘏：疲病貌。　⑧期：预先约定时间。逝：过去。⑨恤：忧虑。　⑩卜：以龟甲占吉凶。筮：以蓍草算卦。偕：与嘉通，吉利。⑪会：聚会。一说会训为合，会言指卜筮合言，说亦可通。　⑫迩：近。

远役逾时车在途，空闺卜筮月轮孤。

劳师异日何须怨？幸有残躯骨未枯！

此诗所述者，征人劳于王事，过期不得还乡，所发者，乃室家之思。然其何所作，则其说不一。《毛诗序》曰："《杕杜》，劳还役也。"是以前篇《出车》为劳还率之作，此则为劳还役之作。郑笺"役，戍役也"，孔疏"文王劳还役，言汝等在外，妻皆思汝"，是以此篇与前篇同属文王劳还师之事。以之为文王事，固同上二篇其说不一，然以此篇为劳还役者，后世论者多有从之者。朱熹《诗集传》引范祖禹之言曰："《出车》劳率，故美其功。《杕杜》劳众，故极其情。先王以己之心为人之心，故能曲尽其情，使民忘其死以忠于上也。"是以为王者体劳者之心，曲尽其情而代为言。释诗之义曰："此劳还役之诗。故追述其未还之时，室家感于时物之变，而思之曰：特生之杜，有晥其实，则秋冬之交矣。而征夫以王事出，乃以日继日，而无休息之期。至于十月，可以归而犹不至，故女心悲伤而曰：征夫亦可以暇矣，曷为而不归哉？"然则，就诗辞观之，诗以杕杜起兴，以言征人不还。毛传"杕杜犹得其时蕃滋，役夫劳苦不得尽其天性"，郑笺"王事无不坚固，我行役续嗣其日，言常劳苦无休息"，"妇人思望其君子，阳月之时已忧伤矣……阳月而思望之者，以初时云岁亦莫止"，是皆为征夫思妇之辞。故此，于劳还役之说，或有疑者。汉人桓宽《盐铁论·徭役》已言"古者无过年之徭，无踰时之役。今近者数千里，远者过万里，历二期不还，父母愁忧，妻子咏叹。愤懑之恨，发动于心，慕思之积，痛于骨髓。此《杕杜》《采薇》之所为作也"，可谓深得诗情之所蕴。清人方玉润《诗经原始》亦以为"劳之而不慰其心，酬其力，乃故作此妇人思夫之词以媚之，天下有是酬人法乎"，遂以

"此诗本室家思其夫归而未即归之词,故始则曰'征夫遑止',言可以暇矣,曷为而不归哉?继则曰'征夫归止',言计其归期实可归也。既又曰'征夫不远',言虽未归其亦不远矣。终则曰'征夫迩止',言归程甚迩,岂尚诳耶?始终望归,而未遽归,故作此猜疑无定之词耳",揣情入理,当合诗辞之义。然则,前篇序言"劳还率",此篇序言"劳还役",诗亦皆征人之事,当为一时之作,且前篇明著"赫赫南仲",为将率之事无疑,此篇多室家之念,亦与役夫之情符契,故序之所言,似亦并非无据。究小雅乐歌,多采诗移作他用,若方玉润《诗经原始》所言"大略此诗作于当时征夫,后世王者采以入乐",今人程俊英《诗经译注》所言"这是一位民间妇女思念久役的丈夫的诗,后来,统治阶级采了这首民歌,配合雅乐,作为慰劳戍役归来的将士时弹奏的乐章",其或然欤?故此诗或亦初出征人思妇,王者取为劳师之乐歌。味诗之辞,此篇情思似尤凄切,观其伤悲忧疚,固因久役之困,然与《出车》合观,同为劳师之乐,情辞何以迥异?是出征之日,将率戍役同歌同时,而返而劳之,则异歌异日,以"殊尊卑""辨贵贱",能教无怨?然则,一将功成,基于万骨之枯,今既凯还,残躯犹在,又何怨焉?

南 陔

此诗及以下二篇《白华》《华黍》,存其目而亡其辞。然于各篇之义及何所以作,诸家所说颇异。《毛诗序》曰:"《南陔》,孝子相戒以养也。《白华》,孝子之洁白也。《华黍》,时和岁丰宜黍稷也。有其义而亡其辞。"郑笺曰:"此三篇者,乡饮酒、燕礼用焉。曰:笙入立于县中奏《南陔》《白华》《华黍》是也。孔子论诗雅颂各得其所时俱在耳,篇第当在于此。遭战国及秦之世而亡之。其义则与众篇之义合编,故存。"毛、郑皆以为三诗存目而亡其辞,毛序存其义,郑笺则依《仪礼·乡饮酒礼》及《燕礼》定其篇第之所在。朱熹《诗集传》不从其说,以为"此笙诗也,有声无辞",亦以《仪礼》为据,以为"乡饮酒礼,鼓瑟而歌《鹿鸣》《四牡》《皇皇者华》。然后笙入堂下,磬南北面立,乐《南陔》《白华》《华黍》。燕礼亦鼓瑟歌《鹿鸣》《四牡》《皇皇者华》。然后笙入立于县中,奏《南陔》《白华》《华黍》。《南陔》以下,今无以考其名篇之义。然曰笙、曰乐、曰奏,而不言歌,则有声而无词明矣",

以三篇笙诗本即有声无辞。后人多从其说。然亦有疑之者,明人郝敬《毛诗原解》曰:"《仪礼》于《鹿鸣》《四牡》以下曰'歌',于《南陔》《白华》《华黍》曰'笙',曰'乐',曰'奏',而不言'歌',以此为有声无辞之徵。今案《乡射》亦《仪礼》也,云'奏《驺虞》《貍首》',而《驺虞》亦云'奏'。《周礼》有《九夏》,《国语》称金奏《肆夏》《樊遏》《渠》,案,《肆夏》即《时迈》,《樊遏》为《昭夏》即《执竞》,《渠》为《纳夏》即《思文》,皆有辞而皆为金奏,则奏亦辞也。《南陔》《白华》之名,即《九夏》之类,金奏《九夏》有辞,笙奏《南陔》《白华》独无辞乎?又《周礼·籥章》以籥吹《豳诗》即《七月》,籥吹《七月》,亦犹笙吹《南陔》《白华》《华黍》也,《豳》有辞,而《南陔》以下独无辞乎?又《礼记·文王世子》《明堂位》《祭统》,升歌《清庙》,下管《象》,《象》即《维清》也,谓管奏《维清》于堂,下管有辞,而笙独无辞乎?"针对朱说罗列反证,辨之甚详。清人方玉润《诗经原始》亦以为"若《南陔》《白华》则明明有篇可名,有题可标,而独无辞乎?故以为义存而辞亡者近是",似以序说为近,唯"序之所谓义者,又仅就篇名以立义",是以为序所言其诗之义,仅就篇名而衍义,未必诗之本义,持论似较通允。至若此三篇笙诗次第,郑笺已言"毛公为诂训传,乃分众篇之义各置于其篇端云,又阙其亡者,以见在为数,故推改什首遂通耳。而下非孔子之旧",是毛公训诗,以存辞者为什,略去无辞者,故篇什次第已非孔子编诗旧貌。孔疏亦言"知者以子夏得为立序,则时未亡。以《六月》序,知次在此处也",小雅《六月》序历叙《鹿鸣》至《菁菁者莪》,篇次分明,是为可据。朱熹《诗集传》则指出"毛公以《南陔》以下三篇无辞,故升《鱼丽》以足《鹿鸣》什数,而附笙诗三篇于其后,因以《南有嘉鱼》为次什之首。今悉依《仪礼》正之",改将《南陔》作《鹿鸣》什尾,而以《白华》为次什之首,近人多从之。此亦姑从其什序。

白华之什

白 华

此诗同《南陔》,存其目而亡其辞。

华 黍

此诗同《南陔》,存其目而亡其辞。

鱼 丽

鱼丽于罶①,鲿鲨②。君子有酒,旨且多③。

鱼丽于罶,鲂鳢④。君子有酒,多且旨。

鱼丽于罶,鰋鲤⑤。君子有酒,旨且有⑥。

物其多矣,维其嘉矣。

物其旨矣,维其偕矣⑦。

物其有矣,维其时矣⑧。

①丽(lí):同罹,意谓遭遇,陷入。一说历录,鱼跳貌。陈奂《诗毛氏传疏》:"丽与录一声之转,鱼丽历在罶,录录历历然也。"罶(liǔ):捕鱼工具,又称笱,用竹编成,编绳为底,鱼入而不能出。 ②鲿(cháng):黄颊鱼,较大。鲨:吹沙鱼,又名鯋,较小。 ③旨:味美。 ④鲂(fáng):鳊鱼,鳞细小而美味。鳢(lǐ):俗称黑鱼。 ⑤鰋(yǎn):今名鮎鱼或鲶鱼,体滑无鳞。 ⑥有:朱熹《诗集传》:"有,犹多也。" ⑦偕:齐全。一说通嘉。王引之《经传述闻》:"《广雅》:'皆,嘉也。'皆与偕古字通。" ⑧时:适时。苏辙《诗集传》训嘉为好,训偕为齐全,训时为时鲜,可备一说。

燕飨宾朋鱼丽歌,鲿鲨鲂鳢满筵多。

毛公不识笙吹礼,六乐中分谬若何?

此诗述宴享时酒肴之甘美盛多,以见丰年多稼,主人待客殷勤,宾主共同欢乐之情景,当为宴嘉宾之作。然诗作何时,诗旨何寄,则多异说。《毛诗序》曰:"《鱼丽》，美万物盛多，能备礼也。文、武以《天保》以上治内，《采薇》以下治外，始于忧勤，终于逸乐，故美万物盛多，可以告于神明矣。"序以文、武之治为说，诗则为功成而告于神明之辞。郑笺"内，谓诸夏也，外，谓夷狄也。告于神明者，于祭祀而歌之"，孔疏"谓武王之时，天下万物草木盛多，鸟兽五谷鱼鳖皆得所，盛大而众多，故能备礼也"，"得万物之盛多者，文王、武王以《天保》以上六篇燕乐之事以治内之诸夏，以《采薇》以下三篇征伐之事治外之夷狄。文王以此九篇治其内外，是始于忧勤也。今武王承于文王治平之后，内外无事，是终于逸乐。由其逸乐，万物滋生，故此篇承上九篇美万物盛多，可以告于神明也"，又言"告于神明，极美之言，可致颂之意，于经无所当也"，重言序所谓内外之治，以此诗承前此九篇文王诗而为武王诗之始。然所说"于经无所当"，实皆于言外所绎之义，故论者不尽然。王先谦《诗三家义集疏》引齐说曰："《采薇》《出车》《鱼丽》思初。上下促急，君子怀忧。"是齐诗即不以为文武之诗，而以之为周衰之作。按诗辞，本为宴飨之事，姚际恒《诗经通论》据之谓"此王者燕飨臣工之乐歌"，以肴馔之丰美言，其或近是。然《仪礼·燕礼》及《乡饮酒礼》皆歌《鱼丽》，故朱熹《诗集传》以为"此燕飨通用之乐歌。即燕飨所荐之羞，而极道其美且多，见主人礼意之勤，以优宾也"，方玉润《诗经原始》亦以为"此诗本无义意，不过极言肴馔之多且美，故宴飨可以通用"，盖或诗辞原有本事，后移作泛用，小雅多有此例，此篇或亦然欤？又，此篇之用，《仪礼·燕礼》及《乡饮酒礼》皆载"乃间歌《鱼丽》，笙《由庚》。歌《南有嘉鱼》，笙《崇丘》。歌《南山有台》，笙《由仪》"，可见六篇本为一时之乐。《六月》序称"《鱼丽》废则法度缺矣，《南陔》废则孝友缺矣，《白华》废则廉耻缺矣，《华黍》废则蓄积缺矣，《由庚》废则阴阳失其道理矣，《南有嘉鱼》废则贤者不安，下不得其所矣，《崇丘》废则万物不遂矣，《南山有台》废则为国之基坠矣，《由仪》废则万物失其道理矣"，篇第亦同《仪礼》，是一歌一笙，六篇合为一完整乐章。毛诗不察，将此篇移至《鹿鸣》什尾以足前什之数，遂使六篇割裂。朱熹《诗集传》已言"此六者，盖一时之诗，而皆为燕飨宾客上下通用之乐。毛公分《鱼丽》以足前什，而说者不察，遂分《鱼丽》以上为文、武诗，《嘉鱼》以下为成王诗，其失甚矣"，指疵甚切，故其重编什次，亦称允当。

由 庚

此篇及《崇丘》《由仪》三诗,皆存其目而亡其辞。《毛诗序》曰:"《由庚》,万物得由其道也。《崇丘》,万物得极其高大也。《由仪》,万物之生各得其宜也。有其义而亡其辞。"是毛以为此三诗与《南陔》《白华》《华黍》三诗一样,同为"有其义而亡其辞"。朱子则以为同为笙诗,本即有声无辞。唯毛序所谓诗义,当亦同为"仅就篇名以立义"。

南有嘉鱼

南有嘉鱼,烝然罩罩①。君子有酒,嘉宾式燕以乐②。
南有嘉鱼,烝然汕汕③。君子有酒,嘉宾式燕以衎④。
南有樛木⑤,甘瓠纍之⑥。君子有酒,嘉宾式燕绥之⑦。
翩翩者鵻⑧,烝然来思。君子有酒,嘉宾式燕又思⑨。

①烝然:众多貌。罩罩:义同掉掉,众鱼摇尾游动貌。戴震《毛郑诗考正》:"罩罩,盖鱼游水之貌。" ②式:语助词。燕:同宴。 ③汕汕:群鱼游水貌。《说文》:"汕,鱼游水貌。" ④衎(kàn):《毛传》:"衎,乐也。" ⑤樛(jiū):树木向下弯曲。 ⑥瓠:葫芦。纍:缠绕。 ⑦绥:安。 ⑧鵻(zhuī):即鹁鸠,亦称鹁鸪。 ⑨又:通侑,劝酒。马瑞辰《毛诗传笺通释》:"又,即今之右字,古右与侑、宥并通用。"

嘉宾式燕有嘉鱼,君子与贤乐衎余。
岂意俊材唯所用,青梅煮酒欲何如?

此诗所述,君子与嘉宾燕乐事。前两章以游鱼起兴,以鱼水象征宾主之间融洽关系,宛转表达主人之深情厚意。后两章则变换角度,以甘瓠缠木及鹁鸠集树,象征宾主之间亲密无间、难舍难分之情态及宴席上祥和欢乐之气氛。事当与《鱼丽》

似,亦为宴飨之乐歌,唯诗旨偏重言宾主之情意。《毛诗序》曰:"《南有嘉鱼》,乐与贤也。太平之君子至诚,乐与贤者共之也。"序以君子乐贤之意而为说。然孰为君子,孰为贤者,或有异说。郑笺"乐得贤者,与共立于朝,相燕乐也",孔疏"当周公、成王太平之时,君子之人已在位,有职禄,皆有至诚笃实之心。乐与在野有贤德者共立于朝而有之,愿俱得禄位,共相燕乐,是乐与贤也。经四章,皆是乐与贤者之事",以诗为成王时事,君子为已在位之人,贤者则为在野之有贤德者。故郑笺又言"君子,斥时在位者也",孔疏释之"序云'乐与贤者共之',言与言共,是等夷之称,非人君之辞,故知斥在位者也",则以诗旨复含戒斥已在位者之意。然笺、疏之说,或与序意不合,故后世颇有疑之者。顾广誉《学诗详说》以为"诗之言嘉宾,与《鹿鸣》同。其言'君子有酒',与《鱼丽》同。而序谓太平之君子,又与《凫鹥》同。笺于彼皆释为王者,于此独指朝廷之在位者,何也?疏徒执与共是等夷之称,不思《孟子》云'弗与共天位也',非指君之于臣乎?且此与共乃谓与贤者共享其乐,夫能至诚与贤者共享其乐,而与共于朝不待言矣",近人黄焯《诗疏平议》亦言"此序所云太平之君子,与《菁菁者莪》序之君子同。彼序云'君子能长育人材,则天下喜乐之',是其指王者言无疑。顾氏驳正笺、疏之说皆当",力驳郑笺、孔疏释"君子"之误,以君子指周王,则诗之旨乃周王乐与贤。唯诗之辞乃宾主燕乐,故论者亦有仅以泛言宴会宾客而为言者。朱熹《诗集传》即以之为"此亦燕飨通用之乐",释之曰"故其辞曰:南有嘉鱼,则必烝然而罩罩之矣。君子有酒,则必与嘉宾共之而式燕以乐矣。此亦因所荐之物而道达主人乐宾之意也",似亦有"乐与贤"之义在,却不言君子何指,似较通达。观此篇与《鱼丽》同为燕乐事,故其用或亦相似。方玉润《诗经原始》以为"此与《鱼丽》意略同。但彼专言肴酒之美,此兼叙宾主绸缪之情。故下二章文格一变,参用比兴之法,其实无甚深意,则如一耳。盖亦燕臣工之乐也。故可与《鱼丽》同时间歌,而其后又以为燕飨通用之乐矣",比照《鱼丽》之事,参以小雅乐歌之用,所论甚是。就诗义言,《鱼丽》"美万物盛多",此则寄君子"乐与贤"之意,后用为燕飨上下通用之乐,故其初时似亦当为"王者燕飨臣工之乐歌"。盖乐贤主题诗中多有,然就王者而言,必在为其所用与否,否则,纵有罕世俊贤,又何益焉?观孟德、玄德,不可谓非一时俊杰,然青梅煮酒却令匙箸惊落,是乐贤焉?畏贤焉?

崇 丘

此诗同《由庚》,存其目而亡其辞。

南山有台

南山有台①,北山有莱②。乐只君子③,邦家之基④。乐只君子,万寿无期。

南山有桑,北山有杨。乐只君子,邦家之光⑤。乐只君子,万寿无疆。

南山有杞,北山有李。乐只君子,民之父母。乐只君子,德音不已。

南山有栲⑥,北山有杻⑦。乐只君子,遐不眉寿⑧?乐只君子,德音是茂⑨。

南山有枸⑩,北山有楰⑪。乐只君子,遐不黄耇⑫?乐只君子,保艾尔后⑬。

①台:通苔,莎草,又名蓑衣草,可制蓑衣。 ②莱:亦作藜,灰菜,嫩叶可食。 ③只:语助词,含有是之意。《郑笺》:"只之言是也。"君子:此指贤者。 ④基:根本。 ⑤光:荣耀。 ⑥栲(kǎo):山樗,一种高大乔木,木质坚密,可提制栲胶。 ⑦杻(niǔ):檍树,俗称菩提树,可作弓材。 ⑧遐:何。眉寿:高寿。眉有秀毛,长寿之相。 ⑨茂:美盛。 ⑩枸(jǔ):即枳椇,树高大,子大如指,味甜可食,亦称木蜜。 ⑪楰(yú):即鼠梓,亦名苦楸。 ⑫黄耇(gǒu):老寿。《毛传》:"黄,黄发。耇,老。"朱熹《诗集传》:"黄,老人发白复黄也。耇,老人面冻梨色,如浮垢也。" ⑬艾:养育。尔:你。后:此指子孙后代。

山南山北有桑杨,入觐贤才观国光。

太息邦家何所顾?但教君主寿无疆!

331

此诗以南山、北山草木起兴，以作颂德祝寿之辞。然所祝何人，诗旨诗用，说者不一。《毛诗序》曰："《南山有台》，乐得贤也。得贤则能为邦家立太平之基矣。"序以为诗旨乐得贤，而乐者何人，由其所言为邦家立太平之基观之，则似当指人君。郑笺"人君得贤，则其德广大坚固，如南山之有基趾"，即明指人君，以为人君得贤而乐，为邦家立基，为自身立德，则诗之颂祝似自言之辞。至朱子所说则异，《诗集传》释之为"此亦燕飨通用之乐。故其辞曰：南山则有台矣，北山则有莱矣。乐只君子，则邦家之基矣。乐只君子，则万寿无期矣。所以道达主人尊宾之意，美其德而祝其寿也"，明揭诗以道达尊宾之意，故所颂祝其德与寿者，乃指贤者宾客而言。然因诗中明著"万寿无疆""民之父母"之辞，似非王者祝臣下之语，故于其说，颇有疑者。清人姚际恒《诗经通论》即力辨非天子颂宾客之言，而以为"此臣工颂天子之诗"。然稽之《仪礼·燕礼》及《乡饮酒礼》皆用此篇，则又似非专颂天子之辞。元人刘瑾《诗传通释》即以为："或疑宾客不足以当'万寿'之语。愚谓此诗上下通用之乐。当时宾客容有爵齿俱尊，足当之者。盖古人简质，如《士冠礼》祝辞亦云'眉寿万年'，又况古器物铭所谓'用蕲万年'，'用蕲眉寿'，'万年无疆'之类，皆自祝之辞。则此诗以'万寿'祝宾，庸何伤乎？"又据《仪礼·燕礼》及《乡饮酒礼》皆载"乃间歌《鱼丽》，笙《由庚》。歌《南有嘉鱼》，笙《崇丘》。歌《南山有台》，笙《由仪》"，因知《鱼丽》《南有嘉鱼》及此篇为一时之乐，故诗义必有贯联而各有侧重。朱子以《鱼丽》为"优宾"，以《南有嘉鱼》为"乐宾"，以此篇为"尊宾"，可谓颇得燕乐之序。清人朱道行《诗经集思通》有言"《鱼丽》言品物之丰美，故曰优宾。《嘉鱼》言懽忻之交通，故曰乐宾。《南山》颂德祝寿，而德与寿，天下之达尊也，故曰尊宾。三者备，斯燕宾之道尽矣"，释朱子之说颇为详切。然则，小雅乐歌，多有采诗以作他用之例，是此用为燕飨通用之乐歌，其所采用之诗辞岂非自有其本事乎？今观此诗，以山之草木起兴，以言邦家之基，万寿无期。郑笺"兴者，山之有草木，以自覆盖，成其高大，喻人君有贤臣，以自尊显"，又曰"人君既得贤者，置之于位，又尊敬以礼乐乐之，则能为国家之本，得寿考之福"，比照诗之辞，则"乐只君子"言得贤，而"邦家之基""万寿无疆"显属国家及人君矣！诗人既颂人君之得贤，复祝由得贤而有国家之本、寿考之福，岂不宜乎？似此，则说者据"尊宾"义，以诗乃王者祝宾之辞，于义未谐。而姚际恒氏以为"此臣工颂天子之诗"，其或近欤？实则，即以诗为"王者燕飨臣工之乐歌",臣工于宴飨之时祝颂天子,实亦无妨王者乐贤、尊贤之义。唯王者得贤,自当倚为佐辅,以取经邦济世之功,然贤者所顾,但以祝颂为能事,天子固神满意惬,却于济世何益? 千秋一辙,夫复何言!

由 仪

此诗同《由庚》,存其目而亡其辞。

蓼 萧

蓼彼萧斯①,零露湑兮②。既见君子③,我心写兮④。燕笑语兮⑤,是以有誉处兮⑥。

蓼彼萧斯,零露瀼瀼⑦。既见君子,为龙为光⑧。其德不爽⑨,寿考不忘⑩。

蓼彼萧斯,零露泥泥⑪。既见君子,孔燕岂弟⑫。宜兄宜弟⑬,令德寿岂⑭。

蓼彼萧斯,零露浓浓。既见君子,鞗革冲冲⑮。和鸾雝雝⑯,万福攸同⑰。

①蓼(lù):长而大貌。萧:艾蒿,菊科植物,有香气。斯:语气词。　②零:滴落。湑(xǔ):湑指滤过之酒,有清澄意。　③君子:此指周王。　④写:舒畅。⑤燕:通宴,宴饮。　⑥誉:乐。朱熹《诗集传》引苏辙《诗集传》:"誉、豫通。凡诗之誉,皆言乐也。"处:安。《礼记·檀弓》"何以处我",郑注:"处,安也。"⑦瀼(ráng)瀼:露繁貌。　⑧为:被。龙:古宠字。《毛传》:"龙,宠也。"光:荣光。　⑨不爽:不差。　⑩忘:止之假借。不忘,即没有止期。　⑪泥泥:濡湿貌。　⑫孔燕:非常安详。岂弟(kǎi tì):即恺悌,和乐平易。　⑬宜兄宜弟:形容关系和睦,犹如兄弟。　⑭令德:美德。岂(kǎi):快乐。　⑮鞗(tiáo):亦作

鋚,铜制马勒装饰。革:勒之借字,即马辔。冲冲:饰物下垂貌。　　⑯和鸾:皆为车上所饰铜铃。鸾,借为銮。系在轼上者称和,系在衡上者称銮。皆诸侯车马之饰。《小雅·庭燎》亦以君子目诸侯,而称其鸾旗之美,正此类也。雝雝:铜铃谐和声。　　⑰攸:所。同:会聚。

　　　笑语和鸾盛德隆,殷殷欢宴福攸同。
　　　果能四海宜兄弟,不见无边血雨风!

　　此诗所述者,当为周王与诸侯燕乐,而作颂美之辞。然与宴者谁,作颂者谁,其说不一。《毛诗序》曰:"《蓼萧》,泽及四海也。"是意谓颂周王泽及四海,其义当承以上诸篇所谓"与贤""得贤"及"万物得由其道""各得其宜"之说而递及之。与宴者谁,则语简不及。观郑笺"九夷、八狄、七戎、六蛮,谓之四海。国在九州之外,虽有大者,爵不过子",孔疏"国在九州之外者,明四海不属九州,其州长所不领。故《周礼》曰'九州之外,谓之蕃国,世一见',是也",则明以此诗中所与宴者乃专指外夷蕃国而言。于此说,颇有疑者。宋人李樗《毛诗集解》以为"泽及四海,言其恩泽及于四海之诸侯也",范处义《诗补传》、吕祖谦《吕氏家塾读诗记》亦同其说。清人顾广誉《学诗详说》辨之尤详"诗所陈为诸侯朝见天子,而天子被以德泽之事,以其六服偕来,故序云'泽及四海',乃举远以包近,见泽之所及者广耳。笺引《尔雅》文,直以四夷之长释序,于诗每云远国之君,则是言远而遗近,失序旨矣",皆以为四海乃统言天下之诸侯,而郑笺误释序义。朱子亦持此说,《诗集传》"诸侯朝于天子,天子与之燕,以示慈惠,故歌此诗。言蓼彼萧斯,则零露湑然矣。既见君子,则我心输写而无留恨矣。是以燕笑语而有誉处也。其曰'既见',盖于其初燕而歌之也",即泛言诸侯朝于天子,天子与之燕乐之事。后之论者多从其说,以笺、疏但言外夷而不及中夏非是。而朱子以"天子与之燕,以示慈惠,故歌此诗",则以作颂者周王,而所颂者诸侯,故其复言"君子,指诸侯也","褒美而祝颂之,又因以劝诫之也",以诸侯多疑忌兄弟,"故以宜其兄弟美之,亦所以警戒之也"。清人方玉润《诗经原始》亦言"此盖天子燕诸侯而美之之词耳。然美中寓戒,而因以劝导之",显为衍朱说而为言。然则,观诗言"既见君子,我心写兮",郑笺"既见君子者,远国之君朝见天子也",又言"既见君子,为龙为光",毛传"龙,宠也",郑笺"为宠为光,言天子恩泽光耀被及己也",是以"君子"实指周天子。若以"君子"指诸侯,则天子见诸侯,岂宜作"为宠为光"之言?至若"宜兄宜弟",不过"四海之内皆兄弟"之谓也,岂必天子戒诸侯疑忌兄弟之言焉?且诗以"蓼萧"起兴,"零露"为喻,郑笺"露者,天所以润万物,喻王者恩泽",是以草木承雨露之泽,显为臣民对天子之颂,岂非序所言"泽及四海"之谓欤?故清人吴闿生《诗义会通》以为"据词当是诸侯颂美天子之作",颇为知言。盖王侯燕乐,雅言颂美,自有其情境,然揆诸史事,德寿无疆之预期一何暂促焉?四海兄弟之美愿可堪得遂焉?

湛 露

湛湛露斯①,匪阳不晞②。厌厌夜饮③,不醉无归。

湛湛露斯,在彼丰草。厌厌夜饮,在宗载考④。

湛湛露斯,在彼杞棘。显允君子⑤,莫不令德⑥。

其桐其椅⑦,其实离离⑧。岂弟君子,莫不令仪⑨。

①湛湛:露水浓重貌。斯:语气词。　②晞:干。　③厌厌:《说文》作"愿愿",《韩诗》作"恬恬",和悦安闲貌。　④宗:宗庙。载:同再。考:击,敲。姚际恒《诗经通论》:"载,再也。考,击也,击钟也。《唐风》:'子有钟鼓,弗鼓弗考。'再考钟,所谓金奏《肆夏》也。入门、客出及燕之时皆用之。"　⑤显:光明。允:诚信。显允,光明磊落而诚信忠厚貌。君子:此指宾客。　⑥令:善,美。令德,即美德。　⑦桐:桐有多种,古多指梧桐。椅:山桐子树,梓树中有美丽花纹者。⑧离离:果实多而下垂貌。犹累累。　⑨仪:仪容,风范。令仪,即美好之容止、威仪。

沉沉夜饮醉方休,恺悌君臣更献酬。

尝讶世风唯酒肉,岂知制礼启源头!

此诗以湛露起兴,以言夜饮之乐,语义甚明。然与宴者谁,却多异说。《毛诗序》曰:"《湛露》,天子燕诸侯也。"是以为天子燕诸侯之事。郑笺"燕,谓与之燕饮酒也。诸侯朝觐会同,天子与之宴,所以示慈惠",释序之所言燕诸侯之由,是以诸侯朝觐,天子设宴,诸侯与宴。按,《左传·文公四年》载:"卫宁武子来聘,公与之宴,为赋《湛露》及《彤弓》。不辞,又不答赋。使行人私焉。对曰:'臣以为肄业及之也。昔诸侯朝正于王,王宴乐之,于是乎赋《湛露》,则天子当阳,诸侯用命也。'"杜氏注:"《湛露》曰'湛湛露斯,匪阳不晞',晞,干也。言露见日而干,犹诸侯禀天子命而行。"据此可见,《湛露》本为天子宴诸侯之乐歌,序说本此,是为可信。观诗以湛露起兴,首章概言匪阳不晞,二章则在丰草,三章在杞棘,四章言桐椅,郑笺复以之分喻与宴之人。以为"丰草喻同姓诸侯也","杞也棘也,异类,喻庶姓诸侯也","桐也椅也,同类而异名,喻二王之后也",是以与宴者指实同姓诸侯、异姓诸侯及二王即夏商之后。孔疏"诸侯来朝天子,与之燕饮,美其事而歌之。经虽分别同姓、庶姓、二王之后,皆是天子燕诸侯之事也",即以笺说为诗之本义。然则,味诗辞之意,似仅述夜饮之事,至若湛露在丰草、在杞棘,实类上篇"零露",亦天子泽被之喻欤? 而桐椅之实,则兴君子令仪丰美。实皆与宴者之身份无与。若朱善《诗解颐》所言"前两章厌厌夜饮,道其情之相亲也。后两章令德令仪,德将无醉也。褒美之中有勉戒之意",故于郑说,后世颇多疑之者。胡承珙《毛诗后笺》曰:"文四年《左传》:'诸侯朝正于王,王宴乐之,于是乎赋《湛露》。'此亦统言诸侯,不分同姓异姓。《六月》序云:'《湛露》废,则万国离矣。'尤可见此兼同异姓言之。唯次章有'在宗载考'之文,或其中有同姓诸侯为之加厚而夜饮,亦事理之常。特郑笺分三章为庶姓,四章为二王之后,经文所无,无以见其必然耳。"可谓辨其说甚详切。故后世论者皆以之为泛言天子燕诸侯之诗。唯观诗辞云"在宗载考",又多"令德""令仪",是此宴饮必遵天子诸侯之礼。郑笺已言"载之言则也,考,成也。夜饮之礼,在宗室同姓诸侯则成之","饮酒至夜,犹云'不醉无归',此天子于诸侯之仪,燕饮之礼"。究诗之辞义言之,此礼之行,端在"厌厌夜饮,不醉无归"。清人方玉润《诗经原始》曰:"然夜饮至醉,易于失仪,故必不丧其威仪而后谓之礼成。其威仪之所以醉而不改乎其度者,则非有令德以将之也不可。故醉中可以观德,尤足以知蕴蓄之有素。"味此论之发,显系为尊者说。揣度常理,既已"不醉无归",又孰可不失其仪,不改其度? 翻思近世唯酒肉是从之风起,多遭智者讽诟,然读诗至此,岂其溯得其源乎?

彤弓之什

彤 弓

彤弓弨兮[1],受言藏之[2]。我有嘉宾[3],中心贶之[4]。钟鼓既设,一朝飨之。

彤弓弨兮,受言载之[5]。我有嘉宾,中心喜之。钟鼓既设,一朝右之[6]。

彤弓弨兮,受言櫜之[7]。我有嘉宾,中心好之。钟鼓既设,一朝醻之[8]。

[1]彤弓:漆成红色之弓,天子用以赏赐有功诸侯。弨(chāo):弓弦松弛貌。[2]言:句中助词。藏:珍藏。 [3]我:此天子自称。嘉宾:此指诸侯。 [4]中心:即心中,内心。贶(kuàng):《郑笺》:"贶者,欲加恩惠也。"马瑞辰《毛诗传笺通释》:"'中心贶之'正谓中心善之。" [5]载:装载。马瑞辰《毛诗传笺通释》:"载,亦藏也。"说亦可通。 [6]右:通侑,劝。朱熹《诗集传》:"右,劝也,尊也。" [7]櫜(gāo):弓袋。此用作动词,谓装入弓袋。 [8]醻(chóu):亦作酬,宾主互相敬酒。

敌王所忾献其功,钟鼓笙歌飨礼隆。

不意勋劳蒙九锡,彤弓几把换雕弓?

此诗所述者，天子宴诸侯，赏赐有功者。诗之义甚明，历代论家几无异辞。《毛诗序》曰："《彤弓》，天子锡有功诸侯也。"是概言天子赐有功诸侯。郑笺"诸侯敌王所忾而献其功，王飨礼之，于是赐彤弓一，彤矢百，旅弓矢千。凡诸侯，赐弓矢，然后专征伐"，释序之所言诸侯之有功，并列天子所赐之物甚详。按，《左传·文公四年》载宁武子之言曰"诸侯敌王所忾而献其功，王于是乎赐之，彤弓一，彤矢百，旅弓矢千，以觉报宴"，杜氏注"觉，明也。谓诸侯有四夷之功，王赐之弓矢，又为歌《彤弓》，以明报功宴乐"。又，《尚书·文侯之命》"用赉尔秬鬯一卣，彤弓一，彤矢百"，孔传曰"诸侯有大功，赐弓矢，然后专征伐，彤弓以讲德习射，藏示子孙"。据此，天子赐有功诸侯之事，史有明载，而《彤弓》本为天子赐有功诸侯之诗。毛序、郑笺本此，是为可信。盖天子赐有功诸侯彤弓以"专征伐"，吕祖谦《吕氏家塾读诗记》以为"所谓专征者，如四夷入边，臣子篡弑，不容待报者。其他则九伐之法，乃大司马所职，非诸侯所专也。与后世强臣拜表辄行者异矣"，方玉润《诗经原始》引范氏之言"先王知诸侯不可无长，故为方伯连帅以统之。有功则锡之弓矢以正诸夏，此王室所以尊也。不然，强凌弱，大并小，天子之令有所不行。故曰彤弓废则诸夏衰矣"，是以彤弓之赐，意在固邦国之基，正诸夏之法，其用不可谓不重。又，黄櫄《毛诗集解》以为"周平王东迁，晋文侯有功焉。王赐之以彤弓一，彤矢百。其后襄王以文公有献楚俘之功，而命之宥，亦赐彤弓一，彤矢百。夫以周室既衰，赏罚无章，而彤弓之赐必待有功，况盛时乎"，胡承珙《毛诗后笺》引《汉书》韦孟诗云"肃肃我祖，国自豕韦。彤弓斯征，抚宁遐荒。总齐群邦，以翼大商"，遂以为"是则三代皆以彤弓为诸侯之制"，是以彤弓之赐，自夏商及春秋，先王维系百世而不可废，亦不可轻以畀人者。然则，彤弓之赐，必遵礼法。《春秋公羊传·定公四年》何休注"天子雕弓，诸侯彤弓，大夫婴弓，士卢弓"，《经典释文》"婴弓见《司马法》"。《荀子·大略》亦有言"天子雕弓，诸侯彤弓，大夫黑弓，礼也"，是知彤弓乃诸侯之制。据铜器铭文及《左传》等文献，周天子多以"彤弓"赏赐有功诸侯，是为西周至春秋之礼仪制度。基于此，后世遂演为"九锡"。《汉书·武帝纪》颜师古注引应劭语及《后汉书·袁绍传》注引《礼纬·含文嘉》，皆以"九锡一曰车马，二曰衣服，三曰乐器，四曰朱户，五曰纳陛，六曰虎贲之士百人，七曰斧钺，八曰弓矢，九曰秬鬯"，汉以降颁赐勋臣者颇多。然因王莽、曹操、孙权、司马昭及宋、齐、梁、陈至隋、唐开国君王皆曾受九锡，于是九锡遂衍为篡逆之代名词矣。盖天子赐诸侯，意在敌王所忾、专征伐、定天下，岂料尔赐其彤弓，其却取尔雕弓，如之奈何？如之奈何？

菁菁者莪

菁菁者莪①，在彼中阿②。既见君子，乐且有仪③。

菁菁者莪，在彼中沚④。既见君子，我心则喜。

菁菁者莪，在彼中陵⑤。既见君子，锡我百朋⑥。

汎汎杨舟⑦，载沉载浮⑧。既见君子，我心则休⑨。

①菁菁：草木茂盛貌。莪：莪蒿，又名萝蒿，可食。　②阿：大丘陵。中阿，即阿中。　③仪：仪容，气度。有仪，谓有榜样。　④沚：水中小洲。　⑤陵：土山。　⑥锡：同赐。朋：上古以贝壳为货币，五贝或十贝一串，两串为朋。王国维《说珏朋》："古制贝玉皆五枚为一系，二系一朋。"　⑦杨舟：杨木所制之舟。⑧载：或，又。　⑨休：喜。

中陵莪草自菁菁，微雨春风润物轻。

百丈豫章缘细末，青苗一拔可心惊？

　　此诗以菁莪起兴，以言见君子而喜。然所系何事，诗旨何寄，颇多异说。《毛诗序》曰："《菁菁者莪》，乐育材也。君子长育人材，则天下喜乐之矣。"序以君子长育人材，诗人作诗以美之，以寄喜乐之情。郑笺"乐育材者，歌乐人君，教学国人，秀士、选士、俊士、造士、进士，养之以渐，至于官之"，释序之所言乐育材之事。孔疏"经四章，言长养成就赐之官爵，皆是育材之事也。《南有嘉鱼》言乐与贤，《南山有台》云乐得贤者，彼谓在位及人君于时乐求贤者，本在上之心，非下人所乐。此则下人所乐，乐君之能育材，与彼别。又经言喜乐者，谓被人君所育者，以被育有材得官爵而喜。又序言喜乐之者，他人见之如是而喜乐之，非独被育者也。作者述天下之情而作歌耳"，以诗之所述释序之义，比照《南有嘉鱼》《南山有台》二诗，以此篇为下之人美人君之辞。然于此说，朱子疑之，《诗序辨说》以为"此序全失诗意"，遂于《诗集传》称"此亦燕饮宾客之诗。言菁菁者莪，则在彼中阿矣。既见君子，则我心喜乐而有礼仪矣"。近人则又多以为诗述女子喜逢爱人，乃男女相悦之情诗。统观诸说，若为男女相悦，则所谓"有仪"之语及"百朋""沉浮"之喻颇觉不伦。于"有仪"，郑笺"见则心既喜乐，又以礼仪见接"，于"百朋"郑笺"古者货贝，五贝为朋。赐我百朋，得禄多，言得意也"，于"沉浮"，郑笺"舟者，沉物亦载，浮物亦载。喻人君用士，文亦用，武亦用，于人之材无所废"，实皆与男女相悦无与。若为燕饮宾客，则全篇略无燕饮之语。且朱子既訾序说全失诗意，却又于《白鹿洞赋》中著"广'青衿'之疑问，乐《菁莪》之长育"之句，实亦采乐育材之义。是以朱子驳序说，岂亦初无定见乎？味诗之辞，"菁菁者莪，在彼中阿"，毛传"兴也。菁菁，盛貌。莪，萝蒿也。中阿，阿中也，大陵曰阿。君子能长育人材，如阿之长莪菁菁然"。盖诗用喻象，莪草微物，生于美地则可润泽以成其盛，犹人之在学，有教化培育之，质虽鲁而亦可成其才德。故诗辞虽不露育材字，却深涵比兴之义在。清人吴闿生《诗义会通》引韩退之之言曰"言君子长育人材，若大陵之长育微草，能使之菁菁然盛也。百朋，多之之词也，言君子既长育人材，又当爵命之，赐之厚禄以宠贵之云尔。载者载也，沉浮者物也，言君子之于人材，无所不取，若舟之于物，沉浮皆载之云尔"，申释诗旨甚明。唯育材得贤，向为国之大计，而人材之育，端的在乎积渐而成。然则，今观庠序童子，负重笈，佩深圈，幼习长业，豫章之材是可一拔而就焉？

六 月

六月栖栖①，戎车既饬②。四牡骙骙③，载是常服④。猃狁孔炽⑤，我是用急⑥。王于出征，以匡王国⑦。

比物四骊⑧，闲之维则⑨。维此六月，既成我服⑩。我服既成，于三十里⑪。王于出征，以佐天子。

四牡修广⑫，其大有颙⑬。薄伐猃狁，以奏肤公⑭。有严有翼⑮，共武之服⑯。共武之服，以定王国。

獫狁匪茹⑰，整居焦获⑱。侵镐及方⑲，至于泾阳⑳。织文鸟章㉑，白旆央央㉒。元戎十乘㉓，以先启行。

戎车既安，如轾如轩㉔。四牡既佶㉕，既佶且闲㉖。薄伐獫狁，至于大原㉗。文武吉甫㉘，万邦为宪㉙。

吉甫燕喜，既多受祉㉚。来归自镐，我行永久。饮御诸友㉛，炰鳖脍鲤㉜。侯谁在矣㉝？张仲孝友㉞。

①棲棲：忙碌紧张貌。　②戎车：兵车。饬：整治。　③骙（kuí）骙：马强壮貌。　④常服：兵士作战时所穿军服。　⑤獫狁：西北少数族名。孔：很。炽：势盛。　⑥是用：是以，因此。急：紧急。　⑦匡：救助。　⑧比物：指力气均齐。　⑨闲：训练。则：法则。　⑩服：指出征装备，戎服，军衣。　⑪于：往。三十里：古时军行三十里为一舍。朱熹《诗集传》："古者吉行日五十里，师行日三十里。"　⑫修广：指战马体态高大。　⑬颙（yóng）：《说文》："颙，大头也。"　⑭奏：成，建立。肤：大。公：通功。肤公，即大功。　⑮严：威严。翼：整齐。　⑯共：通恭，严肃地对待。武：战争。服：事。　⑰匪：同非。茹：柔弱。　⑱整居：占据。焦、获：皆地名，在今陕西泾阳西北。　⑲镐：通鄗，地名，在今宁夏灵武附近。非周都镐京。方：地名。一说朔方。　⑳泾阳：地名。　㉑织：通帜，指旗。鸟章：绘有鸟隼图案。　㉒旆：旗端燕尾形垂旒飘带。央央：鲜明貌。　㉓元戎：大战车。　㉔轾：车前低后高。轩：车前高后低。如轾如轩，谓兵车前行高低俯仰自如。　㉕佶：健壮貌。　㉖闲：驯服貌。　㉗大原：即太原，地名，在今甘肃固原，非今山西太原。　㉘文武：能文能武。吉甫：即尹吉甫，此次出征主帅。王先谦《三家诗义集疏》："《汉书·人表》，尹吉甫列上下第三等，次周宣王世。"　㉙万邦：众多诸侯国。宪：法则，榜样。　㉚祉：福。此指受周王赏赐之福。　㉛御（yà）：《郑笺》："御，侍也。"　㉜炰（páo）：蒸煮。脍（kuài）：切成细丝。　㉝侯：同维，语助词。　㉞张仲：周宣王卿士，尹吉甫朋友。《汉书·古今人表》有张中，疑即此人。孝友：朱熹《诗集传》："善父母曰孝，善兄弟曰友。"

六月戎车征朔方，匪茹玁狁及泾阳。

胡为姬静中兴事，混入幽王变雅章？

　　此诗述主帅吉甫率师北伐玁狁之事，前四章叙此次战争起因、时间，周军在主帅指挥下之迅疾反应，五章言己方军队以无坚不克之凛然气势将来犯之敌击退至靠近边界之太原，末章则记共庆凯还之欢宴，辞义甚明，可谓一场大战全程之纪实。按《汉书·匈奴传》载："至穆王之孙懿王时，王室遂衰，戎狄交侵，暴虐中国……至懿王曾孙宣王，兴师命将以征伐之，诗人美大其功，曰'薄伐玁狁，至于太原'，'出车彭彭'，'城彼朔方'。是时四夷宾服，称为中兴。"《韦玄成传》亦载："周室既衰，四夷并侵，玁狁最强。于今匈奴是也。至宣王而伐之。诗人美而颂之曰：'薄伐玁狁，至于太原。'"皆引《六月》之句以证，亦可见此诗之本事。且此诗明著"文武吉甫""吉甫燕喜"，是此北伐主帅为尹吉甫。据《汉书·人表》，尹吉甫列上下第三等，次周宣王世，与《汉书》所记宣王伐玁狁事合，故此当为宣王时事无疑。然于诗美者何，论者所说不一。《毛诗序》曰："《六月》，宣王北伐也。"于此篇语甚简，仅以为宣王北伐事。郑笺"《六月》，言周室微而复兴，美宣王之北伐也"，则以宣王北伐而周室微而复兴，故诗以美之。朱子承其说，《诗序辨说》以为序之言宣王北伐"此句得之"，《诗集传》释之为"成康既没，周室寖衰。八世而厉王胡暴虐，周人逐之，出居于彘。玁狁内侵，逼近京邑。王崩，子宣王靖即位，命尹吉甫帅师伐之，有功而归。诗人作歌以叙其事如此"，显为以史载之事而衍序说之义，亦以所美者宣王征伐之功。然清人姚际恒《诗经通论》以为"此篇则系吉甫有功而归，燕饮诸友，诗人美之而作也"，方玉润《诗经原始》亦以之"美吉甫佐命北伐有功，归宴私第也"，故"此诗乃幕宾之颂主将，自当以吉甫作主，宣王则不过追述之而已"，皆以诗人所美者乃主帅尹吉甫。按孔疏有言"此经六章皆是北伐之事"，又述毛、郑之言曰"毛意上四章说王自亲行，下二章说王还之后遣吉甫行也，故三章再言薄伐。上谓王伐之，下谓吉甫伐之也。郑以为独遣吉甫，王不自行"，是此伐王自亲行抑或独遣吉甫，本有二说。是以从毛者或以美宣王，从郑者则或以美吉甫。然则，即使独遣吉甫，实亦衔王之命。孔疏复引王基之言曰"《六月》使吉甫，《采芑》命方叔，《江汉》命召公。唯《常武》宣王亲自征耳"，正以宣王之命乃至亲征，方得平定南北，遂成中兴之业。故此诗美吉甫建功,实亦颂宣王大业,二说本可相通。而究此诗征伐之时,则尤有所蕴之意。盖六月农忙时节,兴师本非常态,《司马法·仁本》有云"冬夏不兴师,所以兼爱其民也"。故此兴师,实因戎狄交侵,暴虐中国,若郑笺所言"记六月者,盛夏出兵,明其急也"。正因非常兴师,尤见吉甫文武之韬略及宣王中兴之气象。唯于雅诗,向者又有正变之辨。郑氏《小大雅谱》"大雅《民劳》、小雅《六月》之后,皆谓之变雅",孔疏"《民劳》《六月》之后,其诗皆王道衰乃作,非制礼所用,故谓之变雅也",陆德明《经典释文》亦云"从《六月》至《无羊》十四篇,是宣王之变小雅,从《节南山》至《何草不黄》四十四篇,前儒申公、毛公皆以为幽王之变小雅",是以此《六月》之篇为变小雅之始。复观《诗大序》之言"至于王道衰,礼义废,政教失,国异政,家殊俗,而变风、变雅作",是变雅当出政衰国乱之时。而堪比成康之治之宣王中兴,何以与暴虐灭国之幽王同归"变雅"? 郑氏《诗谱序》又言"孔子录懿王、夷王时诗,讫于陈灵公淫乱之事,谓之变风、变雅",以此衡之,何所界焉?

采 芑

薄言采芑①,于彼新田,于此菑亩②。方叔涖止③,其车三千,师干之试④。方叔率止,乘其四骐,四骐翼翼⑤。路车有奭⑥,簟茀鱼服⑦,钩膺鞗革⑧。

薄言采芑,于彼新田,于此中乡⑨。方叔涖止,其车三千,旂旐央央⑩。方叔率止,约軧错衡⑪,八鸾玱玱⑫。服其命服⑬,朱芾斯皇⑭,有玱葱珩⑮。

鴥彼飞隼⑯,其飞戾天⑰,亦集爰止⑱。方叔涖止,其车三千,师干之试。方叔率止,钲人伐鼓⑲,陈师鞠旅⑳。显允方叔㉑,伐鼓渊渊㉒,振旅阗阗㉓。

蠢尔蛮荆㉔,大邦为雠㉕。方叔元老,克壮其犹㉖。方叔率止,执讯获丑㉗。戎车啴啴㉘,啴啴焞焞㉙,如霆如雷。显允方叔,征伐猃狁,蛮荆来威㉚。

①芑(qǐ):一种野菜,似苦菜。　②菑(zī):《尔雅·释地》:"田一岁曰菑,二岁曰新田,三岁曰畬。"　③方叔:周宣王时大臣。《毛传》:"方叔,卿士也。"涖:同莅,莅临。《毛传》:"涖,临。"　④师:众,指兵士。干:盾,指武器。试:用,练习。　⑤翼翼:整齐貌。　⑥路车:大车。奭(shì):红色涂饰。　⑦簟茀:竹席制车帘。鱼服:鱼皮制箭袋。　⑧钩膺:铜钩饰马鞅。鞗(tiáo)革:皮革制马勒。　⑨中乡:即中田,田中。　⑩旐:绘有蛟龙图案之旗。旟:绘有龟蛇图案之旗。央央:鲜明貌。　⑪约:束,缠。軧(qí):车毂。错:纹饰。衡:车辕前端横木。　⑫鸾:车铃。玱(qiāng)玱:金玉撞击声。　⑬服:穿。命服:天子所赐礼服。　⑭芾(fú):通韍,皮制蔽膝。皇:通煌,鲜亮。　⑮有玱:即玱玱。葱珩(héng):翠绿色佩玉。　⑯鴥(yù):鸟飞迅疾貌。隼(sǔn):鹞鹰一类猛禽。　⑰戾:至。　⑱爰:于。止:止息。　⑲钲:古乐器,形似钟,有柄,行军时用。《毛传》:"钲以静之,鼓以动之。"钲人,即掌管击钲击鼓之兵士。伐:击,敲。　⑳陈:陈列。师:古以二千五百人为一师。鞠:训告。旅:古以五百人为一旅。此师、旅皆指军队。　㉑显:明。允:信。此指号令明而赏罚信。　㉒渊渊:鼓声。　㉓振旅:整顿训练士兵。阗(tián)阗:击鼓声。　㉔蛮荆:即荆蛮。周成王时,封熊绎于荆蛮为楚子,其地在今湖北宜昌一带。　㉕大邦:指周王朝。　㉖克:能。壮:光大。犹:通猷,谋略。　㉗执讯获丑:捕获俘虏。　㉘嘽(tān)嘽:车行声。　㉙焞(tūn)焞:车马众多貌。　㉚来:语助词。威:威服。蛮荆来威,即来威蛮荆。

344

蛮荆蒙化却为雠,方叔陈师克壮猷。
莫道上兵唯不战,养痈贻患写春秋!

　　此诗之所述,当为周师出征之情景,全诗四章,十言"方叔",是方叔率师无疑。《六月》孔疏引王基之言"《六月》使吉甫,《采芑》命方叔,《江汉》命召公。唯《常武》宣王亲自征耳",以小雅《六月》《采芑》,大雅《江汉》《常武》皆宣王征伐事,故此篇当为宣王时事。《毛诗序》曰:"《采芑》,宣王南征也。"按王基之言"《采芑》命方叔",是方叔率师乃衔王之命,故序径言宣王南征。按诗有"蠢尔蛮荆""蛮荆来威"之语,故论家多之以为征蛮荆事,孔疏即释之为"谓宣王命方叔南征蛮荆之国"。按王国维《今本竹书纪年疏证》卷下载"秋八月,方叔帅师伐荆蛮",是方叔率师伐荆蛮,史有可稽,故后世多从其说。朱熹《诗集传》以为"宣王之时,蛮荆背叛,王命方叔南征,军行采芑而食,故赋其事以起兴,曰:薄言采芑,则于彼新田,于此菑亩矣。方叔涖止,则其车三千,师干之试矣。又遂言其车马之美,以见军容之盛也",大旨固承序说之义,然复言"军行采芑而食",以采芑为实事,则颇为人所诟病。清人方玉润《诗经原始》即言:"夫以赫赫王师,何至采芑而食,有如饥军困卒之所为,而乃以此起兴乎?"诘问颇切其弊。陈奂《诗毛氏传疏》则言"芑菜之可采,比喻国家人材养蓄之以待足用。凡军士起于田亩,故诗人假以为兴",是以采芑乃起兴之言。实则,毛传已言"田一岁曰菑,二岁曰新,三岁曰畬。宣王能新美天下之士,然后用之",郑笺"兴者,新美之喻,和治其家,养育其身也",胡承珙《毛诗后笺》衍之曰"经文两言新田,自是专以新田为中兴之喻,故传云'宣王能新美天下之士'。菑亩、中乡皆对新田而言。中乡,传云'乡,所也',不过泛言处所,并不以为六乡之乡。笺云'美地名',恐未必然。当从黄实夫谓中乡至狭之地。盖谓采芑者既于彼新田矣,亦于此始菑之亩、中处之乡而皆有可采,所以起下文'其车三千'之众也",释其兴喻之义甚详切,不然,既采芑而复言其车三千则何谓欤?然则,观诗辞所述,皆车马、旂帜、佩服之盛,极见王师气象,而并无实战之语,故于所谓宣王命方叔南征蛮荆之役,亦多有疑之者。王安石《诗经新义》尝言"前三章详序其治兵,末章美其成功,出战之事略而不言。盖以宿将董大众,荆人自服也",苏辙《诗集传》亦言"方叔南征,先治其兵,既众且治而蛮荆遂服",皆已疑其未有实战之事。清人吴闿生《诗义会通》引刘向之言曰"方叔、吉甫为宣王诛玁狁,而百蛮从",以为"最得其实",并以历代诸家多"误以荆蛮之服为实有其事,不知乃作者虚拟颂祷之词"。以此,今人甚或以为此诗并非实写战争,而是写一次军事演习,由诗中"师干之试"等语似可证之。由是观之,非述实战,而重威服,乃诗之本旨,亦或犹言"上兵不战而屈人之兵",乃兵家崇仰之极境。然则,揆诸史实,若项羽之于刘邦,曹魏之于司马氏,苻坚之于慕容垂、姚苌,自以威服而善待之者,却反令国覆身灭,其例何可胜数?果上兵耶?善谋耶?

车 攻

我车既攻①,我马既同②。四牡庞庞③,驾言徂东④。

田车既好⑤,四牡孔阜。东有甫草⑥,驾言行狩。

之子于苗⑦,选徒嚣嚣⑧。建旐设旄⑨,搏兽于敖⑩。

驾彼四牡,四牡奕奕。赤芾金舄⑪,会同有绎⑫。

决拾既佽⑬,弓矢既调⑭。射夫既同⑮,助我举柴⑯。

四黄既驾,两骖不猗⑰。不失其驰⑱,舍矢如破⑲。

萧萧马鸣,悠悠旆旌。徒御不惊⑳,大庖不盈㉑。

之子于征㉒,有闻无声㉓。允矣君子㉔,展也大成㉕。

①攻:通工,石鼓文此句作"我车既工",整治、修缮之意。　②同:齐,齐整。
③庞(lóng)庞:高大强壮貌。　④言:句中语气词。徂:往。东:东都,亦称王城。
在今河南洛阳。　⑤田:通畋,打猎。田车,即猎车。　⑥甫:通圃,《韩诗》作
"东有圃草",《薛君章句》:"圃,博也,有博大之茂草也。"一说甫为甫田,地名,在今
河南中牟西。甫草,《郑笺》即释为"甫田之草"。　⑦之子:此指周天子。苗:
《毛传》:"夏猎曰苗。"　⑧选:通算,清点。嚣(xiao)嚣:声音嘈杂。
⑨旐:绘有龟蛇图案之旗。旄:以牦牛尾为饰之旗。　⑩搏兽:一作薄狩。敖:山
名,在今河南荥阳东北。　⑪赤芾(fú):红色蔽膝。金舄(xì):即赤舄,红色且以
金为饰之鞋。此皆指诸侯服饰。　⑫会同:诸侯朝见天子之专称,此指诸侯会合
于天子狩猎之所。有绎:绎绎,连续不断而有次序貌。　⑬决:用象牙或兽骨所
制扳指,射箭拉弦时用。拾:又名臂韝,皮制护臂,射箭时缚于左臂。佽(cì):齐之
假借字,齐备。　⑭调:指弓矢相配合适。　⑮射夫:弓箭手。同:聚齐。
⑯举:取。柴(zī):骴之假借字,亦作胔,指兽之积尸。　⑰猗:通倚,偏差。
⑱驰:驰驱之法。　⑲舍矢:放箭。如:而。破:射中。　⑳徒御:驭手。不:岂
不。惊:警之假借字,机警。《毛传》:"不警,警也。"《孔疏》:"岂不警戒乎? 言以
相警戒也。"　㉑大庖:天子厨房。盈:充满。《郑笺》:"不警,警也。不盈,盈也。

反其言,美之也。" ㉒征:行,此指狩猎归来。 ㉓有闻:指听闻狩猎队伍归来之事。无声:指人马整肃寂静。 ㉔允:诚,确实。 ㉕展:诚,与允同义。大成:成大功。

车攻牡壮众喧阗,行狩于苗骋甫田。
岂有卅年修攘业,只消一炬作飞烟?

此诗首言车马盛备,徂东行狩,次指圃田敖山,旌旗蔽日,复述诸侯来会,射御并集,末以丰盈之获,显其大功。场面浩大,过程完整,论者皆以之为周宣王于东都会诸侯行田猎事,旧说《墨子·明鬼》所言"周宣王会诸侯而田于圃,车数万乘",即就此篇而言。故于此篇本事,历代几无异说。《毛诗序》曰:"《车攻》,宣王复古也。宣王能内修政事,外攘夷狄,复文、武之境土,修车马,备器械,复会诸侯于东都,因田猎而选车徒焉。"即点明宣王之事。然就此篇所述者言之,皆会诸侯田猎事,序何以言内修外攘,又以诗旨美宣王复古? 孔疏释之曰"以诗次有义,故序者每乘上篇而详之言。内修政事,外攘夷狄者,由内事修治,故能外平强寇,即上二篇南征北伐是也。不言蛮,言夷者,总名也。既攘去夷狄,即是复境土,是为复古也",是以连上二篇《六月》北伐、《采芑》南征而言,皆内修外攘之事,而夷狄既平,则复文、武之境土,故以之为复古。后之论家多从其说。朱熹《诗集传》"周公相成王,营洛邑为东都,以朝诸侯。周室既衰,久废其礼。至于宣王,内修政事,外攘夷狄,复文、武之境土,修车马,备器械,复会诸侯于东都,因田猎而选车徒焉。故诗人作此以美之",几乎全袭序说之言。清人胡承珙《毛诗后笺》"成康之时,本有会诸侯于东都之事。《逸周书·王会解》首言成周之会。孔晁注云:王城既成,大会诸侯及四夷也。《竹书》成王二十五年大会诸侯于东都,四夷来宾,皆其明证。宣王中兴,重举是礼,故曰复会",进而援引史实,以证序说,是为可信。观诗辞所述,多车马盛备之景况,且点明狩猎之地乃圃田及敖山,其间尤多徒御逞强献艺,极见田猎之声威。故此,论者多以为"因田猎而选车徒"。然于其说,或有疑者。方玉润《诗经原始》即以为"盖此举重在会诸侯,而不重在事田猎。不过藉田猎以会诸侯,修复先王旧典耳。昔周公相成王,营洛邑为东都以朝诸侯。周室既衰,久废其礼。迨宣王始举行古制，非假狩猎不足以慑服列邦。故诗前后虽言猎事，其实归重'会同有绎'及'展也大成'二句"，辨析诗旨，颇得会心。是以诗述田猎乃事之表，而藉田猎以威服诸侯乃情之实，故若重言因田猎而选车徒，岂非舍本而逐末耶？而宣王之所以称为中兴，其修治之本仅在于田猎而选徒耶？是以宣王复会诸侯，正显其中兴气象之举。然若究宣世之史，则其中兴之功犹有感者。宣王在位四十余年，所谓"内修政事，外攘夷狄"，其中兴之业，人称可媲成康，何以身后十年之间，幽王一炬，即令煌煌天国灰飞烟灭？《明世宗实录》云："虽然周宣王云汉之侧身，常武之平淮，内有山甫，外有申伯，非不赫然称盛，然乐色而忘德，失礼而晏起，不籍千亩，南国丧师，料太原，杀杜伯，以致虢公谏不听，山甫谏又不听，所以中兴之美未尽焉。"岂其赫然称盛之中，已自肇败灭之因焉？

吉 日

吉日维戊[①]，既伯既祷[②]。田车既好，四牡孔阜。升彼大阜，从其群丑[③]。

吉日庚午，既差我马[④]。兽之所同[⑤]，麀鹿麌麌[⑥]。漆沮之从[⑦]，天子之所[⑧]。

瞻彼中原[⑨]，其祁孔有[⑩]。儦儦俟俟[⑪]，或群或友[⑫]。悉率左右[⑬]，以燕天子[⑭]。

既张我弓，既挟我矢。发彼小豝[⑮]，殪此大兕[⑯]。以御宾客[⑰]，且以酌醴[⑱]。

①戊：戊日。朱熹《诗集传》："以下章推之，是日也，其戊辰与？"下章庚午，倒推二日，为戊辰。古以戊日为刚日，宜巡狩、盟会、出兵等。 ②伯：此指马祖天驷，房星之神。《尔雅·释天》："既伯既祷，马祭也。"郭注："伯，祭马祖也。"因田猎用马，故祭马祖。祷：告祭求福。 ③从：追逐。群丑：此指兽群。 ④差：选择。 ⑤同：聚集。 ⑥麀（yōu）：牝鹿。麌（yǔ）麌：众兽群聚貌。 ⑦漆

沮：二水名，在今陕西境。　　⑧所：处所，此指会猎之处。　　⑨中原：即原中，原野之中。　　⑩祁：大，此指原野广阔。孔：很。有：多。孔有，指物产丰富。⑪儦(biāo)儦：疾走貌。俟(sì)俟：缓行等待貌。　　⑫或群或友：指三两成群。《毛传》："兽三曰群，二曰友。"　　⑬悉：尽，全。率：驱逐。胡承珙《毛诗后笺》："率有驱义。"　　⑭燕：乐，此谓使之快乐。　　⑮发：射箭。豝：野猪。　　⑯殪(yì)：死，此指射死。兕(sì)：野牛。　　⑰御：进，此指进献，招待。　　⑱酌：饮酒。醴：甜酒。

吉日田车升阜原，友群悉率待君轩。

兕豝一发神威显，狩礼宏开谀媚源！

　　此诗所述与上篇《车攻》似，当皆为宣王田猎事。稍异者，《车攻》重在会诸侯，此则专述田猎。清人陈奂《诗毛氏传疏》以为"《车攻》会诸侯而田猎，《吉日》则专美宣王田也。一在东都，一在西都"，是《车攻》会诸侯于东都，乃复先王之大典，《吉日》则猎于西周畿内，乃周王岁时之常典。观《毛诗序》曰："《吉日》，美宣王田也。能慎微接下，无不自尽以奉其上焉。"以诗述宣王田猎，且复慎微接下，故诗人美之。然则，观诗之辞，专述田猎，何以见"慎微接下"？孔疏"以宣王能慎于微事，又以恩意接及群下，王之田猎能如是，则群下无不自尽诚心以奉事其君上焉。由王如此，故美之也。慎微，即首章上二句是也。接下，卒章下二句是也。四章皆论田猎，言田足以总之。时述此慎微接下二事者，以天子之务，一日万几，尚留意于马祖之神，为之祈祷，能谨慎于微细也。人君游田，或意在适乐，今王求禽兽，唯以给宾，是恩隆于群下也。二者人君之美事，故时言之也，下无不自尽以奉其上，述宣王接下之义，于经无所当也"，说慎微接下，释序之义甚详，然亦明言皆诗之言外意。况果若诗美宣王，乃下颂上，而所谓"慎微接下"，则似上待下，故其说后人颇多疑之。吴闿生《诗义会通》即以为"'慎微接下'云云，似经师迂曲之说，诗中本无此意"，颇切序说之弊。故朱子说此诗，仅以田猎事而为言，《诗集传》以为"此亦宣王之诗。言田猎将用马力，故以吉日祭马祖而祷之。既祭而车牢马健，于是可以历险而从禽也。以下章推之，是日也，其戊辰与"，又曰"戊辰之日既祷矣，越二日庚午，遂择其

349

马而乘之,视兽之所聚,麕鹿最多之处而从之,于漆沮之旁为盛,宜为天子田猎之所也",以诗首章"吉日维戊",次章"吉日庚午",由戊辰而庚午已越二日,是以戊辰先祭而祷之,越二日则择马聚兽而猎之,足见其为周王岁时之常典。盖诗既专述田猎,且复为周王常典,则何以说为"美宣王"?吕祖谦《吕氏家塾读诗记》以为"《车攻》《吉日》所以为复古者,何也?盖蒐狩之礼,可以见王赋之复焉,可以见军实之盛焉,可以见师律之严焉,可以见上下之情焉,可以见综理之周焉。欲明文、武之功业者,此亦足以观矣",是蒐狩之礼,蕴义本大,关乎王赋军实之治,故君王无不重其事。由是观之,此诗虽专述宣王田猎,然其事之盛大而周密,似亦可观中兴之气象,故以之为"美宣王",自无不可。唯狩礼之本,端在显天子威服,然天子张弓之先,兕豝已"悉率左右",只待矢发,何由不中?果天子神威之大显,抑天下谀媚之肇源?

鸿 雁

鸿雁于飞,肃肃其羽①。之子于征②,劬劳于野③。爰及矜人④,哀此鳏寡⑤。

鸿雁于飞,集于中泽⑥。之子于垣⑦,百堵皆作⑧。虽则劬劳,其究安宅⑨。

鸿雁于飞,哀鸣嗷嗷⑩。维此哲人,谓我劬劳。维彼愚人,谓我宣骄⑪。

①肃肃:鸟飞振翅之声。　②之子:此指周王使臣。于:往。征:远行。③劬劳:辛苦劳累。　④爰:乃。矜人:穷苦之人。　⑤哀:怜悯。鳏(guān):老而无妻者。寡:老而无夫者。　⑥集:停。中泽:即泽中。　⑦于垣:筑墙。⑧堵:墙,一丈为板,五板为堵。作:筑起。　⑨究:终。宅:居。　⑩嗷:即嗷。《经典释文》:"嗷,本又作嗸。"　⑪宣骄:逞强。

哀鸣鸿雁羽摩挲,鳏寡矜人遍野多。
倘令使臣轻圣听,劬劳何若一闲歌?

此诗似以鸿雁于飞哀鸣作兴比,以述流民失所而遣使臣安集之事。时当西周晚期,内有厉王之乱,外有玁狁入侵,加之持续天旱,导致流民失所,王朝加以安顿,或是此诗背景。然于诗旨及作者,论者所说不一。《毛诗序》曰:"《鸿雁》,美宣王也。万民离散,不安其居,而能劳来还定安集之。至于矜寡,无不得其所焉。"序以为诗美周宣王。郑笺释之曰:"宣王承厉王衰乱之敝,而起兴复先王之道,以安集众民为始也。《书》曰:'天将有立父母,民之有政有居。'宣王之为是务。"序、笺皆以宣王当厉王乱后,能遣使臣安集流民,故诗人见其事而美之。据此,则诗中"鸿雁"喻流民,郑笺"鸿雁知避阴阳寒暑,兴者喻民知去无道就有道""今飞又集于泽中,犹民去其居而离散,今见还定安集""未得所安集,则嗸嗸然"。"之子"指使臣,毛传"之子,侯伯卿士也",郑笺"侯伯卿士,谓诸侯之伯与天子卿士也。是时民既离散,邦国有坏灭者,侯伯久不述职,王使废于存省,诸侯于是始复之"。至朱子而不从序之说,《诗集传》以为"今亦未有以见其为宣王之诗",又言"流民自言鸿雁集于中泽,以兴己之得其所止而筑室以居","流民以鸿雁哀鸣自比,而作此歌也",既疑序之所言宣王之世,复以诗之所述,乃流民自叙悲苦之辞。今人或有从其说者。余冠英《诗经选》以为"这是诅咒徭役的诗。为了统治阶级的需要,这些矜人,甚至包括鳏寡,都不得不'劬劳于野'",解析诗义固极见现代阶级意识,然所谓诅咒徭役云云,显亦以之为流民所自言。然则,朱子之说,已为后人所诟病,姚际恒《诗经通论》以为"'哀此鳏寡',此者,上之人指民而言,未有自以为此者也",揆诸诗辞,是以流民自言之说实于义未安。实则,孔疏尝言"万民离散,不安其居,卒章上二句是也。而能劳来,首章次二句是也。至于矜寡,无不得其所者,首章下二句是也。其余皆说安集之事。序总言焉,经、序参差者,叙述其次第当然。经主说安集为始,先陈王殷勤于民,然后本其未集各为节,文之势故不同也",是以序之言比照诗之辞章,义本贯然。方玉润《诗经原始》亦言"大抵使者承命安民,费尽辛苦,民不能知,颇有烦言,感而作此。盖小民虽遭散离,而可与图终,难与虑始之见,则千古一辙,牢不可破。非亲历人不能道其甘苦也。诗首章乃承命四出,未必仅止一人,故曰'之子于征'者,使臣自相谓也。'劬劳于野',则尚无定所。但觉满目疮痍,莫非可矜之人,而就中鳏寡尤为可哀,则不能不急为安抚,或施饘粥,暂图生存。故以鸿雁肃肃无依为比。继乃择地安置,代为兴筑,不日而百堵皆兴,有所庇矣。此时民渐来归,不啻如鸿之集在彼中泽也,虽曰劬劳,究属安宅。盖民之安,即使臣之安也,敢辞劳哉? 乃众口嗸嗸,哀鸣不已。故又稍为整顿而编联之,为长久计,则议论纷起,毁誉交集。其间愚智固自不等,有能见理明而相谅者,则以为我之为民,诚劬劳矣。其或愚而无知,则且谓我多事,徒逞能也。我其奈之何哉? 此诗意也",按乱世安民,本非易事,方氏所析,揣情入理,细致入微,似非曾历其事而不能言者。是以"谓我劬劳""谓我宣骄",显为使臣自言,是以此诗为使臣之作为宜。而哲人知我,愚人不知者,亦显与王风《黍离》"知我者,谓我心忧,不知我者,谓我何求"、魏风《园有桃》"心之忧矣,我歌且谣,不知我者,谓我士也骄"相类,实则抒发人不我知之烦言。故《诗集传》又言"知者闻我歌,知其出于劬劳,不知者谓我闲暇而宣骄也",《诗经原始》则言"诗言'哀鸣',而释者乃云'闲歌'",可谓揭千古尽责忠臣之烦忧而无遗。盖使臣衔命"于征",或一力劬劳安民,非徒虚邀圣听,则岂能达致宣美君王之效乎? 而若意重"闲歌",实本于事无益,然非此又何以得王恩之赐且名垂青史哉?

庭 燎

夜如何其? 夜未央[1]。庭燎之光[2]。君子至止[3],鸾声将将[4]。
夜如何其? 夜未艾[5]。庭燎晣晣[6]。君子至止,鸾声哕哕[7]。
夜如何其? 夜乡晨[8]。庭燎有辉[9]。君子至止,言观其旂[10]。

①央:尽。　②庭燎:宫廷中火炬。　③君子:指来朝诸侯。止:语气词。
④鸾:亦作銮,车马所佩之铃。将(qiāng)将:即锵锵,铃声。　⑤艾:止,尽。与央同义。
⑥晣(zhé)晣:亦作晢晢,明亮貌。　⑦哕(huì)哕:有节奏之铃声。　⑧乡:同向。向
晨,近晨,天将亮。　⑨辉(xūn):同熏,烟火缭绕貌。朱熹《诗集传》:"火气也。天欲
明而见其烟光相杂也。"　⑩旂:绘有蛟龙图案之旗,为诸侯仪仗。

夙兴勤政夜无眠，庭燎如辉未曙天。
莫问鸡人何所事，宫渥嗣位稷功迁！

　　此诗所述者，周王早朝前与报时官之对话，以问句领起，起势超妙，极见其不安于寝，系心朝政，且宫廷早朝之景，由庭燎大明到与晨光相杂，由来朝者之鸾声到可观其旂，由暗而明，由远及近，层次清晰，如临其境。其所描写宫廷早朝景象，表现君王勤于政事，为唐代贾至《早朝大明宫呈两省僚友》及杜甫、王维、岑参之和作所效法。然唐人之作重在渲染宫廷庄严华丽，朝仪肃穆壮观，君王尊严神圣及大臣雍容闲雅，稍嫌铺张堆砌，此诗则重在表现君王急于早朝之心情及对朝仪、诸侯之关切。"君子至止，言观其旂"，写人绘景相结合，颇能传神。就表现言，此篇较之唐诗，情尤真而语尤简，因于诗旨所蕴，其说不一。《毛诗序》曰"《庭燎》，美宣王也。因以箴之"，以为诗之所美者乃周宣王。然则，何以既言美之，又言因以箴之？郑笺"诸侯将朝，宣王以夜未央之时问夜早晚。美者，美其能自勤以政事。因以箴者，王有鸡人之官，凡国事为期，则告之以时。王不正其官，而问夜早晚"，孔疏"因以箴之者，言王虽可美，犹有所失，此失须治，若病之须箴。三章皆美其勤于政事，讥其不正其官，是美而因箴之事也"，是以美其能勤于政事，而箴则因其不能正其官。后世论家多从其说。至朱子而疑之，疑其"未有以见其为宣王之诗"，《诗集传》释之曰"王将起视朝，不安于寝，而问夜之早晚曰：夜如何哉？夜虽未央，而庭燎光矣。朝至者，而闻其鸾声矣"，仅泛言君王将视朝而问夜之事，既不言美，亦不言箴。清人方玉润《诗经原始》则言"此与齐风《鸡鸣》篇同一勤于早朝之诗。然彼是士大夫妻警其夫以趋朝，此乃王者自警急于视朝。故词气雍容和缓，大相径庭也。但不知其为何王所作耳"，又言"序既以为'美宣王'也，又以为'箴之'。诗无箴意，胡云箴耶"，既不言宣王诗，亦以诗无箴意。然考《列女传·贤明》载："宣王尝早卧晏起，后夫人不出房。姜后脱簪珥，待罪于永巷，使其傅母通言于王，曰：'妾不才，妾之淫心见矣，至使君王失礼而晏朝，以见君王乐色而忘德也。夫苟乐色，必好奢穷欲，乱之所兴也。原乱之兴，从婢子起，敢请婢子之罪。'王曰：'寡人不德，实自生过，非夫人之罪也。'遂复姜后而勤于政事，早朝晏退，卒成中兴之名。"以此比照，与诗旨正合，若依此，则是诗似当为宣王所作，自述警于视朝之情状。故方玉润氏复言："然诗既叙于此,考之宣王前后,幽、厉皆无道主,岂尚有勤于视朝事哉? 又况《列女传》云……以此证之,即以为宣王诗也,亦奚不宜?"亦以为可视为宣王自作之诗。至若箴其不能正其官,孔疏尝言"王有鸡人之官,凡国事为期,则鸡人告有司以其朝之时节。有司当以告王,不须问。今王问之,由王不正其官,而问夜早晚,非度之宜,所以箴之也",是以问夜早晚,既见勤政,亦是未正其官,故美之事即箴之义。吴闿生《诗义会通》以为"诗但写勤政戒旦之殷,而箴之之意自在言外,此所谓微文也",所言良是。盖天子理政,自当正在位者各司其职,岂宜自操微末? 然若就宣王"中兴之美未尽"者言之,实尤多失者,故致宫涅嗣位十年而国祚迁灭,岂其以一鸡人失职而若此责之哉?

沔 水

沔彼流水①,朝宗于海②。鴥彼飞隼③,载飞载止。嗟我兄弟④,邦人诸友⑤。莫肯念乱⑥,谁无父母?

沔彼流水,其流汤汤⑦。鴥彼飞隼,载飞载扬⑧。念彼不迹⑨,载起载行。心之忧矣,不可弭忘⑩。

鴥彼飞隼,率彼中陵⑪。民之讹言⑫,宁莫之惩⑬? 我友敬矣⑭,谗言其兴?

①沔(miǎn):流水满溢貌。　②朝宗:归往。本指诸侯朝见天子。《周礼·春官·大宗伯》:"春见曰朝,夏见曰宗。"后借指百川归海。　③鴥(yù):鸟疾飞貌。隼(sǔn):鹰一类猛禽。　④兄弟:此指同姓族人。　⑤邦人:国人。⑥念:虑。乱:动乱,战乱。　⑦汤(shāng)汤:同荡荡,水大流急貌。　⑧扬:高飞貌。　⑨不迹:不循轨道,谓不遵循法则行事。　⑩弭:止,消除。⑪率:沿。陵:丘陵。中陵,即陵中。按此章似缺首二句,朱熹《诗集传》:"疑当作三章,章八句,卒章脱前两句耳。"　⑫讹言:谣言。　⑬宁:胡,为何。惩:止。⑭敬:同儆、警,警戒,警惕。

流水朝宗循势低，邦人念乱意情迷。

谁言宣世无忧患？蚁穴终摧千里堤！

此诗以沔水飞隼起兴，反复表达忧乱畏谗之意，语义甚明。然何时之作，为何而作，则说者不一。《毛诗序》曰"《沔水》，规宣王也"，以为规宣王之诗，然其语甚简略，未言所规者为何事。郑笺"规者，正圆之器也。规主仁恩也，以恩亲正君曰规。《春秋传》曰'近臣尽规'"，孔疏"人行有不周者，规之使周备，是匡谏之名。刺者，责其为恶言。宣王政教多善，小有不备，今欲规之使备，故言规之，不言刺也"，皆释序所言之"规"意。意者，以规者言宣王，乃以其小有不备而欲使之备。然因诗多念乱、谗兴、心忧之语，故后世颇多不从此说者。朱熹《诗集传》以为"此忧乱之诗。言流水犹朝宗于海，飞隼犹或有所止，而我之兄弟诸友，乃无肯念乱者。谁独无父母乎？乱则忧或及之，是岂可以不念哉"，以诗中"念乱"之言，既自忧而复诫友，径以为忧乱之作。虽未言何时之诗，所忧何乱，然于序所言宣王之事，显已疑之。清人方玉润《诗经原始》亦言"宣王初政，多乱定归来之诗，后皆美词，无所谓忧乱也。其朝周、召二公辅政，几复成、康之旧，何谗之有？然诗前云'念乱'，后言'谗兴'，分明乱世多谗，贤臣遭祸景象，而岂宣王世乎？此诗必有所指，特错简耳"，已针对序说，断其非为宣王时诗。今人高亨《诗经今注》谓"这首诗似作于东周初年，平王东迁以后，王朝衰弱，诸侯不再拥护。镐京一带，危机四伏。作者忧之，因作此诗"，则明以为平王东迁后事。然则，今味诗辞之所蕴，仍有辨者。诗以流水起兴，郑笺"兴者，水流而入海，小就大也。喻诸侯朝天子亦犹是也。诸侯春见天子曰朝，夏见曰宗"，是以言水而曰"朝宗"，必非无意。接以飞隼，郑笺"隼欲飞则飞，欲止则止，喻诸侯之自骄恣，欲朝不朝，自由无所在心也"，是以先有朝宗之礼则，接以诸侯不循其礼，显骄恣之态，方可见其乱之所由。否则，"流水""飞隼"后，何以突言"念乱"？故二章明以诗人"念乱"，在于"念彼不迹"，毛传"不迹，不循道也"，郑笺"诸侯不循法度"，是以诗人见之而忧，并忧世人不存忧患意识，似或非为其时已真乱。而乱之或兴，在于"讹言""谗言"蒙蔽真相。若此之言，谓诫友可，何以不可谓规王？毛传"疾王不能察谗也"，郑笺"我，我天子也。友，谓诸侯也。言诸侯有敬其职，顺法度者，谗人犹兴其言以毁恶之？王与侯伯不当察之？"

析其义理,所言似非无稽之谈。吴闿生《诗义会通》即以其言为"乃能传其言外之意"。盖宣王在位四十余年,前期周、召辅政,几复成、康,然其晚年黩武用兵,连遭败绩,又独断专行,不进忠言,遂使中兴昙花一现。西周倾覆固祸起幽王,然宣世微疵不亦正若长堤之蚁穴乎?而诗之蕴蓄,自在言外,非勤思涵泳,则岂易可得之?

鹤 鸣

鹤鸣于九皋①,声闻于野②。鱼潜在渊,或在于渚③。乐彼之园④,爰有树檀⑤,其下维萚⑥。它山之石,可以为错⑦。

鹤鸣于九皋,声闻于天。鱼在于渚,或潜在渊。乐彼之园,爰有树檀,其下维榖⑧。它山之石,可以攻玉⑨。

①皋:沼泽。九皋,极言泽之曲远。陆德明《经典释文》:"《韩诗》云:九皋,九折之泽。"一说九皋为九皋山,又名鸣皋山,位于洛阳伊川、嵩县、汝阳三县交界处,伊川古迹名胜十六景之一。 ②声闻于野:《毛传》:"言身隐而名著也。"《郑笺》:"喻贤者虽隐居,人咸知之。" ③渚:水中小洲,此处与渊相对而言,当指小洲旁浅水或水滩。 ④园:园圃。此隐喻国家。 ⑤檀:檀树。此喻贤人。 ⑥萚:草木脱落之皮叶。此喻小人。 ⑦错:厝之假借字,《说文》及《淮南子》引诗均作"厝",琢玉之工具,以石制成。 ⑧榖(gǔ):即楮树,树皮可制纸。《毛传》:"榖,恶木也。"此喻小人。 ⑨攻:加工,雕琢。

鹤鸣鱼潜岂无踪,石错玉成几夏冬。

太息尘霾充宇内,云生何处可从龙?

此诗构撰甚为奇特,以鹤鸣、鱼潜、园树、山石四比贯穿全篇,历来对其所寓所指,说者不一。《毛诗序》曰"《鹤鸣》,诲宣王也",亦以为宣王时诗,且以为诗人诲宣王。然语亦简略,未言所诲为何。郑笺"诲,教也。教宣王求贤人之未仕者",孔疏"上言规,此言诲者,规谓正其已失,诲谓教所未知。彼诸侯专恣,是已然之事,故谓之规。此求贤者,未是已失,直以意教,故谓之诲。叙者观经而异文",释序所言诲之义,且以所诲之事乃在求在野之贤。王先谦《诗三家义集疏》引齐、鲁、韩三家诗皆与毛、郑之说无异。然至朱子,则以"理"解此诗,《诗集传》曰:"此诗之作,不可知其所由,然必陈善纳诲之辞。盖鹤鸣于九皋,而声闻于野,言诚之不可掩也。鱼潜在渊,而或在于渚,言理之无定在也。园有树檀,而其下维萚,言爱当知其恶也。他山之石,而可以为错,言憎当知其善也。由是四者引而伸之,触类而长之,天下之理,其庶几乎?"以诗中四比分言诚、理、爱、憎,由此生发而成"天下之理"。复引程颐之言曰:"玉之温润,天下之至美也。石之粗厉,天下之至恶也。然两玉相磨,不可以成器。以石磨之,然后玉之为器,得以成焉。犹君子之与小人处也,横逆侵加,然后修省畏避,动心忍性,增益预防,而义理生焉,道德成焉。吾闻之邵子云。"可见,理学家以"理"解诗之相承一脉。似此,则此诗则纯为绎理之辞矣。唯诗多比兴,罕以绎理,故其说已多为后人所诟病。姚际恒《诗经通论》诮为"说《诗》之魔",方玉润《诗经原始》亦讥其"以理语解诗,已觉腐气难堪,而又分疏而实按之,则尤滞而不灵",并以为"一篇好招隐诗也,奈何被诸儒读坏",揭理障,复真义,颇有识见。按诗之所言,若姚际恒《诗经通论》所言"通篇皆比意,章法绝奇",近人陈子展《诗经直解》甚或以为"《鹤鸣》,似是一篇《小园赋》,为后世田园山水一派诗之滥觞",径视之为山水田园之咏。然则,此诗之鹤鱼树石四比,显非纯赋其景。鹤鸣者,毛传"言身隐而名著也",鱼潜者,郑笺"喻贤者世乱则隐,治平则出",树檀下萚者,郑笺"此犹朝廷之尚贤者,而下小人",他山之石者,毛传"举贤用滞,则可以治国"。宋人严粲《诗缉》释之曰"鹤鸣二句,喻贤者身隐名显。鱼在二句,喻贤者去就不常也。乐彼二句,当上贤而下不肖也。他山二句,既得贤者,则可以磨砻君德也",析意象,诠诗旨,当于诗义为近。清人方玉润《诗经原始》以为"其中禽鱼之飞跃,树木之葱蒨,水石之明瑟,在在可以自乐。即园中人令闻之清远,出处之高超,德谊之粹然,亦一一可以并见",则不独以比物之象直喻其人,而甚或以为景之外实有人在,亦说诗之一新途,可备一说。是以诗之所言乃求贤招隐事,而比之宣王晚年之独断而信谗,诗人以求贤诲之,不亦宜乎?唯治国者求贤,乃千古恒题,然贤者虽隐,亦必有其生存之地,若其存地已无,则何所求之?

祈父之什

祈父

祈父①,予王之爪牙②。胡转予于恤③,靡所止居④?

祈父,予王之爪士⑤。胡转予于恤,靡所厎止⑥?

祈父,亶不聪⑦。胡转予于恤,有母之尸饔⑧!

①祈:亦作畿,圻。《孔疏》:"当作畿,今作圻。"祈父,即司马,执掌封畿兵马。
②爪牙:保卫王都之武士。《汉书·李广传》:"将军者,国之爪牙也。" ③胡:为
何。转:移,调动。恤:忧,此指可忧之地。 ④靡:无。止居:居住。 ⑤爪士:
即爪牙之士。 ⑥厎(zhǐ):至。一说止。厎止,与止居同义。 ⑦亶(dǎn):确
实。聪:听觉灵敏,此指了解情况。 ⑧之:则,表示语气转折。尸:陈列。
饔(yōng):熟食。尸饔,指陈列熟食祭祀。陈奂《诗毛氏传疏》:"言我从军以出,有
母不得终养,归则惟陈飧以祭,是可忧也。"

> 祈父不聪乱用兵,王师千亩溃连营。
>
> 虎贲莫许从征战,赢得庙廊顷刻倾?

　　此诗之所述,皆责祈父之辞。似以祈父用兵不当,使其远戍久役,有家难归,故
怨之而作。然何人所作,作于何时,诗旨为何,则说者不一。《毛诗序》曰"《祈父》,
刺宣王也",以诗刺宣王,然诗辞皆责祈父,何以为刺王? 郑笺"刺其用祈父,不得
其人也。官非其人则职废。祈父之职,掌六军之事,有九伐之法",孔疏"经三章皆
勇力之士责祈父之辞,举此以刺王也",释序言刺宣王,是以用祈父不得其人,而以
诗旨为刺宣王。吕祖谦《吕氏家塾读诗记》亦言"责司马者,不敢斥王也",是以诗

辞责司马，而诗旨实刺王。然以诗为宣王时事，或有疑者。朱熹《诗集传》即以为"今考之诗文，未有以见其必为宣王耳"，因释之为"军士怨于久役，故呼祈父而告之曰：予乃王之爪牙，汝何转我于忧恤之地，使我无所止居乎"，则泛作军士怨于久役之辞。然则，诗中作者自称"王之爪牙"，郑笺"此勇力之士责司马之辞也。我乃王之爪牙，爪牙之士，当为王闲守之卫"，孔疏"此人自谓王之爪牙，以鸟兽为喻也。当为王闲守之卫者，谓防闲守御之卫也。知者以其言爪牙，是勇力者也"，是以作诗者乃周王之王都卫士，故非为一般军士泛怨久役之事。按毛传以为"宣王之末，司马职废，羌戎为败"，郑笺亦以为"谓见使从军，与羌戎战于千亩而败之时也。六军之士，出自六乡，法不取于王之爪牙之士"，是以诗作于宣王晚期与羌戎战于千亩而溃败之时。千亩之战，《国语·周语上》及《史记·周本纪》皆有明载："宣王不修籍于千亩，虢文公谏曰：不可。王弗听。三十九年，战于千亩，王师败绩于姜氏之戎。宣王既亡南国之师，乃料民于太原。仲山甫谏曰：民不可料也。宣王不听，卒料。"然何以知是诗作于其时？孔疏申之曰"《周语》云：宣王三十九年战于千亩，王师败绩于姜氏之戎。《史记·周本纪》云：宣王即位四十六年而崩。是末有姜戎为败也。毛知此当姜戎之败者，以宣王之征所往皆克，此言转予于恤，有危败之忧，宣王之败唯姜戎耳，故言姜戎为败以当之，自为姜戎所败。而言司马职废者，以征伐司马所典故也。《常武》美宣王命程伯休父为大司马，则休父贤者也。言职废者，盖休父卒后，他人代之，其人不贤，故废职也"，据史之实发诗之蕴而为言，以毛、郑之说或近其实。且怨于久役者乃王之爪牙，实王都卫士，亦即司右、虎贲之属。《周礼·夏官·虎贲氏》"虎贲氏掌先后王而趋以卒伍，军旅会同亦如之，舍则守王闲，王在国，则守王宫，国有大故，则守王门"，守御王之左右是虎贲之职，远役征战乃出六军。郑笺曰"六军之士，出自六乡，法不取王之爪牙之士"，而"我乃王之爪牙，爪牙之士，当为王闲守之卫，女何移我于忧，使我无所止居乎"，是此诗怨祈父之由。究诗之所怨，乃司马征调失常。然则，究此怨之所生，犹有疑者。盖时值千亩之役，王师溃败，实非为常时，若严粲《诗缉》所言"宣王料民太原，人不足用，乃出禁卫以从征"，是禁卫原不出征，当王师溃败、人不足用之时，偶一用之。而其人却于此时怨若之此，岂坐观廊庙倾覆是虎贲之职哉？

白　驹

皎皎白驹①，食我场苗②。絷之维之③，以永今朝④。所谓伊人，於焉逍遥⑤？

皎皎白驹，食我场藿⑥。絷之维之，以永今夕。所谓伊人，於焉嘉客？

皎皎白驹，贲然来思⑦。尔公尔侯⑧，逸豫无期⑨。慎尔优游⑩，勉尔遁思⑪。

皎皎白驹，在彼空谷。生刍一束⑫，其人如玉。毋金玉尔音⑬，而有遐心⑭。

①皎皎：洁白，明亮。此指白驹之毛色。　②场：圃，菜园。　③絷：用绳绊住马足。维：拴马缰绳，此用作动词，意为维系，拴住。　④永：长。此处用作动词，延长。永今朝，延长一天，留客意。　⑤於：古乌字，何处。於焉，在何处。　⑥藿：豆叶。　⑦贲（bì）：《说文》："贲，饰也。"贲然，光彩貌。思：语助词。　⑧公、侯：古爵位名，此处皆作动词，为公为侯之意。　⑨逸豫：安逸享乐。无期：没有终期。　⑩慎：慎重。优游：悠闲自得。　⑪勉：免之假借字，打消之意。遁：避世。　⑫生刍：喂牲畜草料。　⑬金玉：此处皆用作动词，贵重吝惜之意。音：音讯。　⑭遐：远。遐心，疏远之心。

皎皎白驹食场苗，絷维永夕可逍遥？
公侯逸豫君无道，空谷长歌愤不消！

　　此诗所述，当为留客之事，欲絷维其所乘之驹，犹《汉书·陈遵传》所载"投辖于井"，极见殷勤留客之意。然究诗旨所寄，则多异说。《毛诗序》曰："《白驹》，大夫刺宣王也。"以诗刺宣王。然诗述留客，何以刺王？毛传以为"宣王之末，不能用贤,贤者有乘白驹而去者",郑笺亦言"刺其不能留贤也",又言"愿此去者乘其白驹而来,使食我场中之苗,我则绊之系之以永今朝,爱之欲留之",是以大夫欲留贤而王不能用贤留贤,故而衍为"刺宣王"之义。后人多有承留贤之说者,而不以其为刺宣王。朱熹《诗集传》释为"为此诗者,以贤者之去而不可留也。故托以其所乘之驹,食我场苗而縶维之。庶几以永今朝,使其人得以于此逍遥而不去,若后人留客而投其辖于井中也",即泛以留贤留客而为言。方玉润《诗经原始》以为"此王者欲留贤士不得,因放归山林而赐以诗也。其好贤之心可谓切,而留贤之意可谓殷,奈士各有志,难以相强。何哉?观其初则欲縶白驹以永朝夕,继则更欲縻以好爵,而不暇计贤者之心不在是也。终则知其不可留,而唯冀其毋相绝,时惠我以好音耳。诗之缠绵亦云至矣",不独未从毛、郑之刺宣王之说,且以诗出王者之赐贤士,故极见其好贤爱贤之意。然味诗之辞,"所谓伊人,於焉逍遥",郑笺"是乘白驹之而去之贤人,今於何游息乎?思之甚也"。"慎尔优游,勉尔遁思",郑笺"诚女优游,使待时也。勉女遁思,度己终不得见,自诀之辞"。清人胡承珙《毛诗后笺》有言"谓尔宜为公也,尔宜为侯也,何为逸乐无期以反也?如此于爱贤留贤之意乃合。下文'慎尔优游',传云'慎,诚也',笺云'诚女优游,使待时也',盖为其有公才公望而深惜其去,故犹望其优游以待时。而又曰'勉尔遁思'者,犹云行矣自爱,笺所谓度己终不得见,自诀之辞也",似皆非为王者对臣下之言,故此仍以毛、郑之说近是。又,王先谦《诗三家义集疏》引鲁说"《白驹》者,失朋友之所作也。其友贤而居任也,衰乱之世,君无道,不可匡辅,依违成风,谏不见受。国士咏而思之,援琴而长歌",遂开失友惜别之说。蔡邕《琴操》即全承鲁说"《白驹》者,失朋友之所作也",曹植《释思赋》亦有"彼朋友之离别,犹求思乎白驹"之言。今人亦多从此说。余冠英《诗经选》"这是留客惜别的诗。前三章是客未去而挽留,后一章是客已去而相忆",即上承蔡、曹之意,以之为留客惜别之辞。然按鲁说,"其友贤而居任",是友即贤者,于是"别友""惜贤"二说实可贯而为一。而所别之友,似亦王之不能留之贤者,于是刺宣王之义于理可成。观后世曹摅《思友人诗》"感时歌蟋蟀,思贤咏白驹"、骆宾王《幽絷书情通简知己》"穴疑丹凤起,场似白驹来"、李白《送杨少府赴选》"空谷无白驹,贤人岂悲吟"等作,岂无由之思乎?

黄　鸟

　　黄鸟黄鸟,无集于榖^①,无啄我粟。此邦之人,不我肯榖^②。言旋言归^③,复我邦族^④。

　　黄鸟黄鸟,无集于桑,无啄我粱。此邦之人,不可与明^⑤。言旋言归,复我诸兄^⑥。

　　黄鸟黄鸟,无集于栩^⑦,无啄我黍。此邦之人,不可与处^⑧。言旋言归,复我诸父^⑨。

　　①榖:树名,即楮树。　②榖:养育。不我肯榖,即不肯榖我。　③言:语助词。旋:通还,回归。　④复:返回,回去。邦族:邦国家族。　⑤明:盟之假借字。此有信用、结盟之意。　⑥诸兄:同族兄弟。　⑦栩:树名,即柞树。⑧处:相处。　⑨诸父:同族叔伯。

　　　　黄鸟集桑啄我粱,园庐已具却彷徨。

　　　　君看多少南迁客,竟把异乡作故乡!

　　此诗以黄鸟起兴,以言流寓异邦之人难以善处,而发思归之辞。然缘何而作,诗旨何寄,历来多有异说。《毛诗序》曰:"《黄鸟》,刺宣王也。"承前篇之义,亦以之为刺宣王。然诗言流民思归,何以为刺宣王?毛传有云"宣王之末,天下室家离散,妃匹相去,有不以礼者",郑笺则言"刺其以阴礼教亲而不至,联兄弟之不固",是以异邦难处,乃因夫妇道缺,室家离散,而民风浇薄,实由宣王之末不能以阴礼教民之所致,故以为刺宣王。孔疏申之曰"笺解妇人自为夫所出,而以刺王之由,刺其以阴礼教男女之亲而不至笃,联结其兄弟夫妇之道不能坚固,令使夫妇相弃,是王之失教,故举以刺之也",又曰"阴礼谓男女之礼,婚姻以时,男不旷女不怨是也",释笺之义甚详。以是,此流寓之人因婚姻适异邦而为夫所出,则诗为弃妇之辞。后人亦有从此说者，宋人王质《诗总闻》于后篇《我行其野》言"观此诗，然后知前诗之所以'不可与处'者也。二诗当出一人"，以诗旨与后篇同，而后篇《我行其野》明言"昏姻之故""不思旧姻"，显为弃妇之辞。然朱熹《诗集传》不从序说，其云"今按诗文，未见其为宣王之世"，以为"民适异国，不得其所，故作此诗，托为呼其黄鸟而告之曰：尔无集于榖，而啄我之粟。苟此邦之人不以善道相与，则我亦不久于此，而将归矣"，以民适异国不得其所而为言，是以诗乃流民思归之辞。清人顾广誉《学诗详说》亦言"弃妇之诗，如《谷风》《中谷有蓷》，如彼其忠厚也，此何决绝如是。况此邦之人，本是泛泛之称，岂以指其夫哉"，比照他作，细味诗辞，驳弃妇之辞说，可谓颇切其失。今人解此诗，即多从朱子之说。余冠英《诗经选》以为"离乡背井的人在异国遭受剥削和欺凌，更增加对邦族的怀念"，以之为流亡异国者不得其所之作，显由朱说而衍发。按诗之辞"无啄我粟""不我肯榖"，与魏风《硕鼠》"无食我黍""莫我肯顾"颇相似，以责黄鸟、硕鼠啄粟、食黍为比，以言异乡难得善处，乐土无所寻觅，于是生还乡之意，辞义本明。故诗义当以朱说为近是。唯安土重迁，本为黎民之性，今既流落异乡，自由乱世所致。吕祖谦《吕氏家塾读诗记》有言"宣王之末，民有失所者，意他国之可居也。及其至彼，则又不若故乡焉，故思而欲归。使民如此，亦异于还定安集之时矣"，宣王之末，失德世乱，致民流异乡，自合情理，至若异乡俗薄，不得睦处，又见失教，故流民思归与刺宣王之义似亦可贯。盖周人以农立国，故乡情结遂成黎民之性，然境迁时移，邦族之故乡自亦随之转徙，所谓"周人六迁"由戎狄而豳而岐而丰而镐而洛，周人不亦皆以之为其故乡乎？后世北人南迁尤为频密，至今犹有"客家"之族，然其族人不亦自认赣人闽人粤人乎？是以何为故乡焉？苏子之言曰"此心安处是吾乡"，良有以也。

我行其野

我行其野，蔽芾其樗①。昏姻之故②，言就尔居③。尔不我畜④，复我邦家⑤。

我行其野，言采其蓫⑥。昏姻之故，言就尔宿。尔不我畜，言归斯复⑦。

我行其野，言采其葍⑧。不思旧姻，求尔新特⑨。成不以富⑩，亦祗以异⑪。

①蔽芾：树木枝叶茂盛貌。樗（chū）：树名，即臭椿。　②昏姻：即婚姻。③言：乃。就：相从。　④畜：爱。《孟子·梁惠王下》："畜君者，好君也。"另，《毛传》训畜作养，亦通。尔不我畜，即尔不畜我之倒文。　⑤复：回。邦家：此指自己家乡。　⑥蓫（zhú）：一种野菜，亦作蓨，又名羊蹄菜。　⑦归：此指大归，即妇女被休归母家。　⑧葍（fú）：一种野草，花相连，根白色，可蒸食。　⑨特：匹，配偶。　⑩成：诚之假借字，确实。《论语》引作"诚不以富"。　⑪祗：只，仅仅。异：此指异心。

蔽芾其樗野葍花，尔居不畜复邦家。

岂知千古联姻事？徒把新缣惹怨嗟！

此诗背景与前篇相似，述民适异邦婚姻又遭变故，因发怨刺之辞。王质《诗总闻》以为"观此诗，然后知前诗之所以'不可与处'者也。二诗当出一人"，二诗出一人之手虽未必，然主旨相关则无疑。《毛诗序》曰"《我行其野》，刺宣王也"，亦以诗之旨为刺宣王。郑笺"刺其不正嫁娶之数，而有荒政，多淫昏之俗"，释序之言刺之所由。孔疏"凡嫁娶之礼，天子诸侯一娶不改，其大夫以下，其妻或死或出，容得更娶，非此亦不得更娶，此为嫁娶之数，谓礼数也……今宣王之末，妻无犯七出之罪，无故弃之更婚，王不能禁，是不能正其嫁娶之数……经云'求尔新特'，言其不以礼来，不肯媵，是当时不备礼而昏也。诗所述者，一人而已，但作者总一国之事而为辞，故知此不以礼昏成风俗也"，详释郑笺所言不正嫁娶之数，并以其时嫁娶之礼衰乱，女无故为夫所弃之事以实之，是以诗乃弃妇之辞。观诗以"蔽芾其樗"起兴，以言"昏姻之故""尔不我畜"，孔疏申毛传之义"樗之恶木，以兴妇人言我嫁他族以求夫，唯得无行不信之恶夫"，复引王肃之言"行遇恶木，言己适人遇恶人也"，辞义甚明，故历代论家几无异辞。朱熹《诗集传》以为"民适异国，依其婚姻，而不见收恤，故作此诗"，复引王氏之言曰："先王躬行仁义以道民，厚矣，犹以为未也，又建官置师，以孝友睦姻任恤六行教民。为其有父母也，故教以孝；为其有兄弟也，故教以友；为其有同姓也，故教以睦；为其有异姓也，故教以姻；为邻里乡党相保相爱也，故教以任；相赒相救也，故教以恤。以为徒教之或不率也，故使官师以时书其德行而劝之。以为徒劝之或不率也，于是乎有不孝不睦不姻不弟不任不恤之刑焉。方是时也，安有如此诗所刺之民乎？"严粲《诗缉》亦言"周之盛时，以睦姻任恤教导其民，风俗淳厚为何如。至《黄鸟》二诗，则教道微，习俗薄矣。是以知周道之衰也"，皆以失教为刺宣王说证。然则，是诗列小雅，若苏辙《诗集传》所称"言政事之得失"者，何以言婚嫁之礼俗？清人李光地《诗所》以为"《鹿鸣》以至《吉日》，大抵皆朝廷之诗，《鸿雁》以下，杂以谣俗矣"，今人陈子展《诗经直解》亦以此篇与《黄鸟》"皆似国风中歌谣形式之诗"，并以为"龚橙《诗本谊》尝独指出小雅自《黄鸟》《我行其野》，至《谷风》《蓼莪》《都人士》《采绿》《隰桑》《绵蛮》《瓠叶》《渐渐之石》《苕之华》《何草不黄》，凡十二篇，皆为'西周民风'，其说大都可信，是小雅本有近风者，而由风俗之厚薄自可见政事之得失，抑"观风俗之盛衰"之一例欤？然若深究风俗盛衰之迹，则或犹有疑者。盖婚姻之事，固人伦之本，然势欲交侵，见异思迁，实世间常情，岂分盛衰之世焉？正若朱子释"亦祇以异"之言"言尔之不思旧姻，而求新匹也，虽实不以彼富而厌我之贫，亦祇以其新而异于故耳"，是以新缣故素，无时无有，徒唤奈何？

斯 干

秩秩斯干①，幽幽南山②。如竹苞矣③，如松茂矣。兄及弟矣，式相好矣，无相犹矣④。

似续妣祖⑤，筑室百堵⑥，西南其户。爰居爰处⑦，爰笑爰语。

约之阁阁⑧，椓之橐橐⑨。风雨攸除⑩，鸟鼠攸去，君子攸芋⑪。

如跂斯翼⑫，如矢斯棘⑬，如鸟斯革⑭，如翚斯飞⑮，君子攸跻⑯。

殖殖其庭⑰，有觉其楹⑱。哙哙其正⑲，哕哕其冥⑳，君子攸宁。

下莞上簟㉑，乃安斯寝。乃寝乃兴㉒，乃占我梦。吉梦维何㉓？维熊维罴㉔，维虺维蛇㉕。

365

　　大人占之㉖，维熊维罴，男子之祥㉗。维虺维蛇，女子之祥。

　　乃生男子㉘，载寝之床㉙，载衣之裳㉚，载弄之璋㉛。其泣喤喤㉜，朱芾斯皇㉝，室家君王㉞。

　　乃生女子，载寝之地㉟，载衣之裼㊱，载弄之瓦㊲。无非无仪㊳，唯酒食是议㊴，无父母诒罹㊵。

　　①秩秩：水清而流动貌。斯：此，这。干：通涧，山间溪流。　②幽幽：深远貌。南山：即终南山。　③如：有。苞：竹木稠密丛生貌。　④犹：通猷，此指欺诈。马瑞辰《毛诗传笺通释》："犹、猷古通用。《方言》：'猷，诈也。'《广雅》：'猷，欺也。'"　⑤似：同嗣。嗣续，犹言继承。妣(bǐ)祖：先妣、先祖，统指祖先。　⑥堵：一面墙。百堵，言房屋之多。　⑦爰：于是。　⑧约：捆束。阁阁：捆扎筑板声。一说将筑板捆扎牢固貌。　⑨椓(zhuó)：用杵捣土，犹今之打夯。橐(tuó)橐：捣土声。　⑩攸：乃。一说语助词。除：去。　⑪芋：宇之借字。鲁诗作宇，居住。　⑫跂(qǐ)：踮起脚跟站立。翼：端庄貌。　⑬棘：通急。发箭急速若直线。此喻房屋正直齐整。　⑭革：鸟翅。　⑮翚(huī)：野鸡。　⑯跻：登。　⑰殖殖：平正貌。　⑱有：语助词。觉：高大直立貌。　⑲哙(kuài)哙：宽敞明亮貌。正：此指向阳正厅。　⑳哕(huì)哕：深暗貌。冥：此指厅后幽深处。　㉑莞(guān)：蒲草，此指草席。簟(diàn)：竹席。　㉒寝：睡觉。兴：起床。　㉓维：是。以下同此。维何，是什么。　㉔罴(pí)：似熊而大。　㉕虺(huǐ)：一种毒蛇，颈细头大，身有花纹。　㉖大人：此指太卜，周代掌占卜官员。　㉗祥：吉兆。古人认为熊罴是阳物，故为生男之兆；虺蛇为阴物，故为生女之兆。　㉘乃：如果。　㉙载：则，就。　㉚衣：用作动词，穿。裳：下裙，此指衣服。　㉛弄：玩。璋：玉制长条状礼器。　㉜喤喤：小儿之宏亮哭声。　㉝朱芾：红色蔽膝。斯皇：即皇皇，鲜亮貌。　㉞室家：此指周室。君王：指诸侯、天子。　㉟载寝之地：男寝于床，女寝于地，有阳上阴下之义。　㊱裼(tì)：此指婴儿褓衣。　㊲瓦：陶制纺线锤。　㊳非：错误，此指是非之事。仪：通议，此指说长道短。　㊴酒食：此指饮食之事。古人以女主内，负责饮食之事，即所谓"主中馈"。议：谋虑、操持。　㊵诒：同贻，给与。罹：忧愁。

斯干秩秩出山迟，百堵宫成姚祖祠。

寝梦虺熊皆吉象，何来男女别尊卑？

此诗当为周王宫室落成之祝颂之辞。然何王之事，诗作背景，所说不一。《毛
诗序》曰"《斯干》，宣王考室也"，以之为宣王营宫室之事。然诗之辞繁富，序之言
简略，故郑笺申之"考，成也。德行国富，人民殷众而皆佼好，骨肉和亲。宣王于是
筑宫庙，群寝既成而衅之，歌《斯干》之诗以落之，此之谓成室。宗庙成，则又祭祀
先祖"，是以所筑者有宫室，有宗庙，宫庙成则祭先祖，是此诗之本事。孔疏则言
"人之所居曰室，宫寝称室，是其正也。但君子将营宫室，宗庙为先，故郑以为亦修
宗庙，是总称言室，足以兼之。毛传不言庙。王肃云：宣王修先祖宫室，俭而得礼。
孙毓云：此宣王考室之诗。无作宗庙之言。孙、王并云述毛，则毛意此篇不言庙也。
筑室必先修庙，但作者言不及耳。经虽皆是考室之事，正指其文，则'乃安斯寝'是
也。故笺云寝既成，乃铺席与群臣安燕为欢以乐之，是考室之事也"，辨毛、郑之
异，以筑室必先修庙，故既有庙成而祭先祖，复有室成而与群臣燕乐之述。《诗三
家义集疏》引鲁说"周德既衰而奢侈，宣王贤而中兴，更为俭宫室，小寝庙，诗人美
之，《斯干》之诗也。上章道宫室之如制，下章言子孙之众多也"，亦以为宣王营宫
室寝庙，且以其去奢崇俭而显中兴之象。孔疏尝言"宣王中兴贤君，其所以作者，
非欲崇饰奢侈，妨害民务，国富民丰乃造之耳。故首章言天下亲富，二章乃作之，三
章言作之攻坚，四章言得其形制，五章言庭室宽明，六章乃言考之也。既考之，后居
而寝宿，下至九章言其梦得吉祥，生育男女，贵为王公，庆流后裔，因考室而得然。
故考室可以兼之也"，细析诗之辞章，以见所谓中兴之贤，亦同鲁说之义。然其说
至朱子而疑之，《诗集传》以为"旧说，厉王既流于彘，宫室圮坏，故宣王即位，更作
宫室，既成而落之。今亦未有以见其必为是时之诗也"，故仅释为"此筑室既成，而
燕饮以落之，因歌其事"，是以泛言室成之事。方玉润《诗经原始》以为"宣王虽中
兴，不无建营宫室之举，然京仍镐京，室仍旧室，不过补葺而更新之，又何必面山临
水，作'相彼流泉'，'观其阴阳'，有似卜筑为乎"，亦疑其说。甚或有以之为武王营
镐、成王营洛之事者。然观诗之辞，若为武王营镐事，诗不当编序于宣王之末。若
为成王营洛事，则诗中"南山"无着，且东都仅朝会诸侯，非躬居之地，尤无由祝其

生育男女于是室。似知言武王、成王者,皆无信之说。而宣王虽则"京仍镐京,室仍旧室",却经"厉王无道""既丧丰镐"之后,正若清人陈奂《诗毛氏传疏》所言"厉王奔彘,周室大坏,宣王即位,复承文武之业,故云考室焉",重建宫室,自在情理之中。是以之为宣王事,似非无稽之言。又,今人以后二章"乃生男子,载寝之床""乃生女子,载寝之地"作男尊女卑之宣扬以斥之,尤见现代意识形态加诸古人者。实则,诗之先言宫室之成,后言居寝而育子孙,必当涉男女,所言寝床、寝地,不过表阳上阴下之徵,且占梦以"熊罴""虺蛇"分别为男女之祥,则何尊卑之有?

无 羊

谁谓尔无羊?三百维群①。谁谓尔无牛?九十其犉②。尔羊来思③,其角濈濈④。尔牛来思,其耳湿湿⑤。

或降于阿⑥,或饮于池,或寝或讹⑦。尔牧来思⑧,何蓑何笠⑨,或负其糇⑩。三十维物⑪,尔牲则具⑫。

尔牧来思,以薪以蒸⑬,以雌以雄⑭。尔羊来思,矜矜兢兢⑮,不骞不崩⑯。麾之以肱⑰,毕来既升⑱。

牧人乃梦,众维鱼矣⑲,旐维旟矣⑳。大人占之㉑,众维鱼矣,实维丰年。旐维旟矣,室家溱溱㉒。

①三百:与下文"九十"均为虚指,形容牛羊众多。维:为。　②犉(chún):大牛。《尔雅·释畜》:"牛七尺为犉。"　③思:语尾助词,下同。　④濈(jí)濈:亦作戢戢,聚集貌。　⑤湿湿:摇动貌。　⑥阿:丘陵。此指山坡。⑦讹:同吪,动,醒。　⑧牧:此指牧人。　⑨何:通荷,披戴。　⑩糇(hóu):干粮。　⑪三十:虚指,谓其多。物:此指牛羊毛色。　⑫牲:牺牲,用以祭祀之牲畜。具:齐备。　⑬以:取。薪:粗柴。蒸:细柴。　⑭雌、雄:此指飞禽。以雌以雄,言猎取飞禽。　⑮矜矜:小心翼翼貌。兢兢:谨慎紧随貌。谓羊怕失群。　⑯骞:损失,此指走失。崩:散乱。　⑰麾:挥。肱:手臂。　⑱毕:

全。既:尽。升:登,此指登入,入牢。　⑲众:借为螽,蝗虫。维:乃,变为。古谓蝗虫可化为鱼,旱则为蝗,风调雨顺则化鱼。　⑳旐(zhào):绘有龟蛇图案之旗,人少之郊县所建。旟(yǔ):绘有鹰隼图案之旗,人多之州郡所建。　㉑大人:太卜之类官员。占:占梦,解说梦之吉凶。　㉒溱溱:同蓁蓁,众盛貌。

谁谓无羊群下阿,一肱一梦寄情多。

始知唐宋田家曲,不及周王苑里歌!

　　此诗当为咏牧事之作,颂牛羊蕃盛,旧说无异议。然其究指何事,说者不一。《毛诗序》曰"《无羊》,宣王考牧也",亦以之为宣王事。然颂牛羊蕃盛,何以必为宣王之事? 郑笺以为"厉王之时,牧人之职废,宣王始兴而复之,至此而成,谓复先王牛羊之数",是以厉王政乱,牧人职废,至宣王而复兴之,故颂其事。孔疏曰"宣王之时,牧人称职,牛羊复先王之数,牧事有成,故言考牧。经四章,言牛羊得所,牧人善牧,又以吉梦献王,国家将有休庆,皆考牧之事也",又曰"此美其新成,则往前尝废,故本厉王之时。今宣王始兴,而复之,选牧官得人,牛羊蕃息,至此而牧事成功,故谓之考牧",则比照诗之辞,分释序、笺,当合其义,故此牛羊蕃盛,乃显宣王中兴国强民富之象。至朱子而不然其说,《诗集传》仅称"此诗言牧事有成,而牛羊众多也",不言何所指。又曰"赋也。黄牛黑唇曰犉。羊以三百为群,其群不可数也。牛之犉者九十,非犉者尚多也",似以诗人见牛羊漫坡而实赋其景。清人方玉润《诗经原始》引《礼记·曲礼》之言"问庶人之富,数畜以对",因质疑"似天子不必以此夸耀富盛也","序必以为宣王考牧,未免小视乎朝廷也。且并上篇考室亦归美宣王,二事相题并论,则尤附会无稽。窃谓二诗虽同出中兴初年,而其事不相属,编诗者后始类录之耳。若使同美宣王,则二诗中皆以'大人占梦',必不能再言以取重复之诮。是知考室自考室,考牧自考牧,不必尽为宣王作也",亦以非必宣王之事,而以为诗仅为"美司牧"之作。今人论此诗,即多从朱说,余冠英《诗经选》以为"这是歌咏牛羊蕃盛的诗","描写牧场上的人畜动态"。然则,观诗之辞,开篇以"谁谓"之问领起,显非实赋其景或美司牧之所宜言。谁谓无羊,当原实无羊,三百维群,则而今不然矣。郑笺"宣王复古之牧法,汲汲于其数,故歌此诗以解之也。

谁谓女无羊，今乃三百头为一群。谁谓女无牛，今乃犉者九十头。言其多矣，足如古也"，说之甚明。唯以厉王之末，牧事职废，而今始兴其事，其情足以相合。且无论庶人之富，抑或司牧之美，实皆含时世在。《毛诗李黄集解》载黄櫄之言曰"古人以生畜之多寡而卜其国之废兴，故奉牲以告曰，博硕肥腯，谓民力之普存也，此民物富庶之效也"，颇为知言。故实赋牛羊蕃盛之景，美司牧之辞，乃诗辞之表述。厉王之末，宣王始兴，则蕴义之所在。故此，三说似不必分抗，而实可贯通。唯究此诗辞之表述言，其摹象体物之工，则尤有画手所不能到之妙。吴闿生《诗义会通》以为"麾之二语，尤为神妙"，沈德潜《说诗晬语》以为"人物富庶，俱于梦中得之。恍恍惚惚，怪怪奇奇，作诗要得此段虚景"，可谓体得诗艺之妙旨。是以一肱一梦，最为妙手，正若方玉润《诗经原始》所言"晋、唐田家诸诗，何能梦见此境"？

节南山

节彼南山①，维石岩岩②。赫赫师尹③，民具尔瞻④。忧心如惔⑤，不敢戏谈⑥。国既卒斩⑦，何用不监⑧？

节彼南山，有实其猗⑨。赫赫师尹，不平谓何⑩？天方荐瘥⑪，丧乱弘多。民言无嘉，憯莫惩嗟⑫！

尹氏大师，维周之氐⑬。秉国之均⑭，四方是维。天子是毗⑮，俾民不迷。不吊昊天⑯，不宜空我师⑰。

弗躬弗亲⑱，庶民弗信。弗问弗仕⑲，勿罔君子⑳。式夷式已㉑，无小人殆㉒。琐琐姻亚㉓，则无膴仕㉔。

昊天不傭㉕，降此鞠讻㉖。昊天不惠，降此大戾㉗。君子如届㉘，俾民心阕㉙。君子如夷㉚，恶怒是违㉛。

不吊昊天，乱靡有定。式月斯生㉜，俾民不宁。忧心如酲㉝，谁秉国成㉞？不自为政，卒劳百姓。

驾彼四牡，四牡项领㉟。我瞻四方，蹙蹙靡所骋㊱！

方茂尔恶㊲，相尔矛矣㊳。既夷既怿㊴，如相酬矣㊵。

昊天不平，我王不宁。不惩其心，覆怨其正⑪。

家父作诵⑫，以究王讻⑬。式讹尔心⑭，以畜万邦⑮。

①节：高峻貌。亦作巀。　②岩岩：山石堆积貌。　③师尹：师即太师，居司马、司徒、司空三公之首。尹即尹氏，官司空兼太师。　④具：通俱。　⑤惔(tán)：炎之借字，火烧。《韩诗》作炎。　⑥戏谈：随便议论。　⑦卒：终，全。斩：断绝。　⑧何用：何以，何因。监：察。　⑨有实：即实实，广大貌。猗：同阿，山坡，丘陵。　⑩不平：执政不公。谓何：奈何。　⑪荐：进，加。瘥(cuó)：疫病。　⑫憯(cǎn)：曾，乃。惩：惩戒。　⑬氐：通柢，根柢，根本。　⑭秉：掌握。均：通钧，制陶器模具下端转轮盘。此喻尹氏执政，犹陶工掌圆盘以制器。　⑮毗：犹裨，辅助。　⑯弔：通叔，借为淑，善。昊天：犹言皇天。　⑰空：空乏，穷困。师：此指众民。　⑱弗：不。躬：自身。亲：亲自。　⑲仕：察，理。　⑳罔：欺骗。君子：此指周王。　㉑夷：平，平除。已：止，废止。　㉒殆：及，接近。　㉓琐琐：细小卑贱。姻：儿女亲家。亚：通娅，姐妹之夫互称。姻亚，此统指襟带关系。　㉔膴(wǔ)：厚。膴仕，指高官厚禄。　㉕傭：《说文》："傭，均直也。"此有公平意。　㉖鞠：极。讻：同凶，祸乱。　㉗戾：暴戾，灾难。　㉘届：至，临。　㉙阕：息。　㉚夷：《说文》："夷，平也。"此指平除小人。　㉛恶怒：忿争之情。违：离去，消除。　㉜式月斯生：意谓祸乱月月都在发生。　㉝酲(chéng)：醉酒。　㉞国成：国家政治成规。《周礼·天官·小宰》列官府八事，谓为八成。　㉟项：肥大。领：脖颈。　㊱蹙(cù)蹙：局促貌。　㊲茂：盛。尔：此指尹氏。　㊳相：视。矛：通侮，义为侮。　㊴夷：平息。怿：喜悦。　㊵醻：相互敬酒，此指与人交欢。以上四句谓其人反复无常。　㊶覆：反。正：此指规劝正言。　㊷家父：此诗作者，周大夫。作诵：同作讽，作诗讽谏。　㊸究：纠正。王讻：给王带来凶灾者。　㊹讹：化，变。　㊺畜：养，休养，安定。

家父心忧师尹威，小人姻亚斥宫闱。

南山莫指幽王世，汉武秦皇一处归！

此诗既言"赫赫师尹,不平谓何",复言"家父作诵,以究王讻",似家父斥责太师尹氏之辞,然于诗旨及家父其人,说者不一。《毛诗序》曰"《节南山》,家父刺幽王也",以诗为家父作于幽王之世,且诗旨刺幽王。按诗语明斥师尹,此何以谓刺幽王？郑笺于"弗躬弗亲,庶民弗信。弗问弗仕,勿罔君子"释之云"此言王之政不躬而亲之,则恩泽不信于众民矣。不问而察之,则下民未罔其上矣",孔疏申毛传之义曰"毛以为尹氏不可任,欲令王亲为政,故责王。言王为政由不躬为之,不亲行之,故天下庶民之言不可信也。又责下民,言王为政虽不监问之,不察理之,必天下之民勿得欺罔其上之君子也",是以王不躬亲于政事,而任用不可任之尹氏,故以所刺者实幽王。而于尹氏,则"民具尔瞻。忧心如惔,不敢戏谈",郑笺"此言尹氏女居三公之位,天下之民俱视女之所为,皆忧心如火灼烂之矣。又畏女之威,不敢相戏而言语,疾其贪暴胁下以刑辟也",是尹氏实祸国殃民之辈。故朱熹《诗集传》以为"刺王用尹氏以致乱",清人胡承珙《毛诗后笺》亦以为"不平者尹氏,而任尹氏者则王也。诗词专责尹氏,而刺王之旨自在言外",所释最为知言,可作序、笺之补说。至于作者家父,毛传"家父,大夫也",郑笺"家父,字,周大夫也",据《春秋》桓公十五年载"天王使家父来求车",是其时周大夫有家父者。然桓公十五年当周桓王世,上距幽王之卒已七十五年。后世诸家因多疑之,朱熹《诗集传》即言"大抵序之时世皆不足信"。遂或有以诗作东迁以后,或有以为作于宣王之世者。然则,细味诗之辞,既以南山起兴,则不当为周室东迁后事。清人姚际恒《诗经通论》即指"东迁后曷为咏南山"？疑其疑者,颇合情理。至若宣王后期虽用兵频繁,然毕竟号称"中兴",与诗中所述情事亦难相契。观诗中所述,既有天降饥馑、瘟疫、四方不宁,且明言"国既卒斩",连同其后数篇皆哀怨痛切,皆非经历国亡家破之大惨痛者不能发,似皆一时之作,是以其事仍当在周幽王之世为宜。然若诗作幽王之末,则桓公十五年之家父何解？查孔疏尝言"桓十五年上距幽王之卒七十五岁,此诗不知作之早晚,若幽王之初,则八十五年矣。韦昭以为平王时作,此言不废,作在平桓之世,而上刺幽王。但古人以父为字,或累世同之。宋大夫有孔父者,其父正考父,其子木金父。此家氏或父子同字,父未必是一人也",是以古人父子多同字,此家父未必是一人。观诗中著明作者若仍叔、凡伯者,亦与此类,是以周时卿大夫累世相袭者甚多,故此家父自亦不必拘执桓公十五年者。观诗中所言,天降鞫讻,四方不宁,国既卒斩,以及紧接其后《正月》"赫赫宗周,褒姒威之"、《雨无正》"宗周既灭,靡所止戾"诸语,岂非正是幽王灭国之象乎? 然若推而广之,南山乃兴义之象,似亦不必拘执地域之解,且王朝兴亡勃忽,何有能逃出此理此律? 由此观之,又岂必幽王哉?

正 月

正月繁霜①,我心忧伤。民之讹言②,亦孔之将③。念我独兮,忧心京京④。哀我小心,瘨忧以痒⑤。

父母生我,胡俾我瘉⑥? 不自我先,不自我后。好言自口,莠言自口。忧心愈愈⑦,是以有侮。

忧心惸惸⑧,念我无禄⑨。民之无辜,并其臣仆⑩。哀我人斯,于何从禄? 瞻乌爰止,于谁之屋?

瞻彼中林,侯薪侯蒸⑪。民今方殆⑫,视天梦梦⑬。既克有定⑭,靡人弗胜⑮。有皇上帝,伊谁云憎⑯?

谓山盖卑⑰,为冈为陵。民之讹言,宁莫之惩⑱。召彼故老,讯之占梦。具曰予圣,谁知乌之雌雄?

谓天盖高,不敢不局⑲。谓地盖厚,不敢不蹐⑳。维号斯言,有伦有脊㉑。哀今之人,胡为虺蜴㉒?

瞻彼阪田,有菀其特㉓。天之扤我㉔,如不我克㉕。彼求我则㉖,如不我得。执我仇仇㉗,亦不我力㉘。

心之忧矣,如或结之。今兹之正㉙,胡然厉矣㉚? 燎之方扬㉛,宁或灭之? 赫赫宗周㉜,褒姒威之㉝?

终其永怀㉞,又窘阴雨㉟。其车既载,乃弃尔辅㊱。载输尔载㊲,将伯助予㊳。

无弃尔辅,员于尔辐㊴。屡顾尔仆,不输尔载。终逾绝险,曾是不意㊵。

鱼在于沼,亦匪克乐。潜虽伏矣,亦孔之炤^㊶。忧心惨惨,念国之为虐!

彼有旨酒,又有嘉殽。洽比其邻^㊷,昏姻孔云^㊸。念我独兮,忧心慇慇^㊹。

佌佌彼有屋^㊺,蔌蔌方有穀^㊻。民今之无禄,天夭是椓^㊼。哿矣富人^㊽,哀此惸独!

①正月:正阳之月,指夏历四月。《毛传》:"正月,夏之四月。"朱熹《诗集传》:"谓之正月者,以纯阳用事,为正阳之月也。" ②讹言:谣言。 ③孔:很。将:大。 ④京京:忧愁深长不止貌。 ⑤瘋(shǔ):幽闷。痒:病。 ⑥俾:使。瘏:病,指灾祸、患难。 ⑦愈愈:忧惧貌。 ⑧惸(qióng)惸:亦作茕茕,忧郁而无人了解。 ⑨无禄:不幸。 ⑩并:皆。臣仆:此指俘虏或奴隶。 ⑪侯:维,语助词。薪:粗柴枝。蒸:细柴枝。此以林中有柴枝无大材喻朝中小人充斥,贤人被逐。 ⑫殆:危殆,危险。 ⑬梦梦:昏暗不明貌。 ⑭克:能。定:决定。意谓一切既已决定。 ⑮靡:无。弗:不。意谓没人能够违背。 ⑯伊:发语词。云:语助词。谁憎,即憎谁。 ⑰盖:通曷,何,怎么。 ⑱惩:警戒,制止。 ⑲局:弯曲,此指弯腰。 ⑳踏:轻步走路。 ㉑伦、脊:条理,道理。《毛传》:"伦,道。脊,理也。" ㉒虺(huǐ)蜴(yì):毒蛇与蜥蜴。 ㉓有菀:即菀菀,茂盛貌。特:特出,指禾苗壮盛。 ㉔扤(wù):借为抈,摧残折磨。一说动摇。 ㉕克:战胜。 ㉖则:语尾助词,通哉。 ㉗执:执持,指得到。仇(qiú)仇:慢怠。 ㉘力:用力。不我力,意谓不重用我。 ㉙正:通政。 ㉚厉:暴虐。 ㉛燎:野火。扬:旺盛。 ㉜宗周:西周宗室。 ㉝褒姒:周幽王宠妃。褒,国名。姒,姓。威:同灭。 ㉞终:既。怀:忧伤。 ㉟窘:困。 ㊱辅:车两侧挡板。 ㊲载输尔载:前载,虚词,及至。后载,所载货物。输,丢掉。 ㊳将:请。伯:男子敬称,犹今言大哥。 ㊴员:加固。《毛传》:"益也。" ㊵是:指上面几件事。不意:不在意。 ㊶炤:通昭,明显。此指清晰可见。 ㊷洽:融洽。比:亲近。邻:此指亲近之人。 ㊸昏姻:此指亲

戚。云：同员，周旋。　㊹慇慇：忧愁心痛貌。　㊺佌（cǐ）佌：细小貌。此喻小人。　㊻蔌（sù）蔌：鄙陋貌。亦喻小人。　㊼夭夭：天灾。椓（zhuó）：打击。　㊽哿（gě）：欢乐。

正月繁霜时序乖，昊天梦梦万民怀。
栋焚突决浑无觉，总把骊山一笑排！

　　此诗之所述，纯为忧国哀民，愤世嫉邪，一派末世之象。唯诗作何时，则有异说。《毛诗序》曰"《正月》，大夫刺幽王也"，以为周大夫刺幽王之作。三家诗于此皆无异议，后世论者亦多从其说。按全诗十三章，前八章每章八句，后五章每章六句，通篇以忧伤、孤独、愤懑之情绪为主线，并不断强化之，是诗人抒极忧之辞。先言天象失常，天人交变，忧心独深，继言生逢乱世，逸邪可惧，讹言不止，是非纷纭，复言自身孤立，进退维谷，终叹天道不公，民弱受虐，格调哀婉沉郁，情感跌宕起伏，结构首尾贯串，一气呵成。然则，此异天象而忧民生之辞，何以为刺幽王？郑笺"夏之四月，建巳之月，纯阳用事，而霜多急，恒寒若之异，伤害万物，故心为之忧伤"，"人以伪言相陷入，使王行酷暴之刑，致此灾异"，"言我独忧此政也"，孔疏"时大夫贤者睹天灾以伤政教，故言正阳之月而有繁多之霜，是由王急酷之异，以致伤害万物，故我心为之忧伤也"，是以天灾民怨皆由酷暴之政所致，故诗旨为刺王。然至朱子，或疑非幽王时诗。《诗集传》有言"或曰：此东迁后诗也。时宗周已灭矣。其言褒姒灭之，有监戒之意，而无忧惧之情，似亦道已然之事，而非虑其将然之词"，以诗中"赫赫宗周，褒姒灭之"之语，乃道已然之事，有监戒之意，故诗或为东迁后之作。今观诗辞所述，刺末世昏君昏聩若梦因"念国之为虐"，斥得势小人旨酒逸乐且"胡为虺蜴"，哀黎庶众民罹难深重尤"天夭是椓"，极见诗人忧深愤绝之情，纯为乱世将亡之象。清人姚际恒《诗经通论》以为"此诗刺时，非感旧也。若褒姒已往，镐京已亡，言之何益？且与前后文意亦不相类"，吴闿生《诗义会通》亦言"当为西周未亡以前之作。所谓褒姒灭之，特甚其词以示警耳。说者遂以为东迁以后之诗，殆未然也"，皆不以诗作东迁之后，乃涵泳文意而有得者。按《资治通鉴·周纪一》载子思谏卫事："子思言于卫侯曰：'君之国事将日非矣。'公曰：'何

375

小
雅

故?'对曰:'有由然焉。君出言自以为是,而卿大夫莫敢矫其非。卿大夫出言亦自以为是,而士庶人莫敢矫其非。君臣既自贤矣,而群下同声贤之。贤之则顺而有福,矫之则逆而有祸,如此则善安从生? 诗曰:具曰予圣,谁知乌之雌雄? 抑亦似君之君臣乎?'"所引诗正出此篇,是子思已以此诗为国事日非之徵,而就周时而言,则非幽王之末而为何? 唯若究此诗所言乱亡之由,则犹有辨者。盖诗人忧国之将亡,固哀痛迫切,然其究将亡之因,则归之"褒姒威之",《史记·周本纪》遂有"褒姒不好笑,幽王欲其笑万方,故不笑。幽王为烽燧大鼓,有寇至则举烽火。诸侯悉至,至而无寇,褒姒乃大笑。幽王说之,为数举烽火。其后不信,诸侯益亦不至……申侯怒,与缯、西夷犬戎攻幽王。幽王举烽火征兵,兵莫至。遂杀幽王骊山下"之记载,幽王为博褒姒一笑而致周灭于是成为人之恒谈。然则,一王朝之覆亡,因由至多,烽火戏诸侯之说,已尝致质疑,今人尤据清华简所载断《史记》近"小说家言"。清人方玉润《诗经原始》已曾指出"此必天下大乱,镐京亦亡在旦夕,其君若臣尚纵饮宣淫,不知忧惧,所谓燕雀处堂自以为乐,一朝突决栋焚,而怡然不知祸之将及也",揭示周亡真相,颇为深切。盖史尚实事,而情则未测。末世君臣纵饮宣淫,突决栋焚而不知祸之将及,一旦廊厦倾覆,则归罪骊山一笑,是以褒姐弱女,世人皆可诛之耶?

十月之交

十月之交①,朔日辛卯②。日有食之,亦孔之丑③。彼月而微④,此日而微⑤。今此下民,亦孔之哀。

日月告凶⑥,不用其行⑦。四国无政⑧,不用其良。彼月而食,则维其常⑨。此日而食,于何不臧⑩?

爗爗震电⑪,不宁不令⑫。百川沸腾,山冢崒崩⑬。高岸为谷,深谷为陵。哀今之人,胡憯莫惩⑭?

皇父卿士⑮,番维司徒⑯。家伯维宰⑰,仲允膳夫⑱。聚子内史⑲,蹶维趣马⑳。楀维师氏㉑,艳妻煽方处㉒。

抑此皇父㉓，岂曰不时㉔？胡为我作㉕，不即我谋？彻我墙屋㉖，田卒汙莱㉗。曰予不戕㉘，礼则然矣。

皇父孔圣，作都于向㉙。择三有事㉚，亶侯多藏㉛。不憖遗一老㉜，俾守我王。择有车马㉝，以居徂向㉞。

黾勉从事㉟，不敢告劳。无罪无辜，谗口嚣嚣㊱。下民之孽㊲，匪降自天。噂沓背憎㊳，职竞由人㊴。

悠悠我里㊵，亦孔之痗㊶。四方有羡㊷，我独居忧。民莫不逸，我独不敢休。天命不彻㊸，我不敢效我友自逸。

---

①十月：此指周历十月，乃夏历八月。《郑笺》："周之十月，夏之八月也。"交：晦朔交替。此指初进入。　②朔日：初一日。　③丑：恶，此指不祥之兆。　④彼：此从前。微：昏暗不明。　⑤此：指现在。　⑥告凶：显示凶兆。　⑦行(háng)：轨道，规则。　⑧四国：四方，指天下。无政：无善政。　⑨则：犹。维：是。常：正常。　⑩于何：奈何。臧：善，吉利。　⑪爗爗：雷电闪耀。震：雷。电：闪电。　⑫宁：安。令：善。　⑬山冢：山顶。崒：通碎，碎裂。　⑭憯(cǎn)：竟然。惩：警戒。　⑮皇父：周幽王时大臣。卿士：官名，总管王朝政事，为百官之长。　⑯番：姓，即樊。《广韵》："周宣王封仲山甫于樊，后因氏焉。"司徒：六卿之一，掌管土地人口。　⑰家伯：人名，周幽王宠臣。宰：冢宰。六卿之一，掌国家典籍。　⑱仲允：人名。膳夫：官名，掌管周王饮食。　⑲聚(zōu)：姓。内史：官名，掌管法令人事。　⑳蹶(guì)：姓。趣马：官名，掌管养马。　㉑楀(yǔ)：姓。师氏：官名，掌管贵族子弟教育。　㉒艳妻：指周幽王宠妃褒姒。煽：炽热。方：并。方处，谓艳妻与以上七人皆气焰盛炽，并处高位。　㉓抑：通噫，感叹词。　㉔不时：不顾农时。岂曰不时，谓皇父役使百姓不自以为不时。　㉕我作：作我，役使我。　㉖彻：通彻，拆毁。　㉗卒：尽，完全。汙：停积不流之水。莱：野草。　㉘戕：残害。　㉙向：邑名。在今河南济源南。　㉚有事：即有司。三有司为司徒、司马、司空。　㉛亶：信，确实。侯：助词，维。多藏：多有钱财。　㉜憖(yìn)：愿意，肯。遗：留。老：旧臣，疑作者

自指。　　㉝有车马：指有禄位之人。　　㉞徂：去，往。　　㉟黾勉：努力。
㊱嚚(áo)嚚：众多貌。　　㊲孽：灾害。　　㊳噂沓：聚在一起议论纷纷。背憎：
背后互相憎恨。　　㊴职：主要。竞：争。　　㊵里：悝之假借，心事郁结，忧伤。
㊶痗(mèi)：病。　　㊷羡：富裕。　　㊸彻：毁灭。

日月亏微莫警惩，山崩川沸谷为陵。

岂知人力驱神力，天象从兹不应徵？

　　此诗前三章述天变灾异，哀时之在位者不知警惧。次三章专责皇父，尤斥其都
向之事，且因皇父而并及六臣，而归重艳妻，与上篇所言"褒姒威之"似，虽仅一语
及之，然意欲言灾乱之所由，语义极相类。末二章自忧受劳而被逸，而纵天命不均，
却未敢自逸，颇显知其不可为而为之之悲壮情怀。毛传"亲属之臣，心不能已"，似
可道其隐微。由天灾而忧时乱，诗义与前篇似，然诗作何时，则其说不一。《毛诗
序》曰"《十月之交》，大夫刺幽王也"，亦以为周大夫刺幽王之作。郑笺却言"当为
刺厉王，作训诂传时移其篇第，因改之耳。《节》刺师尹不平，乱靡有定。此篇讥皇
父擅恣，日月告凶。《正月》恶褒姒灭周，此篇疾艳妻煽方处。又幽王时司徒乃郑
桓公友，非此篇所云番也，是以知然"，则以之为刺厉王之作。孔疏"郑以此篇本
《六月》之上，为刺厉王诗。毛氏移之于此，改厉为幽，今本其旧而为之说，故云当
为刺厉王也"，"毛以为刺幽王，郑以为刺厉王。经八章皆刺王之辞，此下及《小宛》
序皆刺幽王。郑以为本刺厉王，毛氏移之。事既久远，不审实然以否？纵其实然，
毛既移其篇第，改厉为幽，即以为幽王说之，故下传曰'艳妻，褒姒'，是为幽王之
事，则四篇皆如之。今各从其家而为之义，不复强为与夺"，辨毛、郑之异甚详。然
据诗辞，既详述天变灾异，复痛陈衰乱政事，作周时政治及天文之史观，则颇多可徵
者。后人以之考证，即于郑说多有辩驳。《毛诗李黄集解》载李樗之言"《唐书·
志》云，《十月之交》，以历推之，在幽王之六年，则是为幽王之诗无疑矣"，以诗中纪
历之候断为幽王时事。清人陈奂《诗毛氏传疏》据《国语·郑语》，疑皇父即周幽王
所宠之大臣虢石父。又因诗纪日食、地震，尤可考见诗作何时。阮元《揅经室集·
十月之交四篇属幽王说》尝言"梁虞𤩴，隋张胄元，唐傅仁均、一行，元郭守敬，并推

定此日食在周幽王六年,十月建酉,辛卯朔,日入食限,载在史志。今以雍正癸卯上推之,幽王六年十月辛卯朔,正入食限"。据天文学家考订,此日当在周幽王六年周历十月一日,按夏历则八月一日,即公元前776年9月6日,此乃世界上最早之日食记录。马瑞辰《毛诗传笺通释》亦言"梁虞酁、唐傅仁均及一行,并推算幽王六年,乙丑岁建酉之月,辛卯朔辰时日食。《国语》'幽王二年,西周三川皆震',又曰'是岁,三川竭,岐山崩',与此诗'百川沸腾,山冢崒崩'正合",复以地震考之,亦在幽王之世。是以足见幽王时天灾之烈,且此灾异发生于西周之地,自易与国之失道相联系。《礼记·中庸》有云"国家将兴,必有祯祥;国家将亡,必有妖孽",孔子作《春秋》,即以为灾异乃国君失德而引发,董仲舒于《春秋繁露》中更明言"国家将有失道之败,而天乃先出灾害以谴告之,不知自省,又出怪异以警惧之,尚不知变,而伤败乃至",亦此诗之谓欤?唯近世无神之论出,于此类一概斥之为无稽迷信,然史上诸多末世灾异载籍俱在,当何解焉?当世重大变故之际,不亦尝有陨石雨、地巨震以伴,复何因焉?

雨无正

浩浩昊天,不骏其德①。降丧饥馑,斩伐四国②。旻天疾威③,弗虑弗图④。舍彼有罪⑤,既伏其辜⑥。若此无罪,沦胥以铺⑦。

周宗既灭⑧,靡所止戾⑨。正大夫离居⑩,莫知我勩⑪。三事大夫⑫,莫肯夙夜。邦君诸侯,莫肯朝夕。庶曰式臧⑬,覆出为恶⑭。

如何昊天,辟言不信⑮?如彼行迈,则靡所臻⑯。凡百君子,各敬尔身。胡不相畏,不畏于天?

戎成不退,饥成不遂⑰。曾我暬御⑱,憯憯日瘁⑲。凡百君子,莫肯用讯⑳。听言则答㉑,谮言则退㉒。

哀哉不能言,匪舌是出㉓,维躬是瘁㉔。哿矣能言㉕,巧言如流,俾躬处休㉖。

维曰于仕㉗,孔棘且殆㉘。云不可使,得罪于天子。亦云可使,怨及朋友。

谓尔迁于王都㉙，曰予未有室家㉚。鼠思泣血㉛，无言不疾㉜。昔尔出居㉝，谁从作尔室㉞？

①骏：通峻，长久，经常。　②斩伐：残害。四国：四方。　③旻天：当作昊天。《孔疏》："上有昊天，明此亦昊天，定本作昊天。俗本作旻天，误也。"疾威：暴虐。　④虑：思考。图：谋划。　⑤舍：舍弃。　⑥既：尽。伏：隐匿、隐藏。辜：罪。　⑦沦胥：沉没、陷入。铺：通痛，病苦。　⑧周宗：即宗周，指西周王都镐京。既灭：指犬戎攻入镐京。　⑨止：居。戾：安。　⑩正大夫：上大夫。离居：指离开镐京。　⑪勚(yì)：劳苦。　⑫三事：即三司，司徒、司马、司空。　⑬庶：庶几，表希望。式：语首助词。臧：好、善。　⑭覆：反而。　⑮辟：法。辟言，合乎法度之言。　⑯臻：至。所臻，所要到达之处。　⑰遂：通坠，消亡。　⑱曾：则，只有。嬖(xiè)御：侍御。　⑲惨(cǎn)：惨，忧伤貌。瘁：劳苦、憔悴。　⑳讯：《鲁诗》作谇，谏诤。　㉑听言：顺耳之言。答：《鲁诗》作对，进用之义。　㉒谮(zèn)言：进谏之言。《广韵》："谮，毁也。毁犹谤也。古以谏言为诽谤，故尧有诽谤之木。谮言，即谏言也。"退：斥退。　㉓出：疶之借字，病。　㉔躬：自身。此指身体，身心。瘁：病，或谓憔悴。　㉕哿(gě)：欢乐。能言：指能说会道之人。　㉖休：美好。此指福禄。　㉗于：往。于仕，去做官。　㉘孔：很。棘：通急，紧张，此喻艰难。殆：危险。　㉙尔：指上言正大夫、三事大夫等人。王都：指镐京。　㉚予：权贵们自称。　㉛鼠：通癙(shǔ)，忧伤。　㉜疾：通嫉，嫉恨。　㉝出居：离居，指离开镐京到他处。　㉞从：随。作：营造。

天道戾乖王祚迁，宗亲百御散如烟。

居平唯诺临危避，始信世情一脉延。

此诗极言君王昏暴、群臣自私误国，其中明著"曾我嬖御，惨惨日瘁"之语，似当为周王近侍之臣忧末世乱象之作。唯诗作何时，亦有异说。《毛诗序》曰："《雨无正》，大夫刺幽王也。雨自上下者也，众多如雨，而非所以为政也。"亦以为刺幽王诗。而郑笺之说亦同上篇,以为"亦当为刺厉王。王之所下教令甚多,而无正也"。序、笺非但指诗之所刺者不一,且释篇名之义尤引疑议。盖诗三百之题多取自首句,不按此例者仅有《雨无正》《巷伯》《常武》《酌》《赉》《般》诸篇。故于此"雨无正",序、笺皆以王之教令若雨,多而无正。孔疏申其意曰"经无此雨无正之字,作者为之立名,叙又说名篇及所刺之意。雨是自上下者也,雨从上而下于地,犹教令从王而下于民。而王之教令众多如雨,然事皆苛虐,情不恤民,而非所以为政教之道。故作此诗以刺之,既成而名之曰雨无正也。经七章,皆刺王之辞"。然后人于其说多疑之。朱熹《诗序辨说》以为"此序尤无义理",《诗集传》引欧阳修之言曰"古之人于诗,多不命题,而篇名往往无义例。其或有命名者,则必述诗之意。如《巷伯》《常武》之类是也。今《雨无正》之名,据序所言,与诗绝异,当阙其所疑",又引元城刘安世之言曰"尝读《韩诗》,有《雨无极》篇,序云'《雨无极》,正大夫刺幽王也'。至其诗之文,则比《毛诗》篇首多'雨无其极,伤我稼穑'八字",始以刘氏之说似有理,继疑诗首虚增二句,"则长短不齐,非诗之例"。于此,清人姚际恒《诗经通论》径以为"此篇名《雨无正》不可考,或误,不必强论",是以"多闻阙疑",似亦可取。至于诗旨,朱子以为"又此诗,实正大夫离居之后,暬御之臣所作。其曰:正大夫刺幽王者,亦非是。且其为幽王诗,亦未有所考也",于是据诗中"周宗既灭"语,"疑此亦东迁后诗也"。吴闿生《诗义会通》从其说,以为"此篇《集传》或疑为东迁后诗,察其词义,当属近是。前人谓'周宗既灭',非东迁以后决不为是言"。然则,细味诗之辞,所述丧乱饥馑,百官离散,一派末世图景,似不若东迁后新朝气象。清人方玉润《诗经原始》以为"若西京已破,王室东迁,则勤王又自有人,岂待暬御相招?且其立言别是一番建功立业气象,断不作'鼠思泣血'等语",因"此诗不唯非东迁后诗,且西京未破之作,故望诸臣迁归王都……曰'周宗既灭'者,周之宗室远去绝迹,不来相依耳,非宗周王国为人所灭也。观其与下文'正大夫'诸臣并言历叙而下,则知其为宗室大臣也无疑",析理细密,颇为知言。故诗之所指,似仍以幽王之世为宜。唯稽诸史事,就君臣关系言之,正若方玉润氏所言"居平既多唯诺,临危又巧于避逸,举世一辙,莫知其非",又岂必幽王之一世焉?

小旻之什

小 旻

旻天疾威[1]，敷于下土[2]。谋犹回遹[3]，何日斯沮[4]？谋臧不从[5]，不臧覆用。我视谋犹，亦孔之邛[6]！

潝潝訿訿[7]，亦孔之哀。谋之其臧，则具是违。谋之不臧，则具是依。我视谋犹，伊于胡底[8]！

我龟既厌[9]，不我告犹[10]。谋夫孔多[11]，是用不集[12]。发言盈庭，谁敢执其咎[13]？如匪行迈谋[14]，是用不得于道[15]。

哀哉为犹[16]，匪先民是程[17]，匪大犹是经[18]。维迩言是听[19]，维迩言是争[20]。如彼筑室于道谋[21]，是用不溃于成[22]。

国虽靡止[23]，或圣或否。民虽靡膴[24]，或哲或谋，或肃或艾[25]。如彼泉流，无沦胥以败[26]。

不敢暴虎[27]，不敢冯河[28]。人知其一，莫知其他。战战兢兢[29]，如临深渊，如履薄冰。

①旻天：秋天。此指苍天，皇天。疾威：暴虐。　②敷：布。下土：天下。此指人间。　③犹：通猷，规划。谋犹即谋略。回遹（yù）：邪僻。　④斯：犹乃，才。沮：停止。　⑤臧：善、好。从：听从，采用。　⑥孔：很。邛：毛病，错误。⑦潝（xì）潝：低声附和貌，此喻小人党同相和。訿（zǐ）訿：诋毁，诽谤，此喻小人伐异相毁。　⑧伊：语助词。于：往，到。胡：何。底：通底，至，地步。　⑨龟：占卜用龟甲。厌：厌恶。　⑩我告：即告我。犹：策谋。　⑪谋夫：出谋划策之人。　⑫用：犹以。集：成就，成功。　⑬执：承担。咎：罪责。　⑭匪：通彼，

那个。行迈:此指路人。谋:商讨。　⑮不得于道:达不到目的地。　⑯为:掌握,制订。　⑰匪:非。先民:古人,此指古贤者。程:效法。　⑱大犹:大道,正道。经:遵循。　⑲维:同唯,只。迩言:近言,此指谗佞肤浅无远见之言。⑳争:争辩,争论。　㉑道:道路。　㉒遄:通遄,顺利,达到。　㉓靡:没有。止:至,极。引申有大之意。　㉔膴(wǔ):厚。引申为多。　㉕肃:庄敬负责。艾:治理,此指治理之才能。　㉖沦胥:沉没。败:败亡。　㉗暴:通搏。暴虎,徒手打虎。　㉘冯(píng)河:徒步渡河。马瑞辰《毛诗传笺通释》:"按冯者,溯之假借。《说文》:溯,无舟渡河也。"　㉙战战:恐惧貌。兢兢:谨慎貌。

谋猷回遹势盈庭,龟厌何从辨煜暝。
既已泉流胥以败,胡为临履叹零丁?

　　此诗所述者,以"谋犹回遹"为主线,就君臣两面反复言其惑人之害将无所止。"国虽靡止"以下,复言非无可用之人,唯贤者皆有冰渊之惧,奸回小人则势炽盈庭,国之事将不可为,极见志士忧国忠悃之忧。然于诗作何时,诗旨何寄,其说不一。《毛诗序》曰:"《小旻》,大夫刺幽王也。"是亦以为刺幽王之诗。郑笺则以为"所刺列于《十月之交》《雨无正》为小,故曰《小旻》,亦当为刺厉王",不从序说,以为刺厉王之作,且辨诗篇名"小旻"义。然此篇列于《十月之交》《雨无正》,何以为小?孔疏释之曰"经言旻天,天无小义。今谓之小旻,明有所对也。故言所刺者,此列于《十月之交》《雨无正》,则此篇之事为小,故曰小旻也。《十月之交》言日月告凶,权臣乱政。《雨无正》言宗周坏灭,君臣散离,皆是事之大者。此篇唯刺谋事邪僻,不任贤者,是其事小于上篇。与上别篇,所以得相比者,此四篇文体相类,是一人之作,故得自相比较为之立名也",是以所刺之事大小而为言。然则,王用邪谋,致国将沦胥以败,诗人刺其事似不可谓小,故后人不从其说。苏辙《诗集传》以为"《小旻》《小宛》《小弁》《小明》四诗,皆以小名篇,所以别其为小雅也。其在小雅者谓之小,故其在大雅者谓之《召旻》《大明》,独《宛》《弁》阙焉,意者孔子删之矣。虽去其大,而其小者犹谓之小,盖即用其旧也",是以名篇别大小雅之所致,后世论者以其言颇近是,故多从之。而究诗刺何王,序、笺异说,后世亦难遽定。朱熹《诗集传》则泛言"大夫以王惑于邪谋,不能断以从善,而作此诗",而不言究刺何王。盖诗刺何王,因无实据而难遽定,且厉、幽皆昏暴之君,善恶不辨,听信邪僻,固若一辙,然就诗辞而言,国事日非已若泉流不返,必为末世将亡之象,由是观之,则似与幽王之世为近。清人方玉润《诗经原始》尝言"小序谓'刺幽王',固是。然所刺者何事,必须标明,乃符序体。否则何诗不可谓之刺王乎?此必幽王多欲而无制,好谋而弗明,故群小得以邪辟进,王心愈回惑而不辨其是非",又曰"夫天下不患无谋,患在有谋而弗用。不患在有谋弗用,而患在用非其谋。谋非所用,则好谋实足以误国。又况以邪辟之言议之于前,而以多欲之人听而断之于后也哉",发微诗旨,甚为细密。观诗人忠悃忧国之心,固极剀切,然其当用非其谋之时,奸邪势炽,正士象息,泉流不返、大厦将倾之势已成,仍若临渊履冰,战战兢兢,复何益焉?

小 宛

宛彼鸣鸠①,翰飞戾天②。我心忧伤,念昔先人③。明发不寐④,有怀二人⑤。

人之齐圣⑥,饮酒温克⑦。彼昏不知,壹醉日富⑧。各敬尔仪⑨,天命不又⑩。

中原有菽⑪,庶民采之。螟蛉有子⑫,蜾蠃负之⑬。教诲尔子,式穀似之⑭。

题彼脊令⑮,载飞载鸣。我日斯迈⑯,而月斯征⑰。夙兴夜寐,无忝尔所生⑱。

交交桑扈⑲,率场啄粟⑳。哀我填寡㉑,宜岸宜狱㉒。握粟出卜㉓,自何能穀㉔?

温温恭人㉕,如集于木。惴惴小心㉖,如临于谷。战战兢兢,如履薄冰。

---

①宛:小貌。　②翰飞:高飞。戾:到达。　③先人:先祖。　④明发:

天亮。　　⑤有:通又。二人:此指父母。　　⑥齐:正,正派。圣:智慧特出。
⑦温:通蕰,蕰藉自持。克:克制。　　⑧壹醉:每饮必醉。富:甚。　　⑨敬:通
儆,警戒,戒慎。仪:威仪,容貌举止。　　⑩又:通佑,护佑。一说再。　　⑪中
原:即原中,田野之中。菽:大豆。此指豆叶。　　⑫螟蛉:螟蛾幼虫。
⑬蜾(guǒ)蠃(luǒ):一种黑色细腰土蜂,常捕捉螟蛉入巢,以养育其幼虫,古人误以
为代螟蛾哺养幼虫,故称养子为螟蛉义子。负:背。　　⑭式:句首语气词。穀:
善。似:通嗣,承续。　　⑮题(dì):通睇,看。脊令:鸟名,通作鹡鸰,形似小鸡。
⑯日:天天。迈:远行,行役。　　⑰而:通尔。征:远行。　　⑱忝:辱没。所生:指
父母。　　⑲交交:鸟鸣声。一说往来翻飞貌。桑扈:鸟名,似鸽而小,青色,颈有
花纹,俗名青雀。　　⑳率:循、沿。场:打谷场。　　㉑填:通瘨(diān),病。寡:
贫。　　㉒宜:仍。《郑笺》:"仍得曰宜。"马瑞辰《毛诗传笺通释》以宜为且之误。
岸:诉讼。《毛传》:"岸,讼也。"《经典释文》引《韩诗》作犴,云:"乡亭之狱曰犴,朝
廷曰狱。"　　㉓握粟:一把小米。谓付卜人之酬劳。　　㉔自:从。穀:善,吉。
㉕温温:和柔貌。恭人:谦谨之人。　　㉖惴惴:恐惧而警戒貌。

宛彼鸣鸠翰戾天,忧心不寐永怀先。
自箴相戒诸新说,难脱幽王世乱年。

此诗以鸣鸠欲翰飞戾天起兴,以言忧念先人,伤世俗昏昧,而
自身诚惶诚恐、艰难度日之情状。然于诗作何时,诗旨为何,历代颇多异说。《毛诗序》曰:"《小宛》,
大夫刺幽王也。"是亦以之为刺幽王之诗。郑笺则以为"亦当为刺厉王"。孔疏申
之"毛以作《小宛》诗者,大夫刺幽王也。政教为小,故曰小宛。宛是小貌,刺幽王
政教狭小宛然。经云'宛彼鸣鸠',不言名。曰小宛者,王才智卑小,似小鸟然",而
"郑刺厉王为异",是毛、郑分指刺幽、厉者异,而以诗旨刺王则同。至朱子而不然
其说,《诗序辨说》明指"此诗不为刺王而作",《诗集传》以为"此诗之词,最为明
白,而意极恳至。说者必欲为刺王之言,故其说穿凿破碎,无理尤甚",因释之为
"此大夫遭时之乱,而兄弟相戒以免祸之诗",倡兄弟相戒之说。清人方玉润《诗经
原始》则以为"今细玩诗词,首章欲承先志,次章慨世多嗜酒失仪,三教子,四勖弟,

五、六则卜善自警,无非座右铭。言固无所谓'刺王'意,亦何尝有'遭乱'词?'岸狱''薄冰'等字,不过君子怀刑,不能不常作是想……观次章特题'饮酒'为戒,则必因过量无德,恐致于祸,乃为此以自警。且并昆子弟共相敦勉,'各敬尔仪',无忝所生,而时凛薄冰之惧也",断此诗为"贤者自箴"之辞。然则,味诗之辞义,究刺何王固无明证,而兄弟相戒及贤者自箴之说,亦似皆仅各契一端。观"鸣鸠"之兴,朱子释为"言彼宛然之小鸟,亦翰飞而至于天矣",然诗已明言宛然之小鸟,何以得翰飞而至于天?是朱子不解此兴,而致误读诗义耶?于此,毛传已言"行小人之道,责高明之功,终不可得",孔疏申其说曰"毛以为言宛然翅小者,是彼鸣鸠之鸟也,而欲使之高飞至天,必不可得也。兴才智小者幽王身也。而欲使之行化致治,亦不可得也。王既才智褊小,将颠覆祖业,故我心为之忧伤,追念在昔之先人文王、武王也。以文武创业垂统,有此天下,今将亡灭,故忧之也。又言忧念之状,我从夕至明,开发以来,不能寝寐,有所思者,唯此文武二人,将丧其业,故思念之甚",释其义甚详切。似此,诗人之耿耿不寐、百感交集方可解。若仅兄弟相戒,或贤人自箴,何以若此忧惧怵惕之甚焉?吴闿生《诗义会通》以为"案诗云'彼昏不知,壹醉日富',又云'哀我瘨寡,宜岸宜狱',自是刺时之作。诗盖遭乱追念所生,以自儆勉之词。未见有兄弟相语之意,《集传》云云者,徒以'各敬尔仪'二语及'无忝所生'句耳。不知'各敬尔仪',承上'壹醉日富'为文。郑云'今女君臣,各宜敬慎威仪'者是也。且'天命不又',犹云大福不再。乃规当道之词,亦非必指兄弟也",缕析入理,颇为知言。是以诗人忧伤惶惧,或相戒,或自箴,显由身处昏昧之世之所致,且结语"战战兢兢,如履薄冰"与前篇《小旻》末章之辞义全合。由是观之,此诗似当从序说,仍以指幽王之世为宜,而如此忧惧而箴戒,自亦含刺义在。

小弁

弁彼鸒斯[①],归飞提提[②]。民莫不穀[③],我独于罹[④]。何辜于天[⑤],我罪伊何[⑥]?心之忧矣,云如之何?

踧踧周道[⑦],鞫为茂草[⑧]。我心忧伤,惄焉如捣[⑨]。假寐永叹,维忧用老[⑩]。心之忧矣,疢如疾首[⑪]。

维桑与梓⑫，必恭敬止。靡瞻匪父⑬，靡依匪母。不属于毛⑭，不罹于里⑮。天之生我，我辰安在⑯？

菀彼柳斯⑰，鸣蜩嘒嘒⑱。有漼者渊⑲，萑苇淠淠⑳。譬彼舟流，不知所届㉑。心之忧矣，不遑假寐。

鹿斯之奔，维足伎伎㉒。雉之朝雊㉓，尚求其雌。譬彼坏木㉔，疾用无枝㉕。心之忧矣，宁莫之知？

相彼投兔㉖，尚或先之㉗。行有死人㉘，尚或墐之㉙。君子秉心㉚，维其忍之㉛。心之忧矣，涕既陨之。

君子信谗，如或醻之㉜。君子不惠，不舒究之㉝。伐木掎矣㉞，析薪扡矣㉟。舍彼有罪，予之佗矣㊱。

莫高匪山，莫浚匪泉㊲。君子无易由言㊳，耳属于垣㊴。无逝我梁㊵，无发我笱㊶。我躬不阅㊷，遑恤我后㊸！

①弁：通般、昪，快乐。鷽（yù）：鸟名，即鹡鸰，今名乌鸦。　②提（shí）提：群鸟安闲翻飞貌。　③穀：善，此指生活美好。　④罹：忧愁。　⑤辜：罪过。　⑥伊：是。　⑦踧（dí）踧：平坦貌。周道：大道，大路。　⑧鞫（jū）：尽。　⑨惄（nì）：忧伤。擣：舂撞。　⑩用：而。　⑪疢（chèn）：热病。如：而。疾首：头疼。　⑫桑、梓：古代桑、梓多植于住宅附近，后世遂为故乡代称，见之自然思乡怀亲。　⑬靡：无。匪：不。　⑭属：连属。毛：指身体外表皮毛。外属阳，以喻父。　⑮罹：一作离，通丽，附着。里：指身体内部血肉。内属阴，以喻母。　⑯辰：时，此指时运、命运。　⑰菀：树木茂密貌。　⑱蜩（tiáo）：蝉。嘒嘒：蝉鸣声。　⑲漼（cuǐ）：水深貌。　⑳萑（huán）苇：芦苇。淠（pèi）淠：茂盛貌。　㉑届：至，止。　㉒伎（qí）伎：奔走貌。　㉓雊（gòu）：雉鸣。　㉔坏：借为瘣，病。《说文》引此句作"瘣木"。　㉕疾：病。用：而。　㉖相：看。投：掩。投兔，被掩捕入笼之兔。　㉗先：开，放。马瑞辰《毛诗传笺通释》："《广雅》：'先，始也。'义与开近。《礼记》：'有开必先，先所以开之也。'开创谓之先，开放亦谓之先。先之，即开其所以塞也。"　㉘行（háng）：路。　㉙墐（jìn）：同

殪,埋葬。　㉚秉心:居心,用心。　㉛维:犹何。忍:残忍。　㉜醻:劝酒。㉝舒:缓慢。究:追究,考察。之:指谗言。　㉞掎(jǐ):牵引。谓伐木时以绳牵木,使之慢慢放倒。　㉟扡(chǐ):顺着纹理劈开。　㊱佗(tuó):《说文》:"佗,负荷也。"此指负罪。　㊲浚:深。　㊳无易:不要轻易。由:于。　㊴属:连。垣:墙。此指隔墙窃听。　㊵逝:往。梁:鱼梁,拦水捕鱼之水坝。　㊶发:打开。笱(gǒu):捕鱼用竹笼。　㊷躬:自身。阅:《毛传》:"阅,容也。"此指被收容。　㊸遑:何暇。恤:忧虑。

桑梓瞻依不我时,惶惶周道实堪悲。

已知终构申戎祸,何得亲亲巧辩辞?

　　此诗之作,似因父母听信谗言致自身无辜被逐而幽怨哀伤,零泪悲怀。然究其本事,却多异说。《毛诗序》曰:"《小弁》,刺幽王也。太子之傅作焉。"是亦以为幽王之事。毛传则具言之曰:"幽王娶申女,生太子宜臼,又说褒姒,生子伯服,立以为后,而放宜臼,将杀之。"此事史籍载之甚详,诗序以此为诗之本事,且以诗为太子傅之作。后世论者依此说者,或又有以为诗乃宜臼所自作。朱熹《诗集传》以为"幽王娶于申,生太子宜臼,后得褒姒而惑之,生子伯服,信其谗,黜申后,逐宜臼,而宜臼作此诗以自怨也。序以为太子傅述太子之情以为是诗,不知其何所据也",即以序言太子傅作之说似无所据。然其注《孟子》则反赵岐注,而以为"宜臼之傅为作此诗",于《诗序辨说》又称"此诗明白为放子之作无疑,但未有以见其必为宜臼耳",似朱子于此篇终无定见。又,王先谦《三家诗义集疏》引鲁说曰"《小弁》,小雅之篇,伯奇之诗也。伯奇仁人,而父虐之,故作《小弁》之诗",又曰"《履霜操》者,尹吉甫之子伯奇之所作也。吉甫娶后妻,生子曰伯邦,乃谮伯奇于吉甫,放之于野。伯奇清朝履霜,自伤无罪见逐,乃援琴而鼓之。宣王出游,吉甫从之。伯奇乃作歌,以言感之于宣王。王闻之,曰:此孝子之辞也。吉甫乃求伯奇于野而感悟,遂射杀后妻",赵岐于《孟子·告子下》注"《小弁》,小雅之篇,伯奇之诗也",即全据鲁说而定此诗为伯奇之作。此诗之本事遂有二说,后世持此而非彼,迄纷纭而未一。今人于此二说皆多未之信,余冠英《诗经选》以为"这些传说未可全信",袁梅《诗经译注》则以此诗为"弃妇之词"。然味诗辞之义蕴,首章即言"民莫不穀,我独于罹。何辜于天,我罪伊何",呼天而自诉。次章"踧踧周道,鞫为茂草",去国景象,尤为触目惊心。三章"不属于毛,不罹于里",追慕父母,言极沉痛,郑笺"此言人无不瞻仰其父取法则,无不依恃其母以长大者。今我独不得父皮肤之气乎?独不处母之胞胎乎?何曾无恩于我",方玉润《诗经原始》以为"全诗大旨,此章尽之。余不过反复申言被放之由及见逐之苦。或兴或比,或反或正,或忧伤于前,或惧祸于后,无非望父母鉴察其诚,而怨昊天之降罪无辜",皆深得诗之蕴义之所在。显非弃妇之词或一般见逐之子所宜言。然则,子之怨父母,何以若此痛切?按《孟子·告子下》记孟子与公孙丑论高子之为诗事,尝以此诗与邶风《凯风》相较曰"《凯风》,亲之过小者也。《小弁》,亲之过大者也。亲之过大而不怨,是愈疏也。亲之过小而怨,是不可矶也。愈疏,不孝也。不可矶,亦不孝也",因以为"《小弁》之怨,亲亲也。亲亲,仁也"。以此证之,吴闿生《诗义会通》以为"太子废立,关乎国本,故孟子以为亲之过大。若吉甫惑于后妻,与七子之母同一家事耳,曷以谓之过大邪",辨之甚力。针对太子傅作之说,姚际恒《诗经通论》以为"诗可代作,哀怨出于中情,岂可代乎?况此诗尤哀怨痛切之甚,异于他诗",亦为知言。是诗似以宜臼自作为近。然究宜臼之事,犹有辨者。清人吴棠《读诗一得》尝言"作《小弁》者,言及瞻依父母之至情",然"厥后宜臼奔申,致申侯构犬戎之难,所谓瞻依之念安在哉",揭示真相,可谓深切。是以宜臼无过被逐而以诗怨之,固其宜也,然其后奔申构犬戎之祸,致杀父灭国,其无咎乎?由是观之,孟子固已知此,何以仍以其诗为"亲亲"?是此构祸杀父灭国之罪孽,仍可称之"为仁"乎?

巧　言

悠悠昊天,曰父母且[①]。无罪无辜,乱如此幠[②]。昊天已威[③],予慎无罪[④]。昊天大幠[⑤],予慎无辜。

乱之初生,僭始既涵[⑥]。乱之又生,君子信谗。君子如怒[⑦],乱庶遄沮[⑧]。君子如祉[⑨],乱庶遄已[⑩]。

君子屡盟[⑪],乱是用长[⑫]。君子信盗[⑬],乱是用暴[⑭]。盗言孔甘[⑮],乱是用餤[⑯]。匪其止共[⑰],维王之邛[⑱]。

奕奕寝庙⑲，君子作之。秩秩大猷⑳，圣人莫之㉑。他人有心㉒，予忖度之。跃跃毚兔㉓，遇犬获之。

荏染柔木㉔，君子树之。往来行言㉕，心焉数之㉖。蛇蛇硕言㉗，出自口矣。巧言如簧㉘，颜之厚矣。

彼何人斯？居河之麋㉙。无拳无勇㉚，职为乱阶㉛。既微且尰㉜，尔勇伊何？为犹将多㉝，尔居徒几何㉞？

①且(jū)：语尾助词。　②幠(hū)：大。　③已：甚。威：暴虐，可怕。④慎：诚，确实。　⑤大：通泰、太。《经典释文》："大音泰，本或作泰。"幠：怠慢，疏忽。　⑥僭(jiàn)：通谮，谗言。既：尽。涵：容纳。　⑦怒：指怒责谗人。⑧庶：庶几，差不多。遄(chuán)：速，快。沮：终止。　⑨祉：福，此指任用贤人以致福。　⑩已：停止。　⑪盟：此指与谗人结盟。　⑫用：以。长：增添。⑬盗：盗贼，借指谗人。　⑭暴：厉害，严重。　⑮孔甘：很甜，很好听。⑯餤(tán)：原意为进食，引申为增多或加甚。　⑰止：达到，做到。共：通恭，指忠于职责。止共，谓尽职尽责。　⑱邛(qióng)：病。　⑲奕奕：高大貌。寝：宫室。庙：宗庙。　⑳秩秩：宏伟貌。大猷：治国之大道。　㉑莫：通谟，谋划，制定。　㉒他人：指谗人。有心：指有心破坏。　㉓跃(tì)跃：通趯趯，跳跃貌。毚(chán)：狡猾。　㉔荏染：柔韧貌。柔木：善木。《毛传》："柔木，椅、桐、梓、漆也。"此四木皆古人制琴瑟之原料，故称善木。马瑞辰《毛诗传笺通释》："柔即善也，非泛言柔弱之木。"　㉕往来：指辗转相传。行言：流言，谣言。㉖数：计算，辨别。　㉗蛇(yí)蛇：訑訑之假借。訑，欺。硕言：大话。　㉘巧言：花言巧语。簧：笙类乐器之簧片。　㉙麋(méi)：通湄，水边。　㉚拳：力。拳勇，指有勇力之人。　㉛职：主。乱阶：逐渐引出祸乱。　㉜微：通癓，小腿生疮。尰(zhǒng)：借为瘇，脚肿。　㉝犹：通猷，谋，此指诡计。《方言》："犹，诈也。"　㉞居：语助词。徒：党徒。

如簧巧舌换新腔，无勇无拳却乱邦。

忖度忠奸犹获兔，奈何南面不如龙？

此诗大旨因谗言致乱，而辨析谗言生乱之所由。前三章言君子信谗而使乱生而益重，后三章则直斥谗者本不难识而君子终不之悟且为乱之阶，故忧念益深。观诗辞之义甚明，然其何所指，则说者不一。《毛诗序》曰："《巧言》，刺幽王也。大夫伤于谗，故作是诗也。"是以为诗作幽王世，而作者乃伤于谗之大夫。诗之开篇即举昊天而诉之，郑笺"我忧思乎昊天，诉王也。始者言其且为民之父母，今乃刑杀无罪无辜之人。为乱如此，甚敖慢无法度也"，而如此之乱何由而生，则以"王之初生乱萌，群臣之言不信与信尽同之，不别也"，"在位者信谗人之言，是复乱之所生"，孔疏释笺义"幽王之恶，始终一也。始者言其身且为民之父母者，无道之君皆自谓所为者是道，非知其不可为而为之也。故其初即位，皆许为善，但行不副言，故诗人述其初辞以责之"，皆以为幽王事。于此君信谗而致乱义，后人多从之以为说。苏辙《诗集传》以为"小人为谗于其君，必以渐入之。其始也，进而尝之。君容之而不拒，知言之无忌，于是复进。既而君信之，然后乱成"，朱熹《诗集传》释之为"言乱之所以生者，由谗人以不信之言始入，而王涵容，不察其真伪也。乱之又生者，则既信其谗言而用之矣。君子见谗人之言，若怒而责之，则乱庶几遄沮矣。见贤者之言，若喜而纳之，则乱庶几遄已矣。今涵容不断，谗信不分，是以谗者益胜，而君子益病也"，又明以"君子，指王也"，是苏、朱皆以为刺王之作，然却不言刺幽王。观诗之所述，既言"匪其止共，维王之邛"，又言"奕奕寝庙，君子作之。秩秩大猷，圣人莫之"，显皆为王之事。且其不辨忠奸，致衰乱日甚，是其事必衰世之王，似亦无可疑者。又诗言谗人"既微且尰，尔勇伊何"，郑笺"此人居下湿之地，故生微尰之疾"，朱熹《诗集传》以为"此必有所指"，然竟"不知其姓名，而曰何人"，故亦难以徵实其事以确指何王。故清人方玉润《诗经原始》以为"此必有所指，惜史无徵，序不足信，徒存空言以为世戒，俾知信谗之足以召乱也。如此，旨亦微哉"，颇为知言。盖广而言之，谗言生乱，无代无之，似亦不必定刺何王。然则，谗人本"无勇无拳"，何以君王多信而宠之？若吕祖谦《吕氏家塾读诗记》尝云"非特浅视其人，盖言其本易驱除，而王不悟也"，吴闿生《诗义会通》亦云"若平心而察之，则谗邪之人，如兔之遇犬，无不获矣……然此谗人者，亦并无过人之才能，甚盛之徒党，独患君人者之暗听耳"，奈何南面君人者之于谗人，竟不若犬之于兔耶？泱泱华夏，岂不悲夫！

何人斯

彼何人斯？其心孔艰①。胡逝我梁，不入我门？伊谁云从？维暴之云②。

二人从行③，谁为此祸？胡逝我梁，不入唁我④？始者不如今，云不我可⑤。

彼何人斯？胡逝我陈⑥？我闻其声，不见其身。不愧于人，不畏于天。

彼何人斯？其为飘风⑦。胡不自北？胡不自南？胡逝我梁，祇搅我心⑧？

尔之安行⑨，亦不遑舍⑩。尔之亟行⑪，遑脂尔车⑫。壹者之来⑬，云何其盱⑭？

尔还而入，我心易也⑮。还而不入，否难知也⑯。壹者之来，俾我祇也⑰。

伯氏吹埙⑱，仲氏吹篪⑲。及尔如贯⑳，谅不我知㉑。出此三物㉒，以诅尔斯㉓。

为鬼为蜮㉔，则不可得。有靦面目㉕，视人罔极㉖。作此好歌，以极反侧㉗。

①孔：甚，很。艰：险，险恶难测。　②维：只。暴：指暴公。　③二人：主仆二人。此指暴公与其从行者，即上文之何人。　④唁：慰问。　⑤可：通哿，嘉，好。　⑥陈：堂下至院门通道，俗称穿堂。　⑦飘风：暴风。谓其人去来快速，行踪诡秘。　⑧祇：只。搅：搅乱。　⑨安行：慢行。　⑩遑：空闲。舍：止息。　⑪亟：急。　⑫脂：以油脂涂车。或曰通支，以轫木支车轮使止住。　⑬壹：同一。　⑭盱：忧，病。或曰望。　⑮易：悦。　⑯否：不通，隔阂。难知：用心不

可测。　　⑰俾：使。衹（qí）：安心。　　⑱伯氏：兄。埙（xūn）：古陶制吹奏乐器，卵形中空，有吹孔。　　⑲仲：弟。篪（chí）：古竹制乐器，如笛，有八孔。　　⑳及：与。贯：为绳贯串之物。　　㉑谅：诚。知：交好、相契。　　㉒三物：指猪、犬、鸡。㉓诅：盟诅。古时订盟，杀牲歃血，告誓神明，若有违背，令神明降祸。　　㉔蜮（yù）：传说中一种水中动物，能在水中含沙射人影，又名射影。　　㉕靦（miǎn）：露面见人之状。　　㉖视：示。罔极：没有准则，指其心多变难测。　　㉗极：穷、究。反侧：反复无常。

朝中卿党起纷纶，苏暴情乖绝义仁。

不入君门何足怪，岂须反侧搅心神？

　　此诗所述者小人心艰为祸，极力摹写其行踪诡秘、反复无常之情状，以旧时之若伯仲埙篪与今时之为鬼蜮、视罔极相对比，终揭反侧以应心艰，首尾一气相贯。诗之辞义若此，然其何所指，则古今之说不同。《毛诗序》曰：“《何人斯》，苏公刺暴公也。暴公为卿士，而谮苏公焉，故苏公作是诗以绝之。”序以为暴公谮苏公，苏公因以刺之，是诗乃周王卿士交恶至于绝交之作。然苏、暴者何人？郑笺以为“暴也，苏也，皆畿内国名”，孔疏释之“苏忿生之后。成十一年《左传》曰：昔周克商，使诸侯抚封，苏忿生以温为司寇。则苏国在温。杜预曰：今河内温县。是苏在东都之畿内也。春秋之世为公者，多是畿内诸侯，遍检书传，未闻畿外有暴国，今暴公为卿士，明畿内，故曰皆畿内国名”，是知苏、暴者，苏、暴二诸侯国之君也。然观诗辞，仅有暴字而无苏字，似难以确认所述乃苏、暴纠葛事，故序之说颇引后人质疑。朱熹《诗集传》称“旧说，暴公为卿士，而谮苏公，故苏公作是诗以绝之。然不欲直斥暴公，故但指其从行者而言：彼何人者，其心甚险，胡为往我之梁，而不入我之门乎？既而问其所从，则暴公也。夫以从暴公而不入我门，则暴公之谮己也明矣”，复以“旧说于诗无明文可考，未敢信其必然耳”，似于序说未之信。由此，今人亦多以诗与苏、暴之事无关，而以诗中多“胡逝我梁”之语与邶风《谷风》之“毋逝我梁”类，又以“伊谁云从？维暴之云”与卫风《氓》之“言既遂矣，至于暴矣”似，因以之为女子指斥其夫狂暴薄幸、弃妻不顾，乃弃妇之怨。然则，味诗之辞，《氓》之谓“言”，故其暴

393

显为脾性，而此之谓"从"，故其暴必指其人。至若"逝梁"之语，诗中多有，岂必为弃妇之辞欤？诗又有"及尔如贯，谅不我知"之语，郑笺"我与女俱为王臣，其相比次如物之在绳索之贯也"，是言二人为王之卿士事，岂夫妇之间所宜言者？实则，苏、暴纠葛并非略无可徵。王夫之《诗经稗疏》尝言"《春秋》公子遂壬午及赵盾盟于衡雍，乙酉及雒戎盟于暴。相去三日，就盟两地，暴与衡雍其近可知。衡雍在今怀庆府，苏者苏忿生之国，今怀庆府温县。苏、暴二国境土犬牙相入，故嫌忌而相谤"，胡承珙《毛诗后笺》则言"案《路史》暴辛公采地，郑邑也，一云隧。其地在今怀庆府原武县境，与温接壤。高诱注《淮南子·精神训》云'讼閧田者，暴桓公、苏信公也'，此语必有所本"，是苏、暴接壤，本有嫌忌乃至谤讼之事。故方玉润《诗经原始》以为"愚谓小序虽伪，其来已久，此等证据，或有所传，今亦不必过为深考。且刺暴公，则只可明题暴字，安能更有苏字"，揣情入理，亦以毛序姑可信从。唯苏、暴纠葛之事，史无详载，而此诗所述皆揭暴公谗谮之辞，是以诸家遂以苏正暴邪。然则诗本苏公之作，言暴公谮己，一面之词岂足为信？即据诗辞所言，亦仅以暴公之人过己门而不入，遂致反侧猜忌，心神搅乱，岂足为正邪之据耶？是与今之职场纠葛、邻里家长复何异焉？究其实，岂非"天下本无事，庸人自扰之"？

巷 伯

萋兮斐兮[①]，成是贝锦[②]。彼谮人者，亦已大甚[③]！

哆兮侈兮[④]，成是南箕[⑤]。彼谮人者，谁适与谋？

缉缉翩翩[⑥]，谋欲谮人。慎尔言也[⑦]，谓尔不信。

捷捷幡幡[⑧]，谋欲谮言。岂不尔受[⑨]？既其女迁[⑩]。

骄人好好[⑪]，劳人草草[⑫]。苍天苍天，视彼骄人，矜此劳人[⑬]！

彼谮人者，谁适与谋？取彼谮人，投畀豺虎[⑭]。豺虎不食，投畀有北[⑮]。有北不受，投畀有昊[⑯]！

杨园之道，猗于亩丘[⑰]。寺人孟子[⑱]，作为此诗。凡百君子，敬而听之[⑲]。

394

①萋、斐：皆文彩相错貌。　　②贝锦：贝壳有文彩似锦，故称织锦曰贝锦。
③大：同太。　　④哆（chǐ）：张口。侈：大。　　⑤南箕：星宿名，共四星，联接成梯
形，如簸箕状。因在南方，故名南箕。　　⑥缉缉：通咠咠，交头接耳小语声。翩
翩：亦作谝谝，花言巧语。　　⑦尔：指谗谮之人。　　⑧捷捷：信口雌黄状。幡
幡：反复进言状。　　⑨受：接受。岂不尔受，岂不受尔之倒文。　　⑩女：汝。
迁：转移。指听者将憎恶被谗者之心，转而憎恶汝进谗者。　　⑪骄人：指进谗者。
好好：得意貌。　　⑫劳人：指被谗者。草草：陈奂《诗毛氏传疏》："草读为慅，假
借字也。"慅（cǎo），忧愁。　　⑬矜：怜悯。　　⑭畀（bì）：与，给予。　　⑮有
北：北方苦寒之地。　　⑯有昊：苍天。　　⑰猗：加。亩丘：丘名。　　⑱寺人：
阉人，宦官。孟：氏。一说孟为长，孟子乃阉人之长。　　⑲敬：通警，警惕，警戒。

誓将何计绝谗言，取彼谮人豺虎�。

嫉恶如仇敲扑甚，谁教诗里觅柔温？

　　此诗大旨似作者被谗言陷害，以发泄满腔怨愤，其描画巧言善辩、搬弄是非之
谗人形象惟妙惟肖，对小人得志、好人受诬之不公现象愤予指斥，情辞夭矫激切，必
有为而发者。观诗之末章明言"寺人孟子，作为此诗"，是诗乃寺人孟子之作，亦无
可疑者。《毛诗序》曰："《巷伯》，刺幽王也。寺人伤于谗，故作是诗也。"是以寺人
伤于谗而作，然何以篇名巷伯？郑笺"巷伯，奄官。寺人，内小臣也。奄官上士四
人，掌王后之命，于宫中为近，故谓之'巷伯'，与寺人之官相近。谗人谮寺人，寺人
又伤其将及巷伯，故以名篇"，释巷伯之篇名，而以巷伯与寺人之官相近，故以名
篇。孔疏"此经无巷伯之字，而名篇曰巷伯，故解云：巷伯，奄官。言奄人为此官
也"，又引"《释宫》"云：宫中巷谓之壸。孙炎曰：巷，舍间道也。王肃曰：今后宫称永
巷，是宫中道名也。伯，长也，主宫内道官之长"，释巷伯之名尤详。朱熹《诗集传》
即据之曰"巷是宫内道名，秦汉所谓'永巷'是也。伯，长也。主宫内道官之长，即
寺人也，故以名篇"，则以巷伯即寺人，是与郑笺所言略异。又，诗既寺人伤于谗而
作，何以为刺幽王？清人汪龙《毛诗异义》有云"经为戒谗人，亦兼以讽王，谓不诚

之言不可信,直贯下经'既其女迁',故笺云'欲其诚者,恶其不诚'也",诗固为戒逸,然逸言必有信者方以为祸,故以诗旨为刺幽王。且此什诗篇大抵若是,故其说不为无理。然则,寺人乃近侍之臣,故其何时遭逸被祸,亦有异说。毛传言"寺人而曰孟子者,罪已定矣,而将践刑,作此诗也",郑笺亦言"既言寺人,复自著孟子者,自伤将去此官也",皆以此人为寺人之官时遭逸,将践刑而去职。朱熹《诗集传》则引杨氏之言曰"寺人,内侍之微者,出入于王之左右,亲近于王而日见之,宜无间之可伺",复引班固《汉书·司马迁传赞》"迹其所以自伤悼,小雅《巷伯》之伦",以司马迁之自伤类同《巷伯》之人,是以班固"其意亦谓巷伯本以被谮而遭刑也",因此篇乃"时有遭逸而被宫刑为巷伯者,作此诗",以其人被谮遭宫刑而为巷伯。方玉润《诗经原始》即据此而附益之曰"不然,寺人于王最近,谁得而谮之?即云同类自谮,与寺人恶逸作诗以儆君子,亦无此悲愤痛绝,不欲与共戴天之语,此必腐迁之流无疑。其祸同,其文亦同,故班固引以譬赞……迁不遭刑,文亦不奇,伯不遭祸,诗何能传",甚为知言。是以未若史迁之遭际,必无以出若此愤激之文辞。唯此篇怨愤之激切,实诗中所罕见,《礼记·缁衣》载"子曰:好贤如《缁衣》,恶恶如《巷伯》",俨成诗中恶恶之典例。清人张谦宜《絸斋诗谈》有云"人多谓诗多和平,只要不伤触人。其实三百篇中有骂人极狠者,如'胡不遄死'、'豺虎不食'等句,谓之乖戾可乎?盖骂其所当骂,如敲扑加诸盗贼,正是人情中节处",按诸三百篇之情实,岂"温柔敦厚,诗教也"所可范围焉?

谷 风

习习谷风①,维风及雨。将恐将惧②,维予与女③。将安将乐,女转弃予④。

习习谷风,维风及颓⑤。将恐将惧,寘予于怀⑥。将安将乐,弃予如遗⑦。

习习谷风,维山崔嵬⑧。无草不死,无木不萎。忘我大德⑨,思我小怨⑩。

①习习：连续不断之风声。谷风：来自山谷之风。　②将：方，正当。恐、惧：指患难不安之岁月。　③与：助。女：同汝，你。　④转：反而。　⑤颓：旋风。　⑥寘：同置，放。怀：怀抱之中。　⑦遗：遗忘，丢弃。　⑧崔嵬：山高峻貌。　⑨大德：美德，好处。　⑩小怨：小过错，缺点。

危难相思乐即遗，世间友道本如斯。
夷吾器小多违礼，管鲍原来互利私！

此诗以谷风起兴，以言前此患难与共，现时安乐相弃，复言忘大德而记小怨，显为怨刺之辞。然于怨刺何事，诗旨何寄，说者不一。《毛诗序》曰：“《谷风》，刺幽王也。天下俗薄，朋友道绝焉。”是以诗述朋友道绝事，并以诗旨为刺幽王。然朋友道绝，何以为刺幽王？孔疏“以人虽父生师教，须朋友以成，然则朋友之交，乃是人行之大者。幽王之时，风俗浇薄，穷达相弃，无复恩情，使朋友之道绝焉。言天下无复有朋友之道也，此由王政使然，故以刺之。经三章，皆言朋友相弃之事”，以幽王之世风俗浇薄，使朋友之道绝，故述朋友道绝之事，诗之旨则刺幽王。朱熹《诗集传》承朋友之道绝义，以为“此朋友相怨之诗”，然却不言刺幽王。清人方玉润《诗经原始》则以为：“夫天下俗薄，朋友道衰，以此刺王，何事不可以刺王？”亦不从刺王之说。然则，友道向为人所重，《论语·季氏》载孔子之言“益者三友，损者三友。友直，友谅，友多闻，益矣。友便辟，友善柔，友便佞，损矣”，《孟子·滕文公上》“父子有亲，君臣有义，夫妇有别，长幼有序，朋友有信”，是友道为人之五伦之一。孔疏释友道由王政使然，以为民禀五常之性随时世而成风俗，“风与俗对则小别，散则义通。《蟋蟀》云：尧之遗风。乃是民感君政……言风俗者，谓中国民情礼法可与民变化者也。《孝经》云移风易俗，《关雎》序云移风俗，皆变恶为善。邶《谷风》序云国俗伤败焉，此云天下俗薄，皆谓变善为恶”，是友道系于风俗，风俗系于王政，故于友道不亦正可“观风俗之盛衰”欤？吴闿生《诗义会通》以为“以天下俗薄，朋友道绝之罪归咎于王，故曰刺王。以见治乱之大势在于人君，序之言大抵然也”，以为序以天下俗薄归咎王者，非为无理。又，旧说除伤友道之说外，复有以之为弃妇之辞者。《后汉书·光武帝纪》载光武诏书云：“吾微贱之时，娶于阴氏。因将兵征伐,遂各别离。幸得安全,俱脱虎口……'将恐将惧,维予与女。将安将乐,女转弃予。'风人之戒,可不慎乎!"有感于夫妇别离历险复聚,所引正此篇之辞,由此可见,自汉时即有视此诗为弃妇之作者。今人复以邶风《谷风》乃弃妇诗,此篇题同辞近,因断之为弃妇之辞。陈子展《诗经直解》即以为"此诗风格绝类国风,盖以合乐入于小雅。邶风《谷风》,弃妇之词。或疑小雅《谷风》亦为弃妇之词。母题同,内容往往同,此歌谣常例"。然细察之,此诗之辞实与邶风《谷风》不若。邶风有言"宴尔新婚,不我屑以""不念昔者,伊余来墍",明为夫妇之事。而此篇所述,"将恐将惧,维予与女",郑笺"喻遭厄难勤苦之事也,当此之时,独我与女尔,谓同其忧务","将安将乐,女转弃予",郑笺"今女以志达而安乐,弃恩忘旧,薄之甚",所述者患难与共、安乐相弃,岂夫妇之道哉?细味其蕴义,当与友道为近。故方玉润《诗经原始》又云"凡人处世,当患难恐惧时,则思朋友。遇安乐无事日,则谢交游。受人大德,转瞬不记,遭人小怨,终身难忘者,比比皆是","且亦天下古今之通病,岂独幽王时为然耶",剖析友道,可谓入木三分。盖世之友道典范,向称管、鲍,然究其实,管、鲍当公子纠与小白争立而各事一主,以图万无一失,后鲍成管败,若《史记·管晏列传》所记"管仲囚焉,鲍叔牙遂进管仲",而"鲍叔牙既进管仲,以身下之,子孙世禄于齐,有封邑者十余世,常为名大夫",载籍历历,此非私心互利而为何?《论语·八佾》有言:"子曰:管仲之器小哉……管氏而知礼,孰不知礼?"良有以也。

蓼 莪

蓼蓼者莪①,匪莪伊蒿②。哀哀父母,生我劬劳。

蓼蓼者莪,匪莪伊蔚③。哀哀父母,生我劳瘁。

缾之罄矣④,维罍之耻⑤。鲜民之生⑥,不如死之久矣!无父何怙⑦?无母何恃?出则衔恤⑧,入则靡至⑨。

父兮生我,母兮鞠我⑩。拊我畜我⑪,长我育我。顾我复我⑫,出入腹我⑬。欲报之德,昊天罔极⑭!

南山烈烈⑮,飘风发发⑯。民莫不穀⑰,我独何害⑱!

南山律律⑲,飘风弗弗⑳。民莫不穀,我独不卒㉑!

①蓼(lù)蓼:长而大貌。莪:莪蒿,俗称抱娘蒿。李时珍《本草纲目》:"莪抱根丛生,俗谓之抱娘蒿。" ②匪:非。伊:是。蒿:此指青蒿、白蒿等蒿子。 ③蔚:牡蒿,花紫赤,实像角,无子,故称牡蒿。 ④缾:同瓶。罄:尽,空。 ⑤罍:大肚小口酒坛。缾罄罍耻,谓瓶小罍大,罍中物分装瓶中,瓶空无物乃罍空所致,故罍以为耻,喻民穷不能养父母乃统治者之耻。 ⑥鲜:寡。鲜民,寡民,孤子。 ⑦怙(hù):依靠。 ⑧出:出门,指离家服役。衔:含。恤:忧愁。 ⑨入:进门,指回家。至:亲人。《说文》:"亲,至也。"靡至,即没有亲人。 ⑩鞠:养。 ⑪拊:通抚。《后汉书·梁竦传》引作"抚我"。畜:通慉,爱。 ⑫顾:顾念。复:返回,指不忍离去。 ⑬腹:指怀抱。 ⑭罔:无。极:边际。昊天罔极,言父母之恩如天,广大无边,不知何以为报。 ⑮烈烈:高峻险阻貌。 ⑯飘风:暴风。发发:大风呼啸声。 ⑰穀:善。此指养。 ⑱何:同荷,蒙受。 ⑲律律:山势高耸突起貌。 ⑳弗弗:大风扬尘貌。 ㉑卒:终。此指终养父母。

终养难偿罔极恩,缾空罍耻况时冤!
世人皆晓皋鱼泣,岂及情真绝孝言?

此诗以蓼莪起兴,以莪蒿之不若,言己之不得父母之美望,而不能终养之。既兴且比,情辞悱恻,极抒不得终养父母之恨。诗乃孝子之辞甚明,然于诗之旨何寄,则说者不一。《毛诗序》曰:"《蓼莪》,刺幽王也。民人劳苦,孝子不得终养尔。"序以为诗之辞乃孝子不得终养,而诗之旨则刺幽王。于此,郑笺释之"不得终养者,二亲病亡之时,时在役所,不得见也",孔疏申之"民人劳苦,致令孝子不得于父母终亡之时而侍养之。民人劳苦,五章、卒章上二句是也,不得终养,卒章卒句是也。其余皆是孝子怨不得终养之辞",比照诗之辞以释序之说,是以孝子不得终养缘于民人劳苦,而民人劳苦则见时王之无道,故诗之旨为刺王。然其说至宋儒而疑。欧阳修《诗本义》即以为序之所言"民人劳苦"及"刺幽王"云云,"非诗人本意"。朱熹《诗集传》释之为"人民劳苦,孝子不得终养,而作此诗。言昔谓之莪,而今非莪也,特蒿而已。以比父母生我以为美材,可赖以终其身,而今乃不得其养以死。于是乃言父母生我之劬劳,而重自哀伤也",亦仅言孝子自伤,而不及"刺幽王"。清人方玉润《诗

399

经原始》亦以为"此诗为千古孝思绝作,尽人能识。唯《序》必牵及'人民劳苦',以'刺幽王',不唯意涉牵强,即情亦不真……又况诗言'民莫不穀,我独何害','我独不卒'者,明明一己所遭不偶,与人民无关也"。然则,诗辞有言"缾之罄矣,维罍之耻",郑笺"缾小而尽,罍大而盈,言为罍耻者,刺王不使富分贫,众恤寡",是此缾罍小大之喻必有其所指。按《左传·昭公二十四年》载郑子大叔语范献子之言"诗曰:'缾之罄矣,维罍之耻',王室之不宁,晋之耻也",孔疏"言周之微弱,恒依恃于晋,今王室乱矣,晋无力以助之,是晋之耻也"。又,《后汉书·陈忠传》载忠之上疏之言曰"《蓼莪》之人作诗自伤曰'缾之罄矣,维罍之耻',言己不得终竟子道者,亦上之耻也"。可见,自春秋迄汉时,即以此缾罍之比作民生乃至政事之喻。以此,观序、笺之所言,似亦并非无据。盖民之所养,本社稷之要,序说固有其理,是刺王与孝思并非扞格。唯究孝思,世人但晓皋鱼之泣及其"树欲静而风不止,子欲养而亲不待"之名言,然按《孔子家语·致思》载皋鱼之言"吾失之三矣:少而学,游诸侯,以后吾亲,失之一也;高尚吾志,间吾事君,失之二也;与友厚而小绝之,失之三也",其乃以事亲、事君、事友三者并列以反思人生,并非纯为孝言。相较而言,本篇实乃纯孝之绝唱,观《晋书·孝友传》载王裒因痛父之死,隐居教授,"及读诗至'哀哀父母,生我劬劳',未尝不三复流涕,门人受业者并废《蓼莪》之篇",《齐书·高逸传》载顾欢于天台山授徒,因"早孤,每读诗至'哀哀父母',辄执书恸泣,学者由是废《蓼莪》",悽怆之情,撼人心魄,又岂是皋鱼之泣所可及于万一焉?

大 东

有饛簋飧[①],有捄棘匕[②]。周道如砥[③],其直如矢。君子所履,小人所视。睠言顾之[④],潸焉出涕。

小东大东[⑤],杼柚其空[⑥]。纠纠葛屦[⑦],可以履霜。佻佻公子[⑧],行彼周行[⑨]。既往既来,使我心疚[⑩]。

有冽氿泉[⑪],无浸获薪[⑫]。契契寤叹[⑬],哀我惮人[⑭]。薪是获薪,尚可载也。哀我惮人,亦可息也。

东人之子,职劳不来⑮。西人之子⑯,粲粲衣服。舟人之子⑰,熊罴是裘⑱。私人之子⑲,百僚是试⑳。

或以其酒,不以其浆㉑。鞙鞙佩璲㉒,不以其长㉓。维天有汉,监亦有光㉔。跂彼织女㉕,终日七襄㉖。

虽则七襄,不成报章㉗。睆彼牵牛㉘,不以服箱㉙。东有启明,西有长庚。有捄天毕㉚,载施之行㉛。

维南有箕㉜,不可以簸扬。维北有斗㉝,不可以挹酒浆㉞。维南有箕,载翕其舌㉟。维北有斗,西柄之揭㊱。

①饛(méng):食物满器貌。簋(guǐ):古代一种圆口、圈足、有盖、有座的食器,青铜或陶制。飧(sūn):熟食。　②捄(qíu):曲而长貌。棘匕:酸枣木制勺匙。　③周道:大路。砥:磨刀石,用以形容道路平坦。　④睠(juàn):同眷。言:同然。睠言,眷恋回顾貌。　⑤小东大东:西周以镐京为中心,统称东方各诸侯国为东国,以远近分,近者为小东,远者为大东。　⑥杼柚(zhù zhóu):杼,织机之梭,柚,同轴,织机之大轴,合称指织布机。杼柚其空,意谓织布机上尚未完成之织物亦被搜括一空。　⑦纠纠:缠结貌。葛屦:葛草编制之鞋。　⑧佻佻:豫逸轻狂貌。　⑨周行(háng):同周道,大路。　⑩疚:忧虑。　⑪冽:寒冷。氿(guǐ)泉:泉流受阻溢而自旁侧流出,称氿泉。　⑫获:檴之假借,即榆木。檴薪犹棘薪、栗薪之类。一说获薪即砍下薪柴。　⑬契契:忧结貌。寤叹:不寐而叹。　⑭惮:同瘅,疲苦成病。　⑮职劳:从事劳役。来:勑之借字,慰劳。或为赉之借字,赏赐。　⑯西人:指周人。陈奂《诗毛氏传疏》:"周在西,故以西人为京师人。"　⑰舟:周之假借。《郑笺》:"舟,当作周。"舟人,即大人,指上层之人。马瑞辰《毛诗传笺通释》:"周人即大人,犹周行或谓大道,周狗即大狗也。"　⑱裘:《郑笺》:"裘当作求。"求,追求,此指找猎,意谓狩猎求取熊罴。　⑲私人:小人,奴仆。《方言》:"私,小也。"　⑳僚:一种奴仆之称谓,其时仆役有皂、舆、隶、僚、仆、台、圉、牧等。百僚,即诸等差役,犹云百隶、百仆。试:任用。　㉑浆:酒浆,此指薄酒。　㉒鞙(juān)鞙:或作琄、娟,系佩之线美而长貌。璲:瑞玉,可

以为佩。　　㉓不以其长：以，因。长，善。《郑笺》："佩之鞙鞙然，居其官职，非其才之所长也，徒美其佩而无其德，刺其素餐。"　　㉔监：同鉴，镜。　　㉕跂(qí)：同歧，分叉状。织女：星座名，共有三星呈三角形，位于银河北侧。　　㉖终日：指从早到晚。襄：反，更动。七襄，七次移位。按一天分十二时辰，白日分卯时至酉时共七个时辰，织女星座每一个时辰移位一次，故称七襄。　　㉗报：复。此指织机梭子引线往复织作。章：经纬纹理。不成报章，即织不成布帛。　　㉘睆(huǎn)：明亮貌。牵牛：星座名，又名河鼓星，俗名牛郎星，在银河南侧。　　㉙以：用。服：负载。箱：车斗。服箱，谓驾车运载。　　㉚天毕：毕星，八星组成，状如捕兔毕网，网小而柄长，似匙勺状。　　㉛载：则。施(yí)：斜行。行：行列。　　㉜箕：星座名，共四星联成梯形，形似簸箕，故名。　　㉝斗：南斗星座，共六星聚成斗形，位置在箕星之北，故与箕星并称南箕北斗。　　㉞挹：舀。　　㉟翕(xì)：向内收吸。翕其舌，吸着舌头。箕星底狭口大，似向内吸舌若吞噬之状。　　㊱揭：举起。西柄之揭，南斗星座呈斗形有柄，天体运行，其柄常在西方。此喻西方执柄举向东方。

葛屦履霜杼柚空，周行公子往来风。

更嗟箕斗惊天笔，千古悯农祖大东！

此诗所述者，衣食无着而伤于赋役，且诗辞明著"小东大东"，复对比"东人之子"与"西人之子"，故为东国之人伤困厄而怨刺西人之辞。盖西周之初，"三监"叛乱，殷商后裔武庚联合东方旧属国起兵反周。周公东征，三载而诛武庚，黜"三监"，攻灭奄等十七国。继而，迁殷顽，封建姬姓大国于东方分而治之。西周以镐京为中心，统称东方各诸侯国为东国，以远近分，近者为小东，远者为大东。为加强控制，据《逸周书》"辟开修道，五里有郊，十里有井，二十里有舍"，从镐京修筑大道直达东方诸国，即所谓"周道"，自西向东便于运送军队，而自东向西则便于运回贡赋。于东方诸国而言，此一大道为西周统治者输入利益，而带给东国者无异压榨、劳役及困苦，东国之怨即由是而生。故于此诗之背景，历代传笺多无异辞。《毛诗序》曰："《大东》，刺乱也。东国困于役而伤于财，谭大夫作是诗以告病焉。"序以诗乃谭国大夫所作。郑笺"谭国在东，故其大夫尤苦征役之事也。鲁庄公十年，齐师灭谭",释其所言谭国之事。后世于东国之怨,多从其说,唯谓谭大夫作,无可稽考,则或疑之。朱熹《诗序辨说》以为"谭大夫未有考,不知何据",然又"恐或有传耳",故于《诗集传》释之曰"序以为东国困于役而伤于财,谭大夫作此以告病。言有饛簋飧,则有捄棘匕。周道如砥,则其直如矢。是以君子履之而小人视焉。今乃顾之而出涕者,则以东方之赋役,莫不由是而西输于周也",仍从序之说。若以谭大夫作,《左传·庄公十年》记"齐师灭谭",鲁庄公十年即公元前 684 年,时在东周初期庄王世,而据此诗刺西周义,诗当作于谭国未灭之西周时期。姚际恒《诗经通论》以为"幽王之时,号令犹行于诸侯,故东国诸侯之民愁怨如此,若东迁之后,则不能尔矣",此说正合毛诗将本篇编列幽王之世,故序说似亦可信。观诗述政苛赋烦,民人劳苦,多以对比、暗喻之法,极显东人劳困之因,哀悯之情,溢于言表。五章后借仰望星空,由现实而虚幻,奇情纵恣,光怪陆离,思路奇崛而意蕴尤深。于末章之箕斗之喻,欧阳修《诗本义》尝言"箕斗非徒不可用而已,箕张其舌,反若有所噬。斗西其柄,反若有所挹取于东",是此天象岂非正与"杼柚其空"之现实恰若笙磬之合乎?故此观天,岂非怨天而诉之?方玉润《诗经原始》亦言"本咏政赋烦重,人民劳苦,入后忽历数天星,豪纵无羁",并以为"试思此诗若无后半文字,则东国困敝,纵极写得十分沉痛,亦不过平常歌咏而已,安能如许惊心动魄文字……民之困于王者,既若彼其穷,而人之厄于天者,又如此其极。天乎,何其困厄东国若是乎?民情至此咨怨极矣……后世李白歌行,杜甫长篇,悉脱胎于此,均足以卓立千古。《三百》所以为诗家鼻祖也",诚为深于诗者之言。观后世悯农之作夥矣,细析之,岂非悉由此出且未见越此惊天之笔者焉?

四 月

四月维夏[①],六月徂暑[②]。先祖匪人[③],胡宁忍予[④]?

秋日凄凄,百卉俱腓[⑤]。乱离瘼矣[⑥],爰其适归[⑦]?

冬日烈烈[⑧],飘风发发。民莫不穀,我独何害[⑨]?

山有嘉卉,侯栗侯梅[⑩]。废为残贼[⑪],莫知其尤[⑫]。

相彼泉水,载清载浊。我日构祸⑬,曷云能穀?

滔滔江汉,南国之纪⑭。尽瘁以仕⑮,宁莫我有⑯?

匪鹑匪鸢⑰,翰飞戾天。匪鳣匪鲔⑱,潜逃于渊。

山有蕨薇⑲,隰有杞桋⑳。君子作歌,维以告哀。

①四月:此指夏历四月。下句六月同。　②徂:往。徂暑,谓进入盛暑。
③匪人:不是他人。　④胡宁:为什么。忍予:忍心让我受苦。　⑤腓:痱之假
借字,病。此指草木枯萎。　⑥瘵(mò):病,痛苦。　⑦爰:何。适:往,去。
归:归宿。　⑧烈烈:即冽冽,严寒。　⑨何:通荷,承受。　⑩侯:有。
⑪废:大。残贼:残害。　⑫尤:错,罪过。　⑬构:遘之假借字,遇。　⑭南
国:指南方诸多河流。纪:纲纪。朱熹《诗集传》:"纪,纲纪也,谓经带包络之也。"
⑮尽瘁:尽心尽力以致憔悴。仕:任职。　⑯宁:而。莫:不。有:通友,友爱,亲
善。莫我有,莫有我之倒文。　⑰匪:彼。　⑱鳣(zhān):大鲤鱼。鲔(wěi):
鲟鱼。　⑲蕨、薇:两种野菜。　⑳杞:枸杞。桋(yí):赤楝。

相彼泉流浊复清,鸢飞鱼潜苦难行。

滔滔江汉忧寒暑,迁谪悲情肇远声。

此诗所述者,自初夏被逐,行役江汉,遭遇变乱,历经秋冬,滞留难归之事,自
伤无过受害,无计避祸,痛抒忧愤之情。然于诗何以作及诗旨为何,则说者不一。
《毛诗序》曰:"《四月》,大夫刺幽王也。在位贪残,下国构祸,怨乱并兴焉。"是以
为诗乃怨乱而作,诗旨则刺幽王。然于所怨何乱,则语焉不详。孔疏"此篇毛传其
意不明。王肃之说,自云述毛。于'六月徂暑'之下注云:'诗人以夏四月行役,至
六月暑往未得反,已阙一时之祭,后当复阙二时也。''先祖匪人'之下又云:'征役
过时,旷废其祭祀,我先祖独非人乎?王者何为忍不恤我,使我不得修子道。'"
因此篇毛传不明,故引王肃之言,以为征役踰时不得祭祖而怨,并以刺王。复引孙

毓之言曰"凡从役踰年乃怨,虽文王之师,犹采薇而行,岁暮乃归。小雅美之,不以为讥。又行役之人,固不得亲祭,摄者修之,未为有阙。岂有四月从役,六月未归,数月之间,未过古者出师之期,而以刺幽王亡国之君乎",是以非王肃之说,似于刺王之义已有疑焉。以此,朱子亦不言刺王,《诗集传》释之为"此亦遭乱自伤之诗。言四月维夏,则六月徂暑矣。我先祖岂非人乎,何忍使我遭此祸也?无所归咎之辞也",仅以诗旨为遭乱自伤。清人吴闿生《诗义会通》亦承之曰:"此下数篇,大率皆困于征役,怨怼之词。"今人说此诗,多以之为"一个小官吏诉说行役之苦和忧世之情的述怀诗",当即于此说而衍发。然则,细察之,王肃之言并非无据。《左传·文公十三年》"公自晋还,郑伯会公于棐,欲其如晋请平。季文子赋《四月》,见征役踰时,思归祭祀,不欲如晋",又《孔丛子·记义》记孔子读诗之言"于《四月》,见孝子之思祭也",所谓"征役踰时""孝子思祭"云云,显与王肃之言合。观诗之辞,时序推移,地域明确,此必诗人之所亲历。而所以若此者,既"乱离瘼矣"且"我日构祸",遭乱世亦无疑。明人朱善《诗解颐》尝言"此诗专以为行役,则'先祖匪人'之怨,其辞过于深。专以为忧乱,则'滔滔江汉'之咏,其辞过于远。然则是诗也,盖大夫行役而忧时之乱惧其祸之辞也",清人胡承珙《毛诗后笺》则言"此诗以构祸怨乱为重,而苦役特其一端,思祭又苦役之一端",颇为知言。是以孝子思祭、苦役自伤、怨乱刺王事本相倚,故其义自可相贯而不相悖。基于此,姚际恒《诗经通论》以为"此疑大夫之后为仕者遭小人构祸,身历南国,而叹其无所容身也",方玉润《诗经原始》则以为"此诗明明逐臣南迁之词,而诸家所解,或主遭乱,或主行役,或主构祸,或主思祭,皆未尝即全诗而一诵之也",并说其义曰"冒暑远征,人情所难,今遭放废,适当其厄,岂得已哉……故自夏徂秋,由秋而冬,历时三序,始抵南国……独予尽瘁王室,而王终不我知,而我有者何哉……孤臣远迈,怅望何之?游子无家,去将焉往?又况乱离多故,万民交病,更觉无所依归",擘肌分理,庶几可得诗义之隐微。是此篇实乃古今迁谪文学之祖,由是似可窥屈之骚、杜之诗所自来矣。

北山之什

北 山

陟彼北山,言采其杞①。偕偕士子②,朝夕从事。王事靡盬,忧我父母。

溥天之下③,莫非王土。率土之滨④,莫非王臣。大夫不均⑤,我从事独贤⑥。

四牡彭彭⑦,王事傍傍⑧。嘉我未老,鲜我方将⑨。旅力方刚⑩,经营四方⑪。

或燕燕居息⑫,或尽瘁事国。或息偃在床⑬,或不已于行⑭。

或不知叫号,或惨惨劬劳⑮。或栖迟偃仰⑯,或王事鞅掌⑰。

或湛乐饮酒⑱,或惨惨畏咎⑲。或出入风议⑳,或靡事不为㉑。

---

①言:语助词。　②偕偕:健壮貌。　③溥:古本作普,普遍。　④率:循,自。《尔雅》:"率,自也。"率土之滨,谓循自水涯,即四海之内。　⑤均:公平。　⑥贤:多、劳。马瑞辰《毛诗传笺通释》:"贤之本义为多……事多者必劳,故贤为多,即为劳。"　⑦彭彭:马奔走不息。　⑧傍傍:急急忙忙。　⑨鲜:称善。《郑笺》:"嘉、鲜,皆善也。"将:强壮。　⑩旅:通膂。旅力,犹言体力。⑪经营:此指操劳办事。　⑫燕燕:安闲自得貌。居息:家中休息。　⑬偃:卧。息偃,躺着休息。　⑭不已:不停。行:道路。　⑮惨惨:亦作懆懆,忧虑不安貌。　⑯栖迟:休息游乐。　⑰鞅掌:事多繁忙,烦劳不堪。钱澄之《田间诗学》:"鞅掌,即指勤于驰驱,掌不离鞅,犹言身不离鞍马耳。"　⑱湛(dān):同耽,沉湎。　⑲咎:罪责。　⑳风议:放言高论。傅恒等《诗义折中》:"或出入风议,则己不任劳,而转持劳者之短长。"　㉑靡事不为:无事不作。傅恒等《诗义折中》:"勤劳王事之外,又畏风议之口而周旋弥缝之也。"

率土之滨我独贤,贻忧父母虑相煎。

既知均寡恒常理,惊见基尼又跃迁!

此诗所述似与邶风《北门》相类,作者因劳于王事而不得养父母,发劳逸不均之怨刺之辞。所言"大夫不均,我从事独贤"为一篇主脑,后半则历举不均之现象,六类对比连用十二"或"字,姚际恒《诗经通论》评为"'或'字作十二叠,甚奇;末句无收结,尤奇",实开韩退之《南山》诗句法之先河。此诗之辞义甚明,然诗为何人所作及诗旨何寄,则其说略异。《毛诗序》曰:"《北山》,大夫刺幽王也。役使不均,己劳于从事,而不得养其父母焉。"以为诗乃周大夫所作,而诗旨则刺幽王。孔疏释之曰"经六章皆怨役使不均之辞。若指文,则'大夫不均,我从事独贤',是役使不均也。'朝夕从事',是己劳于从事也。'忧我父母',是由不得养其父母所以忧之也。经、序倒者,作者恨劳而不得供养,故言忧我父母,序以由不均而致此怨,故先言役使不均也",比照诗之辞章,以释序之说,当合其义。三家诗及后世论家所言大体略同。按此说当袭自孟子,查《孟子·万章上》咸丘蒙问:"《诗》云:'普天之下,莫非王土,率土之滨,莫非王臣。'而舜既为天子矣,敢问瞽瞍之非臣,如何?"孟子答:"是诗也,非是之谓也。劳于王事,而不得养父母也,曰:'此莫非王事,我独贤劳也。'故说诗者,不以文害辞,不以辞害志。以意逆志,是为得之。"所答问之诗即此篇,孟子明以诗言独劳王事而不得养父母,是为序之所袭者。然于作者身份,孟子并未言明,而序以为周大夫。后世多从之。朱熹《诗集传》亦以为"大夫行役而作此诗",显为承序义而为说。然则,观诗辞"偕偕士子,朝夕从事",毛传"士子有王事者也",是作者已自称"士子"。故诸家以作者为"大夫",显然不合诗辞之义。按周制,官员分卿、大夫、士三等,士属最低层,姚际恒《诗经通论》已指出"此为为士者所作以怨大夫也,故曰'偕偕士子',曰'大夫不均',有明文矣",可纠诸家之误。是以由诗辞言,固为士独贤而怨刺大夫,然士所劳者本为王事,"大夫不均",郑笺"王不均,大夫之使",是大夫不均乃王政衰乱之所致,正若朱子所言"不斥王而曰大夫","诗人之忠厚如此",故序言"刺幽王",似亦未可为非。总而观之,由"独贤"而刺"不均",乃诗之主旨所在。而幽王之世,乱象丛集,"不均"之事自益为甚。是以诗刺"不均",固其宜也。盖"不均"向为社会秩序稳定之大患,《论语·

季氏》载孔子之言曰"有国有家者,不患寡而患不均",已成治国理念之基本遵循。然而,延及今世,因利益集团及权势阶层之贪婪本性及强力把控,贫富鸿沟不断扩大。联合国开发计划署以衡量一国收入分配差距之基尼系数达 0.4 为"警戒线",而此警戒线被不断突破,基尼系数急遽攀升,"不均"实已成为世界性问题。观此基尼跃迁,不均猛进,岂不虑哉? 何以治焉?

无将大车

无将大车①,祗自尘兮②。无思百忧③,祗自疧兮④。

无将大车,维尘冥冥⑤。无思百忧,不出于颎⑥。

无将大车,维尘雝兮⑦。无思百忧,祗自重兮⑧。

①将:扶,进。此指用手推。　②祗:只是。祗自尘,谓大车本用牛拉,若用人推,非但无效,且惹灰尘,喻徒劳无功。　③百:言其多。　④疧(qí):病痛。⑤冥冥:昏暗貌。　⑥颎(jiǒng):通耿,心绪不宁,忧虑不安。不出于颎,犹言不能摆脱烦躁不安心境。　⑦雝:通壅,引申为遮蔽。　⑧重:通腫,病痛。一说借为恫,哀痛。

力渺如何将大车? 徒教衣袖蔽尘沙。

百忧自是世间劫,岂独小人虑若麻?

此诗以将大车而惹尘,以比思百忧而自病,似极忧之辞。然所忧何事,向多异说。《毛诗序》曰:"《无将大车》,大夫悔将小人也。"序以为周大夫悔将小人之作,然何以为悔将小人,则语简未详。郑笺释之"周大夫悔将小人。幽王之时,小人众多,贤者与之从事,反见谮害,自悔与小人并",孔疏申之"谓时大夫将进小人,使有职位。不堪其任,愆负及己,故悔之也","此大夫作诗,则贤者也,自当择交。既进而悔者,知人则哲,尧尚难之。孔子以圣人之隽,尚改观于宰我。子文以诸侯之良,犹未知于子玉。况大夫非圣，能无悔乎？经三章，皆悔辞也"，皆以大夫择人不当而悔之以为说，且以诗作幽王世。至朱子而不信序说，《诗序辨说》以为"此序之误，由不识兴体，而误以为比也"，《诗集传》即以此诗为"兴也"，并释之曰"此亦行役劳苦而忧思者之作。言将大车，则尘污之。思百忧，则病及之也"，似以将大车为实述之事，故诗乃忧思行役之辞。因其说近劳者歌其事之义，故今人多从之。高亨《诗经今注》解此诗为"劳动者推着大车，想起自己的忧患，唱出这个歌"，陈子展《诗经直解》称"《无将大车》当是推挽大车者所作。此亦劳者歌其事之一例"，"愚谓不如以诗还诸歌谣，视为劳者直赋其事之为确也"，皆以将大车为实赋其事，以之牵合民间歌谣之理念，显由朱说而衍发。然则，味诗之辞，"无将大车"乃设譬之言，似非实赋之所宜。故清人复诋朱说，顾栋高《毛诗类释》以为"朱子易为行役劳苦之诗，是竟以将大车为实赋其事，不如旧说为优"，已指将大车非为实赋之事。姚际恒《诗经通论》则言："观三章'无思百忧'三句，并无行役之意，是必以'将大车'为行役，甚可笑。且若是，则为赋，何云兴乎？"以朱子既以每章首二句将大车为起兴之辞，却又以将大车为行役者自歌其事，显然自相扞格，是揭朱说之失甚切。姚氏因以诗旨为"此贤者伤乱世，忧思百出。既而欲暂已，虑其甚病，无聊之至也"，方玉润《诗经原始》亦以为"此诗人感时伤乱，搔首茫茫，百忧并集，既又知其徒忧无益，秖以自病，故作此旷达聊以自遣之词"，是于悔将小人、忧思行役之外，又作感时自遣之说。实则，小人众多抑或感时伤乱，皆不离衰乱之世情，观孔疏尝言"以将进小人，后致病累，可为鉴戒，以示将来，足明时政昏昧，朝多小人，亦所以刺王也"，乱世之弊自是多端，若果诗作幽王世，则此指亦所以刺王，尤可发蕴义之要，亦可补序、笺之所未及。又《荀子·大略》有言："君人者，不可以不慎取臣。匹夫者，不可以不慎取友……以友观人，焉所疑？取友善人，不可不慎，是德之基也。诗曰：'无将大车，维尘冥冥。'言无与小人处也。"即以此诗为戒慎取人之道。《韩诗外传》卷七载赵简子与子质言树人之事："今子之所树，非其人也，故君子先择而后树也。诗曰：'无将大车，维尘冥冥。'"亦引此诗以证所树非人。《易林·井之大有》复有"大舆多尘，小人伤贤"之言。是此诗以小人为说，实由来已久，似亦未可径废。观诗言将大车，则自尘，思百忧，则自痕，故大车喻百忧，辞义岂不自顺？是以乱世多弊，百忧所及，不必定于一端，此亦"诗无达诂"之谓欤？

小 明

　　明明上天，照临下土。我征徂西，至于艽野①。二月初吉，载离寒暑②。心之忧矣，其毒大苦③。念彼共人④，涕零如雨。岂不怀归？畏此罪罟⑤。

　　昔我往矣，日月方除⑥。曷云其还⑦，岁聿云莫⑧？念我独兮，我事孔庶⑨。心之忧矣，惮我不暇⑩。念彼共人，睠睠怀顾⑪。岂不怀归？畏此谴怒⑫。

　　昔我往矣，日月方奥⑬。曷云其还，政事愈蹙⑭？岁聿云莫，采萧获菽⑮。心之忧矣，自诒伊戚⑯。念彼共人，兴言出宿⑰。岂不怀归？畏此反覆⑱。

　　嗟尔君子，无恒安处⑲。靖共尔位⑳，正直是与㉑。神之听之㉒，式榖以女㉓。

　　嗟尔君子，无恒安息。靖共尔位，好是正直㉔。神之听之，介尔景福㉕。

---

①艽（qiú）野：荒远边地。　　②载：乃，则。离：经历。寒暑：指一年。③毒：磨难。大：同太。　　④共：通恭。共人，宽和恭谨之人。　　⑤罪：捕鱼竹网。《字汇补》："罪，捕鱼器。"罟，网。罪罟，犹云网罟。　　⑥除：亦作涂。《尔雅·释天》："十二月为涂。"《毛传》："除，除陈去新也。"日月方除，谓旧岁刚辞新年将到。　　⑦曷：何，何时。云：语助词。其：将。还：回去。　　⑧聿、云：二字均语助词。莫：古暮字。　　⑨孔庶：很多。　　⑩惮：通瘅，劳苦。不暇：不得闲暇。⑪睠（juàn）睠：即眷眷，恋慕。　　⑫谴怒：谴责恼怒。此指当权者之惩罚。⑬奥（yù）：燠之假借，温暖。　　⑭蹙：急促，紧迫。　　⑮萧：艾蒿。菽：豆类。⑯诒：通贻，留下。伊：此，这。戚：忧伤，痛苦。　　⑰兴言：犹薄言，语首助词。出宿：不能安睡。　　⑱反覆：指不测之祸。《郑笺》："反覆，谓不以正罪见罪。"⑲恒：常。安处：指安逸享乐。　　⑳靖：敬。共：通恭，奉，履行。位：职位，职责。

㉑与：亲近，友好。一说通举，行为，举止。　㉒神：审慎。听：听从。　㉓式：乃，则。榖：善，此指福。以：与。女：汝。　㉔好：爱好，亲近。　㉕介：借为匄(gài)，给予。景福：大福。

徂西芃野曷云还？情系共人涕泗潸。
谁谓念贤聊自慰，戒僚悔仕义难圜。

　　此诗所述者，与《四月》《北山》似，既言长年行役、事务缠身之困，抒久不得归、忧心忡忡之情，复作君子安处、劳逸不均之怨叹。唯不若《北山》之刻露、《四月》之愤切，以反复之咏叹，出之以委婉之辞。故诗之义隐而曲，致历代解者多异说。《毛诗序》曰："《小明》，大夫悔仕于乱世也。"是以周大夫于乱世久役难归，且或遭罪祸，故发悔仕之辞。郑笺以为"名篇曰小明者，言幽王日小其明，损其政事，以至于乱"，又曰"我行往之西方，至于远荒之地，乃以二月朔日始行，至今则更夏暑冬寒矣，尚未得归。诗人牧伯之大夫，使述其方之事，遭乱世劳苦而悔仕"，释小明之篇名，以诗作幽王之世，且以作者为牧伯之大夫。然诗之前三章反复咏叹"念彼共人"，共人何指，历来所说不一。郑笺以为"共人，靖共尔位，以待贤者之君"，是以"共人"非为所念之人，显与诗义不合，已为人讥为迂谬，可置不论。宋人吕祖谦《吕氏家塾读诗记》引丘氏之言曰"'共人'谓温恭之人，隐居不仕者也。贤者久不得归，于是悔仕，进退既难，恐不免于祸，念彼不仕之友闲居自乐，欲似之而不得，故涕零如雨也"，戴溪《续吕氏家塾读诗记》亦以为"当时必有温共静退之人劝大夫以不仕者，不从其言，故悔恨至涕泣，睠睠怀顾，欲出宿而从之也"，皆释"共人"为隐居不仕之人。朱子则不然其说，释"共人""君子"皆为诗人之"僚友"，《诗集传》释之曰"大夫以二月西征，至于岁暮而未得归，故呼天而诉之。复念其僚友之处者，且自言其畏罪而不敢归也"，以此诗"既自伤悼"，"又戒其僚友"。清人方玉润推广朱说，于《诗经原始》云"此诗与《北山》相似而实不同。彼刺大夫役使不均，此因己之久役而念友之安居。题既各别，诗亦迥异。故此不独羡人之逸，且勉其不可怀安也"。视共人所指不同，则诗意显异。后二章语意忽变，勉君子"靖共尔位"克尽职守。以此观之，前述之共人若为作者之僚友，则无以勉其克尽职守。若为隐居不仕

411

者,则前已悔仕而向往归隐,此复勉以恭谨尽职,显相扞格。欧阳修《诗本义》已曾驳之曰"大夫方以乱世悔仕,决不勉其友以仕",遂以为"嗟尔君子,无恒安处,乃是大夫自相劳苦之辞"。吕祖谦《吕氏家塾读诗记》申其说曰:"上三章唱悔仕乱世,厌于劳役,欲安处休息而不可得,故每章有怀归之叹。至是知不可去矣,则与其同列自相劳苦曰:嗟尔君子,无恒欲安处也。苟静恭于位,惟正直之道是与,则神将佑之矣,何必去哉!"戴溪《续吕氏家塾读诗记》亦谓"前三章念共人而悔仕,后二章勉君子以安位","始悔仕于乱世,终不忍去其君,可以为贤矣"。似皆欲以怨而不怒、温柔敦厚之诗人之旨而为言。然则,诗之"嗟尔君子"明是对"尔"而言,以其既是自勉,复为互勉,实为牵合而难通。且就诗之全篇言,果若既自悔复又诫友,亦委实不合情理。观吴闿生《诗义会通》尝言"此诗明为行役怨困之诗,词义甚明。念彼共人者,念古之劳臣贤士,以自证而自慰也。末章所谓'无恒安处',亦自慰勉之词,而反若泛戒凡百君子者,此所谓'深隐',所谓'微至',正古人之高文也",是以"念贤"为说,于诗之微旨,岂非若探骊而得其珠焉?

鼓 钟

鼓钟将将①,淮水汤汤②,忧心且伤。淑人君子,怀允不忘③。
鼓钟喈喈④,淮水湝湝⑤,忧心且悲。淑人君子,其德不回⑥。
鼓钟伐鼛⑦,淮有三洲⑧,忧心且妯⑨。淑人君子,其德不犹⑩。
鼓钟钦钦⑪,鼓瑟鼓琴,笙磬同音⑫。以雅以南⑬,以籥不僭⑭。

①鼓:敲击。将(qiāng)将:同锵锵,象声词,形容钟声响亮。　②汤(shāng)汤:大水涌流貌。　③怀:思念。允:诚然,确实。　④喈(jiē)喈:象声词,形容钟声和谐。　⑤湝(jiē)湝:水流貌。　⑥回:邪。　⑦伐:敲击。鼛(gāo):一种大鼓。　⑧三洲:《毛传》:"淮上地。"原为淮河上三个小岛,后经大水被淹,不知所在。疑即周王会诸侯奏乐之地。　⑨妯(chōu):亦作怞,伤悼。⑩犹:已。王引之《经义述闻》:"'其德不犹',言久而弥笃,无有已时也。"一说訧之假借字,缺点,毛病。朱骏声《说文通训定声·孚部》:"犹,假借为訧。"　⑪钦

钦：象声词，钟声。　⑫笙：乐器名，编管有簧。磬：打击乐器，用石或玉制成。同音：音调和谐。　⑬以：为，作，指演奏，表演。雅：原为乐器名，状如漆筒，两头蒙以羊皮。引申为乐调名，指天子之乐，或周王畿之乐调，即正乐。南：原为乐器名，形似钟。引申为乐调名，或说指南方江汉地区之乐调。　⑭籥(yuè)：乐器名，似排箫。古时羽舞时边吹籥，边持翟羽舞蹈。僭(jiàn)：超越本分，此训乱。不僭，犹言按部就班，和谐合拍。

> 钟鼓将将淮水湝，淑人君子德长怀。
> 尝言治道通声教，幽世琴音却不乖？

观诗辞所述，诗人于淮水听乐，发伤今思古之情。然于诗旨，历代异说颇多。《毛诗序》曰"《鼓钟》，刺幽王也"，是以诗为刺幽之作。然淮水听乐，何以为刺幽王？毛传以为"幽王用乐，不与德比，会诸侯于淮上，鼓其淫乐以示诸侯，贤者为之忧伤"，以为幽王于淮上鼓其淫乐，故贤者忧之。郑笺则以为"为之忧伤者，'嘉乐不野合，牺象不出门'，今乃于淮水之上作先王之乐，失礼尤甚"，据《左传·定公十年》"嘉乐不野合，牺象不出门"之语，以为诗之所刺乃奏乐地点不合礼。孔疏"毛以刺鼓其淫乐以示诸侯，郑以为作先王正乐于淮水之上，毛、郑虽其意不同，俱是失所，故刺之。经四章，毛、郑皆上三章是失礼之事，卒章陈正礼责之，此刺幽王明矣"，辨毛、郑之异，一以之所奏者淫乐，一以之所奏者先王之正乐。然观诗之辞，末章明言"以雅以南"，所奏皆雅乐正声，岂可称为淫乐？孔疏引王基之言曰"所谓淫乐者，谓郑、卫桑间濮上之音，师延所作新声之属"，复引王肃之言曰"凡作乐而非所，则谓之淫，淫，过也。幽王既用乐，不与德比，又鼓之于淮上，所谓过也。桑音濮上，亡国之音，非徒过而已"，以二说不同，故亦"未知二者谁当毛旨"。于此，清人汪龙《毛诗异义》以为"传言'不与德比'，正谓幽王作乐淮水之上，非先王之德，即笺所云失礼也。其曰淫乐，不必如王基所谓郑、卫桑间濮上之音，师延所作新声之属"，胡承珙《毛诗后笺》亦以为"传言'幽王用乐，不与德比'，此正与二章'淑人君子，其德不犹'相对，谓其用先王之乐，而不知比于先王之德，即苏氏《诗传》所谓乐是人非者。然则淫乐之解，当以王肃为是。此诗毛、郑同义。孙毓误会毛旨，而

413

以笺说为长,孔疏从之,谬矣",辨淫乐之解以王肃之说为当,并以为孔疏从孙毓所谓"此篇四章之义明,皆正声之和……无淫乐在其间"之说而致误,实则,郑笺本即申毛传而为言,是毛、郑之义本无异。至若刺幽王之说,亦有疑者。欧阳修《诗本义》即云:"据诗文则作乐于淮水上矣。然旁考《诗》《书》《史记》,无幽王东巡之事,无由远至淮上而作乐,不知此诗安得为刺幽王也。"是又有诗作于昭王时之说。然清人汪梧凤《诗学女为》引《竹书纪年》所载,幽王十年春,王及诸侯盟于太室,秋,王师伐申事,及《左传》所载楚灵会于申,以见幽王有东巡事,且淮水出南阳胎簪山,其地与申、太室均豫川地,故以此诗所述正合幽王之事。是序以为诗作幽王之世,似亦并非无据。且据《庄子·天运》即有黄帝"张咸池之乐于洞庭之野"之说,似亦并非不可张乐于野。由是观之,则此诗究何由观乐而伤时? 吕祖谦《吕氏家塾读诗记》引王安石之言曰"幽王鼓钟淮水之上,为流连之乐,久而忘反,故人忧伤。'淑人君子,怀允不忘'者,伤今而思古也",苏辙《诗集传》则曰"言幽王之不德,岂其乐非古欤? 乐则是矣,而人则非也",就刺幽王而论,"乐则是,人则非",可谓深得诗旨。是以幽王所作之乐并非非为正乐,亦并非不可作于淮水之上,关要乃在不知比于先王之德,乐则是而人则非也。然则,究音声之道,或有疑者。《礼记·乐记》有"是故治世之音安以乐,其政和;乱世之音怨以怒,其政乖;亡国之音哀以思,其民困。声音之道与政通"之论,后世论家无不奉若圭臬,今用之幽王,却如何得以世末而乐和焉?

楚 茨

楚楚者茨①,言抽其棘②。自昔何为? 我蓺黍稷③。我黍与与④,我稷翼翼⑤。我仓既盈,我庾维亿⑥。以为酒食,以享以祀。以妥以侑⑦,以介景福。

济济跄跄⑧,絜尔牛羊⑨,以往烝尝⑩。或剥或亨⑪,或肆或将⑫。祝祭于祊⑬,祀事孔明⑭。先祖是皇⑮,神保是飨⑯。孝孙有庆⑰,报以介福,万寿无疆!

执爨踖踖⑱,为俎孔硕⑲,或燔或炙。君妇莫莫⑳,为豆孔庶㉑,为宾为客。献酬交错,祀仪卒度㉒,笑语卒获㉓。神保是格㉔,报以介福,万寿攸酢㉕!

我孔熯矣㉖,式礼莫愆㉗。工祝致告㉘,徂赉孝孙㉙。苾芬孝祀,神嗜饮食,卜尔百福㉚。如几如式㉛,既齐既稷㉜,既匡既敕㉝。永锡尔极㉞,时万时亿㉟。

礼仪既备,钟鼓既戒㊱。孝孙徂位,工祝致告。神具醉止,皇尸载起㊲。鼓钟送尸,神保聿归㊳。诸宰君妇㊴,废彻不迟㊵。诸父兄弟,备言燕私㊶。

乐具入奏,以绥后禄㊷。尔肴既将㊸,莫怨具庆㊹。既醉既饱,小大稽首。神嗜饮食,使君寿考。孔惠孔时㊺,维其尽之㊻。子子孙孙,勿替引之㊼。

①楚楚:植物丛生貌。茨:蒺藜。　②抽:除去,拔除。棘:刺,指蒺藜。③蓺(yì):种植。　④与与:茂盛貌。　⑤翼翼:整齐貌。　⑥庾:露天粮囤,以草席围成圆形。维:是。亿:形容多。《郑笺》:"十万曰亿。"一说亿犹盈,满。⑦妥:安坐。侑:劝进酒食。　⑧济济:严肃恭敬貌。跄跄:步趋有节貌。⑨絜:同洁,洗干净。牛羊:此指祭品。　⑩烝:冬祭名。尝:秋祭名。此泛指祭祀。　⑪剥:宰割支解。亨:同烹,烧煮,烹调。　⑫肆:陈设,指将祭肉盛于鼎俎中。将:捧着献上。　⑬祝:太祝,司祭礼之人。祊(bēng):设祭之所,在宗庙门内。　⑭孔:很。明:备,指祭礼仪式完备。　⑮皇:借为往,来。《礼记·少仪》:"祭祀之美,齐齐皇皇。"郑玄注:"皇读如归往之往。"《孔疏》:"谓心所系往。"⑯保:依。神保,神所依,即神灵。犹《楚辞》称灵为灵保。　⑰孝孙:主祭之人,亦称曾孙,实即周王。庆:福。此下三句乃太祝之祷词。　⑱爨(cuàn):炊,烧菜煮饭。踖(jí)踖:恭谨敏捷貌。　⑲俎:祭祀时盛牲肉之铜制礼器。硕:大。⑳君妇:主妇,此指天子、诸侯之妻。莫莫:恭谨貌。　㉑豆:古食器,形状为高脚盘。庶:众,多。　㉒卒:尽,完全。度:法度。㉓获:得其宜,恰到好处。

㉔格：至。　　㉕攸：乃。酢（zuò）：酬报。　　㉖煤（nǎn）：通戁，敬惧。　　㉗式：发语词。愆（qiān）：过失，差错。　　㉘工祝：太祝。致告：代神致词，以告祭者。㉙徂：往，一说通且。赉（lài）：赐予。此下皆工祝致告之词。　　㉚卜：给予。赐予。　　㉛如：合。几：借为期。式：法，制度。　　㉜齐（zhāi）：通斋，庄敬。稷：借为亟，敏捷。《说文》："亟，敏疾也。"　　㉝匡：正，端正。敕：通饬，严整。㉞锡：赐。极：至，此指至大之福。　　㉟时：是。一说训或。　　㊱戒：备，一说训告。祭将毕，奏乐以告礼成。　　㊲皇：大，赞美之词。皇尸，代表神祇受祭之人。载：则，就。　　㊳聿（yù）：乃。　　㊴宰：宰夫，亦称膳夫，即厨师。　　㊵废：去。彻：通撤。废彻，谓撤去祭品。不迟：不慢。　　㊶备：俱，全。言：语中助词。燕：通宴。燕私，谓祭祀之后之亲属私宴。　　㊷绥：安，此指安享。后禄：祭后口福。祭后所余之酒肉被认为神所赐之福，故称福酒、胙肉。　　㊸将：美好。㊹莫怨具庆：谓参与宴会之人皆相庆贺而无怨词。　　㊺惠：顺利。时：善，好。㊻其：指主人。尽之：尽其礼仪，指主人完全遵守祭祀礼节。　　㊼替：废。引：延长。引之，谓长行此事。

> 抽棘蓺苗黍稷盈，神迎先祖祀仪明。
> 子孙岂不存宗庙？福寿终将一夕倾！

　　此诗当为祭祖祀神之乐歌。诗自稼穑言起，由垦荒到丰收，由丰收而祭祀，由祭前之准备到祭后之宴乐，细述祭祀之全过程，生动展现出周代祭祀之仪制风貌。全诗六章，结构严密而脉络清晰，风格典雅而完整和谐，姚际恒《诗经通论》称为"煌煌大篇，备极典制。其中自始至终一一可按，虽繁不乱。《仪礼·特牲》《少牢》两篇皆从此脱胎"，自礼俗史观之，实非虚誉。然诗作何时，诗旨何寄，历来说者不一。《毛诗序》曰："《楚茨》，刺幽王也。政烦赋重，田莱多荒，饥馑降丧，民卒流亡，祭祀不飨，故君子思古焉。"是以为诗人当幽王乱世，故作诗思古以刺时。郑笺"田莱多荒，茨棘不除也。饥馑，仓庾不盈也。降丧，神不与福助也"，分释序所言幽王时事。然观诗之所言，皆丰收祭神宴乐之事，何以指此荒乱之象？孔疏"当时君子思古之明王，而作此诗。意言古之明王能政简敛轻，田畴垦辟年有丰穰，时无灾厉，

416

下民则安土乐业,祭祀则鬼神歆飨,以明今不然,故刺之",又曰"经六章,皆陈古之善,以反明今之恶,故笺每事属之。言田莱多荒,茨棘不除,则首章上四句是也。饥馑仓庾不盈,首章次四句是也。降丧神不与福助,首章下四句尽于卒章,言古之享祀神锡尔福,反明今之不飨神,不祐助也",以诗之辞章比照释序、笺之说,是以诗之辞皆陈古之善,意在反形以见今之恶。其说至宋儒而疑之,朱熹《诗序辨说》以为"自此至《车舝》凡十篇,似出一手,辞气和平,称述详雅,无风刺之意。《序》以其在变雅中,故皆以为伤今思古之作。《诗》固有如此者,然不应十篇相属,而绝无一言以见其为衰世之意也。窃恐正雅之篇有错脱在此者耳,序皆失之",因于《诗集传》中断为"此诗述公卿有田禄者力于农事,以奉其宗庙之祭",以诗为实述之事。后人多有从其说者,清人方玉润《诗经原始》:"自此篇至《大田》四诗,辞气典重,礼仪明备,非盛世明王不足以语此。故《序》无辞以说之,不得不创为'伤今思古'之论。然诗实无一语伤今,顾安得谓之思古耶?"即宗朱说而斥序之言。今人论此诗,多以之为实述周王祭祀祖先之乐歌,显亦由朱说而衍发。然于朱子以祭祀者为公卿之说,后世论家复疑之。清人范家相《诗瀋》以为"按《左传》引'我疆我理'二句,明云先王疆理天下物土之宜,而布其利,则非公卿可知。《周礼·钟师》云:'尸出入奏《肆夏》。'又《左传》:'金奏《肆夏》之三。'诗曰'鼓钟送尸',是金奏《肆夏》也,公卿焉得用之?《郊特牲》曰:大夫之奏《肆夏》,由赵文子始也。如以为公卿大夫之诗,则仍是衰世之音矣",胡承珙《毛诗后笺》亦以为"《集传》公卿之说,不独初祭求神,鼓钟送尸,非公卿所有。即如挈牛骍牡之牲,君妇诸宰之号,奏寝之乐,燕毛之礼,千仓万箱之入,四方八蜡之祭,皆非公卿所宜有也",以祭之仪典证之,皆以为祭祀者当为周王。按诸诗辞,此论当与其实相近。故此诗之列幽王世,若非错简,则序之以为思古刺时,似亦非为无理,且思古刺时之例,三百篇中多有,是其或然焉?唯究祭之事言之,祀礼盛备,意在求福祈寿,且"子子孙孙,勿替引之",后世子孙,亦同此心,故宗庙之祭,未尝稍懈。然福寿终将一夕而绝,是神之既享而终有不作为之时焉?

信南山

信彼南山[①],维禹甸之[②]。畇畇原隰[③],曾孙田之[④]。我疆我理[⑤],南东其亩[⑥]。

上天同云⑦,雨雪雰雰。益之以霡霂⑧,既优既渥⑨,既霑既足⑩,生我百谷。

疆埸翼翼⑪,黍稷彧彧⑫。曾孙之穑,以为酒食。畀我尸宾⑬,寿考万年。

中田有庐⑭,疆埸有瓜。是剥是菹⑮,献之皇祖。曾孙寿考,受天之祜。

祭以清酒,从以骍牡⑯。享于祖考,执其鸾刀,以启其毛⑰,取其血膋⑱。

是烝是享⑲,苾苾芬芬。祀事孔明,先祖是皇。报以介福,万寿无疆。

①信:通伸,延伸。此谓长而远貌。　②维:是。禹:大禹,夏朝开国君王,亦称夏禹。甸:治理。　③畇(yún):平整田地。畇畇,土地经垦辟后平展整齐貌。原:广平或高平之地。隰:低湿之地。原隰,泛指全部田地。　④曾孙:后代子孙。朱熹《诗集传》:"曾,重也。自曾祖以至无穷,皆得称之也。"此犹《楚茨》中所称"孝孙",指周王。一说指成王,《毛传》:"曾孙,成王也。"田:垦治田地。　⑤疆:田界,此处用作动词,划田界。理:田中沟陇,此处亦用作动词。疆理,分界治理。　⑥南东:用作动词。南东其亩,将田陇开辟成南北向或东西向。　⑦上天:冬季天空。《尔雅·释天》:"冬日上天。"同云:天空布满阴云,浑然一色。⑧益:加上。霡霂(mài mù):小雨。　⑨优:充足。渥:湿润。　⑩足:湿之假借字,润湿貌。　⑪埸(yì):田界。何楷《诗经世本古义》:"疆、埸皆田界之名。疆乃八家同井之界畔,埸乃一夫百亩之界畔。"翼翼:整齐貌。　⑫彧(yù):郁之假借。彧彧,茂盛貌。　⑬畀(bì):给予。　⑭庐:芦之假借,即芦菔,今称萝卜。一说草庐,房屋。　⑮剥:切开。菹(zū):腌菜。此用作动词,腌制。⑯骍(xīng):赤黄色牲畜。牡:雄性兽,此指公牛。　⑰启:分开。以启其毛,谓分开牛毛而后下刀宰牛。　⑱膋(liáo):脂膏,此指牛油。　⑲烝:进。享:献。烝享,即进献。

南山接海脉绵长，原隰畇畇理复疆。
踵武曾孙终有尽，禹功继废岂周王？

此诗与前篇《楚茨》略同，所述亦由治田亩而收百谷而为酒食而祭先祖，乃祭祖祈福之事。唯《楚茨》言"以往烝尝"，是兼述秋冬二祭，此篇单言"是烝是享"，则似专述岁末之冬祭。冬祭乃一年农事完毕后之终祭，而周人以农立国，于年终之祭多言农事，理或其然。故《楚茨》言垦辟薮黍者略，此则言疆理播谷者详。何楷《诗经世本古义》已言"《楚茨》《信南山》同为一时之作。《楚茨》详于后而略于前，自祭祊以前，但以'祀事孔明'一语该之。《信南山》详于前而略于后，自荐熟以后，但以'祀事孔明'一语该之"，颇得其要。是以论者于此篇亦多言及田亩耕稼之业。《毛诗序》曰："《信南山》，刺幽王也。不能修成王之业，疆理天下，以奉禹功，故君子思古焉。"是亦以诗人思古以刺时，而以所刺者乃不修成王奉禹功之业。然此奉禹功之成王之业为何？郑笺以为"信乎彼南山之野，禹治而丘甸之。今原隰垦辟，则又成王之所佃。言成王乃远修禹之功，今王反不修其业乎"，孔疏则曰"刺其不能修成王之事业，疆界分理天下之田亩，使之勤稼，以奉行大禹之功。故其时君子思古成王焉，所以刺之。经六章皆陈古而反以刺今，言成王能疆理天下以奉禹功"，申其义甚详切。然序、笺据诗所言"曾孙田之"，以曾孙为成王，而定诗辞所述为成王事，后人或疑之。朱熹《诗序辨说》以为"曾孙，古者事神之称。序专以为成王，则陋矣"，《诗集传》因释为"曾孙，主祭者之称"，而"此诗大指与《楚茨》略同"，既不以为成王，而诗指与《楚茨》同，则似亦以主祭者为公卿矣。然则，观《楚茨》"孝孙徂位"，是以明仅主祭，而此篇"曾孙田之"，则显非仅主祭。故以"曾孙"为主祭者之称，复有疑者。清人姚际恒《诗经通论》以为"此篇言曾孙与上篇曾孙别，上篇曾孙指主祭者，此言'我疆我理'，则指成王也。盖'我疆'二句，此初制为彻法也"，比勘有据，似觉可信。唯诗言"维禹甸之"，郑笺以为"禹治而丘甸之"，复引疑议。据《周礼·地官·小司徒》："乃经土地而井牧其田野：九夫为井，四井为邑，四邑为丘，四丘为甸，四甸为县，四县为都，以任地事而令贡赋。"是丘甸乃井田之制。而以"禹治而丘甸"，岂或井田起于夏禹之治？孔疏引孙毓之言"禹平治水土，以除洪水之灾。当此之时，未及丘甸其田也。且井邑丘甸，出于周法，虞、夏之制未有闻焉。今以周之法为虞、夏之说，又谓禹治水土皆丘甸之，非其义也”，是疑郑笺之说。复引他籍以辨之“《礼运》说‘大道既隐’，而曰‘以立田里’，是则三王之初，而有井甸田里之法也。《论语》说‘禹尽力乎沟洫’，与匠人‘井间有洫’同也。《皋陶谟》‘畎浍距川’，与匠人‘同间有浍，专达于川’同也。是则丘甸之法，禹之所为。《左传》‘少康之在虞思，有田一成，有众一旅’，于是则十里为成非周之赋法也。禹之治水既平，乃任土作贡，有何不暇，而云未及丘甸之也”，则又似以郑说非为无据，并承其说谓“是则三王之初，而有井甸田里之法也”，“是则丘甸之法，禹之所为”。尽管学界多有大禹治水“未及丘甸其田”之说，然此诗明言“维禹甸之”，且《论语·宪问》尝有“禹稷耕稼，而有天下”之言，是之谓欤？本来，禹功岂周王之所宜继焉？盖向之以为周王所继乃后稷稼穑之业，而依此观之，则禹岂非于治水之外复理稼穑之业，而可为周王所继焉？

甫 田

倬彼甫田①，岁取十千②。我取其陈③，食我农人④，自古有年⑤。今适南亩，或耘或耔⑥，黍稷薿薿⑦。攸介攸止⑧，烝我髦士⑨。

以我齐明⑩，与我牺羊，以社以方⑪。我田既臧⑫，农夫之庆。琴瑟击鼓，以御田祖⑬，以祈甘雨，以介我稷黍，以穀我士女⑭。

曾孙来止⑮，以其妇子。馌彼南亩⑯，田畯至喜⑰。攘其左右⑱，尝其旨否⑲。禾易长亩⑳，终善且有㉑。曾孙不怒，农夫克敏㉒。

曾孙之稼，如茨如梁㉓。曾孙之庾㉔，如坻如京㉕。乃求千斯仓，乃求万斯箱㉖。黍稷稻粱，农夫之庆。报以介福，万寿无疆。

①倬：广阔貌。甫田：大田。　②十千：虚数，言其多。一说确数，指一万亩公田。　③陈：指陈粮。　④食(sì)：养。　⑤有年：丰年。　⑥耘：锄草。耔：培土。　⑦薿(nǐ)薿：茂盛貌。　⑧攸：乃，就。介：长大。止：至。　⑨烝：进呈。髦士：英俊人士。　⑩齐(zī)明：即粢盛，祭祀用谷物。　⑪以：

用作。社：祭土地神。方：祭四方神。　　⑫臧：善，好。此指丰收。
⑬御(yà)：同迓，迎接。田祖：指神农氏。《周礼》郑注："田祖，始耕田者，谓神农
也。"　　⑭穀：养育。士女：贵族男女。　　⑮曾孙：周王自称，相对神灵和祖先
而言。　　⑯馌(yè)：送饭。　　⑰田畯：农官。　　⑱攘：取。左右：指田畯左右两
旁农夫妇子送来之饭食。　　⑲旨：美味。　　⑳易：茂盛貌。长：满。　　㉑终：
既。有：丰，富足。　　㉒克：能。敏：勤快。　　㉓茨：屋盖，形容圆形之谷堆。
梁：桥梁，形容长方形之谷堆。　　㉔庾：露天粮囤。　　㉕坻(chí)：小丘。京：
冈峦。　　㉖箱：车箱。

> 祀祝社方甘雨均，曾孙仓廪逾千囷。
> 可怜黍稷烝髦士，嗟我农人幸有陈！

　　此诗所述者，乃大田之农事。首言农政大端，次言祭事，再次祭毕省耕，终言稼
穑之盛。全篇章法一线，妥帖周密，不独文辞真切，绘景如画，且可窥得周人祭祖祈
年及农耕活动之状貌，极具民俗史及农事史之价值。然于诗之本事及诗旨为何，向
多异说。《毛诗序》曰："《甫田》，刺幽王也。君子伤今而思古焉。"是亦以为诗作幽
王世，诗旨则伤今思古。郑笺"刺者，刺其仓廪空虚，政烦赋重，农人失职"，释序言
刺之所指。孔疏"经言成王庾稼千仓万箱，是仓廪实，反明幽王之时仓廪虚也。言
适彼南亩，耘耔黍稷，是农人得职，反明幽王之时农人失职也。政烦赋重，《楚茨》
序文次四篇文势大同，此及下篇笺皆引之，言由政烦赋重，故农人失其常职也"，亦
以诗辞所述皆成王盛时事，乃诗人思古之辞，意在反形以见幽王衰世之情，而诗旨
乃刺幽王。朱子不信序说，《诗序辨说》以为"此序专以'自古有年'一句生说，而不
察其下文。'今适南亩'以下，亦未尝不有年也"，《诗集传》遂以为"此诗述公卿有
田禄者，力于农事，以奉方社田祖之祭"，亦以为诗乃实述公卿之事，说同《楚茨》篇
义。然则，诗中多言"曾孙"，按周代君王对祖先及神灵之称呼习惯，"曾孙"当即为
君王。且诗言"曾孙来止，以其妇子，馌彼南亩"，郑笺"曾孙，谓成王也"，"成王来
止，谓出观农事也。亲与后世子行，使知稼穑之艰难也。为农人之在南亩者，设馈
以劝之"。诗又有"田畯至喜，攘其左右，尝其旨否"，郑笺"司啬至，则又加之以酒

食,攮其左右从行者,成王亲为尝其馈之美否,示亲之也"。显为主祭者于祭礼之后亲赴田间督耕馌农之情景,是古者天子本有省耕之事,此诗岂非正纪其实焉? 故后人多不从朱子之说,而以此诗所述正周王省耕之事。清人方玉润《诗经原始》即以为"此王者祈年因而省耕也。祭方社,祀田祖,皆所以祈甘雨,非报成也。观其'或耘或耔',曾孙来省,以至尝其馌食,非春夏耕耨时乎? 至末章极言稼穑之盛,乃后日成效,因'农夫克敏'一言推而言之耳。文章有前路,自有后路。宾主须分,乃得其妙。不然,方祈甘雨何以便报成耶?《集传》按章分释,虚实莫辨,已失语气。乃更谓报福为上颂下之词,以君王而视农夫曰'万寿无疆',窃恐三代圣王不如是之悖且谬耳",辨朱说之非,而究诗之情实,乃以所述者王者祈年而省耕之事。故亦不必定为刺幽王也。由是观之,"曾孙之稼""曾孙之庾",则为对丰年满仓之祈愿,由此而发"报以介福""万寿无疆"乃农人对周王之颂祷。是以劳农省耕,景事如绘,祭神祈福,礼极隆盛。唯农人耕作,"烝我髦士",毛传"治田得谷,俊士以进",而"食我农人",只取"其陈",毛传"尊者食新,农夫食陈",岂不叹乎? 然观后世"四海无闲田,农夫犹饿死",此农人幸有陈者,岂周德之盛乎?

大 田

大田多稼①,既种既戒②,既备乃事。以我覃耜③,俶载南亩④。播厥百谷,既庭且硕⑤,曾孙是若⑥。

既方既皁⑦,既坚既好,不稂不莠⑧。去其螟螣⑨,及其蟊贼⑩,无害我田稚⑪! 田祖有神,秉畀炎火⑫。

有渰萋萋⑬,兴雨祁祁⑭。雨我公田,遂及我私。彼有不获稚,此有不敛穧⑮。彼有遗秉⑯,此有滞穗⑰,伊寡妇之利⑱。

曾孙来止,以其妇子。馌彼南亩,田畯至喜。来方禋祀⑲,以其骍黑⑳,与其黍稷。以享以祀,以介景福。

①大田:即甫田,面积广阔之农田。　②既:已经。种:此指选种。戒:同械,

此用作动词,指修理农具。　③剡(yǎn):剡之假借,锋利。耜(sì):古代一种似锹农具。　④俶:开始。载:从事。　⑤庭:通挺,挺拔。硕:大。　⑥若:顺。谓顺其意。　⑦方:通房,指谷粒已生嫩壳,尚未合满。皁(zào):指谷壳已经结成,尚未坚实。　⑧稂(láng):指穗粒空瘪之禾。莠(yǒu):田间似禾杂草,亦称狗尾草。　⑨螟(míng):吃禾心之虫。螣(tè):吃禾叶之虫。　⑩蟊:吃禾根之虫。贼:吃禾节之虫。　⑪穉:幼禾。　⑫秉:执持。畀:给与。　⑬有渰(yǎn):即渰渰,阴云密布貌。萋萋:凄凄之假借,天气清冷貌。　⑭祁祁:徐徐。　⑮穧(jì):《孔疏》:"穧,禾之铺而未束者。"　⑯秉:把。此指捆成一把把之禾。　⑰滞:遗留。　⑱伊:是。利:好处。　⑲禋(yīn)祀:升烟以祭,古代祭天礼仪,亦泛指祭祀。　⑳骍(xīn):此指赤色牛。黑:此指黑色猪。

田祖有神去害蟊,渰兴祁雨泽公私。

却看敛获多遗穗,秉畀乐天刈麦诗。

此诗所述与前篇似,盖亦大田之农事。首言春耕始播,次述夏耘除害,再则秋成收获,终至祭祀祈福。过程完整,情节真切,诗以白描手法,勾勒出一幅民情风俗之生动画卷。然于诗旨,亦同前篇之诸说不一。《毛诗序》曰:"《大田》,刺幽王也。言矜寡不能自存焉。"是亦以为诗人思古伤时,以之刺幽王。郑笺"幽王之时,政烦赋重,而不务农事,虫灾害谷,风雨不时,万民饥馑,矜寡无所取活,故时臣思古以刺之",孔疏"四章皆陈古善,反以刺王之辞。经唯言寡妇,序并言矜者,以无妻为矜,无夫为寡,皆天民之穷,故连言之。由此而言孤独老疾亦矜寡之类,其文可以兼之矣",亦以诗所述者皆陈古善反言刺时之辞,而序特言矜寡,则由诗辞有"寡妇之利"云尔。然观诗之辞实并无刺意,故后人多不信序说。苏辙《诗集传》以为"此诗为农夫之词,以颂美其上,若以答前篇之意也",朱熹《诗集传》则据《周礼·籥章》"祈年于田祖,则龡豳雅以乐田畯"之说,以为"前篇有'击鼓以御田祖'之文,故或疑此《楚茨》《信南山》《甫田》《大田》四篇,即为豳雅",又曰"前篇上之人以'我田既臧'为'农夫之庆',而欲报之以介福。此篇农夫以'雨我公田,遂及我私',而欲其享祀'以介景福',上下之情,所以相赖而相报者如此。非盛德,其孰能之",亦以诗之辞皆实述盛时之事。按此数篇是否豳雅,尚难确认,然苏、朱二氏以此篇与《甫田》相属,却颇具只眼。观诗辞,两者当同为祭田祖祈丰年之作,唯前篇述周王巡视春耕,此篇则述周王督察秋获,作者虽意在祈福,然春耕秋敛,前呼后应,俨然一完整周代农业生产过程,堪称农事诗之杰构。清人方玉润《诗经原始》以为"前篇省耕,只尝馌食二语写出圣王爱民之情,千古如见其诚。此篇省敛,本欲形容稼穑之多,若从正面描摹,不过千仓万箱等语,有何意味?且与上篇犯复,尤难出色。诗只从遗穗说起,而正穗之多自见。其穗之遗也,有低小之穗,为刈获之所不及者,有刈而遗忘,为束缚之所不备者,亦有束缚虽备,而为辇载之所不尽者,且更有辇载虽尽,而折乱在垅,为刈获所不削,而束缚之难拾者。凡此皆寡妇之利也。事极琐碎,情极闲淡,诗偏尽情曲绘,刻摹无遗,娓娓不倦。无非为多稼穑一语设色生光,所谓愈淡愈奇,愈闲愈妙,善于烘托法耳",是以此篇与上篇相属观之,彼省耕,此省敛,事则异而情则同,可谓析赏细密,得其眛矣。味此诗描摹之妙,只从遗穗说起,不独以见秋获之盛,尤可体得恤民之切。而以"遗穗"入诗以旨在揭民生者,人但知白乐天《观刈麦》"右手秉遗穗,左臂悬敝筐"之语,然若以之置此大田,乐天岂非由此秉界而得焉?

瞻彼洛矣

瞻彼洛矣,维水泱泱。君子至止[①],福禄如茨[②]。韎韐有奭[③],以作六师[④]。

瞻彼洛矣,维水泱泱。君子至止,鞞琫有珌[⑤]。君子万年,保其家室。

瞻彼洛矣,维水泱泱。君子至止,福禄既同[⑥]。君子万年,保其家邦。

①君子:此指周王。止:语助词。　②茨(cí):茅草屋盖,有多层。如茨,谓

厚且多。　　③韎(mèi)：用茜草染成赤色革制品。韐(gé)：蔽膝。奭(shì)：赤色。
④六师：即六军。陈奂《诗毛氏传疏》："《周礼·夏官》：'凡制军，万有二千五百人
为军，王六军。'襄十四年《左传》：'周为六军。'又襄十一年《穀梁传》：'古者天子
六师。'是六师即六军也。"　　⑤鞞(bǐ)：刀鞘，古时又名刀室。琫(běng)：刀鞘上
玉饰。有珌(bì)：即珌珌，玉饰花纹美丽貌。　　⑥既：尽，完全。同：汇聚。

洛水泱泱壮九州，戎装跃马会诸侯。
岂知一把骊山燧，褒姒终难及莫愁！

此诗所述者，洛水浩瀚，君子至洛水而作六师。前二章分言君子服装及佩饰，
后一章则颂祷之辞。于此洛水，或言兴，或言赋，故致异解。《毛诗序》曰："《瞻彼
洛矣》，刺幽王也。思古明王，能爵命诸侯，赏善罚恶焉。"是以诗作幽王世，诗人思
古明王事以刺时，以诗辞有六师为天子事，故以为诗辞所述者乃爵命诸侯。于洛
水，毛传"兴也，洛，宗周溉浸水也"，郑笺"我视洛水，灌溉以时，其泽浸润以成嘉
谷。兴者，喻古明王恩泽加于天下，爵命赏赐以成贤者"。是毛、郑皆以洛水为起
兴之辞，喻王者恩泽。故郑笺释"君子至止者，谓来受爵命者也"，君子乃"诸侯世
子"。朱子则不从序说，《诗集传》以诗乃"赋也，洛，水名，在东都，会诸侯之处也"，
以洛水为实赋之辞，故释之为"此天子会诸侯于东都，以讲武事，而诸侯美天子之
诗。言天子至此洛水之上，御戎服而起六师也"，以此，"君子，指天子也"。今人即
多从朱说，因有咏宣王于洛水之滨会诸侯阅六军之解。按诗辞明言"洛水""六
师"，是必有所纪而非泛言。然细察序、笺及朱子之说，按诸诗辞及史事，似皆有不
合者。若以序、笺之言，君子乃诸侯世子，然按诗辞，不独六师乃天子事，且明言
"君子万年，保其家邦"，岂诸侯世子所宜言？若以朱子之言，君子指天子，则"韎
韐"非天子服，毛传"韎韐者，茅蒐染草也"，郑笺"除三年之丧，服士服而来，未遇爵
命之时。时有征伐之事，天子以其贤任为军将，使代卿士将六军而出……韎韐，祭
服之韠，合韦为之，其服爵弁服，纤衣纁裳也"，则似宜为诸侯世子且除三年之丧
者。故此，以天子爵命诸侯，抑天子会诸侯于东都，皆不得其解。今观明人郝敬
《毛诗原解》尝言"此诗每章首句，凄然有河山今昔之感，与'淮水'同其慨叹"，按

425

"淮水"指《鼓钟》"鼓钟将将,淮水汤汤",乃刺幽王"乐则是"而"人则非"之作,本篇若似此,则序说刺幽王或自有据。又,清人何楷《诗经世本古义》以为此诗"纪东迁也。按史,周幽王十有一年申侯与犬戎入寇,戎弑王于骊山之下。郑桓公友死之,郑人共立其子掘突,是为武公。时晋、卫、秦皆以兵来救,平戎。武公收父余兵,从诸侯东迎故太子宜臼于申,立之,是為平王。王以丰镐逼近戎狄,不可居,乃迁都于洛。此诗所咏正其事也。孔氏云:《王制》言诸侯之世子未赐爵,视天子之元士以君其国。此言靺鞈,故知诸侯世子未赐爵命,服士服也。按武公新丧父,故服靺鞈。《左传》谓周之东迁,晋、郑焉依。故书有文侯之命,此为郑武公咏也",考诸史事,按诸诗辞,似或相合。姚际恒《诗经通论》即从之,以为"何氏此说近是。洛水既属东都,靺鞈亦自非天子服,故存其说"。若此,诗乃咏郑武公迎平王东迁事,则君子指平王,着靺鞈者乃代卿士将六军之郑武公,而平王初至新都,亦方宜有福禄邦家安定之愿。吴闿生《诗义会通》有言"诗凡言福禄者,皆祝祷未来之词,若追述往事,则不必以福禄为言",似已隐然揭及诗之真义。是以诗之辞咏武公,而其事之源则祸本幽王。故言刺幽王或可,而言思古明王爵命诸侯,则或谬以千里矣!

裳裳者华

裳裳者华①,其叶湑兮②。我觏之子③,我心写兮④。我心写兮,是以有誉处兮⑤。

裳裳者华,芸其黄矣⑥。我觏之子,维其有章矣⑦。维其有章矣,是以有庆矣。

裳裳者华,或黄或白。我觏之子,乘其四骆⑧。乘其四骆,六辔沃若⑨。

左之左之⑩,君子宜之⑪。右之右之,君子有之⑫。维其有之,是以似之⑬。

①裳裳:堂堂之假借,鲜明美盛貌。华:花。　②湑(xǔ):茂盛貌。

③觏:遇见。之子:此人,此指诸侯。　④写:通泻,心情舒畅。《毛传》:"输写其心也。"谓心中话倾吐出来,忧愁消除,心情舒畅。　⑤誉:通豫,快乐。处:安居。⑥芸其:即芸芸,花叶盛多貌。黄:指花色。　⑦章:文章,指其人有教养,有才华。　⑧骆:黑鬣黑尾之白马。　⑨沃若:光润貌。　⑩左:与下文之右,指左右辅弼,君子之帮手。　⑪宜:安定。　⑫有:取。有之,谓取其所长。⑬似:嗣之假借,继承,承续。

叶湑芸黄腹蕴章,写心誉处赖和襄。
忠贤谀谄何由别,败寇成王岂有常?

　　此诗以华美叶盛起兴,以言得见"之子"之欢悦之情。此之子既富内在之才华,复具强健之体魄,故其无往而不宜,且福禄子孙嗣之而不绝。诗以花起兴,赞颂人物之美,节奏变化有致,结构收束得当,读来颇有兴味。然之子何指,诗旨为何,则说者不一。《毛诗序》曰:"《裳裳者华》,刺幽王也。古之仕者世禄,小人在位,则谀谄并进,弃贤者之类,绝功臣之世焉。"序以幽王之世,贤者功臣无复世禄,因思古之仕者世禄,而以诗刺之。郑笺以序言"古者,古昔明王时也。小人,斥今幽王也",孔疏申之"以其古之仕于朝者,皆得世袭其禄。今用小人,幽王在于天子之位,则有谗佞谄谀之人并进于朝。既为佞以蔽之王,又进谗以害贤而王信受之,弃去贤者之胤类,绝功臣之世嗣。故时臣思古,以刺之也……经四章,皆言思见明王,以免谗谄并进,令己弃绝之事也",是以诗辞所述者,皆思古明王之事,以见今之幽王衰乱之世而不若。故于诗之华叶之兴,郑笺"兴者,华堂堂于上,喻君也。叶湑然于下,喻臣也。明王贤臣以德相承,而治道兴,则谗谄远矣"。于诗言"我觏之子",郑笺"之子是子也。是子也,谓古之明王也。言我得见古之明王,则我心所忧,写而去矣。我心所忧既写,是则君臣相与,声誉常处也",是以之子喻指古之明王。然观诗辞,并无衰世之徵,且无一言刺之义,故于序、笺之说,后人或不之信。朱熹《诗序辨说》以为"此序只用'似之'二字生说",以似者嗣也,序因之而为世禄、世嗣之言,《诗集传》遂释为"此天子美诸侯之辞。盖以答《瞻彼洛矣》也。言裳裳者华,则其叶湑然而美盛矣。我觏之子,则其心倾泻而悦乐之矣。夫能使见者悦乐

427

之如此,则其有誉处宜矣",以为天子美诸侯之辞,则之子指诸侯,而诗乃对前篇诸侯美天子之答。并比勘诗之辞,以"此章与《蓼萧》首章文势全相似"。查《蓼萧》乃周王与诸侯燕乐之诗,似亦与朱说此诗天子美诸侯之情境合。且《蓼萧》乃正雅之章,序言"泽及四海也",显为盛世明王时事,因按朱意,此《裳裳者华》之篇,固亦实述盛世明王之事。后人亦有从其说者。观清人魏源《诗古微》所言"《裳裳者华》,亦诸侯嗣位初朝见之诗,故与《瞻洛》相次",即当由朱说而衍发。然则,序以诗旨为思古之明王以刺时之幽王,则诗辞实亦述古明王之事。故就诗之辞而言,二说实可相通。盖明王之治,实由诸臣和衷共襄,然史之鉴者,忠贤谗谄何由辨焉? 而良臣之用,实由明君识才进贤,然成王败寇云雨翻覆,君臣际遇何所倚焉?

桑扈之什

桑 扈

交交桑扈①,有莺其羽②。君子乐胥③,受天之祜。

交交桑扈,有莺其领④。君子乐胥,万邦之屏⑤。

之屏之翰⑥,百辟为宪⑦。不戢不难⑧,受福不那⑨。

兕觥其觩⑩,旨酒思柔。彼交匪敖⑪,万福来求⑫。

①交交:鸟鸣声。一说小小貌。桑扈:鸟名,亦名窃脂、青雀。　②莺:有文彩貌。　③君子:此指诸侯。胥:语助词。　④领:颈。　⑤万邦:各诸侯国。屏:屏障,起护卫作用。　⑥之:是。翰:干之假借,支柱。　⑦辟:国君。百辟,即各国诸侯。宪:法度。　⑧不:语助词,下同。戢:收敛,克制。难(nuó):通傩,《颜氏家训》引作傩,谓行有节度。　⑨那(nuó):多。　⑩兕觥:犀牛角制酒杯。觩(qiú):弯曲貌。　⑪彼:通匪,非。交:傲之假借。《汉书·五行志》

引作傲，侥幸之意。敖：通傲，倨傲，傲慢。　　⑫求：同逑，聚集。王引之《经义述闻》："求，读与逑同。逑，聚也，谓福禄来聚。"

桑扈交交莺羽翎，礼文百辟万邦屏。
兕觥颂祷诚如睹，引古鉴时岂不经？

此诗以桑扈起兴，以言君子道德文章，堪为万邦屏翰，并作颂祷祝福之辞。然于诗旨，则多异说。《毛诗序》曰："《桑扈》，刺幽王也。君臣上下，动无礼文焉。"是亦以诗旨为刺幽王。郑笺"动无礼文，举事而不用先王礼法威仪也"，释序所言动无礼文义。观诗辞所述，皆言君子之敬慎处世，何以动无礼文而刺之？观孔疏以为"以其时君臣上下，升降举动，皆无先王礼法威仪之文焉。故陈当有礼文以刺之，即上二章上二句是也。三章言其君为百辟所法，而受福。卒章言臣能燕饮得礼，而不傲慢。皆是君臣礼文之事"，是以诗之辞皆君臣礼文之事，故此亦陈古以刺时者。因于诗辞之桑扈之兴，毛传"莺然有文章"，郑笺"兴者，窃脂飞而往来有文章，人观视而爱之。喻君臣以礼法威仪升降于朝廷，则天下亦观视而仰乐之"，释诗辞皆以礼文而为言。然至宋儒说诗，于此说颇多质疑。王质《诗总闻》以为"当是诸侯来朝，而归国饯送之际，美戒兼同"，似以诗有"兕觥其觩，旨酒思柔"之语，而以之为王者饯送来朝之诸侯，所述乃宴饮之事。朱熹《诗序辨说》则以为"此序只用'彼交匪敖'一句生说"，而以之不可信，故《诗集传》径言"此亦天子燕诸侯之诗。言交交桑扈，则有莺其羽矣。君子乐胥，则受天之祜矣。颂祷之辞也"，亦以为实赋燕饮颂祷之事。清人吴闿生《诗义会通》以为"朱子以此为天子燕诸侯之诗，下篇为诸侯答此诗而作，虽未敢定其必然，然必盛世燕飨酬酢之词，则可断而知也"，即似以朱说可从。今人解此篇，皆以为周王宴会诸侯之作，显亦由朱子之说而肇其端。今观诗之辞，"兕觥其觩，旨酒思柔"，固有君臣燕饮、颂祷祈福之情景如在目前，然细味之，"不戢不难""彼交匪敖"诸语，岂非深涵讽戒之意焉？郑笺有云"王者位至尊，天所子也。然而不自敛以先王之法，不自难以亡国之戒，则其受福禄亦不多也"，又云"贤者居处恭，执事敬。与人交必以礼，则万福之禄，孰而求之"，此"居处恭，执事敬"语出《论语·子路》"樊迟问仁。子曰：居处恭，执事敬，与人忠。

虽之夷狄,不可弃也",显为戒慎之辞。按《左传·成公十三年》载:"卫侯飨苦成叔,甯惠子相。苦成叔傲,甯子曰:苦成叔其亡乎? 古之为飨食也,以观威仪,省祸福也。故诗曰:'兕觥其觩,旨酒思柔。彼交匪敖,万福来求。'今夫子傲,取祸之道也。"所引诗正出此篇,是以知春秋时人,已以此诗之言作警傲之用,似亦正可为此篇下一注脚。若此,则引古鉴时之说似亦非为不经之妄言。

鸳 鸯

鸳鸯于飞,毕之罗之①。君子万年,福禄宜之②。

鸳鸯在梁,戢其左翼③。君子万年,宜其遐福④。

乘马在厩,摧之秣之⑤。君子万年,福禄艾之⑥。

乘马在厩,秣之摧之。君子万年,福禄绥之⑦。

①毕:长柄捕鸟小网。罗:张于地无柄之捕鸟网。 ②宜:《说文》:"宜,所安也。"引申为享。 ③戢(jí):插。陆德明《经典释文》引《韩诗》:"戢,捷也,捷其噣于左也。"谓鸳鸯栖息时将喙插于左翅下。 ④遐:长远。 ⑤摧(cuò):通莝,铡草。《郑笺》:"今'莝'字也。"《说文》:"莝,斩刍也。"指铡草喂马。秣:以谷物喂马。 ⑥艾:辅助。《国语·周语》:"树于有礼,艾人必丰。"一说艾为养。⑦绥:安。

君子养宜福禄多,万般有道地天和。

于飞相伴水云阔,何必鸳鸯入毕罗?

此诗前二章以鸳鸯起兴,后二章以乘马起兴,以言君子永宜福禄。然于所兴何事,历代颇多异说。《毛诗序》曰:"《鸳鸯》,刺幽王也。思古明王,交于万物有道,自奉养有节焉。"是亦以诗刺幽王,而以交于万物及奉养之道而为言。郑笺"交于万物有道,谓顺其性,取之以时,不暴夭也",释交于万物之义。孔疏"以幽王残害万物,奉养过度,是以思古明王交接于天下之万物鸟兽虫鱼皆有道,不暴天也。其自奉养有节度,不奢侈也。今不能然,故刺之。交于万物有道,即上二章上二句是也。自奉养有节,即下二章上二句是也。见明王急于万物而缓于己,故先言交万物,而后言自奉养也",则以鸳鸯之兴,言交万物有道,乘马之兴,言自奉养有节,比照辞章以分释序说之二义。至朱子而疑其说,《诗序辨说》以为"此序穿凿,尤为无理",《诗集传》遂释为"此诸侯所以答《桑扈》也。鸳鸯于飞,则毕之罗之矣。君子万年,则福禄宜之矣。亦颂祷之辞也",以前篇《桑扈》天子宴诸侯,此篇则为答前篇,乃诸侯美天子之辞。至明清论家又生新说,何楷《诗经世本古义》曰:"以《白华》之诗证之,其第七章曰'鸳鸯在梁,戢其左翼,之子无良,二三其德'。是诗亦有'在梁'二语,词旨昭然,诗人追美其初昏。凡诗言'于飞'者六,其以雌雄连言者,唯'凤凰于飞'及此'鸳鸯于飞'耳。'乘马'二章,皆咏亲迎之事而因以致其祷颂之意。《汉广》之诗曰'之子于归,言秣其马',亦同。"析诗中鸳鸯、乘马兴象之意涵,以此诗与婚姻亲迎之事有关,因以之为贺新婚之辞。清人姚际恒、方玉润及今人多从之。按何氏所引小雅《白华》,乃申后被幽王废黜之哀怨之辞,而此诗若为追美初婚,则岂不亦与幽王有关?故方玉润《诗经原始》以为此诗"有夫妇情而无君臣义","《白华》之诗有感于伉俪之不终,亦引用其语,而下即云'之子无良,二三其德',词意固昭然矣。《白华》为申后被黜之诗,安知此诗不为申后初昏而作?圣人两存其诗,正以见幽王'二三其德',虽有初而靡终也",其说似亦有理。然则,细味诗辞之意涵,若诸侯颂美天子,则诗中"鸳鸯""乘马"之兴,颇觉不伦。若以"鸳鸯"之兴以贺新婚,而将其"毕之罗之",则何贺之有?是以知其解皆不确。观鸳鸯之兴,毛传已言"鸳鸯,匹鸟也。太平之时,交于万物有道,取之以时,于其飞乃毕掩而罗之",郑笺申之"兴者,广其义也。獭祭鱼而后渔,豺祭兽而后田,此亦皆其将纵散时也",孔疏"皆待其成而取之也",是此交万物之有道,岂不竟若今之封山禁渔之举耶?观乘马之兴,毛传"摧,莝也。秣,粟也",郑笺"古者明王所乘之马,系于厩无事,则委之以莝,有事,乃予之谷,言爱国用也。以兴于其身,亦犹然。斋而后三举设盛馔,恒日则减焉,此之谓有节也",孔疏"《天官·膳夫》云:'王日一举。'注云:'杀牲盛馔曰举。'又曰:'王斋则三举。'是恒日则减焉",此自奉养之有节,岂不竟若今之闲时食稀、忙时食干之谓欤?显皆深涵交万物有道、自奉养有节之义

431

在。故清人吴闿生《诗义会通》以为"鸳鸯二章,交万物有道也。乘马二章,自奉养有节也",又言"《洛矣》以下四章,思古情迫,言华而旨悴",发明序义,诚有所得。

頍 弁

有頍者弁^①,实维伊何^②?尔酒既旨,尔殽既嘉。岂伊异人^③,兄弟匪他。茑与女萝^④,施于松柏。未见君子,忧心奕奕^⑤。既见君子,庶几说怿^⑥。

有頍者弁,实维何期^⑦?尔酒既旨,尔殽既时^⑧。岂伊异人,兄弟具来^⑨。茑与女萝,施于松上。未见君子,忧心恱恱^⑩。既见君子,庶几有臧^⑪。

有頍者弁,实维在首。尔酒既旨,尔殽既阜^⑫。岂伊异人,兄弟甥舅。如彼雨雪^⑬,先集维霰^⑭。死丧无日^⑮,无几相见^⑯。乐酒今夕,君子维宴^⑰。

①頍(kuǐ):有棱角貌。《释名》:"頍,倾也。著之倾近前也。"弁:皮制帽,贵族所戴。　②实:是。维:为。伊:语助词。　③伊:是。异人:旁人,外人。④茑(niǎo):一种蔓生攀援植物。女萝:又名兔丝、松萝,亦蔓生攀缘植物。⑤奕奕:心神不安貌。　⑥庶几:差不多。说:通悦。说怿,欢欣喜悦。　⑦期:通其,语助词。　⑧时:善。物得其时则善。　⑨具:通俱。　⑩恱恱:忧愁貌。　⑪臧:善。有臧,有好处。　⑫阜:多,指酒肴丰盛。　⑬雨(yù):用作动词,雨雪,即下雪。　⑭集:聚。维:是。霰(xiàn):雪珠。下雪前先下雪珠,最终同样融化,喻人生虽有先后,终不免一死。　⑮无日:不知哪一天。⑯无几:没有多久。　⑰维:同唯,只有。

頍弁何人殽酒嘉,弟兄甥舅悦怡加。

却看几度千秋计,雪霰融时岂有差!

此诗既言酒殽旨嘉，复言兄弟甥舅，似与宴乐及兄弟亲戚之事有关。然又有未见既见之辞，且多忧乱之悲情，是其语似显复晦，致多异说。《毛诗序》曰："《頍弁》，诸公刺幽王也。暴戾无亲，不能宴乐同姓，亲睦九族，孤危将亡，故作是诗也。"是以诗作幽王世，以幽王不能宴乐兄弟亲戚，势将危亡，故诸公以诗刺之。郑笺"戾，虐也。暴虐，谓其政教如雨雪也"，以诗之末章"如彼雨雪"释序所言幽王之暴戾无亲。孔疏"暴戾无亲，即'如彼雨雪，先集维霰'是也。不能燕乐同姓，亲睦九族，三章皆上六句是也。孤危将亡，卒章四句是也。其首章、二章上六句惧王危亡，庶几谏正，亦是将亡之事也。经、序倒者，序述论其事由，暴戾无亲，故不能燕乐，为事之次。经则主为不能燕乐，故先言之"，对照诗之辞章，以释序之所言，颇为详切。以此，则诗中頍弁者及君子皆指幽王。观序言刺幽王"不能宴乐同姓"及"孤危将亡"云云，固与诗之忧危悲情相合，然诗复明言"尔酒""尔殽""兄弟甥舅"，则何以谓之"不能宴乐同姓"？或有疑者。故朱子不从序说，《诗集传》以为"此亦燕兄弟亲戚之诗。故言有頍者弁，实维伊何乎？尔酒既旨，尔殽既嘉，则岂伊异人乎？乃兄弟而匪他人也。又言茑萝施于木上，以比兄弟亲戚缠绵依附之意，是以未见而忧，既见而喜也"，以为宴兄弟亲戚之诗，而未言宴者何王，显不从刺幽王说。若此，则诗述已然之事，君子乃指"兄弟为宾者"。然若依此说，末章忧危之意溢于言表，似非纯粹宴乐之作。故朱子复于《诗序辨说》辨其义"序见诗言死丧无日，便谓孤危将亡。不知古人劝人燕乐，多为此言，如逝者其耋，它人是保之类。且汉魏以来乐府犹多如此，如少壮几时，人生几何之类是也"，以为诗之所言乃劝人及时行乐之意。今人多从其说。程俊英《诗经译注》以为"这是写周王宴请兄弟亲戚的诗。诗中以寄生草依赖于松柏，比喻贵族依赖于周王。末章反映了西周末年统治集团对国家前途悲观失望和及时行乐的心情"，显由朱说而衍发。然则，观诗之辞，"尔酒既旨，尔殽既嘉"之后紧接"岂伊异人，兄弟匪他"，郑笺"女酒已美矣，女殽已美矣，何以不用与族人宴也"，"言王当所与宴者，岂有异人疏远者乎？皆兄弟与王，无他，言至亲，又刺其弗为也"，语本明晰，所谓宴乐乃未然之辞。故"未见君子"，乃"诸公未得见幽王之时，惧其将危亡己无所依怙，故忧而心弈弈然"，是实述其忧。而"既见君子"，则"言我若已得见幽王谏正之，则庶几其变改，意解怿也"，乃设譬之辞、虚想之事。又，"死丧无日"或可作劝人及时行乐解，然贯穿全篇之"忧心弈弈""忧心恍恍"乃至雪霰之喻,皆断难归入此义,正若吴闿生《诗义会通》驳朱子之言"不知汉魏乐府亦多季世忧乱之音,此诗情词悚动如此,安得谓无为而作乎",所谓汉魏乐府人生几何之叹,不亦正多衰乱亡国之音?朱子岂长于理而不深于诗者若此?唯究诗旨所寄,犹有议者。盖王天下者,无论暴虐专制,抑或宽和仁爱,本皆自作千秋之计。然时移势异,皆必终归寂灭。亦恰若彼霰微雪甚,一旦春融,则复何有异乎?

车 辖

间关车之辖兮①,思娈季女逝兮②。匪饥匪渴,德音来括③。虽无好友,式燕且喜。

依彼平林④,有集维鷮⑤。辰彼硕女⑥,令德来教。式燕且誉⑦,好尔无射⑧。

虽无旨酒,式饮庶几⑨。虽无嘉殽,式食庶几。虽无德与女⑩,式歌且舞。

陟彼高冈,析其柞薪⑪。析其柞薪,其叶湑兮。鲜我觏尔⑫,我心写兮⑬。

高山仰止⑭,景行行止⑮。四牡騑騑⑯,六辔如琴⑰。觏尔新昏,以慰我心。

434

①间关:车轴转动声。辖:同辖,车轴头铁键。 ②娈:妩媚可爱。季女:少女。逝:往,此指乘车出嫁。 ③括:通佸,会合。 ④依:茂盛貌。 ⑤鷮(jiāo):长尾野鸡。 ⑥辰:通珍,善,美好。硕女:美女。古以身材高大为美。 ⑦誉:通豫,安乐。 ⑧好:爱。尔:指季女。射(yì):通斁,厌弃。 ⑨庶几:一些。含希望意。 ⑩与:助。此谓相配。女:同汝。 ⑪析:劈开。柞薪:柞木薪柴。古时婚礼劈柴作火把,故以析薪代指结婚迎亲。 ⑫鲜:犹斯,此时。觏:遇合。 ⑬写:通泻,宣泄,指消除忧患,舒畅。 ⑭仰:仰望。止:语尾助词,

与之通。　⑮景行:大路。　⑯騑騑:马行不止貌。　　⑰琴:指琴弦。六辔如琴,形容六条马缰绳如琴弦般整齐协调。

间关车辖道途悠,六辔如琴使不休。

仰止高山娈女淑,胡为不得刺褒幽?

此诗所述者,似为思迎季女,前二章言女之德,后三章言己之幸,且诗中明著“觏尔新昏”之语,大抵不出新婚迎亲之事。然则,此诗何为而作,诗旨为何,颇多异说。《毛诗序》曰:“《车辖》,大夫刺幽王也。褒姒嫉妒,无道并进,谗巧败国,德泽不加于民。周人思得贤女以配君子,故作是诗也。”是以诗辞所述乃周人思贤女以配君子,是亦亲迎之事,而诗旨则刺幽王,乃因褒姒不贤,故思贤女以代之。然观诗之辞,皆美娈女之令德,且语意和雅,并无怨嗟之意,则何以为刺幽王、褒姒?孔疏申之曰“以当时褒姒在王后之位,情性嫉妒,由物类相感,而小人道长,故使无道之辈并进于朝,谗佞巧言倾败国家,令王之德泽不加于民,使致下民离散。周人见其如此,乃思得贤女以配君子,欲令代去褒姒,教幽王改修德教,故作是《车辖》之诗以刺之。上言大夫,下言周人,见大夫所作,述众人之意故也。此经五章皆以褒姒嫉妒,思得贤女代之。言思娈季女,是褒姒嫉妒也。德音来括,是民已离散者也。令德来教,欲王之改修德教,是德泽不加于民也。故皆反经而序之,所以相发明也”,以诗辞比照,释序之义甚详,是以诗之所述皆思美之辞,反言以刺现世之无道,亦犹思古刺时之意。然其所言欲得贤女以代褒姒,多为后人所诟。清人姚际恒《诗经通论》引明人邹肇敏之言曰“思得娈女以间其宠,则是张仪倾郑袖,陈平绐阏氏之计耳。以嬖易嬖,其何能淑?且赋《白华》者安在?岂真以不贤见黜?诗不讽王复故后,而讽以别选新昏,无论艳妻骄扇,宠不再移,其为倍义而伤教,亦已甚矣”,并称为“阅此可以击节”,斥序说可谓激切。实则,朱子已未从序说,《诗集传》以为“此燕乐其新昏之诗。故言间关然设此车辖者,盖思彼娈然之季女,故乘此车往而迎之也。匪饥也,匪渴也,望其德音来括,而心如饥渴耳。虽无他人,亦当燕饮以相喜乐也”,以之为实述新婚之事。今人即多从此说,以为咏新婚之诗。然则,诗思娈女,重在德音,复言“高山仰止,景行行止”,显皆与咏新婚之义不类。方玉润《诗经原始》指出"闺门以贞静是修,更何仰止之堪思?且令德既望其来教,式歌又乐其且舞,皆于事理有难通,即颂扬亦觉其弗类",因以为"乐贤友而得淑女以为之配","此其人学品既端,如高山之在望,景行之堪追",以咏新婚不得其解,故以高山仰止乃赞贤友之辞。然观诗辞,通篇皆美姿女,忽以此高山之句赞贤友,终于诗之意扞格。观郑笺"大夫以为贤女既进,则王亦庶几古人有高德者,则慕仰之。有明行者,则而行之。其御群臣使之有礼,如御四马騑騑然。持其教令使之调均,亦如六辔缓急有和也","我得见女之新昏如是,则以慰除我心之忧也",是以"高山仰止""靓尔新昏"云云,实皆思慕而设想之辞,非为实述之事。细缕全篇意脉,实不难味得其旨。查《左传·昭公二十五年》载"春,叔孙婼聘于宋","宋公享昭子,赋《新宫》,昭子赋《车舝》",杜注"诗小雅,周人思得贤女以配君子。昭子将为季孙迎宋公女,故赋之",可见春秋时人即以此篇为思贤女以配君子之诗。又,《礼记·表记》载:"小雅曰:'高山仰止,景行行止。'子曰:'诗之好仁如此。乡道而行,中道而废,忘身之老也,不知年数之不足也。俛焉日有孳孳,毙而后已。'"按孔子之言,此诗重在发好仁之旨。而序言"思得贤女以配君子",亦即思君子之仁与贤女之德,岂其义有自来乎?若是,则何以不得为刺幽王、褒姒焉?

青　蝇

营营青蝇[1],止于樊[2]。岂弟君子[3],无信谗言。
营营青蝇,止于棘。谗人罔极[4],交乱四国[5]。
营营青蝇,止于榛。谗人罔极,构我二人[6]。

①营营:苍蝇来回飞舞声。　②止:停。樊:篱笆。　③岂弟:同恺悌,平和有礼,平易近人。　④罔:无。极:准则。　⑤交:俱。四国:四方诸侯国。　⑥构:陷害。二人:指作者与听谗之人。

青蝇止棘漫营营,罔极佞人黑白更。
千古戒谗多少恨,不知构陷自心生!

此诗以青蝇起兴,以告君子无信谗言,言其祸之甚,意在刺谗戒谗,辞义甚明。然所指何事,则多异说。《毛诗序》曰:"《青蝇》,大夫刺幽王也。"是以为周大夫所作,诗旨乃刺幽王。又,王先谦《诗三家义集疏》曰:"三家诗以此合下篇皆卫武公所作……卫武公王朝卿士,诗又为幽王信谗而刺之,所以列于小雅。"是三家诗亦以诗旨为刺幽王,且以序所言大夫,坐实为卫武公。然谗之事甚多,何以见此必为刺幽王?郑笺"兴者,蝇之为虫,污白使黑,污黑使白,喻佞人变乱善恶也。言止于藩,欲外之令远物也",仅就诗辞释青蝇之兴所以喻佞人者。孔疏"此虫污白使黑,污黑使白,乃变乱白黑,不可近之。当去止于藩篱之上,无令在宫室之内也。以兴彼往来者谗佞之人也。诗人喻善使恶,喻恶使善,以变乱善恶,不可亲之。当弃于荒野之外,无令在朝廷之上也。谗人为害如此,故乐易之君子,谓当今之王者,无得信受此谗人之言也",亦就青蝇之兴释诗之义,虽以诗中"君子"指当今之王者,却未言何王。故此,郑、孔似皆未尝确信刺幽王。朱熹《诗集传》曰:"诗人以王好听谗言,故以青蝇飞声比之,而戒王以勿听也。"以诗乃刺王戒王,亦不言刺幽王,似与郑、孔之说相承。按诸家所说,诗刺何王似皆并无实证。故今人释此诗,亦仅泛言斥责谗人害人祸国。然则,细味诗中所述,"交乱四国""构我二人",似非虚泛之言,故当必有所指。明人何楷《诗经世本古义》据《易林·豫之困》"青蝇集藩,君子信谗。害贤伤忠,患生妇人",又"马蹄踬车,妇怨破家。青蝇污白,恭子离居",以此诗为幽王信褒姒之谗而害忠贤,尤与宜臼遭谗之事近。清人魏源《诗古微》申之曰:"《易林》云:'患生妇人','恭子离居'。夫幽王听谗,莫大于废后放子。而此曰'患生妇人',则明指褒姒矣。'恭子离居',用申生恭世子事,明指宜臼矣。故曰'谗人罔极,构我二人',谓王与母后也。'谗人罔极,交乱四国',谓戎、缯、申、吕也。"如此坐实,虽无实据,却亦言之成理,且可为序说之补证。盖谗之为祸,千古不绝,故青蝇之喻,延传久远。若王充《论衡·商虫》"谗言伤善,青蝇污白",陈子昂《宴胡楚真禁所》"青蝇一相点,白璧遂成冤",李白《鞠歌行》"楚国青蝇何太多,连城白璧遭谗毁",伤谗之恨,不绝如缕。然谗之为谗,乃在己观彼,若以彼为己,则谗者安在?故境由心生,良哉斯言!

宾之初筵

宾之初筵①,左右秩秩②。笾豆有楚③,殽核维旅④。酒既和旨,饮酒孔偕⑤。钟鼓既设,举醻逸逸⑥。大侯既抗⑦,弓矢斯张。射夫既同⑧,献尔发功⑨。发彼有的,以祈尔爵⑩。

籥舞笙鼓⑪,乐既和奏。烝衎烈祖⑫,以洽百礼⑬。百礼既至,有壬有林⑭。锡尔纯嘏⑮,子孙其湛⑯。其湛曰乐,各奏尔能⑰。宾载手仇⑱,室人入又⑲。酌彼康爵⑳,以奏尔时㉑。

宾之初筵,温温其恭。其未醉止,威仪反反㉒。曰既醉止,威仪幡幡㉓。舍其坐迁㉔,屡舞僊僊㉕。其未醉止,威仪抑抑㉖。曰醉既止,威仪怭怭㉗。是曰既醉,不知其秩㉘。

宾既醉止,载号载呶㉙。乱我笾豆,屡舞僛僛㉚。是曰既醉,不知其邮㉛。侧弁之俄㉜,屡舞傞傞㉝。既醉而出,并受其福。醉而不出,是谓伐德㉞。饮酒孔嘉,维其令仪㉟。

凡此饮酒,或醉或否。既立之监㊱,或佐之史㊲。彼醉不臧,不醉反耻。式勿从谓㊳,无俾大怠㊴。匪言勿言㊵,匪由勿语㊶。由醉之言㊷,俾出童羖㊸。三爵不识㊹,矧敢多又㊺。

①筵:铺于地上之竹席。古人席地而坐,筵即座席。 ②左右:指座席东西,主人居东,客人居西。秩秩:有序貌。 ③笾豆:古代食器礼器。笾,竹制,盛瓜果干脯等。豆,木制或陶制,亦有铜制,盛鱼肉酱酱等,供宴会祭祀用。有楚:即楚楚,陈列之貌。 ④殽:盛在豆内食物。核:盛在笾内食物。维:是。旅:陈列。 ⑤孔:很。偕:通皆,遍。 ⑥醻:同酬,敬酒。逸逸:同绎绎,连续不断。 ⑦侯:箭靶。大侯,周王大射时所用箭靶,用虎、熊、豹三种兽皮制成。抗:竖起,张挂。 ⑧射夫:射手。同:会齐。 ⑨献:逞,表现。发功:射技。 ⑩祈:求。爵:酒器,此用作动词,饮酒。《郑笺》:"我以此求爵女。"是尔爵乃为爵尔之倒

文,意谓求射中而让别人饮罚酒。　⑪籥(yuè):一种竹制管乐器,形似排箫。籥舞,执籥而舞。　⑫烝:进。衎(kàn):娱乐。　⑬洽:使和洽,指配合。　⑭壬:大。林:盛。　⑮锡:赐。纯嘏(gǔ):大福。　⑯湛(dān):和乐。　⑰奏:献。　⑱载:则。手:取,选择。仇:匹,此指比赛射箭之对手。　⑲室人:主人。入又:进入射场又与宾客射箭。　⑳康:大。康爵,大杯。　㉑时:善。此指射中者。　㉒反反:庄重而谨慎貌。　㉓幡幡:轻佻貌。　㉔舍:离开。坐:座位。迁:移动。　㉕僛僛:同踮踮,舞姿轻盈貌。　㉖抑抑:谨慎严肃貌。　㉗怭怭:轻薄粗鄙貌。　㉘秩:规矩。一说通失,过失。　㉙呶(náo):喧哗不止。　㉚傞(qī)傞:身体歪斜倾倒之貌。　㉛邮:通尤,过失。　㉜弁:皮帽。侧弁,歪戴帽子。俄:倾斜。　㉝傞(suō)傞:醉舞不止貌。　㉞伐德:败德,犹言缺德。　㉟维:同唯,只是。令仪:好礼节。　㊱监:酒监,亦名司正,宴会上督察仪礼官员。　㊲史:酒史,记录宴会情况官员。燕饮之礼必设监。不一定设史。　㊳式:发语词。从:跟着。谓:指劝酒。马瑞辰《毛诗传笺通释》:"《尔雅·释诂》:'谓,勤也。'勤为勤劳之勤,亦为相劝勉之勤。'勿从谓'者,勿从而劝勤之,使更饮也。"　㊴俾:使。大:通太。怠:轻慢失礼。　㊵匪言:指不该问之事。　㊶匪由:指不合法度之事。　㊷由:听从。　㊸俾:通譬,譬如。童:秃。羖(gǔ):黑色公羊。童羖,无角公羊。　㊹三爵:指三爵之礼。《礼记·玉藻》:"君子之饮酒也,受一爵而色洒如也,二爵而言言斯,礼已三爵而油油,以退。"《孔疏》引《春秋传》:"臣侍君宴,过三爵,非礼也。"　㊺矧(shěn):何况。又:侑之假借,劝酒。

439

宾客初筵仪态恭,号呶既醉乱颜容。
宏篇戒饮传千古,莫叹诗衰酒业丰!

此诗述宴饮之事,以初筵与醉后之比较,活画失仪、失言、失德之种种醉态,显寓戒刺之意,且其所述场景亦显为王侯之所,故今人多以之为讽刺统治者饮酒无度而失礼之诗。然旧说皆以之为卫武公所作,诗旨则有刺时与自悔二说。《毛诗序》曰:"《宾之初筵》,卫武公刺时也。幽王荒废,媟近小人,饮酒无度,天下化之,君臣上下，沉湎淫液。武公既入，而作是诗也。"是以为幽王之时政事荒废而饮酒无度，卫武公作此诗以刺之。郑笺"淫液者，饮食时情态也。武公入者，入为王卿士"，释序之言，以武公为王卿士时所作。孔疏"上二章陈古以驳今，次二章刺当时之荒废，卒章乃言天下化之。三章、四章言宾屡舞号呶，是媟近小人，饮酒无度也。卒章言凡此饮酒，为天下之辞，是天下化也。卒章无君臣淫泆之事者，此天下化之，效上所为，效者尚然，君臣可知。故经举天下之民，以明其君臣也。不醉反耻，是使齐醉也。其设戒童羖之言，出与不出之语，并为沉湎之事也"，则比照辞章以疏释之，颇为详切。是为武公作诗刺时之说。然《后汉书·孔融传》李贤注引韩诗之言曰："卫武公饮酒悔过也。"则以为卫武公悔过之辞。又《易林·大壮之家人》曰："举觞饮酒，未得至口。侧弁醉讻，拔剑斫怒。武公作悔。"是齐诗亦与韩诗同，以为武公饮酒自悔之作。朱子从此说，《诗集传》以为"毛氏序曰：卫武公刺幽王也。韩氏序曰：卫武公饮酒悔过也。今按此诗义与大雅《抑》戒相类，必武公自悔之作，当从韩义"。是大雅《抑》之篇为卫武公诗，史有明载，而此诗辞义与之类，故以之为武公之作，似亦非为无据。然则，今观诗辞之所述，多君臣宾主之事，且末章"凡此饮酒"，直面其事而冷静分析之，似不若自悔之辞。宋人范处义《诗补传》已言"所陈皆君臣上下燕饮之事，非为己设。其词有箴切，无惩艾。刺时，非悔过也"，清人范家相《诗瀋》亦言"后三章极言宾醉之失，而不及主人者，不敢斥言王之湛乐，而微言讽刺也"，皆颇切诗之情境。故方玉润《诗经原始》以为刺时、自悔"二说实相通"，谓"当幽王时，国政荒废，媟近小人，饮酒无度。君臣上下，沉湎淫泆以成风俗者，尚堪问哉？武公初入为王卿士，难免不与其宴。既见其如此无礼，而又未敢直陈君失，只好作悔过用以自警，使王闻之，或以稍正其失，未始非诗之力也"，以武公之感遇融入一时之风尚而为言，以图不拘执一端，似较通达。盖饮酒无度而失礼败德，自是为政之大患，《尚书·无逸》即载有周公诫成王之言"无若殷王之迷乱，酗于酒德哉"。此篇戒饮，虽未直言治国大道，然其以初筵之端庄及醉后之失态作比照，宏篇铺叙，极见描摹之妙、寄意之远。不独于酒之诗文垂范深远，若近人陈子展《诗经直解》所言"《宾之初筵》之诗，自是古典杰作。厥后扬雄《酒箴》、刘伶《酒德颂》、杜甫《饮中八仙歌》，虽是小品短篇，亦皆名作。但论艺术性与思想性兼而有之，仍推《宾之初筵》为首创杰作"，洵为知言。且于后世社会影响尤巨，若明人黄榆《双槐岁钞》所载,明太祖朱元璋听汪广洋讲《宾之初筵》后,大为感动,遂令缮写数十本赐朝中文武官员悬于府第厅堂,以为警戒,由此可窥一斑。唯时移势异,诗道之衰已极,而酒业之丰日盛,截至2020年,茅台一股已价逾二千,市值高达三万亿,况所有酒业军团乎?惊人之数据,乃基于巨大之市场,巨大之市场,乃一代风尚之使然,复何叹焉?

鱼 藻

鱼在在藻,有颁其首①。王在在镐②,岂乐饮酒③。

鱼在在藻,有莘其尾④。王在在镐,饮酒乐岂。

鱼在在藻,依于其蒲⑤。王在在镐,有那其居⑥。

①颁(fén):头大貌。　②镐(hào):即镐京,西周都城,在今陕西西安。③岂(kǎi):通恺,乐。岂乐,欢乐。　④莘(shēn):长貌。　⑤蒲:蒲草,一种水生植物。　⑥那(nuó):安闲貌。《集韵》:"那,安貌。"一说盛多貌。《毛传》:"那,多也。"

首尾颁莘在藻鱼,周王宴乐镐京居。

忧时引古多覃思,颂圣词诠却意疏。

441

此诗以鱼依蒲藻起兴,以言王居镐京饮酒安乐,语甚简略,故于其所寓何义,致生异说。《毛诗序》曰:"《鱼藻》,刺幽王也。言万物失其性,王居镐京,将不能以自乐,故君子思古之武王焉。"是以之为刺幽王之诗。然何以见为刺幽王?郑笺以为"万物失其性者,王政教衰,阴阳不和,群生不得其所也。将不能以自乐,言必自是有危亡之祸",释序之所言万物失其性及王将不能自乐义。然诗所言皆平和安乐事,何以见万物失其性且国有危亡之祸?孔疏申之曰"以武王之时,万物得所,能以自乐。今万物失性,祸乱将起,不以为忧,亦安而自乐,故作此《鱼藻》之诗,陈武王之乐,反以刺之。幽王之诗,思古多矣,皆不陈武王,此独言之者,此言将丧镐京。其居镐京,武王为始,刺王将丧其业,故特陈武王也。既言思古,故反经以序之。万物失其性,经三章上二句是也。王居镐京,将不能以自乐,三章下二句是也",是以诗辞所述者,万物得所,能以自乐,乃思古之辞,以反形刺幽王之时。复以武王始居镐,故知此所思古者,乃思武王之时也。是以为思古刺时之说。至朱子而不信序说,《诗序辨说》以为此序之失,与"《楚茨》等篇相类",《诗集传》遂释为"此天子燕诸侯,而诸侯美天子之诗也。言鱼何在乎? 在乎藻也,则有颂其首矣。王何在乎? 在乎镐京也,则岂乐饮酒矣",以诗辞之平和安乐之象乃实述之情,故以诗之所述,乃天子燕诸侯,诸侯颂美天子。今人论此诗,似亦基于此,而以之为赞美周王在镐京宴饮安乐之诗。然则,细味诗之辞义,若所述者盛时事,则王本在镐,何颂美之有? 正若方玉润《诗经原始》所言"使诸侯而美天子也,则必将先序镐京形胜,以为天下壮观,而愿吾主之宅是镐京以抚有四夷也。乃所以下颂上之词,乃所以为诸侯美天子之诗。今不过曰王在镐耳,而其兴又不过曰鱼在藻耳",实与诸侯颂美天子之辞不类。观诗之辞,鱼与王、藻与镐,两相对应,兴比昭然,而镐为王都,故必尤涵深意。郑笺即以为"鱼之依水草,犹人之依明王也。明王之时,鱼何所处乎? 处于藻,既得其性,则肥充其首颁然。此时人物,皆得其所正",又言"天下平安,万物得其性,武王何所处乎? 处于镐京",以武王为说,顾诗辞固无确证,然镐为武王所建,因以镐为武王所属,似亦并非无据。又,武王都镐,固可颂美,然果若于天子燕诸侯之时诸侯颂美天子之辞,则何所见天子威仪、燕乐之盛? 而仅言如鱼之得藻而安居? 盖重言安居,显然有不安者在。故思武王安乐之盛世,而寓刺时之微旨,似亦并非凿空之言。吴闿生《诗义会通》以为"陈古刺今之词,古人微文往往如此",探得个中隐奥。若仅作颂美观之,岂非词浅而意疏焉?

采 菽

采菽采菽①,筐之筥之②。君子来朝③,何锡予之④? 虽无予之,路车乘马⑤。又何予之?玄衮及黼⑥。

觱沸槛泉⑦,言采其芹。君子来朝,言观其旂⑧。其旂淠淠⑨,鸾声嘒嘒⑩。载骖载驷⑪,君子所届⑫。

赤芾在股⑬，邪幅在下⑭。彼交匪纾⑮，天子所予。乐只君子⑯，天子命之。乐只君子，福禄申之⑰。

维柞之枝⑱，其叶蓬蓬⑲。乐只君子，殿天子之邦⑳。乐只君子，万福攸同㉑。平平左右㉒，亦是率从㉓。

汎汎杨舟，绋纚维之㉔。乐只君子，天子葵之㉕。乐只君子，福禄腜之㉖。优哉游哉，亦是戾矣㉗。

①菽：大豆。　②筐：方形盛物竹器。筥(jǔ)：圆形盛物竹器。此皆用作动词。　③君子：此指诸侯。　④锡：赐。锡予，即赐予。　⑤路车：即辂车，古时天子或诸侯所乘。　⑥玄衮：古时上公礼服。《毛传》："玄衮，卷龙也。"黼(fǔ)：黑白相间花纹。　⑦觱(bì)沸：水涌出翻腾貌。槛：借为滥，涌。槛泉，涌出之泉。　⑧旂(qí)：绘有蛟龙有悬铃之旗。《周礼·春官》："交龙为旂。"《尔雅·释天》："有铃曰旂。"　⑨淠(pèi)淠：旗帜飘动貌。　⑩鸾：车铃。嘒嘒：车铃声。　⑪载：则。骖：一车驾三马。驷：一车驾四马。　⑫届：至，来到。　⑬芾(fú)：蔽膝。赤芾，古制诸侯用赤芾。　⑭邪幅：裹腿，犹今绑腿。在下：指在膝下。　⑮彼：通匪，不。交：通绞，急。彼交，即不急躁。纾：急慢。　⑯只：语气词。　⑰申：重复。指福上加福。　⑱柞(zuò)：木名，即栎树。　⑲蓬蓬：茂盛貌。　⑳殿：镇抚。　㉑攸：所。同：聚。　㉒平平：陆德明《经典释文》引《韩诗》作便便，长于口才办事能干貌。左右：指左右臣下。　㉓率从：遵从。　㉔绋(fú)：系船用麻绳。纚(lí)：拉船用竹索。维：系。　㉕葵：借为揆，估量。此指估量诸侯才德。　㉖腜(pí)：厚。《毛传》："腜，厚也。"此指厚赐。　㉗戾：安定。

乘马路车黼衮玄，诸侯锡命义为先。

宣幽征会何尝异？却把中兴国祚迁！

此诗所述者，当为周王会来朝诸侯之盛况。然究诗旨，却多异说。《毛诗序》

曰:"《采菽》,刺幽王也。侮慢诸侯,诸侯来朝,不能锡命以礼。数征会之,而无信义。君子见微而思古焉。"是以为诗刺幽王无信义而数征会诸侯。郑笺"幽王征会诸侯,为合义兵征讨有罪,既往而无之,是于义事不信也。君子见其如此,知其后必见攻伐,将无救也",释序之所言幽王征会诸侯而无信义之事。是序、笺皆以为诗刺幽王,然因诗辞所述全为朝会盛况,于是仍以思古为说。孔疏申其义曰"言古之明王能敬待诸侯,锡命以礼,反以刺幽王也。序皆反经为义。侮慢诸侯,首章上二句是也。不能锡命以礼,首章下四句是也。其余皆是锡命之事,序总而略之。君子见微而思古,叙其作诗之意,于经无所当也",并引《史记·周本纪》所载,幽王数举烽燧征诸侯以博褒姒笑之事,谓"以寇征之,而实无寇,后实有寇,征将不来。君子见其如此,其后必见攻伐,将无救之事,未然而已知之,是见微也",是以诗所述朝会之盛况皆思古明王之辞,而以之反刺幽王之世,并以幽王征诸侯无信之史事,释序、笺所言诗人见微之义。按此说,似以后之史事逆推作诗之意,则诗人岂非料事如神?故后世论者多有不信其说者。朱熹《诗集传》遂以为"此天子所以答《鱼藻》也。采菽采菽,则必以筐筥盛之。君子来朝,则必有以赐予之。又言今虽无以予之,然已有路车乘马、玄衣及黼之赐矣。其言如此者,好之无已,意犹以为薄也",以上篇《鱼藻》为诸侯美天子,此《采菽》则为天子答诸侯之辞。今之人即多承此,以为赞美诸侯来朝,周王赏赐诸侯之诗。然于朱说,清人方玉润《诗经原始》以为"诗中明言'天子所予''天子所命'等语,则非天子自言可知",指疵颇切其要,是以天子答诸侯之说亦不可信,遂据诗之辞而断此诗"固是西周盛王诸侯来朝加以锡命之诗",只因"事极典重而起极轻微",当"非出自朝廷制作,乃草野歌咏其事而已",以采菽之兴类同国风,故以此诗出自民间,或亦小雅之见民风之类欤?今观诗之辞,首章所言"君子来朝,何锡予之",似尚有虚拟之意,而后之所述"君子来朝,言观其旂。其旂淠淠,鸾声嘒嘒""赤芾在股,邪幅在下",则诸侯来朝之场景及其音容形貌毕现,则似非虚拟思古之所能言。全篇虽时有比兴,然总体上似多实赋之笔。自未见君子之思,到远见君子之将至,复近见君子之仪态,最后对君子功绩及福禄之颂扬,似可概见一幅周代诸侯朝见天子时之历史画面。吴闿生《诗义会通》即以为"考其词旨,恺乐雍容,绝非追述之词,序言断然不能置信者也",李光地《诗所》则径言"此必宣王朝诸侯之诗",是以其所体现者,乃周室中兴之气象。综此,是以刺、美二说之成,乃基于视诗辞思古、实叙之别。因之,同为王会诸侯,结局却有中兴、祚移之殊,故仁智之见,孰所依焉?

角 弓

骍骍角弓①,翩其反矣②。兄弟昏姻③,无胥远矣④。

尔之远矣,民胥然矣⑤。尔之教矣,民胥傚矣。

此令兄弟⑥,绰绰有裕⑦。不令兄弟,交相为瘉⑧。

民之无良⑨,相怨一方。受爵不让,至于己斯亡⑩。

老马反为驹⑪,不顾其后。如食宜饇⑫,如酌孔取⑬。

毋教猱升木⑭,如涂涂附⑮。君子有徽猷⑯,小人与属⑰。

雨雪瀌瀌⑱,见晛曰消⑲。莫肯下遗⑳,式居娄骄㉑。

雨雪浮浮㉒,见晛曰流㉓。如蛮如髦㉔,我是用忧。

①骍骍:《毛传》:"骍骍,调利也。"此指弓与弦调协貌。角弓:以牛角镶饰之弓。　②翩:陈奂《诗毛氏传疏》:"翩者,偏之假借。"反:复。谓弓弦弛张,自然复位。　③昏姻:即婚姻。此指姻亲。　④胥:相。远:疏远。　⑤胥:皆。然:如是,这样。　⑥此:这些。令:善。　⑦绰绰:宽裕舒缓貌。裕:宽大。有裕,谓气量宽大。　⑧瘉(yù):病,此指残害。　⑨民:或作人。刘向《说苑·建本》引此诗作"人之无良"。　⑩己斯亡:自己老去。一说亡通忘。　⑪驹:小马。老马反为驹,喻将老臣作壮年用。　⑫饇(yù):饱。　⑬孔:恰如其分。　⑭猱(náo):猿猴,善攀援。　⑮涂:泥土,此指土墙。涂:用作动词。涂附,用泥浆涂在上面。　⑯徽:美。猷:道。指修养,本事。　⑰与:从。属:跟随,依附。　⑱瀌(biāo)瀌:雪盛貌。　⑲晛(xiàn):日气。　⑳遗:《荀子》引此诗作"莫肯下隧"。隧与随通,随顺。　㉑式:发语词。居:通倨,傲慢。娄:屡之假借。陈奂《诗毛氏传疏》:"小人不肯卑下加礼于人,唯数数骄慢自用。"　㉒浮浮:雪盛貌。　㉓流:谓化为流水。　㉔蛮:周人称南方部族为南蛮。髦:亦作髳,古时西南部族名。此以蛮髦比小人粗野无知。

老马如何反作驹？弟兄不令事龃龉。

要知天道存亡替，未必疏亲断远图。

此诗以角弓起兴，以言无远兄弟而致乱。前半直言其意，后半多用比兴，取喻新奇，颇有光怪陆离、眩人耳目之效。各章之间意脉明晰，且多申说君民相处之道，或君子御民之术，显为王者之事。旧说多以为刺幽王之诗，唯所刺何事，则说者稍异。《毛诗序》曰："《角弓》，父兄刺幽王也。不亲九族而好谗佞，骨肉相怨，故作是诗也。"是以为诗乃王族父兄所作，以幽王不亲兄弟而致怨，因以刺之。孔疏申之曰"以王不亲九族之骨肉，而好谗佞之人，令骨肉之内自相憎怨，使人傚之，故父兄作此《角弓》之诗以刺之也。此经八章，上二章言王当亲九族，是为不亲而发言也。既不亲九族，则疏远贤者，自然而好谗佞，事势所宜言，于文无所当也。骨肉相怨，即三章、四章是也。由其相怨，故五章本其王慢族亲宜燕食之事，即亦不亲九族之经矣。既相怨不亲，是上教之失，故下三章言其可教而反之，无使为骄如蛮如髦也"，缕辞章而细释之，当合序之义。后世论家多从其说。朱熹《诗集传》以为"此刺王不亲九族，而好谗佞，使宗族相怨之诗"，显为承序之言而为说，唯不言所刺者为何王。明人何楷《诗经世本古义》则以为"刺幽王宠任昏姻而疏远兄弟之诗"，其意似亦大同小异。唯清人方玉润《诗经原始》以为"观《頍弁》为兄弟刺幽王之诗，则此篇亦为刺幽王也无疑。特大序谓'不亲九族而好谗佞'，则诗中无刺谗语，唯疏远兄弟而亲近小人。是此诗大旨：前四章疏远兄弟，难保不相怨，而民且傚尤，体多用赋。后四章亲近小人，以至'不顾其后'，而相残贼，诗纯用比，乃篇法变换处。中间以'民之无良'一句绾合上下"，是以诗旨唯远兄弟而近小人，而以诗中并无刺谗之语，是于序义偏承一端。今人即多从此说，以为劝告周王不要疏远兄弟亲戚而亲近小人。观诗之辞义甚明，前半言远兄弟，后半言近小人，方氏之言是矣。然则，远兄弟近小人何以致之？似则当有谗人在其间。《李黄毛诗集解》载李樗之言"自古不亲九族，未有不因好谗佞之故。晋献公信骊姬而不畜群公子，楚怀王信上官之谮而逐屈氏。单献公所以弃其亲者，以好用羁故。巩简公所以弃其子弟者，以好用远人故也"，胡承珙《毛诗后笺》申之曰"疏顺经文，故言不亲九族自好谗佞。李解以好谗佞为不亲九族之由，核之诗辞，未尝明言谗佞。序盖于诗外推原，当以李解为是”，辨之甚详。是以诗之辞固无刺谗语，然好谗佞自是不亲九族之所由，诗序所以“于诗外推原”，亦孔氏所言“疏远贤者，自然而好谗佞，事势所宜言，于文无所当也”。故若推原究由，则刺谗可言，若就诗之本旨而言，则刺其远兄弟近小人之说可成。盖观刺幽之作，多着眼幽王失德乱政，致危亡之祸，固其宜也。然若似此以远兄弟宗亲致政乱祚移而为言，则似未必尽然。揆诸史迹，依兄弟宗亲，果可图霸业之永固？前若管叔、蔡叔，后若建成、元吉，是可倚乎？岂不闻《后汉书·傅燮传》所言“衅发萧墙，而祸延四海”？且兴亡勃忽，天道轮回，若运移汉祚，即使志决身歼，亦徒唤奈何！

菀　柳

有菀者柳[①]，不尚息焉。上帝甚蹈[②]，无自暱焉[③]。俾予靖之[④]，后予极焉[⑤]。

有菀者柳，不尚愒焉[⑥]。上帝甚蹈，无自瘵焉[⑦]。俾予靖之，后予迈焉[⑧]。

有鸟高飞，亦傅于天[⑨]。彼人之心，于何其臻[⑩]？曷予靖之[⑪]，居以凶矜[⑫]？

①菀(yù)：树木茂盛。　②上帝：此指周王。朱熹《诗集传》：“上帝，指王也。”蹈：动。此指变化无常。　③暱：近。《毛传》：“暱，近也。”一说病。《广雅·释诂》：“暱，病也。”　④俾：使。靖：谋划。　⑤极：殛之假借字，惩罚。⑥愒(qì)：休息。　⑦瘵(zhài)：病。　⑧迈：行，此指放逐。　⑨傅：至，到。⑩臻：至，极。　⑪曷：为何。　⑫以：于。矜：危。凶矜，指凶险境地。

菀柳繁枝息远人，勤心靖国志难伸。
诗人忧刺诸侯事，莫虑政荒祸万民？

此诗以菀柳起兴，自戒无近于王，以免终入凶险之境。然诗何以作，作者何人，说者不一。《毛诗序》曰："《菀柳》，刺幽王也。暴虐无亲，而刑罚不中，诸侯皆不欲朝，言王者之不可朝事也。"是以为诸侯刺幽王暴虐，并发不可朝事之慨。于诗之辞，毛、郑皆作此解。若郑笺"茂盛之柳，行路之人岂有不庶几欲就之止息乎？兴者，喻王有盛德，则天下皆庶几愿往朝焉。忧今不然"，是菀柳所兴之义。又曰"今幽王暴虐，不可以朝事，甚使我心中悼病，是以不从而近之，释己所以不朝之意"，是诗所述无自暱之义。孔疏曰"经三章，毛、郑虽有小异，皆以上二章次二句为暴虐，下二句及卒章下二句为刑罚不中。其上二章上二句及卒章上四句言王无美德，心无所至。言王者不可朝事之意，总三章之义也"，则比照辞章，疏释诗旨，当合序义。于其说，后世多有从之者。朱熹《诗集传》曰："王者暴虐，诸侯不朝，而作此诗。言彼有菀然茂盛之柳，行路之人岂不庶几欲就止息乎？以比人谁不欲朝事王者？而王甚威神，使人畏之而不敢近尔。使我朝而事之，以靖王室，后必将极其所欲，以求于我。盖诸侯皆不朝，而己独至，则王必责之无已，如齐威王朝周，而后反为所辱也。"是以义从序说，却不言王者为谁，是朱子于序说之幽王时诗本多有疑者。清人魏源《诗古微》承此疑，尝言"试质诸《大雅》刺厉王、幽王之诗，则了然矣。厉王暴虐刚恶……幽王童昏柔恶……故刺厉王诗，皆欲其收辑人心。刺幽王诗，皆欲其辨佞远色，且"征以厉王诸诗，一则曰'上帝板板'，再则曰'荡荡上帝'。与此《菀柳》篇'上帝甚蹈'，皆监谤时不敢斥言托讽之同文也"，以诗证诗，以此篇为刺厉王之诗。观诗之辞，究刺何王，难以实证，且诸侯不欲朝之义，似亦无据可依，故后世论者亦多有疑之者。姚际恒《诗经通论》以为"小序谓刺幽王，或谓厉王。大序曰'诸侯皆不欲朝'，《集传》从之，非也。君虽不淑，臣节宜敦，不朝岂可训耶？大概王待诸侯不以礼，诸侯相与忧危之诗"，是以究刺何王，固难确证，而臣不欲朝君之说，则义不可训，故仅以诸侯相与忧危而为言，似较通达。吴闿生《诗义会通》则以为"序前三语得之，后二语则非。诗中并无不欲朝王及言王不可朝之义，不知作序者从何得此异说"，明辨不欲朝之义为非，因以"此乃有功获罪之臣，作此以自伤悼，故曰奈何使我治其事而后反穷我也。其言止于如此，诸儒泥于序说，咸以不愿来朝释之，都胶执而不可通"，以之为有功获罪之臣自以伤悼之辞，似亦可取。今人或即取于此，而多以之为被流放大臣之怨诗。综此，诗之所述，无论不欲朝，抑或自伤悼,是皆以诸侯或大臣之忧而为言,则无可疑者。然国之危亡,祸及万民,此唯以诸侯为虑,岂宜为诗人之旨哉?

小
雅

都人士之什

都人士

彼都人士①,狐裘黄黄。其容不改②,出言有章③。行归于周④,万民所望。

彼都人士,台笠缁撮⑤。彼君子女,绸直如发⑥。我不见兮,我心不说⑦。

彼都人士,充耳琇实⑧。彼君子女,谓之尹吉⑨。我不见兮,我心苑结⑩。

彼都人士,垂带而厉⑪。彼君子女,卷发如虿⑫。我不见兮,言从之迈⑬。

匪伊垂之⑭,带则有余。匪伊卷之,发则有旟⑮。我不见兮,云何盱矣⑯。

449

①都人士:京都人士。一说都人即美人。　②容:仪容风度。　③章:文采。　④周:忠信。《国语·鲁语》:"忠信为周。"　⑤台:通苔,莎草。台笠,莎草编草帽。缁(zī)撮(cuō):黑布制束发小帽。　⑥绸:紬之假借字,发多貌。如:乃,其。绸直如发,乃如发绸直之倒文。　⑦说:通悦。　⑧充耳:亦名瑱,塞耳,古人冠冕上玉石制成垂在两侧装饰物。琇(xiù):一种宝石。实:言琇之晶莹可爱。　⑨尹吉:君子女之名。《郑笺》:"吉读为姞。尹氏姞氏,周室婚姻之旧姓也。"　⑩苑(yù)结:即郁结,指心中忧闷、抑郁。苑,一本作菀。　⑪垂带:

下垂之腰带。而：同如。《礼记·内则》郑注引此诗作"垂带如厉"。厉：《郑笺》："厉当作裂。"裂，绸布之尾端，即布条。　⑫卷（quán）发：蜷曲之头发。虿（chài）：蝎之一种，长尾曰虿，短尾曰蝎。此指向上卷翘之头发。　⑬言：语首助词。迈：行。　⑭匪：非。伊：是。　⑮旟（yú）：扬，上翘貌。　⑯盱（xū）：吁之假借，忧伤而叹息。

都人冠带自规章，休燕夕朝壹有常。

倘使德归衣不贰，悔教毛服换时装！

　　此诗所述者，人物士女之服饰、言语、容仪之雍容典雅，充满赞美及慕仰之情。然诗作何时，诗旨何寄，则说者不一。《毛诗序》曰："《都人士》，周人刺衣服无常也。古者长民，衣服不贰，从容有常，以齐其民，则民德归壹。伤今不复见古人也。"是以为周人以其时人物衣服无常，而古者长民之服饰容仪今不可见，故以诗刺之。郑笺"服，谓冠弁衣裳也。古者，明王时也。长民，谓凡在民上倡率者也。变易无常，谓之贰。从容，谓休燕也。休燕犹有常，则朝夕明矣。壹者，专也，同也"，细释序之言，谓古者乃古明王之时，是以诗之所述乃盛时之事。孔疏申之曰"经五章，皆陈古者有德之人衣服不贰"，"伤今不复见古之人，故作诗反以刺之。周人者，谓京师畿内之人。此及《白华》独言周人者，盖叙者知畿内之人所作，其人或微不足录，故言周人以便文，无义例也。不言刺幽王者，此凡在人上服皆无常，故下民亦不齐一，此刺当时之服无常，非指刺王身，故序不言刺王。然风俗不齐，亦王者之过，即亦刺王也"，以诗述盛时情，意在反形刺当时事，且以诗虽非直刺幽王，然以其时风俗衰乱乃王之过，故诗旨实亦刺幽王。至朱子而疑其说，《诗序辨说》以为"此序盖用《缁衣》之误"，遂于《诗集传》释为"乱离之后，人不复见昔日都邑之盛，人物仪容之美，而作此诗，以叹惜之也"，既以序误用《缁衣》之言，因不信衣服不贰之说，而仅以乱离之后不复见盛时人物仪容而为言，是则诗当作于平王东迁之后。观诗辞及朱子所释，以诗作东迁之后，因释"行归于周"之"周"为周之镐京。然诗已言王都之人，何以复言归于镐京？似于理未谐。果若东迁后人返西周故地，则已时移势异，何来万民所望？不过黍离哀思而已。实则，毛传已言"周，忠信也"，郑笺亦言"都人之士所行要归于忠信,其余万民寡识者,咸瞻望而法傚之,又疾今不然",是以王都之人士当以忠信为依归,似于理为近。朱子又言序用《缁衣》之误,查《礼记·缁衣》:"子曰:长民者,衣服不贰,从容有常,以齐其民,则民德壹。《诗》云:'彼都人士,狐裘黄黄。其容不改,出言有章。行归于周,万民所望。'"所引即此篇,乃序说之所本。此固引诗以证孔子之言,未必为诗之本旨,然观其所言"其容不改,出言有章"云云,不亦正与孔子所言"从容有常"之义合?序之所用,似亦不必苛责。至若今人以其言有士有女,遂或以之为"都人士"追求"君子女"之恋歌。程俊英《诗经译注》即以为"这是周都的一首恋歌。诗中有两个形象:一个是都人士,当为诗人自己。一个是君子女,当为诗人所追求的对象"。然观诗辞,"都人士""君子女"皆冠以"彼",且后四章皆分述士、女,两两相对,诗人显为旁观之人,何以竟成其一而求其另一?复言"其容不改""行归于周""我不见兮"云云,显为虚拟之辞,岂非正若序、笺所言思古之义?是以恋歌之说,岂非正以虚拟为实赋所致?又,王先谦《诗三家义集疏》:"此诗毛氏五章,三家皆止四章。孔疏云:《左传·襄公十四年》引此诗'行归于周,万民所望'二句,服虔曰:'逸诗也,《都人士》首章有之。'《礼记·缁衣》郑注云:'毛诗有之,三家则亡。'今《韩诗》实无此首章。细味全诗,二、三、四、五章士、女对文,此章单言士,并不及女,其词不类。且首章言'出言有章',言'行归于周,万民所望',后四章无一语照应,其义亦不类。"是以为首章出逸诗,与此篇整体不类,致使今人断毛诗因逸诗与此篇首句相同而妄合为一诗。实则,于服虔以此诗首章为"逸诗"之说,孔疏已言"时三家列于学官,毛诗未得立,故服以为逸",可谓识见精卓。是服虔信官学而不信民间之学,而不知此例正属毛诗可补三家之阙者。且就诗之辞义味之,首章总括彼都之人物,以下分述士、女,似亦并无无照应、义不类之嫌。是以此诗按毛诗,并无不当。唯诗之所述,并非仅言衣服,观其描摹人物仪容,于"狐裘""台笠""充耳""垂带""绸直""卷发"可见,而说者仅以"衣服不贰"为"民德归壹"之所系,岂诗之本义欤?果若此,则今时之靓装炫服何若文革时之万众一色焉?

采 绿

终朝采绿①,不盈一匊②。予发曲局③,薄言归沐④。
终朝采蓝⑤,不盈一襜⑥。五日为期,六日不詹⑦。

之子于狩⑧,言韔其弓⑨。之子于钓,言纶之绳⑩。

其钓维何? 维鲂及鱮⑪。维鲂及鱮,薄言观者⑫。

①绿:通菉,草名,即荩草,又名王刍,一年生草本,汁可以染黄。　②盈:满。匊:古掬字,两手合捧。《毛传》:"两手曰匊。"　③曲局:弯曲,指头发弯曲蓬乱。④薄言:语助词。归沐:回家洗头发。　⑤蓝:草名,此指蓼蓝,可作青蓝色染料。⑥襜(chān):护裙,田间采集时可用以兜物。《毛传》:"衣蔽前谓之襜。"即今俗称之围裙。　⑦詹:至,来到。此处五日、六日均非确指。《郑笺》释五日为"五月之日",释六日为"六月之日"。　⑧之子:此子,指其丈夫。于:往。狩:打猎。⑨韔(chàng):弓袋,此处用作动词,谓将弓装入弓袋。　⑩纶:钓丝。此处用作动词,谓整理丝绳。　⑪鲂(fáng):鳊鱼。鱮(xù):鲢鱼。　⑫观:多。段玉裁《说文解字注》:"此引申之义,物多而后可观,故曰:观,多也。"

采蓝采绿不盈襜,五日为期孰未詹?

始悟致君尧舜策,闺中莫教卷帘瞻!

此诗以采绿起兴,以言之子期逝不至,故致幽怨之思。前二章实述忧思,后二章则虚想乐事,语意似明畅,蕴义却深婉,故于诗旨多异说。《毛诗序》曰:"《采绿》,刺怨旷也。幽王之时,多怨旷者也。"诗之所述即怨旷之思,故序以为幽王时多怨旷者,固合其事,然却复以诗旨刺怨旷,则何以为然? 郑笺释之曰"怨旷者,君子行役过时之所由也。而刺之者,讥其不但忧思而已,欲从君子于外,非礼也",则以诗之后二章所言欲从之子于狩于钓,是非礼之事,故诗以刺之。孔疏复言"妇人之怨旷,非王政,而录之于雅者,以怨旷者为行役过时,是王政之失,故录之以刺王也。经上二章言其忧思,下二章恨本不从君子,皆是怨旷之事。欲从外则非礼,故刺之",则以为既刺王政之失,亦刺妇人欲从外而非礼。然则,妇人期夫不至,发怨旷之思,乃人之常情,云何刺之? 是以后人颇有不从笺、疏之说者。陈启源《毛诗稽古编》以为"序云刺怨旷也,盖谓刺时之多怨旷耳。征役过时,王政之失,故复申言之云,幽王之时多怨旷者也",又云"征役频兴,室家睽隔,民生愁困,谁实使然",

是以刺幽王之政失则可，而以刺欲从外之非礼则无稽，辨笺、疏之误，可谓详切。唯此怨旷之思，实与风诗相类，故朱熹《诗序辨说》以为"此诗怨旷者所自作，非人刺之，亦非怨旷者有所刺于上也"，《诗集传》遂释之为"妇人思其君子，而言终朝采绿而不盈一匊者，思念之深，不专于事也。又念其发之曲局，于是舍之而归沐，以待其君子之还也"，则力辨刺说之非，而纯以闺情闺怨而为言。今人解此诗，即多从之。陈子展《诗经直解》谓为"君子于役，过期不归，妇女怨思之作"，余冠英《诗经选》则释为"诗中的女主人公因为丈夫出门，过期不归，心里愁闷难遣。她下定了决心，等丈夫回来以后，无论打猎钓鱼，都跟他在一块儿，再也不离开了"，显然已成民间情歌。味此诗之辞，固为女子闺怨之思，且多风诗情调，正若吴闿生《诗义会通》所言"诗与《殷霮》《伯兮》略同，纯为风体"，"三四章归后着想，真乃肠一日而九回"，神思之妙，开后世闺情诗之无限法门。然则，苏辙《诗集传》尝言"小雅言政事之得失，而大雅言道德之存亡"，而此若风诗者何以列之于雅？方玉润《诗经原始》以为"夫王政失平，民人嗟怨，不在其人，即在其家。兹录其室怨旷之诗，虽无一语及王政，而王政之苦于民者自见诸言外，故曰刺也"，是以此诗言表似风，义涵实雅。而王政之要，人伦为本，《孟子·梁惠王下》言周太王之世"当是时也，内无怨女，外无旷夫"，即以之为治世典范。故毕生以"致君尧舜上"为己任之杜子美，于己于人之亟愿亦仅言"何当倚虚幌，双照泪痕干""仰视百鸟飞，大小必双翔"，岂有疑乎？

黍苗

芃芃黍苗①，阴雨膏之②。悠悠南行，召伯劳之③。
我任我辇④，我车我牛⑤。我行既集⑥，盖云归哉⑦！
我徒我御⑧，我师我旅⑨。我行既集，盖云归处！
肃肃谢功⑩，召伯营之⑪。烈烈征师⑫，召伯成之。
原隰既平⑬，泉流既清。召伯有成，王心则宁。

①芃(péng)芃：草木繁盛貌。　②膏：润泽。　③召伯：此指召穆公，姓姬

名虎,周初召公奭之后。周厉王、宣王时大臣。劳:慰劳。　　④任:背负。辇:拉车。　　⑤车:马车。牛:牛车。此皆用作动词,驾马车,驾牛车。　　⑥集:完成。⑦盖:通盍,何不。　　⑧徒:步行者。御:驾车者。　　⑨师、旅:皆用作动词,谓带领一师或一旅军队。　　⑩肃肃:快速貌。谢:邑名,在今河南信阳。功:通工,工程。　　⑪营:经营。　　⑫烈烈:威武貌。　　⑬原:高平之地。隰:低湿之地。平:治理。

> 原隰黍苗阴雨膏,南行师旅召公劳。
>
> 那堪谢邑功成日,忍把镐都蔽野蒿?

此诗明著"肃肃谢功,召伯营之",当指召穆公奉王命营建谢邑,而诗似从役者于功成思归之际以述其事。然因此篇列于幽王世,故诗旨为何,致生异说。《毛诗序》曰:"《黍苗》,刺幽王也。不能膏润天下,卿士不能行召伯之职焉。"是以诗刺幽王,言其时卿士不若召伯。郑笺"陈宣王之德,召伯之功,以刺幽王及其群臣废此恩泽事业也",孔疏"以幽王不能如阴雨膏泽润及天下,其下卿士又不能行召伯之职,以劳来士。众臣之废职,由君失所任,故陈召伯之事以刺之","首章上二句,是宣王之能膏润也。下二句以尽卒章,皆召伯之职也。言卿士不能行,则召伯时为卿士矣。故《国语》韦昭注云:召公,康公之后,卿士也。《左传》服虔注云:召穆公,王卿士。是也。经言召伯,亦作上公,为二伯以兼卿士耳",是以陈宣王之德及召伯之功,以刺幽王失德及其群臣失职,并分述诗之辞以证序说之义。然因诗之辞皆为颂功,故后人于此说多不之信。朱熹《诗序辨说》即以为"此宣王时美召穆公之诗,非刺幽王也",《诗集传》释之为"宣王封申伯于谢,命召穆公往营城邑,故将徒役南行,而行者作此诗。言芃芃黍苗,则唯阴雨能膏之。悠悠南行,则唯召伯能劳之也",故断为"此宣王时诗,与大雅《崧高》相表里"。清人王先谦《三家诗义集疏》亦以为"召伯述职,劳来诸侯也",皆以为宣王时事之实述。今人释此诗,即多从此说,以为宣王封申伯而命召公营谢邑事。盖宣王之世,据《史记·周本纪》载"内修政事,外攘夷狄,复文武之境土",其中兴之业,端赖仲山甫、尹吉甫、方叔、召穆公诸贤能之辅。宣王封其舅申伯于谢,命召穆公营谢邑,乃强化对南方各族控制之重要举措,诗似纪功成之事。观诗中"肃肃谢功,召伯营之""召伯有成,王心则宁"诸语,述召伯营谢,当无可疑。然细味诗辞,若纯为美召伯之诗,似亦有疑。观诗中并无片言召伯威仪,而反复以"召伯劳之""召伯营之""召伯成之""召伯有成"言之,又言若此,"王心则宁",显似设譬之语,岂非若言时无召伯,则王心何以宁?观朱子以之与此篇相表里之大雅《崧高》,明言"王命召伯,定申伯之宅",显为召伯营谢邑事,然诗又言"王命傅御,迁其私人""以峙其粮,式遄其行",似可见宣王急于遣归申伯之心,正若吴闿生《诗义会通》所言"讥宣王疏远贤臣,不能引以自辅",实有微文深意寓其间,似亦不可径言美宣王者。反观此篇,其情似亦相类。诗既序于幽王时而言宣王事,岂得为实述其事而无鉴戒之由?钱澄之《田间诗学》有言"幽王之时,申后被黜,申伯与王室相怨,诗人追述营谢之烈以感悟王心,息申伯召戎之念",固不必若此坐实诗人之用意,然诗人既追述前事,岂无现时之由乎?且就营谢之事言之,实于周史关系至密,影响至巨。盖谢邑之成,申伯居之。岂料至幽王而废申后及太子宜臼,致申侯怒,与缯、西夷犬戎攻幽王。于是周室颠覆,镐都宫庙,尽为禾黍。故是诗若为追述,则不免深涵刺义。是以营谢之事,功兮?罪兮?而诗旨所刺,幽王乎?申伯乎?

隰桑

隰桑有阿[①],其叶有难[②]。既见君子,其乐如何?
隰桑有阿,其叶有沃[③]。既见君子,云何不乐?
隰桑有阿,其叶有幽[④]。既见君子,德音孔胶[⑤]。
心乎爱矣,遐不谓矣[⑥]?中心藏之[⑦],何日忘之?

①隰(xí):低湿之地。阿(ē):通婀,柔美貌。有阿,犹阿阿。王先谦《诗三家义集疏》:"有阿,即阿阿也。故《笺》中读为阿阿。经中累字多参用有字,与累字无异。"　②难(nuó):通傩,娜。有难,犹难难,茂盛貌。　③沃:肥厚润泽。④幽:通黝,青黑色。《说文》:"黝,微青黑色也。"　⑤德音:此指情投意合之语。孔胶:很牢固。一说很缠绵,一说很多。　⑥遐:何。一说远。谓:告。一说勤。　⑦中心:即心中。

在野贤人蜜意郎，德音心爱曷能忘？

未知君子何由解，总把诗情说混茫！

此诗以隰桑起兴，以言乐见君子而不可忘之。然君子何指，其说不一，故于诗旨，亦多异说。《毛诗序》曰："《隰桑》，刺幽王也。小人在位，君子在野，思见君子，尽心以事之。"是以为幽王政事衰乱，小人在位，君子在野，诗人故思君子而刺时。孔疏"君子在野，经上三章上二句是也。言小人在位，无德于民，是亦小人在位之事也。思见君子，尽心以事之者，即上三章下二句及卒章是也"，以诗之辞章分释序之所言，当合序义。然诗仅以隰桑起兴，何以见君子、小人之事？郑笺释为"隰中之桑，枝条阿阿然长美，其叶又茂盛，可以庇荫人。兴者，喻时贤人君子不用而野处，有覆养之德也。正以隰桑兴者，反求此义，则原上之桑枝叶不能然，以刺时小人在位，无德于民"，是以桑之处高下之地，喻小人君子之在位在野。又释"既见君子"曰"思在野之君子，而得见其在位，喜乐无度"，释末章"心乎爱矣"之义曰"君子虽远在野，岂能不勤思之乎？宜思之也。我心善此君子，又诚不能忘也。孔子曰：爱之能勿劳乎，忠焉能勿诲乎"。按此，君子指贤人，且诗中乐见君子乃设譬之言，非实述之事，故思见君子而刺时之义可成。至朱子不从序说，《诗序辨说》以为"此亦非刺诗，疑与上篇皆脱简在此"，《诗集传》则释为"此喜见君子之诗。言隰桑有阿，则其叶有难矣。既见君子，则其乐如何哉？词意大概与《菁莪》相类"，又以为"《楚辞》所谓'思公子兮未敢言'，意盖如此"，仅以思有德之君子而为言，且以见君子为实述已然之事。清人顾栋高《毛诗类释》以为"桑有衣被天下之德，而居下隰之地，喻贤者潜伏草野而有公辅之望。末章又恐其出而寡效，实不副名，故爱之甚，欲竭吾忠告以裨补之，无令人诮处士虚声也"，所言诗之末章恐君子实不副名而爱护之，固为推衍过甚之辞，然其由思君子之义而增益而来，则显然可见。今人复生新说，释"君子"为丈夫或情人，因以之为情诗。余冠英《诗经选》以为"这首诗是一个女子的爱情自白"，程俊英《诗经译注》以为"这是一位妇女思念丈夫的诗"。观异说之源，端在君子之解，正若朱子所言"然所谓君子，则不知其何所指矣"。盖诗之比兴，多意在言外，且诗三百中山、隰之兴颇多，若"山有扶苏，隰有荷花""山有榛，隰有苓""隰有苌楚"之类，隰为低下之地，故树多在山，草多在隰，而此诗则桑在隰,岂无所寓焉?清人方玉润《诗经原始》已言"然桑而曰隰,则以兴贤人君子之在野者可知。夫以贤人君子而隐处岩阿,则朝廷之上所处非贤人君子之俦又可知。诗不喜在位廷臣,而思野处贤士,以至中藏心写,无日能忘,则当日朝政为何如哉?故序言亦未可以厚非",岂非深于诗者之所言?若以君子为女子之情郎或丈夫,则不独"隰桑"之喻何以解,且"德音"之盼,何所系焉?"中心藏之,何日忘之",复何所指焉?

白 华

白华菅兮①,白茅束兮②。之子之远③,俾我独兮。
英英白云④,露彼菅茅⑤。天步艰难⑥,之子不犹⑦。
滮池北流⑧,浸彼稻田。啸歌伤怀,念彼硕人。
樵彼桑薪⑨,卬烘于煁⑩。维彼硕人,实劳我心。
鼓钟于宫,声闻于外。念子懆懆⑪,视我迈迈⑫。
有鹙在梁⑬,有鹤在林。维彼硕人,实劳我心。
鸳鸯在梁,戢其左翼⑭。之子无良,二三其德⑮。
有扁斯石⑯,履之卑兮⑰。之子之远,俾我疧兮⑱。

①华:同花。菅(jiān):茅之一种,亦名芦芒。　②白茅:又名丝茅,因叶似矛得名。束:捆。　③远:疏远。指离弃。　④英英:亦作泱泱,云起貌。　⑤露:用作动词,润泽。　⑥天步:天运,命运。　⑦不犹:不如。一说不良。　⑧滮(biāo)池:古水名,在今陕西西安西北。　⑨樵:砍柴。　⑩卬(áng):我。煁(shén):越冬烘火之行灶。朱熹《诗集传》:"煁,无釜之灶,可燎而不可烹饪者也。"桑薪乃做饭好柴,以之烘烤,喻失所。　⑪懆(cǎo)懆:愁苦不安貌。　⑫迈迈:《经典释文》引《韩诗》作怖怖。《说文》:"怖,恨怒也。"　⑬鹙(qiū):水鸟名,头与颈无毛,又称秃鹙,似鹤而性贪残好斗。　⑭戢(jí):收敛。戢其左翼,把嘴插于左翼下休息。　⑮二三其德:三心二意,指用心不专一。　⑯有

扁:即扁扁。斯石:指登车时所踩之乘石。　　⑰履:踩。卑:低下,低贱。
⑱痕(qí):因忧愁而病。

露彼菅茅子不犹,隐林白鹤在梁鹜。

尝疑宠黜寻常见,底事褒申祸国猷?

　　此诗所述者,似为女子为人所弃而发哀怨之辞。诗八章,章四句,皆上二句兴
比,后二句言事,每章转换比兴之义,由不同角度言其为"之子"所远弃,其喻巧,其
情切。吴闿生《诗义会通》所言"是篇之妙,在借喻意写正意,《南华》所祖",实非虚
誉。此篇为弃妇之诗,当无可疑,然何人作,寄何旨,则说者不一。《毛诗序》曰:
"《白华》,周人刺幽后也。幽王取申女以为后,又得褒姒而黜申后,故下国化之,以
妾为妻,以孽代宗,而王弗能治。周人为之作是诗也。"是以此诗乃周人感其事而
作,诗旨则为刺幽后。然何为幽后?郑笺"申,姜姓之国也。褒姒,褒人所入之女,
姒,其字也,是谓幽后。孽,支庶也,宗,適子也。王不能治,己不正故也",孔疏"刺
幽王之后也,幽王之后褒姒也。以幽王初取申女以为后,后得褒姒而黜退申后。褒
姒,妾也。王黜申后而立之,由此故下国诸侯化而傚之,皆以妾为妻,以支庶之孽代
本適之宗,而幽王弗能治而正之,使天下败乱,皆幽后所致,故周人为之而作《白
华》之诗以刺之也","经八章,皆言王远申后,是得褒姒而黜申后之事也。下国化
之,即五章'鼓钟于宫,声闻于外'是也。此诗主刺王之远申后,但王为此行,则为
下国所化,故经略文以见意,序具述其事以明之",释序之义甚详切,是以幽后即幽
王之后,亦即褒姒。于此说,朱子或从或疑。《诗序辨说》称"此事有据,盖序得之。
但'幽后'字误,当为申女刺幽王也。下国化之以下,皆衍说耳。又《汉书》注引此
序,幽字下有'王废申'三字,虽非诗意,然亦可补序文之缺",《诗集传》遂释为"幽
王娶申女以为后,又得褒姒而黜申后,故申后作此诗。言白华为菅,则白茅为束。
二物至微,犹必相须为用。何之子之远,而俾我独邪",既从序说幽王得褒姒而黜
申后之事,复以为诗乃申后所自作,诗之旨则刺幽王。后人颇有从之者。清人姚际
恒《诗经通论》引邹肇敏之言曰"观于宫、于外、在梁、在林之咏,亦如后世之赋《长
门》耳",并以为其论最允。方玉润《诗经原始》亦以为"按此诗情词悽惋,托恨幽

深,非外人所能代,故《集传》以为申后作也"。今人则或从朱说,以为申后自怨,又因申后作诗似亦无据,故或径以之为弃妇之辞。是以此诗喻之巧,而情难实,故存异说,亦势所必然。然则,幽王及申后、褒姒之事,史籍俱在,是以就事而论,犹有可议者。盖申女、褒姒,王之后妃而已,后妃宠黜之事,本极寻常,即如金屋长门,亦与国祚无与,而申褒之宠黜,竟致周室倾覆,故其祸之源,不亦耐人深思之乎?郝敬《毛诗原解》尝言"愚幼受朱传,疑申后能为《白华》之忠厚,胡不能戢父兄之逆谋?宜臼能为《小弁》之亲爱,胡乃预骊山之大恶?读古序始知二诗托刺,故序不可易也",意序所言诗人所刺者,非独幽王、褒姒,似亦含申后,抑若宜臼之助成弑父之恶者乎?故邹肇敏《诗传阐》以为"周失申后而殒于戎,卫失庄姜而燔于狄,圣人录《白华》及《绿衣》《终风》诸篇以著祸败之原",故此一弃妇之怨"非直妇怨也",可谓目力如炬,发人深省。岂诗之深意良非易得焉?

緜 蛮

緜蛮黄鸟[1],止于丘阿[2]。道之云远,我劳如何?饮之食之,教之诲之。命彼后车[3],谓之载之[4]。

緜蛮黄鸟,止于丘隅[5]。岂敢惮行[6],畏不能趋[7]。饮之食之,教之诲之。命彼后车,谓之载之。

緜蛮黄鸟,止于丘侧[8]。岂敢惮行,畏不能极[9]。饮之食之,教之诲之。命彼后车,谓之载之。

①緜蛮:文采繁密貌。緜,同绵。一说鸟鸣声。一说小貌。　②丘阿(ē):山坡凹陷处。　③后车:正车后之从车,亦称副车。　④谓:命,叫。之:代词,前之指后车御夫,后之指行役者。载:载乘。　⑤丘隅:丘之一角。　⑥惮行:怕行路。　⑦趋:快走。　⑧丘侧:丘陵之旁,指山丘旁坡。　⑨极:犹至,指到达目的地。

黄鸟緜蛮止侧阿，征行道远奈劳何。

只因禄薄怨尤刺，岂料坑灰待尔多！

　　此诗以黄鸟起兴，以言道远人劳，并期助之。诗三章，前半述其劳，后半寄其望。然因后半之望是否实事，所见不一，故致异说。《毛诗序》曰："《緜蛮》，微臣刺乱也。大臣不用仁心，遗忘微贱，不肯饮食教载之，故作是诗也。"是以诗乃微臣被遗忘、遭困厄，故作此诗以刺时乱，是以后半之望为虚想之辞。郑笺"微臣，谓士也。古者卿大夫出行，士为末介。士之禄薄，或困乏于资财，则当赒赡之。幽王之时国乱，礼废恩薄，大不念小，尊不恤贱，故本其乱而刺之"，释序所言微臣为士，故诗之作者乃其时之士人。孔疏"言刺乱者，不为己困而私以责人，是王法为失，故言乱。大臣不用仁心，遗忘微贱，叙其为乱之意，于经为总指而言之，经三章上四句是也。不肯饮食教载之为，三章下四句是也。由其不然，故经所以反而责之"，比照辞章以释序之言，以三章之下四句饮食教载之事，皆反言责时之不为之辞。然于此说，朱子不之信。《诗序辨说》以为"此诗未有刺大臣之意，盖方道其心之所欲耳。若如序者之言，则褊狭之甚，无复温柔敦厚之意"，《诗集传》遂释之曰："此微贱劳苦而思有所托者，为鸟言以自比也。盖曰：緜蛮之黄鸟，自言止于丘阿而不能前，盖道远而劳甚矣。当是时也，有能饮之食之，教之诲之，又命后车以载之者乎？"不以诗意为刺时，而仅以微臣劳困思助以为说。故于三章之后四句，亦以之为虚想之辞。然亦有以后四句为实事者，清人方玉润《诗经原始》以为"此王者加惠远方人士也。'緜蛮黄鸟'，音虽可听，而所飞不远。极其所至，不过止于丘阿、丘隅、丘侧而已。以喻远方寒士，虽有令闻，无力观光，难宾于王者。故代为之设想曰'道之云远，我劳如何'，'岂敢惮行'，亦畏不能趋以极所至云耳。然则国家宜何如加惠而体恤之乎？夫亦曰'饮之食之'，使内无所忧，'教之诲之'，使学有所就，更命后车以载之，使其利用宾王者无所惮其劳，则野无遗贤，而国多俊士矣"，不知方氏何以于此忽发此歌王者功德之言？然究其立论之基，显以后四句为王者所欲实施之事。今人释此诗，即有由此而为说者，程俊英《诗经译注》以为"这是一位行役的人路遇一位大臣，二人之间对唱的诗"，以后四句为大臣答行人之辞，故其所言饮食教载固亦为大臣所施之事。然则，细味诗之辞义，反复申言"我劳如何""畏不能趋""畏不能极",是贯全篇忧劳之思显见,且后之"命彼后车",显亦不似王者或大臣自言之辞。考王符《潜夫论》有云"行人病而《緜蛮》讽",则可证序说,尤与郑笺意合。观近人陈子展《诗经直解》亦承此义而为言"全诗三章只是一个意思,反覆咏叹。先自言其劳困之事,鸟犹得其所止,我行之艰,至于畏不能极,何以人而不如鸟乎? 后托为在上者之言,实为幻想,徒自道其愿望。饮之食之,望其周恤也;教之诲之,望其指示也;谓之载之,望其提携也",是以自言劳困,且叹人不如鸟,显有怨刺寓劳困之思,而后四句实为虚想之辞,方可与全篇忧劳之主调相协。唯以作者为其时士人,则似犹有可申说者。盖士之为士,据《论语》所言,岂不在"志于道""行己有耻,使于四方,不辱君命"? 且"士而怀居,不足以为士矣"。然此诗似仅以劳困而禄薄,即深致怨尤,岂士之所宜者乎? 若使生暴虐之世,待尔者,坑灰也,复何所怨耶?

瓠 叶

幡幡瓠叶①,采之亨之②。君子有酒,酌言尝之。
有兔斯首③,炮之燔之④。君子有酒,酌言献之⑤。
有兔斯首,燔之炙之⑥。君子有酒,酌言酢之⑦。
有兔斯首,燔之炮之。君子有酒,酌言醻之⑧。

①幡幡:犹翩翩,反复翻动貌。瓠:葫芦科植物总称。 ②亨:同烹,煮。
③斯:语助词。首:头,只。一说斯首即白头,兔小者头白。 ④炮(páo):将带毛动物裹上泥放火上烧。燔(fán):焚烧,此指用火烤肉。 ⑤献:主人向宾客敬酒曰献。 ⑥炙:将肉穿起架火上熏烤使熟。 ⑦酢(zuò):回敬酒。
⑧醻:同酬,劝酒。

461

瓠叶酌言鱼丽歌,燕宾丰俭礼为和。
浣花始信无兼味,远舅邻翁不厌过。

此诗所述者,当为宴饮宾客事,然诗于菜肴仅言瓠叶、兔首,而君子以酒则献之、酢之、醻之,似言肴极简而礼极备,正若王鸿绪《毛诗传说汇纂》引张彩之言"一物而三举之者,以礼有献酢酬故也,酒三行而肴惟一兔首,益以见其约矣",故其意必有所寄。然所寄者为何,却多异说。《毛诗序》曰:"《瓠叶》,大夫刺幽王也。上弃礼而不能行,虽有牲牢饔饩,不肯用也。故思古之人,不以微薄废礼焉。"是以为诗人思古人不以微薄废礼,以刺幽王之弃礼不行。郑笺"牛羊豕为牲,系养者曰牢,熟曰饔,腥曰饩,生曰牵。不肯用者,自养厚而薄于宾客",释序所言牲牢饔饩,且以"不肯用"为自养厚而薄宾客,则所刺者似为悭吝于人者。孔疏"以在上位者弃其养宾之礼而不能行,虽有牲牢饔饩之物,而不肯用之以行礼。故作诗者,思古之人不以菹羞微薄而废其礼焉。言古之人贱者尚不以微薄废礼,则当时贵者行之可知。由上行其礼以化下,反驳今上弃其礼而不行也。今在上者,尚弃礼不行,卑贱者废之明矣。举轻以见重,是作者之深意也",以古之贱者不以微薄废礼,乃由上所化,以见今之上者不能,是以为刺幽王,且以诗之所述乃思古之事,以反形驳刺幽王之时。然其说以诗旨刺幽王"虽有牲牢饔饩,不肯用也","自养厚而薄于宾客",似与幽王之事不符。严粲《诗缉》已指出"观《宾之初筵》,知幽王君臣沉湎淫泆,过于燕饮",指序说之疵甚切。故朱子不信序说,《诗序辨说》明以"序说非是",《诗集传》释之为"此亦燕饮之诗。言幡幡瓠叶,采之亨之,至薄也。然君子有酒,则亦以是酌而尝之。盖述主人之谦词,言物虽薄,而必与宾客共之也",则泛以之为燕饮宾客之诗,而诗之所述者乃主人待客之实情。后人颇有从其说者。龚橙《诗本谊》即谓此篇乃小雅中见"西周民风"之一例。今人亦多以此诗反复咏叹者与风诗相类,而以其泛言民间宴饮待客之事。然则,观诗辞二至四章所述宴饮之事,由"献"而"酢"而"醻",层次极为明晰。查清人秦蕙田《五礼通考》云"此诗盖燕饗用一献之礼,礼有献有酢有醻,而后一献之礼终,故曰献之礼成于醻",是知此诗所述者,虽为燕饮,实亦遵礼。方玉润《诗经原始》则以为"《序》谓'刺幽王',固凿。《集传》以为'燕饮之诗',亦泛。大抵古人燕饮,情真而意挚,不以丰备而寡情,亦不以微薄而废礼。'瓠叶'、'兔首',固不必拘,然总是微薄意",复引明人徐常吉《毛诗翼说》之言"丰以燕宾者,《鱼丽》是也。《易·鼎》之象传曰'大亨以养圣贤'。薄以燕宾者,《瓠叶》是也。《易·损》之象曰'二簋可用享'。知《易》之意,则知《诗》之意矣",以此诗与《鱼丽》比照,知燕宾本有丰俭之别。而严粲称"此诗极言简俭以讽",固亦可刺幽王之淫泆。是以序、笺所言刺幽王"虽有牲牢饔饩,不肯用也","自养厚而薄于宾客",则非其宜矣。而燕宾无论丰俭,皆须遵礼而行,故序所言"思古之人,不以微薄废礼",则似可得言外之意。以此观之,尤可知杜子美流寓浣花溪,虽"盘飧市远无兼味",亦何妨开蓬门而迎远客,与邻翁"相对饮"而"尽余杯"哉?

渐渐之石

渐渐之石①,维其高矣②。山川悠远,维其劳矣③。武人东征,不皇朝矣④。

渐渐之石,维其卒矣⑤。山川悠远,曷其没矣⑥。武人东征,不皇出矣⑦。

有豕白蹢⑧,烝涉波矣⑨。月离于毕⑩,俾滂沱矣⑪。武人东征,不皇他矣⑫。

①渐(chán)渐:借为巉巉,险峭貌。　②维其:犹何其。　③劳:辽之假借,广远。一说劳苦。　④皇:同遑,闲暇。朝:早上。马瑞辰《毛诗传笺通释》:"古者战多以朝。诗言不遑朝者,甚言其东征急迫,言不暇至朝也。"　⑤卒(cuì):借为崒,高峻而危险貌。　⑥曷:何。没:尽,尽头。　⑦出:此指脱出险境。朱熹《诗集传》:"谓但知深入不暇谋出也。"　⑧蹢(dí):蹄子。　⑨烝:进。一说众。涉波:渡水。　⑩离:通丽,依附,此指靠近。毕:星宿名,二十八宿之一,又叫天毕。　⑪滂沱:大雨貌。据说月亮靠近毕星将有大雨。　⑫他:此指其他事。

山川悠远路难行,月毕豕波积雨倾。

戎狄西来何所顾?荆舒不至却东征?

　　此诗所述者,山川既已迢遥,大雨复将滂沱,征人久役而劳困于途。且诗辞明著"东征",是其征役当有其事。然诗之语简而略,故究其本事,诸说不一。《毛诗序》曰:"《渐渐之石》,下国刺幽王也。戎狄叛之,荆舒不至,乃命将率东征。役久病于外,故作是诗也。"是以为幽王之时命将率东征,征人劳困于途,故诗以刺之。郑笺"荆,谓楚也。舒,舒鸠、舒鄝、舒庸之属。役,谓士卒也",释序所言荆舒之所指,是其所谓下国也。然序兼言戎狄、荆楚,且幽王命将率东征,何以下国之人刺之? 孔疏申之曰"以幽王无道,西戎北狄共违叛之,荆楚之群舒又不来至,乃命将率东行征伐。其役人士卒已久而疲病劳苦于外,故作是《渐渐之石》诗以刺之。下国诸侯之言,对天子为上,故称下国也。言下国者,此诗下国之人所作,未必即诸侯之身作。幽王之役人自病,而下国作诗刺之者,王师出征亦使诸侯从己,诸侯之人亦病,故刺之也",是以其时戎狄既叛,荆楚复违,见其时情势危急,故王命东征不遑他顾,诗仅以下国之人言之,足可概见其余也。然因幽王东征荆楚,史籍无载,故后世论家多不取刺幽王及征荆楚之说。朱熹《诗集传》以为"将帅出征,经历险远,不堪劳苦,而作此诗也",即仅就诗辞而为言,不指实本事。今人多从其说,以为征人从军,慨叹路途劳苦而作。然则,诗既明言武人东征,又有豕涉波、月离毕之天象,是必有其实事在。近人闻一多《周易义证类纂》指言:"豕涉波与月离毕并举,似涉波之豕亦属天象。《述异记》曰:'夜半天汉中有黑气相连,俗谓之黑猪渡河,雨候也。'《御览》引黄子发《相雨书》曰:'四方北斗中无云,惟河中有云,三枚相连,如浴猪狶,三日大雨。'与《诗》之传说吻合,是其证验。《史记·天官书》曰:'奎为封豕,为沟渎。'《正义》曰:'奎……一曰天豕,亦曰封豕,主沟渎……荧惑星守之,则有水之忧,连以三年。'《易林·履之豫》诗曰:'封豕沟渎,水潦空谷,客止舍宿,泥涂至腹。'此与《诗》所言亦极相似,是《诗》所谓豕白蹢者,即星中之天豕,明矣。"依此,诗之所言"有豕"即天豕,为二十八宿之奎星,奎由十六颗星组成,故言"烝涉波"。杨慎《古今谚》"谚语有文理"条亦云"天河中有黑云,谓之黑猪渡河,主雨",亦可与此相参证。又,《尚书·洪范》:"月之从星,则以风雨。"此星即指毕星。应劭《风俗通义》:"雨师者,毕星也。"其下即引此诗"月离"两句为证。《晋书·天文志》亦有"月行入毕多雨"之言。是以此诗所言,乃以民谚记当时气象。故毛传"将久雨,则豕进涉水波",郑笺"喻荆舒之人勇悍",实皆无稽之言。清人方玉润《诗经原始》以为"此必当日实事","不然,武人离家远行,何物不可起兴? 而必有取于豕涉波、月离毕之象乎? 古人作诗,务要徵实。况此东征,尤关国事,不可不据实直书,以备国史采录。如'十月辛卯,日有食之'之类,所谓诗史,不可滑过",可谓知言。然其既以诗属幽王之世无疑,却奈幽王东征于史无载何? 查吴闿生《诗义会通》引钱澄之之言曰:"或疑幽王东征之役,史传无所经见,《四月》篇曰'我日构祸',是出征事也。曰'滔滔江汉,南国之纪',非东征之实纪乎? 参之以《何草不黄》,则幽王之好用兵可以具见。朝廷失道,而穷兵黩武,怨讟并兴,则危亡之祸不远矣。"则以为幽王黩武,未尝无东征之事。果若是,则尤有引人深思者。盖戎狄西来,荆舒不至,是戎狄为外之强敌,荆舒乃内之下国,若孔疏所言"诗言命将东征,无伐戎狄之事,则不伐戎狄也",王师不拒戎狄之外强,却大举东征荆舒之内弱? 外鼠内虎之治,岂有不灭之理?

苕之华

苕之华①,芸其黄矣②。心之忧矣,维其伤矣。

苕之华,其叶青青③。知我如此,不如无生④!

牂羊坟首⑤,三星在罶⑥。人可以食,鲜可以饱⑦!

①苕(tiáo):陵苕,植物名,又称凌霄或紫葳,夏季开花。华:同花。　②芸:芸芸,众多貌。一说芸黄,花叶枯黄貌。《郑笺》:"陵苕之华紫赤而繁。"《毛传》:"苕,陵苕也,将落则黄。"　③青青:指花叶之色。《毛传》:"华落,叶青青然。"④无生:不出生。　⑤牂(zāng)羊:母羊。坟首:头大。母羊本头小,因饥饿瘦小,而显头大。　⑥三星:即参星。一说泛指星光。罶(lǐu):捕鱼竹器。朱熹《诗集传》:"罶,笱也。罶中无鱼而水静,但见三星之光而已。"　⑦鲜:少。

在罶三星坟首羊,年荒时乱辘饥肠。

苕华附木行将朽,语简情哀蕴意长。

　　此诗以苕之华起兴,以言荒年饥馑,百物彫耗,自伤无以为生。诗之意甚明,故说者多无异辞。唯于作者,古今之说稍异。《毛诗序》曰:"《苕之华》,大夫闵时也。幽王之时,西戎、东夷,交侵中国,师旅并起,因之以饥馑。君子闵周室之将亡,伤己逢之,故作是诗也。"是以为诗作幽王之世,因戎夷交侵而致饥馑,大夫因己逢其时,而作自伤闵时之辞。郑笺"师旅并起者,诸侯或出师,或出旅,以助王距戎与夷也。大夫将师出,见戎、夷之侵周而闵之,今当其难,自伤近危亡",孔疏"言西戎东夷交侵中国,不言南蛮北狄者,下篇序曰四夷交侵中国,则蛮狄亦侵,序于上下相互以明耳。言西戎东夷交侵中国,师旅并起,即序首章上二句之事。因之以饥馑,卒章下二句是也。闵周室之将亡,卒章上二句是也。伤己逢之,即首章下二句是也。经序倒者,序以由师旅饥馑致周室之亡,所以伤之。经则因文以弘义,逢师旅而己伤,乃覆言可伤之事,故言因以饥馑于下,明其弥是可伤。各自为义次也",释序之义甚详,是以诗所述者饥馑彫耗之事,而兵乱交侵乃其缘由,故序多以此而为言。孔疏并以下篇之序补证此篇之序,则以此二篇为一时之作。味诗之辞,大抵可得其旨,故后世论者多从其说。朱熹《诗集传》以为"诗人自以身逢周室之衰,如苕附物而生,虽荣不久,故以为比,而自言其心之忧伤也",并引陈氏之言"此诗其词简,其情哀。周室将亡,不可救矣。诗人伤之而已",亦皆从序说以为言。清人方玉润《诗经原始》以为"序但谓'大夫闵时',则不知其所闵者何事?大序乃云'师旅并起,因之以饥馑',而其义始畅",可谓谙于诗而深于序者之言。今人释此篇,大抵亦承其说,唯不言大夫作,而以为饥民自伤不幸之辞。观诗述乱世荒年,百姓饥馑,固难以具徵作者。然味诗之辞,语简情哀,痛切至极,尤以三章构语奇特,撼人心魄,则似与民间风谣不类。正若方玉润所言"'牂羊'二句,造语甚奇。较之'豕涉波'尤为警辟可愕",似非深于诗者所可言。然于此章,旧解却多支离。于"牂羊"二句,毛传"牂羊坟首,言无是道也。三星在罶,言不可久也",说凿而难晓。观朱子所言"羊瘠则首大也","罶中无鱼而水静,但见三星之光而已","言饥馑之余,百物彫耗如此",则似可得诗旨。考《易林·中孚之讼》"牂羊羵首,君子不饱。年饥孔荒,士民危殆",恰与朱子之说义合。清人王照圆《诗说》亦言"举一羊而陆物之萧索可知,举一鱼而水物之凋耗可想",识得用语之妙。于末二句"人可以食,鲜可以饱",毛传"治日少而乱日多",郑笺"今者士卒人人于晏旱皆可以食矣,时饥馑军兴乏少,无可以饱之者",似尤为无理。试想,水陆之物已凋耗殆尽,何由人人于晏旱皆可以食?既人人可食,则何以见"年饥孔荒"?又何以发"不如无生"之极怨之辞?实则,末二句之言,尤为痛切。水陆之物凋耗,无可食用,只有食人,然羊已无肉,何况饥馑之人!即使食人,亦难以饱腹!正若王照圆氏所言"'人可以食',食人也。'鲜可以饱',人瘦也。此言绝痛"。观后世哀饥荒之辞,莫若白居易《轻肥》"是岁江南旱,衢州人食人",然却岂及此篇所述人亦无可食之怵目惊心哉?

何草不黄

何草不黄?何日不行^①?何人不将^②?经营四方^③。
何草不玄^④?何人不矜^⑤?哀我征夫,独为匪民^⑥!
匪兕匪虎^⑦,率彼旷野^⑧。哀我征夫,朝夕不暇。
有芃者狐^⑨,率彼幽草。有栈之车^⑩,行彼周道^⑪。

①行:出行,此指行军。　②将:行走,此指出征。　③经营:往来奔走。④玄:黑,此指草枯烂之色。　⑤矜(guān):通鳏,无妻者。征夫离家,等于无妻。一说可怜。　⑥匪民:不是人。　⑦匪:非。一说彼。兕(sì):野牛。⑧率:循,沿着。　⑨有芃:即芃芃,兽毛蓬松貌。　⑩有栈:即栈栈,役车高高貌。　⑪周道:大路。

467

同群兕虎率遐荒,嗟我征夫夕未遑。
促节哀音小雅殿,成康遗泽尽玄黄!

此诗述行役征夫之艰险辛劳,而诗之辞多用反问句式,诉说所遭非人境遇,"哀我征夫,独为匪民"与前篇"不如无生"相呼应,情感浓烈,极类风体。元人朱公迁《诗经疏义》以为"自《菀柳》至此,其诗多风体。雅降为风,亦有其渐软",清人方玉润《诗经原始》则以为"愚谓不独此也,即《桑扈》一什,除《宾之初筵》及《车辖》《采菽》洋洋数篇外,其余莫非风体。读者试合前六什而递观之,则小雅正变之分,亦可以得其梗概",可谓知言。盖小雅之变,有以事变者,亦有以体变者,故至幽王之末,尤类风体,正其必然。此诗之作于幽王之末周室将亡之际,旧说无异辞,然何人所作,则说者不一。《毛诗序》曰:"《何草不黄》,下国刺幽王也。四夷交侵,中国背叛,用兵不息,视民如禽兽。君子忧之,故作是诗也。"是以幽王政乱,外侵内叛,兵兴民劳,故诗人忧之而作,诗旨则刺幽王。孔疏"上言下国,后云君子,则作者下国君子也。君子无尊卑之限,国君以下有德者皆是也。言四夷交侵,中国背叛,序其用兵之意,于经无所当也。用兵不息,上二章是也。视民如禽兽,下二章是也",比照诗之辞章以释序之所言,当合序义,是以诗之作者乃下国之君子,诗之作乃忧民情而刺王政。朱熹《诗集传》则曰:"周室将亡,征役不息,行者苦之,故作此诗。"亦以诗作周室将亡之际,是于诗之本事从序说,而于诗之作者则与序说异。序以为君子忧之之作,朱则以为行者苦之之自作。而君子忧之则刺时,行者苦之则自伤,是以作者不同必致诗旨有异。按诗中所述,征人在外,终岁不息,即至草色皆枯,由黄而玄,而征行如故,且与兕虎芃狐同群于旷野幽草之间,并皆亲历之境,恐外人所难道,故作者似当以朱说为是。以此,今人解此诗,即多从朱说。余冠英《诗经选》"这是从役的兵士怨劳苦的诗",程俊英《诗经译注》"这是一首征夫苦于行役的怨诗",并皆由征人亲历角度而为言,当由朱说而衍发。然与朱说相较,却全然抹去周室将亡之背景,而仅以诗为泛言征人之怨。观诗之辞固述征人之怨,然其所言"何人不将","独为匪民",则绝非泛言。毛传"言万民无不从役",郑笺"古者师出不踰时,所以厚民之性也,今则草玄至于黄,黄至于玄,此岂非民乎",此岂一般征役之事?且诗诉征夫非人之境遇,连用五"何"发问喷薄而出,情词哀怨而激切,在雅诗中尤为特异。方玉润《诗经原始》说之曰"嗟嗟,我征夫也,独非民哉?胡为遭此乱离,弃其室家,几至无人不鳏也哉?盖怨之至也",并味其"急管繁弦,哀音促节","纯是一种阴幽荒凉景象,写来可畏,所谓'亡国之音哀以思'也。诗境至此,穷仄极矣",称为"周衰至此,其亡岂能久待?编《诗》者以此殿小雅之终,亦《易》卦纯阴之象。坤上六曰'龙战于野,其血玄黄',其是之谓欤",吴闿生《诗义会通》亦以为"读此篇及上篇,周室幽厉之乱,其终一至于是,为之慨然。文武成康之遗泽,斩然尽矣",皆深得味外之旨。故此征夫之怨,实充溢国之将亡之浓重氛围。若此,则自伤中亦必有刺时之义在。观刘勰《文心雕龙》所言"文变染乎世情,兴废系乎时序",岂可疑乎哉?

大

雅

文王之什

文 王

文王在上,於昭于天①。周虽旧邦②,其命维新。有周不显③,帝命不时④。文王陟降,在帝左右。

亹亹文王⑤,令闻不已⑥。陈锡哉周⑦,侯文王孙子⑧。文王孙子,本支百世⑨。凡周之士⑩,不显亦世⑪。

世之不显,厥犹翼翼⑫。思皇多士⑬,生此王国。王国克生⑭,维周之桢⑮。济济多士,文王以宁。

穆穆文王⑯,於缉熙敬止⑰。假哉天命⑱,有商孙子⑲。商之孙子,其丽不亿⑳。上帝既命,侯于周服㉑。

侯服于周,天命靡常㉒。殷士肤敏㉓,裸将于京㉔。厥作裸将,常服黼冔㉕。王之荩臣㉖,无念尔祖㉗。

无念尔祖,聿修厥德㉘。永言配命㉙,自求多福。殷之未丧师㉚,克配上帝。宜鉴于殷㉛,骏命不易㉜。

命之不易,无遏尔躬㉝。宣昭义问㉞,有虞殷自天㉟。上天之载㊱,无声无臭㊲。仪刑文王㊳,万邦作孚㊴。

①於(wū):叹词,犹呜,啊。昭:光明显耀. ②旧邦:旧国。周自文王之祖父古公亶父由豳迁岐建国,故称旧邦。 ③不(pī):同丕,大。显:光明。 ④帝命:指上帝命周为天子。不:语助词。时:马瑞辰《毛诗传笺通释》:"时读为烝,烝,美也。" ⑤亹(wěi)亹:勤勉不倦貌。 ⑥令闻:好声誉。 ⑦陈:申之假借,一再,重复。锡:通赐。哉:载之假借,《左传·宣公十五年》《国语·周语》引

此诗皆作"陈锡载周"。载，造。造周，即建立周国。　　⑧侯：乃。孙子：子孙。⑨本支：树木之根干、枝叶，此喻子孙蕃衍。　　⑩士：此指周之百官群臣。⑪亦世：同奕世，即累世。　　⑫厥：其。犹：同猷，谋划。翼翼：恭谨勤勉貌。⑬思：语首助词。皇：美，盛。　　⑭克：能。　　⑮桢：支柱，骨干。　　⑯穆穆：庄重恭敬貌。　　⑰缉熙：光明。敬：严肃谨慎。止：语尾助词，犹之。　　⑱假：大。王先谦《诗三家义集疏》："《汉书·刘向传》引孔子读此诗而释之曰：'大哉天命。'则'假'宜从《尔雅》训'大'，鲁说如此。"　　⑲有：得有。　　⑳丽：数。不：语助词。亿：周制十万为亿，此为概数，极言其多。　　㉑侯于周服：侯服于周之倒文。㉒靡常：无常。　　㉓殷士：归周之殷商贵族。一说指殷之后代微子。肤：《说文》："肤，籀文胪。"有陈礼时陈序礼器之意。肤敏，即勤敏陈序礼器。㉔祼(guàn)：古时祭礼，于神主前铺白茅，以酒浇茅上，像神在饮酒，亦称灌祭。将：行。京：指周京师。　　㉕常服：祭事规定之服装。黼(fǔ)：有白黑相间花纹之礼服。冔(xǔ)：殷冕。　　㉖荩(jìn)臣：忠臣。　　㉗无：语助词，无义。㉘聿：述。《说文》："述，循也。"　　㉙永：久长。言：同焉，语助词。配：比配，相称。配命，与天命相合。　　㉚丧：亡，失。师：众，众庶。丧师，指丧失民心。㉛鉴：镜子，借鉴。　　㉜骏：大。不易：不容易。　　㉝遏：止，绝。尔躬：你身。㉞宣昭：宣明发扬。义：善。问：通闻。义问，即好声誉。　　㉟有：同又。虞：度，鉴戒。陈奂《诗毛氏传疏》："度殷自天，言度殷之未丧师者，皆自天也。度，犹鉴也。"㊱载：事。二字古音近而通用，《尚书·尧典》之"熙帝之载"，《史记·五帝本纪》"载"作"事"。　　㊲臭(xiù)：味。　　㊳仪刑：效法。刑，同型，模范，仪法。　　㊴作：则，就。孚：信服。

文王陟降跨青冥，新命旧邦百世型。
尝信周兴唯德辅，岂知姬氏在天庭？

　　大小雅之别，已见小雅《鹿鸣》篇说。历代于诗之大雅，备极推崇。李白《古风》尝有"大雅久不作"之叹，共鸣久远。《朱子语类》卷八十一载朱熹之言"大雅非圣贤不能为，其间平易明白，正大光明"，明人章潢《诗经原体》亦以为"向非周、召、卫武、申伯，大圣大贤，亦孰能有此大雅之音也"。大雅今存三十一篇，皆出西周王室贵族之手，既多对周王室祖先乃至武王、宣王尚德颂功之辞，亦有刺厉王、幽王暴虐昏乱之作。此诗乃大雅首篇，颂周朝奠基者文王姬昌之功德。然诗旨为何，作者何人，说者不一。《毛诗序》曰："《文王》，文王受命作周也。"是以为诗乃颂文王受命而作周之事。郑笺"受命，受天命而王天下，制立周邦"，释序之所言受命作周之义，是仅以诗旨颂文王受天命而立周邦，未言诗之作者。然观诗之辞，多有"有商孙子""殷士肤敏""殷之未丧师"之语，显非仅颂文王之德。查《吕氏春秋·古乐》云："周文王处岐，诸侯去殷三淫而翼文王。散宜生曰：'殷可伐也。'文王弗许。周公旦乃作诗曰：'文王在上，於昭于天。周虽旧邦，其命维新。'以绳文王之德。"是以为此诗乃周公所作，然其以诗作文王处岐事纪之时，则显与周公之事不符。又，《汉书·翼奉传》载翼奉上疏之言："周公犹作诗书深戒成王，以恐失天下。书则曰：'王毋若殷王纣。'其诗则曰：'殷之未丧师，克配上帝。宜鉴于殷，骏命不易。'"所引诗辞正出此篇，据此则《文王》为周公所作，诗之旨则为戒成王，故诗似当作于周公辅政成王之时。观孔疏之言"经五章以上，皆是受命作周之事也。六章以下，为因戒成王。言以殷亡为鉴，用文王为法，言文王之能伐殷，其法可则。于后亦是受命之事，故序言受命作周以总之"，明以殷亡之鉴为说，且以因戒成王为诗之所指，当取翼奉所说之义，自可补序、笺之疏阙。自《吕览》及翼奉之言出，则诗之作者及所指明，后世论家遂多从之。《世说新语·言语》载荀慈明答袁阆语云："公旦《文王》之诗，不论尧、舜之德而颂文、武者，亲亲之义。"以周公颂文王之德，显系承《吕览》而为言。朱熹《诗集传》则云："周公追述文王之德，明周家所以受命而代商者，皆由于此，以戒成王。"以周公戒成王，乃承翼奉之疏以为言。然诗颂文王之德，又何以戒成王？按班固《汉书》引刘向《论罢昌陵疏》尝言："孔子论诗，至于'殷士肤敏，裸将于京'，喟然叹曰：'大哉天命！善不可不传于子孙，是以富贵无常。不如是，则王公其何以戒慎，民萌何以劝勉。'盖伤微子之事周而痛殷之亡也。虽有尧、舜之圣，不能化丹朱之子，虽有禹、汤之德，不能训末孙之桀、纣。自古及今，未有不亡之国也。"发挥戒义，可谓剀切深至。吴闿生《诗义会通》以为"全诗精神注重'殷士肤敏，裸将于京'一段，就兴亡之际以作指点，最为警悚动听，所谓深戒者也"，"反复深切，无一字泛设"，可谓深得其真义，揭橥而无遗。是以此诗若不作此解,何以见周公辅幼王警深戒慎之意?唯周公所戒,以文王为法,以殷亡为鉴,端在以仁德立邦爱民之治国之道,非"聿修厥德"而不可致。是以周代殷之兴,尤在人德之治替鬼神之庇,《尚书·周书》所谓"皇天无亲,唯德是辅",乃周人核心理念之宣言。然于此篇,却言文王在天护佑周邦,无怪《墨子·明鬼》以为"今执无鬼者之言曰:'先王之书,慎无一尺之帛,一篇之书,语数鬼神之有,重有重之,亦何书之有哉?'子墨子曰:'《周书·大雅》有之。《大雅》曰:文王在上,於昭于天。周虽旧邦,其命维新。有周不显,帝命不时。文王陟降,在帝左右。穆穆文王,令闻不已。若鬼神无有,则文王既死,彼当能在帝之左右哉?此吾所以知《周书》之鬼也'",所引大雅即此篇之辞,是以此诗竟成周人明鬼信神之证例。由是观之,周邦之兴,是德之力乎?抑神之祐乎?就周人言之,竟有定识乎?

大 明

明明在下①,赫赫在上②。天难忱斯③,不易维王。天位殷适④,使不挟四方⑤。

挚仲氏任⑥,自彼殷商。来嫁于周,曰嫔于京⑦。乃及王季⑧,维德之行。大任有身⑨,生此文王。

维此文王,小心翼翼。昭事上帝⑩,聿怀多福⑪。厥德不回⑫,以受方国⑬。

天监在下⑭,有命既集⑮。文王初载,天作之合。在洽之阳⑯,在渭之涘⑰。文王嘉止⑱,大邦有子⑲。

大邦有子,伣天之妹⑳。文定厥祥㉑,亲迎于渭。造舟为梁,不显其光㉒。

有命自天,命此文王,于周于京。缵女维莘㉓,长子维行㉔,笃生武王㉕。保右命尔㉖,燮伐大商㉗。

殷商之旅,其会如林㉘。矢于牧野㉙,维予侯兴㉚。上帝临女㉛,无贰尔心。

牧野洋洋^㉜，檀车煌煌^㉝，驷騵彭彭^㉞。维师尚父^㉟，时维鹰扬^㊱，凉彼武王^㊲。肆伐大商^㊳，会朝清明^㊴。

大

雅

①明明：光彩显耀貌。下：下民，指人间。　②赫赫：明亮显著貌。上：上天。③忱：通谌，相信。《说文》《汉书·贡禹传》《后汉书·胡广传》引此诗均作谌。④位：同立。適(dí)：借作嫡，嫡子。殷嫡，指纣王。《史记·殷本纪》："帝乙长子曰微子启。启母贱，不得嗣。少子辛，辛母正后，辛为嗣。帝乙崩，子辛立，是为帝辛，天下谓之纣。"　⑤挟：控制，占有。一说达到。四方：天下。　⑥挚：古诸侯国名，故址在今河南汝南一带，任姓。仲：指次女。挚仲，即太任，王季之妻，文王之母。　⑦嫔(pín)：妇，此用作动词，指做媳妇。京：周京。周部族后稷十三世孙古公亶父(周太王)自豳迁于岐(今陕西岐山一带)，其地名周。其子王季(季历)于此地建都城。　⑧乃：就。及：与。　⑨大：同太。大任，即上文挚仲氏任。有身：有孕。　⑩昭：借作劭，勤勉。事：服事，侍奉。　⑪聿：犹乃，就。怀：倈，招来。　⑫厥：其。回：邪僻。　⑬受：承受，享有。方国：四方诸侯之国。⑭监：明察。　⑮命：天命。集：就。　⑯洽(hé)：水名，亦作合或郃，在今陕西合阳西北。洽阳，洽水北岸，即古莘国所在地。　⑰渭：渭水，源出甘肃渭源，经陕西于潼关入黄河。涘(sì)：水边。亦指莘国所在地。　⑱止：礼。嘉止，即嘉礼，婚礼。一说语助词。　⑲大邦：大国，此指莘国。子：此指莘国国君之女。⑳伣(qiàn)：如，好比。天之妹：天女，仙女。　㉑文：礼，指纳币之礼。文定，订婚礼。一说文乃占卜文辞。祥：吉。　㉒不：通丕，大。　㉓缵(zuǎn)：瓒之假借，美好。维：是。莘：即莘国。　㉔长子：即长女，指太姒。维行：即有行，指出嫁。　㉕笃：厚，指天降厚恩。一说发语词。　㉖保右：即保佑。命：命令。尔：指武王。　㉗燮：袭之假借字。燮伐，即袭伐。《左传·庄公二十九年》："凡师有钟鼓曰伐，无曰侵，轻曰袭。"　㉘会(kuài)：借作旝，军旗。其会如林，极言殷商军队之众。　㉙矢：同誓，誓师。一说陈列。牧野：地名，在今河南淇县一带，距商都朝歌七十余里。　㉚予：我，我们，作者自指周王朝。侯：乃，才。兴：兴盛，胜利。　㉛临：监临。女：同汝，指武王将士。　㉜洋洋：广大貌。㉝檀车：檀木制战车。煌煌：鲜明貌。　㉞騵(yuán)：赤毛白腹马。彭彭：强壮

475

有力貌。　　㉟师：官名，又称太师。尚父：指吕尚，即姜太公。周朝东海人，本姓姜，其先封于吕，因姓吕，名尚，字子牙。年老隐钓于渭水之上，文王访得，载与俱归，立为师，又号太公望。辅佐文王、武王。　　㊱鹰扬：如雄鹰飞扬，言其奋发勇猛。　　㊲凉：假借为亮，辅佐。《韩诗》作"亮"。　　㊳肆伐：疾伐，进击。㊴会朝：一朝，一个早上。《毛传》："会，甲也。"陈奂《诗毛氏传疏》："甲朝，犹《彤弓》言一朝耳。甲者，十之首，一者，数之始。"

　　　　相承文武赫明光，天位適殷叛四方。
　　　　倘使挚莘微两女，千年王业止闺房？

　　此诗所述与前篇似。前者颂文王奠周邦之基，此则兼颂文武，以明周氏族一统天下宏大功业之所成。然究其诗旨，亦有异说。《毛诗序》曰："《大明》，文王有明德，故天复命武王也。"是以诗旨颂文武之明德而承天之命。郑笺"二圣相承，其明德日以广大，故曰大明"，释篇名之义，即以二圣相承以为说。孔疏"言文王有明德，由其德当上天，故天复命武王焉。言复更命武王，以对前命文王。言文王有明德，则武王亦有明德，互相见也。此经八章，毛以为从六章上五句'长子维行'以上，说文王有德，能受天命，故云'有命自天，命此文王'，是文王有明德天命之事也。'笃生武王'以下，说武王有明德，天复命之，故云'保右命尔，燮伐大商'，是武王有明德复受天命之事也。但说文王之德，则追本其母。述武王之功，则兼言其佐。文王则天生贤配，武王则帝所降临，皆是欲崇其美，故辞所汜及。郑唯以首章并言文王、武王俱有明德，故能伐殷，与下为总目。余同"，析毛、郑之异同，比照辞章以见所以颂文武之事。朱子之说稍异，《诗序辨说》以为"此诗言王季、太任、文王、太姒、武王，皆有明德，非必如序说也"，《诗集传》复以为"此亦周公戒成王之诗。将陈文武受命，故先言在下者有明明之德，则在上者有赫赫之命。达于上下，去就无常，此天之所以难忱，而为君之所以不易也。纣居天位，为殷嗣，乃使之不得挟四方而有之，盖以此尔"，以此篇诗旨与上篇似，皆为周公戒成王之辞。然观诗之辞，首章固以"天难忱斯，不易维王"言为王之不易，然其主旨似不在警戒，正若郑笺所言"明明者，文王、武王施明德于天下，其徵应焀晰见于天，谓三辰效验"，

"天之意难信矣,不可改易者天子也。今纣居天位,而又殷之正適,以其为恶,乃弃绝之,使教令不行于四方,四方共叛之。是天命无常,维德是予耳。言此者,厚美周也",是以其主旨乃在美周德之明于下而验于天。与前篇反复申言殷亡之鉴,义显不类。且全篇八章皆述周之开基立业事,亦正若《诗集传》所言"一章言天命无常,唯德是与。二章言王季、大任之德,以及文王。三章言文王之德。四章、五章、六章言文王、大姒之德,以及武王。七章言武王伐纣。八章言武王克商,以终首章之意",由王季而文王而武王,所述者周之开国完整历程。实则,若将此篇与大雅中《生民》《公刘》《緜》《皇矣》《文王》诸篇相联缀,自始祖后稷诞生、经营农业,公刘迁豳,太王迁岐,王季承扬祖业,文王伐密、伐崇,直至武王克商灭纣,俨然一组周氏族开国史诗。唯此篇美文武之功德,重在叙佳偶"天作之合",而推原母德,故叙王季娶挚国女大任、文王娶莘国女大姒事特为详备。观真德秀《大学衍义》所言"原周家之成功者,以其有圣子,原周之生圣子者,以其有圣后,而圣后之生,又以王季、文王修德格天之故,则周家之兴岂偶然哉",方玉润《诗经原始》所言"盖周家奕世积功累仁,人悉知之。所奇者,历代夫妇皆有盛德以相辅助,并生圣嗣,所以为异。使非'天作之合',何能圣配相承不爽若是? 故诗人命意,即从此着笔,历叙其昏媾天成,有非人力所能为者。然大任、大姒明写,邑姜暗写,此又文心变幻处",以圣后、圣配为说,既可见周兴之原,似尤可得此诗真谛。盖周人以夫妇之际为人伦之本,故诗始《关雎》,犹《易》基乾坤之理。然则,妃匹之际,既得大任、大姒,亦有褒姒,岂可择焉? 设若王季、文王之时,挚国、莘国无此二女,则周之千年王业岂不止于闺房之内哉?

緜

緜緜瓜瓞[1],民之初生[2],自土沮漆[3]。古公亶父[4],陶复陶穴[5],未有家室[6]。

古公亶父,来朝走马[7]。率西水浒[8],至于岐下[9]。爰及姜女[10],聿来胥宇[11]。

周原膴膴[12],堇荼如饴[13]。爰始爰谋[14],爰契我龟[15]。曰止曰时[16],筑室于兹。

廼慰廼止^⑰，廼左廼右。廼疆廼理^⑱，廼宣廼亩^⑲。自西徂东，周爰执事^⑳。

乃召司空^㉑，乃召司徒^㉒，俾立室家。其绳则直，缩版以载^㉓，作庙翼翼。

捄之陾陾^㉔，度之薨薨^㉕。筑之登登^㉖，削屡冯冯^㉗。百堵皆兴^㉘，鼛鼓弗胜^㉙。

廼立皋门^㉚，皋门有伉^㉛。廼立应门^㉜，应门将将^㉝。廼立冢土^㉞，戎丑攸行^㉟。

肆不殄厥愠^㊱，亦不陨厥问^㊲。柞棫拔矣^㊳，行道兑矣^㊴。混夷駾矣^㊵，维其喙矣^㊶。

虞芮质厥成^㊷，文王蹶厥生^㊸。予曰有疏附^㊹，予曰有先后^㊺。予曰有奔奏^㊻，予曰有御侮^㊼。

①緜緜：即绵绵，不绝貌。瓞(dié)：小瓜。《孔疏》："大者曰瓜，小者曰瓞。"朱熹《诗集传》："小曰瓞。瓜之近本初生者常小。"　　②民：此指周族。　　③土：《齐诗》作杜，水名。沮、漆：均水名。杜水在陕西麟游杜山下，南流折东入武水。沮水、漆水皆在陕西境内，漆水于邠县西南流与沮水相会，注入渭水。　　④古公亶(dǎn)父：文王祖父，初居豳，后被戎狄侵扰，迁居岐山之下，定国号曰周。至武王伐商定天下，追尊为太王。古公，号。亶父，名或字。　　⑤陶：借为掏，挖。复：旁穿之穴，似窑洞。穴：下挖之穴，即地洞。　　⑥家室：此指宫室，房屋。⑦朝：早。来朝，犹自清早。走马：驰马。《玉篇》引诗作"趣马"。趣古同促，趣马，意谓急促驱马而行。　　⑧率：循，沿。西：指豳之西。浒：水涯。水浒，指漆沮之侧。⑨岐下：岐山之下。岐山在今陕西岐山县东北。　　⑩爰：乃，于是。姜女：指古公亶父之妃，姜姓，亦称太姜。　　⑪聿：发语词。胥：相，视。宇：居处。胥宇，犹言相宅，选择建筑宫室处所。　　⑫膴(wǔ)膴：肥美貌。　　⑬堇：野生植物，亦名苦堇、堇葵，味苦。茶：苦菜。饴：饴糖，俗称麦芽糖。　　⑭始：与谋同义，谋划。马瑞辰《毛诗传笺通释》："始亦谋也……《尔雅》基、肇皆训为始，又皆训

谋。则始与谋义正相成耳。" ⑮契:锲,指刻龟甲占卜。龟:指占卜所用龟甲。占卜时龟甲先须钻孔,后以火烤,看龟甲裂纹断凶吉,并刻上卜辞。 ⑯止:言此地可以居住。时:言此时可以动工。 ⑰廼:同乃。《诗经》各篇通用乃,惟此篇与《公刘》廼、乃杂用。慰:安居。《方言》:"慰,居也。"止:止息。 ⑱疆:划分疆界。理:整治土地。 ⑲宣:疏通沟渠。亩:整治田垄。 ⑳周:遍。此指所有人。爰:语助词。执事:从事工作。 ㉑司空:掌管工程官员。 ㉒司徒:掌管土地与力役官员。 ㉓缩版:捆绑。载:通栽,筑墙长板,此用作动词,树立。 ㉔捄(jiū):盛土于筐。陾(réng)陾:众多貌。 ㉕度:投,指投土于筑板内。薨薨:填土声。 ㉖筑:捣土使墙坚实。登登:捣土声。 ㉗屡:通塿,土墙隆起部分。削屡,将土墙隆起处刮平整。冯(píng)冯:刮墙之声。 ㉘堵:五版为堵。百堵,言筑墙之多。兴:起。 ㉙鼛(gāo):大鼓,长一丈二尺。弗胜:谓筑室时人声鼎沸,鼓声盖不过人声。 ㉚皋门:王都郭门。《毛传》:"王之郭门曰皋门。"郭门,即城门。 ㉛伉:通亢,高大貌。 ㉜应门:王宫正门。《毛传》:"王之正门曰应门。" ㉝将(qiāng)将:庄严雄伟貌。 ㉞冢:大。土:通社。冢土,即大社,指祭祀社神之坛。 ㉟戎:大。丑:众。朱熹《诗集传》:"戎丑,大众也。"攸:所。一说用。行:往。 ㊱肆:于是。殄(tiǎn):杜绝,消灭。此指忘记。厥:其,指狄人。愠:怒。 ㊲陨:坠,丧失,此指废弃。问:聘问。此二句谓既不忘记对敌之愤恨,亦不废弃与邻国之聘问。 ㊳柞:柞树,丛生有刺。棫:丛生小木,亦有刺。拔:清除干净。 ㊴兑:与达通,通畅。 ㊵混夷:即昆夷,古族名,西戎之一。駾(tuì):受惊奔逃。 ㊶维其:何其。喙:气短病困貌。 ㊷虞:古国名,在今山西平陆东北。芮:古国名,在今陕西芮城西。质:评断。成:平。指虞、芮二国平息纠纷。《毛传》:"虞、芮之君,相与争田,久而不平。乃相谓曰:'西伯,仁人也,盍往质焉。'乃相与朝周。入其境,则耕者让畔,行者让路。入其邑,男女异路,斑白不提挈。入其朝,士让为大夫,大夫让为卿。二国之君,感而相谓曰:'我等小人,不可以履君子之庭。'乃相让,以其所争田为闲田而退。天下闻之而归者四十余国。" ㊸蹶(guì):动,感动。生:通性。谓文王感化其本性。 ㊹予:周人自称。曰:语助词。王逸《楚辞章句》引作聿。疏附:指能使疏者亲之臣。 ㊺先后:指君王前后辅佐之臣。 ㊻奔奏:亦作奔走,指奔命四方之臣。 ㊼御侮:指抵御外敌之臣。

渡漆越沮又向岐，古公百堵筑坛基。

周原地利宜王业，文武谁教丰镐移？

　　此诗述周之先祖古公亶父率周人由豳迁岐，于周原疆田亩，营宫室，立规制，文王于是得以承其业而立周邦。诗辞明著"古公亶父"及"文王"，是其所述之事甚明，然诗何以作，诗旨何寄，说者不一。《毛诗序》曰："《绵》，文王之兴，本由太王也。"是以文王之兴，本于太王之业，似于诗溯文王功业之源。孔疏申之曰"言文王之兴，本之于太王也。太王作王业之本，文王得因之，以兴今见文王之兴，本其上世之事，所以美太王也。经九章，上七章言太王得人心，生王业，乃避狄居岐，作寝庙门社，是本太王。下二章乃言文王兴之事，叙以诗为文王而作，故先言文王之兴，而又追而本之。各自为势，故文倒也"，释序之言，并比照诗之辞，明以诗旨为美太王。朱熹《诗集传》则以为"此亦周公戒成王之诗。追述太王始迁岐周，以开王业，而文王因之，以受天命也"，以诗述之事从序说，而于诗何以作，则承上篇以为言，以之为周公戒成王之辞。后世亦有从之者，吴闿生《诗义会通》即以为"诗先陈太王创业，而末二章以文王之事终之，其意固应如是。盖亦周公所作以戒成王，告以王业之艰难尔"。然则，果若此诗戒成王，则何若《文王》篇警悚痛切之殷鉴之辞？似亦未见若《七月》篇所陈王业艰难之义。观诗之辞，以"绵绵瓜瓞"起兴，紧接"民之初生，自土沮漆"，郑笺"兴者，喻后稷乃帝喾之胄，封于邰，其后公刘失职，迁于豳，居沮漆之地，历世亦绵绵然。至太王而德益盛，得其民心而生王业，故本周之兴，云于沮漆也"，是以历叙周氏族绵延兴盛之所自。而于周氏族兴盛历程中，太王乃一关键人物。诗以"瓜瓞"起兴，以见周氏族绵长之历程，而太王迁岐，乃周兴历程之重要关捩，若鲁颂《閟宫》所言"后稷之孙，实维太王。居岐之阳，实始翦商。至于文武，缵太王之绪"，正是太王迁岐之重大决策，才奠定周人灭商建国之基础。按《孟子·梁惠王下》载孟子答滕文公之言"昔者太王居邠，狄人侵之。事之以皮币，不得免焉。事之以犬马，不得免焉。事之以珠玉，不得免焉。乃属其耆老而告之曰：'狄人之所欲者，吾土地也。吾闻之也，君子不以其所以养人者害人。二三子何患无君？我将去之。'去邠，逾梁山，邑于岐山之下居焉。邠人曰：'仁人也，不可失也。'从之者如归市"，正见太王得人心、生王业之由。全诗九章，《诗集传》已

480

概之曰"一章言在豳,二章言至岐,三章言定宅,四章言授田居民,五章言作宗庙,六章言治宫室,七章言作门社,八章言至文王而服混夷,九章遂言文王受命之事",是诗述其事极明晰。故此诗之所作,实乃周人述其緜延兴盛之开国史诗,似与戒成王无与。观大雅述周兴之诗甚夥,然却各有侧重,方玉润《诗经原始》以为"《文王》以天德言","《大明》以人事言",而"此诗以地利言,故曰'自土沮漆',曰'至于岐下',曰'筑室于兹',凡属宗庙社稷,莫不制画昭然。使非去邠踰梁,何以臣服戎狄?故地利之美者地足以王,是则《緜》诗之旨耳",可谓识得诗义之要眇。唯究王业之成,则尤有可思之者。盖欲成一代之王业,德威、武烈、民心、势运,缺一不可,岂徒地利可以为恃焉?且周原果若成王业之地,则岂必待文、武而再营丰、镐焉?

棫 朴

芃芃棫朴①,薪之槱之②。济济辟王③,左右趣之④。
济济辟王,左右奉璋⑤。奉璋峨峨⑥,髦士攸宜⑦。
淠彼泾舟⑧,烝徒楫之⑨。周王于迈,六师及之。
倬彼云汉⑩,为章于天⑪。周王寿考,遐不作人⑫?
追琢其章⑬,金玉其相⑭。勉勉我王⑮,纲纪四方⑯。

①棫、朴:皆丛生灌木。　②薪:此用作动词,砍伐作柴。槱(yǒu):聚积木柴以备燃烧。　③济济:庄重恭敬貌。辟(bì)王:君王。　④左右:指周王左右诸臣。趣:通趋,快走。此指紧随效力。　⑤奉:通捧。璋:即璋瓒,祭祀时盛酒玉器。　⑥峨峨:盛服端庄貌。　⑦髦士:俊士。此指助祭诸侯、卿士。攸:所。宜:适合。　⑧淠(pì):舟行貌。泾:水名,渭水支流。淠彼泾舟,彼泾淠舟之倒文。　⑨烝徒:众人。楫:船桨。此用作动词,划船。　⑩倬:广大而光明貌。云汉:银河。　⑪章:文彩。　⑫遐:通何。作:培育、造就。　⑬追:通雕。追琢,即雕琢。　⑭相:内质,质地。　⑮勉勉:勤勉不懈貌。　⑯纲纪:治理,管理。

481

济济良材廊庙盈，远逾虞夏聚群英。

谁言傲骨士为贵？却道君王雕琢成！

　　此诗以棫朴起兴，以言周之人材蕃盛，是亦美周王德盛而贤才趋归。诗虽未言所美何王，然因诗辞有"周王寿考"语，据传文王寿至九十七，后人遂以为颂美文王之作。唯其颂美者何事，则说者有异。《毛诗序》曰："《棫朴》，文王能官人也。"是以诗所美者为文王能官人。郑笺亦曰"周王，文王也。文王是时九十余矣，故云寿考"。序以诗旨美文王能官人，何谓官人？《尚书·皋陶谟》"知人则哲，能官人"，意谓善于选取人材并授以适当官职。孔疏则取诗中"遐不作人"语云"作人者，变旧造新之辞"，是以文王能"变化纣之恶俗，近如新作人也"，别倡作人之说。后世颇有从其说者。朱熹《诗集传》亦言"作人，谓变化鼓舞之也"，姚际恒《诗经通论》即据此断言"此言文王能作士也"。实则，官人、作人二说义实相近，正若方玉润《诗经原始》以为"盖非徒能官人而已，又有以作之，使其振兴鼓舞而变化焉"，是以既变旧造新，复又择而官之，实皆美文王之德。朱熹《诗集传》以为"此亦以歌咏文王之德。言芃芃棫朴，则薪之槱矣。济济辟王，则左右趣之矣。盖盛德而人心归附趋向之也"，即以颂美文王盛德而为言。然因此诗三章有"周王于迈，六师及之"之句，齐诗遂以为此诗乃言文王伐崇之事。马瑞辰《毛诗传笺通释》于二章"左右奉璋"亦以为"此诗下章言六师及之，则上言奉璋，当是发兵之事"，似以证齐诗之说。今人亦或有从此说者。程俊英《诗经译注》以为"这是一首写文王郊祭天神后领兵伐崇的诗。古代天子每将兴师征伐，总要先郊祭以告天。崇是商的侯国，伐崇是为伐商作准备"，显以诗中"奉璋""六师"之辞，衍齐说而为言。然则，古之所谓"璋"，实有二解。一为"牙璋"，乃发兵所用，另一为"璋瓒"，则祭祀所用。且此诗之三章固有"六师及之"，然二章却已先言"髦士攸宜"，而髦士显为文士无疑。就全篇观之，欧阳修《诗本义》已言"棫朴茂盛，采之以备薪槱，喻文王养育贤才，以充列位。而王威仪济济然，左右之臣趋而事之，以见君臣之盛也。二章三章见王所官之人，入宗庙，居军旅，皆可用，文武之材各任其事也。四章言官人之成效。卒章又言王当勉勉用人，而但提其纲纪尔"，方玉润《诗经原始》亦言"及其归心也，莫大乎承祭与征伐。文王承祭，'奉璋峨峨'，无非'髦士攸宜'，则其作文德之士也可知。

文王征伐,六师扈从,有似'烝徒楫'舟,则其作武勇之士也又可见",可谓析诗之义细密,是以形文武之贤材皆归心文王之德,绝非仅言兵伐之事。顾欧氏又言"云汉在上,为天之文章,犹贤人在朝,为国之光彩",方氏亦复言:"此周之人材所以独盛于唐虞三代上也。然岂一朝一夕故哉?'周王寿考',始见成功。故虽有圣人在上,亦必久于其道,而后天下化成。'才难'之叹,不益信欤?"是诗之旨实乃美周之人才之盛,而为王业之基。唯于此贤材何以成,似或犹有辨者。观诗之末章"追琢其章,金玉其相",其前有"周王寿考",其后则"勉勉我王",是其显为言周王之事。毛传"追,雕也。金曰雕,玉曰琢,相,质也",而诗之旨乃"作人""作士",似此,则士之作岂非全由君王之意雕琢而成乎? 然则,士之为士,孔子所谓"志道"、孟子所谓"尚志"者,《孟子·尽心上》尝言"士穷不失义,达不离道……穷则独善其身,达则兼善天下",《尽心下》复言"说大人,则藐之",是以不入流俗、风骨傲世为士之贵。若士之成必由君王雕琢,则志、道何存? 一身必为媚骨矣! 是以诗三百美大夫之作多"羔羊""羔裘"之喻,曷须惑焉?

旱 麓

瞻彼旱麓①,榛楛济济②。岂弟君子③,干禄岂弟④。

瑟彼玉瓒⑤,黄流在中⑥。岂弟君子,福禄攸降⑦。

鸢飞戾天⑧,鱼跃于渊。岂弟君子,遐不作人?

清酒既载⑨,骍牡既备⑩。以享以祀,以介景福⑪。

瑟彼柞棫⑫,民所燎矣⑬。岂弟君子,神所劳矣⑭。

莫莫葛藟⑮,施于条枚⑯。岂弟君子,求福不回⑰。

①旱:山名,在今陕西南郑附近。王应麟《诗地理考》引《汉书·地理志》:"汉中郡南郑县旱山,沱水所出,东北入汉。"麓:山脚。 ②榛:树名,结实似栗而小。楛(hù):树名,似荆而赤。济济:众多貌。 ③岂(kǎi)弟:即恺悌,和乐平易。君子:此指周王。 ④干:求。禄:福。 ⑤瑟:洁净鲜明貌。玉瓒:圭瓒,天子

祭祀时所用酒器。 ⑥黄:用黄金制成或镶金之酒勺。流:用黑黍和郁金草所酿之酒。陈奂《诗毛氏传疏》:"黄,即勺,流,即酒。黄流在中,言秬鬯之酒,自勺中流出也。" ⑦攸:所。 ⑧鸢:老鹰。戾:到,至。 ⑨载:陈设。 ⑩骍牡:赤黄色公牛。周人尚赤,故用毛色赤黄之牛祭祀。 ⑪介:求。景:大。 ⑫瑟:众密貌。柞棫:《郑笺》:"柞,栎也。棫,白桵也。" ⑬燎:同寮。《说文》:"寮,柴祭天也。" ⑭劳:劳来,保佑。 ⑮莫莫:茂盛貌。一说同漠漠,众多无边貌。葛藟:葛藤。 ⑯施(yì):伸展绵延。条:树枝。枚:树干。 ⑰回:奸回,邪僻。《郑笺》:"不回者,不违先祖之道。"

德业世修周宇宽,享祠天佑感心殚。

却看过眼便便客,厚禄民膏何处干?

　　此诗既有旱麓榛楛、鸢飞鱼跃、莫莫葛藟之兴比,复实赋"清酒既载,骍牡既备"等享祀之事,而以"岂弟君子"贯穿全篇,故诗当为述祭祀场景而为周王祈福之辞。然此君子何指,诗旨何寄,其说不一。《毛诗序》曰:"《旱麓》,受祖也。周之先祖世修后稷、公刘之业,太王、王季申以百福干禄焉。"是以诗所言周之先祖修业而太王、王季申以福禄,故今之王得以受祖。孔疏申之曰"言文王受其祖之功业也。又言其祖功业,所以有可受者以此。周之先祖能世修后稷、公刘之功业,谓太王以前先公皆修此二君之业,以至于太王、王季,重以得天之百福所求之禄焉。文王得受其基业,增而广之,以王有天下,故作此诗,歌太王、王季得禄之事也",释序之义甚详,是以诗为文王而作,言文王受先祖之功业,而诗之所述乃太王、王季之事。故于"岂弟君子",郑笺"君子,谓太王、王季,以有乐易之德施于民,故其求禄亦得乐易",以君子指太王、王季,诗所美者乃其干禄而得禄。至朱子而不信序说,《诗序辨说》指"序大误,其曰'百福干禄'者,尤不成文理",《诗集传》遂以为"此亦以咏歌文王之德。言旱山之麓,则榛楛济济然矣。岂弟君子,则其干禄也岂弟矣。干禄岂弟,言其干禄之有道,犹曰'其争也君子'云尔",以干禄而为言,似亦承序、笺之义,然不以诗述者乃太王、王季事,而以为诗颂文王之德,诗之旨乃谓其干禄有道,故"君子,指文王也",则多为后人所从。清人方玉润《诗经原始》则既讥毛序似"梦吆",复不满朱说"亦殊泛泛",而以为"此盖指其祭祀受福而言也",是以诗美文王祭祀得福。魏源《诗古微》亦径言诗旨乃"祭祖受福"。皆于干禄说之外,别以祭祀受福而为言。然以"受福"为言,实与序所言"受祖"之义合。吴闿生《诗义会通》即以为"序'受祖也',范处义谓'受釐于祖',近之。此乃祭而受福之词,周之先祖以下云云,续序者附会而失其义者也。此篇与《棫朴》词相近,而前篇以官人义为主,此篇以受祚为主,序别言之,最能别白诗指",联系前篇言官人,此篇言受祖,正见序者着意别白重点之所在,亦正若方玉润氏所言"上篇言作人,于祭祀见其一端。此篇言祭祀,而作人亦见其极盛"。是以受先祖之基业,遂"以享以祀"以求而受福,不亦宜乎?按诗之辞,首章言"干禄",卒章言"求福",是已明言福禄可干而求之。而诗述祭祀之隆以受先祖之功业,岂非干禄求福之一途?亦朱子所谓"干禄之有道"者乎?是"受福""干禄"二说实可相通。唯君子干禄受福须有道,而何谓有道?观《国语·周语下》有言:"《诗》亦有之曰:'瞻彼旱麓,榛楛济济。恺悌君子,干禄恺悌。'夫旱麓之榛楛殖,故君子得以易乐干禄焉。若夫山林匮竭,林麓散亡,薮泽肆既,民力雕尽,田畴荒芜,资用乏匮,君子将险哀之不暇,而何易乐之有焉?"正引此诗之辞而为说,可谓发明义蕴,堪称切尽。是以君子干禄,当以国资民力为基,而经"以享以祀",则受福须具敬畏感恩之心。然观后世之君子,脑满肠肥,便便大腹,竭民膏亦难填其欲壑,其厚禄何干而得焉?

思 齐

思齐大任①,文王之母。思媚周姜②,京室之妇③。大姒嗣徽音④,则百斯男⑤。

惠于宗公⑥,神罔时怨⑦,神罔时恫⑧。刑于寡妻⑨,至于兄弟,以御于家邦⑩。

雝雝在宫⑪,肃肃在庙⑫。不显亦临⑬,无射亦保⑭。

肆戎疾不殄⑮,烈假不瑕⑯。不闻亦式⑰,不谏亦入⑱。

肆成人有德,小子有造⑲。古之人无斁⑳,誉髦斯士㉑。

①思:发语词。齐:斋之假借,庄敬。《广韵》:"斋,庄也,敬也。"大任:即太任,王季之妻,文王之母。　　②媚:美好。此指德行美好。周姜:即太姜,古公亶父之妻,王季之母,文王祖母。　　③京室:王室。　　④大姒(sì):即太姒,文王之妻。嗣:继承,继续。徽音:美誉。　　⑤男:男孩。百斯男,旧说文王百子,太姒生十子,合众妾生百子。　　⑥惠:孝顺。宗公:宗庙里先公,即祖先。　　⑦神:此指祖先之神。罔:无。时:所。　　⑧恫(tōng):哀痛。　　⑨刑:同型,典范,法则。此用作动词,以礼法对待。寡妻:嫡妻。胡承珙《毛诗后笺》:"適与庶对,庶为众,则適为寡矣。"適同嫡。　　⑩御:治理。　　⑪雝雝:和洽貌。宫:家。古时无论贵贱家皆称宫,秦汉后才专称君王住所。　　⑫肃肃:恭敬貌。庙:宗庙。　　⑬不显:不明,幽隐之处。临:临视。　　⑭射(yì):古斁字,厌倦。无射,即无斁,不厌倦。保:保持。此谓保持诚敬不厌弃。　　⑮肆:所以。戎疾:西戎之患。不:语助词,下句同。殄:残害,灭绝。　　⑯烈:《春秋公羊传》引作痌,何注:"痌者,民疾苦也。"厉之假借字。《说文》作疠:"疠,恶疾也。"假:痕之假借字,即蛊字。《集韵》引诗作"厉假不瑕",汉《唐公房碑》作"厉蛊不遐"。烈假,即瘟疫疾患。瑕:与遐同音通用,远去。　　⑰不:语助词,下句同。闻:听。式:用。　　⑱入:接受,采纳。　　⑲小子:儿童。造:造就,培育。　　⑳古之人:指文王。无斁:无厌,无倦。　　㉑誉:美名,声誉。髦:俊,优秀。斯:这些。

刑于妻弟御家藩,则百斯男嗣业繁。

不信关雎忧进淑?要知治化本闺门!

此诗首章以文王之母及祖母之德发其端,而太姒嗣徽音,以下数章皆美文王修身齐家治国之事。是篇毛诗原分五章,郑笺并后四章为三章,以全篇为四章,因后数章皆言文王事,重分无关宏旨,故后之学者仍多从毛。观诗之辞意固甚明,然于诗旨之要,则说者不一。《毛诗序》曰:"《思齐》,文王所以圣也。"是以诗人之意,欲以明文王所以为圣之缘由。郑笺"言非但天性,德有所由成",释序言所以圣之义。孔疏申之"作《思齐》诗者,言文王所以得圣,由其贤母所生。文王自天性当圣,圣亦由母大贤,故歌咏其母,言文王之圣有所以而然也。经四章,首章言大任德行纯备，故能生此文王，是其所以圣也。二章以下，言文王德当神明，施化家国下民，变恶为善，小大皆有所成，是其圣之事也"，比照诗之辞章以释序之说，是以文王所以圣，乃由贤母所生，故首章乃诗旨之要。后之论者多从其说并有发挥，欧阳修《诗本义》尝言"文王所以圣者，世有贤妃之助"，由孔疏所言"贤母"扩及"贤妃"，所谓"世有贤妃"者，即文王祖母太姜、生母太任及妻子太姒。马瑞辰《毛诗传笺通释》以为"按'思齐'四句平列。首二句言大任，次二句言大姜。末二句'大姒嗣徽音'，乃言大姒兼嗣大姜、大任之德耳"，释得首章诗辞之义蕴。唯整篇诗仅此首章美周室三母，余下数章均未言及，因以首章为诗旨之要，后世颇有疑之者。严粲《诗缉》以为"此诗五章皆言文王之所以为圣，孔氏所言，止是首章之意"，以文王修齐之治乃所谓所以为圣，而非仅贤母所生或贤妃之助。范处义《诗补传》以为"序言文王所以圣，谓文王圣之事备见于一篇之内，是诗五章皆圣之事也。首章言姜、任、大姒之内助，二章言文王事神治人两尽其道，三章言文王盛德之容，自强不息，四章言文王德盛无阙，从容中道，五章言文王化成人材，皆知自勉，与首章各有其义也"，亦以序所言文王所以为圣，由各章而备言，非以首章为要。然则，若此之解，则诗之所言者实文王"其圣之事"而非"其所以圣"。细味诗之辞，若朱熹《诗集传》所言"此诗亦歌文王之德，而推本言之，曰：此庄敬之大任，乃文王之母，实能媚于周姜，而称其为周室之妇。至于大姒，又能继其美德之音，而子孙众多。上有圣母，所以成之者远，内有贤妃，所以助之者深也"，可谓识得个中义蕴，是以全篇固备言文王圣之事，然其意则"推本言之"，故首章实为全篇纲目。清人方玉润《诗经原始》以为"此特推原刑于之化所自始耳。诗盖咏歌文王刑于之化也。治化无不本于闺门，由寡妻而兄弟，由兄弟而家邦……故此诗当以刑于数语为主"，拈出刑于之化所自始，而以治化无不本于闺门，实具卓见。按《礼记·大学》有言"身修而后家齐，家齐而后国治，国治而后天下平"，而何由家齐，则"本于闺门"。《颜氏家训·治家》尝言"治家之宽猛，亦犹国焉"，常人尚若此，况君王乎？按周礼，天子嫔妃一百二十一，是知文王嫔妃之众，而由诗言"则百斯男"，复知其子嗣之繁，有序管理何啻一国事务？若闺门不淑，岂非治化尤难？由是观之，诗以《关雎》为始，岂偶然哉？诗序以为"是以《关雎》乐得淑女以配君子，忧在进贤不淫其色"，蒙诟已逾百年，今人若知周人治化之本，尚不信诗序之说耶？

皇矣

皇矣上帝①，临下有赫②。监观四方，求民之莫③。维此二国④，其政不获⑤。维彼四国⑥，爰究爰度⑦。上帝耆之⑧，憎其式廓⑨。乃眷西顾，此维与宅⑩。

作之屏之⑪，其菑其翳⑫。修之平之⑬，其灌其栵⑭。启之辟之⑮，其柽其椐⑯。攘之剔之⑰，其檿其柘⑱。帝迁明德⑲，串夷载路⑳。天立厥配㉑，受命既固。

帝省其山，柞棫斯拔，松柏斯兑㉒。帝作邦作对㉓，自大伯王季㉔。维此王季，因心则友㉕。则友其兄，则笃其庆㉖，载锡之光㉗。受禄无丧，奄有四方㉘。

维此王季，帝度其心㉙。貊其德音㉚，其德克明。克明克类㉛，克长克君㉜。王此大邦，克顺克比㉝。比于文王㉞，其德靡悔㉟。既受帝祉，施于孙子㊱。

帝谓文王，无然畔援㊲，无然歆羡㊳，诞先登于岸㊴。密人不恭㊵，敢距大邦，侵阮徂共㊶。王赫斯怒，爰整其旅。以按徂旅㊷，以笃于周祜㊸，以对于天下㊹。

依其在京㊺，侵自阮疆，陟我高冈。无矢我陵㊻，我陵我阿。无饮我泉，我泉我池。度其鲜原㊼，居岐之阳，在渭之将㊽。万邦之方㊾，下民之王。

帝谓文王，予怀明德㊿。不大声以色(51)，不长夏以革(52)。不识不知(53)，顺帝之则(54)。帝谓文王，询尔仇方(55)，同尔弟兄(56)。以尔钩援(57)，与尔临冲(58)，以伐崇墉(59)。

临冲闲闲(60)，崇墉言言(61)。执讯连连(62)，攸馘安安(63)。是类是祃(64)，是致是附(65)，四方以无侮(66)。临冲茀茀(67)，崇墉仡仡(68)。是伐是肆(69)，是绝是忽(70)，四方以无拂(71)。

①皇:光明伟大。　②临:监视。下:下界,人间。有赫:即赫赫,明亮貌。③莫:通瘼,疾苦。　④二国:或为上国之误,指殷商。马瑞辰《毛诗传笺通释》:"古文上作二,与一二之二相似,二国当为上国之误。"一说指夏、商。《尚书·召诰》:"我不敢不监于有夏,亦不可不监于有殷。"　⑤获:得。不获,不得民心。⑥四国:四方之国,此指殷商时各诸侯国。　⑦爰:于是。究:谋虑。度(duó):考量。　⑧耆:读为稽,考察。　⑨式廓:规模。此谓状况。　⑩此:指岐周之地。宅:安居。　⑪作:通斮,砍伐。屏:除去。　⑫菑(zī):指直立枯木。翳:通殪,指仆倒树木。　⑬修:修剪。平:铲平。　⑭灌:丛生之木。栵(lì):斩而复生之木。　⑮启:开地。辟:清除。　⑯柽(chēng):木名,俗名西河柳。椐(jū):木名,俗名灵寿木。　⑰攘:除去。剔:挑选。　⑱檿(yǎn):木名,俗名山桑。柘(zhè):木名,俗名黄桑。　⑲帝:上帝。迁:迁就,相就。明德:明德之人,此指太王古公亶父。　⑳串夷:即昆夷,亦即犬戎。载:则。路:借作露,败。太王原居豳,因犬戎侵扰,迁于岐,后击退犬戎。　㉑厥:其。配:此指立君配天。《荀子·大略》:"配天而有天下。"　㉒兑:直立。　㉓作:建立。邦:指周国。对:配。此指配天之君主。　㉔大伯:即太伯。据《韩诗外传》,太王有三子,长子太伯,次子仲雍,三子季历。太王爱王季,太伯、仲雍为让位于季历,逃至南方,另建吴国。太王死后,季历为君,是为王季。　㉕因心:姚际恒《诗经通论》:"因心者,王季因太王之心也,故受太伯之让而不辞,则是能友矣。"　㉖笃:厚益,增益。庆:吉庆,福庆。　㉗载:则。锡:赐。光:荣光。　㉘奄:覆盖,包罗。㉙度:法度。此用作动词。帝度其心,谓上帝使王季之心合于法度。㉚貊(mò):《左传·昭公二十八年》及《礼记·乐记》皆引作莫。莫,通漠,广大,传布。　㉛类:指善恶种类。　㉜长:师长,此用作动词,作师长。君:君主,此用作动词,作君主。　㉝顺:使民和顺。比:《礼记·乐记》引作俾,使民亲附。㉞比于:及至。　㉟悔:借为晦,不明。一说恨。陈奂《诗毛氏传疏》:"谓文王之德,不为人恨。"　㊱施(yì):延续。　㊲畔援:犹盘桓,徘徊不进貌。　㊳歆羡:犹言觊觎,非分企图。　㊴诞:发语词。岸:高位。先登于岸,谓先据有利地势。　㊵密:密须,古国名,在今甘肃灵台西。　㊶阮:古国名,在今甘肃泾川一带,当时为周之属国。徂:往,至。共(gōng):古国名,在今甘肃泾川北,亦为周之

属国。　㊷按:通遏,阻止。徂旅:此指前来侵阮、侵共之密国军队。　㊸笃:厚益,巩固。祜(hù):福。　㊹对:通遂,安定。　㊺依:凭借。京:高丘。㊻矢:借作施,陈设。此指陈兵。　㊼度:审察。鲜:通巘,小山。原:平地。㊽将:侧,旁边。　㊾方:准则,榜样。　㊿怀:归向,趋向。明德:明德之人,此指文王。　51大:注重。以:犹与。　52长:依恃。夏:夏楚,木棍。革:鞭革,皮鞭。皆刑具。　53不识不知:不知不觉。　54顺:遵循。则:法则。55询:谋,商量。仇:匹。仇方,邻国,盟国。　56同:联合。弟兄:指同姓诸侯国。57钩援:古代攻城兵器。以钩钩入城墙,牵钩绳攀援而登。　58临、冲:两种古战车。临车有望楼,居高临下攻城。冲车从墙下直冲城墙。　59崇:古国名,在今陕西西安、户县一带,殷末崇侯虎即崇国国君,《尚书大传》有"文王六年伐崇"之记载。墉:城墙。　60闲闲:摇动貌。　61言言:高大貌。　62执:捉。讯:俘虏。　63攸:所。馘(guó):将所杀之敌割取左耳以计数献功,称馘,也称获。安安:从容貌。　64是:乃,于是。类:通禷,出征时祭天。祃(mà):师祭,至所征之地祭天,或谓祭马神。　65致:招致,此指招致敌人投降。附:通拊,安抚。66侮:欺侮。　67茀茀:强盛貌。　68仡(yì)仡:同屹屹,崇立貌。　69肆:通袭。　70忽:消灭。　71拂:违背,抗拒。

> 帝察四方西顾中,太王季历衍宗风。
> 已知天命迁明德,却把临冲绝密崇?

此诗概言天命归周,先述太王营岐山,退昆夷,继述王季受禄而有四方,后述文王伐密、灭崇之事。是以周之所以得天下,当以太王、王季、文王之勋业为重,此诗明其渊源,故亦周开国之史诗。然于诗旨何所寄,则其说亦有不同。《毛诗序》曰:"《皇矣》,美周也。天监代殷,莫若周。周世世修德,莫若文王。"以诗美周人代殷而有天下,而其历世修德,文王为最,故所以美周者归重文王。郑笺"监,视也。天视四方可以代殷王天下者,维有周尔。世世修行道德,维有文王盛尔",释序之所言天监代殷及周世世修德之义。孔疏"此实文王之诗。而言美周者,周虽至文王而德盛,但其君积世行善,不独文王,以经有大伯、王季之事,故言周以广之也。经八章,上二章言天去恶与善,归就于周,是莫若文王也。三章、四章言大伯、王季有德,福流子孙,是世世修德也。五章以下,皆说文王之事。首尾皆述文王,于中乃言父祖,文不次者,本意主美文王代殷,故先言之。欲见世修其德,故上本父祖,于下复言文王,所以申成上意,故不次耳",比照诗之辞章,释序之美周而归重文王之义,是以此实文王时诗,故所美者文王。唯孔疏以诗之前二章言文王事,似与辞义扦格。观此二章所言"此维与宅",又述"作之屏之""修之平之""启之辟之""攘之剔之",比照《緜》诗,与其述太王迁岐疆田亩、营宫室之事岂非笙磬之合? 而所言"串夷载路",不亦正《緜》诗"混夷駾矣"之意? 故此八章乃述太王、王季、文王历世修德而有天下事。然诗既述历世修德事,则诗旨何以为专美文王? 后世是亦有疑之者。朱熹《诗集传》析诗之八章"一章、二章言天命大王,三章、四章言天命王季,五章、六章言天命文王伐密,七章、八章言天命文王伐崇",因以为"此诗叙大王、大伯、王季之德,以及文王伐密伐崇之事也",似较序说更与诗意相符。后人颇有从其说者。今人程俊英《诗经译注》以为"这是周人叙述自己开国历史的史诗之一。先述太王开辟岐山,打退昆夷。次述王季继承先祖德业,传位给文王。末述文王伐崇伐密的胜利事迹",即以周人历述开国历史而为言。然则,细味诗辞,此诗虽上溯大王、王季,颂美之重心实在文王,与上篇《思齐》相类。清人姚际恒《诗经通论》以为"大抵上篇《思齐》与此篇皆咏文王。《思齐》则述其母以上及王母,此篇则述大王以下至王季,皆推原其所生以见其为圣也",彼叙母德,此叙祖德,皆其之所以圣之由。方玉润《诗经原始》亦以为"周虽世世修德,然至文王而始大",是以序以为此篇旨要归重文王,似非无稽之言。唯此篇颂美周兴,意在明天监代殷,帝迁明德,而归重者文王之功德。然其所述文王功德,却止在伐密伐崇之二事,正若吴闿生《诗义会通》所言"此篇盛称文王之武功,详叙伐密伐崇二事",文王之圣本在文德,此却盛称其武功,观诗之所述,以临车冲车大举攻击,且"是伐是肆,是绝是忽",必欲灭绝而后快。以此炫耀武力,施暴于弱者,又岂合文德天命之所宜哉?

灵 台

　　经始灵台[①],经之营之。庶民攻之[②],不日成之。经始勿亟[③],庶民子来[④]。

王在灵囿⑤,麀鹿攸伏⑥。麀鹿濯濯⑦,白鸟翯翯⑧。王在灵沼⑨,於牣鱼跃⑩。

虡业维枞⑪,贲鼓维镛⑫。於论钟鼓⑬,於乐辟廱⑭。

於论钟鼓,於乐辟廱。鼍鼓逢逢⑮,矇瞍奏公⑯。

①经始:开始计划营建。灵台:古台名,故址在今陕西西安西北。 ②攻:建造。 ③亟:同急。 ④子来:像儿子般一起赶来。朱熹《诗集传》:"虽文王心恐烦民,戒令勿急,而民心乐之,如子趣父事,不召自来也。" ⑤灵囿:古代帝王畜养禽兽之园林。 ⑥麀(yōu)鹿:母鹿。攸:语助词。 ⑦濯濯:肥壮貌。 ⑧翯(hè)翯:洁白貌。 ⑨灵沼:池名。 ⑩於(wū):叹美声。下同。牣(rèn):满。 ⑪虡(jù):悬挂钟磬之木架。业:装在虡上之横板。枞(cōng):崇牙,即虡上载钉,用以悬钟磬。 ⑫贲(fén):借为鼖,大鼓。镛:大钟。 ⑬论:通伦,有次序。 ⑭辟廱:文王离宫名。与皇家学校之辟廱不同,见戴震《毛郑诗考证》。 ⑮鼍(tuó):即扬子鳄,皮坚,可制鼓面。逢(péng)逢:鼓声。 ⑯矇、瞍:古时两种对盲人专称。其时乐官乐工常以盲人充任。公:通功,奏功,成功。指灵台落成。一说读为颂,歌。

鱼鳖优游麋鹿娱,灵台始计庶民趋。

岐丰已定家天下,乐教圣贤学舞雩。

此诗明述"经始灵台,经之营之",当为文王建灵台事。毛诗旧分五章,鲁诗则为四章,以首章言庶民攻之不日而成,次章言文王于灵囿、灵沼游观,三、四章则言于离宫奏乐。由是而层次清晰,故后世多从鲁诗。是诗所述之事甚明,然于诗旨,则说者不一。《毛诗序》曰:"《灵台》,民始附也。文王受命,而民乐其有灵德,以及鸟兽昆虫焉。"是以诗言文王受命而民始附。是诗之所述者,庶民为周王建造灵台事,而诗旨何以为民始附? 郑笺释为:"民者,冥也,其见仁道迟,故于是乃附也。天子有灵台者,所以观祲象,察气之妖祥也。文王受命而作邑于丰,立灵台。《春秋传》曰：'公既视朔，遂登观台以望，而书云物，为备故也。'"孔疏申之曰"经说作台，序言始附，则是作台之时民始附也。文王嗣为西伯，三分天下而有其二，则为民所从事应久矣。而于作台之时，始言民附者，三分有二诸侯之君从文王耳。其民从君而来，其心未见灵德，至于作台之日，民心始知，故言始附，谓心附之也"，又曰"言民始附，首章及二章上二句是也。乐其有灵德，以及鸟兽昆虫者，二章下二句及三章是也。台囿沼皆言灵，是明文王有灵德之义"，比照诗辞以释序之说，于文王其前既已三分天下有其二，仍言始附，则释之为心始附。然此解似终觉牵强，故后之论者或疑其说。朱熹《诗序辨说》以为"文王作灵台之时，民之归周也久矣，非至此而始附也。其曰'有灵德'者，亦非命名之本意"，《诗集传》遂释为"文王之台，方其经度营表之际，而庶民已来作之，所以不终日而成也。虽文王心恐烦民，戒令勿亟，而民心乐之，如子趋父事，不召自来也"，仅就作台之事以为言。今人释此诗，即多从朱说，程俊英《诗经译注》即以为"这是一首记述周文王建造灵台和游赏奏乐的诗"。然则，细味诗辞，庶民急趋而建台，而王即游观奏乐，显非仅叙其事，是其义似归于乐。吕祖谦《吕氏家塾读诗记》以为"前二章乐文王有台池鸟兽之乐也，后二章乐文王有钟鼓之乐也。皆述民乐之词也"，拈出民乐之旨，可谓识诗辞之妙趣。故此，吴闿生《诗义会通》以为"今案诗言庶民之劝乐，故序以为民附，此未足为语病"，则以民之劝乐，自可含民附之义，则序之说似不必废，而孔疏所谓心附之说于此或可解。又，《孟子·梁惠王上》载："孟子见梁惠王。王立于沼上，顾鸿雁麋鹿，曰：贤者亦乐此乎？孟子对曰：贤者而后乐此，不贤者虽有此不乐也。《诗》云：'经始灵台，经之营之。庶民攻之，不日成之。经始勿亟，庶民子来。王在灵囿，麀鹿攸伏。麀鹿濯濯，白鸟鹤鹤。王在灵沼，於牣鱼跃。'文王以民力为台为沼，而民欢乐之，谓其台曰灵台，谓其沼曰灵沼，乐其有麋鹿鱼鳖。古之人与民偕乐，故能乐也。《汤誓》曰：'时日害丧？予及女偕亡。'民欲与之偕亡，虽有台池鸟兽，岂能独乐哉？"观孟子说贤者之乐引此诗，是以此诗之旨不独明民乐、偕乐，尤倡贤者之乐。然则，何谓贤者之乐？或乐其有麋鹿鱼鳖，或风乎舞雩咏而归，贤者皆乐于此，王者岂不尤乐其为乐？

下 武

下武维周①,世有哲王。三后在天②,王配于京③。

王配于京,世德作求④。永言配命,成王之孚⑤。

成王之孚,下土之式⑥。永言孝思⑦,孝思维则⑧。

媚兹一人⑨,应侯顺德⑩。永言孝思,昭哉嗣服⑪。

昭兹来许⑫,绳其祖武⑬。於万斯年⑭,受天之祜。

受天之祜,四方来贺。於万斯年,不遐有佐⑮。

①下:后。武:继承。下武,即后继。　②后:君王。三后,指周之三位先王太王、王季、文王。　③王:此指武王。配:指上应天命。京:镐京,周之都城。④求:通逑,匹配。马瑞辰《毛诗传笺通释》:"按'求'当读为'逑'。逑,匹也,配也……言王所以配于京者,由其可与世德配合耳。"　⑤成王:成此王业。一说指武王子成王,名诵。孚:信,指使人信服。　⑥下土:人间。式:法式,榜样。⑦孝思:孝顺先人之思,此系以孝代指所有美德,举一以概之。王引之《经义述闻》:"孝者美德之通称,非谓孝弟之孝。"　⑧则:法则。此谓以先王为法则。⑨媚:爱戴。一人:指周天子。　⑩应:当。侯:是。吴闿生《诗义会通》:"侯,乃也。应,当也。'应侯顺德',犹云应乃懿德。"一说应侯乃武王之子,封于应地。⑪昭:光明,显耀。嗣服:后进。马瑞辰《毛诗传笺通释》:"《广雅·释诂》:'服、进、行也。'……《仪礼·特牲·馈食礼》注:'嗣,主人将为后者。'……是知嗣服即后进也。"　⑫兹:同哉。马瑞辰《毛诗传笺通释》:"兹、哉古同声通用。"来许:同后进。马瑞辰《毛诗传笺通释》:"谢沈书引作'昭哉来御'是也……许、御声义同,故通用……'昭哉来许'犹上章'昭哉嗣服'也。"　⑬绳:承。武:迹。祖武,指祖先德业。　⑭於(wū):叹美词。斯:语助词。万斯年,斯万年之倒文。　⑮遐:胡,何。马瑞辰《毛诗传笺通释》:"'不遐'即'遐不'之倒文。凡《诗》言遐不者,遐、胡一声之转,犹云胡不也。"佐:辅佐。

三后在天王配京，周姜帷幄霸图宏。

伐商血杵挥黄钺，却道继文祖业成！

此诗颂美周王继先王功德，且能昭显后嗣。诗之辞义甚明，然诗作何时，所美何王，却有异说。《毛诗序》曰："《下武》，继文也。武王有圣德，复受天命，能昭先人之功焉。"是以武王能继文王之德及先王之功，故诗以美之。郑笺"继文者，继文王之王业而成之。昭，明也"，孔疏"经六章皆言武王益有明智，配先人之道，成其孝思，继嗣祖考之迹，皆是继文能昭先人之功焉。经云'三后在天，王配于京'，则武王所继，自大王、王季皆是矣。而序独云继文者，作者以周道积基，故本之于三后，言世有哲王，见积德之深远，其实美武王能继，唯在文王也。大王、王季虽修德创业，为后世所因，而未有天命，非开基之主，不足使武王圣人继之。又此篇在《文王》诗后，故诗言继文，著其功也大，且见篇之次也。文王已受天命，故言复受，为亚前之辞"，释继文、受天命之意甚详，当合序说之义。然因诗辞有"成王"字，后世论家或疑为周成王后诗。清人陆奎勋《陆堂诗学》谓"'下武维周'，犹《长发》之'濬哲维商'也"，"周公之戒成王者曰'永言配命，自求多福'，故继言之曰'永言配命，成王之孚'也"，"'昭哉嗣服'，即《顾命》所云'命汝嗣训，临君周邦'也。'绳其祖武'，即所云'答扬文武之光训'也。'四方来贺'，即《康王诰》所云'诸侯皆布乘黄朱，奉圭兼币'也。'不遐有佐'即所云'太保率西方诸侯入应门左，毕公率东方诸侯入应门右'也"，以《诗》《书》之文印证此诗，以为或为成王、康王以后诗。今人陈子展《诗经直解》即以陆氏"以经证经"，"不为无据"，因以"此诗如非史臣之笔，则为贺者之辞"，故称"《下武》，康王即位，诸侯来贺，歌颂先世太王、王季、成王之德，并及康王善继善述之孝而作"。究其异说之由，端在"成王"之解。观郑笺释"成王之孚"已言"欲成我周家王道之信也"，朱熹《诗集传》亦言"或疑此诗有'成王'字，当为康王以后之诗。然考寻文意，恐当只如旧说，且其文体亦与上下篇血脉通贯，非有误也"，诗中所谓"三后"，乃指"太王、王季、文王"，而"成王"意谓"能成王者之信于天下"，实非周成王姬诵之谓也。且果若陈子展氏所言以成王直接太王、王季并列周先世圣王，似无此例。故此诗仍以美武王之事为宜。唯于武王功业之属性，似或有疑者。按此诗所言，武王之成功业，乃继先祖文德为重，故序以为"继文"。陈奂《诗毛氏传疏》以为"文,文德也。文王以上,世有文德,武王继之,是之谓继文",显亦以武王之业归重文德。又,宋儒严粲《诗缉》、戴溪《续吕氏家塾读诗记》释"下武"为不尚武,有偃武之意,或以为下武即世修文德,以武为下。后人多有从此说者,意尤突显武王之文德。然则,武王灭商,端赖武力,《尚书·武成》载"甲子昧爽,受率其旅若林,会于牧野。罔有敌于我师,前途倒戈,攻于后以北,血流漂杵",可见一斑。若依诗义序说,漂杵之血流,可谓文德乎?

文王有声

文王有声①,遹骏有声②。遹求厥宁③,遹观厥成。文王烝哉④!

文王受命,有此武功。既伐于崇⑤,作邑于丰⑥。文王烝哉!

筑城伊淢⑦,作丰伊匹⑧。匪棘其欲⑨,遹追来孝⑩。王后烝哉⑪!

王公伊濯⑫,维丰之垣。四方攸同,王后维翰⑬。王后烝哉!

丰水东注,维禹之绩。四方攸同,皇王维辟⑭。皇王烝哉!

镐京辟廱⑮,自西自东,自南自北,无思不服⑯。皇王烝哉!

考卜维王⑰,宅是镐京。维龟正之⑱,武王成之。武王烝哉!

丰水有芑⑲,武王岂不仕⑳?诒厥孙谋㉑,以燕翼子㉒。武王烝哉!

496

①声:名声,声誉。　　②遹(yù):发语词,与聿、曰同。陈奂《诗毛氏传疏》:"全《诗》多言'曰''聿',唯此篇四言'遹',遹即曰、聿,为发语之词。《说文》引诗作'欥求厥宁'。从欠曰,会意,是发声。当以欥为正字,曰、聿、遹三字皆假借字。"骏:大。　　③厥:其。　　④烝:《尔雅》释"烝"为"君"。陆德明《经典释文》引韩诗云:"烝,美也。"是以此诗中八用"烝"字皆为叹美君主之词。　　⑤崇:殷纣所封诸侯国,殷末国君为崇侯虎。　　⑥丰:旧为崇地,文王由岐迁都于此,故址在今陕西西安北沣水西。　　⑦淢(xù):假借为洫,即护城河。　　⑧匹:匹配,相配。此谓相当,般配。　　⑨棘:陆德明《经典释文》作"亟",《礼记》引作"革"。

按段玉裁《古十七部谐声表》，棘、亟、革同在第一部，是其音义通，此处皆为"急"义。　⑩追孝：尽孝先祖。来：语助词。　⑪王后：即君王。此及下章皆指文王。　⑫公：同功。王公，即王之功。濯：本义为洗涤，引申有光大义。⑬翰：主干。　⑭皇：大。皇王，此指武王。下章同。辟：法则。　⑮镐：周武王所建西周国都，故址在今陕西西安西南沣水东岸。辟廱：西周王朝所建天子行礼奏乐之离宫。　⑯无思不服：王引之《经传释词》云："'无思不服'，无不服也。思，语助耳。"　⑰考卜：以龟卜决疑，后亦泛指占问吉凶。　⑱龟：龟兆。正：决定。　⑲芑(qǐ)：同杞，杞柳。芑、杞皆己声字，古音同部，故杞为本字，芑乃假借字。一说通芹，指水芹菜。　⑳仕：通事，从事。此指勉力敬业。《晏子春秋·谏下》引诗作"武王岂不事"。　㉑诒：通贻，遗，留下。　㉒燕：安定。翼：庇护。陈奂《诗毛氏传疏》云："诒，遗也。上言谋，下言燕翼，上言孙，下言子，皆互文以就韵耳。言武王之谋遗子孙也。"

作邑于丰矜伐崇，镐京廱辟显文功。
堪嗟史笔真神力，凡百成王圣德隆！

此诗明著文王、武王，复言"作邑于丰""宅是镐京"，故其所述者，乃文武开基定鼎丰镐之事。然于诗作何时，诗旨为何，说者不一。《毛诗序》曰："《文王有声》，继伐也。武王能广文王之声，卒其伐功也。"承上篇言"继文"，此则言"继伐"，是以诗美武王能继文王伐崇之功而成伐纣之业。郑笺"继伐者，文王伐崇而武王伐纣"，释序所言继伐之义。且按郑谱，以《文王》至《灵台》八篇为文王之大雅，《下武》至《文王有声》二篇为武王之大雅，则以此篇为武王时诗。然诗八章，前四章言文王事，后四章言武王事，何以见继伐？孔疏申之"经八章，上四章言文王之事，下四章言继之，是继伐。首章言文王有声，武王则道广于文王，是能广文王令闻之声。二章言文王伐崇，武王则伐纣以定天下，是卒其伐功。经虽无武王广声卒伐之事，于理则有，故序言亦以转互相明也"，"下四章言武王君天下，服四方，定镐京而成卜兆，传善谋以安后世，所为不止于伐纣。唯以继伐言之者，以其所施之事，皆伐之功，故言继伐以总之"，是以诗辞未有广声卒伐之事，乃序绎其理而为言，而武王之功亦未止伐纣，序仅言继伐，乃总其要而为言。至朱子而疑毛、郑之说。《诗集传》以为"郑谱此以上为文、武时诗，以下为成王、周公时诗。今按：《文王》首句即云'文王在上'，则非文王之诗矣。又曰'无念尔祖'，则非武王之诗矣。《大明》《有声》并言文、武者非一，安得为文、武之时所作乎？盖正雅皆成王、周公以后之诗，但此什皆为追述文、武之德，故谱因此而误耳"，以之非武王时诗，乃成王、周公以后之作，且以"此诗言文王迁丰，武王迁镐之事"，似以此篇仅为叙其事之辞。后人亦有从之者。清人吴闿生《诗义会通》以为"此篇继伐，谓武功也。但此篇亦不言武功，但言作丰邑宅镐京二事耳"，今人程俊英《诗经译注》亦以为"这是歌颂文王、武王迁都丰、镐的诗"，并皆以文、武定鼎丰、镐之事而为言。然究朱子之说，则颇有可疑处。其于上篇《下武》从序说，并言"与上下篇血脉通贯"，查序说上篇"继文"，此篇"继伐"，正显血脉通贯，且亦皆武王继文王事，何于此篇又不从序说？是朱说于此二篇或从序或疑序，实自相扞格。观诗之辞，固述"作邑于丰""宅是镐京"，然何以营成丰、镐，则端赖"有此武功""无思不服"。故迁丰宅镐，乃事之表象，而武王继伐，乃诗之意涵。唯诗言"继伐"，重在显文王武功，朱熹《诗集传》尝言"此诗以武功称文王。至于武王，则言'皇王维辟''无思不服'而已。盖文王既造其始，则武王续而终之，无难也。又以见文王之文，非不足于武。而武王之有天下，非以力取之也"，方玉润《诗经原始》亦言"言文王者，偏曰伐崇'武功'，言武王者，偏曰'镐京辟廱'，武中寓文，文中有武。不独两圣兼资之妙，抑亦文章幻化之奇"，可谓识得个中三昧。盖史为成者著，成者为王，彪炳史册，必文武兼功、圣德无边，此其于文王言武、于武王言文之初意欤？

498

生民之什

生　民

厥初生民，时维姜嫄[①]。生民如何？克禋克祀[②]，以弗无子[③]。履帝武敏歆[④]，攸介攸止[⑤]。载震载夙[⑥]，载生载育，时维后稷。

诞弥厥月⑦,先生如达⑧。不坼不副⑨,无菑无害⑩。以赫厥灵⑪,上帝不宁⑫。不康禋祀⑬,居然生子。

诞寘之隘巷⑭,牛羊腓字之⑮。诞寘之平林,会伐平林⑯。诞寘之寒冰,鸟覆翼之。鸟乃去矣,后稷呱矣⑰。实覃实訏⑱,厥声载路⑲。

诞实匍匐⑳,克岐克嶷㉑,以就口食㉒。蓺之荏菽㉓,荏菽旆旆㉔。禾役穟穟㉕,麻麦幪幪㉖,瓜瓞唪唪㉗。

诞后稷之穑,有相之道㉘。茀厥丰草㉙,种之黄茂㉚。实方实苞㉛,实种实褎㉜,实发实秀㉝,实坚实好㉞。实颖实栗㉟,即有邰家室㊱。

诞降嘉种㊲,维秬维秠㊳,维穈维芑㊴。恒之秬秠㊵,是获是亩㊶。恒之穈芑,是任是负㊷,以归肇祀㊸。

诞我祀如何? 或舂或揄㊹,或簸或蹂㊺。释之叟叟㊻,烝之浮浮㊼。载谋载惟㊽,取萧祭脂㊾。取羝以軷㊿,载燔载烈㉑,以兴嗣岁㉒。

卬盛于豆㊼,于豆于登㊹,其香始升。上帝居歆㊺,胡臭亶时㊻。后稷肇祀,庶无罪悔㊼,以迄于今。

499

①时:是。姜嫄(yuán):传说中有邰氏之女,帝喾之妃,周始祖后稷之母。②克:能。禋(yīn):一种祭天礼仪,先烧柴升烟,再加牲体及玉帛于柴上焚烧。③弗:祓之假借字,用祭祀除灾求福。祓无子,即祈求除去无子之患。一说"以弗无"为避免没有之意。 ④履:践踏。帝:上帝。武:足迹。敏:通拇,大拇趾。歆:心有所感貌。《郑笺》:"时则有大神之迹,姜嫄履之,足不能满,履其拇指之处,心体歆歆然,如有人道感己者也。于是遂有身。" ⑤攸:语助词。介:通祄,神保佑。《集韵》:"祄,祐也。"止:通祉,神降福。《尔雅·释诂》:"祉,福也。"⑥载:语助词。震:通娠,怀孕。夙:通肃,敬肃。此指敬慎保胎。 ⑦诞:发语词。

下文皆同。弥:满。　⑧先生:头生,即第一胎。如:而。达:滑利。
⑨坼(chè):裂开。副(pì):破裂。　⑩菑(zāi):同"灾"。　⑪赫:显示。
⑫宁:安。　⑬康:安。《尔雅·释诂》:"康,安也。"此谓姜嫄恐履帝迹而孕不祥,
故有帝不宁之忧,不安而祈天,而居然生子,故后有弃之之举。　⑭寘:置。此指
弃置。　⑮腓(féi):庇护。字:哺育。　⑯会:值,恰好。此谓弃置林间,恰遇
伐木之人。　⑰呱(gū):小儿哭声。　⑱实:是。下文同。覃:长。訏:大。
⑲载:充满。　⑳匍匐:伏地爬行。此指婴儿未能直立前尚在爬行之时。
㉑岐:知意。嶷:有识。《毛传》:"岐,知意也。嶷,识也。"　㉒就:趋往。口食:食
物。　㉓蓺:种植。荏菽:大豆。　㉔旆旆:茂盛貌。　㉕役:颖之假借字。
禾颖,禾苗之末,即禾穗。《说文》引此句作"禾颖穟穟"。穟(suì)穟:禾穗丰硕下
垂貌。　㉖幪(méng)幪:茂密貌。　㉗唪(fěng)唪:果实累累貌。　㉘相:
助。道:此指方法,技巧。　㉙茀:拂,拔除。　㉚黄茂:嘉谷,指黍、稷。《孔
疏》:"谷之黄色者,惟黍、稷耳。黍、稷,谷之善者,故云嘉谷也。"　㉛方:同放,
萌芽始出地面。苞:苗丛生。　㉜种:禾芽始出。褎(yòu):禾苗渐高。
㉝发:禾茎舒发拔节。秀:禾端生穗结实。　㉞坚:谷粒灌浆饱满。　㉟颖:指
禾穗末稍下垂。栗:犹言栗栗,形容收获众多貌。《尔雅·释训》:"栗栗,众也。"
㊱即:往。邰:当时氏族,据传帝尧封后稷于邰。故地在今陕西武功附近。一说邰当
读作颐,养。意谓谷物丰茂,足以养家室。　㊲降:赐与。　㊳秬(jù):黑黍。
秠(pī):黍之一种,一个黍壳中含有两粒黍米。　㊴糜(mén):谷之一种,赤苗,
红米。芑(qǐ):一种白苗高粱。　㊵恒:亘之借字,遍。　㊶获:收割。亩:堆
于田里。　㊷任:挑起。负:背起。　㊸肇:开始。祀:祭祀。　㊹揄:舀,从
臼中取出春好之谷粒。　㊺簸:扬去糠皮。蹂:通揉,以手搓去余剩谷皮。
㊻释:淘米。叟叟:淘米之声。　㊼烝:同蒸。浮浮:热气上升貌。　㊽谋:计
划。惟:考虑。　㊾萧:香蒿,今名艾。脂:牛油。古时祭祀以艾与牛油合烧,取
其香气。　㊿羝:公羊。軷:读为拔,路祭,祭后以车轮碾过祭牲,以示行道无艰
险。一说剥去羊皮。　51燔(fán):将肉放火上烧炙。烈:将肉串起架火上烤。
52兴:兴旺。嗣岁:来年。　53卬:我。豆:盛肉用高脚容器。　54登:盛汤用瓦

制容器。　㊳居:语助词。歆:飨,享受。　㊴胡:大。臭(xiù):香气。亶:诚然,确实。时:善,好。　㊵庶:幸。

大
雅

履迹敏歆竟有娠,天教稼穑育周人。
炎黄舜禹皆无父,华夏真源何处循?

此诗所咏,当为周人述始祖后稷之异迹并祭祀之。《毛诗序》曰:"《生民》,尊祖也。后稷生于姜嫄,文、武之功,起于后稷,故推以配天焉。"诗虽尊祖并推以配天,然因所述乃周之始祖,自诞育、灵迹及至稼穑之功、祭神祈福,极尽详备,不啻周氏族起源之长篇史诗。复因吾国史诗向称欠发达,故诗三百中具史诗性质之作特为今人所关注,此篇即其尤者。唯诗叙后稷诞育,灵幻而神奇,尤以姜嫄受孕由"履帝武敏歆"而致异说纷集。郑笺以为"姜嫄之生后稷如何乎?乃禋祀上帝于郊禖,以祓除其无子之疾,而得其福也","帝,上帝也。敏,拇也。介,左右也。夙之言肃也。祀郊禖之时,时则有大神之迹,姜嫄履之,足不能满履其拇指之处,心体歆歆然,其左右所止住,如有人道感己者也,于是遂有身",是以后稷圣传来自天帝,后世儒者或信或疑。朱熹《诗集传》引张载、苏辙之言,以为"明其受命于天,固有异于常人","神人之生,而有以异于人,何足怪哉",并以之为"斯言得之矣",是信其说。而王充《论衡·奇怪》于其事已言"疑非实也",其后宋人洪迈、清人王夫之皆以其说荒诞无稽而不之信,近人闻一多撰《神话与诗·姜嫄履大人迹考》则径以为"以意逆之,当时实情,只是耕时与人野合而有身,后人讳言野合,则曰履人之迹,更欲神异其事,乃曰履帝迹耳"。与郑笺不同,毛传以为"后稷之母配高辛氏帝焉","古者必立郊禖焉,玄鸟至之日,以大牢祠于郊禖,天子亲往。后妃率九嫔御,乃礼天子所御。带以弓韣,授以弓矢于郊禖之前",孔疏释之曰"诸书传言姜嫄履大人迹生稷,简狄吞鳦卵生契者,皆毛所不信","解姜嫄得践帝迹所由,以高辛之帝亲行禋祀,姜嫄从于帝而往见于天,故行在后而践帝之迹",犹言高辛氏之帝率领其妃姜嫄向生殖之神高禖祈子,姜嫄踏高辛氏足印,亦步亦趋,施行仪式,便觉有孕,求子而得子。是以祀仪解之,近人亦多从之。然观诗之辞,二章言"居然生子",三章则屡弃之"隘巷""平林""寒冰",是后稷之所以名弃,显非庆幸得子。清人方玉润《诗经原始》曰:"盖从祀郊禖者,求有子也,求子而得子,又反弃之,有是理乎?"诘问尖利,是祀仪之说实亦未得其解。方氏又曰:"盖'以弗'云者,以其弗嫁,未字于人也。'无子'者,以其未字于人,故尚无子也。下乃云'履帝武敏歆',是倏然有感而心动,故下又云'居然生子'而弃真之。"以姜嫄未嫁而居然生子,故弃真之,虽亦无所稽证,然却似觉揣情入理,文气亦始觉条贯。然究其何以未嫁而生子,方氏复言"愚意姜嫄其人,性必好道而敬神,故于天帝之类恒虔祀之。其所履者亦即天帝之迹,非别有所谓大人也。盖平日精神所聚,故不觉灵气感通,岂必待郊禖求子而后有所遇哉",是其终复归信郑笺之说。然则,究其事广而言之,诞育神异乃古圣之共相,《史记》及《春秋公羊传》等典籍皆有"圣人皆无父,感天而应"之言,而据《史记》《汉书》《帝王世纪》等史籍,三皇五帝之母皆感神迹而孕而生,另据《圣经》可知西方圣者耶稣之母玛丽亚亦同为感神光而孕。由此可见,古圣诞育之神异,复皆指向有母无父,实乃上古母系氏族社会之真实反映。陈子展《诗三百解题》因以为"后稷是上古中国氏族社会由母系制向父系制过渡时期的一个伟大人物",庶几近之。以此,有母无父传说荒诞无稽之表象,实乃蕴涵尤为深刻之历史真实。苏子所谓"古之人不余欺也",亦此之谓欤?

行 苇

敦彼行苇①,牛羊勿践履。方苞方体②,维叶泥泥③。戚戚兄弟④,莫远具尔⑤。或肆之筵⑥,或授之几⑦。

肆筵设席⑧,授几有缉御⑨。或献或酢⑩,洗爵奠斝⑪。醓醢以荐⑫,或燔或炙⑬。嘉殽脾臄⑭,或歌或咢⑮。

敦弓既坚⑯,四鍭既钧⑰。舍矢既均⑱,序宾以贤⑲。敦弓既句⑳,既挟四鍭㉑。四鍭如树㉒,序宾以不侮㉓。

曾孙维主㉔,酒醴维醹㉕。酌以大斗㉖,以祈黄耇㉗。黄耇台背㉘,以引以翼㉙。寿考维祺㉚,以介景福。

①敦（tuán）：聚集。此指苇草丛生貌。行：道路。　②方：开始。苞：包而未放之形。体：成形。　③泥泥：润泽貌。　④戚戚：亲热貌。　⑤远：疏远。具：通俱。尔：通迩，近。　⑥肆：陈设。筵：竹席。　⑦几：矮脚小木桌，用以置放食物或凭靠身体。　⑧设席：古人席地而坐，于席上加席。《礼记·礼器》："天子之席五重，诸侯之席三重，大夫再重。"　⑨缉：继续。御：侍者。　⑩献：主人对客敬酒。酢（zuò）：客人回敬主人。　⑪爵：古酒器，青铜制，有流、柱、鋬和三足。洗爵，周时礼制，主人敬酒，取几上之杯先洗之，再斟酒献客，客人回敬主人，亦同此。奠：置。斝（jiǎ）：古酒器，青铜制，圆口，有鋬和三足。奠斝，周时礼制，主人敬酒客人饮毕，则置杯几上，客人回敬主人，主人饮毕亦同此。　⑫醓（tǎn）：多汁肉酱。醢（hǎi）：肉酱。荐：进献。　⑬燔：烧肉。炙：烤肉。　⑭脾：通膍，牛胃，俗称牛百叶。臄（jué）：牛舌。　⑮歌：配琴瑟唱。咢（è）：只打鼓不伴唱。　⑯敦（diāo）：通雕，敦弓，即雕弓，周代天子所用之弓。　⑰鍭（hóu）：一种箭，金属箭头，鸟羽箭尾。钧：同均，合乎标准，指箭头箭尾重量均衡。　⑱舍矢：放箭。均：射中。　⑲序宾：安排宾客在宴席上座位次序。贤：贤才。此指射技优者。　⑳句（gōu）：借为彀，张弓引满。㉑挟：接。此指弓与箭相接，即箭上弦之谓。　㉒树：竖立，指箭射在靶上像树立着。㉓侮：轻侮，怠慢。　㉔曾孙：主祭者对祖先神灵之自称。此指宴会主人。戴震《诗学女为》："古者适孙则曰曾孙。《书》曰'有道曾孙'，《考工记》曰'曾孙诸侯'是也。此燕族人故称曾孙，明祖之适孙以与同祖之人燕于此也。"　㉕醹（rú）：酒味醇厚。㉖斗：古代酒器。　㉗黄耇（gǒu）：黄发老者，指高寿老人。　㉘台：同鲐。鲐，鱼名，背上有黑纹。老人背上有黑纹，故称鲐背。　㉙引：引导，此指搀扶。翼：扶持帮助。　㉚祺：福，吉祥。

方苞行苇叶泥泥，燕射弟兄四矢齐。

难得曾孙家国固，勤心尊养乞祺褆。

此篇毛诗旧分七章，郑笺分八章，朱熹《诗集传》以为"毛七章，二章章六句，五章章四句。郑八章，章四句。毛首章以四句兴二句，不成文理，二章又不协韵。郑首章有起兴，而无所兴。皆误，今正之如此"，定为四章。首以勿履行苇起兴以言于兄弟殷勤笃厚之意，次述侍御献醻歌乐之盛，再述既燕而射之乐，终以尊老祈寿颂祷之辞，辞章遂层析而意明，故后人多从此。然于诗颂何事，诗旨何解，向多异说。《毛诗序》曰："《行苇》，忠厚也。周家忠厚，仁及草木，故能内睦九族，外尊事黄耇，养老乞言，以成其福禄焉。"是以周王忠厚为说，然未及何王。孔疏以为"此是成王之时，则美成王之忠厚矣。不言成王者，欲见先世皆然，非独成王，故即言周家以广之"，则明指为美成王之诗。至朱子而不从序之说，《诗序辨说》以为"此诗章句本甚分明，但以说者不知比兴之体、音韵之节，遂不复得全诗之本意，而碎读之，逐句自生意义，不暇寻绎血脉照管前后。但见勿践行苇，便谓仁及草木，但见戚戚兄弟，便谓亲睦九族，但见黄耇台背，便谓养老，但见以祈黄耇，便谓乞言，但见介尔景福，便谓成其福禄。随文生义，无复伦理，诸序之中，此失尤甚，览者详之"，驳序说甚切。《诗集传》遂释为"疑此祭毕而燕父兄耆老之诗"，并作"颂祷之词"。今人即多从此说，以之为泛咏周王与族人燕饮射乐之事。然则，朱说重在燕父兄、颂耆老之事，而序说则重在发"内睦九族，外尊事黄耇，养老乞言"之义，实为各侧重一端而已。按，清人胡承珙《毛诗后笺》有云"案此诗章首即言亲戚兄弟，自是王与族燕之礼，与凡燕群臣国宾者不同。然所言献酢之仪，肴馔之物，音乐之事，皆与《仪礼·燕礼》有合。则其因燕而射，亦如《燕礼》所云，若射则大射正为司射，是也。至末言以祈黄耇，则义如《文王世子》所谓公与父兄齿者，此其与凡燕有别者也。然则此诗只是族燕一事，而射与养老连类及之。《序》以睦族为内，养老为外，盖由养九族之老而推广言之，以见周家忠厚之至耳"，吴闿生《诗义会通》亦言"味'黄耇台背，以引以翼'二语，未尝无养老乞言之意寓乎其中，诗人言近而指远，无所不包，即序亦未尝必以为养老乞言之诗，特其义有如是，未可以为非也"，析其事中所寓之义，可谓知言。又，据王先谦《诗三家义集疏》，三家诗皆以此诗颂公刘之仁德。所引刘向《列女传·晋弓工妻》载晋弓工妻谒平公之言"君闻昔者公刘之行乎？羊牛践葭苇，恻然为民痛之，恩及草木，仁著于天下"，王符《潜夫论·德化》言"公刘厚德，恩及草木，牛羊六畜，仁不忍践履生草"，《边议》又言"公刘仁德，广被行苇，况含血之人，己同类乎"，赵晔《吴越春秋》有言"公刘慈仁，行不履生草，运车以避葭苇"，班彪《北征赋》亦有"慕公刘之遗德，及行苇之不伤"之句。观此众说，皆以此诗"敦彼行苇,牛羊勿践履"之辞,乃述公刘之事,故以此篇诗旨为颂公刘仁德,似亦非为无据。然则,此诗开篇"敦彼行苇,牛羊勿践履",乃起兴之辞,以言周之先王累世仁德,因择公刘事以为言,岂非其宜? 故以公刘事以代先王,而诗之旨则非颂公刘而为后王,其理不亦明乎? 观方玉润《诗经原始》所言"观诗引此为兴,未必无因,特以为美公刘则臆测耳。诗曰'戚戚兄弟,莫远具尔',盖承上来,以为去公刘之世未远,则皆骨肉兄弟也。然则是诗固燕同姓之乐,故又曰'曾孙为主',不必以'序宾'为疑。其曰'序宾'者,特射礼为然,他何及耶",析其蕴义而无遗,洵可谓善说诗者。

既　醉

既醉以酒,既饱以德。君子万年,介尔景福。

既醉以酒,尔殽既将①。君子万年,介尔昭明②。

昭明有融③,高朗令终④。令终有俶⑤,公尸嘉告⑥。

其告维何? 笾豆静嘉⑦。朋友攸摄⑧,摄以威仪⑨。

威仪孔时⑩,君子有孝子。孝子不匮⑪,永锡尔类⑫。

其类维何? 室家之壸⑬。君子万年,永锡祚胤⑭。

其胤维何? 天被尔禄⑮。君子万年,景命有仆⑯。

其仆维何? 釐尔女士⑰。釐尔女士,从以孙子⑱。

①将:行,谓奉持而进。一说通臧,美好。　②昭明:光明。　③有融:融融,盛长之貌。　④令:善。令终,好结果。　⑤俶(chù):始。　⑥公尸:古代祭祀时以人装扮成祖先接受祭祀,称为尸,祖先为君主诸侯,则称公尸。嘉告:好话,指祭祀时祝官代表尸为主祭者致嘏辞(赐福之辞)。　⑦笾豆:两种古代食器,礼器。笾,竹制,豆,陶制或青铜制。静:善。　⑧攸:语助词。摄:佐,辅。此指助祭。　⑨威仪:此指典礼仪式。　⑩时:善。孔时,很好。　⑪匮:亏,竭。　⑫锡:同赐。类:法则。一说属类。　⑬壸(kǔn):宫中之道,深远

大雅

而严肃。引申为齐,此用作动词义,指齐家。　⑭祚:福。胤:后嗣,此指子孙。⑮被:覆盖,加。禄:禄位,此指王位。　⑯景命:大命,天命。仆:与朴通,附着,附属。下章之女士、孙子皆王之附属。　⑰釐:通赉,赐予。女士:淑女,贤女。《郑笺》:"女而有士行者,谓生淑媛,使为之妃也。"　⑱从以:随之以。孙子:子孙之倒文。

酒醉毂将嘉告休,子孙永锡嗣源悠。

禹汤可识兴亡律? 勃忽偏教万世谋!

　　此诗全篇皆颂德祝福之辞,语意甚明,然于诗何以作,诗旨为何,亦多异说。《毛诗序》曰:"《既醉》,太平也。醉酒饱德,人有士君子之行焉。"是以为诗言醉酒饱德,所见者盛世太平气象,当为西周盛王时诗。郑笺"成王祭宗庙,旅酬下遍群臣,至于无筭爵,故云醉焉。乃见十伦之义,志意充满,是谓之饱德",释序所言醉酒、饱德义,并以之为成王事。孔疏申之"成王之祭宗庙,群臣助之,至于祭末,莫不醉足于酒,屡饱其德,既荷德泽,莫不自修,人皆有士君子之行焉。能使一朝之臣,尽为君子,以此教民大安乐,故作此诗以歌其事也",又曰"《祭统》云:夫祭有十伦焉。见事鬼神之道焉,见君臣之义焉,见父子之伦焉,见贵贱之等焉,见亲疏之杀焉,见爵赏之施焉,见夫妇之别焉,见政事之均焉,见长幼之序焉,见上下之际焉。此之谓十伦也",引《礼记》之言以释郑笺所谓十伦之义,是以于祭事可以见君子之行。然至宋之儒者,于其说或从或疑。严粲《诗缉》以为"此诗成王祭毕而燕臣也。太平无事,而后君臣可以燕饮相乐,故曰太平也。讲师言醉酒饱德,止章首二语。又言人有士君子之行,非诗意矣",即止从成王祭庙及太平之世义,而不以诗涵人有士君子之行义。朱子则又别创新说,《诗集传》以为"此父兄所以答《行苇》之诗。言享其饮食恩意之厚,而愿其受福如此也",以前篇《行苇》乃君王燕父兄、颂耆老,此篇则父兄答君王之辞。然于宋儒之说,清人复多讥其失者。方玉润《诗经原始》以为"殊知前篇非祭,此诗亦非答。盖祭而述神嘏之词耳,何答之有耶",味诗辞实亦未见答《行苇》之意,而《行苇》本非祭事,是以明朱子之失。方氏又言"诗虽以'介福'为言,其实以德为主。不独'昭明'、'高朗'为明德之光,即'笾豆静嘉',诚之寓于物也,何其洁!'朋友攸摄',诚之萃于人也,何其敬!'孝子不匮','室家之壶',诚之者于后嗣与内助也,又何其贤且孝",此岂不为君子之行乎?是以见严氏所言之失。观诗之言"公尸嘉告",郑笺已言"公尸以善言告之,谓嘏辞也",故自"其告维何"而下,皆述公尸之言,亦即方氏所谓"祭而述神嘏之词"。观清之学者多持此说,魏源《诗序集义》即以"《既醉》,绎嘏公尸也",是以述公尸之嘏辞以作祝颂。吴闿生《诗义会通》引方望溪之言"群臣所祝,至'高朗令终'而止矣,余者非群臣所敢言者,故假于公尸以出之。欲士女之观刑,则身教不可不谨矣。欲孙子之象贤,则作则不可不先矣。虽善颂善祷,而规勉之意已具于其中",析诗之语意可谓深至,似可视为不刊之论。以此,今人亦多作此解,程俊英《诗经译注》谓"是周王祭祀祖先,祝官代表神主对主祭者周王的祝辞",高亨《诗经今注》谓"这首诗当是祝官致嘏辞后所唱的歌",似可信从。唯祝颂之词"君子万年,永锡祚胤",历代而然,是君王无不作万世计。然纵使贤若禹汤,"其兴也勃",亦终若桀纣,"其亡也忽",岂前车历历未曾见乎?

凫鹥

凫鹥在泾[①],公尸来燕来宁[②]。尔酒既清[③],尔殽既馨。公尸燕饮,福禄来成[④]。

凫鹥在沙[⑤],公尸来燕来宜[⑥]。尔酒既多,尔殽既嘉。公尸燕饮,福禄来为[⑦]。

凫鹥在渚,公尸来燕来处[⑧]。尔酒既湑[⑨],尔殽伊脯[⑩]。公尸燕饮,福禄来下。

凫鹥在潨[⑪],公尸来燕来宗[⑫]。既燕于宗[⑬],福禄攸降。公尸燕饮,福禄来崇[⑭]。

凫鹥在亹[⑮],公尸来止熏熏[⑯]。旨酒欣欣[⑰],燔炙芬芬。公尸燕饮,无有后艰[⑱]。

①凫:野鸭。鹥:鸥鸟。泾:径直前流之水。　②公尸:神主。燕:通宴,宴饮。宁:安慰。　③尔:指主祭者,即周王。　④成:成就,成全。　⑤沙:指水边沙滩。　⑥宜:顺,安享。　⑦为:帮助。《郑笺》:"为犹助也。助成王也。"　⑧处:安乐。　⑨湑(xū):指酒过滤去滓。酒去滓后则变清,故有清意。　⑩脯:肉干。《说文》:"脯,干肉也。"　⑪漼(cóng):港汊,水流会合之处。《毛传》:"漼,水会也。"　⑫宗:借为悰,快乐。一说尊敬,尊崇。《毛传》:"宗,尊也。"李樗、黄櫄《毛诗集解》:"来居尊位也。"　⑬宗:宗庙。　⑭崇:高。此用作动词,加高,增加。《毛传》:"崇,重也。"　⑮亹(mén):峡中两岸对峙如门处。朱熹《诗集传》:"亹,水流峡中,两岸如门也。"　⑯熏熏:同薰薰,香味四传。一说和悦貌。何楷《诗经世本古义》:"熏熏,当依《说文》作醺醺,谓尸醉也。"又,俞樾《古书疑义举例》:"熏熏、欣欣,字当互易。'公尸来止欣欣',言公尸之和悦也。'旨酒熏熏',此熏字,乃薰之假借。《说文》:'薰,香草也。'盖因草之香而引申之,则见香者皆得言薰也。欣、熏字音相同,古书多口授,误倒其文耳。"以为当与下句之"欣欣"互易。　⑰旨:甘美。欣欣:《毛传》:"欣欣然,乐也。芬芬,香也。"　⑱艰:灾难,不幸。

还邀尸燕酒殽将,绎祭神祇福禄长。

文武开基君子嗣,持盈岂必独成王?

此诗以凫鹥起兴,以言燕饮公尸之事。诗以酒肴之香馨丰盛,见主人燕尸之诚,公尸则以和悦欢饮及助神降福以报。然于诗旨,历代所说不一。《毛诗序》曰:"《凫鹥》,守成也。太平之君子,能持盈守成,神祇祖考安乐之也。"序以此什之首篇《生民》为"尊祖",次篇《行苇》为"忠厚",三篇《既醉》为"太平",此篇则为"守成",条贯递进之意甚明。然诗辞所言明为燕尸,何以言守成?且亦未言守成者何王。孔疏申之"作《凫鹥》诗者,言保守成功不使失坠也。致太平之君子成王,能执持其盈满,守掌其成功,则神祇祖考皆安宁而爱乐之矣,故作此诗以歌其事也。上篇言太平,此篇言守成,即守此太平之成功也。太师次篇,见有此义,叙者述其次意,故言太平之君子,亦乘上篇而为势也",释序所言守成之义,亦以此篇与上篇相次见义而为说。是以守成以太平为前提，无太平则无以守成，有太平则君子皆可守成。并明指此为成王时事。至朱子而不信序说，《诗序辨说》讥序说失当，《诗集传》以为"此祭之明日，绎而宾尸之乐。故言凫鹥则在泾矣，公尸则来燕来宁矣。酒清殽馨，则公尸燕饮，而福禄来成矣"，径以之为述祭之明日绎而宾尸之事。观诗述"公尸来燕"，郑笺已言"祭祀既毕，明日又设礼而与尸燕"，是其事当无可疑。故后人多从之。然朱子所谓"绎而宾尸"云云，复似未知燕尸之礼而致误。按孔疏"以水鸟之居水中，犹人为公尸之在宗庙，故以喻焉。此谓正祭，故云在宗庙。若绎祭之礼，则《郊特牲》注云'祊当于庙门之外西室，绎又于其堂'，不专在庙门，明在庙为正祭也。言公尸来燕，则是祭后燕尸，非祭时也。燕尸之礼，大夫谓之'宾尸'，即用其祭之日，今《有司彻》是其事也。天子、诸侯则谓之'绎'，以祭之明日。《春秋》宣八年言'辛巳，有事于太庙。壬午，犹绎'，是谓在明日也。此公尸来燕，是绎祭之事，故云祭祀既毕，明日又设礼而与公尸燕也"，释郑笺之言，引《礼记》《仪记》所载及《春秋》之事，辨燕尸之礼甚详，是以天子、诸侯与大夫之礼有别，天子、诸侯于祭之明日谓之"绎"，大夫则于祭之当日谓之"宾尸"，故朱子以为"绎而宾尸"，则混二者为一。姚际恒《诗经通论》以为，孔疏"语分别明了，惜乎其未阅耳"，指朱子之失甚切。是以绎祭之事，正与诗辞所述"公尸来燕"之义合。然则，绎祭之行，意在祈福固福，故诗述其事，必非无义，清人顾广誉《学诗详说》尝言"成王遭家多难，至是而太平有象，故于绎祭言诚敬无已之情如此，序归之太平君子能持盈守成，其义最渊永。可见神祇祖考安乐格飨，都不易承当之事，其为人主儆戒者至微也"，剖析深至，似可发序说之阃奥。故而朱子乃说其事，而序则发其义，其实一也。若知此，则后世论者复何必各执一端而相攻讦诋諆焉？又，既以守成，则必有开基，而开基维艰，守成亦非易。顾此诗旨既以守成为义，篇末复言"无有后艰"，则其蕴似尤深而隐。明人孙鑛《孙月峰先生批评诗经》有言"满篇欢宴福禄，而以'无有后艰'收，可见古人兢兢戒慎意"，于欢宴中掘发其所蕴戒慎意，可谓味得诗之微旨。盖成王所守者，文、武开基之业，若不能固本强基而宏开新局，则何王不可守？正若郑笺所言"'君子'，斥成王也，言君子者，太平之时则皆然，非独成王也"，以揭守成之非易。且成王幼君嗣位，周公戒王业之艰难，不惮反复言之，诗人寄意于此，固其宜也。是以知此诗之美辞深涵戒鉴之旨，唯其谲谏之意，岂易悟得焉？

假 乐

假乐君子^①，显显令德^②。宜民宜人^③，受禄于天。保右命之^④，自天申之^⑤。

干禄百福^⑥，子孙千亿。穆穆皇皇^⑦，宜君宜王。不愆不忘^⑧，率由旧章^⑨。

威仪抑抑^⑩，德音秩秩^⑪。无怨无恶，率由群匹^⑫。受福无疆，四方之纲^⑬。

之纲之纪，燕及朋友^⑭。百辟卿士^⑮，媚于天子^⑯。不解于位^⑰，民之攸墍^⑱。

①假：嘉之假借字，赞美。《左传·文公三年》及《礼记·乐记》引此诗均作嘉。乐：喜爱。君子：指周王。 ②显显：光明貌。令德：美德。 ③宜：适合。民：庶民。人：指群臣。 ④右：通佑，助。命：天之令，即上天旨意。 ⑤申：重复，一再。 ⑥干：祈求。一说乃千字之误。 ⑦穆穆：肃敬貌。皇皇：光明貌。 ⑧愆(qiān)：过失。忘：糊涂。 ⑨率：循。由：从。章：典章制度。 ⑩抑抑：通懿懿，庄美貌。 ⑪秩秩：清明貌。 ⑫群匹：众臣。 ⑬纲：纲纪，准绳。 ⑭燕：安。 ⑮辟：君。百辟，指众诸侯。 ⑯媚：爱戴。 ⑰解：通懈，怠慢。 ⑱攸：所。墍(xì)：安宁。《毛传》："墍，息也。"

令德宜民禄受天，旧章群匹纪纲延。

子孙幸未蕃千亿，已教烽烟数百年！

此诗显为周人颂美周王功德之辞，然究颂何王，却多异说。《毛诗序》曰："《假乐》，嘉成王也。"是明指诗之旨为颂美成王。毛传"宜民宜人，宜安民宜官人也"，郑笺"天嘉乐成王，有光光之善德，安民官人皆得其宜，以受福禄于天"，皆言诗何以为嘉乐成王。孔疏则曰"作《假乐》诗者，所以嘉美成王也。经之所云皆是嘉也。

正诗例不言美,以见为经之正。因训假为嘉,故转经以见义。且乘上篇为次,以其能守成功,故于此嘉美之也",释序、笺所言嘉乐,且以此篇接上篇之义,以彼言守成,故此言嘉美。又,王先谦《诗三家义集疏》引王充《论衡·艺增》之言曰:"诗言'子孙千亿',美周宣王之德能慎天地,天地祚之,子孙众多,至于千亿。"是以为颂美宣王之诗。后世颇有从之者。清人魏源《诗古微》即以为"《假乐》,美宣王之德也。宣王能顺天地,祚子孙千亿,卿士多贤,皆得获天佑所致也"。何楷《诗经世本古义》复以《礼记·中庸》引此诗首章以证舜之大孝,而下章乃言武王受天命事,因以为此诗乃颂美武王之辞。朱子亦不信序说,《诗序辨说》以为诗"非为嘉成王也",故于《诗集传》释为"言王之德,既宜民人而受天禄矣,而天之于王,犹反复眷顾之不厌,既保之右之命之,而又申重之也。疑此即公尸之所以答《凫鹥》者也",以诗泛言王之德,而不言所美何王,并连上篇而为说,以为公尸答王者燕乐之辞。观纷纭众说,多臆测而无实据。故方玉润《诗经原始》指为"《序》云'嘉成王',以其诗次成王之世而言也。《集传》疑即公尸之答《凫鹥》,又以其篇在《凫鹥》后而言也。至何玄子更以为祭武王之诗,则因《中庸》引《诗》以证舜,故疑为下章之武王咏也。皆臆测也,而何可以为据哉",以为诸说皆不可据。因以为"自《行苇》至此四诗,大抵皆宾筵、祀事、嘏祝、颂祷之章,后世因用以入乐。世虽未详,而以为成王咏者庶几近焉",虽以诗之世未详,然仍觉庶几近成王事,则似终从序之说,其以此篇与其前四诗连属言之,似亦与序之次篇之义为近。观其说固亦未有实据,然连贯前此数篇意脉,则似觉诗辞之意稍畅。唯细味诗辞,则美颂之辞中复有所蕴。诗四章,围绕德、章、纲、位四者而为言,且多言"旧章""纲纪",是诗人于王,似方嘉之复规戒之,颇有深意寓其间。吴闿生《诗义会通》以为"词为嘉成王,实乃规之,尤以'不愆不忘'四句为主,是时制礼作乐,法度大明,而众贤在位,所急者,唯能守法任人而已。是成王所以为成也。篇末四句,戒百辟卿士之词。因燕及朋友而并及之,藉以收束通篇。盖戒百辟卿士,即所以讽谕王也,此古人用笔妙处",颇能发明诗旨。然就诗之颂祷主脉观之,虽规戒百辟卿士"不解于位",意则使之"媚于天子",而达致"子孙千亿""受福无疆",此之谓守成之业乎?盖周之分封诸侯,实多姬氏子孙,虽未及千亿,至春秋时已多乱臣贼子,陷民生于水火,尤令烽烟数百年不绝,果若千亿,则祸何如之?

公 刘

笃公刘①,匪居匪康②。廼场廼疆③,廼积廼仓④。廼裹餱粮⑤,于橐于囊⑥,思辑用光⑦。弓矢斯张⑧,干戈戚扬⑨,爰方启行⑩。

笃公刘,于胥斯原⑪。既庶既繁,既顺廼宣⑫,而无永叹。陟则在巘⑬,复降在原。何以舟之⑭?维玉及瑶,鞞琫容刀⑮。

笃公刘,逝彼百泉⑯,瞻彼溥原⑰。廼陟南冈,乃觏于京⑱。京师之野⑲,于时处处⑳,于时庐旅㉑,于时言言,于时语语。

笃公刘,于京斯依㉒。跄跄济济㉓,俾筵俾几㉔,既登乃依㉕。乃造其曹㉖,执豕于牢㉗,酌之用匏㉘。食之饮之,君之宗之㉙。

笃公刘,既溥既长。既景廼冈㉚,相其阴阳。观其流泉,其军三单㉛。度其隰原㉜,彻田为粮㉝。度其夕阳㉞,豳居允荒㉟。

笃公刘,于豳斯馆㊱。涉渭为乱㊲,取厉取锻㊳。止基廼理㊴,爰众爰有㊵。夹其皇涧㊶,溯其过涧㊷。止旅廼密㊸,芮鞫之即㊹。

①笃:忠实厚道。公刘:后稷后代,周族首领。《经典释文》引《尚书大传》:"公,爵。刘,名也。"　②匪:不。朱熹《诗集传》:"居,安;康,宁也。"匪居匪康,谓不贪图居处安宁。　③廼:同乃。场(yì):田界。疆:边界。　④积:露天堆粮之处,亦称庾。仓:仓库。　⑤餱粮:干粮。　⑥橐(tuó):无底口袋,装入物品后用绳扎住两头。囊:有底口袋。此指装入口袋。　⑦辑:和睦团结。用:以为。光:荣光。⑧斯:语助词。张:准备,犹今语张罗。　⑨干:盾。戚:斧。扬:大斧,亦名钺。　⑩爰:于是。方:开始。启行:动身,出发。　⑪胥:视察。斯原:此原野。　⑫顺:谓民心归顺。宣:舒畅。　⑬陟:攀登。巘(yǎn):小山。　⑭舟:佩带。　⑮鞞(bǐng):通鞸,刀剑鞘。琫(běng):刀鞘口玉饰。容刀:佩刀。　⑯逝:往。百泉:指水多处。　⑰溥:广大。　⑱觏:察看。京:高丘。一说豳之地名。　⑲京师:朱熹《诗集传》:"京师,高山而众居也。董氏曰:'所谓京师者,盖起于此。'其后世因以所都为京师也。"　⑳时:通是。于时,

即于是。处处：居住。　㉑庐旅：此二字古通用，即旅旅，寄居之意。　㉒依：就。此指就地而造居舍。　㉓跄跄：走路有节奏。济济：从容端庄貌。朱熹《诗集传》："跄跄济济，群臣有威仪貌。"　㉔俾：使。筵：铺地坐席。几：置放食物或倚靠身体之小桌。　㉕登：指入席。依：倚。　㉖造：三家诗作告，告祭。曹：禣之假借，祭猪神。　㉗执：捉。牢：猪圈。　㉘匏：葫芦。此指葫芦一剖为二作酒器，古称匏爵。　㉙君：君主。宗：族主。此皆用作动词，谓为君主，为族主。㉚景：通影。冈：山冈。朱熹《诗集传》："景，考日景以正四方也。冈，登高以望也。"㉛单，通禅，意为轮流值班。三单，谓分军为三，以一军服役，他军轮换，以节用民力。《毛传》："三单，相袭也。"　㉜度：测量。隰原：低平之地。　㉝彻田：周人管理田亩制度。朱熹《诗集传》："彻，通也。一井之田九百亩，八家皆私百亩，同养公田，耕则通力而作，收则计亩而分也。周之彻法自此始。"　㉞夕阳：指山之西面。《尔雅·释山》："山西曰夕阳。"　㉟允：确实。荒：广大。　㊱馆：此用作动词，指建筑房舍。　㊲渭：渭水。乱：横流而渡。　㊳厉：通砺，磨刀石。锻：锻砺斧斤之石。《毛传》："锻，石也。"《郑笺》："锻石所以为锻质也。"陈奂《诗毛氏传疏》："锻，即碫字之借。"　㊴止基乃理：朱熹《诗集传》："止，居。基，定也。理，疆理也。"一说止为既，基为基地，理为治理。　㊵爰：语助词。众：人多。有：富有。　㊶皇涧：豳地水名。　㊷溯：面向。过涧：亦豳地水名。㊸旅：指寄居之人。密：稠密，众多。　㊹芮：通汭，水边向内凹处。鞫(jū)：水边向外凸外。二者连用，泛指水边。一说芮，水名。朱熹《诗集传》："芮，水名，出吴山西北，东入泾。《周礼·职方》作汭。鞫，水外也。"谓皇涧、过涧既定，又向芮水流域发展。即：往就。

513

复修稷业笃公刘，迁辟豳居奠国猷。

纤悉不遗当日事，何妨鉴戒召公忧？

此诗述周之先祖公刘由邰迁豳事。公刘乃后稷曾孙，是以此篇所述上承《生民》下接《緜》，乃周人史诗之一。诗六章，由启行而相宅而寄舍而燕劳而拓疆而营室，纪其事极明晰。然于诗何以作，诗旨为何，却多异说。《毛诗序》曰："《公刘》，召康公戒成王也。成王将涖政，戒以民事。美公刘之厚于民，而献是诗也。"是以为召康公奭所作，意在美公刘厚民之道以戒成王。郑笺"公刘者，后稷之曾孙也。夏之始衰，见迫逐，迁于豳而有居民之道。成王始幼少，周公居摄政，反归之。成王将涖政，召公与周公相成王，为左右。召公惧成王尚幼稚，不留意于治民之事，故作诗美公刘以深戒之也"，释序之言甚详，是以召公作此诗，类同周公作《七月》之旨。孔疏"此与《泂酌》《卷阿》俱是召公所作。而为此次者，厚民之事，人君之急务，故先作《公刘》。非有道德则不能爱民，故又作《泂酌》，言皇天亲有德，飨有道，欲王之修德行道也。君虽有德，不能独治，又作《卷阿》，戒王使求贤用士也。案《卷阿》末句云'矢诗不多，维以遂歌'，自言作意，是总结之辞。则三篇次第，元是召公作之先后，编者如其意而次之，叙亦以其一时之事，故于此详之言成王将涖政而献是诗，明下两篇亦是将涖政之时俱献之也"，则连以下二篇而为言，以为皆召公戒成王之辞，析编诗序诗之所由。然王先谦《诗三家义集疏》曰："据鲁说，诗专美公刘，不关戒成王，亦不言召公作。齐、韩当同。"是三家诗皆不以为召公作，诗旨亦非戒成王，乃纯述公刘之事而美之。至朱子，则似于序说初无定见，《诗序辨说》既言"此诗未有以见其为康公之作"，复言"意其传授或有自来耳"，《诗集传》遂释为"旧说，召康公以成王将涖政，当戒以民事，故咏公刘之事以告之"，似初疑之复从之。然观诗之辞，皆公刘迁豳之事，且纪之具体而详备，故于诗何以作，复有辨者。姚际恒《诗经通论》以为："《小序》谓'召康公戒成王'。按诗无戒辞，召康公亦未有据。《集传》漫从之，何耶？金仁山谓《七月》及《笃公刘》皆豳之遗诗，其言曰：'《笃公刘》下视商颂诸作，同一蹈厉，《七月》亦然，岂至周、召之时而后有此哉？且周诗固有追述先公之事者，然皆明著其为后人之作。《生民》之诗，述后稷之事也，而终之以以迄于今。《緜》之诗述古公之事也，而系之以文王之事。此皆后人之作也。若《笃公刘》之诗，极道冈阜、佩服、物用、里居之详。《七月》之诗，上至天文、气候，下至草木、昆虫，其声音、名物，图画所不能及。安有去之七百岁而言情、状物如此之详，若身亲见之者？又其末无一语追述之意。吾是以知决为豳之旧诗也。'案，此说深为有理，然则此诗者固当日豳民咏公刘之旧诗，而周、召之徒传之以陈于嗣王欤？"引宋儒金履祥之言，以此篇与《七月》皆为豳之遗诗，而周、召用以陈于成王而戒之。观诗之所述，味文外之义，其说非为无理。姑不论此篇是否豳之旧诗，且观诗三百于事外寄意者甚夥，故此诗述公刘事特为详备，岂无所寄意耶？正若吴闿生《诗义会通》所言"篇中表冈陵、度隰衍、相土宅民、地形水利、军制田赋，至于砺碫之末，纤悉不遗。真体国经野之大文，而其精神时洋溢于文外，尤为圣于立言，后世所莫由企及者也"，所涵深意实不难味得。若此，则诗纪公刘事，而用在成王时。

泂酌

泂酌彼行潦①，挹彼注兹②，可以饙饎③。岂弟君子④，民之父母。

泂酌彼行潦，挹彼注兹，可以濯罍⑤。岂弟君子，民之攸归⑥。

泂酌彼行潦，挹彼注兹，可以濯溉⑦。岂弟君子，民之攸塈⑧。

①泂（jiǒng）：远。酌：通勺，舀。行潦（háng lǎo）：路边积水。　②挹：舀。彼：指行潦。注：灌。兹：此，指盛水器皿。　③饙（fēn）：蒸。饎（chì）：酒食。马瑞辰《毛诗传笺通释》："宜读如饎人之饎。《周官》大郑注：'饎人，主炊官也。'《仪礼》郑注：'炊黍稷为饎。'是也。"　④岂弟（kǎi tì）：即恺悌，本义为和乐平易。据《吕氏春秋·不屈》所载惠子言："诗曰：'恺悌君子，民之父母。'恺者，大也。悌者，长也。君子之德长且大者，则为民父母。"则在此当训为恩德深长广大。⑤濯：洗。罍（léi）：古酒器，似壶而大。　⑥攸：所。归：归附。　⑦溉：清。濯溉，《孔疏》："谓洗之使清洁。"一说通概，一种盛酒漆器。王引之《经义述闻》："'溉'当读为'概'。概，漆尊也。"　⑧塈（xì）：《毛传》："塈，息也。"马瑞辰《毛诗传笺通释》："按：《方言》：'息，归也。''民之攸塈'谓民之所息，即谓民之所归。"

行潦注兹可濯罍，别田立学缮鬈鲐。

周原德积十三世，何若爕烽一旦开？

此诗以酌行潦起兴，以言君子修德而为民父母，然诗何以作，诗旨为何，向多异说。《毛诗序》曰："《泂酌》，召康公戒成王也。言皇天亲有德，飨有道也。"其说略同上篇,亦以为召康公戒成王之诗,唯上篇戒以民事,此篇则戒以修德。孔疏申之曰"尊者莫过上天,犹以道德降灵亲飨,是王不可以无德,故戒王使修行之。天言皇天者,以尊称名之,重其事也。道德相对,则在身为德,施行为道,故《中候》云:皇道帝德为内外优劣,散则通也。亲飨者,谓亲爱其人,飨其祭祀,亦为相接成也。经三章,皆上三句言薄物可以荐神,是亲飨之也。下二句言与民为父母,是有道德也",释序之所言,并比照诗之辞章以见其义。朱子从其说,《诗序辨说》以为"序无大失",《诗集传》遂释为"旧说以为召康公戒成王。言远酌彼行潦,挹之于彼,而注之于此,尚可以饎饎。况岂弟之君子,岂不为民之父母乎",显为衍序之义而为言者。然按《艺文类聚·职官》引扬雄《博士箴》之言曰:"公刘挹行潦而浊乱斯清,官操其业,士执其经。"是则以此诗为颂美公刘之事,而不以为戒王之辞。今人亦不以诗为戒义,多以之为颂美之辞。高亨《诗经今注》以为"这是一首为周王或诸侯颂德的诗,集中歌颂他能爱人民,得到人民的拥护",程俊英《诗经译注》亦言"这是歌颂统治者能得民心的诗",皆不指何王,而泛言颂美周王之德。然观诗之辞,"岂弟君子""民之攸归"云云,似非泛言,必有所指。王先谦《诗三家义集疏》曰:"三家以诗为公刘作,盖以戎狄浊乱之区而公刘居之,譬如行潦可谓浊矣,公刘挹而注之,则浊者不浊,清者自清。由公刘居豳之后,别田而养,立学以教,法度简易,人民相安,故亲之如父母。及太王居豳,而从如归市,亦公刘之遗泽有以致之也。其详则不可得而闻矣。据扬箴'官操其业,士执其经'之语,是周之学制权舆于公刘,故并有《行苇》习射养老之典。"是以诗纪公刘治豳,迨及太王,而人民相安,从如归市,恰与"民之攸归"辞义合。以此,则诗纪公刘至太王事,亦犹周氏之史诗欤?然果若颂美公刘至太王事,则皆为奠周氏基业之关捩,诗人反复言之,且诗次成王世,则似非无所寓义。方玉润《诗经原始》以为"曰'攸归'者,为民所归往也,曰'攸墍'者,为民所安息也。使君子不以'父母'自居,外视其赤子,则小民又岂如赤子相依,乐从夫'父母'?故词若褒美而意实劝戒",顾广誉《学诗详说》亦以为"依序纯是唯命不于常,得民斯得天之意。若反言之,非以岂弟之德为民父母,则虽牲牷礼乐备仪备物,天亦有所不飨矣。特出之以婉导耳。以戒冲王,最切",由是观之,序以为召公戒成王,类同上篇之用,似亦不为无理。是以周氏重德,故贤哲多以之为后王戒。唯究周氏以修德而有天下,犹有慨者。据《史记·三代世表》,后稷生不窋,不窋生鞠,鞠生公刘,公刘生庆节,庆节生皇仆,皇仆生差弗,差弗生毁渝,毁渝生公非,公非生高圉,高圉生亚圉,亚圉生公叔类,公叔类生太王亶父,是后稷至太王计十三世,周原王业规模始初具。而由太王至武王灭商而有天下,复又三世,时日何其悠长耶? 曷若后世之王业尚兵重伐一旦而成耶?

卷 阿

有卷者阿①,飘风自南。岂弟君子,来游来歌,以矢其音②。

伴奂尔游矣③,优游尔休矣④。岂弟君子,俾尔弥尔性⑤,似先公酋矣⑥。

尔土宇昄章⑦,亦孔之厚矣⑧。岂弟君子,俾尔弥尔性,百神尔主矣⑨。

尔受命长矣,茀禄尔康矣⑩。岂弟君子,俾尔弥尔性,纯嘏尔常矣⑪。

有冯有翼⑫,有孝有德,以引以翼⑬。岂弟君子,四方为则。

颙颙卬卬⑭,如圭如璋⑮,令闻令望⑯。岂弟君子,四方为纲。

凤凰于飞,翙翙其羽⑰,亦集爰止⑱。蔼蔼王多吉士⑲,维君子使,媚于天子⑳。

凤凰于飞,翙翙其羽,亦傅于天㉑。蔼蔼王多吉人,维君子命,媚于庶人㉒。

凤凰鸣矣,于彼高冈。梧桐生矣,于彼朝阳㉓。菶菶萋萋㉔,雝雝喈喈㉕。

君子之车,既庶且多㉖。君子之马,既闲且驰㉗。矢诗不多㉘,维以遂歌㉙。

517

①卷(quán):曲。有卷,即卷卷,环曲貌。阿:大丘陵。　②矢:陈。
③伴奂:《郑笺》:"伴奂,自纵弛之意也。"则伴奂当即泮涣,自由无拘貌。　④优

游:从容自得貌。　　⑤俾:使。尔:指周天子。弥:终,尽。性:同生,此指生命。
⑥似:同嗣,继承。先公:先君,指文王、武王。茴:同猷,谋划,成就。　　⑦土宇:疆
域。版:同版。版章,犹版图。　　⑧孔:很。厚:广大辽阔。　　⑨主:主祭。
⑩茀:通福。茀禄,即福禄。　　⑪纯嘏(gǔ):大福。　　⑫冯(píng):辅。翼:助。
⑬引:引导。翼:护助。　　⑭颙(yóng)颙:庄重恭敬貌。卬:同昂,昂昂,气宇轩昂
貌。　　⑮圭、璋:皆玉制礼器。　　⑯令:美好。闻:声誉。　　⑰翙(huì)翙:鸟
展翅振动声。　　⑱爰:而。止:停留。　　⑲蔼蔼:众多貌。吉士:贤良之士,此指
群臣。　　⑳媚:爱戴。　　㉑傅:至。　　㉒媚:爱护。庶人:平民。　　㉓朝阳:
指山之东面,因其早上为太阳所照,故称。　　㉔菶(běng)菶:义与萋萋同,草木茂
盛貌。此指梧桐枝叶茂盛。　　㉕雝雝喈喈:鸟鸣声。此指凤凰鸣声和谐。
㉖庶:众,多。侈:通侈,此指车饰侈丽。　　㉗闲:娴熟。　　㉘矢:陈献。《郑
笺》:"矢,陈也。"不多:《郑笺》:"我陈作此诗,不复多也。"一说,不,语词,无义。
不多,即多。《毛传》:"不多,多也。"　　㉙遂:对,答。

卷阿翙羽凤鸣啾,为则四方吉士求。

君子来歌天下事,成王未始不般游。

　　此诗以卷阿起兴,以言君子来游。全诗十章,首章发端总叙其事,二、三、四章
颂周室疆域辽阔,周王膺受天命,既长且久,故可尽情娱游,五、六章颂贤才相辅,故
声名远扬,成四方之则,七、八、九章以凤凰、百鸟喻君臣和谐相得,末章渲染车马之
盛,群臣献诗,并以"矢诗不多,维以遂歌"与首章之"来游来歌,以矢其音"呼应作
结。叙其事有序而完密,正若方玉润《诗经原始》所言"是一段卷阿游宴小记"。然
于诗之作者及所颂何王,其说不一。《毛诗序》曰:"《卷阿》,召康公戒成王也。言
求贤用吉士也。"是亦以为召康公戒成王之辞,所戒者乃求贤用吉士之义。由此,
于"岂弟君子"何指,郑笺"王能待贤者如是,则乐易之君子来就王游而歌,以陈出
其声音,言其将以乐王也,感王之善心也",以君子指贤者。于此说,朱子疑之,《诗
序辨说》以为:"求贤用吉士,本用诗文而言,固为不切,然亦未必分为两事。后之
说者,既误认岂弟君子为贤人,遂分贤人、吉士为两等,弥失之矣。夫《洞酌》之岂

弟君子方为成王,而此诗邌为所求之贤人,何哉?"既斥分贤人与吉士为两事,复疑君子不当指贤人,故《诗集传》径以"岂弟君子,指王也",遂释为"此诗旧说亦召康公作,疑公从成王游歌于卷阿之上,因王之歌,而作此以为戒",是以既疑其说,复从其召康公戒成王之义。然于朱子之疑,孔疏已言"吉士亦是贤人,但序者别其文以足句,亦因经有吉士之文故也",是以序于贤人、吉士本未分两事。至若以君子指成王,后世论者亦多斥其说。陈启源《毛诗稽古编》以为"首章云'来游来歌',七章云'维君子使,媚于天子',来是自外而至之词,非所以称王,'媚于天子'不得云王使媚之,均碍于文义",姜炳璋《诗序广义》亦以为"如以君子指成王,三'俾'字当何着落? 盖俾者使也,如君子自使俾性,安得云俾尔? 是则岂弟君子必有人焉",皆以诗之辞意以为言,辨朱说之非是。又,王先谦《诗三家义集疏》曰:"此诗据《易林》齐说,为召公避暑曲阿,凤凰来集,因而作诗。盖当时奉命巡方,偶然游息,推原瑞应之至,归美于王能用贤,故其诗得列于大雅耳。周公垂戒毋佚,成王必不般游,毛诗殆近于诬矣。"则以诗为召公自作,与成王无与,且以此诗所述般游之事,非成王之所宜。其说以诗之"凤凰于飞"乃实事,故召公原瑞而颂美。然观诗辞,"凤凰于飞"以兴"蔼蔼王多吉士",郑笺"喻贤者所在,群士皆慕而往仕也",是起兴之语,何堪指实? 清人牟庭《诗切》复有"穆王游于卷阿,披襟当风,矢口而歌,以志一时之快"之说,则以为周穆王所自作。今人或有从此说者,以《卷阿》为周穆王时诗。其说实无所稽,自属揣测之辞。观诗之辞,首章"来游来歌,以矢其音",末章"矢诗不多,维以遂歌",明为陈王献歌,显与召公、穆王自作不合。按《汲冢纪年》已有"成王三十三年,游于卷阿,召康公从"之载,与诗辞若合符契,故序说当自有据。是以盛时君臣游息,献歌颂美,并无不宜,何以断言"成王必不般游"? 唯诗皆颂美之辞,则何以言戒? 陈启源氏亦尝疑之曰:"召公意在劝王用贤,何得二三四章徒为颂祷之谀辞,不一及本旨乎?"于此,方玉润《诗经原始》以为"中间借游陈词,故称颂中有劝戒意","其所以寓规于颂者,在'媚于天子'与'媚乎庶人'而已。盖能事天子,乃能'媚乎天子',能爱庶人,乃能'媚乎庶人'也。且能爱庶人而不能事天子,庶人未必媚。即能事天子而不能爱庶人,天子亦未必为其所媚。是媚之一字,似颂而实讽,不可轻心滑过",近人黄焯《诗疏平议》亦以为:"虽为颂祷之辞,亦含风切之旨。如三言俾尔弥性,盖隐冣王之守成无亏。言'似先公酋',言'百神尔主',辞意肃然怃然,固极责难之意,何云徒作诔辞乎?"味诗辞之隐微,发颂祷中所寓讽戒意,可谓析理细密,洵可作诗序之补说。

民 劳

民亦劳止,汔可小康①。惠此中国②,以绥四方③。无纵诡随④,以谨无良⑤。式遏寇虐⑥,憯不畏明⑦。柔远能迩⑧,以定我王。

民亦劳止,汔可小休。惠此中国,以为民逑⑨。无纵诡随,以谨惽怓⑩。式遏寇虐,无俾民忧。无弃尔劳⑪,以为王休⑫。

民亦劳止,汔可小息。惠此京师⑬,以绥四国。无纵诡随,以谨罔极⑭。式遏寇虐,无俾作慝⑮。敬慎威仪,以近有德。

民亦劳止,汔可小愒⑯。惠此中国,俾民忧泄。无纵诡随,以谨丑厉⑰。式遏寇虐,无俾正败⑱。戎虽小子⑲,而式弘大⑳。

民亦劳止,汔可小安。惠此中国,国无有残㉑。无纵诡随,以谨缱绻㉒。式遏寇虐,无俾正反㉓。王欲玉女㉔,是用大谏㉕。

①汔(qì):通乞,求。 ②惠:爱。中国:指周王朝直接统治区域,即王畿,相对于四方诸侯国而言。 ③绥:安。四方:指各诸侯国。 ④纵:放纵。一说通从,听从。诡随:指狡诈欺骗之人。 ⑤谨:慎,小心提防。 ⑥式:发语词。遏:制止。寇虐:残害掠夺。 ⑦憯(cǎn):曾,乃。明:法。陈奂《诗毛氏传疏》:"明,犹法也。" ⑧柔:安抚。远:指远处之人。能:亲善。迩:近。指近处之人。 ⑨逑:聚合。民逑,谓民人欢聚安居乐业。 ⑩惽怓(náo):喧扰纷争。 ⑪尔:指在位者。劳:劳绩。 ⑫休:美,此指利益。 ⑬京师:王都。与前后文中之中国同义。 ⑭罔极:行为不正,没有准则。 ⑮慝(tè):恶。 ⑯愒(qì):休息。 ⑰丑厉:恶人。 ⑱正:通政。正败,谓政治败坏。 ⑲戎:汝,你,指在位者。小子:年轻人。 ⑳式:作用。 ㉑残:害。 ㉒缱绻:固结不解,此指结党营私。 ㉓反:颠倒,颠覆。正反,谓政事颠倒。

㉔玉：指金玉财宝。女：指女色。林光义《诗经通解》："玉女，谓财货与女色也。"一说玉用作动词，像爱玉那样地宝爱。女即汝。玉女，即爱汝。　　㉕是用：是以，因此。大谏：深切谏言。

四国民劳世事乖，勤心召穆戒同侪。
诡随寇虐何由起？大谏谁教总类俳！

此诗叹民劳，刺政虐，旧说乃周厉王时大臣召穆公所作。然于诗旨，则说者不一。《毛诗序》曰："《民劳》，召穆公刺厉王也。"是以诗为召穆公作，诗旨乃刺厉王。郑笺"厉王，成王七世孙也。时赋敛重数，徭役繁多，人民劳苦，轻为奸宄，强凌弱，众暴寡，作寇害，故穆公以刺之"，释穆公何以刺王之由。孔疏"经五章上四句，言民劳之须安。次四句，言寇虐之当止。下二句，言王当行善政以安民。皆是刺王之事"，则比照诗辞以申说序、笺之义。至宋儒说诗，则不以诗旨为刺厉王。朱熹《诗集传》以为"序说以此为召穆公刺厉王之诗。以今考之，乃同列相戒之词耳，未必专为刺王而发。然其忧时感事之意，亦可见矣"，不以诗旨刺王，而以之为戒同僚敬慎谨勉之辞，仅有忧时感事之意而已。盖持刺王说者，以此诗四章之"戎虽小子"指王，郑笺"今王女虽小子自遇，而女用事于天下，甚广大也"。严粲《诗缉》则于此辨之曰"旧说以此诗'戎虽小子'及《板》诗'小子'皆指王。小子，非君臣之辞，今不从。二诗皆戒责同僚，故称小子耳"，故释此诗为："穆公戒同列之用事者，言国以民为本，民劳则国危。今周民亦疲劳矣，庶几可以小安之乎？京师诸夏之根本，爱此京师，则可以安天下也。诡随者，心知其非而诈顺从之，此奸人也。人见诡随者无所伤拂，则目为良善，不知其容悦取宠，皆为自利之计，而非忠于所事，实非善良之士也。苟喜其甘言而信用之，足以召祸乱，致寇虐。但权位尊重者，往往乐软熟而惮正直，故诡随之人得肆其志，是居上位者纵之为患也。今戒用事者无纵此诡随，则可以谨防无良之人，用遏止其寇虐。此理甚明，可痛其不畏明也。治道略外而详内，唯'柔远能迩'者可以安吾君，而何取于诡随乎？"释诗之义甚详。然于"小子"之义，范处义《诗补传》已指"古者君臣相尔女，本示亲爱。小子，则年少之通称。故周之颂、诗、诰、命，皆屡称'小子'，不以为嫌。是诗及《板》《抑》以厉王为

'小子',意其及位不久,年尚少,已昏乱如此。故《抑》又谓'未知臧否',则其年少可知矣。穆公谓王虽小子,而用事甚广,不可忽也",是以知"小子"并非不可指王。故朱、严之说似亦不足为训。实则,观诗之辞,既言"无纵诡随,以谨无良",复言"无弃尔劳,以为王休",是刺厉王、戒同僚之义兼具。清人即多以二说皆是,方玉润《诗经原始》尝言"诗起四句说安民,中四句说防奸,非君上不足以当此。唯末二句辅成君德,似戒同列辞耳。每章皆然,特各变其义以见浅深之不同。而中间四句尤反复提唱,则其主意专注防奸也可知。盖奸不去,则君德不成,民亦何能安乎?故全诗当以中四句为主。虽曰'戒同列',实则望君以去邪为急务也。公当厉王无道时,王必信用诡随人以寇虐天下,公未便直陈君恶,故借同僚相勖言以耸君听,冀君有以格其非心而同归于治焉耳",可谓知言。唯究诗旨而言,犹有辨者。观诗之末句"是用大谏",当为作诗之本义,是以民劳政虐,诗人决意"大谏",却止若方氏所言"公未便直陈君恶,故借同僚相勖言以耸君听,冀君有以格其非心而同归于治焉耳",此于明君,或可有悟,暴若厉王,岂有益乎?盖吾国谏制,源远流长,然何以为谏,尤多拘限。《尚书·夏书》有言"工执艺事以谏",诗序亦言"主文而谲谏",以致优孟之谏,所谏为何无足虑心,而何以为谏则演为俳优戏剧溉及千年,是谏制走向娱乐化之源欤?

板

上帝板板①,下民卒瘅②。出话不然③,为犹不远④。靡圣管管⑤,不实于亶⑥。犹之未远,是用大谏。

天之方难,无然宪宪⑦。天之方蹶⑧,无然泄泄⑨。辞之辑矣⑩,民之洽矣。辞之怿矣⑪,民之莫矣⑫。

我虽异事⑬,及尔同寮⑭。我即尔谋,听我嚣嚣⑮。我言维服⑯,勿以为笑。先民有言,询于刍荛⑰。

天之方虐,无然谑谑⑱。老夫灌灌⑲,小子蹻蹻⑳。匪我言耄㉑,尔用忧谑㉒。多将熇熇㉓,不可救药。

天之方懠㉔，无为夸毗㉕。威仪卒迷㉖，善人载尸㉗。民之方殿屎㉘，则莫我敢葵㉙。丧乱蔑资㉚，曾莫惠我师㉛。

天之牖民㉜，如壎如篪㉝，如璋如圭㉞，如取如携。携无曰益㉟，牖民孔易。民之多辟㊱，无自立辟㊲。

价人维藩㊳，大师维垣㊴，大邦维屏㊵，大宗维翰㊶。怀德维宁，宗子维城㊷。无俾城坏，无独斯畏㊸。

敬天之怒，无敢戏豫㊹。敬天之渝㊺，无敢驰驱㊻。昊天曰明，及尔出王㊼。昊天曰旦㊽，及尔游衍㊾。

①板：反。板板，乖戾，不正常貌。　②卒瘅（cuì dàn）：劳累多病。卒为悴之省借，亦作瘁。《韩诗外传》引此句作"瘁瘅"。　③不然：不对。不合理。④犹：通猷，谋划。不远：无远见。　⑤靡圣：不以圣贤为准则。管管：任意放纵，自以为是貌。　⑥实：行。亶：诚信。　⑦无然：不要这样。宪宪：欢欣喜悦貌。　⑧蹶：动乱。　⑨泄（yì）泄：通呭呭，妄加议论。　⑩辞：此指政令。辑：调和。　⑪怿：借为醳，败坏。　⑫瘼：通瘼，病，疾苦。　⑬异事：指职务不同。　⑭及：与。寮：通僚。同寮：同事。　⑮嚣（áo）嚣：同敖敖，聱聱，傲慢不听善言貌。　⑯维：是。服：用。　⑰询：征求，请教。刍：草。荛：柴。刍荛，指割草砍柴之人，即樵夫。　⑱谑谑：嬉笑貌。　⑲灌灌：犹款款，诚恳貌。　⑳蹻（jué）蹻：傲慢貌。　㉑匪：非，不要。耄：八十为耄，此指昏聩。匪我言耄，匪言我耄之倒文。　㉒忧：借为优。忧谑，谓调笑。　㉓将：行，做。熇（hè）熇：火势炽烈貌，此指一发而不可收拾。　㉔懠（qí）：愤怒。　㉕夸毗：卑躬屈膝，谄媚曲从。《毛传》："夸毗，体柔人也。"《孔疏》引李巡曰："屈己卑身，求得于人，曰体柔。"《尔雅》与蘧蒢、戚施同释，三者皆连绵字。　㉖威仪：此指君臣间礼节。卒：尽。迷：混乱。　㉗载：则。尸：神主。《孔疏》："尸，谓祭时之尸，以为神象，故终祭不言。贤人君子则如尸不复言语，畏政故也。"　㉘殿屎（xī）：痛苦呻吟。《毛传》："殿屎，呻吟也。"陆德明《经典释文》："殿，《说文》作念。屎，《说文》作吚。"　㉙葵：通揆，揣测。此有他顾意。　㉚蔑：无。资：财产。

㉛惠：施恩。师：此指民众。　㉜牖：通诱，诱导。　㉝壎（xūn）：古陶制椭圆形吹奏乐器。篪（chí）：古竹制管乐器。此指音声相和。　㉞璋、圭：皆玉制礼器。《孔疏》："半圭为璋，合二璋则成圭。"此指相配合。　㉟益（ài）：通隘，阻碍。　㊱辟：通僻，邪僻。　㊲辟：法。立辟，立法。　㊳价：同介，善。维：是。藩：篱笆。　㊴大师：大众。垣：墙。　㊵大邦：指诸侯大国。屏：屏障。　㊶大宗：指与周王同姓宗族。翰：桢干，栋梁。　㊷宗子：周王嫡子。　㊸独：孤立。斯：此，这。畏：可怕。　㊹无：同毋。《鲁诗》作不。戏豫：游戏娱乐。　㊺渝：变。此指灾变。　㊻驰驱：指任性放纵。　㊼及：与。王：通往。出王，进出来往。　㊽旦：明。　㊾游衍：游逛。

　　　昊天懠虐下民焦，七世宗邦屏翰消。
　　　靡圣无犹当大谏，却教凡伯斥同僚！

　　此篇诗旨与上篇相类，亦有刺厉王与戒同僚二说。《毛诗序》曰："《板》，凡伯刺厉王也。"是以诗旨与上篇同为刺厉王，而作者异，前为召穆公，此则为凡伯。郑笺"凡伯，周同姓，周公之胤也，入为王卿士"，以凡伯为周公之胤而时为王卿士。孔疏"僖二十四年《左传》曰：'凡、蒋、邢、茅胙祭，周公之胤也。'知为王卿士者，以经云'我虽异事，及尔同寮'，是为王官也。以其伯爵，故宜为卿士。《瞻卬》凡伯之刺幽王，《春秋》隐七年'天王使凡伯来聘'，世在王朝，盖畿内之国。杜预云：'波郡共县东南有凡城。'共县于汉属河内郡，盖在周东都之畿内也"，广徵史籍及诗辞所述，以释郑笺之言，是以知其所言凡伯之人大体无误。朱熹《诗集传》则以为"序以此为凡伯刺厉王之诗，今考其意，亦与前篇相类，但责之益深切耳"，似以诗旨亦同前篇之戒同列，只是忧时虑事之意较前益深且切。按诗中明言"及尔同寮"，其为戒同僚之作，词意显然。郑笺"我虽与尔职事异者，乃与女同官，俱为卿士。我就女而谋反忠告以善道，女反听我言警警然不肯受"，是以见戒同僚之情切。然诗复明言"为犹不远，靡圣管管"，虑及靡圣无犹，且直言"犹之未远，是用大谏"。郑笺"王为政反先王与天之道，天下之民尽病，其出善言而不行之也。此为谋不能远图，不知祸之将至"，"王无圣人之法度，管管然以心自恣，不能用实于

诚信之言,言行相违也","王之谋不能图远用,是故我大谏王也",此岂非刺王之旨焉? 故吴闿生《诗义会通》以为"案诗明云及尔同寮,其为戒同列之作,词意显然。而冤愤迫切,若大祸之将至者,足以徵世变矣。措意在第七章,言之最为切尽,盖虽戒同列,亦所以喻王也",以此诗亦明可见刺厉王与戒同列二义之兼具,是其与前篇类同之所在。方玉润《诗经原始》以为:"此与前篇不但相类,且出一手。前警同列以戒王,此亦规同僚以警王也。前'用大谏'在篇末,此亦'用大谏'在章首也。大旨不殊,而章法略异耳。且前著意诡随、寇虐,故多从人心上说,此著意违圣、慢天,故多从天命言。立义虽各不同,而实可参观。然则何以分属之凡伯、召公耶? 盖厉王时,唯此二公为国勋旧,故借重二公名耳。然非二公俦,亦不能为此诗,即以之分属二公,奚不可者?"细析二诗,以此诗与前篇似出一手,而著意稍异,可谓知言。且以诗乃借重召穆、凡伯之名,抑或实为二公所作,皆无不可,亦为通达之言。味诗人之旨,面厉王之乱,忧及大祸将至,故若方玉润氏所言"较之上篇,意尤深切,而词愈警策",盖厉王乃成王七世孙,而由"受禄于天"以至"天之方虐",何其速焉? 是以诗人欲行"大谏",前篇于篇末揭其所蕴,而此篇则著篇首开宗明义,极显其意之急切。而"大谏"之所指,所谓"小子蹻蹻""尔用忧谑""不可救药",尤多斥责同僚之言。是以与前篇相较,章法稍异,而"大谏"之旨不殊。谏者固亦有召公、凡伯之异,而借戒同僚以为谏之实复皆相同。揆诸史迹,大略如是,岂偶然哉?

525

荡之什

荡

荡荡上帝①,下民之辟②。疾威上帝,其命多辟③。天生烝民,其命匪谌④。靡不有初,鲜克有终⑤。

文王曰咨⑥,咨女殷商。曾是强御⑦,曾是掊克⑧,曾是在位,曾是在服⑨。天降滔德⑩,女兴是力⑪。

文王曰咨,咨女殷商。而秉义类⑫,强御多怼⑬。流言以对,寇攘式内⑭。侯作侯祝⑮,靡届靡究⑯。

文王曰咨,咨女殷商。女炰烋于中国⑰,敛怨以为德⑱。不明尔德⑲,时无背无侧⑳。尔德不明,以无陪无卿㉑。

文王曰咨,咨女殷商。天不湎尔以酒㉒,不义从式㉓。既愆尔止㉔,靡明靡晦。式号式呼,俾昼作夜。

文王曰咨,咨女殷商。如蜩如螗㉕,如沸如羹。小大近丧㉖,人尚乎由行㉗。内奰于中国㉘,覃及鬼方㉙。

文王曰咨,咨女殷商。匪上帝不时㉚,殷不用旧㉛。虽无老成人㉜,尚有典刑㉝。曾是莫听,大命以倾㉞。

文王曰咨,咨女殷商。人亦有言,颠沛之揭㉟,枝叶未有害㊱,本实先拨㊲。殷鉴不远,在夏后之世㊳。

①荡荡:放荡不守法制貌。上帝:此喻周王。　②辟:君王。　③命:指政令。辟:通僻,邪僻。　④谌(chén):诚信。　⑤鲜:少。克:能。　⑥咨:嗟叹声。　⑦曾:乃。是:这样。强御:凶暴。此用作名词,指凶暴之臣。⑧掊(póu)克:聚敛,搜括。此指搜括民财之臣。　⑨服:任。　⑩滔:《毛传》:"滔,慢也。"滔德,谓倨慢不恭之品格。　⑪女:汝。指不法之臣。兴:助长。力:勤,努力。　⑫而:通尔,你。秉:持,用。此指任用。义类:善类。⑬怼:怨恨。　⑭寇攘:像盗寇一样掠取。式:于,在。内:朝廷内。　⑮侯:于是。作:借为诅。祝:通咒。诅咒,谓陷害忠良。　⑯届:尽。究:穷。　⑰炰烋(páo xiào):同咆哮。　⑱敛:聚集。怨:指可恨之人。　⑲不明:没有知人之明,指不辨善恶。　⑳时:《韩诗》作以,所以。背:背叛。侧:反侧,不正派。无背无侧,谓不知有人背叛、反侧。　㉑陪:辅佐。卿:卿大夫。此指良臣。㉒湎:沉湎,沉迷。　㉓不义:不宜。从:听从。式:任用。从式,指任用坏人。

㉔愆：过错。止：容止，行为。　㉕蜩(tiáo)：蝉。螗(táng)：亦称蝘，一种蝉。

㉖小大：指大事小事。丧：败。　㉗由行：仍按老样子做。　㉘嘳(bì)：愤怒。

㉙覃(tán)：延及。鬼方：指远方。　㉚时：善。　㉛旧：指旧有法则。　㉜老

成人：指旧臣。　㉝典刑：同典型，指典章法规。　㉞大命：指国家命运。

㉟颠沛：跌仆，此指树木倒下。揭：举，此指树根翻出。　㊱未有害：谓尚未损坏。

㊲本：根。拨：败之假借字。《列女传》引此诗作败。　㊳后：君王。此二句出《尚

书·召诰》："我不可不监于有夏，亦不可不监于有殷。"此处"殷鉴不远，在夏后之

世"，犹言"周鉴不远，在殷后之世"，意谓国家覆亡教训并不远，对于商来说，是夏

桀，对于周来说，即殷纣。

靡不有初鲜克终，疾威板荡厉王宫。

穆公托古伤周室，殷鉴遥开咏史风。

此诗之背景当与上篇近，且因南朝诗人谢灵运《拟魏太子邺中集·王粲》诗有"幽厉昔崩乱，桓灵今板荡"及唐太宗李世民《赠萧瑀》诗有"疾风知劲草，板荡识诚臣"诸句，将上篇名《板》及此篇名《荡》连用，遂使"板荡"成为指代政局混乱或社会动荡之专词。是此诗乃刺时之作无疑，唯于作者及所刺何事，说者不一。《毛诗序》曰："《荡》，召穆公伤周室大坏也。厉王无道，天下荡荡，无纲纪文章，故作是诗也。"是亦以诗之作者为召穆公，以其因厉王无道致周室崩坏而作。孔疏申之曰"以厉王无人君之道，行其恶政，反乱先王之政，致使天下荡荡然，法度废灭，无复有纲纪文章，是周之王室大坏败也，故穆公作是《荡》诗以伤之。伤者，刺外之有余哀也，其恨深于刺也。《瞻卬》《召旻》皆云'刺幽王大坏'，此不言刺厉王而云伤周室者，幽王承宣王之后，父善子恶，指刺其身。此则厉王以前，周道未缺，一代大法至此坏之，故言伤周室大坏。此经八章，皆是大坏之事。首句言荡荡，为下之总目，故序亦述首句以为一篇之义。言天下荡荡，无纲纪文章。纲纪文章，谓治国法度，圣人有作，莫不皆是。此经所伤，伤其尽废之也"，释序之说甚详切，尤以析序所言刺、伤之辨，足可发微诗辞深蕴之隐奥。至宋人或疑序之说，朱熹《诗序辨说》引苏辙之言曰《荡》之名篇，以首句有'荡荡上帝'耳。《序》说云云，非诗之本义也"，

527

然《诗集传》释之曰"言此荡荡之上帝,乃下民之君也。今此暴虐之上帝,其命乃多邪僻者","诗人知厉王之将亡,故为此诗,托于文王所以嗟叹殷纣者",似又从序说伤厉王无道之义,唯不言召穆公作。复因诗之二至八章皆"文王曰咨"领起,所述者责殷纣之言,故或又有疑此诗为武王载文王木主伐殷纣之檄文者,与《尚书》之《泰誓》《牧誓》诸篇类似。然于此疑,已多有辨者。孔疏尝言"上帝者,天之别名,天无所坏,不得与'荡荡'共文,故知上帝以托君王,言其不敢斥王,故托之于上帝也……其实称帝亦斥王,此下诸章皆言'文王曰咨',此独不然者,欲以'荡荡'之言为下章总目,且见实非殷商之事,故于章首不言文王,以起发其意也",缕析辞意,当合诗旨。故于诗所言"文王曰咨",郑笺已明言"穆公朝廷之臣,不敢斥言王之恶,故上陈文王咨嗟殷纣以切刺之。女曾任用是恶人,使之处位执职事也",经明清论家之发挥,诗托文王叹殷纣语以刺厉王,遂成定谳。观诗辞八章,除首章外,余七章皆为文王之言,陆奎勋《陆堂诗学》以为"'文王曰咨,咨女殷商',初无一语显斥厉王,结撰之奇,在雅诗亦不多觏",吴闿生《诗义会通》亦以为"案此诗格局最奇,本是伤时之作,而忽幻作文王咨殷之语。通篇无一语及于当世,但于末二语微词见意,而仍纳入文王界中。词意超妙,旷古所无",又曰"首章先凌空发议,末以'殷鉴不远'二句结之,尤极帷灯匣剑之奇。否则真成论古之作矣,人安知其为借喻哉",既析诗旨之微义,复揭诗艺之超妙,洵为深于诗者之言。是以此诗既伤周世,却以殷鉴出之,正若苏辙《诗集传》所言"殷鉴在夏,盖为文王叹纣之辞。然周鉴之在殷,亦可知矣",警乱世以振聋发聩,尤为寄意渊永,复以托古刺时之思,肇百代咏史之滥觞。构撰之妙,宜细味之。

528

抑

　　抑抑威仪①,维德之隅②。人亦有言,靡哲不愚③。庶人之愚,亦职维疾④。哲人之愚,亦维斯戾⑤。

　　无竞维人⑥,四方其训之⑦。有觉德行⑧,四国顺之。訏谟定命⑨,远犹辰告⑩。敬慎威仪,维民之则。

　　其在于今,兴迷乱于政。颠覆厥德⑪,荒湛于酒⑫。女虽湛乐从⑬,弗念厥绍⑭。罔敷求先王⑮,克共明刑⑯。

肆皇天弗尚⑰,如彼泉流,无沦胥以亡⑱。夙兴夜寐,洒埽廷内,维民之章⑲。修尔车马,弓矢戎兵,用戒戎作⑳,用逷蛮方㉑。

质尔人民㉒,谨尔侯度㉓,用戒不虞㉔。慎尔出话,敬尔威仪,无不柔嘉㉕。白圭之玷,尚可磨也。斯言之玷,不可为也。

无易由言㉖,无曰苟矣。莫扪朕舌㉗,言不可逝矣㉘。无言不雠,无德不报。惠于朋友,庶民小子。子孙绳绳㉙,万民靡不承㉚。

视尔友君子㉛,辑柔尔颜㉜,不遐有愆㉝。相在尔室,尚不愧于屋漏㉞。无曰不显,莫予云觏㉟。神之格思㊱,不可度思㊲,矧可射思㊳!

辟尔为德㊴,俾臧俾嘉。淑慎尔止㊵,不愆于仪。不僭不贼㊶,鲜不为则㊷。投我以桃,报之以李。彼童而角㊸,实虹小子㊹。

荏染柔木㊺,言缗之丝㊻。温温恭人,维德之基。其维哲人,告之话言㊼,顺德之行。其维愚人,覆谓我僭㊽,民各有心。

於乎小子,未知臧否。匪手携之㊾,言示之事㊿,匪面命之○,言提其耳。借曰未知○,亦既抱子。民之靡盈○,谁夙知而莫成○?

昊天孔昭,我生靡乐。视尔梦梦○,我心惨惨。诲尔谆谆,听我藐藐○。匪用为教,覆用为虐○。借曰未知,亦聿既耄○。

於乎小子,告尔旧止○。听用我谋,庶无大悔。天方艰难,曰丧厥国。取譬不远,昊天不忒○。回遹其德○,俾民大棘○。

①抑:通懿。马瑞辰《毛诗传笺通释》:"抑,通作懿。"抑抑,美好貌。《毛传》:"抑抑,美也。"一说慎密貌。威仪:容止礼仪。　②隅:屋之一角,引申为方正。　③哲:指聪明而有知识之人。　④职:主,本身。　⑤戾:乖谬。　⑥无:发语词。竞:强盛。维:亦作惟,由于。人:此指贤人。　⑦训:顺从。　⑧觉:通梏,高大正直貌。《礼记·缁衣》引此诗作梏。　⑨訏(xū):大。谟:谋。訏谟,国之大计。命:政令,方针。　⑩犹:同猷,谋略。远犹,战略规划。辰:时,此指按时。　⑪颠覆:败坏。厥:其,此指周王。　⑫荒湛(dān):沉迷。湛,同耽。

⑬女:汝。虽:通惟,只。从:通纵,放纵。 ⑭绍:继承。此指继承先人传统。

⑮罔:不。敷:广。先王:指先王治国之道。 ⑯克:能。共:通拱,执行,推行。

刑:法。 ⑰肆:发声词。一说故今,于是。尚:佑助。 ⑱无:发声词。沦:

率。胥:相。沦胥,相率。以:而。 ⑲章:模范,准则。 ⑳用:以。戒:戒备。

戎:战事。作:起。 ㉑逷(tì):通剔,剪除,治服。蛮方:指远方异族。

㉒质:安定。 ㉓侯:语助词。度:法度。 ㉔不虞:不测。 ㉕柔嘉:柔和妥

善。 ㉖易:轻易,轻率。由:于。 ㉗扪:按住。朕:我。上古多自称为朕,秦

以后始作为皇帝专用自称。 ㉘逝:及,追。刘向《说苑·丛谈》:"口者,关也。

舌者,机也。出言不当,四马不能追也。" ㉙绳绳(mǐn mǐn):谨慎貌。

㉚承:接受,顺从。 ㉛友:此用作动词,指招待。 ㉜辑:和。 ㉝遏:何。

愆:过错。 ㉞屋漏:屋顶漏则见天光,暗中之事全现,喻神明监察。王先谦《诗

三家义集疏》:"不愧屋漏,即言不愧于神明。神不可知,以天明之,犹言不愧于天。

天亦不可知,以日明之。"一说居之西北隅,即暗处,为藏神之所,代指神。

㉟云:语助词。觏:遇见,此指看见。 ㊱格:至。思:语助词。 ㊲度(duó):

揣测,估计。 ㊳矧(shěn):况且。射(yì):通斁,厌。 ㊴辟:修明。

㊵淑:美好。止:举止,行为。 ㊶僭(jiàn):超越本分。贼:残害。 ㊷鲜:少。

则:法则。 ㊸童:雏,幼小。此指未长角之小羊羔。而角:以之为有角。

㊹虹:同讧,溃乱。小子:指年轻周王。《郑笺》:"天子未除丧称小子。" ㊺荏

染:坚韧。 ㊻言:语助词。缗(mín):给乐器安上弦。丝:丝弦。 ㊼话言:陈

奂《诗毛氏传疏》:"话,当为'诂'字之误也。《释文》引《说文》作'告之诂言',云:

'诂,故言也。'是陆所见《说文》,据诗作'诂言',可据以订正。"诂言,老古话。

㊽覆:反而。僭:错。 ㊾匪:非但,不但。携:搀扶。 ㊿示:指点。 51面:

当面。命:教导。 52借曰:假如说。 53盈:完满。 54夙:早。夙知,早

慧。莫:同暮,晚。莫成,晚成。 55梦(méng)梦:同瞢瞢,昏而不明。 56藐

藐:轻视貌。 57谑:谑之假借,戏谑。 58聿:语助词。耄:年老。 59旧:

此指旧有典章制度。止:语气词。 60忒(tè):偏差。 61回通(yù):邪僻。

62棘:通急,危难。

如琢如磨九五身，白圭之玷慎言频。

卫公懿戒兼迷政，谁谓箴铭只自陈？

　　此诗旧说卫武公所作，诗旨向有自警、刺时二说。然于诗作何时，所刺何王，说者不一。《毛诗序》曰："《抑》，卫武公刺厉王，亦以自警也。"是以诗旨刺王与自警兼具，且以所刺者为厉王。郑笺"自警者，如彼泉流，无沦胥以亡"，释序所言自警义。孔疏"虽志在刺王，亦所以自警戒己身。以王之为恶，将致灭亡，群臣随之，己亦沦陷，故笺指而言之"，兼释序、笺，当合其义。又，《韩诗》亦以为"卫武公刺王室，亦以自戒。计年九十有五，犹使人日诵是诗而不离于其侧"，其说略同，唯未言究刺何王。按，旧以诗为卫武公作，史有明载。《国语·楚语》载左史倚相对申公子睪之言："昔卫武公年数九十有五矣，犹箴儆于国，曰：'自卿以下至于师长士，苟在朝者，无谓我老耄而舍我，必恭恪于朝，朝夕以交戒我。闻一二之言，必诵志而纳之，以训道我。'在舆有旅贲之规，位宁有官师之典，倚几有诵训之谏，居寝有亵御之箴，临事有瞽史之道，宴居有师工之诵。史不失书，蒙不失诵，以训御之。于是乎作《懿》戒以自儆也。及其没也，谓之睿圣武公。"韦昭注："昭谓《懿》诗，大雅《抑》之篇也，懿读曰抑。"徐幹《中论·虚道篇》："昔卫武公年过九十，犹夙夜不怠，思闻训道，命其群臣曰：'无谓我老耄而舍我，必朝夕交戒。'又作《抑》诗以自儆也。卫人思其德，为赋《淇奥》，且曰睿圣。"王先谦《诗三家义集疏》亦以"抑"与"懿"盖取声近字为训，故所谓《懿》戒即此篇。据此，诗固为武公作，然其义则似纯为自警之辞。后人多有以此而为说者。朱熹《诗序辨说》即讥序之说"见此诗之次适出于宣王之前，故直以为刺厉王之诗。又以《国语》有左史之言，故又以为亦以自警"，以为"以诗考之，则其曰刺厉王者失之，而曰自警者得之也"，《诗集传》遂断之为"卫武公作此诗，使人日诵于其侧以自警"。今观诗之辞，多有"夙兴夜寐，洒埽廷内""慎尔出话，敬尔威仪""小子""告尔""听我""用我"之语及"白圭"喻玷、"屋漏"铭心，皆显为自警之辞。吴闿生《诗义会通》称之为"千古箴铭之祖"，实非虚誉。然则，诗中亦多有"四方""四国""车马""戎兵"之词，甚而明言"其在于今，兴迷乱于政""颠覆厥德""荒湛于酒""弗念厥绍""罔敷求先王"，显又决非自警，而尤切于刺王之义。近人陈子展《诗经直解》以为，此"乃诗人之狡狯手法"，将自警与刺王二事赅括于"主文谲谏技巧之中",似觉颇合全篇意脉。实则,诗人藉自警以刺时并无不可,历代皆不乏其例。至若此篇所刺何王,亦有辨者。宋人戴埴《鼠璞》以为"武公之自警在于耄年,去厉王之世几九十载,谓诗为刺厉王,深所未晓",清人阎若璩《潜丘劄记》亦言"卫武公以宣王十六年己丑即位,上距厉王流彘之年已三十载,安有刺厉王之诗? 或曰追刺,尤非。虐君见在,始得出词,其人已逝,即当杜口,是也。序云刺厉王,非也",是以揆诸时序,足证刺厉王说之谬。然其所刺者究为何王? 魏源《诗古微》以为"《抑》,卫武公作于为平王卿士之时,距幽没三十余载,距厉没八十余载。'尔''女''小子',皆武公自儆之词,而刺王室在其中矣。'修尔车马,弓矢戎兵',冀复镐京之旧,而慨平王不能也",以为《抑》篇作于卫武公为平王卿士之时,已届晚年,托为自儆以刺平王,似胜诸说。盖平王东迁,施政多有不当,王风《君子于役》《扬之水》诸篇已有刺平王令"君子行役无期度""不抚其民,而远屯戍于母家"之事。武公乃周室元老,既作自身职责之自警,复叹幼王施政之不竞,长歌抒臆,深心所在,"冀复镐京之旧"。若此,岂非不独自警、刺王二说始圆融,且诗之意蕴尤觉深厚耶?

桑 柔

菀彼桑柔①,其下侯旬②,捋采其刘③。瘼此下民④,不殄心忧⑤。仓兄填兮⑥,倬彼昊天⑦,宁不我矜⑧?

四牡骙骙⑨,旟旐有翩⑩。乱生不夷⑪,靡国不泯⑫。民靡有黎⑬,具祸以烬⑭。於乎有哀,国步斯频⑮。

国步蔑资⑯,天不我将⑰。靡所止疑⑱,云徂何往? 君子实维⑲,秉心无竞⑳。谁生厉阶㉑,至今为梗㉒?

忧心慇慇,念我土宇。我生不辰,逢天僤怒㉓。自西徂东,靡所定处。多我觏痻㉔,孔棘我圉㉕。

为谋为毖㉖,乱况斯削㉗。告尔忧恤,诲尔序爵㉘。谁能执热㉙,逝不以濯? 其何能淑,载胥及溺㉚。

如彼遡风㉛,亦孔之僾㉜。民有肃心㉝,荓云不逮㉞。好是稼穑,力民代食㉟。稼穑维宝,代食维好。

天降丧乱,灭我立王㊱。降此蟊贼㊲,稼穑卒痒㊳。哀恫中国㊴,具赘卒荒㊵。靡有旅力㊶,以念穹苍㊷。

维此惠君㊸,民人所瞻。秉心宣犹㊹,考慎其相㊺。维彼不顺㊻,自独俾臧。自有肺肠,俾民卒狂。

瞻彼中林,甡甡其鹿㊼。朋友已谮㊽,不胥以穀㊾。人亦有言,进退维谷。

维此圣人,瞻言百里㊿。维彼愚人,覆狂以喜(51)。匪言不能(52),胡斯畏忌(53)?

维此良人,弗求弗迪(54)。维彼忍心(55),是顾是复。民之贪乱,宁为荼毒(56)?

大风有隧(57),有空大谷。维此良人,作为式穀。维彼不顺,征以中垢(58)。

大风有隧,贪人败类(59)。听言则对(60),诵言如醉(61)。匪用其良,覆俾我悖(62)。

嗟尔朋友,予岂不知而作(63)?如彼飞虫(64),时亦弋获。既之阴女(65),反予来赫(66)。

民之罔极(67),职凉善背(68)。为民不利,如云不克(69)。民之回遹(70),职竞用力(71)。

民之未戾(72),职盗为寇。凉曰不可(73),覆背善詈(74)。虽曰匪予(75),既作尔歌(76)。

①菀(wǎn):茂盛貌。桑柔:即柔桑,此指柔嫩之桑叶。 ②侯:维,是。旬:树荫遍布。 ③刘:剥落稀疏。意谓桑叶被采后,稀疏无叶。 ④瘼:病,害。 ⑤殄(tiǎn):断绝。 ⑥仓兄(chuàng huàng):同怆怳,凄凉纷乱貌。填:通陈,长

久。　　⑦倬彼:即倬倬,光明广大貌。　　⑧宁:何。矜:怜悯。不我矜,不矜我之倒文。　　⑨骙骙:马强壮貌。　　⑩旟:绘有鹰隼图案之旗。旐:绘有龟蛇图案之旗。有翩:即翩翩,此指旌旗翻飞貌。　　⑪夷:平。　　⑫泯:乱。　　⑬黎:众。　　⑭具:通俱。烬:本指火烧后灰烬,此指人民遭遇战祸,所剩无几。　　⑮国步:指国运。频:危急。　　⑯蔑:无。资:财。　　⑰将:扶助。不我将,不将我之倒文。　　⑱疑:通凝。止疑,停息。　　⑲维:借为惟,思。　　⑳秉心:存心。无竞:无争。　　㉑厉阶:祸端。　　㉒梗:灾害。　　㉓僤(dàn):大。　　㉔觏:遇。痻(mín):灾难。　　㉕棘:通急。圉(yù):边疆。　　㉖慭:谨慎。　　㉗斯:乃。削:减少。　　㉘序:次序。此用作动词,合理安排。爵:官爵。　　㉙执热:救热。指解除炎热。　　㉚载:乃。胥:皆。　　㉛遡:逆。　　㉜僾(ài):呼吸不畅貌。　　㉝肃心:进取之心。　　㉞荓(pīng):使。不逮:不及。　　㉟力民:使人民出力劳动。代食:指官吏靠劳动者奉养。　　㊱灭我立王:灭我所立之王。指周厉王被国人流放于彘事。　　㊲蟊:食苗根的害虫。贼:食苗节害虫。　　㊳卒:完全。瘁:病。　　㊴恫(tōng):痛。　　㊵赘:通缀,连属。　　㊶旅:通膂,旅力,体力。　　㊷念:感动。穹苍:上天。　　㊸惠:顺。惠君,顺理之君主。　　㊹宣:明。犹:通猷。　　㊺考慎:慎重考察。相:辅佐大臣。　　㊻不顺:指违理不顺民之君主。　　㊼甡(shēn)甡:同莘莘,众多之貌。　　㊽谮(jiàn):通僭,相欺而不相信任。　　㊾胥:相。穀:善。　　㊿瞻:远望。言:语助词。瞻言百里,谓有远见。　　51覆:反而。　　52匪:非。匪言不能,匪不能言之倒文。　　53胡:何。斯:这样。　　54迪:进。　　55忍心:指残忍之君主。　　56宁:乃。荼:苦草。毒:指毒虫毒蛇之类。荼毒,指毒害。　　57有隧:隧隧,大风疾速吹动貌。一说隧为道,谓风前进有其通道。　　58征:往。中:内,指宫内。中垢,指宫廷秽闻。　　59贪人:贪财枉法之人。此指荣夷公之流。《史记·周本纪》:"厉王即位三十年,好利,近荣夷公。芮良夫谏不听,卒以荣公为卿士。"败类:残害同类。　　60听言:顺从话。对:答。　　61诵言:劝告言语。　　62悖:违理。　　63予:芮良夫自称。而:尔,你。　　64飞虫:指飞鸟。古人以虫泛指一切动物,鸟为羽虫,兽为毛虫,龟为甲虫,鱼为鳞虫,人为倮虫。故称虎为大虫。　　65既:已经。阴:通谙,熟悉。女:汝。　　66赫:通吓。　　67罔极:无法则。　　68职:主张。

凉:凉薄。背:背叛。　　⑥云:句中助词。克:胜。　　⑦回遹(yù):邪僻。
⑦用力:指用暴力。　　⑦戻:善。　　⑦凉:通谅,诚恳。　　⑦背:背后。
⑦曰:句中助词。匪:同诽,诽谤。　　⑦既:终。作尔歌:为你作歌。

流毖何因丧乱生？山林川泽与民争。

良夫苦谏非专利，岂识荣夷创国营？

此诗之辞意,危悚而激切,所述者大体忧伤国政昏乱,君王无道,奸臣得宠,民
人受难。观诗中明言"天降丧乱,灭我立王",又言"君子实维,秉心无竞。谁生厉
阶,至今为梗",似于王政危亡之际溯奸臣祸国之由。全诗十六章,语朴质而善变,
且多比喻、反诘、衬托、夸张、对比之法,极见诗人谋篇遣辞之功。《毛诗序》曰:
"《桑柔》,芮伯刺厉王也。"是以为诗乃刺厉王之辞,作者则为芮国之君芮伯。郑笺
"芮伯,畿内诸侯王卿士也,字良夫",释序之所言芮伯,以此芮伯为芮良夫。孔疏
"《书》序云'巢伯来朝,芮伯作旅巢命',武王时也。《顾命》'同召六卿,芮伯在
焉',成王时也。'桓九年,王使虢仲、芮伯伐曲沃',桓王时也。此又厉王之时。世
在王朝,常为卿士,故知是畿内诸侯,为王卿士也。《书叙》注云'芮伯,周同姓,国
在畿内',则芮伯姬姓也。杜预云'芮国在冯翊临晋县',则在西都之畿内也。《顾
命》注'芮伯入为宗伯',畿内而言入者,入有二义:若对畿内,则畿外为入,卫武公
入相于周是也。若对在朝无封爵者,则有国者亦为入,毕国亦在畿内,《顾命》注亦
云'毕公入为司马'是也。文元年《左传》引此云'周芮良夫之诗曰大风有隧',且
《周书》有芮良夫之篇,知字良夫也",广征史传,以见芮乃畿内诸侯,世为王卿士,
而此于厉王之世者乃字良夫者,可证序、笺之言不虚。按《左传·文公元年》载:
"殽之役,晋人既归秦帅,秦大夫及左右皆言于秦伯曰:是败也,孟明之罪也,必杀
之。秦伯曰:是孤之罪也,周芮良夫之诗曰:'大风有隧,贪人败类。听言则对,诵言
如醉。匪用其良,覆俾我悖。'是贪故也,孤之谓也。孤实贪以祸夫子,夫子何罪?
复使为政。"秦伯所引诗乃此篇之十三章,是以此诗乃芮良夫之作,史有明载。故
序、笺之说依此,是为有据。朱子以"序与《春秋传》合",故亦从其说,《诗集传》以
为"旧说此为芮伯刺厉王而作,《春秋传》亦曰芮良夫之诗,则其说是也。以桑为比

者,桑之为物,其叶最盛,然及其采之也,一朝而尽,无黄落之渐。故取以比周之盛时,如叶之茂,其荫无所不遍。至于厉王肆行暴虐,以败其成业,王室忽焉凋弊,如桑之既采,民失其荫而受其病。故君子忧之,不绝于心,悲闵之甚,而至于病,遂号天而诉之也",以诗辞"菀彼桑柔""捋采其刘"之兴以为说,以桑盛多荫喻周之盛时,以采桑失荫喻王室凋弊,大旨当与诗义合。然诗辞复有"贪人败类""听言则对""匪用其良"之言,似必犹有所指之事。《史记·周本纪》纪厉王事"厉王即位三十年,好利,近荣夷公,芮良夫谏,厉王不听,卒用荣公为卿士用事。王行暴虐侈傲,三十四年王益严,国人莫敢言,道路以目。三年,乃相与畔袭厉王,王出奔彘",以良夫所谏者,厉王近荣夷公而好专利事。王符《潜夫论·遏利》引鲁诗云"昔周厉王好专利,芮良夫谏而不入,退赋《桑柔》之诗以讽。言是大风也,必将有遂,是贪民也,必将败其类。王又不悟,故遂流王于彘",则以良夫谏而王不听,故退而赋此诗。按,以良夫作诗在于刺厉王好专利,事本《国语·周语上》:"厉王说荣夷公,芮良夫曰:'王室其将卑乎!夫荣公好专利而不知大难。夫利,百物之所生也,天地之所载也,而或专之,其害多矣。天地百物,皆将取焉,胡可专也?所怒甚多,而不备大难,以是教王,王能久乎?夫王人者,将导利而布之上下者也,使神人百物无不得其极,犹日怵惕,惧怨之来也……今王学专利,其可乎?匹夫专利,犹谓之盗,王而行之,其归鲜矣。荣公若用,周必败。'既,荣公为卿士,诸侯不享,王流于彘。"载述甚详,是知厉王听信佞臣荣夷公之言,收山林川泽之利专为国有,断绝百姓生计,激起民愤,遂至覆亡。良夫所谏者在此,则此诗之作,语词危悚,怨伤激切,盖于厉王流彘之后伤周之败亡,溯佞臣祸国之所由乎?良夫为国计民生忧,勤心苦谏,固为可敬,然荣夷于二千八百余年之前,已创为国营经济之雏型,由经济学史观之,则又岂可忽焉?

云 汉

倬彼云汉①,昭回于天②。王曰於乎,何辜今之人③?天降丧乱,饥馑荐臻④。靡神不举⑤,靡爱斯牲⑥。圭璧既卒⑦,宁莫我听⑧?

旱既大甚⑨,蕴隆虫虫⑩。不殄禋祀⑪,自郊徂宫。上下奠瘗⑫,靡神不宗⑬。后稷不克⑭,上帝不临。耗斁下土⑮,宁丁我躬⑯?

旱既大甚，则不可推^⑰。兢兢业业，如霆如雷。周馀黎民，靡有孑遗^⑱。昊天上帝，则不我遗^⑲。胡不相畏？先祖于摧^⑳。

旱既大甚，则不可沮^㉑。赫赫炎炎，云我无所^㉒。大命近止^㉓，靡瞻靡顾。群公先正^㉔，则不我助。父母先祖，胡宁忍予^㉕？

旱既大甚，涤涤山川^㉖。旱魃为虐^㉗，如惔如焚^㉘。我心惮暑^㉙，忧心如熏^㉚。群公先正，则不我闻^㉛。昊天上帝，宁俾我遯^㉜？

旱既大甚，黾勉畏去^㉝。胡宁瘨我以旱^㉞？憯不知其故^㉟。祈年孔夙^㊱，方社不莫^㊲。昊天上帝，则不我虞^㊳。敬恭明神，宜无悔怒^㊴。

旱既大甚，散无友纪^㊵。鞫哉庶正^㊶，疚哉冢宰^㊷。趣马师氏^㊸，膳夫左右^㊹。靡人不周^㊺，无不能止^㊻。瞻卬昊天^㊼，云如何里^㊽？

瞻卬昊天，有嘒其星^㊾。大夫君子，昭假无赢^㊿。大命近止，无弃尔成。何求为我？以戾庶正⁵¹。瞻卬昊天，曷惠其宁⁵²？

①倬(zhuó)：大。　②昭：明。指天河之光。回：旋转。　③辜：罪。　④荐：重，再。臻：至。荐臻，犹今言频仍。　⑤靡：无。举：祭。　⑥爱：吝惜，舍不得。斯：这些。牲：祭祀用牛羊豕等。　⑦圭、璧：皆玉器。周人以之祭神，祭天神则焚玉，祭山神则埋玉，祭水神则沉玉，祭人鬼则藏玉。卒：尽。　⑧宁：何。莫：不。我听：听我之倒文。　⑨大：同太。甚：过。大甚，太厉害。　⑩蕴：通煴，闷热。隆：盛。虫：通爞。爞爞，热气熏蒸貌。　⑪殄(tiǎn)：断绝。禋祀：古代祭天典礼。此泛指祭祀。　⑫上：指天。下：指地。莫：陈列祭品。瘗(yì)：埋，此指将祭品埋在地下以祭地神。　⑬宗：尊敬。　⑭克：能。此指不能救。　⑮耗：损耗。斁(dù)：败坏。　⑯丁：当，遭逢。躬：身。　⑰推：排除。　⑱孑遗：遗留，剩余。　⑲遗(wèi)：赠。此指赐给食物。一说存问。　⑳于：助词。摧：灭。　㉑沮：通阻，止。　㉒云：荫，遮蔽。　㉓大命：此谓死生之命，即死亡之期。止：期限。　㉔群公：犹百辟，先世诸侯之神。正：长。先正，谓先世卿士之神。　㉕忍：忍心。忍予，忍心对我。　㉖涤涤：指山无草木，川无滴水，光秃干枯貌。　㉗旱魃(bá)：古代传说之旱魔。

㉘惔(tán)：火烧。　㉙惮：畏。　㉚熏：灼。　㉛闻(wèn)：借为问，过问，恤问。　㉜宁：岂，难道。遯：今作遁，逃。　㉝黾勉：勉力。畏去：不敢离去。　㉞瘨(diān)：病。　㉟憯(cǎn)：曾。　㊱祈年：指"孟春祈谷于上帝，孟冬祈来年于天宗"之祭礼。孔夙：很早。　㊲方：祭四方之神。社：祭土神。莫：古暮字，晚。　㊳虞：助。　㊴宜：应该。悔：恨。　㊵散：散漫。友：有之假借。纪：纪纲，法度。　㊶鞫：穷困。庶正：众官之长。　㊷疚：忧苦。冢宰：周代官名，为百官之长，相当后世宰相。　㊸趣马：掌管王室马匹之官。师氏：掌管教育之官。　㊹膳夫：掌管王室饮食之官。左右：此指周王左右大臣。　㊺周：赒之假借字，救助。　㊻止：停止。无不能止，谓没有因不能而停止救助。　㊼卬：通仰。瞻卬，仰望。　㊽云：发语词。里：通悝，忧伤。一说犹已，训止。　㊾嘒：微小而众多貌。　㊿昭：祷。假：借为嘏，告。无赢：犹言无爽，即无差忒。　51戾：定。　52曷：何，何时。惠：赐。

> 云汉赫炎势若焚，敬仁承烈孰无闻？
> 胡为仍叔美修德，王曰通篇录祷文？

　　此篇为"宣王变大雅"六篇之首篇，所录当为周宣王忧旱祈雨之辞。关于宣王时期之大旱，汉、晋时人略有记载，然皆据此诗而来，足见此诗之史料价值。然于诗之旨及作者，颇有异说及疑议之处。《毛诗序》曰："《云汉》，仍叔美宣王也。宣王承厉王之烈，内有拨乱之志，遇灾而惧，侧身修行，欲销去之。天下喜于王化复行，百姓见忧，故作诗是也。"是以诗之旨为美宣王，作者则为仍叔。郑笺"仍叔，周大夫也。《春秋》鲁桓公五年：夏，天王使仍叔之子来聘"，引《春秋》所纪，以证仍叔为周之大夫。朱子亦从此说，《诗序辨说》以为"此序有理"，故于《诗集传》释之曰"旧说以为宣王承厉王之烈，内有拨乱之志，遇灾而惧，侧身修行，欲销去之。天下喜于王化复行，百姓见忧，故仍叔作此诗以美之。言云汉者，夜晴则天河明，故述王仰诉于天之词如此也"，几乎全为复述序说而为言。然究诗之辞，实王自忧旱祈雨，似未见美宣王义，且以作者为仍叔亦未有可徵，若据《春秋》所纪，鲁桓公五年上距周宣王之初已逾百年，故后世或有疑之者。清人姚际恒《诗经通论》即以为序说"未有考",方玉润《诗经原始》亦以为"篇中所言亦非美王意,乃王自祷词耳。诗开口即为民号冤,仰天上诉,曰'於乎!何辜今之人',祇此一念之诚,哀矜恻怛不能自已,已足为消裁弭祸之本。况又为民求神,上而后稷、上帝之尊且亲,下而祈年、方社之神且灵,'自郊徂宫',罔不奠瘗,所谓'靡神不宗',无牲不备者也……天乎!天乎!仰视苍苍,何时是惠我以宁时乎?此非祷祝词乎?何以谓之为'美宣王'也",皆以此诗纯为周宣王向上天祈雨之祷词。今人亦多从此说,程俊英《诗经译注》即以为"这是周宣王求神祈雨的诗"。然于诗之作者,孔疏已言"仍氏叔字,《春秋》之例,天子公卿称爵,大夫则称字。此言仍叔,故知大夫也。'桓五年,夏,天王使仍叔之子来聘',则《春秋》经也,引之者证此仍叔是天子大夫也。以史记考之,桓之五年,上距宣王之崩七十六年,至其初则百余年也。未审此诗何时而作,为别人可也。何则?春秋之世,晋之知氏世称伯,赵氏世称孟,仍氏或亦世称字叔,为别人可也",是以知仍叔或亦为世称,亦犹上篇之芮伯欤?复味诗辞之意,全篇固为忧旱祈雨之辞,然首章即著"王曰"云云,似当不为王所自言,必有纪而复述之人在。明人朱善《诗解颐》尝言"读是诗见宣王有事天之敬,有事神之诚,有恤民之仁。敬畏以事天,而天监之。虔恭以事神,而神享之。恻怛以恤民,而民怀之。蕴隆之气消,丰穰之效著,内治既修,外攘斯举。中兴之业,皆自《云汉》一念之烈而基之也",清人吴闿生《诗义会通》亦言"详绎诗言,有事天之敬,有事神之诚,有恤民之仁,有恐惧修省之实心,有发粟劝施之实政,盖消弭补救之道皆具,不止缕述其忧悯而已",由此或可析得诗之深蕴。是仍叔恭录宣王忧旱祈雨之辞,以见其敬仁之心诚、治修之功著,此即所以为"美宣王"之意欤?

539

崧 高

崧高维岳①,骏极于天②。维岳降神,生甫及申③。维申及甫,维周之翰④。四国于蕃⑤,四方于宣⑥。

亹亹申伯⑦,王缵之事⑧。于邑于谢⑨,南国是式⑩。王命召伯⑪,定申伯之宅。登是南邦⑫,世执其功⑬。

王命申伯,式是南邦。因是谢人⑭,以作尔庸⑮。王命召伯,彻申伯土田⑯。王命傅御⑰,迁其私人⑱。

申伯之功,召伯是营。有俶其城⑲,寝庙既成⑳,既成藐藐㉑。王锡申伯㉒,四牡蹻蹻㉓,钩膺濯濯㉔。

王遣申伯㉕,路车乘马㉖。我图尔居㉗,莫如南土。锡尔介圭㉘,以作尔宝。往近王舅㉙,南土是保。

申伯信迈㉚,王饯于郿㉛。申伯还南,谢于诚归㉜。王命召伯,彻申伯土疆。以峙其粮㉝,式遄其行㉞。

申伯番番㉟,既入于谢,徒御啴啴㊱。周邦咸喜㊲,戎有良翰㊳。不显申伯㊴,王之元舅㊵,文武是宪㊶。

申伯之德,柔惠且直㊷。揉此万邦㊸,闻于四国。吉甫作诵㊹,其诗孔硕㊺,其风肆好㊻,以赠申伯。

①崧:《韩诗外传》作嵩。嵩高,即嵩山,在今河南登封。维:是。岳:高大之山。《尔雅·释山》:"泰山为东岳,华山为西岳,霍山为南岳,恒山为北岳,嵩高为中岳。" ②骏:峻之假借字,高大。《初学记》《艺文类聚》引此诗均作峻。极:至。 ③甫:国名,此指甫侯。其封地在今河南南阳西。申:国名,此指申伯。其封地在今河南南阳北。 ④翰:干之假借,筑墙时树立两旁以障土之木柱。此指辅佐。 ⑤于:为。蕃:通藩,藩篱,屏障。 ⑥宣:垣之假借,围墙。此亦屏障意。 ⑦亹(wěi)亹:勤勉貌。 ⑧缵:践之假借,任用。 ⑨于邑:为邑,建邑,营建城邑。谢:地名。《孔疏》:"申伯先封于申,本国近谢。今命为州牧,故改邑于谢。"其地在今河南唐河南。 ⑩式:法。 ⑪召伯:名虎,亦称召穆公,周宣王大臣。 ⑫登:《尔雅·释诂下》:"登,成也。"南邦:指谢邑。 ⑬执:守持。功:事业。 ⑭因:依靠。 ⑮庸:通墉,城墙。 ⑯彻:治理,开发。 ⑰傅:太傅,官员。御:侍御,官员。 ⑱私人:家臣。 ⑲俶(chù):厚貌。一说建造。 ⑳寝庙:周代宗庙建筑有庙和寝两部分,合称寝庙。《礼记·月令》郑注:"凡庙,前曰庙,后曰寝。" ㉑藐藐:华丽貌。 ㉒锡:同赐。 ㉓蹻(jué)蹻:强壮勇武貌。 ㉔钩膺:即樊缨,马颈腹上带饰。濯濯:光泽鲜明貌。 ㉕遣:送走。 ㉖路:同辂。路车,诸侯所乘大型马车。乘(shèng)马:

四匹马。四马一车为一乘。　　㉗我:作者代周宣王自称。图:图谋,谋虑。㉘介:亦作玠,大。圭:玉制礼器,诸侯执此以朝见周王。　　㉙讫(jì):语助词,犹哉。　　㉚信:再宿。迈:行,出发。　　㉛郿:古地名,在今陕西眉县东渭水北岸。㉜谢于诚归:即诚归于谢之倒文。　　㉝峙:本作偫,或作庤,储备。糇(zhāng):米粮。　　㉞式:用。遄(chuán):加速。　　㉟番(bō)番:勇武貌。　　㊱徒:徒行之士兵。御:御车之士兵。啴(chǎn)啴:安闲舒适貌。　　㊲周:遍。邦:指谢邑。㊳戎:汝,你。　　㊴不(pī):通丕,大。显:显赫。　　㊵元舅:长舅。　　㊶宪:法式,模范。　　㊷惠:和顺。柔惠:温顺恭谨。　　㊸揉:即柔,安。　　㊹吉甫:尹吉甫,周宣王大臣,官卿士,伐玁狁有功。诵:同颂,颂赞之诗。　　㊺孔:很。硕:大。孔硕,指篇幅很长。　　㊻风:曲调。肆好:极好。

申伯南还吉甫歌,来朝周地滞时多。
彻田营邑私人徙,褒赏疏贤究若何?

　　此诗所述者,当为周宣王时大臣尹吉甫送申伯赴谢邑之作。清人方玉润《诗经原始》以为"此诗与下篇《烝民》,同为尹吉甫赠送之作。一送申伯,一送仲山甫,以二臣位相亚,名相符,才德又相配,故于二臣之行也,特赠诗以美之",并以为此篇中之"生甫及申""维申及甫"之甫,即下篇之仲山甫,尹吉甫"有意匹配二臣,为宣王中兴生色"。因二诗皆明著"吉甫作诵"之语,故二诗同为尹吉甫之作无疑。然于诗旨,其说不一。《毛诗序》曰:"《崧高》,尹吉甫美宣王也。天下复平,能建国亲诸侯,褒赏申伯焉。"序似以宣王褒赏申伯之厚,以见宣王之德,所以谓为美宣王。孔疏申之曰"周之卿士尹吉甫所作,以美宣王也。以厉王之乱,天下不安,今宣王兴起先王之功,使天下复得平定,能建立邦国,亲爱诸侯,而褒崇赏赐申国之伯焉。以其褒赏得宜,故尹吉甫作此《崧高》之诗以美之也",又曰"天下复平,能建国亲诸侯,虽为申伯发,文要是总言宣王之美,其褒赏申伯,乃叙此篇之意。经八章,皆是褒赏申伯之事。其南国是式,式是南邦,锡尔介圭,路车乘马,是褒赏之实也",析序之说甚详,并比照诗之辞章以实之,当合其义。至朱子而稍疑之,《诗序辨说》以为"此尹吉甫送申伯之诗,因可以见宣王中兴之业耳,非专为美宣王而作

541

也。下三篇放此",以诗之旨非为美宣王。《诗集传》释之曰"宣王之舅申伯出封于谢,而尹吉甫作诗以送之。言岳山高大,而降其神灵和气,以生甫侯、申伯,实能为周之桢榦屏蔽,而宣其德泽于天下也。盖申伯之先,神农之后,为唐虞四岳,总领方岳诸侯,而奉岳神之祭,能修其职,岳神享之。故此诗推本申伯之所以生,以为岳降神而为之也",则以吉甫作诵而专美者为申伯。然则,观诗之辞,多有"王命申伯""王赐申伯""王遣申伯"之语,详述褒赏之物,是诗之重心在王待申伯,而于申伯,仅以"维周之翰"而略叙其源,实未见为专美申伯之意。且诗所言"王遣申伯"并"迁其私人",促"式遄其行",隐然可见褒赏之表所蕴遣归之实,故于美宣王之说实亦可疑。于此,清人吴闿生即以为毛序、朱传皆未得其旨,其于《诗义会通》有言"案《崧高》《烝民》二诗,微指略同。皆讥宣王疏远贤臣,不能引以自辅,语虽褒美,而意指具在言外,所以为微文深意。序皆未能发其义。《烝民》语意较显,汉儒犹有知之者,此篇则喻者益少。然二篇笔意相似,唯此为弥隐耳。先大夫曰:迭称王命,所以深著王之远贤。郑笺云'申伯忠臣,不欲离王室',最得其指。殆三家遗说,郑偶采及之,非毛义也。'不显申伯'三句,先大夫曰:深惜其远去也",以为语虽褒美而义实讥其远贤,所析擘肌分理,可谓目力如炬。观诗之所述,缘申伯来朝,久留不归,宣王于是令召伯为其彻田营邑,命傅御迁其家人,并置备路车乘马,催其尽速成行,岂非隐然可见急于遣归之情状? 是刺宣王疏贤之说并非无据。按郑笺有言"申伯以贤入为王卿士,佐王有功","申伯忠臣,不欲离王室,故王使召公定其意,令往居谢",是已欲发诗之微旨欤?

542

烝　民

天生烝民①,有物有则②。民之秉彝③,好是懿德。天监有周,昭假于下④。保兹天子,生仲山甫⑤。

仲山甫之德,柔嘉维则。令仪令色,小心翼翼。古训是式⑥,威仪是力⑦。天子是若⑧,明命使赋⑨。

王命仲山甫,式是百辟⑩。缵戎祖考⑪,王躬是保。出纳王命⑫,王之喉舌⑬。赋政于外⑭,四方爰发⑮。

肃肃王命⑯，仲山甫将之⑰。邦国若否⑱，仲山甫明之。既明且哲，以保其身。夙夜匪解⑲，以事一人⑳。

人亦有言，柔则茹之㉑，刚则吐之。维仲山甫，柔亦不茹，刚亦不吐。不侮矜寡㉒，不畏强御㉓。

人亦有言，德𬨎如毛㉔，民鲜克举之㉕。我仪图之㉖，维仲山甫举之，爱莫助之㉗。衮职有阙㉘，维仲山甫补之。

仲山甫出祖㉙，四牡业业㉚，征夫捷捷㉛，每怀靡及㉜。四牡彭彭㉝，八鸾锵锵㉞。王命仲山甫，城彼东方㉟。

四牡骙骙㊱，八鸾喈喈㊲。仲山甫徂齐㊳，式遄其归㊴。吉甫作诵，穆如清风㊵。仲山甫永怀㊶，以慰其心。

①烝：众。烝民，意即庶民，泛指百姓。　②物：事物，行事。则：法则，规则。严粲《诗缉》："天生烝民具形而有物，禀性而有则。"　③秉：执，遵循。彝：常规，常道。　④昭：明。此指明德。假：至。　⑤仲山甫：宣王时大臣，封于樊，为樊侯，字穆仲。　⑥式：用，效法。　⑦威仪：礼节。力：勤，勉力。　⑧若：顺从。　⑨明命：指政令。赋：颁布。　⑩式：法式，榜样。辟：君，此指诸侯。　⑪缵：继承。戎：你。　⑫出纳：指接受与传布。　⑬喉舌：代言人。周代担任周王代言人者，当为内史官职，略同唐虞时之纳言，秦汉时之尚书。　⑭赋政：颁布政令。外：指王畿之外。《郑笺》："以布政于畿外。"　⑮爰发：乃行。　⑯肃肃：严肃。此指庄严，尊严。　⑰将：行，推行。《毛传》："将，行也。"　⑱邦：指国内政事。若：《尔雅·释诂》："若，善也。"否：恶。若否，好坏。　⑲夙夜：早晚。匪：不。解：通懈，怠惰。　⑳一人：指周王。　㉑茹：吃。　㉒矜：《左传·昭公元年》引作鳏，老而无妻。寡：老而无夫。　㉓强御：《汉书·王莽传》引作强圉，强悍，刚暴。　㉔𬨎(yóu)：轻。　㉕鲜：少。克：能。　㉖仪图：揣度。　㉗爱：惜。爱莫助之，谓惜无相助者。　㉘衮：古代王侯所穿绣有龙纹之礼服。此指周王。职：与适通，即偶然。阙：缺失。俞樾《群经平议》："职，读为识。识，犹适也。衮职有阙者，衮适有阙也。"　㉙出：外出。祖：祭路

543

神。　㉚业业：高大貌。　㉛捷捷：勤快敏捷貌。　㉜每怀靡及：常念尚未办完之事。　㉝彭彭：马蹄杂沓声。　㉞鸾：通銮，车铃。八鸾，一马二铃，四马八铃。锵锵：铃声。　㉟城：筑城。东方：指齐国，齐在镐京之东。㊱骙（kuí）骙：马不停蹄貌。一说壮健貌。　㊲喈（jiē）喈：铃声和谐。　㊳徂：往。齐：《汉书·杜钦传》谓仲山甫"就封于齐"。后人或疑之。王质《诗总闻》："据《史记·齐世家》，齐厉公暴虐，齐人杀厉公及胡公诸子七十人。事在宣王之世，筑城之命，疑在斯时，盖出定齐乱也。"其说近是。　㊴式：用。指用此车马。遄（chuán）：速。　㊵穆：和美。　㊶永：长。怀：思。永怀，此指多虑。

德才位望保王躬，衮职仪图阙补空。

寄语遄归谁识得？徒教吉甫诵清风！

　　周宣王命仲山甫城齐，尹吉甫作此诗送之，大抵与前篇作于同一时期，而论家之得失亦与前篇类。《毛诗序》曰："《烝民》，尹吉甫美宣王也。任贤使能，周室中兴焉。"是以宣王任贤仲山甫，所以为美宣王，说同上篇。孔疏"以宣王能亲任贤德，用使能人，贤能在官职事，修理周室既衰，中道复兴，故美之也"，"经八章，皆言仲山甫有美德，王能任用之，是任贤使能也。褒赏申伯，指斥其人，此不言任用山甫者，见王所使任非独一人而已。故言贤能以广之。《韩奕》之序，不言锡命韩侯，义亦然。《崧高》之序，已有建国亲诸侯，为之广大，故指言申伯焉。由其任贤使能，故得周室中兴，中兴之事，于经无所当也"，联系前后篇之序，以释序所为言之理，并揭其所发诗辞之言外之义。然观诗之辞，所称颂者皆为仲山甫，故朱子不从序说，《诗集传》仅言"宣王命樊侯仲山甫筑城于齐，而尹吉甫作诗以送之"。清人方玉润发挥朱说，于《诗经原始》曰"诗本美仲山甫，故备举其德性、学行、事业，以及世系、官守，无不极意推美，而总归之于德，且准以则焉而不过，几于《中庸》至善学，故能使宣圣三复其言而叹美之"，以《中庸》"子曰：声色之于以化民，末也。《诗》曰'德輶如毛'，毛犹有伦。'上天之载，无声无臭'，至矣"之语，所引"德輶如毛"正此篇所言"维仲山甫举之"之明德，故以诗所美者为仲山甫。今人即多从此说。然则，按诗辞所表，极美仲山甫，王却使其速出徂齐，岂无隐情？诗言"仲山甫

徂齐,式遄其归",毛传"言周之望仲山甫也",郑笺"望之,故欲其用是疾归",是以周王何以望其徂齐而疾归?明人郝敬《毛诗原解》尝谓"山甫才德位望,为王保躬补衮之臣,不可一日去王所,城齐之役,何足烦之?诗言'衮职有阙'、'式遄其归',其规讽之意深矣",直揭其所深蕴之隐情,则规讽之意若显。清人吴闿生《诗义会通》则言宣王"立鲁戏,料民太原,仲山甫皆谏,此诗盖进谏不合而疏之,故深惜其去也",故以"此诗见宣王失德之由,周室所以终于不振也,意旨隐约,溢于词表,而作序者漫无所见,但循例以为美宣王之作,可谓陋矣",探赜索隐,可谓深切。所揭宣王"立鲁戏,料民太原"为政之失,具见《国语·周语》,其《仲山父谏宣王立戏》载"鲁武公以括与戏见王,王立戏。樊仲山父谏曰:'不可立也,不顺必犯,犯王命必诛,故出令不可不顺也。令之不行,政之不至,行而不顺,民将弃上。夫下事上,少事长,所以为顺也。今天子立诸侯而建其少,是教逆也。若鲁人从之而诸侯效之,王命将有所壅。若不从而诛之,是自诛王命也。是事也,诛亦失,不诛亦失,天子其图之!'王卒立之。鲁侯归而卒,及鲁人杀懿公而立伯御",其《仲山父谏宣王料民》复载"宣王既丧南国之师,乃料民于太原。仲山父谏曰:'民不可料也。夫古者不料民而知其少多,司民协孤终,司商协民姓,司徒协旅,司寇协奸,牧协职,工协革,场协入,廪协出,是则少多、死生、出入、往来者皆可知也。于是乎又审之以事,王治农于籍,蒐于农隙,耨获亦于籍,狝于既烝,狩于毕时,是皆习民数者也,又何料焉?不谓其少而大料之,是示少而恶事也。临政示少,诸侯避之,治民恶事,无以赋令。且无故而料民,天之所恶也,害于政而妨于后嗣。'王卒料之,及幽王乃废灭",此二事,一失违礼,一失乱政,仲山甫皆苦谏而不从,终致幽王废灭。是以解此诗,循旧例以为美宣王抑或美仲山甫之辞,则吉甫之深心何日可得昭揭耶?

韩 奕

奕奕梁山[①],维禹甸之[②],有倬其道[③]。韩侯受命[④],王亲命之。缵戎祖考[⑤],无废朕命。夙夜匪解[⑥],虔共尔位[⑦],朕命不易[⑧]。榦不庭方[⑨],以佐戎辟[⑩]。

　　四牡奕奕,孔脩且张⑪。韩侯入觐,以其介圭⑫,入觐于王。王锡韩侯,淑旂绥章⑬,簟茀错衡⑭,玄衮赤舄⑮,钩膺镂錫⑯,鞹鞃浅幭⑰,鞗革金厄⑱。

　　韩侯出祖⑲,出宿于屠⑳。显父饯之㉑,清酒百壶。其殽维何? 炰鳖鲜鱼㉒。其蔌维何㉓? 维笋及蒲。其赠维何? 乘马路车。笾豆有且㉔,侯氏燕胥㉕。

　　韩侯取妻,汾王之甥㉖,蹶父之子㉗。韩侯迎止,于蹶之里。百两彭彭㉘,八鸾锵锵㉙,不显其光㉚。诸娣从之㉛,祁祁如云㉜。韩侯顾之㉝,烂其盈门㉞。

　　蹶父孔武㉟,靡国不到。为韩姞相攸㊱,莫如韩乐。孔乐韩土,川泽訏訏㊲,鲂鱮甫甫㊳,麀鹿噳噳㊴,有熊有罴,有猫有虎㊵。庆既令居㊶,韩姞燕誉㊷。

　　溥彼韩城㊸,燕师所完㊹。以先祖受命㊺,因时百蛮㊻。王锡韩侯,其追其貊㊼,奄受北国㊽,因以其伯㊾。实墉实壑㊿,实亩实籍㉛。献其貔皮㉜,赤豹黄罴。

　　①奕奕:高大貌。梁山:韩国境内山名。《郑笺》据《汉书·地理志》谓:"梁山今左冯翊夏阳西北。"夏阳即今陕西韩城。　　②甸:治理。　　③倬(zhuō):宽大。道:路。　　④韩侯:韩国国君,姬姓,始封为武王之子,封地在今陕西韩城南,春秋时为晋所并。受命:受周王册命。　　⑤缵:继承。戎:你。祖考:先祖。⑥解:通懈,懈怠。　　⑦虔:诚敬。共(gōng):通恭,恭谨。　　⑧易:轻易。⑨榦(gàn):同干,匡正。《郑笺》:"作桢榦以正之也。"庭:朝觐。不庭,谓不来朝觐周王。方:方国诸侯。　　⑩辟:君王。　　⑪脩:长。张:大。　　⑫介圭:大圭,玉制礼器。按周礼,天子圭一尺二寸,诸侯圭九寸以下。王册封诸侯赐介圭作镇国宝器,诸侯入觐时须手执介圭作觐礼之贽信。　　⑬淑旂(qí):色彩鲜艳绘有交龙、日月图案之旗。绥章:指旗上图案花纹优美。　　⑭簟(diàn)茀(fú):竹编车

篷。错衡:饰有交错花纹之车辕前端横木。　⑮玄衮:黑色绘有龙纹之袍,周朝王公贵族之礼服。赤舄(xì):红色而以金为饰之鞋,亦名金舄。配衮衣礼服所着之鞋,与常日着履异。　⑯钩膺:又称繁缨,束在马胸前颈上革制带饰。镂锡(yáng):马额上金属制饰物。　⑰鞹鞃(kuò hóng):用皮革包裹供人凭依之车中横木。浅:浅毛虎皮。幭(miè):覆盖。《毛传》:"浅,虎皮浅毛也。幭,覆式也。"式,即轼,车厢前横木。浅幭,虎皮覆盖之车轼。　⑱鞗(tiáo)革:皮制马缰绳。厄:通轭。　⑲出祖:出行之前祭路神。　⑳屠:地名,即鄠县之杜陵,在今陕西西安东。　㉑显父:周宣王卿士。　㉒炰(páo):烹煮。　㉓蔌(sù):蔬菜。　㉔笾:盛果脯之高脚竹器。豆:盛食物之高脚、盘状陶器。且:多。㉕侯氏:此指韩侯。陈奂《诗毛氏传疏》:"凡诸侯觐王曰侯氏。"燕:通宴。燕胥,即燕乐。　㉖汾王:即厉王。《郑笺》:"厉王流于彘,彘在汾水之上,故时人因以号之。"甥:韩侯之妻乃厉王外甥女。　㉗蹶(juě)父:周王卿士,姞姓,以封地蹶为氏。子:女儿。　㉘两:辆之假借字。彭彭:盛多貌。㉙鸾:通銮,马镳上之挂铃,每车四马八銮。锵锵:车铃声。　㉚不:通显,大。　㉛娣:女弟,即妹。周代婚制,诸侯嫡长女出嫁,诸妹诸侄随从出嫁为妾媵。　㉜祁祁:众多貌。㉝顾:曲顾。古时贵族男子到女家亲迎,有三次回顾之礼,称曲顾。　㉞烂:光采明耀。　㉟孔:甚。武:勇武。　㊱韩姞(jí):即蹶父之女,姞姓,嫁韩侯为妻,故称韩姞。相:视。攸:所。相攸,选择合适住所。　㊲訏(xū):訏:广大貌。㊳鲂(fáng):鳊鱼。鱮(xù):鲢鱼。甫甫:《齐诗》作诩诩,大貌。　㊴麀(yōu):母鹿。鹿:指公鹿。噳(yǔ)噳:群聚貌。　㊵猫:山猫,似虎而小。《毛传》:"似虎,浅毛者也。"　㊶既:取得。令居:好居所。　㊷燕:安。誉:通豫,乐。㊸溥(pǔ):广大。韩城:指韩之都城。　㊹燕师:平安时人众。周制,各诸侯国都城建筑面积、城垣高度等规格及常备军人数,据爵位高低而定。韩侯受命为北地方伯,故扩建韩城。完:建成。　㊺以:因。先祖:指韩国祖先。受命:受周王册命为诸侯。　㊻时:犹司,掌管、统辖。百蛮:此指北狄诸部落。百是概数,言其多。㊼追、貊(mò):北地族名。　㊽奄:尽,完全。　㊾以:为。伯:长,一方诸侯之长称方伯。　㊿实:是,乃。墉:城墙,此用作动词。壑:城壕,此用作动词。皆指筑城。　(51)亩:田亩,此用作动词,指划分田亩。籍:征收赋税,正税法。(52)貔(pí):一种猛兽。

奕奕梁山佳气氲，因时追貊幻风云。

韩侯受命文侯替，旋复三家把晋分！

　　此诗所述者，韩侯入朝受封、觐见、迎亲、归国及归国后之事，因诗辞明言"韩侯取妻，汾王之甥，蹶父之子"，郑笺"厉王流于彘，彘在汾水之上，故时人因以号之"，是韩侯之妻乃厉王外甥女，故此诗之作当在宣王之世。唯何人所作，诗旨何寄，其说不一。《毛诗序》曰："《韩奕》，尹吉甫美宣王也。能锡命诸侯。"是亦以诗为尹吉甫作，诗旨亦为美宣王，所说与前二篇类。然诗述韩侯事，何以为美宣王？孔疏"美其能锡命诸侯，谓赏赐韩侯，命为侯伯也。不言韩侯者，欲见宣王之所锡命，非独一国而已，故变言诸侯以广之。锡谓与之以物，二章是也。命谓授之以政，首章是也。经、序倒者，经先言受命，以显其美，序先言赐者，欲见命亦是赐。《春秋》有'来锡公命'，是命为赐也。三章言公侯得赐而归，四章说其娶妻之事，五章言其得妻之田，卒章言欲得命归国施行政事。既美其人，言汎及之，主为锡命而作，故序言锡命以总之"，比照诗之辞章，释序义甚详切。至朱子而疑其说。《诗序辨说》以为"其曰尹吉甫者，未有据，下二篇同。其曰'能锡命诸侯'，则尤浅陋无理矣。既为天子，锡命诸侯，自其常事，春秋战国之时，犹有能行之者，亦何足为美哉"，《诗集传》遂释为"韩侯初立来朝，始受王命而归，诗人作此以送之"，似仅以之为送别之作。观此篇并无如前二篇明言"吉甫作诵"之语，故是否出尹吉甫之手，实难遽断。而诗叙韩侯入朝受封、迎亲归国之活动，脉络连贯，层次清楚，王命冀其担北国之屏翰，亦不难昧得其意。故以诗旨"能锡命诸侯"，固涉浮泛，而仅以为送别之作，尤觉粗疏。诗言"奕奕梁山"，郑笺"梁山于韩国之山最高大，为国之镇所望祀焉。故美大其貌奕奕然，谓之韩奕也"，故宣王以之"因时百蛮""奄受北国"，倚其为北国诸侯之方伯。明人邹肇敏《诗传阐》有言"韩为望国，诸侯之向背系焉。而又密迩北国，为一方屏藩。韩侯来朝，犹用继世禀命之礼。王因令之缵旧服，受北国为伯，其依毗亦隆重哉！而驭下之柄可概见矣"，清人方玉润《诗经原始》亦言"愚意此诗必作于《六月》北伐之后，故为关系中兴之作。盖自玁狁背叛以来，北方诸侯梗命不朝者亦已多矣。兹值北伐有功，韩侯适以受命入觐，而又年少英贤，为国懿亲，更配帝甥，膺兹屏翰，实足以制北狄而卫王家。故宣王因其来朝，特隆以礼。与申伯诸臣同深倚赖,非泛常比也",析其时势,揣其情实,洵为有识。是以足见韩侯所受何命,亦见宣王安内御外之图举,故泛言能锡命诸侯,非其旨矣。唯韩侯受封,乃宣王时一重要事件,诗以梁山之高大为国之镇,尤见王命所倚之重。然揆诸史迹,韩侯果可担此重任? 郑笺已言"韩,姬姓之国也,后为晋所灭",孔疏云"桓三年,《左传》云:曲沃武公伐翼,韩万御戎。服虔云:韩万,晋大夫,曲沃桓叔之子,庄伯之弟,晋为大夫,以韩为氏也……宣王之时,韩为侯伯,武公之世,万已受之,盖晋文侯辅平王为方伯之时灭之也",清人江永《春秋地理考实》引《姓氏书》之言"韩盖庶子,厉王失国,宣王中兴,复之。平王时,晋灭韩,曲沃并晋,韩万为御戎,复采韩原"。可见,韩侯于宣王时受命,至平王时即被晋文侯所灭,不过数十年间。而灭韩之晋,旋为曲沃所并,遂至春秋称霸,然复卒为韩、赵、魏三家所分,晋亦不存。是世之事何所倚焉? 而于宣王又何所美焉?

江 汉

江汉浮浮[①],武夫滔滔[②]。匪安匪游,淮夷来求[③]。既出我车,既设我旟[④]。匪安匪舒,淮夷来铺[⑤]。

江汉汤汤[⑥],武夫洸洸[⑦]。经营四方,告成于王。四方既平,王国庶定[⑧]。时靡有争,王心载宁[⑨]。

江汉之浒[⑩],王命召虎[⑪],式辟四方[⑫],彻我疆土[⑬]。匪疚匪棘[⑭],王国来极[⑮]。于疆于理[⑯],至于南海[⑰]。

王命召虎,来旬来宣[⑱]。文武受命,召公维翰[⑲]。无曰予小子[⑳],召公是似[㉑]。肇敏戎公[㉒],用锡尔祉。

釐尔圭瓒[㉓],秬鬯一卣[㉔]。告于文人[㉕],锡山土田。于周受命,自召祖命[㉖]。虎拜稽首[㉗],天子万年。

虎拜稽首,对扬王休[㉘],作召公考[㉙],天子万寿。明明天子[㉚],令闻不已[㉛]。矢其文德[㉜],洽此四国[㉝]。

①浮浮:《鲁诗》作陶陶,水流盛长貌。　②武夫:指出征淮夷将士。滔滔:顺流而下貌。王引之《经义述闻》:"谨案,经当作'江汉滔滔,武夫浮浮'。传当作'滔滔,广大貌。浮浮,众强貌。'……而写经者滔滔、浮浮四字上下互讹……《风俗通义·山泽》引此诗曰'江汉陶陶',陶与滔,古字通。"以为滔滔、浮浮互讹,可备一说。　③淮夷:指当时处淮水沿岸及近海地方之夷族。胡渭《禹贡锥指》:"淮夷,今淮、扬二府近海之地皆是。"来:语助词,含有是意。求:通纠,诛求,讨伐。　④设:树起。旟(yú):绘有鸟隼图案之旗。　⑤铺:陈列。朱熹《诗集传》:"铺,陈也。陈师以伐之也。"一说止,驻扎,谓驻扎在淮夷之阵地。　⑥汤(shāng)汤:水势浩大貌。　⑦洸(guāng)洸:威武貌。　⑧庶:庶几。　⑨载:则,就。　⑩浒:水边。　⑪召虎:即召穆公,名虎,宣王时大臣。　⑫式:发语词。辟:开辟。　⑬彻:治理。　⑭疚:病,害。棘:急之假借字。匪疚匪棘,谓施政宽缓莫扰民。　⑮极:准则。谓以王朝政教为准则。　⑯于:往。疆:划分边界。理:治理土地。　⑰南海:泛指南方近海蛮夷族所居之地。　⑱旬:巡之假借,巡视。宣:宣抚。　⑲召公:指召虎之先祖召公奭,文王之子召康公,封于召,助武王灭商有功。维:是。翰:桢干,辅佐。　⑳无曰:不要说。　㉑似:嗣之假借,继承。指继承召康公功业。　㉒肇:创建。敏:速。戎:大。公:通功,功业。　㉓釐(lài):赉之假借,赏赐。圭瓒(zàn):玉柄酒勺。　㉔秬(jù):黑黍。鬯(chàng):一种香草,即郁金,姜科,多年生。秬鬯,用黑黍与香草所酿之香酒。卣(yǒu):带柄酒壶。　㉕文人:指召虎祖先有文德之人。　㉖自:用。召祖:召氏之祖,指召康公。命:册命。　㉗稽首:古时礼节,跪下拱手磕头,手、头皆触地。　㉘对:报答。扬:颂扬。休:美,此指美厚赐礼及册命。　㉙考:郭沫若《青铜时代·周代彝器进代观》:"考乃簋之假借字。"簋(guǐ),一种铜制食器。　㉚明明:勉勉,勤勉。　㉛令闻:美誉。　㉜矢:施之假借,施行。　㉝洽:《礼记·孔子闲居》引此诗作协,协和。

穆公领命定淮夷,稽首铭勋绝妙辞。

孝帝若知清庙语,忍教李愬扑韩碑?

此诗明言"王命召虎""淮夷来铺",是其所述者,当为召穆公平淮夷功成,受宣王赏赐之事。据《后汉书·东夷传》,厉王时,"淮夷入寇,王命虢仲征之,不克。宣王复命召公伐而平之",诗述其事,当无疑义。然诗之作者及诗旨诗用,则多异说。《毛诗序》曰:"《江汉》,尹吉甫美宣王也。能兴衰拨乱,命召公平淮夷。"是以诗为尹吉甫作,诗旨则借召公平淮夷功成美宣王。郑笺"召公,召穆公也,名虎",指明召公其人。孔疏"以宣王承厉王衰乱之后,能兴起此衰,拨治此乱。于时淮水之上,有夷不服,王命其臣召公为将,使将兵而往平定淮夷,故美之也。淮夷不服,是衰乱之事,而命将平定,是兴拨之事也。此实平定淮夷耳,而言兴衰拨乱者,见宣王之所兴拨非独淮夷而已,故言兴拨以广之。经六章,皆是命召公平淮夷之事",申序之说,当合其义。其说至朱子而稍疑之,《诗序辨说》以为序说尹吉甫之作未有据,《诗集传》遂以为"宣王命召穆公平淮南之夷,诗人美之",仅言诗人美之,而不言尹吉甫作。按诗之首章作者自称"我",后与周王联系则多有"王命召虎""虎拜稽首"等语,后人遂或以为诗即召伯虎自作。朱熹《诗集传》释末章"言穆公既受赐,遂答称天子之美命,作康公之庙器,而勒王策命之词,以考其成,且祝天子以万寿也。古器物铭云:'弁拜稽首,敢对扬天子休命,用作朕皇考龚伯尊敦。弁其眉寿,万年无疆。'语正相类。但彼自祝其寿,而此祝君寿耳",以为诗纪召伯虎作铭之事。清人方玉润《诗经原始》则以为"此似一篇召伯家庙纪勋铭。盖穆公平淮夷,归受上赏,因作成于祖庙,归美康公,以祀其先也",又曰"此诗即铭词,《集传》既知考成为铭器而不敢断者,何也",径以此诗为召伯"自铭其器"之铭文。以此,则诗乃召穆公自铭其器之辞,其义旨则为美召康公以祀其先。其说近人颇多从而扬之者。郭沫若《青铜时代·周代彝器进化观》考证"彼周秦诸子,广义而言,余谓均可称为金石学家。墨子曾通读金石盘盂之书,其言已自明。儒家典籍如《尚书》之周代诸篇,及《诗》之《雅》《颂》,余谓殆亦有琢镂于金石盘盂之文为孔子所辑录者。《尚书·文侯之命》,其文辞与存世《毛公鼎铭》如出一人手笔,而《鼎铭》尚矞皇过之,则《文侯之命》安知非本器物之铭?《大雅·江汉》之篇与存世《召伯虎簋》之一,所记乃同时事。《簋铭》云'对扬朕宗君其休,用作列祖召公尝簋',《诗》云'作召公考,天子万寿',文例相同。考乃簋之假借字,是则《江汉》之诗实亦《簋铭》之一也",高亨《诗经今注》则曰"叙写周宣王命召虎领兵征伐淮夷,取得胜利,因而册命召虎,赏赐他土地及圭瓒秬鬯等,酬答他的功劳,召虎乃作簋,铭记其事",考述先秦典籍与器铭之关系,以证此篇或即铭器之文,其或然焉? 其后论者固或仍有疑其说者,然诗、铭之密切关联,实难抹其迹。又,此诗于后世影响,尤有不宜忽之者。观诗之首二章纪平淮之功成,后四章叙王命、归祖德及对扬之辞,追叙命辞,雍容深至,语极简而意极远,实大雅之杰构。吴闿生《诗义会通》以为"笔意之高绝,非后世所能望见",又云"通篇极典则,极古雅,极生动,退之《平淮西碑》祖此,而词意不及",极为知言。盖韩退之《平淮西碑》乃纪千余年后平淮事,惜碑成即被訾轻李愬之功而"长绳百尺拽碑倒,粗砂大石相磨治",然《韩碑》正若李义山所云"点窜尧典舜典字,涂改清庙生民诗"而成,当时天子宪宗皇帝岂不知焉? 若知其乃取大雅为式,尚容李愬辈之若此妄为焉?

常 武

赫赫明明①,王命卿士②,南仲大祖③,大师皇父④。整我六师⑤,以脩我戎⑥。既敬既戒⑦,惠此南国⑧。

王谓尹氏⑨,命程伯休父⑩,左右陈行⑪,戒我师旅。率彼淮浦⑫,省此徐土⑬。不留不处⑭,三事就绪⑮。

赫赫业业⑯,有严天子⑰。王舒保作⑱,匪绍匪游⑲。徐方绎骚⑳,震惊徐方。如雷如霆,徐方震惊。

王奋厥武㉑,如震如怒。进厥虎臣㉒,阚如虓虎㉓。铺敦淮濆㉔,仍执丑虏㉕。截彼淮浦㉖,王师之所㉗。

王旅啴啴㉘,如飞如翰㉙,如江如汉,如山之苞㉚,如川之流,绵绵翼翼㉛。不测不克㉜,濯征徐国㉝。

王犹允塞㉞,徐方既来。徐方既同㉟,天子之功。四方既平,徐方来庭㊱。徐方不回㊲,王曰还归。

①赫赫:威严貌。明明:明智貌。　②卿士:周王朝廷执政大臣。　③南仲:人名,宣王主事大臣。《汉书·古今人表》作南中,列宣王时。大祖:即太祖,此

指太祖庙。谓册命南仲于太祖庙。　　④大师:即太师,周王朝廷执政大臣之一,总管军事。皇父:人名,周宣王时大臣。　　⑤六师:即六军。《周礼·夏官·司马》:"凡制军,万有二千五百人为军。王六军,大国三军,次国二军,小国一军。"⑥脩:习。戎:武。脩我戎,谓整顿军备。　　⑦敬:借作儆,与戒同义,警戒。⑧惠:施恩。南国:南方诸国。　　⑨尹氏:掌卿士之官。　　⑩程:地名,在今陕西咸阳东。程伯,封于程地之伯爵。休父:程伯之名。　　⑪陈行:列队。⑫率:循,沿。淮浦:淮水边。　　⑬省:巡察。徐土:指徐国,故址在今安徽泗县北,亦称徐戎、徐州,属淮夷中之大国。　　⑭不:语助词,无义。留:古通刘,杀。处:安。留处,谓杀叛逆者,安抚百姓。　　⑮事:通司。三事,即三司。小雅《十月之交》有"择三有事",《雨无正》有"三事大夫"。就绪:就其职事。姚际恒《诗经通论》:"谓分主六军之三事大夫,无一不尽职以就绪也。"　　⑯业业:军队行进貌。⑰有严:严严,威严貌。　　⑱舒:舒徐。保:安。作:起,行。　　⑲绍:戴震《诗经补注》:"如'夭绍'之绍,急也。"游:优游,与绍对文,指缓。　　⑳绎:络绎。骚:骚动。严粲《诗缉》:"王乃舒徐而安行,依于军法日行三十里,进兵不急,人自畏威,徐方之人,皆络绎骚动矣。"　　㉑奋:奋发,振起。厥:其。　　㉒虎臣:指勇猛武士。　　㉓阚(hǎn):虎怒貌。虓(xiāo):亦作哮,虎啸。　　㉔铺:《韩诗》作敷,大。敦:屯聚。濆(fén):高岸,大堤。　　㉕仍:就。丑虏:对敌军俘虏之蔑称。⑯截:断绝。此指截断敌军退路。　　㉗所:处。此指驻兵之地。　　㉘嘽(tān)嘽:人多势众貌。　　㉙翰:指鸷鸟。　　㉚苞:茂。引申为攒聚。　　㉛緜緜:连绵不绝貌。翼翼:齐整壮盛貌。　　㉜不测:不可测度。不克:不可战胜。㉝濯:大。　　㉞犹:通猷,谋略。允:诚,确实。塞:实,踏实。此指谋略不落空。㉟同:一致,一统。　　㊱来庭:来王之朝庭,指朝觐。　　㊲回:违。指违抗王命。

王师明赫动征笳,威震徐方且自夸。
姬静归来兴大业,岂知常武现昙花?

此诗涉南仲及程伯休父,可证亦宣王时诗。南仲同见于小雅《出车》,《汉书·人物表》及《后汉书·庞参传》所载《马融上书》皆以南仲为宣王时人,王国维《观堂集林·鬼方昆夷玁狁考》据《出车》有“赫赫南仲，玁狁于襄”语，以为“周时用兵玁狁事，其见于书器者，大抵在宣王之世，而宣王以后即不见有玁狁事”，又据《鄦惠鼎》与宣王时《召伯虎敦》文字相类，断定南仲必为宣王时人。程伯休父，据《国语·楚语下》云重黎“其在周，程伯休父其后也。当宣时失其官守，而为司马氏”，亦为宣王时人。按诗辞，所纪当为宣王亲征平徐之史事。然于作者及诗旨，说者不一。《毛诗序》曰：“《常武》，召穆公美宣王也。有常德以立武事，因以为戒然。”是以为诗乃召穆公所作，诗旨为美宣王，并以常德立武事释名篇之义。然既美宣王有常德以立武事，又何以为戒？郑笺“戒者，王舒保作，匪绍匪游，徐方绎骚”，释戒义之所在。孔疏申之“经无常武之字，故又解之云：美其有常德之故，以立此武功征伐之事，故名为常武。非直美之，又因以为戒，戒之使常然……经六章，三章上五句以上，言命遣将帅修戒兵戎，无所暴掠，民得就业，此事可常以为法，是有常德也。三句以下，言征伐徐国，使之来庭，克翦放命，服王威武，此事武功成立，是立武事也。其因以为戒，则如笺之所言，就常德之中戒使常行之也。宣王末年德衰，此云有常德者，是谓常时所行之德，可以为常，非言宣王终始有常，故因以为戒，戒王使之有常也”，释序所言篇名及因以为戒之义。至朱子而疑其说，《诗序辨说》以序以诗为召穆公所作未有据，且“所解名篇之意，未知其果然否”，《诗集传》遂释为“宣王自将以伐淮北之夷，而命卿士之谓南仲为大祖兼大师而字皇父者，整治其从行之六军，修其戎事，以除淮夷之乱，而惠此南方之国。诗人作此以美之”，仅以美其事而为言，不以有戒，亦不涉作者及名篇之义。然则，按诗三百之例，多取首句语词以为题，虽非首句者，亦为诗中语词，而“常武”之词不见于该诗，故其义必有所蕴。序之言以常德立武事，因以发所谓戒义，而后世仅以美之为言，故亦多不从序之说。王质《诗总闻》谓“自南仲以来，累世著武，故曰常武”，方玉润《诗经原始》则谓“武王克商，乐曰《大武》，宣王中兴，诗曰《常武》，盖诗即乐也”，以之与武王比配，而以“常武”为乐名。近人或以为古常、尚通用，“常武”即尚武，似亦可备一说。观此篇与前篇皆为平淮事，然因帅师者不同，故命意有异，正若朱子所言“前篇召公帅师以出，归告成功，故备载其褒赏之词。此篇王实亲行，故于卒章反复其辞，以归功于天子”，姚际恒《诗经通论》亦以为“诗中极美王之武功，无戒其黩武意”，皆以之纯为颂美之辞。盖宣王继厉王之后，内整朝纲，外攘戎夷，固见中兴之象，然其晚期失礼乱政,已渐显颓势,至幽王尤大坏难回,故中兴实若昙花之一现。时人颂美,无可厚非,后人解诗,尚需若此奉谀耶?是以序言"因以为戒",孔疏所言"宣王末年德衰","非言宣王终始有常",良有以也。

瞻卬

瞻卬昊天①,则不我惠②。孔填不宁③,降此大厉④。邦靡有定,士民其瘵⑤。蟊贼蟊疾⑥,靡有夷届⑦。罪罟不收⑧,靡有夷瘳⑨。

人有土田,女反有之⑩。人有民人,女覆夺之⑪。此宜无罪,女反收之⑫。彼宜有罪,女复说之⑬。

哲夫成城⑭,哲妇倾城。懿厥哲妇⑮,为枭为鸱⑯。妇有长舌,维厉之阶⑰。乱匪降自天,生自妇人。匪教匪诲⑱,时维妇寺⑲。

鞫人忮忒⑳,谮始竟背㉑。岂曰不极㉒,伊胡为慝㉓?如贾三倍㉔,君子是识㉕。妇无公事,休其蚕织㉗。

天何以刺㉘?何神不富㉙?舍尔介狄㉚,维予胥忌㉛。不弔不祥㉜,威仪不类㉝。人之云亡㉞,邦国殄瘁㉟。

天之降罔㊱,维其优矣㊲。人之云亡,心之忧矣。天之降罔,维其几矣㊳。人之云亡,心之悲矣。

觱沸槛泉㊴,维其深矣。心之忧矣,宁自今矣㊵?不自我先,不自我后。藐藐昊天㊶,无不克巩㊷。无忝皇祖㊸,式救尔后㊹。

①卬:通仰。昊天:上天,此喻指幽王。《毛传》:"斥王也。"　②惠:爱,施恩。不我惠,不惠我之倒文。　③填:通陈,长久。　④厉:祸患。　⑤士民:士人与平民。瘵(zhài):病。　⑥蟊:伤害禾稼之虫。贼、疾:害。　⑦夷:平。届:至、极。　⑧罟(gǔ):网。罪罟,刑罪之法网。此指条目众多之刑罚。收:收敛。　⑨瘳(chōu):病愈。　⑩女:汝。有:占有。《广雅·释诂》:"有,

取也。" ⑪覆:反。 ⑫收:拘捕。 ⑬说:通脱,开脱,脱罪。 ⑭哲:智。城:此指国。成城,立国。 ⑮懿:通噫,叹词。 ⑯枭(xiāo):传说长大后食母之恶鸟。鸱(chī):恶声之鸟,即猫头鹰。 ⑰维:是。阶:阶梯,有根源之意。⑱匪教匪诲:谓未有他人教诲幽王。 ⑲时:是。维:通唯,只。妇:指褒姒。寺:通侍,近侍。 ⑳鞫(jū):穷尽。忮(zhì):害。忒:变。 ㉑谮(zèn):进谗言。竟:终。背:违背,自相矛盾。 ㉒极:狠。 ㉓伊:语助词。胡:何。怼:通憝,悦,欢喜。 ㉔贾(gǔ):商人。三倍:指得到三倍利润。 ㉕君子:指在朝执政者。识:通职。林义光《诗经通解》:"识,读为职,识与职古通用。言如贾利三倍之人而主君子之事。盖商贾不能参预政事,与蚕织者不能参预政事,其理正同也。" ㉖公事:即功事,指妇女所从事纺织蚕桑之事。 ㉗休:停止,废弃。 ㉘刺:指责、责备。 ㉙富:借为福,福祐。何神不富,神何不富之倒文。 ㉚介狄:元凶。㉛维:唯,只。胥:相。忌:怨恨。 ㉜弔:慰问抚恤。祥:使安祥。 ㉝威仪:礼节。类:善。 ㉞人:指贤人。云:语助词。亡:逃亡。 ㉟殄(tiǎn)瘁:困病憔悴。㊱罔:通网。降罔,下网,加人罪名。 ㊲优:厚,多。 ㊳几:《毛传》:"几,危也。" ㊴觱(bì)沸:泉水上涌貌。 ㊵宁:岂,难道。 ㊶藐藐:高远貌。㊷克:能。巩:固,指约束,控制。 ㊸忝(tiǎn):辱,有愧于。 ㊹式:用。后:指子孙后代。

　　昊天瞻仰惹心忧,长舌厉阶乱不休。
　　凡伯记曾歌板荡,复教幽世刺靡瘵?

　　此诗所述者,痛忧虐政之辞。先言天灾人祸,时局艰危,并以两"反"两"覆"揭为政之倒行逆施。继究祸乱之源,妇人得宠,谗言大兴,而王者却不忌戎狄,反怨贤臣,致使人亡国殄。终发忧痛之思,自伤生不逢时。究其所言之事,似多与幽王之时世合,故旧说以为诗乃刺幽王斥贤良、宠褒姒,以致乱政病民、国运将亡之作,历代论家几无异议。唯于作者,或有疑之。《毛诗序》曰:"《瞻卬》,凡伯刺幽王大坏也。"是以诗刺幽王政乱将亡,作者则明指为凡伯。郑笺"凡伯,天子大夫也",释序所言凡伯其人。孔疏既曰"幽王承父宣王中兴之后,以行恶政之故,而令周道废坏,故刺之也。经七章,所陈皆刺大坏之事",释序所言幽王之大坏,又曰"凡国伯爵。礼,侯伯之入王朝,则为卿。故《板》笺以凡伯为卿士,此言大夫者,大夫,卿之总称也",释郑笺所言凡伯其人。观诗之辞,首二章述时政之弊乱,三、四章究祸患之原由,五、六章哀贤人之奔亡,末章犹望王之补救改悔于其后。言之痛,意之惨,皆见所谓大坏之情势。然诗究祸患之由,多有"懿厥哲妇,为枭为鸱""哲夫成城,哲妇倾城"之语,郑笺"枭鸱,声之鸟。喻褒姒之言无善",孔疏"于时褒姒用事,干预朝政,其意言褒姒有智,唯欲身求代后,子图夺宗,非有益国之谋,劝王不使听用,非言妇人有智皆将乱邦也",是此诗似非仅泛言幽王政乱,而重在究其宠褒姒为乱政之由。故此,朱熹《诗集传》以之为"此刺幽王嬖褒姒,任奄人以致乱之诗",颇得其要。唯序以此诗为凡伯作,似于诗辞未有徵,朱子以为其说未有考,故不言作者。然以凡伯作诗,实犹有辨者。上什之《板》诗,序已言"凡伯刺厉王",而此篇刺幽王者同为凡伯。考厉王末至幽王初已逾六十年,此凡伯是同一人乎? 清人方玉润《诗经原始》引宋人曹粹中之言曰"凡伯作《板》诗在厉王末,至幽王大坏时七十余年矣,决非一人,犹家父也",是言颇有理。又,《春秋》鲁隐公七年载:"冬,天王使凡伯来聘。"考鲁隐公七年为公元前 716 年,时当周桓王世,距幽王末又逾五十年矣,是知凡伯决非止此一人。然若据曹氏之言,凡伯犹家父,亦有未确。按,小雅《节南山》有"家父作诵"语,是知该篇为家父作,诗序曰"家父刺幽王",郑笺曰"家父,字,周大夫也",是知家父乃某一周大夫之字。而凡伯则为西周时期凡国之国君,《左传·僖公二十四年》载"凡、蒋、邢、茅、胙、祭,周公之胤也",《姓苑》亦有言"凡,姬姓,周公之子凡伯之后",是知凡国首封之君乃周公之子,其后凡国国君多在周王室任卿士。实则,孔疏已尝有言"凡国,伯爵,世称之,不谓与此必为一人矣",是以凡伯乃凡国世袭之君位,故厉王时凡伯作诗以刺,幽王时亦有凡伯作诗以刺,桓王时复有凡伯来聘,似亦未尝不可。盖凡伯或犹召公之有召康公及召穆公然欤?

557

召 旻

旻天疾威①,天笃降丧②。瘨我饥馑③,民卒流亡。我居圉卒荒④。

天降罪罟⑤,蟊贼内讧。昏椓靡共⑥,溃溃回通⑦,实靖夷我邦⑧。皋皋訿訿⑨,曾不知其玷。兢兢业业,孔填不宁⑩,我位孔贬⑪。

如彼岁旱,草不溃茂⑫,如彼栖苴⑬。我相此邦⑭,无不溃止⑮。

维昔之富,不如时⑯。维今之疚⑰,不如兹。彼疏斯粺⑱,胡不自替⑲?职兄斯引⑳。

池之竭矣,不云自频㉑?泉之竭矣,不云自中?溥斯害矣㉒,职兄斯弘㉓,不烖我躬㉔?

昔先王受命㉕,有如召公㉖,日辟国百里㉗。今也日蹙国百里㉘,於乎哀哉㉙!维今之人,不尚有旧㉚!

①旻(mín)天:《尔雅·释天》:"秋为旻天。"此泛指上天,喻指幽王。《郑笺》:"天,斥王也。"疾威:暴虐。　②笃:厚,重。　③瘨(diān):灾病。　④居:朱熹《诗集传》:"居,国中也。"圉(yǔ):边境。　⑤罪罟:罪网。　⑥昏:乱。椓:通诼,谗毁。共:通供。靡共,不供职。　⑦溃溃:昏乱貌。回通(yù):邪僻。　⑧实:是。靖:图谋。夷:平,灭。靖夷,图谋毁灭。　⑨皋皋:通謰謰,欺诈貌。訿(zǐ)訿:谗毁貌。　⑩孔:很。填(chén):通陈,长久。　⑪贬:低,此指职位低下。　⑫溃:《毛传》:"溃,遂也。"马瑞辰《毛诗传笺通释》:"遂者草之畅达,与'茂'义相成。"又《郑笺》:"溃茂之溃当作汇。汇,茂貌也。"　⑬栖:此指草偃伏在地如栖息。苴(chá):枯草。　⑭相:视,察看。　⑮溃:溃败。止:陷,沦陷。一说语气词。　⑯时:是,此,指今时。　⑰疚:贫病。陆德明《经典释文》:"疚,音救,病也。字或作疚。"《说文》:"疚,贫病也。"　⑱疏:程瑶田《九谷考》以为即稷,高粱。粺(bài):精米。　⑲替:废,退。　⑳职:主,含有此意。兄(kuàng):况之假借。斯:语助词。引:延长。　㉑云:语助词。频:《鲁诗》作滨,水边。　㉒溥:同普,普遍。　㉓弘:大。　㉔烖:同灾。躬:身。　㉕先王:《郑笺》:"谓文王、武王时也。"　㉖召公:召康公,亦称召公奭,文、武、成王时大臣。　㉗日:一日,极言其时短,夸张之词。辟:开辟。　㉘蹙:收缩,缩小。此指其时犬戎入侵,诸侯外叛。　㉙於(wū)乎:同呜呼。　㉚旧:指旧日事功。

天罪民流居困荒，召公无计起泉黄。

诗人纵把先王念，难掩繁弦变雅章。

此诗首责天，次斥奸人，复以天灾喻人祸，极言其祸之烈，末以忧念前代功臣以为结，所述之事及所抒之情皆与前篇似，当亦为刺幽王之作。然于作者及篇名之义，颇多异说。《毛诗序》曰："《召旻》，凡伯刺幽王大坏也。旻，闵也，闵天下无如召公之臣也。"是亦以诗为凡伯之作，诗旨亦为刺幽王大坏，所言几与上篇一字不异。又释旻为闵，以闵天下无如召公为篇名之义。郑笺"旻，病也"，则释旻为病。孔疏"周卿士凡国之伯所作，以刺幽王大坏也。又解名篇之义，是闵伤当时天下无如文武之世召康公之臣，以时无贤臣，深可痛伤，故以召旻名篇。其叙大坏之意，经七章，皆大坏之事也。首章曰旻天疾威，卒章云有如召公，虽有召旻之字，而其文不次，作者错综以名篇，故叙特解。经之旻天，自由天之闵下，以旻为天名。此叙转为闵，笺训为病，则与旻天之义，其意小乖，是借名以见意。作者指言旻天，为此故也"，序以旻为闵，笺以旻为病，本已扞格，孔疏欲融而通之，然终觉牵强。且言作者为凡伯，似亦无所稽征者。故后人颇有诟之者。朱熹《诗序辨说》即以为序所言凡伯未有考，且以其"旻闵以下，不成文理"，是以《诗集传》仅言"此刺幽王任用小人，以致饥馑侵削之诗也"，不言作者，亦不涉篇名之义。然则，究三百篇之篇名，多取自首句，或别辞以为题，似皆有其义，此篇召旻二字皆诗中语词，亦必非无义。苏辙《诗集传》以为"因其首章称'旻天'，卒章称'召公'，故谓之《召旻》，以别《小旻》而已"，似仅就字面而言。方玉润《诗经原始》引陈傅良之言"周南系于周公，召南系于召公，岂非化之盛者必有待乎二公也？至于风之终系以《豳》，雅之终系以《召旻》，岂非化之衰者必有思乎二公耶"，则试图深入意蕴而为言。于此说，方氏复以为"作者虽未必其如是，而编《诗》者岂无意于其间哉"，则颇为知言。盖因《召旻》乃大雅终篇，《论语·子罕》载孔子之言曰"吾自卫返鲁，然后乐正，雅颂各得其所"，其序诗岂无命意焉？然雅之终何以属为召公？朱子《诗集传》已言"文王之世，周公治内，召公治外，故周人之诗谓之周南，诸侯之诗谓之召南。所谓'日辟国百里'云者，言文王之化，自北而南，至于江汉之间，服从之国日以益众。及虞、芮质成，而其旁诸侯闻之，相帅归周者四十余国焉。今，谓幽王之时。蹙国，盖犬戎内侵,诸侯外畔也。又叹息哀痛而言,今世虽乱,岂不犹有旧德可用之人哉? 言有之而不用耳",对照此篇辞意,昔召公时"日辟国百里",幽王时则"日蹙国百里",正就治外而言,而"今世虽乱,岂不犹有旧德可用之人哉? 言有之而不用耳",亦正是诗人忧刺之所在。故诗虽以先王之世为念,而属意则重在当时,故其情之忧愤激切,似尤过前篇,以致句法兀臬,急管繁弦,显为雅音之大变矣。吴闿生《诗义会通》以为"贤者遭乱世,蒿目伤心,无可告愬,繁冤抑郁之情,《离骚》《九章》所自出也",观世变而味情辞,洵为深于诗者之言。盖雅之终而变,则骚之萌而蘖乎?

颂

周 颂

清 庙

於穆清庙^①,肃雍显相^②。济济多士,秉文之德^③。对越在天^④,骏奔走在庙^⑤。不显不承^⑥,无射于人斯^⑦。

①於(wū):赞叹词。穆:庄严深远貌。清:清明。《郑笺》:"清庙者,祭有清明之德者之宫也,谓祭文王也。" ②肃雍:庄重和顺貌。显:高贵显赫。相:助祭之人,此指助祭公卿诸侯。 ③秉:秉承,操持。文:指周文王。 ④对:报答。越:犹扬,颂扬。在天:指文王在天之灵。 ⑤骏:敏捷、迅速。 ⑥不:通丕,大。承(zhēng):借为烝,美盛。 ⑦射(yì):借为斁,厌弃。斯:语气词。

清庙肃雍盛德容,骏奔对越态仪恭。

祭宫识得文王象,治世还须礼乐从!

颂乃祀于宗庙配以舞蹈之乐歌,《毛诗序》谓为"颂者,美盛德之形容,以其成功,告于神明者也",朱熹《诗集传》释之曰"盖颂与容,古字通用,故序以此言之",是以颂之体在于美盛德之容。然颂有周、鲁、商三颂之别,孔疏谓序之说"特释周颂耳,鲁、商之颂则异于是。商颂虽是祭祀之作歌,祭其先王之庙,述其生时之功,正是死后颂功,非以成功告神,其体异于周颂也。鲁颂主咏鲁僖公功德,又与商颂异",苏辙《诗集传》亦谓"商、周二颂皆用以告神明,而鲁颂乃用以善祷,后世文人献颂,特效鲁耳,非商、周之旧也"。诸家所言三颂之体、用,可谓明了,是颂与风、雅异。风、雅配乐而歌,歌词有韵,声音短促,重章叠唱。颂则配合舞步,多不叶韵,亦多不分章。颂诗今存四十篇,其中周颂三十一篇,鲁颂四篇,商颂五篇。周颂皆西周初期之作,此诗为周颂首篇,亦所谓"颂之始"。诗之所作,似祀于周之先王之庙而颂美其功德。然所祀何王,何人何时所作,旧说不一。《毛诗序》曰:"《清庙》,祀文王也。周公既成洛邑,朝诸侯,率以祀文王焉。"是以周公成洛邑而祀文王,似以为周公之作。郑笺"清庙者,祭有清明之德之宫也。谓祭文王也,天德清明,文王象焉,故祭而歌此诗也。庙之言貌也,死者精神不可得而见,但以生时之居立宫室象貌为之耳。成洛邑,居摄五年时",释序所言祀文王及篇名之义,并以诗作周公居摄五年之时。孔疏"既已成此洛邑,于是大朝诸侯,既受其朝,又率之而至于清庙以祀此文王焉。以其祀之得礼,诗人歌咏其事,而作此《清庙》之诗",则以诗人咏其事之辞,非必周公所作。按,既为成洛邑后事,则《尚书·周书·雒诰》有言"则禋于文王、武王","戊辰,王在新邑,烝,祭岁,文王骍牛一,武王骍牛一","王命周公后,作册逸诰,在十有二月。惟周公诞保,文、武受命,惟七年",据此,则似合祀文、武,而其事或当在周公摄政之七年。后世或据此而为言。朱熹《诗集传》即以之为"实周公摄政之七年,而此其升歌之辞也",姚际恒《诗经通论》亦以为洛邑既成,兼祀文、武。然则,观诗之辞,实未见合祀文、武意,故复有疑其说者。方玉润《诗经原始》指为"此自祀文王之乐歌,不必执泥洛成告庙之言。且诗中亦无此意,安见其必为洛邑祭乎",以必执成洛邑合祀文、武,于事无徵且诗无其意,似较通达。实则,《尚书大传》已言"古者帝王升歌《清庙》……周公升歌文王之功烈德泽。苟在庙中尝见文王者,愀然如复见文王焉",孔疏亦言"《礼记》每云升歌《清庙》,然则祭祀宗庙之盛,歌文王之德,莫重于《清庙》,故为周颂之始",皆明以此篇颂文王之功德。而此篇作为"颂之始"乃"四始"之一,"四始"皆赞"文王之道",颂"文王之德",具"王道盛衰之所由"之特殊意义,且作于周公制礼作乐之时,实具礼乐之治之重大蕴涵,故其后或由祀文王而演为禘神祀祖之礼仪。观《礼记》于此所纪甚多,《明堂位》"季夏六月,以禘礼祀周公于太庙,升歌《清庙》",《祭统》"夫人尝禘,升歌《清庙》……此天子之乐也",《孔子燕居》"大飨……两君相见,升歌《清庙》",《文王世子》"天子视学,登歌《清庙》",足见其意义已远非仅为颂祭文王之事。故孔疏所言"诗人歌咏其事,而作此《清庙》之诗,后乃用之于乐,以为常歌也",当合其情。按《左传·成公十三年》载刘康公之言"国之大事,在祀与戎",盖祀、戎事虽异,然于国之用则一。故于清庙祀文王所彰者在其象,而借其象制礼乐以治世乃其实欤?

维天之命

维天之命①，於穆不已②。於乎不显③，文王之德之纯！假以溢我④，我其收之⑤。骏惠我文王⑥，曾孙笃之⑦。

①维：发语词。一说通惟，思，想。 ②於(wū)：叹词，表示赞美。穆：庄严粹美。不已：不止。指天道运行无止。 ③於乎：即呜呼，赞叹词。不：借为丕，大。一说发语词。显：光明。 ④假：通嘉，善，美。溢：通谧，安宁，平静。马瑞辰《毛诗传笺通释》："《尔雅·释诂》：'溢、慎、谧，静也。'……诗言'溢我'，即慎我也，慎我即静我也，静我即安我。"假以溢我，以嘉美之道静安于我。 ⑤收：受，承。 ⑥骏惠：顺从。马瑞辰《毛诗传笺通释》："惠，顺也。骏当为驯之假借，驯亦顺也。骏惠二字平列，皆为顺。" ⑦曾孙：后代子孙。孙以下后代均称曾孙。《郑笺》："曾，犹重也。"笃：厚，忠实。此指笃行，行事专心诚意。

维天丕显德纯明，鼎定业成告太平。
奉祀先王挥大纛，却将礼乐作新声！

此诗述文王之德上应天命，又言文王之德泽被后世，当亦祭祀文王之作。然于诗旨及作者，说者不一。《毛诗序》曰："《维天之命》，太平告文王也。"是以为太平之时告祭于文王，虽未言何人所作，意者当在成王之世。郑笺"告太平者，居摄五年之末也。文王受命，不卒而崩，今天下太平，故承其意而告之，明六年制礼作乐"，明著为居摄五年之末，将制礼作乐之际而告太平，则似以为诗乃周公之作。孔疏"以文王受命造立周邦，未及太平而崩，不得制礼作乐。今周公摄政，继父之业，致得太平，将欲作乐制礼。其所制作，皆是文王之意，故以太平之时告于文王。谓设祭以告文王之庙，言今已太平，己将制作，诗人述其事而为此歌焉"，释序、笺之义，而以为诗乃诗人述其事之辞，则非为周公之作。顾笺、疏于诗之作者说固有异，然于诗旨告太平则皆遵序义。至朱子而疑其说，《诗序辨说》以为"诗中未见告太平之意"，《诗集传》遂释之为"此亦祭文王之诗。言天道无穷，而文王之德纯一不杂,与天无间,以赞文王之德之盛也",以为美文王若天道之盛德,并引子思论天道之言以证。查《礼记·中庸》有言"《诗》云'维天之命,於穆不已',盖曰天之所以为天也。'於乎不显,文王之德之纯',盖曰文王之所以为文也,纯亦不已",所引诗正此篇之辞。故郑笺有言"命犹道也,天之道於乎美哉!动而不止,行而不已",似亦以天道盛德而为言。显为朱子之所本。然于此说,清之学者复多疑之。方玉润《诗经原始》极辨朱说之非是,指其"以说理释诗","非诗之本旨",以为"此诗并非说理,命字亦不可训为道字。其意若曰:自来历数,维天所命,而天命至深且远,又恒悠久不息。唯'文王之德之纯',足以诞膺天命而大显王业。乃王身未及受命,而使其泽洋溢及我后王。我后王其承受之,以大顺我文王之德而不敢违。则为之曾孙者宜何如笃承之也",以诗颂文王泽被周之后王,则其旨仍似近告太平之义。陈奂《诗毛氏传疏》复以为"《书·雒诰》大传云:'周公摄政,六年制礼作乐,七年致政。'《维天之命》,制礼也;《维清》,作乐也;《烈文》,致政也。三诗类列,正与大传节次合。然则《维天之命》当作于六年之末矣。《雒诰》周公曰:'王肇称殷礼,祀于新邑,咸秩无文。'郑注云:'周公制礼乐既成,不使成王即用周礼,仍令用殷礼者,欲待明年即政,告神受职,然后班行周礼,班讫始得用周礼,故告神且用殷礼也。'郑谓周礼行于七年致政之后,是也。而笺以告太平为礼未成时,在居摄五年之末,则未是。诗云:'我其收之。'又云:'曾孙笃之。'自在制礼后语矣",以《尚书大传》为据,指明此篇及其后诸篇皆制礼作乐事。是以此诗所谓"太平告文王"者,亦当为制礼作乐之事。然则,制礼作乐果由文王德泽后世,而所制作者皆本文王之意乎?于此,孔疏尝言"其实周公自是圣人,作法出于己意,但以归功文王,故言收文王之德而为之耳",是告庙归告庙,实作归实作,揭橥真相,颇为深切。盖周公制作,将上古至殷商礼乐作大规模整理改造,实多创制,《史记·周本纪》所谓"兴正礼乐,度制于是改,而民和睦,颂声兴",并非虚言。然于吾国民性,一无依傍之创制,断难成事,历代创制者多谲其道。故于政体则曰尧曰舜、曰文曰武,于文化则曰孔曰孟、曰老曰庄,于艺文则曰诗曰骚、曰汉曰魏。挥先圣之大纛以畅行,而所行者实皆出以己意,周公制作述文王之意即此之类欤?

维 清

维清缉熙①,文王之典②。肇禋③,迄用有成④,维周之祯⑤。

①清:清明。缉熙:光明貌。　②典:法。此指用兵之法。　③肇:开始。禋:祭天。肇禋,指文王征伐前祭天。　④迄:至。有成:有天下。　⑤祯:吉祥。

文典缉熙丰镐基,肇禋象舞有成时。
始知季札观周乐,笑指姬昌击刺姿。

　　此诗明著"文王之典",似当为祀文王而颂美其事功之作。盖颂文王多以文德,此则美其事功,为武王灭纣而有天下奠定基础,故此篇虽为三百篇中篇幅最短者之一,意义却非同一般。然于诗之旨及诗之用,向来所说不一。《毛诗序》曰:"《维清》,奏《象舞》也。"语甚简,似以此诗为《象舞》之辞。然诗颂文王,何以为《象舞》? 郑笺"《象舞》,象用兵时刺伐之舞,武王制焉",释《象舞》乃象武之舞,而以为武王所制,则又似以为武王时事。于此,孔疏释之曰"《维清》诗者,奏《象舞》之歌乐也。谓文王时有击刺之法,武王作乐,象而为舞,号其乐曰《象舞》。至周公、成王之时,用而奏之于庙,诗人以今太平,由彼五伐,睹其奏而思其本,故述之而为此歌焉",是以文王有征伐之功,武王继之而有天下,故作乐象舞,成王时奏之于庙,乃为祀文王之事。然观诗之辞,并无象舞之言,故后人或疑此说。朱熹《诗序辨说》即以为"诗中未见奏象舞之意",《诗集传》遂释为"此亦祭文王之诗。言所当清明而缉熙者,文王之典也。故自始祀至今有成,实惟周之祯祥也",仅以之为祭祀之辞。然则,诗序所谓象舞之说,却颇有可稽者。按《礼记·仲尼燕居》"子曰:升歌《清庙》,示德也。下而管《象》,示事也。是故古之君子,不必亲相与言也,以礼乐相示而已",陈奂《诗毛氏传疏》以为"《礼记·文王世子》《明堂位》《祭统》《仲尼燕居》,皆言下管《象》……此《象》谓诗,不谓舞也。制《象舞》在武王时,周公乃作《维清》,以节下管之乐,故《维清》亦名《象》",以《礼记》诸篇考之,是以象舞乃武王时制，至周公、成王之时作祀庙之乐，故其多有"下管《象》"之谓，实即此篇《维清》之辞。实则，汉儒之说多如此，董仲舒《春秋繁露》有言"武王受命作《象乐》，继文以奉天"，蔡邕《独断》亦言"《维清》一章五句，奏《象武》之所歌也"，是以序、笺之说似非无所稽据。而所谓"下管《象》"乃在"示事"，钱澄之《田间诗学》以为"孔子曰：升歌《清庙》，示德也。下而管《象》，示事也。故以典为言，典所以载事功者也"，是以"示事"者在"典"，即诗辞所言"文王之典"，毛传"典，法也"，郑笺"文王有征伐之法"，是以文王之事功正在征伐之法。胡承珙《毛诗后笺》指言"郑谓武王所制者，武王之作象舞，其时似但有舞耳。考古人制乐，声容固宜兼备，然亦有徒歌徒舞者，《三百篇》皆可歌，不必皆有舞。则武王制象舞时，殆未必有诗。成王、周公乃作《维清》之诗以为《象舞》之节，歌以奏之"，考论细密，据此可知此篇乃祭祀文王颂其武功之乐舞歌辞。盖文王虽以文德显，然据《尚书大传》等所记，文王七年五伐，灭邘、密须、畎夷、耆、崇，除商纣枝党。观诗中所言"肇禋"，郑笺"文王受命始祭天而枝伐也"，即除纣之枝党事。郑笺又言"文王受命七年五伐"，正以此，为武王灭商打下坚实基础，是以文王武功本不可忽，故作《象舞》示其武功实乃祭祀文王应有之义。又，《左传·襄公二十九年》载吴公子季札观周乐，"见舞《象箾》《南籥》者"，杜预注"文王乐也"，而《象箾》之"箾"，《玉篇》释为"以竿击人"，正与郑笺所言"象用兵时刺伐之舞"合，季札当日所观或即此乐舞耶？想当日舞者扮文王持竿击刺，必令吴公子拊掌绝倒，不亦可为《左传》所记活现一幕生动场景耶？

烈 文

烈文辟公①，锡兹祉福②。惠我无疆③，子孙保之。无封靡于尔邦④，维王其崇之⑤。念兹戎功⑥，继序其皇之⑦。无竞维人⑧，四方共训之⑨。不显维德⑩，百辟其刑之⑪。於乎前王不忘⑫！

①烈：武功。一说光明。文：文德。辟公：君公，诸侯。此指文王，文王初不称王，为诸侯之一。　②锡：赐。兹：此。祉：福。　③惠：爱。一说顺。无疆：无穷。　④封靡：大罪。《毛传》："封，大也。靡，累也。"累即缧绁之意，引申为犯

罪。　　⑤维：乃。崇：尊重。　　⑥戎：大。　　⑦序：古与叙、绪通用，继序即继承之意。皇：光大。　　⑧竞：强。人：此指贤人。　　⑨训：服从。一说效。　　⑩不：通丕，大。　　⑪百辟：众诸侯。刑：通型，典范，效法。　　⑫於乎：即呜呼，叹词。前王：此指周文王、周武王。

　　　　成王即政祭诸侯，百辟崇刑布远猷。
　　　　谁谓忧心唯管蔡，更教姬旦避三秋！

　　此诗当为周王祭祀先祖而诸侯助祭之乐歌，观诗之语意，似为周王告助祭诸侯之辞。据《尚书·牧誓》，武王伐商大军多为"我友邦冢君、御事、司徒、司空、亚旅、师氏、千夫长、百夫长及庸、蜀、羌、髳、微、卢、彭、濮人"，《史记·齐太公世家》载"遂至盟津，诸侯不期而会者八百"，是周之王业得诸侯助力甚巨，助战诸侯遂得分封，参与周王室之祭祀，是为本篇之背景。按诗辞之义似分两层，前四句献诸侯而颂之，后九句戒诸侯而勉之。然诗作何时，何人所作，则多异说。《毛诗序》曰："《烈文》，成王即政，诸侯助祭也。"是以为诗作成王即政之时，似以诗乃纪诸侯助祭之事，未言何人所作。郑笺"新王即政，必以朝享之礼祭于祖考，告嗣位也"，释序所言即政意，以诗之所纪者，成王即政祭告祖考，则诗乃成王所作。孔疏申之"《烈文》诗者，成王即政，诸侯助祭之乐歌也。谓周公居摄七年，致政成王，成王乃以明年岁首即此为君之政，于是用朝享之礼祭于祖者，有诸侯助王之祭。既祭，因而戒之，诗人述其戒辞而为此歌焉。经之所陈，皆戒辞也"，则以为诗乃成王戒诸侯之辞，而诗人述之成此乐歌。然于此说，后人或疑之。朱熹《诗序辨说》明指"诗中未见即政之意"，《诗集传》遂以为"此祭于宗庙，而献助祭诸侯之乐歌。言诸侯助祭，使我获福，则是诸侯锡此祉福，而惠我以无疆，使我子孙保之也"，不言何时何事，仅泛言献助祭诸侯。清人姚际恒《诗经通论》则以为"成王或可，但不必即政耳"，又言"此诗当是周公作，以为献助祭诸侯之乐歌，而末因以勉王也"，以诗为周公所作，诗旨乃既献诸侯复戒成王。观诗辞固有献颂及戒勉之二意，然一诗而用之二者则似非其宜。方玉润《诗经原始》即驳之曰"成王既为祭主，又何烦周公代为献宾而因以勉王耶？此皆不通之论也。盖诗起四句乃劳诸侯以助祭之意，言王祭而受福,以及其子孙,皆诸侯相助以成之。中四句则戒辞而兼以慰意也,戒则戒其无封而无靡,无靡则用之有节,无封则取之有制。慰则慰其先人既夹辅王室以有功,其后嗣亦将世继屏藩而昌大,皆专以对诸侯之辞也。后五句忽题先王之所以能感激人心至没世而不忘者,实由其生前之能得人,能务德也。以此互相敦勉,盖不唯有望诸列辟,亦将以自勖耳。此君臣交儆之意,而岂一诗两语,又岂一诗两勉之说乎",既驳姚说之谬,复理诗辞之脉,以之为成王告助祭诸侯之辞,既劳且戒,复以自勖,似得语顺而义明。味诗之辞,由所言"念兹戎功",实可知时值成王初年,助祭者皆与前王定天下之有功诸侯,故诗辞多颂扬诸侯赫赫之功且予王室世代福祉,荣慰之意可见。然王与诸侯既有君臣之分,若《左传·昭公七年》所言"天子经略,诸侯正封,古之制也。封略之内,何非君土? 食土之毛,谁非君臣? 故《诗》曰:普天之下,莫非王土;率土之滨,莫非王臣",复有君臣之防,诸侯助力所灭之商不亦当日天下之共主? 于周而言不正前车之鉴? 故此诗之后半以"无"字领起,戒其无封无靡,且"百辟其刑之",一切务以先王为法,戒惧之意深蕴其间。然则,成王初即政,何以若此? 盖武王驾崩,成王尚幼,先历管、蔡、武庚之乱,又惑于周公不利于己之流言,是幼王之心,本已忧悯深重,即于周公亦东征三载"慆慆不归",况诸侯乎?

天 作

天作高山①,大王荒之②。彼作矣③,文王康之④。彼徂矣⑤,岐有夷之行⑥,子孙保之。

①作:生,造就。高山:指岐山,在今陕西岐山东北。　②大王:即太王古公亶父,周文王祖父。初居豳,为戎狄所扰,迁居于岐山之下,豳人皆从之,定国号曰周。至武王时,追尊为太王。荒:大。此指扩大治理。　③作:治理。一说始。④康:安乐。　⑤徂:往。此指民人归周。　⑥夷:平坦易通。行(háng):道路。

岐山天作峙周原，岨僻夷行聚族蕃。

莫道去豳才两世，稷孙农事固民魂。

此诗明著"大王"及"文王"，复指岐山之地，意在颂美先王开基之功业。历代皆以之为祭祀之乐歌，然所祭者为何，却多异说。《毛诗序》曰："《天作》，祀先王先公也。"是以为祭祀先王先公之作。然先王先公谓何？郑笺"先王，谓大王以下。先公，诸盩至不窋"，大王即古公亶父，文王之祖父，诸盩乃大王之父，不窋乃后稷之子，按此说，似谓通祀周之祖先。于此，孔疏申序之说"祀先王先公，谓四时之祭，祠礿尝烝，但祀是总名，未知在何时也。时祭所及，唯亲庙与大祖。于成王之世为时祭，当自大王以下，上及后稷一人而已。言先公者，唯斥后稷耳。于王既总称先王，故亦谓后稷为先公，令使其文相类。经之所陈唯有先王之事，而序并言先公者，以诗人因于祭祀而作此歌，近举王迹所起，其辞不及于后稷。序以祭祀时实祭后稷，故其言及之"，辨诗辞及序说之用意，以所祀者唯大王以下及始祖后稷。又释郑笺之说"周公之追王，自大王以下，此序并云王、公，故辨之也。诸盩至不窋，于时并为毁庙，唯祫乃及之。此言祀者，乃是时祭，其祭不及此等先公。而笺言之者，因以先公之言广，解先公之义，不谓时祭皆及也。时祭先公唯后稷耳，若直言先公谓后稷，嫌此等不为先公，欲明此皆为先公，非独后稷，故除去后稷而指此先公也"，以其时祭非祫祭，故实未及所有先公，而笺之所言乃辨先公之辞义。观其辨终觉迂拗，似未必合序、笺之义。然诗言"彼徂矣，岐有夷之行"，似专重在岐，与序、笺所言通祀先祖实不相合，故后人多不从。朱熹《诗集传》即以为"此祭大王之诗。言天作岐山，而大王始治之。大王既作，而文王又安之。于是彼险僻之岐山，人归者众，而有平易之道路，子孙当世世保守而不失也"，仅以之为祀大王之作。然则，诗中明以"文王康之"接"大王荒之"，若仅祭大王，则文王何置？鉴于此，清人姚际恒《诗经通论》辨之曰"小序谓'祀先王、先公'，诗中何以无先公？《集传》谓祀大王，诗中何以又有文王？皆非也"，并引明人季本《诗说解颐》之言"窃意此盖祀岐山之乐歌。按《易》升卦六四爻曰'王用享于岐山'，则周本有岐山之祭"，复引邹肇敏《诗传阐》之言"天子为百神主。岐山王气攸钟，岂容无祭？祭，岂容无乐章？不言及王季者，以所重在岐山，故止挈首、尾二君言之也"，因以此诗所用者，

571

实为岐山之祭。若此,岂非不独与诗之明言岐山之意合,且究祀何王之疑亦可涣然而释乎?盖周人本以岐山为天赐圣地,《国语·周语》言"周之兴也,鸑鷟鸣于岐山",故此诗亦有"天作高山"之语,足见岐山在周人心目中之非凡地位。据《史记·周本纪》,周人一系传至古公亶父,居于豳地,"薰育戎狄攻之,欲得财物,予之。已复攻,欲得地与民。民皆怒,欲战。古公曰:'有民立君,将以利之。今戎狄所为攻战,以吾地与民。民之在我与其在彼何异?民欲以我故战,杀人父子而君之,予不忍为。'乃与私属去豳,度漆、沮。豳人举国扶老携弱,尽复归古公于岐下。及他旁国闻古公仁,亦多归之",由豳而迁岐,遂开周之基业。或疑公刘迁豳至古公历十三世,犹不堪戎狄之扰,何以古公迁岐仅二世至文王即王业具?考古公乃"复修后稷、公刘之业",继以农事为王业之本,复得宜于农事之周原之地,故于传统积渐已久,且人和复得地利,岂得不兴焉?

昊天有成命

昊天有成命①,二后受之②。成王不敢康③,夙夜基命宥密④。於缉熙⑤,单厥心⑥,肆其靖之⑦。

①昊天:苍天。成命:明命。马瑞辰《毛诗传笺通释》:"古文明、成二字同义。"②后:君,王。二后,即二王,指周文王与周武王。受之:指承受天命。 ③成王:即姬诵,武王子。即位时年幼,由叔父周公旦摄政,七年后亲政。一说成此王功,指文王、武王事。康:安乐,安宁。 ④夙夜:日夜,朝夕。基:谋划。《尔雅·释诂》:"基,谋也。"命:政令。宥:宽大。密:安定。宥密,谓政教宽大而又能安定人心。 ⑤於:叹美词。缉熙:光明貌。 ⑥单:通亶,信厚。厥:其。 ⑦肆:巩固。靖:安定。

昊天有命赋周王,孰谓圜方郊祀章?
叔向直言姬诵德,文昭武烈治成康。

此诗仅七句,乃三百篇中最短篇章之一,然篇题五字,却是三百篇中之最长者。观诗之语简洁明了,无韵成篇,然于诗之旨及诗之用,历来却多异说。《毛诗序》曰:"《昊天有成命》,郊祀天地也。"是以为祭祀天地之辞。然诗中明有"成王不敢康"之语,"成王"何解,遂致聚讼。郑笺以为"昊天,天大号也。有成命者,言周自后稷之生而已有王命也。文王、武王受其业,施行道德,成此王功,不敢自安逸。早夜顺天命,不敢解倦。行宽仁安静之政,以定天下。宽仁,所以止苛刻也,安静,所以息暴乱也",以"成王"乃指文、武受业行道成此王功之谓。孔疏则言"此诗作在成王之初,不得称成之谥。所言成王,有涉成王之嫌。韦昭云:谓文、武修己自勤,成其王功,非谓周成王身也。郑、贾、唐说皆然。是时人有疑是成王身者,故辨之也",复以诸儒所说以证郑笺之辨,亦以此"成王"非谓周成王。因毛、郑以周颂皆成王时周公所作,故此篇不得为成王后诗。然于其说,后世多有疑之者。朱熹《诗序辨说》以为"此诗详考经文,而以《国语》证之,其为康王以后祀成王之诗无疑。而毛、郑旧说定以颂为成王之时周公所作,故凡颂中有成王及成康字者,例皆曲为之说,以附己意",《诗集传》遂释之曰"此诗多道成王之德,疑祀成王之诗也。言天祚周以天下,既有定命,而文、武受之矣。成王继之,又能不敢康宁,而其夙夜积德以承藉天命者,又宏深而静密。是能继续光明文、武之业,而尽其心。故今能安静天下,而保其所受之命也",复引《国语》之言以证之。查《国语·周语下》载叔向引此诗之言曰"是道成王之德也。成王能明文昭,能定武烈者也,故曰成王",即明以此诗所颂者乃周成王之德。清人姚际恒《诗经通论》则言"小序谓'郊祀天地',妄也。《诗》言天者多矣,何独此为祀天地乎? 郊祀天地不但于成王无与,即武王亦非配天者,而言二后何耶? 汉儒惑其说,宋儒且引此诗以为合祀之证,其经术之疏谬可知矣。此诗成王自是为王之成王",驳序之说甚切,复引"扬雄谓'康王之时,颂声作于下',班固谓'成、康没而颂声寝'",是以为周颂亦有康王后诗。实则,贾谊《新书》释此诗已有言"二后,文王、武王也。成王,武王之子,文王之孙也。文王有大德而功未既,武王有大功而治未成。及成王承嗣,仁以莅民,故称'昊天'焉",即以此"成王"为周成王。故朱子以此诗为祀成王,或于本事为近。唯诗之开篇言"昊天",序或即以此而以之为郊祀天地欤? 实则,首言昊天,复言二后,正见成王受命文、武,而文、武则受命于天,既示命之所由,亦显保之不易。故紧接"成王不敢康",以见成康之治所自来。《史记·周本纪》"成、康之际,天下安宁,刑措四十余年不用",天下之所以安宁,即"成王不敢康"之所致,以之与《离骚》所言"夏康娱以自纵"对照,亦正可见治乱之所由。"夙夜基命宥密",则伸足"不敢康"之意。《礼记·孔子闲居》:"孔子曰:'夙夜其命宥密',无声之乐也。"郑玄注:"其,读为基。基,谋也。密,静也。言君夙夜谋为政教以安民,则民乐之。"《尔雅·释诂》亦曰:"基,谋也。"正与郑注同义。今人陈子展《诗经直解》即以为"此句旧解唯此郑注较为明确"。是以夙夜谋为政教以安民,正"不敢康"之实事。而唯于此,方可望"单厥心",以致"肆其靖之"。观诗之辞七句,言天命止一句,次言文、武亦止一句,至三句后皆言成王事,因知基天命、缵王业而能安靖天下之意皆集于是。故此诗实与郊祀天地无与,而以之为祀成王之辞,岂非义始顺遂焉?

我 将

我将我享^①,维羊维牛,维天其右之^②。仪式刑文王之典^③,日靖四方^④。伊嘏文王^⑤,既右飨之^⑥。我其夙夜,畏天之威,于时保之^⑦。

①将:奉,奉养。《郑笺》:"将,犹奉也。"享:献祭。　②右:通佑,护佑。③仪式:法度。刑:通型,效法。典:典章制度。　④靖:平定,治理。　⑤伊:语助词。嘏:福。一说通假,伟大。　⑥右:佑助。飨:享用祭品。　⑦时:通是。之:指国家。

明堂天右享牛羊,刑典文王靖四方。

大武六成何处觅,我将端的肇初章?

此诗明言"仪式刑文王之典""伊嘏文王",当为祭祀文王之作。然何时之事及主祀者为谁,其说不一。《毛诗序》曰:"《我将》,祀文王于明堂也。"语甚简略,仅以之为祀文王于明堂。孔疏申之曰"《我将》诗者,祀文王于明堂之乐歌也。谓祭五帝之于明堂,以文王配而祀之。以今之太平,由此明堂所配之文王,故诗人因其配祭，述其事而为此歌焉。经陈周公、成王法文王之道，为神祐而保之，皆是述文王之事也。此言祀文王于明堂，即《孝经》所谓'宗祀文王于明堂，以配上帝'是也"，若此，则此祀事乃祭五帝于明堂，而以文王配而祀之。盖本于《孝经》之说，后人多从之。朱熹《诗集传》以为"此宗祀文王于明堂，以配上帝之乐歌"，复引"程子曰：万物本于天，人本乎祖。故冬至祭天，而以祖配之，以冬至气之始也。万物成形于帝，而人成形于父。故季秋享帝，而以父配之，以季秋成物之时也"，又引"陈氏曰：郊而曰天，所以尊之也，故以后稷配焉……明堂而曰帝，所以亲之也，以文王配焉……尊尊而亲亲，周道备矣。然则郊者古礼，而明堂者周制也，周公以义起之也"，可谓释其义详而切。盖其说本于《孝经》，查《孝经·圣治》之言"昔者周公郊祀后稷以配天，宗祀文王于明堂，以配上帝"，依此，主祀者则似为周公。然则，观诗辞皆以第一人称为说，言我仪式刑文王之典，以平定天下，则似与周公之事不合。按《史记·周本纪》载，武王伐纣前曾举行祭祀文王仪式，自称"太子发"，军中载文王牌位，用以号召诸侯，其情旨似与此合，故后人或以此诗为武王出征前祭祀文王之祷辞。伐纣成功后，复由出发至凯旋制作《大武》系列乐舞，即所谓"大武六成"。然《大武》乐辞早已失传，虽有零星资料，终难定说。近人王国维撰《周大武乐章考》，据诗序"《武》，奏《大武》也""《酌》，告成《大武》也"，是以《武》《酌》二篇与《大武》有关，又据《左传·宣公十二年》"楚子曰……武王克商，作《颂》曰……又作《武》，其卒章曰'耆定尔功'，其三曰'铺时绎思，我徂惟求定'，其六曰'绥万邦，屡丰年'"，从其中提及诗语，除《武》《酌》外，复涉《赉》《桓》二篇，是六篇已有其四。王氏复据周颂末四篇之排列，以为《般》当为其中之一，据《礼记·祭统》"舞莫重于《武宿夜》"一语，推断还有一篇，其中有"宿夜"一词，因《昊天有成命》中有"夙夜基命宥密"之语，于是以《昊天有成命》即《武宿夜》，当为《大武》之首篇，以下顺序为《武》《酌》《桓》《赉》《般》。其后，高亨撰《周代大武乐考释》，则以《我将》中亦有"我其夙夜"之语，因断《大武》首篇为《我将》，其下顺序为《武》《赉》《般》《酌》《桓》。稽之《礼记·乐记》，孔子尝与宾牟贾言"且夫《武》始而北出，再成而灭商，三成而南，四成而南国是疆，五成而分周公左召公右，六成复缀以崇天子"，郑注"成犹奏也，每奏《武》曲一终为一成"，并释孔子之言曰"始奏象观兵于盟津时也，再奏象克殷时也，三奏象克殷有余力也，四奏象南方荆蛮之国侵畔者服也，五奏象周公、召公分职而治也,六奏象兵还振旅也",孔疏亦言"孔子为宾牟贾说《武》乐六成之意",是以《大武》乃纪武王灭商而有天下之全过程,必有诗乐存焉。惜孔子之言未及乐名,所叙六成步骤,与王氏之所言六篇合? 抑与高氏之所言六篇合耶?

时 迈

时迈其邦①,昊天其子之②? 实右序有周③。薄言震之④,莫不震叠⑤。怀柔百神⑥,及河乔岳⑦。允王维后⑧! 明昭有周⑨,式序在位⑩。载戢干戈⑪,载櫜弓矢⑫。我求懿德⑬,肆于时夏⑭。允王保之!

①时:是,语助词。迈:行。此指巡狩。邦:国。此指武王克商后所封建诸侯邦国。　②子之:以之为子。　③实:语助词。一说指实在,的确。右:同佑。序:助。吴闿生《诗义会通》:"右、序,皆助也。"有周:即周王朝。　④薄言:犹薄然、薄焉,发语词。震:震动。此指武王声威。　⑤叠:通慑,恐惧,畏服。⑥怀:来。柔:安。百神:泛指天地山川之众神。此谓祭祀众神。　⑦及:指祭及。河:黄河,此指河神。乔岳:高山,此指山神。　⑧允:诚然,的确。王:指周武王。维:犹为。后:君主。　⑨明昭:犹昭明,显著,此为发扬光大之意。⑩式:发语词。序:顺序,依次。序在位,谓合理安排在位诸侯。　⑪载:则,于是。戢:收藏。　⑫櫜(gāo):古代盛衣甲或弓箭之皮囊。此用作动词,收藏。⑬懿德:美德,指文治教化。　⑭肆:施,陈列。此谓施行。时:犹是,此。夏:华夏,中国。指周王朝统治之地。

时迈其邦天右周,诸侯震叠百神柔。

翦商业始岐山下,柴望何由到鲁丘?

此诗辞所述,当为武王灭商后,巡行诸侯各邦,祭祀天神及山川诸神之事。然诗出何人之手,作于何时何地,则其说不一。《毛诗序》曰:"《时迈》,巡守告祭柴望也。"语甚略，仅言巡守告祭之事。郑笺"巡守告祭者，天子巡行邦国，至于方岳之下，而封禅也"，释序之所言巡守告祭之义。孔疏申之"谓武王既定天下，而巡行其守土诸侯，至于方岳之下，乃作告至之祭，为柴望之礼。柴，祭昊天，望，祭山川。巡守而安祀百神，乃是王者盛事"，"经之所陈，皆述巡守告祭之事。指文而言，'时迈其邦'，是巡守之辞也。'怀柔百神，及河乔岳'，是告祭之事。柴望祭天，经不言天，百神以天为宗，其文可以兼之矣"，则明以为武王之事，并比照诗之辞以释序之说。后世多承其说。欧阳修《诗本义》谓"《时迈》者，武王灭纣，已定天下，以时巡守告祭柴望之乐歌也"，朱熹《诗集传》亦谓"周制，十有二年，王巡守殷国，柴望祭告，诸侯毕朝"，"此巡守而朝会祭告之乐歌也"。盖武王巡守，史有明载，《尚书·武成》有"王朝步自周，于征伐商……丁未，祀于周庙，邦甸、侯、卫，骏奔走，执豆、笾。越三日，庚戌，柴、望，大告武成"之载，《左传·宣公十二年》亦载"武王克商，作《颂》曰：载戢干戈，载櫜弓矢。我求懿德，肆于时夏。允王保之"，所引武王所作之《颂》，正出此篇之辞。故《毛诗李黄集解》载黄櫄之言"武王巡守之事，《诗》有《时迈》，《书》有《武成》……丁未，祀于周庙，越三日庚戌，柴望大告武成"，以此篇即纪其事之作。且据《左传》"武王克商，作《颂》曰"之言，则似以此篇诗辞出武王之手。然观诗之辞，前半颂武王之武功，后半赞武王之文治，似非武王巡守当日之辞。查《国语·周语上》有言"是故周文公之《颂》曰：载戢干戈，载櫜弓矢。我求懿德，肆于时夏。允王保之"，明以为周公之颂。于此，孔疏释之曰"周公既致太平，追念武王之业，故述其事而为此歌焉。宣十二《左传》云'昔武王克商，作《颂》曰：载戢干戈'，明此篇武王事也。《国语》称'周公之《颂》曰：载戢干戈'，明此诗周公作也。治天下而使之太平者，乃是周公为之，得自作颂者，于时和乐既兴，颂声咸作，周公采民之意，以追述先王，非是自颂其身，故得亲为之。序不言周公作者，颂见天下同心歌咏，例皆不言姓名"，朱熹《诗集传》亦言"《春秋传》曰'昔武王克商，作颂曰：载戢干戈'……而《外传》又以为'周文公之颂'。则此诗乃武王之世，周公所作也"，若此，则是诗以柴望事颂武王之功业，然颂诗本身乃周公所作。又，郑笺尝引《尚书》之言"《书》曰：岁二月，东巡守，至于岱宗，柴望秩于山川"，孔疏"《书》曰以下，《尧典》文。彼说舜受尧禅，即位之后，巡守之事。其言柴望与此同，故引以证之，明此告祭柴望是至方岳而祭也"，以舜巡守至于岱宗证武王事，则似以武王亦尝柴望于泰山。查《墨子·兼爱中》有言"昔者武王将事泰山,遂传曰:泰山,有道曾孙周王有事。大事既获,仁人尚作,以祇商夏蛮夷丑貉。虽有周亲,不若仁人。万方有罪,维予一人",似此,则武王确有泰山之祭,或灭商后东巡之际欤?然则,周业之兴在岐,祭山川而感神灵,何舍周之岐而取鲁之岱焉?

执 竞

执竞武王①,无竞维烈②。不显成康③,上帝是皇④。自彼成康,奄有四方⑤,斤斤其明⑥。钟鼓喤喤⑦,磬筦将将⑧,降福穰穰⑨。降福简简⑩,威仪反反⑪。既醉既饱,福禄来反⑫。

①执:借为鸷,猛。竞:借为勍,强。　②竞:争。维:是。烈:功绩。③不:通丕,大。成康:成就安定局面。《毛传》:"成康,成大功而安之。"一说指周王、周康王。　④皇:美,嘉。　⑤奄:覆盖。此指尽有。　⑥斤:昕之省借。斤斤,明察貌。　⑦喤:锽之假借字。锽锽,钟鼓声。　⑧磬(qìng):一种石制打击乐器。筦(guǎn):同管,管乐器。将将:同锵锵,金属或玉石撞击之声。⑨穰(ráng)穰:众多。　⑩简简:盛大貌。　⑪威仪:祭祀时之礼节仪式。反:昄之假借。昄昄,谨重貌。　⑫反:同返,回归,报答。

成安祖考绩难齐,奄有四方息鼓鼙。

不意欧朱新论作,三王并祀礼何稽?

此诗开篇明点"武王",颂美其开国拓疆之丰功伟绩,以钟鼓磬筦之声渲染祭祀场所之环境氛围,自是祭祀武王之作。然以诗中复有"成康"之语,遂使究祀何王,致生异说。《毛诗序》曰:"《执竞》,祀武王也。"即明言祀武王之诗。孔疏申之曰"谓周公、成王之时,既致太平,祀于武王之庙,时人以今得太平,由武王所致,故因其祀述其功,而为此歌焉。经之所陈,皆述武王生时之功也",以诗之辞述武王生时之功，而诗之作则在周公、成王之时。然若此，则"成康"何解？诗之言"不显成康"，毛传释为"不显乎其成大功而安之也"，郑笺释为"竞，强也。能持强道者，维有武王耳。不强乎其克商之功业，言其强也。不显乎其成安祖考之道，言其又显也。天以是故美之，予之福禄"，一以之为"成大功而安之"，一以之为"成安祖考之道"。于此，孔疏辨之曰"成大功而安之。大功，谓伐纣也。安之，谓安祖考也。武王祖考，其心冀成王业未就，心皆不安。武王既伐纣，是成大功，安祖考。故云成大功而安之，其意与郑同"，是以毛、郑所说，辞异而义实可合。以此，则诗当为专祀武王。至宋儒释诗而不从序说，欧阳修《诗本义》以为"所谓成康者，成王、康王也。犹文王、武王谓之文武尔"，即明以"成康"即指成王、康王。朱熹《诗序辨说》以为"此诗并及成康，则序说误矣，其说已具见于《昊天有成命》之篇。苏氏以周之'奄有四方'不自成康之时，因从小序之说，此亦以辞害意之失。《皇矣》之诗于王季章中盖已有此句矣，又岂可以其太蚤而别为之说耶？诗人之言，或先或后，要不失为周有天下之意耳"，《诗集传》遂以之为"此祭武王、成王、康王之诗。竞，强也。言武王持其自强不息之心，故其功烈之盛，天下莫得而竞，岂不显哉！成王、康王之德，亦上帝之所君也"，既训"成康"为成王、康王，故以此诗乃并祀三王。然则，细味诗之辞，以"竞""烈"为誉，并言自此而"奄有四方"，似皆宜于武王，而难与成王、康王之情事属，且舍文王而以武、成、康三王并祀，于礼似亦无其例。清人方玉润《诗经原始》以为"诗发端特题'武王'，势极严重。下二句历言其功德之著。'不'读作丕，大也，'显'，明也。'成'，武成也。'康'，康定也。一字一义，如《舜典》之'濬哲文明'，'温恭允塞'等句。而因成为无竞之烈，虽在上帝亦不能不以君人之道望之也。故自其成功康定，'奄有四方'以来，明无不照，知无不周，故曰'斤斤其明'也。所以不祭则已，祭必降福。当其祭也，钟鼓则喤喤然，磬筦则将将然，降福则穰穰然。而神之降福虽多，而大祭者之威仪愈益谨重，不敢以醉饱而失其度。天是以福禄频来，常反覆而不厌也。此非专祭武王之诗乎？若谓'三王并祭'，无论典礼无稽，即文势亦隔阂难通"，吴闿生《诗义会通》亦以为"天子七庙，庙各有主，祫则群庙之主咸入太庙，不当三王并祭。若举功德之盛者，不应上舍文王而下及成、康。且文、武开基，祀文王有诗，武王何独无诗乎……今案其词，'无竞维烈'一语，文义未足。'不显成康'以下，当仍为颂武王之词"，皆辨礼析义，以之申明序说，似觉殊为入理。

思 文

思文后稷①,克配彼天②。立我烝民③,莫匪尔极④。贻我来牟⑤,帝命率育⑥。无此疆尔界,陈常于时夏⑦。

①思:语助词。一说思念。文:文德,即治理国家、发展经济之功德。后稷:周人始祖,姓姬氏,名弃,号后稷。舜时为农官。　②克:能。配:配享,即一同受祭祀。　③立:通粒,谷粒。此用作动词,养育。烝民:众民。《郑笺》:"立当作粒。烝,众也。昔尧遭洪水,黎民阻饥。后稷播殖百谷,烝民乃粒,万邦作乂。"④极:最,极至,此指无量功德。　⑤贻:遗留。来牟:亦作䅘䅭,小麦。一说来是小麦,牟是大麦。　⑥率育:普遍养育。　⑦陈:布陈,遍布。常:常法,常规,此指种植农作物之方法。时:是,此。夏:华夏,中国。

配天后稷百神迎,贻我来牟率育成。
尝恨布陈何所艺? 不知民食最常行!

此诗所述者,颂美周族始祖后稷之辞,美其生民之德,颂其养民之功,语极简而旨深永。然其何以作,则说者稍异。《毛诗序》曰:"《思文》,后稷配天也。"是仅以后稷配天以为说。然后稷何以配天,诗何人所作,皆语焉不详。实则,大雅《生民》之序有言"后稷生于姜嫄,文、武之功,起于后稷,故推以配天焉",是以周之王业之成,述先祖之德而溯源始祖后稷,并推尊以配天。于此诗,郑笺释之曰"周公思先祖有文德者,后稷之功能配天。昔尧遭洪水,黎民阻饥,后稷播殖百谷,烝民乃粒,万邦作乂,天下之人,无不于女时得其中者,言反其性",以为周公思先祖之德,乃以后稷有活民养民之德,故以其德配天,似以诗为周公所作。孔疏则言"《思文》诗者,后稷配天之乐歌也。周公既已制礼,推后稷以配所感之帝,祭于南郊,既已祀之,因述后稷之德可以配天之意,而为此歌焉。经皆陈后稷有德可以配天之事。《国语》云:周文公之为颂曰:思文后稷,克配彼天。是此篇周公所自歌,与《时迈》同也",复引《国语》之言,亦以之为周公所为之颂。稽之《国语·周语上》载芮良夫之言"故颂曰:思文后稷,克配彼天。立我烝民,莫匪尔极",韦昭注"言周公思有文德者后稷,其功乃能配于天",郑笺、孔疏当本此而为言。又按《孝经·圣治》有"昔者周公郊祀后稷以配天"之语,据此,则后稷配天本南郊祭天之祭礼,而此颂即乐歌之辞乃周公所作。故孔疏以之为"祭于南郊,既已祀之,因述后稷之德可以配天之意,而为此歌焉",即依此为说。然观诗之辞,实并无祀天之语,故后人或疑之。朱熹《诗集传》以为"言后稷之德,真可配天。盖使我烝民得以粒食者,莫非其德之至也。且其贻我民以来牟之种,乃上帝之命,以此遍养下民者。是以无有远近彼此之殊,而得以陈其君臣父子之常道于中国也",仅以颂美后稷之德而为言,而不及郊祀之意。然则,《孝经》已言"郊祀后稷以配天",而诗之辞未有见郊祀事,概因周颂语本简质,即《我将》祀上帝,亦仅言"维羊维牛,维天其右之",余皆言文王所以得配上帝之事。此篇即与之类,语尤简,仅言"后稷有德可以配天之事"。然其事则正若郑笺所言"后稷播殖百谷,烝民乃粒,万邦作乂,天下之人无不于汝时得其中者",朱子所谓"陈其君臣父子之常道于中国",姚际恒《诗经通论》所言"郊祀每岁常行。时,是。夏,大。为陈此常行之礼于是大之乐歌也",见得其事之要。是以后稷之功德与天无极,周公制礼以之配天而祀之。唯读周史,尝憾后稷布陈于民者,仅为农事,似由此而致华夏民族之性沦于羸弱。而读诗深思之,方悟其首揭"民以食为天"之至道,经世修稷业,周于是得替商而有天下。周公制礼以之配天祀天,不亦宜乎?

臣 工

嗟嗟臣工[1],敬尔在公[2]。王釐尔成[3],来咨来茹[4]。嗟嗟保介[5],维莫之春[6],亦又何求[7]?如何新畬[8]?於皇来牟[9],将受厥明[10]。明昭上帝,迄用康年[11]。命我众人,庤乃钱鎛[12],奄观铚艾[13]。

①嗟:发语语气词。嗟嗟,重言以加重语气。臣工:即臣官,通指诸侯卿大夫而言。　②敬,慎,勤谨。尔:指群臣百官。敬尔:尔敬之倒文。在公:指公职。③釐:通赉,赐。成:指成法。　④来:是。咨:询问,商量。茹:忖度。　⑤介:界之省借。保介,保护田界之人,即田官,亦称田畯。一说为披甲卫士。　⑥莫:

古暮字，莫之春即暮春，是麦将成熟之时。　　　⑦又：有。求：需求。　　　⑧新畬（yú）：新田熟田。耕未三年谓新，逾三年谓畬。古时田地轮种，种过之田轮闲后再种，故称新畬。　　　⑨於：赞叹词。皇：美盛。来牟：麦。此指麦种壮实饱满。⑩厥：其，指代将熟之麦。明：成，收成。刘瑾《诗传通释》："古以年丰谷熟为成。"将受厥明，谓大受其成。　　　⑪迄：至。用：以。康年：丰年。迄用康年，谓至今以丰年赐我。　　　⑫庤（zhì）：储备。钱（jiǎn）：农具名，掘土用，若后世之锹。镈（bó）：农具名，除草用，若后世之锄。　　　⑬奄：同。铚（zhì）：农具名，一种短小镰刀。艾（yì）：刈之假借字，亦作刈，古时一种刈草大剪刀。此皆用作动词，指收割作物。

　　　孟春载耒籍田歌，成法荏咨不厌多。
　　　保介莫如从郭氏，勇夫车右与农何？

　　　此诗所言多稼穑之事，当与农事有关。然其何所以作，则多异说。《毛诗序》曰："《臣工》，诸侯助祭，遣于庙也。"是以之为诸侯助祭将归，周王遣归之辞。郑笺"诸侯来朝天子，有不纯臣之义。于其将归，故于庙中正君臣之礼。敕其诸官卿大夫云：敬女在君之事，王乃平理女之成功。女有事，当来谋之来度之于王之朝，无自专"，演诗辞之义，以为乃周王训戒诸侯之辞。孔疏"谓周公、成王之时，诸侯以礼春朝，因助天子之祭。事毕将归，天子戒敕而遣之于庙，诗人述其事而作此歌焉"，亦申其说，定于周公、成王之时。然观诗之辞，所戒者既有"臣工"，亦有"保介"，复有"众人"，岂独为遣归诸侯乎？且诗辞亦未见有诸侯来朝助祭之意。即使果为训戒诸侯，何以仅言农事？故后人颇多疑之。朱子《诗序辨说》即以为"序误"，其于《诗集传》释之为"此戒农官之诗。先言王有成法以赐女，女当来咨度也"，其所戒之事，"言三月则当治其新畬矣。今如何哉？然麦亦将熟，则可以受上帝之明赐。而此明昭之上帝，又将赐我新畬以丰年也。于是命甸徒具农器，以治其新畬，而又将忽见其收成也"，即据诗辞之意而以之为戒农官言农事之作。然则，果若仅为戒农官之辞，则其诗何以列为颂？于此，姚际恒《诗经通论》已疑之曰："小序谓'诸侯助祭遣于庙'，甚迂。诗既无祭事，天子于诸侯何不敢斥言之，而呼臣工、车右，如以卑告尊不敢斥言之例乎？《集传》谓'戒农官之诗'，若是则当在雅，何以列于颂乎?"复引邹肇敏《诗传阐》之言"明堂朝觐,则《我将》《载见》诸诗是已。至耕籍岂容无诗?'嗟臣工',正指公卿大夫之属,至'嗟保介',则义益显然。其为耕籍而戒农官,益可据矣",则以为周王耕籍而戒农官,未尝不可列于颂。观诗言"嗟嗟保介,维莫之春,亦又何求? 如何新畲",按《礼记·月令》有"孟春之月,天子亲载耒耜,措之于参保介之御间"之载,郑笺复引之,以为当其时,周王行籍田之礼,"敕其车右以时事:女归当何求于民? 将如新田畲田何? 急其教农趋时也",是以周王行籍田之礼实其事,不似此前所言诸侯来朝天子,而天子戒而遣之。顾郑笺何以于一诗而作两义? 盖前者似囿于序义而为言,此则按诸诗辞而为言,自与诗之情境为近。而唯以此,尤可合戒农官言农事且为颂诗之所宜。然若果为王耕籍田事,则时当在孟春,已见《月令》之言,而此诗何以言"维莫之春"? 郑笺以为"周之季春,于夏为孟春",于此,方玉润《诗经原始》已驳其谬:"周正可改寅为子,天时亦可易孟为季乎?"并以为:"诗固因孟春耕籍而戒以终岁之事,非专为暮春言也。故末言'奄观铚艾',非秋成时乎?"辨析极为入理。是诗以孟春耕籍田而戒农官以终岁事,故有暮春若何、秋成若何之嘱,非仅为暮春事也。又,所戒之保介,依郑笺"保介,车右也","车右勇力之士,被甲执兵也",则与农事何与? 近人郭沫若《由周代农事诗论到周代社会》以为"介者,界之省。保介者,保护田界之人",当合此境,抑当日农官之属欤?

噫 嘻

噫嘻成王[1],既昭假尔[2]。率时农夫[3],播厥百谷。骏发尔私[4],终三十里[5]。亦服尔耕[6],十千维耦[7]。

①噫嘻:感叹声。成王:《毛传》谓"成是王事",《郑笺》谓"能成周王之功"。一说周成王。 ②昭:明,表明。假:格之假借字,至,达于。昭假,表明人之诚敬上达于天帝。《诗经》中所言昭假,皆指祭祀上帝而言。 ③时:是,此。 ④骏:迅速。一说通畯,田官。发:开发。私:指私田。 ⑤终:尽。一说井田制单

位。三十里：指私田。据《郑笺》，万人所耕之田，共三十三平方里面积挂零，此言三十里，乃举其成数。　　⑥服：从事。　　⑦耦：两人各持一耜并肩共耕。一终千井，一井八家，共八千家，取整数称十千，结对约五千耦。

> **成王昭假劝农桑，沟洫骏耕百谷香。**
> **惊觉祈歌何日逝？十千弃耦万民商！**

此诗述周王祭毕上帝及先公先王，亲率官、农播种百谷，训戒田官、农夫勤于耕作，语意甚明。然何时为何而作，则其说不一。《毛诗序》曰："《噫嘻》，春夏祈谷于上帝也。"是以为春郊祭天而祈谷之辞。郑笺曰："祈，犹祷也，求也。《月令》'孟春祈谷于上帝'，'夏则龙见而雩'，是与？"引《礼记·月令》之言，以释序所言祈谷之义。孔疏亦言"《噫嘻》诗者，春夏祈谷于上帝之乐歌也。谓周公、成王之时，春郊夏雩以祷求膏雨而成其谷实，为此祭于上帝。诗人述其事而作此歌焉"，申序、笺之说，并以诗作于周公、成王之时。实则，诗之开篇即赞叹"成王"，唯所释不一。毛传谓"成王，成是王事也"，郑笺谓"能成周王之功"，孔疏则以为"成是王事之王，谓周公、成王也"，是虽不以此"成王"为周成王姬诵，然毛、郑以颂皆成王时周公作，故仍以之为周成王事。于此说，后世颇有疑之者。朱子《诗序辨说》即以"序误"，《诗集传》以为"此连上篇，亦戒农官之词……盖成王始置田官，而尝戒命之也"，以义连上篇，同为戒农官言农事之作。然观诗之辞，开篇即"噫嘻成王"，郑笺"噫嘻乎！能成周王之功，其德已著至矣。谓光被四表，格于上下也"，若仅为戒农官之辞，则何以祷及成王？故于朱子之说，后人复多疑之。且其所言"成王始置田官"，尤为人所指疵。明人季本《诗说解颐》驳之曰："农事，古人所急。治农之官，自古有之。况武王所重者民食，岂待成王而始置哉？"所言甚是。唯诗已祷及成王，故或非成王时事。何楷《诗经世本古义》以为："此康王春祈谷也。既得卜于祢庙，因戒农官之诗。《家语》孔子对定公曰：'臣闻天子卜郊，则受命于祖庙而作龟于祢宫，尊祖亲考之义也。'又《左》襄七年：'夏四月，三卜郊，不从。孟献子曰：吾乃今而后知有卜筮。夫郊祀后稷，以祈农事也。启蛰而郊，郊而后耕。今既耕而不郊，宜其不从。'愚以此诗章首有'成王昭格'之语，是此诗作于康王之世，乃主作龟祢宫而言。不然，周自后稷以农事开国，即欲勑农官，何不于始祖之庙举始祖为辞，而顾于成王，何取乎?"以诗祷及成王，故当为康王时事。陆奎勋《陆堂诗学》亦言"据《竹书》，康王三年，定乐歌，吉禘于先王。申戒农官，告于庙"，尤据史籍，定其为康王时事。又，若按朱说仅为戒农官之辞，则亦有若前篇《臣工》仅言农事何以列为颂诗之疑。孔疏已言"经陈播种耕田之事，是重谷。为之祈祷，戒民使勤农业，故作者因其祷祭而述其农事"，是以祈谷所言者自为农事，然其辞乃祷祭于考庙之乐章，自是颂之本色。而观此诗所言农事，尤显特色。"骏发尔私，终三十里。亦服尔耕，十千维耦"，不独偶语精奇，且寄境宏阔。据郑笺"使民疾耕，发其私田。竟三十里者，一部一吏主之。于是民大事耕其私田，万耦同时举也"，三十里地，万耦同举，眼前仿佛，一何壮哉! 嗟乎! 顾我农本之国，竟自何日祈谷之歌消歇，以致万民弃耦而竞相从商者焉?

振 鹭

振鹭于飞①，于彼西雝②。我客戾止③，亦有斯容④。在彼无恶⑤，在此无斁⑥。庶几夙夜⑦，以永终誉⑧。

①振:群飞貌。　②雝:水泽。一说辟雝。　③客:此指夏、商之后。周王以客待之，而不以为臣，故称客。戾:至，来到。止:语尾助词。　④斯容:此容，指白鹭般白洁仪容。　⑤恶:恶感，怨恨。　⑥斁(yì):厌倦，厌弃。　⑦庶几:差不多，此表希望。夙夜:早晚，此指早起晚睡，勤于政事。　⑧永:长。终:众之假借字，盛。马瑞辰《毛诗传笺通释》:"终与众古通用。《后汉书·崔骃传》:'岂可不庶几夙夜，以永众誉。'义本三家诗。"

夏商助祭本无歧，舜后莫从惹议疑。
三恪源追陈祝蓟，何妨杞宋二王为?

此诗明言"我客戾止"，似述周天子待客之事。所言"在彼无恶，在此无斁"，乃誉客之辞,彼,谓其国,此,谓王朝,末二句更以令终而勉之,故旧说以客为来镐京助祭之诸侯。然来助祭之诸侯为谁,何时之事,则所说不一。《毛诗序》曰:"《振鹭》,二王之后来助祭也。"是以为助祭诸侯乃二王之后。郑笺"二王,夏、殷也。其后,杞也,宋也",释序所言二王,以之为夏与殷,而其后则为周时夏后所封于杞者及殷后所封于宋者。孔疏"谓周公、成王之时,已致太平,诸侯助祭,二王之后亦在其中。能尽礼备仪,尊崇王室,故诗人述其事而为此歌焉。天子之祭,诸侯皆助,独美二王之后来助祭者,以先代之后,一旦事人,自非圣德服之,则彼情未适。今二王之后助祭得宜,是其敬服时王,故能尽礼客主之美,光溢王室,所以特歌颂之",释独美二王之后来助祭之由,以之为周公、成王时事。盖武王伐纣灭商后,周王朝求夏禹之后,得东楼公,封于杞地,是为夏之后。又封纣王之子武庚于殷墟,成王初年武庚反叛被诛,乃改封纣王庶兄微子于宋地,是为殷之后。其事《礼记·乐记》《史记·杞世家》及《宋世家》所载甚详。孔疏引郑玄《驳五经异义》"使郊天以天子礼,祭其始祖受命之王,自行其正朔服色",此一政治策略,目的在于怀远柔迩、协和万邦。毛序、郑笺以之解此篇,久无异议,后世论者多从其说。朱熹《诗集传》以为"客,谓二王之后。夏之后杞,商之后宋,于周为客,天子有事膰焉,有丧拜焉者也",故断"此二王之后来助祭之诗",即全承序、笺之言。然至明清,论家始疑之。明人季本《诗说解颐》以为"武王既有天下,封尧后于蓟,封舜后于陈,封禹后于杞,而陈与杞、宋为三恪。此来助祭,独言二王之后,何为不及陈耶?窃意此诗必专为武庚而发,盖武庚庸愚,不知天命,故使之观乐辟雍以养德,庶几其能忠顺耳",遂以为此客实乃殷之后武庚,而时则武王时事。清人姚际恒《诗经通论》进而以为"序说原有可疑者三:周有三恪助祭,何以独二王后,一也。诗但言'我客',不言二客,二也。此篇言有振鹭之容,白也。《有客》篇明言'亦白其马',似指殷后而不指夏后,三也。有此三者,故或以为武庚,或以为微子,所自来矣",亦明指序说之疑,而以为只当指殷之后,唯于武庚或微子似难遽定。方玉润《诗经原始》则以为"武庚被诛,虽有诗亦当删黜,微子嗣封,纵能贤尤应箴规,此指微子较优于武庚之说也",比较武庚、微子之遭际,以指微子较武庚为宜。以此,今人遂多采殷后微子来朝周并助祭之说。按此说所谓周有"三恪"助祭事,据《左传·襄公二十五年》杜预注"周得天下,封夏、殷二王后,又封舜后,谓之恪,并二王之后为三国",是以论者据此疑序说何以遗舜后而仅取夏、殷二后？然则，"三恪"本有二说，《诗》陈风谱孔疏有言"案《乐记》云：'武王未及下车，封黄帝之后于蓟，封帝尧之后于祝，封帝舜之后于陈。下车乃封夏后氏之后于杞，投殷之后于宋。'则陈与蓟、祝共为三恪，杞、宋别为二王之后矣"，依此，则蓟、祝、陈为"三恪"，而杞、宋别为"二王"，且据郑玄《驳五经异义》"三恪尊于诸侯，卑于二王之后"，是以三恪之存，本亦无妨二王之后来助祭，况二王尊于三恪乎？是疑者之论未审，而序、笺之说本亦有据乎？

丰 年

丰年多黍多稌①，亦有高廪②，万亿及秭③。为酒为醴④，烝畀祖妣⑤，以洽百礼⑥，降福孔皆⑦。

①黍：糜子，小米。稌(tú)：稻谷。　②廪：粮仓。　③万亿：周代以十千为万，十万为亿。秭(zǐ)：《尔雅》："秭，数也。"郭璞注："今以十亿为秭。"　④醴：甜酒。　⑤烝：进献。畀(bì)：给予。祖妣(bǐ)：指男女祖先。　⑥洽：配合。百礼：指各种祭祀礼仪。　⑦孔：很，甚。皆：普遍。

高廪丰年稌黍登，酿为酒醴作尝烝。
细寻历历民生事，大报何如洗甲矰？

此诗明言丰年多获，故以之为酒为醴以祀祖先及神灵。盖周以农立国，特重农事，而农事多赖天时，故三百篇中祈雨祈谷之辞特多。就此篇所言"多黍多稌"，王安石《诗经新义》以为"雍冀之地高燥，其谷宜黍，荆扬之地下湿，其谷宜稌，今黍稌皆熟，所以为丰年"，是其年之丰获实属难得，自当庆丰获而报神赐。然究其所报何礼，所祀何神，则说者不一。《毛诗序》曰："《丰年》，秋冬报也。"语甚简，仅以秋冬之报为说。郑笺"报者，谓尝也，烝也"，释序所言秋冬之报，以之为秋尝、冬烝之祭。孔疏"谓周公、成王之时，致太平，而丰稔，秋冬尝烝报祭宗庙，诗人述其事而为此歌焉。经言年丰而多获黍稻，为酒醴以进与祖妣，是报之事也。言烝畀祖妣，则是祭于宗庙。但作者主美其报，故不言祀庙耳。不言祈而言报者，所以追养继孝，义不祈于父祖。至秋冬物成，以为鬼神之助，故归功而称报，亦孝子之情也。作者见其然而主意于报，故此序特言报耳"，则申说尝烝祭于宗庙，而不言祀而言报之由，并以之为周公、成王时事。按周制，祠禴尝烝，乃宗庙四时之祭，而此篇明为丰年庆获，诗序以为"秋冬报"，似与宗庙之祭有别，故笺、疏以为尝烝之祭。然其说至宋儒而疑之。朱子《诗序辨说》即以为"序误"，《诗集传》释之为"此秋冬报赛田事之乐歌。盖祀田祖、先农、方社之属也。言其收入之多，至于可以供祭祀、备百礼，而神降之福，将甚遍也"，以之为祀田祖农神之事。他者或复有祭上帝、祀明堂、祈于郊之说。于此，清人王鸿绪《诗经传说汇纂》概之曰"《丰年》序以为'秋冬报也'。笺以秋冬报为尝烝，王安石以丰年属天地之功，故以此诗为祭上帝。陈祥道引《丰年》以证《礼》，谓秋报者，季秋之于明堂也。吕祖谦谓以祈为郊，则季秋大飨明堂，安知不并歌《丰年》之诗以为报欤？曹粹中谓秋冬大飨，及祭四方八蜡，天地百神，无所不报，同歌是诗。汉唐宋诸儒之说，大约如是。《集传》定为'报赛田事之乐歌'，盖指田祖、先农、方社之属"，基于诸说，王氏以为"详观此诗言黍稌之多，仓廪之富，而得为此酒醴以飨祖考，洽群神，祀事无缺，而百礼咸备，皆上帝之赐，故曰'降福孔皆'也。考祀典，秋冬大报，上自天地，以至方蜡，靡祀不举，祀则有乐。是诗概为报祭之乐章，故序不明斥所祭为何神也"，以此诗乃大报之乐章。按《礼记·郊特牲》"大报天而主日也"，郑注"大，犹遍也。天之神，日为尊"，是以大报遍祭诸神，故序不指所祭何神。方玉润《诗经原始》指言"序不言祭何神，但云'秋冬报'，故后多疑议。若云'大报'，则其义自明矣"，似可释诸多疑议之所自。又，本篇中"万亿及秭。为酒为醴，烝畀祖妣，以洽百礼"四句亦见周颂《载芟》篇，而《载芟》乃春籍田祈谷，此则为秋获而报祭，可见丰年之实即祈望之愿。唯籍田、大报皆王者所为，祈愿丰年以降福万民，然其祈、祭至多，皆可如愿乎？稽诸史迹，豺虎遘患致生民涂炭方为民生之巨患，是以王者若诚为民生计，何不"尽洗甲兵长不用"，而于此徒作祈愿之乐歌哉？

有 瞽

有瞽有瞽①,在周之庭。设业设虡②,崇牙树羽③。应田县鼓④,鞉磬柷圉⑤。既备乃奏,箫管备举⑥。喤喤厥声⑦,肃雝和鸣⑧,先祖是听。我客戾止,永观厥成⑨。

①瞽:盲人,此指盲人乐师。周代常以盲人充任乐官。　　②业:悬挂乐器横木上大板,为锯齿状。虡(jù):悬挂编钟编磬等乐器之直木架,上有业。　　③崇牙:业上大钉,弯曲高耸,形如象牙,用以悬挂乐器。树羽:在崇牙上植饰五彩鸟羽。④应:小鼓。田:大鼓。县(xuán):悬之本字。　　⑤鞉(táo):亦作鼗,一种立鼓。一说为一柄两耳摇鼓。磬:玉石制板状打击乐器。柷(zhù):木制打击乐器,状如漆桶。《尔雅·释乐》郭注:"柷如漆桶,方二尺四寸,深一尺八寸,中有椎柄连底,挏之令左右击。"《释名》:"柷以作乐。"是音乐开始时击柷。圉(yǔ):亦作敔,打击乐器,状如伏虎,背上有锯齿,以木尺刮之发声。《释名》:"敔以止乐。"是乐章奏毕时击敔以止乐。　　⑥箫:古箫如今之排箫,以小竹管排编而成。管:管乐器,如笛之类。　　⑦喤喤:形容乐声洪亮和谐。　　⑧肃雝:形容乐声和谐舒缓。⑨永:终,一直。成:指一曲终了。一说指祭礼完毕。

> 有瞽周庭备管箫,肃雝祫祭客相邀。
> 功成作乐声难驻,留得诗书礼义饶?

此诗所述者,于周王大庭奏乐之盛况。按颂诗本皆为乐章,然直接描写奏乐场景者唯《执竞》及此篇。观《执竞》"钟鼓喤喤,磬筦将将,降福穰穰。降福简简,威仪反反",虽亦写乐,然其义分明落实于祭祀降福。此篇则几乎纯写作乐,末三句固亦及于"先祖"与"我客"之"听"与"观",然其重心显在乐之本身。按《礼记·乐记》所言"乐由天作,礼由地制,过制则乱,过作则暴。明于天地,然后能兴礼乐也",是以乐之作绝非无义。然于此篇乐之何以作,所蕴何义,则说者不一。《毛诗序》曰:"《有瞽》,始作乐而合乎祖也。"是以此篇纪始作乐而合乎祖之事。其"合乎祖",据《经典释文》"本或作合乎太祖"。郑笺"王者治定制礼,功成作乐。合者,大合诸乐而奏之",以王者治定功成大合诸乐而奏释序之言。孔疏申之曰"谓周公摄政六年,制礼作乐,一代之乐功成,而合诸乐器于太祖之庙奏之,告神以知善否,诗人述其事而为此歌焉。经皆言合诸乐器奏之事也。言合于太祖,则特告太祖,不因祭祀,且不告余庙,以乐初成,故于最尊之庙奏之耳",又曰"此太祖,谓文王也",则以为周公作乐成而特奏于文王之庙而告之,仅以告乐,不因祭祀。后之人多从其说。朱熹《诗集传》即言"序以此为'始作乐而合乎祖'之诗。两句总序其事也",姚际恒《诗经通论》亦以为"小序谓'始作乐而合乎祖',近是。祖,文王也,成王祭也",皆衍序说而为言。今人高亨《诗经今注》甚则引《礼记·月令》所载"季春之月……是月之末,择吉日,大合乐,天子乃率三公、九卿、诸侯、大夫亲往视之",以为"大合乐于宗庙,是把各种乐器会合一起奏给祖先听,为祖先开个盛大的音乐会",即以之为此诗之本事。然则,《礼记·月令》之载乃为定期举行之仪式,而按序、笺之说则为乐始成而告于文王之庙,显非一事。实则,明人何楷《诗经世本古义》已疑笺、疏释序意有误,以为"序意谓成王至是始行合祖之礼,大奏诸乐云尔,非谓以新乐始成之故合乎祖也",以序所言"合"者为"大祫",故此诗所述者当为"大祫"之祭。清人方玉润《诗经原始》据之以为"诸家多以乐初成而荐之祖考为言,乐初成而荐之祖考,何劳'我客戾止'? 今'先祖是听',我客亦止,则必举行祫祭大典可知。故何说较诸家为尤精耳",亦以诗之所述者,当为成王行大祫祭礼之事。今观诗之辞,奏乐之盛况,形象而生动。据《周礼·春官》"瞽蒙,上瞽四十人,中瞽百人,下瞽百有六十人",另有"眡瞭三百人",贾公彦疏"眡瞭,目明者,以其扶工",即乐队中配备视力正常者作盲人乐师之助手,六百人齐奏,足见场面之盛大壮观。诗言"设业设虡",列应、田、鞉、磬、柷、圉、箫、管等乐器,与《周礼·春官》所载"瞽蒙掌播鼗、柷、圉、埙、箫管、弦歌"亦基本相符。盖大祫之祭,自多蕴义。谢枋得《诗传注疏》有言"舜作乐而曰'虞宾在位,祖考来格',成王合乐而曰'先祖是听,我客戾止',以先代之后与先祖并言,尊之至也。《书》曰'崇德家贤',统承先王修其礼物,非尊其后,尊圣帝明王也",方玉润《诗经原始》亦言"'我客'而与'先祖'并题,亦犹舜之虞宾在位,其所以尊之者为何如哉",析合乐之义堪称详切,极见礼乐内蕴之所寄。唯礼义之蕴,须藉乐以感人,然乐声难驻,古乐无传,礼义之蕴尚可得之乎?

潜

猗与漆沮①,潜有多鱼②。有鳣有鲔③,鲦鲿鰋鲤④。以享以祀,以介景福⑤。

①猗与:赞叹词。漆沮:二水名。漆水源出陕西大神山,西南流至耀县会沮水。沮水源出陕西分水岭,东南流会漆水。两水既合,亦称石州河,东南流入渭水。②潜:通椮(sēn),置水中供鱼栖止之柴堆。一说潜藏。　③鳣(zhān):鳇鱼,无鳞,肉黄,大者可达二、三丈长。鲔(wěi):鲟鱼,长一、二丈。　④鲦(tiáo):白条鱼,长仅数寸,状如柳叶,鳞细而白。鲿(cháng):黄颊鱼,尾微黄。鰋(yǎn):鲇鱼,无鳞。　⑤介:助。一说祈求。景:大。

　　漆沮水冷潜鱼多,鳣鲔鲦鲿一网罗。
　　翻觉戾天鸢影只,于渊何处跃清波?

此诗之所述,乃献漆、沮二水之多鱼于宗庙,“以享以祀”,祭祖祈福。然诗语简短,于所述何时何祭,说者不一。《毛诗序》曰:“《潜》,季冬荐鱼,春献鲔也。”是以冬荐鱼、春献鲔而为说,似以所祭者有二,且所献之鱼种亦有不同。郑笺“冬鱼之性定,春鲔新来。荐,献之者,谓于宗庙也”,释序之所言冬鱼春鲔之说。孔疏申之曰“谓周公、成王太平时,季冬荐鱼于宗庙,至春又献鲔,泽及潜逃,鱼皆肥美,献之先祖,神明降福,作者述其事而为此歌焉”,则以之为周公、成王时事。据《礼记·月令》载,季冬“命渔师始渔,天子亲往,乃尝鱼,先荐寝庙”,季春“荐鲔于寝庙”,是以冬、春荐鱼,本有其事,序、笺当本此以为说,故此诗似即此荐鱼于宗庙之乐歌。然观诗之辞,以潜有多鱼,遍言鳣、鲔、鲦、鲿、鰋、鲤,序何以于冬言鱼,于春仅言鲔?孔疏据《月令》之意,以为“冬则众鱼皆可荐,故总称鱼,春唯献鲔而已,故

591

特言鲔"。后世论者多从其说。朱熹《诗集传》亦以此诗实赋其事，引《月令》之言"季冬，命渔师始渔，天子亲往，乃尝鱼，先荐寝庙。季春，荐鲔于寝庙"，以为"此其乐歌也"，承孔疏以为言。然则，既为其乐歌，而荐鱼有冬、春之别，则此歌何属？清人方玉润《诗经原始》以为："鱼本二季皆可荐，而诗云'潜有多鱼'，下并举六鱼以实之者，是冬令鱼潜不行而肥美，凡鱼皆可荐之时也。故总举六鱼，随荐皆可，用以为乐。若季春，鲔始出而浮，阳鱼之先至者也，故单荐鲔。此诗非其乐矣。序乃统而言之，《集传》亦不敢有异说，岂深知文义者乎？"辨析甚详审，是以荐鱼分冬、春之不同，而乐歌则属冬荐之事，比照诗辞之遍举六鱼，其或然欤？又，既取鱼以荐宗庙，水皆有鱼，何以独言漆、沮？毛传"漆、沮，岐周之二水也"，孔疏释之曰"漆、沮自鄜历岐周以至丰、镐，以其荐献所取，不宜远于京邑，故不言鄜。言岐周者，镐京去岐不远，故系而言之，其实此为潜之处当近京邑"，仅以地近而为言。然其说后人或疑之。清人李黼平《毛诗䌷义》以为"镐京去岐三百余里，不可谓不远。传言岐周，明此为成王六年蒐于岐阳荐献先王别庙之诗，乃是就地取鱼，故经表以漆、沮"，其以漆、沮与京邑非为地近而疑孔疏之说，却仍以地近而指成王六年事。实则，漆、沮二水乃周氏族发祥之地，据《史记·周本纪》，公刘"自漆、沮渡渭，取材用，行者有资，居者有畜积，民赖其庆。百姓怀之，多徙而保归矣。周道之兴自此始"，古公亶父"乃与私属遂去鄜，渡漆、沮，逾梁山，止于岐下"，是以漆、沮之鱼献祭宗庙，尤具蕴义。胡承珙《毛诗后笺》即以为"周公制礼，合万国之欢心以事其先王，则祭时备物，四海九州之美皆具，何必以漆、沮非近京邑为疑。况岐周为兴王之地，取其所有而荐之，示不忘本，亦思其所嗜之意。经言漆、沮，传言岐周，皆指其实，非以镐、岐相近系而言之也"，可谓识得诗人蕴义之所在。唯制礼祭祖，自具合万国欢心之大义，然按此诗所述，遍举六鱼，似欲网罗尽之而后快。正若孔疏所言"冬月既寒，鱼不行，乃性定而肥充，故冬荐之也"，方玉润《诗经原始》亦言"冬令鱼潜不行而肥美，凡鱼皆可荐"，是以趁冬令水冷鱼潜不行而可尽得潜中肥美之鱼以饱神人口腹之欲乎？观《礼记·中庸》有言"诗云'鸢飞戾天，鱼跃于渊'，言其上下察也。君子之道，造端乎夫妇，及其至也，察乎天地"，朱熹《训蒙绝句》诗云"此理充盈宇宙间，下穷鱼跃上飞鸢。飞斯在上跃斯下，神化谁知本自然"，是鱼跃与鸢飞所显者察乎天地之道，而若此则鱼尽网罗而鸢飞影只，于道则何所察焉？

雝

有来雝雝①,至止肃肃②。相维辟公③,天子穆穆。於荐广牡④,相予肆祀⑤。假哉皇考⑥,绥予孝子⑦。宣哲维人⑧,文武维后⑨。燕及皇天⑩,克昌厥后⑪。绥我眉寿⑫,介以繁祉⑬。既右烈考⑭,亦右文母⑮。

①有:语助词。来:指前来祭祀之人。雝雝:和睦貌。 ②至止:到达。肃肃:严肃恭敬貌。 ③相:助,此指助祭之人。维:是。辟公:指诸侯。 ④於:赞叹声。荐:进献。广:大。牡:指大公牛等雄性牲口。 ⑤相:助。予:周天子自称。肆:陈列,此指陈列祭品。肆祀,陈列祭品而祭祀。 ⑥假:嘉。假哉,即美哉,赞美之词。皇考:对已故父亲之美称。 ⑦绥:安,此用作使动。予孝子:主祭者自称。绥予,即使予安定。 ⑧宣哲:明达聪智。人:此指臣。 ⑨文武:文治武功。后:君王。 ⑩燕:安。燕及皇天,指国治民安,上天无灾异降临。⑪克:能。昌:兴盛。厥后:其后,指后代子孙。 ⑫绥:赐。眉寿:长寿。⑬介:助,佑。繁祉:多福。 ⑭右:通侑,劝酒食之意。一说即佑,指受到保佑。烈:有功业。一说光明。烈考,有功业之先父。 ⑮文母:有文德之母亲。王引之《经义述闻》:"《传》以文母为太姒者,以上文皇考是文王,则文母当为太姒。非谓因文王而称文母也。"

天地人神时岁迎,内庭万国藉和鸣。

尝疑周祚何由治?禘祫真如作大羹!

此诗当为周王祭祀先祖之乐歌,然何王时作及所祀何祖,颇多异说。《毛诗序》曰:"《雝》,禘大祖也。"仅言所祭者为大祖。郑笺"禘,大祭也。大于四时而小于祫。大祖,谓文王",释序所言禘之义,并以大祖为文王。孔疏继言"《雝》者,禘大祖之乐歌也。谓周公、成王太平之时,禘祭大祖之庙。诗人以今之太平由此大祖,故因其祭述其事而为此歌焉。经言祭祀文王,诸侯来助,神明安康,孝子受予之多福,皆是禘文王之事也",以为成王时禘祭文王。然周人以后稷为大祖,此何以言文王?孔疏曰"知大祖谓文王者,以经云'假哉皇考',又言'文武维后',是此皇考为天下之人后,明非后稷。若是后稷,则身非天子,不得言维后也。大祖谓祖之大者,既非后稷,明知谓文王也",比照诗辞,以释此大祖之所以为文王之故。然于此说,朱子疑之,《诗序辨说》引《礼记·祭法》"周人禘喾""天子七庙"之言,以为"三昭三穆及大祖之庙而七,周之大祖即后稷也。禘喾于后稷之庙,而以后稷配之。所谓'禘其祖之所自出,以其祖配之'者也",又引《祭法》"周祖文王",以为"春秋家说'三年丧毕,致新死者之主于庙',亦谓之吉禘,是祖一号而二庙,禘一名而二祭。今此序云'禘大祖',则宜为禘喾于后稷之庙矣。而其诗之词无及于喾、稷者,若以为吉禘于文王,则与序已不协,而诗文亦无此意,恐序之误也。此诗但为武王祭文王而彻俎之诗,而后通用于他庙耳",辨之甚详。以为序之言大祖当指后稷,笺、疏释其义不确,而序之指后稷本亦有误。以此篇当为武王祭文王而彻俎之诗,而后通用他庙之乐歌。《诗集传》引《周礼·大司乐》"及彻,帅学士而歌彻,令相",指"说者以为即此诗",复引《论语·八佾》"三家者以《雍》彻。子曰'相维辟公,天子穆穆',奚取于三家之堂",尤已明著为彻祭之歌。然吕祖谦《吕氏家塾读诗记》则从序之说,明以其所言"大祖即后稷"。清人或有从此说者。李黼平《毛诗紬义》以为"按《释诂》'皇、王、后、辟、公、侯,君也',君兼天子诸侯,未尝专属天子。且从来称稷者不皆曰后稷乎?成王时五庙,后稷为大祖庙,大王、王季、文王、武王为四亲庙,不闻废后稷而立文王为大祖庙也。以序之大祖、经之皇考为文王,自是笺义,序、传不必然也",意者复序所言大祖乃后稷义,而以大祖为文王乃郑笺之误释。然考《汉书·楚元王传》录刘向之言曰"文王既没……当此之时,武王、周公继政,朝臣和于内,万国欢于外,故尽得其欢心以事其先祖。其诗曰'有来雝雝,至止肃肃。相维辟公,天子穆穆',言四方皆以和来也",已明指此篇为武王时诗。又,诗之辞有"皇考""烈考",复有"文母",毛传"文母,太姒也",是以皇考、烈考显非称后稷之所宜,且若于祀后稷而兼及太姒,尤属不伦。方玉润《诗经原始》已言"若如笺、疏以为成王禘祭文王之诗,则诗中'烈考'、'皇考'之称既不可通,即文母之祭亦与禘义无涉,故不若从《集传》之为当也",析诗辞之情境,参之以

《周礼》《论语》之载,以朱子所言武王祭文王而徹俎之诗为当,其或然欤？唯读周颂之祀,于时令则祠禴烝尝,于地点则郊庙明堂,于对象则先祖神灵,于规模复有四时禘祫,其祭事一何繁也！《礼记·乐记》有言"《清庙》之瑟,朱弦而疏越,一倡而三叹,有遗音者矣。大飨之礼,尚玄酒而俎腥鱼,大羹不和,有遗味者矣",岂周祚延承几八百年,端赖此和人心以为治焉？

载　见

　　载见辟王①,曰求厥章②。龙旂阳阳③,和铃央央④。鞗革有鸧⑤,休有烈光⑥。率见昭考⑦,以孝以享⑧。以介眉寿,永言保之,思皇多祜⑨。烈文辟公⑩,绥以多福,俾缉熙于纯嘏⑪。

　　①载:始。辟王:君王,此指周成王。　　②曰:同聿,发语词。厥:其。章:典章法度。指车服礼仪之文章制度。《郑笺》:"此诗始见君王,谓见成王也。曰求其章者,求车服礼仪之文章制度也。"　　③龙旂(qí):绘有蛟龙图案之旗。《郑笺》:"交龙为旂。"阳阳:鲜明。一说即扬扬,飘动飞扬貌。　　④和:挂于车轼前之铃。铃:挂于旂上之铃。一说挂于车衡上之铃。央央:铃声。　　⑤鞗(tiáo)革:马辔头。有鸧(qiāng):鸧鸧,铜饰美盛貌。《郑笺》:"鞗革,辔首也。鸧,金饰貌。"一说铜饰相击之声。　　⑥休:美。《郑笺》:"休者,休然盛壮。"有:同又。烈光:光亮。⑦率:带领。昭考:皇考,此指周武王。周代宗庙制度,始祖庙居中,其他祖宗依次左右排列,左称昭,右称穆。周武王庙在左,故称昭考。　　⑧孝、享:皆献祭之意。⑨思:发语词。皇:大。祜:福。　　⑩烈:有武功。文:有文德。辟公:诸侯公卿。⑪俾:使。缉熙:光明,显耀。纯嘏:大福,美福。

　　　　旂辔远来求厥章,率将宗庙祭昭王。

　　　　可曾真法无由授,赢得春秋贼子狂？

　　此诗所述者,诸侯觐见周王,周王率诸侯见昭考祭庙祈福之事。然诸侯所来何事,诗之主旨何在,论者所说不一。《毛诗序》曰:"《载见》,诸侯始见乎武王庙也。"仅以诸侯始见武王庙为说。观诗言"载见",毛传"载,始也"。诗又言"率见昭考,以孝以享",毛传"昭考,武王也。享,献也"。是以序以之为诸侯始见武王之庙,则似为助祭之事。然诗首言"载见辟王",郑笺"诸侯始见君王,谓见成王也",故始见者当为成王,序何以独言始见武王之庙?孔疏释之曰"谓周公居摄七年,而归政成王。成王即政,诸侯来朝,于是率之以祭武王之庙,诗人述其事而为此歌焉。经言诸侯来朝,车服有法,助祭得福,皆为见庙而言,故举见庙以总之。案,经'载见辟王',谓见成王也。又言'率见昭考',乃是见于武王之庙。今序唯言始见于武王庙,不言始见成王者,以作者美其助祭,不美朝王。主意于见庙,故序特言之。但诸侯之来,必先朝而后助祭,故经始见君王与率见昭考为首引耳",以诸侯来朝,自当先见成王,后由成王率而祭于武王之庙,然因作者主意美诸侯助祭,故序独言见武王之庙。后世论家多有从其说者。朱熹《诗集传》即言"昭考,武王也。庙制,太祖居中,左昭右穆。周庙文王当穆,武王当昭,故《书》称'穆考文王',而此诗及《访落》皆谓武王为'昭考'。此乃言王率诸侯,以祭武王庙也",清人王鸿绪《诗经传说汇纂》亦言"成王新即政,率是百辟见于昭庙,以隆孝享。一以显耆定之大烈弥光,一以彰万国之欢心如一。有丕承王业、畏怀天下气象,故曰始也。若泛言诸侯助祭,则烈祖有功德之庙多矣,何独诣武王一庙而作此歌乎",发挥序说之义,颇得会心。唯成王即政,周公制礼作乐已成,故诸侯来朝,既须"率见昭考",尤欲"曰求厥章"。郑笺有言"曰求其章也,求车服礼仪之文章制度也",已略及其义。明人朱善《诗解颐》以为"诸侯之来朝,将以禀受法度也。而我乃率之以祀武王,何也?盖先王者,法度之所从出,而宗庙者,又礼法之所由施也",揭橥诗旨,识见精卓,实乃蕴义关捩之所在。故诗之首"载见辟王",乃在"曰求厥章",而其后"率见昭考,以孝以享",乃循法度之所从出者。似此,诗之主意并非全为美诸侯助祭,而"求厥章"之义实不可忽。《毛诗李黄集解》载李樗之言"此诗为新君即位,诸侯来朝,求新法度文章",顾镇《虞东学诗》亦谓"犹今言请训",释求厥章之义甚明晰。考《墨子·尚同》尝言"周颂道之曰'载来见彼王,聿求厥章'",则此语古者国君诸侯之以春秋来朝聘天子之廷,受天子之严教,退而治国,政之所加,莫敢不宾。当此之时,本无有敢纷天子之教者",所引即此诗,而其以"求厥章"为"受天子之严教",观李、顾二说,正与之合。其所发者,抑此篇所蕴之真义欤? 然究求法度以治国言之,则犹有辨者。盖法度规章,固在治世安民,然揆诸其实,却无不因时因地而异。故求其厥章,可得真法乎? 若《孟子·滕文公下》所言"世衰道微,邪说暴行有作,臣弑其君者有之,子弑其父者有之",岂非正是诸侯求得厥章之后? 虽有孔子为之作《春秋》,而乱臣贼子果曾惧乎?

有 客

有客有客①,亦白其马②。有萋有且③,敦琢其旅④。有客宿宿⑤,有客信信⑥。言授之絷⑦,以絷其马⑧。薄言追之⑨,左右绥之⑩。既有淫威⑪,降福孔夷⑫。

①客:指宋微子。周既灭商,封微子于宋,以祀其先王,微子来朝祖庙,周以客礼待之,故称为客。一说指箕子。　②白其马:白马。其,语助词。白为纯洁之色,殷商尚白,以白马为美,故来朝作客乘白马。　③有萋有且(jū):即萋萋且且,形容随从众多貌。　④敦琢:雕琢,本为治玉之名,喻人员经过雕琢,既贤又美。一说引申为选择之意。旅:通侣,伴侣,此指随行众臣。　⑤宿:住一夜。宿宿,谓宿而又宿。　⑥信:住二夜。信信,谓信而再信。　⑦言:语助词。絷:绳索。　⑧絷:此用作动词,以绳系之。　⑨薄言:发语词。追:饯行。一说追送。　⑩左右:指周王左右群臣。绥:安抚。　⑪淫威:《毛传》:"淫,大。威,则。"一说大德。一说凶祸,奇祸。　⑫夷:大。孔夷,很大。

殷后祀禋客礼分,追绥絷马亦何欣?
武庚枭首胥余遁,子启情甘作宋君?

此诗所述者,先言客之至,中言客之留,末言客之去,极见来客之贤良及主人待

597

客之道。因诗列于颂，故当为周王之事。按《经典释文》"有客，二王之后为客"，以夏之后杞、殷之后宋，所谓二王之后，于周皆为客，而此诗有"亦白其马"之言，毛传"殷尚白也"，故论者以此客为殷之后。然此客究为何人及何时来周，则说者不一。《毛诗序》曰："《有客》，微子来见祖庙也。"是以此篇所述乃宋微子来朝周见祖庙之事。郑笺"成王既黜殷命，杀武庚，命微子代殷后，既受命来朝而见也"，释序所言客为微之由。孔疏申之曰"谓周公摄政二年，杀武庚，命微子代为殷后，乃来朝而见于周之祖庙，诗人因其来见，述其美德而为此歌焉。经之所陈，皆说微子之美，虽因见庙而歌，其意不美在庙，故经无庙事。为周太平之歌，而述微子之美者，言王者所封得人，即为王者之美，故歌之也。言见祖庙，必是助祭"，释序之言见庙、笺之言微子代为殷后之所由，并定其为周公摄政二年之事。然序言"见庙"，孔疏以为周公摄政二年事，或有疑者。盖周公摄政二年，尚在东征武庚、管、蔡，七年方返政成王，若此之际，主客情融来见祖庙，似非其宜。故清人庄述祖《周颂口义》以为"此诗与《载见》同时，或言祖庙，或言武王庙，互举以见义"，今人黄焯《诗疏平议》亦言"《载见》正义以为周公摄政七年后，成王即政，朝见诸侯，率以祭武王庙之乐歌。此诗之助祭，宜亦为祭武王"，以为与《载见》同时，当亦为成王即政后事。是以诸侯来觐成王，成王率以祭武王之庙，而诸侯中自有二王之后，其或然欤？另据《白虎通义》，鲁诗亦以此诗为微子朝周，同毛诗之说。朱子从之，《诗集传》径言"此微子来见祖庙之诗"，又言"客，微子也。周既灭商，封微子于宋，以祀其先王，而以客礼待之，不敢臣也"，皆承序、笺以为说。然于其说，明清论者或疑之。姚际恒《诗经通论》引邹肇敏之言《愚以为箕子也。《书》武王十三祀，王访于箕子，乃陈《洪范》。此诗之作，其因来朝而见庙乎"，方玉润《诗经原始》亦径言"箕子来朝见祖庙"之诗。然则，稽诸商祚倾覆之际，箕子心系商祚甚烈，《尚书·微子》载箕子之言"商其沦亡，我罔为臣仆"，武王灭商后，箕子逃往箕山，再度远遁朝鲜，后虽曾朝周，然经殷商故都作《麦秀歌》，痛抒亡国之恨，似皆与主客情融之境不合。据《左传·僖公二十四年》"宋成公如楚，还入于郑。郑伯将享之，问礼于皇武子。对曰：宋，先代之后也，于周为客，天子有事膰焉，有丧拜焉"，可证宋于周为客，且箕子未尝封宋，自以微子为宜。又，序以此诗为"见庙"，则武王已逝见于宗庙之谓，据《史记·宋世家》，箕子朝周，武王尚在世，武王逝后即不言箕子事，故此亦当以微子为是。然究微子来朝之事，亦或有可疑之者。盖商祚倾覆，武庚被诛，箕子远遁，微子乃殷末三仁，却情甘受周之封而为宋之君乎？且若此主客情融而朝周助祭周之祖庙乎？方苞《朱子诗义补正》以为"微子大贤，以先祀之重，不得已而臣周，故《振鹭》二诗，无一语及助祭，惧伤贤者之心也"，吴闿生《诗义会通》亦云"淫威者，犹云奇祸，谓天降之灾，非谓周人之作威福也。今人有被灾祸者，其亲戚相慰藉，必曰：子之祸甚酷矣，自今以往其安泰矣。此噢咻深切之词，毋庸为讳"，揭其深蕴，前人所未曾及者。是微子深心之隐，由兹稍得发其微乎？

武

於皇武王①，无竞维烈②。允文文王③，克开厥后④。嗣武受之⑤，胜殷遏刘⑥，耆定尔功⑦。

①於：赞叹词。皇：光耀，伟大。　②竞：强。一说争，比。维：其。烈：功业。此指武王伐商之功。　③允：信，诚。文：文德。此指文王所施政教。　④克：能。厥：其。后：后代子孙。　⑤嗣：后嗣。武：指周武王。　⑥遏：制止。刘：杀戮。　⑦耆（zhǐ）：致，达到。尔：指周武王。

> 兵陈牧野杵流飘，大武再成商祚消。
> 无竞尔功天下颂，岂知美善不如韶？

此诗开篇明著"武王"，当为颂美武王之辞。言其承文王之开基，胜强敌，灭殷商，终得举世无双之功业。诗虽仅七句，意绪颇见一波三折，使原本板滞之颂诗显得吞吐从容，涌动高远宏大之气势，显为颂诗之上品。然诗何以作，何时何人所作，其说不一。《毛诗序》曰："《武》，奏《大武》也。"是以此篇乃《大武》之乐歌。郑笺"《大武》，周公作乐，所为舞也"，释序所言《大武》之义，以为周公所作，配舞而歌。孔疏申之曰"谓周公摄政六年之时，象武王伐纣之事，作《大武》之乐，既成而于庙奏之，诗人睹其奏而思武功，故述其事而作此歌焉。经之所陈，皆武王生时之功也",又曰"以王者功成作乐,必待太平。《明堂位》云:周公摄政六年,制礼作乐。故知《大武》是周公作乐所为舞也。谓之武者,《礼器》云:乐也者,乐其所自成。注云:乐者,缘民所乐于己之功。然则以武王用武除暴,为天下所乐,故谓其乐为武乐。武乐为一代大事,故历代皆称大也",则以周公摄政六年制礼作乐之时,象武王伐纣之事而颂其功,所作奏于庙之舞乐,复引《礼记》之言,以释《大武》之名实及其内蕴之所由。于其说,后世论者多有从之者。朱熹《诗集传》释为"周公象武王之功,为《大武》之乐。言武王无竞之功,实文王开之,而武王嗣而受之,胜殷止杀,以致定其功也",即全承笺、疏之义而为言。然按《左传·宣公十二年》"楚子曰……武王克商,作《颂》曰'载戢干戈,载櫜弓矢。我求懿德,肆于时夏。允王保之'。又作《武》,其卒章曰'耆定尔功'",又《左传·襄公二十九年》载吴公子季札来聘,请观周乐,"见舞《大武》者",杜预注"武王乐也",则似以此《武》之篇乃武王所作。故于此篇作者,复生聚讼。朱熹《诗集传》辨之曰"以此诗为武王所作,则篇内已有武王之谥,而其说误矣",而据近人王国维、郭沫若之考证,周代春秋之前尚无谥法,谥法至战国始定,文、武、成、康皆生时之称,故以此篇可为武王之作。然据《左传》孔疏"武王克商作颂者,武王克商,后世追为作颂,颂其克商之功,非克商之作也。《国语》引此云'周文公之颂曰',则此周公所作也",引《国语》之言,已以为周公之作。于此,吴闿生《诗义会通》以为"意者,乐舞作于武王时,而其诗则武王没后之所作欤",揣诸诗乐所成之情境,其或然欤? 又,据《左传》之言"又作《武》,其卒章曰'耆定尔功'",此诗为《大武》乐章无疑,然"大武六成",此言"卒章",因有以此诗为《大武》之末篇者,并有与今本诗篇次不类之疑。实则,孔疏已言"既作《时迈》,又作《武》篇也。颂皆一章,言其'卒章'者,谓终章之句也",以"卒章"乃谓一章之末句,观"耆定尔功"乃此篇之末句,所言正与诗合。而究此篇于"大武六成"之位序,据《礼记·乐记》孔子与宾牟贾言"且夫《武》始而北出,再成而灭商",可知此诗乃《大武》系列乐章之第二篇。观诗之辞,诗人言武王无竞之功,实文王开之,而武王嗣而受之,伐商除暴,成此王功,显为极颂之辞。然则,周、殷兴替,所谓"有命自天",实乃成王败寇之言。而武王伐纣,虽曰止暴,然其何所以止者,亦正若《太公六韬》所言"圣人号兵者为凶器"。牧野之战,《尚书·周书·武成》有"血流飘杵"之纪,《逸周书·世俘》亦有"馘魔亿有十万七千七百七十有九"之说,足见惨烈。故《论语·八佾》有言"子谓《韶》,尽美矣,又尽善也。谓《武》,尽美矣,未尽善也",是孔子于武王之功业本有所憾焉?何儒之道统仍以文、武为不可或缺之核心主脉焉?

闵予小子

闵予小子①,遭家不造②,嬛嬛在疚③。於乎皇考,永世克孝。念兹皇祖④,陟降庭止⑤。维予小子,夙夜敬止⑥。於乎皇王⑦,继序思不忘⑧。

①闵:通悯,怜念。予小子:成王自称。小子,年少,对先祖亦可自称小子。 ②不造:不幸,不善。此指遭周武王之丧。 ③嬛(qióng)嬛:同茕茕。《说文》及《汉书·匡衡传》引此诗皆作"茕茕",孤独无依靠貌。疚:忧伤。 ④皇祖:对已故祖父之美称,此指周文王。 ⑤陟降:上下,升降。此指提升与降级。庭:亦作廷,直,公正。止:语气词。 ⑥夙夜:早夜。此指朝夕,日夜,即天天、时时。敬:谨慎。 ⑦皇王:指先代君主,兼指文王、武王。 ⑧序:通绪,事业。思:语助词。

小子嬛嬛在疚居,念兹祖考降庭除。
却嗟克孝先王事,不觉皋鱼泣肇初?

此诗以"予小子"自言,先言遭家不幸而处孤独无依之境,次则追念皇考皇祖之功德,复以日夜勤敬继承王业为誓。揣其语境,当是周成王除武王之丧,将要临政前祭告宗庙之辞。然于何人何时所作,则说者不一。《毛诗序》曰:"《闵予小子》,嗣王朝于庙也。"是仅以嗣王朝庙而为言。然嗣王何指?郑笺"嗣王者,谓成王也。除武王之丧,将始即政,朝于庙也",则明以嗣王即指周成王,并以为诗乃成王除武王之丧将即政之时告祭祖庙之作。孔疏辨之曰"此朝庙早晚,毛无其说。

毛无避居之事,此朝庙事,武王崩之明年,周公即已摄政,成王未得朝庙,且又无政可谋,此欲夙夜敬慎,继续先绪,必非居摄之年也。王肃以此篇为周公致政,成王嗣位,始朝于庙之乐歌,毛意或当然也",又曰"郑以为成王除武王之丧,将始即政,则是成王年十三,周公未居摄,于是之时,成王朝庙,思继先绪,《访落》与群臣共谋,《敬之》则群臣进戒,文相应和,事在一时,则俱是未居摄之前,后至太平之时,诗人追述其事为此歌也。《小毖》言惩创往时,则是归政之后元年之事",辨毛、郑说之异,以王肃之说以释毛意,意者毛以此篇乃周公致政成王之后事,郑则以之为未居摄之前事,且以此篇及《访落》《敬之》皆一时之作,而《小毖》则致政后事。于此异说,清人胡承珙《毛诗后笺》以为"《烈文》序云:'成王即政,诸侯助祭。'彼疏云:'《烈文》勅戒诸侯,以赏罚为己任,非复丧中之辞,故知是致政后年之事。'然则《闵予小子》序变成王言嗣王,又但云'朝于庙',其为免丧后始朝于庙可知……唯据王肃之说,以周公致政,成王始朝于庙,则误矣",又曰"毛以闵、疚皆训病,正当为免丧后之辞。疏述笺意,又谓太平之时诗人追述其事,亦未必然也",比勘前后序、笺之言,断此篇决非周公致政后事,而当为成王丧毕之辞。按《汉书·匡衡传》引匡衡之疏曰"诗云'茕茕在疚',言成王丧毕思慕,意气未能平也,盖所以就文、武之业,崇大化之本也",就其诗语多意气未平之意,即明以为乃丧毕思慕之辞。今味诗之辞,所谓"遭家不造,嬛嬛在疚",是正当痛忧之时,显然不似周公致政后之言,亦与太平之时诗人追述其事之情境不合。故清人姚际恒《诗经通论》以为"何玄子引殷大白《副墨》曰'武王既葬而祔主于庙',似为得之",今人黄焯《诗疏平议》亦言"《曲礼》'天子在丧曰予小子',兹更系之以闵,若已免丧而即吉,无缘过作哀苦之辞。匡衡既言'丧毕思慕,意未能平',朱子旧说亦谓'既其辞知其哀未忘',则王肃谓为周公致政后之诗,必非传意",可谓体情深切,颇为知言。由此,则诗之首三句方在丧中,后复将有事于朝政,终发继绪祖考之誓,岂不正与既葬而祔主于庙之情境合? 故诗之所言"永世克孝""夙夜敬止",实乃孝思蕴义之所在。朱熹《诗集传》谓"言武王之孝,思念文王,常若见其陟降于庭。犹所谓见尧于墙,见尧于羹也",见尧于墙、见尧于羹典出《后汉书·李固传》引李固之言"昔尧殂之后,舜仰慕三年,坐则见尧于墙,食则睹尧于羹,斯所谓'聿追来孝'",李贤注"聿,追也。《诗》大雅曰'文王烝哉'、'遹追来孝',言文王能述追王季勤孝之行也",此皆以孝之典型释诗,颇得其蕴。盖武王卒时成王未及弱冠,故自言"闵予小子",方玉润《诗经原始》因称"此当为成王冲幼第一章诗",想其"嬛嬛在疚"之情状如睹,皋鱼之泣或由此感其心而肇其初焉?

访 落

访予落止①,率时昭考②。於乎悠哉③,朕未有艾④。将予就之⑤,继犹判涣⑥。维予小子,未堪家多难。绍庭上下⑦,陟降厥家⑧。休矣皇考,以保明其身⑨。

①访:谋,商讨。落:始。　②率:遵循。时:是,这。昭考:指武王。③於乎:感叹词。悠:远。　④朕:我,成王自称。艾:《郑笺》:"艾,数也。我于是未有数。言远不可及也。"马瑞辰《毛诗传笺通释》:"《尔雅·释诂》:'艾,历也。''历,数也。'……历当读为阅历之历,笺释'未有艾'为未有数,犹有未有历也。"⑤将:助。就:接近,趋向。　⑥犹:通猷,图谋,计划。判涣:分散。《毛传》:"判,分。涣,散也。"一说大。马瑞辰《毛诗传笺通释》:"判涣,叠韵,字当读与《卷阿》诗'伴奂尔游矣'同。伴、奂皆大也。《说文》:'伴,大貌。'奂字注:'一曰:大也。'"　⑦绍:继。此指武王继承文王。庭:公正。上下:指升降官吏。　⑧陟降:提升与贬谪。陟降厥家,谓正确任免臣下以安定国家。　⑨保:佑。明:勉。

即政庙朝昭考恩,未堪家难语多怨。
周公辅戒殷勤甚,访落何曾置片言?

此诗及下篇皆以"予小子"而为言,与前篇《闵予小子》似,故皆当为成王之事。诗言始谋国事,当遵昭考,然以年幼无识,且遭家国之多难,唯祈群臣相助,皇考勉佑。观其剖明心迹,且两提"昭考""皇考",当为告祭于武王庙之辞。然于其告祭于何时,则说者不一。《毛诗序》曰:"《访落》,嗣王谋于庙也。"是仅以成王谋于武王之庙而为言。至所谋何事,与谁人谋?则语简不及。郑笺"谋者,谋政事也",又曰"成王始即政,自以承圣父之业,惧不能遵其道德,故于庙中与群臣谋我始即政之事。群臣曰:当循是明德之考所施行。故答之以谦曰:於乎远哉!我于是未有数,言远不可及也。女扶将我就其典法而行之,继续其业,图我所失分散者,收敛之",比照诗之辞,释序说谋于庙之事,当合其义。于此告祭先王之庙而与群臣谋政事之举,郑笺以为当"成王始即政"之时。然"始即政"系初继武王位之时抑或周公归政之后?本可两解,以致后之说者不一。朱熹《诗集传》释《闵予小子》篇有云"此成王除丧朝庙所作,疑后世遂以为嗣王朝庙之乐。后三篇放此",即以此篇作时与前篇同,乃成王除丧朝庙之时。而周时于亡父行"三年之丧"礼,是朱熹所说显已非为初继武王位之时。今人则或以"始即政"为周公致政之后,因释"家多难"为管叔、蔡叔、武庚及淮夷之乱。然观诗之辞,前篇言"皇考",此则言"昭考""皇考",前篇言"遭家不造",此则言"未堪家多难",皆告祭武王庙之言。故孔疏于前篇已比较此篇与前篇,以之为"文相应和,事在一时",皆一时之作。于此篇复比较此篇与后篇,以为"此'未堪家多难',文与《小毖》正同。但郑以此篇在居摄之前,《小毖》在致政之后。下笺云,谓使周公居摄时与此异者,各准时事而为说,故不同也",是以时移势异,故二诗语气自显不同。方玉润《诗经原始》亦以为"至'维予小子'而下,忽觉茕蒿悽怆,若或见之,则又孝思之感动不能自已。此初告庙时景象",是细味诗辞,正与前篇"丧毕思慕,意气未能平"而寄孝思之蕴义似。故以此为居摄之前诗,亦与前篇"武王既葬而衬主于庙"意绪相接。按武王灭商,二年而卒,于幼王而言,诚可谓"遭家不造""未堪家多难",而面此鸿业,何以为继?幼王岂无患焉?《毛诗李黄集解》载李樗之言曰:"成王始访即政之事,欲率循武王之道,巍巍乎高远不可及,而方幼冲,未有所经历,将勉强以就之,犹恐判然而不合。"发明诗蕴,颇合其情。然或亦有疑者。盖幼王继位之初,即有周公摄政,"一沐三握发,一饭三吐哺",勤心尽瘁,而致世治。幼王既欲访落谋政,何无一言及周公乎?是其果信管、蔡之流言,而终致周公避居三载乎?

敬 之

敬之敬之[①],天维显思[②],命不易哉[③]!无曰高高在上,陟降厥士④，日监在兹⑤。维予小子，不聪敬止⑥？日就月将⑦，学有缉熙于光明⑧。佛时仔肩⑨，示我显德行⑩。

①敬：通儆，警戒。　②维：是。显：明察，明白。思：语气助词。　③命：天命。易：变更。　④陟降：升降。厥：其。士：通事。陟降厥士，谓上下巡察。⑤日：日日，每天。监：察，监视。兹：此，指人间。　⑥聪：聪明，此处意为听从。敬：警戒。马瑞辰《毛诗传笺通释》："谓听而警戒也。承上'敬之敬之'而言。"⑦就：久。《广雅》："就，久也。"将：长。　⑧缉熙：积渐广大，喻掌握知识渐广渐深。马瑞辰《毛诗传笺通释》："《说文》：'缉，绩也。'绩之言积。缉熙，当谓渐积广大以至于光明。"　⑨佛（bì）：通弼，辅助。时：是，这。仔肩：责任。《郑笺》："仔肩，任也。"马瑞辰《毛诗传笺通释》："《尔雅》：'肩，克也。'《说文》：'仔，克也。'二字同义。克，胜也，胜亦任也。"　⑩显：显明。

嗣王即政感神灵，日就月将学砥砺。
敬命庙谋多自儆，谁言懿戒祖箴铭？

此诗所言者，敬天勤学，积渐而至于广大，自谦勇任，得良辅而堪显功德，通篇警戒之辞。然何所以戒及所戒何人，向多异说。《毛诗序》曰："《敬之》，群臣进戒嗣王也。"是以为群臣戒成王之辞。郑笺"群臣见王谋即政之事，故因时戒之曰：敬之哉，敬之哉！天乃光明去恶与善，其命吉凶不变易也。无谓天高高在上，远人而不畏也，天上下其事，谓转运日月，施其所行，日月瞻视，近在此也"，释序所言群臣进戒之意，以此诗接上篇王谋即政之事于群臣，而群臣遂进戒嗣王。然诗中所言"维予小子"云云，显系嗣王所自言，绝非进戒群臣所宜言。故郑笺又曰"群臣戒成王以敬之敬之，故承之以谦云：我小子耳，不聪达于敬之之意，日就月行，言当习之以积渐也。且欲学于有光明之光明者，谓贤中之贤也，辅佛是任，示道我以显明之德行。是时自知未能成文武之功，周公始有居摄之志"，以后半乃成王承群臣之戒而自谦之辞，且以周公以此而有居摄之志，是以此诗亦居摄前之事。后世多有从其说者。朱熹《诗集传》释前半为"成王受群臣之戒，而述其言"，释后半为"此乃自为答之之言",几乎全承郑笺之意而为言。以此,此一篇诗遂为两方问答之辞。然一诗作两方问答,似于诗之义难以畅,故复致疑者。吴闿生《诗义会通》辨之曰"案《闵予》以下四诗,皆作成王语气,此序以为群臣进戒嗣王,乃臆说也。彼但见篇首'敬之敬之',遂以为群臣戒词,独不思'维予小子',非群臣所得言乎?郑笺乃曰群臣进戒,故王承之以谦,以一诗断作两方问答之词,全《诗》中并无此例,皆由曲徇序说之误也",味诗之语气,析序、笺致误之所由,揭其失颇详切。方玉润《诗经原始》则以为:"此诗乃一呼一应,如自问自答之意,并非两人语也。一起直呼'敬之敬之',至'日监在兹',先立一案。见天道甚明,命不易保,无谓其高而不吾察,当知其聪明明畏,常若陟降于吾之所为,而无日不临监于此者。盖一俯仰间而如或见诸目前也。'维予小子',性既不聪,行又弗敬,不能体天命于无形,则唯有'日就月将',勉强而行,庶几积续以至于光明耳。然必赖群臣辅助我所担荷之任,而示我以显明之德行,乃可追吾所见而能及也。故'维予小子'以下,亦即紧承上文,相应而下,机神一片,何容分作两截,并谓二人语耶?"因以此诗为"成王自儆也"。细味诗义,似以此解最合。依此,则此篇所言"无曰高高在上,陟降厥士,日监在兹",岂不与大雅《抑》所言"无曰不显,莫予云觏。神之格思,不可度思,矧可射思"之语义全然相类?而《抑》之篇,据《国语·楚语》谓"昔卫武公年数九十有五矣,犹箴儆于国","于是乎作《懿戒》以自儆",《懿戒》即《抑》之篇,被后人誉为"千古箴铭之祖"。然则,卫武公《懿戒》当作于平王之世,岂意三百年前,成王已有自儆若此,孰可谓为箴铭之祖乎?

小 毖

予其惩①,而毖后患②。莫予荓蜂③,自求辛螫④。肇允彼桃虫⑤,拚飞维鸟⑥。未堪家多难,予又集于蓼⑦。

①予:成王自称。其:语助词。惩:警戒。　②毖:谨慎,戒慎。此二句,有在"而"后断句者。段玉裁《诗小笺》:"《疏》于'而'字断句,各本皆云《小毖》一章八句。"胡承珙《毛诗后笺》以为《唐石经》中作"予其惩而毖彼后患",故此可能原作

"予其惩而,毖彼后患"二句,否则各本不当言《小毖》一章八句。　　③并(píng)蜂:微小之草与蜂。一说牵引扶助。一说扰动蜂群。　　④辛:酸痛。螫(shì):敕之假借字,勤劳。《尔雅·释诂》:"敕,劳也。"　　⑤肇:始。允:信。桃虫:即鹪鹩,一种极小的鸟。　　⑥拼:通翻。拼飞,即翻飞。《毛传》:"桃虫,鹪也。鸟之始小终大者。"此二句喻武庚开始很弱小,后来羽毛丰满,勾结管叔、蔡叔起来叛乱。　　⑦蓼:水草名,其味苦辣,古人常以之喻辛苦。此句喻陷入困境。

惩前谨后事难行,孰料桃虫丰羽盈?

四咏嗣王情恻怆,却教颂语变新声!

　　此诗所言,惩于前事,毖于后患,以桃虫鸟之始小终大为喻以警之,当为成王惩于祸患而自儆之辞。然于诗旨所寄,说者颇有不同。《毛诗序》曰:"《小毖》,嗣王求助也。"是以成王惩于祸患,而己正处困境,故申求助之意。郑笺"毖,慎也。天下之事当慎其小,小时而不慎,后为祸大,故成王求忠臣早辅助己为政,以救患难",释序所言求助之由。孔疏"谓周公归政之后,成王初始嗣位,因祭在庙,而求群臣助己,诗人述其事而作此歌焉。经言创艾往过,戒慎将来,是求助之事也。毛以上三篇亦为归政后事,于《访落》言谋于庙,则进戒、求助,亦在庙中,与上一时之事。郑以上三篇居摄之前,此在归政之后。然而颂之大例皆由神明而兴,此盖亦因祭在庙而求助也",则以为此求群臣助己亦在祭庙之时,并辨毛、郑之异说,据郑说特以此篇在周公归政之后。然按郑意,何为慎其小而后为祸大之事? 郑笺"彼管、蔡之属,虽有流言之罪,如鹪鹩之小,不登诛之,后反叛而作乱,犹鹪之翻飞为大鸟也",又曰"始者,管叔及其群弟流言于国,成王信之而疑周公。至后三监叛而作乱,周公以王命举兵诛之,历年乃已。故今周公归政,成王受之,而求贤臣以自辅助也",是以惩管、蔡之祸而为言,则必为周公归政之后事。而以"未堪家多难"乃管、蔡之祸,亦可见嗣王求助之情迫。至朱子而疑其说。《诗序辨说》以为自《闵予小子》至《小毖》"此四篇一时之诗,序但各以意为说,不能究其本末也",《诗集传》遂以为"此亦《访落》之意",以其事及诗之旨全同《访落》"以道延访群臣之意"。然味诗之辞,此篇语义实与前三篇有别,故后人复疑朱子之说。吴闿生《诗义会通》

即以为"案此篇与上三诗不同。上三诗皆即位初作,此则管、蔡难后之词,与上非一时也",方玉润《诗经原始》更指言"盖《访落》欲绍前徽,此诗乃惩后患,用意各有所在,辞气亦迥不侔。岂因其一谋始,一毖小,遂谓相同耶? 然武庚之祸亦非小者,向非周公,王室存亡尚不可知,而犹谓之为小耶? 此诗名虽'小毖',意实大戒,盖深自惩也。故开口即言惩患,不知如何自徵而后可免于祸,虑之深则惕之至耳",比较此篇与前三篇辞气之异,可谓得其阃奥,足见前三篇皆欲循前王之道,此则惩前非而毖后患,所言者显非一时之情事。按《毛诗序》于此四篇诗,依次以"嗣王朝于庙""嗣王谋于庙""群臣进戒嗣王""嗣王求助"而为说,据郑笺,前三篇当作于武王去世、成王即位之初,《小毖》则作于周公归政之后。观诗中自称由"闵予小子""维予小子""维予小子"到"予",似亦可味得幼王成长之阶段性及执政信心之逐步确立。故此嗣王四咏,首当武王既葬痛忧之际,次则欲与群臣谋政事,再次则自箴自徵,终复痛陈惩前非而毖后患之意,固有阶段性之异,然皆情怀恻怆,意气难平,则颇显一贯之势。方玉润《诗经原始》所言"笔意清矫,思致缠绵,四诗实出一手","自《闵予小子》至此,凡四章,皆成王自作。若他人,则不能如是之亲切有味矣",颇为知言。又言"然除《闵予小子》一篇似祝辞外,余皆箴铭体,非颂之正也",是颂亦有正变乎?

载 芟

载芟载柞①,其耕泽泽②。千耦其耘③,徂隰徂畛④。侯主侯伯⑤,侯亚侯旅⑥,侯彊侯以⑦。有嗿其馌⑧,思媚其妇⑨,有依其士⑩。有略其耜⑪,俶载南亩⑫。播厥百谷,实函斯活⑬。驿驿其达⑭,有厌其杰⑮。厌厌其苗⑯,绵绵其麃⑰。载获济济⑱,有实其积⑲,万亿及秭⑳。为酒为醴,烝畀祖妣㉑,以洽百礼。有飶其香㉒,邦家之光。有椒其馨㉓,胡考之宁㉔。匪且有且㉕,匪今斯今㉖,振古如兹㉗。

①载:开始。芟(shān):割除杂草。柞(zé):砍除树木。　②泽(shì)泽:通释释,土地松散润泽貌。　③千:概数,言其多。耦:二人并耕。耘:除田间杂草。

④徂:往。隰:低湿地。畛(zhěn):田边小路,指田界。　　⑤侯:语助词,犹维。主:家长,古时一国或一家之长均称主。伯:长子。　　⑥亚:叔、仲诸子。旅:众,指众多晚辈。　　⑦彊:同强,强壮者。以:用,此指雇工。《孔疏》:"以者,佣赁之人,以意驱用,故云用也。"　　⑧有嗿(tǎn):即嗿嗿,众人饮食之声。馌(yè):送给田间耕作者之饭食。　　⑨思:语助词。媚:美顺貌。　　⑩依:通殷,壮盛貌。士:《毛传》:"士,子弟也。"朱熹《诗集传》:"士,夫也。"　　⑪略:畧之假借,锋利。耜(sì):古代农具名,用于耕作翻土,西周时用青铜制成锋利尖刃,是后世犁铧之前身。　　⑫俶(chù):始。载(zī):读作菑,用农具把草翻埋到地下。南亩:向阳田地。　　⑬实:种子。函:含。斯:乃。活:活生生。斯活,活生生貌。　　⑭驿驿:《尔雅》作绎绎,朱熹《诗集传》:"驿驿,苗生貌。"达:出土。　　⑮厌:美好。杰:特出。　　⑯厌厌:禾苗整齐茂盛貌。　　⑰绵绵:连绵不断貌。麃(biāo):穮之借字,禾谷之梢末,即穗。　　⑱获:收获。济济:众多貌。　　⑲有实:即实实,广大貌。积:露天堆积。　　⑳万亿及秭:周代以十千为万,十万为亿,十亿为秭。　　㉑烝:进献。畀:给予。祖妣:男女祖先。　　㉒馥(bì):与苾、馥通用。有馥,即馥馥,黍稷之香气。　　㉓椒:此指以椒浸制之酒。　　㉔胡考:长寿,指老人。　　㉕匪:非。且:此。上且字谓此时,下且字谓此事。指耕种之事。　　㉖匪今斯今:不是今年才这样,与上句意同。　　㉗振古:自古以来。兹:此。

载柞载芟千耦耘,秋成实积醴馨芬。

若教幽颂由兹别,不见农功充典坟?

　　此诗所述者,由垦辟耕种到收获祭祖之过程。全篇三十一句,乃周颂中篇幅最长者,虽无分章,然其层次清晰,初言垦,继言人,言种,言苗,言收,至"万亿及秭"而承上启下,笔锋转势,言祭,言祷。乃一篇过程完整之农事诗。然于其何时作及何所用,却多异说。《毛诗序》曰:"《载芟》,春籍田而祈社稷也。"是以为周天子春耕籍田而祈谷之歌。郑笺"籍田,甸师氏所掌,王载耒耜所耕之田,天子千亩,诸侯百亩。籍之言借也,借民力治之,故谓之籍田",释序所言籍田之义。孔疏"谓周公、成王太平之时,王者于春时亲耕籍田,以劝农业,又祈求社稷,使获其年丰岁稔。

诗人述其丰熟之事,而为此歌焉。经陈下民乐治田业,收获弘多,酿为酒醴,用以祭祀,是由王者耕籍田祈社稷劝之使然。故序本其多获所由,言其作颂之意。经则主说年丰,故其言不及籍、社,所以经、序有异也",则申说诗之所述者在其事,而序之所说者追其由,并明以为成王之事。然诗之所述皆为耕种收获祭祖之辞,未见及于王者耕籍田而祈社稷之言,故后人或疑其说。朱熹《诗序辨说》针对序言此篇为春祈,下篇《良耜》为秋报,以为此"两篇未见其有祈、报之异",意者两诗皆言农事,未有见其为春祈、秋报者。故于《诗集传》中以为"此诗未详所用,然辞意与《丰年》相似,其用应亦不殊",查其释《丰年》所言"此秋冬报赛田事之乐歌",岂复又以为用之于祈报之事? 观诗辞之所言,固皆为农之事,然农为国之本,所蕴者至大。诗已言"有飶其香,邦家之光。有椒其馨,胡考之宁",郑笺"芬香之酒醴飨燕宾客,则多得其欢心,于国家有荣誉"。诗又言"匪且有且,匪今斯今,振古如兹",郑笺"言修德行礼,莫不获报,乃古而如此,所由来者久,非适今时"。故此,明人沈守正《诗经说通》以为"小序曰:《载芟》,春籍田而祈社稷也。《良耜》,秋报社稷也。朱子传以为报诗,亦不相远。但言祈,则章中耕耘、收获、祭祀、尊贤、养老诸事,皆预言之,冀望之,言报则直述其已然,以昭神贶耳",清人顾广誉《学诗详说》亦以为"诗陈民之尽力于农,以祈神之佑助,故篇首只举耕耘而不及其获。至载获以下,则吁其丰收,将以祀祖妣,燕宾客,养耆老,乃言今所以祈也",可谓善说诗之蕴及序之义者,是亦犹《臣工》以孟春耕籍而戒农官以终岁之事欤? 而因其所述乃农耕之事,或又以为与《豳颂》有关者,李光地《诗所》即以为"此下三章所谓《豳颂》也"。按《周礼·春官·宗伯第三》有言"籥章掌土鼓,豳籥。中春,昼击土鼓,龡豳诗,以逆暑。中秋夜迎寒,亦如之。凡国祈年于田祖,龡豳雅,击土鼓,以乐田畯。国祭蜡,则龡豳颂,击土鼓,以息老物",是或以凡以为农事而作者,皆可冠以"豳"之号,此似其所据。然则,周人以农为本,不独《诗三百》,观《尚书》《周礼》等典籍,孰不多载农功之事? 是皆可以"豳"号名之乎?

良 耜

畟畟良耜①,俶载南亩②。播厥百谷,实函斯活③。或来瞻女④,

载筐及筥⑤，其饟伊黍⑥。其笠伊纠⑦，其镈斯赵⑧，以薅荼蓼⑨。荼蓼朽止，黍稷茂止。获之挃挃⑩，积之栗栗⑪。其崇如墉⑫，其比如栉⑬，以开百室⑭。百室盈止，妇子宁止。杀时犉牡⑮，有捄其角⑯。以似以续⑰，续古之人⑱。

①畟(cè)畟：耒耜锋刃快速入土貌。耜：古时农具，似犁。　②俶：开始。载：翻草。　③实：种子。函：含。斯活：活生生貌。　④瞻：马瑞辰《毛诗传笺通释》认为当读同"赡给之赡"。瞻、赡古音同部，故可相通。女：同汝，指耕地者。　⑤筐：方筐。筥(jǔ)：圆筐。　⑥饟(xiǎng)：同饷，此指所送饭食。　⑦纠：指用草绳编织而成。　⑧镈(bó)：古时锄田去草之农具，犹今之锄头。赵：通捎，锋利好使。《周礼·冬官》考工记粤无镈注引诗："其镈斯捎。"　⑨薅(hāo)：去掉田中杂草。荼(tú)蓼(liǎo)：荼和蓼，两种野草名。　⑩挃(zhì)挃：收割作物之声。　⑪栗栗：众多貌。　⑫崇：高。墉：城墙。　⑬比：排列，紧密。此言紧密排列。栉(zhì)：梳篦。　⑭室：此指粮仓。　⑮时：是，这。犉(chún)：《尔雅·释畜》："牛七尺为犉。"犉牡，大公牛。　⑯捄(qíu)：觩之假借字，兽角往上弯曲貌。　⑰似：通嗣，与续同义。此指每年不断祭祀。　⑱古之人：指祖先。

秋成黍积若崇墉，百室盈开犉牡供。
岂必豳诗穷稼穑？周原基业本由农！

此诗述农事与前篇类。诗分三层，先言春耕夏耘，次言秋获之丰，末言祭报先祖，层次清晰，诗语明畅生动，一年农事之情景如在目前。然诗何以作，何所用，旧说不一。《毛诗序》曰："《良耜》，秋报社稷也。"是以之为秋报社稷之乐歌。是以前篇为春祈，此则为秋报，故此二者前后呼应，似有意编类若此。然序之言简略，未言何时之事，亦未言何以为秋报。于此，孔疏申之曰"谓周公、成王太平之时，年谷丰稔，以为由社稷之所祐，故于秋物既成，王者乃祭社稷之神，以报生长之功，诗人述其事而作此歌焉。经之所陈，其末四句是报祭社稷之事，'妇子宁止'以上，言其耕种多获，以明报祭所由，亦是报之事也"，释序所言秋报之说，是以诗之末明点报祭，前之所述农事乃报祭之所由，并明以为成王时事。又曰"经言'百室盈止，妇子宁止'，乃是场功毕人，当十月之后而得。言秋报者，作者先陈人事使毕，然后言其报祭。其实报祭在秋，宁止在冬也。本或秋下有冬衍字，与《丰年》之序相涉而误，定本无冬字"，复辨其所涉冬事，而报祭在秋，以明其与《丰年》乃"秋冬报"之不同。然比观此篇及前篇，所述者皆春耕夏耘秋获之农事，何以可分为春祈者或秋报者？故于其说后世或疑之。朱熹《诗序辨说》即以为前篇《载芟》与此篇《良耜》"两篇未见有祈、报之异"，《诗集传》概以之与《丰年》相似，皆目之以农事之诗。然则，周以农为本，故农事诗并非无所蕴义，且辨《载芟》与《良耜》二篇，前者详耕种，此者则详秋获，重心不同，寓义固亦有异。《毛诗李黄集解》载李樗之言曰："祈之诗，则详耕种之事，报之诗，则详收成之事。《载芟》言以洽百礼者，愿年丰而百神之祀无阙也。《良耜》言杀时犉牡，则专主社稷而言。二诗之意亦明矣。"方玉润《诗经原始》亦曰："此诗当秋祭而预言冬获，则前诗当春祭何不可以预言秋成？是《载芟》为春祈无疑矣。盖二诗皆举农功本末而言，此杀犉牡，彼言馝香，并云'邦家之光'，非王者之祭而谁祭哉？"是以春祈、秋报之说并非无据之言欤？又，本篇亦因耕稼事，而引或为《豳颂》之疑议。朱熹《诗集传》即有言"或疑《思文》《臣工》《噫嘻》《丰年》《载芟》《良耜》等篇，即所谓《豳颂》者"，是以疑周颂中凡涉农事者皆所谓《豳颂》。然于此，后世亦多有非其说者。方玉润《诗经原始》即以为"无论'豳风'、'豳雅'、'豳颂'之文不必如此分，即使如此分，《思文》乃后稷配天之乐，《噫嘻》实成王昭格之诗，岂古公未迁豳以前，即有此二诗乎？不然，何以谓之'豳颂'耶？此等明显易见之事尚多疑议，何论其他？迂儒谈《诗》，鲜所当也"，可谓辨驳甚切。按严粲《诗缉》已言"此诗为报社稷，必陈农功之本末"，是报社稷，自必多言农事，与豳何与？且周之重农贯穿始终，自后稷、公刘而太王，至文、武，所谓"敬天保民"，西周王朝之建立，实以大规模农业为基础，又何可拘执于豳之一地哉？

丝 衣

丝衣其紑①，载弁俅俅②。自堂徂基③，自羊徂牛。鼐鼎及鼒④，兕觥其觩⑤，旨酒思柔⑥。不吴不敖⑦，胡考之休⑧。

①丝衣：神尸所穿丝质白色祭服。紑（fóu）：洁白鲜明貌。　②载：借为戴。弁：古时贵族所戴鹿皮帽。俅（qiú）俅：冠饰美丽貌。《说文》："俅，冠饰貌。"　③堂：庙堂，或以为即明堂。徂：往，到。基：畿之假借，门内、门限。　④鼐：大鼎。鼒（zī）：小鼎。皆古代食器，下有三脚，旁有两耳。　⑤兕觥：犀牛角所制盛酒器。觓：兽角向上弯曲貌。　⑥旨酒：美酒。思：语助词，无义。柔：指酒味柔和。　⑦吴：大声说话，喧哗。敖：通傲，傲慢。　⑧胡考：即寿考，长寿。休：美好，吉庆。

丝衣载弁自堂基，绎祭缘何却阙疑？

高子为诗虽曰固，灵星著此示农祠。

　　此诗所述者，当为祭祀而饮酒之事。首言祭时之穿戴，次言行祭之场所及器具，末言祭后之宴饮祈福，语意甚明晰，然于诗所述者何所祭，旧说不一。《毛诗序》曰："《丝衣》，绎宾尸也。高子曰：灵星之尸也。"是以为绎祭宾尸之乐歌，并引高子之言以为所宾者乃灵星之尸。郑笺"绎，又祭也。天子诸侯曰绎，以祭之明日。卿大夫曰宾尸，与祭同日。周曰绎，商谓之肜"，释序所言绎宾尸之义。孔疏"谓周公、成王太平之时，祭宗庙之明日，又设祭事以寻绎昨日之祭，谓之为绎。以宾事所祭之尸，行之得礼，诗人述其事而为此歌焉。经之所陈，皆绎祭始末之事也"，又曰"天子、诸侯礼大，异日为之，别为立名，谓之为绎，言其寻绎昨日。卿大夫礼小，同日为之，不别立名，直指其事，谓之宾尸耳。此序言绎者，是此祭之名，宾尸是此祭之事，故特详其文也"，申序、笺之说甚详密，并以之为成王时事。然观诗之所述皆祭祀饮酒之事，似未见所谓绎祭宾尸之辞，故后之论者或疑之。朱熹《诗序辨说》即明指"序误，高子尤误"，故于《诗集传》仅泛言"此亦祭而饮酒之诗"。然则，据诗辞所述此祭之场所及服饰，按诸礼制，似或并非无迹可稽。据《仪礼·士冠礼》"爵弁，服纁裳、纯衣、缁带、韎韐"，郑玄注"纯衣，丝衣也"，爵弁"色赤而微黑"，与白色丝衣配合，当为祭祀专用服饰。诗言"自堂徂基"之"基"通"畿"，指庙门之内，又称"祊"，《礼记·礼器》"设祭于堂，为祊乎外"，郑玄注"祊祭，明日之绎祭也。谓之祊者，于庙门之旁，因名焉"，王夫之《张子正蒙注·王禘》"求之或于室,或于祊也。于室者,正祭;于祊,绎祭",由此可见正祭与绎祭之别。诗序或即由此而断之为"绎"。序复引高子之言,《郑志》录郑玄答张逸之语"高子之言,非毛公后人著之",是郑以为序本只一句,后人乃引高子之言以证宾尸之事,而高子非毛公之后人。故孔疏以为"此语必是子夏之后,毛公之前,有人著之",而"郑玄去毛公不为久远,此书有所传授,故知毛时有之",又云"高子者,不知何人,孟轲弟子有公孙丑者,称高子之言以问孟子,则高子与孟子同时,赵岐以为齐人,此言高子盖彼是也"。按,高子事见《孟子·告子下》,公孙丑以高子说《小弁》之言以问孟子,孟子曰"固哉!高叟之为诗也",是知其与孟子同时。高子所言"灵星之尸",王先谦《三家诗义集疏》称"高子与孟子同时,去古未远,故能确知此诗为祀灵星之作也"。按,今人黄焯《诗疏平议》有言"《通典》'周制,仲秋之月,祭灵星于国之东南',《史记·封禅书》张守义正义引《汉旧仪》,亦有'祠灵星于东南'之语。他如《论衡·祭意》《风俗通义·祀典》《独断》《后汉书·高句丽传》皆有祀零星事。而《淮南·主术训》谓'君人之道,其犹零星之尸'。其言灵星有尸,与高子之言亦合",遍引典籍,可见灵星之祭古有其礼,故序引高子之言似未可疑者。据《汉书·郊祀志》"高祖制诏御史,其令天下立灵星祠",张晏注"龙星左角曰天田,则农祥也,辰见而祭之",是灵星之祠乃农祥之祭,由此知此篇《丝衣》之诗亦与农事有关。李光地《诗所》以此篇与《载芟》《良耜》三诗乃"所谓《豳颂》也",盖由其以农事相属也欤?又,清人姚际恒、方玉润说诗多有创获,然于此篇却惑于高子为谁、"灵星"与"绎祭"何涉,于是致于此诗何所解只能"且阙疑",或以高子乃孟子斥为"固哉"者而以其言不可从,则岂非因人而废言者乎?

酌

於铄王师①,遵养时晦②。时纯熙矣③,是用大介④。我龙受之⑤,蹻蹻王之造⑥。载用有嗣⑦,实维尔公允师⑧。

①於:叹词。此处表赞美。铄(shuò):通烁,光明辉煌。王师:王朝军队。
②遵:率领。养:《毛传》:"养,取。"此指攻取。时:是。晦:晦昧。此指商纣政权。

一说遵养时晦,即遵时养晦。　　③纯:大。熙:兴,光明。　　④是用:是以,因此。介:善。大介,大祥。马瑞辰《毛诗传笺通释》:"《尔雅·释诂》:'介,善也。'大介即大善,犹大祥也。"　　⑤我:祭者自称。龙:借为宠,荣,荣幸。受:承受。⑥蹻(jué)蹻:勇武之貌。造:成就,事功。　　⑦载:乃。用:以。嗣:继承。⑧实:是。维:通唯,只有。尔公:汝之先公,此指武王。允:语助词。师:师法,榜样。

　　大武告成勺舞豪,遵时养晦展雄韬。
　　欧朱已把真言揭,序传仍教袭尔曹?

　　此诗当为颂武王功业之乐歌,然释义颇多异说。《毛诗序》曰:"《酌》,告成《大武》也。言能酌先祖之道,以养天下也。"是以此篇为《大武》六成乐歌之一,且释此诗以《酌》名篇之义。郑笺"周公居摄六年,制礼作乐,归政成王,乃后祭于庙而奏之。其始成,告之而已",则据《礼记》所载"周公摄政六年,制礼作乐",以《大武》乐歌乃周公摄政六年将归政成王时所作。因序明言"告成《大武》",故今人多从之,以之为《大武》六成乐歌。按篇名为"酌",诗中并无此字,故释其义不一。《汉书·礼乐志》言"周公作《勺》,'勺'言能酌先祖之道也",与诗序所言酌先祖之道合,而诗序所谓之"养天下"云云,或就诗言"遵养时晦"而来。然《大武》之乐章既美武王灭商之大业,何以言"遵养时晦"?毛传曰"遵,率。养,取。晦,昧也",后人遂有以养晦为取昧为说者。郑笺以为"文王之用师,率殷之叛国以事纣,养是闇昧之君,以老其恶",以为养其闇昧而显其恶。于此,孔疏辨之曰"毛以为因告大武之成,故歌武王之事。於乎美哉!武王之用师也,率此师以取是闇昧之君,谓诛纣以定天下。由既诛纣,故于是令周道大明盛矣",又曰"郑以为大武象武王伐纣,本由文王之功,故因告成大武,追美文王之事。於乎美哉!文王之用师众也,乃率殷之叛国养是暗昧之君,以成其恶。故民服文王能以多事寡,以是周道乃大兴矣",是以见毛、郑之说显异。然按之诗辞,先言"於铄王师,遵养时晦",接言"时纯熙矣,是用大介",显有拥师众待时而用之义,故毛、郑之说似皆与诗之义扞格难合。按欧阳修《诗本义》以为"'遵养时晦',大意谓有师而不用其威。'时纯熙矣'二句,言时至而后动。'我龙受之',言武王兴此王业,成王能宠受而承之。'载用有嗣',谓后世能承其业。'实维尔公允师',言武王用师,实天下之至公也",析义明晰,且与诗意文势相合,显胜旧说。又,以篇名"酌"为"酌先祖之道",似亦未得其实。《经典释文》"酌音灼,字亦作汋",朱熹《诗集传》"酌,即勺也",是酌亦作汋、勺。《诗集传》以为"《内则》十三舞《勺》,即以此诗为节而舞也",以此篇为《勺》舞,所据《礼记·内则》"十有三年学乐,诵《诗》,舞《勺》。成童舞《象》,学射御",可见《勺》舞不同于《象》舞。《仪礼·燕礼》亦言"若舞,则《勺》",《汉书·董仲舒传》引汉武帝举贤良策问之言"当虞氏之乐,莫盛于《韶》,于周,莫盛于《勺》",尤可见《勺》于其时实乃乐舞之要。又按《左传·宣公十二年》载隋武子之言"《汋》曰'於铄王师,遵养时晦'","《武》曰'无竞维烈'",已明《酌》与《武》之别,是《酌》断不为《大武》之乐。且若按王国维《周大武乐章考》之言,《酌》为《大武》乐章之第三篇,若按高亨《周代大武乐考释》之言,《酌》为《大武》乐章之第五篇,而据《礼记·乐记》孔子"三成而南","五成而分周公左召公右"之言,显皆与此篇辞义难合。而今人却竟有将此诗末二句释为周成王命周公、召公分职而治天下事,以附合高氏之说,岂不谬哉! 由是观之,就诗义、诗用言,欧、朱之说善矣,惜近世自王国维、高亨以迄今时,论者仍多袭诗序、毛传、郑笺之旧说,以此诗为《大武》六成之一,岂不惑哉?

桓

绥万邦①,娄丰年②,天命匪解③。桓桓武王④,保有厥士⑤。于以四方⑥,克定厥家⑦。於昭于天,皇以间之⑧。

①绥:和,定。万邦:指天下各诸侯国。　②娄:同屡。　③解:通懈。匪懈,不懈息。　④桓桓:威武貌。　⑤保:拥有。士:犹事,功业。一说指武士。一说土之误,马瑞辰《毛诗传笺通释》:"士与土形近……保土,犹言保邦也。作士者,盖以形近而讹。"　⑥于:往。以:有。有四方,即征服四方之国而拥有天下。　⑦克:能。家:指周室,周王宗室。　⑧皇:皇天。一说君王。间(jiàn):通瞷,监察。一说替代,指替代商纣。一说配,谓武王之德配天。

绥定邦家桓武功，克殷军后却年丰。

若为天命商周替，唯德何由众望崇？

此诗明著"桓桓武王"，又言"于以四方，克定厥家"，当为颂武王克商，天下安定，年谷常丰之事。然于诗之旨，及诗何以作，则颇多异说。据《左传·宣公十二年》"楚子曰……武王克商，作《颂》曰……又作《武》，其卒章曰'耆定尔功'，其三曰'铺时绎思，我徂惟求定'，其六曰'绥万邦，屡丰年'"，于其六所引诗句即出此篇，故后世多以此诗为《大武》六成乐歌之第六篇。《礼记·乐记》载孔子说《武》乐六成之意，"六成复缀以崇天子"，郑注"六奏象兵还振旅也"，《逸周书·世俘》亦载，武王班师回镐京之四月辛亥，"荐俘、殷王鼎，武王乃翼，矢珪矢宪，告天宗上帝"，"甲寅，谒我殷于牧野，王佩赤白旂，篇人奏《武》，王入进《万》，献《明明》三终"，故王国维《说勺舞象舞》一文推测，《大武》六成由原先之三成及《三象》构成，此六成可分开演奏，亦可独立演奏，于是名称亦随之而不同。然《毛诗序》曰："《桓》，讲武类祃也。桓，武志也。"是以诗乃讲习武事，作类祭祃祭，并以篇名桓谓武志。郑笺"类也，祃也，皆师祭也"，释序之所言类祃之义。孔疏"桓者，威武之志，言讲武之时，军师皆此，故取桓字名篇也。此经虽有桓字，止言王身之武，名篇曰桓，则谓军众尽武。谥法辟土服远曰桓，是有威武之义，桓字虽出于经，而与经小异，故特解之。经之所陈，武王伐纣之后，民安年丰，克定王业，代殷为王，皆由讲武类祃得使之然"，申序、笺之说，并释以桓名篇之义。观其说，未见以此篇为《大武》乐歌之意，故与《左传》楚子之言及《乐记》孔子之言皆不合。于此，朱熹《诗集传》曰："《春秋传》以此为《大武》之六章，则今之篇次盖已失其旧矣。又篇内已有武王之谥，则其谓武王时作者，亦误也。序以为'讲武类祃'之诗，岂后世取其义而用之于其事也与？"已指非武王当时之作，而疑为后世人取其义而用之于武王之事。实则，孔疏已言"《桓》诗者，讲武类祃之乐歌也。谓武王将欲伐殷，陈列六军，讲习武事，又为类祭于上帝，为祃祭于所征之地，治兵祭神，然后克纣。至周公、成王太平之时，诗人追述其事，而为此歌焉"，盖武王克商二年而卒，颂武王功业多于其身后，故诗当作于"周公、成王太平之时"，诗之辞则无妨述武王当日之事。而《大武》乐歌正是周公、成王时颂武王灭纣功业之作，故似亦未妨其为《大武》之属。观诗辞,"於昭于天,皇以间之"乃以武王配天,似亦可与孔子说《武》乐"六成复缀以崇天子"之义合。至若诗之所用,犹有辨者。诗之末句"皇以间之",毛传"间,代也",以武王灭纣取而代之以为说。严粲《诗缉》则引《尚书·周书·多方》"有邦间之"以证其说。明人邹肇敏《诗传阐》驳之曰"按《多方》之诰曰:'乃唯有夏图厥政,不集于享,天降时丧,有邦间之。'盖言夏丧邦而殷代之,与此处'间之'不同。彼'之'字属夏,此'之'字属天,能左右之曰'以'。'於昭于天,皇以间之',盖俨然以武配天也。愚谓《桓》诗即明堂祀武王之乐歌",辨析语义甚详切,故以此篇为祀武王于明堂之乐歌。于其说,方玉润《诗经原始》以为"此论甚是,不然,何云'皇以间天'耶? 盖间天即参天之意,德可参天,故祭用配天,与文王并配上帝于明堂也。其序当次《我将》之后,而编之于此者,以连篇皆武诗故耳",所说似亦颇为有理。是以此篇所述者武王克商定天下之事,所用者成王之时祀武王配天之辞,而《大武》乐歌本即"告天宗上帝",故亦无妨用于祀武王之时。故此,诸说岂非皆可融通乎? 唯观诗之辞有"天命匪解"之语,是其于周之兴,岂非属意"天命"乎? 朱熹《诗集传》释之曰"大军之后,必有凶年。而武王克商,则除害以安天下,故屡获丰年之祥",并引《左传·僖公十九年》"昔周饥,克殷而年丰"之语,断诗之旨为"天命之于周,久而不厌也"。然周人自诩历世修德,以为"天命靡常""唯德是辅",终以德取天下,若天命所定,则其与德何?

赉

文王既勤止①,我应受之②。敷时绎思③,我徂维求定④。时周之命⑤,於绎思⑥!

①既:尽。勤:勤苦,辛劳。止:语气助词。一说停止勤劳,即不在世之意。②我:武王自称。应:承。应受,即承受。　③敷:铺,布。《左传》引此诗作铺。时:是,这。指文王之劳绩。绎:续,不绝。思:语气助词。　④徂:往,指往伐商纣。定:平定天下。　⑤时:是。一说通侍,承受。　⑥於:叹美词。

祀庙分封功德彰，敷时应受费思量。

果然大赉善人富，却教夷齐饿首阳？

此诗所述，意者承文王之功业，祈求天下太平，似武王伐纣还镐京后告庙之誓辞，当为祭于文王庙之乐歌。然于诗之本事及何所以作，说者不一。据《左传·宣公十二年》"楚子曰……武王克商，作《颂》曰……又作《武》，其卒章曰'耆定尔功'，其三曰'铺时绎思，我徂惟求定'"，于其三所引即此篇之句，故后人或以之为《大武》六成乐歌之第三篇。然按《礼记·乐记》孔子与宾牟贾之言"且夫《武》始而北出，再成而灭商，三成而南，四成而南国是疆，五成而分周公左召公右，六成复缀以崇天子"，则第三篇当为平定南国之事，似与本篇辞意未合，故后世复多疑之者。《毛诗序》曰："《赉》，大封于庙也。赉，予也，言所以锡予善人也。"以武王灭商后大封诸侯为此诗之本事，诗则为告庙之辞，并释以赉名篇之义。郑笺"大封，武王伐纣时封诸臣有功者"，释序所言大封之意。诗无"赉"字，序以"锡予善人"说名篇之意。观诗语先言"文王"，下言"我"，显为武王语气，故序、笺以为武王伐纣功成大封诸臣于庙。孔疏申之曰"谓武王既伐纣，于庙中大封有功之臣以为诸侯。周公、成王太平之时，诗人追述其事而为此歌焉。经无赉字，序又说其名篇之意，赉，予也，言所以锡予善德之人，故名篇曰赉。经之所陈，皆是武王陈文王之德，以戒勒受封之人，是其大封之事也。此言大封于庙，谓文王庙也。《乐记》说武王克殷之事云'将帅之士，使为诸侯'，下文则云'虎贲之士，脱剑祀乎明堂'，注云'文王之庙为明堂制'，是大封诸侯在文王之庙也"，释序、笺之说，以诗成于周公、成王之时，诗之所述乃武王当日之事，并引《乐记》之言以明序所言大封之庙即文王之庙。按其说，未见以此诗为《大武》乐章之意。鉴于此，朱熹《诗集传》指言"《春秋传》以此为《大武》之三章，而序以为'大封于庙'之诗"，遂释为"此颂文、武之功，而言其大封功臣之意也"，既承序之"大封"之说，复以诗之义并颂文、武。然于朱说，清人复疑之。姚际恒《诗经通论》辨之曰："《集传》云'此颂文、武之功，而言其大封功臣之意'，其言'大封功臣'，固不能出序之范围，而云'颂文、武之功'，尤谬。此篇与下《般》诗皆武王初有天下之辞，二篇皆无'武王'字，故知为武王。又以诗中皆曰'时周之命'，是武王语气也。此篇上言'文王'，下言'我'者，武王自我也。若谓颂文、武之功,则必作于成王,诗即无'武王'字,其云'我应受之'及'我徂维求定,时周之命',岂成王语气耶?"味诗之语气,驳朱说之非,以诗为武王初有天下之辞,其或然软?观诗辞固未明见大封之事,然若诗果为武王初有天下之辞,则大封自亦题中应有之义。按《尚书·周书·武成》纪武王伐商后"大赉于四海,而万姓悦服",孔安国传"所谓周有大赉,天下皆悦仁服德",是大赉即此大封之事软?抑此诗以赉名篇之由乎?又,《论语·尧曰》有"周有大赉,善人是富"之言,诗序所谓"锡予善人"或即本此以为说。然则,据《武成》所纪,武王灭商后,固有"散鹿台之财,发钜桥之粟""释箕子囚,封比干墓,式商容闾"之举,岂非以"反商政,政由旧"而致"一戎衣天下大定"之图乎?果有"锡予善人"而致天下"善人是富"之事乎?《论语·述而》录孔子之言曰,伯夷、叔齐"求仁而得仁","古之贤人也",《孟子·万章下》录孟子之言曰"伯夷,圣之清者也",是伯夷、叔齐不可谓不为善人矣,然却何以恰于武王"大赉于四海"之际而饿死于首阳之山耶?

般

於皇时周①,陟其高山。隳山乔岳②,允犹翕河③。敷天之下④,裒时之对⑤,时周之命。

①於:赞美词。皇:伟大。时:是,此。　②隳(duò):低矮狭长之山。乔:高。岳:高大之山。　③允:语助词。犹:还是。翕:合。翕河,谓山与河合祭。④敷:同普,遍。　⑤裒(póu):聚。对:配,指配祭。一说封国,疆土。

时迈巡行般复周,案图望祭岁时悠。

裒神果若符天命,曷待赢秦万世谋?

此诗所述者,当为周王巡守、封禅、祭祀山川之事,诗仅七句,语甚简略,却以极具空间感之山川河岳以喻周天下之大,以雄浑之境象,体现天下归周、圣王一统之恢宏气势。然于诗何所以作,历来说者不一。《毛诗序》曰:"《般》,巡守而祀四岳河海也。"是以之为周王巡守天下遍祀山岳河海之事。郑笺"於乎美哉！君是周邦而巡守。其所至，则登其高山而祭之，望秩于山川。小山及高岳，皆信案山川之图而次序祭之。河言合者，河自大陆之北敷为九，祭者合为一"，释序之言巡守而祀河岳之义。孔疏"谓武王既定天下，巡行诸侯所守之土，祭祀四岳河海之神，神皆飨其祭祀，降之福助。至周公、成王太平之时，诗人述其事而作此歌焉"，则明指为武王之事，而诗成者乃周公、成王之时。此诗篇名亦与前数篇似，诗中无"般"字而以"般"名篇，郑笺"般，乐也"，似当为巡守而望祭山川之乐歌。然于此名篇之释，后人犹或疑之。朱熹《诗集传》即以此篇及前三篇皆"义未详"，以序之言名篇之义未必可信。然于此篇释之曰"言美哉此周也，其巡守而登此山以柴望，又道于河以周四岳。凡以敷天之下，莫不有望于我，故聚而朝之方岳之下，以答其意耳"，则似复承序、笺之义以为说。至近人王国维撰《周大武乐章考》，据诗序之说、《礼记·祭统》所述及《左传·宣公十二年》楚子之言，考证《昊天有成命》《武》《酌》《桓》《赉》为《大武》之乐章，复据周颂末四篇之排列，以为"《酌》《桓》《赉》《般》四篇，次在《颂》末，又皆取诗之义以名篇，前三篇既为《武》诗，则后一篇亦宜然"，以此诗为《大武》六成之第六篇。高亨撰《周代大武乐考释》，则以《我将》替《昊天有成命》，其下顺序为《武》《赉》《般》《酌》《桓》，以此诗为《大武》六成之第四篇。今人多从其说。然则，据《礼记·乐记》孔子与宾牟贾之言"且夫《武》始而北出，再成而灭商，三成而南，四成而南国是疆，五成而分周公左召公右，六成复缀以崇天子"，若以此诗为《大武》之六，则当为"复缀以崇天子"，若以之为《大武》之四，则当为"南国是疆"，似与诗之语意皆未合。又据《左传·宣公十二年》隋武子之言"《汋》曰'於铄王师，遵养时晦'"，"《武》曰'无竞维烈'"，已明《酌》与《武》之别，《酌》断不为《大武》之乐，是周颂末四篇排列本不足据，故《般》亦非必与《大武》之乐相关。今观诗辞之意，实皆巡守望祭山川之事，故似以序、笺之说近是。且周颂中《时迈》亦为武王巡守山川，郑笺尝引《尚书》之言"《书》曰：岁二月，东巡守，至于岱宗，柴望秩于山川"，孔疏"《书》曰以下，《尧典》文。彼说舜受尧禅，即位之后，巡守之事。其言柴望与此同，故引以证之，明此告祭柴望是至方岳而祭也"，似以武王亦尝柴望于泰山。又据《白虎通义·封禅》"《诗》云'於皇时周，陟其高山'，言周太平封泰山也。又曰'隳山乔岳，允犹翕河'，言望祭山川，百神来归也"，所引诗句皆出此

621

诗,以此,所述者亦武王望祭于泰山,则此篇与《时迈》或事同义类欤?清人胡承珙《毛诗后笺》尝言"《时迈》告祭天,《般》则维祀山川。《时迈》言'载戢干戈,载櫜弓矢',明是颂武王初克商后巡守告祭之事,《般》则通言'陟山翕河,敷天哀对',似当为既定天下后,时巡四方而作",是两篇固有时之先后欤?顾广誉《学诗详说》亦言"《时迈》告祭柴望,故发首即言昊天,而河岳则总言之。此篇祀四岳河海,故详言河岳,而未及昊天。言各有归,乐亦各有用",言二者事义之同异甚明切。盖此诗之要,正若论者所言"案山川之图而次序祭之",大小不遗,"神皆飨其祭祀",以期"百神来归"。郑笺尝言"遍天之下众山川之神,皆如是配而祭之,是周之所以受天命而王也",是以"敷天之下,哀时之对",意在"时周之命"。而众神既已受祭,自当福祐周祚永续,然何以一蹶于幽世,复灭于赧王,以致嬴秦再作万世之谋耶?

鲁 颂

駉

駉駉牡马①,在坰之野②。薄言駉者③,有骄有皇④,有骊有黄⑤,以车彭彭⑥。思无疆⑦,思马斯臧⑧。

駉駉牡马,在坰之野。薄言駉者,有骓有駓⑨,有骍有骐⑩,以车伾伾⑪。思无期⑫,思马斯才。

駉駉牡马,在坰之野。薄言駉者,有驒有骆⑬,有骝有雒⑭,以车绎绎⑮。思无斁⑯,思马斯作⑰。

駉駉牡马,在坰之野。薄言駉者,有骃有騢⑱,有驔有鱼⑲,以车祛祛⑳。思无邪㉑,思马斯徂㉒。

①駉(jiōng)駉:马健壮貌。牡马:雄马。　②坰(jiōng):远郊。《说文》:"邑

外谓之郊,郊外谓之牧,牧外谓之野,野外谓之林,林外谓之坰。象远界也。"《毛传》:"远野也。" ③薄言:语助词。 ④驈(yù):黑身白胯之马。皇:《鲁诗》作騜,黄白杂色之马。 ⑤骊:纯黑色马。黄:黄赤色马。 ⑥以车:驾车。彭彭:强壮有力貌。 ⑦思:思虑。疆:界,境。无疆,无止境。 ⑧思:语首助词。斯:其,那样。臧:善,优良。 ⑨骓(zhuī):苍白杂色之马。駓(pī):黄白杂色之马。 ⑩骍:赤黄色马。骐:青黑色相间之马。 ⑪伾(pī)伾:有力貌。 ⑫期:期限。无期,无穷期。 ⑬驒(tuó):青色而有鳞状斑纹之马。骆:白色黑鬣之马。 ⑭骝(liú):赤身黑鬣之马。雒(luò):黑身白鬣之马。 ⑮绎绎:快而不止貌。 ⑯斁(yì):厌倦。 ⑰作:奋起,腾跃。 ⑱骃(yīn):浅黑间杂白色之马。騢(xiá):赤白杂色之马。 ⑲驔(diàn):黑身黄脊之马。鱼:两眼长有两圈白毛之马。 ⑳祛(qū)祛:强健貌。 ㉑邪:邪念。 ㉒徂:行。此指善行,善奔跑。

伯禽遗法治邦家,駉牡在坰聚若麻。
为政果堪将马验,一言以蔽思无邪?

鲁乃少皞之墟,徐、蒙、羽之野,成王封周公长子伯禽于其地,并以周公有大勋劳于天下,故赐伯禽以天子之礼乐,鲁于是有颂,以为庙乐。其后有自作诗美其君,亦谓为颂。鲁颂今存四篇,据《閟宫》诗有"奚斯所作"之句,奚斯乃僖公时人,当前650年前后,又《駉》篇序以为"史克作是颂",史克之名始见《左传·文公十八年》,乃文公、宣公时人,当前610年前后,故鲁颂四篇皆春秋中期之作。此诗为鲁颂首篇,诗之所述者,皆咏马之辞,全诗四章,每章八句,备列各类之马,述其所在所用,生动而细致,就后世文辞观之,此篇堪称咏马诗之祖。观其所述之马,既言其盛其力,复言其德其志,故其义必有所寓。且以马之蕃盛,似亦以之见国之盛强。然于诗旨所颂者何,及何时何人所作,其说不一。《毛诗序》曰:"《駉》,颂僖公也。僖公能遵伯禽之法,俭以足用,宽以爱民,务农重谷,牧于坰野,鲁人尊之,于是季孙行父请命于周,而史克作是颂。"是以诗颂僖公牧于坰野以见重谷爱民之德,且明言季孙行父请命,史克作颂。于此二人,郑笺"季孙行父,季文子也。史克,鲁史也",孔

623

疏"文公六年，行父始见于经。十八年，史克名见于《传》。则克于文公之时为史官矣。然则此诗之作，当在文公之世"，又曰"天子巡守，采诸国之诗，观其善恶，以为黜陟。今周尊鲁若王者，巡守述职，不陈其诗，虽鲁人有作，周室不采……故王道既衰，变风皆作，而鲁独无之……至于臣颂君功，亦乐使周室闻之，是以行父请焉"，稽诸史传所载二人名实，以证序之说，并释此颂所作之时及请颂之由。然三家诗所说不同。王先谦《诗三家义集疏》"史克作颂，惟见《毛序》，他无可证。三家诗说皆以鲁颂为奚斯作……汉人承用皆属奚斯"，即据《閟宫》"奚斯所作"之语而以鲁颂乃奚斯所作。然则，于奚斯作颂之说，孔疏已有辨之"《駉》颂序云'史克作是颂'，广言作颂，不指《駉》篇，则四篇皆史克所作。《閟宫》云'新庙奕奕，奚斯所作'，自言奚斯作新庙耳。而汉世文人班固、王延寿之等，自谓鲁颂是奚斯作之，谬矣。故王肃云'当文公时，鲁贤臣季孙行父请于周，而令史克作颂四篇以祀'，是肃意以其作在文公之时，四篇皆史克所作也"，是以奚斯所作乃新庙而非颂诗，似亦有理。然于二说，朱子皆未从，《诗序辨说》称"事实皆无可考"，复言"诗中亦未见务农重谷之意"，因于《诗集传》径言"此诗言僖公牧马之盛，由其立心之远。故美之曰：思无疆，则思马斯臧矣"，仅泛以牧马之盛而为说。固然，牧马实为其时治国之要，国之强弱与马之多寡密切相关，大国号"千乘之国"，周之"六艺"其一为"御"，是诸侯莫不以牧马为要务。诗三百中涉马诗即不下数十篇，鄘风《定之方中》甚至以"秉心塞渊，騋牝三千"赞卫文公广蓄良马为深谋远虑。然而，正因牧马与治国相关，牧马即非纯为牧业。王鸿绪《诗经传说汇纂》引朱谋玮之言"鲁政多矣，独举考牧一事，军国之所重也"，可谓能得其要。郑笺有言"必牧于坰野者，避民居与良田也"，是务农重谷之意似已寓于其间。尤有甚者，《论语·为政》载"子曰：诗三百，一言以蔽之，曰思无邪"，朱子集注"思无邪，鲁颂《駉》篇之辞。凡诗之言……其言微婉，且或各因一事而发，求其直指全体，则未有若此之明且尽者。故夫子言诗三百篇，而唯此一言足以尽盖其义，其示人之意亦深切矣"，苏辙《诗集传》亦尝言"昔之为《诗》者，未必知此也。孔子读《诗》至此，而有合于其心焉，是以取之"，是以此一语于诗之义而无所不包。若此，其中之深蕴究可测乎？若吴闿生《诗义会通》评此诗所言"止举一马，政以验之"，则古今政治果可由一马而验之乎？是诗之负载一何重焉？而政之内蕴又一何谲焉？

有 駜

有駜有駜①,駜彼乘黄②。夙夜在公,在公明明③。振振鹭④,鹭于下⑤。鼓咽咽⑥,醉言舞⑦。于胥乐兮⑧!

有駜有駜,駜彼乘牡。夙夜在公,在公饮酒。振振鹭,鹭于飞。鼓咽咽,醉言归。于胥乐兮!

有駜有駜,駜彼乘駽⑨。夙夜在公,在公载燕⑩。自今以始⑪,岁其有⑫。君子有穀⑬,诒孙子⑭。于胥乐兮!

①駜(bì):马肥壮貌。　②乘(shèng)黄:四匹黄马。古者一车四马曰乘。③明明:勉勉之假借,努力貌。马瑞辰《毛诗传笺通释》:"明、勉一声之转,明明即勉勉之假借,谓其在公尽力也。《笺》训为'明明德',失之。"　④振振:鸟群飞貌。　⑤鹭于下:古人用鹭羽作舞具。朱熹《诗集传》:"振振,群飞貌。鹭,鹭羽,舞者所持,或坐或伏,如鹭之下也。"　⑥鼓咽咽:鼓声有节奏。　⑦言:语助词。　⑧于:通吁,感叹词。胥:皆,都。　⑨駽(xuān):青骊马,又名铁骢。⑩载:则。燕:通宴。　⑪以:而。　⑫岁其有:《毛传》:"岁其有,丰年也。"⑬穀:福禄。一说善。　⑭诒:遗留,留给。孙子:子孙。

振鹭乘黄伴骍飞，在公夙夜燕重帏。

尝疑鲁德何由颂？同乐君臣醉舞归！

此诗以马之肥壮起兴,述公室宴饮歌舞之事,以见君臣之相得,故鲁人作诗以颂。然诗旨为何,何君之事,则多异说。《毛诗序》曰:"《有駜》,颂僖公君臣之有道也。"是以诗旨乃颂鲁僖公君臣之有道。然何以见君臣之有道? 郑笺"有道者,以礼义相与之谓也",著礼义以释有道。孔疏"君以恩惠及臣,臣则尽忠事君,君臣相与皆有礼矣。是君臣有道也。经三章皆陈君能禄食其臣,臣能忧念事君,夙夜在公,是有道之事也。此主颂僖公,而兼言臣者,明君之所为美,由与臣有道,道成于臣,故连臣而言之",则进而以君惠臣、臣尽忠为礼义相与之所蕴,并比照诗之辞章,以见皆有道之事。然诗之所言,固夙夜在公,却多载燕饮酒,故后世颇有疑之者。朱熹《诗序辨说》以为"此但燕饮之诗,未见君臣有道之意",因于《诗集传》仅言"此燕饮而颂祷之辞也",以此但为燕饮之诗,而不及何君之事。明人季本《诗说解颐》则以为"美伯禽",而与僖公无与。清人姚际恒《诗经通论》亦以为"颂僖公,未有据。云'君臣之有道',尤不切合"。然则,既作颂,诗述君臣燕饮,亦必有国事之背景。观诗以马之肥壮起兴,郑笺"此喻僖公之用臣,必先致其禄食,禄食足而臣莫不尽其忠",故以言君臣相与燕饮和乐。末言"君子有穀,诒孙子",则为祭祝之辞。而所祝之事,则言"自今以始,岁其有"。毛传"岁其有,丰年也",郑笺"君臣安乐,则阴阳和而有丰年,其善道则可以遗子孙也",孔疏"《春秋》书有年者,谓五谷大熟,丰有之年。故知其有年,谓从今以去,当有丰年也"。以是观之,则此诗之君臣燕饮,似非纯为饮酒之乐,实有国事蕴于其间。而据史载,鲁国多年饥荒,至僖公"宽以爱民,务农重谷",遂多丰年。是此诗或即当丰年而作祈年之祭欤?朱熹《诗集传》于小雅《楚茨》篇有言"凡庙之制,前庙以奉神,后寝以藏衣冠。祭于庙,而燕于寝。故于此将燕,而祭时之乐,皆入奏于寝也。且祭既受禄矣,故以燕为将受后禄而绥之也",故君臣"载燕""饮酒"乃祭庙之事。明人邓元锡《诗绎》以为"《有駜》有小雅慈惠之心焉,上下交则和而安",清人方玉润《诗经原始》亦以为"燕饮不忘在公,颂祷专称岁有,既无怠政,又勿忘本,君臣同乐,所谓'有道'",吴闿生《诗义会通》则曰"但言燕饮之乐,而君臣有道之义自见言外",所言似皆可发诗义之所蕴。由此观之,诗之所述为祭庙祈年之事,故序言君臣有道之义似亦非为无理。然则,究颂之义,唯天子之盛德,诸侯不得有,尝疑鲁人美其君何以亦称颂?味此诗所蕴祈年之旨,固亦具国计民生事,然其义仅于言外而可得。而观诗辞所述之实境,则饮酒观舞,鼓乐喧阗,君臣同乐,尽醉而归,鲁君之德盖由此而得以称颂欤?

泮水

思乐泮水①,薄采其芹。鲁侯戾止②,言观其旂③。其旂茷茷④,鸾声哕哕⑤。无小无大⑥,从公于迈⑦。

思乐泮水,薄采其藻。鲁侯戾止,其马蹻蹻⑧。其马蹻蹻,其音昭昭⑨。载色载笑⑩,匪怒伊教⑪。

思乐泮水,薄采其茆⑫。鲁侯戾止,在泮饮酒。既饮旨酒,永锡难老⑬。顺彼长道⑭,屈此群丑⑮。

穆穆鲁侯⑯,敬明其德⑰。敬慎威仪,维民之则⑱。允文允武⑲,昭假烈祖⑳。靡有不孝㉑,自求伊祜㉒。

明明鲁侯㉓,克明其德。既作泮宫,淮夷攸服㉔。矫矫虎臣㉕,在泮献馘㉖。淑问如皋陶㉗,在泮献囚。

济济多士㉘,克广德心。桓桓于征㉙,狄彼东南㉚。烝烝皇皇㉛,不吴不扬㉜。不告于讻㉝,在泮献功。

角弓其觩㉞,束矢其搜㉟。戎车孔博㊱,徒御无斁㊲。既克淮夷,孔淑不逆㊳。式固尔犹㊴,淮夷卒获㊵。

翩彼飞鸮㊶,集于泮林。食我桑黮㊷,怀我好音㊸。憬彼淮夷㊹,来献其琛㊺。元龟象齿㊻,大赂南金㊼。

---

①泮(pàn)水:泮宫前半月形水池。泮宫为诸侯学宫。《郑笺》:"泮之言半也,半水者,盖东西门以南通水,北无也。天子诸侯宫异制,因形然。"一说水名。戴震《毛郑诗考证》:"泮水出曲阜县治,西流至兖州府城,东入泗。《通典》云:'兖州泗水县有泮水。'是也。"　　②鲁侯:指鲁僖公。戾:临,到。止:语尾助词。　　③言:语助词。旂:绘有龙形图案之旗。　　④茷(pèi)茷:音义同旆旆,旗帜飘扬貌。　　⑤鸾:通銮,车铃。哕(huì)哕:铃和鸣声。　　⑥无:无论。小大:指大小官员。　　⑦公:鲁公,即鲁侯。于:往。迈:行。　　⑧蹻(jué)蹻:强壮貌。　　⑨昭昭:嘹亮。　　⑩载:又。色:指容颜和蔼。　　⑪匪:不。伊:是。　　⑫茆(mǎo):即今所言之莼菜。　　⑬锡:同赐。难老:长寿。　　⑭道:指礼仪制度等。一说路,长道,即远路。　　⑮屈:征服。群丑:对敌人之蔑称,此指淮夷。　　⑯穆穆:举止庄重貌。　　⑰敬明:恭敬修明。　　⑱维:是。则:法则,模范。　　⑲允:信,确实。　　⑳昭:明。假:通格,至。烈:同列。列祖,指鲁国祖先周公、伯禽。　　㉑孝:效,效法。

㉒伊:是,此。祜:福。　　㉓明明:勉勉之假借,努力貌。　　㉔淮夷:淮水流域不受周王室控制之夷族。攸:乃。　　㉕矫矫:勇武貌。　　㉖馘(guó):古时为计算杀敌数以论功行赏而割下敌尸左耳。　　㉗淑:善。淑问,谓善于审问。皋陶(yáo):尧舜时著名掌刑狱之官。　　㉘济济:众多貌。　　㉙桓桓:威武貌。　　㉚狄:同剔,除。此指荡平。东南:指淮夷之地。　　㉛烝烝:生气勃勃。皇皇:声势浩大。　　㉜吴:喧哗。扬:高声。　　㉝讻(xiōng):讼,指因争功而生互诉。　　㉞角弓:两端镶有兽角之弓。觩:弯曲貌。　　㉟束矢:五十矢为一束。此指众矢。搜:通飕,发箭声。　　㊱戎车:兵车。博:多。　　㊲徒:徒步行走,指步兵。御:驾御马车,指战车上武士。斁(yì):厌倦。　　㊳淑:顺。逆:违。　　㊴式:用,因为。固:坚定。犹:借为猷,谋。　　㊵卒:终。获:克。　　㊶鸮:猫头鹰,古人以为恶鸟。　　㊷桑黮:同桑葚,桑树果实。　　㊸怀:归,此指回馈。　　㊹憬:觉悟。　　㊺琛:珍宝。　　㊻元龟:大龟。象齿:象牙。　　㊼赂:璐之假借,美玉。俞樾《群经平议》:"赂,借为璐,玉也。"南金:南方出产之金。

　　采芹采藻意优游,泮水宫成却献囚。
　　既使鲁侯独有颂,三家八佾岂无由?

　　此诗颂美者,鲁侯修泮宫并燕饮献功。然何君之事,泮宫何属,旧说不一。《毛诗序》曰:"《泮水》,颂僖公能修泮宫也。"以为诗所颂者,乃以僖公能修泮宫。然能修泮宫何以为颂?郑笺"言己思乐僖公之修泮宫之水,复伯禽之法,而往观之,采其芹也。辟廱者,筑土雝水之外,圆如璧,四方来观者均也。泮之言半也,半水者,盖东西门以南通水,北无也。天子诸侯宫异制,因形然",释序之所言泮宫之制,并以修泮宫乃在复伯禽之法,故此可颂。按《礼记·王制》有言"大学在郊,天子曰辟廱,诸侯曰泮宫",《汉书·郊祀志》亦言"周公相成王,王道大洽,制礼作乐,天子曰明堂辟廱,诸侯曰泮宫",是以泮宫为诸侯之学,序、笺或即据此以为说。然观诗之辞,前半言"既作泮宫"而"在泮饮酒",固合"思乐"之意,后半却言"既克淮夷""淮夷攸服",而于此"献馘""献囚"之事,则以学宫之地,何以献囚?后人遂多有疑之者。方玉润《诗经原始》即以为:"其地若已建学,则岂献囚献功处哉?"实则,朱子已不从序、笺之说,《诗序辨说》以为"此亦燕饮其群臣之诗,落成其能修之意",《诗集传》则泛言"此饮于泮宫,而颂禱之辞也",仅以之为燕饮之事、颂禱之辞,且不言何君之事。然仅以燕饮颂禱,则泮宫究何所属?清人戴震《毛郑诗考证》以为"鲁有泮水,作宫其上,故它国绝不闻有泮宫,独鲁有之。泮宫也者,其鲁人于此祀后稷乎?鲁有文王庙,称周庙,而郊祀后稷,因作宫于都南泮水上,尤非诸侯庙制所及。宫即水为名,称泮宫。《采蘩》篇传云:'宫,庙也。'是宫与庙异名同实。《礼器》曰:'鲁人将有事于上帝,必先有事于頖宫。'郑注云:'告后稷也。告之者,将以配天。'然则诗曰'从公于迈',曰'昭假烈祖,靡不有孝',明在国都之外,祀后稷地。曰'献馘'、'献囚'、'献功',盖鲁于祀后稷之时,亦就之赏有功也",则以泮宫为作宫泮水之上,乃祀后稷地。是以于泮宫泮水,其说非一。然则,观诗辞明著"淮夷攸服",稽之僖公,其征淮夷事,则史有明载,《左传·僖公十三年》僖公与齐、宋、陈、卫、郑、许、曹"会于咸,淮夷病杞故",《左传·僖公十六年》僖公与齐、宋、陈、卫、郑、许、邢、曹"会于淮,谋鄫,且东略也"。唯究其事,此征淮之役,战功本匪显,且鲁亦非为主导,或因鲁向为积弱之国,能屡次出师,国人欣喜而肆情颂歌欤?吴闿生《诗义会通》引刘瑾之言"《春秋》不书常事,作泮宫固宜无所见。至克淮夷虽亦不著,而僖十三年尝从齐桓会于咸,为淮夷之病杞。十六年从齐桓会于淮,为淮夷之病鄫。但诗言不无过实,要当为颂禱之溢辞也",以其功虽不显,然颂禱之辞,自多溢美,可谓颇为知言。而刘勰《文心雕龙·夸饰》以此诗末章"翩彼飞鸮,集于泮林。食我桑椹,怀我好音"四句为夸饰之例,似亦可谓恰合其用。又,《礼记·明堂位》"頖宫,周学也",是泮又作頖,郑氏注"頖,班也,所以班政教",是淮夷既服,于学宫以周之礼乐教化之,或亦非为不可。观《礼记·礼器》之言"鲁人将有事于上帝,必先有事于頖宫",是以泮宫之用,本即非仅学之事耶?盖鲁人有事于上帝,祀后稷,故作宫于泮水之上,尤非诸侯庙制所及,抑或鲁之所用天子之礼乐乎?然则,鲁用天子礼乐本已涉僭,魏源《诗古微·鲁颂答问》"《春秋》之书郊、书禘,皆自僖公始,则其僭亦自僖公始",是以天子礼乐自僖公用。据《礼记·明堂位》"成王以周公有勋劳于天下,是以封周公于曲阜,地方七百里,革车千乘,命鲁公世世祀周公以天子之礼乐",或伯禽未尝用,至僖公始用,故至僖公时鲁遂有颂,乃诸侯所独有。而"其僭亦自僖公始",以致其后鲁之僭一发而不可止。《论语·八佾》有云："孔子谓季氏：'八佾舞于庭，是可忍也，孰不可忍也?'"又云："三家者以《雍》彻。子曰：'相维辟公，天子穆穆'，奚取于三家之堂?"朱熹《四书章句集注》引程子之言曰："周公之功固大矣，皆臣子之分所当为，鲁安得独用天子礼乐哉? 成王之赐，伯禽之受，皆非也。其因袭之弊，遂使季氏僭八佾，三家僭《雍》彻，故仲尼讥之。"季氏、三家皆鲁大夫，竟亦僭用天子礼乐，而由僖公始僭观之，岂无由乎?

閟 宫

閟宫有侐①，实实枚枚②。赫赫姜嫄③，其德不回④。上帝是依⑤，无灾无害。弥月不迟⑥，是生后稷⑦。降之百福，黍稷重穋⑧，稙穉菽麦⑨。奄有下国⑩，俾民稼穑。有稷有黍，有稻有秬⑪。奄有下土，缵禹之绪⑫。

后稷之孙，实维大王⑬。居岐之阳，实始翦商。至于文武，缵大王之绪。致天之届⑭，于牧之野⑮。无贰无虞⑯，上帝临女⑰。敦商之旅⑱，克咸厥功⑲。王曰叔父⑳，建尔元子㉑，俾侯于鲁。大启尔宇㉒，为周室辅。

乃命鲁公，俾侯于东。锡之山川㉓，土田附庸㉔。周公之孙，庄公之子。龙旂承祀㉕，六辔耳耳㉖。春秋匪解㉗，享祀不忒㉘。皇皇后帝㉙! 皇祖后稷! 享以骍牺㉚，是飨是宜㉛，降福既多。周公皇祖㉜，亦其福女。

秋而载尝㉝，夏而楅衡㉞。白牡骍刚㉟，牺尊将将㊱。毛炰胾羹㊲，笾豆大房㊳。万舞洋洋㊴，孝孙有庆。俾尔炽而昌，俾尔寿而臧。保彼东方，鲁邦是常㊵。不亏不崩，不震不腾。三寿作朋㊶，如冈如陵。

公车千乘，朱英绿縢㊷，二矛重弓㊸。公徒三万㊹，贝胄朱綅㊺，烝徒增增㊻。戎狄是膺㊼，荆舒是惩㊽，则莫我敢承㊾。俾尔昌而炽，俾尔寿而富。黄发台背^⑤,寿胥与试^⑤。俾尔昌而大,俾尔耆而艾^⑤。万有千岁^⑤,眉寿无有害^⑤。

泰山岩岩^⑤,鲁邦所詹^⑤。奄有龟蒙^⑤,遂荒大东^⑤。至于海邦^⑤,淮夷来同^⑥。莫不率从,鲁侯之功。

保有凫绎^⑥,遂荒徐宅^⑥。至于海邦,淮夷蛮貊^⑥。及彼南夷^⑥,莫不率从。莫敢不诺,鲁侯是若^⑥。

天锡公纯嘏^⑥,眉寿保鲁。居常与许^⑥,复周公之宇^⑥。鲁侯燕喜^⑥,令妻寿母^⑦。宜大夫庶士^⑦,邦国是有^⑦。既多受祉,黄发兒齿^⑦。

徂来之松^⑦,新甫之柏^⑦。是断是度^⑦,是寻是尺^⑦。松桷有舄^⑦,路寝孔硕^⑦。新庙奕奕^⑧,奚斯所作^⑧。孔曼且硕^⑧,万民是若^⑧。

①閟(bì):同祕。《说文》:"祕,神也。"閟宫,即神庙。侐(xù):清静貌。
②实实:广大貌。枚枚:雕饰细密貌。 ③赫赫:显耀。姜嫄:周始祖后稷之母。
④回:邪。 ⑤依:助。 ⑥弥月:满月,指怀胎十月。 ⑦后稷:周之始祖,名弃。稷本农官之名,因弃尧时曾为农官,故曰后稷。 ⑧重(tóng):同穜,早种晚熟之谷。穋(lù):同稑,晚种早熟之谷。 ⑨稙(zhí):早种之谷物。稺(zhì):晚种之谷物。菽:豆类作物。 ⑩奄:包括。下国:天下诸国。 ⑪秬(jù):黑黍。 ⑫缵(zuǎn):继承。绪:业绩。 ⑬大王:即太王,周文王祖父古公亶父。 ⑭致:招致。届:同殛,诛戮。 ⑮牧之野:即牧野,殷都之郊,在今河南淇县西南。 ⑯贰:二心。虞:误。 ⑰临:监临。女:汝。 ⑱敦:通㪍,㪍残。旅:军队。 ⑲咸:成,备。 ⑳王:指周成王,武王之子。叔父:指周公旦,周公为武王之弟,成王叔父。 ㉑建:立。元子:长子,指周公长子伯禽。 ㉒启:开辟。宇:居,引申为领土。 ㉓锡:赐。 ㉔附庸:指诸侯国之附属小国。朱熹《诗集传》:"附庸,犹属城也。小国不能自达于天子,而附于大国也。" ㉕承祀:主持祭祀。 ㉖六辔:古时四马驾车,辕内两服马共两条缰绳,辕外两骖马各两条缰绳,故曰六辔。耳耳:和顺貌。 ㉗春秋:代指四时。解:通懈。

㉘享祀:祭祀。忒:差错。　㉙皇皇:光明显耀。后帝:指上帝。鲁国于夏历正月于南郊祭天,配以后稷。　㉚骍(xīn):赤色。牺:祭祀用牲口。周人尚赤,故以赤色牲口祭神。　㉛飨、宜:享用。一说两种祭名。　㉜周公皇祖:即皇祖周公之倒文。　㉝载:始。尝:秋季祭祀之名。　㉞楅(bì)衡:防止牛抵触之横木。古之祭祀用牲牛必无任何损伤,故秋祭用牲牛须于夏时设以楅衡,防止触折牛角。　㉟刚:通犅,公牛。　㊱牺尊:形似牺牛之酒器,凿背以容酒,故名。将将:同锵锵,器物相碰触之声。　㊲毛炰(páo):带毛涂泥燔烧,此指烤小猪。胾(zì):大块肉。羹:指大羹,不加调料肉汤。　㊳笾:竹制献祭容器。豆:木制献祭容器。大房:盛大块肉容器,亦名夏屋。　㊴万舞:舞名,常用于祭祀活动。洋洋:盛大貌。　㊵常:长。　㊶三寿:谓上寿、中寿、下寿。《文选》李善注引《养生经》:"上寿百二十,中寿百年,下寿八十。"朋:比,并。　㊷朱英:矛上用以装饰之红缨。绿縢(téng):束弓套之绿绳。　㊸二矛:夷矛与酋矛。夷矛长,酋矛短,用于不同距离交战。重弓:两张弓,一张常用,一张备用。　㊹徒:步卒。　㊺贝:贝壳,用于装饰头盔。胄(zhòu):头盔。綅(qīn):线,用于编缀固定贝壳。　㊻烝:众。增增:多貌。　㊼戎:西戎。狄:北狄。此泛指西北地区异族。膺:击。　㊽荆:楚之别名。舒:楚之属国,在今安徽庐江。惩:戒惩。　㊾承:抵抗。莫我敢承,即莫敢承我之倒文。　㊿黄发:人老则白发变黄,故曰黄发。台:同鲐,鲐鱼。台背,鲐鱼背有黑纹,老人背有老人斑,如鲐鱼之纹,故云。黄发台背,皆高寿之象。　51胥:相。试:比。　52耆、艾:《礼记·曲礼》:"五十曰艾,六十曰耆。"此皆泛指长寿。　53有:通又。　54眉寿:高寿。害:此指病痛。　55岩岩:高峻貌。　56詹:瞻之假借字,瞻仰。　57龟:龟山,在今山东新泰西南。蒙:蒙山,亦名东山,在今山东蒙阴南。　58荒:大,指扩大境域。大东:极东,指鲁极东之境。　59海邦:指鲁东近海之小国。　60淮夷:淮水流域异族。同:会同,朝会。　61保:安。凫:凫山,在今山东邹县西南。绎:绎山,亦称峄山、邹山,在今山东邹县东南。　62徐:徐戎,在今江苏徐州附近。宅:居。徐宅,徐戎所居,指徐国。　63蛮:南蛮,南方异族。貊(mò):东北方异族。蛮貊,泛指不受周王室控制之异族。　64南夷:指荆楚。鲁僖公伐楚,事见《春秋》僖四年。　65若:顺从。　66公:鲁公。纯:大。嘏(gǔ):福。　67常:地名,在鲁国南境薛城边,曾被齐国侵占,至

鲁庄公时归还鲁国。许:地名,即许田。在鲁国西境,曾被郑国侵占,至鲁僖公时归还鲁国。 (68)宇:犹域,疆域。 (69)燕:通宴。燕喜,即喜宴。 (70)令:善。妻:指僖公之妻声姜。寿:长寿。母:指僖公之母成风。 (71)宜:和顺。庶士:众士,指众臣。 (72)有:保有。 (73)兒(ní):齯之假借字。《说文》:"齯,老人齿也。"齯齿,老人牙落后重生之细齿。 (74)徂来:山名,亦作徂徕,在今山东泰安东南。 (75)新甫:山名,在今山东新泰西北。 (76)度:剫之省借。《广雅》:"剫,分也。"即劈开之意。 (77)寻、尺:皆度量单位,此用作动词。 (78)桷(jué):亦作榱,方椽。舄(xì):大貌。 (79)路寝:君主处理政事之宫室。孔硕:很高大。 (80)新庙:指閟宫。奕奕:美好貌。一说同绎绎,相连貌。 (81)奚斯:人名,鲁国大夫。作:修建。 (82)曼:长。 (83)若:顾,瞻顾,瞻仰。一说顺。一说善。

周宇复归承祖恩,居常与许固邦垣。
宏篇惊觉词侈丽,可得重窥汉赋源?

此诗当为鲁人颂美僖公兴祖业、复疆土、新庙祀之辞。诗辞有云"周公之孙,庄公之子",庄公之子仅二人,一为闵公,一为僖公,闵公早卒,在位仅二年,未有可颂,故此必为僖公。鲁颂四篇,以此篇指僖公最为确切。然于诗旨,亦有异说。《毛诗序》曰:"《閟宫》,颂僖公能复周公之宇也。"以诗颂僖公能复周公之宇。然于何谓周公之宇,郑笺"宇,居也",以之为居处屋宇。孔疏辨之曰"周公之时,土境特大,异于其余诸侯也。伯禽之后,君德渐衰,邻国侵削,境界狭小。至今僖公有德,更能复之,故作诗以颂之也",以僖公能复周公初封时鲁之境土而为言,则以宇指境土。观诗言"居常与许,复周公之宇",毛传"常、许,鲁南鄙、西鄙",皆地名,是以周公之宇接地名而为言,则显以宇指土境为宜。唯言土境仅举常、许二地,似难赅其全者。于此,孔疏复言"复周公之宇,虽辞出于经,而经之所言止为常许。此则总序篇义,与经小殊。其言复周公之宇,主以境界为辞,但僖公所行善事,皆是复故,非独土地而已。自三章'周公之孙'以下,皆述僖公之德,作者将美僖公,追述远祖,上陈姜嫄、后稷,至于文、武、大王,爰及成王封建之辞,鲁公受赐之命,言其所以有鲁之由,与僖公之事,为首引耳。序者以其非颂所主之意,故从而略之",比照诗之辞而揣序之义,当合其理。然观此诗首言"閟宫有侐",尾言"新庙奕奕",显为庙祀之辞,故于序之所言颇有疑之者。朱熹《诗序辨说》即以"序文首句之谬如此",而"此诗言庄公之子,又言新庙奕奕,则为僖公修庙之诗明矣",以诗之所颂者,仅为僖公能修寝庙。《诗集传》释之曰"时盖修之,故诗人歌咏其事,以为颂祷之词,而推本后稷之生,而下及僖公耳",严粲《诗缉》亦以为"止为僖公能修寝庙,史臣张大其事而为颂祷之辞",皆以为由修庙事推源鲁之祖业而颂祷之。然所修所祀何庙,复多异说。于诗之首言"閟宫",毛传"先妣姜嫄之庙",郑笺"閟,神也。姜嫄神所依,故庙曰神宫",皆以为姜嫄之庙。于诗之尾言"新庙",毛传"新庙,闵公庙也",以为闵公之庙。郑笺"修旧曰新,新者,姜嫄庙也",则以閟宫、新庙,当是一事,故皆为姜嫄之庙。是毛、郑之说已异。后世或又有以为僖公庙者。于此诸说,元人朱公迁《诗经疏义会通》辨之曰"但曰姜嫄庙,则不当及大王以下。曰闵公庙,则不当及周公皇祖以上。曰僖公庙,则诗正为公祝颂之,僖固未尝薨也",是以对照诗之辞意,以诸说皆有未尽宜者。清人方玉润《诗经原始》则以为"窃意閟者,闭也,严肃之谓。凡庙皆然,不必姜嫄庙始称'閟宫',则其为鲁之旧有之庙可知。至僖公始命奚斯葺而新之,诗人于是铺张扬厉,发为兹颂",其言似较通达。唯究此诗之义,溯鲁之祖业之源,故此庙自当为周之祖庙。而鲁既有姜嫄庙、后稷庙,复有文王庙,称周庙,岂非其一乎?正因远溯祖业之源,复颂鲁君之功德,故诗之辞铺张而详密。观全篇九章一百二十句,乃三百篇中篇幅最长者。首由姜嫄、后稷叙周之源,次叙周兴于大王、文、武,三叙伯禽受封及僖公祭祖,四叙僖公祭庙并祝其昌大,五、六夸僖公战绩并祝其长寿,七夸鲁之地广,八颂能复旧土,末叙新庙作成,洋洋洒洒,颂美之情辞肆而繁。吴闿生《诗义会通》以为"至诗词涉于夸大,则以鲁僖本无功德可颂,不得不张大其词",并引王安石之言"周颂之词约,约,所以为严,盛德故也。鲁颂之词侈,侈,所以为夸,德不足故也",揭鲁颂之实可谓利而切。然鲁颂之词繁而夸,实颂中之变格别体。方玉润《诗经原始》论之曰"鲁无大功德而有颂,且变为颂君而非告庙,则其无大功德堪以告庙,不得不变而为颂君之辞也可知。然未免近浮而夸矣,此颂之变也。颂既变为此体,编《诗》者虽欲删而除之,其可得乎?是编《诗》而存鲁颂,非存鲁之颂,乃存颂之变者耳",析鲁颂之变并以此篇为"早开西汉扬、马先声",吴闿生《诗义会通》亦以为"铺张扬厉,开汉赋之先声",是汉赋之源可得于此重窥焉?

商 颂

那

猗与那与①，置我鞉鼓②。奏鼓简简③，衎我烈祖④。汤孙奏假⑤，绥我思成⑥。鞉鼓渊渊⑦，嘒嘒管声⑧。既和且平，依我磬声⑨。於赫汤孙⑩，穆穆厥声⑪。庸鼓有斁⑫，万舞有奕⑬。我有嘉客⑭，亦不夷怿⑮？自古在昔，先民有作。温恭朝夕，执事有恪⑯。顾予烝尝⑰，汤孙之将⑱。

①猗:盛大。与:同欤,叹词。那:繁多。此指武功。以那为题,乃赞汤之武功盛多。一说猗那通婀娜,形容乐队美盛之貌。　②置:通植,竖立。鞉(táo)鼓:一种立鼓。　③鼓:指大鼓。简简:和谐洪大之声。　④衎(kàn):欢乐。烈祖:功业显赫之祖先,此指成汤。　⑤汤孙:商汤子孙,此指主祭者。奏:进。假:格之假借,至。奏假,祭祀致神之意。　⑥绥:赠予,赐予。思:语助词。成:成功。　⑦渊渊:鼓声。　⑧嘒嘒:清亮之声。管:竹制吹奏乐器。　⑨磬:一种玉制打击乐器。古时乐队以磬声止众乐。　⑩於:叹美词。赫:显盛貌。⑪穆穆:和美庄肃。厥声:指音乐之声。　⑫庸:通镛,大钟。有斁(yì):即斁斁,乐声盛大貌。　⑬万舞:舞名。有奕:即奕奕,舞蹈场面盛大貌。　⑭嘉客:指宋之同姓附庸小国前来助祭者。　⑮夷:通怡。怿:悦。夷怿,即怡悦。　⑯执事:行事。有恪(kè):即恪恪,恭敬诚笃貌。　⑰顾:光顾。烝尝:冬祭为烝,秋祭为尝。　⑱将:佑助。

烝尝烈祖乐声隆,主祀汤孙议莫衷。

考父上卿宣武戴,百年穿越美襄公?

商者,契所封之地。当尧之末年,舜举契为司徒。传十四世而汤有天下,其后太宗、中宗、高宗三宗迭兴。及纣无道,为周武王所灭,遂封其庶兄微子启于宋,修其礼乐以奉商后。其后政衰,礼乐放失。七世至戴公时,大夫正考父得商颂十二篇于周太师,归以祀其先王。至孔子编诗之时,而又亡其七篇。今存商颂五篇,皆祀先祖先王之乐歌。此诗为商颂首篇,乃祀成汤之乐歌。然观诗之辞,诗祀成汤,何以不言汤之功德,而独举鞉鼓管磬庸鼓之声及万舞之奕?《礼记·郊特牲》"殷人尚声,臭味未成,涤荡其声,乐三阕,然后出迎牲。声音之号,所以诏告于天地之间也",是商人尚声,乐之盛即德之隆。盖此篇诗辞与周颂《有瞽》备述诸乐颇为相类,唯彼以作乐合祖,"永观厥成",是乐之终;此则以声音诏神,"绥我思成",是乐之始。故商颂十二,以《那》为首,或商人祭祖系列乐章之迎神序曲欤?盖以此诗祀成汤,当无疑者。然诗作何时,却多异说。《毛诗序》曰:"《那》,祀成汤也。微子至于戴公,其间礼乐废坏,有正考甫者,得商颂十二篇于周之大师,以《那》为首。"以商颂乃正考甫得之于周太师者,并述微子之后礼乐废坏之事。郑笺"礼乐废坏者,君怠慢于为政,不修祭祀、朝聘、养贤、待宾之事,有司忘其礼之仪制,乐师失其声之曲折,由是散亡也。自正考甫至孔子之时,又无七篇矣",释序之所言礼乐废坏义,并述商颂所得及十二复亡七存五之所由。按《国语·鲁语》录闵马父之言"昔正考父校商之名颂十二篇于周大师,以《那》为首,其辑之乱曰:'自古在昔,先民有作。温恭朝夕,执事有恪'",所引诗句正在此篇,序当据此以为说,且以正考父得之于周太师,故以商之颂乃商时之遗诗。然齐、鲁、韩三家诗皆不以商颂出商时,而以为周时商之后宋国人所作。后以郑氏作笺,毛说畅行,三家之说废。迄清代及近时论者,以考证之学行,复有以商颂乃春秋宋人所作之说,甚或即以之出正考父之手。然亦或有疑之者,是此二说,迄难定谳。又,诗祀成汤,而主祀者何,亦多异说。或言太甲,或言武丁,其说不一。观诗言"汤孙奏假""於赫汤孙",毛传释"汤孙"为"汤为人子孙也",说甚迂曲,已为人所指疵。欧阳修《诗本义》即以为"时王之主祭者",是"汤孙"当是汤之子孙,即主祀之人。而自太甲以下商之嗣王,以至周时封宋以奉商后之君,似皆可谓"汤孙",故此之"汤孙",亦难确证。然则,此颂若果成于正考父,则或正考父其时之宋君欤?《史记·宋微子世家》有言"襄公之时,修行仁义,欲为盟主,其大夫正考父美之,故追道契、汤、高宗,殷所以兴,作

《商颂》"，即以商之颂乃正考父所作，并以其追述殷之所以兴之事，所美者乃春秋中期之宋襄公，则似以宋襄公为主祀之"汤孙"者。今人颇多从此说者。程俊英《诗经译注》即以为"宋国保存有自己先代颂祖乐歌，这是很可能的。正考父据之改写成颂诗，来祭祀祖先，赞美宋襄公，并到周太师处校对章节，配合乐调"，显由《史记》之说而衍发。盖襄公固亦可谓为汤孙，然正考父之事迹，则史有明载，《史记·孔子世家》"正考父佐戴、武、宣，三命兹益恭"，是正考父所佐宋君乃春秋初年之戴公、武公、宣公，实与襄公无与。是主祀者果若宋君，亦当属戴、武、宣之一也。故于史迁所谓正考父美襄公之说，司马贞《索隐》已言"考父佐戴、武、宣，且在襄公前百许岁，安得述而美之？斯谬说尔"，可谓驳其说之谬颇切。是以此颂果可美襄公，则考父必具异能穿越百年。史迁既误，今人却信，岂不令人绝倒？

烈 祖

嗟嗟烈祖①，有秩斯祜②。申锡无疆③，及尔斯所④。既载清酤⑤，赉我思成⑥。亦有和羹⑦，既戒既平⑧。鬷假无言⑨，时靡有争。绥我眉寿⑩，黄耇无疆⑪。约軧错衡⑫，八鸾鸧鸧⑬。以假以享⑭，我受命溥将⑮。自天降康，丰年穰穰⑯。来假来飨⑰，降福无疆。顾予烝尝⑱，汤孙之将⑲。

①嗟嗟：叹美声。烈祖：功业显赫之祖先。　②秩：大。马瑞辰《毛诗传笺通释》："有秩即形容福之大貌。"祜：福。　③申：再三。锡：同赐。段玉裁《说文解字注》："经典多假锡为赐字。凡言锡予者，即赐之假借也。"　④及尔斯所：陈奂《诗毛氏传疏》："及尔斯所，犹云‘以迄于今’也。"　⑤载：陈，设。酤：酒。　⑥赉（lài）：赐予。思：语助词。成：成功。　⑦和羹：调制好之浓汤。　⑧戒：齐备，完备。指和羹必备五味。平：和平。指羹味。　⑨鬷（zōng）：《毛传》："鬷，总。假，大也。"鬷假，集合大众祈祷。一作奏。《礼记·中庸》引此诗作"奏假无言"。奏假，祭祷。　⑩绥：赠，赐。眉寿：高寿。　⑪黄耇（gǒu）：高寿老

人。朱熹《诗集传》:"黄,老人发白复黄也。耇,老人面冻梨色,如浮垢也。" ⑫约軧(qí):用皮革缠绕车毂两端。错衡:雕饰车辕前端横木。 ⑬鸾:通銮,车铃。鸧(qiāng)鸧:同锵锵,车铃之声。 ⑭假:通格,至。祭者上致于神。享:祭。 ⑮溥:大。将:长。王引之《经义述闻》释将为长。溥将,广大而长久。 ⑯穰穰:禾黍众多貌。 ⑰假:至,指神来到。飨:受享,指神来受享。 ⑱顾:光顾。烝尝:冬祭为烝,秋祭为尝。 ⑲将:佑助。

和羹献享复清酤,助祭鸾鸧四面趋。

商乐既存谁作颂?情辞时古却敷腴?

此诗亦祭祀先祖之乐歌,然所祀何祖,向有二说。《毛诗序》曰:"《烈祖》,祀中宗也。"以为所祀者乃中宗太戊。郑笺"中宗,殷王太戊,汤之玄孙也。有桑谷之异,惧而修德,殷道复兴。故表显之,号为中宗",释序之所言中宗其人,特言中宗修德以致殷道复兴之事。据《史记·殷本纪》载"帝太戊立,伊陟为相。亳有祥,桑谷共生于朝,一暮大拱。帝太戊惧,问伊陟。伊陟曰:'臣闻妖不胜德,帝之政其有阙与?帝其修德。'太戊从之,而祥桑枯死而去",于是,"殷复兴,诸侯归之,故称中宗",是中宗修德之事。然于此祀中宗之说,后人或疑之。朱熹《诗序辨说》以为"详此诗未见其为祀中宗,而末言汤孙,则亦祭成汤之诗耳。序但不欲连篇重出,又以中宗商之贤君,不欲遗之耳",因于《诗集传》断之为"此亦祀成汤之乐"。后世论者多从朱说。清人姚际恒《诗经通论》即以为"《小序》谓'祀中宗',本无据,第取别于上篇,又以下篇而及之耳。然此与上篇末皆云'汤孙之将',疑同为祀成汤,故《集传》云然。然一祭两诗,何所分别?辅氏广曰:'《那》与《烈祖》皆祀成汤之乐,然《那》诗则专言乐声,至《烈祖》则及于酒馔焉。商人尚声,岂始作乐之时则歌《那》,既祭而后歌《烈祖》欤?'此说似有文理",方玉润《诗经原始》则曰"周制,大享先王凡九献。商制虽无考,要亦大略相同。每献有乐则有歌,纵不能尽皆有歌,其一献降神,四献、五献酬醴荐熟,以及九献祭毕,诸大节目,均不能无辞。特诗难悉载,且多残阙耳。前诗专言声,当一献降神之曲。此诗兼言清酤和羹,其五献荐熟之章欤?不然何以一诗专言声,一诗则兼言酒与馔耶?此可以知其各有专用,同为一祭之乐,无疑也",今人陈子展《诗经直解》亦言"《烈祖》与《那》篇相次,疑是汤孙祀烈祖成汤同时所用之乐歌。一用在迎牲之前,故言及乐声,一用在迎牲之后,故言及臭味(清酤、和羹之类)",并皆辨析入微,颇合情理。观前篇言"衎我烈祖""汤孙之将",此篇则言"嗟嗟烈祖""汤孙之将",文辞亦若一时之作。且两篇不独词义叠复,且用韵相似,吴闿生《诗义会通》即评之为"句句用韵,黄钟大吕之音",其遣词用韵亦堪称杰构。陈子展《诗经直解》引明人孙鑛之言"如此篇何等工妙,其工处正如大辂",姚际恒《诗经通论》亦以为"商颂五篇,文字风华高贵,寓质朴于敷腴,运清缓于古峭,文质相宜,允为至文",细味其情辞意蕴,如此推扬似并不为过。唯商颂成诗年代,向有商代与春秋宋时二说,观其祀成汤事当属商代,然就文辞而言,论者多言"商尚质",是上古多简奥,后世趋繁缛,果若商颂成于商代,则何以时古而文辞却如此敷腴?《国语》所谓"正考父校商之名颂十二篇于周太师",《史记》所谓正考父"作商颂",抑或得于周太师者乃商代遗存之祭祖乐歌,而正考父据之作成颂诗以美"汤孙"哉?近人王国维《说商颂》引殷墟甲骨卜辞以证商颂非商代之作,即由文辞特质而为言,是"文变染乎世情",孰可疑哉?

玄 鸟

天命玄鸟[①],降而生商[②],宅殷土芒芒[③]。古帝命武汤[④],正域彼四方[⑤]。方命厥后[⑥],奄有九有[⑦]。商之先后[⑧],受命不殆[⑨],在武丁孙子[⑩]。武丁孙子,武王靡不胜[⑪]。龙旂十乘,大糦是承[⑫]。邦畿千里[⑬],维民所止[⑭],肇域彼四海[⑮]。四海来假[⑯],来假祁祁[⑰]。景员维河[⑱],殷受命咸宜,百禄是何[⑲]。

①玄鸟:燕子。玄为黑色,燕色黑,故名玄鸟。　②商:指商之始祖契。传说有娀氏女简狄吞燕卵而怀孕生契,契建国于商(今河南商丘),事见屈原《天问》、《吕氏春秋》、《史记》等。　③宅:居住。殷土:指商地。殷于盘庚迁都前称商,盘庚迁殷(今河南安阳)后称殷。后人因亦称商地为殷土。芒芒:同茫茫,广大貌。

④古：从前。帝：天帝，上帝。武汤：即成汤，汤号曰武。　　⑤正：同征，征服。一说治理。域：疆域。四方：指天下。　　⑥方：遍，普。后：君，此指各部落酋长首领。⑦奄：包括，尽。九有：九域之假借，即九州。传说禹划天下为九州。《尔雅·释地》："两河间曰冀州，河南曰豫州，河西曰雍州，汉南曰荆州，江南曰扬州，济南曰兖州，济东曰徐州，燕曰幽州，齐曰营州。"　　⑧先后：先君，先王。　　⑨命：天命。殆：通怠，懈怠。　　⑩武丁：殷高宗。孙子：子孙。武丁孙子，孙子武丁之倒文，谓成汤子孙武丁。　　⑪武王：即武汤，成汤。此指成汤开创之基业。胜：胜任。　　⑫糦（chì）：通饎，古时大祭时所供黍稷稻粱之属。承：供奉，进献。⑬邦：封之假借字。《文选·西京赋》注引此诗作"封畿千里"。封畿，即疆界。⑭止：停留，居住。　　⑮肇：开始，开辟。域：疆域。四海：《尔雅》："九夷，八狄，七戎，六蛮，谓之四海。"王肃曰："殷道衰，四夷来侵，至高宗，然后始复以四海为境域也。"　　⑯假：通格，到达。来假，即来到，来朝。　　⑰祁祁：纷杂众多之貌。⑱景：广大。员：幅员。一说景员通广运，东西为广，南北为运。谓疆域广大。河：指黄河。此谓疆界直至黄河。　　⑲百禄：多福。何：通荷，承担，蒙受。

简狄在台玄鸟贻，岂宜帝喾得神儿？

宅殷正域三宗迭，盛德真容鲁宋遗？

此诗当为祭祀商之先祖并颂其功德之乐歌，然所祀何宗，其说不一。《毛诗序》曰："《玄鸟》，祀高宗也。"以为所祀者乃高宗武丁。郑笺"祀当为袷，袷，合也。高宗，殷王武丁，中宗玄孙之孙也。有雊雉之异，又惧而修德，殷道复兴，故亦表显之，号为高宗云。崩而始合祭于契之庙，歌是诗焉"，言高宗修德以致殷道复兴，并以此祀乃袷祭之事。其所言"雊雉之异"，据《史记·殷本纪》载"帝武丁祭成汤，明日有飞雉登鼎耳而呴，武丁惧。祖己曰'王勿忧，先修政事'"，于是，"武丁修政行德，天下咸驩，殷道复兴"，是武丁修德以致殷道复兴之事。盖商人以鸟作图腾，故于"雊雉之异"，则"惧而修德"。观此诗所言玄鸟生商，乃商之起源与鸟有关之异象，故论者或正以此而系之复有鸟之异象之武丁乎？然于此说，朱子不之信，《诗序辨说》疑之曰"诗有'武丁孙子'之句，故序得以为据，虽未必然，然必是高宗以后之诗矣”，以为序因诗辞有“武丁孙子”之句，遂以之为高宗武丁，而武丁孙子乃武丁之后，故以序以之为高宗者不然。《诗集传》遂释为“此亦祭祀宗庙之乐，而追叙商人之所由生，以及其有天下之初也”，则泛言祭祀宗庙，而不言所祀何宗。观诗之辞，虽由玄鸟生商叙商之起源，然明言“武丁孙子”，属意继兴者无疑。清人姚际恒《诗经通论》辨之曰：“诗明言‘武丁孙子’，孙子者，对汤而言。上曰‘商之先后’，是商也。《集传》犹不之信，第为泛说，何耶？其解‘武丁孙子’，若谓武丁之孙子然，属祭者自谓，于是以‘武王靡不胜’亦为自赞之辞，绝非理。”揆诸诗辞之意，以武丁孙子乃对汤而言，犹言孙子武丁，而非为武丁之孙子也。实则，诗之前半追溯成汤“正域彼四方”，始承天命，后半归重武丁“肇域彼四海”，复成汤之旧，辞义颇为显明，故后世论家多是序而非朱。唯诗祀武丁，却溯源“天命玄鸟，降而生商”，自契生始述，极见所述者深远而宏大。清人方玉润《诗经原始》以之“诗骨奇秀，神气浑穆，而意亦复隽永，实为三颂压卷”，可谓极誉之辞。而于玄鸟生商，虽说者不一，然所蕴实深。毛传以为“玄鸟，鳦也。春分玄鸟降，汤之先祖有娀氏女简狄配高辛氏帝，帝率与之祈于郊禖而生契。故本其为天所命，以玄鸟至而生焉”，以契之生乃郊禖祈子而得。郑笺以为“天使鳦下而生商者，谓鳦遗卵，娀氏之女简狄吞之而生契”，则以简狄吞燕卵而生契，且其说典籍所载尤多。《史记·殷本纪》“殷契，母曰简狄，有娀氏之女，为帝喾次妃。三人行浴，见玄鸟堕其卵，简狄取吞之，因孕生契”，屈原《天问》以此问之：“简狄在台，喾何宜？玄鸟致贻，女何喜？”《太平御览》卷八二引《尚书中候》及《史记·三代世表》褚少孙补引《诗含神雾》等纬书亦载其说。又，传世晚商青铜器《玄鸟妇壶》有“玄鸟妇”三字铭文，明著玄鸟与妇人之关系，其与简狄吞卵之商氏族起源之事合，岂偶然哉？若由文化人类学观之，作为原型，有关鸟卵生子传说东北地区多有，王充《论衡·吉验》“北夷橐离国王侍婢有娠，王欲杀之。婢对曰：有气大如鸡子，从天而下，我故有娠”，高丽李奎报《李相国文集》亦有鸟卵生子之说，与《魏书·高句丽传》所记之事略同。而据近人傅斯年考证，商部族正是发迹于东北渤海地区。比照商周起源之说，简狄吞燕卵而生契与姜嫄履巨人迹而生后稷，似出一辙，是此篇与大雅《生民》颇相类，彼为周氏族之史诗，此则为商氏族之史诗。故商颂所述，自契之所生，成汤受命，其后殷道数衰，经太宗太甲、中宗太戊、高宗武丁三宗迭兴，立政修德，殷道复兴，辞至简而蕴至广。周公尝以《无逸》勉成王,而盛称殷之三宗。然三宗盛德何由见乎?宋之正考父得之于周太师十二篇者乃商代遗存之祭祖乐歌,而考父所作颂诗可得其圣迹乎?至鲁之孔子编诗复又亡七存五,尚有真容遗而传之于其间者乎?

长 发

濬哲维商①,长发其祥②。洪水芒芒③,禹敷下土方④。外大国是疆⑤,幅陨既长⑥。有娀方将⑦,帝立子生商⑧。

玄王桓拨⑨,受小国是达⑩,受大国是达。率履不越⑪,遂视既发⑫。相土烈烈⑬,海外有截⑭。

帝命不违,至于汤齐⑮。汤降不迟⑯,圣敬日跻⑰。昭假迟迟⑱,上帝是祇⑲,帝命式于九围⑳。

受小球大球㉑,为下国缀旒㉒,何天之休㉓。不竞不絿㉔,不刚不柔。敷政优优㉕,百禄是遒㉖。

受小共大共㉗,为下国骏厖㉘,何天之龙㉙。敷奏其勇㉚,不震不动㉛,不戁不竦㉜,百禄是总㉝。

武王载旆㉞,有虔秉钺㉟。如火烈烈,则莫我敢曷㊱。苞有三蘖㊲,莫遂莫达。九有九截㊳,韦顾既伐㊴,昆吾夏桀㊵。

昔在中叶㊶,有震且业㊷。允也天子㊸,降予卿士㊹。实维阿衡㊺,实左右商王㊻。

①濬:睿之假借。睿哲,明智。商:指商之始祖。　②长:长久。发:兴发。
③芒芒:茫茫,水盛貌。　④敷:治。方:四方。下土方,下土四方之省文。
⑤大国:指夏。外大国,指夏域之外。疆:疆土。谓远方之地皆归入疆土。　⑥辐
陨:幅员,疆域。长:广大。　⑦有娀(sōng):上古国名,在今山西运城。此指有
娀氏之女,姓氏无考,以国号称之。《说文》:"娀,帝高辛之妃,偰母号也。"将:壮,

大。　　⑧帝:指高辛氏。子:指有娀氏女简狄。商:指契。契为尧司徒,封于商,因以商代契。　　⑨玄王:指契。契生前据东方小国,并未称王,下传十世至太乙即成汤建立商王朝,追尊为王。据"玄鸟生商"之传说,称为玄王。《国语》《荀子》等书皆称契为玄王。桓:威武。拨:《韩诗》作发,明,英明。　　⑩达:通。指契能通其教令于民。《郑笺》:"玄王广大其政治,始尧封之商为小国,舜之末年乃益其地为大国,皆能达其教令。"　　⑪率:循。履:礼之假借字。王先谦《诗三家义集疏》:"三家履作礼。"越:逾越。　　⑫视:巡视。发:施行。朱熹《诗集传》:"言契能循礼不过越,遂视其民,则既发以应之矣。"　　⑬相土:人名,契之孙。契生昭明,昭明生相土,是商之先王先公之一。烈烈:威武貌。　　⑭海外:四海之外,泛言边远之地。有截:截截,整齐划一。指整治使不乱。　　⑮汤:成汤,商王朝建立者。齐:齐一,一样。　　⑯降:降生。不迟:谓适时。　　⑰跻:升。日跻,天天进步。　　⑱昭假:向神祷告,表明诚敬之心。迟迟:久久不息。　　⑲祗(zhī):恭敬。　　⑳式:法,执法。九围:九域,九州。　　㉑球:本作捄,法制。《广雅·释诂》:"拱,捄,法也。"　　㉒下国:指诸侯国。缀旒:旗上飘带,指表识。缀,表。旒:章。引申为表率、榜样。　　㉓何:同荷,承受。休:庥之假借,庇荫。一说美。　　㉔竞:争。絿(qiú):急。　　㉕敷政:施政。优优:温和宽厚。　　㉖遒:聚。　　㉗共:拱之假借字,《鲁诗》作拱。《毛传》:"共,法。"　　㉘骏厖:《荀子·荣辱》引作骏蒙,《大戴礼·卫将军文子》引作恂蒙,覆庇保护。　　㉙龙:宠之假借,恩宠。　　㉚敷奏:施展。按此句似错简,比之上章句次,当在"不戁不竦"句后。　　㉛震:震惊。动:动摇。《郑笺》:"不可惊惮也。"　　㉜戁(nǎn):胆怯。竦:惊恐。　　㉝总:聚。　　㉞武王:成汤之号。载:始。旆:旌旗,此用作动词,指兴师伐夏桀。　　㉟有虔:威武貌。秉:执,持。钺:大斧。《史记·殷本纪》:"汤自把钺以伐昆吾,遂伐桀。"　　㊱曷:通遏,阻挡。莫我敢曷,莫敢曷我之倒文。　　㊲苞:本,指树干。蘖(niè):旁生枝桠。三蘖,喻指韦、顾、昆吾三国。朱熹《诗集传》:"言一本生三蘖也,本则夏桀,蘖则韦也,顾也,昆吾也,皆桀之党也。"　　㊳遂:草木生长。达:苗生出土。　　㊴九有:九州。截:整齐。　　㊵韦:国名,亦名豕韦,夏桀之盟国,故址在今河南滑县东南。顾:国名,夏桀之盟国,故址在今山东鄄城东北。　　㊶昆吾:国名,夏桀之盟国,与韦、顾共为夏之东部屏障。夏桀:夏之末代君主,名履癸,恃勇暴虐,荒淫无度。据史,成汤兴师伐夏,先将韦、顾、昆吾分割包围,灭左之韦,继灭右之顾,再夹击昆吾,使夏孤立。后与夏决战于鸣条(今河南封丘东)之野,夏军大败。于是,放桀于南巢,夏亡。　　㊷中叶:中世,指汤之时。商朝立国从契始,传十四世成汤建立王朝,自开国历史年代而言正值中世。　　㊸震:威力。业:大。　　㊹允:诚,信。天子:指成汤。　　㊺降:天赐。卿士:此指贤人。㊻实维:是为。阿衡:伊尹之号。伊尹原为奴仆,成汤发现其才干,破格重用,终辅成汤征服天下建立商王朝。　　㊼左右:在王左右辅佐。

商王踏破夏王宫,禹启私传一旦终。

岂独汤孙同此命? 迭朝相革几时穷?

此诗述商得天下之由,颂美成汤之功德。当为殷商之后祭祀成汤及其列祖,并以伊尹从祀之乐歌。唯所作何祀,则向多异说。《毛诗序》曰:"《长发》,大禘也。"以为此诗乃殷之后王大禘祭天之作。郑笺"大禘,郊祭天也。《礼记》曰'王者禘其祖之所自出,以其祖配之',是谓也",释序之所言大禘之义,并引《礼记》之言以明以其祖配祀之礼。孔疏申之曰"禘者,祭天之名。谓殷王高宗之时,以正岁之正月祭其所感之帝于南郊,诗人因其祭也而歌此诗焉。经陈洪水之时,已有将王之兆。玄王政教大行,相土威服海外,至于成汤,受天明命,诛除元恶,王有天下。又得贤臣为之辅佐,此皆天之所祐。故歌咏天德,因此大禘而为颂,故言大禘以总之。经无高宗之事,而为高宗之颂者,以高宗禘祭得礼,因美之而为此颂,故为高宗之诗。但作者主言天德,止述商有天下之由,故其言不及高宗。此则郑之意耳",详阐序之所言大禘,并衍郑氏之意,以此大禘之事,乃殷高宗武丁之时。然于此说,朱子疑之,《诗集传》以为"大禘不及群庙之主,此宜为祫祭之诗",以为大禘当及于祖之所自出,而此似未及,故以之当为祫祭。后世论家复以朱说非是。王鸿绪《诗经传说汇纂》引杨氏之言曰:"《长发》大禘,但述玄王以下而不及于所自出之帝,则安得谓之禘诗? 今案篇首即以'长发其祥'一语开端,明是指帝喾而言,未尝不及于所自出之帝也。岂必举喾之名而后谓之及喾耶?"方玉润《诗经原始》亦以为"诗明言'有娀方将,帝立子生商',娀子者,契也。契所自出者,娀氏女也。言娀女即言帝詈也。诗固有意到而笔不到者,此类是已",皆以此诗未尝不及所自出之帝。何楷《诗经世本古义》则以为:"此诗末章举及阿衡,正配享太庙之事,固大禘之一证也。《书·盘庚篇》:'兹予大享于先王,尔祖其从与享之。'《周礼·司尊彝》云:'凡四时之间祀,追享朝享。'先儒谓禘追其所自出,故为追享。袷,群主皆朝于太庙,故为朝享。禘、袷皆以享名,而禘尤大于袷,故以大享名也。《盘庚》言功臣配享,正大享之时。则序以《长发》为大禘,信非妄矣。何休亦云:'禘所以异于袷者,功臣皆祭也。'"以此诗之末言及伊尹,乃功臣配享,证其实为大禘之事。又,郑笺于《玄鸟》篇尝言"古者君丧,三年既毕,禘于其庙,而后袷祭于太祖。明年春,禘于群庙。自此之后,五年而再殷祭。一禘一袷,春秋谓之大事",是禘、袷本一祭而二名。故清人顾栋高《毛诗类释》以为"案孔疏之说,禘、袷一也。以其审谛昭穆,谓之禘。以其合食群庙,谓之袷。此诗历颂玄王、相土,以及成汤、伊尹,而序谓之大禘,正是禘即为袷之一证"。由此,则诸儒之禘、袷之辨,岂非徒费辞焉?观诗辞所述,由商之肇源,及于列祖,归重成汤,从以伊尹,共七章,自三章始皆成汤事。备述列祖之迹,亦商之史诗也。尤以"武王载斾""如火烈烈"颂成汤功业,声满天地,势贯虹霓。其初伐韦、顾,次伐昆吾,乃伐夏桀,终至"九有九截",四海归一。至此,禹、启变禅让而私传之王朝终告烟灭,而王朝之更迭亦自此由禅让而演为革命。然汤革夏命,商亦私传,于是其命终亦为周所革。周之后,尤兴亡勃忽,观迭朝相革,曷有竟时乎?

殷　武

挞彼殷武[①],奋伐荆楚[②]。罙入其阻[③],裒荆之旅[④]。有截其所[⑤],汤孙之绪[⑥]。

维女荆楚[⑦],居国南乡[⑧]。昔有成汤,自彼氐羌[⑨],莫敢不来享[⑩],莫敢不来王[⑪],曰商是常[⑫]。

天命多辟[⑬],设都于禹之绩[⑭]。岁事来辟[⑮],勿予祸適[⑯],稼穑匪解[⑰]。

天命降监,下民有严⑱。不僭不滥⑲,不敢怠遑⑳。命于下国,封建厥福㉑。

商邑翼翼㉒,四方之极㉓。赫赫厥声㉔,濯濯厥灵㉕。寿考且宁,以保我后生㉖。

陟彼景山㉗,松柏丸丸㉘。是断是迁㉙,方斲是虔㉚。松桷有梴㉛,旅楹有闲㉜,寝成孔安㉝。

①挞:行动迅疾貌。《毛传》:"挞,疾意也。"殷武:殷高宗武丁。　②伐:讨伐。荆楚:即荆州之楚国。　③罙:同深。古深字本作突,隶变作罙。阻:险隘。④裒(póu):捊之别体,通俘,俘获。一说合击,夹击。旅:众。　⑤截:齐整划一,此指治理。其所:指楚地。　⑥汤孙:商汤后代子孙,此指武丁。绪:功业,业绩。　⑦女:汝。　⑧乡:所,地带。一说通向。南乡,即中原以南地区。⑨自:犹虽。氐羌:古时西北两个少数民族,散居今陕西、甘肃、青海一带。⑩享:献贡,奉献。　⑪来王:即来朝见商王。　⑫常:通尚,尊崇。一说指常君。《郑笺》:"氐羌远夷之国,来献来见,曰商王是吾常君也。"　⑬辟:君。多辟,众多诸侯国君。　⑭绩:迹之假借字。禹之绩,指大禹所治之地,为华夏人群所居。⑮岁事:指每年年终祭祀大典。来辟:犹来王、来朝。　⑯祸:音义同过,过错,罪过。適:音义同谪,谴责,惩罚。　⑰解:同懈,懈怠。　⑱严:同俨,敬谨。有严,恭敬庄重貌。　⑲僭:差失,越礼。滥:放纵无度。　⑳怠:懈怠,懒惰。遑:闲暇,闲散。　㉑封:大。建:创造。　㉒商邑:指商朝国都西亳。《史记·殷本纪》正义:"汤自南亳迁西亳,仲丁迁隞,河亶甲居相,祖乙居耿,盘庚渡河,南居西亳,是五迁也。"殷高宗武丁是盘庚之后商王,其时建都西亳,在今河南偃师。翼翼:整齐盛大貌。　㉓四方:指四方诸侯国。极:准则,法式。㉔赫赫:显著貌。声:声誉。　㉕濯濯:光明貌。灵:威灵。　㉖后生:后代子孙。　㉗景山:商都附近山名。陈奂《诗毛氏传疏》:"考今河南偃师县有缑氏城,县南二十里有景山,即此诗之景山也。"一说高大之山。　㉘丸丸:光直挺拔貌。　㉙断:砍伐。迁:搬运。　㉚方:是,乃。斲(zhuó):同斫,砍。虔:虔刘,

砍削。　　㉛桷(jué)：方形椽子。梴(chān)：木长貌。　　㉜旅：众多。楹：柱。有闲：即闲闲，粗大貌。　　㉝寝：寝庙。古时寝庙分两部分，后面停放牌位和先人遗物处称寝，前面祭祀处称庙。此指为殷高宗所建寝庙。成：落成。孔：很。安：指神灵安憩。

殷衰楚叛奋扬威，深入鬼方三载归。
事古辞新差可定？鲁侈周约辨宜微。

　　此诗明著"殷武"，言其"奋伐荆楚"，毛传"殷武，殷王武丁也"，故诗之所述似与殷高宗武丁伐荆楚之事有关。诗之末言"寝成孔安"，当是寝庙落成之事。故此诗似为用之于寝庙祭祀之乐歌。然究其何时之作，所颂何事，复多异说。《毛诗序》曰："《殷武》，祀高宗也。"即以此诗为祀高宗之作。郑笺"殷道衰而楚人叛，高宗挞然奋扬威武，出兵伐之，冒入其险阻。谓逾方城之隘，克其军率，而俘虏其士众"，以高宗之功业，释序言所以为祀高宗之由。孔疏"高宗前世，殷道中衰，宫室不修，荆楚背叛。高宗有德，中兴殷道，伐荆楚，修宫室。既崩之后，子孙美之，诗人追述其功而歌此诗也。经六章，首章言伐楚之功，二章言责楚之义，三章、四章、五章述其告晓荆楚，卒章言其修治寝庙，皆是高宗生存所行，故于祀而言之，以美高宗也"，则以殷之世势，释郑笺之言，比照诗之辞章，以见高宗当殷衰楚叛之际复兴殷道之事，并以诗乃其后人祀其庙而颂其功之辞。然或疑商颂五篇，《玄鸟》既祀高宗，何以此诗复祀高宗？元人刘瑾《诗经通释》以为"《商书》曰'七世之庙，可以观德'，盖天子七庙，三昭三穆与太祖之庙而七。八世、九世而后，随其昭穆亲尽，递迁其主而祧于太祖之庙。其有功德之君，则后世宗之，虽亲尽而不祧，别立百世不迁之庙，而特祔其主焉。凡有功德者皆然，初不可预限其数。而商则止有三宗，高宗即其一也"，说之甚详，是以此诗似为高宗百世不迁之庙既成之际而祔其主祭之之辞，自与《玄鸟》不同。复有疑商时无楚者，遂谓此乃春秋时事。魏源《诗古微》本三家诗说"《春秋》僖四年，公会齐侯，宋公伐楚，此诗与《鲁颂》'荆舒是惩'，皆侈召陵攘楚之伐，同时同事同词，故宋襄公作颂以美其父"，以之为春秋时宋襄公美其父宋桓公之辞。王先谦《诗三家义集疏》甚而以为"魏说为此诗定论，毛序之伪,不足辨也"。然则,此说实由史迁所谓"襄公之时,修行仁义,欲为盟主,其大夫正考父美之"肇源,其谬已见《那》之辨,识者尤多不之信者。宋人苏辙《诗集传》尝言"学者本《史记》《韩诗》,以襄公伐楚之事当之。考商颂五篇,皆盛德之事,非宋之所宜有。且其诗有'邦畿千里,维民所止'、'命于下国,封建厥福'等语,此复非诸侯之事,是序说无可疑者",以诗辞及义理为言,正谬足显。清人方玉润《诗经原始》亦言"或疑商时无楚,遂谓此诗为春秋时人作。殊不知《禹贡》荆及衡阳为荆州,楚即南荆也。其后成王封熊绎于荆国,以地名,非今日之所谓楚,讵得以是而疑之哉?又况《易》称'高宗伐鬼方,三年克之',与此诗'罙入其阻'者合。鬼方,今之乌蛮,楚属国也,其俗尚鬼,故称鬼方",以地理及文献为据,其辨甚覈。尤以《易》之言,见于《既济》九三爻辞,朱熹《诗集传》已曾引之,以为此诗"盖谓此欤",意者以之与此诗合。诸家考证有据,析理入微,复可疑乎?然就颂之辞章言,尚有辨者。王安石《诗经新义》有言"周颂之辞约,约,所以为严,盛德故也。鲁颂之辞侈,侈,所以为夸,德不足故也",是颂之辞,鲁侈周约。就文辞言,则上古多简奥,后世趋繁缛,其迹甚明。而味商颂之辞,敷腴俊美,韵律铿锵,比之周颂之古朴简奥、鲁颂之夸饰侈丽,商其居间乎?辨商颂之篇章,三篇不分章,二篇分章,比之周颂之全不分章、鲁颂之全分章,其复居间乎?是可为周颂辞出西周、商颂辞出春秋初叶、鲁颂则已渐入春秋中后之一证乎?由是观之,商颂之事皆商之先祖,而商颂之辞则出春秋宋人,是事古辞新,差可定乎?